Fjodor M. Dostojewski
Die Brüder Karamasoff

SERIE PIPER
Band 402

Zu diesem Buch

Die Brüder Karamasoff, Dostojewskis letzter Roman, ist sowohl in thematischer und ideeller als auch in kompositorischer und erzähltechnischer Hinsicht das komplexeste Werk des Dichters. Dostojewski verleiht seiner Geschichte eines Vatermords die Züge eines Abenteuerromans, beschränkt sich jedoch nicht auf den äußeren Ablauf des Geschehens, sondern entwickelt ein vielschichtiges sozial-psychologisch-ideologisches Drama.

Die dämonischen und die lichten Mächte des Daseins, Selbstüberhebung und Lebensangst, Liebe und die Hingabe an den göttlichen Willen sind in den unvergeßlichen Charakteren der *Brüder Karamasoff* verkörpert. Das Böse in dieser Familie, die von allem Geistigen losgelöste Lebensgier, tritt am unvermischtesten in der Gestalt des narrenhaften und prasserischen, boshaften und zugleich sentimentalen Vaters Fjodor Pawlowitsch in Erscheinung. Durch sein schlimmes Erbe werden der vitale Erstgeborene Dmitrij und Iwan, der innerlich zerrissene zweite Sohn, ein Mensch von abstrakter Intelligenz, in den Haß und in die Katastrophe hineingerissen. Einzig Aljoscha, der bereit ist, sich selbst zum Opfer zu bringen, findet in der Nachfolge seines Lehrers, des großen Staretz Sossima, die Erlösung für sich und die anderen. Neben ihnen steht der illegitime vierte Sohn Fjodor Pawlowitschs, Ssmerdjakoff, ein alraunisches Wesen der Unterwelt, zwischen ihnen allen Gruschenka, eine Frau, deren bloße Gegenwart die bestehenden Spannungen auf die Katastrophe zutreibt.

Fjodor M. Dostojewski

Die Brüder Karamasoff

Roman

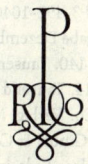

Piper
München Zürich

Aus dem Russischen übertragen von E. K. Rahsin

Originaltitel »Brat'ja Karamazovy«
Mit einem Nachwort von Ilma Rakusa, Namenverzeichnis,
Anmerkungen, biographischen Daten und Auswahlbibliographie

Von Fjodor M. Dostojewski liegen in der Serie Piper bereits vor:

Einzelausgaben
Sämtliche Erzählungen (338)
Gesammelte Briefe 1833–1881 (461)
Der Spieler (507)
Aufzeichnungen aus einem Totenhaus (688)

Dünndruck-Ausgabe der Werke
Der Idiot (400)
Rodion Raskolnikoff (401)
Die Dämonen (403)
Der Jüngling (404)
Onkelchens Traum (405)

Weitere Werke sind in Vorbereitung.

Die Werke Dostojewskis erschienen in der Übertragung von E. K. Rahsin im
R. Piper & Co. Verlag erstmals in den Jahren 1906–1919.
Der Text dieser Ausgabe folgt – mit Ausnahme des Anhangs –
seitengleich der 1952 von
E. K. Rahsin neu durchgesehenen Ausgabe.

ISBN 3-492-10402-9
Neuausgabe Dezember 1985
22. Auflage, 135.–140. Tausend Dezember 1987
(2. Auflage, 8.–14. Tausend dieser Ausgabe)
© R. Piper & Co. Verlag, München 1906
© Nachwort: R. Piper GmbH & Co. KG, München 1985
Umschlag: Federico Luci
Satz: Jos. C. Huber, Dießen
Druck und Bindung: Clausen & Bosse, Leck
Printed in Germany

ANNA GRIGORJEWNA DOSTOJEWSKI

gewidmet

Wahrlich, wahrlich, ich sage Euch: Wenn das Weizenkorn, das in die Erde fällt, nicht stirbt, so bleibt es allein; stirbt es aber, so bringt es viele Frucht.

Ev. Johannis, XII, 24.

Ein Vorwort vom Verfasser

Jetzt, wo ich im Begriff bin, mit der Lebensgeschichte meines Helden Alexéi Fjódorowitsch Karamásoff zu beginnen, kommen mir doch gewisse Bedenken. Und zwar: weil ich, obschon ich diesen Alexéi Fjódorowitsch meinen Helden nenne, doch selber weiß, daß er keineswegs ein sozusagen großer Mann ist, und deshalb sehe ich auch schon unausbleibliche Fragen voraus in der Art folgender: »Wodurch ist denn Ihr Alexei Fjodorowitsch so bemerkenswert, daß Sie ihn zu Ihrem Helden erkoren haben? Was hat er besonderes vollbracht? Wem ist er bekannt und wodurch bekannt? Weshalb soll ich, der Leser, meine Zeit daran wenden, die Ereignisse seines Lebens kennen zu lernen?«

Die letzte Frage ist die peinlichste, denn hierauf kann ich nur antworten: »Vielleicht werden Sie das selbst aus dem Roman ersehen.« Doch wie nun, wenn man den Roman durchliest und es nicht ersieht und nicht zugeben mag, daß mein Alexei Fjodorowitsch doch bemerkenswert sei? Ich sage das, weil ich mit Kummer voraussehe, daß es so kommen werde. Für mich ist er bemerkenswert, aber ich weiß wirklich nicht und bezweifle es selbst, ob es mir gelingen wird, auch den Leser von seinem Wert zu überzeugen. Die Sache ist nämlich die, daß er, obschon er schließlich auch ein Wirkender ist, doch ein unbestimmt Wirkender, also gewissermaßen unklar oder unausgesprochen bleibt. Übrigens wäre es auch sonderbar, in einer Zeit wie der unsrigen von den Menschen Klarheit zu verlangen. Eines ist indes wohl unbestreitbar:

daß er ein seltsamer Mensch, ja, fast sogar ein Sonderling ist. Doch Seltsamkeit und Wunderlichkeit schaden ja eher, als daß sie das Recht geben, beachtet zu werden, besonders dann, wenn das Streben aller schließlich doch dahin geht, die Vereinzelten wieder zu vereinen, zu einem Ganzen zusammenzufassen und wenigstens irgendeinen verbindenden Sinn, eine gemeinsame Aufgabe in der allgemeinen Planlosigkeit zu finden. Ein Sonderling aber ist doch in der Mehrzahl der Fälle nur eine Ausnahme, ein abgesplitterter Einzelner, der für sich allein existiert. Ist es nicht so?

Sehen Sie, wenn Sie mit dieser letzten These nicht einverstanden sein sollten und mir etwa antworteten: »Nein, so ist es nicht!« oder: »Nicht immer ist es so!« dann würde ich vielleicht noch Mut fassen in betreff der Bedeutung meines Helden Alexéi Fjódorowitsch. Denn ein Sonderling ist nicht nur *»nicht* immer« eine Ausnahme und ein Einzelner, der für sich allein existiert, sondern es pflegt, im Gegenteil, vorzukommen, daß womöglich gerade er manchmal das Innerste, das Mark des Ganzen in sich trägt, während sich die übrigen Menschen seiner Epoche alle aus einem unbekannten Grunde, gleichsam durch einen irgendwoher herüberwehenden Wind, zeitweilig vom Mark losgerissen haben . . .

Ich würde mich übrigens auf diese äußerst wenig fesselnden und unklaren Erklärungen gar nicht eingelassen und ganz einfach ohne Vorwort angefangen haben: gefällt es, wird man es auch so zu Ende lesen; doch das Unglück liegt eben darin, daß ich nur *eine* Lebensgeschichte, dabei aber *zwei* Romane habe. Der Hauptroman ist der zweite, – er beschreibt das Wirken meines Helden schon in unserer Zeit, gerade in unserer laufenden Gegenwart. Der erste Roman jedoch trug sich bereits vor dreizehn Jahren zu und ist eigentlich nicht einmal ein Roman, sondern bloß ein Ausschnitt aus der ersten Jugendzeit meines Helden. Diesen ersten Roman kann ich nicht umgehen, da sonst im zweiten Roman vieles unverständlich bliebe. Aber auf diese Weise werden meine ursprünglichen Bedenken noch verwickelter: wenn selbst ich, also der Biograph selber, schon finde, daß sogar ein einziger Roman für einen so bescheidenen und unbestimmten Helden vielleicht zu viel ist, wie soll ich dann noch mit *zwei* Romanen hervortreten, und wodurch soll ich eine solche Anmaßung meinerseits rechtfertigen?

Da ich nicht weiß, wie ich diese Frage beantworten soll, entschließe ich mich, ohne jede Antwort über sie hinwegzugehen. Natürlich hat der scharfsinnige Leser schon längst erraten, daß ich es von Anfang an darauf abgesehen hatte, und er wird sich über mich nur geärgert haben — wozu ich denn um nichts und wieder nichts fruchtlose Worte und kostbare Zeit vergeude? Darauf will ich aber eine genaue Antwort geben: diese fruchtlosen Worte und die kostbare Zeit habe ich vergeudet erstens aus Höflichkeit und zweitens aus Schlauheit, denn jetzt muß doch zugegeben werden, daß ich einiges schon im voraus gesagt habe. Übrigens freut es mich sogar, daß mein Roman ganz von selbst in zwei Erzählungen auseinandergefallen ist, »bei wesentlicher Einheit des Ganzen«. Hat der Leser die erste Erzählung kennengelernt, dann wird er schon selber entscheiden, ob es sich für ihn lohnt, an die zweite heranzugehen. Selbstverständlich ist niemand durch irgend etwas gebunden, man kann das Buch schon nach zwei Seiten der ersten Erzählung zuklappen, um es nie mehr aufzuschlagen. Aber es gibt ja auch taktvolle Leser, die ein Buch unbedingt zu Ende lesen wollen, um sich in ihrem unparteiischen Urteil nicht zu irren; solche Leser sind zum Beispiel alle russischen Kritiker. Also vor diesen ist es mir nun doch leichter ums Herz: ich liefere ihnen lieber selbst den gültigsten Vorwand, mit dem Lesen dieser Erzählung, trotz all ihrer sonstigen Gewissenhaftigkeit und Korrektheit, schon nach der ersten Episode des Romans aufzuhören. Das wäre also das ganze Vorwort meinerseits. Ich gebe ohne weiteres zu, daß es überflüssig ist, aber da ich es nun schon geschrieben habe, so mag es denn stehen bleiben.

Jetzt aber zur Sache!   F. M. D.

ERSTER TEIL

ERSTES BUCH

DIE GESCHICHTE EINER FAMILIE

I

Fjodor Pawlowitsch Karamasoff

Alexéi Fjódorowitsch Karamásoff war der dritte Sohn Fjódor Páwlowitsch Karamásoffs, eines Gutsbesitzers in unserm Gouvernement, der seinerzeit, d. h. vor genau dreizehn Jahren, durch sein tragisches und dunkles Ende, von dem ich später berichten werde, soviel von sich reden machte (aber auch heute noch erinnert man sich seiner bei uns). Vorläufig will ich über diesen »Gutsbesitzer«, wie man ihn gewöhnlich bei uns nannte, obgleich er in seinem ganzen Leben fast nie auf seinem Gut wohnte, nur bemerken, daß er ein sehr eigenartiger Mensch war, ein Typ, den man aber, genau genommen, nicht einmal so selten antrifft: der Typ eines nichtsnutzigen und ausschweifenden Menschen, der zu gleicher Zeit ganz auffallend unvernünftig ist, — jedoch zu jener besonderen Art von Unvernünftigen gehört, die ihre Geldgeschäftchen immer vorzüglich abzuwickeln verstehen, aber das scheint auch das einzige zu sein, was sie verstehen. Fjódor Páwlowitsch, zum Beispiel, begann fast mit nichts, unter den Gutsbesitzern war er einer der unbedeutendsten; er erschien uneingeladen bei Bekannten zum Mittagessen und spielte den Schmarotzer, nach seinem Tode aber stellte sich heraus, daß er allein an barem Gelde an die hunderttausend Rubel hinterließ. Und doch war er sein ganzes Leben lang einer der schlimmsten Narren unseres Gouvernements. Ich will damit nicht sagen, daß er etwa dumm gewesen sei — größtenteils sind diese Narren sogar recht klug und schlau —, sondern eben unvernünftig, und dazu war es bei ihm noch eine besondere, eine gewissermaßen echt russische Unvernunft.

Er war zweimal verheiratet gewesen und hatte drei Söhne; den ältesten, Dmítrij Fjódorowitsch, von der ersten Frau, die beiden anderen, Iwán und Alexéi, von der zweiten. Die erste Gemahlin Fjodor Pawlowitschs stammte aus dem wohlhabenden und angesehenen Adelsgeschlecht der Miússoff, — gleichfalls Gutsbesitzer unseres Bezirks. Wie es nun eigentlich kam, daß ein Mädchen mit einer Mitgift, dazu noch hübsch und zum Überfluß eines jener tatkräftigen, klugen Mädchen, die in der jetzigen Generation so häufig sind, aber auch damals schon vorkamen, einen so erbärmlichen »Possenreißer«, wie ihn viele nannten, heiraten konnte, will ich nicht weiter zu erklären versuchen. Habe ich doch ein junges Mädchen gekannt, allerdings eines aus der vorvorigen, der »romantischen« Generation, das sich nach etlichen Jahren rätselhafter Liebe zu einem Mann, den es jederzeit ruhig hätte heiraten können, schließlich die unüberwindlichsten, eine Vereinigung ganz unmöglich machenden Hindernisse ausdachte, und sich in einer stürmischen Nacht von einem hohen und steilen Ufer, das fast einem Felsen glich, in einen ziemlich tiefen und reißenden Fluß hinabstürzte und umkam — entschieden nur infolge eigener Einbildungskraft und Launenhaftigkeit und eigentlich doch bloß, um Shakespeares Ophelia zu gleichen. Ja, es ist sogar möglich, daß, wenn der Fluß an jener Stelle statt des steilen Felsenufers, dessen malerischer Reiz von ihr schon lange geliebt und angeschwärmt worden war, nur ein prosaisch flaches Ufer gehabt hätte, der Selbstmord unterblieben wäre. Dieser Fall ist nun aber eine Tatsache, und ich glaube annehmen zu dürfen, daß sich in unseren zwei letzten Generationen nicht selten ähnliches zugetragen hat. Auch die Heirat der Adelaïda Iwánowna Miússoff war ein Schritt dieser Art, war zweifellos ein Echo fremdländischer Einflüsse und auf eine die Vernunft in Fesseln haltende Erregung zurückzuführen. Vielleicht wollte sie weibliche Selbständigkeit beweisen, gegen die gesellschaftlichen Sitten, gegen den Despotismus ihrer Eltern und Verwandten auftreten, und vielleicht hatte ihre bereitwillige Phantasie ihr noch die Überzeugung eingeflößt — wenn auch wohl nur für einen Augenblick —, daß Fjodor Pawlowitsch trotz seiner Schmarotzerrolle der amüsanteste und überlegenste Spötter jener zweifellos zu Besserem führenden Übergangsepoche sei, während er in Wirklichkeit doch nur ein boshafter Narr war und nichts weiter. Als das Reizvollste hierbei kam noch hinzu, daß sie von ihm entführt werden mußte, und das bestrickte Adelaïda Iwánowna endgültig. Fjodor Pawlowitsch aber war damals schon infolge seiner sozialen Lage zu allen derartigen Streichen mehr als bereit, denn er wünschte leidenschaftlich, »Karriere zu machen«, gleichviel mit welchen Mitteln. Sich nun einer angesehenen Sippe anzuhängen und eine Mitgift einzustreichen, hatte somit von seinem Standpunkt aus sehr viel Verlockendes. Was freilich die beiderseitige Liebe anbelangt, so war die anscheinend überhaupt nicht vorhanden, weder auf seiten der Braut, noch, trotz deren Schönheit, seinerseits, — eine Tatsache, die in ihrer Art den einzigen Ausnahmefall im Leben Fjodor Pawlowitschs bildete, dieses gewaltigen Lüstlings, der sein Leben lang immer im Nu verlockt war, mit jeder beliebigen Schürze anzubandeln, kaum daß er eine erblickte. So war denn diese Frau die einzige in seinem Leben, die auf seine Sinnlichkeit gar keinen besonderen Eindruck machte.

Adelaïda Iwánowna erkannte nach der Entführung in kürzester Zeit, daß sie für ihren Mann außer Verachtung überhaupt nichts empfinden könne, und nun trat das Unheil dieser Heirat unverzüglich zutage. Obgleich ihre Familie sich mit dem Geschehenen sogar ziemlich bald abfand und der Ausreißerin die Mitgift auszahlte, kam es zwischen den Eheleuten doch zu unaufhörlichen Szenen. Später erzählte man, die junge Frau habe dabei unvergleichlich mehr Anstand und Vornehmheit bewiesen als Fjodor Pawlowitsch, der, wie man jetzt genau weiß, fast ihr ganzes Geld, an fünfundzwanzigtausend Rubel, sofort einsteckte, so daß sie von diesen Tausenden nichts mehr zu sehen bekam. Das Gütchen jedoch und das recht annehmbare Haus in der Stadt, die gleichfalls zu ihrer Mitgift gehörten, wollte er lange Zeit unbedingt auf seinen Namen überschreiben, und er würde auch bestimmt erreicht haben, was er wollte, da sein unaufhörliches Betteln und seine unverschämten Erpressungsversuche in ihr nur Verachtung und Ekel hervorriefen, so daß sie vielleicht aus seelischer Ermüdung und um ihn los zu werden schließlich eingewilligt hätte. Zum Glück aber trat ihre Familie für sie ein und setzte dieser Habgier Grenzen. Verbürgt ist ferner, daß zwischen ihnen nicht selten Prügeleien stattfanden, doch soll es nach den Berichten nicht Fjodor Pawlowitsch gewesen sein, der schlug, sondern Adelaïda Iwanowna, die eine heißblütige, kühne, ungeduldige Dame von bräunlicher Gesichtsfarbe und nicht geringer Körperkraft war. Schließlich aber hielt sie es doch nicht aus und lief Fjodor Pawlowitsch mit einem Unterricht erteilenden und in Armut darbenden Seminaristen[1] einfach davon, indem sie dem Gatten den dreijährigen Mítja[2] zurückließ. Fjodor Pawlowitsch machte aus seinem Hause sofort einen Harem und ein Lokal für die wüstesten Gelage, von Zeit zu Zeit aber fuhr er fast im ganzen Gouvernement umher und beklagte sich mit Tränen in den Augen vor allen und jedem über Adelaïda Iwanowna, wobei er so ausführlich von seinem Eheleben erzählte, wie es ein anderer Ehemann schon aus Schamgefühl nie getan hätte. Es schien ihm beinahe angenehm und womöglich noch schmeichelhaft zu sein, diese lächerliche Rolle des gekränkten Gatten zu spielen und anderen die ihm widerfahrene Beleidigung noch mit allerhand Ausschmückungen der Einzelheiten zu schildern. »Man könnte ja wirklich glauben, Fjodor Pawlowitsch, Sie hätten einen höheren Rang erhalten, so zufrieden scheinen sie trotz all Ihres Kummers zu sein«, sagten ihm denn auch manche Spötter. Viele fügten sogar noch hinzu, er solle sich doch bloß nicht verstellen, da er ja im Grunde nur froh sei, eine neue Bajazzorolle spielen zu können, und sich einzig, um die Komik zu erhöhen, den Anschein gäbe, als bemerke er die eigene Lächerlichkeit nicht. Doch übrigens, wer kann es wissen, vielleicht tat er das alles wirklich ganz naiv?

Schließlich gelang es ihm irgendwie, seiner Flüchtigen auf die Spur zu kommen. Die Arme befand sich in Petersburg, wohin sie mit ihrem Seminaristen gefahren war und wo sie sich fessellos der größten Emanzipation ergab. Fjodor Pawlowitsch traf sofort große Anstalten, ihr nach Petersburg nachzureisen. Wozu aber? — das wußte er natürlich selbst nicht. Vielleicht wäre er damals auch wirklich abgereist, aber nachdem er einen so großen Entschluß gefaßt hatte, fühlte er sich sofort vollkommen berechtigt, zur Stärkung auf einen so weiten und schweren Weg sich vorher noch uferloser Zecherei hinzugeben. Und gerade an einem dieser Tage erhielt dann die Familie seiner Frau die Nachricht von ihrem Tode in Petersburg. Sie war ganz plötzlich gestorben, irgendwo in einer Dachkammer, nach dem einen Gerücht am Typhus, nach anderen Gerüchten sei sie sozusagen verhungert. Als der gerade betrunkene Fjodor Pawlowitsch die Nachricht vom Tode seiner Frau erhielt, soll er auf die Straße hinausgelaufen sein, die Hände wie zum Dank zum Himmel emporgehoben und laut ausgerufen haben: »Also hast du mich heute erlöset!« — Andere aber sagen, er habe wie ein kleines Kind geweint, und zwar so sehr, daß man mit ihm trotz der Verachtung Mitleid habe empfinden können. Es ist sehr leicht möglich, daß sowohl das eine wie das andere wahr ist, daß er sich über seine Befreiung von ihr gefreut und zu gleicher Zeit über ihren Tod geweint hat — beides zugleich. Meist sind ja die Menschen, sind sogar Bösewichter viel naiver und aufrichtiger, als wir es im allgemeinen von ihnen annehmen. Ja und wir selber sind es doch gleichfalls.

II

Der erste Sohn ward abgeschüttelt

Man kann sich natürlich vorstellen, was für ein Erzieher und Vater ein solcher Mensch zu sein vermochte. Fjodor Pawlowitsch vergaß das Kind vollständig, doch nicht etwa

aus Bosheit oder aus irgendwelchen beleidigten Gattengefüh-
len, sondern ganz einfach, weil er es eben vollkommen vergaß. Solange er noch trauerte, klagte und weinte und sein
Haus dabei in eine Lasterhöhle verwandelte, nahm den kleinen dreijährigen Knaben der treue Diener seines Hauses,
Grigórij, in seine Obhut. Hätte dieser es nicht getan, so wäre
dem Kleinen kaum jemals ein sauberes Hemdchen angezogen
worden, da auch die Familie seiner Mutter ihn in der ersten
Zeit zufällig ganz vergessen hatte. Sein Großvater Miussoff,
der Vater Adelaïda Iwanownas, war schon gestorben, und
dessen Witwe, Mítjas Großmutter, war nach Moskau über-
gesiedelt und kränkelte schon sehr; ihre jüngeren Töchter
hatten geheiratet. So blieb denn Mitja ein ganzes Jahr beim
Diener Grigórij in dessen Wohnung auf dem Hof. Übrigens,
wenn sich der Vater seiner auch erinnert hätte (denn er konnte
doch unmöglich von seiner Existenz überhaupt nichts wissen),
so würde er ihn wohl selber dorthin in die Dienstbotenwohnung geschickt haben, da das Kind ihm bei seinem Luderleben
nur im Wege gewesen wäre. Da aber geschah es, daß ein
Vetter der Verstorbenen gerade aus Paris zurückkehrte, Pjótr
Alexándrowitsch Miússoff, der später viele Jahre im Ausland verblieb. Damals war er ein noch sehr junger Mensch,
doch unter den Miussoffs immerhin ein besonderer Mensch:
aufgeklärt, Großstädter, Auslandsrusse, überzeugter Europäer,
und gegen Ende seines Lebens ein Liberaler der vierziger und
fünfziger Jahre. Im Lauf der Zeit hatte er mit vielen der be-
kanntesten Liberalen seiner Epoche in Verbindung gestanden,
sowohl in Rußland wie im Ausland, hatte persönlich Proudhon
und auch Bakunin gekannt, und gegen Ende seiner Wanderungen liebte er es besonders, der drei Tage der Pariser
Februar-Revolution Anno 48 zu gedenken und anzudeuten,
daß er beinahe selbst auf den Barrikaden mitgekämpft habe.
Das waren für ihn die schönsten Erinnerungen seiner Jugendjahre. Er besaß ein ansehnliches Vermögen — nach dem früheren Maßstab ungefähr tausend Seelen. Sein schönes Gut lag
ganz in der Nähe unseres Städtchens und grenzte an die

Ländereien unseres berühmten Klosters, mit dem Miussoff schon in jungen Jahren, kaum daß er sein Erbe angetreten, sofort einen Prozeß begonnen hatte (wegen irgendwelcher Fischereirechte im Fluß oder wegen des Holzfällens in einem Walde, ich weiß es nicht mehr genau), da er als aufgeklärter Mensch es selbstverständlich für seine staatsbürgerliche Pflicht hielt, mit den »Pfaffen« zu prozessieren. Als er nun damals das Schicksal der Adelaïda Iwanowna, deren er sich natürlich noch sehr gut erinnerte und für die er sich früher sogar interessiert hatte, erfuhr und von ihrem Söhnchen Mitja hörte, beschloß er sofort, sich trotz seines heftigen Unwillens über Fjodor Pawlowitsch in die Sache einzumischen. Bei der Gelegenheit geschah es dann, daß er Fjodor Pawlowitsch zum erstenmal sah und kennenlernte. Er erklärte sich bereit, die Erziehung Mitjas auf sich zu nehmen. Noch lange nachher erzählte er, gewissermaßen zur Charakterisierung Fjodor Pawlowitschs, dieser habe, als er ihm von Mitja gesprochen, ein Gesicht gemacht, als ob er überhaupt nicht verstehen könne, von welch einem Kind die Rede sei, und sei sogar sichtlich sehr erstaunt gewesen, zu hören, daß bei ihm im Hause irgendwo ein kleiner Sohn lebe. Wenn Pjótr Alexándrowitsch in seiner Erzählung auch übertrieben haben mag, so kann doch etwas Wahres daran gewesen sein. Außerdem aber liebte es Fjodor Pawlowitsch tatsächlich, sich plötzlich zu verstellen oder eine ganz unerwartete Rolle zu spielen, und zwar, was das Wichtigste ist, ohne daß die geringste Notwendigkeit dazu vorhanden gewesen wäre, mitunter sogar zu seinem eigenen Nachteil, wie hier zum Beispiel. Dieser Zug ist übrigens vielen Leuten eigen und sogar sehr klugen Leuten, nicht nur solchen wie Fjodor Pawlowitsch. Miussoff führte die Sache mit Eifer durch und wurde sogar als Vormund des Knaben eingesetzt (zusammen mit Fjodor Pawlowitsch), da doch dem Kleinen nach dem Tode der Mutter immerhin noch das kleine Gut und das Haus verblieben. Mitja siedelte denn auch wirklich in das Haus Pjotr Alexandrowitschs über; dieser aber hatte keine Familie, und da er selbst, nachdem er seine Wirtschafts- und Geldangelegenheiten hier geordnet hatte, so schnell wie möglich und auf lange Zeit wieder nach Paris eilte, so wurde das Kind einer Tante anvertraut, einer älteren Dame, die in Moskau lebte. Und so kam es denn, daß auch Miussoff in Paris den Knaben vollständig vergaß, besonders als diese Februar-Revolution ausbrach, die ihm so imponierte, daß er sie sein Lebtag nicht vergessen konnte. Die Moskauer Dame aber starb bald darauf, und Mitja kam zu einer ihrer verheirateten Töchter. Ich glaube, er hat dann noch einmal, zum viertenmal, das Nest gewechselt. Doch darüber möchte ich mich jetzt nicht weiter verbreiten, da ich noch viel über diesen Erstling Fjodor Pawlowitschs zu erzählen habe; ich beschränke mich vorläufig nur auf die notwendigsten Mitteilungen, ohne die ich den Roman nicht beginnen kann.

Dieser Dmítrij Fjódorowitsch war von den drei Söhnen Fjodor Pawlowitschs der einzige, der mit dem Bewußtsein aufwuchs, daß er über ein gewisses Vermögen verfüge und nach seiner Volljährigkeit unabhängig sein werde. Seine Kindheit und die Jugendjahre verlebte er unordentlich: das Gymnasium beendete er nicht, darauf kam er auf eine Kriegsschule, diente dann im Kaukasus, hatte dort ein Duell, wurde deswegen degradiert, diente sich aber wieder in die Höhe, führte ein wildes Leben und gab verhältnismäßig viel Geld aus. Vor seiner Mündigkeit bekam er von Fjodor Pawlowitsch kein Geld, lebte deshalb bis dahin von Schulden. Fjodor Pawlowitsch, seinen Vater, lernte er erst nach seiner Volljährigkeit kennen; er kam damals zum erstenmal in unsere Stadt, um sich mit ihm über seine Vermögensverhältnisse auszusprechen. Der Vater gefiel ihm offenbar gar nicht, denn er verließ ihn sofort, als er eine gewisse Summe erhalten und mit ihm über die weiteren Einnahmen aus seinem Gut verhandelt hatte; doch konnte er weder die Höhe der Einkünfte, noch den Wert des Gutes jemals von seinem Vater erfahren. (Das ist wohl zu beachten.) Fjodor Pawlowitsch aber bemerkte damals sofort (und auch dies bitte ich, nicht zu vergessen), daß Mitja sich von seinem Vermögen eine unrichtige und übertriebene Vorstellung machte, womit Fjodor Pawlowitsch jedoch sehr zufrieden war, denn er hatte dabei seine eigenen Berechnungen. Er sagte sich, daß der junge Mann leichtsinnig, stürmisch, leidenschaftlich, ungeduldig war und wild lebte, daß man ihn aber, wenn man ihm immer wieder etwas schickte, sehr wohl beruhigen könnte, wenn auch natürlich immer nur auf kurze Zeit. So begann denn Fjodor Pawlowitsch seinen Sohn planvoll auszubeuten, d. h. er speiste ihn mit kleinen Almosen und gelegentlichen Sendungen ab, und zum Schluß, als Mitja nach vier Jahren endlich die Geduld verlor und zum zweitenmal in unser Städtchen kam, um mit seinem Vater die Angelegenheit nochmals zu besprechen, da erwies sich plötzlich zu seinem größten Erstaunen, daß er überhaupt nichts mehr zu verlangen hatte, daß er mit den erhaltenen Beträgen schon der Schuldner seines Vaters geworden war, daß er nach der und der Abmachung, die er selbst einmal, dann und dann, gewünscht, kein Recht mehr hatte, noch irgend etwas zu verlangen usw., usw. Der junge Mann war sehr betroffen, witterte einen Betrug, geriet außer sich und benahm sich so unklug, als wäre ihm jede Einsicht abhanden gekommen. Dieser Umstand führte dann zu der Katastrophe, deren Wiedergabe der Gegenstand meines ersten, einführenden Romans, oder besser gesagt, sein äußerer Anlaß ist. Doch bevor ich zu dem Roman übergehe, muß ich noch von den beiden anderen Söhnen, Mitjas Halbbrüdern, erzählen und erklären, wie Fjodor Pawlowitsch zu diesen beiden gekommen war.

III

Die zweite Ehe und die Kinder aus dieser

Nachdem Fjodor Pawlowitsch sich des vierjährigen Mitja entledigt hatte, heiratete er kurz darauf zum zweitenmal. Diese Ehe währte ungefähr acht Jahre. Ssófja Iwánowna, seine zweite Frau, war gleichfalls noch sehr jung, als er sie heiratete. Er hatte sie in einem andern Gouvernement kennengelernt, wohin er wegen eines Geschäfts mit einem Jüdchen gefahren war, denn wenn Fjodor Pawlowitsch auch unsolide und ausschweifend lebte und viel trank, so hörte er doch nie auf, für die vorteilhafte Umsetzung seines Kapitals zu sorgen und überall gute Geschäftchen zu machen, wenn auch fast immer auf leicht betrügerische Weise. Ssófja Iwánowna war als Tochter eines kleinen Diakons und Ganzwaise in dem reichen Haus ihrer Wohltäterin, Erzieherin und Peinigerin, der angesehenen alten Witwe eines Generals Wórochoff, aufgewachsen. Ausführlicheres über sie weiß ich nicht, nur hörte ich, daß man dieses Pflegekind, das sanft, ohne Bosheit und schüchtern war, einmal in der Bodenkammer aus einer Schlinge befreit hatte — so schwer war es dem Mädchen geworden, die Launen und ewigen Vorwürfe der offenbar bösen alten Dame zu ertragen, die sich aber wohl nur vom Nichtstun zu einer so unerträglichen, launischen Tyrannin entwickelt hatte. Fjodor Pawlowitsch warb um die Hand der Waise; man zog Erkundigungen über ihn ein und setzte ihn vor die Tür. Da schlug er denn der Waise, wie bei seiner ersten Heirat, eine Entführung vor. Es ist sehr möglich, daß auch sie ihm um nichts in der Welt gefolgt wäre, wenn sie Näheres über ihn erfahren hätte. Aber sie lebte ja in einem anderen Gouvernement, und was hätte denn auch ein sechzehnjähriges Mädchen von alldem verstanden, ganz abgesehen davon, daß sie damals vorgezogen hätte, ins Wasser zu gehen, als es noch länger bei ihrer Wohltäterin auszuhalten. So vertauschte denn die Ärmste ihre Wohltäterin gegen einen Wohltäter. Fjodor Pawlowitsch, oder vielmehr seine Frau, bekam diesmal keine Kopeke Mitgift, da die Generalin über die Entführung in Wut geriet und nichts gab und sie obendrein noch beide verfluchte; er rechnete aber auch nicht darauf, sondern berauschte sich an der eigenartigen Schönheit dieses zarten Mädchens und vor allem an ihrem unschuldigen Gesichtsausdruck, der ihn, den Lüstling, der bis dahin nur der lasterhafte Liebhaber derber Frauenschönheit gewesen war, ganz betroffen gemacht hatte. »Diese unschuldigen Äuglein fuhren mir wie ein Rasiermesser übers Herz!« erzählte er später mit seinem widerlichen Grinsen. Aber auch das konnte für einen Menschen wie Fjodor Pawlowitsch nur einen sinnlichen Reiz haben. Da sie also gar keine Mitgift bekam, machte er mit ihr weiter keine Umstände und nutzte es aus, daß sie vor ihm, wie er sagte, »schuldig« war und er sie »aus der Schlinge gezogen« hatte, mißbrauchte außerdem noch ihre außergewöhnliche Güte und Nachgiebigkeit und trat jeglichen ehelichen Anstand einfach mit Füßen. So brachte er nach wie vor liederliche Weibsbilder in sein Haus und feierte ungestört seine Orgien mit ihnen. Als charakteristischen Zug will ich hier noch anführen, daß der Diener Grigorij, ein finsterer, dummer und eigensinniger Klugredner, der seine frühere Herrin, Adelaïda Iwanowna, geradezu gehaßt hatte, nun entschieden zur neuen Herrin hielt, diese immer verteidigte, Fjodor Pawlowitsch auf eine für einen Diener fast unerhörte Weise ihretwegen ausschimpfte und einmal sogar, als wieder eine Orgie gefeiert wurde, alle Weiber mit Gewalt aus dem Hause jagte. Die unglückliche, von Kindheit an so verschüchterte junge Frau verfiel bei der ersten Geburt einem nervösen Frauenleiden, das man sonst wohl am häufigsten im einfachen Volk antrifft, bei den Bäuerinnen, die dann »Klikúschi«[3] genannt werden. Durch die schrecklichen, krampfartigen Anfälle dieser Krankheit verlor die Arme zuzeiten sogar das Bewußtsein. Sie gebar Fjodor Pawlowitsch zwei Söhne, Iwán und Alexéi, den älteren im ersten Jahr ihrer Ehe und drei Jahre danach den jüngeren. Als sie starb, war der kleine Alexei kaum vier Jahre alt, doch wie unglaublich es auch klingen mag: er konnte sich, wie ich genau weiß, an seine Mutter noch sein ganzes Leben lang erinnern, wenn diese Erinnerung auch etwas verschwommen, wie ein halber Traum war. Nach ihrem Tode geschah mit ihren beiden Söhnen genau dasselbe, was mit dem ersten, Mitja, geschehen war: sie wurden vom Vater vollkommen vergessen und kamen zu

demselben Grigorij in dieselbe Stube. In dieser Stube fand sie
dann auch die alte Generalin, die Wohltäterin und Erzieherin
ihrer Mutter. Sie lebte noch und konnte selbst nach acht
Jahren die ihr zugefügte Beleidigung nicht vergessen. Vom
Leben und Treiben ihrer »Ssófja« (wie sie sie einfach, ohne
Vaternamen, zu nennen pflegte), war sie all diese acht Jahre
unter der Hand ganz genau unterrichtet worden, und als sie
hörte, wie krank diese war und welche Scheußlichkeiten sie
umgaben, soll sie sich ein paarmal ihren Gesellschafterinnen
gegenüber geäußert haben, es geschehe ihr ganz recht, so
strafe Gott sie für ihre »Undankbarkeit«.

Genau drei Monate nach dem Tode Ssófja Iwánownas erschien nun plötzlich diese Generalin persönlich in der Stadt
und fuhr geradenwegs zu Fjodor Pawlowitsch, blieb kaum
länger als eine halbe Stunde bei ihm, richtete aber in dieser
kurzen Zeit sehr viel aus. Es war zur Abendzeit. Fjodor Pawlowitsch, der sie acht Jahre lang nicht gesehen hatte, empfing
sie in betrunkenem Zustand. Man sagt, sie habe ihm sofort
ohne jegliche vorhergehende Erklärung zwei tüchtige, laut-
schallende Ohrfeigen gegeben und seinen Kopf dann noch
kräftig an den Haaren gezogen, dreimal von oben nach unten. Darauf – das ist Tatsache – begab sie sich, ohne ein Wort
zu verlieren, schnurstracks in die Dienstbotenwohnung auf
dem Hof zu den beiden Knaben. Sie überzeugte sich auf den
ersten Blick, daß sie ungewaschen waren und schmutzige Wäsche anhatten, verabfolgte daher dem Diener Grigorij gleichfalls eine Ohrfeige und erklärte ihm darauf kurz und bündig,
sie werde die beiden Kinder mitnehmen. Sie wickelte sie so
wie sie waren jedes in eine Reisedecke ein, setzte sie in den
Wagen und fuhr mit ihnen davon. Grigorij ertrug diese Ohrfeige wie ein ergebener Sklave, wurde nicht grob und sagte
kein Wort, und als er die alte Dame zum Wagen begleitete,
verneigte er sich noch tief vor ihr und sagte nur ernst und
ehrerbietig, daß Gott es ihr für die Waisen lohnen werde,
wofür ihm aber die Generalin im Fortfahren zurief: »Du
aber bist trotzdem ein Tölpel!« Fjodor Pawlowitsch überlegte

sich die Sache, fand es sehr gut so, wie es gekommen war, und widersetzte sich der Generalin, der er sogar die formelle Erlaubnis erteilte, seine Kinder zu erziehen, in keinem einzigen Punkt. Von den erhaltenen Ohrfeigen aber erzählte er sofort selbst in der ganzen Stadt.

Die Generalin starb jedoch schon bald darauf. In ihrem Testament vermachte sie jedem der Kleinen tausend Rubel: »Zu ihrer Erziehung zu verwenden, und daß dieses Geld unbedingt für sie allein verausgabt werde, aber so, daß es bis zu ihrer Mündigkeit ausreicht, denn diese Gabe muß für solche Kinder genügen; wenn es aber einem gewissen Herrn genehm sein sollte, so möge er nur seinen eigenen Beutel auftun«, u.a.m. Ich habe das Testament nicht selbst gelesen, aber wie ich hörte, sei es in dieser Art und jedenfalls in sehr originellem Ton abgefaßt gewesen. Der Haupterbe der Alten erwies sich indes als ein Edelmann im wahrsten Sinne des Wortes: es war der Adelsmarschall jenes Gouvernements, Jefím Petrówitsch Polénoff. Er verhandelte mit Fjodor Pawlowitsch brieflich über die Erziehung der Kinder, merkte sofort, daß Geld von diesem Vater nicht zu bekommen war — obgleich dieser nie geradezu ablehnte, sondern in solchen Fällen die Sache nur hinzog und dabei sogar in Gefühlsduselei verfiel —, und nahm sich der Waisen persönlich an. Er gewann namentlich den jüngeren Bruder Alexei sehr lieb, und so wurde denn dieser lange Zeit ganz in seiner Familie erzogen. Das bitte ich den Leser von Anfang an zu beachten. Und wenn diese Knaben für ihre Erziehung und Bildung jemandem zum Dank verpflichtet waren, so waren sie es ausschließlich Polénoff, diesem ehrenwertesten und humansten Menschen, den man sich nur denken kann. Er bewahrte den Kleinen ihre tausend Rubel auf, die ihnen die Generalin hinterlassen hatte, so daß sie bis zur Mündigkeit der Knaben auf je zweitausend Rubel anwuchsen, bestritt die Erziehungskosten aus seiner eigenen Tasche und verausgabte natürlich für jeden von ihnen weit mehr als tausend Rubel. Auf eine ausführliche Erzählung ihrer Kindheit und Jugend kann ich mich wiederum nicht einlassen, daher werde ich nur die wichtigsten Tatsachen aus ihrem Leben angeben. Über den älteren, Iwán, möchte ich nur bemerken, daß er als unfroher und verschlossener Knabe aufwuchs, weit entfernt davon, schüchtern zu sein, aber es war doch so, als ob er von Kindheit an gefühlt hätte, daß er in einer fremden Familie erzogen wurde und von fremder Barmherzigkeit lebte und daß ihr Vater ein Mensch war, von dem zu sprechen man sich schämen mußte. Dieser Knabe zeigte schon seit der frühesten Kindheit (so erzählte man wenigstens) eine außergewöhnliche und glänzende Begabung. Wie es geschah, daß er schon mit dreizehn Jahren die Familie Jefím Petrówitschs verließ und in ein Moskauer Gymnasium eintrat und bei der Gelegenheit zu einem erfahrenen und berühmten Pädagogen in Pension kam, zu einem Jugendfreund Polenoffs, weiß ich nicht genau. Wie Iwan später selbst erzählte, war es sozusagen aus Jefim Petrowitschs »leidenschaftlicher Liebhaberei Gutes zu tun« geschehen: Jefim Petrowitsch hatte sich nämlich für die Idee begeistert, daß die genialen Fähigkeiten des Knaben auch von einem genialen Pädagogen ausgebildet werden müßten. Übrigens waren beide schon tot, sowohl Polenoff wie auch der geniale Pädagoge, als Iwan das Gymnasium beendete und die Universität bezog. Da aber Jefim Petrowitsch das von der Generalin den Kindern hinterlassene Geld sicher angelegt hatte, so verzögerte sich infolge der bei uns unvermeidlichen Formalitäten die Auszahlung des Geldes dermaßen, daß der junge Mann in den ersten zwei Jahren auf der Universität gezwungen war, sich seinen Lebensunterhalt und das Studium selbst zu verdienen. Hierzu sei bemerkt, daß er damals nicht einmal den Versuch machte, sich mit seinem Vater brieflich über eine Unterstützung zu verständigen — vielleicht aus persönlichem Stolz, aus Verachtung für ihn, vielleicht aber auch aus kühler, gesunder Einsicht, da er sich wohl sagen konnte, daß von diesem Papachen eine Unterstützung nicht zu erwarten sei. Wie dem aber auch sein mochte, jedenfalls wußte sich der junge Mann sofort zu helfen und sich durch Arbeit das nötige Geld zu verschaffen: zuerst durch Privatstunden für zwanzig Kopeken, und darauf durch Zeitungsberichte von zehn Zeilen über Vorfälle auf der Straße, mit der Unterschrift »Ein Augenzeuge«. Diese kleinen Berichte, so sagt man, sollen stets so reizvoll und geistreich verfaßt gewesen sein, daß sie bald vorzüglich bezahlt wurden, und so bewies er allein schon dadurch seine praktische und geistige Überlegenheit über jenen großen Teil unserer ewig unglücklichen und notleidenden studierenden Jugend beiderlei Geschlechts, die in den Großstädten gewöhnlich vom Morgen bis zum Abend die Türschwellen der Redaktionen abläuft und sich nichts Besseres auszudenken weiß, als ewig ein und dieselbe Bitte um Übersetzung aus dem Französischen oder um Kopierarbeit zu wiederholen. Iwán Fjódorowitsch gab seine Beziehungen zu den Redaktionen auch später nicht auf, und in den letzten Jahren auf der Universität veröffentlichte er dann sehr talentvolle Abhandlungen über Bücher und Spezialfragen, die ihn sogar in literarischen Kreisen bekannt machten. Doch erst in der allerletzten Zeit lenkte er plötzlich die Aufmerksamkeit eines weit größeren Kreises von Lesern auf sich: kurz nachdem er die Universität verlassen hatte und sich gerade anschickte, mit seinen zweitausend Rubeln ins Ausland zu reisen, veröffentlichte er in einer der großen Tageszeitungen einen ganz merkwürdigen Artikel, der geradezu Aufsehen erregte und die Aufmerksamkeit selbst der Nichtspezialisten auf ihn lenkte. Es war das ein Artikel über eine Frage, die ihm, wie man meinen sollte, ganz fern liegen mußte, denn er hatte Naturwissenschaften studiert. Der Artikel behandelte die damals überall besprochene Frage der »Kirchenjustiz«. Er untersuchte zuerst etliche schon geäußerte Meinungen und kam dann auf seine persönliche Anschauung der Sache. Besonders fiel der Ton auf und das Überraschende seiner Schlüsse. Viele Geistliche hielten den Autor entschieden für einen der ihrigen. Und plötzlich begannen nicht nur die Anhänger der Staatsjustiz, sondern sogar die Atheisten ihm immer lebhafter ihren Beifall zu zollen. Schließlich aber behaupteten einige kluge Leute, die eine etwas feinere Nase hatten, daß der ganze Artikel nur eine freche Farce und eine Verhöhnung sei. Ich erwähne diese Geschichte nur deswegen, weil besagter Artikel auch in dem nahe unserer Stadt gelegenen berühmten Kloster bekannt wurde und die Mönche, die sich sehr für die aufgeworfene Kirchengerichtsfrage interessierten, mehr als überraschte. Wie groß aber war die Verwunderung, als man auch den Namen des Autors erfuhr und somit, daß er ein Kind unserer Stadt und ein Sohn »eben dieses Fjodor Pawlowitsch« sei! Da aber erschien der Autor selbst in unserer Stadt.

Warum Iwan Fjodorowitsch zu uns kam, das fragte ich mich sogar damals schon fast mit einer gewissen Unruhe. Diese verhängnisvolle Ankunft, die den Anfang so vieler Ereignisse bildete, blieb für mich noch lange nachher unaufgeklärt und ist es teilweise vielleicht auch jetzt noch. Überhaupt war es sonderbar, daß dieser junge Mann, der so stolz, so gelehrt und dem Anschein nach gleichzeitig so vorsichtig war, plötzlich in dieses berüchtigte Haus kam, zu diesem Vater, der ihn bis dahin völlig ignoriert hatte, der ihn nicht einmal kannte, sich kaum seiner erinnerte und ihm natürlich in keinem Fall und unter keiner Bedingung Geld gegeben hätte, selbst wenn der Sohn ihn um welches gebeten hätte, der aber trotzdem beständig fürchtete, seine Söhne Iwan und Alexei könnten doch auch einmal kommen und ihn dann um Geld bitten. Und siehe da, plötzlich kommt der junge Mann in das Haus solch eines Vaters, lebt mit ihm einen Monat und dann noch einen, und sie leben miteinander, wie man es sich nicht besser wünschen könnte. Letzteres setzte nicht nur mich in Erstaunen, sondern auch noch viele andere.

Pjotr Alexandrowitsch Miussoff, jener bereits erwähnte Vetter der ersten Frau Fjodor Pawlowitschs, war kurz vorher aus Paris, wo er sich endgültig niedergelassen hatte, auf einige Zeit wieder in die Heimat gekommen und wohnte damals auf seinem Gut. Ich erinnere mich noch, daß gerade er mehr als alle anderen über das gute Einvernehmen erstaunt war, als er diesen ihn sehr interessierenden jungen Mann kennenlernte, dem er, nebenbei bemerkt, nicht ganz ohne inneren Schmerz, Kenntnisse zugestehen mußte, die die seinigen übertrafen. »Er ist sehr stolz«, sagte er damals von Iwan Karamasoff, »wird sich immer sein Geld selbst verdienen und besitzt bereits so viel, daß er ins Ausland reisen kann — was also sucht er hier noch? Es ist doch allen klar, daß er nicht deshalb zum Vater gekommen ist, um sich Geld zu holen, ganz abgesehen davon, daß dieser ihm doch um keinen Preis welches geben würde. Zu trinken und ausschweifend zu leben liebt er auch nicht, und doch kann der Alte kaum noch ohne ihn auskommen, dermaßen gut vertragen sich die beiden!«

Und so verhielt es sich auch tatsächlich. Der junge Mann hatte ersichtlich Einfluß auf den Vater; der schien ihm mitunter beinahe zu folgen, wenn er auch bisweilen wieder unglaublich und geradezu boshaft eigensinnig sein konnte; er fing aber tatsächlich an, sich anständiger aufzuführen.

Erst später stellte sich heraus, daß Iwan Fjodorowitsch zum Teil auf die Bitte seines älteren Bruders Dmitrij Fjodorowitsch gekommen war, den er kurz vorher zum ersten Mal gesehen und kennengelernt hatte, doch mit dem er schon längere Zeit vor seiner Fahrt hierher in einer wichtigen Angelegenheit, die wiederum nur Dmitrij Fjodorowitsch anging, in Briefwechsel gestanden hatte. Was das für eine Angelegenheit war, wird der Leser späterhin bis in alle Einzelheiten erfahren. Nichtsdestoweniger erschien mir Iwan Fjodorowitsch auch dann noch rätselhaft, als ich schon alles, selbst diesen besonderen Umstand erfahren hatte, und sein Aufenthalt bei uns blieb mir im Grunde immer noch unerklärlich.

Ich füge hinzu, daß Iwan Fjodorowitsch zwischen dem Vater und dem älteren Bruder Dmitrij Fjodorowitsch, der gegen den Vater eine gerichtliche Klage einzureichen beabsichtigte, der Vermittler und Friedensstifter zu sein schien.

Diese kleine Familie war damals, wie ich schon erwähnte, zum erstenmal vollzählig versammelt, und so sahen sich denn auch einige ihrer Glieder zum erstenmal im Leben. Nur der jüngste Sohn, Alexei Fjodorowitsch, lebte schon seit fast einem Jahr bei uns; ihn hatten wir von den drei Brüdern zuerst kennengelernt. Über ihn bereits in meiner Einführung etwas zu sagen, noch bevor er selbst auftritt, fällt mir aber am schwersten. Nur kann ich das, wie ich sehe, nicht umgehen, da es eine sehr sonderbare Tatsache zu erklären gilt, nämlich: warum ich meinen Helden schon in der ersten Szene seines Romans in der Kutte eines Klosternovizen vorführen muß. Denn fast seit einem Jahr lebte er schon in unserem Kloster und beabsichtigte allem Anschein nach, sich für sein ganzes Leben dort einzuschließen.

IV

Der dritte Sohn Aljoscha[4]

Er war erst zwanzig Jahre alt (sein Bruder Iwan war vierundzwanzig und der älteste Bruder Dmitrij achtundzwanzig). Vor allem möchte ich bemerken, daß dieser Jüngling durchaus kein religiöser Fanatiker war und, wenigstens meines Erachtens, auch kein Mystiker. Ich will sogleich meine ganze Meinung sagen: er war einfach ein jugendlicher Menschenfreund, und wenn er ins Kloster ging, so tat er das nur, weil das Klosterleben einen tiefen Eindruck auf ihn machte und ihm als das Ideal eines Auswegs für seine aus dem Dunkel des Bösen dieser Welt zum Licht der Liebe strebende Seele erschien. Und einen so tiefen Eindruck machte dieses Leben auf ihn wohl nur, weil er dort im Kloster einen so ungewöhnlichen Menschen antraf: unseren berühmten Stáretz[5] Sossíma, an den er sich sofort mit der ganzen heißen ersten Liebe seines unstillbar dürstenden Herzens anschloß. Übrigens will ich nicht bestreiten, daß er schon damals sehr sonderbar war; ja, er war es eigentlich schon seit seiner frühesten Kindheit. Als seine Mutter starb, hatte er kaum das vierte Jahr erreicht, und doch erinnerte er sich, wie ich schon erwähnte, ihres Gesichts, ihrer Liebkosungen, »als ob sie lebend vor mir stünde«. Solche Erinnerungen kann man bekanntlich aus noch jüngeren Jahren haben, schon aus dem zweiten Lebensjahr, doch treten sie im späteren Leben nur wie helle Punkte aus der Dunkelheit hervor, wie ein einziges hellgebliebenes Fleckchen eines riesigen Bildes, das bis zur Unkenntlichkeit nachgedunkelt und erloschen ist — bis auf diesen einen begrenzten Fleck. So war es auch mit seiner Erinnerung an die Mutter. Er entsann sich eines stillen Sommerabends: durch das offene Fenster fallen die schrägen Strahlen der untergehenden Sonne ins Zimmer und auf das Heiligenbild, vor dem das Lämpchen brennt (der schrägen Sonnenstrahlen erinnerte er sich am deutlichsten); vor dem Heiligenbild kniet seine Mutter, die »Klikúscha«, die laut schluchzt und Schmerzensschreie ausstößt; sie zieht ihn zu sich heran, umarmt ihn so fest, daß es ihm weh tut, und während sie die Muttergottes um Schutz für ihn anfleht, hebt sie ihn zu diesem Heiligenbild empor, als wolle sie ihn unter den Schutz der Gottesmutter stellen ... und plötzlich stürzt die Kinderfrau ins Zimmer und reißt ihn erschrocken aus den Armen der Mutter. Das war das Bild. Er erinnerte sich auch noch des Gesichts der Mutter in jenem Augenblick: er sagte, sie müsse in Ekstase gewesen sein, und doch war ihr Antlitz schön, wenigstens soweit er sich erinnern könne. Nur liebte er es nicht, davon zu sprechen. Als Kind und Jüngling war er wenig mitteilsam, sogar wortkarg, aber nicht aus Mißtrauen oder mürrischer Menschenscheu, nein, im Gegenteil, vielmehr aus einer inneren, ganz persönlichen Sorge, die die anderen nichts anging, für ihn aber so wichtig war, daß er ihretwegen die anderen gleichsam vergaß. Dabei liebte er die Menschen: er glaubte an sie anscheinend sein ganzes Leben lang, und trotzdem hielt ihn niemand jemals für beschränkt oder naiv. Es war etwas in ihm, was ihm die Menschen zu richten verbot und ihm immer zuflüsterte, daß er nicht der Richter der Menschen sein, nicht das Verurteilen auf sich nehmen wolle und darum auch um nichts in der Welt verurteilen werde. Es hatte sogar den Anschein, als gäbe er alles zu und verurteile nichts, wenn er auch selbst oft schwer darunter litt. Ja, schließlich konnte ihn nichts und niemand mehr weder in Erstaunen setzen noch erschrecken, und das war eigentlich schon von seiner frühesten Jugend an der Fall. Als er mit zwanzig Jahren rein und keusch zu seinem Vater kam, in diese Höhle schmutziger Ausschweifung, entfernte er sich nur schweigend, wenn er es nicht mehr ertragen konnte; doch tat er das ohne den geringsten Ausdruck von Verachtung oder Verurteilung gleichviel wessen. Sein Vater, der als ehemaliger »Schmarotzer« gegen Beleidigungen ungemein feinfühlig und mißtrauisch war, und ihn denn auch sehr voreingenommen empfing (»er schweigt mir zu viel und denkt sich wohl mancherlei«, meinte er), kam schon nach kurzer Zeit, nach kaum zwei Wochen, immer häufiger zu ihm, um ihn zu umarmen und zu küssen, allerdings mit trunkenen Tränen und in berauschter Rührseligkeit, doch ersichtlich auch, weil er ihn aufrichtig immer mehr liebgewann, wie er vielleicht noch nie jemanden geliebt hatte.

Ja, alle Menschen liebten diesen Jüngling, überall brachte man ihm, wo er auch erschien, schon von Kindheit an sofort Liebe entgegen. Im Hause seines Wohltäters und Erziehers Jefim Petrowitsch Polenoff hatten ihn alle so lieb, daß man ihn wie einen leiblichen Sohn behandelte. Und doch kam er in dieses Haus in so jungen Jahren, daß man unmöglich annehmen kann, er habe durch Schlauheit oder durch die Kunst, zu gefallen und sich einzuschmeicheln, die allgemeine Liebe erworben. So trug er denn diese Gabe, in allen Liebe zu erwecken, ganz unbewußt in sich, sie lag sozusagen schon in seiner Natur. Dasselbe geschah mit ihm auch in der Schule, während man doch meinen könnte, daß er gerade zu jenen Kindern gehörte, die in den Kameraden gewöhnlich Spott hervorrufen, nicht selten aber Mißtrauen und sogar Haß. Er war zum Beispiel immer nachdenklich und schien sich gern von allen abzusondern. Er liebte es schon von Kindheit an, sich in einen Winkel zurückzuziehen und Bücher zu lesen. Und doch liebten ihn auch seine Schulkameraden, und sogar so auffallend, daß man ihn tatsächlich während seiner ganzen Schulzeit den allgemeinen Liebling nennen konnte. Er war selten ausgelassen, selten auch nur lustig; aber ein jeder, der ihn ansah, wußte sofort, daß er nicht finster oder mürrisch war, sondern heiter und gutmütig. Unter seinen Altersgenossen suchte er nie, sich hervorzutun. Vielleicht kam dies daher, daß er niemanden und nichts fürchtete, und doch begriffen die Knaben sofort, daß seine Unerschrockenheit keine Prahlerei war und er wohl selbst nicht einmal wußte, daß er kühn und furchtlos war. Beleidigungen trug er nie nach. Es kam vor, daß er nach einer Stunde dem Beleidiger antwortete oder mit ihm selbst so heiter und unbefangen ein Gespräch begann, als wäre niemals etwas zwischen ihnen vorgefallen. Und nie hatte es dabei den Anschein, daß er absichtlich vergessen oder dem Beleidiger verzeihen wolle, sondern es geschah immer ganz harmlos von ihm, als hätte er das Vorgefallene gar nicht für eine Beleidigung gehalten — und das war es, was die Kinder bestrickte und sie ihm unterwarf. Nur eine Eigenschaft hatte er, die in allen Klassen des Gymnasiums, von der untersten bis zur höchsten, bei den Kameraden immerwährend den Wunsch erweckte, ihn zu necken, nicht etwa aus Bosheit, sondern einfach, weil es ihnen Spaß machte. Das waren seine Schamhaftigkeit und Keuschheit. Er konnte gewisse Worte und Gespräche über Frauen nicht ertragen. Diese »gewissen« Worte und Gespräche sind zum Unglück in den Schulen unausrottbar. In der Seele und im Herzen reine Knaben, fast noch Kinder, lieben es zuweilen, in der Klasse unter sich und auch laut von solchen Sachen, Bildern und Vorstellungen zu sprechen, über die selbst einfache Soldaten nicht sprechen würden, denn Soldaten wissen und verstehen vieles nicht von dem, was ganz jungen Kindern unserer höheren Gesellschaft schon bekannt ist. Eine Sitten-verderbnis kann man das nicht gut nennen, ein wirklicher innerer Zynismus ist es auch nicht, wohl aber ist es ein äußerer Zynismus, den man oft für elegant, »schneidig« und nachahmenswert hält. Als man nun bemerkte, daß »Aljóschka Karamásoff«, wenn man »davon« sprach, sich immer die Ohren zuhielt, versammelte man sich um ihn und riß ihm mit Gewalt die Hände fort und schrie ihm dann Gemeinheiten in beide Ohren: er suchte sich loszureißen, wälzte sich auf dem Fußboden, suchte sich zu verstecken und zu bedecken, ertrug aber, ohne ein Wort zu erwidern, ohne zu schreien, schweigend die Beleidigung. Zu guter Letzt ließen sie ihn denn auch in Ruh und neckten ihn nicht mehr als »das Mädchen«, sahen aber in *der* Beziehung doch mit Bedauern auf ihn herab. Als Schüler war er einer von den besten, aber niemals war er der Klassenerste.

Als Polenoff starb, blieb Aljóscha noch zwei Jahre auf dem Gymnasium der Gouvernementsstadt. Die untröstliche Witwe Jefim Petrowitschs begab sich sofort nach dessen Tod, und zwar auf lange Zeit und mit ihrer ganzen Familie, die nur aus Personen weiblichen Geschlechts bestand, nach Italien. Aljoscha kam zu zwei Damen, die er noch nie gesehen hatte, zu entfernten Verwandten Jefim Petrowitschs; unter welchen Bedingungen, das wußte er selbst nicht. Charakteristisch, und sogar im höchsten Grad kennzeichnend war diese Eigenschaft an ihm, daß er sich niemals darum bekümmerte, auf wessen Kosten er lebte. Darin war er das vollständige Gegenteil seines älteren Bruders Iwan Fjodorowitsch, der die ersten zwei Jahre auf der Universität Not litt und sich durch eigene Arbeit erhielt, und der es von Kindheit an immer bitter empfunden hatte, daß er auf Kosten eines Wohltäters lebte. Diese sonderbare Charaktereigenschaft Aljoschas konnte man indes nicht streng verurteilen, denn jeder, der ihn nur etwas näher kennenlernte, war sofort überzeugt, daß Alexei unbedingt zu jenen gleichsam einfältigen Jünglingen gehörte, die, wenn ihnen plötzlich, sagen wir, ein ganzes Vermögen zufiele, nicht zögern würden, es auf die erste Anspielung hin wegzugeben, sei es zu einem guten Zweck oder einfach einem geschickten Schwindler, der sie darum bat. Ja, und überhaupt kann man sagen, daß er den Wert des Geldes gar nicht kannte (natürlich nicht im wörtlichen Sinn). Wenn man ihm Taschengeld gab, um das er niemals selbst bat, so wußte er wochenlang nicht, was er damit anfangen sollte, oder er gab es sofort und ohne zu überlegen aus. Pjotr Alexandrowitsch Miussoff, ein Mensch, der in Geldsachen und bürgerlichen Ehrlichkeitsbegriffen sehr empfindlich war, sprach über Alexei einmal folgenden Aphorismus aus: »Das ist vielleicht der einzige Mensch auf der Welt, der, wenn man ihn allein und ohne Geld auf einem Platz einer ihm unbekannten Millionenstadt zurückließe, weder zugrunde gehen, noch vor Kälte oder Hunger sterben würde, denn irgendwer würde ihm sofort zu essen geben, ihn sofort unterbringen und versorgen, oder wenn das den anderen nicht gelänge, so würde er sich selber sogleich unterbringen, und zwar ohne daß er sich auch nur anzustrengen brauchte oder sich erniedrigen müßte, und ohne daß er dem Gönner zur Last fiele, im Gegenteil, man würde es noch als Vergnügen empfinden, ihm zu helfen.«

Das Gymnasium beendete er nicht; er hatte noch ein ganzes Jahr vor sich, als er plötzlich seinen Damen erklärte, daß er wegen einer Sache, die sich in seinem Kopf festgesetzt hatte, zu seinem Vater fahren müsse. Die Damen waren sehr betrübt und erschrocken darüber und wollten es ihm zuerst nicht gestatten. Die Fahrt kostete nicht viel, aber die Damen erlaubten ihm nicht, seine Uhr zu dem Zweck zu versetzen — ein Geschenk, das er als Andenken von der Familie seines Wohltäters vor ihrer Abreise ins Ausland erhalten hatte — und statteten ihn selbst nicht nur reichlich mit Geld, sondern auch noch mit neuen Kleidern und guter Wäsche aus. Er gab ihnen aber die Hälfte des Geldes zurück und erklärte, daß er unbedingt dritter Klasse fahren wolle. Als er dann in unserem Städtchen angekommen war, antwortete er auf die erste Frage seines Vaters: »Wozu hast du dich denn herbege-

ben und ohne das Gymnasium beendet zu haben?« überhaupt nichts, sondern war, wie man sich allgemein erzählte,
in sich gekehrt und nachdenklich. Bald darauf brachte man
heraus, daß er das Grab seiner Mutter suchte. Er sagte später
sogar selbst, daß er nur deshalb hergekommen sei. Aber es ist
wohl kaum anzunehmen, daß dies allein der Grund seiner
Reise war. Viel wahrscheinlicher ist, daß er sich damals selbst
nicht erklären konnte, was er wollte: irgendetwas hatte sich
in seinem Herzen erhoben, etwas, das ihn schon auf einen
neuen, unbekannten und unvermeidlichen Weg zog. Fjodor
Pawlowitsch konnte ihm übrigens den Platz, wo er seine
zweite Frau begraben hatte, nicht zeigen, da er nach der
Beerdigung niemals mehr an ihrem Grab gewesen war und
daher im Lauf der Jahre ganz vergessen hatte, wo sich dieses
Grab befand ...

Noch ein Wort über Fjodor Pawlowitsch. Er hatte inzwischen längere Zeit nicht in unserem Städtchen gelebt. Im
dritten oder vierten Jahr nach dem Tode seiner zweiten Frau
war er in den Süden Rußlands gereist und zu guter Letzt in
Odessa aufgetaucht, wo er mehrere Jahre blieb. Nach seinen
eigenen Worten hatte er sich dort mit vielen »Juden und Jüdchen der verschiedensten Sorten« angefreundet und war zum
Schluß sogar »bei richtigen Hebräern« empfangen worden.
Es ist wohl anzunehmen, daß er in dieser Periode seines Lebens die besondere Kunst entwickelt hatte, aus allem Geld
herauszuschlagen und so sein Kapital beträchtlich zu vergrößern. Er kehrte erst drei Jahre vor der Ankunft Aljoschas
endgültig in unser Städtchen zurück. Seine früheren Bekannten fanden ihn sehr gealtert, obgleich er noch längst
kein Greis war; auch führte er sich jetzt nicht etwa anständiger, sondern womöglich noch unanständiger auf. Vor allem
tat sich in dem ehemaligen Possenreißer das Bedürfnis kund,
jetzt andere zu Narren zu machen. Mit Frauen verkehrte
er nicht nur wie früher, sondern tat es noch gemeiner, noch
widerlicher. In kurzer Zeit gründete er viele neue Schenken
in unserem Gouvernement. Es war klar, daß er mindestens

hunderttausend Rubel an barem Kapital besitzen mußte. Viele von den Stadteinwohnern — aber auch viele vom Lande — nahmen bei ihm Geld auf, doch gab er es ihnen natürlich nur gegen die sichersten Unterlagen. Äußerlich veränderte er sich in der letzten Zeit ganz augenfällig: er bekam etwas Aufgedunsenes, das er früher nicht gehabt hatte, schien sich auch von seinen Handlungen nicht mehr Rechenschaft ablegen zu können, bekundete einen gewissen Leichtsinn, begann mit dem einen und endete mit etwas ganz anderem, wurde auffallend unruhig und betrank sich immer öfter, und wenn ihn nicht sein treuer Diener Grigorij, der in der Zwischenzeit gleichfalls recht gealtert war, fast wie ein Erzieher bewacht und beschützt hätte, so würde er sich durch seine Lebensweise vielleicht noch ernste Unannehmlichkeiten zugezogen haben. Die Ankunft Aljóschas aber hatte in moralischer Beziehung doch einen gewissen Einfluß auf ihn: als wäre in diesem vorzeitig Gealterten etwas von dem wiedererwacht, was in seiner Seele schon längst verstummt war.

»Weißt du auch, Alexei«, sagte er oftmals, wenn er ihn betrachtete, »daß du ihr sehr ähnlich bist, ich meine, der Klikúscha?« So nannte er stets seine verstorbene Frau, die Mutter Iwans und Aljoschas. Das Grab der »Klikúscha« zeigte dem Jüngling schließlich der Diener Grigórij. Er führte ihn auf unsern Friedhof, und dort zeigte er ihm in einer entlegenen Ecke eine kleine, nicht gerade teuere, doch immerhin sauber gearbeitete gußeiserne Platte, auf der sogar eine Inschrift stand: der Name, das Geburts- und Todesjahr der Verstorbenen, und darunter war noch ein vierstrophiger Spruch eingraviert, einer von den allgemein gebräuchlichen auf den Gräbern des Mittelstandes. Diese Platte erwies sich zu Aljoschas nicht geringer Verwunderung als ein Liebeswerk Grigorijs. Er hatte sie selbst auf dem Grabe der armen »Klikúscha« errichten lassen, auf seine Kosten, nachdem Fjodor Pawlowitsch, den er mehrmals mit der Erinnerung an dieses Grab geärgert hatte, schließlich nach Odessa abgereist war und hinfort nicht nur von Gräbern, sondern auch von allem anderen Gewesenen nichts mehr wissen wollte. Aljoscha äußerte am Grab seiner Mutter keinerlei besondere Rührung; er hörte nur der wichtig und ernst vorgetragenen Erzählung Grigorijs von der Errichtung der Grabplatte zu, stand mit gesenktem Kopf da und ging dann weg, ohne auch nur ein Wort gesagt zu haben. Seit jenem Tag war er wohl das ganze Jahr kein einziges Mal wieder auf dem Kirchhof gewesen. Auf Fjodor Pawlowitsch aber machte diese kleine Episode einen gewissen Eindruck, was sich in einer sehr originellen Weise äußerte. Er nahm plötzlich tausend Rubel und brachte dieses Tausend in unser Kloster, um Seelenmessen für seine verstorbene Frau lesen zu lassen, aber nicht für die zweite, die Mutter Aljoschas, die »Klikúscha«, sondern für die erste Frau, Adelaïda Iwanowna, die ihn geprügelt hatte. Am Abend dieses Tages betrank er sich und schimpfte dann in Aljoschas Gegenwart gewaltig auf die Mönche. Er selbst war nichts weniger als ein religiöser Mensch; er hatte vielleicht kein einziges Mal im Leben ein Fünfkopekenlicht vor ein Heiligenbild gestellt. Aber gerade solche Burschen können zuweilen ganz sonderbare Ausbrüche jäher Gefühle und plötzlicher Gedanken haben.

Ich sagte schon, daß sein Gesicht aufgedunsen war. In seinen Zügen spiegelte sich damals in charakteristischer Weise das Wesentliche seiner Lebensführung. Außer den langen fleischigen Säckchen unter seinen ewig unverschämten, mißtrauischen und spöttischen Äuglein und einer Menge feiner Runzeln in seinem kleinen, doch feisten Gesicht, hing an seinem spitzen Kinn noch ein großes, fleischiges und sackartig längliches Doppelkinn, das ihm ein ganz besonders widerlich-lüsternes Aussehen verlieh. Hierzu denke man sich jetzt noch einen großen, sinnlichen Mund, mit vollen Lippen, hinter denen man die kleinen Stummel schwarz gewordener, fast verbrauchter Zähne sah. Wenn er zu sprechen begann, spritzte jedesmal Speichel von seinen Lippen. Übrigens pflegte er selbst nicht ungern über sein Gesicht zu spotten, obgleich er anscheinend ganz zufrieden mit ihm war. Besonders wies er auf seine Nase hin, die nicht sehr groß, doch sehr schmal und stark gebogen war: »Echt römisch!« pflegte er zu sagen. »Zusammen mit dem Doppelkinn die richtige Physiognomie eines alten römischen Patriziers aus der Verfallszeit.« Darauf war er offenbar noch stolz.

Bald nachdem Aljoscha das Grab seiner Mutter besucht hatte, erklärte er plötzlich seinem Vater, er wolle ins Kloster eintreten, und die Mönche seien bereit, ihn als Novizen aufzunehmen. Er fügte noch hinzu, es sei sein heißer Wunsch, und er erbäte von ihm, seinem Vater, die feierliche Erlaubnis dazu. Der Alte wußte schon, daß der Stáretz Sossíma, der in der Einsiedelei des Klosters lebte, auf seinen »sanften, stillen Knaben« einen tiefen Eindruck gemacht hatte.

»Dieser Staretz ist unter ihnen noch der ehrlichste von allen«, brummte er vor sich hin, nachdem er Aljoschas Bitte, über die er sich weiter gar nicht wunderte, angehört hatte. »Hm ... sieh mal an, wohin du willst ... Also dorthin willst du, mein sanfter Junge!« Er war halb betrunken, und plötzlich verzog sich sein Gesicht zu einem langen, trunkenen Grinsen, das aber doch nicht einer gewissen Schlauheit und Hinterlist entbehrte: »Hm ... weißt du, ich ahnte es ja, daß du gerade mit irgend so etwas enden würdest, kannst du dir das vorstellen? Gerade darauf hattest du's doch abgesehen. Nun, was, meinetwegen ... Du hast doch deine Zweitausend, das wäre denn die Aussteuer. Ich aber werde dich, mein Engelchen, nie im Stich lassen, und auch jetzt werde ich dir alles geben, was du zum Eintritt nötig hast, wenn sie's verlangen. Nun, und wenn sie's nicht verlangen, warum dann aufdrängen, nicht wahr? Geld gibst du ja nur wie'n Kanarienvogel aus, kaum zwei Körnchen in der Woche ... Hm ... weißt du, bei einem bekannten Kloster gibt's so eine ganze Ansiedlung, und alle wissen dort schon, daß in ihr nur die ,Klosterweiber' leben, so werden sie dort allgemein genannt, etwa dreißig an der Zahl, glaube ich ... Ich war mal dort, nicht uninteressant, natürlich nur so in seiner Art ... mal als Abwechslung. Gemein war nur der furchtbare

Russizismus, nicht eine einzige Französin war darunter, könnten aber da sein, denn die Mittel sind bedeutend. Nun, die werden's schon bald riechen und angeflogen kommen. Hier aber, alle Achtung, hier gibt's keine Klosterweiber, Mönche aber an die zweihundert Stück. Alle ehrsam, nichts zu sagen. Fasten bloß. Ich muß gestehen ... Hm! Also, du willst unter die Mönche gehen? Aber du tust mir doch leid, Aljoscha, wirklich, glaub mir, ich habe dich doch liebgewonnen! ... Übrigens wäre das doch eine günstige Gelegenheit: dort könntest du auch für uns Sünder beten, haben wir doch hier schon gar zu viel gesündigt! Ich habe schon immer daran gedacht: wer wird wohl einmal für mich beten? Gibt es in der Welt auch nur einen einzigen Menschen, der für mich beten wird? Mein lieber Junge, ich bin doch in dieser Beziehung ganz furchtbar dumm, du glaubst es nicht, wie dumm! Ganz furchtbar! Siehst du: wie dumm ich aber nun auch bin, an dieses denke ich doch ununterbrochen, ununterbrochen, das heißt, versteht sich, nur so mitunter, aber ich denke doch immerhin manchmal daran! Es ist doch nicht möglich, denke ich, daß die Teufel vergessen könnten, mich mit ihren Schüreisen oder spitzen Haken zu sich hinabzuziehen, wenn ich gestorben bin? Nun, und da denke ich denn so: Haken? Woher nehmen sie die? Schön, — Haken! — aber was für welche denn? Etwa eiserne? Wo werden die denn dort geschmiedet? Oder haben sie dort womöglich so 'ne ganze Fabrik? Im Kloster glauben doch die Mönche sicherlich, daß es in der Hölle, zum Beispiel, einen Plafond, eine Decke gibt. Ich aber, siehst du, ich bin ja gern bereit, an die Hölle zu glauben, nur muß sie ohne Decke sein; das ist gewissermaßen delikater, aufgeklärter — das heißt, lutherischer. Im Grunde aber sollte man meinen, ist's denn nicht einerlei: mit 'ner Decke oder ohne Decke? Das aber ist ja die verflixte Frage, verdammt nochmal! Nun, sage doch selbst: wenn es keine Decke gibt, so gibt es folglich auch keine Haken. Gibt's aber keine Haken, so geht ja die ganze Hölle flöten, dann fällt auch alles Übrige fort! Also wiederum unwahrscheinlich: wer wird mich dann noch mit

Schürhaken hinunterziehen, denn wenn man nicht einmal mich hinunterzieht, wer soll dann überhaupt noch gezogen werden, und wo bliebe dann die Gerechtigkeit in der Welt? Il faudrait les inventer, diese Schürhaken, speziell für mich, für mich allein, denn, ach, Aljoscha! — wenn du wüßtest, was ich für ein Schandkerl bin! ...«

»Aber dort gibt es doch gar keine Schürhaken«, sagte still und ruhig Aljoscha, der den Vater ernst betrachtete.

»Stimmt, nur Schatten von Schürhaken. Ich weiß, ich weiß. Das ist, wie ein Franzose die Hölle beschreibt: J'ai vu l'ombre d'un cocher qui avec l'ombre d'une brosse frottait l'ombre d'une carrosse. Aber woher weißt du denn, mein Täubchen, daß es dort keine Schürhaken gibt? Bleib mal erst ein bißchen bei den Mönchen, dann wirst du schon was andres anstimmen, wirst piepsen, wie die Alten singen. Doch, übrigens, geh nur hin, wenn du willst, trachte, bis zur Wahrheit vorzudringen, und komm dann her erzählen. Es wird immerhin leichter sein, ins Jenseits abzugehen, wenn man genau weiß, wie's dort eigentlich zugeht. Und dort bei den Mönchen ist's auch anständiger für dich als hier bei mir, dem alten Trinker, und den Mädels ... wenn auch dich, wie einen Engel, nichts berührt. Nun, vielleicht wird dich auch dort nichts berühren, nur darum erlaube ich's dir doch, weil ich eben darauf hoffe. Deinen Verstand hat doch nicht der Teufel aufgefressen. Wirst entflammen und erlöschen, gesund werden und zurückkommen. Ich aber werde dich erwarten. Fühle ich doch, daß du der einzige Mensch auf der ganzen Welt bist, der mich nicht verurteilt hat, du mein lieber Junge, das fühle ich doch, wie soll ich denn das nicht fühlen! ...«

Und er begann sogar zu flennen. Er konnte auch sentimental werden. Er war boshaft und sentimental zugleich.

V

Die Startzen

Vielleicht wird nun der eine oder andere meiner Leser denken, Aljoscha Karamasoff sei ein kränklicher, ekstatischer,
dürftig entwickelter Jüngling gewesen, ein bleicher Träumer,
ein blutarmer, saft- und kraftloser Mensch. Im Gegenteil:
Aljoscha war zu der Zeit schon ein stattlicher neunzehnjäh-
riger junger Mann mit hellem, offenem Blick und glühte fast
vor Gesundheit. Er war sogar sehr hübsch, prächtig gewachsen, schlank, von mittelhoher Gestalt, dunkelblond, das Gesicht von einem regelmäßigen, etwas länglichen Oval, in dem
die glänzenden, dunkelgrauen Augen weit auseinander lagen,
war sehr nachdenklich und — wenigstens schien es so — sehr
ruhig. Man wird vielleicht sagen, daß rote Wangen weder
Fanatismus noch Mystizismus ausschließen; ich aber glaube,
daß Aljoscha mehr als sonst jemand Realist war. O, versteht
sich, im Kloster glaubte er unbedingt auch an Wunder, doch
meiner Meinung nach machen Wunder einen Realisten niemals irre. Nicht Wunder führen den Realisten zum Glauben.
Wenn der echte Realist ungläubig ist, wird er immer die
Kraft und die Fähigkeit in sich finden, an Wunder nicht
zu glauben; wenn aber das Wunder vor ihm zur unabweisbaren Tatsache wird, so wird er eher seinen Sinnen nicht
trauen, als daß er die Tatsache zugäbe. Oder gibt er sie
auch einmal zu, so wird er sie doch nur als ganz natürlichen
Vorgang zugeben, der ihm nur bis dahin noch unbekannt
war. Im Realisten wird der Glaube nicht durch das Wunder
hervorgerufen, sondern das Wunder durch den Glauben.
Wenn der Realist einmal glaubt, so muß er gerade infolge
seines Realismus unbedingt auch das Wunder zugeben. Der
Apostel Thomas sagte, daß er nicht eher glauben werde, als
bis er selbst sähe, als er aber sah, da rief er: »Mein Herr und
mein Gott!« Machte ihn das Wunder glauben? Wahrscheinlich nicht, sondern er glaubte ausschließlich darum, weil er

glauben wollte, und vielleicht glaubte er in seinem Innersten schon damals vollkommen, als er sagte, er werde nicht eher glauben, als bis er selbst sähe.

Oder vielleicht wird man sagen, Aljoscha sei stumpfsinnig gewesen, unentwickelt, habe das Gymnasium nicht beendet usw. Letzteres ist allerdings wahr, doch wäre es sehr ungerecht, zu sagen, er sei stumpf oder dumm gewesen. Ich wiederhole, was ich schon einmal gesagt habe: der einzige Grund, warum er diesen Weg einschlug, war der, daß nur dieser Weg allein auf ihn damals einen tiefen Eindruck machte und ihm mit einem Mal das Ideal eines Auswegs zeigte für seine leidenschaftlich aus der Finsternis zum Licht strebende Seele. Jetzt bedenke man noch, daß er seinem Alter nach teilweise schon unserer neuen Zeit angehörte, also schon von Natur ehrlich war, nach Wahrheit verlangte, sie suchte, an sie glaubte und mit der ganzen Kraft seiner Seele der Wahrheit unmittelbar teilhaftig werden wollte, sich nach einer Heldentat sehnte, und zwar mit dem unbedingten Wunsch, für diese Wahrheit, für die er eintrat, womöglich alles, selbst das Leben zu opfern. Nur sehen diese Jünglinge leider nicht ein, daß das Opfer des Lebens in den meisten Fällen vielleicht das leichteste von allen Opfern ist, und daß, zum Beispiel, von seinem jugendlich schäumenden Leben fünf oder sechs Jahre schwerem, mühsamem Studium der Wissenschaft zu opfern — und wenn auch nur, um in sich die Kraft zur Förderung dieser Wahrheit und zur Ausführung dieser Heldentat, für die man schwärmt und die zu erfüllen man sich vorgenommen hat, zu verzehnfachen —, daß solch ein Opfer vielen von ihnen weit über ihre Kräfte geht. Aljoscha erwählte bloß den Weg, der allen andern entgegengesetzt war, doch tat er das mit dem gleichen heißen Verlangen nach einer schnellen Heldentat. Kaum war er in ernstem Nachdenken bestürzt von der Überzeugung ergriffen und erschüttert worden, daß es Unsterblichkeit und Gott gibt, als er sich natürlich sofort sagte: »Ich will für die Unsterblichkeit leben, auf einen halben Kompromiß gehe ich nicht ein!«

Ebenso wäre er, wenn er sich überzeugt hätte, daß es Unsterblichkeit und Gott nicht gibt, sofort zu den Atheisten und Sozialisten übergegangen (denn der Sozialismus ist nicht nur eine Arbeiterfrage oder eine Frage des sogenannten vierten Standes, sondern hauptsächlich eine atheistische Frage, die Frage der gegenwärtigen Inkarnation des Atheismus, die Frage des babylonischen Turmes, der ausdrücklich ohne Gott gebaut wird, nicht zur Erreichung des Himmels von der Erde aus, sondern zur Niederführung des Himmels auf die Erde). Es schien Aljoscha sogar sonderbar und unmöglich, so weiter zu leben. Es steht geschrieben: „Verteile dein Gut und folge mir nach, wenn du vollkommen sein willst." Und so sagte sich denn auch Aljoscha: »Ich kann doch nicht an Stelle meines ganzen Gutes nur zwei Rubel geben, und anstatt des „folge mir nach" nur zur Frühmesse gehen!« Von den Eindrücken seiner Kindheit erinnerte er sich vielleicht noch einiger aus unserem Kloster, wohin ihn die Mutter oftmals mitgenommen hatte. Vielleicht waren auch die schrägen Strahlen der Abendsonne, die auf das schimmernde Heiligenbild fielen, als ihn seine Mutter, die Klikúscha, zu jenem emporhob, für immer in seine Seele gefallen. Nachdenklich und still war er damals, als er herkam, vielleicht nur, um zu sehen: Ist hier alles, oder sind auch hier nur zwei Rubel? — Da traf er im Kloster diesen Staretz ...

Dieser Staretz war, wie ich schon erwähnt habe, der Stáretz Sossíma. Doch hier sehe ich mich gezwungen, zunächst ein wenig zu erläutern, wer und was diese „Startzen" in unseren Klöstern eigentlich sind. Es tut mir nur leid, daß ich mich in dieser Frage nicht ganz maßgebend fühle; ich werde mich daher mit einer kurzen, mehr oberflächlichen Erklärung begnügen müssen. Viele Sachkundige behaupten, das Startzentum sei bei uns in unseren russischen Klöstern erst seit kurzer Zeit eingeführt, kaum seit hundert Jahren, während es im ganzen orthodoxen Osten, besonders auf dem Sinai und dem Athos, schon seit mehr denn tausend Jahren vorkomme. Es wird zwar gleichfalls behauptet, das Startzentum habe auch bei uns früher, schon in den ältesten Zeiten, bestanden, sei dann aber infolge der vielen Heimsuchungen Rußlands, infolge des Tatarenjochs, der inneren Unruhen, der Unterbrechung unserer früheren Beziehungen zum Morgenlande nach der Eroberung Konstantinopels durch die Türken, in Vergessenheit geraten. Wieder aufgekommen aber sei es jetzt seit dem Ende des vorigen Jahrhunderts durch einen der großen Glaubenseiferer, Païssij Welitschkówskij und seine Schüler, doch ist es noch heute, also selbst nach fast hundert Jahren, nur in sehr wenigen Klöstern eingeführt, und nicht selten ist es sogar als eine in Rußland unerhörte Neuerung nahezu Verfolgungen ausgesetzt gewesen. Zu besonderer Blüte kam es bei uns in Rußland in der berühmten Einsiedelei der Optina von Kosélsk. Wann und durch wen es auch in unserem nahe bei der Stadt gelegenen Kloster eingeführt worden ist, weiß ich nicht; doch hat es dort schon drei Startzen gegeben, von denen der Staretz Sossima als dritter und letzter noch lebte, nur siechte jetzt auch er schon in Krankheit und Schwäche dahin. Wer ihn aber einmal ersetzen sollte, das wußte man noch nicht. Für unser Kloster war das eine wichtige Frage, da es sich bis dahin eigentlich noch durch nichts ausgezeichnet hatte: es gab in ihm weder Gebeine Heiliger noch „wunderbar erschienene"[6], wundertätige Heiligenbilder, und nicht einmal alte Sagen, die es mit unserer Geschichte verknüpft oder von ihm Großes, um das Vaterland Verdienstvolles zu berichten gewußt hätten. Aufgeblüht aber und in ganz Rußland bekannt geworden war es gerade durch seine Startzen, die zu sehen und zu hören Pilger in Scharen von weit herkamen und oft Tausende von Werst zu Fuß zurücklegten. Doch was ist nun solch ein Staretz? Der Staretz ist ein Mönch, der eines Menschen Seele und Willen in seine Seele und seinen Willen aufnimmt. Wenn man einen Staretz gewählt hat, sagt man sich vom eigenen Willen los und übergibt ihn dem Staretz zu unbedingtem Gehorsam bei vollständiger Selbstverleugnung. Diese Prüfung, diese furchtbare Lebensüberwindung nimmt der sich dem Staretz Ergebende freiwillig auf sich: in der Hoffnung, nach langer Prüfung sich selbst überwinden zu können, sich seiner selbst dermaßen zu bemächtigen, daß er endlich durch lebenslänglichen Gehorsam die volle Freiheit erlange, — das heißt, um sich von sich selbst zu befreien, auf daß er dem Los derer entgehe, die das ganze Leben verleben und doch ewig ihr eigener Knecht bleiben. Diese Einrichtung, ich meine das Startzentum, ist nicht theoretisch entstanden, sondern hat sich im Osten aus der Praxis ergeben und ist heute schon eine tausendjährige Einrichtung. Die Verpflichtungen dem Staretz gegenüber sind nicht etwa der gewöhnliche »Gehorsam« (oder »Dienst«), der in unseren russischen Klöstern seit jeher üblich ist; nein, hier handelt es sich um die ewige Beichte aller sich dem Staretz Ergebenden und die unlösbare Verbindung zwischen dem Gebundenen und dem Bindenden. Man erzählt sich zum Beispiel, daß einmal in den ältesten Zeiten des Christentums ein derart Gebundener eine Buße, die ihm von seinem Staretz auferlegt worden war, nicht erfüllt, sondern das Kloster verlassen hatte und in ein anderes Land, ich glaube aus Syrien nach Ägypten, gezogen war. Dort hatte er lange Zeit Großes vollbracht, und schließlich war er für seinen Glauben den Märtyrertod gestorben. Als aber die Kirche ihn, den sie fast schon als Heiligen verehrte, bestatten wollte, da war der Sarg plötzlich bei den Worten des Diakonus: »Katechumenen, entfernet euch!« mit der in ihm liegenden Leiche des Märtyrers von der Stelle gerückt und zur Kirche hinausgeflogen, und also war es dreimal geschehen. Erst später hatte man erfahren, daß der heilige Dulder das Gehorsamsgelübde gebrochen und seinen Staretz verlassen hatte, und darum konnte ihm ohne die Erlaubnis dieses Staretz, ungeachtet seiner großen Taten, nicht verziehen werden. Und seine Bestattung konnte erst stattfinden, als sein Staretz ihn vom Gehorsam losgesprochen hatte. Natürlich ist das nur eine alte Legende, aber ich will noch eine andere Begebenheit aus unserer Zeit erzählen. Einer unserer zeitgenössischen Mönche hatte sich in ein Athoskloster zurückgezogen, und plötzlich befiehlt ihm sein Staretz, Athos zu verlassen — Athos, seinen stillen Zufluchtsort, an dem er wie an einem Heiligtum mit aller Liebe seiner Seele hing! — und zuerst nach Jerusalem und dann zurück nach Rußland, in den Norden, nach Sibirien zu gehen: »Dort ist dein Platz, nicht hier.« Der erschrockene und von Kummer niedergedrückte Mönch ging nach Konstantinopel zum Ökumenischen Patriarchen und flehte ihn an, sein Gehorsamsgelübde aufzuheben; da aber antwortete ihm der Ökumenische Machthaber, daß nicht nur er, der Ökumenische Patriarch, ihn nicht befreien könne, sondern daß es auf der ganzen Erde keine Macht gäbe, die ihn von dem, was ihm einmal ein Staretz auferlegt hatte, entbinden könnte, abgesehen natürlich von jenem Staretz selbst. So haben denn die Startzen in gewissen Fällen eine unbegrenzte und unvergleichliche Macht. Das ist auch der Grund, warum bei uns das Startzentum in vielen Klöstern auf solche Feindseligkeit gestoßen ist. Vom Volk indes wurden die Startzen alsbald sehr geachtet und verehrt. Zu den Startzen unseres Klosters kamen sowohl die einfachsten als die vornehmsten Leute, um ihnen kniend ihre Zweifel, Sünden und Leiden zu beichten und sie um Rat und Leitung zu bitten. Dagegen führten dann die Gegner der Startzen außer anderen Beschuldigungen an, daß hierbei das Mysterium der Beichte eigenmächtig und leichtsinnig profaniert werde — obgleich in diesem Fall das fortwährende Beichten des sich ihm ergebenden Klosterbruders oder Weltlichen keineswegs als Mysterium aufgefaßt wird. Es endete schließlich damit, daß das Startzentum sich doch behauptete und allmählich in den Klöstern verbreitete. Allerdings ist auch das wahr: dieses erprobte und schon tausendjährige Mittel zur sittlichen Auferstehung des Menschen von der Sklaverei zur Freiheit und zur moralischen Vervollkommnung kann sich in ein zweischneidiges Schwert verwandeln, so daß es manchen vielleicht — statt zur Demut und endgültigen Selbstüberwindung — nur zu satanischem Stolz, also zu Ketten, nicht aber zur Freiheit führt.

Der Staretz Sossima war damals ungefähr fünfundsechzig Jahre alt; er stammte aus einer Gutsbesitzersfamilie, war als Knabe Kadett gewesen und hatte als Oberleutnant im Kaukasus gedient. Zweifellos hatte er auf Aljoscha durch irgendeine ganz besondere Eigenschaft seiner Seele einen so tiefen Eindruck gemacht. Aljoscha lebte in der unmittelbaren Nähe des Staretz, der ihn sehr liebgewonnen und in seiner Klause untergebracht hatte. Ich muß noch bemerken, daß Aljoscha, als er damals im Kloster lebte, noch durch nichts gebunden war, zu jeder Zeit aus dem Kloster gehen und auch Tage lang fortbleiben konnte, und wenn er die Kutte trug, so geschah es von ihm freiwillig, um unter den anderen im Kloster nicht aufzufallen, aber natürlich gefiel es ihm auch selbst, die Kutte zu tragen. Vielleicht wirkten auf seine jugendliche Phantasie auch die Macht und der Ruhm, die seinen Staretz ständig umgaben. Vom Staretz Sossima sagte man, er habe in all den Jahren von denen, die zu ihm kamen, um ihr Herz auszuschütten, und nach einem Rat und einem heilenden Wort dürsteten, so viele Geständnisse und Geheimnisse in seine Seele aufgenommen, habe soviel Reue und Zerknirschung miterlebt, daß er schließlich schon beim ersten Blick in das Gesicht eines Unbekannten erraten könne, womit dieser zu ihm kam, was er suchte, und sogar welch eine Qual sein Gewissen peinigte, und daß er ihn, noch bevor dieser ein Wort gesprochen, durch die Kenntnis seines Geheimnisses in Erstaunen setzte, verwirrte und nicht selten erschreckte. Dabei fiel es Aljoscha besonders auf, daß viele, wenn nicht alle, die das erstemal den Staretz zu einem Gespräch unter vier Augen aufsuchten, ängstlich und unruhig bei ihm eintraten, dafür aber beinahe immer heiter und glücklich wieder fortgingen, daß selbst das finsterste Gesicht sich in ein fröhliches verwandelte. Auch wunderte es ihn sehr, daß der Staretz keineswegs ein Mann von strengem Ernst war; im Gegenteil, im Umgang mit anderen war er fast immer heiter. Die Mönche sagten von ihm, seine Seele hänge ganz besonders an den größeren Sündern, und die größten Sünder liebe er am allermeisten. Aber unter den Mönchen gab es selbst bis an sein Lebensende noch manche, die ihn haßten und beneideten, nur war ihre Zahl schon recht klein geworden, und sie schwiegen, obgleich zu ihnen sogar sehr bekannte und im Kloster hochangesehene Mönche gehörten, wie zum Beispiel einer der ältesten Einsiedler, Pater Ferapónt, der ein großer Schweiger und außergewöhnlicher Faster war. Die große Mehrzahl der Mönche jedoch hielt schon unbedingt zum Staretz Sossima, und unter diesen liebten ihn viele heiß und von ganzem Herzen; einige aber hingen geradezu fanatisch an ihm. Letztere sagten sogar — übrigens sagten sie es doch nicht ganz laut —, daß er ein Heiliger sei, daran sei nicht mehr zu zweifeln, und da sie seinen nahen Tod voraussahen, so erwarteten sie von dem Verscheidenden sogar Wunder und schon in nächster Zukunft großen Ruhm fürs Kloster. Auch Aljoscha glaubte widerspruchslos an die wundertätige Kraft des Staretz, ganz wie er widerspruchslos auch an die Geschichte von dem dreimal aus der Kirche hinausgeflogenen Sarg glaubte. Er sah, daß viele, die mit kranken Kindern oder erwachsenen Kranken hinkamen und den Staretz baten, die Hände auf sie zu legen und ein Gebet über ihnen zu sprechen, alsbald wiederkehrten — viele sogar schon am nächsten Tag — und weinend vor dem Staretz niederfielen, um ihm für die Heilung ihrer Kranken zu danken. War es nun wirklich Heilung, oder war es nur eine zeitweilige Erleichterung — das konnte für Aljoscha weiter keine Frage sein, denn er glaubte bedingungslos an die geistige Kraft seines Lehrers, dessen Ruhm für ihn gleichsam sein eigener Triumph war. Besonders jedoch bebte sein Herz und verklärte sich sein ganzes Gesicht, wenn der Staretz zum Volk, das ihn vor der Einsiedelei erwartete, hinaustrat. Diese Pilger kamen von weit her, aus allen Gegenden Rußlands, um den Staretz zu sehen und seinen Segen zu empfangen. Sie knieten vor ihm nieder, weinten, küßten seine Füße, küßten die Erde, auf der er gestanden, und die Weiber hielten ihm ihre Kinder hin oder führten ihm eine kranke Klikúscha zu. Der Staretz redete mit ihnen, sprach über sie ein kurzes Gebet und segnete sie. In der letzten Zeit war er durch seine Krankheit so geschwächt, daß er nicht mehr die Zelle verlassen konnte, und dann warteten die Pilger in der Herberge des Klosters oft tagelang auf sein Erscheinen. Niemals fragte sich Aljoscha, warum das Volk den Staretz so liebte, warum die Leute vor ihm niederfielen und vor Rührung weinten, sobald sie nur sein Antlitz sahen. O, er begriff vorzüglich, daß es für die demütige Seele des einfachen Russen, die von Mühe und Leid zerquält ist und vor allem durch die immerwährende Ungerechtigkeit und die Sünde — wie durch die eigene, so auch durch die Sünde der ganzen Welt —, keinen größeren Trost und kein größeres Verlangen gibt, als ein Heiligtum oder einen Heiligen zu finden, vor ihm niederzufallen und zu ihm zu beten: »Wenn bei uns auch Sünde, Unwahrheit und Versuchung herrscht, so gibt es irgendwo auf Erden doch einen Heiligen und Höheren; dafür ist bei *ihm* die Wahrheit, dafür kennt *er* die Wahrheit: somit stirbt sie noch nicht aus auf Erden, also wird sie einmal auch zu uns kommen und sich über die ganze Erde verbreiten, wie es verheißen ist.«

Aljoscha wußte, daß das Volk so fühlt und sogar so denkt — das begriff er; und daran, daß gerade sein Stáretz dieser Heilige, dieser Hüter der Gotteswahrheit in den Augen des Volkes war — daran glaubte er und zweifelte er keinen Augenblick, gleich diesen weinenden Bauern und ihren kranken Weibern, die ihre Kinder dem Staretz entgegenhoben. Die Überzeugung, daß der Staretz im Sterben oder erst durch seinen Tod dem Kloster ungewöhnlichen Ruhm verschaffen werde, lebte in Aljoschas Seele vielleicht sogar noch glühender als in allen anderen Anhängern des Staretz. Und überhaupt erhob sich und entbrannte in dieser ganzen letzten Zeit eine unbestimmbare, tiefe, flammende Begeisterung immer stärker und stärker in seinem Herzen. Es verwirrte ihn nicht im geringsten, daß dieser Staretz immerhin nur als ein Einziger vor ihm stand: »Das hat nichts zu sagen, aber er ist heilig, in seinem Herzen liegt das Geheimnis der Erneuerung aller, jene Kraft, die endlich die Wahrheit auf Erden aufrichten wird, und alle werden heilig sein, und alle werden einander lieben, und es wird weder Reiche noch Arme, weder Hoffärtige noch Erniedrigte mehr geben, sondern alle werden wie Kinder Gottes sein, und es wird das wahre Reich Christi beginnen.« Das war es, wovon Aljoschas Herz träumte.

Ich glaube, die Ankunft seiner beiden Brüder, die er bis dahin überhaupt noch nicht gekannt hatte, machte einen unwöhnlich starken Eindruck auf ihn. Mit seinem Stiefbruder Dmitrij Fjodorowitsch freundete er sich schneller und näher an, obgleich dieser erst später ankam, als mit seinem leiblichen Bruder Iwan Fjodorowitsch. Mit Spannung wartete er darauf, Iwan näher kennenzulernen. Dieser lebte schon volle zwei Monate beim Vater, sie aber waren sich noch immer nicht nähergetreten, was um so auffallender war, als sie sich sogar ziemlich oft sahen: Aljoscha war selbst schweigsam und schien auf etwas zu warten, schien sich dabei auch irgendeiner Sache zu schämen; sein Bruder Iwan jedoch hörte anscheinend bald gänzlich auf, an ihn auch nur zu denken, obgleich Aljoscha zu Anfang sehr wohl seine langen, fragenden Blicke auf sich ruhen gefühlt und auch bemerkt hatte. Aljoscha schrieb diese Gleichgültigkeit seines Bruders, die ihn nicht wenig befangen machte, ihrem Alters- und besonders Bildungsunterschied zu. Aber Aljoscha machte sich auch noch andere Gedanken: ein so geringes Interesse für ihn und so wenig Teilnahme konnte bei Iwan vielleicht auch von etwas ganz anderem herrühren, das ihm, Aljoscha, völlig unbekannt war. Aus irgendeinem Grunde schien es ihm immer, daß Iwan mit etwas Besonderem beschäftigt sei, mit etwas Innerlichem und Ungeheurem, daß er nach einem bestimmten Ziel strebe, vielleicht nach einem sehr schwer zu erreichenden, so daß es ihm jetzt nicht um Brüder zu tun war, und daß dies also der einzige Grund sein konnte, warum er auf ihn, Aljoscha, so zerstreut blickte. Auch dachte Aljoscha noch darüber nach, ob sich darin nicht eine gewisse Verachtung des klugen Atheisten für ihn, den dummen Novizen, verberge. Er wußte bereits, daß sein Bruder Atheist war. Diese Verachtung aber, selbst wenn sie vorhanden gewesen wäre, hätte ihn eigentlich nicht kränken können; aber trotzdem wartete er doch mit einer ihm selbst unerklärlichen, ihn verwirrenden Unruhe darauf, wann denn der Bruder ihm endlich würde nähertreten wollen. Dmitrij Fjodorowitsch äußerte sich über Iwan stets mit der größten Hochachtung und sprach überhaupt immer ganz besonders durchdrungen und begeistert von ihm. Durch ihn erfuhr denn auch Aljoscha alle Einzelheiten jener wichtigen Angelegenheit, die in der letzten Zeit seine beiden älteren Brüder so sonderbar und eng verbunden hatte. Die begeisterten Äußerungen Dmitrijs über seinen Bruder Iwan waren in Aljoschas Augen um so auffallender, als Dmitrij im Vergleich zu Iwan so gut wie ganz ungebildet war und sie beide, wenn man sie als Persönlichkeiten und Charaktere verglich, einen so schroffen Gegensatz bildeten, wie man ihn sich größer nicht hätte vorstellen können.

Und gerade zu dieser Zeit sollte nun jene Zusammenkunft in der Klause des Staretz stattfinden, oder richtiger, die Familienversammlung aller Glieder dieser uneinigen Familie, die einen so außergewöhnlichen Eindruck in Aljoscha hinterließ. Der Grund, weshalb man zusammenkam, war natürlich eine Heuchelei. Gerade damals hatten die Uneinigkeiten zwischen Dmitrij Fjodorowitsch und seinem Vater wegen der Erbschaftsabrechnungen einen Punkt erreicht, an dem jede Verständigung ausgeschlossen schien. Ihr Verhältnis zueinander spitzte sich immer mehr zu und wurde unerträglich. Ich glaube, Fjodor Pawlowitsch war der erste, der damals scherzend vorschlug, sich doch in der Zelle des Staretz zu versammeln und wenn auch nicht gerade seine Vermittlerschaft zu suchen, so sich doch immerhin etwas anständiger zu besprechen, wobei die Würde und die Person des Staretz natürlich einen gewissen Einfluß in gutem Sinne haben könnte. Dmitrij Fjodorowitsch, der nie beim Staretz gewesen war und ihn nie gesehen hatte, glaubte natürlich, man wolle ihn mit dem Staretz schrecken; schließlich aber nahm er den Vorschlag an, besonders deshalb, weil er sich im Herzen über viele und gar zu heftige Ausfälle gegen den Vater heimlich ernste Vorwürfe machte. Bei der Gelegenheit will ich noch bemerken, daß er nicht im Hause seines Vaters lebte, wie Iwan Fjodorowitsch, sondern ganz am andern Ende der Stadt eine Wohnung gemietet hatte.

Hinzu kam jetzt noch, daß diese Idee Fjodor Pawlowitschs ganz besonders Pjotr Alexandrowitsch Miussoff, der zu jener Zeit gerade auf seinem Gut weilte, gefiel. Als Liberaler der vierziger und fünfziger Jahre, als Freigeist und Atheist, nahm er vielleicht aus Langeweile oder vielleicht auch aus leichtsinniger Zerstreuungssucht an dieser ganzen Angelegenheit lebhaften Anteil. Er wollte plötzlich ungeheuer gern das Kloster und den »Heiligen« sehen, und da sich sein alter Prozeß mit dem Kloster wegen der Grenze ihrer Güter und irgendwelcher Rechte auf das Holzfällen im Wald und die Fischerei im Fluß immer noch hinzog, so beeilte er sich jetzt, diesen Umstand zur Einwilligung des Staretz auszunutzen, unter dem Vorwand, daß er selbst mündlich mit dem Prior sprechen wolle, ob sich der Streit nicht irgendwie gütlich beilegen ließe.

Einen Gast, der demnach mit so wohlmeinenden Absichten kam, mußte man im Kloster selbstverständlich aufmerksamer und zuvorkommender empfangen als einen gewöhnlichen Neugierigen. Und infolge aller dieser Kombinationen konnte man dann einen gewissen Einfluß vom Kloster aus auf den kranken Staretz erwarten, denn sonst war die Hoffnung, vom Staretz empfangen zu werden, ziemlich gering: er verließ in letzter Zeit fast überhaupt nicht mehr seine Zelle und empfing nicht einmal mehr seine alten Anhänger. Nun, und so endete es denn auch damit, daß der Staretz seine Einwilligung gab und Tag und Stunde bestimmt wurden. »Wer hat mich berufen, ihr Schiedsrichter zu sein?« sagte er nur lächelnd zu Aljoscha.

Als Aljoscha von dieser Zusammenkunft erfuhr, erschrak er. Der einzige von allen, der diesen Besuch ernst nehmen konnte, war sein Bruder Dmitrij; die anderen jedoch würden alle aus leichtsinnigen und für den Staretz vielleicht sogar beleidigenden Gründen kommen — das war es, was Aljoscha sich sagte. Sein Bruder Iwan und Miussoff würden aus Neugier kommen, vielleicht sogar aus einer sehr zynischen Neugier, sein Vater aber, um als Possenreißer irgendeine dumme Szene zu spielen. O, wenn Aljoscha auch schwieg, so kannte er seinen Vater doch schon durch und durch. Ich wiederhole es: dieser Jüngling war keineswegs so naiv, wie alle glaubten. Mit schweren Gefühlen sah er dem festgesetzten Tag entgegen. Zweifellos sorgte er sich im Herzen oft darum, daß alle diese Familienzwistigkeiten sich nicht beilegen ließen. Trotzdem galt seine größte Sorge doch dem Staretz: er zitterte für ihn, fürchtete, sie könnten ihn beleidigen, fürchtete besonders den feinen, immer höflichen Spott Miussoffs und den unausgesprochen überlegenen des gelehrten Iwan; er konnte sich beide schon lebhaft vorstellen! ... Er wollte sogar schon wagen, dem Staretz etwas davon mitzuteilen, ihn vorzubereiten, bedachte sich aber und sagte nichts. Nur seinem Bruder Dmitrij ließ er am Vorabend durch einen Bekannten sagen, daß er ihn sehr liebe und von ihm die Erfüllung des Versprechens erwarte. Dmitrij wurde nachdenklich, denn er konnte sich durchaus nicht erinnern, was er ihm versprochen haben sollte, und antwortete nur mit einem Brief, in dem er schrieb, er werde sich mit allen Kräften »der Niedertracht« gegenüber beherrschen, und wenn er auch den Staretz und ihren Bruder Iwan sehr hoch achte, so sei er doch überzeugt, daß es sich um eine Falle für ihn oder um eine unwürdige Komödie handele. »Nichtsdestoweniger werde ich mir eher die Zunge abbeißen, als den Respekt vergessen vor dem heiligen Mann, den Du so verehrst!« schloß Dmitrij seinen kurzen Brief. Aljoscha fühlte sich aber durch dieses Versprechen doch nicht sonderlich beruhigt.

ZWEITES BUCH

DIE UNSCHICKLICHE VERSAMMLUNG

I

Die Ankunft im Kloster

Es war ein schöner und klarer Tag gegen Ende August. Die Zusammenkunft mit dem Staretz war für die Zeit unmittelbar nach der Spätmesse, so ungefähr zwischen halb zwölf und zwölf Uhr, vereinbart worden. Unsere Klosterbesucher geruhten indes nicht zur Messe zu erscheinen, sondern trafen pünktlich erst nach deren Beendigung ein. Sie kamen in zwei Equipagen angefahren: in der ersten, einem eleganten Gefährt, das mit einem Paar kostbarer Pferde bespannt war, Pjotr Alexandrowitsch Miussoff mit seinem entfernten Verwandten Pjotr Fomítsch Kalgánoff. Dieser junge Mann bereitete sich vor, mit dem Studium an einer unserer Universitäten zu beginnen; Miussoff jedoch, bei dem er damals aus irgendwelchen Gründen vorerst lebte, redete ihm zu, mit ihm ins Ausland zu gehen und dort, vielleicht in Zürich oder in Jena, die Universität zu beziehen und das Studium auch zu beenden. Der junge Mann zögerte noch mit der Entscheidung. Er war von nachdenklicher Natur und schien meist zerstreut zu sein. Sein Gesicht war angenehm, sein Körper kräftig gebaut und ziemlich groß. Sein Blick konnte mitunter ganz auffallend unbeweglich sein: wie alle sehr zerstreuten Menschen starrte er einen bisweilen lange reglos an, aber ohne einen dabei wirklich zu sehen. Er war schweigsam und ein wenig unbeholfen, aber es kam vor — allerdings nur unter vier Augen —, daß er auf einmal ungemein gesprächig, lebhaft, witzig und heiter wurde und dazwischen über Gott weiß was lachen konnte. Allein, seine

Lebhaftigkeit erlosch ebenso plötzlich und schnell, wie sie jäh und rasch über ihn kam. Er war immer sehr gut angezogen, sogar mit auffallendem Geschmack. Er verfügte bereits über ein gewisses freies Vermögen und hatte die besten Aussichten, noch viel mehr zu erben. Mit Aljoscha war er befreundet.

Im zweiten Wagen, einer sehr altmodischen, schütternden, dafür aber recht geräumigen Kutsche, vor der zwei alte Schweißfüchse trabten, die aber hinter Miussoffs leichter Kalesche beträchtlich zurückgeblieben waren, kam Fjodor Pawlowitsch Karamasoff mit seinem zweiten Sohn Iwan Fjodorowitsch angefahren. Dmitrij Fjodorowitsch hatte man schon am vorhergegangenen Tag die Stunde angesagt, aber trotzdem war er noch nicht zu sehen. Man ließ die Wagen außerhalb der Klostermauer bei der Herberge halten, stieg aus und trat zu Fuß durch das Klostertor ein. Außer dem alten Karamasoff hatte von den übrigen drei anscheinend kein einziger je ein Kloster von innen gesehen; Miussoff aber war vielleicht schon seit dreißig Jahren nicht mehr in einer Kirche gewesen. Er blickte mit einer Neugier um sich, die nicht ganz ohne eine gewisse gespielte Ungezwungenheit war. Doch leider gab es für seinen ausschauenden Verstand im Innern der Klostermauern außer den übrigens sehr einfachen Kirchen- und Wirtschaftsgebäuden nichts Besonderes zu entdecken. Aus der Kirche kamen noch die Nachzügler mit entblößtem Haupt, bekreuzten sich und setzten die Mützen auf. Unter dem einfachen Volk fielen zwei oder drei Damen der höheren Gesellschaft sowie ein sehr alter General auf. Die waren alle im Klostergasthof abgestiegen.

Bettler umringten alsbald die Neuangekommenen, doch keiner von ihnen gab etwas. Nur Petrúscha Kalgánoff nahm aus seiner Börse ein Zehnkopekenstück, das er einem Weibe zusteckte, wobei er hastig murmelte: »Richtig verteilen!« Die anderen beachteten es gar nicht, so daß er keinen Grund zur Verlegenheit hatte; trotzdem wurde er, als er bemerkte, daß die anderen es schweigend übersahen, erst recht befangen.

Eines war aber doch sonderbar: man sollte meinen, daß Gäste wie sie ganz anders empfangen werden mußten; Karamasoff hatte vor noch nicht langer Zeit tausend Rubel gespendet, und Miussoff war der reichste Gutsbesitzer und der sozusagen gebildetste Mensch, von dem man hier im Kloster teilweise geradezu abhing, weil der Prozeß, den man mit ihm wegen der Fischereirechte usw. führte, noch nicht entschieden war. Und siehe da: keine einzige der offiziellen Persönlichkeiten des Klosters war zu ihrem Empfang erschienen. Miussoff blickte zerstreut auf die Grabsteine an der Kirche und wollte schon bemerken, daß das Recht, an einem so »heiligen« Ort begraben zu liegen, den Leidtragenden nicht wenig aus der Tasche gezogen haben müsse, schwieg aber und sagte nichts. Die übliche liberale Ironie verwandelte sich in ihm fast in Zorn.

»Zum Teufel, wo gibt es denn hier bei dieser blödsinnigen Einrichtung so etwas, wo man sich erkundigen könnte ... Das muß man doch endlich feststellen, sonst verlieren wir hier bloß unsere kostbare Zeit«, brummte er halblaut, als wolle er es nur so vor sich hinsagen.

Da trat ein älterer, schon etwas kahlköpfiger Herr dienstbereit auf sie zu, ein Herr mit ungemein freundlich blickenden, etwas hervorstehenden Augen, der einen weiten Sommermantel trug. Er zog den Hut und stellte sich mit wahrhaft honigsüßer Stimme als Gutsbesitzer Maximoff aus dem Gouvernement Tula vor. Sogleich ging er auf die Sorge der Wartenden ein.

»Der Staretz Sossíma lebt in der Einsiedelei, hermetisch abgeschlossen, hermetisch, vierhundert Schritt vom Kloster, durch das W—Wäldchen, durch das Wäldchen...«

»Das weiß ich auch, daß man durch das Wäldchen zu ihm gehen muß«, fiel ihm Fjodor Pawlowitsch Karamasoff ins Wort, »aber den Weg dorthin hab ich total vergessen, bin lange nicht mehr hier gewesen.«

»Hier, hier, gleich durch diese P—Pforte und dann gerade durch das Wäldchen... durch das Wäldchen. Wenn gefällig

... ich muß selbst ... ich werde selbst ... Hier, sehen Sie, hier ...«

Sie traten durch die Pforte und schritten auf den Wald zu. Der Gutsbesitzer Maximoff, ein Mann von etwa sechzig Jahren, ging nicht eigentlich, sondern lief geradezu neben ihnen her, während er sie mit einer schier krampfhaften, unwahrscheinlichen Neugier betrachtete, wobei seine Glotzäugigkeit noch unangenehmer auffiel.

»Wir sind in einer besonderen Angelegenheit zum Staretz gekommen«, bemerkte Miussoff mit strenger Miene. »Diese ‚Persönlichkeit‘ hat uns sozusagen eine Audienz gewährt, und daher müssen wir Sie bitten, obgleich wir Ihnen für das Wegweisen sehr dankbar sind, doch nicht mit uns zusammen einzutreten.«

»Ich war ja schon, ich war ja schon ... Un chevalier parfait!« versicherte sofort der Gutsbesitzer und schnippte mit den Fingern vor Entzücken.

»Wer ist ein Chevalier?« fragte Miussoff.

»Der Staretz, der prachtvolle Staretz, der Staretz! ... Die Ehre und der Ruhm des Klosters! Sossima! Das ist solch ein Staretz ...«

Seine krause Rede wurde unterbrochen: ein kleiner, blasser, magerer Mönch in einer Kutte kam ihnen nachgelaufen. Karamasoff und Miussoff blieben stehen. Der Mönch verbeugte sich tief und sagte höflich:

»Seine Hochehrwürden, der Prior, läßt die Herrschaften ergebenst bitten, nach dem Besuch in der Einsiedelei bei ihm zu Mittag zu speisen. Und Sie gleichfalls«, fügte er, sich an Maximoff wendend, hinzu.

»Das werde ich unbedingt tun!« rief der alte Karamasoff, ungemein erfreut über die Einladung, »unbedingt! Und wissen Sie, wir haben uns alle das Wort gegeben, uns hier anständig aufzuführen ... Und Sie, Miussoff, werden Sie auch mitgehen?«

»Warum denn nicht? Wozu bin ich denn sonst hergekommen, wenn nicht, um hier alle diese Bräuche kennenzulernen.

Nur eines macht mir Bedenken, nämlich, daß ich jetzt mit Ihnen, Fjodor Pawlowitsch...«

»Tja, Dmitrij Fjodorowitsch ist aber noch nicht erschienen!«

»Und er täte gut, überhaupt nicht zu erscheinen! Ist mir denn diese Ihre ganze schmutzige Geschichte etwa angenehm, und noch mit Ihnen als Zugabe! — Wir werden gern der freundlichen Einladung Folge leisten, überbringen Sie Seiner Hochehrwürden unseren besten Dank«, sagte er darauf zum Mönch.

»Ich soll Sie zum Staretz führen«, antwortete der Mönch.

»Dann... dann werde ich inzwischen zum Prior gehen!« sagte eilig der Gutsbesitzer Maximoff.

»Der Prior ist augenblicklich in Anspruch genommen... aber... wie Sie wollen...«, meinte etwas unentschlossen der Mönch.

»Ein äußerst zudringlicher Kauz«, bemerkte Miussoff laut, als Maximoff schon kehrt gemacht hatte und zum Kloster zurückeilte.

»Gleicht ungemein dem berühmten Herrn van Sohn«, sagte plötzlich der alte Karamasoff.

»Das scheint das einzige zu sein, was Sie zu sagen wissen ... Warum soll er denn Herrn van Sohn gleichen? Haben Sie überhaupt jemals Herrn van Sohn gesehen?«

»Selbstverständlich: seine Photographie. Er gleicht ihm fabelhaft, sag ich Ihnen, wenn auch nicht in den Gesichtszügen, sondern in etwas ganz Unerklärlichem. Van Sohns Doppelgänger, mit einem Wort. Das sehe ich ihm sofort an der Physiognomie an.«

»Nun, meinetwegen«, bemerkte Miussoff gereizt, »Sie sind ja Kenner in solchen Sachen. Nur noch eines, Fjodor Pawlowitsch: Sie beliebten soeben selbst daran zu erinnern, daß wir uns das Wort gegeben haben, uns anständig aufzuführen, wie Sie sich wohl noch entsinnen werden. Ich sage Ihnen: vergessen Sie das nicht! Sollten Sie aber wieder anfangen, den Possenreißer zu spielen, so werde ich es, glauben

Sie mir, nicht dulden, daß man mich hier mit Ihnen auf eine Stufe stellt!... Sehen Sie, was das für ein Mensch ist«, fügte er darauf, zum Mönch gewandt, hinzu, »ich fürchte mich geradezu, mit ihm bei anständigen Menschen einzutreten!«

Auf den blassen, blutleeren Lippen des Mönchleins erschien ein feines, verschwiegenes Lächeln, das in seiner Art doch eine gewisse Geriebenheit verriet, aber er antwortete nichts, und es war nur zu klar, daß er aus dem Gefühl der eigenen Würde schwieg. Miussoff runzelte die Stirn.

‚Ach, der Teufel hole sie allesamt! Das ist ja doch bloß eine in Jahrhunderten eingeübte Haltung‘, fuhr es ihm durch den Sinn. ‚Im Grunde ist doch alles nur Schwindel und Getue!‘

»Ah, da sind wir ja schon glücklich angelangt. Da ist die Einsiedelei!« rief Fjodor Pawlowitsch. »Die Pforte ist aber geschlossen, wie ich sehe.«

Und er begann, sich vor den Heiligenbildern, die über und zu beiden Seiten der Pforte gemalt waren, schwungvoll zu bekreuzen.

»In ein fremdes Kloster soll man nicht mit seinem eigenen Reglement eintreten«, bemerkte er. »Im ganzen suchen hier in dieser Einsiedelei fünfundzwanzig Heilige ihr Seelenheil, beobachten sich gegenseitig und vertilgen Sauerkraut. Und kein einziges Frauenzimmerchen darf hier durch diese Pforte treten, das ist das Bemerkenswerteste dabei. Und das ist doch tatsächlich so. Aber, wie kommt es, ich habe nämlich trotzdem gehört, daß der Staretz auch Damen empfängt?« Damit wandte er sich plötzlich an den Mönch.

»Aus dem Volk sind auch jetzt Weiber hier; sehen Sie dort, sie lagern vor der Galerie. Für die höheren Damen aber sind hier bei der Galerie, außerhalb der Einfriedung, zwei Zimmerchen angebaut, diese Fenster dort, und der Staretz kommt dann zu ihnen durch den inneren Gang, wenn er gesund ist, also immer außerhalb der Einfriedung. Auch jetzt ist dort eine vornehme Dame, eine Gutsbesitzerin aus der Gegend von Charkoff, eine Frau Chochlakóff; sie wartet auf ihn mit ihrer gelähmten Tochter. Wahrscheinlich hat er versprochen, zu ihnen herauszukommen, obgleich er in letzter Zeit so schwach geworden ist, daß er sich kaum noch dem Volk zeigen kann.«

»Also gibt es dann doch noch ein Schlupfloch, das aus der Einsiedelei zu den Weibern führt? Das heißt, heiliger Vater, glauben Sie um Gottes willen nicht, daß ich irgend etwas . . . — ich meinte ja nur so! Wissen Sie, auf dem Athos, Sie haben es vielleicht schon gehört, ist nicht nur der Besuch von Frauen verboten, sondern überhaupt jeder Gotteskreatur weiblichen Geschlechts; dort werden weder Hühnchen geduldet, noch Putchen, noch Kälbchen . . .«

»Fjodor Pawlowitsch, ich werde sofort zurückgehen und Sie allein eintreten lassen! Man wird Sie hier sowieso hinauswerfen, das prophezeie ich Ihnen!«

»Aber was tue ich Ihnen denn, Pjotr Alexandrowitsch? . . . Sehen Sie doch mal«, rief er schnell, indem er durch die Pforte trat, »sehen Sie doch, in welch einem Rosental sie hier leben!«

Tatsächlich waren dort, wenn auch keine Rosen, so doch überall, wo man sie nur hatte pflanzen können, eine Menge seltener und schöner Herbstblumen. Augenscheinlich pflegte sie eine geübte Hand. Blumenbeete lagen zwischen Gräbern, und Blumen wuchsen als Spalier an der Mauer. Das einstöckige Holzhäuschen, die Klause des Staretz, war mit seiner Galerie vor dem Eingang gleichfalls von Blumen umgeben.

»War denn das auch beim früheren Staretz Warssonófij schon so? Der soll ja, wie man sagt, Schönheit überhaupt nicht geliebt haben, soll sogar das schöne Geschlecht mit dem Stock geschlagen haben«, bemerkte Fjodor Pawlowitsch, als er die Stufen hinanstieg.

»Der Staretz Warssonófij war zuweilen allerdings etwas wunderlich, aber es wird auch viel Unwahres von ihm erzählt. Mit dem Stock hat er niemanden geschlagen«, antwortete der Mönch. »Bitte sich hier einen Augenblick zu gedulden, ich werde Sie anmelden.«

»Fjodor Pawlowitsch, zum letztenmal die Bedingung, hören Sie! Führen Sie sich gut auf, sonst haben Sie es mit mir zu tun!« gelang es noch Miussoff, ihm schnell zuzuflüstern.

»'s ist wirklich unbegreiflich, warum Sie dermaßen erregt sind«, bemerkte spöttisch Fjodor Pawlowitsch, »oder fürchten Sie sich wegen Ihrer Sünden? Man sagt, daß er schon an den Augen erkenne, womit man zu ihm kommt. Und wie hoch Sie plötzlich seine Meinung schätzen, Sie, solch ein Pariser und Fortschrittler! Sie setzen mich ja heute wahrhaftig in Erstaunen!«

Doch Miussoff konnte auf diesen Sarkasmus nichts mehr entgegnen: man bat sie einzutreten.

‚Wie ich mich kenne, werde ich jetzt zu streiten anfangen, wie immer, wenn ich gereizt bin, . . . werde heftig werden und mich und die Idee erniedrigen, das weiß ich schon im voraus‘, fuhr es Miussoff noch durch den Kopf, als er ins Zimmer trat.

II

Der alte Possenreißer

Sie betraten das vordere Zimmer der Klause fast zu gleicher Zeit mit dem Staretz, der bei ihrem Eintritt sofort aus seinem kleinen Schlafraum hervorkam. Auf sein Erscheinen warteten hier schon seit längerer Zeit zwei sogenannte »Priestermönche« (Priester, die als Mönche im Kloster lebten), der Pater Bibliothekar und Pater Païssij, ein kränklicher, noch nicht alter, aber jedenfalls sehr gelehrter Mann, wie es hieß. Außerdem wartete noch in einem Winkel ein junger, etwa zweiundzwanzigjähriger Bursche in Zivilkleidern, ein Seminarist und zukünftiger Theologe, der aus unbekanntem Grunde vom Kloster und der Bruderschaft gefördert wurde. Er war ziemlich groß, hatte ein frisches Gesicht mit breiten Backenknochen und in schmalen Lidspalten kluge, aufmerksame braune Augen. Auf seinem Gesicht drückte sich vollkommene Ehrerbietung aus, aber eine anständige, ohne sichtbares Sicheinschmeichelnwollen. Die eingetretenen Gäste begrüßte er nicht einmal mit einer Verbeugung, wie eine ihnen nicht gleichstehende, sondern untergeordnete oder gar von ihnen abhängige Person.

Der Staretz Sossima erschien in Begleitung Aljoschas und eines Novizen. Die beiden Priestermönche erhoben sich und verneigten sich tief vor ihm, wobei sie mit den Fingern den Boden berührten, und küßten ihm darauf, nachdem sie sich bekreuzt hatten, ehrfürchtig die Hand. Der Staretz erteilte ihnen seinen Segen, verneigte sich vor einem jeden von ihnen ebenso tief, wobei er gleichfalls den Fußboden mit den Fingern berührte und auch von ihnen ihren Segen erbat. Die ganze Zeremonie ging sehr ernst vor sich, durchaus nicht wie irgendein alltäglicher Brauch, sondern fast mit einem tiefen Gefühl. Miussoff aber argwöhnte plötzlich, daß alles nur ihretwegen absichtlich so ernst und feierlich gemacht werde. Er stand, da er als erster eingetreten war, vor den anderen. Nun hätte er, ganz abgesehen von seinen Ideen, einfach aus üblicher Höflichkeit (da hier nun einmal solche Bräuche herrschten), auf den Staretz zutreten und, wenn ihm auch nicht gerade die Hand küssen, so ihn doch wenigstens um seinen Segen bitten müssen. Das hatte er sich am Abend vorher sogar schon vorgenommen. Als er aber jetzt alle diese Verbeugungen sah, änderte er im Augenblick seinen Entschluß: wichtig und ernst machte er eine tiefe, gesellschaftliche Verbeugung und trat darauf zurück. Genau dasselbe tat auch Fjodor Pawlowitsch, der diesmal wie ein Affe Miussoff auf ein Haar kopierte. Iwan Fjodorowitsch machte ernst und höflich seine Verbeugung, doch gleichfalls sozusagen »Hände an der Hosennaht«; Kalganoff dagegen wurde dermaßen verlegen, daß er sich überhaupt nicht verbeugte. Der Staretz ließ seine zum Segen erhobene Hand wieder sinken und bat sie, indem er sich zum zweitenmal vor ihnen verneigte, Platz zu nehmen. Aljoscha stieg das Blut ins Gesicht; er schämte sich. Seine schlimmen Ahnungen hatten ihn also nicht getäuscht!

Der Staretz setzte sich auf ein kleines, altmodisches Ledersofa aus Rotholz, den Gästen aber wies er an der gegenüberliegenden Wand vier Stühle an, die alle in einer Reihe standen, gleichfalls aus Rotholz waren und einen stark abgenutzten schwarzen Lederbezug hatten. Die Priestermönche setzten sich etwas abseits, der eine bei der Tür, der andere am Fenster. Der Seminarist, Aljoscha und der Novize blieben stehen. Die ganze Klause war sehr wenig geräumig und hatte so ein, fast möchte man sagen, apathisches Aussehen. Die Gegenstände und die Möbel, nur die notwendigsten, waren von ganz einfacher Arbeit, fast ärmlich. Zwei Blumentöpfe auf dem Fensterbrett und in der Ecke viele Heiligenbilder — darunter ein sehr großes der Muttergottes, das wahrscheinlich schon lange vor der Kirchenspaltung[7] gemalt war. Vor diesem brannte ein Lämpchen. Daneben hingen zwei andere Heiligenbilder mit reicher Verzierung, etwas weiter zwei kleine Cherubim, Ostereier aus Porzellan, ein katholisches Kreuz aus Elfenbein mit einer es umarmenden Mater dolorosa, und dann hingen an den Wänden noch einige ausländische Stiche nach Werken großer italienischer Meister der vergangenen Jahrhunderte. Neben diesen schönen und teuren Gravüren hingen aber die allereinfachsten russischen Buntdrucke verschiedener Heiligen, Märtyrer, Erzbischöfe usw., kurz, Bilder, wie sie für ein paar Kopeken auf allen Jahrmärkten verkauft werden. An den anderen Wänden hingen noch mehrere Bilder lebender wie verstorbener Geistlicher. Miussoff streifte diesen ganzen „Heiligenkram" nur flüchtig mit seinem Blick und richtete ihn dann fest auf das Gesicht des Staretz. Er hielt sehr viel von der Wirkung seines Blickes: er hatte diese Schwäche, die bei ihm jedenfalls verzeihlich war, wenn man bedenkt, daß er, ein Mann von fünfzig Jahren, ein Alter erreicht hatte, in dem ein kluger wohlsituierter Weltmann zu seiner eigenen Person immer ehrerbietiger wird, mitunter sogar ganz unwillkürlich.

Im ersten Augenblick gefiel ihm der Staretz nicht. Allerdings war in dessen Gesicht etwas, das vielen, auch außer Miussoff, nicht gefallen hätte. Er war ein mittelgroßer, gebeugter Mann, jetzt schon sehr schwach auf den Beinen, erst fünfundsechzig Jahre alt, doch erschien er infolge seiner Krankheit um mindestens zehn Jahre älter. Sein hageres Gesicht war mit kleinen, feinen Runzeln übersät, besonders um die Augen herum. Diese Augen waren nicht groß, aber hell, schnellblickend und glänzend wie zwei leuchtende Zentren. Nur an den Schläfen hatte er noch einige graue Haare; das Bärtchen war spitz und klein und spärlich, die Lippen aber, die häufig lächelten, waren so schmal wie zwei dünne Schnürchen. Die Nase war nicht gerade sehr lang, aber fast so spitz wie ein Vogelschnabel.

‚Allem Anschein nach ein boshaftes und kleinlich-anmaßendes Männlein‘, huschte es Miussoff durch den Kopf. Er war überhaupt sehr unzufrieden mit sich.

Da begann eine Uhr zu schlagen und das half, ein Gespräch zu beginnen. Es schlug von einer billigen Wanduhr mit Gewichten in schnellen Schlägen gerade zwölf.

»Genau die festgesetzte Stunde!« rief Fjodor Pawlowitsch aus, »mein Sohn Dmitrij Fjodorowitsch ist aber noch immer nicht erschienen. Ich bitte für ihn um Entschuldigung, heiliger Staretz!« (Aljoscha fuhr zusammen, als er diese Anrede vernahm.) »Ich selbst dagegen bin immer pünktlich auf die Minute, da ich weiß, daß Pünktlichkeit die Höflichkeit der Könige ist.«

»Soviel ich weiß, sind Sie nichts weniger als ein König«, brummte Miussoff, der sich schon nicht mehr recht in der Gewalt hatte.

»Stimmt! Nichts weniger als 'n König! Und denken Sie nur, Pjotr Alexandrowitsch, das wußte ich ja selbst, bei Gott! Und sehen Sie, immer muß ich alles so mal à propos sagen! Ehrwürden!« rief er darauf mit einem ganz plötzlichen, unerwarteten Pathos aus: »Sie sehen vor sich einen leibhaftigen Possenreißer! Habe die Ehre, mich Ihnen als solchen vorzustellen. Alte Angewohnheit — leider! Daß ich aber mitunter auch am unrechten Ort und zur unrechten Zeit irgend etwas Überflüssiges hinzufüge oder ins Schwindeln gerate, o, das geschieht sogar mit Absicht von mir, aber doch nur, um andere zu erheitern und ihnen angenehm zu sein! Denn das muß man doch, nicht wahr? Wissen Sie, einmal, so vor etwa sieben Jahren, kam ich in ein Städtchen, es gab Geschäftchen abzuwickeln, wollte dort mit ein paar Kaufleuten eine Kompanie gründen. Kurz, wir gehen zum Kreispolizeichef — man mußte ihn doch um dies und jenes bitten —, um ihn zu einem Schmaus einzuladen. Er kommt heraus, groß, dick, blond und mürrisch, — eines der gefährlichsten Subjekte in solchen Fällen! — ‚Herr Ispráwnik‘,[8] sage ich zu ihm, ‚seien Sie unser Napráwnik!‘ — ‚Was soll ich sein?‘ fragt er. Ich sehe schon in der ersten Viertelsekunde, daß die Sache schief gegangen ist, er steht steif da, fixiert mich. — ‚Ich erlaubte mir nur einen Scherz‘, sage ich, ‚bloß so zur allgemeinen Erheiterung, da Herr Napráwnik, unser bekannter russischer Dirigent, Kapellmeister der kaiserlichen Oper ist, wir aber zur Harmonie unseres Unternehmens gleichfalls eine Art Dirigenten brauchen‘ ... Kurz und gut, ich erkläre ihm vernünftig den ganzen Vergleich, nicht wahr, er aber sagt: ‚Ich bin der Ispráwnik und verbitte mir unpassende Scherze mit meinem Titel!‘ — kehrt sich um und geht. Ich sause ihm nach, rufe: ‚Ach, selbstverständlich sind Sie nur ein Ispráwnik und kein Napráwnik!‘ — Er aber sagt nichts darauf und geht, geht wahrhaftig! Und was glauben Sie wohl: unsere ganze Geschichte ging aus dem Leim! Und immer bin ich so, immer verpfusche ich mir alles selbst mit meinem Trieb zur Liebenswürdigkeit! — Einmal, das ist jetzt schon viele Jahre her, sagte ich zu einer angesehenen, sogar einflußreichen Persönlichkeit: ‚Ihre Frau Gemahlin ist ein wenig kitzlig‘, — das heißt, was die Ehre anbetrifft, ich meine, in moralischer Hinsicht; er aber fragt mich: ‚Haben Sie sie denn gekitzelt?‘ — Warte, denke ich, werde mir ein Witzchen erlauben! — ‚Versteht sich‘, sage ich. Nun, darauf hat er mich aber etwas anders gekitzelt . . . Doch das ist schon so lange her, daß man sich gar nicht mehr schämt, es zu erzählen. Und immer schade ich mir selbst auf diese Weise!«

»Das tun Sie ja auch jetzt wieder«, brummte Miussoff mit Verachtung.

Der Staretz betrachtete schweigend den einen wie den anderen.

»Und ob! Stellen Sie sich vor, Pjotr Alexandrowitsch, auch das wußte ich ja selbst, schon als ich den Mund auftat, ahnte ich es bereits, und wissen Sie, ich wußte sogar, daß Sie als erster eben diese Bemerkung machen würden. In diesen Sekunden, Ehrwürden, wenn ich sehe, daß der Spaß mir nicht gelingt, trocknen mir allmählich beide Wangen an den Gaumen der unteren Kinnlade an, und es kommt so etwas wie ein Krampf über mich! Das habe ich von Jugend auf, als ich noch bei den Edelleuten herumschmarotzte und mir auf diese Weise, indem ich lustiger Gast war, mein Brot verdiente. Ich bin ein eingefleischter Hofnarr, bin's von Kindesbeinen an, bin so geboren, Ehrwürden, 's ist genau so wie angeborener Schwachsinn, wie gesagt! Oder möglich, daß sich ein unreiner Geist in mir verbirgt, will's nicht verreden, übrigens, keiner von großem Kaliber, denn ein bedeutenderer würde sich doch gewiß ein anderes Quartier aussuchen, nur soll damit nicht gesagt sein, daß er dann das Ihrige, Pjotr Alexandrowitsch, wählen würde, denn, nicht wahr, auch Sie sind ja kein bedeutendes Quartier. Dafür aber bin ich gläubig, glaube an Gott! Nur in der letzten Zeit habe ich so einige Bedenken gekriegt, dafür aber sitze ich jetzt hier in Erwartung heiliger Worte. Ich, Ehrwürden, ich bin wie Diderot! Sie kennen doch die Geschichte, wie der Philosoph Diderot zum Metropoliten Platón kam? — zur Zeit der Kaiserin Katharina? Er kommt herein und sagt direkt, ohne jede Einleitung: ‚Es gibt keinen Gott!‘ Worauf der große Kirchenvater seine Hand erhebt und sagt: ‚Es spricht der Tor in seinem Herzen: es ist kein Gott!‘ Diderot fällt ihm sofort zu Füßen: ‚Ich glaube!‘ ruft er aus, ‚und will mich taufen lassen!‘

Und so wurde er denn auch sofort getauft. Die Fürstin Dáschkowa war Patin und Potjómkin Pate ...«

»Fjodor Pawlowitsch, das ist unerträglich! Sie wissen ja selbst, daß Sie lügen, daß diese dumme Anekdote nichts weniger als wahr ist; wozu verstellen Sie sich denn?« unterbrach ihn mit wutbebender Stimme Miussoff, der sich schon nicht mehr beherrschen konnte.

»Mein Lebelang hab' ich's ja geahnt, daß sie nicht wahr ist!« bestätigte sofort und gleichsam mit heller Begeisterung Fjodor Pawlowitsch. »Meine Herrschaften, ich werde Ihnen die ganze Wahrheit sagen! Großer Staretz! Verzeihen Sie mir: das Letzte, dieses von der Taufe Diderots, habe ich mir soeben selbst ausgedacht, erst jetzt, gerade als ich es erzählte, früher ist es mir nie in den Kopf gekommen! Hab's nur so als Pikanterie hinzugefaselt! Und ich verstelle mich doch nur, um sympathischer zu sein, Pjotr Alexandrowitsch. Übrigens weiß ich zuweilen selbst nicht, warum. Und was den Diderot betrifft, so habe ich dieses: ‚Es spricht der Tor' etwa zwanzigmal von den hiesigen Gutsbesitzern gehört, als ich bei ihnen noch schmarotzte, schon in jungen Jahren; auch von Ihrer lieben Tante, Pjotr Alexandrowitsch, von Mawra Fomínitschna, hab' ich's gehört. Alle sind sie durch die Bank überzeugt, noch bis auf den heutigen Tag, daß der Atheist Diderot zum Metropoliten Platon gegangen sei, um mit ihm über Gott zu disputieren ...«

Miussoff erhob sich, nicht nur, weil er die Geduld verlor, sondern er tat es offenbar, weil er im Augenblick vor Erregung nichts anderes zu tun wußte. Er raste innerlich und sagte sich, daß er sich dadurch selbst lächerlich mache. Ja, in der Klause ging wirklich etwas ganz Unmögliches vor. Dieser Raum, in dem vielleicht schon seit vierzig oder fünfzig Jahren, schon von den früheren Startzen, die Fremden empfangen wurden, hatte nur tiefste Ehrfurcht gesehen. Alle, die in ihm empfangen worden waren, hatten gewußt, daß man ihnen damit eine große Gnade erwies. Viele sanken auf die Knie und erhoben sich erst, wenn sie fortgehen mußten. Viele der »höchsten« Persönlichkeiten, sogar viele Gelehrte, ja, selbst viele Freigeister, die entweder aus Neugierde oder aus sonst einem Grunde gekommen waren, hatten es sich alle ohne Ausnahme beim Eintritt in die Klause zur ersten Pflicht gemacht, sich während des Besuchs, sei es mit anderen zusammen oder bei Unterredungen unter vier Augen, tief ehrerbietig und taktvoll zu benehmen, um so mehr, als man nicht für Geld empfangen wurde, sondern aus Liebe und Mitleid. Und die hinkamen, waren entweder Reuige, die Trost suchten, oder Menschen, die auf eine schwere Frage ihrer Seele selbst keine Antwort fanden oder einen schweren Augenblick im Leben des eigenen Herzens zu überwinden hatten, und die um Beistand, Rat und Hilfe baten. So riefen denn solche Possen, wie sie sich plötzlich Fjodor Pawlowitsch an diesem Ort erlaubte, bei den übrigen Anwesenden oder wenigstens bei einigen von ihnen stumme Verwunderung und wachsendes Nichtverstehenkönnen hervor. Die beiden Priestermönche, die übrigens ihren Gesichtsausdruck nicht im geringsten veränderten, warteten ernst und aufmerksam, was der Staretz sagen werde, doch schienen auch sie schon aufstehen zu wollen, wie Miussoff. Aljoscha war dem Weinen nahe und stand stumm da mit gesenktem Kopf. Am meisten wunderte ihn, daß sein Bruder Iwan Fjodorowitsch, dieser einzige, auf den er gehofft hatte, und der allein einen solchen Einfluß auf seinen Vater besaß, daß er ihn hätte zügeln können, jetzt vollkommen unbeweglich auf seinem Stuhl saß, den Blick zu Boden gesenkt hielt und augenscheinlich mit einer gewissermaßen gespannten Neugier abwartete, womit das enden werde, ganz als ob er selbst nur eine fremde Nebenperson hier wäre. Auf Rakítin (den Seminaristen) wagte Aljoscha nicht einmal einen Blick zu werfen, obgleich er ihn gut kannte und mit ihm beinahe vertraut war: er kannte dessen Gedanken (nur er allein im ganzen Kloster).

»Ich bitte Sie um Entschuldigung ...«, begann Miussoff zum Staretz gewandt, »wenn ich Ihnen vielleicht gleichfalls als Teilhaber an dieser unwürdigen Posse erscheine. Es war nur ein Irrtum meinerseits, anzunehmen, selbst solch ein Mensch wie Fjodor Pawlowitsch würde, wenn er von einer so ehrwürdigen Persönlichkeit empfangen wird, seine Pflicht begreifen . . . Ich hätte nicht gedacht, daß man noch um Verzeihung werde bitten müssen, wenn man mit ihm . . .«

Miussoff sprach seinen Satz nicht zu Ende und wollte schon ganz verstört hinausgehen.

»Beunruhigen Sie sich nicht, ich bitte Sie darum«, sagte der Staretz und erhob sich plötzlich, trotz seiner kranken Beine, von seinem Platz, ergriff Miussoff an beiden Händen und nötigte ihn, sich wieder auf den Stuhl zu setzen. »Beruhigen Sie sich, ich bitte Sie darum, und besonders bitte ich Sie, mein Gast zu sein«; und nachdem er sich nochmals verbeugt hatte, setzte er sich wieder auf sein kleines Sofa.

»Großer Staretz, sprechen Sie es aus: beleidige ich Sie durch meine Lebhaftigkeit etwa?« rief plötzlich Fjodor Pawlowitsch, wobei er auf dem Stuhl nach vorn rückte und mit den Händen schon die Armlehnen seines Stuhles ergriff, als wolle er mit der Antwort zugleich aufspringen.

»Und auch Sie bitte ich aufrichtig, sich nicht zu beunruhigen und sich keinen Zwang anzutun«, sagte ihm eindringlich der Staretz. »Seien Sie ganz wie zu Haus. Und vor allem, schämen Sie sich nicht so sehr vor sich selbst, denn nur daher kommt bei Ihnen alles.«

»Ganz wie zu Haus? Das heißt wohl so viel wie ganz natürlich? O, das ist zuviel, vielzuviel, doch — nehme es gerührt an! Aber wissen Sie, gesegneter Vater, beschwören Sie nicht das Natürlichsein bei mir, riskieren Sie es lieber nicht . . . Bis zur Natürlichkeit komme ich ja noch nicht einmal vor mir selber. Ich warne Sie nur, um Sie vor Schlimmem zu bewahren. Na ja, und was das übrige anbetrifft, so liegt das noch im Dunkel des Unbekannten, obgleich mich gewisse Leute gern anschwärzen wollen. Das ist an Ihre Adresse gesagt, Pjotr Alexandrowitsch. Ihnen aber, heiligstes Wesen, Ihnen sage ich folgendes: ,Ich spreche meine Begeisterung

aus!'« Er erhob sich, erhob die Hände und rief: »,Selig der
Schoß, der dich getragen, und die Brüste, die dich genährt',
besonders die Brüste! Sie haben mich soeben mit Ihrer Bemerkung: ,Schämen Sie sich nicht so sehr vor sich selbst, denn
nur daher kommt bei Ihnen alles', mit dieser Bemerkung
haben Sie mich einfach durchbohrt und mir gezeigt, daß Sie
in meinem Innersten lesen. Das ist es ja, daß es mir immer
scheint, wenn ich irgendwo eintrete, als ob ich gemeiner als
alle sei, und alle mich für einen Narren halten, und darum
denke ich: ,Gut, dann werde ich jetzt absichtlich den Narren
spielen, fürchte eure Meinung nicht, denn ihr seid doch alle
ohne Ausnahme dümmer und noch gemeiner als ich!' — Sehen Sie, und darum bin ich dann Narr, bin vor Scham Narr,
großer Staretz, nur vor Scham! Nur aus Argwohn bin ich
frech, mache ich sofort Skandal. Denn wäre ich überzeugt,
beim Eintreten, daß mich alle sofort für den liebenswürdigsten und klügsten Menschen halten, — Herrgott, was würde
ich dann für ein guter Mensch sein! Mein Lehrer!« rief er aus
und sank ganz plötzlich auf die Knie nieder, »was soll ich
tun, um das ewige Leben zu erwerben?«

Selbst jetzt war es schwer zu sagen, ob er scherzte oder ob
er tatsächlich so begeistert war?

Der Staretz blickte ihn an und sagte lächelnd:

»Das wissen Sie selbst schon längst, was man dazu tun
muß, Verstand haben Sie genug ... Ergeben Sie sich nicht
dem Trunk, mäßigen Sie sich in Ihren Worten, ergeben Sie
sich nicht der Sinnenlust und vor allem nicht der Vergötterung des Geldes, und schließen Sie Ihre Schnapsbuden,
wenn nicht alle, falls das zuviel verlangt ist, so doch wenigstens zwei oder drei. Und die Hauptsache, das Allerwichtigste: lügen Sie nicht.«

»Das geht wohl auf das von Diderot?«

»Nein, nicht nur auf das von Diderot. Die Hauptsache
ist, belügen Sie sich nicht selbst. Wer sich selbst belügt und
auf seine eigene Lüge hört, kommt schließlich dahin, daß er
keine einzige Wahrheit mehr, weder in sich noch um sich,

unterscheidet, das aber führt zur Nichtachtung sowohl seiner selbst als der anderen. Wer aber niemanden achtet, der hört auch auf zu lieben; um sich aber ohne Liebe zu beschäftigen und zu zerstreuen, ergibt er sich den Leidenschaften und rohen Ausschweifungen und steigt in seinen Lastern hinab bis zum Viehischen; und also geschieht das nur durch seine fortwährende Lüge, den anderen Menschen wie sich selbst gegenüber. Wer sich selbst belügt, kann sich auch am ehesten beleidigt fühlen. Ist es doch mitunter sogar sehr angenehm, sich gekränkt zu fühlen, ist's nicht so? Und der Mensch weiß es doch selbst, daß ihn niemand gekränkt hat, daß er sich selbst die Kränkung ausgedacht und sich noch allerhand vorgelogen hat zu ihrer Ausschmückung oder zur Abrundung des Bildes, daß er sich an ein einzelnes Wort klammert und aus einer Erbse einen Berg macht, — er weiß es selbst nur zu gut, und doch fühlt er sich gekränkt, fühlt sich angenehm, ja bis zum Wohlbehagen gekränkt, bis zur Empfindung eines Genusses, und das bringt ihn dann bis zur wahren Feindschaft gegen die Menschen ... Aber so stehen Sie doch auf, setzen Sie sich, ich bitte Sie darum, das sind doch gleichfalls nur verlogene Gesten.«

»Heiligster Mensch! Lassen Sie mich Ihre Hand küssen!« rief aufspringend Fjodor Pawlowitsch ganz begeistert aus, beugte sich geschwind und drückte schmatzend einen Kuß auf die magere Hand des Staretz. »Das ist es ja, das ist's: jawohl, geradezu angenehm ist es, sich gekränkt zu fühlen! Das haben Sie so schön gesagt, wie ich es überhaupt noch nicht gehört habe. Das ist es ja, mein Lebelang habe ich mich bis zum Genuß gekränkt gefühlt, habe mich nur um der Ästhetik willen gekränkt gefühlt, denn es ist nicht nur angenehm, sondern sogar schön, gekränkt zu sein; — das haben Sie vergessen hinzuzufügen, großer Staretz: wirklich schön ist es! Das werde ich mir ins Notizbuch schreiben! Aber gelogen habe ich entschieden mein Lebelang, an jedem Herrgottstag, in jeder Stunde und Minute, bin die leibhaftige Lüge, bin der Vater der Lüge! Übrigens verhaue ich mich wahrscheinlich wieder im Text, sagen wir lieber, der Sohn der Lüge, das dürfte ja auch schon genügen. Nur ... hören Sie, mein Engel ... so etwas wie das vorhin vom Diderot, das darf man zuweilen doch! So ein Diderot schadet ja weiter nicht, nur so gewisse Wörtchen können mitunter schaden. Ach, bei der Gelegenheit, großer Staretz!... hätt's beinahe ganz vergessen, und hab's mir doch schon seit drei Jahren fest vorgenommen, mich hier danach zu erkundigen, gerade hier anzufragen und es positiv zu erfahren ... — aber würden Sie nicht vorher Pjotr Alexandrowitsch sagen, daß er mich nicht unterbricht! — Also, ich wollte fragen: ist es wahr, großer Staretz, was in der „Vita Sanctorum" irgendwo geschrieben steht von irgendeinem heiligen Wundertäter, den man um seines Glaubens willen gemartert hat? — Es heißt dort nämlich, daß er, nachdem man ihn zu guter Letzt enthauptet hatte, aufgestanden sei, sein Haupt aufgehoben und es ‚liebevoll geküßt‘ habe und lange so herumgegangen sei, das Haupt immer ‚liebevoll küssend‘. Ist das nun wahr oder nicht, meine ehrenwerten Väter?«

»Nein, das ist nicht wahr«, sagte der Staretz.

»So etwas steht überhaupt nicht in dem Legendenbuch. Von welch einem Heiligen soll denn das geschrieben stehen?« fragte der eine Priestermönch, der Pater Bibliothekar.

»Das weiß ich selbst nicht, von welchem. Weiß es nicht und ahne es nicht einmal. Hab's nur so reden hören, bin also betrogen worden. Aber wissen Sie, wer es erzählt hat? Nun, dieser selbe Pjotr Alexandrowitsch Miussoff hier, der sich soeben dermaßen über den Diderot zu entrüsten geruhte; gerade er ist es, der es erzählt hat!«

»Niemals habe ich Ihnen das erzählt! Mit Ihnen spreche ich doch überhaupt nicht!«

»Stimmt, Sie haben es nicht mir erzählt; aber Sie haben es in einer Gesellschaft erzählt, in der auch ich mich befand, und das war so vor ungefähr vier Jahren. Ich erwähne es ja nur aus dem einen Grunde, weil Sie, Pjotr Alexandrowitsch, durch diese spaßige Geschichte meinen Glauben erschüttert haben. Sie wußten es nicht und ahnten es nicht; ich aber kehrte mit erschüttertem Glauben heim, und seit der Zeit schwanke ich immer mehr. Ja, Pjotr Alexandrowitsch, Sie waren die Ursache eines großen Falles! Das ist nicht bloß so ein Geschichtchen von Diderot!«

Fjodor Pawlowitsch geriet bereits in Pathos, doch war es allen vollkommen klar, daß er sich wieder nur verstellte. Miussoff aber war doch tief verletzt.

»Welch ein Unsinn!« sagte er gekränkt. »Ich habe es vielleicht wirklich einmal erzählt ... nur nicht Ihnen! Ich habe es selbst von anderen gehört. Man hat es mir in Paris erzählt. Es war ein sehr gelehrter Franzose, der sich speziell mit russischer Theologie beschäftigte ... hatte lange in Rußland gelebt ... er sagte, es werde bei uns nach der Frühmesse aus der „Vita Sanctorum“ gelesen ... Ich habe es zwar selbst nicht gelesen ... und werde es auch nicht ... als ob man wenig bei Tisch spricht? ... Wir tafelten damals gerade ...«

»Ja, Sie tafelten damals gerade, ich aber verlor darüber meinen Glauben!« foppte ihn Fjodor Pawlowitsch geflissentlich weiter.

»Was geht mich Ihr Glaube an!« fuhr Miussoff auf, bezwang sich aber plötzlich und fügte nur mit Verachtung hinzu: »Sie machen wirklich alles gemein, womit Sie in Berührung kommen.«

Der Staretz erhob sich von seinem Platz.

»Entschuldigen Sie mich, meine Herren, ich muß Sie auf wenige Minuten verlassen«, sagte er, sich an alle wendend, »ich werde von Leuten erwartet, die noch vor Ihnen gekommen sind. Sie aber, lügen Sie ein für allemal nicht mehr«, fügte er mit heiterem Gesicht zu Fjodor Pawlowitsch gewendet hinzu.

Er verließ die Zelle. Aljoscha und der Novize gingen ihm sofort nach, um ihn die Stufen hinunterzugeleiten. Aljoscha war fast atemlos, war froh, fortgehen zu können, doch freute es ihn besonders, daß der Staretz nicht gekränkt, son-

dern heiter zu sein schien. Der Staretz wollte zur kleinen
Galerie gehen, um die ihn Erwartenden zu segnen. Aber
Fjodor Pawlowitsch hielt ihn noch an der Tür auf:

»Gesegnetster aller Menschen!« rief er gefühlvoll, »erlauben Sie mir, noch einmal Ihre Hand zu küssen! Nein, mit
Ihnen kann man doch noch reden! Sie glauben, daß ich
immer so dumm bin und so den Narren spiele? So sage ich
Ihnen denn, daß ich es die ganze Zeit mit Absicht getan
habe, um Sie auf die Probe zu stellen. Die ganze Zeit be-
fühle ich Sie ja doch nur, ob man mit Ihnen auch auskommen kann? Hat denn meine Nichtigkeit überhaupt Platz
neben Eurem Stolz? Stelle Ihnen einen Belobigungsschein
aus: mit Ihnen kann man wahrhaftig noch leben! Jetzt aber
verstumme ich, verstumme für die ganze Zeit. Werde mich in
meinen Lehnstuhl setzen und stumm sein! Jetzt ist die Reihe
an Ihnen, Pjotr Alexandrowitsch, zu sprechen; jetzt sind
Sie die Hauptperson ... auf zehn Minuten.«

III

Die gläubigen Weiber

Diesmal warteten unten an der kleinen hölzernen Galerie,
die an der Außenseite der Einfriedung angebaut war, nur
Frauen, etwa zwanzig Weiber aus dem Volk. Man hatte sie
benachrichtigt, daß der Staretz jetzt endlich kommen werde,
und alle hatten sich daraufhin erwartungsvoll herangedrängt.
Auf dieser Galerie wartete auch Frau Chochlakóff mit ihrer
Tochter, doch sie blieb in der anderen, für vornehme Besu-
cher reservierten Hälfte. Frau Chochlakóff, eine reiche und
stets mit Geschmack gekleidete Dame, war noch ziemlich
jung, an sich recht hübsch, ein wenig blaß vielleicht, mit sehr
lebhaften, fast schwarzen Augen. Sie war erst dreiunddreißig
Jahre alt und seit fünf Jahren Witwe. Ihre vierzehnjährige
Tochter war an den Füßen gelähmt, und so wurde denn das
arme Ding, das seit einem halben Jahr nicht gehen konnte,

in einem langen Rollstuhl auf Gummirädern gefahren. Sie hatte ein ganz reizendes Gesichtchen, von der Krankheit sah es allerdings etwas schmal aus, doch war es nichtsdestoweniger stets lustig. Etwas Schalkhaftes spielte in ihren großen, dunklen, langbewimperten Augen. Die Mutter beabsichtigte schon seit dem Frühling, mit ihr ins Ausland zu reisen, hatte aber im Sommer ihr Gut nicht verlassen können. In unserer Stadt wohnte sie bereits seit einer Woche, wohl mehr aus geschäftlichen Gründen, als um hier zu beten. Vor drei Tagen hatten sie schon einmal den Staretz besucht. Jetzt aber waren sie plötzlich wiedergekommen, obgleich sie wußten, daß er so gut wie niemanden mehr empfangen konnte, und hatten unentwegt um das »Glück, dem großen Arzt danken zu dürfen«, gebeten. Inzwischen warteten sie auf ihn. Die Mutter saß auf einem Stuhl neben dem Rollstuhl ihrer Tochter. Zwei Schritte von ihnen stand ein älterer Mönch, der aus einem fernen, wenig bekannten Kloster im Norden gekommen war. Er wartete gleichfalls auf den Segen des Staretz. Dieser jedoch ging, als er auf die Galerie trat, geradewegs zum Volk. Man drängte sich sofort zu der kleinen, dreistufigen Treppe, die von der niedrigen Galerie auf den Rasen hinabführte. Der Staretz blieb auf der obersten Stufe stehen, nahm das Epitrachelion[9] um und begann die Frauen zu segnen, die sich zu ihm drängten. Man zog auch eine »Klikúscha« an beiden Händen zu ihm. Kaum aber hatte diese den Staretz erblickt, als sie plötzlich ganz absonderlich zu kreischen, zu winseln und am ganzen Körper zu zittern begann, wie kleine Kinder zittern, wenn sie Krämpfe haben. Der Staretz breitete sein Epitrachelion mit einer Handbewegung über ihren Kopf, sprach ein kurzes Gebet — und sie verstummte und beruhigte sich sofort. Ich weiß nicht, wie es jetzt ist, doch in meiner Kindheit habe ich häufig auf dem Lande und in Klöstern solche Kranke gesehen und gehört. Sie wurden zum Gottesdienst geführt; sie kreischten oder bellten manchmal wie Hunde durch die ganze Kirche, doch wenn die geweihten Gaben des heiligen Abendmahles herausgetragen und sie

dann zu ihnen geführt wurden, so hörte die »Besessenheit«
sofort auf, und die Kranken beruhigten sich stets für einige
Zeit. Mir fiel das als Kind ungemein auf, und ich wunderte
mich nicht wenig darüber. Damals erfuhr ich allerdings auf
meine Fragen von verschiedenen benachbarten Gutsbesitzern
und besonders in der Stadt von meinen Lehrern, daß alles
nur Verstellung sei, um nicht arbeiten zu müssen, und daß
diese Krankheit mit der gehörigen Strenge stets auszutreiben
sei, worauf dann noch zur Bekräftigung dieser Behauptung
verschiedene Anekdoten folgten. Späterhin aber erfuhr ich
zu meinem Erstaunen von Medizinern, von Spezialisten,
daß hierbei von Verstellung nicht die Rede sein könne, daß
das ganz einfach eine furchtbare Frauenkrankheit sei, die,
wie es scheint, am häufigsten hier bei uns in Rußland vorkommt und von dem schweren Los unserer Bauernweiber
zeugt, eine Krankheit, die von der allzufrüh wieder aufge-
nommenen anstrengenden Arbeit nach einer schweren,
unnormalen Entbindung ohne jede ärztliche Hilfe herrührt,
oder auch von aussichtslosem Leid, von Schlägen usw., was
manche Frauennaturen denn doch nicht zu ertragen vermögen, trotz des in dieser Hinsicht fast allgemeinen Beispiels.
Was aber die sonderbare und sofortige Heilung des »beses-
senen« und tobenden Weibes betrifft, dessen Krankheit man
mir als Verstellung erklärt hatte oder als eine Posse, die
womöglich von den »Pfaffen« selbst arrangiert werde, so
ging sie wahrscheinlich gleichfalls auf ganz natürliche Weise
vor sich: sowohl die Kranke als die Weiber, die sie zur
Hostie führten, glaubten daran, wie an eine altbekannte
Wahrheit, daß der unreine Geist, der sich der Kranken
bemächtigt hatte, diese verlassen müsse, weil er es nicht in
ihr aushalte, wenn man sie zum Altar führe und sie vor
der Hostie niederknie. Darum aber ging dann in dem nervösen und natürlich auch psychisch kranken Weibe gewissermaßen eine Erschütterung des ganzen Wesens vor sich, die
selbstverständlich durch die Erwartung des unbedingten
Wunders hervorgerufen wurde, ja, infolge des unerschütter-

lichen Glaubens daran, daß es geschehen werde, hervorgerufen werden mußte. Und so geschah es denn auch, wenn
auch nur auf kurze Zeit. So geschah es auch diesmal, kaum
daß der Staretz die Kranke mit dem Epitrachelion bedeckt
hatte.

Viele von den Weibern, die sich zu ihm gedrängt hatten,
brachen unter dem Eindruck des Augenblicks in Tränen der
Rührung und des Entzückens aus; andere wiederum traten
näher heran, um wenigstens den Saum seines Gewandes zu
küssen; wieder andere murmelten Gebete oder Segenssprüche
vor sich hin. Er segnete sie alle, und mit einigen sprach er ein
paar Worte. Die »Klikúscha« kannte er schon von früher, sie
wurde aus einem Dorf, das nur sechs Werst vom Kloster entfernt war, zu ihm gebracht, und das hatte man schon des
öfteren getan.

»Du dort, du bist von weither gekommen!« sagte er und
wies auf ein noch ziemlich junges Weib, das aber sehr abgezehrt und im Gesicht nicht etwa bloß sonnverbrannt, sondern geradezu wie angeschwärzt aussah. Sie kniete und
schaute mit unbeweglichem Blick auf den Staretz. In ihrem
Blick lag etwas Geistesabwesendes.

»Von weit her, Vater, von weit her, dreihundert Werst
von hier. Von weit her, Vater, von weit her«, sagte das
Weib, die Worte fast singend, wobei es den Kopf langsam
hin und her wiegte, Kinn und Wange mit der Hand stützend.
Sie sprach in einem Tonfall, als ob sie ohne zu denken ein
Gebet hersage.

Es gibt im Volk stummes und vielgeduldiges Leid: es
zieht sich in sich selbst zurück und schweigt. Aber es gibt
auch anderes Leid: das bricht einmal in Tränen aus, und
von dem Augenblick an geht es in Klage oder Gebet über.
Dies kommt besonders bei Frauen vor. Doch ist es nicht leichter als das schweigende Leid. Die Klage lindert nur dadurch
das Leid, daß sie das Herz zerreißt. Solch ein Leid verlangt
nicht einmal nach Trost, es nährt sich vom Gefühl seiner Un-
stillbarkeit, seiner Trostlosigkeit. Die Klage aber ist nur das

Bedürfnis, die schmerzende Wunde immer wieder zu berühren.

»Du bist wohl aus dem Kleinbürgerstand?« fragte der Staretz, der sich aufmerksam in ihr Gesicht hineinsah.

»Aus der Stadt sind wir, Vater, aus der Stadt, sind einfache Leute, sind vom Bauernstand, wohnen aber in der Stadt, Vater, in der Stadt. Bin gekommen, um dich zu sehen. Wir haben von dir gehört, Vater, viel gehört. Habe mein Söhnchen, mein Kleines, beerdigt, bin gegangen, um zu Gott zu beten. Bin in drei Klöstern gewesen, doch alle sagen sie mir: ‚Geh hin, Nastáßjuschka, geh hin, zu ihm‘; zu dir, mein Täubchen, soll ich gehen. So bin ich gegangen, war gestern im nächtlichen Gottesdienst, und heute bin ich zu dir gekommen.«

»Worüber weinst du?«

»Über mein Söhnchen, Vater, ein dreijähriges Kindchen, nur noch drei Monate fehlten, und es wäre drei Jahre alt geworden. Um mein Söhnchen quäle ich mich, Vater, um mein Söhnchen. Es war das letzte, das mir blieb, vier hatten wir, vier, Nikítuschka und ich. Aber die Kinderchen bleiben nicht bei uns, du Guter, sie bleiben nicht. Die drei ersten begrub ich, begrub sie, und es tat mir nicht gar so weh; diesen letzten aber begrub ich, und nun kann ich ihn nicht mehr vergessen. Es ist mir, als ob er hier vor mir stehe und nicht fortgehe. Hat mir die Seele ausgesogen. Betrachte ich seine Sächelchen, seine Hemdchen oder seine kleinen Stiefelchen, da stöhne ich und heule auf! Breite alles aus, was von ihm übriggeblieben ist, jedes kleine Sächelchen, sehe es an und heule. Sage zu Nikítuschka, meinem Mann: Laß du mich, Lieber, beten gehen. Droschkenkutscher ist er, nicht arm sind wir, Vater, nicht arm, er ist sein eigener Herr, alles gehört uns selbst, die Pferde und auch die Wagen. Aber wozu nützt uns jetzt unser Besitz? Wieder wird er jetzt fehlgehen, mein Nikituschka, ohne mich, das ist schon so, und ist auch immer so gewesen: wenn ich mich nur von ihm abwende, wird er sofort wieder schwach. Aber jetzt denke ich gar nicht mehr an ihn. Bin jetzt schon drei Monate fort von Hause. Habe vergessen, alles vergessen, und will auch nichts wissen; was soll ich jetzt noch bei ihm? Es ist aus mit ihm, habe mit allem abgeschlossen, mit allem. Möchte doch jetzt auch mein Haus nicht mehr sehen und all mein Hab und Gut, und möchte überhaupt nichts mehr sehen!«

»Höre mich, Mutter«, sagte der Staretz, »einst erblickte im Tempel ein großer alter Heiliger eine weinende Mutter, und sie weinte wie du um ihr kleines Kind, um ihr einziges, das Gott von ihr zu sich genommen hatte. ,Oder weißt du nicht', sprach der Heilige zur Mutter, ,wie dreist diese Kindlein vor dem Throne Gottes sind? Gibt es doch niemanden, der im Himmelreich dreister wäre denn sie. Du, Herr, hast uns das Leben geschenkt, sagen sie zu Gott, und kaum, daß wir es erschauten, da nahmst du es wieder von uns. Und so dreist bitten und flehen sie, daß der Herr sie alsbald zu Engeln macht. Und darum', sprach der Heilige, ,freue du dich, Weib, und weine nicht, denn dein Kind ist bei Gott und weilet in seiner Engelschar.' Also sprach in alten Zeiten der Heilige zum weinenden Weibe. Er war aber ein großer Heiliger, wie also hätte er ihr eine Unwahrheit sagen können? So wisse denn auch du, Mutter, daß auch dein Kind vor dem Throne Gottes steht und fröhlich und selig ist und Gott für dich bittet. Und darum weine auch du nicht, sondern freue dich.«

Das Weib hörte ihn an, die Wange in die Hand gestützt. Sie seufzte tief.

»Damit hat mich auch Nikituschka getröstet, Wort für Wort, wie du es sagst: ,Was weinst du', sagt er, ,unser Söhnchen ist jetzt bestimmt beim lieben Herrgott und singt dort mit den Engeln.' Das sagt er mir, weint aber dabei selber, ich sehe es ja, er weint, wie ich weine. ,Das weiß ich, Nikituschka', sage ich, ,wo sollte er denn sonst sein, wenn nicht beim lieben Herrgott, nur ist er nicht mehr bei uns, Nikituschka, sitzt nicht mehr hier neben uns, wie er früher bei uns saß!' Wenn ich nur ein einziges Mal ihn wiedersehen könnte, nur ein

einziges Mal, ich würde ja gar nicht zu ihm gehen, würde kein
Wörtchen sagen, würde mich in der Ecke verstecken, nur ein
Minütchen, nur ein einziges, ihn sehen, ihn hören, wie er auf
dem Hof spielt, oder hereinkommt und mit seinem Stimmchen ruft: ‚Mutti, wo bist du?‘ Nur einmal noch möchte ich
hören, wie er im Zimmer herumtrippelt, nur ein einziges
Mal, mit seinen Beinchen, tipp tapp, und so schnell, schnell
geht's, ich weiß noch, wie er zuweilen so zu mir gestrampelt
kam, schrie und lachte zugleich . . . wenn ich nur einmal noch
seine Schrittchen hören könnte, nur einmal noch, ich würde
ihn gleich wiedererkennen! Aber er ist nicht mehr, Vater, er
ist nicht mehr, und niemals mehr werde ich ihn hören. Sieh,
hier ist sein Gürtelchen, er aber ist nicht mehr da, und nie
mehr, nie mehr werde ich ihn sehen noch hören! . . .«

Sie zog einen kleinen mit Borten bestickten Gürtel hervor,
den sie in den Busen gesteckt hatte, doch kaum sah sie ihn an,
da brach sie auch schon in Tränen aus; ihr ganzer Körper
wurde von Schluchzen erschüttert, sie bedeckte die Augen mit
den Händen, doch die Tränen flossen durch die Finger über
ihre Hände herab.

»So hat auch Rachel über ihre Kinder geweint und sich
nicht trösten können. Das ist schon das Teil, das euch Müttern
hier auf Erden auferlegt ward. Und so gib dich denn nicht
damit zufrieden, Weib, tröste dich nicht, und laß dich nicht
trösten, sondern weine, nur wisse zu jeder Stunde, wo du
weinst, daß dein Sohn einer der Engel Gottes ist, daß er
von dort auf dich niederschaut, dich sieht und sich deiner
Tränen freut und Gott den Herrn auf sie hinweist. Und
lange noch, Mutter, wirst du die Tränen deines großen
Schmerzes weinen, doch schließlich werden sie sich in eine
stille Freude verwandeln, und deine bitteren Tränen werden
dann nur Tränen einer stillen Ergriffenheit sein, eine Her-
zensläuterung, die vor allen Sünden bewahrt. Deines Sohnes aber werde ich im Gebete gedenken. Wie hieß er mit
Namen?«

»Alexei, Vater.«

»Ein lieber Name. Nach dem Gottesknecht Alexei?«

»Nach dem Gottesknecht, Vater, ja, nach dem Gottesknecht, nach dem Gottesknecht Alexei.«

»Das war ein heiliger Mann! Ich werde seiner gedenken,
Mutter, in meinem Gebet, und auch deiner Trauer, und auch
deines Mannes werde ich gedenken, auf daß es ihm wohl
ergehe und er gesund bleibe. Nur ist es Sünde von dir, ihn
so allein zu lassen. Kehre zurück zu deinem Mann und beschütze ihn. Sonst sieht es dein Sohn von droben, daß du
seinen Vater verlassen hast, und er wird über euch weinen:
warum störst du denn seine Seligkeit? Denn er lebt doch, er
lebt, da ja die Seele ewig ist, und wenn du ihn auch nicht
im Hause siehst, so ist er doch unsichtbar bei euch. Wie soll
er nun in euer Haus kommen, wenn dir dein Haus, wie du
sagst, nicht mehr lieb ist? Und zu wem soll er kommen, wenn
er nicht euch beide, Vater und Mutter, beisammen findet?
Sieh, jetzt träumst du von ihm, und das quält dich, dann
aber wird er dir sanfte Träume schicken. Geh zu deinem
Manne, Mutter, mach dich noch heute auf den Weg zu ihm
zurück.«

»Ich werde gehen, du Geliebter, werde gehen, wie du sagst.
Hast mir mein Herz zurechtgerückt! ... Nikituschka, mein
Nikituschka, erwartest mich wohl, mein Täubchen«, begann
sie vor sich hinzureden, aber der Staretz wandte sich schon
zu einem alten Mütterchen, das städtisch und nicht wie eine
Pilgerin gekleidet war. An ihren Augen konnte man sehen,
daß sie etwas Besonderes auf dem Herzen hatte und gekommen war, um es mitzuteilen. Sie war die Witwe eines Un-
teroffiziers aus unserem Städtchen. Ihr Sohn Wássenjka hatte
irgendwo im Kommissariat gedient, war aber dann nach
Sibirien, nach Irkutsk, versetzt worden. Zweimal hatte er ihr
von dort geschrieben, dann aber hatte sie ein ganzes Jahr
lang keine Nachricht mehr von ihm erhalten. Sie hatte wohl
versucht, Auskunft über seinen Verbleib zu erhalten, aber
eigentlich wußte sie nicht recht, wo man sich erkundigen
konnte.

»Nun sagte mir neulich Stepanída Iljínitschna Bedrjágina, die Kaufmannsfrau, sie ist sehr reich — sie sagte mir: ,Laß doch, Próchorowna, für deinen Sohn eine Seelenmesse lesen. Dann wird seine Seele Heimweh bekommen, und er wird dir sofort einen Brief schreiben. Das ist schon mehrfach erprobt worden und hat sich immer als richtig erwiesen‘, sagt Stepanída Iljínitschna. Nun denke ich so bei mir . . . und weiß nicht, was ich tun soll . . . Sage du mir, unser Augenlicht, was soll ich tun, soll ich die Messe für seine Seele lesen lassen?«

»Wie kannst du auf so etwas überhaupt verfallen! Es ist schon eine Schande, auch nur so eine Frage zu stellen. Und wie wäre denn das möglich, daß jemand für eine lebende Seele die Totenmesse lesen ließe und um Seelenruhe bäte! Und dazu noch die leibliche Mutter! Das wäre eine große Sünde, wäre wie Zauberei, und nur wegen deiner Unwissenheit sei es dir verziehen. Bete lieber zur Muttergottes um seine Gesundheit und daß sie dir deine unrechten Gedanken verzeihe. Und höre, was ich dir noch sagen will, Próchorowna: dein Sohn wird bald entweder selbst zu dir zurückkehren, oder er wird dir einen Brief schicken. Das wisse. Gehe jetzt und sei getrost. Dein Sohn lebt, das sage ich dir.«

»Unser Lieber, unser Augenlicht, Gott schütze dich, unser Wohltäter, weiß ich doch, daß du für uns alle und für alle unsere Sünden der Fürbitter bist!«

Der Staretz aber hatte schon zwei brennende Augen bemerkt, mit denen ihn eine hagere, dem Anschein nach schwindsüchtige, aber noch junge Bäuerin unverwandt ansah. Sie blickte ihn stumm an, ihre Augen baten um etwas, aber sie schien Angst zu haben, näherzukommen.

»Womit bist du gekommen, mein Kind?«

»Erlöse meine Seele, Vater«, sagte sie leise und ohne Hast, kniete nieder und verbeugte sich vor ihm bis zur Erde.

»Ich habe gefehlt, mein Vater, ich fürchte meine Sünde.«

Der Staretz setzte sich auf die unterste Stufe, die Bäuerin näherte sich ihm, ohne sich von den Knien zu erheben.

»Ich bin Witwe, schon das dritte Jahr«, begann sie halb
flüsternd, wobei sie gleichsam erschauerte. »Schwer hatte
ich es in der Ehe, alt war er, und schmerzhaft schlug er mich.
Dann wurde er krank und lag zu Bett; und so denke ich,
wie ich ihn so sehe, wenn er aber gesund wird und wieder
aufsteht, was dann? Und da kam mir dieser Gedanke! . . .«

»Sprich leiser«, sagte der Staretz und näherte sein Ohr
ihren Lippen. Sie fuhr leise flüsternd in ihrer Beichte fort,
man konnte nichts mehr verstehen. Sie war bald zu Ende mit
dem Geständnis.

»Das dritte Jahr?« fragte der Staretz.

»Das dritte. Zuerst dachte ich nicht daran, jetzt aber ist
das Kränkeln gekommen und damit auch die Seelenangst.«

»Bist du von weither gekommen?«

»Über fünfhundert Werst von hier.«

»Hast du es in der Beichte gestanden?«

»Ja, ich habe gestanden, habe es zweimal gestanden.«

»Hat man dich zum Abendmahl zugelassen?«

»Ja, man ließ mich zu. Ich fürchte mich; fürchte den Tod.«

»Fürchte nichts, und fürchte dich niemals, und ängstige
deine Seele nicht. Wenn nur die Reue in dir nicht erlahmt, so
wird Gott alles verzeihen. Gibt es doch keine Sünde, kann
es doch auf der ganzen Welt keine so große Sünde geben,
die Gott der Herr dem wahrhaft reuigen Sünder nicht verziehe. Und kann doch der Mensch nie und nimmer eine so
große Sünde begehen, daß sie die endlose Liebe Gottes ganz
erschöpfte. Oder glaubst du, daß es eine Sünde gäbe, die
größer wäre als die Liebe Gottes? Trage nur Sorge um
die Reue, sei unermüdlich im Bereuen, doch die Angst sollst
du von dir scheuchen. Glaube daran, daß Gott dich so liebt,
wie du es dir gar nicht denken kannst, daß er dich mitsamt
deiner Sünde und in deiner Sünde liebt. Weißt du nicht,
daß geschrieben steht: Über einen reuigen Sünder wird im
Himmel mehr Freude sein als über zehn Gerechte? So geh
denn hin und fürchte dich nicht. Laß dich von den Menschen
nicht erbittern und ärgere dich nicht über Kränkungen. Dem

Verstorbenen vergib im Herzen alles, söhne dich aus mit ihm in Wahrheit. Wenn du bußfertig bist, so liebst du, liebst du aber, so bist du schon Gottes Kind . . . Liebe erkauft alles, Liebe rettet alles. Wenn du schon mich, der ich doch ein ebenso sündiger Mensch bin wie du, gerührt hast und ich Mitleid mit dir empfinde, um wieviel mehr wird es dann Gott tun. Die Liebe ist ein so unschätzbarer Schatz, daß du mit ihr die ganze Welt kaufen kannst und nicht nur deine, sondern auch fremde Sünden loskaufst. Gehe hin in Frieden und fürchte dich nicht.«

Dreimal schlug er das Kreuz über sie, nahm dann von seinem Halse ein kleines Heiligenbild und legte es um ihren Hals. Schweigend neigte sie sich vor ihm bis zur Erde. Er erhob sich und blickte heiter auf ein gesundes Bauernweib, das einen Säugling auf den Armen trug.

»Bin aus Wyschegórje, Liebster.«

»Immerhin sechs Werst von hier, hast noch dazu das Kindchen getragen. Was willst du?«

»Dich sehen wollte ich; ich bin doch schon früher bei dir gewesen, oder hast du's vergessen? Dann hast du wohl kein großes Gedächtnis, wenn du mich schon vergessen hast! Die Leute sprachen dort bei uns, du seist krank; da dachte ich, ich werde selbst hingehen und sehen, wie es ihm geht. Und da sehe ich dich nun; was bist du denn für ein Kranker? Wirst noch zwanzig Jahre leben, wahrhaftig! Gott sei mit dir! Und als ob du wenig Fürbitter hättest! Wie solltest du denn da krank sein?«

»Habe Dank für alles, Liebe.«

»Wart, ich habe noch eine kleine Bitte an dich, sie ist nicht groß. Hier sind sechzig Kopeken, gib sie, Liebster, einer, die ärmer ist als ich. Als ich herkam, dachte ich so bei mir: ich gebe es besser durch ihn; er wird schon wissen, wer es nötig hat.«

»Ich danke dir, Liebe, hab Dank, meine Gute. Ich liebe dich. — Ich werde unbedingt so handeln, wie du wünschst. — Ist es ein Mädchen?«

»Ein Mädchen, Liebster, Lisawéta.«

»Der Herr segne euch beide, dich wie die kleine Lisawéta. Mein Herz hast du mir erheitert, Mutter. Lebt wohl, meine Lieben, lebt wohl, ihr Teuren, ihr Vielgeliebten!«

Er segnete alle und verneigte sich tief vor ihnen.

IV

Die kleingläubige Dame

Die wartende Gutsbesitzerin, die dem ganzen Gespräch des Staretz mit dem einfachen Volk zugehört hatte, vergoß stille Tränen und tupfte sie mit ihrem Batisttüchlein ab. Sie war eine gefühlvolle Weltdame mit wahrhaft guten Neigungen in manchen Dingen. Als der Staretz endlich auch zu ihr trat, begrüßte sie ihn ganz begeistert.

»Ich habe soviel, soviel empfunden beim Anblick dieser rührenden Szene . . .« Vor Erregung stockte sie im Sprechen. »O, ich verstehe nur zu gut, daß das Volk Sie liebt, ich liebe es auch selbst, ich will es lieben, und wie sollte man es auch nicht lieben, dieses prachtvolle, in seiner Größe so treuherzige russische Volk!«

»Wie steht es mit der Gesundheit Ihrer Tochter? Man sagte mir, Sie wollten mich sprechen?«

»O, ich habe darum gebeten, gefleht! Ich war bereit, auf die Knie zu fallen und meinetwegen drei Tage lang vor Ihren Fenstern zu knien, bis Sie mich dann endlich empfangen hätten! Wir sind zu Ihnen gekommen, großer Arzt, um Ihnen unseren heißen Dank auszusprechen! Sie haben doch meine Lisa ganz gesund gemacht, aber ganz, und wodurch? — Durch Ihr Gebet am Donnerstag, dadurch, daß Sie Ihre Hände beim Gebet auf sie gelegt haben! Wir sind hergekommen, um diese Hände zu küssen, um unsere Gefühle, unsere Ehrfurcht auszudrücken!«

»Wieso habe ich sie geheilt? Sie liegt doch noch im Rollstuhl?«

»Aber sie fiebert jetzt in der Nacht überhaupt nicht mehr, zwei Nächte nicht mehr, gerade seit Donnerstag!« sagte nervös erregt die Dame. »Und nicht nur das allein, auch ihre Füße sind erstarkt. Heute morgen erwachte sie wie neubelebt, sie hat die ganze Nacht geschlafen. Sehen Sie doch, wie rosig sie heute ist, wie ihre Augen glänzen! Sonst weinte sie ständig, jetzt aber lacht sie, ist lustig und fröhlich. Heute wollte sie unbedingt, daß man sie auf die Füße stelle, und so stand sie eine ganze Minute ohne jede Stütze. Sie will mit mir wetten, daß sie in zwei Wochen Quadrille tanzen werde. Ich ließ den hiesigen Doktor Herzenstube zu mir bitten; er aber zuckte bloß mit den Achseln und sagte: ,Das überrascht mich, ist mir unverständlich!‘ Und Sie verlangen, daß wir Sie nicht mehr beunruhigen sollen, daß wir nicht danken? Lise, bedank dich doch! So bedanke dich doch!«

Lisas reizendes, lachendes Gesichtchen wurde plötzlich ganz ernst; sie richtete sich im Stuhl auf, soweit sie das konnte, blickte ernst den Staretz an und legte ihre Händchen vor ihm zusammen, doch konnte sie sich nicht bezwingen und brach plötzlich wieder in Lachen aus . . .

»Über ihn, ach, ich lache ja nur über ihn!« rief sie, auf Aljoscha weisend, in kindlichem Unwillen über sich selbst, weil sie nicht ernst geblieben war und gelacht hatte. Wer Aljoscha, der einen Schritt hinter dem Staretz stand, betrachtet hätte, der würde die Röte bemerkt haben, die in einem Augenblick seine Wangen übergoß. Seine Augen blitzten auf, und er senkte den Blick zu Boden.

»Sie hat einen Auftrag an Sie, Alexei Fjodorowitsch . . . Wie geht es Ihnen?« wandte sich die Mama an Aljoscha und streckte ihm ihre wunderbar behandschuhte Rechte entgegen. Der Staretz blickte sich um und plötzlich schaute er Aljoscha aufmerksam an. Dieser näherte sich Lisa und reichte ihr mit einem etwas seltsamen und unbeholfenen Lächeln die Hand. Lisa machte ein wichtiges Gesichtchen.

»Katerína Iwánowna schickt Ihnen durch mich diesen Brief«, sagte sie und überreichte ihm ein kleines Schreiben.

»Sie läßt Sie sehr, sehr bitten, zu ihr zu kommen und zwar so bald, so bald wie möglich, und nicht nur zu versprechen, sondern auch wirklich und bestimmt zu kommen!«

»Sie bittet mich, zu ihr zu kommen? Zu ihr ... mich ... Warum denn?« stotterte Aljoscha höchst verwundert. Er sah plötzlich ganz besorgt aus.

»O, es handelt sich natürlich um Dmitrij Fjodorowitsch und ... um alle diese jüngsten Begebenheiten«, erklärte die Mama flüchtig. »Katerína Iwánowna hat sich jetzt zu etwas entschlossen ... deshalb muß sie mit Ihnen sprechen. Worüber? Das weiß ich natürlich nicht; aber sie läßt Sie bitten, so bald wie möglich zu kommen. Und Sie kommen doch, nicht wahr? Kommen Sie unbedingt, hier gebietet es schon die Christenpflicht.«

»Ich habe sie nur ein einziges Mal gesehen«, sagte Aljoscha immer noch ganz verwundert.

»O, das ist ein so edles, ein so unvergleichliches Geschöpf! ... Schon allein, was sie erlitten hat ..., was sie ertragen hat, was sie auch jetzt ertragen muß, und bedenken Sie nur, was ihr noch bevorsteht! ... Es ist schrecklich, schrecklich!«

»Gut, ich werde kommen«, beschloß Aljoscha, nachdem er das kurze, rätselhafte Schreiben überflogen hatte, das außer der dringenden Bitte, zu ihr zu kommen, keine einzige Erklärung enthielt.

»Ach, wie nett das von Ihnen ist, und es wird herrlich sein!« rief Lisa ganz entzückt aus. »Ich habe Mama immer gesagt: ‚Er wird bestimmt nicht kommen, um keinen Preis wird er kommen, er muß doch seine Seele retten!‘ Aber das ist reizend von Ihnen! Ich habe mir immer gedacht, daß Sie ein herrlicher Mensch sind, und es ist mir angenehm, Ihnen das jetzt sagen zu können!«

»Lise!« mahnte die Mama eindringlich, doch lächelte auch sie gleich wieder. »Sie haben uns ganz vergessen, Alexei Fjodorowitsch; Sie kommen ja gar nicht mehr zu uns! Lise aber hat mir schon zweimal gesagt, daß sie sich nur in Ihrer Gesellschaft wohlfühle.«

Aljoscha erhob den gesenkten Blick, wurde plötzlich wieder über und über rot und lachte abermals, ohne selbst zu wissen, warum. Übrigens beobachtete ihn der Staretz nicht mehr. Er unterhielt sich bereits mit dem Mönch, der neben Lisas Rollstuhl auf sein Erscheinen gewartet hatte. Dieser Mönch war augenscheinlich ein ganz einfacher Mensch mit einer engen, doch unzerstörbaren Weltanschauung, dabei gläubig und in seiner Art unerschütterlich. Er sagte, daß er aus dem fernen Norden gekommen sei, aus Obdorsk vom Heiligen Silvester, einem armen, kleinen Kloster, in dem nur neun Mönche lebten. Der Staretz segnete ihn und lud ihn ein zu einem Besuch in der Klause, gleichviel wann.

»Wie aber vermeßt Ihr euch, so etwas zu bewerkstelligen?« fragte plötzlich der Mönch, wobei er ernst und feierlich auf Lisa hinwies. Er fragte es in Bezug auf ihre »Heilung«.

»Davon zu sprechen, ist natürlich noch zu früh. Erleichterung ist nicht völlige Heilung und kann auch durch andere Ursachen hervorgerufen worden sein. Und selbst das wird nicht anders als nach Gottes Wunsch und durch Gottes Kraft geschehen sein. Alles kommt von Gott. Besuchen Sie mich bald, Pater«, fügte er noch hinzu, »denn nicht zu jeder Zeit kann ich aufstehen; ich bin krank und weiß, daß meine Tage gezählt sind.«

»O nein, nein, Gott wird Sie nicht von uns nehmen! Sie werden noch lange, lange leben!« fiel die Mama ihm ins Wort. »Und woran sind Sie denn erkrankt? Sie sehen so gesund aus, so froh und glücklich!«

»Heute fühle ich mich auch viel besser, aber ich weiß, daß es nur eine Erleichterung auf kurze Zeit ist. Ich kenne jetzt meine Krankheit. Wenn ich Ihnen aber froh und glücklich erscheine, so hätten Sie mich mit nichts so erfreuen können wie durch diese Bemerkung. Denn zum Glück sind die Menschen geschaffen, und wer vollkommen glücklich ist, der ist gewürdigt, sich selbst sagen zu dürfen: ‚Ich habe das Gebot Gottes auf dieser Erde erfüllt.‘ Alle Gerechten, alle Heiligen, alle heiligen Märtyrer sind glücklich gewesen.«

»O, wie schön Sie reden, was für große und hohe Worte Sie zu sagen wissen!« rief die Mama begeistert aus. »Wenn Sie etwas sagen, so durchdringen Sie einen gleichsam. Und doch! . . . das Glück, ja, das Glück — wo ist es? Wer kann von sich sagen, daß er glücklich sei? O, wenn Sie schon so gütig gewesen sind, uns heute nochmals Sie sehen zu lassen, so hören Sie denn auch alles, was ich Ihnen das vorige Mal nicht sagen konnte, was ich nicht zu sagen wagte, alles, worunter ich so lange, so lange schon leide! Ich leide, verzeihen Sie mir, ich leide . . .« Und sie faltete in einer plötzlichen Aufwallung heißen Gefühls die Hände vor ihm.

»Worunter denn so besonders?«

»Ich leide . . . unter meinem Unglauben . . .«

»Unglauben an Gott?«

»O nein, nein, an so etwas wage ich nicht einmal zu denken. Aber das zukünftige Leben — das ist solch ein Rätsel! Und niemand, niemand kann genau auf die Frage antworten! Hören Sie mich an, Sie tiefer Kenner der Menschenseele; ich erhebe natürlich keinen Anspruch darauf, daß Sie meinen Worten vollen Glauben schenken, aber ich versichere Ihnen, daß ich jetzt nicht aus Leichtsinn rede. Sehen Sie, der Gedanke an das Leben nach dem Tode regt mich bis zum Schmerz auf, bis zum Schrecken, bis zum Entsetzen . . . Und ich weiß nicht, an wen ich mich wenden soll, niemals habe ich gewagt . . . Und sehen Sie, jetzt habe ich es doch gewagt, mich an Sie zu wenden . . . O Gott, für was werden Sie mich nun halten!« Und sie rang die Hände.

»Beunruhigen Sie sich nicht wegen meiner Meinung«, entgegnete der Staretz. »Ich glaube durchaus an die Aufrichtigkeit Ihres Kummers.«

»O, wie dankbar ich Ihnen bin! Sehen Sie, ich schließe die Augen und denke: Wenn alle glauben, so — woher kommt das? Jetzt aber behauptet man, das sei zuerst nur aus der Furcht vor den schreckenerregenden Naturerscheinungen gekommen, und all dieses Jenseitige gäbe es überhaupt nicht. Wie nun, denke ich, ich habe geglaubt so lange ich lebe —

und da sterbe ich nun, und plötzlich ist nichts da, und nur ‚Kletten wachsen auf meinem Grabe‘, wie ich vor kurzem bei einem Schriftsteller las. Das ist doch entsetzlich! Wodurch aber den Glauben wiedergewinnen, wodurch? Und wissen Sie, ich habe eigentlich nur als ganz kleines Mädchen geglaubt, mechanisch, ohne etwas dabei zu denken. . . Wodurch sich nun überzeugen? Ich bin zu Ihnen gekommen, um vor Ihnen niederzuknien und Sie zu fragen; denn wenn ich jetzt diese Gelegenheit unbenutzt vorübergehen lasse, so wird mir doch in meinem ganzen Leben niemand mehr darauf Antwort geben. Womit nun beweisen, wodurch sich überzeugen? O, das ist ein zu großes Unglück! Ich stehe da und sehe, daß allen alles einerlei ist, oder fast allen, niemand denkt jetzt daran, nur ich allein kann das nicht mehr ertragen! Das bringt einen um! Es ist einfach tötend!«

»Zweifellos tötend. Doch beweisen läßt sich hierbei nichts, wohl aber kann man sich überzeugen.«

»Wie? Wodurch?«

»Durch die Erfahrung der werktätigen Liebe. Bemühen Sie sich, Ihre Nächsten tätig und unermüdlich zu lieben. In dem Maße, wie Sie in der Liebe fortschreiten, werden Sie sich auch vom Dasein Gottes und von der Unsterblichkeit Ihrer Seele überzeugen. Wenn Sie aber in Ihrer Liebe zum Nächsten bis zur vollen Selbstverleugnung gekommen sind, dann werden Sie auch den vollen Glauben errungen haben, und dann wird sich kein Zweifel mehr in Ihre Seele einschleichen können. Das ist eine alterprobte Wahrheit.«

»Durch werktätige Liebe? Aber da erhebt sich ja sofort eine andere Frage, und was für eine Frage! Sehen Sie: ich liebe die Menschheit dermaßen, daß ich — werden Sie es mir glauben? — zuweilen daran denke, alles zu verlassen, alles, was ich habe, *Lise* und alles, alles, und barmherzige Schwester zu werden. Ich schließe die Augen, denke und träume, und in diesen Augenblicken fühle ich eine unüberwindliche Kraft in mir. Keine Wunden, keine eiternden Geschwüre könnten mich abschrecken, ich würde sie eigenhändig waschen und verbinden; ich möchte die Wärterin dieser Leidenden sein und wäre bereit, diese Schwären zu küssen ...«

»Und selbst das ist schon viel und gut, daß Ihre Gedanken davon träumen und nicht von anderem. Dann werden Sie bestimmt doch noch einmal, vielleicht ganz unversehens, eine gute Tat tun.«

»Ja, aber wie lange könnte ich denn dieses Leben aushalten?« fragte erregt, fast außer sich, die Dame. »Das ist ja die Hauptfrage! Das ist die allerquälendste Frage! Ich schließe die Augen und frage mich: Wie lange würdest du auf diesem Wege gehen können? Und wenn der Kranke, dessen Wunden du wäschst, dir nicht sofort seine ganze Dankbarkeit schenkt, dich im Gegenteil womöglich noch mit Launen quält, ohne deine menschenfreundliche Aufopferung zu schätzen oder auch nur zu beachten, dich anschreit, sogar roh von dir verlangt, was du doch freiwillig tust, sich sogar bei den Vorgesetzten über dich beklagt – wie das doch häufig Schwerleidende tun –, was dann? Wird dann deine Liebe fortdauern oder nicht? Und denken Sie sich, ich habe mir selbst sofort angstvoll eingestanden: wenn es etwas gibt, was meine ,tätige‘ Liebe zur Menschheit sofort erkalten machen könnte, so ist das gerade die Undankbarkeit. Mit einem Wort, ich bin eine Arbeiterin um Lohn, ich verlange den Lohn sofort, ich meine damit: daß man mich lobt, ich verlange Gegenliebe als Lohn für meine Liebe. Anders bin ich überhaupt nicht fähig, jemanden zu lieben!«

Es war offenbar ein Anfall der aufrichtigsten Selbstgeißelung. Als sie geendet hatte, blickte sie mit einer geradezu herausfordernden Entschlossenheit auf den Staretz.

»Was Sie mir sagen, hat mir fast Wort für Wort einmal, es ist schon lange her, ein Arzt gesagt«, bemerkte dieser. »Es war ein bereits bejahrter und zweifellos kluger Mensch. Er sprach ebenso aufrichtig wie Sie, wenn auch halb scherzend, jedenfalls aber traurig scherzend. ,Ich liebe die Menschheit‘, sagte er, ,aber ich wundere mich über mich selbst: je mehr ich die Menschheit im allgemeinen liebe, desto weniger liebe ich die Menschen im besonderen, das heißt, als einzelne Personen genommen. In Gedanken', sagte er, ‚bin ich nicht selten zu ganz absonderlichen Absichten, der Menschheit zu dienen, gekommen, und vielleicht wäre ich wirklich fähig, mich für die Menschen kreuzigen zu lassen, wenn das, sagen wir, irgendwie unbedingt vonnöten wäre; indes könnte ich nicht einmal zwei Tage lang mit irgend jemandem in einem Zimmer leben, was ich aus mehrfacher Erfahrung weiß. Kaum ist jemand bei mir, so verletzt er schon meine Persönlichkeit, meine Eigenliebe und beeinträchtigt meine Freiheit. In vierundzwanzig Stunden kann ich den besten Menschen hassen: den einen, weil er langsam ißt bei Tisch, den anderen, weil er Schnupfen hat und sich immer schneuzen muß. Und so werde ich', sagte er, ‚sofort zu einem Menschenfeind, sobald ich nur mit Menschen in Berührung komme. Dafür aber geschah es immer, daß, je mehr ich die Menschen im einzelnen haßte, meine Liebe zur Menschheit im allgemeinen um so heißer wurde.'«

»Aber was soll man denn tun? Was soll man denn in diesem Fall tun? Das ist doch zum Verzweifeln!«

»Nein, denn auch das genügt, daß Sie sich darum grämen. Tun Sie, was in Ihren Kräften steht, und auch das wird Ihnen angerechnet werden. Sie haben schon vieles getan, denn Sie haben sich so tief und aufrichtig selbst zu erkennen vermocht. Wenn Sie aber auch jetzt nur deswegen so aufrichtig gesprochen haben, um von mir ein Lob zu hören für Ihre Aufrichtigkeit, so werden Sie natürlich mit Ihrer werktätigen Liebe nichts erreichen, so wird alles nur in Ihren Gedanken bleiben, und das ganze Leben wird wie ein Phantom vergehen. Dann werden Sie natürlich auch vergessen, an das jenseitige Leben zu denken, und sich schließlich vielleicht irgendwie beruhigen.«

»Sie haben mich vernichtet! Erst jetzt, erst in diesem Augenblick, da Sie sprachen, begriff ich, daß ich wirklich nur Ihr Lob für meine Aufrichtigkeit erwartete, als ich Ihnen sagte, ich würde Undankbarkeit nicht ertragen können. Sie haben mich begriffen, und Sie haben mich mir selbst erklärt!«

»Sagen Sie das jetzt wirklich ganz aufrichtig? Nun, dann kann ich Ihnen sagen: jetzt,.nach einem solchen Bekenntnis, glaube ich, daß Sie aufrichtig und im Herzen ein guter Mensch sind. Wenn Sie das Glück auch nicht erreichen sollten, so denken Sie daran, daß Sie auf einem guten Wege sind, und bemühen Sie sich, nicht von ihm abzuweichen. Die erste Bedingung ist: vermeiden Sie die Lüge, jede Lüge, die Lüge vor sich selbst ganz besonders. Geben Sie acht auf Ihre Lüge und beobachten Sie sie in jeder Stunde, in jeder Minute. Desgleichen vermeiden Sie, Ekel zu empfinden vor anderen und vor sich selbst. Das, was Ihnen in Ihrem eigenen Innern schlecht erscheint, wird schon allein dadurch, daß Sie es in sich bemerken, geläutert. Meiden Sie die Furcht, obgleich Furcht nur die Folge jeder Lüge ist. Lassen Sie sich niemals durch Ihren eigenen Kleinmut vom Werben um Liebe abschrecken, sogar Ihre schlechten Handlungen in der Beziehung brauchen Sie nicht so sehr zu fürchten. Es tut mir leid, daß ich Ihnen nichts Beruhigenderes sagen kann, denn die werktätige Liebe ist im Vergleich zur schwärmerischen Liebe etwas Grausames und Abschreckendes. Die schwärmerische Liebe lechzt nach einer schnellen Heldentat, die man in kurzer Zeit vollbringen kann, und zwar unbedingt so, daß alle sie beachten. Dabei kommt es tatsächlich so weit, daß man bereit ist, das Leben hinzugeben, wenn es nur nicht lange dauert, sondern schnell vollbracht ist, wie auf der Bühne, und alle es sehen und loben. Die werktätige Liebe dagegen, das ist Arbeit und Ausdauer, für einige sogar eine ganze Wissenschaft. Ich aber sage Ihnen, in derselben Minute, in der Sie sich mit Entsetzen gestehen, daß Sie sich trotz all Ihrer Bestrebungen nicht nur dem Ziele nicht genähert, sondern sich von ihm anscheinend entfernt haben — in diesem Augenblick, das sage ich Ihnen voraus, werden Sie mit einemmal das Ziel erreichen und über sich klar die wundertätige Kraft des Herrn fühlen, die Kraft Gottes, der Sie immer geliebt hat und Sie die ganze Zeit unsichtbar lenkt. — Verzeihen Sie, daß ich nicht länger bei Ihnen bleiben kann, aber man erwartet mich. Auf Wiedersehen.«

Die Dame weinte.

»*Lise, Lise,* o, segnen Sie sie doch noch, segnen Sie sie!« bat sie erregt.

»Nun, Ihr Töchterchen zu lieben, das hat sie eigentlich gar nicht verdient. Ich habe sehr wohl gesehen, wie unartig sie hier war«, sagte der Staretz scherzend. »Warum haben Sie sich die ganze Zeit über Alexei lustig gemacht?«

Lisa hatte sich tatsächlich die ganze Zeit nur mit dieser kleinen Spitzbüberei beschäftigt. Sie hatte es schon längst bemerkt, daß Aljoscha verlegen wurde, wenn sie ihn ansah, und daß er sich immer bemühte, sie nicht anzusehen; nun, und das fand sie ungeheuer interessant. Aufmerksam wartete sie und suchte sie, seinen Blick zu erhaschen. Aljoscha aber, der den unverwandt auf ihn gerichteten Blick nicht ertragen konnte, bezwang sich, bezwang sich wieder, und plötzlich, — plötzlich blickte er doch selbst, von einer unbezwingbaren Kraft angezogen, zu ihr hin, worauf Lisa ihm natürlich sofort triumphierend ins Gesicht lachte. Aljoscha wurde immer verlegener und ärgerte sich immer mehr über sich selbst. Zu guter Letzt wandte er sich ganz von ihr ab und versteckte sich halbwegs hinter dem Rücken des Staretz. Doch schon nach kurzer Zeit wandte er sich, wieder von dieser unwiderstehlichen Kraft angezogen, vorsichtig ein wenig zur Seite, um zu sehen, ob er betrachtet werde oder nicht, und da sah er denn, daß Lisa, die sich bereits so weit wie möglich über die Armlehne ihres Stuhles bog, ihn von der Seite betrachtete und krampfhaft den Augenblick erwartete, da er sich nach ihr umsehen werde; als sie aber dann seinen Blick auffing, lachte sie so lustig auf, daß selbst der Staretz nicht ernst bleiben konnte.

»Sie Wildfang, warum wollen Sie ihn denn unbedingt verlegen machen?«

Lisa wurde plötzlich ganz unerwarteterweise feuerrot, ihre Augen blitzten auf, ihr Gesichtchen aber wurde furchtbar ernst, und dann kam es in heißer, unwilliger Klage hastig, erregt aus ihr heraus:

»Ja, aber warum hat er alles vergessen? Er hat mich auf den Armen getragen, als ich klein war, und wir haben zusammen gespielt! Und später hat er mich lesen gelehrt, ist deswegen zu uns gekommen, wissen Sie das auch? Und als er vor zwei Jahren abreiste, sagte er noch, er werde *nie* vergessen, daß wir ewige Freunde sind, ewige, ewige Freunde! Und jetzt fürchtet er mich auf einmal! Werde ich ihn denn etwa auffressen? Warum will er nicht näher kommen, warum spricht er nicht mit mir? Warum kommt er nicht mehr zu uns? Oder lassen Sie ihn nicht fort? Aber wir wissen doch, daß er sonst überall hingeht! Ich kann ihn doch nicht dazu zwingen, er muß doch von selbst kommen; er hätte selbst daran denken müssen, wenn er es nicht vergessen hat! Nein, er kommt aber nicht, er sucht jetzt hier sein Seelenheil! Wozu haben Sie ihn denn in diese langschößige Kutte gesteckt... Wenn er läuft, wird er ja fallen...«

Und plötzlich hielt sie es nicht mehr aus, bedeckte das Gesicht mit der Hand und lachte, lachte unbezwingbar, unaufhörlich ihr nervöses, unhörbares Lachen, wie von innen geschüttelt.

Der Staretz hatte sie lächelnd angehört und segnete sie mit Zärtlichkeit; als sie aber darauf seine Hand küßte, preßte sie diese plötzlich an die Augen und brach in Tränen aus:

»Seien Sie nicht böse auf mich, ich bin so dumm, bin überhaupt nichts wert... Aljoscha hat vielleicht recht, ganz recht, wenn er zu einer so Lächerlichen nicht kommen mag...«

»Ich werde ihn bestimmt zu Ihnen schicken«, versprach ihr der Staretz zum Abschied.

V

Und es geschehe also!

Die Abwesenheit des Staretz hatte vielleicht nur fünfundzwanzig Minuten gedauert. Es war schon halb eins, doch
Dmitrij Fjodorowitsch war noch immer nicht erschienen,
obgleich sich alle nur seinetwegen versammelt hatten. Trotzdem schien man ihn fast ganz vergessen zu haben, und als
der Staretz wieder eintrat, fand er seine Gäste in lebhaftem
Gespräch vor. An diesem Gespräch beteiligten sich vor allen
anderen Iwan Fjodorowitsch und die beiden Priestermönche.
Auch Miussoff mischte sich in das Gespräch ein, dem Anschein nach sogar sehr hitzig, nur hatte er wieder kein Glück:
er blieb offenkundig zweitrangig, und man antwortete ihm
nur wenig, so daß dieser neue Umstand seine ohnehin auf-
gestaute Reizbarkeit noch erhöhte. Es gab aber noch einen
anderen Grund, warum er so reizbar war; er hatte nämlich
auch früher schon oft Iwan Fjodorowitsch an Wissen zu überbieten gesucht; da ihm das jedoch immer mißlungen war,
konnte er dessen gewisse Nachlässigkeit ihm gegenüber nicht
mehr kaltblütig ertragen.

,Bis jetzt wenigstens bin ich immer auf der Höhe alles
dessen gewesen, was in Europa das Modernste war; diese
neue Generation aber will uns einfach ignorieren', dachte
er bei sich. Fjodor Pawlowitsch, der doch freiwillig sein Wort
gegeben hatte, hinfort zu schweigen, schwieg tatsächlich
eine gewisse Zeitlang, beobachtete aber mit einem kleinen,
maliziös-spöttischen Lächeln seinen Nachbarn Miussoff,
dessen Gereiztheit ihn augenscheinlich freute. Er hatte sich
schon längst vorgenommen, diesem gewisse Dinge heimzu-
zahlen, und wollte jetzt die Gelegenheit nicht unbenutzt
vorübergehen lassen. Schließlich hielt er es nicht mehr aus,
beugte sich zum Ohr seines Stuhlnachbarn und neckte ihn,
halblaut flüsternd, geflissentlich noch einmal:

»Warum gingen Sie denn vorhin nach dem ‚küßte es liebend' nicht fort, und warum ließen Sie sich dazu herab, in so unanständiger Gesellschaft zu bleiben? Ich werd's Ihnen sagen, warum: weil Sie sich erniedrigt und beleidigt fühlten, und so blieben Sie denn, um zur Revanche Ihren Geist leuchten zu lassen. Und jetzt werden Sie um keinen Preis früher fortgehen, als bis Sie Ihren Geist habe leuchten lassen!«

»So fangen Sie schon wieder an? Ich gehe sofort!«

»Als letzter, als letzter werden Sie fortgehen, Pjotr Alexandrowitsch!« stichelte noch einmal Fjodor Pawlowitsch. Das geschah fast im selben Augenblick, als der Staretz zurückkehrte.

Das Gespräch verstummte sofort; allein der Staretz, der wieder seinen alten Platz einnahm, blickte alle so freundlich an, als wolle er sie mit dem Blick auffordern, doch fortzufahren. Aljoscha aber, der jeden Ausdruck seines Gesichts kannte, sah deutlich, daß er furchtbar müde war und sich überanstrengte. In der letzten Zeit seiner Krankheit war er schon mehrmals vor Erschöpfung ohnmächtig geworden, und jetzt war sein Gesicht fast ebenso bleich wie vor einer Ohnmacht; seine Lippen wurden weiß. Doch augenscheinlich wollte er die Versammelten nicht fortschicken, und zwar schien er dabei noch eine besondere Absicht zu haben — was für eine nur? Aljoscha beobachtete ihn gespannt.

»Wir sprechen hier über einen äußerst interessanten Artikel«, sagte der Priestermönch Pater Jóssiff, der Bibliothekar, zum Staretz, auf Iwan Fjodorowitsch deutend. »Der Verfasser bringt in diesem Artikel viel Neues vor, nur scheint die Idee ihre zwei Seiten zu haben. Bei Gelegenheit der Erörterung der kirchlich-zivilen Justizfrage und des Umfanges ihrer Berechtigung, hat er in einem Zeitungsartikel jenem Geistlichen geantwortet, der über diese Frage ein ganzes Buch geschrieben hat.«

»Leider habe ich Ihren Artikel nicht gelesen, aber ich habe davon gehört«, sagte der Staretz, der Iwan Fjodorowitsch aufmerksam ansah.

»Der Herr nimmt einen eigenartigen Standpunkt ein«, fuhr der Pater Bibliothekar fort. »Er lehnt nämlich in der Frage der kirchlichen Ziviljustiz die Trennung der Kirche vom Staat als etwas Unmögliches ab.«

»Das ist sehr interessant, aber in welchem Sinne meinen Sie das?« fragte der Staretz Iwan Fjodorowitsch.

Dieser setzte nun zur Antwort an, aber nicht etwa mit herablassender Höflichkeit, wie Aljoscha es noch gestern befürchtet hatte, sondern bescheiden und zurückhaltend mit sichtbarer Zuvorkommenheit und anscheinend ohne den geringsten Hintergedanken.

»Ich gehe von der Annahme aus, daß diese Verwechslung der grundverschiedenen Elemente, ich meine, des Wesens der Kirche mit dem Wesen des Staates, jedes für sich betrachtet, selbstverständlich ewig geschehen wird, ungeachtet dessen, daß sie ein Ding der Unmöglichkeit ist, und daß man die beiden nicht bloß niemals in eine normale Verbindung, sondern nicht einmal in ein auch nur einigermaßen übereinstimmendes Verhältnis wird bringen können, weil diese ganzen Versuche auf einer Lüge aufbauen, einer Lüge schon im Grundgedanken. Deshalb ist meiner Ansicht nach ein Kompromiß zwischen Staat und Kirche in solchen Fragen, wie zum Beispiel der des Gerichts, bereits aus ihrem innersten und reinen Wesensgrunde ganz unmöglich. Jener Geistliche, dem ich in meinem Artikel widersprach, behauptet, die Kirche nehme im Staat einen bestimmten und genau bemessenen Platz ein. Ich aber entgegnete ihm, daß, im Gegenteil, die Kirche den gesamten Staat in sich aufzunehmen habe, statt wie bisher innerhalb des Staates selbst nur einen gewissen Winkel einzunehmen. Und wenn das auch jetzt noch, gleichviel weshalb, unmöglich ist, so müßte doch im Grunde unbedingt eben dies als das geradeaus vor uns liegende Hauptziel der ganzen Weiterentwicklung der Christenheit offen und ehrlich hingestellt werden.«

»Das ist vollkommen richtig«, sagte fest Pater Païssij, der schweigsame und gelehrte andere Priestermönch.

»Das ist ja der reinste Ultramontanismus!« rief Miussoff aus und schlug vor Ungeduld ein Bein über das andere.

»Ach, dazu haben wir ja nicht einmal Berge!« meinte Pater Jóssiff, und sich zum Staretz wendend, fuhr er fort: »Unter anderem antwortet der Herr auch auf folgende ,*grundsätzlichen und wesentlichen Thesen*' seines Gegners, eines Geistlichen, das ist wohl zu beachten. Erstens: daß ,kein einziger gesellschaftlicher Verband sich die Macht weder aneignen kann, noch aneignen darf, über die bürgerlichen und politischen Rechte seiner Mitglieder zu verfügen.' Zweitens: daß ,die Macht des Kriminal- und Zivilgerichts nicht der Kirche gehören darf und mit der Natur der Kirche nicht vereinbar ist, weder mit der Kirche als göttlicher Einrichtung, noch mit der Kirche als Verband der Menschen zu religiösen Zwecken.' Und schließlich drittens: daß ,die Kirche ein Reich nicht von dieser Welt' sei . . .«

»Das ist ein für einen Geistlichen allerunwürdigstes Spiel mit Worten!« unterbrach wieder ungeduldig Pater Païssij. »Ich habe dieses Buch gelesen, auf das Sie geantwortet haben«, sagte er zu Iwan Fjodorowitsch, »und ich war nicht wenig erstaunt über die Worte des Geistlichen, daß die Kirche kein Reich von dieser Welt sei. Wenn sie nicht von dieser Welt wäre, so könnte es sie folglich überhaupt nicht auf der Welt geben. Im heiligen Evangelium sind die Worte ,nicht von dieser Welt' doch nicht in diesem Sinne gemeint. Mit solchen Worten aber zu spielen, geht nicht an. Unser Herr Jesus Christus ist doch nur deswegen gekommen, um die Kirche gerade hier auf Erden zu errichten. Das Himmelreich ist natürlich nicht von dieser Welt, sondern im Himmel, und man kann in dasselbe nicht anders eingehen als durch die Kirche, die auf der Erde gegründet und errichtet ist. Und darum sind alle Wortspiele in diesem Sinne unmöglich und unwürdig. Die Kirche aber ist in Wahrheit ein Reich, und ihr ist bestimmt zu herrschen, und zum Schluß muß sie sich auch zweifellos als Herrschaft auf der ganzen Erde verwirklichen — wie uns ja verheißen ist . . .«

Er verstummte plötzlich, als bezwänge er sich. Iwan Fjodorowitsch, der ihm höflich und aufmerksam zugehört hatte, fuhr mit auffallender Ruhe wieder bereitwillig und offenherzig in seiner Erklärung fort, indem er sich zum Staretz wandte.

»Der ganze Gedanke, den ich in meinem Artikel entwickelt habe, besteht darin, daß das Christentum in den ersten drei Jahrhunderten auf Erden nur als Kirche auftrat und auch nur Kirche war. Als aber der heidnische Staat, das Römische Reich, christlich werden wollte, da geschah unstreitig nichts weiter, als daß er die Kirche in sich aufnahm, selbst aber fortfuhr, in überaus vielen seiner Funktionen nach wie vor heidnischer Staat zu bleiben. Genau genommen konnte zweifellos auch nichts anderes geschehen. In diesem Rom, dem nunmehr christlichen Staat, verblieb somit gar zu vieles von der heidnischen Zivilisation und Weisheit, wie zum Beispiel schon vor allem die Ziele und die Grundsätze des Staates selbst. Die Kirche Christi aber konnte, als sie in den Staat aufgenommen wurde, von ihrem Grundgedanken, von dem Fels, auf dem sie stand, natürlich nichts aufgeben und konnte nichts anderes tun als ausschließlich ihre Ziele verfolgen, die ihr vom Herrn selbst ein für allemal gesetzt und gewiesen waren, so unter anderem: die ganze Welt, also folglich auch den ganzen antiken, heidnischen Staat in Kirche zu verwandeln. So muß denn also (das heißt, im Sinne der zukünftigen Ziele) nicht die Kirche sich einen bestimmten Platz im Staat suchen, wie ,jeder andere gesellschaftliche Verband' oder wie ,ein Verband der Menschen zu religiösen Zwecken' (so drückt sich der geistliche Autor, dem ich entgegnete, über die Kirche aus), sondern im Gegenteil, jeder Staat auf Erden müßte sich zum Schluß vollkommen in Kirche verwandeln und nichts anderes werden als bloß Kirche, und sich dann von allen seinen Zielen, die mit den Zielen der Kirche nicht vereinbar sind, natürlich abwenden. Das alles würde den Staat als solchen in nichts erniedrigen, ihm weder seine Ehre noch seinen Ruhm als Großmacht nehmen, noch würde es den Ruhm seiner Herrscher schmälern, sondern würde den Staat nur von dem falschen, noch heidnischen und irreführenden Wege auf den richtigen und wahren Weg stellen, auf den einzigen, der zu ewigen Zielen führt. Der Autor des Buches über die ‚Grundlagen des kirchlich-zivilen Gerichts‘ hätte darum ganz richtig geurteilt, wenn er bei seiner Untersuchung und Feststellung jener Grundlagen diese als einen zeitlichen, in unserer sündigen, noch unvollendeten Zeit notwendigen Kompromiß und nichts anderes behandelt hätte. Sobald aber der Autor dieser ‚Grundlagen‘ sich erdreistet zu erklären, diese Grundlagen, die er jetzt aufstellt, und von denen Pater Jossiff soeben einige aufzählte, seien unerschütterlich, elementar und ewig, geht er direkt gegen die Kirche vor und gegen ihre heilige, ewige und unverrückbare Bestimmung. Das ist der Inhalt meines Artikels, sein ganzes Konzept.«

»Das heißt also, kurz gesagt«, begann wieder Pater Païssij, indem er jedes Wort betonte: »nach gewissen Theorien, die sich in unserem neunzehnten Jahrhundert nur zu deutlich ausgeprägt haben, soll sich Kirche in Staat verwandeln − gleichsam aus einer niedrigeren Form in eine höhere −, um darauf ganz zu verschwinden im Staat, indem sie vor der Wissenschaft, dem Zeitgeist und der Zivilisation zurücktritt, ihnen also einfach Platz macht. Wenn sie das aber nicht will und sich dem widersetzt, so wird ihr im Staate gleichsam nur ein Winkel eingeräumt, und selbst der nur unter Aufsicht. Und das geschieht jetzt auch überall in den derzeitigen europäischen Ländern. Nach der russischen Auffassung und Zuversicht dagegen soll sich nicht die Kirche in Staat verwandeln, wie aus einer niedrigeren in eine höhere Form, sondern der Staat soll sich vorbereiten, einzig und allein Kirche zu werden und nichts weiter als das. Und also geschehe es, also geschehe es, Amen!«

»Nun, ich muß gestehen, Sie haben mich jetzt wieder ein wenig ermutigt«, sagte Miussoff sarkastisch und schlug jetzt zur Abwechslung das andere Bein über. »Soweit ich es verstehe, handelt es sich also um die Verwirklichung irgendeines Ideals, eines unendlich fernen, bei der Wiederkunft des Herrn etwa. Nun, dagegen habe ich nichts einzuwenden. Ein wunderschöner, utopischer Traum von der Abschaffung der Kriege, Diplomaten, Banken usw. . . Etwas, was sogar wie Sozialismus aussieht. Ich aber dachte schon, daß alles ernst gemeint sei, und die Kirche bereits *jetzt* zum Beispiel über Kriminalfragen zu Gericht sitzen, zu Rutenstreichen und Zwangsarbeit und womöglich auch noch zur Todesstrafe verurteilen solle.«

»Aber selbst wenn die Kirche schon jetzt die Gerichtsbarkeit in der Hand hätte, so würde die Kirche auch jetzt nicht zur Zwangsarbeit oder zur Todesstrafe verurteilen. Das Verbrechen und die Auffassung vom Verbrechen müßten sich dann zweifellos vollkommen ändern, natürlich allmählich, nicht plötzlich und nicht sofort, aber doch ziemlich bald . . .«, sagte Iwan Fjodorowitsch ruhig, ohne mit der Wimper zu zucken.

»Meinen Sie das im Ernst?« Miussoff blickte ihn scharf an.

»Wenn alles Kirche wäre, so würde die Kirche den Verbrecher oder den Ungehorsamen nur ausschließen, nicht aber Köpfe fällen«, fuhr Iwan Fjodorowitsch fort. »Nun frage ich Sie: wohin würde dann der Ausgestoßene gehen? Dann müßte er ja nicht nur von den Menschen, wie jetzt, sondern auch von Christus fortgehen. Dann würde er sich mit seinem Verbrechen nicht nur gegen die Menschen, sondern auch gegen die Kirche Christi vergangen haben. Das ist natürlich im strengen Sinne auch jetzt so, doch ist es immerhin nicht offiziell erklärt, und so findet sich denn heute der Verbrecher sehr häufig mit seinem Gewissen auf die Weise ab, daß er sich sagt: ,Ich habe zwar gestohlen, greife aber nicht die Kirche an, bin kein Feind Christi!' Das ist es doch, was sich der heutige Verbrecher fast ausnahmslos sagt. Wenn aber die Kirche an die Stelle des Staates getreten ist, dann könnte er sich das schwerlich sagen, es sei denn, daß er die ganze Kirche auf der ganzen Welt verneinte: ,Alle irren sich, alle sind vom richtigen Weg abgekommen, alle sind falsche Kirche, nur ich allein, der Mörder und Dieb, bin die wahre christliche Kirche.' Das aber sich zu sagen, ist doch sehr schwer und verlangt ungeheure Bedingungen, setzt Umstände voraus, die es nicht häufig gibt. Jetzt nehmen Sie andererseits die Auffassung, die die Kirche heute selber vom Verbrechen hat: müßte sich diese ihre gegenwärtige, fast heidnische Auffassung dann nicht ändern und aus dem mechanischen Abhacken des angesteckten Gliedes, wie es heute zum Schutz der Gesellschaft geschieht, sich verwandeln, und zwar vollkommen und nicht nur zum Schein verwandeln, in die Idee von der Erweckung und Neugeburt des Menschen, seiner Auferstehung und seiner Rettung . . .«

»Was heißt das nun wieder? Ich höre wiederum auf zu verstehen!« unterbrach ihn Miussoff. »Wieder irgend so ein Phantasiegebilde, etwas Formloses, aus dem man überhaupt nicht klug werden kann! Was ist das für eine Ausstoßung? Wie meinen Sie das? Ich vermute, Sie belieben sich einfach lustig zu machen, Iwan Fjodorowitsch!«

»Aber im Grunde ist es ja auch heute schon so«, sagte da plötzlich der Staretz, und im Augenblick wandte sich die Aufmerksamkeit aller ihm allein zu, »denn gäbe es jetzt keine Kirche Christi, so gäbe es für den Verbrecher auch gar keine Hemmung beim Übeltun und nicht einmal eine Strafe für das verübte Verbrechen, das heißt eine wirkliche Strafe, keine mechanische, wie soeben gesagt wurde, die ja in der Mehrzahl der Fälle nur das Herz erbittert, sondern wirkliche Strafe, die einzig wirksame, die einzige, die abschreckt, und die einzige, die wieder auszusöhnen vermag, die Strafe, die in der Einsicht des eigenen Gewissens liegt.«

»Erlauben Sie, wie meinen Sie das?« erkundigte sich mit dem lebhaftesten Interesse Miussoff.

»Ich meine das so«, begann der Staretz. »Alle diese Verschickungen zur Zwangsarbeit, und in früheren Zeiten noch die Körperstrafe, verbessern doch niemanden, und was die Hauptsache ist, sie schrecken auch fast keinen Verbrecher ab;

die Zahl der Verbrechen verringert sich nicht etwa, sondern vermehrt sich noch. Das müssen Sie doch zugeben. Und so stellt es sich denn heraus, daß die Gesellschaft auf diese Weise keineswegs beschützt ist, denn wenn auch das schädliche Glied mechanisch abgetrennt und weit fortgeschickt wird, nur aus den Augen fort, so wird es doch alsbald durch einen anderen Verbrecher, wenn nicht gar durch zwei Verbrecher, ersetzt. Wenn es aber etwas gibt, was die Gesellschaft selbst in unserer Zeit beschützt und sogar den Verbrecher bessert und zu einem anderen Menschen macht, so ist das wiederum nur das Gebot Christi, das sich in der Stimme des eigenen Gewissens kundtut. Nur wenn der Verbrecher sich seiner Schuld als Sohn der christlichen Gemeinschaft oder Gesellschaft, also der Kirche, bewußt wird, dann erst erkennt er auch seine Schuld vor der Gemeinschaft, das heißt, vor der Kirche. Also ist der Verbrecher heute einzig und allein vor der Kirche fähig, seine Schuld überhaupt einzusehen, nicht aber etwa vor dem Staat. Nun sehen Sie, wenn das Gericht der Gesellschaft als Kirche gehören würde, dann würde die Gesellschaft schon wissen, wen sie von den Ausgestoßenen zurückrufen und wieder in ihre Gemeinschaft aufnehmen könnte. Heute aber ist es noch so, daß die Kirche, da sie kein tatsächliches Gericht ausüben kann und ihr nur die Möglichkeit einer moralischen Verurteilung verbleibt, daß die Kirche sich von der tätigen Bestrafung des Verbrechers jetzt selbst fernhält. Sie stößt ihn nicht aus, ja, sie verläßt ihn auch weiterhin nicht mit ihrem mütterlichen Trost. Und nicht nur das, nein, sie bemüht sich sogar, die ganze christlich-kirchliche Gemeinschaft mit dem Verbrecher aufrechtzuerhalten: sie läßt ihn zum Gottesdienst zu, zum heiligen Abendmahl, sie gibt ihm Almosen und geht mit ihm mehr wie mit einem Verirrten um als wie mit einem Schuldigen. Und was würde wohl mit dem Verbrecher geschehen, o Gott! wenn auch die christliche Gesellschaft, das heißt die Kirche, ihn ebenso von sich stieße, wie ihn das bürgerliche Gesetz ausstößt und abhackt? Was würde mit ihm geschehen, wenn jedesmal und sofort nach der Strafe

des staatlichen Gesetzes auch die Kirche ihn mit der Aus-
schließung strafte? Eine größere Verzweiflung kann es ja
gar nicht geben, wenigstens nicht für den russischen Verbrecher, denn die russischen Verbrecher sind ja noch gläubig.
Doch übrigens, wer weiß: vielleicht würde dann etwas ganz
Furchtbares geschehen, — im verzweifelten Herzen des Verbrechers würde sich vielleicht der Verlust des Glaubens vollziehen, und was dann? Die Kirche aber tritt wie eine zärtliche
und liebende Mutter bei der aktiven Bestrafung selbst zur Seite,
da der Schuldige auch ohne eine Strafe ihrerseits schon gar
zu grausam bestraft wird — durch das Gericht des Staates —
und es muß doch wenigstens irgend jemand Mitleid mit ihm
haben. Vor allem aber tritt sie hierbei deshalb zur Seite, weil
das Gericht der Kirche das einzige ist, das die Wahrheit in
sich trägt und sich infolgedessen mit überhaupt keinem anderen Gericht, weder tatsächlich noch moralisch, vereinigen
kann, nicht einmal zu einem zeitweiligen Kompromiß. Hierbei darf man schon nicht mehr auf Vergleiche eingehen. Man
sagt, im Ausland bereue der Verbrecher selten, zumal ihn
die dortigen modernen Lehren in dem Gedanken noch be-
stärken, sein Verbrechen sei gar kein Verbrechen, sondern
nur eine Auflehnung gegen die ungerecht unterdrückende
Macht. Die Gesellschaft schneidet ihn vollkommen mechanisch von sich ab, mittels der über ihn triumphierenden
Macht, und begleitet diese Ausstoßung mit Haß (so berichten
sie wenigstens selbst von sich in Europa), mit Haß und vollständiger Gleichgültigkeit für sein weiteres Schicksal, für
das Schicksal ihres Bruders, den man in ihm vollkommen
vergißt. Somit spielt sich denn alles ohne das geringste kirchliche Mitleid ab, denn in vieler Hinsicht gibt es dort überhaupt keine Kirchen mehr, sondern verblieben sind nur
Kleriker und prachtvolle Kirchenbauten, die Kirchen selbst
jedoch streben dort schon längst danach, aus der niedrigeren
Form der Kirche in die höhere Form des Staates überzugehen, um schließlich ganz in ihm aufzugehen. So verhält
es sich allem Anschein nach wenigstens in den lutherischen

Ländern. In Rom aber wird ja schon seit tausend Jahren an Stelle der Kirche der Staat verkündet. Und deshalb ist auch der Verbrecher selbst sich gar nicht mehr dessen bewußt, ein Glied der Kirche zu sein, und einmal ausgestoßen, verbleibt er in der Verzweiflung. Kehrt er aber in die Gesellschaft zurück, so geschieht das nicht selten mit solchem Haß, daß die Gesellschaft nun von ihm selbst gleichsam ausgestoßen wird. Womit das enden muß, können Sie sich denken. Es könnte freilich scheinen, daß es sich in vielen Fällen bei uns ebenso verhält: aber gerade das ist es ja, daß es bei uns außer den bestehenden Gerichten auch noch die Kirche gibt, die niemals die Verbindung mit dem Verbrecher aufgibt, als ihrem lieben und immer noch teuren Sohn; außerdem aber gibt es bei uns das kirchliche Gericht, wenn auch nur dem Gedanken nach. Jetzt ist es zwar untätig, aber es lebt doch für die Zukunft, meinethalben als Traum, und es wird auch vom Verbrecher selbst, aus dem Instinkt seiner Seele, zweifellos schon anerkannt. Auch das ist richtig, was hier vorhin gesagt wurde, daß, wenn das Gericht der Kirche wirklich und mit seiner ganzen Kraft in Aktion träte, das heißt, wenn die ganze Gesellschaft sich in Kirche verwandelte, so würde das Gericht der Kirche nicht nur auf die Besserung des Verbrechers in einer Weise einwirken, wie es jetzt ganz undenkbar ist, sondern vielleicht würden sich tatsächlich auch die Verbrechen in jetzt ganz unwahrscheinlichem Maße verringern. Und auch darüber kann kein Zweifel bestehen, daß die Kirche den zukünftigen Verbrecher und das zukünftige Verbrechen in vielen Fällen ganz anders auffassen würde, als man sie jetzt auffaßt, und daß sie es verstehen würde, den Ausgestoßenen zurückzuführen, den Böses Sinnenden zu warnen und den Gefallenen wieder aufzurichten. Allerdings«, fuhr der Staretz lächelnd fort, »vorläufig ist ja die christliche Gesellschaft noch selbst nicht fertig und steht nur auf den sieben Gerechten; da aber diese nicht schwächer werden, so bleibt sie immerhin unerschütterlich in der Erwartung ihrer vollständigen Verwandlung aus dieser Gesellschaft, als einer fast noch heidnischen Verbindung, in eine einzige ökumenische und herrschende Kirche. Und also geschehe es, also geschehe es, und wenn auch erst am Ende der Zeiten, denn nur diesem allein ist vorherbestimmt, in Erfüllung zu gehen! Und man hat keine Ursache, sich durch die lange Zeit verwirren zu lassen; das Geheimnis der Zeiten und Fristen liegt in der Weisheit Gottes, in seiner Vorsehung und in seiner Liebe. Und was nach menschlicher Berechnung wohl noch sehr fern sein kann, das steht nach der Vorherbestimmung Gottes vielleicht schon am Vorabend seiner Erscheinung, unmittelbar vor der Tür. Möge dies letztere der Fall sein, möge es also sein!«

»Möge es also sein, möge es also sein!« bekräftigte ehrfürchtig und schroff Pater Païssij.

»Sonderbar, höchst sonderbar!« meinte Miussoff, sagte das aber nicht etwa heftig, sondern wie mit einem unterdrückten Unwillen.

»Was erscheint Ihnen denn so sonderbar?« erkundigte sich vorsichtig Pater Jossiff.

»Ja, was bedeutet das nun eigentlich?« fuhr Miussoff sofort auf, als ob er sich plötzlich nicht mehr zurückhalten wolle. »Der Staat wird auf Erden beseitigt, die Kirche aber wird zum Staat erhoben! Das ist ja nicht mehr einfacher Ultramontanismus, das ist ja geradezu Erz-Ultramontanismus! Das hat sich selbst Papst Gregor der Siebente nicht einmal träumen lassen!«

»Sie belieben es gerade umgekehrt aufzufassen!« bemerkte Pater Païssij streng. »Nicht die Kirche verwandelt sich in Staat, beachten Sie das wohl. Das ist Rom und sein Ideal. Das ist die dritte Versuchung des Teufels! Sondern im Gegenteil: der Staat verwandelt sich in Kirche, erhebt sich bis zur Kirche und wird Kirche auf der ganzen Erde, — was dem Ultramontanismus Roms wie auch Ihrer Auffassung vollkommen entgegengesetzt und nur die große Bestimmung der Rechtgläubigkeit auf Erden ist. Von Osten her wird diese Erde sich aufhellen.«

Miussoff schwieg bedeutsam. Seine ganze Person drückte außergewöhnliche Würde aus. Ein herablassend nachsichtiges Lächeln erschien auf seinen Lippen. Aljoscha hatte alles mit stark klopfendem Herzen verfolgt. Dieses ganze Gespräch regte ihn bis in die Grundtiefen auf; zufällig blickte er zu Rakítin hinüber: der stand unbeweglich auf seinem alten Platz an der Tür und beobachtete und hörte aufmerksam zu, wenn er auch den Blick gesenkt hielt. Aber an der lebhaften Farbe seines Gesichtes erriet Aljoscha, daß auch Rakitin erregt war, und wahrscheinlich nicht weniger erregt als er selbst. Aljoscha wußte, was ihn erregte.

»Gestatten Sie mir, meine Herren, Ihnen eine kleine Geschichte zu erzählen«, sagte plötzlich eindringlich und mit gewissermaßen besonders würdevoller Miene Miussoff. »Es war vor etlichen Jahren in Paris, kurz nach der Dezemberumwälzung, da traf ich einmal, als ich im Hause eines sehr hochstehenden Mannes — er war damals in der Regierung — als Bekannter einen Besuch machte, — da traf ich dort in seinen Empfangsräumen einen überaus interessanten Herrn. Dieses Individuum war nicht gerade Spitzel, aber doch so eine Art Vorgesetzter eines ganzen Kommandos politischer Spitzel, — in seiner Art ein ganz einflußreicher Posten. Ich benutzte die Gelegenheit und knüpfte mit ihm ein Gespräch an, da er mich ungemein interessierte: und da er nicht als Bekannter, sondern als untergebener Beamter mit einer gewissen Art von Rapporten gekommen war, so teilte er mir, da er sah, wie ich bei seinem Vorgesetzten empfangen wurde, seinerseits einige Amtsgeheimnisse mit, selbstverständlich nur bis zu einer gewissen Grenze. Das heißt, er war eher nur höflich als gerade aufrichtig, wie eben Franzosen höflich zu sein verstehen, um so mehr, als er in mir einen Ausländer erkannte. Doch ich verstand ihn nur zu gut. Das Gespräch drehte sich um die Sozialrevolutionäre, die damals unter anderen verfolgt wurden. Ich übergehe dies Hauptthema des Gesprächs und will nur eine ungemein aufschlußreiche Bemerkung, die diesem Herrlein plötzlich entschlüpfte, wiedergeben: ‚Diese Sozialisten, Anarchisten, Atheisten und Revolutionäre fürchten wir nicht sonderlich‘, sagte er, ‚wir beobachten sie nur, und im übrigen sind uns alle ihre Schachzüge bekannt. Unter ihnen aber gibt es, wenn auch nicht viele, so doch einige besondere Leute: das sind solche, die an Gott glauben, die Christen, aber zu gleicher Zeit auch Sozialisten sind. Sehen Sie, die sind es, die wir am meisten fürchten; das ist ein gefährliches Volk! Der christliche Sozialist ist viel gefährlicher als der atheistische Sozialist.‘ Diese Worte frappierten mich damals schon; jetzt aber, hier bei Ihnen, meine Herren, sind sie mir plötzlich ganz von selbst wieder eingefallen . . .«

»Das heißt wohl, daß Sie sie auf uns anwenden und auch in uns Sozialisten sehen?« fragte gerade heraus und ohne alle Umschweife Pater Païssij.

Doch noch bevor Miussoff an eine Antwort denken konnte, öffnete sich die Tür, und Dmitrij Fjodorowitsch, der sich so unverzeihlich verspätet hatte, trat ein. Man hatte, wie es schien, gleichsam vergessen, auf ihn zu warten, und sein plötzliches Erscheinen rief im ersten Augenblick sogar ein gewisses Erstaunen hervor.

VI

Wozu lebt solch ein Mensch?

Dmitrij Fjodorowitsch war erst achtundzwanzig Jahre alt, sah jedoch weit älter aus. Er war mittelgroß, hatte ein sympathisches Gesicht, war muskulös, und man konnte ihm eine bedeutende Körperkraft ansehen, doch drückte sich in seinem Gesicht nichtsdestoweniger etwas gleichsam Leidendes aus. Es war hager, die Wangen waren eingefallen und von einer ungesunden, leicht gelblichen Farbe. Seine ziemlich großen, dunklen, ein wenig hervorstehenden Augen blickten scheinbar in fester Beharrlichkeit und doch gewissermaßen unbestimmt. Selbst wenn er erregt war oder gereizt sprach, gehorchte sein Blick, wie es schien, nicht seiner inneren Stimmung und drückte etwas anderes aus, zuweilen sogar etwas, was seinen Worten oder der Situation gar nicht entsprach. »Es ist schwer zu sagen, woran er eigentlich denkt«, äußerten sich zuweilen Menschen, die mit ihm gesprochen hatten. Andere wiederum, die in seinen Augen etwas Nachdenkliches, Trauriges sahen, waren erstaunt, ihn ganz plötzlich lachen zu hören, was von seinen heiteren, spielerischen Gedanken in dem Moment zeugte, als seine Augen so düster und ernst blickten. Übrigens war das etwas kranke, abgespannte Aussehen seines Gesichtes in diesem Augenblick schließlich begreiflich: alle wußten oder hatten schon von dem unruhigen und »flotten« Leben gehört, dem er sich gerade in der letzten Zeit bei uns ergeben hatte. Man sprach auch von den unglaublichen Zornausbrüchen, zu denen er sich in den Streitigkeiten mit seinem Vater wegen des ihm vorenthaltenen Geldes hatte hinreißen lassen; in der Stadt liefen darüber sogar einige Anekdoten um. Es ist wahr, daß er auch schon von Natur reizbar war, »von schroff veränderlichem und regellosem Gemüt«, wie sich unser Friedensrichter Ssemjón Iwánowitsch Katscháljnikoff in einer Gesellschaft einmal charakterisierend über ihn äußerte. Er erschien tadellos und elegant gekleidet, in einem zugeknöpften schwarzen Rock, in schwarzen Handschuhen, den Zylinder in der Hand. Als Offizier, der erst vor kurzem seinen Abschied genommen hatte, trug er nur einen Schnurrbart im glattrasierten Gesicht. Sein dunkelblondes Haar war kurzgeschnitten und der Mode entsprechend an den Schläfen leicht nach vorn gebürstet; er hatte einen energischen Gang, schritt weit aus, eben wie ein Frontoffizier. Er blieb an der Schwelle stehen und, nachdem sein Blick alle Anwesenden überflogen hatte, schritt er entschlossen auf den Staretz zu, in dem er sofort die Hauptperson erraten hatte. Er verneigte sich tief vor ihm und bat ihn um seinen Segen. Der Staretz erhob sich und segnete ihn. Dmitrij Fjodorowitsch küßte ihm ehrerbietig die Hand und sagte darauf überaus erregt, fast gereizt:

»Verzeihen Sie großmütig, daß ich Sie so lange habe warten lassen. Der Diener Ssmerdjakóff, den mein Vater zu mir geschickt hatte, sagte mir auf meine wiederholte Frage nach der Zeit der Zusammenkunft zweimal aufs bestimmteste, sie sei auf ein Uhr festgesetzt, und jetzt erfahre ich plötzlich . . .«

»Beunruhigen Sie sich nicht«, unterbrach ihn der Staretz, »Sie haben sich ein wenig verspätet, aber das ist ja kein Unglück . . .«

»Ich bin Ihnen sehr dankbar und konnte von Ihrer Güte auch nichts Geringeres erwarten.«

Nachdem Dmitrij Fjodorowitsch dies hervorgestoßen hatte, verbeugte er sich noch einmal vor dem Staretz; darauf aber wandte er sich zu seinem Vater und machte plötzlich auch vor diesem eine ehrerbietige und tiefe Verbeugung. Man sah ihm an, daß er sich diese Höflichkeit vorgenommen hatte und sie wirklich aufrichtig meinte, da er es für seine Pflicht hielt, wenigstens auf diese Weise seine Ehrerbietung sowie seine guten Absichten auszudrücken. Fjodor Pawlowitsch aber, der zuerst vor Überraschung nicht recht wußte, wie ihm geschah, fand sich nach einem Augenblick doch wieder auf seine Art: er sprang hastig von seinem Stuhl auf und antwortete seinem Sohn auf diese Höflichkeit mit ganz genau so einer Verbeugung. Sein Gesicht wurde plötzlich wichtig und bedeutsam, was ihm indes einen entschieden bösen Ausdruck verlieh. Dmitrij Fjodorowitsch begrüßte schweigend mit einem kurzen Gruß die übrigen Anwesenden und ging dann mit seinen großen, gleichmäßigen Schritten zum Fenster, wo er sich auf den einzigen freien Stuhl setzte, nicht weit vom Pater Païssij, und, aus höflicher Aufmerksamkeit leicht vorgeneigt, sofort dem unterbrochenen Gespräch zuhören zu wollen schien.

Die ganze Unterbrechung hatte kaum mehr als zwei Minuten gedauert, und so war es nur selbstverständlich, daß das Gespräch wieder aufgenommen wurde. Diesmal hielt es Miussoff nicht für nötig, auf die sehr bestimmte und fast gereizte Frage des Paters zu antworten.

»Gestatten Sie mir, dieses Thema abzulehnen«, sagte er mit einer gewissen weltmännischen Nachlässigkeit. »Zudem ist diese Frage doch etwas verzwickt; sehen Sie, Iwan Fjodorowitsch lächelt bereits darüber: also hat er wahrscheinlich etwas besonders Interessantes auf diese Frage zu antworten. Bitte fragen Sie daher doch ihn.«

»Oh, ich habe nichts Besonderes zu sagen, außer der kleinen Bemerkung«, entgegnete Iwan Fjodorowitsch sofort, »daß der europäische Liberalismus überhaupt und sogar unser russischer liberaler Dilettantismus schon längst und nicht etwa selten die Endergebnisse des Sozialismus mit denen des Christentums verwechseln. Diese unsinnige Folgerung ist natürlich ein charakteristischer Zug; übrigens verwechseln den Sozialismus mit dem Christentum, wie man sieht, nicht nur die Liberalen und Dilettanten, sondern mit ihnen in vielen Fällen auch noch die Gendarmen, das heißt nur die ausländischen selbstverständlich. Ihre Pariser Geschichte ist recht charakteristisch, Pjotr Alexandrowitsch!«

»Im übrigen bitte ich nochmals, dieses Thema ablehnen zu dürfen«, wiederholte Miussoff, »dafür aber will ich Ihnen, meine Herren, eine äußerst interessante und charakteristische Geschichte von Iwan Fjodorowitsch erzählen. Vor nicht länger als fünf Tagen erklärte er in einer hiesigen, vornehmlich aus Damen bestehenden Gesellschaft während eines Disputs höchst feierlich, es gäbe auf der ganzen Erde entschieden nichts, was den Menschen veranlassen könnte, seinesgleichen zu lieben; solch ein Naturgesetz: ,Der Mensch muß die Menschheit lieben' — existiere überhaupt nicht, und wenn es bis jetzt auf der Erde trotzdem Liebe gäbe, geschähe dieses nicht nach einem Naturgesetz, sondern einzig darum, weil die Menschen noch an ihre Unsterblichkeit glaubten. Iwan Fjodorowitsch fügte bei der Gelegenheit noch en parenthèse hinzu, daß gerade darin das ganze Naturgesetz bestünde, sodaß, wenn man im Menschen den Glauben an seine Unsterblichkeit vernichtete, in ihm nicht nur die Liebe, sondern überhaupt jede lebendige Kraft zur Fortsetzung des irdischen

Lebens versiegen würde. Und nicht nur das: es würde dann auch kein Schamgefühl mehr geben, sagte er, alles würde dann erlaubt sein, sogar die Menschenfresserei. Aber auch damit war's noch nicht genug: er schloß mit der Behauptung, daß für jede Privatperson, wie hier zum Beispiel ich, die weder an Gott noch an ihre eigene Unsterblichkeit glaubt, das sittliche Gesetz der Natur sich in das volle Gegenteil des früheren religiösen Gesetzes verwandeln müsse, und daß der Egoismus, sogar bis zum Verbrechen, dem Menschen nicht nur erlaubt sein, sondern für ihn als unvermeidlicher, vernünftigster und womöglich edelster Ausweg in seiner Lage anerkannt werden müsse. Nach diesem Paradoxon, meine Herren, können Sie auf das übrige schließen, was unser lieber exzentrischer Paradoxist, Iwan Fjodorowitsch, proklamiert und vielleicht auch noch zu proklamieren beabsichtigt.«

»Erlauben Sie«, rief plötzlich ganz unerwartet Dmitrij Fjodorowitsch dazwischen, »damit ich mich nicht verhört habe: ,Das Verbrechen muß nicht nur erlaubt sein, sondern sogar als unvermeidlicher und vernünftigster Ausweg aus der Lage eines jeden Atheisten anerkannt werden!' War es so wortwörtlich?«

»Genau so«, sagte Pater Païssij.

»Das werde ich mir merken!«

Und Dmitrij Fjodorowitsch verstummte ebenso plötzlich, wie er sich in das Gespräch eingemischt hatte. Alle blickten ihn neugierig an.

»Ist diese Äußerung über die Folgen, die der Verlust des Glaubens an die Unsterblichkeit der Seele für die Menschen haben würde, wirklich Ihre Überzeugung?« fragte plötzlich der Staretz Iwan Fjodorowitsch.

»Ja, ich habe das einmal behauptet. Es gibt keine Tugend, wenn es keine Unsterblichkeit gibt.«

»Selig sind Sie, wenn das Ihr Glaube ist, oder aber maßlos unglücklich!«

»Warum denn unglücklich?« fragte Iwan Fjodorowitsch lächelnd.

»Weil Sie selbst aller Wahrscheinlichkeit nach weder an die Unsterblichkeit Ihrer Seele glauben, noch an das, was Sie von der Kirche und über die Kirchenfrage geschrieben haben.«

»Vielleicht haben Sie recht! . . . Aber immerhin habe ich doch nicht nur gescherzt . . .«, gestand plötzlich sonderbarerweise Iwan Fjodorowitsch, wobei er übrigens flüchtig errötete.

»Nicht nur gescherzt, das ist wahr; diese Idee ist in Ihrem Herzen noch nicht entschieden, und so quält sie das Herz. Aber auch der Gequälte liebt es zuweilen, mit seiner Verzweiflung zu spielen, gewissermaßen gleichfalls aus Verzweiflung. Vorläufig spielen auch Sie aus Verzweiflung, wenn Sie Zeitungsartikel schreiben und in Gesellschaften disputieren, ohne dabei selbst an Ihre Dialektik zu glauben, über die Sie bei sich mit wehem Herzen lachen . . . Diese Frage ist in Ihnen noch nicht entschieden, und darin besteht Ihr großer Schmerz, denn sie erheischt unerbittlich eine Entscheidung.«

»Aber kann sie denn in mir überhaupt entschieden werden? Entschieden im bejahenden Sinne?« fuhr Iwan Fjodorowitsch fort, seltsam zu fragen, wobei er immer noch mit einem rätselhaften Lächeln auf den Staretz blickte.

»Wenn sie sich nicht im bejahenden Sinn entscheiden kann, so wird sie sich doch auch niemals im verneinenden Sinn entscheiden. Sie kennen doch selbst diese Eigenschaft Ihres Herzens, darin besteht ja seine ganze Qual. Danken Sie dem Schöpfer, daß er Ihnen ein außergewöhnliches Herz gegeben hat, das fähig ist, sich mit dieser furchtbaren Frage zu quälen, ,trachtend nach dem, was droben ist, nicht nach dem, was auf Erden ist, denn unser Leben ist im Himmelreich'. Gebe Ihnen Gott, daß die Entscheidung Ihres Herzens Sie noch auf Erden ereile, und möge Gott Ihre Wege segnen!«

Der Staretz erhob die Hand und wollte schon von seinem Platz aus das Zeichen des Kreuzes über Iwan Fjodorowitsch machen. Doch der stand sofort auf, trat zu ihm und empfing so den Segen; darauf küßte er ihm die Hand und kehrte stumm auf seinen Platz zurück. Der Ausdruck seines Gesichts war entschlossen und ernst. Diese Handlung seinerseits, sowie das ganze vorhergegangene sonderbare Gespräch mit dem Staretz, das man von Iwan Fjodorowitsch niemals erwartet hätte, schienen durch ihre Rätselhaftigkeit und fast Feierlichkeit alle Anwesenden stutzig zu machen, so daß das Schweigen eine volle Minute andauerte. Auf Aljoschas Gesicht drückte sich beinahe Schrecken aus. Plötzlich zuckte Miussoff mit den Achseln, und sofort sprang Fjodor Pawlowitsch auf.

»Göttlicher, heiligster Staretz!« rief er pathetisch aus, indem er auf Iwan Fjodorowitsch wies. »Das ist mein Sohn, Leib von meinem Leibe, mein liebster Leib! Das ist sozusagen mein ehrerbietigster Karl Moor; jener dort aber, mein Sohn Dmitrij Fjodorowitsch, der jetzt erst eingetreten ist und gegen den ich bei Ihnen mein Recht suche — das ist schon der unehrerbietigste Franz Moor, — beide aus Schillers „Räubern". Ich selbst aber, ich selbst bin in diesem Fall natürlich der regierende Graf von Moor! Urteilen Sie nun und retten Sie! Wir bedürfen nicht nur Ihrer Gebete, sondern auch Ihrer Weisheit!«

»Reden Sie doch endlich ohne Narreteien und beginnen Sie nicht mit Beleidigungen Ihrer Angehörigen«, sagte der Staretz mit schwacher, erschöpfter Stimme. Ersichtlich wurde er immer müder; seine Kräfte schwanden merklich.

»Das ist eine unwürdige Komödie, die ich schon vorausgeahnt habe!« rief unmutig Dmitrij Fjodorowitsch, der gleichfalls aufsprang. »Verzeihen Sie, ehrwürdiger Vater«, wandte er sich an den Staretz, »ich bin nur ein ungebildeter Mensch und weiß nicht einmal, wie man Sie anreden muß, man hat Sie aber betrogen, und es war von Ihnen eine viel zu große Güte, uns hier zu empfangen. Mein Vater will es nur zu einem Skandal bringen, doch wozu er den nötig hat — weiß ich nicht; aber er wird dabei schon seine Berechnung haben. Er hat bei allem, was er tut, seine besondere Berechnung! Übrigens glaube ich zu wissen, wozu...«

»Natürlich beschuldigen alle mich, alle beschuldigen sie immer mich!« rief seinerseits Fjodor Pawlowitsch; »auch Pjotr Alexandrowitsch beschuldigt mich! Ja, das haben Sie getan, Pjotr Alexandrowitsch, jawohl, das haben Sie . . .!« rief er plötzlich heftig, indem er sich zu Miussoff umdrehte, obgleich es diesem gar nicht eingefallen war, ihm zu widersprechen. »Man beschuldigt mich, ich hätte das Geld meiner Kinder eingesteckt und alle betrogen. Aber erlauben Sie, gibt es denn etwa kein Gericht? Dort würde man Ihnen, Dmitrij Fjodorowitsch, nach Ihren eigenen Quittungen, Briefen und Verträgen sofort vorrechnen, wieviel Sie besaßen, wieviel Sie durchgebracht haben und wieviel Ihnen verbleibt! Warum vermeidet Pjotr Alexandrowitsch denn, die Sache vors Gericht zu bringen? Dmitrij Fjodorowitsch ist ihm doch kein Fremder! Er tut's aber nicht, weil alle ohne weiteres lieber auf mich loshacken! Dmitrij Fjodorowitsch ist mir alles in allem sogar noch Geld schuldig, und nicht bloß eine Kleinigkeit, sondern viele Tausende, was ich mit allen Belegen beweisen kann! Die ganze Stadt hallt ja wider von seinen überall bekannten Trinkgelagen! Dort aber, wo er in Garnison stand, dort hat er das Geld zu tausend oder zweitausend Rubeln hinausgeworfen, um ehrbare Mädchen zu verführen; das, Dmitrij Fjodorowitsch, ist auch uns bekannt, samt allen geheimen Ausführlichkeiten, — das kann ich sogleich beweisen . . . Heiligster Vater, werden Sie's glauben: er hat das edelste aller Mädchen bestrickt, eine Tochter aus gutem Hause, eine reiche Erbin, die Tochter seines früheren Kommandeurs, eines tapferen, verdienten Obersten, der schon den Annenorden mit Schwertern am Halse trug, hat das Mädchen durch seinen Heiratsantrag kompromittiert! Jetzt ist sie hier, ist Waise, seine Braut; er aber geht vor ihren Augen mit einer hiesigen Verführerin. Und wenn auch diese Dame mit einem ehrenwerten Menschen in sozusagen freier Ehe gelebt hat, so ist sie doch, was den Charakter anbetrifft, sehr selbstbewußt, ist für alle anderen Herren eine uneinnehmbare Festung, als ob sie eine rechtmäßige Ehegattin wäre; denn sie

ist tugendhaft – jawohl! meine heiligen Väter, sie ist tugendhaft! Dmitrij Fjodorowitsch aber will nun diese Festung mit
goldenem Schlüssel öffnen, weswegen er sich denn jetzt auf
das Geld, das ich ihm schulden soll, versteift und es heraus-
pressen will; inzwischen aber hat er schon Tausende ihretwegen verzettelt! Ihretwegen borgt er ununterbrochen Geld
und unter anderem auch bei wem, was glauben Sie wohl?
Soll ich's sagen, Mitja?«

»Schweigen Sie!« schrie Dmitrij Fjodorowitsch. »Warten
Sie, bis ich hinausgegangen bin! Aber in meiner Gegenwart
dürfen Sie sich nicht unterstehen, das edelste Mädchen zu beschmutzen! ... Daß Sie überhaupt ein Wort von ihr zu sagen
wagen, ist schon eine Schmach für sie! ... Das erlaube ich
nicht!«

Er war atemlos.

»Mitja! Mitja!« rief der Alte auf einmal schwachnervig
und preßte sich Tränen aus den Augen. »Wozu gibt es denn
einen Vatersegen? Was aber dann, wenn ich dich verfluche?«

»Schamloser Heuchler!« brüllte ihn Dmitrij Fjodorowitsch, ganz außer sich, an.

»Das sagt er dem Vater, dem Vater! Was wird er sich
dann noch gegen andere erlauben? Meine Herren, stellen
Sie sich vor: hier in unserer Stadt lebt ein armer, doch ehrenwerter Mensch, ein verabschiedeter Hauptmann; er hat Unglück gehabt und den Abschied bekommen, doch nicht durch
ein Urteil, sondern ohne seiner Ehre verlustig zu gehen;
wohnt hier mit seiner zahlreichen Familie. Vor drei Wochen
aber hat ihn unser Dmitrij Fjodorowitsch im Gasthaus am
Bart gepackt und ihn an diesem selben Bart hinaus auf die
Straße gezogen, wo er ihn dann noch öffentlich verprügelt
hat, und das nur darum, weil jener in einer gewissen Angelegenheit mein heimlicher Bevollmächtigter ist!«

»Nichts als Lüge! Von außen sieht es wie Wahrheit aus,
aber inwendig ist es nichts als Lüge!« Dmitrij Fjodorowitsch
bebte vor Wut. »Ehrwürden! Ich will meine Vergehen nicht
beschönigen; ja, ich gestehe selbst vor allen Menschen: ich

habe wie ein Tier an diesem Hauptmann gehandelt, und meine tierische Wut tut mir jetzt leid, ich schäme mich deswegen; aber dieser Hauptmann, Ihr Bevollmächtigter, war zu dieser selben Dame gegangen, von der Sie äußerten, daß sie eine Verführerin sei, und hatte ihr in Ihrem Namen vorgeschlagen, sie solle alle meine Wechsel, die sich in Ihren Händen befinden, übernehmen und sie einklagen, um mich auf diese Weise, wenn ich mit meiner Vermögensabrechnung Ihnen zu sehr auf den Hals rücken sollte, einfach ins Gefängnis zu bringen. Und Sie machen es mir jetzt zum Vorwurf, daß ich für diese Dame eine Schwäche habe, während Sie sie doch selbst gebeten haben, mich zu fangen! Sie erzählt es ja allen ganz offen; sie hat es mir selbst erzählt und sich dabei über Sie lustig gemacht! Ins Gefängnis aber wollen Sie mich nur darum bringen, weil Sie ihretwegen auf mich eifersüchtig sind, weil Sie selbst begonnen haben, sich mit Ihrer gemeinen Liebe dieser Dame zu nähern, und das weiß ich wiederum durch sie selbst, und auch das hat sie mir lachend — hören Sie! — über Sie lachend, erzählt! Da sehen Sie jetzt, meine heiligen Väter, wie dieser Mensch ist, dieser Vater, der dem ausschweifenden Sohn Vorwürfe macht! Meine Herren Zeugen, verzeihen Sie mir meinen Zorn; aber ich ahnte ja schon, daß dieser hinterlistige Greis Sie alle hier nur zusammengerufen hat, um es zu einem Skandal zu bringen. Ich kam her, um zu verzeihen, wenn er mir seine Hand entgegengestreckt hätte, und selbst um Verzeihung zu bitten! Da er aber hier nicht nur mich beleidigt hat, sondern auch das edelste Mädchen, dessen Namen ich aus Hochachtung nicht unnütz aussprechen möchte, so entschloß ich mich, sein ganzes Spiel aufzudecken, obschon er doch mein Vater ist ...«

Er konnte nicht weitersprechen. Seine Augen blitzten, und er atmete schwer. Aber auch die anderen in der Zelle Anwesenden waren erregt. Außer dem Staretz erhoben sie sich alle von ihren Plätzen; die beiden Priestermönche blickten streng drein, warteten aber ab, was der Staretz sagen werde. Der war außergewöhnlich bleich, doch nicht vor Aufregung, sondern von krankhafter Schwäche; ein beschwörendes Lächeln lag auf seinen Lippen; hin und wieder erhob er die Hand, wie um die Rasenden aufzuhalten, und natürlich hätte eine Bewegung von ihm genügt, um den ganzen Auftritt zu beenden; aber er schien es selbst nicht zu wollen, schien noch irgend etwas abzuwarten und beobachtete nur aufmerksam, als suche er noch etwas zu begreifen, als sei er sich über irgend etwas noch nicht klar geworden. Miussoff fühlte sich endgültig erniedrigt und beschimpft.

»An diesem Skandal sind wir alle schuld!« sagte er erregt, »— immerhin habe ich mir so etwas nicht träumen lassen, als ich herkam, obgleich ich wußte, mit wem ich es zu tun hatte ... Dem muß sofort ein Ende gemacht werden! Euer Ehrwürden, glauben Sie mir, daß mir alle hier zutage getretenen Einzelheiten nicht bekannt waren; ich hätte sie nicht für möglich gehalten, erst jetzt erfahre ich sie zum erstenmal ... Der Vater ist auf den Sohn eifersüchtig wegen eines Weibes, das ein unanständiges Leben führt, und verabredet sich selbst mit diesem gemeinen Geschöpf, den Sohn ins Gefängnis zu bringen! ... Und in solch einer Gesellschaft hat man mich herzukommen gezwungen! ... Ich bin betrogen worden, ich erkläre hiermit, daß ich nicht weniger als alle anderen betrogen worden bin ...«

»Dmitrij Fjodorowitsch!« brüllte plötzlich mit einer ganz sonderbaren, kreischenden, sich gleichsam überschlagenden Stimme Fjodor Pawlowitsch: »Wenn Sie nicht mein Sohn wären, so würde ich Sie unverzüglich fordern ... auf Pistolen, auf drei Schritt Distanz ... übers Schnupftuch, übers Schnupftuch!« schrie er atemlos, mit beiden Füßen trampelnd.

Es kommt zuweilen vor, daß alte Lügner, die sich ihr ganzes Leben lang verstellt haben, plötzlich vor Erregung tatsächlich zittern und weinen, ungeachtet dessen, daß sie sich selbst noch im gleichen Augenblick (oder eine Sekunde später) zuflüstern könnten: »Du bist ja doch ein Lügner, alter, schamloser Narr, bist ja auch jetzt ein Komödiant, trotz all deines ‚heiligen‘ Zorns!«

Dmitrij Fjodorowitschs Gesicht verfinsterte sich unheimlich, und mit unbeschreiblicher Verachtung blickte er auf seinen Vater.

»Ich glaubte ... ich glaubte«, sagte er sonderbar leise und zurückhaltend, »ich würde mit dem Schutzengel meiner Seele, mit meiner Braut, in die Heimat zurückkehren, um ihn hier im Alter zu pflegen, und jetzt sehe ich vor mir nur einen ausschweifenden Lüstling und den gemeinsten Komödianten!«

»Auf Pistolen!« schrie wieder der Alte atemlos, und Speichel spritzte bei jedem Wort von seinen Lippen. »Sie aber, Pjotr Alexandrowitsch Miussoff, merken Sie sich, mein Verehrtester, daß es vielleicht in Ihrer ganzen Sippe — weder jetzt noch früher — kein höheres und achtbareres — hören Sie wohl, ‚acht-ba-re-res‘ — Weib jemals gegeben hat als dieses ‚gemeine Geschöpf‘, wie Sie jene Dame vorhin zu nennen wagten! Sie aber, Dmitrij Fjodorowitsch, haben gegen dieses ‚gemeine Geschöpf‘ Ihre Braut eingetauscht, somit also selbst gefunden, daß Ihre Braut nicht einmal deren Schuhsohlen wert ist, derart ist also dieses Geschöpf!«

»Welch eine Schmach!« entrang es sich dem Pater Jossiff.

»Ja, eine Schmach und eine Schande ist es!« rief plötzlich der junge Kalgánoff, der die ganze Zeit geschwiegen hatte, mit seiner noch brechenden, jetzt vor Erregung bebenden Stimme und wurde über und über rot.

»Wozu lebt solch ein Mensch!« brüllte dumpf Dmitrij Fjodorowitsch, der sich vor Zorn schon nicht mehr halten konnte, wobei er ganz absonderlich die Schultern hob, so daß er beinahe bucklig aussah. »Nein, so sagt mir doch, kann man's noch länger dulden, daß er mit seiner Person die Erde schändet?« Er blickte sich, auf den Alten weisend, im Kreise um. Er sprach langsam und gemessen.

»Hört ihr, hört ihr, Mönche, den Vatermörder!« damit stürzte sich Fjodor Pawlowitsch auf den Pater Jossiff. »Das ist die Antwort auf Ihr ‚welch eine Schmach!‘ Was ist eine Schmach? Dieses ‚gemeine Geschöpf‘, dieses Weib, das ein ‚unanständiges Leben führt‘, ist vielleicht heiliger als ihr selber, meine Herren Klosterbrüder, die ihr hier eure Seele rettet! Sie ist vielleicht in der Jugend gefallen, durch ihre Umgebung; sie hat aber ‚viel geliebt‘; und jenem Weibe, das ‚viel geliebt‘ hatte, wurde von Christus alles vergeben . . .«

»Christus hat ihr nicht dieser Liebe wegen vergeben . . .«, stieß ungeduldig der sonst so sanfte Pater Jossiff hervor.

»Doch, wegen dieser, wegen dieser selben, hört ihr, Mönche, gerade wegen dieser Liebe! Ihr sucht hier in Sauerkraut euer Seelenheil und glaubt, daß ihr Gerechte seid! Ihr eßt bloß Gründlinge, pro Tag 'nen einzigen Gründling, und glaubt wohl, mit Fischen Gott zu kaufen!«

»Unmöglich, unmöglich!« hörte man in der Zelle von allen Seiten.

Aber diese ganze, zur Unanständigkeit gewordene Szene sollte in der unvorhergesehensten Weise enden. Plötzlich erhob sich der Staretz von seinem Platz. Aljoscha gelang es noch, obgleich er vor Angst um ihn und um die anderen ganz benommen war, ihn beim Aufstehen unter den Arm zu fassen und zu stützen. Der Staretz schritt in der Richtung auf Dmitrij Fjodorowitsch zu, und als er bei ihm angelangt war, dicht vor ihm stand — fiel er plötzlich vor ihm auf die Knie. Aljoscha glaubte zuerst, er sei vor Schwäche zu Boden gefallen, doch das war es nicht. Nachdem der Staretz niedergekniet war, verneigte er sich vor Dmitrij Fjodorowitsch in einer vollständigen, deutlichen, bewußten Verbeugung und berührte sogar mit der Stirn den Boden. Aljoscha war so verwundert, daß er ihm nicht einmal half, aufzustehen. Ein schwaches Lächeln zitterte kaum merklich auf den Lippen des Staretz.

»Verzeihen Sie, verzeihen Sie alle!« sagte er, indem er sich nach allen Seiten hin vor seinen Gästen verneigte.

Dmitrij Fjodorowitsch stand eine Weile wie vom Schlag gerührt: vor *ihm* eine Verbeugung bis zur Erde — was war das? . . . »Mein Gott!« stieß er hervor, bedeckte das Gesicht mit den Händen und stürzte aus dem Zimmer hinaus. Ihm folgten hastig alle anderen Gäste, die in der Verwirrung ganz vergaßen, sich vom Staretz zu verabschieden. Nur die beiden Priestermönche baten ihn wieder um seinen Segen.

»Was war denn das von ihm für eine Verbeugung bis zur Erde, wohl wieder was Symbolisches?« versuchte der plötzlich aus irgendeinem Grunde ganz zahm gewordene Fjodor Pawlowitsch ein Gespräch zu beginnen; übrigens wagte er nicht, seine Frage an jemanden direkt zu stellen. In diesem Augenblick verließen sie gerade die Einsiedelei.

»Für eine Irrenanstalt und Verrückte bin ich nicht verantwortlich«, entgegnete Miussoff erbost, »dafür aber werde ich mich unverzüglich von Ihrer Gesellschaft befreien, Fjodor Pawlowitsch, und zwar, ich versichere Ihnen, ein für allemal! Wo ist denn dieser Mönch . . .?«

»Dieser Mönch«, d. h. jener, der sie zum Prior zu Tisch gebeten hatte, ließ nicht auf sich warten. Als sie hinaustraten, sahen sie ihn an der Treppe stehen, als hätte er dort die ganze Zeit auf sie gewartet.

»Haben Sie die Güte, ehrwürdiger Pater«, sagte Miussoff gereizt zu ihm, »überbringen Sie Seiner Hochwürden die Versicherung meiner größten Hochachtung, doch muß ich bitten, mich, Miussoff, zu entschuldigen, da ich infolge plötzlich eingetretener, unvorhergesehener Umstände unmöglich die Ehre haben kann, trotz meines aufrichtigen Wunsches, an seinem Gastmahl teilzunehmen.«

»Aber dieser unvorhergesehene Umstand — das bin ja *ich*!« griff sofort Fjodor Pawlowitsch auf. »Hören Sie, Pater, Pjotr Alexandrowitsch will ja bloß nicht mit mir zusammen hingehen, sonst aber würde er mit Handkuß hingehen! Und Sie werden's auch, Pjotr Alexandrowitsch; haben Sie die Güte, zum Pater Prior zu gehen, und — ich wünsche Ihnen vorzüglichen Appetit! Denn ich bin es, der sich zurückzieht, nicht Sie. Zu Hause, zu Hause werde ich essen, hier aber fühle ich mich unfähig dazu, Pjotr Alexandrowitsch, mein allerliebster Anverwandter!«

»Ich bin nicht Ihr Anverwandter und bin es nie gewesen, Sie niedriger Mensch!«

»Das habe ich ja absichtlich gesagt, um Sie nur ein wenig zu necken, da Sie sich so gern von der Verwandtschaft lossagen wollen, obgleich Sie doch immer mein lieber Verwandter bleiben, da helfen Ihnen keine Finten, kann's Ihnen in den Kirchenbüchern nachweisen. Für dich, Iwan Fjodorowitsch, werde ich schon zur rechten Zeit den Wagen herschikken; bleib du also hier, wenn du willst. Ihnen aber, Pjotr Alexandrowitsch, gebietet sogar der Anstand, jetzt zu seiner Hochehrwürden zu gehen; man muß doch eine Entschuldigung aussprechen für das, was wir alle dort angestellt haben ...«

»Ja, ist es denn auch wahr, daß Sie wegfahren? Lügen Sie nicht wieder einmal?«

»Pjotr Alexandrowitsch, wie dürfte ich denn jetzt noch dort erscheinen, nach all dem, was geschehen ist! Habe mich hinreißen lassen! Verzeihen Sie, meine Herren! Und außerdem bin ich erschüttert! Und man schämt sich doch auch. Meine Herrschaften, der eine hat ein Herz wie Alexander der Große, der andere aber — wie das Schoßhündchen Fidélka. Nun, ich habe letzteres. Habe Angst bekommen! Wie soll ich denn noch nach solch einer Eskapade zu einem Mittagsmahl gehen und Klostersoßen schlecken? Schäme mich, kann nicht, entschuldigen Sie mich!«

,Der Teufel werde aus ihm klug. Wie aber, wenn er wieder betrügt?' dachte Miussoff, der nachdenklich stehen blieb und mit fragend mißtrauischem Blick der Gestalt des sich entfernenden alten Narren folgte. Da wandte sich jener noch einmal um, und als er Miussoffs ihm nachfolgenden Blick bemerkte, warf er ihm eine Kußhand zu.

»Und Sie? Werden Sie zum Prior gehen?« fragte Miussoff schroff Iwan Fjodorowitsch.

»Warum denn nicht? Und zudem hat mich der Prior gestern noch besonders eingeladen.«

»Zum Unglück fühle ich mich tatsächlich fast verpflichtet, zu diesem verdammten Mittagessen zu gehen«, fuhr Miussoff mit derselben Gereiztheit bitter fort, ohne weiter zu beachten, daß der kleine Mönch zugegen war und alles hörte. »Man muß dort wenigstens seine Entschuldigung aussprechen wegen der Geschichten, die wir hier angerichtet haben, und erklären, daß nicht wir es gewesen sind ... Was meinen Sie?«

»Ja, man muß erklären, daß nicht wir es gewesen sind. Und mein Vater wird ja nicht dabei sein«, meinte Iwan Fjodorowitsch.

»Das fehlte noch! Mit Ihrem Vater! Dieses verwünschte Mittagessen!«

Und so gingen sie denn alle drei. Der kleine Mönch schwieg und spitzte die Ohren. Unterwegs, als sie durch das Wäldchen gingen, bemerkte er nur einmal, daß Seine Hochwürden schon lange warteten und sie sich um eine volle halbe Stunde verspätet hätten. Er erhielt aber keine Antwort. Miussoff blickte haßerfüllt Iwan Fjodorowitsch von der Seite an:

‚Und er geht auch wirklich hin, als wäre überhaupt nichts vorgefallen!‘ dachte er bei sich. ‚Eherne Stirn und Karamasoffsches Gewissen!‘

VII

Der Seminarist und Streber

Aljoscha führte seinen Staretz in das kleine Schlafgemach der Klause und ließ ihn sich auf das Bett niedersetzen. Es war ein winziges Zimmerchen, in dem nur die notwendigsten Möbel standen. Das eiserne Bett war klein und schmal, und statt der Matratze lag auf ihm nur eine Filzdecke. In der Ecke unter den Heiligenbildern stand ein Lesepult, und auf ihm lagen ein Kreuz und das Evangelium. Der Staretz sank erschöpft auf das Bett; seine Augen glänzten, und er atmete schwer. Nachdem er sich gesetzt hatte, richtete er seinen Blick auf Aljoscha und betrachtete ihn aufmerksam, als ob er über etwas nachdächte.

»Geh, mein Liebling, geh, mir genügt hier Porfírij, du aber mußt dich beeilen. Du bist dort nötig, geh zum Prior und bediene beim Essen.«

»Erlauben Sie mir, hier zu bleiben«, bat Aljoscha leise.

»Du bist dort nötiger. Dort ist kein Friede. Bediene bei Tisch, du kannst dich da nützlich machen. Wenn die bösen Geister sich erheben, so sprich ein Gebet. Und wisse, mein lieber Sohn« (der Staretz liebte es, ihn so zu nennen), »daß auch hinfort nicht hier dein Platz ist. Denke daran, Jüngling. Sobald mich nur Gott würdigt, mich zu sich zu rufen — so gehe fort aus dem Kloster. Verlaß es ganz.«

Aljoscha fuhr zusammen.

»Was ist dir? Nicht hier ist vorläufig dein Platz. Ich segne dich zu deinem großen Dienst in der Welt. Viel ist dir noch zu wandern beschieden. Und auch heiraten wirst du müssen, Jüngling, du sollst es. Alles wirst du durchmachen müssen, bis du von neuem wiederkommst. Und du wirst viel zu tun haben. Doch an dir zweifle ich nicht, darum sende ich dich auch aus. Mit dir ist Christus. Bewahre du ihn, so wird auch er dich bewahren. Großes Leid wirst du schauen, und in diesem Leid wirst du glücklich sein. Und hier hast du mein Vermächtnis: Suche im Leid das Glück. Arbeite, arbeite unermüdlich. Behalte hinfort meine Worte, denn wenn ich auch noch mit dir sprechen werde, so sind doch nicht nur meine Tage, sondern selbst meine Stunden gezählt.«

Im Antlitz Aljoschas drückte sich wieder eine mächtige Bewegung aus. Seine Mundwinkel bebten.

»Was ist nun wieder mit dir?« fragte sanft lächelnd der Staretz. »Mögen weltliche Tränen ihre Toten begleiten, wir hier aber freuen uns über den Vater, der von uns geht. Wir freuen uns und beten für ihn. Also verlasse mich. Ich muß beten. Geh und beeile dich. Sei bei deinen Brüdern. Nicht nur bei dem einen, sondern bei beiden.«

Der Staretz erhob die Hand zum Segen. Aljoscha wagte nicht zu widersprechen, obwohl er so gern bei ihm geblieben wäre. Auch wollte er noch etwas fragen, und schon schwebte ihm die Frage auf der Zunge, was diese Verbeugung bis zur Erde vor seinem Bruder Dmitrij bedeuten sollte? Aber er wagte nicht zu fragen. Er wußte, daß der Staretz es ihm auch ungefragt erklärt hätte, wenn es möglich wäre. Also war er selbst nicht gewillt, es zu tun. Diese Verbeugung aber hatte Aljoscha furchtbar betroffen gemacht; er glaubte blind, daß in ihr ein geheimnisvoller Sinn läge. Ein geheimnisvoller, aber vielleicht auch entsetzlicher Sinn. Als er aus der Einfriedung der Einsiedelei trat, um noch rechtzeitig ins Kloster zum Mittagsmahl des Priors zu gelangen (natürlich nur, um bei Tisch zu bedienen), krampfte sich ihm plötzlich schmerzhaft das Herz zusammen, und er blieb stehen: er glaubte, von neuem die Worte des Staretz zu hören, die sein nahes Ende voraussagten. Was aber der Staretz voraussagte und noch dazu mit solch einer Bestimmtheit, das mußte auch in Erfüllung gehen, dieser Glaube war für Aljoscha heilig. Wie aber sollte er dann ohne ihn zurückbleiben, wie ihn nicht mehr sehen, wie ihn nicht mehr hören? Und wohin dann gehen? Nicht weinen sollte er und das Kloster verlassen, o Gott! Lange schon hatte Aljoscha nicht mehr so großen Kummer empfunden. Er schritt schneller durch den Wald, der die Einsiedelei vom Kloster trennte, und da er seine Gedanken nicht ertragen konnte, so sehr bedrückten sie ihn, begann er auf die hundertjährigen Föhren zu beiden Seiten des schmalen Waldwegs zu schauen. Es war nicht weit bis zum Kloster: etwa fünfhundert Schritte, nicht mehr. Zu dieser Tageszeit hätte er eigentlich niemandem hier begegnen können, doch plötzlich erblickte er bei einer Wegbiegung Rakitin, den Seminaristen, der auf jemand zu warten schien.

»Wartest du etwa auf mich?« fragte Aljoscha, als er ihn erreicht hatte.

»Gerade auf dich«, antwortete Rakitin mit halbem Lachen. »Du begibst dich zum Prior. Ich weiß; bei ihm gibt es heute wieder ein Essen. Seit jenem Gastmahl, das er damals dem Bischof und dem General Pachátoff zu Ehren gab — du erinnerst dich doch noch —, hat es bei ihm solch ein Mahl nicht mehr gegeben. Ich werde nicht dabei sein, du aber geh nur hin, reiche die Soßen. Bloß sage mir vorher eines, Alexei: was hat dieses Gesicht zu bedeuten? Das ist es, was ich dich fragen wollte.«

»Was für ein Gesicht?«

»Nun, diese Verbeugung vor deinem Brüderlein Dmitrij Fjodorowitsch. Und wie er dabei mit der Stirn noch auf den Boden knallte!«

»Du sprichst vom Vater Sossima?«

»Von wem denn sonst?«

»Knallte? . . .«

»Ach so, hab mich wohl unehrbietig ausgedrückt? Nun gut, meinetwegen unehrerbietig. Aber was hat dieses Gesicht zu bedeuten?«

»Ich weiß es nicht, Mischa, was es zu bedeuten hat.«

»Das dachte ich mir schon, daß er's dir nicht erklären werde. Gescheites steckt natürlich nicht dahinter; offenbar wieder nur eine der ewigen heiligen Dummheiten. Aber das Kunststück wurde absichtlich gemacht. Sieh, jetzt werden alle Frömmler in der Stadt losschnattern, und dann wird's von einem zum andern durch das ganze Gouvernement gehen: ,Was hat dieses Gesicht zu bedeuten?' Mir scheint aber, der Alte ist wirklich scharfsichtig: hat ein Verbrechen gewittert. Es stinkt bei euch.«

»Was für ein Verbrechen?«

Augenscheinlich wollte Rakitin etwas sagen.

»Eines, das in eurer Familie begangen werden wird. Und zwar wird es zwischen deinen Brüdern und deinem reichen Papachen unbedingt dazu kommen. Und so hat denn Vater Sossima im Hinblick auf alle zukünftigen Fälle mit der Stirn den Fußboden berührt. Was dann später auch geschehen mag, jedenfalls wird's heißen: ,Ach, das hat doch der heilige Staretz vorhergesehen und prophezeit!' — obgleich, sage doch selbst, was liegt denn darin für eine Prophezeiung, daß er mit der Stirn den Boden berührte? Nein, das sollte sozusagen ein Symbol, eine Allegorie und weiß der Teufel was noch sein! Man wird's ausposaunen zu seinem Ruhm und behalten: hat das Verbrechen vorausgesehen, den Verbrecher bezeichnet. Alle unsere Stadtverrückten, die ja auch als heilig gelten, tun es immer so: bekreuzen sich vor der Schenke, nach der Kirche aber werfen sie mit Steinen. So tut's auch dein Staretz: den Knüppel für die Gerechten, vor dem Mörder aber eine Verbeugung bis zur Erde.«

»Was für ein Verbrechen? Was für einem Mörder? Was fällt dir ein?« Aljoscha stand da wie erstarrt, und da blieb auch Rakitin stehen.

»Was für einem? Als ob du's nicht wüßtest? Ich wette, daß du schon selber daran gedacht hast. Aber das ist ja ganz interessant: Höre, Aljoscha, du sagst doch immer die Wahrheit, wenn du dich auch immer zwischen zwei Stühle setzest: hast du schon daran gedacht, oder hast du noch nicht daran gedacht, sag?«

»Ich habe daran gedacht«, antwortete Aljoscha leise. Selbst Rakitin wurde etwas konfus.

»Ist's möglich? Hast du wirklich auch selber schon daran gedacht?« rief er aus.

»Ich ... habe wohl nicht gerade das gedacht«, murmelte Aljoscha, »aber ... als du jetzt so sonderbar darüber zu sprechen begannst, da war es mir, als hätte ich selbst auch schon daran gedacht.«

»Siehst du — und wie klar du das ausdrückst! — siehst du nun? Also heute hast du beim Anblick deines Papachens und deines Brüderleins Mítjenka an ein Verbrechen gedacht? Also verrechne ich mich doch nicht?«

»Aber warte, warte doch«, unterbrach ihn Aljoscha erregt, »woraus schließt du das alles? ... Und warum beschäftigt dich das so? — das möchte ich vor allen Dingen wissen!«

»Das sind zwei ganz verschiedene Fragen auf einmal, aber sie sind beide verständlich. Ich werde jede einzeln beantworten. Woraus ich das schließe? Nichts würde ich aus alledem schließen, wenn ich deinen Bruder Dmitrij Fjodorowitsch heute nicht klar erkannt hätte, ganz plötzlich, und nicht vollkommen durchschaut hätte. An so einem einzigen Zuge begriff ich mit einem Schlag den ganzen Menschen! Bei diesen allerehrlichsten, anständigsten, aber wollüstigen Menschen gibt es eine Grenze, die man nicht überschreiten darf. Oder — oder er spießt mit seinem Messer selbst das Papachen auf. Das Papachen aber ist ein stets berauschter und zügelloser Wüstling, der nie und in nichts maßzuhalten verstanden hat — sie werden sich beide nicht beherrschen und, plumps, beide in den Graben purzeln...«

»Nein, Míscha, nein, wenn es nur das ist, so ... so hast du mich beruhigt. Soweit wird es nicht kommen!«

»Aber warum zitterst du denn am ganzen Körper? Weißt du was? Mag er auch ein anständiger Mensch sein, der Mítjenka (er ist dumm aber anständig); aber er ist nun einmal ein — Wollüstling. Das ist die richtige Kennzeichnung für ihn und sein ganzes inneres Wesen. Und das hat er vom Vater, der hat an ihn seine gemeine Lüsternheit weitergegeben. Ich staune immer nur über dich, Ajoscha: wie kannst du noch so ganz jungfräulich sein? Du bist doch auch ein Karamasoff! In eurer Familie ist doch die Lüsternheit bis zu einer Art Glutzustand gesteigert. Nun, und diese drei Wollüstlinge beobachten sich jetzt gegenseitig ... mit dem Messer im Stiefelschaft. Drei sind mit den Stirnen aneinandergeprallt, du aber wirst vielleicht der vierte sein.«

»Du irrst dich inbetreff dieses Weibes. Dmitrij ... verachtet sie«, sagte Aljoscha gleichsam erschauernd.

»Wen, Grúschenka etwa? Nein, Bruder, die verachtet er nicht! Wenn er sogar schon seine Braut offensichtlich gegen sie eingetauscht hat, so verachtet er sie nicht! Hier ... hierbei, Bruder, ist etwas, was du jetzt noch nicht verstehen kannst. Wenn sich der Mensch in irgendeine Schönheit, in einen weiblichen Körper oder selbst nur in einen Teil eines weiblichen Körpers verliebt (ein Wollüstling kann das wohl verstehen), so wird er für sie sogar seine eigenen Kinder hingeben, Vater und Mutter verkaufen, Rußland und das Vaterland! Ist er ehrlich, so wird er stehlen gehen; ist er sanftmütig, so wird er morden; ist er treu, — verraten. Puschkin, der Sänger der Frauenfüßchen, hat diese Füßchen in Gedichten besungen; andere besingen sie nicht, können aber auf diese Füßchen nicht blicken, ohne zu erbeben. Und die Füßchen sind's ja nicht allein... Hierbei, Bruder, hilft keine Verachtung — selbst wenn er Gruschenka verachtete. Oder meinetwegen, er verachtet sie, aber losreißen kann er sich doch nicht.«

»Das kann ich verstehen«, platzte Aljoscha heraus.

»Ist's möglich? Sapperlot! Mußt es ja wirklich verstehen, wenn es so plötzlich und unverhofft sofort aus dir herausfährt!« sagte Rakitin schadenfroh. »Um so wertvoller das Geständnis! Also bereits bekanntes Thema für dich, hast schon darüber nachgedacht, über die Wollust! Ach, du Jungfräulicher! Du, Aljóschka, bist ein Duckmäuser, still und verschwiegen; schön, du bist ein Heiliger, gebe es zu, aber du bist verschlossen, und der Teufel weiß, woran du nicht schon gedacht hast, was dir nicht alles schon bekannt ist! Bist ein Jungfräulicher, und bist doch schon in solche Tiefen hinabgestiegen! Ich beobachte dich ja schon lange. Auch du bist ein Karamasoff, ein echter Karamasoff — also haben doch die Abstammung und die Auslese etwas zu bedeuten, verdammt nochmal! Nach dem Vater Wollüstling, nach der Mutter die heilige Einfalt selber. Warum zitterst du? Oder sage ich die Wahrheit? Weißt du was! Gruschenka hat mich gebeten: ,Bring ihn (das heißt dich), bring ihn her zu mir, ich werde ihm die Kutte abziehen!' Und *wie* sie mich gebeten hat! Immer wieder ,bring ihn!' und ,bring ihn!' Ich fragte mich noch, wodurch du für sie so interessant bist? Weißt du, auch sie ist ja ein außergewöhnliches Weib!«

»Grüße sie von mir und sage ihr, daß ich nicht kommen werde«, sagte Aljoscha mit einem schiefen Lächeln. »Du, Michail, sprich das zu Ende, wovon du vorhin anfingst, ich werde dir dann auch meine Gedanken sagen.«

»Was ist hier zu Ende zu sprechen, es ist doch alles klar! Alles das, Bruder, ist eine alte Geschichte. Wenn auch du schon in dir den Wollüstling fühlst, was ist dann dein Bruder Iwan, der von denselben Eltern stammt? Auch er ist doch ein Karamasoff, darin besteht ja euer ganzes Karamasoffsches Problem: Wollüstlinge, Besitzgierige und heilige Einfalt! Dein Bruder Iwan veröffentlicht jetzt vorläufig zum Spaß aus irgendeiner allerdümmsten, unverständlichen Berechnung theologische Zeitungsartikel, ist aber dabei Atheist, und diese Gemeinheit gesteht er zum Überfluß noch selber ein, dieser dein Bruder Iwan. Außerdem will er seinem älteren Bruder die Braut abspenstig machen und wird, wie's scheint, dieses Ziel auch erreichen. Und noch dazu auf welche Weise: mit Mitjenkas eigener Erlaubnis — denn Mitjenka tritt ihm ja selber seine Braut ab, um sie loszuwerden und von ihr schneller ganz zu Gruschenka übergehen zu können. Und das trotz all seiner Anständigkeit und Uneigennützigkeit, vergiß das nicht! Sieh, gerade solche Menschen sind am allermeisten dem Verhängnis preisgegeben. Der Teufel soll aus euch klug werden: Mitja sieht ja seine Gemeinheit selber ein, und doch rennt er mit dem Kopf voran in sie hinein! Höre weiter! Nun aber kommt der Alte und kreuzt Mitjenkas Weg — der Vater! Der ist doch jetzt plötzlich wie besessen hinter Gruschenka her; ihm fließt ja schon das Wasser im Munde zusammen, wenn er sie bloß von weitem sieht; er hat doch auch nur ihretwegen diesen Skandal hier gemacht, weil Miussoff sich erdreistete, sie ein gemeines Geschöpf zu nennen; ist wie ein Kater in sie verliebt. Früher ist sie ihm bloß bei gewissen dunklen Geschäftchen, die mit seinen Schnapsbuden in Zusammenhang standen, behilflich gewesen, gegen eine Provision, jetzt aber hat er sie plötzlich angeschaut und ent-deckt, und ist in Raserei geraten, drängt sich täglich mit Anträgen, natürlich mit unanständigen, an sie heran. Nun und auf diesem Wege werden sie dann aneinanderprallen, das Papachen mit dem Söhnchen. Gruschenka aber entscheidet sich noch für keinen von beiden, macht vorläufig noch Winkelzüge und führt sie beide an der Nase herum, überlegt sich, welch einer vorteilhafter wäre; denn wenn man dem

Papachen auch viel Geld abzapfen könnte, so heiratet er dafür doch nicht, und womöglich wird er zum Schluß noch knickerig und hängt den Beutel höher oder schließt ihn ganz. In diesem Fall hat auch Mitjenka seinen Wert: Geld hat er zwar nicht, dafür aber ist er imstande, sie zu heiraten. Jawohl, das brächte er fertig! Die Braut zu verlassen, Katerína Iwánowna, die eine unvergleichliche Schönheit, reich, adlig und die Tochter eines Obersten ist, und Gruschenka zu heiraten, die gewesene Maitresse eines alten Kaufmanns, eines ausschweifenden Kerls, des Stadthaupts Ssamssónoff. Alles das kann wirklich zu einem Zusammenstoß und einem Verbrechen führen, gerade darauf aber wartet ja dein Bruder Iwan, dann würde er in der Wolle sitzen: würde Katerina Iwanowna erwerben, nach der er vor Begierde schon vergeht, und dazu noch die Sechzigtausend ihrer Mitgift schnappen. Für einen Menschen ohne Stellung und Habenichts, wie er, ist das für den Anfang sehr verlockend. Und vergiß dabei nicht: nicht nur, daß er Mitja damit nicht beleidigt, er verpflichtet ihn sich noch bis zum Grabe! Ich weiß doch, daß Mitja selbst noch in der vergangenen Woche im Gasthaus geschrien hat, nachdem er sich in Gesellschaft von Zigeunerinnen angetrunken, er sei seiner Braut, der Kátenjka, gar nicht wert, sein Bruder Iwan aber, der sei es! Und was Katerina Iwanowna anbetrifft, so wird sie solch einem Bezauberer wie Iwan Fjodorowitsch schließlich doch keinen Korb geben; sie schwankt ja schon jetzt zwischen beiden. Wodurch hat nur dieser Iwan euch alle dermaßen bestrickt, daß ihr ihn ausnahmslos so ehrfurchtsvoll verehrt? Er lacht doch einfach über euch: sitze im Nest, denkt er, und wärme mich auf eure Kosten!«

»Woher weißt du denn das alles? Warum sprichst du so gereizt?« fragte plötzlich Aljoscha hastig und mit gerunzelter Stirn.

»Warum fragst du das jetzt, und warum fürchtest du meine Antwort schon im voraus? Gibst damit doch selber zu, daß ich die Wahrheit gesagt habe.«

»Du liebst Iwan nicht; Iwan läßt sich nicht durch Geld verlocken.«

»Was du nicht sagst? Sapperlot! Und die Schönheit Katerina Iwanownas? Da handelt es sich nicht um Geld allein, obgleich sechzigtausend Rubel ein verlockendes Sümmchen sind.«

»Iwan denkt höher; ihn werden auch Zehntausende nicht verlocken. Iwan sucht nicht Geld, nicht Ruhe. Er sucht ... vielleicht Qual.«

»Was ist das nun wieder für eine Schwadronage? Ach, ihr ... Edelleute!«

»Ach, Mischa, seine Seele ist stürmisch. Sein Verstand ist in Gefangenschaft. Er trägt einen großen, noch unentschiedenen Gedanken in sich. Er ist einer von denen, die nicht Millionen brauchen, sondern ein Problem lösen müssen.«

»Das ist ein Plagiat, Aljóschka! Du kopierst deinen Staretz in schönen Phrasen. Und was für ein Rätsel euch dieser Iwan aufgegeben hat!« rief Rakitin mit unverhohlener Bosheit. Sein Gesicht veränderte sich sogar, und seine Lippen verzerrten sich. »Und dazu ist das Rätsel noch dumm, 's ist ja dabei überhaupt nichts zu erraten! Streng dein Gehirn etwas an und denk mal nach, dann wirst du's einsehen. Sein Artikel ist lächerlich und absurd. Und hörtest du vorhin seine dumme Theorie: ,Gibt es keine Unsterblichkeit der Seele, so gibt es auch keine Tugend, folglich ist alles erlaubt.' (Und Mitjenka, weiß du noch, wie er daraufhin ausrief: ,Das werde ich mir merken!') Eine verlockende Theorie für Spitzbuben ... Ich schimpfe, das ist dumm ... nicht für Spitzbuben, sondern für schuljungenhafte Aufschneider — mit ,unergründlicher Gedankentiefe'. Ein Prahlhänschen, und der ganze Kern: ,Einerseits ist es unmöglich zuzugeben, und andererseits — ist es unmöglich nicht anzuerkennen!' Seine ganze Theorie ist eine Gemeinheit! Die Menschheit wird in sich selber die Kraft finden, für die Tugend zu leben, selbst wenn sie nicht an die Unsterblichkeit der Seele glaubt! In der Liebe zur Freiheit, zur Gleichheit, zur Brüderlichkeit wird sie sie finden ...«

Rakitin geriet in Eifer, konnte sich kaum zurückhalten. Doch plötzlich brach er ab, als wäre ihm etwas eingefallen.

»Nun genug«, meinte er mit noch schieferem Lächeln als vordem. »Was lachst du? Denkst wohl, ich sei ein trivialer Mensch?«

»Nein, ich dachte nicht einmal daran, das zu denken. Du bist klug, aber . . . laß gut sein, ich lächelte nur so aus Dummheit; ich verstehe, was dich so in Eifer bringt, Mischa. Aus deiner Erregung habe ich erraten, daß du selbst nicht gleichgültig bist gegen Katerina Iwanowna, und das, Bruder, habe ich schon längst vermutet; darum liebst du auch meinen Bruder Iwan nicht. Bist du eifersüchtig auf ihn?«

»Und wohl auch auf ihr Geld? Sprich nur aus, was du denkst!«

»Nein, das werde ich nicht sagen, ich werde dich nicht beleidigen.«

»Glaub's, weil du es sagst. Aber der Teufel hole euch alle mitsamt eurem geliebten Iwan! Kein einziger von euch will's begreifen, daß man ihn, verdammt nochmal, auch ohne an Katerina Iwanowna zu denken, nichts weniger als lieben kann! Und warum, zum Teufel, soll ich ihn denn lieben! Würdigt er mich doch seines Geschimpfes. Warum soll ich dann kein Recht haben, auch auf ihn zu schimpfen?«

»Ich habe noch nie gehört, daß er etwas über dich gesagt hat, weder Gutes noch Schlechtes; er spricht überhaupt nicht von dir.«

»Ich aber habe gehört, daß er mich vor drei Tagen bei Katerina Iwanowna, was das Zeug hält, heruntergerissen hat — dermaßen also interessiert er sich für meine Wenigkeit! Und wer demnach auf wen eifersüchtig ist — das weiß ich nicht. Er hat geruht, den Gedanken auszusprechen, daß ich, wenn ich mich nicht bald für die Laufbahn eines Erzbischofs entscheide und mich nicht als Mönch einkleiden lasse, unbedingt nach Petersburg fahren werde, um dort an einer großen Zeitschrift anzukommen, und zwar unbedingt in der Abteilung für Kritik; und wenn ich etwa zehn Jahre lang geschrieben habe, werde ich das Blatt auf meinen Namen überführen, um es dann weiter herauszugeben, aber unbedingt in liberaler und atheistischer Richtung und mit einer sozialistischen Nuance, ja sogar mit einem kleinen sozialistischen Renommee, doch würde ich dabei selbstverständlich wohl auf der Hut sein, das heißt also, im Grunde weder auf dieser noch auf jener Seite stehen und den Eseln Sand in die Augen streuen. Das Ende meiner Laufbahn wäre nach der Weissagung deines lieben Brüderchens: daß die sozialistische Färbung mich nicht hindern würde, die Abonnementsgelder auf laufende Rechnung anzulegen und mit ihnen bei passender Gelegenheit unter Anleitung irgendeines Jüdchens zu spekulieren, bis ich mir ein kapitales Haus in Petersburg aufgebaut habe, um dann in dasselbe die ganze Redaktion überzuführen und in die übrigen Etagen Mieter aufzunehmen. Er hat sogar den Platz fürs Haus schon bestimmt: an der neuen Steinbrücke, die jetzt, wie man sagt, über die Newa geplant ist, vom Liteinyj Prospekt nach der Wyborger Seite . . .«

»Ach, Mischa, das wird doch tatsächlich genau so geschehen, aufs Wort genau!« rief plötzlich Aljoscha heiter auflachend aus, ohne an sich zu halten.

»Ah — auch Sie ergehen sich in Sarkasmen, Alexei Fjodorowitsch?«

»Nein, nein, ich scherze nur, verzeih! Meine Gedanken sind mit etwas ganz anderem beschäftigt. Aber erlaube: wer hat dir das so bis in alle Einzelheiten erzählen können, von wem hättest du das hören können? Persönlich konntest du doch nicht bei Katerina Iwanowna sein, als er von dir sprach?«

»Ich war allerdings nicht bei ihr, dafür aber war Dmitrij Fjodorowitsch dort, und so hörte ich es denn später mit eigenen Ohren von ihm, das heißt, wenn du willst, er sagte es nicht mir, sondern ich hörte es, unfreiwillig natürlich, denn ich saß in Gruschenkas Schlafzimmer und konnte nicht hinausgehen, solange er sich im vorderen Zimmer befand.«

»Ach richtig, ich hatte es fast vergessen, sie ist ja mit dir verwandt ...«

»Verwandt? Gruschenka, diese Gruschenka mit mir verwandt?« schrie Rakitin, ganz rot im Gesicht. »Du hast wohl den Verstand verloren! Deinem Hirnkasten scheint ja die Vernunft völlig abhanden gekommen zu sein!«

»Wie, ist sie denn nicht mit dir verwandt? Ich hörte so ...«

»Wo hast du das hören können? Nein, ihr, meine Herren Karamasoff, ihr spielt euch ja wahrlich als große, erhabene, alte Edelleute auf, während doch dein Vater als Narr von einem fremden Tisch zum andern gelaufen ist und das Gnadenbrot der Reichen gegessen hat! Gut, ich bin bloß ein Popensohn und vor euch Adligen nur Dreck, aber beleidigt mich deshalb doch nicht so gedankenlos auf Schritt und Tritt! Auch ich habe mein Ehrgefühl, Alexei Fjodorowitsch. Ich kann nicht mit Gruschenka verwandt sein, mit einer öffentlichen Dirne, das bitte ich zu begreifen!«

Rakitin war maßlos gereizt.

»Verzeihe mir, um Himmels willen, ich konnte das doch nicht ahnen, und zudem — wieso ist sie denn eine öffentliche ...? Ist sie denn ... so eine?« Aljoscha errötete plötzlich. »Ich versichere dir, ich habe es so gehört, du seist mit ihr verwandt. Du gehst doch oft zu ihr und hast mir dabei selbst gesagt, daß du mit ihr kein Liebesverhältnis hast ... Ich habe daher nie gedacht, daß du sie so verachtest! Und verdient sie das denn wirklich?«

»Wenn ich sie besuche, so kann ich dazu meine Gründe haben; das mag dir genügen. Was aber die Verwandtschaft anbetrifft, so wird eher dein Brüderchen oder vielleicht sogar das Papachen dich mit dieser Verwandtschaft beglücken, als daß ich mit ihr verwandt wäre. So, da sind wir ja. Schieb ab jetzt in die Küche ... Ei! was ist das ... was hat denn das zu bedeuten? Sind wir etwa zu spät gekommen? Aber so schnell konnten sie doch nicht das Mahl beenden! Oder haben hier wieder die Karamasoffs etwas Schönes angerichtet? ... Bestimmt wird's so sein! Da kommt ja auch schon dein Papachen und hinter ihm Iwan Fjodorowitsch. Kommen beide vom Prior heraus. Da ruft ihnen ja noch Pater Issídor etwas von der Treppe nach. Ah, und auch dein Vater schreit jetzt und fuchtelt mit den Armen, schimpft natürlich. Ah, und da fährt ja schon Miussoff in seinem Wagen fort, sieh! Und dort läuft auch noch Maximoff — aber da hat's ja unbedingt einen Skandal gegeben! Sie haben wohl überhaupt nicht gespeist! Oder sollten sie den Prior verprügelt haben? Oder selbst verprügelt worden sein? Das hätte sich gelohnt!«

Rakitin hatte recht mit seiner Vermutung. Es war tatsächlich zu einem Skandal gekommen, zu einem unerhörten und ganz unerwarteten Skandal. Und alles war doch nur »aus momentaner Inspiration« geschehen.

VIII

Der Skandal

Als Miussoff und Iwan Fjodorowitsch beim Prior eintraten, ging in ersterem, da er ein wirklich anständiger und feinfühliger Mensch war, eine in ihrer Art sehr subtile Veränderung vor: er begann sich plötzlich seines Ärgers zu schämen. Er sagte sich, daß er den elenden Fjodor Pawlowitsch im Grunde viel zu sehr verachten müßte, um seinetwegen die Kaltblütigkeit zu verlieren und sich so zu vergessen, wie es in der Zelle des Staretz leider geschehen war. ,Jedenfalls sind die Mönche hier an gar nichts schuld', entschied er bei sich, als er die Treppe hinaufstieg, ,und wenn es auch hier anständige Leute gibt (dieser Pater Nikolai, dieser Prior, ist, glaube ich, gleichfalls adliger Herkunft), warum soll ich da nicht freundlich, liebenswürdig und höflich mit ihnen sein? ... Werde nicht streiten, kann ja sogar beistimmen, gewinne sie durch Liebenswürdigkeit und ... und ... beweise ihnen zum Schluß, daß ich nicht der Gefährte dieses Äsop, dieses Narren, dieses Hanswurst bin, und ebenso hereingefallen bin, wie sie alle ...'

Das umstrittene Recht auf das Holzfällen in einem Wald und die Fischerei in einem Fluß (um welchen Wald und welchen Fluß es sich dabei handelte, das wußte er nicht einmal genau), beschloß er, ihnen endgültig abzutreten, ein für allemal, und das sogar sofort, umso mehr, als das alles nur sehr wenig wert war, und alle seine Klagen gegen das Kloster zurückzuziehen.

Diese guten und wohlgemeinten Vorsätze verstärkten sich noch mehr in ihm, als sie in das Speisezimmer des Priors traten. Übrigens war es nicht eigentlich ein Speisezimmer, da der Prior nur zwei Zimmer bewohnte, allerdings bei weitem größere und bequemere als der Staretz in seiner Klause. Die Einrichtung zeichnete sich indes ebensowenig durch Luxus aus: die Möbel waren aus Rotholz, mit Leder bezogen, im Stil der zwanziger Jahre; der Fußboden war sogar ungestrichen; dafür glänzte jedoch alles von Sauberkeit, und vor den Fenstern standen viele kostbare Blumen; aber das Hauptprunkstück war in diesem Augenblick doch der prächtig gedeckte Tisch, — auch dieser natürlich nur relativ prächtig: das Tischtuch war blendend sauber, das Tafelgeschirr blitzblank; es gab vorzüglich ausgebackenes Brot von drei Sorten, zwei Flaschen Wein, zwei Flaschen vortrefflichen Klostermet und eine große Glaskanne mit Klosterkwaß [10], der in der ganzen Gegend berühmt war. Schnaps gab es nicht. Rakitin wußte später zu erzählen, daß zu diesem Gastmahl fünf Gänge bereitet worden waren: Sterletsuppe mit Fischpasteten, dann einen ganz besonders zubereiteten Fisch, darauf Koteletts aus rotem Fisch, Gefrorenes und Kompott, und zum Schluß noch eine süße Speise in der Art eines Sahnegelees. Das alles hatte Rakitin herausgeschnüffelt, er hatte sich nicht bezwingen können und war sogar zu diesem Zweck in die Küche des Priors gegangen, mit der er gleichfalls Verbindungen unterhielt. Er hatte überall Verbindungen und wußte alles zu erfahren, was er erfahren wollte. Er hatte ein sehr unruhiges und neidisches Herz. Über seine nicht geringe Begabung wußte er Bescheid, aber in seinem nervösen Eigendünkel überschätzte er sie doch sehr. Er wußte, daß er in seiner Art bestimmt ein Mensch der Tat sein werde; doch was Aljoscha, der ihm sonst sehr zugetan war, besonders quälte, das war, daß sein Freund Rakitin doch ein gewissenloser Mensch war und sich das entschieden nicht selbst eingestand, sich vielmehr, da er wußte, daß er niemals Geld vom Tisch stehlen würde, tatsächlich für einen überaus anständigen Menschen hielt. Daran hätte nicht nur Aljoscha, sondern überhaupt niemand etwas ändern können.

Rakitin war als belanglose Person natürlich nicht zur Tafel eingeladen, dafür aber waren Pater Jossiff und Pater Païssij und mit ihnen noch ein dritter Priestermönch geladen. Sie warteten bereits im Speisezimmer auf den Prior, als Miussoff, Kalganoff und Iwan Fjodorowitsch eintraten. Desgleichen wartete dort, bescheiden etwas abseits stehend, der Gutsbesitzer Maximoff. Der Prior trat zur Begrüßung der Gäste bis in die Mitte des Zimmers vor. Er war ein hochgewachsener, hagerer, aber immer noch kräftiger Greis mit schwarzem, stark graumeliertem Haar und einem langen, würdevollen Gesicht, dem man das Fasten anmerkte. Schweigend tauschte er mit seinen Gästen Verbeugungen aus, aber diesmal traten alle an ihn heran, um sich von ihm segnen zu lassen. Miussoff war beinah schon bereit, ihm die Hand zu küssen, aber der Prior zog sie irgendwie noch rechtzeitig weg, und der Kuß kam nicht zustande. Dafür empfingen Iwan Fjodorowitsch und Kalganoff diesmal ganz regelrecht den Segen, wie das einfache Volk mit aufrichtigstem Kuß auf die Hand des Priors.

»Wir müssen sehr um Entschuldigung bitten, Euer Hochwürden«, begann Miussoff mit liebenswürdigem Lächeln, doch immerhin in gewichtigem und ehrerbietigem Ton, »daß wir allein kommen, ohne unseren von Ihnen gleichfalls eingeladenen Gefährten Fjodor Pawlowitsch; er sieht sich gezwungen, Ihrem Gastmahl fernzubleiben, und das nicht ohne Grund. In der Zelle des ehrwürdigen Staretz Sossima ließ er sich, durch den unglücklichen Streit mit seinem Sohn aufge-

bracht, zu einigen durchaus unpassenden Worten hinreißen
... richtiger, zu durchaus unanständigen Äußerungen ... was
Euer Hochwürden« (er warf einen Blick auf die beiden
Priestermönche) »schon bekannt sein dürfte. Und da er sich,
wie gesagt, schuldig fühlt und aufrichtig bereut, schämt er
sich, der freundlichen Einladung Folge zu leisten, und so
bat er denn uns, mich wie seinen Sohn Iwan Fjodorowitsch,
Ihnen, Hochwürden, sein aufrichtiges Bedauern, seine Zerknirschung und seine Reue auszudrücken ... Mit einem Wort,
er hofft, es später wieder gutmachen zu können, vorläufig
aber läßt er Sie, Ihren Segen erflehend, um gütiges Vergessen-
wollen des Vorgefallenen bitten ...«

Miussoff verstummte. Als er die letzten Worte seiner
Tirade gesprochen hatte, war er mit sich bereits vollkommen
zufrieden, ja, er war es sogar dermaßen, daß von seinem
ganzen Zorn in seiner Seele nicht einmal eine Spur verblieb.
Er liebte aufrichtig die ganze Menschheit. Der Prior, der ihn
mit ernster Miene angehört hatte, neigte ein wenig das Haupt
und sagte zur Antwort:

»Es tut mir von Herzen leid, daß er sich entfernt hat.
Vielleicht hätte er uns beim Mahle liebgewonnen, wie auch
wir ihn. Ich bitte Sie, meine Herren, mit dem Mahl zu beginnen.«

Er trat vor das Heiligenbild und begann laut das Gebet
zu sprechen. Alle neigten ehrerbietig das Haupt, und der
Gutsbsitzer Maximoff, der jetzt auch in die erste Reihe vor-
trat, hielt aus besonderer Ehrfurcht die Handflächen anein-
andergepreßt vor sich, wie ein betendes Kind.

Da geschah es aber, daß Fjodor Pawlowitsch seinen letzten Streich spielte. Zunächst sei jedoch bemerkt, daß er
tatsächlich schon im Begriff gewesen war heimzufahren und
daß er wirklich die Unmöglichkeit empfand, nach seinem
schmachvollen Benehmen in der Klause des Staretz zum
Prior zur Tafel zu gehen, als ob nichts geschehen wäre. Nicht,
daß er sich gar so sehr geschämt oder selbst beschuldigt hätte;
vielleicht war sogar ganz das Gegenteil der Fall; aber jeden-

falls fühlte er doch, daß es nicht anging, zur Tafel zu erscheinen. Als aber dann seine alte Kalesche bei der Herberge vorfuhr und er sich anschickte einzusteigen, blieb er plötzlich stehn. Ihm fielen seine eigenen Worte dort beim Staretz ein: »Wenn ich irgendwo eintrete, scheint es mir immer, als ob ich gemeiner als alle sei und alle mich für einen Narren halten, und darum denke ich: gut, werde jetzt absichtlich den Narren spielen, denn ihr seid doch alle ohne Ausnahme dümmer und noch gemeiner als ich.« Er wollte sich plötzlich an allen für seine eigenen Schändlichkeiten rächen. Und da fiel ihm auch noch ein, wie man ihn früher einmal gefragt hatte: »Warum hassen Sie denn diesen Menschen so sehr?« und wie er darauf in einem Anfall seiner Narrenschamlosigkeit geantwortet hatte: »Warum? Sehen Sie: er hat mir nichts Böses getan, das ist wahr, dafür aber habe ich ihm eine allergewissenloseste Gemeinheit angetan, und kaum war es geschehen, da haßte ich ihn auch schon gerade deswegen.« Als ihm jetzt diese Worte einfielen, lachte er still in minutenlangem Nachdenken boshaft vor sich hin. Seine Augen blitzten auf, und sogar seine Lippen begannen zu zittern. »Hast du angefangen, mußt du es auch zu Ende führen!« entschied er plötzlich. Sein geheimstes Empfinden in diesem Augenblick hätte man wohl mit folgenden Worten ausdrücken können: »Jetzt kannst du dich ja doch nicht mehr rehabilitieren, also geh einfach hin und spuck sie noch bis zur letzten Schamlosigkeit an: Seht, schäme mich überhaupt nicht vor euch, damit ihr's wißt! Basta!« Dem Kutscher befahl er zu warten, er selbst aber kehrte mit schnellen Schritten ins Kloster zurück und begab sich geradewegs zum Prior. Er wußte zwar noch nicht genau, was er tun werde, aber er wußte, daß er sich nicht mehr in der Gewalt hatte und sich — beim geringsten Anstoß — jetzt sofort bis zur letzten Grenze der Gemeinheit hinreißen lassen werde, — übrigens doch nur bis zur letzten Grenze der Gemeinheit, keineswegs aber bis zu einem Verbrechen oder bis zu einem Ausfall, für den ihn das Gericht verurteilen könnte. In der Beziehung verstand er sich immer zu beherrschen, worüber er sich in manchen Fällen sogar selber wunderte.

Er erschien im Speisezimmer des Priors gerade in dem Augenblick, als das Gebet beendet war und alle zum Tisch traten. Er blieb auf der Schwelle stehen, betrachtete die ganze Gesellschaft und brach in ein langes, schamloses, boshaftes Lachen aus, wobei er allen unverfroren in die Augen sah.

»Und die glauben wirklich, ich sei fortgefahren!« rief er durch den ganzen Saal, »ich aber bin ja leibhaftig noch hier!«

Einen Moment blickten ihn alle verdutzt an und schwiegen, und plötzlich fühlten alle, daß sofort etwas Widerliches, Ungereimtes geschehen und zweifellos einen Skandal nach sich ziehen werde. Miussoff geriet in einer Sekunde aus der wohlwollendsten Stimmung in die grimmigste Wut. Alles, was sich in seinem Herzen schon besänftigt hatte, erhob sich mit einem Schlage und brauste auf:

»Nein, das ertrage ich nicht!« schrie er auf, »nein, das kann ich nicht ertragen und ... auf keinen Fall, auf keine Weise!«

Das Blut stieg ihm zu Kopf. Er verhedderte sich sogar im Satz, doch war es ihm jetzt nicht mehr um die Ausdrucksform zu tun, und er griff nach seinem Hut.

»Was kann er auf keine Weise?« fragte Fjodor Pawlowitsch. »Er ,erträgt es nicht und kann es nicht!' — was ist denn das, was er nicht kann? Euer Hochwürden, soll ich eintreten oder nicht? Nehmen Sie den Tischgenossen an?«

»Wir heißen Sie von ganzem Herzen willkommen«, entgegnete der Prior. »Meine Herren! Darf ich mir erlauben«, fuhr er plötzlich fort, »Sie aus ganzer Seele zu bitten, Ihren zufälligen Streit zu vergessen und sich in Liebe und verwandtschaftlicher Eintracht, nach einem Gebet zu Gott, an unserer bescheidenen Tafel zu vereinigen ...«

»Nein, nein, unmöglich!« fuhr Miusoff maßlos aufgebracht fort zu protestieren.

»Wenn es Pjotr Alexandrowitsch unmöglich ist, so ist es auch mir unmöglich, auch ich will dann nicht bleiben. Mit diesem Vorsatz bin ich hergekommen. Von jetzt ab werde ich mich überall nach Pjotr Alexandrowitsch richten. Wenn Sie weggehen, Pjotr Alexandrowitsch, so gehe auch ich, bleiben Sie, so bleibe auch ich! — Mit der verwandtschaftlichen Eintracht haben Sie ihn am schlimmsten verletzt, Hochwürden: er will mich doch nicht als seinen Anverwandten anerkennen. Nicht wahr, van Sohn? Da ist ja auch Herr van Sohn! Guten Tag, van Sohn!«

»Sie ... s-sagen das zu mir?« stotterte verwundert der Gutsbesitzer Maximoff.

»Selbstverständlich zu dir!« schrie Fjodor Pawlowitsch ihn an, »zu wem denn sonst? Hochwürden kann doch nicht Herr van Sohn sein!«

»Aber auch i-ich bin doch nicht van Sohn, ich bin Maximoff.«

»Nein, du bist van Sohn. Wissen Euer Hochwürden, wer dieser Herr van Sohn war? Es gab mal solch 'nen Kriminalprozeß: ein Herr van Sohn wurde in einem Haus der Unzucht — so, glaube ich, benennt ihr hier diese Orte — ermordet und beraubt und trotz seines ehrwürdigen Alters in eine Kiste verpackt, letztere zugenagelt und per Eisenbahn, als Frachtgut, mit einer Nummer versehen, aus Petersburg nach Moskau expediert. Während der Verpackung aber sangen die ausgelassenen Tänzerinnen entsprechende Lieder und schlugen die Harfen wundervoll dazu, oder viel mehr: sie spielten, spielten auf dem Klavier dazu. Und dieser selbe Herr van Sohn ist dieser da! Er ist einfach von den Toten auferstanden, nicht wahr, van Sohn?«

»Was ist denn das? Was soll denn das bedeuten?« hörte man Stimmen in der Gruppe der Priestermönche.

»Gehen wir!« rief Miussoff dem jungen Kalganoff zu.

»Nein, meine Herren, erlauben Sie!« hielt Fjodor Pawlowitsch sie kreischend auf und trat einen Schritt ins Zimmer. »Erlauben Sie, daß auch ich mich ausspreche! Man hat mich verleumdet, ich soll mich dort in der Klause unehrerbietig aufgeführt haben, und die Unehrerbietigkeit soll gerade darin bestanden haben, daß ich ihnen die paar Worte von den Gründlingen sagte. Pjotr Alexandrowitsch Miussoff, mein Anverwandter hierselbst, liebt es, daß in der Rede *plus de noblesse que de sincérité* sei, ich aber liebe es umgekehrt, daß in meiner Rede *plus de sincérité que de noblesse* sei, und überhaupt, ich spucke auf die *noblesse!* Hab ich nicht recht, von Sohn? Erlauben Sie, ehrwürdiger Prior, wenn ich auch ein Narr bin und selbst freiwillig den Narren spiele, so bin ich doch ein Ehrenmann und will alles rund heraussagen! Jawohl, ich bin ein Ritter der Ehre, in Pjotr Alexandrowitsch aber steckt nur — gekniffene Eigenliebe und weiter nichts! Vielleicht bin ich heute nur zu dem Zweck hergefahren, um mir das hier anzusehen und mich auszusprechen. Ich habe einen Sohn, der hier sein Seelenheil finden will: ich bin sein Vater, sorge mich um ihn und muß mich auch sorgen. Bis jetzt habe ich nur zugehört und mich verstellt und im stillen beobachtet; jetzt aber will ich Ihnen auch noch den letzten Akt der Vorstellung vorspielen. Wie ist's denn bei euch? Wer bei euch einmal strauchelt, der liegt auch schon. Wer einmal gefallen ist, der hat ewig liegen zu bleiben. Was denn sonst? Ich aber will mich erheben! Heilige Väter, ich bin empört über euch! Die Beichte ist ein erhabenes Sakrament, vor dem auch ich andächtige Ehrfurcht empfinde und bereit bin, auf mein Antlitz niederzufallen. Und da muß ich plötzlich dort sehen, wie hier alle auf den Knien liegen und *laut* beichten! Seit wann ist es denn erlaubt, laut zu beichten? Von den heiligen Kirchenvätern ist die Ohrenbeichte eingeführt, und nur so wird eure Beichte ein Sakrament sein, und so ist es von alters her. Denn sonst, wie soll ich ihm denn in Gegenwart aller so einfach erklären, daß ich zum Beispiel dieses und jenes ... Sie verstehen doch? ... Mitunter ist's doch schon unanständig, es auch nur auszusprechen. Das ist aber doch ein Skandal! Nein, Väter, bei euch kann man ja noch Anhänger der Geißlersekte werden. Die beichten ja auch öffentlich! ... Bei der ersten Gelegenheit schreibe ich an den Synod; meinen Sohn Alexei aber nehme ich sofort von hier weg!«

145

Hier eine Anmerkung. Fjodor Pawlowitsch hatte irgendwo etwas läuten hören. Es hatten sich nämlich boshafte Klatschereien verbreitet, die schließlich selbst dem Erzbischof zu Ohren gekommen waren (nicht nur über unser Kloster, sondern auch über andere, wo sich das Startzentum festgesetzt hatte): daß die Startzen viel zu sehr geachtet würden, sogar zum Nachteil des Ansehens der Äbte, und unter anderem, daß die Startzen die Beichte mißbrauchten usw. usw. Kurz, es waren ganz unsinnige Beschuldigungen, die denn auch alsbald bei uns, wie überall, von selbst wieder verstummten. Aber der dumme Teufel, der diesen Fjodor Pawlowitsch aufgegriffen hatte und jetzt auf dessen eigenen Nerven irgendwohin in eine schmachvolle Tiefe immer weiter und weiter mitriß, flüsterte ihm plötzlich diese verjährte Anschuldigung zu, und Fjodor Pawlowitsch sprach sie sofort aus, obgleich er selbst nicht wußte noch sich überhaupt denken konnte, um was es sich dabei eigentlich handelte. Er verstand auch nicht einmal, die Sache richtig auszudrücken, und zudem hatte diesmal niemand in der Klause des Staretz gekniet oder gar laut gebeichtet, so daß Fjodor Pawlowitsch selbst nichts davon gesehen haben konnte und daher nur die alten Gerüchte und Klatschereien, deren er sich dunkel erinnerte, nachsprach. Kaum jedoch hatte er seine Dummheit ausgesprochen, da fühlte er auch schon, daß er ganz gehörigen Unsinn vorgebracht hatte, und nun wollte er plötzlich erst recht allen Anwesenden, am meisten aber sich selbst, beweisen, daß er durchaus keinen Unsinn gesagt habe. Und obgleich er selbst vorzüglich wußte, daß er mit jedem weiteren Wort nur noch mehr und noch dümmeren Unsinn zu dem Gesagten hinzufügen werde, konnte er schon nicht mehr an sich halten und sauste weiter hinab wie auf einer Rutschbahn.

»Was für eine Niedertracht!« rief Miussoff empört aus.

»Verzeihen Sie«, sagte plötzlich der Prior. »Es ist gesagt in alter Zeit: ,Und er begann zu sprechen wider mich vieles und mancherlei, und sogar bis zu manchen üblen Dingen. Ich aber hörete alles an und sprach zu mir selber: das ist die

Heilung durch Christus, und er sandte sie mir, meine eitle Seele zu heilen.' Und darum danken auch wir Ihnen demütig, werter Gast.«

Und er verneigte sich vor Fjodor Pawlowitsch bis zum Gürtel.

»Tra—ta—ta! Scheinheiligkeit und alte Phrasen! Alte Phrasen und alte Gesten! Alte Lügen und die abgedroschenen Formeln mit den Verneigungen bis zur Erde! Wir kennen diese Verneigungen! „Einen Kuß auf die Lippen und den Dolch ins Herz", wie in Schillers „Räubern". Ich will keine Falschheit, Väter, die liebe ich nicht, ich will die Wahrheit! Die aber liegt nicht in den Gründlingen, und das habe ich dort vorhin auch gesagt! Ihr, meine heiligen Mönche, warum fastet ihr denn eigentlich? Warum erwartet ihr dafür Belohnungen im Himmelreich? Für so eine Belohnung würde ja auch ich fasten! Nein, mein heiliger Mönch, sei lieber im Leben tugendhaft, bringe lieber, anstatt daß du dich hier zu fertig gebackenen Broten zurückziehst, der Gesellschaft Nutzen, und ohne dafür noch eine Belohnung dort oben zu erwarten, — das dürfte doch etwas schwieriger sein! Euer Hochwürden, auch ich kann wohlgereimt reden! Aber was haben sie denn hier aufgetischt?« — er trat näher zum Tisch. »Hm! Portwein, old factory, Medoc von den Gebrüdern Jelisséjeff![11] Erstklassig! Ach, ihr heiligen Väter! Das sieht anders aus als Gründlinge! Was für Fläschchen sie da aufgetischt haben, hehehe! Wer aber hat das alles möglich gemacht? Das ist ja der russische Bauer, der Arbeitssklave, der die mit seinen schwieligen Händen verdienten Kopeken seiner Familie und den Bedürfnissen des Staates entzieht, um sie herzubringen. Nein, ihr, meine heiligen Väter, ihr saugt ja das Volk aus!«

»Das ist von Ihnen schon mehr als unwürdig«, sagte Pater Jossiff. Pater Païssij schwieg hartnäckig. Miussoff stürzte hinaus, und Kalganoff folgte ihm unverzüglich.

»Nun, Väter, nach Pjotr Alexandrowitsch gehe auch ich! Werde nie wieder herkommen, und wenn ihr mich auch auf den Knien darum bätet, ich komme nicht! Habe euch tausend Rubel geschenkt, da habt ihr jetzt wieder die Ohren gespitzt, hehehe! Nein, mehr gibt's nicht! Ich räche mich für meine vergangene Jugend, für alle Erniedrigungen!« rief er in einem Anfall gespielter Empfindsamkeit aus und schlug mit der Faust auf den Tisch. »Viel hat dieses liebe Kloster in meinem Leben bedeutet! Viel bittere Tränen habe ich seinetwegen vergossen! Ihr habt meine Frau, die Klikúscha, gegen mich aufgehetzt! Ihr habt mich auf sieben Kirchenversammlungen verflucht und habt das überall verbreitet! Jetzt ist's genug, Väter, heutzutage herrscht der Liberalismus, wir haben das Jahrhundert der Dampfschiffe und Eisenbahnen! Nicht tausend, nicht hundert Rubel, nicht hundert Kopeken bekommt ihr mehr von mir zu sehen!«

Noch eine Anmerkung: Niemals hatte unser Kloster etwas Besonderes in seinem Leben bedeutet, und niemals hatte er seinetwegen irgendwelche Tränen vergossen. Er aber ließ sich dermaßen hinreißen, daß er einen Augenblick fast selbst daran glaubte; ihm traten vor Ergriffenheit tatsächlich Tränen in die Augen, aber in derselben Sekunde fühlte er, daß es für ihn Zeit war, kehrtzumachen. Der Prior senkte ein wenig den Kopf und sagte auf seine boshafte Lüge wieder mit eindringlicher Stimme:

»Es ist wiederum gesagt: „Gedulde dich und blicke mit Freuden auf die Schmähungen, die du nicht verdient hast, und laß dich nicht verwirren, noch verleiten, den zu hassen, der dich entehren will." So werden auch wir tun.«

»Jaja, ich weiß schon, „und halte auch noch die andere Backe hin!" und so weiter, der ganze Gallimatthias! Man kennt das doch! Also blickt nur zu mit Freuden, ich aber gehe jetzt! Meinen Sohn Alexei nehme ich mit väterlicher Vollmacht für immer von hier fort. Iwan Fjodorowitsch, mein gehorsamster Sohn, erlauben Sie, Ihnen zu befehlen, mir zu folgen! Und du, von Sohn, was hast du hier noch zu suchen? Komm gleich mit zu mir in die Stadt! Bei mir ist es lustiger. Im ganzen nur 'ne lumpige Werst, und dafür gibt's anstatt

Fastenöl Ferkelbraten mit Sauerkraut; werden nicht übel schmausen; verspreche dir guten Kognak und nachher noch Likörchen; habe sogar Mamúrowka, den feinsten Likör ... Ei, von Sohn, versäume doch dein Glück nicht!«

Schreiend und gestikulierend ging er hinaus. In diesem Augenblick bemerkte ihn Rakitin und machte Aljoscha auf ihn aufmerksam.

»Alexei!« rief ihm der Vater von weitem zu, als er ihn erblickte, »heute noch kehrst du zu mir zurück! Auch deine Kissen und die Matratze schlepp wieder mit — daß von dir nichts mehr hierbleibe, hörst du!«

Aljoscha blieb wie angewurzelt stehen und verfolgte nur schweigend und aufmerksam, was vor seinen Augen geschah. Fjodor Pawlowitsch stieg inzwischen in seinen Wagen, und nach ihm schickte sich schweigend und sichtlich geärgert auch Iwan Fjodorowitsch an einzusteigen, ohne sich vorher von Aljoscha zu verabschieden oder sich auch nur nach ihm um-zuwenden. Da aber kam es noch zu einer lächerlichen und fast unglaublichen Bajazzoszene, die dem ganzen unerhörten Vorfall das Tüpfelchen aufsetzte. Plötzlich tauchte am Wagentritt der Gutsbesitzer Maximoff auf. Er kam keuchend herangelaufen, um nicht zu spät zu kommen. Rakitin und Aljoscha sahen, wie er lief. Er beeilte sich dermaßen, daß er, in der Angst zurückzubleiben, den einen Fuß schon auf das Trittbrett setzte, auf dem Iwan Fjodorowitsch noch mit dem linken Fuß stand, und indem er sich am Wagen festhielt, hopste er schon mehrmals, um schneller einzusteigen.

»Auch ich, auch ich, auch ich komme mit!« rief er, immer hopsend, mit dünnem, fröhlichem Gelächter und einem seli-gen Gesicht, und natürlich zu allem bereit. »Nehmen Sie auch mich mit!«

»Na, habe ich's nicht gesagt, daß das von Sohn ist!« rief triumphierend Fjodor Pawlowitsch. »Der leibhaftige, von den Toten auferstándene von Sohn! Wie hast du dich denn dort losgerissen? Was hast du denn dort vorvonsohniert? Und wie hast du nur dem schönsten Mahl den Rücken kehren können? Dazu muß man doch eine eherne Stirn haben! Ich habe sie, über deine aber, Bruder, wundere ich mich doch! Nun, spring herein, hopp! Laß ihn, Iwan, es wird lustiger sein! Er kann sich hier irgendwo vor unseren Füßen unterbringen. Wirst du's fertigbringen, von Sohn? Oder soll man ihn neben den Kutscher setzen? . . . Spring mal auf den Bock, von Sohn!«

Doch Iwan Fjodorowitsch, der sich inzwischen schon gesetzt hatte, stieß plötzlich Maximoff mit aller Kraft vor die Brust, so daß der drei Schritte weit zurückflog. Es war nur ein Zufall, daß er nicht hinfiel.

»Fahr zu!« befahl Iwan Fjodorowitsch wütend dem Kutscher.

»Aber! — was fällt dir ein? Was soll denn das bedeuten? Warum hast du ihn weggestoßen?« fuhr zwar Fjodor Pawlowitsch sofort auf, doch der Wagen rollte schon davon. Iwan Fjodorowitsch antwortete nicht.

»Sieh mal an, was du für einer bist!« brummte Fjodor Pawlowitsch, auf sein Söhnchen schielend, nachdem er etwa zwei Minuten geschwiegen hatte. »Hast selbst diesen ganzen Klosterbesuch ausgedacht, selbst alles angestiftet, selbst gutgeheißen, warum ärgerst du dich denn jetzt?«

»Sie haben doch schon genug Unsinn geschwatzt, ruhen Sie sich doch ein wenig aus«, schnitt ihm Iwan Fjodorowitsch schroff das Wort ab.

Fjodor Pawlowitsch schwieg wieder etwa zwei Minuten lang.

»Ein Gläschen Kognak wäre jetzt nicht übel«, bemerkte er anzüglich. Aber Iwan Fjodorowitsch antwortete nicht.

»Nun, wenn wir erst zu Hause sind, wirst auch du eins genehmigen.«

Iwan Fjodorowitsch schwieg immer noch.

Fjodor Pawlowitsch wartete abermals etwa zwei Minuten.

»Aber Aljoschka werde ich doch aus dem Kloster nehmen, obgleich das Ihnen, mein ehrerbietigster Karl von Moor, sehr unangenehm sein wird!«

Iwan Fjodorowitsch zuckte verächtlich mit der Schulter, wandte sich von ihm ab und begann auf den Weg zu schauen. Darauf wurde während der ganzen Fahrt kein Wort mehr gesprochen.

DRITTES BUCH

DIE LÜSTLINGE

I

In der Dienstbotenwohnung

Das Haus Fjodor Pawlowitsch Karamasoffs lag bei weitem nicht im Zentrum der Stadt, aber doch auch nicht ganz
an der Peripherie. Es war allerdings schon ziemlich alt, hatte
aber ein ansprechendes Äußeres: es war einstöckig, mit einem
Halbgeschoß, hellgrau angestrichen und hatte ein rotes
Eisendach. Übrigens konnte es noch lange so stehen. Im Innern war es geräumig und behaglich. Es gab viele Dach- und
Rumpelkammern darin, eigenartige Verstecke und ganz un-
vermutete Treppchen. Auch Ratten gab es in ihm, aber Fjodor
Pawlowitsch konnte sich nicht recht über sie ärgern: »Es ist
immerhin nicht so langweilig am Abend, wenn man allein
bleibt«, pflegte er zu sagen. Er hatte die Gewohnheit, die
Dienstboten für die Nacht in das Nebengebäude zu entlassen
und sich dann allein im großen Hause einzuschließen. Dieses
Nebengebäude auf dem Hof war gleichfalls sehr geräumig
und solide gebaut; hierhin hatte Fjodor Pawlowitsch die
Küche verlegt, obwohl auch das große Haus eine Küche
hatte. Er konnte nämlich den Küchengeruch nicht ausstehen,
und so wurden denn die Speisen im Winter wie im Sommer
über den Hof getragen. Überhaupt war das Haus für eine
große Familie gebaut, und man hätte das Fünffache an Herrschaft und Dienerschaft bequem darin unterbringen können;
doch damals wohnten im großen Hause nur Fjodor Pawlowitsch und sein zweiter Sohn, Iwan Fjodorowitsch, und im
Nebengebäude nur die drei Bediensteten: der alte Grigórij, die
alte Márfa, seine Frau, und der Diener Ssmerdjakóff, ein noch

junger Mann. Ich sehe, daß ich etwas ausführlicher über diese drei Dienstboten berichten muß. Von dem alten Grigórij Wassiljewitsch Kutúsoff habe ich übrigens schon gesprochen; er war ein strenger, starrköpfiger Mensch, der hartnäckig und gradlinig sein Ziel verfolgte, wenn nur so ein Ziel aus irgendwelchen Gründen (häufig aus erstaunlich unlogischen Gründen) ihm als eine unverrückbare Wahrheit erschien. Überhaupt war er ein ehrlicher, unbestechlicher und treuer Diener. Sein Weib, Márfa Ignátjewna, wollte nach der Aufhebung der Leibeigenschaft unsäglich gern von Fjodor Pawlowitsch fortgehen und nach Moskau ziehen, um dort irgendein kleines Geschäft zu gründen (die beiden hatten ein wenig Vermögen), und kam ihrem Mann immer wieder mit diesem Plan, wenn sie sich auch sonst stets widerspruchslos seinem Willen unterordnete; Grigorij aber behauptete, Weiber redeten Unsinn und keine wisse, »was Ehre ist«, und es stünde ihnen nicht zu, den bisherigen Herrn, wie er auch sein möge, zu verlassen, denn »das ist jetzig also unsere Pflicht«.

»Begreifst du auch, was das ist — Pflicht?« wandte er sich an Márfa Ignátjewna.

»Was Pflicht ist, das schon, Grigorij Wassiljewitsch; aber wo hier etwas von Pflicht sein soll, davon begreife ich nichts«, antwortete Marfa Ignatjewna charakterfest.

»Nun, so begreif's halt nicht; es bleibt doch so, wie ich es sage. In Zukunft schweige aber lieber.«

Und dabei blieb es dann auch: sie zogen nicht fort, und Fjodor Pawlowitsch bestimmte für sie ein Monatsgehalt, zwar kein großes, aber er zahlte es wenigstens aus. Zudem wußte Grigorij, daß er auf seinen Herrn einen gewissen Einfluß hatte; das fühlte er, und so war es auch in der Tat: der schlaue und eigensinnige Fjodor Pawlowitsch, der, wie er sich selbst ausdrückte, »in manchen Lebensdingen« einen sehr festen Charakter bewies, war zu seiner eigenen nicht geringen Verwunderung wiederum äußerst charakterschwach in gewissen anderen »Lebensdingen«. Er wußte selbst ganz genau, in welchen Dingen er das war; wußte es, und fürchtete sich vor vielem. In diesen gewissen »Dingen« hieß es, auf der Hut sein, und dann war es schwer, ohne einen zuverlässigen Menschen auszukommen; Grigorij aber war der zuverlässigste von allen. Es kam sogar vor, daß Fjodor Pawlowitsch mitunter auch Prügel verabfolgt wurden, und zwar gehörige, und dann hatte ihm immer Grigorij herausgeholfen und nachher eine Predigt gehalten. Doch Prügel allein schreckten Fjodor Pawlowitsch nicht: es gab dagegen höhere Fälle, und sogar sehr zarte und verzwickte, in denen Fjodor Pawlowitsch selbst nicht einmal imstande gewesen wäre, für dieses ungewöhnliche Bedürfnis nach einem treuen und nahestehenden Menschen, das er dann augenblicks in sich fühlte, eine Erklärung zu finden. Das waren fast krankhafte Anwandlungen: der verderbte und in seiner Wollust oftmals wie ein böses Insekt grausame Fjodor Pawlowitsch empfand zuweilen, wenn er betrunken war, eine geistige Angst und eine moralische Erschütterung, die beinahe physisch — wenn man sich so ausdrücken darf — auf seine Seele wirkten. »Die ganze Seele sitzt mir dann bibbernd in der Kehle«, äußerte er sich zuweilen über diese sonderbaren Anwandlungen. Und in diesen Augenblicken liebte er es, wenn irgendwo in der Nähe, es brauchte nicht einmal in seinem Zimmer zu sein, meinetwegen auch nur im Nebengebäude auf dem Hof, ein ihm ergebener Mensch war, einer, der aber keineswegs ihm glich, der nicht verdorben, sondern ehrlich und streng war, der selbst die ganze Liederlichkeit mit ansah und alle Geheimnisse kannte, doch aus Ergebenheit und Anhänglichkeit alles zuließ und — die Hauptsache — keine Vorwürfe machte und mit nichts drohte, weder mit dem Diesseits noch mit dem Jenseits, im Notfall ihn aber beschützte — vor wem? Vor irgend etwas Unbekanntem, doch Furchtbarem und Gefährlichem. Es mußte unbedingt gerade ein *anderer* Mensch sein, ein altvertrauter und freundschaftlich gesinnter, den er im »kranken Augenblick« rufen konnte, natürlich nur, um sein Gesicht zu sehen, meinetwegen auch ein Wort mit ihm zu wechseln, irgendein nebensächliches: ärgert der sich deswegen nicht, dann wird es dem Herzen leichter, ärgert er sich aber, nun, dann wurde man noch etwas trauriger! Es kam vor – übrigens doch nur äußerst selten –, daß Fjodor Pawlowitsch sogar mitten in der Nacht über den Hof zu Grigorij ging und ihn auf einen Augenblick zu sich rief. Der kam dann auch; doch Fjodor Pawlowitsch sprach mit ihm dummes Zeug und entließ ihn bald wieder, nicht selten sogar noch mit einer spöttischen Bemerkung oder einem Scherz, selbst aber legte er sich, kräftig ausspuckend, schlafen und schlief dann den Schlaf des Gerechten. Auch nach der Ankunft Aljoschas geschah mit Fjodor Pawlowitsch etwas Ähnliches. Aljoscha »eroberte sein Herz« sofort durch den einen Umstand, daß er »lebte, alles sah und nichts verurteilte«, und außerdem noch durch das Unglaubliche: daß er nicht die geringste Verachtung für ihn, den Alten, zeigte, sondern, im Gegenteil, immer freundlich war und eine ganz natürliche, offenherzige Anhänglichkeit an ihn, der sie doch so wenig verdiente, zu haben schien. Das war für den alten Herumtreiber und familienlosen Wüstling eine Überraschung, die für ihn, der bis dahin nur Unzucht geliebt hatte, doch gar zu unerwartet kam. Als Aljoscha ins Kloster übersiedelte, gestand sich Fjodor Pawlowitsch, daß er etwas begriffen hatte, was er bis dahin nicht hatte begreifen wollen.

Ich erwähnte schon einmal, wie der Diener Grigorij die erste Frau Fjodor Pawlowitschs und Mutter Dmitrij Fjodorowitschs, Adelaïda Iwánowna, gehaßt, und wie er dagegen die zweite Frau, die Klikúscha Ssófja Iwánowna, sogar gegen seinen Herrn verteidigt hatte und überhaupt gegen jeden, der es sich einfallen ließ, ein leichtfertiges oder schlechtes Wort über sie zu sagen. Sein Mitleid mit dieser unglücklichen Frau ließ es ihn allmählich als seine heilige Pflicht empfinden, sie zu beschützen, so daß er selbst nach zwanzig Jahren keine einzige schlechte Anspielung, gleichviel von wem, ertragen konnte. Dem Aussehen nach war er ein kalter Mensch mit ziemlich gewichtiger Miene, der nur wohlbedachte, niemals leichtsinnige Worte sprach, wofern er überhaupt sprach. Unmöglich war es gleichfalls, nach dem Äußeren zu beurteilen, ob er seine ebenso wortkarge, ihm stets ergebene Marfa Ignatjewna liebte oder nicht; er liebte sie aber wirklich, und sie fühlte das auch. Diese Marfa Ignatjewna war nicht nur keine dumme Frau, sondern war vielleicht sogar klüger als ihr Mann, oder wenigstens in Fragen des praktischen Lebens weit vernünftiger; indessen unterwarf sie sich ihm widerspruchslos schon gleich zu Anfang der Ehe und achtete ihn stillschweigend wegen seiner, wie sie meinte, geistigen Überlegenheit. Bemerkenswert ist, daß sie beide ihr ganzes Leben lang auffallend wenig miteinander sprachen, es sei denn über die notwendigsten alltäglichen Dinge. Grigorij bedachte alles allein, und Marfa Ignatjewna hatte schon längst begriffen, daß ihr würdevoller Mann ihrer Ratschläge nicht bedurfte, dafür aber ihr Schweigen zu schätzen wußte und sie deswegen für vernünftig hielt. Geschlagen hatte er sie nur einmal und nur leicht. Im ersten Jahr der Ehe Adelaïda Iwanownas mit Fjodor Pawlowitsch waren einmal auf dem Gutshof die damals noch leibeigenen jungen Mädchen und Frauen versammelt worden, um vor der Herrschaft und deren Gästen zu tanzen und zu singen. Der Chor begann mit „Auf den Wiesen und Auen", und plötzlich sprang Marfa Ignatjewna, die damals noch ein junges Weib war, vor und tanzte die „Rúßkaja" in einer ganz besonderen Weise, nicht so, wie das Volk sie tanzt, sondern wie es ihr früher, als sie noch Leibeigene der reichen Miussoffs gewesen war, zu den Theateraufführungen im Herrenhaus ein aus Moskau bestellter Ballettmeister beigebracht hatte. Grigorij sah, wie sein Weib tanzte; doch nach einer Stunde belehrte er sie eines Besseren, indem er sie entsprechend an den Haaren zog. Damit war dann das Prügeln abgetan; es wiederholte sich niemals mehr, denn Marfa Ignatjewna hatte sich geschworen, nie wieder die „Rúßkaja" zu tanzen.

Kinder hatte Gott ihnen nicht geschenkt; sie hatten zwar einmal ein Kleines gehabt, aber das war bald gestorben. Grigorij jedoch liebte kleine Kinder sehr und verheimlichte das auch gar nicht, das heißt, er schämte sich nicht, es zu zeigen. Den kleinen dreijährigen Dmitrij Fjodorowitsch hatte er, als dessen Mutter davongelaufen war, zu sich genommen und hatte sich fast ein ganzes Jahr lang seiner angenommen, ihn eigenhändig gekämmt, gewaschen und im kleinen Waschtrog gebadet. Darauf hatte er sich auch mit den zwei anderen Kleinen, Iwan und Aljoscha, abgeplagt, was ihm später die Ohrfeige von der Generalin eintrug; doch davon habe ich ja schon gesprochen. Das eigene Kindchen aber erfreute ihn nur mit der Hoffnung, solange Marfa Ignatjewna noch schwanger war. Als aber das Kleine geboren war, da erfüllte es sein Herz mit Kummer und Entsetzen: das Kind hatte an jedem Händchen sechs Finger. Als Grigorij das sah, war er dermaßen erschrocken und erschüttert, daß er bis zur Taufe kein Wort mehr sprach und in den Garten ging, um dort mit sich allein zu sein. Es war gerade Frühling, und so grub er denn im Gemüsegarten Beete um. Am dritten Tage mußte das Kind getauft werden; Grigorij hatte inzwischen Zeit gehabt, sich zu bedenken. Als er ins Haus trat, wo sich schon die ganze Nachbarschaft und die Gäste versammelt hatten und sogar Fjodor Pawlowitsch in höchsteigener Person als Pate erschienen war, erklärte er plötzlich, man sollte das Kind »überhaupt nicht taufen«, verbreitete sich jedoch nicht weiter über seine Meinung, sondern blickte nur stumpf und beharrlich auf den Popen.

»Warum nicht?« erkundigte sich in heiterer Verwunderung der Geistliche.

»Weil ... das ein Drache ist ...«, brummte schließlich Grigorij.

»Wieso, was für ein Drache?«

Grigorij schwieg eine Zeitlang.

»Ein Versehen der Natur ...«, murmelte er, wenn auch unklar, so doch fest überzeugt; augenscheinlich wollte er sich nicht darüber aussprechen.

Man lachte natürlich und taufte das arme Kind. Grigorij betete eifrig, änderte aber seine Meinung über das Neugeborene nicht im geringsten. Übrigens verhinderte er nichts, nur bemühte er sich in den ganzen zwei Wochen, die das schwächliche Kindchen lebte, dasselbe überhaupt nicht zu bemerken, und verließ das Haus, so oft er nur konnte. Als aber der Knabe nach zwei Wochen am Milchfieber starb, bettete er ihn sorgfältig in den kleinen Sarg, blickte ihn in tiefer Trauer an, und als sein kleines Grab zugeschüttet wurde, kniete er nieder und verneigte sich vor dem Grabe. Seit der Zeit sprach er lange Jahre kein einziges Mal von seinem Kinde, und selbst Marfa Ignatjewna wagte nicht, in seiner Gegenwart ihren toten Kleinen zu erwähnen; konnte sie aber sonst mit irgend jemandem von ihrem Kindchen sprechen, so tat sie es immer nur flüsternd, selbst wenn Grigorij sich überhaupt nicht im Hause befand. Es fiel ihr auf, daß Grigorij Wassiljewitsch seit jener Beerdigung sich ganz besonders mit »Religiösem« zu beschäftigen begann, die „Lebensgeschichten der Heiligen" las, doch nur still für sich, wozu er dann seine silberne Brille mit den großen, runden Gläsern aufsetzte. Nur selten las er laut vor, höchstens zur Fastenzeit. Er liebte das Buch Hiob sehr, wußte sich von irgend jemandem die mystischen „Predigten unseres von Gott erleuchteten Paters Issaak Ssirin" zu verschaffen, las sie unermüdlich jahrelang, verstand so gut wie überhaupt nichts davon und schätzte vielleicht gerade deshalb dieses Buch am meisten. In der letzten Zeit begann er sich für die Geißler[12] zu interessieren, von denen sich einige in der Nachbarschaft niedergelassen hatten. Er war sichtlich beeindruckt, hielt es aber doch nicht für richtig, zu einem anderen Glauben überzutreten. Seine Belesenheit »in göttlichen Dingen« äußerte sich nur auf seinem Gesicht in einem noch wichtigeren Ausdruck.

Vielleicht neigte er auch zum Mystizismus. Und da mußte es denn noch geschehen, daß ihn nach der Geburt seines sechsfingrigen Sohnes und dessen Tod eine ganz sonderbare Überraschung erwartete, die, wie er sich selbst äußerte, seiner Seele auf ewig ein »Siegel« aufdrückte. Es war in der Nacht desselben Tages, an dem der kleine Sechsfingrige begraben worden war, als Marfa Ignatjewna plötzlich erwachte und das Weinen eines neugeborenen Kindes zu vernehmen glaubte. Sie erschrak und weckte ihren Mann. Grigorij horchte hinaus, meinte aber, daß eher jemand stöhne, »wahrscheinlich ein Weib«. Er erhob sich und kleidete sich an. Es war eine ziemlich dunkle Mainacht. Als er auf die Treppe hinaustrat, hörte er deutlich, daß das Stöhnen aus dem Garten kam. Die Hoftür aber zum Garten wurde jeden Abend verschlossen, anders jedoch als durch diese Tür oder unmittelbar aus dem Haus konnte man nicht in den Garten gelangen, denn er war von einem hohen, festen Zaun umgeben. Grigorij kam zurück in die Stube, nahm den Gartenschlüssel und die Laterne und ging schweigend hinaus in den Garten, ohne auf das Entsetzen Marfa Ignatjewnas zu achten, die immer noch behauptete, sie höre das Weinen eines kleinen Kindes, und das sei bestimmt ihr Söhnchen, das sie rufe. Im Garten hörte er deutlich, daß das Stöhnen aus dem kleinen Badehause, das nicht weit von der Hoftür im Garten stand, kam, und daß es wirklich eine Frauenstimme war. Als er die Tür des Häuschens öffnete, bot sich ihm ein Schauspiel, das ihn erstarren machte: die Stadtverrückte, die überall herumirrte und allen bekannt war unter dem Namen »Lisawéta Ssmerdjáschtschaja« (die Stinkende) und die auf unerklärliche Weise in dieses Badehaus gekommen war, hatte gerade ein Kind geboren. Das Neugeborene lag neben ihr, sie aber lag im Sterben. Sie sagte nichts, denn sie war von Geburt stumm. Doch von ihr muß ich etwas ausführlicher erzählen.

II

Lisaweta Ssmerdjaschtschaja

Hier gab es einen besonderen Umstand, der Grigorij tief erschütterte und ihn in einem früheren, unangenehmen, wenn nicht ekelhaften Verdacht bestärkte. Diese Lisaweta war sehr klein von Wuchs, »nur zwei Arschin und vielleicht noch eine Kleinigkeit war das Mädchen hoch«, wie mitleidig einige unserer gottesfürchtigen Greisinnen nach ihrem Tode sagten, wenn sie ihrer gedachten. Ihr zwanzigjähriges, gesundes, breites und rotwangiges Gesicht war vollkommen idiotisch, der Blick ihrer Augen unbeweglich und unangenehm, wenn auch ruhig. Sie ging im Sommer wie im Winter barfuß und nur in einem hanfleinenen Hemde. Ihr fast schwarzes, ungewöhnlich dichtes Haar war so kraus wie die Wolle eines Schafes und stand wie eine große Mütze auf ihrem Kopf; außerdem war es voller Schmutz, Erdstückchen und Blätter, Holzspänchen und Stroh- und Grashälmchen, denn sie schlief immer auf der Erde. Ihr Vater war ein obdachloser, heruntergekommener, kranker Kleinbürger Iljá, ein Trunkenbold, der schon viele Jahre als Arbeiter bei einem wohlhabenden Kleinbürger diente. Lisawetas Mutter war vor langer Zeit gestorben. Der ewig kranke und wütende Iljá schlug seine Tochter unbarmherzig, wenn sie ihm unter die Augen kam; doch das geschah nur selten, denn sie lebte überall in der Stadt herum, als geistesschwaches, daher heiliges Gotteskind. Alle Welt, die Wirtsleute ihres Vaters, der Vater selbst und sogar viele Mitleidige, meistens Kaufmannsfamilien und Kaufmannsfrauen, versuchten mehrmals, Lisaweta etwas anständiger anzukleiden, um sie nicht so im Hemd herumlaufen zu lassen, und im Winter zogen sie ihr immer einen Schafpelz und Stiefel an; sie aber, die sich alles ruhig anziehen ließ, ging dann gewöhnlich zur Kirchentür und zog dort alles wieder aus, was man ihr angezogen hatte — ob es nun ein Tuch, ein Rock, ein Pelz oder sonst was war —, ließ es daselbst vor der Kirche liegen und ging dann wieder nur mit dem Hemd bekleidet fort. Einmal, als der neue Gouverneur unseres Gouvernements auch unser Städtchen besuchte, fühlte er sich in seinen besten Gefühlen tief gekränkt, als er diese Lisaweta erblickte, und wenn er auch einsah, daß es eine Geistesschwache war, wie ihm sofort gemeldet wurde, so meinte er doch, daß ein junges Mädchen, das nur in einem Hemd herumlaufe, den Anstand verletze, und darum dürfe das in Zukunft nicht mehr vorkommen. Aber der Gouverneur reiste ab, und Lisaweta ließ man, wie sie war. Schließlich starb auch ihr Vater, und sie wurde als Waise den Gottesfürchtigen noch lieber. Man schien sie tatsächlich zu lieben, selbst die Straßenjungen neckten sie nicht, und doch sind unsere kleinen Jungen, besonders die Schulrangen, eine naseweise, unverfrorene Bande. Sie trat in fremde Häuser ein, doch niemand schrie sie an oder wies ihr die Tür, im Gegenteil, man war immer gut zu ihr und schenkte ihr stets etwas. Gab man ihr Geld, so brachte sie es sofort in irgendeine Armenbüchse an der Kirche oder am Gefängnis; gab man ihr auf dem Markt einen Kringel oder eine. Semmel, so gab sie sie sofort dem ersten kleinen Kinde, das sie erblickte, oder sie blieb gar vor einer unserer reichsten Damen stehen und gab es der; und die Damen nahmen es dankend und sogar freudig entgegen. Sie selbst aber ernährte sich nur von Schwarzbrot und Wasser. Zuweilen trat sie in einen feinen Laden ein und setzte sich; überall lag teure Ware, sogar loses Geld, doch niemandem fiel es ein, auf sie achtzugeben, denn alle wußten, daß man Tausende auf den Ladentisch legen konnte, sie aber keine Kopeke anrühren werde. In die Kirche ging sie nur selten; sie schlief entweder in den Kirchenvorhallen, oder sie kletterte über einen Flechtzaun (bei uns gibt es noch heute viel solcher Zäune) und schlief dann in einem Gemüsegarten. Nach Haus, das heißt ins Haus jener Kleinbürger, bei denen ihr Vater diente, ging sie nur ungefähr einmal in der Woche, im Winter jedoch täglich zur Nacht, und dann schlief sie entweder im Flur oder im Kuhstall. Man wunderte sich, daß sie solch ein Leben aushalten konnte; aber sie hatte sich schon daran gewöhnt; wenn sie auch klein von Wuchs war, so war sie doch überaus robust. Einige behaupteten, sie täte das alles nur aus Stolz, doch fand das keinen rechten Glauben; sie konnte ja nicht einmal richtig sprechen, nur zuweilen bewegte sie die Zunge und stieß lallend irgendwelche Laute hervor — wie konnte da von Stolz die Rede sein! Und so geschah es denn einmal (es ist schon lange her), daß in einer warmen und hellen Septembernacht bei Halbmond, zu einer nach unseren Begriffen sehr späten Stunde, eine stark angeheiterte Gesellschaft, etwa fünf oder sechs Herren, aus dem Klub durch die Hinterstraßen nach Hause ging. Zu beiden Seiten der Straße zogen sich niedrige Zäune hin, hinter denen die Gemüsegärten der an den größeren Straßen stehenden Häuser lagen; diese Hinterstraße jedoch führte zu einer kleinen Brücke über einen breiten, versumpften Graben, der bei uns das Flüßchen genannt wurde. Da bemerkte unsere lustige Gesellschaft am Zaun zwischen Nesseln und Salbei die schlafende Lisaweta. Die Herren blieben lachend stehen und begannen in nicht wiederzugebender Weise über sie zu witzeln. Einer von ihnen, ein junger Milchbart, stellte plötzlich die phantastische Frage: »Könnte überhaupt irgend jemand dieses Tier für ein Weib halten, meinetwegen jetzt gleich usw.«, womit er ein ganz unmögliches Thema anschlug. Alle meinten darauf mit stolzem Ekel, das sei ganz undenkbar. In dieser angeheiterten Gesellschaft befand sich aber auch Fjodor Pawlowitsch, und sofort sprang er vor und behauptete, man könne sie wohl für ein Weib halten, sogar sehr, und hierbei gäbe es sogar eine gewisse Art von Pikanterie, usw. usw. Es ist wahr, damals drängte er sich schon gar zu absichtlich in die Rolle des Possenreißers; er liebte es sehr, die anderen zu belustigen und dabei den Gleichstehenden zu spielen, in Wirklichkeit aber war er doch ein echter Ham unter ihnen. Das war gerade in der Zeit, als er aus Petersburg die Nachricht vom Tode seiner ersten Frau erhalten hatte und darauf mit dem Trauerflor am Hut dermaßen trank und sich so unanständig aufführte, daß sich viele, selbst die Liederlichsten, bei seinem Anblick unangenehm berührt fühlten. Die Bande brach natürlich in Gelächter aus über die unerwartete Behauptung Fjodor Pawlowitschs; einer von ihnen versuchte, ihn noch mehr aufzustacheln, doch die anderen spieen nun erst recht aus, natürlich immer unter allgemeiner Heiterkeit, und schließlich gingen sie alle weiter ihres Weges. Später schwor Fjodor Pawlowitsch, daß auch er damals mit den anderen fortgegangen sei; vielleicht war es auch so, das weiß niemand genau und kann auch niemand wissen, aber nach fünf oder sechs Monaten sprach man allgemein und richtig empört davon, daß die Lisaweta schwanger sei. Man fragte und riet, auf wen die Sünde fiele, wer der Schänder wäre? Und da verbreitete sich denn in der ganzen Stadt das Gerücht, Fjodor Pawlowitsch Karamasoff sei es. Woher aber war dieses Gerücht gekommen? Von jenen Herren, die sie damals bemerkt hatten, war zu der Zeit nur noch ein einziger in der Stadt, und das war ein schon bejahrter Staatsrat, Vater erwachsener Töchter, der es bestimmt nicht verbreitet haben würde, selbst wenn er etwas Sicheres gewußt hätte; die übrigen Kumpane waren aber alle verreist. Doch das Gerücht fuhr fort, hartnäckig gerade auf Fjodor Pawlowitsch hinzuweisen. Der machte sich natürlich nicht viel daraus; Kaufleuten und einfachen Bürgern hätte er darauf überhaupt nicht geantwortet. Damals war er stolz und verkehrte nur mit höheren Beamten und Edelleuten, die er so vorzüglich zu unterhalten verstand. Da trat denn Grigorij heftig für seinen Herrn ein und verteidigte ihn nicht nur gegen alle Klatschereien, sondern geriet sogar seinetwegen in ernsten Streit, überzeugte aber schließlich doch viele von Fjodor Pawlowitschs Unschuld in diesem Fall. »Sie, diese elende Herumtreiberin, ist selbst an allem schuld«, behauptete er steif und fest, und der Schänder sei niemand anders als der »Schrauben-Karp« (ein in der ganzen Stadt berüchtigter Verbrecher, der gerade zu der Zeit aus dem Gefängnis unserer Gouvernementsstadt entsprungen war und sich darauf in unserer kleinen Kreisstadt herumgetrieben hatte). Diese Beschuldigung schien glaubwürdig, denn man erinnerte sich noch des Entsprungenen; erinnerte sich, daß er gerade in jenen Herbstnächten die Stadt unsicher gemacht und drei Menschen überfallen und beraubt hatte. Doch all diese Erörterungen verminderten keineswegs die Sympathie für die arme Idiotin, im Gegenteil, sie verstärkten sie nur noch; alle beschützten sie und taten ihr Gutes. Und Frau Kondrátjewa, eine wohlhabende Kaufmannswitwe, richtete es so ein, daß Lisaweta schon Ende April ganz bei ihr blieb und bis zur Entbindung bei ihr bleiben sollte. Sie wurde unermüdlich bewacht. Trotzdem gelang es ihr am Abend des letzten Tages, heimlich zu entkommen. Wie sie in ihrem Zustand über den hohen, festen Zaun in den Karamassoffschen Park hatte klettern können, ist freilich ein Rätsel geblieben. Wahrscheinlich ist es ganz natürlich geschehen, denn Lisaweta, die wie eine Katze über die Zäune kletterte, um in fremden Gemüsegärten zu nächtigen, wird wohl ebenso auch auf den hohen Zaun Fjodor Pawlowitschs gekommen und dann zu ihrem Unglück hinuntergesprungen sein, trotz ihres Zustandes. Grigorij stürzte nach dem ersten Schreck zurück zu Marfa Ignatjewna, die er zur Hilfe in das Badehaus schickte, er selbst aber lief zu einer alten Hebamme, die in der Nachbarschaft wohnte. Das Kind wurde gerettet, doch Lisaweta starb schon beim ersten Morgengrauen. Grigorij nahm das Neugeborene, brachte es ins Haus, hieß Marfa Ignatjewna sich hinsetzen und legte ihr dann das Kind auf den Schoß, an die Brust: »Eine Waise ist Gottes Kind und unser aller Kind, für uns beide aber erst recht unser Kind. Das hat unser totes Söhnchen geschickt, und geboren ist es von einem Teufelssohn und einer Gerechten. Nähre es, und weine jetzt nicht mehr.« Und so zog denn Marfa Ignatjewna den kleinen Jungen auf. Er wurde Pawel getauft und allmählich, ohne daß es jemand bestimmt hätte, ganz von selbst Fjodorowitsch gerufen. Fjodor Pawlowitsch hatte nichts dagegen einzuwenden und fand das alles sogar sehr ergötzlich, obgleich er immer noch fortfuhr, seine Vaterschaft zu leugnen. In der Stadt gefiel es, daß er das Kind angenommen hatte. Später dachte sich Fjodor Pawlowitsch auch noch einen Familiennamen für den Jungen aus: er nannte ihn Ssmerdjakoff nach dem Spitznamen seiner Mutter Lisaweta Ssmerdjaschtschaja (die Stinkende). Dieser Ssmerdjakoff wurde später Fjodor Pawlowitschs Koch und zweiter Diener; er lebte in dem Nebengebäude auf dem Hof, zusammen mit dem alten Grigorij und der alten Marfa. Eigentlich müßte ich noch vieles gerade über ihn sagen, doch schäme ich mich, die Aufmerksamkeit meines Lesers allzu lange auf so gewöhnliche Lakaien abzulenken, und daher will ich denn jetzt wieder zu meinen Hauptpersonen zurückkehren, im Vertrauen darauf, daß sich im Verlauf der Erzählung schon Gelegenheit finden wird, über Ssmerdjakoff noch einiges zu berichten.

III

Die Beichte eines heißen Herzens

In Gedichten

Als Aljoscha den Befehl seines Vaters, das Kloster zu verlassen, vernommen hatte, blieb er in nicht geringer Verwunderung zurück. Ich will damit nicht sagen, daß er etwa wie ein Pfosten stehen blieb, nein, er ging sogar noch in die Küche des Priors, um dort zu erfahren, was sein Vater denn eigentlich angerichtet hatte. Dann erst machte er sich auf den Weg, in der Hoffnung, unterwegs mit sich über alles Quälende ins reine zu kommen. Der Befehl seines Vaters, mit Kissen und Matratze nach Haus zurückzukehren, schreckte ihn nicht im geringsten. Er begriff nur zu gut, daß dieser Befehl, der ihm so laut, also auf Zuhörer berechnet, zugerufen worden war, nur »in der Hitze« gegeben sein konnte, sozusagen zur Verschönerung, — etwa in der Art, wie vor kurzem ein Kleinbürger an seinem Namenstag aus Wut darüber, daß man ihm keinen Schnaps mehr geben wollte, in Gegenwart der Gäste plötzlich sein eigenes Geschirr zerschlagen, seine wie seines Weibes Kleider zerrissen, die eigenen Möbel zertrümmert und die Fensterscheiben eingeschlagen hatte. Am nächsten Tag bedauerte natürlich der nüchtern gewordene Kleinbürger was er angerichtet hatte ... Aljoscha

165

wußte, daß auch sein Vater ihn am nächsten Tag wieder ins Kloster zurück gehen lassen werde, oder vielleicht sogar heute noch. War er doch überzeugt, daß der Vater nicht ihn, sondern vielleicht einen andern hatte kränken wollen. Ja, er war sogar überzeugt, daß kein einziger Mensch ihn jemals werde kränken wollen und daß auch niemand dazu imstande wäre. Das war für ihn eine feststehende Tatsache, die er ohne Bedenken angenommen hatte, und so machte er sich denn in dieser Hinsicht ohne die geringste Sorge auf den Weg.

In diesem Augenblick freilich quälte ihn eine ganz andere Angst, die um so quälender war, als er sie sich nicht recht erklären konnte: es war die Angst vor einer Dame, und zwar vor Katerina Iwanowna, die ihn in dem von Lisa Chochlakoff überbrachten Brief so inständig zu ihr zu kommen bat. Dieser Brief nun und die Notwendigkeit, zu ihr zu gehen, hatten sofort ein quälendes Gefühl in seinem Herzen hervorgerufen; und schon die ganze Zeit, ja, je mehr sie vorrückte, desto heftiger quälte ihn dieses Gefühl, trotz aller darausfolgenden Szenen sowohl beim Staretz, wie auch später bei der Abfahrt des Vaters. Nicht die Ungewißheit, worüber sie mit ihm sprechen wollte, und was er ihr antworten sollte, ängstigte ihn; auch nicht das Weib überhaupt fürchtete er in ihr. O, Frauen kannte er natürlich kaum, obschon er von Kindesbeinen an bis zum Eintritt ins Kloster nur unter Frauen gelebt hatte. Er fürchtete gerade Katerina Iwanowna. Er fürchtete sie bereits seit dem Augenblick, da er ihr zum erstenmal begegnet war. Nun kam aber noch hinzu, daß er sie im ganzen nur zwei- oder genau genommen dreimal gesehen und nur einmal, wenn auch ganz zufällig, ein paar Worte mit ihr gewechselt hatte. Er erinnerte sich ihrer als eines schönen, stolzen, gebieterischen Mädchens. Aber nicht ihre Schönheit verwirrte ihn, sondern etwas ganz anderes. Und gerade die Unerklärlichkeit seiner Angst verstärkte diese noch. Daß die Absichten des jungen Mädchens edel waren, wußte er: sie wollte seinen Bruder Dmitrij, der sich ihr gegenüber schon ins Unrecht gesetzt hatte, retten, und zwar wollte sie das nur aus Hochherzigkeit. Doch trotz dieser Erkenntnis und aller Gerechtigkeit, die er diesen guten und edlen Gefühlen unbedingt widerfahren lassen mußte, lief ihm ein Frösteln über den Rücken, als es ihm einfiel, daß er schon bald bei ihr sein werde.

Er überlegte hin und her und sagte sich, daß er seinen Bruder Iwan Fjodorowitsch, der ihr so nahe stand, jetzt wohl nicht bei ihr antreffen werde: Iwan war bestimmt noch bei seinem Vater. Dmitrij dagegen würde er ganz sicher nicht antreffen, und er ahnte, warum nicht. Also würde ihr Gespräch unter vier Augen stattfinden. Er wäre aber doch so gern noch vor diesem schrecklichen Gespräch zu seinem Bruder Dmitrij gegangen. Ohne den Brief zu zeigen, hätte er mit ihm über einiges sprechen können. Dmitrij wohnte aber weit ab und war jetzt bestimmt nicht zu Hause. Aljoscha blieb einen Augenblick stehen, dann aber entschloß er sich. Er schlug hastig ein Kreuz, wie er es immer zu tun pflegte, und ein flüchtiges Lächeln erschien auf seinen Lippen; dann ging er mit festen Schritten weiter zu der gefürchteten Dame.

Er wußte, wo sie wohnte. Wenn er nun durch die Große Straße, über den Großen Platz usw. zu ihr ging, so war es ein sehr weiter Weg. Unser kleines Städtchen ist nämlich sehr zerstreut gebaut, zwischen den Häusern ziehen sich oft große Gärten hin, und so sind denn auch die Entfernungen nicht gering. Zudem erwartete ihn doch der Vater, der vielleicht seinen Befehl noch nicht vergessen hatte, infolgedessen aber, wenn Aljoscha nun nicht sofort zu ihm kam, leicht gereizt und eigensinnig werden konnte! Darum mußte sich Aljoscha sehr beeilen. Diese letzte Erwägung brachte ihn auf den Gedanken, den Weg abzukürzen, nämlich durch die Hinterstraßen zu gehen, die er schon wie seine fünf Finger kannte. Dieses »durch die Hinterstraßen« bedeutete aber fast ohne Straßen gehen, längs einsamer Gemüsegärten, und zuweilen selbst Hindernisse zu nehmen, da es über kleinere Zäune klettern oder durch fremde Höfe gehen hieß, wo ihn übrigens ein jeder kannte und freundlich grüßte. Auf diese Weise kürzte er den Weg bis zur Großen Straße um die Hälfte ab. Hier kam er an einer Stelle sogar dem väterlichen Hause sehr nahe, da er an dessen Nachbargarten, der zu einem alten, kleinen, schiefen Häuschen mit vier Fenstern gehörte, vorübergehen mußte. Die Besitzerin dieses Häuschens war, wie Aljoscha wußte, eine städtische Kleinbürgerin, eine halbgelähmte Greisin; sie lebte hier mit ihrer Tochter, einer bereits zivilisierten Kammerzofe, die in der Großstadt bei Generalen gedient hatte, jetzt sich aber schon seit einem Jahr bei der alten Mutter aufhielt und in modischen Kleidern einherstolzierte. Mutter und Tochter waren nun ganz verarmt, und so gingen sie denn als Nachbarinnen täglich in die karamasoffsche Küche, wo sie Suppe und Brot bekamen. Marfa Ignatjewna gab es ihnen gern. Und die Tochter holte sich wohl umsonst das Essen, verkaufte aber kein einziges ihrer Kleider, von denen eines sogar eine ellenlange Schleppe haben sollte. Dieses letztere hatte Aljoscha ganz zufällig von seinem Freund Rakitin gehört, dem wirklich alles in der Stadt bekannt war, und hatte es, nachdem er es gehört, natürlich sofort wieder vergessen. Als er jetzt am Garten dieser Nachbarin vorüberging, fiel ihm plötzlich wieder diese Schleppe ein; er erhob seinen nachdenklich gesenkten Kopf und ... hatte eine ganz unerwartete Begegnung.

Hinter dem Zaun stand, auf irgend etwas hinaufgestiegen, bis zur Brust über den Zaunrand ragend, sein Bruder Dmitrij Fjodorowitsch, der ihm mit den Armen aus allen Kräften irgendwelche Zeichen machte, ihn augenscheinlich heranwinkte, doch anscheinend sich fürchtete, zu rufen oder auch nur ein Wort laut zu sprechen. Aljoscha ging schnell zum Zaun.

»Ein Glück, daß du von selbst aufschautest, sonst hätte ich dich noch anrufen müssen!« flüsterte ihm hastig und erfreut Dmitrij Fjodorowitsch zu. »Spring rüber! Schnell! Ach, ist das herrlich, daß du gekommen bist! Ich habe die ganze Zeit nur an dich gedacht...«

Aljoscha war gleichfalls erfreut, nur wußte er nicht, wie er es anstellen sollte, über den Zaun zu kommen. Doch Mitjas Reckenhand ergriff schon seinen Ellbogen, um beim Sprung zu helfen. Aljoscha raffte seine Kutte auf und sprang mit der Gewandtheit eines barfüßigen Straßenbengels über den Zaun.

»So, famos! Nun komm, gehen wir!« stieß Mitja entzückt leise hervor.

»Wohin?« fragte gleichfalls leise Aljoscha, der sich nach allen Seiten umblickte und sich in einem völlig verlassenen Garten sah, in dem außer ihnen niemand zu sehen war. Der Garten schien nicht groß zu sein, doch immerhin war das Häuschen mehr als fünfzig Schritt von ihnen entfernt. »Aber hier ist doch niemand, warum flüsterst du?«

»Warum ich flüstere? Ach, ja, hol's der Teufel!« rief Dmitrij Fjodorowitsch plötzlich mit voller, lauter Stimme. »Ja, warum flüsterte ich nur? Da siehst du's selbst, wie dumm man zuweilen ist. Ich bin heimlich hergekommen und sitze hier heimlich auf der Lauer. Die Erklärung wird gleich folgen. Da nun hierbei so viel Heimlichkeit ist, fing ich auch geheimnisvoll, wollte sagen, nur ganz leise zu sprechen an und flüsterte wie ein Esel, während das doch gar nicht nötig ist. Gehen wir! Siehst du, dorthin! Bis dahin sei still. Ach, küssen möchte ich dich!

„Ruhm dem Höheren auf Erden,
Ruhm dem Höheren auch in mir . . .“

Das habe ich vorhin die ganze Zeit hier auf der Bank wiederholt, bevor du kamst . . .«

Der Garten war doch ziemlich groß und nur ringsum am Zaun mit Bäumen bepflanzt, mit Apfelbäumen, Ahorn, Linden und Birken. In der Mitte des Gartens war ein freier, grüner Platz, eine Wiese, von der im Sommer einige Pud Heu geerntet wurden. Vom Frühling bis zum Herbst wurde dieser Garten von der Besitzerin für ein paar Rubel vermietet. Da waren auch einige Beete mit verschiedenen Sträuchern: Stachelbeeren, Johannisbeeren und Himbeerstauden, doch zogen die sich gleichfalls nur ringsum hin; nahe beim Hause gab es nur ein paar neu angelegte Gemüsebeete. Dmitrij führte seinen Bruder in die am weitesten entfernte Ecke des Gartens. Dort bemerkte Aljoscha plötzlich zwischen alten Linden, dichtem Holundergebüsch und spanischem Flieder eine uralte, schiefe Laube, unter deren Bretterdach, das nicht mehr grün, sondern schon schwarz war, man immerhin noch vor einem Regen hätte Schutz finden können. Diese Laube war, Gott weiß wann, vielleicht vor fünfzig Jahren gebaut worden, von dem früheren Besitzer des Häuschens, Alexander Kárlowitsch von Schmidt, einem Oberstleutnant a. D., wie man sich erzählte. Alles war hier schon ziemlich morsch. Die Bohlen wackelten, und es roch nach feuchtem Holz. In der Mitte stand auf eingerammten Pfosten ein noch grüner Tisch, um den herum auf gleichfalls eingerammten Pflöcken drei Bänke standen. Aljoscha war sofort die gehobene Stimmung seines Bruders aufgefallen und als sie jetzt in die Laube traten, bemerkte er auf dem Tisch eine halbe Flasche Kognak und ein Gläschen.

»Ja, das ist Kognak!« sagte Mitja lachend, »du aber fragst dich schon: ‚Sollte er wieder trinken?‘ Glaube nicht dem Phantom!

> „Glaub’ nicht der leeren, falschen Menge,
> Vergiß den Zweifel in der Brust…“

Ich trinke nicht, ich ‚nasche bloß‘, wie dein Freund, das Schwein Rakitin, sagt, der angehende Staatsrat. Setze dich. Aljoschka, weißt du, ich würde dich jetzt am liebsten einfach so in die Arme nehmen und an mich drücken, dich einfach erdrücken an meiner Brust, denn… im Grunde (begreife das!), *im Grunde* (behalte das!) liebe ich auf der ganzen Welt nur *dich* allein!«

Er sprach die letzten Worte fast wie in einem Rausch, wie in Ekstase. »Nur dich allein, und dann noch eine ‚Nichtswürdige‘, in die ich mich verliebt habe, und wodurch ich verloren bin! Aber sich verlieben heißt nicht lieben. Sich in jemanden verlieben kann man auch, wenn man ihn haßt. Merke

dir das! Jetzt spreche ich vorläufig noch mit heiterer Miene!
Setze dich dorthin, hinter den Tisch. Ich werde mich hierher neben dich setzen, dich betrachten und die ganze Zeit
reden. Du sollst schweigen, ich aber werde alles erzählen,
denn jetzt ist es an der Zeit. Aber weißt du, ich glaube, es
ist doch besser, wenn wir leise sprechen, denn hier . . . hier . . .
können überall die unerwartetsten Ohren horchen. Ich werde
alles erklären. Wie gesagt: Erklärung folgt. Warum aber
sehnte ich dich herbei, warum erwartete ich dich all diese
Tage? (Ich habe mich hier doch schon seit fünf Tagen festgesetzt.) All diese Tage? — Weil ich nur dir allein alles sagen
kann, dir allein, das ist es ja, denn ich brauche dich, denn
morgen werde ich aus den Wolken herabfliegen, morgen wird
das Leben enden und neu beginnen . . . Hast du es jemals gefühlt, oder weißt du, wie das ist, wenn man im Traum von
einem Berg in eine tiefe, dunkle Grube fällt? Nun, auch ich
fliege jetzt hinab, bloß nicht im Traum. Ich fürchte mich
aber nicht, und auch du sollst dich nicht fürchten. Das heißt,
ich fürchte mich wohl, aber es ist zugleich süß. Das heißt,
nicht süß, sondern ein Rausch des Entzückens . . . Ach, nun
hol's der Teufel, einerlei, was das ist. Stark oder schwach
oder weibisch — einerlei! Besingen wir lieber die Natur! Sieh,
wieviel Sonne hier ist, der Himmel so rein, so hell und hoch,
die Blätter sind alle noch grün, ganz wie im Sommer. Vier
Uhr nachmittags, diese Stille! . . . Wohin gingst du?«

»Zum Vater, und zuerst wollte ich noch zu Katerina Iwanowna gehen.«

»Zu ihr und zum Vater! Herrgott! Das ist mir mal ein
Zusammentreffen! Ja, warum habe ich dich denn herbeigewünscht, warum dürstete und lechzte ich denn mit allen
Winkeln meiner Seele und selbst mit allen Rippen nach dir?
— Um dich von mir zum Vater und dann *zu ihr* zu schicken
und damit die ganze Geschichte zu beenden, mit ihr wie mit
ihm! Ich hätte ja einen jeden schicken können, aber ich wollte
nur einen Engel schicken. Und nun wolltest du von selbst zu
ihr und zum Vater gehen!«

»Wolltest du mich wirklich schicken?« fragte Aljoscha hastig mit einem gequälten Gesichtsausdruck, fast gegen seinen Willen.

»Wart, — du weißt es ja schon. Ich sehe doch, daß du bereits alles begriffen hast. Aber sage noch nichts, schweige. Bedaure nicht und weine nicht!«

Dmitrij Fjodorowitsch erhob sich nachdenklich und legte den Finger an die Stirn:

»Sie muß dich selbst gerufen haben, sie hat dir einen Brief geschrieben oder vielleicht sonst etwas, darum wolltest du zu ihr gehen, denn sonst wäre es dir doch nicht eingefallen?«

»Ja, sie hat mir geschrieben, hier«, sagte Aljoscha und zog den Brief aus der Tasche. Mitja überflog ihn schnell.

»Und du gingst durch die Hinterstraßen! O Götter, ich danke euch, daß ihr ihn durch die Hinterstraßen und mir in die Arme führtet, wie das goldene Fischlein dem alten, törichten Fischer im Märchen. Höre, Aljoscha, Freund und Bruder. Jetzt will ich dir alles sagen. Denn irgend jemandem muß man es doch sagen! Dem himmlischen Engel habe ich es schon gesagt, jetzt muß ich es auch dem irdischen Engel sagen. Das bist du. Du wirst es anhören, du wirst dann urteilen, und du wirst verzeihen ... Gerade das aber tut mir not, daß mir ein höheres Wesen verzeiht. Höre: wenn sich zwei Wesen plötzlich von allem Irdischen losreißen und irgendwohin ins Unbekannte fliegen, oder wenigstens einer von ihnen, und kurz vorher, also — vor dem Aufbruch oder dem Verderben zum anderen geht und ihm sagt: tue das und das für mich, etwas, worum man sonst nie bittet oder höchstens auf dem Sterbebett, — würde der es dann wirklich ablehnen ... wenn er ein Freund, ein Bruder ist?«

»Ich will es tun«, sagte Aljoscha, »sage nur, was es ist, und sage es etwas schneller.«

»Schneller ... Hm. Eile nicht so, Aljoscha. Du beeilst dich und bist unruhig. Jetzt hat es keine Eile mehr. Jetzt ist die Welt in eine neue Bahn eingeschwenkt. Ach, Aljoscha, schade, daß du dich noch nicht durchgedacht hast bis zur Begeisterung! Doch übrigens, was rede ich da? *Du* solltest dich nicht bis zur Begeisterung durchgedacht haben! Was rede ich Tölpel ihm da vor von

„Edel sei der Mensch!"

Von wem stammt dieser Vers?«

Aljoscha beschloß zu warten. Er sah ein, daß er jetzt hier vielleicht am nötigsten war. Mitja sann einen Augenblick nach, den Ellenbogen auf den Tisch und den Kopf in die Hand gestützt. Sie schwiegen beide.

»Ljoscha«, sagte Mitja plötzlich, »nur du allein wirst nicht lachen! Ich würde am liebsten meine... Beichte... mit Schillers Hymne an die Freude beginnen... Ich kann kein Deutsch, weiß nur, daß sie „An die Freude" heißt. Ich kenne die schöne Übersetzung von Tjútscheff. Denk nicht, daß ich betrunken bin und darum so schwatze. Ich bin durchaus nicht betrunken. Kognak ist Kognak, ich brauche aber zwei Flaschen, um betrunken zu werden, —

„Und Silen, mit geröteter Fratze,
Ritt trunken auf stolperndem Esel..."

ich aber habe noch keine Viertelflasche getrunken und bin nichts weniger als Silen. Bin nicht trunken, sondern bin stark, denn ich habe auf ewig meinen Entschluß gefaßt. Verzeih mir die dummen Gedichte... Heute wirst du mir vieles verzeihen müssen, und nicht nur Gedichte. Beunruhige dich nicht, ich bin ganz ruhig und werde sofort zur Sache kommen. Will aus meiner Seele keine Mördergrube machen. Wart, wie war doch dieses Gedicht...«

Er hob den Kopf, sann ein wenig nach, und plötzlich begann er begeistert:

„Scheu in des Gebirges Klüften
Barg der Troglodyte sich;
Der Nomade ließ die Triften
Wüste liegen, wo er strich.
Mit dem Wurfspieß, mit dem Bogen
Schritt der Jäger durch das Land;

Weh dem Fremdling, den die Wogen
Warfen an den Unglücksstrand!

Und auf ihrem Pfad begrüßte,
Irrend nach des Kindes Spur,
Ceres die verlass'ne Küste,
Ach, da grünte keine Flur!
Daß sie hier vertraulich weile,
Ist kein Obdach ihr gewährt;
Keines Tempels heitre Säule
Zeuget, daß man Götter ehrt.

Keine Frucht der süßen Ähren
Lädt zum reinen Mahl sie ein,
Nur auf gräßlichen Altären
Dorret menschliches Gebein.
Ja, so weit sie wandernd kreiste,
Fand sie Elend überall,
Und in ihrem großen Geiste
Jammert sie des Menschen Fall."

Ein Schluchzen entrang sich plötzlich Mitjas Brust, und
er griff nach Aljoschas Hand.

»Freund, Freund, des Menschen Fall bis in die tiefste Erniedrigung, und das ist auch jetzt noch so! Der Mensch hat
auf Erden soviel zu ertragen, so schrecklich viel durchzu-
machen! Denke nicht, daß ich nur ein ehrfurchtsloser Ham¹³
im Offiziersrock bin, einer, der Kognak trinkt und ausschweifend lebt. Freund, denke ich doch fast an nichts anderes, als
an diesen erniedrigten Menschen — wenn ich nicht aufschneide.
Gott, laß mich jetzt nicht lügen, nicht mich selbst loben! Ich
denke an diesen Menschen, weil ich selbst so ein Mensch bin.

„Daß der Mensch zum Menschen werde,
Stift' er einen ew'gen Bund
Gläubig mit der frommen Erde,
Seinem mütterlichen Grund..."

Nur sage mir jetzt: Wie soll ich mich denn auf ewig mit der
Erde verbinden? Ich küsse ja nicht die Erde, ich schneide ihr

nicht die Brust auf, – oder soll ich ein Bauer werden und pflügen, oder ein Hirt? Ich gehe und lebe und weiß nicht: bin ich in Schmach und Gestank geraten oder ins Licht und in die Freude? Siehst du, das ist mein Unglück, denn alles auf Erden ist ein Rätsel! Und wenn es vorkam, daß ich mich in die tiefste, allertiefste Schmach der Ausschweifung stürzte (das aber kam so häufig vor, daß es eigentlich ununterbrochen geschah), so sagte ich immer dieses Gedicht von der Ceres vor mich hin. Ob es mich besser machte? Niemals! Denn ich bin ein Karamasoff. Und wenn ich schon einmal in den Abgrund fliege, dann sei es auch gleich gradhin und kopfüber hinab, die Fersen nach oben, und ich bin sogar zufrieden damit, daß ich in einer so erniedrigenden Stellung falle, und finde das schön für mich. Und sieh: gerade in dieser Schmach und Schande stimme ich dann plötzlich die Hymne an. Mag ich verflucht sein, mag ich niedrig und gemein sein, doch laßt auch mich den Saum des Gewandes küssen, in das sich mein Gott hüllt; mag ich auch zur selben Zeit dem Teufel folgen, so bin ich doch Dein Sohn, Herr, und liebe Dich und empfinde die Freude, ohne die die Welt nicht bestehen und nicht sein kann!

> „Freude heißt die starke Feder
> In der ewigen Natur;
> Freude, Freude treibt die Räder
> In der großen Weltenuhr.
> Blumen lockt sie aus den Keimen,
> Sonnen aus dem Firmament,
> Sphären rollt sie in den Räumen,
> Die des Sehers Rohr nicht kennt.
>
> Freude trinken alle Wesen
> An den Brüsten der Natur;
> Alle Guten, alle Bösen
> Folgen ihrer Rosenspur.
> Küsse gab sie uns und Reben,
> Einen Freund, geprüft im Tod;
> Wollust dem *Insekt* gegeben,
> Und der Cherub steht vor Gott."

Aber nun genug der Gedichte! Ich vergoß vorhin Tränen, aber du laß mich ruhig weinen. Mag das auch eine Dummheit sein, über die alle lachen würden, nur du lache nicht. Sieh, wie deine Augen brennen! Doch nun Schluß mit den Gedichten. Ich will dir jetzt von jenen „Insekten" erzählen, von jenen selben, denen Gott die „Süßgier"[14] verliehen hat.

> „Und die Süßgier den Insekten,
> Und der Engel steht vor Gott!"

Weißt du, Freund, so ein „Insekt", eben dieses Insekt, das bin ja ich, ich selbst, das ist speziell von mir gesagt! Und wir alle, wir Karamasoffs, sind alle so, und auch in dir, Engel, lebt dieses Insekt und gebiert schon Stürme in deinem Blut. Das *sind* Stürme, denn die Wollust ist — Sturm, mehr als Sturm! Die Schönheit ist ein furchtbares und schreckliches Ding! Furchtbar, weil sie unbestimmbar ist, und bestimmen kann man sie nicht, weil Gott lauter Rätsel aufgegeben hat. Hier berühren sich die Ufer; hier leben alle Widersprüche beisammen. Weißt du, Freund, ich bin sehr ungebildet, aber ich habe viel darüber nachgedacht. Es gibt so furchtbar viel Geheimnisse! Zu viele Rätsel bedrücken den Menschen auf Erden. Da heißt es, sie lösen, so gut man's kann, und trocken aus dem Wasser kommen. Die Schönheit! Ich kann es nicht ertragen, wenn jemand — meistens sind es sogar Männer mit edlem Herzen und hohem Verstand — mit dem Ideal der Madonna beginnt und bei dem Weibe Sodoms endet. Noch furchtbarer aber ist, wer mit dem Ideal Sodoms in der Seele doch das Ideal der Madonna nicht verneint, nach der sein Herz lechzt und glüht; wahrlich, wahrlich, es glüht und sehnt sich nach ihr, wie in der Jugend, in den noch lasterlosen Jahren. Nein, breit ist der Mensch, sogar allzubreit, ich hätte ihn enger gemacht. Weiß der Teufel, was er eigentlich ist! Was dem Verstande als Schmach erscheint, erscheint dem Herzen gewöhnlich als Schönheit. Ist denn in Sodom Schönheit? Glaube mir, für die übergroße Mehrzahl der Menschen sitzt sie gerade in Sodom, — wußtest du schon um dieses Geheimnis oder noch nicht? Schrecklich ist das, daß die Schönheit nicht nur etwas Furchtbares, sondern auch etwas Geheimnisvolles ist. Hier ringen Gott und Teufel, und der Kampfplatz ist — des Menschen Herz ... Übrigens, das ist ja immer so: was einem weh tut, davon redet man. Höre, jetzt komme ich zur Sache.«

IV

Die Beichte eines heißen Herzens

In Geschichten

»Ich führte dort ein wüstes Leben. Der Vater sagte vorhin beim Staretz, ich hätte Tausende zur Verführung ehrbarer Mädchen verschwendet. Das ist eine schweinische Verleumdung, niemals habe ich das getan. Aber was auch immer geschehen sein mag, so bedurfte es ,dazu' eigentlich nie des Geldes. Geld, das ist bei mir — accessoire, Zubehör zur Brunst der Seele, Dekoration der Umgebung. Heute ist es eine große Dame, morgen an ihrer Stelle ein kleines Straßenmädel. Diese wie jene mache ich froh, werfe das Geld mit vollen Händen hinaus, bestelle Musik, Zigeuner. Wenn sie welches braucht, gebe ich natürlich auch ihr, denn sie nehmen es, und sogar wie gern, das muß man allerdings zugeben, und zufrieden sind sie und dankbar. Die Damen liebten mich, nicht alle, aber es ist vorgekommen, ist vorgekommen ... Ich aber habe eigentlich immer die Winkelgassen geliebt, nächtliche und dunkle Winkel hinterm Großen Platz ... dort gibt es Abenteuer, dort gibt es Überraschungen, dort gibt es gediegenes Gold im Schmutz. Ich meine das allegorisch, Bruder. In unserem Städtchen gab es solche Winkelgassen nicht in Wirklichkeit, dafür aber gab es sie im übertragenen Sinne. Wenn du das wärest, was ich bin, so würdest du begreifen, was diese letzteren bedeuten. Ich liebte die Ausschweifung, liebte auch die Schande der Ausschweifung. Ich liebte die Grausamkeit; bin ich denn kein blutsaugendes Tier, kein bösartiges Insekt? Wie gesagt: ich bin ein Karamassoff! Einmal im Winter arrangierte die ganze Gesellschaft ein Picknick; wir fuhren in Troiken hinaus; in der Dunkelheit, im Schlitten, begann ich das Händchen des jungen Mädchens, das bei mir saß, zu drücken und zwang sie zu Küssen. Sie war die Tochter eines Beamten, ein armes, süßes, schüchternes Ding. Sie ließ es zu, vieles ließ sie zu in der Dunkelheit. Die arme Kleine glaubte wohl, daß ich am nächsten Tage zu ihnen kommen würde, um einen Heiratsantrag zu machen, denn vor allen Dingen schätzte man mich doch als Heiratskandidaten. Ich aber sprach darauf fünf Monate kein Wort mehr mit ihr, keine Silbe. Wohl sah ich, wie an Tanzabenden (wir taten doch überhaupt nichts anderes als tanzen), aus der Saalecke mich ihre Augen verfolgten, o, ich sah, wie sie brannten im Feuerlein wehrlosen Unwillens. Doch dieses Spiel ergötzte meine Wollust, das Insekt, das ich in mir nährte. Nach fünf Monaten heiratete sie einen Beamten und verließ uns ... in Haß und – vielleicht immer noch in Liebe zu mir. Jetzt leben sie glücklich. Hatte ich doch niemandem etwas davon gesagt – das merke dir! – ich hatte sie nicht in üblen Ruf gebracht; denn wenn ich auch niedrige Wünsche habe und das Niedrige liebe, so bin ich doch nicht ehrlos. Du errötest, und deine Augen blitzen wieder. Nun, es ist auch genug für dich – genug von diesem Schmutz. Und das sind doch alles noch so pauldekocksche Blümchen, obgleich das grausame Insekt schon wuchs, schon in der Seele wucherte. Hier gibt es ein ganzes Album von Erinnerungen, Freund. Möge Gott ihnen, den Geliebten, Gesundheit schenken! Ich liebte es, beim Abschied ohne Streit zu scheiden. Und niemals erzählte ich etwas, keine einzige habe ich in schlechten Ruf gebracht. Doch genug. Oder glaubst du, daß ich dich nur wegen dieser Dummheiten hergerufen habe? Nein, ich werde dir eine interessantere Geschichte erzählen; aber wundere dich nicht, daß ich mich nicht vor dir schäme und sogar froh zu sein scheine.«

»Das sagst du jetzt, weil ich errötet bin«, bemerkte Aljoscha. »Nicht wegen deiner Worte erröte ich und wegen deiner Taten, sondern weil ich dasselbe bin, was du bist.«

»Wer, — du? Na, da hast du doch etwas weit gegriffen!«

»Nein, durchaus nicht weit«, sagte Aljoscha eifrig. (Offenbar hatte er diesen Gedanken schon lange gehegt.) »Es sind ein und dieselben Stufen; ich bin noch auf der untersten, du aber bist schon hoch oben, sagen wir, auf der dreißigsten. So fasse ich das auf, ja, es ist ein und dasselbe, vollkommen gleichartig. Wer auf die unterste Stufe getreten ist, der wird unbedingt einmal auch auf die oberste treten.«

»So wäre es wohl am besten, sie überhaupt nicht zu betreten?«

»Wer es vermag, ja — der sollte sie überhaupt nicht betreten.«

»Du aber — vermagst du es?«

»Ich glaube nicht.«

»Schweig, Aljoscha, schweig, Liebling, ich möchte deine Hand küssen, so, vor Rührung. Dieser Racker Gruschenka ist wirklich ein Menschenkenner. Sie sagte mir noch unlängst, sie werde dich irgendeinmal fressen! Aber ich schweige schon, schweige schon! Gehen wir jetzt von dem Häßlichen, diesem Fliegenschmutz, zu meiner Tragödie über, die gleichfalls von Fliegen beschmutzt ist, ich meine, von Gemeinheiten aller Art. Die Sache ist nämlich die: wenn der Alte auch beim Staretz das von der Verführung ehrsamer Mädchen gelogen hat, so war es doch im Grunde in meiner Tragödie genau so — nur war es das einzige Mal, und auch da kam es nicht dazu. Der Alte aber weiß von dieser Geschichte nichts: ich habe sie niemandem erzählt; du bist der erste, der sie hört, natürlich abgesehen von unserem Bruder Iwan, Iwan weiß alles. Er weiß es schon längst; aber Iwan ist verschwiegen wie ein Grab.«

»Iwan — wie ein Grab?«

»Ja.«

Aljoscha hörte mit gespannter Aufmerksamkeit zu.

»In jenem Bataillon, dem Linienbataillon, in dem ich nach dem Duell stand, war ich doch gewissermaßen unter Aufsicht, selbst als Fähnrich wurde ich wie etwa ein Verschickter behandelt. Das Städtchen aber nahm mich mit offenen Armen auf. Geld gab ich viel aus; man glaubte, ich sei reich, und ich glaubte das ja auch selbst. Aber, weißt du, ich gefiel ihnen offenbar noch durch etwas anderes. Wenn sie auch den Kopf schüttelten, so liebten sie mich doch wirklich aufrichtig. Plötzlich aber hatte mein Oberstleutnant etwas gegen mich. Er suchte mir immer etwas anzuhängen, ich aber behielt die Vorhand, und die ganze Stadt stand auf meiner Seite, so konnte er mich nicht allzusehr schikanieren. Natürlich lag die Schuld an mir; ich erwies ihm absichtlich nicht die schuldige Ehrerbietung; ich war stolz. Dieser alte Starrkopf, der übrigens durchaus kein übler Mensch, sondern ein gutmütiger, gastfreier älterer Herr war, hatte zweimal geheiratet; beide Frauen waren schon gestorben. Die erste war einfacher Herkunft gewesen und hatte ihm nur eine Tochter hinterlassen, die gleichfalls ziemlich einfach aussah. Sie war damals schon ein vierundzwanzigjähriges Mädchen und lebte mit ihrer Tante, der Schwester ihrer Mutter, beim Vater. Die Tante war eine schweigsame Person, ihre Nichte aber, diese älteste Tochter meines Oberstleutnants, war das temperamentvolle Gegenteil. Weißt du, Liebling, ich sage gern ein gutes Wort, wenn ich an jemanden zurückdenke: niemals habe ich einen Frauencharakter gesehen, der prächtiger gewesen wäre als der dieses Mädchens. Agáfja hieß sie, Agáfja Iwánowna. Ja, und an sich sah sie gar nicht übel aus, für russischen Geschmack — hochgewachsen, vollbusig, fest gebaut, schöne Augen, das Gesicht vielleicht etwas derb. Sie heiratete nicht, obgleich zwei um sie anhielten; sie lehnte ab, verlor aber nicht ihr heiteres Gemüt. Wir traten uns näher — aber nicht in jenem Sinne, nein, hier war alles sauber, nur freundschaftlich. Ich habe doch oft mit Frauen ganz sündlos verkehrt, eben nur freundschaftlich. Ich schwatzte mit ihr so freimütig über alle Dinge, Herrgott! — sie aber lachte nur darüber. Viele Frauen lieben Freimütigkeit, merke dir das, sie aber war doch noch ein unberührtes Mädchen, was mir besonderen Spaß machte. Und was noch mitspielte: man brachte es gar nicht fertig, sie

Gnädiges Fräulein zu nennen. Sie und ihre Tante lebten bei ihrem Vater gewissermaßen in freiwilliger Erniedrigung und stellten sich auch mit der ganzen übrigen Gesellschaft nicht auf die gleiche Stufe. Alle hatten sie gern, die Agafja, und alle brauchten sie und ihren Rat, denn im Schneidern war sie sehr geschickt; sie hatte wirklich Talent dazu. Für ihren Beistand nahm sie natürlich kein Geld, sie half aus Liebenswürdigkeit; wenn man ihr aber etwas schenkte, so nahm sie es an und freute sich. Der Oberstleutnant aber, o — der war ganz anders! Der war eine der ersten Persönlichkeiten der Stadt, lebte auf großem Fuß, gab Diners und Bälle. Als ich hinkam, sprach man gerade in der ganzen Stadt davon, daß bald auch seine zweite Tochter, die schönste aller Schönen, aus der Hauptstadt nach Hause kommen werde, da sie dort soeben erst ein aristokratisches Institut absolviert hätte. Diese zweite Tochter nun — war Katerina Iwanowna, sein einziges Kind von der zweiten Frau. Diese seine zweite Frau stammte aus vornehmem Hause, Tochter eines angesehenen Generals, glaube ich. Nur hatte sie, wie ich genau weiß, kein Geld in die Ehe gebracht. Also mußte sie dafür eine vornehme Verwandtschaft gehabt haben und vielleicht noch irgendwelche Hoffnungen auf Erbschaften, aber bar jedenfalls nichts. Damals war sie, wie gesagt, schon tot, und er war Witwer. Als aber dann das Institutsfräulein ankam (nur zu Besuch, nicht auf immer), belebte sich sofort die ganze Stadt; sogar unsere vornehmsten Damen — zwei Exzellenzen, die Frau des Obersten und alle, die nach ihnen kamen, rissen sich geradezu um sie. Sie war die Königin der Bälle; man veranstaltete für sie Picknicks, Schlittenpartien, lebende Bilder zum Besten armer Gouvernanten usw. Ich schwieg, führte mein flottes Leben unverändert so fort, und schoß gerade damals mit einem besonderen Streich den Vogel ab, daß die ganze Stadt einfach kopfstand. Ich sehe, sie mißt mich einmal so mit dem Blick, auf dem Ball beim Batteriekommandeur war's; ich aber ließ mich noch immer nicht vorstellen: verschmähte es sozusagen, ihre Bekanntschaft zu machen. Erst nach einiger Zeit ließ ich mich vorstellen, begann ein Gespräch; sie antwortete kaum, verzog nur spöttisch verächtlich die Lippen. Ach so, denke ich, warte, dafür werde ich mich rächen! Damals konnte ich in solchen Fällen verdammt brutal sein, das fühlte ich auch selbst. Vor allen Dingen aber fühlte ich, daß Kátjenka keineswegs ein beliebiges unschuldiges Institutsdämchen war, sondern eine Persönlichkeit mit Charakter, ein stolzes, wirklich tugendhaftes Weib, und dazu — die Hauptsache! — klug und gebildet, ich aber war weder das eine noch das andere. Du glaubst, ich beabsichtigte damals, ihr einen Heiratsantrag zu machen? Fiel mir nicht ein! Ich wollte mich ganz einfach dafür rächen, daß sie mich, der ich doch solch ein famoser Bursche war, absichtlich nicht beachtete. Inzwischen ging mein Leben unverändert weiter, ich lebte in dulci jubilo. Schließlich gab mir mein Oberstleutnant drei Tage Stubenarrest, und gerade in dieser Zeit schickte mir der Alte von hier aus sechstausend Rubel, nachdem ich den formellen Verzicht auf alles und jedes geleistet hatte, ich meine, daß wir nun sozusagen quitt seien und daß ich nichts mehr verlangen würde. Ich begriff damals keinen Deut von der ganzen Geldgeschichte mit dem Vater. Offen gestanden, bis ich herkam, begriff ich noch immer nichts, vielleicht bis zu diesen letzten Tagen, vielleicht aber begreife ich auch heute noch nichts davon. Doch zum Teufel damit, davon später. Damals aber, als ich diese Sechstausend erhalten hatte, erfuhr ich plötzlich durch einen Freund — er schrieb mir gerade einen Brief — unter anderem eine für mich ungemein interessante Sache, nämlich, daß man mit unserem Oberstleutnant nicht ganz zufrieden sei, daß man ihn sogar im Verdacht habe, Regimentsgelder zu anderen Zwecken zu verwenden, kurz: seine Feinde bereiteten ihm eine schöne Bescherung vor. Und tatsächlich, alsbald kam der Divisionsgeneral und wusch ihm ganz unglaublich den Kopf. Ziemlich kurze Zeit darauf bekam er den Befehl, sein Abschiedsgesuch einzureichen. Ich will mich hier nicht weiter bei den Einzelheiten aufhalten, wie alles herauskam und so weiter und so weiter, er hatte

wirklich viele Feinde. Man bemerkte sofort, daß alle ungemein kühl gegen ihn und seine Familie wurden und sich dann
ganz von ihm zurückzogen. Nun, und so kam es denn zu
meinem ersten ‚Scherz'. Zufällig treffe ich Agáfja Iwánowna,
mit der ich immer gut Freund war, und plötzlich sage ich zu
ihr: ‚Wissen Sie, Ihrem Vater fehlen viertausendfünfhundert
Rubel Staatsgelder.' — ‚Was sagen Sie? Wie kommen Sie
darauf? Vor kurzem war noch der General hier, und es fehlte
doch nichts . . .' — ‚Damals nicht, aber jetzt fehlen sie in der
Kasse.' Sie erschrak natürlich furchtbar; ‚Ängstigen Sie mich,
bitte, nicht! Wer hat Ihnen das gesagt?' — ‚Beunruhigen Sie
sich nicht', versetzte ich, ‚ich werde es niemandem sagen, Sie
wissen doch selbst, daß ich in der Beziehung verschwiegen bin.
Aber hören Sie, was ich Ihnen in dieser Angelegenheit noch
sagen will, nur so „für alle Fälle": Wenn man von Ihrem
Vater die viertausendfünfhundert Rubel verlangt, er sie aber
nicht hat, so schicken Sie lieber, ehe man ihn auf seine alten
Tage vors Gericht bringt und zum gemeinen Soldaten degradiert, schicken Sie dann lieber Ihre Schwester Katerina
Iwanowna heimlich zu mir; man hat mir gestern mein Geld
gesandt, ich würde ihr dann gern die viertausendfünfhundert geben und das Geheimnis hoch und heilig bewahren.' —
‚Ach', sagte sie, ‚wie gemein Sie sind', — genau so sagte sie
es — ‚wie unglaublich gemein! Wie können Sie es wagen, so
etwas zu sagen, Sie boshafter Schuft!' Sie ging maßlos empört fort; ich aber rief ihr noch einmal nach, daß ich das
Geheimnis heilighalten würde. Diese beiden Weiber, die
Agafja und ihre Tante — das schicke ich voraus —, erwiesen
sich in dieser ganzen Angelegenheit als rein wie Engel. Die
Schwester aber, die stolze Kátja, wurde von ihnen geradezu
vergöttert, sie erniedrigten sich freiwillig vor ihr, waren fast
ihre Kammerzofen. Selbstverständlich hatte Agafja ihr damals diese Geschichte — oder vielmehr unser Gespräch —
sofort wiedererzählt. Das erfuhr ich später. Sie verheimlichte es also nicht vor ihr! Nun, das aber war's ja gerade,
worauf ich rechnete.

Da kommt mit einem Mal der neue Major an, um das Bataillon zu übernehmen. Er übernimmt es; doch siehe, der Oberstleutnant wird plötzlich krank, kann sich nicht bewegen, sitzt zweimal vierundzwanzig Stunden zu Haus und — übergibt nicht die Kasse. Unser Doktor Krawtschénko versicherte später, er sei wirklich krank gewesen. Ich aber hatte schon längst unter dem Siegel der Verschwiegenheit etwas anderes erfahren: daß die Summe jedesmal nach der Revision auf einige Zeit verschwand, und zwar schon seit vier Jahren. Der Oberstleutnant lieh sie nämlich dem ‚ehrlichsten Menschen der Welt‘, unserem Kaufmann Trifónoff, einem alten Witwer mit langem Bart und goldener Brille. Jener fuhr dann auf die Jahrmärkte, brachte dort das Geld in Umlauf und händigte hernach dem Oberstleutnant die ganze Summe ungeschmälert wieder ein, brachte ihm Delikatessen mit und mit den Delikatessen auch die Prozente. Diesmal aber (ich erfuhr es ganz zufällig von einem dummen Bengel, dem Söhnchen Trifónoffs, ja, seinem Söhnchen und Erben, dem verderbtesten Jungen und Geifermaul, den die Welt je hervorgebracht hat), diesmal aber war Trifonoff zurückgekehrt und hatte nichts wiedergegeben. Der Oberstleutnant stürzte natürlich zu ihm. ‚Wie, ich habe nichts von Ihnen erhalten‘, war dessen Antwort, ‚und wie hätte ich überhaupt etwas von Ihnen erhalten können?‘ Nun, und da saß denn unser Oberstleutnant zu Haus, den Kopf mit einem Handtuch umwickelt; alle drei bemühten sie sich um ihn, legten ihm Eis auf die Schläfen. Da kommt plötzlich eine Ordonnanz mit dem Buch und dem Befehl: ‚Sofort die Kasse übergeben, binnen zwei Stunden.‘ Er unterzeichnete — ich habe diese Unterschrift später selbst gesehen —, erhob sich, sagte, er wolle seine Uniform anziehen, ging in sein Schlafzimmer, nahm seine doppelläufige Jagdflinte, lud sie, nahm eine gute Soldatenkugel, zog den rechten Stiefel aus, stützte sich mit der Brust auf die Flinte und begann mit dem Fuß den Hahn zu suchen. Agafja aber, der meine Worte nicht aus dem Sinn gekommen waren, hatte schon etwas Ähnliches erwartet und war zur rechten Zeit herangeschlichen. Sie stürzte natürlich hinein, ergriff ihn hinterrücks: die Kugel flog in die Decke und verwundete niemand. Nun, und dann kamen auch die anderen hinzugelaufen, ergriffen ihn, nahmen ihm die Flinte fort, hielten ihn fest ... Das erfuhr ich alles erst später ausführlich. Ich saß gerade zu Hause; es dämmerte bereits. Ich wollte ausgehen, hatte mich angezogen, frisiert, mein Taschentuch parfümiert, nahm schon meine Mütze, als plötzlich die Tür aufgeht, und — vor mir steht in meiner Wohnung Katerina Iwanowna ...

Es gibt sonderbare Zufälle. Kein Mensch hatte es damals in der Dämmerung bemerkt, daß sie zu mir lief, so daß dies in der Stadt auch nie bekannt wurde. Ich aber wohnte bei zwei uralten Beamtenwitwen; zwei ehrerbietige, alte Weiber waren's, gehorchten mir in allem und schwiegen später über diesen Besuch auf meinen Befehl wie Prellsteine. Natürlich begriff ich sofort alles. Sie trat herein und sah mich unbeweglich an. Ihre dunklen Augen blickten entschlossen, fast sogar herausfordernd, doch auf den Lippen und um den Mund herum, das sah ich, lag Unentschlossenheit.

‚Meine Schwester hat mir gesagt, Sie würden viertausendfünfhundert Rubel dafür geben — wenn ich sie *selbst* abholen käme ... ich selbst zu Ihnen. Ich bin gekommen ... geben Sie! ...‘ Sie konnte nicht weiter, ihr Atem stockte; sie erschrak, die Stimme versagte ihr, und die Mundwinkel und die Linien um die Lippen erzitterten. Aljoschka, hörst du zu — oder schläfst du?«

»Mitja, ich weiß, daß du die ganze Wahrheit sagen wirst«, stieß Aljoscha erregt hervor.

»Ja, die werde ich sagen. Wenn ich die *ganze* Wahrheit sagen soll, dann war es so, ich werde mich selbst nicht schonen. Mein erster Gedanke war — ein Karamasoffscher. Weißt du, einmal hat mich eine giftige Spinne gebissen, zwei Wochen lag ich darauf im Fieber; nun, so fühlte ich auch jetzt, wie eine giftige Spinne mich ins Herz biß. Das bösartige Insekt, begreifst du? Ich musterte sie mit dem Blick vom Kopf bis

zu den Füßen. Hast du sie gesehen? Schön ist sie! Doch nicht
das machte damals ihre Schönheit aus. Schön war sie in jener
Stunde dadurch, daß sie edel, ich aber ein Schuft war, daß
sie stolz in ihrem hochherzigen Opfer für den Vater vor
mir stand, ich aber ein scheußliches Insekt vor ihr war. Und
von mir, dem Schuft und niedrigen Insekt, hängt sie *ganz*
ab, ganz, von mir allein, ganz und gar, mit Leib und Seele.
Sie war eingekreist! ... Ich sage dir, Freund: dieser Gedanke,
dieser Gedanke der giftigen Spinne packte mein Herz dermaßen, daß es vor Qual vergehen wollte ... Man sollte
meinen, einen Kampf hätte es überhaupt nicht mehr geben
können: einfach wie eine böse Tarantel verfahren, ohne jedes
Mitgefühl ... Ich glaubte zu ersticken. Sieh, ich wäre doch
sofort, am nächsten Tage schon, zu ihnen gefahren und hätte
um ihre Hand angehalten, um das alles sozusagen in der anständigsten Weise zu decken, und somit hätte niemand etwas
davon erfahren können. Denn wenn ich auch ein Mensch mit
niedrigen Begierden bin, so bin ich doch kein Lump, habe ich
doch mein Ehrgefühl. Und plötzlich, in derselben Sekunde,
flüsterte mir etwas ins Ohr: ,Aber morgen wird doch so eine,
wenn du mit dem Heiratsantrag kommst, dich überhaupt
nicht empfangen, wird dich durch den Kutscher vom Hof
jagen lassen: ,Erzähl' es doch der ganzen Stadt, wenn du
willst, ich fürchte dich nicht!' — Ich blickte das Mädchen an
und sah, die Stimme hatte nicht gelogen: so würde es sein,
selbstverständlich, genau so! Daß man mich morgen hinauswerfen würde, konnte ich schon jetzt ihrem Gesicht ansehen.
Die Wut kochte in mir auf; mich überkam die Lust, das Gemeinste, Schweinischste zu begehen, wie es nur ein schäbiger
Kaufmann fertig brächte: sie spöttisch anzublicken und ihr
gleich hier noch, so lange sie vor mir stand, mit ein paar
Worten eins zu versetzen, in so einem gewissen Tonfall, wie
es nur ein Krämer zu sagen versteht: ,Was — viertausend!
Das fehlte noch! Ich habe doch nur gescherzt! Sie sind wirklich gar zu leichtgläubig, meine Gnädigste; zweihundert Rubelchen würde ich, nun, meinetwegen, noch mit Vergnügen

und sehr gerne geben, aber viertausend, Fräuleinchen, sind doch kein Geld, das man für so leichtsinnige Sachen zum Fenster hinauswirft. Haben sich unnütz zu bemühen geruht.'

Sieh, ich hätte dann natürlich alles verloren; sie wäre fortgelaufen, doch dafür wäre es teuflische Rache gewesen und hätte für alles andere entschädigt. Ich hätte freilich mein ganzes Leben lang vor Reue geheult, aber nur jetzt ihr dieses Stückchen spielen! Glaubst du mir, kein einziges Mal war es mit mir geschehen, noch bei keiner einzigen Frau, daß ich sie in einer solchen Minute gehaßt hätte — aber glaube mir, siehe, ich bekreuze mich: auf diese blickte ich drei oder fünf Sekunden lang so haßerfüllt, mit solch einem Haß — mit demselben wütenden Haß, den von der Liebe, der wahnsinnigsten Liebe — nur eine Haaresbreite trennt! Ich trat ans Fenster, preßte die Stirn an die vereiste Glasscheibe, und ich weiß noch, das Eis brannte wie Feuer auf meiner Stirn. Ich hielt sie nicht lange auf, hab keine Angst, Bruder. Ich wandte mich wieder um, ging zum Tisch, schloß das Schubfach auf und nahm den fünfprozentigen Bankschein au porteur (er lag in meinem französischen Lexikon). Ich zeigte ihn ihr schweigend, schob ihn in ein Kuvert, überreichte es ihr, öffnete ihr selbst die Tür zum Vorzimmer, trat darauf einen Schritt zurück und verneigte mich tief vor ihr in der ehrerbietigsten, aufrichtigsten Weise, glaub es mir! Sie fuhr zusammen, blickte mich eine Sekunde lang unverwandt an, wurde furchtbar bleich, wie ein Handtuch, und plötzlich, gleichfalls ohne ein Wort zu sagen, kniete sie gerade vor mir nieder, nicht hastig, sondern . . . weich, verbeugte sich leise tief, tiefer, und — berührte mit der Stirn den Boden! Nicht etwa schulmädchenhaft, nein — russisch! Sie erhob sich und lief hinaus. Als sie hinausgelaufen war — weißt du, ich hatte den Säbel schon umgeschnallt —, riß ich den Degen aus der Scheide und wollte mich erstechen. Warum? — Ich weiß es nicht, und es wäre natürlich eine furchtbare Dummheit gewesen, aber wahrscheinlich vor Begeisterung. Begreifst du auch, daß man sich vor Begeisterung, einer gewissen Art von Begeisterung, töten kann? Doch ich erstach mich nicht, ich küßte nur die Klinge und schob sie wieder in die Scheide — was ich übrigens jetzt auch nicht zu erwähnen brauchte. Ich glaube sogar, daß ich soeben in der Erzählung aller dieser Kämpfe etwas weitschweifig gewesen bin, um mich herauszustreichen. Aber . . . na schön, meinetwegen, mag's denn auch so sein, der Teufel hole alle Spione des Menschenherzens! Das ist also meine ganze ‚Geschichte' mit Katerina Iwanowna. Jetzt wissen davon Iwan und du — nur ihr beide.«

Dmitrij Fjodorowitsch erhob sich, ging erregt ein paar Schritte hin und her, zog sein Taschentuch hervor, trocknete sich die Stirn, setzte sich dann wieder hin, aber nicht auf den früheren Platz, sondern an die andere Tischseite, so daß Aljoscha sich seitlich zu ihm wenden mußte.

V

Die Beichte eines heißen Herzens

»Kopfüber hinab«

»Jetzt kenne ich die erste Hälfte dieser Geschichte«, sagte Aljoscha.

»Die erste Hälfte verstehst du: die ist ein Drama und spielte sich dort ab. Die zweite Hälfte jedoch ist eine Tragödie und wird sich hier abspielen.«

»Von der zweiten Hälfte verstehe ich vorläufig noch nichts«, sagte Aljoscha.

»Und ich etwa? Glaubst du, daß ich etwas davon verstehe?«

»Warte, Dmitrij, hier ist vor allem eines von Wichtigkeit: sag mir, du bist doch verlobt, auch jetzt noch verlobt mit ihr?«

»Ich verlobte mich mit ihr nicht gleich darauf, sondern ungefähr erst drei Monate später. Am nächsten Tage, nachdem sie bei mir gewesen war, sagte ich mir, daß die Geschichte erledigt und abgetan sei, daß es eine Fortsetzung nicht

mehr geben werde. Jetzt noch mit einem Heiratsantrag zu
kommen, schien mir taktlos, niedrig. Ihrerseits ließ sie in
den ganzen sechs Wochen, die sie noch in der Stadt verblieb,
kein Wort von sich hören. Das heißt, abgesehen von dem
einen Mal: am nächsten Tage kam nämlich ihr Stubenmädchen
heimlich zu mir und übergab mir, ohne ein Wort zu sagen,
ein kleines Päckchen. Draufgeschrieben war nur die Adresse:
an den und den. Ich machte es auf: der Rest von den Fünftausend. Sie hatte ja nur viertausendfünfhundert Rubel
gebraucht, und der Verkauf des Bankscheines hatte einen Verlust von ungefähr zweihundert und einigen Rubeln ergeben.
Sie schickte mir im ganzen, ich glaube, zweihundertsechzig
Rubel zurück, ich weiß es nicht mehr genau, und sonst nichts,
nur das Geld — keinen Brief, kein Wörtchen, keine Erklärung. Ich durchsuchte das ganze Papier nach irgendeinem
Bleistiftzeichen —n—nichts! Nun, ich lebte inzwischen für mein
übriges Geld flott drauflos, so daß auch der neue Major gezwungen war, mir einen Verweis zu erteilen. Der Oberstleutnant aber übergab glücklich die Kasse — zur nicht geringen
Verwunderung seiner Gegner, denn niemand hatte ihn noch
im Besitz der vollen Summe vermutet. Er übergab sie, erkrankte aber gleich darauf, lag drei Wochen, dann kam
plötzlich Gehirnentzündung hinzu, und nach fünf Tagen
war er tot. Man beerdigte ihn mit allen militärischen Ehren,
denn er hatte noch nicht den Abschied erhalten. Katerina
Iwanowna, ihre Schwester und die Tante fuhren nach
Moskau, schon am zehnten Tage nach der Beerdigung. Und
erst am Tage ihrer Abreise (ich hatte sie nicht gesehen und
nicht begleitet), erhalte ich einen kleinen Brief, blau, teures
Papier, und auf dem ganzen Bogen steht nur eine einzige
Zeile, mit dem Bleistift flüchtig geschrieben: ‚Ich werde
Ihnen schreiben, warten Sie bis dahin. K.‘ Und das war alles.

Das übrige laß mich dir kurz in zwei Worten erklären.
In Moskau änderten sich ihre Verhältnisse mit Blitzes-
schnelle und ebenso unerwartet, wie es in arabischen Märchen zu geschehen pflegt. Eine alte Generalin, ihre reichste

Verwandte, verlor plötzlich ihre beiden nächsten Nichten, beide starben in ein und derselben Woche an den Pocken. Die erschütterte Alte freute sich über Katja, als hätte sie in ihr eine leibliche Tochter gefunden, und änderte das Testament sofort zu ihren Gunsten. Doch das war für die Zukunft, vorläufig aber werden ihr achtzigtausend Rubel sofort blank und bar ausgezahlt — sozusagen als Aussteuer, mach damit, was du willst. Hysterisches Frauenzimmer, habe sie später in Moskau beobachtet. Nun, und: plötzlich erhalte ich per Post viertausendfünfhundert Rubel — bin natürlich sprachlos vor Verwunderung. Nach drei Tagen kommt der versprochene Brief. Ich habe ihn auch jetzt bei mir, ich habe ihn immer bei mir und ich werde auch mit ihm sterben — willst du, daß ich ihn dir zeige? Du müßtest ihn selbst lesen... Sie bietet sich als Braut an, bietet sich selbst an, schreibt: ‚Ich liebe Sie irrsinnig, mögen Sie mich auch nicht lieben, gleichviel, werden Sie nur mein Gatte. Fürchten Sie nichts, ich werde Ihre Freiheit in nichts beeinträchtigen, werde nur eines Ihrer Möbel sein, der Teppich, auf dem Sie gehen... Ich will Sie ewig lieben, ich will Sie vor sich selbst retten...‘ Aljoscha, ich bin es nicht wert, diese Zeilen auch nur wiederzugeben, mit meinen nichtswürdigen Worten und in meinem nichtswürdigen, immerzu nichtswürdigen Ton, den ich mir nie habe abgewöhnen können! Dieser Brief erschütterte mich — und tut er das denn nicht heute noch? Ist mir denn heute leicht zumut? Damals schrieb ich ihr umgehend meine Antwort. (Ich konnte selbst nicht sofort nach Moskau reisen.) Ich schrieb ihr mit Tränen. Nur einer Sache werde ich mich ewig schämen: ich erwähnte, daß sie jetzt reich und ich nur ein bettelarmer Haudegen sei, — ich erwähnte Geld! Ich hätte das stillschweigend ertragen müssen, aber die Feder schrieb es von selbst. Gleich darauf, am selben Tage noch, schrieb ich nach Moskau auch an Iwan und erklärte ihm alles, so gut es brieflich ging, auf sechs Bogen, und bat ihn, zu ihr zu gehen, schickte ihn zu ihr. Warum blickst du mich so an? Nun ja, Iwan verliebte sich in sie, ist auch jetzt noch in sie verliebt, ich weiß es. Eurer Meinung nach beging ich eine Dummheit, und so urteilt die Welt. Vielleicht aber wird gerade diese Dummheit uns alle retten! Ach! Siehst du denn nicht, wie sie ihn verehrt, wie sie ihn achtet? Kann sie denn überhaupt, wenn sie uns beide vergleicht, so einen lieben, wie ich bin, und das noch nach allem, was hier vorgefallen ist?«

»Ich bin überzeugt, daß sie gerade so einen, wie du bist, liebt, und nicht so einen, wie er ist.«

»Sie liebt ihre eigene Hochherzigkeit, aber nicht mich«, kam es plötzlich fast ingrimmig über Dmitrij Fjodorowitschs Lippen. Er lachte kurz auf, doch schon nach einer Sekunde blitzten seine Augen, er errötete heiß und schlug aus aller Kraft mit der Faust auf den Tisch.

»Ich schwöre dir, Aljoscha«, rief er, in einer furchtbaren und aufrichtigen Wut auf sich selbst, »glaub mir oder glaub mir nicht, doch so wahr wie Gott heilig und Christus unser Herr ist, schwöre ich dir, daß ich, wenn ich auch soeben über ihre Gefühle lachte, doch weiß, daß ich seelisch millionenmal nichtiger bin als sie, und daß diese ihre besten Gefühle ebenso aufrichtig sind wie die eines himmlischen Engels! Das ist ja die Tragödie, daß ich das genau weiß! Was will es besagen, daß der Mensch ein wenig deklamiert? Deklamiere ich denn etwa nicht? Und doch bin ich aufrichtig, ehrlich aufrichtig. Was aber Iwan anbetrifft, so begreife ich doch, mit welch einem Fluch er jetzt auf die Fügung der Natur blicken muß, und das noch bei seinem Verstande! Wem — bedenke doch nur —, wem der Vorzug gegeben wird! Dem Scheusal, diesem Wüstling, der selbst als Verlobter, und obwohl ihn alle beobachten, von seinem wüsten Leben nicht lassen kann — und das vor den Augen seiner Braut, seiner Braut! Und nun wird solch einer wie ich vorgezogen, und er wird verschmäht! Und warum nur? Weil das Mädchen aus Dankbarkeit ihr Leben und ihr Schicksal vergewaltigen will! O Irrsinn! Ich habe Iwan in diesem Sinne niemals etwas gesagt, und Iwan hat auch zu mir mit keiner Silbe davon gesprochen, nie eine Anspielung gemacht. Aber das Schicksal wird entscheiden, und der Würdige wird an die Stelle des Unwürdigen treten, und der Unwürdige wird auf ewig in der Winkelgasse verschwinden — in seiner schmutzigen Winkelgasse, und dort wird er im Schmutz und Gestank freiwillig und mit Wonne zugrunde gehen. Ach, wieder rede ich fades Zeug, meine Worte sind alle so abgegriffen, ich werfe sie gleichsam aufs Geratewohl hin; aber so, wie ich es bestimmt habe, so soll es sein. Ich in die Winkelgasse, und sie wird Iwan heiraten!«

»Erlaube, Mitja«, unterbrach ihn Aljoscha äußerst besorgt. »Du hast mir bis jetzt noch immer nicht das eine erklärt: du bist doch mit ihr verlobt, bist doch ihr Verlobter? Wie willst du dann die Verlobung aufheben, wenn sie, deine Braut, es nicht will?«

»Ja, ich bin ihr Verlobter, die Verlobung wurde in Moskau gleich nach meiner Ankunft gefeiert, wie es sich gehört, in großer Gala, mit Heiligenbildern und wie es üblich ist. Die Generalin segnete mich, und — was glaubst du wohl — beglückwünschte sogar Katja: »Du hast eine gute Wahl getroffen, ich kenne ihn durch und durch!« Und denk doch, Iwan gefiel ihr nicht, und sie beglückwünschte ihn auch nicht. Als Anverwandten. In Moskau besprach ich noch vieles mit Katja; ich sagte ihr, wer ich bin, beschönigte nichts, sprach aufrichtig und ehrlich. Alles hörte sie an, nun, und:

„Süße Verwirrung gab es,
Und manch zärtliches Wort . . .“

. . . Aber es gab auch stolze Worte. Sie rang mir damals das feierliche Versprechen ab, mich zu bessern. Ich gab das Versprechen. Und nun . . .«

»Was?«

»Und nun habe ich dich hergerufen und über den Zaun gelockt, heute, am heutigen Datum — behalte das! —, um dich heute noch zu Katerina Iwanowna zu schicken, und . . .«

»Und?«

»Und ihr durch dich sagen zu lassen, daß ich niemals mehr zu ihr kommen werde und ihr — mit einem Wort, meinen ‚Abschiedsgruß‘ sende.«

»Wie ist das möglich?«

»Aber darum schicke ich doch dich, statt selbst hinzugehen, weil das unmöglich ist, denn wie könnte ich ihr das sagen?«

»Aber wohin willst du denn weggehen?«

»In die Winkelgasse.«

»Zu Gruschenka?« rief Aljoscha erschrocken aus und schlug die Hände zusammen. »So hat Rakitin doch recht gehabt? Und ich dachte, du seiest nur so ein paarmal zu ihr gegangen und hättest dann Schluß gemacht!«

»Wie, zu ihr gegangen als — Verlobter? Meinst du das im Ernst? Wie wäre denn das möglich, und dazu noch bei einer solchen Braut, und so vor den Augen aller Leute? Nein, noch weiß ich, was Ehre ist, sei unbesorgt. Sowie ich zu Gruschenka zu gehen begann, hörte ich sofort auf, Katjas Verlobter und ein Ehrenmann zu sein, das begreife ich doch selbst. Warum starrst du mich so an? Ja, siehst du, ganz zuerst ging ich hin, um sie zu verprügeln. Ich hatte aus sicherer Quelle erfahren, daß dieser Gruschenka vom Bevollmächtigten des Vaters, jenem rotbärtigen Hauptmann, mein Wechsel übergeben worden war, damit sie ihn einklage, um mich einzuschüchtern. Und so begab ich mich denn zu Gruschenka, um sie zu verprügeln. Ich hatte sie auch früher schon flüchtig gesehen. Sie fällt ja nicht sofort auf. Von dem alten Kaufmann wußte ich, der jetzt zum Überfluß noch krank, halb gelähmt ist, ihr aber doch ein bedeutendes Sümmchen hinterlassen wird. Auch wußte ich, daß sie Geld zu verdienen liebt, sogar viel verdient, ihr Geld zu hohen Prozenten verleiht, daß sie schlau und unbarmherzig ist. Ich ging hin, um sie zu verprügeln, und — blieb bei ihr. Es war wie ein Donnerschlag, und der Blitz traf, und ich brenne und weiß, daß alles schon zu Ende ist, daß es nichts anderes mehr geben wird. Der Zeiten Kreislauf ist vollbracht. So steht es mit mir. Damals aber befanden sich in meiner Tasche, wie bestellt, obgleich ich doch nichts mehr besaß, dreitausend Rubel. Ich fuhr mit ihr sofort nach Mókroje, das ist fünfundzwanzig Werst von hier. Ich bestellte Zigeuner hin, Champagner, ließ dort allen

Bauern, Weibern, Mädeln Champagner geben, bis sie betrunken waren, warf Tausende hinaus. In drei Tagen war ich ,wie ein Falke blank'. Du glaubst, der Falke habe was erreicht? Nicht einmal von ferne daran zu denken! Ich sage dir: diese Kontur eines Frauenkörpers! Gruschenka, die Spitzbübin, hat so eine Körperkurve, die sich auch noch an ihrem Fuß wiederholt, auch noch an der kleinen Zehe ihres linken Füßchens! Hab's selbst gesehen und geküßt, aber das war auch alles — ich schwöre! Sie sagt: ,Wenn du willst, werde ich dich heiraten. Du hast ja nichts. Versprich mir, daß du mich nicht schlagen und mir alles erlauben wirst, was ich mag, dann werde ich dich vielleicht auch heiraten.' Und sie lacht. Sie lacht noch immer!«

Dmitrij Fjodorowitsch erhob sich mit einer Art Wut von seinem Platz; er war plötzlich wie betrunken. Seine Augen wurden rot von andringendem Blut.

»Und du willst sie wirklich heiraten?«

»Sobald sie will: sofort! Will sie nicht, bleibe ich auch so bei ihr; werde auf ihrem Hof der Hausknecht sein. Du ... du .... Aljoscha ....«, er blieb plötzlich vor ihm stehen, packte ihn an den Schultern und schüttelte ihn aus aller Kraft, » — weißt du auch, du unschuldiger Knabe, daß das alles ein Fiebertraum ist, ein unausdenkbarer Fiebertraum, denn hier beginnt die Tragödie! So wisse denn, Alexei, ich kann wohl ein niedriger Mensch sein, mit niedrigen, einen zugrunde richtenden Leidenschaften, aber ein Dieb, ein Taschendieb, ein kleiner, hinterrücks stehlender Taschendieb kann Dmitrij Karamasoff nie und nimmer sein! Nun, und so wisse denn jetzt, daß ich doch ein Dieb bin, ein ganz gemeiner Taschendieb! Gerade bevor ich zu Gruschenka gehen wollte, um sie durchzuprügeln, ruft mich am selben Morgen Katerina Iwanowna zu sich und bittet mich unter dem Siegel der Verschwiegenheit, damit es vorläufig niemand erfahre (warum es niemand erfahren sollte, weiß ich nicht, aber offenbar war das sehr wichtig), und bittet mich, in die Gouvernementsstadt zu fahren und von dort aus durch die Post

194

dreitausend Rubel nach Moskau an Agafja Iwanowna zu senden, und zwar darum aus der Gouvernementsstadt, damit man es hier nicht erfahre. Mit diesen Dreitausend ging ich, wie gesagt, zunächst zu Gruschenka, und mit eben diesem Gelde fuhren wir dann nach Mókroje. Später tat ich so, als sei ich tatsächlich in die Gouvernementsstadt gefahren, hätte das Geld abgesandt und würde bald selbst mit der Postquittung kommen, habe sie aber bis heute noch nicht hingebracht — sozusagen: ‚hab's vergessen!‘ Nun aber — nun gehst du heute hin und sagst ihr: ‚Er hat mich beauftragt, Ihnen seinen Abschiedsgruß zu überbringen.‘ Sie aber wird dich fragen: ‚Und das Geld?‘ Da könntest du ihr denn sagen: ‚Er ist ein niedriger Wollüstling, ein Mensch mit unbezähmbaren Leidenschaften. Er hat damals Ihr Geld nicht abgeschickt, sondern durchgebracht, denn er konnte sich als niedriges Tier nicht zügeln.‘ Und du könntest noch hinzufügen: ‚Doch ist er deswegen kein Dieb, hier sind Ihre Dreitausend, er schickt Ihnen das Geld zurück, damit Sie es selber Agafja Iwanowna übersenden; mich aber beauftragte er, Ihnen seinen Abschiedsgruß zu überbringen.‘ — ‚Ja, aber‘, wird sie dich fragen, ‚wo ist denn das Geld?‘«

»Mitja, du bist unglücklich, das ist wahr! Aber doch nicht so sehr, wie du denkst, richte dich nicht zugrunde durch Verzweiflung, richte dich nicht zugrunde!«

»Ach, du glaubst, ich werde mich erschießen, wenn ich nicht irgendwoher die Dreitausend bekomme, um sie ihr zurückzugeben? Das ist es ja, daß ich mich nicht erschießen werde! Jetzt habe ich nicht die Kraft dazu, später vielleicht einmal, jetzt aber werde ich zu Gruschenka gehen... Egal, wie ich draufgehe!«

»Und was willst du bei ihr?«

»Werde ihr Gemahl sein, wenn sie mich dessen für würdig hält — wenn aber ein Liebhaber kommt, werde ich ins andere Zimmer gehen. Werde die schmutzigen Galoschen ihrer Freunde reinigen, den Ssamowar anfachen, ihr Laufbursche sein...«

»Katerina Iwanowna wird alles verstehen«, sagte Aljoscha plötzlich sehr ernst, »sie wird die ganze Tiefe dieser
Qual begreifen und sich damit abfinden. Sie hat einen höheren
Verstand und wird einsehen, daß man unglücklicher als du
nicht sein kann.«

»Sie wird sich keineswegs damit abfinden«, versetzte Mitja
mit geschürzter Lippe. »Hier, Freund, handelt es sich um
etwas, womit sich kein Weib abfinden kann. Weißt du, was
jetzt das beste wäre?«

»Was denn?«

»Ihr die Dreitausend zurückzugeben.«

»Aber wo sie hernehmen? Höre, Mitja, ich habe zweitausend, Iwan wird auch noch tausend geben, da hast du die
drei, nimm sie und gib sie ihr.«

»Haha, wann werden denn diese Dreitausend hier ankommen? Du bist ja noch nicht einmal mündig, und doch mußt
du unbedingt, un-be-dingt heute noch zu ihr gehen und
meinen Gruß bestellen, einerlei, ob mit oder ohne Geld, denn
länger kann ich das nicht so hinziehen — wie die Dinge jetzt
liegen, ist es ganz unmöglich! Morgen wär's schon zu spät,
viel zu spät. Alexei, geh zum Vater!«

»Zum Vater?«

»Ja, bevor du zu ihr gehst, geh noch zum Vater. Er hat
dreitausend Rubel bereit liegen, erbitte sie von ihm.«

»Aber er wird sie doch nicht geben, Mitja.«

»Selbstverständlich nicht! Ich weiß, daß er nichts geben
wird. Weißt du, Alexei, was Verzweiflung ist?«

»Ich weiß es.«

»Höre: juristisch schuldet er mir nichts mehr. Ich habe
schon alles von ihm bekommen, alles, das weiß ich. Aber
moralisch schuldet er mir noch, das ist doch wahr, nicht?
Denn nur dank den Achtundzwanzigtausend meiner Mutter
hat er die Hunderttausend verdienen können. Mag er mir
jetzt nur noch dreitausend für diese Achtundzwanzigtausend
geben, nur drei, und er würde meine Seele aus der Hölle erlösen, es wird ihm für viele Sünden angerechnet werden!

Ich aber würde, wenn er noch diese Dreitausend geben wollte, nie mehr etwas von ihm erbitten, ich gebe dir mein Wort darauf, — er würde nichts mehr von mir hören. Ich gebe ihm zum letztenmal Gelegenheit, sich als Vater zu erweisen. Sage ihm, daß ihm Gott selbst noch diese letzte Gelegenheit schickt!«

»Aber er wird doch ganz bestimmt nichts geben, Mitja.«

»Ich weiß es, daß er nichts geben wird, weiß es selbst ganz genau. Und jetzt erst recht nicht. Ich weiß sogar noch viel mehr: erst jetzt, erst in diesen Tagen, vielleicht erst gestern, hat er es im *Ernst* erfahren (unterstreiche dies ,im Ernst'), daß Gruschenka vielleicht wirklich nicht scherzt und mich viel- leicht wirklich heiraten will. Er kennt diesen Charakter, kennt diese Katze. Nun, sage doch selbst, soll er mir jetzt zum Überfluß noch Geld geben, er, der doch selbst bis zur Tollheit in sie verliebt ist? Aber auch das ist noch nicht alles, ich weiß noch mehr: ich weiß, daß bei ihm seit fünf Tagen dreitausend Rubel bereit liegen, in Hundertrubelscheine ge- wechselt, und in einem großen Kuvert unter fünf Siegeln, das außerdem mit einem roten Bändchen kreuzweis um- bunden ist. Siehst du, wie genau ich alles weiß! Und auf dem Umschlag steht geschrieben: „Meinem Engel Gruschenka, wenn sie zu mir kommen will", das hat er selbst draufge- kritzelt, heimlich in der Stille, und niemand weiß, daß bei ihm dieses Geld bereit liegt, außer dem Diener Ssmerdjakoff, an dessen Ehrlichkeit der Alte so fest glaubt wie an sich selbst. Und jetzt erwartet er Gruschenka schon seit drei oder vier Tagen und hofft, daß sie kommen werde, um sich dieses Päckchen zu holen. Er hat ihr schon alles sagen lassen, und sie hat darauf geantwortet: ,Vielleicht, ja, vielleicht werde ich kommen.' Aber wenn sie zum Alten geht, wie kann ich sie dann noch heiraten? Begreifst du jetzt, warum ich hier heimlich sitze, und wem ich auflauere?«

»Doch nicht Gruschenka?«

»Ja, Gruschenka. Hier in diesem Hause hat sich Fomá eine Kammer gemietet bei diesen liederlichen Weibsbildern.

Fomá ist unser gewesener Soldat, stand in meiner Kompanie. Er ist jetzt gewissermaßen bei ihnen im Dienst, wacht
in der Nacht, und am Tage geht er auf die Jagd, schießt
Birkhühner, und davon lebt er. Ich habe jetzt hier bei ihm
Anker geworfen. Doch weder er noch die beiden Weiber
wissen, daß ich hier auf der Lauer sitze.«

»Nur Ssmerdjakoff weiß es?«

»Nur er allein. Er wird es mir denn auch sagen, wenn
sie zum Alten kommt.«

»Und er hat dir auch das vom Kuvert gesagt?«

»Ja, er. Aber das ist das größte Geheimnis. Selbst Iwan
weiß weder von dem Gelde noch von sonst etwas. Der Alte
aber will Iwan unbedingt auf zwei oder drei Tage nach
Tschermáschnja schicken: es hat sich ein Käufer für den
Wald gefunden, der will ihn für achttausend fällen, und so
bittet denn der Alte Iwan himmelhoch: ‚Hilf mir, fahre du
hin und erledige das für mich!‘ – damit wäre er ihn auf zwei,
drei Tage los. Er will nämlich, daß Gruschenka in seiner
Abwesenheit komme.«

»Dann erwartet er sie also auch heute?«

»Nein, heute wird sie nicht kommen, aller Voraussicht
nach. Sie wird bestimmt nicht kommen!« rief Mitja plötzlich
erregt. »Auch Ssmerdjakoff glaubt, daß sie heute nicht kommen werde. Der Alte trinkt jetzt wieder, sitzt mit Iwan bei
Tisch. Geh, Alexei, bitte ihn um diese Dreitausend ...«

»Mitja, Lieber ... was hast du!« Aljoscha sprang auf und
blickte erregt in das verzückte Gesicht Dmitrij Fjodorowitschs. Einen Moment glaubte er schon, jener sei verrückt
geworden.

»Was willst du? Ich bin nicht wahnsinnig«, sagte Dmitrij
Fjodorowitsch, und sah starr und sogar wie mit einer gewissen Feierlichkeit vor sich hin. »Ja, ich schicke dich zum Vater
und weiß, was ich tue: ich glaube an ein Wunder.«

»An ein Wunder?«

»An ein Wunder der Vorsehung Gottes. Gott kennt mein
Herz. Er sieht meine ganze Verzweiflung. Er sieht alles.

Sollte Er wirklich das Grauenvolle zulassen? Aljoscha, ich glaube an ein Wunder, geh!«

»Ich werde gehen. Wirst du hier warten?«

»Ja. Ich weiß, daß du nicht so bald zurückkommen kannst, das geht doch nicht gleich, nach dem ersten Wort! Er ist jetzt betrunken. Ich werde hier sitzen und warten, drei Stunden, vier Stunden, auch fünf oder sechs oder sieben Stunden . . . Nur wisse, daß du heute noch, und wenn es auch erst um Mitternacht ist, zu Katerina Iwanowna zu gehen hast, *mit oder ohne Geld,* um ihr zu sagen: ,Er schickt Ihnen seinen Abschiedsgruß.' Ich will, daß du es ihr gerade mit diesen Worten sagst: ,seinen Abschiedsgruß'.«

»Mitja! Plötzlich aber kommt Gruschenka heute . . . oder wenn nicht heute, dann morgen . . . oder übermorgen?«

»Gruschenka? Ich werde achtgeben, werde hineinstürzen und verhindern . . .«

»Wenn aber . . .«

»Wenn aber, dann gibt es einen Totschlag. So überlebe ich es nicht.«

»Wen willst du erschlagen?«

»Den Alten. Sie werde ich nicht erschlagen.«

»Dmitrij, was redest du!«

»Ich weiß doch nicht, weiß es ja selbst nicht . . . Vielleicht werde ich ihn auch nicht erschlagen, vielleicht aber doch. Ich fürchte, er wird mir in dem Augenblick zu widerlich werden mit seinem Gesicht. Ich hasse sein Doppelkinn, seine Nase, seine Augen, sein schamloses Lachen. Ich empfinde physischen Ekel vor ihm. Das ist es, was ich fürchte. Und so werde ich mich denn nicht beherrschen können . . .«

»Ich gehe, Mitja. Ich glaube, daß Gott alles lenken wird, nach seinem besseren Wissen, damit nicht etwas Entsetzliches geschehe.«

»Und ich werde hier sitzen und auf das Wunder warten. Aber wenn das Wunder nicht geschieht, dann . . .«

Nachdenklich machte sich Aljoscha auf den Weg zum Vater.

VI

Ssmerdjakoff

Er traf seinen Vater noch beim Mittagessen an. Der Tisch war wie gewöhnlich im Saal gedeckt, obgleich es im Hause auch ein großes Speisezimmer gab. Dieser Saal war jedoch der größte Raum im ganzen Hause und mit einem gewissen altmodischen Prunk ausgestattet. Die Möbel aus dem vorigen Jahrhundert, in Weiß und Gold, waren mit verschossenem rotem Halbseidenstoff bezogen. Zwischen den Fenstern waren Spiegel eingesetzt in geschnitzten, verschnörkelten und gleichfalls weiß-goldenen Rahmen. An den Wänden, deren weiß-goldene Papiertapeten schon an vielen Stellen Sprünge hatten, prangten zwei große Porträts: das eine war das Bildnis eines Fürsten, der vor etwa dreißig Jahren unser Generalgouverneur gewesen war, und das andere — irgend-eines Erzbischofs, der gleichfalls nicht mehr lebte. In der vorderen Ecke hingen einige Heiligenbilder, vor denen zur Nacht das Lämpchen angezündet wurde ... nicht gerade aus Frömmigkeit, sondern nur damit das Zimmer in der Nacht nicht ganz dunkel sei. Fjodor Pawlowitsch pflegte sehr spät zu Bett zu gehen, erst gegen drei oder vier Uhr morgens, bis dahin aber ging er entweder auf und ab im Raum, oder er saß im Lehnstuhl und sann. Das war ihm so zur Gewohnheit geworden. Nicht selten schlief er ganz allein in dem großen Hause, da er zur Nacht alle Dienstboten in das Nebengebäude schickte; erst in letzter Zeit blieb der Diener Ssmerdjakóff bei ihm und schlief dann im Vorzimmer auf der großen Truhe. Als Aljoscha eintrat, war das Mittagessen schon beendet, es wurden bereits eingemachte Früchte und Kaffee gereicht. Fjodor Pawlowitsch liebte nach dem Essen Süßigkeiten und Kognak als Abschluß. Iwan Fjodorowitsch saß auch noch bei Tisch und trank seinen Kaffee. Die beiden Diener, Grigorij und Ssmerdjakoff, waren gleichfalls zugegen. Die Herrschaft wie die Dienerschaft war offenbar überaus heiter gestimmt. Fjodor Pawlowitsch lachte laut; Aljoscha hörte schon im Vorzimmer sein wieherndes, ihm bereits so gut bekanntes Gelächter und sagte sich sofort, daß sein Vater, nach der Art dieses Gelächters zu urteilen, noch längst nicht betrunken, sondern vorläufig nur sehr gut gelaunt war.

»Ah, da kommt auch er! — da ist er ja!« rief Fjodor Pawlowitsch ihm sofort entgegen, ungemein erfreut über Aljoschas Kommen. »Gesell dich zu uns, setz dich, hier, so! Willst du ein Täßchen Kaffee, — das ist doch Fastengetränk, ganz heiß, vorzüglich, sieh! Kognak biete ich dir gar nicht erst an, zu profan für dich, oder willst du, willst du doch? Wart, ich werde dir lieber ein Likörchen geben, pikfein, sage ich dir! — Ssmerdjakoff, geh mal schnell zum Schränkchen, auf dem zweiten Bett rechts! Hier sind die Schlüssel, — flink!«

Aljoscha wollte auch für den Likör danken, aber der Vater ließ ihn kaum zu Wort kommen.

»Einerlei, er wird sofort gebracht, sofort, sofort, wenn nicht für dich, dann für uns«, unterbrach er ihn strahlend. »Doch halt, hast du überhaupt zu Mittag gegessen?«

»Ja, ich habe schon gegessen«, sagte Aljoscha, der in Wirklichkeit nur ein Stück Brot in der Küche des Priors gegessen und Kwaß dazu getrunken hatte. »Aber heißen Kaffee würde ich ganz gern trinken.«

»Das ist brav von dir! Er wird Kaffee trinken! Soll man ihn nicht noch schnell heiß machen? Nein, nein, nicht nötig, er kocht ja fast noch. Es ist tadelloser Mokka, Ssmerdjakoff-scher! In Kaffee und Pasteten ist Ssmerdjakoff ein wahrer Künstler, sag ich dir! Und dann auch noch in Fischsuppe, das ist wahr. Du mußt unbedingt einmal zur Fischsuppe kommen, melde dich aber vorher an . . . Ach! ich vergaß! — soeben fällt es mir wieder ein: ich befahl dir doch vorhin, heute noch samt Kissen und Matratze zu mir überzusiedeln? Hehe, hast sie mitgeschleppt, wie? Hehehe! . . .«

»Nein, ich habe sie nicht mitgebracht«, sagte Aljoscha gleichfalls lächelnd.

»Ah — nun, aber 'nen Schreck hast du vorhin doch bekommen, gesteh' nur, wie? — nicht? Ach du, mein Herzensjunge, wie könnte ich dich denn kränken! Weißt du, Iwan, ich kann's nicht ansehen, wenn er einem so in die Augen blickt und dabei lacht, kann's wahrhaftig nicht! Mein ganzes Zwerchfell beginnt gleich über ihn zu lachen, ich liebe ihn doch! Aljoschka, laß mich dir meinen väterlichen Segen geben!«

Aljoscha erhob sich, doch Fjodor Pawlowitsch hatte sich schon anders besonnen.

»Nein, nein, nicht jetzt, jetzt werde ich dich nur einmal bekreuzen, so, setz dich. Jetzt gibt's aber 'nen Heidenspaß, gerade zu deinem Thema, wirst dich kranklachen! Bei uns hat Bileams Eselin zu reden angefangen, und wie noch, und wie noch, ach Gott!«

Als Bileams Eselin erwies sich der Diener Ssmerdjakoff. Das war ein noch ziemlich junger Mann, der etwas über vierundzwanzig Jahre zählen mochte. Er war sehr menschenscheu und schweigsam. Jedoch nicht etwa scheu im gewöhnlichen Sinne, oder gar verschämt, nein, dem Charakter nach war er eher hochmütig und anmaßend, ja, er schien sogar alle zu verachten. Ich sehe mich veranlaßt, gerade bei dieser Gelegenheit schon einiges über ihn zu sagen. Erzogen hatten ihn Márfa Ignátjewna und Grigórij Wassíljewitsch, aber der Junge wuchs »ohne jede Dankbarkeit« auf, wie sich Grigorij über ihn äußerte, als ein verschlossenes, mißtrauisches Kind. In seiner Kindheit liebte er es sehr, Katzen zu erhängen und sie dann mit großen Zeremonien zu beerdigen. Zu diesem Zweck nahm er sich ein Bettuch um, das wohl das Meßgewand ersetzen sollte, sang feierlich und schwenkte dazu irgend etwas wie ein Weihrauchfaß über der toten Katze. Alles das tat er heimlich, so daß es niemand sehen konnte. Einmal aber überraschte ihn Grigorij bei dieser feierlichen Handlung und strafte ihn schmerzhaft. Der Junge schlich in einen Winkel und schaute von dort aus eine ganze Woche lang nur mißtrauisch auf seine Erzieher. »Er liebt uns nicht, diese

Mißgeburt«, sagte Grigorij zu Marfa Ignatjewna, »scheint gar niemanden zu lieben. Bist du überhaupt ein Mensch«, wandte er sich plötzlich an den Jungen, »nein, du, du bist kein Mensch, du bist der Badstubennässe entsprossen, jetzt weißt du, was du bist!« Wie sich später herausstellte, konnte ihm Ssmerdjakoff diese Worte nie verzeihen. Grigorij brachte ihm das Schreiben und Lesen bei, und als der Junge zwölf Jahre alt wurde, begann er ihn in der Biblischen Geschichte zu unterrichten. Allein, das gute Vorhaben sollte ein schnelles Ende nehmen. In der zweiten oder dritten Stunde erlaubte sich der Schüler plötzlich zu grinsen.

»Was grinst du?« fragte Grigorij sofort und blickte ihn streng durch die Brille an.

»N—ichts . . . Gott der Herr schuf die Welt am ersten Tage, die Sonne aber, den Mond und die Sterne erst am vierten. Woher kam dann das Licht am ersten Tage?«

Grigorij erstarrte. Der Junge blickte höhnisch seinen Lehrer an. In seinem Blick lag sogar etwas entschieden Hochmütiges. Das war zuviel für Grigorij.

»Woher? — *Daher!*« schrie er ihn an und schlug den Schüler wütend auf die Backe. Der Junge steckte die Ohrfeige ein, sagte kein Wort, verkroch sich aber wieder auf einige Tage in seinen Winkel. Gerade eine Woche danach stellte sich bei ihm die Fallsucht ein; es war der erste Anfall dieser Krankheit, von der er nicht mehr geheilt werden konnte. Als Fjodor Pawlowitsch davon erfuhr, schien sich seine ganze Einstellung zu dem Jungen plötzlich zu ändern. Vorher hatte er ihn gewissermaßen gleichgültig betrachtet, wenn er ihn auch nie schalt und ihm immer eine Kopeke gab, sooft er ihm begegnete. Ja, wenn er gut gelaunt war, hatte er manchmal etwas Süßes vom Tisch dem Jungen geschickt. Als er aber von der Krankheit erfuhr, begann er sofort für ihn zu sorgen, ließ den Arzt rufen, ließ ihn behandeln. Nur zeigte es sich leider, daß nicht viel dabei zu machen war. Durchschnittlich hatte er ungefähr einen Anfall im Monat, zu verschiedenen Zeiten. Die Anfälle waren auch von verschiedener

Stärke, zuweilen leicht, zuweilen sehr heftig. Fjodor Pawlowitsch verbot Grigorij strengstens, den Jungen körperlich zu bestrafen, und erlaubte seitdem, daß der Junge auch zu ihm ins Herrenhaus kam. Ihn irgend etwas lernen zu lassen, verbot er vorläufig gleichfalls. Einmal aber, als der Junge schon fünfzehn Jahre alt war, bemerkte Fjodor Pawlowitsch, daß er sich am Bücherschrank herumtrieb und sich bemühte, durch das Glas die Titel zu entziffern. Fjodor Pawlowitsch hatte eine ziemliche Menge alter Bücher im Hause, doch hatte ihn noch niemand mit einem Buch in der Hand gesehen. Er übergab sofort dem kleinen Ssmerdjakoff den Schlüssel zum Bücherschrank. »Da, nimm, lies soviel du willst, kannst mein Bibliothekar sein; das ist immerhin besser, als daß du dich auf dem Hof herumtreibst. Sieh mal, dieses Buch hier kannst du lesen«, — und Fjodor Pawlowitsch gab ihm Gógols „Abende auf dem Meierhof bei Dikánka".

Der Junge las das Buch, blieb aber unbefriedigt von dem Werk, lachte kein einziges Mal, im Gegenteil, beendete es eher mürrisch und verstimmt.

»Nun? Gefällt es dir denn nicht?« erkundigte sich Fjodor Pawlowitsch.

Ssmerdjakoff schwieg.

»Antworte, Dummkopf!«

»Alles das ist nur über dummes Zeug geschrieben«, brummte schließlich Ssmerdjakoff mit einem halben Grienen.

»Noch was Neues! Äh, zum Teufel mit dir, bist doch 'ne Lakaienseele. Wart, hier hast du Ssmarágdoffs „Allgemeine Geschichte", darin ist nichts gelogen, lies mal das.«

Doch Ssmerdjakoff las von Ssmaragdoffs »Allgemeiner Geschichte« kaum die ersten zehn Seiten, da ihm auch dieses Buch langweilig erschien. Und so schloß sich denn der Bücherschrank wieder für ihn. Bald darauf meldeten aber Marfa und Grigorij ihrem Herrn, daß Ssmerdjakoff seit einiger Zeit ein furchtbarer Mäkler geworden sei: »sitzt bei Tisch, nimmt den Löffel und beginnt plötzlich in der Suppe zu suchen und zu suchen, rückt den Teller hin, rückt ihn her, nimmt einen Löffel voll, hebt ihn auf, hält ihn gegen das Licht, läßt die Suppe langsam vom Löffel auf den Teller zurückfließen«.

»Was denn? Ist eine Schabe drin?« fragt Grigorij.

»Eine Fliege vielleicht?« bemerkt Marfa.

Doch der Sauberkeit liebende Jüngling antwortete nie, und mit dem Brot, dem Fleisch und allen anderen Speisen geschah dasselbe: auf einmal hebt er an der Gabel ein Stück Fleisch empor, beäugt es von allen Seiten wie durch ein Mikroskop, scheint lange unschlüssig zu sein, bis er sich endlich doch entschließt, das Stück in den Mund zu befördern. »Sieh doch, was das für ein Herr wird!« brummte zuweilen Grigorij, wenn er das sah. Als Fjodor Pawlowitsch von dieser neuen Eigenschaft Ssmerdjakoffs hörte, beschloß er sofort, ihn Koch werden zu lassen und zur Erlernung dieser Kunst nach Moskau zu schicken. Ssmerdjakoff blieb etliche Jahre in Moskau und kehrte stark verändert zurück. Er war auffallend gealtert, ganz unverhältnismäßig zu seinen Jahren, sein Gesicht war runzelig und gelb geworden, er begann einem Verschnittenen zu gleichen. Innerlich war er jedoch derselbe, der er vorher gewesen war: war ebenso ungesellig und empfand auch nicht das geringste Bedürfnis nach Umgang mit anderen Menschen. Wie wir später erfuhren, soll er auch in Moskau stets geschwiegen haben; die Stadt selbst hatte ihn sehr wenig angezogen, und so hatte er denn auch kaum etwas von ihr gesehen, das meiste gar nicht beachtet. Einmal soll er auch im Theater gewesen sein, doch hieß es, daß er verstimmt und unzufrieden mit dem Gesehenen heimgekehrt sei. Dafür aber kam er gut gekleidet zurück, in einem feinen, schwarzen Überrock und mit guter Wäsche. Er bürstete seine Kleider sorgfältig zweimal täglich, und seine kalbledernen Stiefel putzte er mit einer ganz besonderen englischen Wichse so lange, bis sie wie Spiegel glänzten. Er erwies sich als vorzüglicher Koch. Fjodor Pawlowitsch setzte ihm dann auch ein festes Monatsgehalt aus, das Ssmerdjakoff aber restlos für Kleider, Pomaden, Parfüm usw. verbrauchte.

Was das weibliche Geschlecht anbetraf, so schien er es nicht weniger zu verachten als das männliche, war im Umgang mit ihm sehr abweisend, wenn nicht gar völlig unnahbar. Fjodor Pawlowitsch begann aber bald noch mit anderen Augen seinen Ssmerdjakoff zu betrachten. Die Sache war nämlich die, daß die Anfälle seiner Krankheit schließlich häufiger und stärker auftraten als früher, und an diesen Tagen mußte dann das Essen von Marfa Ignatjewna zubereitet werden, was Fjodor Pawlowitsch durchaus nicht mehr paßte.

»Warum hast du denn jetzt die Anfälle so oft?« fragte er seinen neuen Koch mit einem aufmerksamen Seitenblick auf ihn. »Wenn du vielleicht irgendeine heiraten würdest? Wenn du willst, verheirate ich dich.«

Auf solche Reden antwortete Ssmerdjakoff kein Wort, er erbleichte nur vor Unwillen. Fjodor Pawlowitsch gab ihn schließlich auf. Vor allen Dingen hatte er sich ein für allemal überzeugt, daß Ssmerdjakoff ehrlich sei und nie etwas stehlen werde. Er hatte nämlich einmal in etwas stark angeheitertem Zustand auf dem eigenen Hof drei Hundertrubelscheine verloren, die er kurz vorher erhalten hatte, und vermißte sie erst am nächsten Tage; als er sie aber dann in allen Taschen zu suchen begann, bemerkte er plötzlich, daß sie alle drei auf seinem Schreibtisch lagen. Wie waren sie dorthin gekommen? Ssmerdjakoff hatte sie gefunden und hingelegt. »Nun, mein Lieber, so einen, wie du bist, habe ich doch noch nicht gesehen«, meinte Fjodor Pawlowitsch und schenkte ihm zehn Rubel. Ich muß hinzufügen, daß er nicht nur von seiner Ehrlichkeit überzeugt war, sondern ihn auch noch aus einem unbekannten Grunde mochte, obgleich jener ihn ebenso scheel ansah wie alle anderen und ihm gegenüber ebenso wortkarg war. Nur selten begann er von selbst zu sprechen. Wenn damals jemand bei seinem Anblick gefragt hätte: wofür interessiert sich eigentlich dieser Mensch, was hat er am häufigsten im Sinn? so hätte man es wirklich nicht sagen können. Indessen aber kam es vor, daß er im Hause oder auf dem

Hof oder auch auf der Straße plötzlich tief nachdenklich stehen blieb und so zuweilen volle zehn Minuten dastand. Ein Physiognomiker hätte gesagt, daß es weder Nachdenklichkeit noch Grübelei wäre, sondern so eine gewisse Selbstversunkenheit. Vom Maler Kramskój gibt es unter anderem ein sehr bemerkenswertes Bild; es heißt:„Der Beschauliche". Mitten auf einem verschneiten Waldweg steht in einem alten Mäntelchen und in alten Bastschuhen ein Bäuerlein, steht ganz allein da und als ob er ganz in Gedanken versunken wäre, aber er denkt nichts, er ist nur in sich versunken. Würde man ihn anstoßen, so würde er zusammenfahren und einen, wie aus dem Schlaf erwachend, ansehen, ohne jedoch etwas zu verstehen. Zwar würde er sofort zu sich kommen, doch wollte man ihn fragen, woran er denn gerade gedacht habe, so würde er es bestimmt nicht sagen können — dafür aber wird er zweifellos die Empfindung, die er während der Zeit seiner „Beschaulichkeit" gehabt, auf ewig in seinem Innern behalten. Diese Empfindungen sind ihm teuer, und sicher speichert er sie in sich auf, ganz unbewußt, und er wüßte auch nicht zu sagen, warum und wozu. Vielleicht macht er sich dann plötzlich auf und pilgert nach Jerusalem zum Heiligen Grabe, vielleicht aber steckt er plötzlich sein Heimatdorf in Brand, oder vielleicht geschieht das eine wie das andere. Solcher Beschaulichen gibt es genug im Volk. Und zu diesen gehörte zweifellos auch Ssmerdjakoff, und bestimmt sammelte er gleichfalls gierig seine Eindrücke, fast noch ohne selbst zu wissen wozu.

VII

Eine Streitfrage

Aber siehe da, plötzlich begann Bileams Esel zu sprechen. Das Thema war ein ganz sonderbares, zufälliges: Grigorij hatte am Morgen, als er beim Kolonialwarenhändler Lukjánoff einkaufte, durch diesen von einem russischen Soldaten gehört, der irgendwo fern an der Grenze bei den Asiaten, in deren Gefangenschaft er geraten war, den Märtyrertod für seinen Glauben erduldet hatte. Seine Peiniger hatten von ihm unter Androhung der schrecklichsten Foltern verlangt, er solle vom Christentum zum Islam übertreten, er aber hatte sich die Haut abziehen lassen und war, den Namen Christi preisend, gestorben. Die Nachricht von dieser Heldentat hatte gerade in den Morgenblättern gestanden. Grigorij nun erlaubte sich, bei Tisch das Gehörte zu erzählen. Fjodor Pawlowitsch liebte es schon von jeher, nach der Mahlzeit, beim Dessert, zu plaudern und zu scherzen, und wenn er allein speiste, so unterhielt er sich eben mit Grigorij. Diesmal war er besonders gut aufgelegt und diese leichte, beschwingte Stimmung verführte angenehm zu mitteilsamer Offenherzigkeit. Als er nun beim Kognak diesen Bericht vernommen hatte, meinte er prompt, man müsse diesen Soldaten sofort für einen Heiligen erklären und seine abgezogene Haut feierlich in irgendein Kloster überführen: »Was die für Volk und Geld herbeiziehen würde!« Grigorij runzelte die Stirn, als er sah, daß Fjodor Pawlowitsch sich nicht im geringsten von dieser Geschichte rühren ließ, sondern nach alter Gewohnheit wieder nur zu lästern begann. Da erlaubte sich Ssmerdjakoff, der an der Tür stand, auf einmal überlegen zu grinsen. Ssmerdjakoff hatte auch früher häufig mit Grigorij im Zimmer stehen dürfen, das heißt gegen Ende der Mahlzeit. Seit dem Tag der Ankunft Iwan Fjodorowitschs aber begann er fast jedesmal nach der Mahlzeit zu erscheinen.

»Was hast du?« fragte ihn Fjodor Pawlowitsch, der im Nu den Spott bemerkt und begriffen hatte, daß er sich auf Grigorij bezog.

»Ich erlaube mir nur zu meinen«, sagte Ssmerdjakoff plötzlich mit ganz unerwartet lauter Stimme, »daß, wenn die Heldentat dieses lobenswerten Soldaten auch sehr groß ist, es doch hinwiederum keine Sünde gewesen wäre, wenn er sich in besagter Bedrängnis beispielsweise von Christi Namen und von seiner eigenen Taufe losgesagt hätte, um auf selbige

Weise sein Leben für gute Taten zu erhalten, mit welchen er im Laufe der Jahre seine Kleinmütigkeit hätte wieder gutmachen können.«

»Wie soll denn das keine Sünde sein? Du faselst, mein Lieber, dafür kommst du direkt in die Hölle, wo man dich noch wie einen Hammel braten wird«, widersprach ihm Fjodor Pawlowitsch.

In diesem Augenblick war Aljoscha eingetreten, und Fjodor Pawlowitsch freute sich ungemein über sein Kommen.

»Ein Thema für dich, für dich!« rief er fröhlich kichernd Aljoscha zu.

»Was das Gebratenwerden anbelangt, so ist das nicht so, und es wird mir dort nichts dafür geschehen, und nach aller Gerechtigkeit darf es dort auch nichts Derartiges geben«, bemerkte Ssmerdjakoff fest überzeugt.

»Wie das, nach aller Gerechtigkeit?« fragte Fjodor Pawlowitsch noch lustiger, indem er Aljoscha mit dem Knie heimlich anstieß.

»Ein gemeiner Mensch ist er, und das ist alles!« platzte Grigorij heraus. Voll Zorn blickte er dabei Ssmerdjakoff offen in die Augen.

»In betreff des gemeinen Menschen gedulden sie sich ein wenig, Grigorij Wassiljewitsch«, entgegnete ruhig und verhalten Ssmerdjakoff, »und bedenken Sie lieber selbst, daß ich, wenn ich einmal in die Gefangenschaft der Christenfeinde gefallen bin und sie von mir verlangen, den Namen Gottes zu verfluchen und mich von meiner heiligen Taufe loszusagen, ich alsogleich durch meine eigene Vernunft zu selbiger Tat ermächtigt bin, denn hierbei kann von Sünde gar keine Rede sein.«

»Das hast du ja schon gesagt, schwatz nicht soviel, sondern beweise!« rief Fjodor Pawlowitsch.

»Suppenkoch!« stieß Grigorij verächtlich zwischen den Zähnen hervor.

»In betreff des Suppenkochs gedulden Sie sich gleichfalls noch ein wenig, Grigorij Wassiljewitsch, und bedenken Sie es lieber selbst, ohne zu schimpfen. Denn sowie ich nur zu meinen Peinigern sage: ‚Nein, ich bin kein Christ, und ich verleugne meinen wahrhaftigen Gott‘, so bin ich doch schon in selbigem Augenblick von Gottes höchstem Gericht verurteilt und ganz speziell verdammt und von der heiligen Kirche ausgeschlossen, gleichwie ein Heide, – und das schon in demselben Moment, nicht nur Augenblick, wie ich dieses nicht bereits ausspreche, sondern bloß daran denke es auszusprechen, so daß hierbei noch keine Viertelsekunde verstreicht, wie ich schon verflucht bin. Ist es so, oder ist es nicht so, Grigorij Wassiljewitsch?«

Er wandte sich mit sichtlicher Genugtuung immer an Grigorij, obgleich er nur auf die Frage Fjodor Pawlowitschs antwortete, und das auch sehr wohl wußte, doch tat er absichtlich so, als ob ihm Grigorij diese Fragen stelle.

»Iwan!« rief plötzlich Fjodor Pawlowitsch, »beug dich mal zu mir. Das macht er alles nur deinetwegen, er will, daß du ihn lobst. Und du lob ihn auch!«

Iwan Fjodorowitsch hörte vollkommen ernst das vergnügte Getuschel seines Vaters an.

»Warte, Ssmerdjakoff, halt noch einen Augenblick den Mund«, rief wieder Fjodor Pawlowitsch. »Iwan, beuge dich nochmal zu mir her.«

Iwan Fjodorowitsch beugte sich wieder mit dem ernstesten Gesicht zu ihm.

»Ich liebe dich ganz ebenso wie Aljoschka. Glaub nicht, daß ich dich vielleicht nicht liebe. – Kognak?«

»Meinetwegen.« Der Blick aber, mit dem Iwan Fjodorowitsch seinen Vater scharf ansah, verriet den Gedanken: »Bist ja schon ganz nett besoffen.« Den Diener Ssmerdjakoff beobachtete er sehr interessiert.

»Du bist auch jetzt schon verflucht!« platzte wieder Grigorij heraus. »Wie wagst du überhaupt, du Schuft...«

»Schimpf nicht, Grigorij, schimpf nicht!« unterbrach ihn Fjodor Pawlowitsch.

»Gedulden Sie sich nur noch kurze Zeit, Grigorij Wassiljewitsch, und hören Sie weiter, da ich noch nicht zu Ende bin. Denn also, wenn mich Gott verflucht, bin ich doch schon in demselben Moment gleich einem Heiden und meiner Taufe ledig, als ob ich nie getauft worden wäre. Ist nun wenigstens das so oder nicht?«

»Komm zum Schluß, zum Schluß, mein Lieber«, rief Fjodor Pawlowitsch, der mit Genuß an seinem Gläschen nippte.

»Wenn ich aber zu selbiger Zeit schon ausgestoßen und nicht mehr Christ war, so habe ich alsomit auf die Frage: ‚Bin ich Christ oder nicht?‘ doch nicht gelogen, denn ich bin ja dann schon von Gott selber meines Christentums entbunden, von wegen meines bloßen Gedankens, noch bevor ich ein Wort zu meinen Peinigern gesprochen habe. Wenn ich aber auf diese Weise des Christentums entbunden bin, mit welchem Recht also wird man dann noch in jener Welt von mir Verantwortung dafür verlangen, daß ich Christum verleugnet habe, während ich doch schon vor meiner Verleugnung, schon für den bloßen Gedanken, der doch ganz von selber kommt, meiner Taufe verlustig gegangen war? Wenn ich aber nicht mehr Christ bin, kann ich mich doch alsomit auch gar nicht mehr von Christus lossagen, denn was man nicht hat, das kann man auch nicht fortwerfen. Denn sagen Sie doch selbst, Grigorij Wassiljewitsch, wer wird denn von einem heidnischen Tataren, meinetwegen selbst im Himmelreich, dafür Rechenschaft fordern, daß er nicht als Christenkind geboren ist, und wer wird ihn denn dort dafür strafen, wenn man obendrein bedenkt, daß man von einem Ochsen nicht zwei Felle abziehen kann. Wird doch der allmächtige Gott, selbst wenn er ihn nach seinem Tode danach fragen sollte, ihn nur ganz wenig bestrafen, denke ich — da es doch nicht gut geht, daß er ihn gar nicht straft —, ich meine, wenn Gott der Herr es sich selbst überlegt, daß der Sohn doch nichts dafür kann, daß er von heidnischen Eltern auf die Welt gekommen und Heide geworden ist. Gott der Herr kann doch nicht dem Tataren Gewalt antun und schlankweg behaupten, daß auch er Christ gewesen sei? Das hieße dann doch, daß der Allerhalter die reinste Unwahrheit sagte. Kann denn aber der allmächtige Schöpfer des Himmels und der Erde auch nur ein einziges erlogenes Wort sagen?«

Grigorij war sprachlos und starrte nur mit weit aufgerissenen Augen auf den Redner. Wenn er auch nicht recht verstand, was der sagte, so begriff er von diesem ganzen Gerede doch so viel, daß er mit dem Ausdruck eines Menschen dastand, der plötzlich mit der Stirn an eine Wand gestoßen ist. Fjodor Pawlowitsch trank, als Ssmerdjakoff geendet hatte, sein Gläschen aus und lachte ein helles, halbtrunkenes Lachen.

»Aljoschka, Aljoschka, wie findest du das! Sieh doch einer, als was für ein Kasuist der sich entpuppt! Iwan, er muß irgendwo bei Jesuiten in der Schule gewesen sein! Aber nun sag mir doch, du mein stinkender Jesuit, wo hast du bloß das alles aufgeschnappt? Wie kommst du darauf, oder wo hast du das gelernt? Nur laß dir gesagt sein, daß du faselst, mein lieber Kasuist, du faselst, faselst! Weine nicht, Grigorij, wir werden ihn sofort aufs Haupt schlagen. Höre jetzt, Esel Bileams, und antworte dann: Schön, du bist vor deinen Peinigern im Recht, aber innerlich hast du dich doch von deinem Glauben damit losgesagt, und du sagst ja selbst, daß du noch in selbiger Stunde verflucht wirst, wenn du aber schon einmal verflucht bist, so, was glaubst du wohl, wird man dir dann noch in der Hölle dafür wie einem braven Jungen das Köpfchen streicheln? Was meinst du dazu, du mein trefflicher Jesuit?«

»Das ist so, wie es ist; es ist ja klar, daß ich mich dann in mir selber gleichfalls von der Kirche losgesagt habe, aber trotzdem kann hierbei keine spezielle Sünde sein, oder wenn schon, dann doch nur eine ganz kleine und äußerst alltäglich gewöhnliche.«

»Wie das, ,äußerst alltäglich gewöhnliche'?«

»Du lügst, Verrrfluchter!« stieß Grigorij durch die Zähne hervor.

»Urteilen Sie doch selbst, Grigorij Wassiljewitsch!« Ruhig und gemessen, mit dem vollen Bewußtsein des Sieges und doch mit einer gewissen Nachsicht dem geschlagenen Gegner gegenüber, fuhr Ssmerdjakoff in seiner Auseinandersetzung fort. »Urteilen Sie doch selbst: es steht ja in der Bibel geschrieben: Wenn ihr Glauben auch nur von der Größe eines Senfkörnchens habt und dabei diesem Berge sagt, er soll ins Meer rutschen, so wird selbiger Berg es unverzüglich tun, dieweil ihr es so gebietet. Wenn ich alsomit ein Ungläubiger bin, Sie aber, Grigorij Wassiljewitsch, ein so gewaltig Glaubender sind, daß Sie mich wegen meiner besagten Ungläubigkeit sogar mannigfach beschimpfen, so versuchen Sie es doch, sagen Sie diesem Berge, daß er nicht bis ins Meer — denn bis zum Meer ist es sehr weit von hier —, sondern meinetwegen nur in unser stinkendes Flüßchen, das hier hinterm Garten fließt, rutschen soll, dann werden Sie selber sehen, noch im selben sogenannten Moment, daß nichts von der Stelle rutscht und alles so bleibt, wie es war und ist, wieviel Sie auch schreien wollten. Das aber bedeutet, daß auch Sie nicht in der vorgeschriebenen Weise glauben und nur andere dafür alleweil mannigfach beschimpfen. Und wenn man hinwiederum nimmt, daß heutzutage niemand, nicht nur Sie allein nicht, sondern überhaupt niemand, angefangen von den Höchstgestellten bis zum letzten Bauernkerl, einen Berg ins Meer rücken kann, außer vielleicht irgendeinem einzigen Menschen auf der ganzen Welt — wenn es hochkommt zwei, und auch die suchen vielleicht dort irgendwo in der ägyptischen Wüstenei als Einsiedler ihr Heil, so daß man sie vielleicht überhaupt nicht finden kann ... also wenn es so ist, wenn alle anderen sich als Ungläubige erweisen, also wird dann gegenüber all diesen anderen, außer jenen beiden Einsiedlern, Gott der Herr in seiner allbekannten großen Barmherzigkeit wohl Gnade vor Recht walten lassen? Somit hoffe auch ich, daß Gott der Herr mir verzeihen wird, wenn ich einmal gezweifelt habe und darüber nachher Tränen der Reue vergieße.«

»Halt!« rief plötzlich Fjodor Pawlowitsch in größter Begeisterung dazwischen, »also daß es zwei solche gibt, die einen Berg von der Stelle rücken können, nimmst du schließlich doch an? — Iwan, merk dir das, schreib's auf: Hierin hat sich das ganze russische Volk geäußert!«

»Eine richtige Bemerkung, daß das ein russischer Zug im Glauben des Volkes ist«, stimmte Iwan Fjodorowitsch mit beifälligem Lächeln zu.

»Ah, du gibst es zu? Also ist es so, wenn sogar du es zugibst! Aljoscha, das ist doch wahr? Genau so ist doch der russische Glaube?«

»Nein, Ssmerdjakoff hat durchaus keinen russischen Glauben«, sagte Aljoscha ernst und überzeugt.

»Ich rede nicht von seinem Glauben, sondern nur von diesem einen Zug, von diesen zwei Einsiedlern, nur von diesem einen kleinen Zug: das ist doch russisch, doch echt russisch!«

»Ja, dieser Zug ist allerdings sehr russisch«, meinte Aljoscha lächelnd.

»Höre, Bileams Eselin, dein Wort ist 'nen Rubel wert, ich werde ihn dir noch heute geben, doch im übrigen lügst du trotzdem, das sag ich dir, lügst wie gedruckt! Laß es dir jetzt gesagt sein, Dummkopf, daß wir alle hier im Leben bloß aus Leichtsinn nicht glauben, wir haben keine Zeit dazu: erstens wächst uns die Arbeit so schon über den Kopf, und zweitens hat uns Gott nur wenig Zeit gegeben, hat für den Tag im ganzen vierundzwanzig Stunden bestimmt, so daß man ja nicht einmal Zeit zum Ausschlafen hat, geschweige denn zum Bereuen. Du aber hast dort vor den Folterknechten deinen Glauben in einem Augenblick verleugnet, da du an nichts anderes mehr als nur an deinen Glauben zu denken hattest, als es gerade hieß, deinen Glauben beweisen! Das ist doch so, mein Lieber, denke ich?«

»So ist es schon, aber urteilen Sie doch selbst, Grigorij Wassiljewitsch, daß es doch um so entschuldbarer wird, je mehr es so ist. Denn wenn ich im selbigen Moment so wahrhaftig glaubte, wie es geboten ist zu glauben, dann wäre es wirklich

Sünde, wenn ich für meinen Glauben keine Qualen auf mich nehmen wollte und zu den verfluchten Mohammedanern übertreten würde. Aber dann würde es doch überhaupt nicht bis zum Foltern kommen, denn dann brauchte ich doch nur im selbigen Moment zu dem Berge zu sagen: erdrücke den Peiniger, und der Berg würde ihn sofort wie eine Schabe plattdrücken, und ich würde fortspazieren, als ob nichts gewesen wäre, lobsingend und den Namen Gottes preisend. Wenn ich es aber in diesem selbigen Moment versuchte und absichtlich dem Berg zuschriee: ,Erdrücke meine Henker‘, der Berg sie aber nicht erdrückt, wie soll ich dann, sagen Sie doch selbst, wie soll ich dann nicht zweifeln, und noch dazu in einer so furchtbaren Stunde der gewaltigen Todesangst? Und überdies weiß ich dann noch, daß ich des Himmelreichs sowieso nicht in der Vollkommenheit teilhaftig werde — sintemal sich doch der Berg auf mein Wort hin nicht gerührt hat, somit heißt das, daß man meinem Glauben droben doch nicht gerade sonderlich traut und mich somit nicht gar so große Belohnungen daselbst erwarten — warum soll ich mir dann überdies, und schon ohne jeden Vorteil für mich, noch meine Haut abziehen lassen? Denn selbst, wenn sie mir meine Haut schon bis zur Hälfte abgerissen hätten, wird doch der Berg auf mein Wort oder Geschrei nicht von der Stelle rükken. Aber in solch einem Moment können einen doch nicht nur Zweifel befallen, sondern kann man vor Angst sogar den Verstand verlieren, so daß ein Überlegen und jegliches Denken ganz und gar unmöglich wird. Wodurch bin ich dann so besonders sündig, wenn ich, dieweil ich dafür weder hier noch dort Belohnung sehe, wenigstens mir meine Haut bewahre? Darum aber hege ich im Vertrauen auf die Gnade und Barmherzigkeit Gottes die Hoffnung, daß mir alsomit ganz verziehen werden wird ...«

Beim Kognak

Der Streit war beendet, doch sonderbar: der so gut aufgelegte Fjodor Pawlowitsch wurde plötzlich mürrisch. Er ärgerte sich und kippte wieder einen Kognak, und das war schon ein ganz überflüssiges Gläschen.

»Ach, packt euch, ihr Jesuiten allesamt! Hinaus mit euch!« schrie er mit einem Male die Diener an. »Scher dich, Ssmerdjakoff. Werde dir heute noch den versprochenen Rubel geben, jetzt aber marsch. Sei nicht traurig, Grigorij, schieb ab zu Marfa, sie wird dich trösten, schlafen legen ... Die Kanaillen lassen einen wirklich nicht in Ruhe ein Stündchen nach dem Essen sitzen«, schimpfte er verstimmt, als sich die Diener auf seinen Befehl sofort zurückgezogen hatten. „Ssmerdjakoff schleicht jetzt jeden Tag nach dem Essen herein. Du bist es, der ihn so interessiert. Womit hast du es ihm denn angetan?« fragte er Iwan Fjodorowitsch.

»So gut wie mit nichts«, entgegnete der, »es ist ihm eingefallen, mich zu verehren; er ist eine Lakaienseele, ein echter Ham. Im übrigen zukünftiges Kanonenfutter, wenn die Zeit kommt. Vortrab.«

»Vortrab?«

»Es wird andere und bessere geben, aber auch solche wird es geben. Zuerst werden es solche sein, nach ihnen aber bessere.«

»Und wann wird denn die Zeit kommen?«

»Anbrennen wird die Rakete, aber vielleicht doch nicht gleich richtig. Vorläufig liebt es das Volk noch nicht sonderlich, diesen ‚Suppenköchen‘ zuzuhören.«

»Das ist's ja, solch ein Esel Bileams denkt und denkt, und — der Teufel mag wissen, was sich der Kerl schließlich zusammendenkt!«

»Schnappt Gedanken auf«, meinte Iwan, geringschätzig lächelnd.

»Sieh, ich weiß zum Beispiel, daß er auch mich nicht leiden kann, ganz wie alle anderen, dich ganz genau so wenig, obgleich dir scheint, es sei ihm eingefallen, dich ‚zu verehren‘. Aljoschka natürlich schon überhaupt nicht, den verachtet er einfach. Aber er stiehlt nicht, er klatscht nicht, hält den Mund und schweigt, trägt nichts auf den Markt zum Durchhecheln, macht seine Pasteten großartig, und zudem — ach, zum Teufel mit ihm! — nein, wirklich, lohnt es sich denn überhaupt, über ihn Worte zu verlieren?«

»Natürlich lohnt es sich nicht.«

»Und was da seine Gedanken anbetrifft, die er sich im stillen macht, so muß man, im allgemeinen gesagt, den russischen Bauern einfach versohlen, merk dir das. Das hab ich immer behauptet: unser Bauer ist ein Spitzbube, wozu da soviel Mitleid mit ihm haben? Es ist nur gut, daß er auch jetzt noch zuweilen versohlt wird. Unser Vaterland ist stark geworden durch die Birkenrute. Wenn sie die Wälder abholzen, wird auch Rußlands Erdkraft zu grunde gehen. Ich, weißt du, bin immer für kluge Leute. Jetzt hat man aufgehört, die Bauern zu prügeln, hält sich für zu gebildet dazu, und so prügeln sich jetzt die Kerls selbst untereinander. Und sie tun gut, wenn sie das Prügeln aufrechterhalten. Mit welch einem Maß du missest, mit dem wird dir wiedergemessen werden, oder wie es da ... Mit einem Wort, es wird wiedergemessen, das ist ja die Hauptsache. Rußland aber ist — eine Schweinerei. Mein Lieber, wenn du wüßtest, wie ich Rußland hasse ... das heißt nicht Rußland, aber alle diese Laster ... oder meinetwegen auch ganz Rußland. *Tout cela — c'est de la cochonnerie.* Weißt du, was ich liebe? Ich liebe Witz! — liebe Scharfsinn!«

»Sie haben schon wieder ein Glas ausgetrunken. Das sollten Sie lieber nicht mehr tun.«

»Wart, ich werde gleich noch eins trinken, und dann noch eins, und dann meinetwegen Schluß. Nein, wart, du hast mich unterbrochen. In Mókroje fragte ich einmal auf der Durchreise einen Alten, er aber sagt mir: ‚Besonders lieben wir es‘, sagt er, ‚Mädels zur Prügelstrafe zu verurteilen, und verdreschen lassen wir sie dann immer von den Burschen. Am nächsten Tage aber nehmen sich die Burschen dann immer die zur Braut, die sie tags zuvor gedroschen haben, und so haben denn schließlich die Mädels auch nichts dagegen.' He, wie findest du diesen Marquis de Sade, Wanja? Aber sag was du willst, es steckt doch Witz darin. Sollen wir nicht mal hinfahren, um es uns anzusehn? Was? Aljoschka, warum wirst du so rot? Schäm dich nicht, Kindchen. Schade, daß ich vorhin beim Prior nicht zu Tisch blieb, hätte den Mönchen von diesen Dorfmädels erzählen müssen. Aljoschka, sei nicht bös, daß ich deinen Prior kränkte. Weißt du, mein Lieber, mich packt zuweilen die Wut! Denn wenn es Gott gibt, wenn er wirklich existiert, — nun ja, natürlich, dann bin ich schuldig und werde es verantworten müssen, aber wenn es ihn überhaupt nicht gibt, wozu braucht man sie dann noch, diese deine Patres? Dann wär's doch viel zu wenig, sie bloß zu köpfen, halten sie doch die ganze Entwicklung auf! Wirst du's mir glauben, Iwan, das kränkt oft meine besten Gefühle. Nein, du glaubst es mir nicht, ich sehe es deinen Augen an. Du glaubst den Leuten, wenn sie sagen, daß ich ja doch nur ein Possenreißer sei und nichts weiter. Aljoscha, glaubst du, daß ich nur ein Possenreißer bin?«

»Ich glaube, daß Sie nicht nur ein Possenreißer sind.«

»Und ich glaube dir, daß du es glaubst und daß du aufrichtig sprichst. Du blickst mich aufrichtig an und sprichst auch aufrichtig. Iwan aber nicht. Iwan ist hochmütig . . . Aber trotzdem würde ich mit deinem Kloster ein Ende machen. Diese ewige Mystik auf der ganzen russischen Erde einfach beseitigen und ausrotten, um endgültig alle diese Esel zur Vernunft zu bringen. Und wieviel Silber, wieviel Gold dabei in den Münzhof käme!«

»Wozu denn beseitigen?« fragte Iwan.

»Damit die Wahrheit erstrahle! — Siehst du jetzt, wozu!«

»Aber wenn diese Wahrheit erstrahlt, wird man doch Sie als ersten berauben und danach . . . beseitigen.«

»Wieso? Ach, natürlich, weiß der Teufel, du hast recht! Ich Esel!«Fjodor Pawlowitsch begriff sofort und schlug sich leicht mit der Hand vor die Stirn. »Nun, dann mag also dein liebes Kloster stehenbleiben, so lang es will, Aljoschka, wenn's so ist! Aber weißt du auch, Iwan, daß das alles von Gott dann wahrscheinlich unbedingt absichtlich so eingerichtet worden ist? Iwan, sag: Gibt es Gott oder gibt es ihn nicht? Wart: sage deine Überzeugung, sag sie im Ernst! Warum lachst du wieder?«

»Ich lache nur, weil Sie selbst vorhin eine scharfsinnige Bemerkung machten über Ssmerdjakoffs Glauben an die zwei Einsiedler, die einen Berg vielleicht doch versetzen könnten.«

»Ja, bin ich ihm denn jetzt ähnlich?«

»Sogar sehr.«

»Nun, schön, also bin auch ich ein Russe, also habe auch ich einen russischen Zug! Aber auch bei dir, mein Philosoph, kann man solch einen Zug entdecken. Willst du, soll ich? Wetten wir, daß ich dich morgen noch bei so etwas ertappe! Aber trotzdem, sag, gibt es Gott oder gibt es ihn nicht? Ganz im Ernst! Ich will es jetzt im Ernst wissen!«

»Nein, es gibt keinen Gott.«

»Aljoschka, gibt es einen Gott?«

»Es gibt einen Gott.«

»Iwan, aber gibt es Unsterblichkeit, nun, dort, irgendeine, meinetwegen auch nur eine ganz kleine, klitzekleine?«

»Nein, auch Unsterblichkeit gibt es nicht.«

»Überhaupt keine?«

»Überhaupt keine.«

»Das heißt, eine absolute Null oder doch etwas? Vielleicht ist doch noch etwas da? Das wäre dann immer noch nicht Nichts!«

»Eine absolute Null.«

»Aljoschka, gibt es Unsterblichkeit?«

»Ja, es gibt eine Unsterblichkeit.«

»Gott und Unsterblichkeit?«

»Ja, Gott und Unsterblichkeit.«

»Hm! Wahrscheinlicher ist, daß Iwan recht hat. Herrgott, wenn man bloß bedenkt, wieviel Glauben der Mensch hingegeben hat, wieviel Kräfte aller Art er ganz umsonst für diese Idee vergeudet hat, und das seit wie vielen Jahrtausenden! Wer macht sich denn dort lustig über den Menschen, Iwan? Noch einmal, Iwan, zum letztenmal, aber jetzt endgültig: gibt es einen Gott oder nicht? Ich frage zum letztenmal!«

»Und zum letztenmal: nein.«

»Wer macht sich denn lustig über die Menschen, Iwan?«

»Der Teufel vielleicht«, meinte Iwan Fjodorowitsch sarkastisch mit halbem Lächeln.

»Ja, gibt es denn einen Teufel?«

»Nein, auch einen Teufel gibt es nicht.«

»Schade. Weiß der Teufel, was ich mit demjenigen machen würde, der zuerst Gott erdacht hat! Ihn an einer Zitterpappel aufzuhängen, wäre ja noch viel zu wenig!«

»Dann würde es überhaupt keine Kultur geben, wenn man sich nicht Gott ausgedacht hätte.«

»Nicht geben? Ohne Gott, meinst du?«

»Ja. Und auch Ihren Kognak gäbe es dann nicht. Aber jetzt werde ich doch die Flasche fortstellen müssen.«

»Halt, halt, halt, mein Lieber, noch ein einziges kleines Gläschen ... Ich habe Aljoschka gekränkt. Du ärgerst dich doch nicht, Alexei? Du, mein lieber Alexeítschik, bist doch mein einziger Alexeitschik!«

»Nein, ich ärgere mich nicht. Ich kenne Ihre Gedanken. Ihr Herz ist besser als Ihr Kopf.«

»Was, mein Herz soll besser sein als mein Kopf? Großer Gott, und wie er das noch sagt! Iwan, liebst du Aljoschka?«

»Ja, ich liebe ihn.«

»Ist recht so, sollst ihn auch lieben.« (Fjodor Pawlowitsch war bereits stark berauscht.) »Höre, Aljoscha, ich habe deinem Staretz vorhin eine Grobheit gesagt. Nun, ich war erregt. Aber in diesem Staretz steckt doch Scharfsinn, er kann wirklich geistreich sein, was meinst du, Iwan?«

»Warum nicht.«

»Doch, doch, il y a du Piron là dedans. Das ist ein Jesuit, ein russischer, versteht sich. Als edles Wesen, das er ist, kocht in ihm dieser gewisse verborgene Unwille darüber, daß er sich verstellen muß ... den Heiligen spielen!«

»Aber er glaubt doch an Gott.«

»Nicht für 'ne halbe Kopeke! Und du wußtest das nicht? Er sagt es doch allen selbst, das heißt, nicht allen, sondern nur allen klugen Leuten, die zu ihm kommen. Dem Gouverneur Schulz hat er ganz offen gesagt: ,Credo, weiß aber selbst nicht, an was.'«

»Unmöglich!«

»Genau so, sag ich dir. Aber ich achte ihn sehr. Es ist etwas Mephistophelisches in ihm, oder richtiger, etwas aus Lérmontoffs „Helden unserer Zeit" ... Arbénin oder wie der Kerl da heißt ... Das heißt, sieh mal, er ist ein Wüstling; er ist dermaßen Wüstling, daß ich auch jetzt noch für meine Tochter zittern würde, oder für meine Frau, wenn sie zu ihm beichten ginge. Weißt du, wenn er davon erzählt ... Einmal, vor drei Jahren, lud er uns zu sich zum Tee ein, Tee mit einem pikfeinen Likörchen (die Damen schicken ihm ja alles zu), wie er aber dann von den alten Zeiten zu erzählen begann, da haben wir uns nur so den Bauch gehalten vor Lachen ... Besonders wie er eine Halbgelähmte geheilt hätte. ,Wenn's nur meine Beine erlaubten', sagte er ,würde ich Ihnen ein gewisses Tänzchen vortanzen' ... Nun, wie? Wie findet ihr ihn? ,Hab in meinem Leben den Leuten nicht wenig blauen Dunst vorgemacht', sagt er. Vom Kaufmann Demídoff hat er sich runde sechzigtausend Rubel eingesackt.«

»Wie, – gestohlen?«

»Der brachte sie zu ihm wie zu einem guten Menschen: ,Verwahre sie, morgen ist bei mir Haussuchung.' Nun, er verwahrte sie denn auch. ,Du hast doch', sagt er darauf, ,die Sechzigtausend der Kirche gespendet.' Ich sage ihm: ,Ein Schuft bist du.' – ,Nein', sagt er, ,bin kein Schuft, bin nur eine breit angelegte Natur' ... Übrigens, das war nicht er

... Das war ein anderer. Ich hab sie nur verwechselt ... ohne es selbst zu merken. Nun, jetzt noch ein Gläschen und dann Schluß, nimm die Flasche fort, Iwan. Ich habe gelogen, warum hast du mich nicht unterbrochen, Iwan ... und gesagt, daß ich lüge?«

»Ich wußte, daß Sie es selbst sagen würden.«

»Du lügst, du hast es aus Bosheit nicht getan, nur aus Bosheit. Du verachtest mich. Du bist hergekommen zu mir und verachtest mich jetzt in meinem eigenen Hause!«

»Ich werde sehr bald wieder fortfahren; der Kognak ist Ihnen nicht gerade zuträglich.«

»Ich hab dich himmelhoch gebeten, nach Tschermáschnja zu fahren ... auf ein, zwei Tage, aber du fährst nicht.«

»Morgen, wenn es Ihnen so sehr darum zu tun ist.«

»Wirst ja doch nicht fahren. Du willst hier auf mich aufpassen, mich bespionieren, siehst du, das ist es, was du willst, eine böse Seele bist du, und darum wirst du auch nicht fahren.«

Der Alte hörte nicht auf. Er hatte jene Phase der Trunkenheit erreicht, in der viele bis dahin friedliche Trinker sich plötzlich ärgern wollen.

»Was siehst du mich an? Was hast du für Augen? Deine Augen sehen mich an und sagen mir: ‚Betrunkene Fratze!‘ Mißtrauisch sind deine Augen, mit Verachtung blicken deine Augen ... Du bist hergekommen, weil du was ganz Besonderes im Sinn hast. Sieh, Aljoscha blickt einen an und seine Augen strahlen dabei; der hat keine Hintergedanken. Aljoscha verachtet mich nicht. Aljoscha, du sollst Iwan nicht lieben!«

»Ärgern Sie sich nicht über meinen Bruder! Hören Sie endlich auf, ihn zu kränken!« sagte plötzlich Aljoscha nachdrücklich.

»Was, wieso? — ich, nun, meinetwegen! Ach, mein Kopf schmerzt. Nimm den Kognak fort, Iwan, zum drittenmal sage ich es dir schon!« Er verstummte, wurde nachdenklich, und allmählich verzog sich sein Gesicht zu einem schlauen, breiten Grinsen. »Sei nicht bös, Iwan, ärgere dich nicht über den alten Taugenichts. Ich weiß, daß du mich nicht liebst, aber trotzdem ärgere dich nicht. Wofür sollte man mich auch lieben. Wenn du nach Tschermaschnja fährst, werde ich dich besuchen, ein Geschenk mitbringen. Ich werde dir dort ein Mädel zeigen, ich habe sie mir schon längst gemerkt. Vorläufig ist sie noch ein Barfüßchen. Aber laß dich dadurch nicht abschrecken, verachte sie nicht, die Barfüßchen! — Perlen sind's mitunter, sag ich dir!«

Und er drückte schmatzend einen Kuß auf seine innere Handfläche.

»Für mich«, begann er plötzlich wie neubelebt, als sei er im Augenblick nüchtern geworden, sobald er nur auf sein Lieblingsthema kam, »für mich ... Ach ihr! Kinderchen! Kleine Ferkelchen seid ihr ja noch! Für mich ... hat es in meinem ganzen Leben kein einziges reizloses Weib gegeben, das ist so meine Regel, an die ich mich halte! Könnt ihr das begreifen? Ach, wie sollt ihr denn das verstehen können: euch fließt ja noch Milch statt Blut in den Adern, ihr seid ja noch nicht mal aus dem Ei gekrochen! Nach meiner Überzeugung kann man in jedem Weibe ungewöhnlich viel, hol's der Teufel, Interessantes finden, etwas, das man bei keiner einzigen anderen wiederfinden kann, — nur muß man es zu finden verstehen, das ist der Haken! Dazu gehört eben ein Talent! Häßliche hat's für mich überhaupt nicht gegeben: schon allein das, daß sie Weib ist, schon allein das — ist die Hälfte des Ganzen ... Aber wie solltet ihr das verstehen! Selbst in den alten Jungfern findest du zuweilen noch so etwas, daß du dich über die übrigen Esel nur wundern kannst, wie sie sie nur haben alt werden lassen, ohne es überhaupt zu bemerken! Die Barfüßchen und die Häßlichen muß man ganz zuerst in Erstaunen setzen, — siehst du, so muß man sie anfassen! Und du wußtest das noch nicht? In Erstaunen muß man sie setzen, in eine Verwunderung, die zum Entzücken wird, die sie schließlich wie Begeisterung durchdringt, daß sich solch ein vornehmer Herr in solch einen Schmutzfink wie sie hat

223

verlieben können. 's ist wahrhaftig schön, daß es immer Knechte und Herren auf der Welt geben wird, dann wird es auch immer solch eine kleine Scheuermagd geben, und immer auch einen Herrn für sie, das aber ist doch alles, was zum Lebensglück nötig ist! ... Weißt du, Aljoschka, mit deiner verstorbenen Mutter machte ich es ebenso, ich setzte sie gleichfalls in Erstaunen, nur kam es dabei anders heraus. Bin lange Zeit nicht zärtlich zu ihr, dann aber, wenn die Minute kommt — falle ich plötzlich vor ihr nieder, rutsche auf den Knien vor ihr herum, küsse ihr die Füßchen und bringe sie jedesmal, jedesmal — erinnere mich dessen noch wie heute — zu solch einem kleinen Lachen, solch einem trockenen, hellen, nicht lauten, nervösen, ganz besonderen Lachen. Nur sie allein hatte solch ein Lachen. Ich weiß, daß damit bei ihr immer die Krankheit anfängt, daß sie morgen als Klikúscha schreien wird, und daß dieses kleine, trockene Lachen alles andere, nur nicht Entzücken bedeutet ... nun, einerlei, wenn auch Betrug, aber immerhin so etwas wie Entzücken. Seht ihr, was das heißt, in allem so etwas zu finden verstehen! Einmal, weiß ich noch, war Beljáwskij hier — ein hübscher, steinreicher Junge, hatte sich in sie verliebt und kam daher häufig zu uns...Na ja, was ich sagen wollte, dieser Beljáwskij also gab mir plötzlich in meinem eigenen Hause eine Ohrfeige, und zwar in ihrer Gegenwart. Als sie das sah, solch ein Lamm, — ich dachte, sie schlägt mich tot! ,Jetzt bist du', schreit sie, ,ein Geohrfeigter, du hast von ihm eine Ohrfeige bekommen! Du hast mich', sagte sie, ,an ihn verkauft! Wie hätte er es sonst wagen können, dich in meiner Gegenwart zu schlagen! Wage es nicht mehr, zu mir zu kommen, nie mehr, nie mehr! Geh sofort, fordere ihn auf Pistolen!' ... so daß ich sie damals zur Beruhigung ins Kloster schleppen mußte, die heiligen Väter stellten sie durch Gebete wieder her. Aber, bei Gott, Aljoscha, nie habe ich meine kleine Klikúscha gekränkt! Nur einmal, höchstens einmal, es war noch im ersten Jahr: sie betete damals schon gar zu viel, besonders die Feiertage der Muttergottes hielt sie streng ein und jagte mich dann immer zurück in mein Kabinett. Da dachte ich: Warte, werde ihr diese ganze Mystik schon austreiben! ‚Siehst du‘, sage ich, ‚siehst du, das ist dein Heiligenbild, sieh, hier ist es, sieh, ich hab es herabgenommen. Und jetzt sieh, du hältst es für wundertätig, ich aber werde es jetzt gleich hier vor deinen Augen anspucken, und nichts wird mir dafür geschehen!‘ ... Wie sie das sah, Herrgott, denke ich: jetzt wird sie mich totschlagen! Sie aber sprang nur auf, krampfte die Hände zusammen, dann bedeckte sie mit ihnen das Gesicht, erzitterte am ganzen Körper und fiel zu Boden ... einfach so ... Aljoscha, Aljoscha! Was hast du, was fehlt dir?«

Der Alte sprang erschrocken auf. Aljoschas Gesicht hatte sich seit dem Augenblick, da der Vater von seiner Mutter zu sprechen begann, allmählich verändert. Er wurde rot, seine Augen flackerten auf, und die Lippen erbebten ... Der trunkene Alte schwatzte weiter, daß ihm der Speichel von den Lippen spritzte, und bemerkte nichts davon — bis zu dem Augenblick, da mit Aljoscha plötzlich etwas sehr Sonderbares geschah, und zwar wiederholte sich bei ihm genau dasselbe, was der Alte gerade von seiner »Klikúscha« erzählte. Aljoscha sprang plötzlich auf, krampfte die Hände zusammen, bedeckte dann mit ihnen das Gesicht und fiel wie vom Blitz getroffen zurück auf den Stuhl; er erbebte plötzlich von einem hysterischen Anfall erschütternder Tränen und schluchzte lautlos. Die ungewöhnliche Ähnlichkeit mit der Mutter frappierte den Alten ganz besonders.

»Iwan, Iwan! Schnell Wasser her!« rief er erregt. »Ganz wie sie, ganz genau so wie sie, wie damals seine Mutter! Bespritz ihn mit Wasser, so machte ich es auch mit ihr ... Er weint wegen seiner Mutter ... wegen seiner Mutter ...«

»Ich glaube, seine Mutter war auch meine Mutter, was meinen Sie wohl?« brach es plötzlich aus Iwan Fjodorowitsch in unbezwingbar wütender Verachtung hervor.

Der Alte fuhr zusammen vor seinem funkelnden Blick. Doch da geschah etwas sehr Sonderbares, allerdings nur auf einen Augenblick: der Alte schien wirklich vergessen zu ha-

ben, daß Aljoschas Mutter auch die Mutter Iwans war ...
»Wie das — deine Mutter?« murmelte er verständnislos.
»Wie meinst du das? Von welch einer Mutter sprichst du?
... Ja, war sie denn auch ... Ach, richtig! Teufel! Sie ist ja
auch deine Mutter! Ach, Teufel! Nun, das, mein Lieber, das
war mir ganz entfallen, verzeih, ich aber glaubte, Iwan ...
Hehehe!«

Ein trunkenes, halb irres Grinsen zog wieder sein Gesicht
in die Breite. Da hörten sie plötzlich vom Vorzimmer her
Geräusch und Gepolter und lautes Geschrei: die Saaltür flog
auf, und herein stürzte Dmitrij Fjodorowitsch. Der Alte
flüchtete entsetzt zu Iwan:

»Er schlägt mich tot, er schlägt mich tot! Beschütz mich,
beschütz mich!« rief er heiser und klammerte sich angstvoll
an den Rock Iwan Fjodorowitschs.

IX

Die Wüstlinge

Gleich nach Dmitrij Fjodorowitsch kamen auch Grigórij
und Ssmerdjakóff in den Saal gelaufen. Sie waren es auch,
die sich ihm im Vorzimmer entgegengestellt hatten, um ihn
nicht hereinzulassen (infolge der ausdrücklichen Anweisung
Fjodor Pawlowitschs, die dieser schon vor etlichen Tagen gegeben hatte). Grigorij benutzte es, daß Dmitrij Fjodorowitsch
unschlüssig stehen blieb, um sich im Saal umzublicken, und
lief um den Tisch herum zu der Tür, die dem Eingang gegenüber
lag, und in die anderen Zimmer führte: er schloß behende
beide Flügel der Tür und stellte sich mit ausgebreiteten Armen vor ihr auf, als ob er bereit wäre, diesen Eingang bis zum
letzten Blutstropfen zu verteidigen. Als Dmitrij Fjodorowitsch das bemerkte, stieß er nur einen heiseren, kurzen
Schrei aus und stürzte sich auf Grigorij.

»Also dort ist sie! Dort hat man sie versteckt! Fort,
Schuft!«

Er wollte Grigorij fortreißen, aber der stieß ihn zurück. Außer sich vor Jähzorn, holte Dmitrij Fjodorowitsch weit aus und versetzte Grigorij einen gewaltigen Schlag, daß der alte Diener zusammenbrach und zu Boden fiel, Dmitrij Fjodorowitsch aber, der über ihn hinwegsprang, stieß die Flügeltür auf und stürzte in die anderen Zimmer. Ssmerdjakoff blieb im Saal zurück, hielt sich dicht hinter Fjodor Pawlowitsch, war kreidebleich und zitterte.

»Sie ist hier!« schrie Dmitrij Fjodorowitsch. »Ich habe selbst gesehen, wie sie um die Ecke bog, aber ich konnte sie nicht einholen. Wo ist sie? Wo ist sie?«

Dieser Schrei: »Sie ist hier!« machte einen unglaublichen Eindruck auf Fjodor Pawlowitsch. Die ganze Angst und der höllische Schrecken verließen ihn mit einem Mal.

»Haltet ihn, haltet ihn!« gröhlte er und jagte Dmitrij Fjodorowitsch nach.

Grigorij hatte sich inzwischen erhoben, doch schien er noch nicht recht zu sich kommen zu können. Iwan Fjodorowitsch und Aljoscha liefen eilig ihrem Vater nach. Da hörte man im dritten Zimmer etwas fallen und klirrend zerbrechen: es war eine große Vase (keine sehr kostbare), die auf einem hohen Marmorsockel stand und die Dmitrij Fjodorowitsch im Vorüberlaufen umgeworfen hatte.

»Haltet ihn fest!« schrie der Alte heiser. »Zu Hilfe! Polizei!«

Doch Iwan Fjodorowitsch und Aljoscha holten schon den Alten ein und brachten ihn mit Gewalt in den Saal zurück.

»Wozu laufen Sie ihm nach! Damit er Sie unfehlbar erschlägt?« fuhr Iwan Fjodorowitsch zornig seinen Vater an.

»Wánjetschka, Ljóschetschka, sie soll hier sein, hier, Grúschenka! Er sagt, er habe sie selbst gesehen, habe gesehen, wie sie hergeeilt ist . . .«

Er verschluckte sich. Er hatte Gruschenka jetzt gar nicht erwartet, und nun machte ihn die plötzliche Nachricht ihrer Ankunft ganz verrückt. Er zitterte am ganzen Körper und schien völlig von Sinnen zu sein.

»Sie haben doch selbst gesehen, daß sie nicht gekommen ist!« fuhr ihn Iwan Fjodorowitsch ärgerlich an.

»Aber vielleicht doch durch jenen Eingang?«

»Aber jener Eingang ist doch verschlossen, und der Schlüssel steckt, soviel ich weiß, in Ihrer eigenen Tasche . . .«

Da erschien Dmitrij Fjodorowitsch wieder im Saal. Er hatte natürlich jenen Eingang verschlossen gefunden, und der Schlüssel befand sich tatsächlich in Fjodor Pawlowitschs Tasche. Die Fenster aller Zimmer waren gleichfalls geschlossen, folglich konnte Gruschenka auch nicht hinausgelangt sein.

»Haltet ihn!« schrie sofort Fjodor Pawlowitsch kreischend auf, als er Dmitrij wieder erblickte. »Er hat dort bei mir im Schlafzimmer Geld gestohlen!«

Und im Augenblick hatte er sich von Iwan losgerissen, um sich wieder auf Dmitrij Fjodorowitsch zu stürzen. Der erhob aber seine Hände und packte plötzlich den Alten an den beiden letzten Haarbüscheln, die ihm noch an den Schläfen verblieben waren, riß ihn kräftig zur Seite und schleuderte ihn dann aus aller Kraft zu Boden, worauf er dem Liegenden noch zwei-, dreimal mit dem Stiefelabsatz ins Gesicht trat. Der Alte stöhnte und ächzte. Doch schon bändigte Iwan Fjodorowitsch seinen älteren Bruder, obgleich er längst nicht so stark war wie dieser, und riß ihn vom Vater weg. Aljoscha half ihm dabei noch mit seiner geringen Kraft, indem er den Bruder von vorn umklammerte.

»Mítja, Wahnsinniger, du hast ihn ja beinah erschlagen!« keuchte Iwan.

»Das hat er auch verdient!« schrie Dmitrij atemlos. »Wenn ich ihn aber noch nicht ganz totgeschlagen habe, so werde ich ihn noch totschlagen! Ihr werdet ihn nicht davor bewahren können!«

»Dmitrij, geh sofort hinaus!« rief Aljoscha laut.

»Alexéi! Sag du mir, dir allein werde ich glauben: war sie hier, oder war sie nicht hier? Ich habe selbst gesehen, wie sie am Zaun aus der Querstraße hierher einbog. Ich rief sie an, und da lief sie fort . . .«

»Ich schwöre dir, daß sie nicht hier war, es hat sie hier auch niemand erwartet!«

»Aber ich hab sie doch selbst gesehen . . . Dann muß sie wohl . . . Ich werde sofort erfahren, wo sie ist . . . Leb wohl, Alexei! Dem Äsop jetzt von Geld kein Wort, zu Katerína Iwánowna aber unverzüglich, und sage unbedingt: ,Er schickt seinen Abschiedsgruß!' Gerade Abschiedsgruß, und ,seinen ergebensten Diener!' Beschreibe ihr die Szene!«

Inzwischen hatten Iwan und Grigorij den Alten aufgehoben und in einen Lehnstuhl gesetzt. Sein Gesicht war blutüberströmt, aber er war bei Besinnung und fing gierig die Schreie Dmitrijs auf. Er glaubte immer noch, Gruschenka habe sich irgendwo im Hause versteckt. Dmitrij Fjodorowitsch warf noch einmal beim Fortgehen einen haßerfüllten Blick auf ihn.

»Ich bereue dein Blut nicht!« rief er ihm zu, »hüte dich, Alter, und vergiß das nicht, denn auch ich werde etwas nicht vergessen! Ich verfluche dich und sage mich für immer von dir los! . .«

Damit verließ er das Zimmer.

»Sie ist hier, sie ist bestimmt hier! Ssmerdjakoff, Ssmerdjakoff«, krächzte kaum hörbar der Alte und winkte mit dem Zeigefinger Ssmerdjakoff zu sich heran.

»Sie ist nicht hier, begreifen Sie es doch, Sie verrückter Alter«, schrie ihn plötzlich wutbebend Iwan Fjodorowitsch an. »So, jetzt wird er auch noch ohnmächtig! Wasser, ein Handtuch! Schlaf nicht, Ssmerdjakoff!«

Erschrocken lief Ssmerdjakoff nach dem Wasser. Fjodor Pawlowitsch wurde schließlich ins Schlafzimmer geschafft, ausgekleidet und ins Bett gelegt; dann bekam er noch eine kalte Kompresse auf den Kopf, der mit einem Handtuch umbunden wurde. Ganz schwach vom Kognak, von der starken Erregung und schließlich von den Schlägen, schloß er, sowie er das Kissen berührte, die Augen und schlief wahrscheinlich sofort ein. Iwan Fjodorowitsch und Aljoscha kehrten wieder in den Saal zurück. Ssmerdjakoff trug die Scherben der zerschlagenen Vase hinaus, Grigorij aber stand in finsterem Schweigen am Tisch.

»Auch du solltest dich lieber ins Bett legen und ein nasses Handtuch um den Kopf wickeln!« wandte sich Aljoscha an Grigorij. »Tu's nur, wir werden hier bei ihm bleiben; Dmitrij hat dich so unvorsichtig geschlagen ... gerade auf den Kopf.«

»Er hat sich erdreistet ...«, sagte Grigorij finster und stumpfsinnig, aber deutlich vor sich hin.

»Er hat auch den Vater zu schlagen sich erdreistet, nicht nur dich!« bemerkte etwas spöttisch Iwan Fjodorowitsch.

»Ich habe ihn eigenhändig gebadet ... Er aber hat sich er- dreistet ...«, wiederholte Grigorij.

»Weiß der Teufel, wenn ich ihn nicht weggerissen hätte, würde er ihn ja womöglich noch erschlagen haben. Wieviel braucht denn so ein Äsop?« raunte Iwan Fjodorowitsch Al- joscha zu.

»Gott verhüte es!« sagte Aljoscha.

»Warum soll er es denn verhüten«, fuhr Iwan mit bos- haftem Zug im Gesicht in demselben Flüsterton fort. »Das eine Geschmeiß wird das andere Geschmeiß verschlingen, und damit geschieht beiden recht!«

Aljoscha fuhr zusammen.

»Ich werde selbstverständlich einen Totschlag nicht zulas- sen, wie ich ihn auch heute verhindert habe ... Bleibe du hier, Aljoscha, ich will an die Luft gehen, mein Kopf schmerzt.«

Aljoscha ging ins Schlafzimmer zum Vater und saß an seinem Bett hinter dem Schirm ungefähr eine ganze Stunde. Plötzlich öffnete der Alte die Augen und blickte lange schwei- gend Aljoscha an; er schien sich des Vorgefallenen zu er- innern und nachzudenken. Mit einem Mal aber drückte sich eine ganz ungewöhnliche Erregung in seinem Gesicht aus.

»Aljoscha«, flüsterte er ängstlich, »wo ist Iwan?«

»Auf dem Hof, er klagte über Kopfschmerzen. Er be- wacht uns.«

»Gib mir den kleinen Spiegel, dort steht er!«

Aljoscha gab ihm einen kleinen, dreiteiligen Spiegel, der

auf der Kommode stand. Der Alte warf einen neugierigen Blick hinein und betrachtete sich aufmerksam: die Nase war ziemlich stark geschwollen, und auf der Stirn war über der linken Augenbraue ein großer, blutunterlaufener Fleck.

«Was sagt Iwan? Aljoscha, mein Lieber, du mein einziger Sohn, weißt du, ich fürchte mich vor Iwan, ich fürchte Iwan mehr als Dmitrij! Nur dich allein fürchte ich nicht!«

»Sie brauchen sich auch vor Iwan nicht zu fürchten; Iwan ärgert sich nur, aber er wird Sie verteidigen und beschützen.«

»Aljoscha, aber er? Wollte zu Gruschenka laufen! Mein Engel, sag mir die Wahrheit: war Gruschenka vorhin hier, oder war sie nicht hier?«

»Niemand hat sie hier gesehen. Das war nur eine Selbsttäuschung von Dmitrij; sie ist überhaupt nicht hier gewesen!«

»Aber Mitja will sie doch heiraten, denk nur, heiraten!«

»Sie wird ihn nicht nehmen.«

»Wird nicht, wird nicht, wird nicht, wird bestimmt nicht, um keinen Preis! ...« rief der Alte freudig belebt immer wieder, als ob man ihm nichts Angenehmeres hätte sagen können. In der Freude ergriff er Aljoschas Hand und preßte sie krampfhaft an sein Herz. In seinen Augen glänzten sogar Tränen. »Das Heiligenbild, weißt du, dieses von der Mutter Gottes, von dem ich dir vorhin erzählte, nimm du lieber an dich, nimm es mit, wohin du willst. Und ich erlaube dir auch, wieder ins Kloster zurückzugehen ... ich scherzte ja nur, sei nicht bös. Mein Kopf schmerzt, Aljoscha ... Ljoscha, beruhige du mein Herz, sei ein Engel, sag die Wahrheit!«

»Sie fragen noch immer, ob sie hier war oder nicht?« fragte Aljoscha traurig.

»Nein, nein, nein, ich glaube dir, nur höre: geh selbst zu Gruschenka, oder versuch sie sonst irgendwie zu treffen; frag sie schnell, so schnell wie möglich, errat es selbst mit deinen Augen: zu wem will sie, zu mir oder zu ihm? Wie? Was? Kannst du's, oder kannst du's nicht?«

»Wenn ich sie treffen sollte, werde ich sie fragen«, sagte Aljoscha kleinlaut und ein wenig verwirrt.

»Nein, sie wird es dir nicht sagen«, unterbrach ihn der Alte, »sie ist zu schlau dazu! Sie wird schließlich noch dich zu küssen anfangen und sagen, daß sie dich wolle! Sie ist eine Betrügerin, sie ist schamlos, nein, du darfst nicht zu ihr gehen, darfst nicht, hörst du!«

»Und es wäre auch wirklich nicht gut, Vater, wirklich nicht.«

»Wohin schickte er dich vorhin, er rief dir doch noch zu: ‚Geh hin!‘ als er hinauslief?«

»Er schickte mich zu Katerina Iwanowna.«

»Um Geld? Er will Geld haben?«

»Nein, nicht um Geld.«

»Er hat kein Geld, keine Kopeke. Weißt du, Alexei, ich werde mich noch in dieser Nacht bedenken, du aber geh jetzt. Vielleicht triffst du auch sie ... Nur komme du morgen unbedingt wieder her, morgen früh, unbedingt. Ich werde dir morgen ein Wörtchen sagen; wirst du kommen?«

»Gut, ich werde kommen.«

»Wenn du aber kommst, dann tu so, als ob du von selbst kämest, um mich zu besuchen. Sag niemandem, daß ich dich gerufen habe, und Iwan sag kein Wort davon!«

»Gut.«

»Aber jetzt geh, mein Engel, vorhin tratst du für mich ein, werd es dir mein Lebtag nicht vergessen. Morgen aber werde ich dir etwas sagen ... nur muß ich es mir noch überlegen.«

»Wie fühlen Sie sich denn jetzt?«

»Morgen, morgen steh ich auf, werde ganz gesund sein, ganz gesund, ganz gesund! ...«

Als Aljoscha über den Hof ging, fand er seinen Bruder Iwan auf der Bank am Hoftor. Er saß und schrieb etwas mit dem Bleistift in sein Notizbuch. Aljoscha teilte ihm mit, daß der Vater aufgewacht und bei voller Besinnung sei und ihm erlaubt habe, zur Nacht wieder ins Kloster zurückzukehren.

»Aljoscha, es wäre mir sehr lieb, dich morgen früh zu treffen«, sagte Iwan sich erhebend, ungemein freundlich — mit einer Liebenswürdigkeit, die Aljoscha unerwartet kam.

»Ich werde morgen bei Chochlakóffs sein«, sagte Aljoscha, »und vielleicht werde ich dann auch zu Katerina Iwanowna gehen, wenn ich sie jetzt nicht antreffen sollte ...«

»Und jetzt gehst du also zu Katerina Iwanowna? Um den ,Abschiedsgruß' zu überbringen?« fragte Iwan plötzlich lächelnd. Aljoscha wurde verlegen.

»Ich habe, glaube ich, alles aus seinen Worten, die er dir noch zurief, erraten — und noch aus einigen früheren Äußerungen ... Dmitrij hat dich bestimmt gebeten, zu ihr zu gehen und zu sagen, daß er ... nun ... nun ... mit einem Wort, ihr seine ,Reverenz' macht?«

»Wanja! Wie wird diese ganze furchtbare Geschichte mit dem Vater und Dmitrij noch enden?« fragte Aljoscha angstvoll seinen Bruder.

»Das läßt sich nicht voraussagen. Vielleicht mit nichts; die Geschichte wird verjähren. Dieses Frauenzimmer ist ein — Tier. Jedenfalls muß man den Alten im Hause bewachen und Dmitrij nicht herein lassen.«

»Iwan, erlaube mir, noch etwas zu fragen: hat denn wirklich jeder Mensch das Recht zu entscheiden, wer von den übrigen Menschen würdig ist, am Leben zu bleiben, und wer es nicht mehr wert ist?«

»Wozu hier die Frage nach der Würdigkeit hineinmischen? Diese Frage wird im Herzen der Menschen meistens durchaus nicht auf Grund der Würdigkeit entschieden, sondern auf Grund ganz anderer, viel natürlicherer Dinge. Was aber das Recht betrifft — wer hat denn nicht das Recht, zu wünschen?«

»Doch nicht den Tod des anderen?«

»Und warum schließlich nicht auch den Tod? Und warum sich denn selbst belügen, wenn alle Menschen so leben und am Ende auch gar nicht anders leben können? Fragst du das, weil ich vorhin sagte: ,Das eine Geschmeiß wird das andere verschlingen!'? ... Erlaube, in diesem Falle auch dich zu fragen: Hältst du auch mich wie Dmitrij für fähig, das Blut des Äsop zu vergießen, nun, sagen wir, ihn zu erschlagen, wie?«

»Was fällt dir ein, Iwan! So etwas ist mir überhaupt nicht in den Sinn gekommen! Und auch Dmitrij halte ich nicht für fähig...«

»Schon dafür hab Dank«, sagte Iwan lächelnd. »Du sollst wissen, daß ich ihn immer beschützen werde. Was jedoch mein Wünschen anbelangt, so möchte ich mir im vorliegenden Fall schrankenlosen Spielraum vorbehalten. Auf Wiedersehen morgen... Verurteile mich nicht und halte mich nicht für einen Bösewicht«, fügte er mit einem Lächeln hinzu.

Sie drückten sich so fest die Hand, wie sie es bisher noch nie getan hatten. Aljoscha fühlte, daß sein Bruder als erster ihm einen Schritt nähertrat, und daß er das unbedingt mit einer bestimmten Absicht tat.

X

Beide zusammen

Aljoscha verließ das Haus seines Vaters noch niedergeschlagener und bedrückter als er es betreten hatte. Auch sein Denken war wie zerrissen und durcheinandergeworfen, und dabei fühlte er, daß er sich fürchtete, das Verstreute zu ordnen, zu verbinden und sich über die allgemeine Ursache und Bedeutung aller quälenden Widersprüche, die er an diesem Tage empfunden hatte, klar Rechenschaft abzulegen. Es war ein bedrückendes, unerklärliches Gefühl, das fast an Verzweiflung grenzte und das Aljoscha noch nie in seinem Herzen empfunden hatte. Über allen anderen quälenden Zweifeln und Rätseln stand wie ein Berg die eine verhängnisvolle, unbeantwortbare Frage: Womit wird es zwischen dem Vater und dem Bruder wegen dieses schrecklichen Weibes enden? Jetzt war er selbst Augenzeuge gewesen und hatte sie beide in ihrer Eifersucht gesehen. Doch unglücklich, wirklich und furchtbar unglücklich konnte nur Dmitrij sein: ihn erwartete zweifellos großes Leid. Nun aber stellte es sich heraus, daß es noch andere Menschen gab, die all dieses gleichfalls anging und vielleicht noch viel mehr anging, als Aljoscha sich früher gedacht hatte. Es stellte sich plötzlich sogar etwas Rätselhaftes heraus. Sein Bruder Iwan war ihm einen Schritt nähergetreten, was er sich lange schon gewünscht hatte, und siehe da, jetzt fühlte er plötzlich, daß ihn diese Annäherung erschreckte. Und jene Frauen? Wie sonderbar: vorhin war er so unruhig und befangen gewesen, als er sich zu Katerina Iwanowna auf den Weg gemacht hatte, nun aber beeilte er sich, schneller zu ihr hinzukommen, ganz als ob er erwartete, bei ihr Rat zu finden. Und doch war es jetzt schwerer, den Auftrag auszurichten als vorhin: die Geldangelegenheit war endgültig entschieden, und Dmitrij, so sagte sich Aljoscha, würde sich jetzt für ehrlos und hoffnungslos verloren halten und darum sich auch in nichts mehr zügeln, sondern sich geradeaus und kopfüber in den Abgrund stürzen. Und zudem hatte er noch befohlen, Katerina Iwanowna auch über diesen letzten Auftritt zu berichten.

Es war schon sieben Uhr und es dämmerte bereits, als Aljoscha bei Katerina Iwanowna eintrat. Sie hatte ein sehr geräumiges und bequemes Haus an der Großen Straße gemietet. Aljoscha wußte, daß sie hier mit zwei Tanten wohnte; die eine war nur die Tante ihrer Stiefschwester Agáfja Iwánowna. Das war jene schweigsame Person, die Katerina Iwanowna im Hause ihres Vaters, damals, als sie aus dem Institut nach Hause gekommen war, wie eine Magd bedient hatte. Die andere Tante dagegen war eine vornehme, doch gleichfalls arme Dame, eine Moskowiterin. Es hieß, beide gehorchten in allen Dingen Katerina Iwanowna und wohnten bei ihr nur als »Anstandsdamen«. Katerina Iwanowna jedoch gehorchte nur ihrer Gönnerin, der alten Generalin, die krankheitshalber in Moskau geblieben war und der sie wöchentlich zwei Briefe mit ausführlichen Nachrichten über sich schreiben mußte.

Als Aljoscha in das Vorzimmer trat und die Zofe, die ihm die Tür geöffnet hatte, bat ihn anzumelden, schien man im Saal von seiner Ankunft schon zu wissen (vielleicht hatte man ihn vom Fenster aus gesehen), denn Aljoscha hörte noch ein Geräusch wie von hastig forteilenden Frauenschritten und Kleiderrauschen: es war als ob zwei oder drei Frauen aus dem Zimmer liefen. Es erschien ihm sonderbar, daß er durch seinen Besuch eine solche Aufregung hervorrief; er wurde aber sofort gebeten, in den Saal einzutreten. Das war ein großes, elegant und durchaus nicht nach provinziellem Geschmack reich möbliertes Zimmer: kleine Sofas, Couchetten, kleine und große Tische gab es da; an den Wänden hingen Gemälde, Vasen und Lampen standen auf den Tischen, dazu viele Blumen, und selbst ein Aquarium am Fenster. Da die Dämmerstunde schon vorrückte, war es etwas dunkel im Raum; Aljoscha bemerkte aber doch auf dem Sofa, auf dem augenscheinlich noch vor kurzem jemand gesessen hatte, eine seidene Mantille und auf dem Tisch davor zwei nicht geleerte Tassen Schokolade, Biskuit, eine Kristallschale mit blauen Weintrauben und eine andere mit Konfekt. Es mußte jemand zu Gast dagewesen sein. Aljoscha erriet, daß er einen Besuch gestört hatte, und runzelte die Stirn; aber da wurde schon eine Portiere zurückgeschlagen, und Katerina Iwanowna trat mit schnellen Schritten froh auf ihn zu und streckte ihm lächelnd beide Hände entgegen. Im selben Augenblick brachte das Mädchen zwei Armleuchter mit brennenden Kerzen und stellte sie auf den Tisch.

»Gott sei Dank, daß auch Sie endlich gekommen sind! Den ganzen Tag habe ich zu Gott gefleht, er möge Sie doch endlich zu mir schicken! Setzen Sie sich, bitte.«

Die Schönheit Katerina Iwanownas hatte Aljoscha schon früher betroffen gemacht, als ihn sein Bruder Dmitrij auf ihren ausdrücklichen Wunsch ihr vorgestellt hatte. Zu einem Gespräch war es damals zwischen ihnen nicht gekommen. Katerina Iwanowna hatte geglaubt, er sei verlegen geworden, und hatte daher, gleichsam um ihn zu schonen, die ganze Zeit nur mit Dmitrij Fjodorowitsch gesprochen. Aljoscha hatte geschwiegen, beobachtet und vieles sehr gut erkannt. Ihn hatten das sichere Auftreten, die stolze Liebenswürdigkeit, das

Selbstbewußtsein des hochmütigen Mädchens in Erstaunen gesetzt, und Aljoscha fühlte, daß es wirklich so war, daß Dmitrij nichts vergrößerte oder übertrieb. Er fand ihre großen, dunkelbraunen, feurigen Augen schön und fand auch, daß sie besonders gut zu ihrem länglichen, blaß-bräunlichen Gesicht paßten. Doch war in diesen Augen wie in den Linien der gleichfalls schön geschnittenen Lippen etwas gewesen, in das sich sein Bruder wohl verliebt haben konnte, was er jedoch vielleicht nicht lange lieben würde. Diese Beobachtung teilte er dann auch seinem Bruder mit, als dieser nach dem Besuch in ihn drang und ihn bat, nicht zu verheimlichen, was für einen Eindruck sie auf ihn gemacht habe.

»Du wirst mit ihr glücklich sein; aber vielleicht ... wird es kein ruhiges Glück werden.«

»Das ist's ja; solche Menschen bleiben wie sie sind, die geben nicht nach und ergeben sich nie in ihr Schicksal. Also du glaubst, daß ich sie nicht ewig lieben werde?«

»Nein, vielleicht wirst du sie ewig lieben; aber vielleicht wirst du mit ihr nicht immer glücklich sein.«

Als Aljoscha damals seine Meinung geäußert hatte, war er vor Ärger über sich, daß er den Bitten seines Bruders Gehör gegeben und so »dumme« Gedanken ausgesprochen hatte, heftig errötet, denn sofort, nachdem er es getan, war ihm seine Äußerung furchtbar dumm erschienen, und es war ihm sehr peinlich gewesen, daß er so vorwitzig über eine Frau geurteilt hatte. Um wieviel größer war nun seine Verwunderung, als er jetzt Katerina Iwanowna wiedersah und schon beim ersten Blick auf sie fühlte, daß er sich damals vielleicht sehr versehen hatte. Ihr Gesicht strahlte diesmal von unverfälschter, offenherziger Güte, von echter, lebhafter Herzlichkeit. Von dem ganzen früheren »Stolz und Hochmut«, die Aljoscha das erste Mal so betroffen gemacht hatten, war nur noch eine kühne, edle Energie und ein gewisser klarer, mächtiger Glaube an sich selbst zu bemerken. Schon nach dem ersten Blick auf sie, schon nach den ersten Worten begriff Aljoscha, daß ihr die ganze Tragik ihres Verhältnisses zu dem von ihr so geliebten Menschen durchaus kein Geheimnis war, daß sie vielleicht schon alles wußte, alles. Und doch lag soviel Licht in ihrem Antlitz, soviel Glaube an die Zukunft. Aljoscha fühlte sich plötzlich im Ernst vor ihr schuldig, und es war ihm fast, als habe er ihr mit Absicht unrecht getan. Jetzt war er sofort besiegt und bezaubert. Aber es fiel ihm schon nach ihren ersten Worten auf, daß sie sehr erregt war, was bei ihr nur selten vorkam; es war eine Erregung, die beinahe einer Art Begeisterung glich.

»Ich habe Sie darum so sehnsüchtig erwartet, weil ich jetzt nur von Ihnen allein die ganze Wahrheit erfahren kann, nur von Ihnen allein!«

»Ich bin gekommen . . .«, begann Aljoscha verwirrt, »ich . . . er hat mich geschickt . . .«

»Ah, er hat Sie also geschickt; nun, das ahnte ich ja. Jetzt weiß ich alles, alles!« rief Katerina Iwanowna mit aufblitzenden Augen aus. »Warten Sie, Alexei Fjodorowitsch, ich werde Ihnen zuerst sagen, warum ich Sie so erwartete. Sehen Sie, ich weiß vielleicht viel mehr als Sie; ich brauche nicht Nachrichten von Ihnen, sondern etwas anderes: ich will Ihre eigene, persönliche Meinung, ich will den Eindruck wissen, den er zuletzt auf Sie gemacht hat; ich will, daß Sie mir ganz aufrichtig sagen, ohne jede Ausschmückung, ganz brutal sogar (o, so brutal Sie nur wollen!), wie Sie ihn jetzt, nach Ihrem heutigen Wiedersehen, selbst beurteilen. Das wird vielleicht noch besser sein, als wenn ich, zu der er ja nicht mehr kommt, mich persönlich mit ihm aussprechen würde. Verstehen Sie, was ich von Ihnen will? Jetzt sagen Sie mir, mit welchem Auftrag er Sie zu mir geschickt hat (ich wußte ja, daß er Sie zu mir schicken würde!); sprechen Sie ganz einfach, sagen Sie mir alles, auch das letzte Wort!«

»Er sagte mir, ich soll Ihnen . . . seinen Abschiedsgruß überbringen und sagen, daß er nicht mehr kommen werde . . . und grüßen läßt.«

»Seinen Abschiedsgruß? Hat er das so gesagt, gerade so sich ausgedrückt?«

»Ja!«

»Vielleicht flüchtig, nebenbei, ohne so genau seine Worte zu bedenken?«

»Nein, er befahl geradezu, ich solle dieses Wort überbringen: ,seinen Abschiedsgruß'. Er bat mich dreimal darum, damit ich es nicht vergesse.«

Katerina Iwanowna schoß das Blut ins Gesicht.

»Helfen Sie mir jetzt, Alexei Fjodorowitsch! Jetzt bedarf ich Ihrer Hilfe. Ich werde Ihnen zuerst sagen, was ich denke, und Sie sollen mir dann nur antworten, ob Sie es für richtig halten oder nicht. Also hören Sie: wenn er Ihnen ganz flüchtig aufgetragen hätte, mir seinen Abschiedsgruß zu überbringen, ohne auf dem Wort zu bestehen, ohne es zu unterstreichen, so wäre alles aus . . . Das wäre das Ende! . . . Wenn er aber so besonders auf diesem Wort bestand, wenn er Sie so ausdrücklich beauftragt hat, mir gerade den *Abschieds-gruß* zu überbringen – so muß er sehr erregt, vielleicht außer sich gewesen sein. Er war vielleicht erst im Begriff, sich zu entschließen und erschrak zugleich vor seinem Entschluß! Er ist nicht festen Schrittes von mir fortgegangen, sondern hat sich in den Abgrund hinabgestürzt. Die ausdrückliche Betonung dieses Wortes kann ja nur Trotz gewesen sein.«

»Ja, ja!« bestätigte Aljoscha lebhaft, »jetzt scheint es mir auch so.«

»Wenn das aber so ist, dann ist er noch nicht verloren! Er ist nur sehr verzweifelt; aber ich kann ihn noch retten. Warten Sie: Hat er Ihnen nicht noch etwas von Geld gesagt, von dreitausend Rubeln?«

»Er hat nicht nur davon gesprochen, sondern das war es gerade, was ihn am meisten bedrückte. Er sagte, er sei jetzt ehrlos geworden, und jetzt wäre schon alles einerlei«, antwortete Aljoscha erregt, da er fühlte, wie sich von neuem Hoffnung in seinem Herzen erhob, und daß es möglicherweise doch noch eine Rettung für seinen Bruder gab. »Aber wie . . . wissen Sie denn etwas von diesem Gelde?« fragte er erschrocken und verstummte plötzlich.

»Schon lange und ganz genau. Ich telegraphierte nach Moskau und erfuhr sofort, daß man dort das Geld nicht erhalten hatte. Er hatte also damals das Geld nicht abgesandt; aber ich schwieg. Zufällig hatte ich erfahren, wie sehr er gerade damals in Geldverlegenheit war, und wie sehr er es noch jetzt ist ... Ich verfolge ja doch nur ein einziges Ziel: er soll wissen, zu wem er immer wieder zurückkehren kann und wer sein treuester Freund ist! Er aber will nicht glauben, daß ich das bin; er will mich nicht einmal näher kennenlernen; er sieht auf mich nur wie auf ein — Weib. Diese ganze Woche hat mich nur die eine furchtbare Sorge gequält: was soll ich tun, damit er sich nicht wegen der Verausgabung dieser Dreitausend vor mir schäme? Oder mag er sich auch schämen, vor allen, vor sich selbst; aber vor mir soll er sich nicht schämen. Gott gesteht er doch alles, ohne sich zu schämen. Warum weiß er noch immer nicht, wieviel ich für ihn ertragen kann? Warum, warum kennt er mich noch immer nicht? Wie wagt er es, mich noch nicht zu kennen, nach allem, was schon geschehen ist? Ich will ihn für immer retten; mag er mich meinetwegen als seine Braut vergessen! Und nun fürchtet er sich vor mir — wegen seiner Ehre? *Ihnen* alles zu sagen, hat er sich doch nicht gefürchtet; warum habe *ich* denn bis jetzt noch nicht dasselbe Vertrauen verdient?«

Die letzten Worte sprach sie mit Tränen in den Augen; Tränen rollten ihr über die Wangen.

»Ich soll Ihnen auch noch mitteilen«, sagte Aljoscha mit unsicherer Stimme, »was nachher geschehen ist, kurz bevor ich herkam.«

Und er erzählte ihr den ganzen Auftritt; erzählte, daß ihn Dmitrij zum Vater mit der Bitte um Geld geschickt hatte, wie er aber dann selbst hereingestürzt war, den Vater verprügelt und ihm, Aljoscha, dann noch einmal und eindringlich befohlen hatte, den »Abschiedsgruß« zu überbringen ...

»Und darauf ging er zu jener ...«, fügte Aljoscha leise hinzu.

»Und Sie glauben, daß ich das nicht verwinden könne? Und auch er glaubt, daß ich's nicht könnte? Aber er wird sie ja nicht heiraten!« Sie lachte nervös auf. »Kann denn ein Karamassoff ewig in dieser Leidenschaft verharren? Das ist Leidenschaft, aber nicht Liebe. Er wird sie nicht heiraten, denn sie wird ihn nicht heiraten ...«, sagte sie wieder mit sonderbarem Lachen.

»Er wird sie vielleicht doch heiraten«, sagte Aljoscha traurig, den Blick zu Boden gesenkt.

»Ich sage Ihnen, er wird sie nicht heiraten! Dieses Mädchen — ist ein Engel, wissen Sie das auch? Wissen Sie das?« rief Katerina Iwanowna plötzlich in ganz auffallender Begeisterung. »Das ist das phantastischste aller phantastischen Geschöpfe! Ich weiß, wie bezaubernd sie ist, aber ich weiß auch, wie gut sie ist, wie charakterfest, wie edel! Warum sehen Sie mich so an, Alexei Fjodorowitsch? Wundern Sie meine Worte, oder glauben Sie mir vielleicht nicht? Agraféna Alexándrowna, mein Engel!« rief sie plötzlich jemandem zu, nach der Tür des Nebenzimmers gewandt, »kommen Sie her zu uns, hier ist ein lieber Mensch, Aljoscha Karamasoff, er weiß alles, zeigen Sie sich ihm!«

»Ich habe ja die ganze Zeit hinter der Portiere nur darauf gewartet, daß Sie mich rufen«, sagte eine weiche, sogar ein wenig süßliche Frauenstimme.

Die Portiere ward zurückgeschlagen und ... Grúschenka näherte sich lächelnd und froh dem Tisch. Aljoscha fühlte, daß ihn etwas durchzuckte. Er umklammerte sie geradezu mit seinem ganzen Blick und konnte die Augen nicht mehr von ihr abwenden. Das also war sie, sie, dieses furchtbare Weib, — das »Tier«, wie sich Iwan noch vor einer halben Stunde über sie geäußert hatte. Und nun stand vor ihm — wie es auf den ersten Blick schien — das gewöhnlichste und einfachste Geschöpf, ein gutes, liebes Wesen, zwar ein hübsches Weib, aber eines, das allen anderen hübschen, doch »gewöhnlichen« Frauen so ähnlich war! Allerdings war sie schön, sogar sehr schön, — eine russische Schönheit, wie sie von vielen so leidenschaftlich geliebt wird. Sie war ziemlich groß, aber doch etwas kleiner als Katerina Iwanowna (diese war allerdings schon von ausgesprochen hohem Wuchs), von voller Gestalt, mit weichen, gleichsam unhörbaren Körperbewegungen, die gleichfalls, ganz wie ihre Stimme, bis zu einer fast süßlichen Maniriertheit verzärtelt zu sein schienen. Sie kam nicht wie Katerina Iwanowna ins Zimmer, — mit festen, mutigen Schritten; nein, unhörbar näherte sie sich ihnen. Keinen Schritt hörte man auf dem Fußboden. Weich ließ sie sich auf dem Lehnstuhl nieder, weich rauschte ihr prächtiges schwarzes Seidenkleid, und verzärtelt hüllte sie ihren vollen, wie Schaum weißen Hals und ihre breiten Schultern in einen kostbaren schwarzen Schal. Sie war zweiundzwanzig Jahre alt, und ihr Gesicht entsprach auch genau diesem Alter. Ihr Teint war sehr weiß, und nur ihre Wangen hatten einen blaßrosa Schimmer. Das Gesicht war vielleicht etwas breit, und der Unterkiefer trat ein wenig vor. Die Oberlippe war schmal und fein, die Unterlippe voller, fast wie geschwollen. Aber ihre wunderbaren, üppigen aschblonden Haare, die zobelbraunen, feingezeichneten Augenbrauen und ihre herrlichen graublauen Augen mit den langen Wimpern hätten selbst den gleichgültigsten und zerstreutesten Menschen, einerlei wo, in der Volksmenge, beim Spaziergang, im Gedränge auf der Straße bewogen, vor diesem Gesicht plötzlich stehenzubleiben und es lange Zeit in der Erinnerung zu behalten. Am meisten überraschte Aljoscha der naive, gutmütige Ausdruck dieses Gesichts. Sie blickte ihn an wie ein Kind, freute sich über irgend etwas wie ein Kind, und sie »freute« sich buchstäblich, als sie sich ihnen näherte, wie wenn sie mit kindlich ungeduldiger, zutraulicher Neugier etwas Besonderes erwartete. Ihr Anblick machte das Herz froh, — das fühlte Aljoscha. Es war aber noch etwas an ihr, worüber er sich keine Rechenschaft hätte geben können, vielleicht weil er es nicht verstand, etwas, das aber auch auf ihn unbewußt wirkte, nämlich diese Weichheit, diese Zärtlichkeit der Körperbewegungen, diese katzenhafte Unhörbarkeit ihrer Schritte. Und doch war es eine kräftige, volle Gestalt. Unter dem weichen Schal zeichneten sich breite, volle Schultern ab, eine hohe, noch ganz jugendliche Brust. Dieser Körper hatte vielleicht die Formen der Venus von Milo, obgleich er auch jetzt schon etwas üppiger zu sein schien. Kenner russischer Frauenschönheit hätten vielleicht bei Gruschenkas Anblick gesagt, daß solche frischen, noch jugendlichen Schönheiten schon mit dreißig Jahren die Harmonie einbüßen, daß auch das Gesicht dann verschwommen aussieht, daß um die Augen herum und auf der Stirn ungewöhnlich schnell kleine Fältchen entstehen und die Gesichtsfarbe ihre Zartheit verliert und rot wird. Mit einem Wort, daß es eine flüchtige Schönheit war, eine Augenblicksschönheit, die man so häufig gerade bei der russischen Frau findet. Doch daran dachte Aljoscha natürlich nicht in diesem Augenblick. Nur — wie bezaubert er auch war, er fragte sich doch mit einer gewissen unangenehmen Empfindung: «Warum zieht sie die Worte so in die Länge? Warum kann sie nicht natürlich sprechen?» Sie tat es offenbar, weil sie diese gedehnte und gleichsam süßliche Aussprache schön fand. Das war natürlich nur eine dumme Angewohnheit, die nicht zum guten Ton gehörte, und die von ihrer geringen Bildung und von Kindheit an falschen Auffassung des Vornehmen zeugte. Und doch erschien Aljoscha diese singende Aussprache der Worte fast wie ein unmöglicher Widerspruch zu diesem kindlich-offenherzigen und gutmütig-freudigen Gesichtsausdruck, zu diesem stillen, glücklichen Leuchten ihrer Kinderaugen! Katerina Iwanowna zog sie sofort auf den Lehnstuhl neben sich und küßte sie entzückt mehrmals auf die lachenden Lippen. Sie schien geradezu verliebt in sie zu sein.

»Wir sehen uns heute zum erstenmal, Alexei Fjodorowitsch«, sagte sie ganz berauscht; »ich wollte sie kennenlernen, sie sehen, ich wollte selbst zu ihr gehen, sie aber kam gleich auf meine erste Bitte zu mir. Ich wußte es ja, daß wir beide alles sofort gutmachen würden, alles! Mein Herz ahnte es . . . Man bat mich himmelhoch, diesen Schritt zu unterlassen, aber ich fühlte ja, daß hier die Rettung war, und täuschte mich nicht. Gruschenka hat mir jetzt alles erzählt und erklärt, alle ihre Absichten; sie ist wie ein guter Engel zu mir gekommen und hat mir Ruhe und Freude gebracht.«

»Sie haben mich nicht verachtet, liebes, wertes Fräulein«, sagte Gruschenka in ihrem gedehnt singenden Ton und immer noch mit demselben frohen Lächeln.

»Sagen Sie mir nie mehr, nie mehr so etwas, Sie schlimme Zauberin! Ich Sie verachten! Sehen Sie, ich werde gleich noch einmal Ihre Unterlippe küssen. Sie ist bei Ihnen wie ein wenig geschwollen, also damit sie noch mehr anschwelle, küsse ich sie, und werde sie wieder küssen, und wieder... Sehen Sie, wie sie lacht, Alexei Fjodorowitsch, wirklich, das Herz lacht einem, wenn man diesen Engel ansieht...« Aljoscha war rot im Gesicht und zitterte. Es war ein bebendes, unmerkliches Zittern.

»Sie verhätscheln mich, liebes Fräulein, ich aber bin Ihrer Liebkosung vielleicht gar nicht wert.«

»Nicht wert! Sie soll ihrer nicht wert sein!« rief Katerina Iwanowna wieder mit derselben Begeisterung aus. »Wissen Sie auch, Alexei Fjodorowitsch, daß wir ein phantastisches Köpfchen haben, ein eigenwilliges, aber stolzes, überstolzes Herzchen haben! Wir sind edel, Alexei Fjodorowitsch, wir sind großmütig, wissen Sie das auch? Wir waren nur unglücklich. Wir waren nur zu schnell bereit, einem unwürdigen oder vielleicht auch nur leichtsinnigen Menschen jedes Opfer zu bringen. Es war einmal einer, gleichfalls ein Offizier, wir gewannen ihn lieb und gaben ihm alles. Das war schon vor langer Zeit, vor fünf Jahren war's, er aber vergaß uns, er heiratete eine andere. Jetzt ist er verwitwet, jetzt hat er geschrieben und kommt schon her, — und wissen Sie auch, daß wir ihn allein, nur ihn allein die ganze Zeit über geliebt haben, bis auf den heutigen Tag! Er wird herkommen, und Gruschenka wird wieder glücklich sein, doch alle diese fünf Jahre lang war sie unglücklich. Und wer kann ihr denn etwas vorwerfen, wer kann sich ihrer Zuneigung rühmen? Nur dieser eine gelähmte Greis, dieser Kaufmann, aber er war ja eher unser Vater, unser Freund und Beschützer! Er fand uns damals in der Verzweiflung, in Qualen, verlassen von dem, den wir über alles liebten ... sie wollte sich ja damals ertränken, der Alte hat sie doch gerettet, gerettet!«

»Sie verteidigen mich schon gar zu sehr, mein liebes Fräulein, Sie übertreiben«, sang wieder Gruschenka.

»Ich verteidige Sie? Wie sollte ich darauf kommen, und darf hier überhaupt jemand etwas zu verteidigen wagen? Gruschenka, mein Engel, geben Sie mir Ihr Händchen, ach, sehen Sie doch, Alexei Fjodorowitsch, dieses kleine, weiche, reizende Händchen! — Es hat mir Glück gebracht und mich wieder aufgerichtet, und dafür werde ich es gleich küssen, so, so und so!« Und sie küßte dreimal ganz verzückt Gruschenkas wirklich reizendes, vielleicht nur etwas zu volles Händchen. Gruschenka ließ es unter nervösem, doch hellem, reizendem Lachen geschehen: es war ihr augenscheinlich sehr angenehm, daß das »liebe Fräulein« ihre Hand küßte.

‚Vielleicht ist das doch etwas zuviel der Begeisterung‘, fuhr es flüchtig Aljoscha durch den Sinn. Er errötete. Sein Herz war die ganze Zeit so sonderbar unruhig.

»Beschämen Sie mich doch nicht, indem Sie mir so in Alexei Fjodorowitschs Gegenwart die Hand küssen!«

»Ja, wollte ich Sie denn damit beschämen?« fragte Katerina Iwanowna etwas verwundert, »ach, meine Liebe, wie falsch Sie mich verstehen!«

»Und Sie verstehen mich vielleicht auch gar nicht richtig, liebes Fräulein, ich bin vielleicht viel schlechter, als ich hier vor Ihnen zu sein scheine. Im Herzen bin ich schlecht; bin eigensinnig. Den armen Dmitrij Fjodorowitsch habe ich damals aus reiner Spottlust gefesselt.«

»Aber jetzt retten Sie ihn doch selbst! Sie haben es mir doch versprochen. Sie werden ihm vernünftig zureden, werden ihm sagen, daß Sie einen anderen lieben, schon lange, und daß der Sie heiraten will ...«

»Ach nein, das habe ich Ihnen nicht versprochen. Sie haben es nur selbst gesagt, ich aber — ich habe Ihnen so etwas gar nicht versprochen.«

245

»Dann habe ich Sie wohl nicht recht verstanden«, sagte Katerina Iwanowna etwas leiser und schien ein wenig zu erbleichen, »Sie versprachen . . .«

»Ach nein, Sie Engel, davon habe ich nichts versprochen«, unterbrach Gruschenka sie leise und ruhig, immer mit demselben heiteren, unschuldigen Ausdruck. »Und da sehen Sie jetzt gleich, wertes Fräulein, wie schlecht und eigensinnig ich bin. Wenn ich etwas will, so tue ich es auch. Vorhin habe ich Ihnen vielleicht etwas versprochen, jetzt aber denke ich: Plötzlich gefällt er mir wieder, Mitja, meine ich, — gefiel er mir doch einmal schon sehr; fast eine ganze Stunde lang gefiel er mir. Und jetzt werde ich vielleicht gehen und ihm sofort sagen, daß er fortan bei mir bleiben soll . . . Sehen Sie, wie unbeständig ich bin . . .«

»Vorhin sprachen Sie . . . ganz anders . . .«, murmelte Katerina Iwanowna kaum hörbar.

»Ach, vorhin! Aber mein Herz ist doch zärtlich und dumm. Und wenn man nur bedenkt, was er meinetwegen ertragen hat! Und plötzlich komme ich nach Hause, und es tut mir leid um ihn, — was dann?«

»Ich hätte nicht erwartet . . .«

»Ach, Fräulein, wie gut und edel Sie jetzt im Vergleich zu mir erscheinen. Sehen Sie, jetzt werden Sie mich dummes Geschöpf nicht mehr lieben, weil ich solch einen Charakter habe. Geben Sie mir Ihr liebes Händchen, Sie Engel«, bat sie zärtlich und nahm fast andächtig die Hand Katerina Iwanownas. »Nun, liebes Fräulein, werde auch ich Ihr Händchen nehmen und ebenso küssen, wie Sie meine Hand küßten. Sie küßten dreimal, ich aber müßte sie Ihnen dreihundertmal küssen, um es quitt zu machen. Und so mag es denn auch sein; dann aber, wie Gott will, vielleicht werde ich ganz Ihre Sklavin werden und Ihnen alles sklavisch zu Gefallen tun. Wie Gott will, so mag es sein, ohne alle Besprechungen und Versprechungen untereinander. Ihr Händchen, Ihr liebes Händchen, Fräulein, Ihr Händchen! Mein liebes Fräulein, Sie — Sie unglaubliche Schönheit!«

Sie zog wirklich die Hand an ihre Lippen, allerdings mit einer sonderbaren Absicht: um die Küsse zu »quittieren«! Katerina Iwanowna zog ihre Hand nicht fort. Mit scheuer Hoffnung vernahm sie die letzten Worte und das so sonderbar geäußerte Versprechen Gruschenkas, ihr vielleicht alles »sklavisch« zu Gefallen tun zu wollen. Sie blickte ihr angestrengt in die Augen. Sie sah in diesen Augen immer denselben offenherzigen, zutraulichen Ausdruck, immer dieselbe klare Munterkeit ...

,Sie ist vielleicht nur sehr naiv', dachte Katerina Iwanowna einen Augenblick mit neuer Hoffnung im Herzen. Gruschenka zog inzwischen langsam die Hand immer höher an ihre Lippen. Doch kurz vor ihren Lippen zögerte sie plötzlich und hielt inne, als ob sie über etwas nachdächte.

»Aber wissen Sie was, Sie Engel«, sagte sie plötzlich mit der zärtlichsten, süßesten Stimme, »wissen Sie was: ich werde Ihre Händchen jetzt einfach ... *nicht* küssen.« Und sie lachte ein kleines, heiteres Lachen.

»Wie Sie wollen ... Was sagen Sie?« fuhr Katerina Iwanowna jäh auf.

»So behalten Sie denn das zur Erinnerung, daß Sie meine Hand geküßt haben, ich aber die Ihre nicht.« Es blitzte etwas in Gruschenkas Augen. Sie blickte aufmerksam Katerina Iwanowna an.

»Unverschämte!« stieß plötzlich Katerina Iwanowna hervor, als ob sie mit einem Mal etwas begriffen hätte; sie wurde feuerrot und sprang auf. Ohne sich zu beeilen, erhob sich auch Gruschenka.

»So werde ich es denn auch gleich Mitja erzählen, wie Sie mir dreimal die Hand geküßt haben, ich aber die Ihre überhaupt nicht. Und wie er darüber lachen wird!«

»Hinaus, Sie gemeines Geschöpf, hinaus!«

»Ach, schämen Sie sich, Fräulein, ach, schämen Sie sich, das ist ja ganz unschicklich für Sie, liebes Fräulein.«

»Hinaus, feile Dirne!« schrie Katerina Iwanowna. Jeder Nerv zitterte in ihrem verzerrtem Gesicht.

»Also schon feil. Sind Sie doch selber als junges Mädchen in der Dämmerung zu Kavalieren gegangen, Ihre Schönheit um Geld zu verkaufen, das weiß ich doch, weiß ich doch!«

Katerina Iwanowna stieß einen kurzen Schrei aus und wollte sich auf sie stürzen, aber Aljoscha gelang es noch, sie mit Gewalt zurückzuhalten:

»Kein Wort mehr, keinen Schritt! Sagen Sie nichts, antworten Sie nicht, sie geht ja schon fort, sie wird sogleich fortgehen!«

In dem Augenblick stürzten auf ihren Schrei hin die beiden Tanten in den Saal und hinter ihnen das Stubenmädchen. Alle liefen zu ihr und umringten sie.

»Ja, ich gehe«, sagte Gruschenka, indem sie vom Sofa ihre Mantille nahm. »Aljoscha, mein Lieber, begleite mich!«

»Gehen Sie, gehen Sie doch schneller fort!« bat Aljoscha flehend.

»Lieber Aljóschenka, begleite mich! Ich werde dir unterwegs etwas Schönes, Schönes sagen! Ich habe ja nur für dich, Aljóschenka, diese Szene gespielt. Begleite mich, Liebling, wirst später damit zufrieden sein.«

Aljoscha wandte sich von ihr ab. Gruschenka aber verließ hell lachend das Haus.

Katerina Iwanowna hatte danach einen Nervenanfall. Sie schluchzte, konnte nicht atmen, glaubte zu ersticken. Alle bemühten sich um sie.

»Ich habe Sie gewarnt«, sagte die ältere Tante, »ich habe Sie immer wieder von diesem Schritt abzuhalten versucht ... Sie sind viel zu heißblütig, wie kann man nur als Dame so etwas tun! Sie kennen diese Geschöpfe nicht; von dieser aber sagt man, sie sei die Schlimmste von allen ... Nein, Sie sind viel zu eigenwillig!«

»Das ist ja ein Tiger!« schrie Katerina Iwanowna außer sich. »Warum hielten Sie mich zurück, Alexei Fjodorowitsch, ich hätte sie geschlagen, geschlagen!«

Sie hatte nicht die Kraft, sich vor Aljoscha zusammenzunehmen, vielleicht wollte sie es auch nicht einmal.

»Auspeitschen müßte man sie, auf dem Schafott, durch den Henker, öffentlich! ...«

Aljoscha zog sich erschrocken zur Tür zurück.

»Aber, o Gott!« rief plötzlich Katerina Iwanowna, die Hände ringend. »Er! er hat so ehrlos sein können, so unmenschlich! Er hat dieser Dirne erzählt, was dort war, damals, an jenem verhängnisvollen, verfluchten, ewig verfluchten Tag! ‚Sie sind doch selber Ihre Schönheit verkaufen gegangen, liebes Fräulein!‘ Und sie weiß das! Ihr Bruder ist ein ehrloser Schuft, Alexei Fjodorowitsch!«

Aljoscha wollte etwas sagen, aber er fand kein einziges Wort. Sein Herz krampfte sich zusammen vor Schmerz.

»Gehen Sie fort, Alexei Fjodorowitsch! Ich schäme mich, mir ist so furchtbar zumut! Morgen ... ich flehe Sie an, kommen Sie morgen! Verurteilen Sie mich nicht, verzeihen Sie, ich weiß noch nicht, was ich mir antun werde!«

Aljoscha trat nahezu taumelnd hinaus auf die Straße. Er wollte gleichfalls weinen wie sie. Da kam ihm das Stubenmädchen nachgelaufen.

»Das gnädige Fräulein haben vergessen, diesen Brief von Fräulein Chochlakóff zu übergeben; er lag schon seit Mittag bei ihr.«

Aljoscha nahm ganz mechanisch das rosafarbene Brieflein entgegen und steckte es, ohne sich dessen bewußt zu werden, in die Tasche.

XI

Noch ein vernichteter Ruf

Das Kloster war nur etwas über eine Werst von der Stadt entfernt. Aljoscha schritt eilig aus auf der zu dieser Stunde völlig einsamen Landstraße. Die Nacht brach schon an: auf dreißig Schritt konnte man die Gegenstände nur noch schwer unterscheiden. Ungefähr auf der Hälfte des Weges kam ein Kreuzweg. Dort am Kreuzweg stand an einem einsamen

Silberweidenbaum eine Menschengestalt. Kaum hatte Aljoscha den Kreuzweg betreten, als die Gestalt sich vom Baum
löste, ihm entgegenstürzte und mit grimmig wilder Stimme
rief:

»Den Beutel oder das Leben!«

»Ach, du bist es, Mitja!« rief Aljoscha erstaunt aus, nachdem er zuerst doch heftig zusammengefahren war.

»Hahaha! Das hattest du wohl nicht erwartet? Ich fragte
mich: wo soll ich dich erwarten? Bei ihrem Hause? Von dort
aber führen drei Wege hierher, und ich könnte dich ver-
fehlen. Endlich kam ich darauf, hier zu warten, denn hier
muß er unbedingt vorübergehen, dachte ich, einen anderen
Weg gibt's nicht zum Kloster. Nun, sag die Wahrheit, schone
mich nicht ... Aber was ist mit dir?«

»Nichts, Mitja ... du hast mich nur so erschreckt. Ach,
Dmitrij! Vorhin — dieses Blut des Vaters ...« Aljoscha
schluchzte auf; er hatte schon lange in Tränen ausbrechen
wollen, jetzt aber war ihm, als ob in seiner Seele plötzlich
etwas zerrisse. »Du hättest ihn beinahe erschlagen ... Du
verfluchtest ihn ... und jetzt ... hier ... jetzt scherzest du
noch ... Beutel oder Leben!«

»Ach ja, nun — was? Unpassend, nicht? Paßt nicht zu
meiner Lage?«

»Ach nein, nicht das ... ich war nur so ...«

»Wart, bleib stehen! ... Schau dir diese Nacht an! ... Sieh:
wie dunkel die Nacht ist, die Wolken, sieh, wie dunkel, und
welch ein Wind sich erhoben hat! Ich hatte mich hier unter
der Weide versteckt, erwartete dich, und plötzlich ein Gedanke (bei Gott!): Wozu sich denn noch weiter plagen, worauf noch warten? Hier ist eine Weide, ein Taschentuch hast
du, ein Hemd hast du, eine Schlinge läßt sich im Augenblick
zusammendrehen, obendrein noch Hosenträger, und — nicht
mehr die Erde belasten, sie nicht mehr durch dein niedriges
Leben entehren! Da höre ich, ein Mensch kommt — du!
Herrgott, es war ganz, als ob plötzlich etwas zu mir nieder-
schwebte: also gibt es doch noch einen Menschen, den auch

ich liebe, da kommt, da ist er, dieser Mensch, mein liebes, kleines Brüderlein, das ich von allem auf der Welt am meisten liebe, das einzige, was ich wirklich, wirklich liebe! Ja: so lieb warst du mir plötzlich, ich liebte dich so in diesem Augenblick, daß ich dachte: Werfe mich sofort an seinen Hals und küsse ihn! Da kam aber dieser dumme Gedanke: Werde einen Scherz machen, ihn erschrecken! Und da schrie ich denn wie ein Dummkopf: ‚Den Beutel oder das Leben'! Verzeih die Narrheit! — das ist doch nur Unsinn, in der Seele ist es auch bei mir ... anständig ... Nun aber, zum Teufel damit, sag, wie es dort war? Was sagte sie? Schlag mich nieder, zermalme mich, brauchst mich nicht zu schonen! Sie geriet wohl außer sich?«

»Nein, nicht das ... Es war dort ganz anders, Mitja. Dort ... Ich traf sie beide zusammen an.«

» Wen denn, was für beide?«

»Gruschenka war bei Katerina Iwanowna.«

Dmitrij Fjodorowitsch erstarrte.

»Nicht möglich!« stieß er hervor, »du phantasierst! Gruschenka bei ihr?«

Aljoscha erzählte ihm alles, was er von dem Augenblick an, da er bei Katerina Iwanowna eingetreten war, gesehen und gehört hatte. Er erzählte wohl zehn Minuten lang, allerdings nicht fließend und zusammenhängend, aber er verstand es, alles klar darzustellen; er hob die bedeutungsvollen Worte hervor, die wichtigsten Bewegungen, und gab oft durch eine kurze Bemerkung deutlich seine eigenen Gefühle wieder. Dmitrij hörte schweigend zu, blickte starr mit einer sonderbaren Unbeweglichkeit vor sich hin, doch Aljoscha sah, daß er schon alles begriffen hatte und den ganzen Zusammenhang verstand. Sein Gesicht wurde, je mehr die Erzählung vorrückte, nicht etwa nur finster, nein, drohend. Er hatte die Stirn gerunzelt, preßte die Zähne zusammen; sein unbeweglicher Blick wurde gleichsam noch unbeweglicher, starrer, furchtbarer ... Um so unerwarteter war es, als sich plötzlich mit unglaublicher Schnelligkeit sein ganzes Gesicht, das bis dahin zornig und wild gewesen war, veränderte; die zusammengepreßten Lippen öffneten sich, und Dmitrij Fjodorowitsch brach in das allerunbezwingbarste, natürlichste Gelächter aus. Er schüttelte sich buchstäblich vor Lachen; lange Zeit konnte er überhaupt nicht sprechen vor Lachen.

»Und hat die Hand auch richtig nicht geküßt! Nicht geküßt, und ist so fortgelaufen!« rief er in geradezu krankhaftem Entzücken, — in schamlosem Entzücken, könnte man vielleicht sagen, wenn dieses Entzücken nicht so ungekünstelt gewesen wäre. »Sie hat also geschrien, jene sei ein Tiger! Das ist sie auch, ein Tiger! Also aufs Schafott soll man sie bringen? Ja, ja, das müßte man, das muß man, das ist auch meine Meinung, daß man es tun muß, schon lange müßte man's! Siehst du, Bruder, meinetwegen aufs Schafott, aber vorher muß man noch geheilt werden. O, ich erkenne die Königin der Unverschämtheit, hierin ist sie ganz enthalten, ganz, in diesem Händchen hat sie sich ganz ausgesprochen, hierin liegt das ganze infernale Weib. Das ist die Königin aller infernalen Weiber, die man sich auf der Welt nur denken kann! In seiner Art kann's einen wirklich entzücken! Also sie lief nach Hause? Ich wollte schon . . . Ach, dann werde ich . . . schnell zu ihr eilen! Aljoscha, sei mir nicht böse, ich gebe ja vollkommen zu, daß es zu wenig wäre, sie zu erdrosseln . . .«

»Aber Katerina Iwanowna?« fragte Aljoscha traurig.

»Auch die durchschaue ich, ganz und gar durchschaue ich sie jetzt, wie noch nie zuvor! Das ist eine wahre Entdeckung aller vier Erdteile, aller fünf! Solch ein Schritt! Das ist diese selbe Kátjenka, das Institutsmädel, das nach dem hochherzigen Entschluß, den Vater zu retten, sich nicht fürchtete, in der Dämmerung zu einem dummen rohen Offizier zu laufen, wobei sie riskierte, so unsagbar beleidigt zu werden! Doch unser Stolz! das Bedürfnis zu wagen! das Schicksal herauszufordern! diese Herausforderung ins Unermeßliche! Du sagst, die Tante hat sie zurückgehalten? Diese Tante, weißt du, ist selbst eine autokratische Person, sie ist doch die leibliche Schwester jener Moskauer Generalin; sie hat früher die Nase noch höher getragen als jene, aber da wurde ihr Mann wegen Veruntreuung von Krongeldern verurteilt, verlor alles, verlor sein ganzes Hab und Gut — und seine stolze Frau Gemahlin senkte darauf etwas den Ton, hat ihn seit der Zeit auch nicht wieder erhoben. Also sie hat Katja zurückgehalten, und diese hat natürlich nicht auf sie gehört... ‚Ich kann alle besiegen‘, denkt sie, ‚alles ist mir untertan! Wenn ich will, bezaubere ich auch Gruschenka‘, und — hat sich natürlich selbst geglaubt, hat sich selbst aufgestachelt, — wer ist denn jetzt schuld daran? Du denkst vielleicht, sie hat mit Absicht als erste das Händchen der anderen geküßt, Gruschenkas Hand, aus schlauer Berechnung? Nein, sie hatte sich wirklich, wirklich in Gruschenka verliebt, das heißt, nicht in Gruschenka, sondern in ihre eigene Idee, in ihre Phantasie, darum, siehst du, weil das, sozusagen, *ihre* Idee war, ihre eigene Phantasie! Liebling, Aljoscha, wie bist du überhaupt entkommen, wie hast du dich von solchen doch noch retten können? Du bist wohl einfach davongelaufen, mit aufgeraffter Kutte? Hahaha!«

»Bruder, mir scheint, du hast es noch gar nicht beachtet, wie beleidigend es für Katerina Iwanowna ist, daß du Gruschenka von jenem Tage erzählt hast? — so daß diese ihr jetzt ins Gesicht hat schleudern können, sie sei doch selber heimlich zu Kavalieren ihre ‚Schönheit verkaufen gegangen‘! Bruder, kann es denn eine noch größere Kränkung geben?«

Am meisten quälte Aljoscha der Gedanke, daß der Bruder sich über die Demütigung Katerina Iwanownas geradezu zu freuen schien, obgleich das natürlich ausgeschlossen war.

»Ach, Teufel!« Dmitrij Fjodorowitschs Gesicht verfinsterte sich plötzlich unheimlich, und er schlug sich mit der Hand vor die Stirn. Erst jetzt besann er sich darauf, obgleich Aljoscha alles erzählt, nichts verschwiegen hatte, auch nicht Katerina Iwanownas Schrei: »Ihr Bruder ist ein ehrloser Schuft!« — »Ja, wirklich, es kann sein, daß ich Gruschenka von jenem ‚verhängnisvollen Tag‘, wie Kátja sagt, erzählt habe. Ja, richtig, ich hab's ihr erzählt, ich weiß, ich weiß! Das war damals in Mókroje, ich war betrunken, die Zigeunerinnen sangen... Aber ich schluchzte doch, ich schluchzte doch selbst, ich lag auf den Knien, ich betete zu Katja, und Gruschenka begriff das doch. Sie begriff damals alles, ich weiß noch, sie weinte selbst... Ah, Teufel! und konnte es denn jetzt anders sein? Damals weinte sie, jetzt aber... Jetzt ‚den Dolch ins Herz'! So sind die Weiber!«

Er verstummte und dachte nach.

»Ja, ich bin ein Schuft! Das steht nun fest!« sprach er dann mit düsterer Stimme vor sich hin. »Einerlei, geweint oder nicht geweint! Kannst dort melden, daß ich die Benennung annehme, — wenn das zu trösten vermag. Aber nun genug, leb wohl, wozu so viel schwatzen! Heiteres gibt es nicht. Du gehst deinen Weg, ich den meinen. Und ich will dich auch nicht mehr sehen, bis zu irgendeinem letzten Augenblick. Leb wohl, Alexei!« Er drückte Aljoscha fest die Hand und ging, immer noch mit gesenktem Kopf, als ob er sich losgerissen hätte, mit schnellen Schritten zur Stadt zurück. Aljoscha blickte ihm nach; er glaubte noch nicht, daß er wirklich fortgehe.

»Wart, Alexei, noch ein Bekenntnis! Dir allein werde ich es sagen!« rief plötzlich Dmitrij Fjodorowitsch und kehrte zurück: »Sieh mich an, sieh mich aufmerksam an: sieh hier, hier — bereitet sich eine furchtbare Ehrlosigkeit vor.« (Als er dieses »sieh hier« sagte, schlug er sich in einer so sonderbaren Weise mit der Faust auf die Brust, als ob diese Unehre gerade auf seiner Brust läge oder dort sich verberge, auf einem bestimmten Fleck, in einer Tasche vielleicht, oder in etwas eingenäht am Halse hinge.) »Du kennst mich nun schon: ich bin ein Schuft, ein erklärter Schuft! Doch wisse, was ich auch getan habe, früher, jetzt, oder noch später tun werde, — nichts, nichts kann sich an Gemeinheit mit dieser Ehrlosigkeit vergleichen, die ich jetzt, in diesem Augenblick, hier, hier auf meiner Brust trage, gerade hier, sieh hier, — die schon geschieht und sich vollzieht, und die aufzuhalten vollkommen in meiner Macht läge, merk dir das, ich könnte sie ebensogut aufhalten wie ausführen! Nun, so wisse denn, daß ich sie ausführen und nicht aufhalten werde. Heute in der Laube erzählte ich dir alles: nur dies eine erzählte ich dir nicht, denn selbst ich hatte keine genügend eherne Stirn dazu! Ich kann noch stehen bleiben; wenn ich stehen bleibe, kann ich noch morgen die ganze Hälfte der verlorenen Ehre wiedergewinnen, aber ich werde nicht stehen bleiben, ich werde das gemeine Vorhaben ausführen, und so sei du hinfort Zeuge, daß ich im voraus und wissentlich sage: Verderben und Finsternis! Zu erklären ist da nichts, wirst es schon zur rechten Zeit erfahren. Stinkende Winkelgasse und ein infernales Weib! Leb wohl. Bete nicht für mich, bin's nicht wert, und es ist auch gar nicht nötig, nicht nötig . . . bedarf dessen überhaupt nicht! Fort! . . .«

Er wandte sich hastig um und entfernte sich schnell. Diesmal kehrte er nicht mehr zurück. Nachdenklich ging Aljoscha weiter auf der Landstraße zum Kloster. »Wie war das, wieso werde ich ihn nicht mehr wiedersehen? Was redete er da?« fragte er sich verständnislos, als ihm Mitjas Worte wirr durch den Sinn fuhren. »Gleich morgen früh muß ich ihn aufsuchen, unbedingt, und herausbekommen, was er damit meinte, wovon er da eigentlich redet.«

*

Er umging das Kloster und gelangte durch den Fichtenwald geradewegs zur Einsiedelei. Ihm wurde bald aufgemacht, obgleich man dort sonst zu so später Stunde niemanden mehr einzulassen pflegte. Sein Herz pochte, als er die Klause des Staretz betrat: Wozu, wozu hatte er sie überhaupt verlassen? Warum hatte jener ihn »in die Welt« geschickt? Hier war Stille, hier war Heiligkeit, dort aber — war Verwirrung, war Finsternis, in der man sich schon beim ersten Schritt verlor und verirrte . . .

In der Klause befanden sich der Novize Porfírij und der Priestermönch Pater Païssij, der schon den ganzen Tag stündlich einmal gekommen war, um sich nach dem Befinden des Staretz zu erkundigen, da es diesem, wie Aljoscha zu seinem Schrecken erfuhr, immer schlechter gegangen war. Selbst die übliche Abendunterhaltung mit der Bruderschaft hatte ausfallen müssen. Gewöhnlich kam abends nach dem Gottesdienst die Klosterbruderschaft vor dem Schlafengehen noch in die Klause des Staretz, und ein jeder beichtete ihm laut seine Verfehlungen im Laufe des Tages, seine sündhaften Einfälle, Gedanken und Träume, seine Versuchungen und sogar seine Streitigkeiten mit den anderen, falls solche vorgekommen waren. Manche beichteten kniend. Der Staretz sprach sie los von der Sünde, versöhnte, unterwies und ermahnte sie, legte Bußen auf, segnete und entließ sie. Eben gegen diese »Beichten« der Bruderschaft gingen die Gegner des Startzentums vor. Sie sagten, das sei eine Profanation der Beichte als Sakrament, sei nahezu Gotteslästerung, obgleich es sich in diesem Fall doch um etwas ganz anderes handelte. Man hatte sogar die geistliche Obrigkeit darauf aufmerksam gemacht, daß solch ein Beichten nicht nur zu nichts führe, sondern tatsächlich und mit Fleiß in Sünde und Versuchung bringe und Anstoß errege. Man sagte, vielen Brüdern sei dieses Beichten lästig, aber sie wollten sich nicht absondern und kämen nur, damit man sie nicht böser Gedanken verdächtige und für stolz hielte. Man erzählte sich sogar, daß einzelne aus der Bruderschaft auf dem Wege zum Staretz unter sich ausmachten: »Ich werde sagen, daß ich mich heute morgen über dich geärgert habe, und du bestätige es«, — nur damit man etwas zu beichten hätte und auf diese Weise leichten Kaufs davonkäme. Aljoscha wußte, daß das wirklich zuweilen vorkam. Auch wußte er, daß es unter der Bruderschaft einige Mönche gab, die darüber sehr ungehalten waren, daß sogar die Briefe, die die Einsiedler von ihren Verwandten erhielten, zuerst zum Staretz gebracht wurden, damit er sie entsiegele und noch vor dem Adressaten durchlese. Es wurde natürlich vorausgesetzt, daß alles freiwillig und aufrichtig geschähe, von Herzen käme, aus freier Ergebung und um der Erlösung willen — doch in Wirklichkeit geschah es gar manches Mal sehr wenig von Herzen, im Gegenteil, sogar mit Falschheit und erheuchelter Demut. Doch die Älteren und Erfahreneren der Brüderschaft bestanden darauf, da sie der Meinung waren: »Wer aufrichtig in diese Mauern eingetreten ist, um hier seine Erlösung zu finden, für den wird das alles nur Heil bringen und von großem Nutzen sein; wem das aber lästig ist, und wer darüber murrt, der ist überhaupt kein Mönch und ganz umsonst ins Kloster gekommen, der gehört in die Welt. Vor der Sünde und dem Teufel kann man sich nicht nur in der Welt, sondern selbst im Gotteshause nicht schützen, also braucht man mit der Sünde keine Nachsicht zu haben.«

»Er ist doch sehr erschöpft. Jetzt ist er wieder in Schlaf gesunken«, berichtete Pater Païssij flüsternd, nachdem er Aljoscha gesegnet hatte. »Man kann ihn kaum aufwecken. Aber man braucht ihn ja auch nicht zu wecken. Vorhin erwachte er von selbst, aber nur auf fünf Minuten, und bat, der Bruderschaft seinen Segen zu übermitteln und sie zu bitten, für ihn nächtliche Gebete zu sprechen. Morgen früh will er noch einmal das heilige Abendmahl nehmen. Er gedachte deiner, Alexei, fragte, ob du fortgegangen seist, und man sagte ihm, du wärest in der Stadt. ,Dazu habe ich ihm meinen Segen gegeben: dort ist sein Platz, hier vorerst noch nicht‘, — also sprach er von dir. Liebend gedachte er deiner, mit sichtlicher Sorge. Erkennst du auch, wessen du gewürdigt worden bist? Warum aber hat er dir das bestimmt, eine Zeitlang draußen in der Welt zu bleiben? Offenbar sieht er etwas voraus in deinem Schicksal! Vergiß aber nicht, Alexei, wenn du nun auch in die Welt zurückkehrst, daß es doch nur eine von deinem Staretz dir auferlegte Prüfung ist, und daß du es nicht zu eitlem Leichtsinn und zu weltlicher Lust tun sollst . . .«

Pater Païssij ging hinaus. Aljoscha wußte jetzt, daß die Todesstunde des Staretz nicht mehr fern war, wenn er auch noch einen oder zwei Tage leben konnte. Und so beschloß er sofort, am nächsten Tage, trotz der Versprechen, die er seinem Vater, Chochlakoffs, seinem Bruder Iwan und Katerina Iwanowna gegeben hatte, überhaupt nicht aus dem Kloster zu gehen, um bei seinem Staretz bis zu dessen Tode bleiben zu können. Sein Herz erglühte in Liebe zu ihm, und er machte sich bittere Vorwürfe, daß er in der Stadt einen Augenblick ganz hatte vergessen können, wer hier im Kloster auf dem Sterbebett lag — der Mensch, den er höher schätzte als alles auf der Welt. Er ging leise in die kleine Schlafzelle des Staretz, kniete dort nieder und verneigte sich vor dem Schlafenden bis zur Erde. Der schlief still und regungslos, atmete gleichmäßig und kaum wahrnehmbar. Sein Gesicht war ruhig.

Aljoscha kehrte in das vordere Zimmer zurück — in dasselbe, wo der Staretz am Vormittag den Besuch empfangen hatte —- zog seine Stiefel aus und legte sich fast ganz angekleidet auf das kleine, schmale Ledersofa, auf dem er jetzt jede Nacht schlief; nur sein Kopfkissen holte er sich noch. Die Matratze aber, die sein Vater ihm befohlen hatte, nach Hause zurückzubringen, benutzte er schon lange nicht mehr. Er zog nur seine Kutte aus und bedeckte sich mit ihr statt mit einer Bettdecke. Doch vorher kniete er nieder und betete lange. In seinem heißen Gebet bat er Gott nicht etwa, ihm seine Verwirrung zu erklären, nein, er sehnte sich nur nach der freudigen Rührung, der früheren Rührung, die immer seine Seele so erquickt hatte nach der Lobpreisung Gottes, aus der gewöhnlich sein ganzes Abendgebet bestand. Diese Freude, die ihn dann überkam, brachte ihm einen leichten und ruhigen Schlaf. Als er jetzt betete, spürte er plötzlich, bei einer ganz zufälligen Bewegung, den kleinen, harten Brief, mit dem Katerina Iwanownas Zofe ihm nachgelaufen war und den er achtlos eingesteckt hatte. Das verwirrte ihn zwar ein wenig, aber er betete doch zu Ende. Darauf — nach einigem Zögern — zog er ihn hervor, besah ihn, öffnete den Umschlag und fand einen Brief, der mit „Lise" unterschrieben war. Das war Frau Chochlakoffs junge Tochter, die am

Morgen beim Staretz über Aljoscha so spitzbübisch gelacht hatte.

»Alexei Fjodorowitsch«, schrieb sie, »ich schreibe Ihnen ganz heimlich, niemand weiß es, auch Mama nicht, und ich weiß selbst, daß es nicht recht ist. Aber ich kann nicht mehr leben, wenn ich Ihnen nicht das sage, was mein Herz bewegt, das aber darf niemand außer uns beiden vor der Zeit erfahren. Aber wie soll ich Ihnen das nur sagen, was ich Ihnen so gern sagen möchte? Das Papier, sagt man, erröte nicht; aber ich weiß, daß dies nicht wahr ist, und daß es ganz genau so errötet, wie ich jetzt über und über erröte. Lieber Aljoscha, ich liebe Sie, liebe Sie schon von Kindheit an, schon seit Moskau, als Sie noch gar nicht so waren wie jetzt, und ich liebe Sie fürs ganze Leben. Mein Herz hat Sie auserwählt, um mit Ihnen eins zu sein und zu guter Letzt mit Ihnen zugleich zu sterben. Natürlich unter der Bedingung, daß Sie das Kloster verlassen. Was aber die noch fehlenden Jahre betrifft, so werden wir so lange warten, wie das Gesetz es verlangt; bis dahin werde ich bestimmt, ganz bestimmt vollkommen gesund sein, ich werde gehen und tanzen können. Darüber brauchen wir weiter kein Wort zu verlieren.

Wie Sie sehen, habe ich alles schon bedacht, nur eines kann ich mir nicht vorstellen: was Sie von mir denken werden, wenn Sie das lesen? Ich lache immer und bin unartig, und heute noch habe ich Sie geärgert, aber ich versichere Ihnen, ich habe, bevor ich dies zu schreiben begann, vor der Muttergottes gebetet, und auch jetzt bete ich und weine beinahe.

Mein Geheimnis ist nun in Ihren Händen, und ich weiß nicht, wie ich Sie morgen, wenn Sie zu uns kommen, ansehen soll. Ach, Alexei Fjodorowitsch, was dann, wenn ich mich wieder nicht beherrschen kann und wie eine alberne Göre bei Ihrem Anblick wieder zu lachen anfange? Sie werden mich dann doch für eine schändliche Spötterin halten und meinem Brief gar keinen Glauben schenken. Und darum flehe ich Sie an, Lieber, schauen Sie mir, falls Sie Mitleid mit mir haben, nicht gar zu offen in die Augen, wenn Sie morgen eintreten, weil ich, wenn ich Sie sehe, wahrscheinlich, nein, bestimmt plötzlich zu lachen anfangen werde, zumal wenn Sie in dieser langen Kutte stecken ... Selbst jetzt überläuft es mich kalt, wenn ich daran denke, und darum sehen Sie mich, wenn Sie hereinkommen, zunächst bitte überhaupt nicht an, sondern schauen Sie auf Mama oder zum Fenster hinaus ...

Da habe ich Ihnen jetzt einen Liebesbrief geschrieben ... mein Gott, was habe ich getan! Aljoscha, verachten Sie mich nicht, und wenn es etwas sehr Schlechtes ist und ich Sie betrübt habe, so verzeihen Sie mir. Jetzt ist das Geheimnis meines vielleicht auf ewig verlorenen guten Rufes in Ihren Händen.

Ich werde heute bestimmt noch weinen. Auf Wiedersehen! Bis zum *schrecklichen* Wiedersehen! *Lise*

P. S. Aljoscha, nur müssen Sie auch bestimmt, bestimmt, bestimmt kommen! *Lise«*

Aljoscha las verwundert, las zweimal diesen Brief, dachte dann nach, und plötzlich lachte er leise und süß. Doch schon fuhr er zusammen: selbst dieses Lachen erschien ihm sündhaft. Aber nach einem Augenblick lachte er von neuem vor sich hin, ebenso still und ebenso glücklich. Langsam schob er den Brief wieder in den kleinen rosafarbenen Umschlag, bekreuzte sich und legte sich schlafen. Die Unruhe seiner Seele war vergangen. »Herr, erbarme Dich ihrer aller, beschütze die Unglücklichen von heute, die im Sturme kämpfen, und lenke sie. Die Wege sind in Deiner Hand; wäge Du und lenke ihre Wege zum besten und errette sie. Du bist die Liebe, Du wirst allen auch Freude senden!« flüsterte Aljoscha sich bekreuzend und sank in sanften Schlaf.

ZWEITER TEIL

VIERTES BUCH

WUNDE STELLEN

I

Pater Ferapont

In aller Frühe, noch vor Sonnenaufgang, wurde Aljoscha geweckt. Der Stáretz war erwacht und fühlte sich sehr schwach, wollte aber trotzdem aufstehen und sich in seinen Lehnstuhl setzen. Er war bei voller Besinnung; der Ausdruck seines Gesichtes war, wenn auch sehr müde, so doch licht und klar, fast freudig, und der Blick heiter, freundlich und will-kommenheißend. »Möglich, daß ich den begonnenen Tag nicht überleben werde«, sagte er zu Aljoscha; danach wollte er unverzüglich beichten und das Abendmahl nehmen. Sein Beichtvater war von jeher Pater Païssij; nach dem Empfang der beiden Sakramente begann die letzte Ölung. Die Priester-mönche versammelten sich, und die Zelle füllte sich allmäh-lich mit den Bewohnern der Einsiedelei. Inzwischen wurde es Tag. Da kam man auch aus dem Kloster zu ihm. Nach dem Frühgottesdienst wollte der Staretz sich von allen verab-schieden, und er küßte einen jeden. Da die Zelle so klein war, gingen die früher Erschienenen hinaus, um den neu Ankommenden Platz zu machen. Aljoscha stand neben dem Staretz, der sich wieder in den Lehnstuhl gesetzt hatte. Er sprach und lehrte so viel er noch konnte; seine Stimme war allerdings schwach, aber doch noch ziemlich fest. »Ich habe euch so viele Jahre gelehrt und daher so viel gesprochen, daß mir das Sprechen gewiß zur Gewohnheit geworden ist, und euch redend zu unterweisen, das ist so stark in mir einge-wurzelt, daß mir Schweigen vielleicht sogar schwerer fallen würde als das Reden, meine Lieben, selbst jetzt, bei meiner

Schwäche«, scherzte er mit gerührtem Blick auf die sich um ihn Drängenden. Aljoscha behielt manches von dem, was er sprach, in seinem Herzen. Wohl sprach er noch deutlich und sogar mit ziemlich fester Stimme, allein seine Rede war schon etwas zusammenhanglos. Er sprach über vieles; wie es schien, wollte er alles aussprechen, vor dem Tode alles noch einmal sagen, alles im Leben noch unausgesprochen Gebliebene, und nicht allein um der Predigt willen, sondern gleichsam aus dem Verlangen heraus, seine Freude und seine Begeisterung mit allen und allem zu teilen, noch einmal im Leben sein Herz verströmen zu lassen . . .

»Ihr Väter, liebet einander«, lehrte der Staretz (soweit Aljoscha sich später seiner Worte noch erinnerte). »Liebet Gottes Volk. Sind wir doch deshalb nicht heiliger als die in der Welt da draußen, weil wir hergekommen sind und uns in diesen Mauern eingeschlossen haben, sondern im Gegenteil: jeder von uns hat ja schon dadurch, daß er hergekommen ist, für sich erkannt, daß er schlechter ist als alle da draußen in der Welt und als alles und jedes auf Erden . . . Und je länger hernach der Mönch in seinen Mauern lebt, um so schmerzhafter muß er das auch erkennen. Denn tut er das nicht, wozu ist er dann überhaupt hergekommen? Wenn er aber erkennt, daß er nicht nur schlechter ist als alle da draußen, sondern auch, daß er vor allen Menschen schuldig ist, für alle und alles ohne Ausnahme, mitschuld an allen Sünden der Menschheit, sowohl an jenen, die der Welt als solcher zur Last fallen, wie an den von einzelnen Personen begangenen Sünden, — dann erst, wenn er sich dessen bewußt geworden ist, wird der Zweck unserer Vereinigung erreicht sein. Denn wißt, ihr Lieben, daß ein jeder von uns schuldig ist für alle und alles auf Erden, darüber besteht kein Zweifel, und dies nicht nur durch seinen Anteil an der allgemeinen Weltschuld, sondern jeder von uns ganz persönlich für alle Menschen und für jeden einzelnen Menschen auf dieser Erde. Diese Erkenntnis ist die Krone des Weges, den der Mönch zu gehen hat, ja, ist die Krone jedes Menschenlebens auf Erden. Sind doch die Mönche keine andersartigen Menschen, sondern solche, wie eigentlich alle Menschen auf Erden sein sollten. Erst nach dieser Einsicht kann sich unser ergriffenes Herz zu jener unendlichen Liebe weiten, die die ganze Welt umspannt und keine Sättigung kennt. Dann wird auch jeder von euch die Kraft haben, die ganze Welt durch seine Liebe zu erringen und mit seinen Tränen die Sünden der Welt abzuwaschen ... Ein jeder steige hinab in sein Herz, ein jeder beichte sich selbst unermüdlich. Vor eurer Sünde fürchtet euch nicht, selbst wenn ihr sie erkannt habt; tragt nur Sorge, daß die Reue nicht vergehe, doch sollt ihr mit Gott nicht feilschen. Immer wieder sage ich euch: seid nicht stolz. Seid nicht stolz vor den Geringen, seid aber auch nicht stolz vor den Mächtigen. Hasset auch nicht die, die euch ablehnen, die euch schmähen, beschimpfen und verleumden. Hasset nicht die Atheisten, nicht die Irrlehrer, nicht die Materialisten, hasset selbst die Bösen unter ihnen nicht, nicht nur die Guten nicht, denn auch unter den Bösen gibt es viele Gute, besonders in unserer Zeit. Gedenkt ihrer im Gebet also, wie ich euch sage: ‚Vater unser, errette und behüte alle, die niemand haben, der für sie betet; erlöse auch die, welche nicht zu Dir beten wollen.‘ Und fügt noch hinzu: ‚Nicht aus Stolz oder Hochmut bitte ich Dich, Vater, also, denn ich selbst bin der Schlechten Schlechtester‘ ... Liebet Gottes Volk, lasset die Herde nicht von Fremdlingen forttreiben, denn wahrlich, wenn ihr in Faulheit und eurem geringschätzenden Hochmut einschlaft oder gar in verderblichem Eigennutz, so werden sie von allen Seiten kommen und euch eure Herde abspenstig machen. Verkündet dem Volke unermüdlich das heilige Evangelium ... Treibt nicht Wucher ... Hängt euer Herz nicht an Gold und Silber, hebt solches nicht bei euch auf ... Glaubet und haltet das Banner fest. Tragt es immer höher ...«

Der Staretz sprach übrigens an jenem Tage fragmentarischer als seine Rede hier wiedergegeben ist — nach der späteren Niederschrift von Aljoscha. Bisweilen setzte er ganz aus mit dem Sprechen, als müsse er erst wieder Kräfte sammeln, und atmete schwer, aber es war doch, als spräche er in Ekstase. Man hörte ergriffen zu, obschon viele sich über seine Worte doch wunderten und manches dunkel fanden. Später erinnerte man sich wieder dieser Worte. Als Aljoscha auf einen Augenblick die Zelle verließ, war er erstaunt über die allgemeine Erregung und Erwartung der Bruderschaft, die sich in und vor der Klause drängte. Diese Erwartung äußerte sich bei vielen in ungewöhnlicher Spannung, bei anderen wieder in feierlicher Stimmung. Alle erwarteten, daß etwas Großes sofort nach dem Verscheiden des Staretz geschehen werde. Diese Erwartung war zwar von einem gewissen Standpunkt aus unernst, aber selbst die Strengen unter der Bruderschaft konnten sich nicht enthalten, sie zu teilen. Am strengsten war das Gesicht Pater Païssijs. Aljoscha verließ die Zelle nur deshalb, weil ihn der aus der Stadt gekommene Rakítin geheimnisvoll durch einen Klosterbruder hatte herausrufen lassen. Rakitin übergab ihm einen sonderbaren Brief von Frau Chochlakoff. Sie teilte Aljoscha eine wichtige und sehr zur rechten Zeit gekommene Nachricht mit. Am gestrigen Tage war nämlich mit vielen anderen Weibern aus dem Volk auch ein altes Mütterchen aus der Stadt, die Unteroffizierswitwe Próchorowna, zum Staretz gekommen. Sie hatte den Staretz gefragt, ob sie für ihren Sohn Wássenjka, der weit nach Sibirien, nach Irkutsk, gefahren war, und von dem sie schon seit einem Jahr keine Nachricht erhalten hatte, eine Seelenmesse solle lesen lassen; worauf ihr der Staretz so etwas streng verboten und gesagt hatte, daß eine Seelenmesse für einen Lebenden ebensogut wie Zauberei wäre. Darauf hatte er ihr wegen ihrer Unwissenheit verziehen und zum Schluß noch hinzugefügt, »als ob er im Buche der Zukunft gelesen« (so drückte sich Frau Chochlakoff in ihrem Brief aus), »daß ihr Sohn Wássja am Leben sei und alsbald entweder selbst zu ihr kommen oder einen Brief schicken werde und sie nach Haus gehen und darauf warten solle. Und was glauben Sie wohl!« schrieb Frau Chochlakoff in ihrer Begeisterung: »Die Prophezeiung ist buchstäblich

in Erfüllung gegangen, mehr als in Erfüllung!« Kaum war
die Witwe nach Haus zurückgekehrt, als man ihr einen aus
Sibirien eingetroffenen Brief übergab. Und das wäre noch
nicht alles: in diesem Brief, der auf der Reise in Jekaterinen-
burg geschrieben war, teilte der Sohn Wassja seiner Mutter
mit, daß er mit einem anderen Beamten nach Rußland zurückkehre und vielleicht schon in drei Wochen »seine Mutter
zu umarmen hoffe«. Frau Chochlakoff bat Aljoscha dringend,
dieses neue »Wunder der Prophezeiung« dem Prior sowie der
ganzen Bruderschaft mitzuteilen. »Alle sollen das erfahren,
alle, alle!« — Damit schloß sie ihren Brief. Dieser Brief war
sehr schnell geschrieben; die Eile und Erregung der Schrei-
berin sprachen aus jeder Zeile. Aber Aljoscha brauchte der
Bruderschaft nichts mehr mitzuteilen; alle wußten es schon.
Rakitin hatte dem Klosterbruder nach der Bitte, Aljoscha
herauszurufen, noch den Auftrag gegeben, untertänigst Seiner Hochwürden dem Pater Païssij zu melden, er, Rakitin,
habe ihm eine Sache von solcher Wichtigkeit mitzuteilen, daß
er nicht um eine Minute die Mitteilung hinausschieben dürfe,
für seine Dreistigkeit aber kniefällig um Verzeihung bäte.
Da nun der Klosterbruder zuerst zu Pater Païssij mit Rakitins Bitte gegangen war, so blieb Aljoscha nichts mehr übrig,
als dem Pater nunmehr den Brief als bestätigendes Dokument
zu übergeben. Und siehe, selbst dieser strenge, mißtrauische
Mensch konnte nicht ganz sein Gefühl verbergen, nachdem er
die Nachricht von dem »Wunder« mit finsterem Gesicht gelesen hatte. Seine Augen blitzten auf, und die Lippen lächelten
stolz und überzeugt.

»Wer weiß, ob wir nicht noch ganz anderes erleben werden?« entschlüpfte es ihm plötzlich, gleichsam gegen seinen
Willen.

»Ja, was werden wir noch erleben, was werden wir noch
erleben?« wiederholten die Mönche in der Runde. Allein,
Pater Païssij, dessen Gesicht sich von neuem verfinstert hatte,
bat alle, wenigstens »bis dahin« niemandem laut davon Mitteilung zu machen: »bis es sich bestätigt — denn viel Leicht-

gläubigkeit ist doch auch in den Menschen, und vielleicht ist alles ganz natürlich geschehen«, fügte er vorsichtig hinzu, als ob er damit sein Gewissen beruhigen wolle; jedoch bemerkten alle sehr wohl, daß er selbst an seine Einwendung nicht glaubte. Selbstverständlich wurde das »Wunder« noch in derselben Stunde im ganzen Kloster bekannt, und auch viele Weltliche, die zur Liturgie in die Klosterkirche gekommen waren, erfuhren es. Am meisten aber war der kleine Mönch aus Obdórsk »vom Heiligen Silvester« über das Wunder erstaunt. Er hatte gestern mit Frau Chochlakoff und Lisa auf den Staretz gewartet, und nachdem sie von ihrer geheilten Tochter gesprochen, den Staretz ungewöhnlich ernst gefragt, wie er solches bewirken könne. Jetzt aber war er wie vor den Kopf geschlagen und wußte kaum noch, woran er eigentlich glauben sollte. Er hatte nämlich gegen Abend, nach dem Gespräch mit dem Stáretz Sossíma auf der Galerie, den Klosterpater Ferapónt in seiner abgesonderten Zelle hinter dem Bienengarten besucht und von ihm einen ungewöhnlichen und beängstigenden Eindruck gewonnen. Dieser Pater Ferapónt war derselbe alte Einsiedler, der große Schweiger und Faster, den ich schon einmal erwähnt habe: als Gegner des Staretz Sossima und des Startzentums überhaupt, das er für eine schädliche und leichtsinnige Neuerung hielt. Ihn aber zum Gegner zu haben, war sehr gefährlich, obgleich er, als Schweiger, fast überhaupt nicht sprach. Gefährlich war er vor allem dadurch, daß viele unter den Brüdern seine Gegnerschaft lebhaft nachempfanden und viele von den weltlichen Besuchern ihn für einen großen Gerechten und Glaubenseiferer hielten, obschon sie in ihm einen unzweifelhaften Narren in Christo nicht verkennen konnten. Aber gerade dieses heilige Narrentum nahm sie ja am meisten für ihn ein. Dieser Pater Ferapont ging zum Beispiel nie zum Staretz Sossima. Zwar lebte auch er in der sogenannten Einsiedelei oder Klausnerei, aber er wurde mit den dort üblichen Regeln nicht weiter behelligt, da er sich ja doch wie ein Gottesnarr benahm. Er war etwa fünfundsiebzig Jahre alt, wenn nicht älter, und lebte bei der Zaunecke hinter dem Bienengarten der Einsiedelei in einer alten, morschen Holzhütte, die dort schon vor langer Zeit, noch im vorigen Jahrhundert, für einen gleichfalls großen Faster und Trappisten, den Pater Jonas, erbaut worden war. Dieser Pater Jonas war hundertundfünf Jahre alt geworden, und noch jetzt erzählte man sich im Kloster wie in der Umgegend merkwürdige Geschichten von ihm. Pater Ferapont hatte endlich durchgesetzt, daß man ihm erlaubte, sich in diese einsame Zelle zurückzuziehen, und so lebte er denn schon sieben Jahre in dieser kleinen Hütte, die aber von innen auffallend einer kleinen Kapelle glich, da alle Wände mit vielen, vielen gestifteten Heiligenbildern behangen waren und vor ihnen Tag und Nacht viele, viele gleichfalls gestiftete Lämpchen brannten, die mit Öl zu füllen, anzuzünden und zu putzen gleichsam Pater Feraponts einzige Aufgabe und Arbeit war. Er aß, wie man erzählte (und es war wirklich so), nur zwei Pfund Brot in drei Tagen, nie mehr; das wurde ihm alle drei Tage von dem daselbst im Bienengarten wohnenden Bienenwärter gebracht; aber auch mit diesem wechselte Pater Ferapont nur höchst selten ein paar Worte. Diese vier Pfund Brot und sonntags das Abendmahlbrötchen, das ihm der Prior jedesmal pünktlich nach dem Hochamt schickte, waren die ganze Nahrung, die er in einer Woche zu sich nahm. Das Wasser dazu wurde ihm täglich in einem Kruge gebracht. Zur Liturgie oder zum Gottesdienst kam er nur selten. Fromme Pilger, die ihn besuchten, sahen, daß er zuweilen den ganzen Tag im Gebet auf den Knien lag und kein einziges Mal aufblickte. Ließ er sich einmal mit jemandem in ein Gespräch ein, so war er immer sehr lakonisch, jedenfalls sehr sonderbar und gewöhnlich sehr grob. Es kam wohl zuweilen vor — allerdings nur äußerst selten —, daß er von selbst mit den Pilgern zu sprechen begann; doch sprach er dann meistens nur ein paar sonderbare Worte zu ihnen, die den armen Leuten viel zu denken gaben, da sie stets rätselhaft blieben, denn Pater Ferapont ließ sich durch keine Bitten bewegen, eine Erklärung zu seinem Ausspruch zu geben. Die Priesterwürde besaß er nicht; er war nur ein gewöhnlicher Mönch. Unter den einfachen Leuten hatte sich das Gerücht verbreitet, Pater Ferapont stehe mit den himmlischen Geistern in Verbindung und rede mit ihnen, darum aber schweige er im Verkehr mit den Menschen; freilich glaubten daran nur die Allerungebildetsten. Der kleine Mönch von Obdórsk nun hatte sich gegen Abend in den Bienengarten vorgewagt und war dann nach der Angabe des Bienenwärters, eines gleichfalls sehr schweigsamen und mürrischen Mönches, in der Richtung zur Zaunecke auf die Suche nach der Hütte Pater Feraponts gegangen. »Kann sein, daß er dir was sagt, kann aber auch sein, daß du nichts von ihm zu hören kriegst«, sagte ihm der Bienenwärter. Das Mönchlein näherte sich der gesuchten Hütte in großer Angst und Ehrfurcht. Es war schon eine ziemlich späte Stunde. Pater Ferapont saß diesmal neben der Tür der Zelle auf einer niedrigen, kleinen Bank. Über ihm rauschte sacht im Abendwind der Wipfel einer mächtigen, alten, uralten Ulme. Abendkühle schlich sich heran. Der kleine Mönch aus Obdorsk verneigte sich vor dem Gebenedeiten bis zur Erde, fiel dann vor ihm nieder und bat ihn um seinen Segen.

»Willst du denn, daß auch ich vor dir niederfalle, Mönch?« fragte Pater Ferapont. »Erhebe dich doch!«

Das Mönchlein erhob sich gehorsam.

»Segne mich und sei gesegnet. Setz dich neben mich. Von wo hat's dich hergeführt?«

Was das arme Mönchlein am meisten in Erstaunen setzte, war, daß Pater Ferapont, trotz seines so strengen Fastens und seines hohen Alters, tatsächlich noch das Aussehen eines kräftigen Mannes hatte, daß er sich jedenfalls ganz gerade hielt, nicht im geringsten gebeugt war und ein wenn auch mageres, so doch gesundes, frisches Gesicht hatte. Zweifellos besaß er auch noch eine bedeutende physische Kraft. Sein Körperbau war geradezu athletisch, und trotz seines hohen Alters war er noch nicht einmal ganz ergraut; er hatte sogar sehr dichtes Haupt- und Barthaar, das früher ganz schwarz gewesen sein mußte; hatte große, leuchtende graue Augen und sperrte die Augenlider so weit auf, daß es auffiel. Das O sprach er stets betont und als deutliches O aus.[15] Gekleidet war er in eine lange, sackartige Kutte aus grobem »Sträflingstuch«, wie man diesen Stoff früher nannte, und mit einer dicken Schnur umgürtet. Der Hals und die Brust waren bloß. Ein beinahe schwarzes Hemd von gröbster Leinwand, das monatelang nicht von seinem Körper kam, schaute unter dem Kittel vor. Es hieß, er trage unter diesem Kittel dreißigpfündige Ketten. Seine nackten Füße steckten in alten, fast auseinanderfallenden Schuhen.

»Ich komme aus dem kleinen Obdorskschen Mönchskloster des Heiligen Silvester«, antwortete demütig der kleine Mönch, doch seine flinken Äuglein blickten zwar etwas ängstlich, aber immerhin recht neugierig den Einsiedler an.

»Kenn' ihn; hab bei ihm gewohnt. Was macht er jetzt, ist er gesund?«

Diese sonderbare Frage machte das Mönchlein nicht wenig betreten; es begann etwas zu stottern ...

»Einfältige Menschenkinder seid ihr! Wie haltet ihr das Fasten ein?«

»Unsere Speiseregel ist nach alter Einsiedlersatzung folgende: Während der großen Fastenzeit vor Ostern gibt es am Montag, Mittwoch und Freitag nichts, am Dienstag und Donnerstag für die Bruderschaft weiße Brote, Gerstentrank mit Honig, Schelbeeren oder gesalzenen Kohl und Brei aus Hafermehl. Am Sonnabend Weißkohl, Erbsen, Grütze mit Hanfsaft, alles in Öl. In der Woche zum Kohl noch getrockneten Fisch und Grütze. In der Karwoche aber vom Montag bis zum Sonnabend, also sechs Tage, nichts als Brot und Wasser und rohes Kraut, und auch das nur mit Enthaltsamkeit. Dann kann man wieder so essen wie in der ersten Fastenwoche; aber am heiligen Karfreitag wird nichts gegessen, und auch am heiligen Sonnabend fasten wir bis zur dritten Morgenstunde, und dann dürfen wir etwas Brot essen mit Wasser und jeder je ein Gläschen Wein trinken. Am heiligen Gründonnerstag aber essen wir Gekochtes ohne Öl, trinken Wein mit etwas Trockenkost dazu; denn also ist auch auf dem heiligen Konzil zu Laodicea gesagt worden: ‚Wenn ihr die ganze heilige Fastenzeit einhaltet, dann aber einen der letzten vier Tage freigebt, so habt ihr die ganze heilige Fastenzeit geschändet.' So ist es bei uns. Was aber ist das im Vergleich zu Euch, großer Vater«, fuhr das Mönchlein mutiger werdend fort, »denn Ihr genießet doch das liebe runde Jahr und auch zu den heiligen Osterfeiertagen, wenn doch alle essen, nur Brot und Wasser, und was an Brot bei uns nur für zwei Tage reicht, das genügt Euch alle sieben Herrgottstage der Woche. Wahrlich, sie ist wunderbar, Eure so große Enthaltsamkeit!«

»Und die Pfefferschwämme?« fragte plötzlich Pater Ferapont.

»Pfefferschwämme?« fragte das Mönchlein erstaunt.

»Nun ja; ich werde auch noch von ihrem Brot fortgehen, brauch's überhaupt nicht, gehe in den Wald, werde dort von Pfefferschwämmen oder Beeren leben; sie aber gehen hier nirgends fort von ihrem Sauerteig, sind also dem Teufel so untertan, daß sie an ihn gebunden bleiben. Heutzutage reden die Unflätigen, es sei unnütz, so viel zu fasten. Das kommt alles nur von ihrer Unersättlichkeit und ihrem stinkenden Hochmut.«

»Ach ja, das ist wohl wahr!« meinte das Mönchlein seufzend.

»Hast du aber auch die Teufel bei ihnen gesehen?« fragte Pater Ferapont.

»Bei welchen ‚ihnen'?« erkundigte sich vorsichtig und schüchtern das Mönchlein.

»Im vergangenen Jahr ging ich am Karfreitag hinauf zum Prior, das war dann auch das letzte Mal, seitdem bin ich nie mehr dort gewesen. Sah, bei dem einen sitzt er auf der Brust, versteckt sich unter der Kutte, nur die Hörner gucken noch raus; beim anderen sitzt er in der Tasche, lauert nur noch vorsichtig mit flinken Äuglein hervor, hat Angst vor mir;

beim dritten hat er sich im Bauch niedergelassen, an der un-
flätigsten Stelle seines Leibes; dem vierten hat er sich einfach an den Hals gehängt, und der trägt ihn wie nichts,
bemerkt ihn überhaupt nicht.«

»Ihr ... Ihr seht so etwas?« erkundigte sich das Mönchlein wieder.

»Sag' ich dir doch, daß ich sie sehe, durch und durch sogar. Als ich dann langsam vom Prior fortging, da, sieh —
sitzt einer hinter der Tür, will sich dort vor mir verstecken.
Solch ein feister Bursche, eine oder anderthalb Ellen groß
oder noch größer, mit einem dicken, dunkelbraunen, langen
Schwanz, das Ende aber vom Schwanz war zwischen die
Türspalte geraten — da war ich nicht dumm und knallte
die Tür zu und klemmte seinen Schwanz ein. Wie er quiekte,
wie er um sich schlug! Ich aber machte das Zeichen des Kreuzes dreimal nacheinander und kreuzte ihn einfach tot. Er
krepierte denn auch auf der Stelle, wie eine zertretene Spinne.
Jetzt muß dort das Aas in der Ecke schon verwest sein und
stinken, sie aber sehen es weder, noch riechen sie es. Ein Jahr
lang bin ich nicht mehr dort gewesen; nur dir hab ich's gesagt, weil du doch ein Fremdling bist.«

»Furchtbar sind Eure Worte! Aber wie, großer, gebenedeiter Vater« — das Mönchlein wurde noch etwas mutiger
—, »ist es wahr, was man sich in fernen Gauen Rußlands von
Euch erzählt, daß Ihr, wie es heißt, sogar mit dem Heiligen
Geist in fortwährendem Verkehr stehet?«

»Wenn er kommt, kommt's vor.«

»Wie kommt er denn?«

»Geflogen kommt er.«

»In welcher Gestalt denn?«

»Als Vogel.«

»Also der Heilige Geist in Gestalt einer Taube?«

»Manchmal der Heilige Geist, manchmal der Heilgeist.
Der Heilgeist ist was andres, der kann auch als ein andrer
Vogel herniederfahren: als Schwälbchen, als Stieglitz, als
Meise.«

»Aber wie unterscheidet Ihr ihn denn von einer gewöhnlichen Meise?«

»Er spricht.«

»Aber wie spricht er denn? In welcher Sprache?«

»In menschlicher.«

»Aber was sagt er denn zu Euch?«

»Heute sagte er, daß ein Esel mich besuchen und dumme Fragen stellen werde. Willst wahrlich nicht wenig wissen.«

»Furchtbar sind Eure Worte, gebenedeiter, heiligster Vater«, sagte das Mönchlein kopfschüttelnd; aber in seinen erschrockenen Äuglein lag jetzt doch ein leises Mißtrauen.

»Siehst du hier diesen Baum?« fragte nach einigem Schweigen Pater Ferapónt.

»Jawohl, heiliger Vater.«

»Deiner Meinung nach ist's eine Ulme, meiner Meinung nach aber ist's ein ganz ander Ding.«

»Was ist es denn?« Das Mönchlein schwieg in vergeblicher Erwartung.

»Meistens in der Nacht«, sagte plötzlich nach längerem Schweigen Pater Ferapont. »Siehst du diese zwei großen Äste? In der Nacht streckt Christus von dort seine Arme mir entgegen und sucht mich mit diesen Armen, das sehe ich deutlich, und ich zittere. Furchtbar, o furchtbar!«

»Was ist dabei furchtbar, wenn es Christus selber ist?«

»Er kann mich doch erfassen und emportragen.«

»Lebend emportragen?«

»Hast du denn nichts von Elias gehört? Er umfaßt einen und trägt einen fort ...«

Obschon der kleine Mönch aus Obdorsk nach diesem Gespräch ziemlich ratlos und bedenklich in die ihm zugewiesene Zelle eines der Klosterbrüder kam, so fühlte er sein Herz doch mehr zum Pater Ferapont als zum Staretz Sossima hingezogen. Das arme Mönchlein war vor allen Dingen fürs Fasten, und da sollte es, seiner Meinung nach, niemanden weiter wundernehmen, wenn solch ein Faster, wie Pater Ferapont, auch »Wunderbares erschaute«. Seine Worte waren allerdings etwas absonderlich gewesen, aber wer konnte denn außer Gott wissen, was sich in ihnen verbarg, in diesen Worten, und doch konnte man allen anderen Narren in Christo kein einziges solcher Worte und keine einzige solcher Taten nachrühmen. An den eingeklemmten Teufelsschwanz war er nicht etwa im bildlichen, sondern im buchstäblichen Sinn des Wortes mit ganzer Seele und mit wahrem Vergnügen zu glauben bereit. Außerdem war er immer sehr voreingenommen gegen das Startzentum gewesen, das er bis jetzt nur vom Hörensagen kannte und ebenso wie viele andere für eine schädliche Neuerung hielt. Noch war er keinen ganzen Tag im Kloster, doch schon hatte er das geheime Murren einiger freimütiger Klosterbrüder wider das Startzentum vernommen. Zudem war er bereits von Natur ungewöhnlich neugierig und für alles interessiert, weshalb er denn auch immer umherschnüffelte und überall spionierte. Das war nun der Grund, warum ihn die Nachricht von dem neuen »Wunder«, das der Staretz Sossima vollbracht haben sollte, so erregte. Aljoscha erinnerte sich später, daß er in der Menge, die sich vor der Klause des Staretz drängte, mehrmals die kleine Gestalt des herumschnüffelnden Gastes vom Heiligen Silvester bemerkt hatte, wie der Kleine überall herumhorchte und alle ausfragte. Damals hatte er das allerdings nicht weiter beachtet; erst später fiel es ihm wieder ein An jenem Tage bedrückte ihn eine ganz andere Sorge: dem Staretz Sossima, der sich wieder sehr müde gefühlt und sich hingelegt hatte, war plötzlich, schon im Einschlafen, Aljoscha eingefallen, und so hatte er ihn sofort zu sich rufen lassen. Aljoscha eilte zu ihm. Beim Staretz befanden sich gerade nur Pater Païssij, Pater Jóssiff und der Novize Porfírij. Der Staretz schlug seine mattgewordenen Augen auf, blickte Aljoscha aufmerksam an und fragte ihn plötzlich:

»Erwarten dich nicht die Deinen, mein Sohn?«

Aljoscha erschrak und stotterte etwas.

»Bedürfen sie nicht deiner? Hast du gestern nicht jemandem versprochen, heute zu kommen?«

»Ja ... meinem Vater ... den Brüdern ... auch anderen ...«

»Siehst du, geh unbedingt hin, sei nicht traurig. Wisse, daß ich nicht sterben werde, ohne in deiner Gegenwart mein letztes Wort hier auf Erden gesagt zu haben. Dir werde ich dieses Wort sagen, dir vermache ich es, dir, mein geliebter Sohn, denn ich weiß, daß du mich liebst. Jetzt aber geh zu denen, welchen du versprochen hast zu kommen.«

Wie schwer es Aljoscha auch wurde, jetzt fortzugehen, so gehorchte er doch widerspruchslos. Aber die Verheißung, das letzte Wort des Staretz hier auf Erden zu hören, und zwar als ein Vermächtnis an ihn, Aljoscha, erschütterte und begeisterte seine Seele. Er beeilte sich, schneller in die Stadt zu gehen, um schneller wieder zurückkehren zu können. Da sprach noch Pater Païssij, als Aljoscha mit ihm die Zelle des Staretz verließ, einige Worte zu ihm, die einen tiefen und unerwarteten Eindruck auf ihn machten.

»Vergiß nicht, Jüngling, und sei immerzu und mit aller Standhaftigkeit dessen eingedenk« (so begann Pater Païssij zielstrebig und ohne jedes Vorwort), »daß die weltliche Wissenschaft, die sich zu einer gewaltigen Macht zusammengeballt hat, alles zu erforschen und zu zerstören sucht, was uns an Himmlischem in den heiligen Büchern hinterlassen worden ist. Besonders in den letzten hundert Jahren. Und jetzt ist nach einer schonungslosen Analyse von allem, was früher heilig war, bei den Gelehrten dieser Welt entschieden nichts mehr davon übriggeblieben. Aber sie untersuchen es stückweise, und dabei ist ihnen der Geist des Ganzen entgangen. Und es ist sogar staunenswert, mit welch einer Blindheit sie geschlagen sind, während doch das Ganze vor ihren Augen steht, so unerschütterlich wie nur je und die Hölle es nicht zu überwinden, nichts ihm anzuhaben vermag. Hat es denn nicht neunzehn Jahrhunderte gelebt, lebt es denn nicht auch jetzt noch in Regungen der Seele Einzelner wie in den Bewegungen ganzer Völkermassen? Sogar in den Regungen dieser selben, die alles zerstört haben, in den Seelen der

Atheisten, lebt es wie früher unerschütterlich fort! Denn auch die, die sich vom Christentum losgesagt haben und gegen dasselbe eifern, sind ihrem Wesen nach doch Ebenbilder dieses selben Christus und werden es bleiben, denn bis jetzt ist we- der ihre Weisheit, noch die Glut ihres Herzens fähig gewesen, ein anderes, höheres Ideal des Menschen und der Menschen- würde hervorzubringen, als das von Christus vorzeiten ge- gebene. Was aber an Versuchen bekannt geworden ist, so waren das nichts als Mißgeburten. Dessen sei immer einge- denk, Jüngling, denn dein scheidender Staretz hat dich für die Welt bestimmt. Vielleicht wirst du, wenn du dieses gro- ßen Tages gedenkst, auch meiner Worte gedenken, die ich dir von Herzen zum Geleit gebe, denn du bist jung, die Welt aber ist voll schwerer Versuchungen, und ihnen werden deine Kräfte allein nicht gewachsen sein. Und nun geh, Verwaister.«

Mit diesen letzten Worten segnete ihn Pater Païssij. Als Aljoscha das Kloster verließ und über diese überraschende Ansprache nachdachte, begriff er plötzlich, daß er in diesem strengen und ihm gegenüber bisher so wortkargen Mönch jetzt einen neuen unerwarteten Freund und ihn von Her- zen liebenden neuen Lehrer und Lenker gefunden hatte, — als habe sein sterbender Staretz ihn diesem Pater als ein Vermächtnis hinterlassen. ,Aber vielleicht ist das auch ganz offen von ihnen besprochen worden', dachte Aljoscha über- rascht. Die unerwartete gelehrte Abhandlung aber, die er soeben angehört hatte, gerade diese Ausführungen und nicht irgend etwas anderes, bewiesen nur den Feuereifer dieses Herzens: Pater Païssij beeilte sich bereits, so bald wie mög- lich den jungen Geist zum Kampf mit den Versuchungen auszurüsten und die junge ihm anvertraute Seele mit einer Schutzwehr zu umgeben, wie er sie selbst nicht fester hätte ersinnen können.

II

Beim Vater

Zu allererst ging Aljoscha zu seinem Vater. Als er sich dem Hause näherte, fiel ihm ein, daß der Vater ihn gebeten hatte, irgendwie heimlich zu kommen, damit sein Bruder Iwan nichts höre oder sonstwie bemerke. ‚Warum wohl?‘ fragte sich Aljoscha. ‚Wenn er mir allein etwas heimlich zu sagen hat, warum soll ich dann deswegen auch heimlich eintreten? Vielleicht hat er es gestern in der Erregung anders gemeint, sich aber nur nicht richtig ausgedrückt‘, dachte er schließlich. Trotzdem war er froh, als ihm Márfa Ignátjewna, die ihm die Hofpforte aufschloß (Grigórij war, wie er hörte, erkrankt und lag zu Bett), auf seine Frage mitteilte, daß Iwán Fjódorowitsch schon vor zwei Stunden fortgegangen sei.

»Und der Vater?«

»Sind aufgestanden, trinken Kaffee«, antwortete Marfa Ignatjewna etwas trocken.

Aljoscha trat ein. Der Alte saß in Hausschuhen und in einem alten Mantel allein am Tisch und sah zum Zeitvertreib, übrigens ohne große Aufmerksamkeit, irgendwelche Rechnungen durch. Er war ganz allein im Hause; Ssmerdjakoff war einkaufen gegangen. Aber die Rechnungen schienen ihn nicht sonderlich zu beschäftigen. Er war allerdings früh aufgestanden und versuchte, munter zu sein, denn er wollte auf keinen Fall krank scheinen, doch sah er noch müde und angegriffen aus. Seine Stirn, auf der sich über Nacht die blutunterlaufenen Flecke noch verdunkelt hatten, war mit einem roten Tuch umwunden. Die Nase war gleichfalls über Nacht gehörig angeschwollen, und auch auf ihr zeichneten sich einige weniger bedeutende blutunterlaufene Flecke ab, die dem Gesicht ein ganz besonders gereiztes und entschieden böses Aussehen verliehen. Der Alte schien das auch selbst zu wissen und blickte daher dem eintretenden Aljoscha nichts weniger als freundlich entgegen.

»Der Kaffee ist kalt«, sagte er kurz, »biete ihn dir auch nicht an. Ich sitze heute selbst auf dem Trockenen, das heißt, werde nichts als Fastenfischsuppe genießen, lade daher auch niemanden zum Essen ein. Wozu hast du dich herbemüht?«

»Um mich nach Ihrer Gesundheit zu erkundigen«, sagte Aljoscha.

»So, und außerdem hab ich dir gestern befohlen, herzukommen. Solch 'n Blödsinn. Hast aber umsonst geruht, dich zu bemühen. Übrigens wußt ich's ja, daß du dich gleich herbegeben wirst . . .«

Alles, was er sprach, sagte er im feindseligsten Ton. Er erhob sich vom Stuhl und blickte besorgt in den Spiegel (vielleicht zum vierzigstenmal an diesem Morgen), um wieder seine Nase zu betrachten. Auch versuchte er, das rote Tuch auf der Stirn zurechtzuzupfen, damit es etwas hübscher aussähe.

»Ein rotes nimmt sich immerhin etwas besser aus, mit weiß ist man ja sofort wie im Lazarett«, bemerkte er bissig. »Nun, wie ist's denn dort bei dir? Was macht dein Alter?«

»Es geht ihm sehr schlecht; er wird vielleicht heute noch sterben«, antwortete Aljoscha; der Vater hörte aber schon nicht mehr hin und hatte auch seine Frage sofort wieder vergessen.

»Iwan ist fortgegangen«, sagte er plötzlich. »Er macht jetzt Mitjka mit aller Gewalt die Braut abspenstig — einzig darum lebt er hier«, fügte er mit boshafter Grimasse hinzu und blickte Aljoscha an.

»Hat er Ihnen das wirklich selbst gesagt?« fragte Aljoscha.

»Jawohl, und schon vor langer Zeit. Was glaubst du wohl: vor nicht weniger als drei Wochen hat er's selbst zu verstehen gegeben. Ist doch nicht hergekommen, um mich heimlich aufzuspießen! Zu irgendeinem Zweck muß er doch gekommen sein?«

»Warum, weshalb reden Sie so?« fragte Aljoscha erschrokken und verwirrt.

»Um Geld bittet er mich nicht, das ist wahr; aber er wird

ja auch keinen Heller von mir zu riechen bekommen. Ich, mein bester Alexei Fjodorowitsch, ich beabsichtige nämlich, möglichst lange hier auf dieser Welt zu leben, das lassen Sie sich ein für allemal gesagt sein, damit Sie's nur wissen; darum aber brauche ich jede Kopeke, und je länger ich lebe, um so nötiger habe ich sie«, fuhr er fort und schritt, die Hände in den Taschen seines breiten, fleckigen gelben Sommermantels, im Zimmer auf und ab. »Jetzt bin ich immerhin noch ein Mann, hab erst fünfundfünfzig auf dem Buckel; und will mich mindestens noch zwanzig Jahre zu den Männern rechnen. Wenn ich dann alt werde und widerlich — dann werden sie doch nicht mehr gutwillig zu mir kommen; nun, und dann wird man's eben mit den Gelderchen machen müssen. Also baue ich jetzt vor und sammle, sammle — für mich allein, mein verehrter Herr Sohn, damit Sie's nur beizeiten wissen; denn ich beabsichtige in meiner Unzucht bis zu meinem Ende zu leben, das lassen Sie sich gesagt sein. In Unzucht zu leben, ist doch am schönsten; alle schimpfen darüber, und doch leben sie alle ebenso, bloß tun sie es alle heimlich, ich aber tue es öffentlich. Wegen dieser meiner Offenherzigkeit schimpfen ja jetzt sämtliche Schweine über mich. In dein Paradies aber will ich ja gar nicht, das kann mir gestohlen werden, damit du's nur weißt, mein bester Alexei Fjodorowitsch; und 's wäre ja auch für einen anständigen Menschen unanständig, dorthin zu kommen, selbst wenn es so etwas gäbe. Meiner Meinung nach schläft man einfach ein und wacht nicht mehr auf, und weiter gibt es nichts. Wollt ihr meiner noch gedenken, Seelenmessen für mich lesen lassen, na, meinetwegen, wenn's euch Spaß macht; wollt ihr nicht, na, dann hol' euch allesamt der Teufel. Das ist meine ganze Philosophie. Gestern bei Tisch redete Iwan nicht schlecht, wenn wir auch alle betrunken waren. Aber Iwan ist ein Prahlhans, und von so 'ner großen Gelehrsamkeit oder Bildung merk' ich nichts bei ihm ... er lächelt bloß und macht sich innerlich lustig über einen, versteht aber zu schweigen — das ist alles, was er kann.«

Aljoscha hörte zu und schwieg.

»Warum spricht er nicht mit mir? Spricht er aber mal mit mir, so verstellt er sich... ein Schuft ist dein Iwan! Gruschenka aber werde ich heiraten, sobald ich nur will. Denn mit Geld in der Tasche braucht man nur zu wollen, mein verehrter Alexei Fjodorowitsch, und alles geschieht, was man will. Das aber ist es ja, was Iwan fürchtet, und darum bewacht er mich hier, damit ich nicht heirate, und darum hetzt er auch Dmitrij, damit *der* Gruschenka nehme. Auf diese Weise will er mich von Gruschenka fernhalten — als ob ich ihm Geld hinterließe, wenn ich sie nicht heiratete! — und andererseits, wenn Mitjka die Gruschenka heiratet, so fällt ihm noch dessen reiche Braut zu; siehst du jetzt, was für Berechnungen er hat! Ein Schuft ist dein ganzer Iwan!«

»Sie sind heute noch von dem gestern Erlebten gereizt; Sie müßten sich etwas ausruhen, zu Bett gehen«, sagte Aljoscha.

»Sieh, wenn du mir das sagst«, bemerkte plötzlich der Alte, als ob es ihm zum erstenmal auffiele, »dann ärgere ich mich nicht über dich; auf Iwan aber, wenn er mir dasselbe gesagt hätte, würde ich sofort spinnewütend geworden sein. Nur mit dir allein bin ich ein paar Augenblicke lang gut gewesen, denn sonst bin ich ja doch ein böser Mensch.«

»Nein, Sie sind kein böser Mensch, Sie sind nur ein entstellter Mensch«, sagte Aljoscha lächelnd.

»Höre, ich wollte schon diesen Räuber Mítjka heute einsperren lassen, und eigentlich weiß ich auch jetzt noch nicht genau, was ich tun werde. Heutzutage ist es ja wohl höchst modern, Väter und Mütter für ein Vorurteil zu halten; aber nach dem Gesetz, glaube ich wenigstens, ist es selbst in unserer aufgeklärten Zeit noch nicht schwarz auf weiß erlaubt, seine Väter an den Haaren zu zerren, auf dem Fußboden herumzuschleifen und ihnen mit den Absätzen ins Gesicht zu treten, dazu in deren eigenem Hause! Und dann sich noch zu brüsten, später wiederzukommen, um einen ganz totzuschlagen, und das alles in Gegenwart von Zeugen! Ich könnte ihn, wenn ich wollte, für das Gestrige sofort einsperren lassen.«

»Aber Sie werden es doch nicht tun?«

»Iwan riet mir ab. Ich pfeife natürlich auf Iwan; aber mir ist dabei etwas anderes eingefallen ...«

Er näherte sich Aljoscha, beugte sich zu ihm nieder und fuhr in geheimnisvollem Geflüster fort:

»Lasse ich den Schuft festsetzen, so erfährt sie es und läuft sofort zu ihm; hört sie dagegen, daß er mich, den schwachen Alten, halb tot geschlagen hat, so ist es möglich, daß sie ihm den Rücken kehrt und mich besuchen kommt ... Wir kennen doch die Weiber — immer das Gegenteil! Ätsch, dann erst recht! Ich kenne sie wie meine fünf Finger! Aber willst du nicht 'nen kleinen Kognak? Oder trink 'n bissel Kaffee; er ist zwar nur lauwarm, kann dir aber nicht schaden; werde dir ein Viertelgläschen hineingießen, das gibt dem Zeug 'nen andern Geschmack.«

»Nein, danke, nicht nötig. Dieses Brötchen werde ich mir in die Tasche stecken, wenn Sie erlauben«, sagte Aljoscha und steckte ein Dreikopeken-Franzbrot in die Tasche seiner Kutte. »Und auch Sie sollten heute lieber keinen Kognak trinken«, meinte er mit einem etwas besorgten Blick auf das Gesicht des Vaters.

»Du hast recht, er reizt nur und gibt keine Ruh. Aber ein einziges Gläschen ... Ich hol ihn aus dem Schränkchen ...«

Er zog seine Schlüssel aus der Tasche und schloß das Schränkchen auf, schenkte sich ein Gläschen ein, trank es aus und schloß das Schränkchen wieder ab.

»So, Schluß damit. Von einem Kognak werde ich doch nicht krepieren.«

»Sie sind davon immerhin schon freundlicher geworden«, meinte Aljoscha lächelnd.

»Hm! Dich liebe ich auch ohne Kognak; mit Schuften aber bin auch ich 'n Schuft. Wánjka will nicht nach Tschermáschnja fahren — warum nicht? Mich bespionieren will er: ob ich Gruschenka viel gebe, wenn sie kommt? Alle sind

Schufte! Und diesen Iwan erkenne ich überhaupt nicht an, will nichts von ihm wissen, kenne ihn überhaupt nicht! Von wo mag solch einer nur hergekommen sein? Gar nicht wie unsereiner; weiß der Teufel, was der Kerl für eine Seele hat. Und als ob ich ihm etwas hinterlassen würde! Nicht mal 'n Testament werde ich hinterlassen, damit ihr's nur wißt, meine Verehrtesten! Mitjka aber, den schlag ich platt wie eine Schabe! Wenn diese schwarzen Biester nachts in mein Zimmer kommen, so knacke ich sie immer mit dem Pantoffel: es knallt, daß es eine wahre Freude ist, wenn man drauf-tritt und sie platzen. So wird auch dein Mitjka platzen, wenn ich ihn zertrete. Ich sage ,dein Mitjka', weil du ihn ja so ins Herz geschlossen hast. Sieh, du liebst ihn, ich aber fürchte mich deshalb nicht, weil du ihn liebst. Wenn aber Iwan ihn liebte, so würde ich für mich, weil der ihn liebt, Angst bekommen. Aber Iwan liebt niemanden, Iwan ist kein Mensch wie wir; solche Menschen wie Iwan, das weißt du, sind nicht Menschen, das ist aufgewirbelter Staub ... kommt ein Wind, so wird der Staub verweht... Gestern kam mir eine Dummheit in den Kopf, als ich dir befahl, heute herzukommen; wollte durch dich etwas von Mitjka erfah-ren ... Wenn man ihm eintausend, oder sagen wir zwei-tausend, hinschmisse, er hat doch nichts — ob er sich dann wohl dazu verstehn würde, sich von hier zu packen, aber ganz und gar, auf fünf Jahre oder besser auf fünfunddreißig, und ohne Gruschenka, versteht sich, sich vielmehr ganz von ihr loszusagen, was meinst du?«

»Ich ... ich werde ihn fragen ...«, stotterte Aljoscha leise. »Wenn Sie alle dreitausend geben würden, so wäre es viel-leicht möglich, daß er ...«

»Du lügst! Und jetzt ists überhaupt nicht nötig zu fragen! Hab mich anders bedacht. Das war nur so'n dummer Ge-danke, der mir gestern durch die Dachstube flitzte. Nichts gebe ich, nicht einmal zu riechen kriegt er was, meine Gelder-chen brauche ich für mich allein!« Der Alte wurde wütend und fuchtelte mit den Armen. »Werde ihn auch ohnedies wie 'ne Schabe zerknacken. Sag du ihm nichts, sonst faßt er womöglich noch Hoffnung. Und auch du hast hier nichts bei mir zu suchen, schieb ab! Und diese seine Braut, die Katerina Iwanowna, die er so sorgfältig die ganze Zeit von mir fernhält, wird die ihn nun nehmen oder nicht? Du gingst doch gestern zu ihr, wie?«

»Sie will ihn um keinen Preis aufgeben.«

»Ja, gerade solche werden ja von den zärtlichen Damen geliebt, solche Draufgänger und Schufte! Taugen nichts, sag ich dir, diese blassen Fräuleins; das ist doch ganz was andres, so'n . . . Na, du solltest mal sehn, wenn ich seine Jahre hätte und mein damaliges Gesicht — denn mit achtundzwanzig Jahren war ich hübscher als er —, so würde ich genau so siegen wie er und Triumphe feiern! Solch eine Kanaille! Aber Gruschenka kriegt er doch nicht, kriegt er doch nicht! . . . Werde ihn vernichten, zu Dreck zertreten!«

Bei den letzten Worten wurde er wieder wild.

»Aber jetzt kannst auch du dich packen, hast nichts hier bei mir zu suchen«, sagte er barsch.

Aljoscha trat zu ihm, um sich zu verabschieden, und küßte ihn auf die Schulter.

»Was soll das?« fragte der Alte etwas verwundert. »Werden uns doch noch sehen. Oder glaubst du, daß wir uns nicht mehr sehen werden?«

»Durchaus nicht, ich tat es nur so, ganz zufällig.«

»Nun ja, auch ich sagte es nur so . . .« Der Alte blickte ihn an. »Hör mal, hör«, rief er ihm plötzlich noch nach; »komm einmal zur Fischsuppe her, werde eine kochen lassen, eine besondere, pikfeine, nicht so wie heute, komm bestimmt! Komm morgen, hörst du, unbedingt morgen!«

Kaum war Aljoscha hinausgegangen, als der Alte wieder zu seinem Schränkchen trat und noch ein Gläschen kippte.

»Jetzt aber Schluß!« murmelte er, räusperte sich krächzend, schloß das Schränkchen wieder zu und steckte den Schlüssel in die Tasche; darauf ging er ins Schlafzimmer, legte sich erschöpft aufs Bett und schlief augenblicklich fest ein.

III

Er läßt sich mit Schulknaben ein

‚Gott sei Dank, daß er mich nicht nach Gruschenka gefragt hat‘, dachte seinerseits Aljoscha, als er das Haus des Vaters verließ und sich zu Frau Chochlakóff auf den Weg machte, ‚sonst hätte ich ja schließlich von der gestrigen Begegnung mit Gruschenka erzählen müssen.‘ Aljoscha fühlte es schmerzlich, daß die Widersacher sich über Nacht mit frischen Kräften von neuem erhoben und ihre Herzen sich mit dem anbrechenden Tage von neuem verhärtet hatten. ‚Der Vater ist gereizt und wütend, er hat sich jetzt etwas ausgedacht und scheint dabei bleiben zu wollen. Und Dmitrij? Der wird über Nacht gleichfalls einen Entschluß gefaßt haben und wird wahrscheinlich ebenso gereizt und wütend sein . . . und wer weiß, was er sich noch ausgedacht hat . . . Oh, unbedingt muß ich mir heute noch die Zeit nehmen, ihn aufzusuchen, einerlei wo. ‚Ja, das muß ich unbedingt tun . . .‘

Aljoscha hatte nicht lange Zeit zum Nachdenken: unterwegs stieß ihm etwas zu, das anscheinend nicht so wichtig war, ihn aber doch ungewöhnlich erschütterte. Kaum war er über den Großen Platz gegangen und in eine Nebenstraße eingebogen, um in die Michailoff-Straße zu gelangen — die von der Großen Straße nur durch einen kanalartigen Graben getrennt war (unsere ganze Stadt ist von derartigen Kanälen oder breiten Gräben durchzogen), als er unten am Graben, nicht weit von einer Brücke, eine Gruppe kleiner Schüler, Knaben von etwa neun bis zwölf Jahren, bemerkte. Sie waren auf dem Heimweg aus der Schule und trugen ihre Ränzchen auf dem Rücken oder hatten lederne Büchersäcke an Riemen über die Schulter gehängt; einige waren nur im Anzug ohne Mantel, andere in Mäntelchen, und ein paar von ihnen hatten hohe Stulpenstiefelchen an, mit Falten in den Stiefelschäften, auf die kleine Knaben immer so stolz sind, die aber eigentlich nur wohlhabende Eltern, die ihre Kinder verwöhnen, kaufen können. Die ganze kleine Gesellschaft plapperte äußerst lebhaft durcheinander: man schien sich zu beraten. Aljoscha brachte es nie fertig, teilnahmslos an kleinen Kindern vorüberzugehen (in Moskau war er immer stehengeblieben, um sie zu beobachten), und obwohl er die Dreijährigen am meisten liebte, so gefielen ihm doch auch kleine Schuljungen von zehn Jahren sehr. Darum aber verspürte er jetzt große Lust, so sehr er auch von Sorgen bedrückt war, zu ihnen zu gehen und mit ihnen ein wenig zu sprechen. Er näherte sich den Knaben und betrachtete ihre rosigen, lebhaften Gesichtchen; plötzlich fiel ihm auf, daß ein jeder von ihnen einen Stein in der Hand hielt, einige sogar zwei. Zugleich bemerkte er, daß auf der anderen Seite des Grabens am Zaun, ungefähr dreißig Schritt von der erregten Gruppe, noch ein Knabe stand, gleichfalls ein kleiner Schüler, der auch solch ein Büchertäschchen trug, etwa zehn Jahre alt war oder etwas jünger, ein bleiches, kränkliches Kind mit dunklen, blitzenden Augen. Er beobachtete aufmerksam die Gruppe der sechs anderen kleinen Schüler, die offenbar seine Schulkameraden waren, mit denen er aber in Fehde zu liegen schien. Aljoscha trat zu ihnen, wandte sich an einen blonden rotbackigen Knaben in schwarzem Jäckchen, schaute ihn an und sagte:

»Als ich solch eine Büchertasche trug, wie du sie hast, trug man sie auf der linken Seite, um bequem mit der rechten Hand hineinlangen zu können; du aber trägst die Tasche auf der rechten Seite, so kannst du doch nicht so leicht hineingreifen.«

Aljoscha hatte ganz unüberlegt mit dieser sachlichen Bemerkung begonnen, ohne zu wissen, daß ein Erwachsener, wenn er das Zutrauen eines Kindes oder gar einer ganzen Gruppe Kinder gewinnen will, gerade so ernst und sachlich beginnen und sie unbedingt als vollkommen gleichstehend behandeln muß; Aljoscha hatte aus Instinkt das Richtige getroffen.

»Aber er ist doch ein Linkpfot«, antwortete sofort ein anderer Knabe, ein gesunder, munterer Junge von etwa elf Jahren. Die Augen der übrigen fünf richteten sich forschend auf den Jüngling in der Mönchskutte.

»Er — er wirft auch die Steine mit der linken Hand«, bemerkte ein dritter.

In dem Augenblick flog auf die Gruppe ein Stein, streifte nur leicht den »Linkpfot«, war aber geschickt und kräftig geschleudert worden. Er kam von dem kleinen Knaben, der auf der anderen Seite des Grabens stand.

»Gib ihm eins! Ziel' aber gut, Ssmúroff!« riefen sofort alle erregt dem »Linkpfot« zu.

Ssmúroff (der »Linkpfot«) ließ nicht auf sich warten und zahlte sofort heim; er zielte und schleuderte seinen Stein auf den Knaben jenseits des Grabens, traf ihn aber nicht: der Stein schlug an den Zaun. Der Knabe jenseits des Grabens schleuderte sofort noch einen Stein auf die feindliche Gruppe und traf diesmal — Aljoscha ziemlich schmerzhaft an der Schulter: er hatte auch ersichtlich gerade auf ihn gezielt. Mit Steinen schien er sich schon versorgt zu haben, das konnte man auf dreißig Schritt an seinen aufgeblähten Manteltaschen erkennen.

»Er hat auf Sie gezielt, absichtlich gerade auf Sie! Sie sind doch ein Karamasoff, nicht wahr, ein Karamasoff?« schrien unter erregtem Lachen die Knaben. »Jetzt aber alle auf einmal! Eins, zwei — Feuer!«

Und sechs Steine flogen auf Kommando aus der Gruppe über den Graben. Ein Stein traf den Knaben am Kopf und er fiel hin, aber er sprang im Augenblick wieder auf und fing an, wie ein Rasender seine Steine auf die Feinde zu schleudern. Es begann ein lebhaftes Bombardement und es zeigte sich, daß auch einige von den Sechsen Steine vorrätig in den Taschen hatten.

»Was fällt euch ein! Schämt ihr euch nicht! Sechs gegen einen, ihr könnt ihn ja totschlagen!« rief Aljoscha erschrokken aus.

Er sprang schnell vor, den fliegenden Steinen entgegen, um so mit seinem Körper den Kleinen jenseits des Grabens zu schützen. Drei oder vier von den Jungen hielten eine Minute lang inne.

»Er hat selbst angefangen!« rief ein Kleiner in einer roten Bluse mit hoher Kinderstimme, »er ist ein Schuft, er hat vorhin Krassótkin mit dem Federmesser gestochen, so daß Blut floß! Krassótkin wollte ihn nur nicht angeben, aber dafür muß man ihn doch verhauen ...«

»Warum das? Ihr neckt ihn wahrscheinlich?«

»Ha! jetzt hat er Sie wieder mit einem Stein in den Rücken getroffen! Er kennt Sie!« schrien die Kinder. »Jetzt zielt er nur auf Sie, nicht auf uns! Nun aber alle Mann hoch, schieß gut, Ssmúroff!«

Und wieder begann das Bombardement, diesmal aber recht erbittert. Da traf ein Stein den kleinen Knaben vor die Brust: er schrie auf und lief weinend den Berg hinauf zur Michailoff-Straße. In der Gruppe erhob sich ein Triumphgeschrei: »Er hat Angst bekommen, läuft fort! Bastwisch!«

»Sie wissen nicht, Karamasoff, was das für ein gemeiner Junge ist, ihn totzuschlagen wäre gar nicht schade!« sagte der Knabe in der Jacke, anscheinend der älteste von den Sechsen.

»Wieso?« fragte Aljoscha, »petzt er etwa?«

Die Knaben tauschten gleichsam spöttische Blicke untereinander aus.

»Gehen Sie auch in die Michailoff-Straße?« fragte derselbe Knabe. »So holen Sie ihn doch ein ... Sehen Sie, er ist wieder stehengeblieben, er wartet und sieht gerade auf Sie.«

»Ja, er sieht gerade auf Karamasoff, auf Karamasoff!« riefen sofort auch die anderen.

»Fragen Sie ihn doch, ob er so einen Badequast, so einen gelben Lindenbastwisch, mit dem man scheuert, ob er solch einen Bastwisch liebt? Hören Sie, fragen Sie ihn gerade so!«

Alle lachten. Aljoscha blickte sie an, und sie blickten wiederum ihn an.

»Gehen Sie nicht, er wird Sie schlagen«, sagte warnend der kleine Ssmúroff.

»Nach dem Bastwisch werde ich ihn nicht fragen, denn wahrscheinlich neckt ihr ihn aus irgendeinem Grunde gerade damit, aber ich werde ihn fragen, warum ihr ihn so haßt...«

»Fragen Sie nur, fragen Sie nur!« war die lachende Antwort.

Aljoscha ging über die Brücke und dann den Berg hinauf, längs dem Zaun, gerade auf den von seinen Kameraden geächteten Knaben zu.

»Seien Sie vorsichtig!« schrien ihm noch die anderen warnend nach, »er hat keine Angst vor Ihnen, er wird Sie plötzlich stechen, hinterrücks... wie er Krassótkin gestochen hat!«

Der Knabe erwartete ihn, ohne sich zu rühren. Als Aljoscha sich ihm näherte, sah er vor sich einen Knaben von höchstens neun Jahren, eines von den schwächlichen und kleinen Kindern, mit einem bleichen und mageren, länglichen Gesichtchen, mit großen, dunklen Augen, die ihm böse entgegenblickten. Sein Mäntelchen war schon recht abgetragen und viel zu eng und zu kurz: er war aus ihm bereits ganz herausgewachsen. Die nackten Hände hingen aus viel zu kurzen Ärmelchen heraus. Auf dem rechten Knie hatten die Höschen einen großen Flicken, und der rechte Stiefel hatte vorn bei der großen Zehe ein großes Loch, das stark mit Tinte geschwärzt war. Beide Taschen seines Mäntelchens waren mit Steinen gefüllt. Aljoscha blieb zwei Schritte vor ihm stehen und blickte ihn fragend an. Der Kleine, der an Aljoschas Augen erriet, daß dieser ihn nicht schlagen werde, schien sich ein wenig zu schämen und begann sogar ungefragt zu sprechen:

»Ich bin allein, und sie sind sechs... Ich werde sie alle ganz allein verhauen«, sagte er mit blitzenden Augen.

»Der eine Stein muß dich schmerzhaft getroffen haben«, bemerkte Aljoscha.

»Ich aber habe Ssmúroff an den Kopf getroffen!« rief der Knabe triumphierend.

»Sie sagten mir, daß du mich kennst und aus einem besonderen Grunde absichtlich auf mich mit den Steinen gezielt
hättest?« fragte Aljoscha.

Der Knabe blickte ihn finster an.

»Ich kenne dich nicht. Kennst du mich denn?« fuhr Aljoscha fort zu fragen.

»Gehen Sie weg!« schrie ihn plötzlich der Knabe gereizt
an, ohne aber sich selbst vom Platz zu rühren, als ob er noch
etwas erwartete, und wieder blitzten seine dunklen Augen
böse auf.

»Schön, ich werde weggehen«, sagte Aljoscha, »aber ich
kenne dich ja gar nicht, und du sollst nicht denken, daß ich
dich etwa necken will. Deine Kameraden sagten mir, wie du
geneckt wirst, ich aber will dich wirklich nicht necken. Nun,
leb wohl!«

»Kuttenmönch! Hosenloser Kuttenmönch!« höhnte der
Knabe geflissentlich und verfolgte ihn immer noch mit dem
gleichen bösen, herausfordernden Blick, er stellte sich auch
schon in Positur, da er offenbar glaubte, Aljoscha werde
sich jetzt unbedingt auf ihn stürzen — doch Aljoscha blickte
sich nur einmal nach ihm um und ging weiter. Er hatte aber
noch keine drei Schritte gemacht, als ihn ein ziemlich großer
Stein, wohl der größte aus dem Vorrat des Knaben, schmerzhaft in den Rücken traf.

»Hinterrücks? Dann ist es also wahr, was sie von dir gesagt haben, daß du hinterrücks überfällst?« fragte Aljoscha,
der stehen blieb und sich zurückwandte, doch nun schleuderte
der Knabe mit wahrer Wut wieder einen Stein auf Aljoscha
und würde ihn gerade ins Gesicht getroffen haben, wenn
Aljoscha nicht den Arm zum Schutz erhoben hätte: so schlug
der Stein nur an seinen Ellbogen.

»Schämst du dich nicht! Was habe ich dir denn angetan?«
rief Aljoscha.

Der Knabe wartete stumm und erbittert offenbar nur
darauf, daß Aljoscha sich jetzt auf ihn stürzen werde; als er
aber sah, daß dieser es auch jetzt nicht tat, geriet er wie ein

kleines Tier außer sich vor Wut. Er stürzte sich auf Aljoscha und packte, noch bevor dieser sich rühren konnte, mit beiden Händen dessen linke Hand und biß ihn krampfhaft in den Mittelfinger. Wie eine Zange hielten die kleinen Zähne den Finger etwa zehn Sekunden lang fest. Aljoscha schrie auf vor Schmerz und versuchte mit aller Gewalt seinen Finger zu befreien. Endlich ließ ihn der Knabe los und sprang geschwind auf die frühere Entfernung zurück. Das Fleisch des Fingers war durchgebissen, gerade beim Nagel, tief, bis auf den Knochen, und blutete stark. Aljoscha zog sein Taschentuch hervor und umwickelte fest den verwundeten Finger. Fast eine Minute lang war er damit beschäftigt.

Während dieser Zeit erwartete der Knabe stumm, was nun kommen werde. Da erhob Aljoscha endlich seinen stillen Blick und richtete ihn auf den Knaben.

»Nun gut«, sagte er, »du hast mich schmerzhaft gebissen, damit ist es wohl genug, nicht wahr? Jetzt sage mir aber, was ich dir getan habe?«

Der Knabe blickte ihn verwundert an.

»Ich kenne dich nicht, ich sehe dich zum erstenmal«, fuhr Aljoscha ebenso ruhig fort, »aber es kann doch nicht sein, daß ich dir nichts Böses getan habe, denn ohne Grund würdest du mir doch nie solch einen Schmerz zugefügt haben. So sag doch, was ich dir angetan und womit ich das von dir verdient habe?«

Statt zu antworten, fing der Knabe laut zu weinen an, und plötzlich lief er fort. Aljoscha ging ihm langsam nach in die Michailoff-Straße, und lange noch sah er, wie weit vor ihm der Knabe lief, ohne sich umzusehen und ohne im Laufen innezuhalten, und wie er wahrscheinlich immer noch laut weinte. Er nahm sich fest vor, sobald er Zeit hätte, den Kleinen aufzusuchen und dieses Rätsel, das ihn überraschte und ihm zu denken gab, zu lösen. Jetzt aber hatte er keine Zeit dazu.

IV

Bei Chochlakoffs

Er ging schnell auf das Haus zu, das Frau Chochlakóff
gehörte. Es war ein zweistöckiges, hübsches, herrschaftliches
Steingebäude, eines der schönsten Häuser in unserem Städtchen. Obschon Frau Chochlakoff meist auf ihrem Gut im
Nachbargouvernement lebte oder in Moskau, wo sie gleichfalls ein Haus besaß, so behielt sie doch auch in unserem Städtchen dieses von ihrem Vater oder Großvater ererbte Haus.
Das Gut, das sie in unserem Gouvernement besaß, war das
größte von ihren drei Gütern, aber sie hielt sich doch nur
selten in unserem Städtchen auf. Sie eilte Aljoscha bis ins Vorzimmer entgegen.

»Sagen Sie, sagen Sie, haben Sie meinen Brief mit der
Nachricht von dem Wunder erhalten?« fragte sie ihn erregt
und in nervöser Hast.

»Ja, ich habe ihn erhalten.«

»Und haben Sie ihn auch allen gezeigt, allen davon erzählt? Er hat der Mutter den Sohn wiedergegeben!«

»Er wird heute sterben«, sagte Aljoscha.

»Ich weiß, ich habe es schon gehört, o, über wie vieles ich
mit Ihnen zu sprechen habe! Mit Ihnen oder gleichviel mit
wem! Nein, nein, nur mit Ihnen, nur mit Ihnen allein! Und
wie schade, daß ich ihn auf keine Weise mehr sehen kann!
Die ganze Stadt ist erregt, alle sind in großer Erwartung.
Aber jetzt.... wissen Sie auch, daß Katerina Iwanowna
augenblicklich bei uns ist?«

»Ach, das trifft sich gut!« sagte Aljoscha erfreut. »Dann
kann ich sie ja hier bei Ihnen sprechen; sie bat mich gestern,
heute unbedingt zu ihr zu kommen.«

»Ich weiß alles, ich weiß alles! Ich habe alles schon erfahren, was sich gestern bei ihr zugetragen hat ... und alle
diese entsetzlichen Geschichten mit diesem ... Geschöpf! C'est
tragique, ich würde an ihrer Stelle — ich weiß nicht, was ich

an ihrer Stelle getan hätte! Aber Ihr Bruder, ich meine Dmitrij Fjodorowitsch, was sagen Sie zu dem? – O Gott, Alexei Fjodorowitsch, ich, ich komme ganz aus dem Konzept! Stellen Sie sich vor: jetzt sitzt hier bei uns Ihr Bruder, nicht jener, nicht der Schreckliche von gestern, nein, der andere, Iwán Fjódorowitsch, er sitzt dort und spricht mit ihr: o, es ist ein feierliches Gespräch ... Und wenn Sie sich nur denken könnten, was jetzt zwischen ihnen vorgeht! – Katerina Iwanowna vergewaltigt sich, das ist ganz schrecklich, das ist ... ich werde Ihnen sagen, was das ist: das ist ein grausames Märchen, an das man um keinen Preis glauben mag! Sie stürzen einander ins Unglück, beide wissen das ganz genau, und beide finden Vergnügen daran, sich unglücklich zu machen, es scheint ihnen geradezu Genuß zu bereiten! Ach, wie ich Sie erwartet habe, wie ich Sie herbeigesehnt habe! Ich, wissen Sie, ich kann das nicht mehr ertragen! Ich werde Ihnen gleich alles erzählen, aber jetzt noch was anderes, und das ist die Hauptsache, – ach Gott, ich hatte es beinahe ganz vergessen, daß das die Hauptsache ist! Sagen Sie doch, warum bekommt *Lise* jetzt wieder ihre hysterischen Anfälle? Als sie nur hörte, daß Sie zu uns kämen, begann sofort wieder ihre Hysterie!«

»*Maman*, das ist jetzt vielleicht mit Ihnen der Fall, aber nicht mit mir«, wisperte plötzlich irgendwoher Lisas Stimmchen: die Tür zum Nebenzimmer zeigte einen kleinen, kleinen Spalt, und die Stimme klang genau so, wie wenn jemand furchtbar gern lachen möchte, aber mit aller Gewalt das Lachen unterdrückt. Aljoscha hatte diesen Spalt schon früher bemerkt und war überzeugt, daß Lisa ihn von ihrem Stuhl aus durch ebendiesen Spalt beobachtete, obgleich er sie nicht sehen konnte.

»Schäme dich, *Lise*, schäme dich! ... Es ist schon möglich, daß auch ich von deinen eigensinnigen Launen noch krank werde, aber, wissen Sie, Alexei Fjodorowitsch, sie war ja so krank, die ganze Nacht war sie krank, sie fieberte und stöhnte! Nur mit knapper Not habe ich den Morgen und

Doktor Herzenstube erwarten können. Er sagte, er könne es sich nicht erklären und man müsse abwarten. Dieser Herzenstube sagt jedesmal, wenn er kommt, er könne es sich nicht erklären.. Wie Sie sich aber dem Hause näherten, schrie sie auf, bekam ihren Anfall und befahl dem Mädchen, sie hierher in ihr früheres Zimmer zu fahren...«

»Aber Mama, ich wußte ja gar nicht, daß er sich dem Hause näherte, ich wollte durchaus nicht deswegen in dieses Zimmer gefahren werden!«

»Du solltest nicht lügen, *Lise,* ich habe selbst gesehen, wie Julia mit der Nachricht zu dir gelaufen kam, daß Alexei Fjodorowitsch zu uns käme; sie hatte ja die ganze Zeit auf deinen Befehl Wache gestanden.«

»Liebstes Mamachen, das ist wirklich furchtbar wenig geistreich von Ihnen! Wenn Sie mir aber einen großen Gefallen erweisen wollen, so sagen Sie, bitte, liebste Mama, dem sehr geehrten Herrn Alexei Fjodorowitsch, daß er schon allein dadurch, daß er heute zu uns kommt, nach allem, was gestern geschehen ist, und obgleich man sich hier über ihn lustig macht, nur beweist, wie wenig Scharfsinn er besitzt!«

»*Lise,* du erlaubst dir wirklich unerhört viel! Sei versichert, daß ich endlich zu strengen Maßregeln greifen werde! Wer soll sich denn hier über ihn lustig machen? Ich freue mich so sehr, daß er gekommen ist — ich habe ihn so nötig, er ist mir ganz unentbehrlich! Ach, Alexei Fjodorowitsch, wenn Sie wüßten, wie unglücklich ich bin!«

»Aber was fehlt Ihnen denn, liebste Mama?«

»Ach, immer deine Kapricen, *Lise,* deine Unbeständigkeit, deine Krankheit, diese furchtbare Nacht, dein Fieber, dieser fürchterliche, ewige Herzenstube; ach, das Schreckliche ist ja, daß es ewig, ewig und ewig dasselbe ist! Und überhaupt alles, alles... Und dann kommt noch dieses Wunder hinzu! O, Sie wissen nicht, Alexei Fjodorowitsch, wie mich dieses Wunder erschüttert hat! Und jetzt hier in meinem Salon diese ganze Tragödie! Nein, nein, das kann ich nicht ertragen, das kann ich nicht, ich sage es Ihnen im voraus, daß ich es nicht kann! Oder vielleicht ist es auch nur eine Komödie und keine Tragödie... Sagen Sie, wird der Staretz Sossima noch bis morgen leben? Ach Gott! Was ist heute mit mir! Ich schließe beständig die Augen und sehe ja selbst ein, daß ich Unsinn rede, nichts als Unsinn!«

»Ich möchte Sie sehr bitten«, unterbrach Aljoscha sie plötzlich, »mir irgend ein sauberes Läppchen zu geben, um meinen Finger zu verbinden. Ich habe ihn stark verletzt, und jetzt tut er mir scheußlich weh.«

Aljoscha wickelte das Taschentuch ein wenig auf: das halbe Tuch war blutdurchtränkt. Frau Chochlakoff schrie auf, schloß krampfhaft die Augen und bedeckte das Gesicht mit den Händen.

»Gott, wieviel Blut! Wie furchtbar!«

Als aber *Lise* durch den Spalt Aljoschas blutiges Taschentuch sah, riß sie die Tür sofort sperrangelweit auf.

»Kommen Sie her, kommen Sie her zu mir!« rief sie gebieterisch und eigensinnig, »jetzt aber ohne Dummheiten! Gott! Warum standen Sie nur so lange, warum sagten Sie kein Wort! Mama, er hätte verbluten können! Wo haben Sie sich so verletzt und wie nur? Zu allererst Wasser, Julia!« rief sie. »Wasser! Man muß die Wunde auswaschen; den Finger einfach in kaltes Wasser stecken, damit der Schmerz betäubt wird, und dann einfach drinhalten... Ach, schneller, schneller Wasser, Mama, in die kleine Schale. Aber schneller doch!« rief sie nervös. Sie war maßlos erregt; Aljoschas Wunde hatte sie heftig erschreckt.

»Soll man nicht nach Herzenstube schicken?« fragte Frau Chochlakoff ängstlich.

»Mama, Sie werden mich noch umbringen! Ihr Herzenstube wird kommen und wieder nur sagen, daß er es sich nicht erklären kann! Wasser! Wasser! Mama, gehen Sie um Gottes willen selbst und machen Sie Julia Eile, die bleibt sonst immer irgendwo stecken; jetzt wird sie vielleicht ertrunken sein samt ihrem Wasser! Ach, schneller, Mama, ich sterbe sonst...«

»Aber das ist doch nicht so gefährlich!« versuchte Aljoscha zu beschwichtigen, den wiederum der Schreck der Damen erschreckte.

Da kam auch schon die Zofe mit dem Wasser herbeigelaufen. Aljoscha tauchte den Finger hinein.

»Mama, bringen Sie um Gottes willen Scharpie und diese trübe Flüssigkeit — ach, wie heißt sie doch, mit der man kühlt, wenn man sich geschnitten hat? Wir haben sie, ich weiß es genau! Mama, Sie wissen es doch auch, wo diese Flasche steht, in Ihrem Schlafzimmer, rechts im kleinen Medizinschränkchen, es ist eine große Flasche, und Scharpie ...«

»Ich werde sofort alles bringen, *Lise,* nur schrei nicht so und rege dich nicht auf. Sieh, wie tapfer Alexei Fjodorowitsch sein Unglück trägt. Aber wo haben Sie sich nur so entsetzlich verletzt?«

Frau Chochlakoff ging eilig hinaus, um die Sachen zu bringen. Darauf hatte Lisa nur gewartet.

»Vor allem antworten Sie mir auf eine Frage«, sagte sie hastig zu Aljoscha, »wo haben Sie sich so verletzt? Ich habe dann noch von ganz anderem mit Ihnen zu sprechen. Nun?«

Aljoscha begann sofort, da er fühlte, daß ihr die Zeit bis zur Rückkehr der Mutter kostbar war, von der Begegnung mit den Schuljungen zu erzählen, natürlich nur in großen Zügen, ohne alles Nebensächliche. Als Lisa zu Ende gehört hatte, schlug sie die Hände zusammen.

»Aber wie konnten Sie nur, wie konnten Sie sich nur, und dazu noch in der Kutte, mit Schulbuben einlassen!« rief sie zornig aus, ganz als ob sie ein Recht auf ihn besäße. »Nach alledem sind Sie ja selbst noch ein kleiner Junge, der allerkleinste, den es überhaupt geben kann! Aber Sie müssen mir unbedingt diesen abscheulichen Bengel aufsuchen, denn dahinter steckt sicherlich ein Geheimnis ... Jetzt das zweite, doch vorher noch eine Frage. Können Sie, trotz des Schmerzes, von ganz dummen Sachen reden, aber vernünftig reden?«

»Das kann ich sehr gut, und ich fühle auch gar keinen so großen Schmerz mehr im Finger.«

»Das kommt daher, weil Ihr Finger im Wasser ist. Aber man muß jetzt frisches Wasser nehmen, denn es wird ja so schnell warm. Julia, hole sofort ein Stück Eis aus dem Keller und noch eine Schale mit Wasser! ... So, jetzt sind wir sie los, nun schnell zur Sache: Bitte, lieber Alexei Fjodorowitsch, geben Sie mir geschwind den Brief zurück, den ich Ihnen gestern übergeben ließ, geschwind, denn Mama kann ja sofort zurückkommen! Schneller doch! — ich will nicht ...«

»Ich ... ich habe ihn nicht bei mir.«

»Das ist nicht wahr, Sie haben ihn bei sich! Ich wußte es ja, daß Sie so antworten würden! Sie haben ihn in der Tasche. Ich habe diesen dummen Scherz die ganze Nacht so furchtbar bereut. Geben Sie ihn mir sofort zurück! Sofort!«

»Ich ... ich habe ihn im Kloster gelassen.«

»Aber Sie müssen mich ja unbedingt für ein kleines Mädchen halten, für ein ganz kleines Baby, nach einem so furchtbar dummen Brief! Ich bitte Sie um Verzeihung wegen des dummen Spasses, aber den Brief müssen Sie mir unbedingt zurückbringen, wenn Sie ihn wirklich nicht bei sich haben — heute noch bringen Sie ihn mir, hören Sie, unbedingt, unbedingt!«

»Heute kann ich unmöglich noch einmal kommen; ich kehre ins Kloster zurück und werde zwei, drei, vielleicht auch vier Tage nicht herkommen können, denn der Staretz Sossima ...«

»Vier Tage, das fehlte noch! Hören Sie, sagen Sie — Sie haben wohl furchtbar über mich gelacht?«

»Ich habe kein bißchen gelacht.«

»Warum denn nicht?«

»Weil ich alles sofort geglaubt habe.«

»Sie beleidigen mich!«

»Wieso? Nicht im geringsten. Als ich den Brief gelesen hatte, dachte ich sogleich, daß alles auch so geschehen werde, denn nach dem Tode des Stárentz Sossíma muß ich sowieso das Kloster verlassen. Darauf werde ich noch das Gymnasium besuchen und mein Abitur machen, und wenn Sie das gesetzliche Alter erreicht haben, heiraten wir. Ich werde Sie lieben.

Zwar habe ich noch keine Zeit gehabt, darüber nachzudenken, aber ich denke doch, daß ich eine bessere Frau als Sie nicht finden könnte, und der Staretz gebietet mir zu heiraten ...«

»Aber ich bin doch ein Krüppel, man fährt mich ja im Rollstuhl!« sagte Lisa mit verlegenem Lachen, und ihre Wangen erglühten.

»Ich werde Sie selbst im Rollstuhl fahren; übrigens bin ich überzeugt, daß Sie bis dahin wieder gesund sein werden.«

»Aber Sie sind ja verrückt!« fuhr Lisa nervös fort. »Aus einem kleinen Spaß solch einen Unsinn zu machen! ... Ach, da ist ja auch Mamachen ... vielleicht sehr zur rechten Zeit gekommen. Mama, wie Sie sich immer verspäten, wie kann man nur alles so langsam machen! Julia kommt schon aus dem Keller mit dem Eis zurück!«

»Ach, *Lise*, wenn du doch nicht immer so schreien wolltest, das ist wirklich das Furchtbarste. Von diesem Schreien werde ich noch ... was kann ich denn dafür, wenn du die Scharpie an einen anderen Ort getan hast ... Ich suchte und suchte ... Ich vermute stark, daß du sie absichtlich vorher versteckt hast ...«

»Aber wie konnte ich's denn wissen, daß er mit einem gebissenen Finger ankommen würde, sonst, allerdings – hätte ich es vielleicht wirklich mit Absicht getan. Meine liebe Engelsmama, Sie fangen wirklich an, außergewöhnlich geistreiche Sachen zu sagen.«

»Ach, meinetwegen, aber denk doch nur, *Lise*, welch eine Erschütterung das für die Nerven ist, dieser gebissene Finger und alles andere noch dazu! Ach, lieber Alexei Fjodorowitsch, mich töten nicht die Einzelheiten, nicht irgend so ein Herzenstube, sondern alles zusammen, dieses ewige Vielerlei als Ganzes, das ist es, was mich umbringt!«

»Ach, Mama, lassen Sie doch den armen Herzenstube in Ruh«, sagte Lisa vergnügt, »geben Sie mir nur schneller die Scharpie und das Wasser. Es heißt einfach Bleiwasser, Alexéi Fjódorowitsch, jetzt ist mir der Name wieder eingefallen; es ist großartig zu Kompressen. Mama, stellen Sie sich nur

vor, er hat sich unterwegs auf der Straße mit kleinen Schuljungen eingelassen, und einer von ihnen hat ihn gebissen;
nun sagen Sie doch selbst, ist er nach alledem nicht selbst noch
ein kleiner Knabe, ein ganz, ganz kleiner, und kann man ihm
daraufhin wohl erlauben zu heiraten, denn, denken Sie sich
doch nur, Mama, er will schon heiraten! Stellen Sie sich ihn
nur als Ehemann vor, ist das nicht zum Lachen, ist das nicht
ganz entsetzlich!«

Und Lisa lachte wieder ihr nervöses, leises Lachen und
blickte schelmisch zu Aljoscha empor.

»Wie denn das, *Lise,* warum soll er denn jetzt schon heiraten? Solche Scherze sind sehr unpassend für dich ... Und
wenn nun dieser Junge vielleicht die Tollwut gehabt hat!«

»Ach, Mama! Gibt es denn überhaupt tollwütige Kinder?«

»Warum nicht? – Du tust wirklich, als ob ich eine Dummheit gesagt hätte. Den Jungen hat vielleicht ein toller Hund
gebissen, und nun beißt wiederum der Junge. Sehen Sie doch,
wie gut sie Ihren Finger verbunden hat, ich hätte das nie so
gut zustandegebracht. Schmerzt er noch sehr?«

»Oh, jetzt nur noch ein wenig.«

»Fürchten Sie sich vielleicht vor dem Wasser?« erkundigte
sich Lisa neckisch.

»Nun aber genug, *Lise,* das war vielleicht doch etwas unüberlegt gesagt, das vom tollwütigen Knaben – du mußt
natürlich gleich spotten. – Ach, fast hätte ich's vergessen:
Katerina Iwanowna bat mich sofort, als sie nur hörte, daß
Sie gekommen seien, flehentlich, flehentlich, Sie zu ihr zu
bringen; sie erwartet Sie dringend!«

»Ach, Mama! Gehen Sie doch allein zu ihr; er kann wirklich nicht sofort hingehen, er leidet viel zu sehr.«

»Aber gar nicht; ich kann sehr gut zu ihr gehen ...«, sagte
Aljoscha.

»Wie! Sie gehen? Also so sind Sie, so sind Sie?«

»Wieso? Ich werde doch, sobald ich dort fertig bin, gleich
wieder herkommen, und dann können wir weitersprechen,
so viel Sie wollen. Ich möchte Katerina Iwanowna sobald

wie möglich sprechen, da ich frühzeitig ins Kloster zurückkehren will.«

»Mama, nehmen Sie ihn nur gleich mit, bringen Sie ihn
nur schneller fort! Bemühen Sie sich nicht, Alexei Fjodorowitsch, nachher noch zu mir zu kommen, gehen Sie nur sofort
ins Kloster, dorthin passen Sie ja! Ich aber will jetzt schlafen,
ich habe die ganze Nacht nicht geschlafen.«

»Ach, *Lise*, du scheinst ja wieder nur zu scherzen, aber
schließlich ... ja, wie wäre es, wenn du jetzt ein wenig zu
schlafen versuchtest?« meinte Frau Chochlakoff.

»Ich weiß nicht, wodurch ich ... Ich werde gern noch
drei Minuten hierbleiben, wenn Sie wollen, sogar fünf«,
stotterte Aljoscha.

»Sogar fünf! So bringen Sie ihn doch nur schnell fort,
Mama, das ist ja ein Ungeheuer!«

»*Lise*, du bist wohl nicht recht gescheit! Gehen wir, Alexei
Fjodorowitsch, sie ist heute gar zu kapriziös, aber ich fürchte
mich, sie zu reizen«, fuhr sie halblaut fort. »Oh Gott, welch
eine Prüfung das ist, mit einem nervösen Kinde zusammenzu-
leben! Aber sie ist vielleicht wirklich während des Gesprächs
mit Ihnen schläfrig geworden? Wie haben Sie sie nur so
schnell eingeschläfert, und wie glücklich sich das trifft!«

»Ach, Mama, wie lieb Sie jetzt reden!« rief Lisa. »Dafür
geb ich Ihnen einen Kuß!«

»Und ich dir gleichfalls, *Lise!* ...« Und während Frau
Chochlakoff mit Aljoscha zum Salon hinüberging, flüsterte
sie ihm noch schnell, geheimnisvoll und wichtigtuend, zu:
»Hören Sie, Alexei Fjodorowitsch, ich will Sie natürlich
nicht beeinflussen und den Vorhang schon im voraus heben,
aber Sie werden ja gleich selbst sehen, was dort vorgeht — es
ist furchtbar! Das ist die phantastischste Komödie: sie liebt
Ihren Bruder Iwán Fjódorowitsch, redet sich aber mit Gewalt
ein, daß sie Ihren Bruder Dmítrij Fjódorowitsch liebe! Das
ist doch schauerlich! Ich werde jetzt mit Ihnen zugleich eintreten und, wenn man mich nicht fortschickt, bis zum Schluß
ausharren!«

V

Wunde Stellen im Salon

Im Salon jedoch schien die Unterredung schon beendet zu sein. Katerina Iwanowna war wohl sehr erregt, sah aber entschlossen aus. Als Frau Chochlakóff und Aljóscha eintraten, hatte sich Iwan Fjodorowitsch gerade zum Aufbruch erhoben. Sein Gesicht war ein wenig bleich, und Aljoscha betrachtete ihn besorgt. Er fühlte, daß jetzt wenigstens eines der beängstigenden Rätsel, die ihn schon seit längerer Zeit immer wieder gequält hatten, seine Lösung finden mußte. Schon seit einem Monat hatte er von vielen Seiten und sogar mehrmals gehört, daß sein Bruder Iwan Katerina Iwanowna liebe und sie tatsächlich seinem älteren Bruder abspenstig zu machen trachte. Fast bis zu diesem Tage war das Aljoscha unglaubhaft erschienen, aber der Gedanke hatte ihn doch sehr beunruhigt. Er liebte beide Brüder und fürchtete daher um so mehr solch eine Nebenbuhlerschaft. Und nun hatte ihm Dmitrij gestern selbst gesagt, daß er sich über diese Nebenbuhlerschaft Iwans geradezu freue, und daß sie ihm, Dmitrij, in vielem sogar sehr zustatten komme. Was hatte er damit sagen wollen? Doch nicht, daß es ihm auf diese Weise leichter würde, Gruschenka zu heiraten? Das schien Aljoscha der letzte Schritt der Verzweiflung zu sein, den sein Bruder tun könnte. Außerdem war Aljoscha bis zum letzten Augenblick der Szene, die Gruschenka bei Katerina Iwanowna, wie sie sagte »seinetwegen«, d. h. Aljoschas wegen, gespielt hatte, immer noch überzeugt gewesen, daß Katerína Iwánowna seinen Bruder Dmítrij leidenschaftlich und unwandelbar liebe.

Nach jenem Auftritt aber und nach dem Gespräch mit Dmitrij am Kreuzweg glaubte er das nicht mehr. Außerdem hatte ihm noch immer aus einem, ihm selbst unerklärlichen Grunde geschienen, daß sie solch einen Menschen wie Iwan überhaupt nicht lieben könne, daß sie vielmehr gerade seinen

Bruder Dmitrij lieben müsse, gerade diesen, und zwar mit allen seinen Fehlern, gerade so, wie er war, trotz der ganzen Ungeheuerlichkeit solch einer Liebe. Jetzt jedoch nach der Szene mit Gruschenka schien es ihm plötzlich anders.

Die Bemerkung Frau Chochlakoffs »sie vergewaltigt sich« hatte ihn fast zusammenzucken lassen, denn genau dasselbe hatte auch er sich in der Nacht, als er aufgewacht war — wahrscheinlich auf einen unbewußten Traum hin — gesagt: »Sie vergewaltigt sich, sie vergewaltigt sich ja!« Geträumt aber hatte ihm die ganze Nacht von jenem Auftritt bei Katerina Iwanowna. Und die offen und bestimmt ausgesprochene Behauptung Frau Chochlakoffs, Katerina Iwanowna liebe seinen Bruder Iwan, »vergewaltige« sich aber absichtlich aus Laune oder aus sonst einem unerklärlichen Grunde und betrüge und quäle sich selbst mit ihrer Liebe zu Dmitrij, die sie aus angeblicher Dankbarkeit für ihn empfinden wolle — diese plötzliche Behauptung hatte Aljoscha stutzig gemacht. »Vielleicht liegt in diesen Worten wirklich die ganze Wahrheit«, dachte er. Aber in welch einer Lage befand sich dann sein Bruder Iwan? Aljoscha fühlte gewissermaßen instinktiv, daß ein Charakter wie Katerina Iwanowna herrschen wollte, herrschen aber konnte sie nur über einen Menschen wie Dmitrij, niemals aber über einen Menschen wie Iwan. Denn nur Dmitrij konnte sich ihr ergeben (wenn auch vielleicht erst nach langer Zeit), was Aljoscha ihm sogar »zu seinem eigenen Glück« wünschte; bei Iwan dagegen war das ganz ausgeschlossen; der konnte sich nicht ergeben, und dem würde solch eine Unterwerfung auch kein Glück bringen. Diese Auffassung von Iwan hatte sich ganz von selbst in Aljoscha entwickelt. Und nun, als er in den Salon eintrat, flogen ihm in einem Augenblick wieder alle diese Zweifel und Bedenken und Gedanken durch den Sinn. Mitunter tauchte auch noch ein anderer Gedanke in ihm auf: ‚Wie aber, wenn sie keinen von beiden liebt, weder den einen noch den anderen?‘ Aljoscha schämte sich seiner Gedanken und hatte sich ihretwegen jedesmal Vorwürfe gemacht, wenn sie ihm im letzten Monat wieder und wieder gekommen waren. ‚Was verstehe ich denn von der Liebe und von Frauen, und wie kann ich nur solche Schlüsse ziehen‘, sagte er sich reumütig, wenn er wieder ähnliches gedacht hatte. Und doch war es unmöglich, nicht zu denken. Er erriet instinktiv, daß diese Nebenbuhlerschaft im Schicksal seiner beiden Brüder eine der wichtigsten Fragen war, von der vieles abhing. »Das eine Geschmeiß wird das andere Geschmeiß verschlingen«, hatte Iwan gestern in der Gereiztheit vom Vater und vom Bruder Dmitrij gesagt. Also war Dmitrij in seinen Augen ein Geschmeiß, und das vielleicht schon lange? Oder sollte er es nicht erst seit dem Augenblick geworden sein, wo Iwan Katerina Iwanowna kennengelernt hatte? Diese Worte waren Iwan natürlich halb aus Versehen entschlüpft, doch um so bedeutungsvoller waren sie dann, wenn er sie vielleicht gegen seinen Willen laut ausgesprochen hatte. Wenn das aber wirklich so war, wie konnte man dann noch auf eine friedliche Lösung hoffen? Gab es dann nicht noch neue Ursachen zu Haß und Feindschaft in ihrer Familie? Und vor allen Dingen, wen sollte er, Aljoscha, dann bedauern und was einem jeden von ihnen wünschen? Er liebte sie beide, aber was sollte er ihnen inmitten so furchtbarer Widersprüche raten? In diesem Labyrinth konnte man sich ja noch ganz und gar verlieren! Aljoschas Herz aber vermochte die Ungewißheit nicht zu ertragen, denn der Charakter seiner Liebe war immer tätige Liebe. Passiv zu lieben, war ihm nicht gegeben; hatte er etwas liebgewonnen, so wollte er auch sofort helfen. Um aber hier zu helfen, mußte er zuerst die Wahrheit wissen, mußte er ein festes Ziel vor sich sehen; doch statt dessen sah er nur Unklarheit und Irrwege. »Vergewaltigung der eigenen Person und ein Vergewaltigenwollen des Schicksals« — das war es! Doch was konnte er davon verstehen? Verstand er doch nicht einmal das erste Wort in diesem ganzen Durcheinander!

Als Katerina Iwanowna Aljoscha erblickte, sagte sie hastig und erfreut zu Iwan, der sich schon erhoben hatte:

»Ach, noch einen Augenblick! Bitte, bleiben Sie noch einen Augenblick. Ich will vorher noch die Meinung desjenigen hören, zu dem ich von ganzem Herzen das größte Zutrauen habe. Und Katerina Óssipowna, auch Sie möchte ich bitten, nicht fortzugehen«, sagte sie zu Frau Chochlakoff. Sie hieß Aljoscha neben sich Platz nehmen. Frau Chochlakoff setzte sich ihr gegenüber neben Iwan Fjodorowitsch.

»Jetzt habe ich alle meine Freunde hier, alle, die ich nur besitze«, begann sie mit warmer Stimme, in der Tränen zu zittern schienen, und Aljoscha fühlte, wie sein Herz sich ihr sofort wieder zuwandte. »Sie, Alexei Fjodorowitsch, Sie waren gestern Zeuge dieser ... furchtbaren Stunde. Sie sahen, wie ich war. Sie haben es nicht gesehen, Iwan Fjodorowitsch, er aber hat es mit eigenen Augen gesehen. Was er gestern von mir gedacht hat, das weiß ich nicht; ich weiß nur, daß ich, wenn sich heute dasselbe wiederholen sollte, auch heute dieselben Gefühle, die gleichen Worte und dieselben Absichten äußern würde. Sie erinnern sich wohl noch meiner Absichten, Alexei Fjodorowitsch, Sie selbst hielten mich ja noch von der Ausführung einer derselben zurück ...« (Als sie das sagte, errötete sie und ihre Augen blitzten auf.)

»Ich sage es Ihnen ganz offen, Alexei Fjodorowitsch, daß ich mich mit nichts von dem, was geschehen ist, aussöhnen kann. Hören Sie, Alexei Fjodorowitsch, ich weiß nicht einmal, ob ich *ihn* jetzt noch liebe. Er tut mir jetzt *leid;* das aber ist ein schlechtes Zeichen für Liebe. Wenn ich ihn noch liebte, wenn ich noch fortführe, ihn zu lieben, so würde er mir jetzt vielleicht nicht leid tun, sondern ich würde ihn wahrscheinlich hassen ...«

Ihre Stimme bebte, und Tränen blitzten an ihren Wimpern. Aljoscha fuhr innerlich zusammen: »Dieses Mädchen ist offenherzig und kann nicht lügen«, sagte er sich, »und ... und sie liebt Dmitrij nicht mehr!«

»Das ist richtig, das haben Sie vollkommen richtig bemerkt, Katerina Iwanowna«, stimmte ihr Frau Chochlakoff eifrig bei.

»Warten Sie noch ein wenig, liebe Katerína Óssipowna, das Wichtigste habe ich noch nicht gesagt; ich habe noch nicht gesagt, was ich in dieser Nacht beschlossen habe. Ich fühle, daß mein Entschluß vielleicht furchtbar ist — furchtbar für mich; aber ich fühle auch schon im voraus, daß ich ihn um keinen Preis, um nichts in der Welt ändern werde, in meinem ganzen Leben nicht! So wird es sein! Mein lieber Freund Iwan Fjodorowitsch, mein einziger, hochherziger Ratgeber, den ich auf Erden habe, stimmt mir in allem bei, und auch er hat als tiefer Herzenskenner meinen Entschluß gebilligt ... Er kennt ihn.«

»Ja, ich billige ihn«, sagte mit leiser, doch fester Stimme Iwan Fjodorowitsch.

»Aber ich will, daß auch Aljoscha — ach, verzeihen Sie, Alexei Fjodorowitsch, daß ich Sie einfach Aljoscha genannt habe — ich will, daß auch Alexei Fjodorowitsch mir jetzt sagt, gleich hier, in Gegenwart meiner beiden Freunde, ob ich recht habe oder nicht. Ich habe das instinktive Vorgefühl, daß Sie, Aljoscha, mein lieber Bruder (denn Sie sind ja doch mein lieber Bruder!)«, fuhr sie wieder begeistert fort und erfaßte seine kalte Rechte mit ihrer heißen Hand, »ich fühle es voraus, daß Ihr Urteilsspruch, Ihre Billigung mir, trotz aller meiner Qualen, Ruhe geben wird, denn nach Ihrem Urteilsspruch werde ich verstummen und mich dreinfügen — das fühle ich voraus!«

»Ich weiß nicht, wonach Sie mich fragen«, sagte Aljoscha errötend, »ich weiß nur, daß ich Sie liebhabe und Ihnen in diesem Augenblick mehr Glück wünsche als mir selbst ... Aber ich verstehe doch nichts von diesen Dingen...«, beeilte er sich aus irgendeinem Grunde hinzuzufügen.

»In diesen Dingen, Alexei Fjodorowitsch, in diesen Dingen ist jetzt die Hauptsache — Ehre und Pflicht, und ich weiß nicht, was noch, aber es ist etwas Höheres, vielleicht sogar etwas, das noch höher steht als selbst die Pflicht. Das Herz spricht zu mir von diesem unbezwingbaren Gefühl, das mich übermächtig mit sich fortzieht. Es läßt sich übrigens alles in zwei Worten ausdrücken; ich habe mich schon entschlossen: selbst wenn er jenes . . . Geschöpf heiraten sollte«, fuhr sie feierlich fort, »dem ich niemals, niemals verzeihen kann, so werde *ich ihn gleichwohl nicht aufgeben!* Von nun an werde ich ihn schon nie, nie mehr aufgeben!« wiederholte sie wie in einer gewaltsamen Steigerung einer blassen, gleichsam künstlichen Begeisterung. »Ich will damit natürlich nicht sagen, daß ich ihm nun überallhin nachlaufen, mich beständig in seinen Weg, vor seine Augen drängen, ihn quälen werde — o nein! Ich werde in eine andere Stadt ziehen, gleichviel wohin, aber ich werde ihn mein ganzes Leben, mein ganzes Leben lang nicht aus dem Auge lassen. Wenn er aber mit jener unglücklich wird, und das wird ja bestimmt sofort geschehen, dann möge er zu mir kommen und in mir einen Freund, eine Schwester finden . . . Selbstverständlich nur eine Schwester . . . und das so für immer, aber er wird sich dann endlich überzeugen, daß diese Schwester in der Tat seine Schwester ist, die ihn wirklich liebt und ihm ihr ganzes Leben zum Opfer gebracht hat. Ich werde es erreichen, werde es durchsetzen, daß er mich endlich kennenlernt und mir alles, ohne sich zu schämen, gesteht!« stieß sie erregt, fast wie in Ekstase hervor. »Ich werde sein Gott sein, zu dem er betet — wenigstens das ist er mir für seinen Verrat und für das, was ich gestern durch ihn erlitten habe, schuldig. Und so mag er denn allezeit sehen, daß ich ihm mein ganzes Leben lang treu bleibe und mein Wort, das ich ihm einmal gegeben habe, halte, halte, obgleich er mir untreu ist und mich verraten hat. Ich werde . . . ich werde mich in ein Mittel zu seinem Glück verwandeln, wenn man so sagen kann (oder wie soll man das ausdrücken?), in ein Instrument, in eine Maschine für sein Glück und das fürs ganze Leben, *mein* ganzes Leben lang, und damit er es hinfort *sein* ganzes Leben lang erfährt! Das ist mein fester Entschluß! Iwan Fjodorowitsch billigt ihn und stimmt mir in allem vollkommen bei.«

Sie schöpfte Atem. Vielleicht hatte sie ihren Gedanken viel würdiger, geschickter und natürlicher ausdrücken wollen, nun aber hatte sie ihn gar zu eilig, gar zu nackt ausgesprochen. Vieles war hierbei nur jugendlicher Mangel an Selbstbeherrschung, vieles verriet auch noch die erlittene Kränkung und das Bedürfnis, sich stolz zu zeigen, das fühlte sie auch selbst. Ihr Gesicht verfinsterte sich, und der Ausdruck ihrer Augen ward ungut. Aljoscha bemerkte es sofort, und Mitleid erwachte in seinem Herzen. Aber da tat Iwan Fjodorowitsch noch das seinige hinzu.

»Ich habe vorhin nur meine Meinung geäußert«, sagte er. »Bei jeder anderen würde das alles verstellt, gezwungen wirken, bei Ihnen aber ist es nicht so. Eine andere wäre dabei unaufrichtig, Sie aber sind aufrichtig, und folglich haben Sie recht. Ich weiß nicht, wie das zu motivieren wäre, ich sehe nur, daß Sie aufrichtig sind, im höchsten Grade aufrichtig, und darum sind Sie auch im Recht...«

»Aber doch nur in diesem Augenblick!... Und was ist dieser Augenblick? Doch nur die Folge der gestrigen Beleidigung!« unterbrach plötzlich Frau Chochlakoff, deren Absicht augenscheinlich gewesen war, sich nicht einzumischen, die es aber nun doch nicht aushielt und sich mit einer sehr richtigen Bemerkung ins Gespräch einmischte.

»Ganz recht«, sagte Iwan plötzlich mit einer gewissen Heftigkeit und offenbar ärgerlich darüber, daß er unterbrochen worden war, »Sie haben vollkommen recht. Bei einer anderen wäre das nur der Einfluß der gestrigen Erregung und würde nur eine Minute währen, bei dem Charakter einer Katerina Iwanowna aber wird dieser Augenblick eben ihr ganzes Leben lang andauern. Was bei anderen nur ein Vorsatz wäre, das wird bei ihr zu einer lebenslänglichen, schweren, vielleicht verdrossenen, aber jedenfalls unausgesetzten Pflichterfüllung. Und das Gefühl dieser Pflichterfüllung wird ihre Nahrung sein. Ihr Leben, Katerina Iwanowna, wird von nun an in qualvoller Beobachtung und Zergliederung Ihrer eigenen Gefühle, Ihrer eigenen Heldentat und des eigenen Kummers bestehen. Späterhin wird sich der Schmerz besänftigen, und Ihr Leben wird sich in eine süße Andacht verwandeln vor dem ein für allemal gefaßten und erfüllten stolzen Vorsatz, der in seiner Art tatsächlich stolz gedacht ist, in jedem Falle aber aus Verzweiflung gefaßt worden ist, allerdings aus einer Verzweiflung, die Sie besiegt haben, und dieses Bewußtsein wird Sie schließlich vollkommen befriedigen und mit allem übrigen aussöhnen...«

Er sprach dies alles entschieden mit einem gewissen Groll, sagte es spürbar mit Absicht gerade so, und vielleicht wollte er seine Absicht auch nicht einmal verbergen, das heißt, daß er es wirklich höhnisch meinte.

»O Gott, das ist ja wieder alles nicht so!« seufzte Frau Chochlakoff ratlos.

»Alexei Fjodorowitsch, so antworten Sie doch! Ich habe bis zur Pein das Bedürfnis, endlich zu erfahren, was Sie mir sagen werden!« bat Katerina Iwanowna erregt und brach plötzlich in Tränen aus. Aljoscha erhob sich von seinem Platz.

»Das ist nichts, nichts!« fuhr sie weinend fort, »das kommt nur von der Aufregung, von der schlaflosen Nacht; aber bei zwei so treuen Freunden, wie Sie und Ihr Bruder, fühle ich mich noch stark... denn ich weiß... Sie beide werden mich nie verlassen.«

»Leider werde ich vielleicht morgen schon nach Moskau reisen müssen und Sie auf lange verlassen... Und leider läßt sich das nicht mehr ändern...«, sagte plötzlich Iwan Fjodorowitsch.

»Morgen, nach Moskau!« Das ganze Gesicht Katerina Iwanownas änderte sich ruckartig. »Aber... ach Gott, wie glücklich sich das trifft!« rief sie auch schon im selben Augenblick mit vollkommen anderer Stimme, und im selben Augenblick waren auch schon ihre Tränen versiegt, so daß von ihnen nicht einmal eine Spur verblieb... In einem einzigen Augenblick ging mit ihr diese erstaunliche Veränderung vor sich, eine Veränderung, die Aljoscha nicht wenig in Verwunderung setzte: an Stelle des armen, beleidigten Mädchens, das in einem Durchbruch ihres verkrampften Gefühls weinte, war da plötzlich ein Weib, das sich vollkommen in der Gewalt hatte und irgendwie sogar ungemein zufrieden zu sein schien, als ob sie sich über irgend etwas plötzlich sehr gefreut hätte.

»O, ich meine natürlich nicht, daß Sie uns verlassen, natürlich meine ich das nicht so«, versuchte sie ihren unbedachten Ausruf gleichsam mit liebenswürdigem Gesellschaftslächeln abzuschwächen, — »ein Freund, wie Sie, kann das ja auch gar nicht mißverstehen. Im Gegenteil, ich bin nur zu unglücklich darüber, daß ich Sie verliere!« Sie wandte sich plötzlich zu Iwan Fjodorowitsch, ergriff ungestüm seine beiden Hände und drückte sie warm. »Ich freue mich nur deswegen darüber, weil Sie jetzt persönlich in Moskau meiner Tante und Agáscha meine ganze Lage, all das Entsetzliche meiner Lage, werden schildern können, Agáscha gegenüber natürlich ganz aufrichtig, Tantchen gegenüber aber schonender — so, wie Sie es schon verstehen werden! Sie können sich ja nicht vorstellen, wie unglücklich ich gestern und heute morgen war: ich weiß wirklich nicht, wie ich diesen furchtbaren Brief schreiben soll ... denn in einem Brief das wiederzugeben, das ist ja ganz unmöglich ... Jetzt aber fällt es mir viel leichter, alles zu schreiben, denn Sie werden dort bei ihnen sein und alles erklären. O, wie mich das freut! Und nur deswegen freue ich mich darüber, das glauben Sie mir doch! Sie selbst sind mir unersetzlich ... Ich werde sofort den Brief schreiben gehen«, sagte sie plötzlich, und erhob sich schon, um wegzugehen.

»Und Aljoscha? Und die Meinung Alexei Fjodorowitschs, die Sie so unbedingt hören wollten?« rief Frau Chochlakoff, sie aufhaltend. Ein etwas verärgerter, ja, fast zorniger Unterton klang durch ihre Worte.

»Das habe ich auch nicht vergessen« — Katerina Iwanowna blieb sofort stehen —, »aber warum sind Sie so feindselig zu mir, Katerina Ossipowna, in einem solchen Augenblick?« fragte sie mit bitterem, heißem Vorwurf. »Was ich gesagt habe, dabei bleibe ich auch. Ich brauche unbedingt seine

Meinung, ja, ich bedarf sogar seiner Entscheidung! So wie er sagt, soll es sein — sehen Sie, wie sehr mich im Gegenteil nach Ihren Worten verlangt, Alexei Fjodorowitsch ... Aber, was haben Sie?«

»Das hätte ich nie gedacht, nie für möglich gehalten!« sagte Aljoscha traurig, doch sehr erregt.

»Was, was nicht gedacht?«

»Er fährt nach Moskau, Sie aber sagen, das freue Sie — das haben Sie absichtlich ausgerufen! Darauf aber begannen Sie sofort zu erklären, daß Sie sich nicht darüber freuten, sondern es bedauerten, daß ... Sie einen Freund verlieren, — aber auch das haben Sie absichtlich so vorgespielt ... wie im Theater, in der Komödie vorgespielt! ...«

»Was? Im Theater? ... Was sagen Sie?« fragte Katerina Iwanowna maßlos verwundert; sie erglühte plötzlich und zog die Brauen zusammen.

»Aber wie sehr Sie ihm auch versichern, daß Sie den Freund in ihm vermissen werden, Sie behaupten ihm doch offen ins Gesicht, daß das Glück darin bestehe, daß er fortfährt ...«, sprach Aljoscha atemlos weiter.

»Wovon reden Sie, ich weiß nicht ...«

»Ich weiß es auch nicht ... Aber es ist plötzlich wie eine Erleuchtung über mich gekommen ... Ich weiß, daß ich mich nicht gut ausdrücke, aber ich werde trotzdem alles sagen«, fuhr Aljoscha mit unsicherer, stockender Stimme fort. »Meine Erleuchtung besteht darin: ich sehe, daß Sie meinen Bruder Dmitrij vielleicht überhaupt nicht lieben ... von Anfang an nicht ... und auch Dmitrij Sie vielleicht überhaupt nicht liebt ... von Anfang an überhaupt nicht ... und Sie nur sehr achtet ... Ich, wirklich, ich weiß nicht, wie ich es wage, das alles zu sagen, aber irgend jemand muß doch die Wahrheit sagen ... denn hier will es ja niemand tun!«

»Was für eine Wahrheit?« fragte Katerina Iwanowna scharf, und hysterische Gereiztheit lag in ihrer Stimme.

»Diese Wahrheit«, stotterte Aljoscha atemlos und es war ihm, als flöge er von einem Dach hinunter, »lassen Sie sofort

Dmitrij herrufen — ich werde ihn schon finden! —, und mag er dann herkommen, Sie an der Hand nehmen, darauf Iwans Hand erfassen und Ihrer beider Hände vereinigen. Denn Sie quälen Iwan nur darum, weil Sie ihn lieben ... und quälen ihn, weil Sie Dmitrij zu lieben glauben ... ihn aber nicht wirklich lieben ... das ist ja nur eine wunde Stelle, ein Krampf! Sie haben es sich nur so eingeredet ...«

Aljoscha stockte und verstummte.

»Sie ... Sie ... Sie kleiner Gottesnarr, das, ja das sind Sie!« schnitt ihm Katerina Iwanowna bleich und mit zuckenden Lippen das Wort ab. Iwan Fjodorowitsch jedoch lachte plötzlich laut auf und erhob sich. Seinen Hut hatte er schon in der Hand.

»Du täuschest dich, mein guter Aljoscha«, sagte er mit einem Gesichtsausdruck, den Aljoscha noch nie an ihm gesehen hatte, — mit dem Ausdruck einer echt jugendlichen Offenheit und eines starken, unbezwingbar aufrichtig sein wollenden Gefühls, — »niemals hat Katerina Iwanowna mich geliebt! Die ganze Zeit über hat sie gewußt, daß ich sie liebe, obgleich ich ihr kein einziges Mal ein Wort von meiner Liebe gesagt habe — sie hat es gewußt, hat aber nie mich geliebt. Ihr Freund bin ich gleichfalls nie gewesen, nicht einen einzigen Tag lang: das stolze Weib bedurfte meiner Freundschaft nicht. Sie wollte mich bei sich haben, um sich ununterbrochen rächen zu können. Sie rächte sich an mir für alle Beleidigungen, die sie ununterbrochen, an jedem Tag dieser ganzen Zeit durch Dmitrij erfuhr, Beleidigungen von ihrer ersten Begegnung an; denn auch ihre erste Begegnung mit ihm ist in ihrem Herzen als Beleidigung zurückgeblieben. Ja, so ist ihr Herz. Die ganze Zeit habe ich nur ihr zugehört, wie sie von ihrer Liebe zu ihm sprach. Jetzt fahre ich fort, doch lassen Sie es sich gesagt sein, gnädiges Fräulein, daß Sie wirklich nur ihn allein lieben. Und je mehr er Sie kränken wird, desto mehr werden Sie ihn lieben. Darin besteht ja Ihre ganze Verkrampfung über der wunden Stelle. Sie lieben ihn gerade so, wie er ist, als Ihren Beleidiger lieben Sie ihn. Wenn er sich bessern würde, so würden Sie ihn verlassen und Sie würden auch sofort aufhören, ihn zu lieben. Jetzt aber bedürfen Sie seiner, um ununterbrochen Ihre heroische Treue betrachten und ihm seine Untreue vorwerfen zu können. Alles das kommt nur von Ihrem Stolz. O, hierbei ist natürlich auch viel Ergebung und Demut im Spiel, aber trotzdem tun Sie es nur aus Stolz . . . Ich bin wohl noch zu jung und habe Sie wohl gar zu heftig geliebt. Ich weiß, daß ich Ihnen das nicht zu sagen brauchte, es wäre meinerseits stolzer und würdiger, Sie einfach zu verlassen; und es wäre auch nicht so kränkend für Sie. Aber ich fahre ja weit fort und werde nie zurückkehren. Ich gehe ja für immer . . . Ich will nicht neben einer leben, die sich selbst Gewalt antut . . . Übrigens verstehe auch ich mich nicht mehr auszudrücken . . . Leben Sie wohl, Katerina Iwanowna, Sie haben kein Recht, mir zu zürnen, denn ich bin hundertmal mehr bestraft als Sie: bestraft schon allein dadurch, daß ich Sie nie mehr sehen werde. Deshalb nochmals: leben Sie wohl. Ich bedarf Ihres Händedrucks nicht. Sie haben mich viel zu bewußt gequält, als daß ich Ihnen jetzt verzeihen könnte. Später werde ich verzeihen, jetzt brauchen Sie mir Ihre Hand nicht zu geben . . . Den Dank, Dame, begehr ich nicht«, fügte er plötzlich mit einem erzwungenen Lächeln hinzu (und verriet damit ganz unerwarteterweise, daß auch er Schiller so gelesen hatte, daß er ihn auswendig kannte, was Aljoscha nie für möglich gehalten hätte). Iwan verließ das Zimmer, sogar ohne sich von Frau Chochlakoff, der Hausfrau, zu verabschieden. Aljoscha wollte ihm nachstürzen.

»Iwan!« rief er ganz verloren seinem Bruder nach, »Iwan, komm zurück! — Ach, jetzt wird er ja um keinen Preis mehr zurückkehren!« rief er in verzweiflungsvoller Erkenntnis. »Aber das ist meine Schuld, ich habe es dazu gebracht! Iwan sprach im Zorn, er sprach erregt, ungerecht und böse . . . Er muß wieder herkommen, er muß zurückkommen, er muß! . .« versicherte Aljoscha immer noch wie ein Halbirrer.

Katerina Iwanowna ging aus dem Zimmer.

»Das war großartig von Ihnen, Sie haben wie ein Engel
gehandelt!« flüsterte ihm schnell und begeistert Frau Chochlakoff zu. »Ich werde alles in Bewegung setzen, damit Iwan
Fjodorowitsch nicht fortfährt ...«

Ihr Gesicht strahlte vor Freude, was Aljoscha überaus
weh tat. Da kehrte Katerina Iwanowna aus dem Nebenzimmer zurück. Sie hatte zwei Hundertrubelscheine in der
Hand.

»Ich habe eine große Bitte an Sie, Alexei Fjodorowitsch«,
begann sie und wandte sich direkt an Aljoscha, mit anscheinend ruhiger, gleichmäßiger Stimme, als wäre wirklich nichts
geschehen. »Vor einer Woche — ja, ich glaube, vor einer
Woche — hat Dmitrij Fjodorowitsch eine unüberlegte und
ungerechte Tat begangen, eine schändliche Tat. Es gibt hier
ein Lokal, ein Gasthaus oder so etwas ähnliches. Dort hat er
einen verabschiedeten Offizier getroffen, einen Hauptmann,
den Ihr Vater mit irgendwelchen geschäftlichen Dingen zu
beauftragen pflegt. Dmitrij Fjodorowitsch hat sich nun aus
irgendeinem Grunde über diesen Hauptmann geärgert, ihn
am Bart gepackt und in Gegenwart aller Gäste in dieser erniedrigenden Weise auf die Straße hinausgezogen, und man
sagt, der Sohn dieses Hauptmanns, ein kleiner Knabe, der
hier das Gymnasium besucht, habe es gesehen und sei die
ganze Zeit neben ihnen hergelaufen und habe laut geweint
und für den Vater gebetet und sei zu allen auf der Straße
gelaufen, um sie zu bitten, seinen Vater doch zu verteidigen,
aber die Leute hätten nur gelacht... Verzeihen Sie, Alexei
Fjodorowitsch, ich kann nicht ohne heftigen Unwillen an
diese schmähliche Handlung, die er begangen hat, denken ...
das ist wieder eine dieser Handlungen, zu denen sich nur
Dmitrij Fjodorowitsch im Zorn hinreißen lassen kann ... und
in seinen Leidenschaften. Ich kann nicht einmal alles so wiedergeben, ich kann es nicht ... Ich finde nicht die richtigen
Worte. Ich habe mich jetzt nach dem Beleidigten erkundigt
und erfahren, daß er ein sehr armer Mensch ist. Sein Fa-
milienname ist Ssnegirjóff. Er hat sich im Dienst irgendwie

vergangen und daraufhin den Abschied bekommen ... Ich verstehe das nicht zu erzählen ... und jetzt ist er mit seiner ganzen Familie hier, mit kranken Kindern und einer, ich glaube, geisteskranken Frau und lebt in furchtbarer Armut. Er lebt schon lange hier in der Stadt, soll zuletzt Schreiber gewesen sein und plötzlich zahlt man ihm nichts! Ich habe nun meinen Blick auf Sie geworfen, das heißt, ich dachte ... ach, ich weiß nicht, ich bringe die ganze Zeit alles durcheinander! Sehen Sie, ich wollte Sie bitten, mein bester Alexei Fjodorowitsch, zu ihm zu gehen, unter einem Vorwand natürlich, zu diesem Hauptmann — o Gott! ich komme immer aus dem Konzept — und zart, vorsichtig, — geradeso, wie nur Sie es zu sagen verstehen» (Aljoscha errötete plötzlich), »ihm diese Unterstützung zu übergeben, hier, diese zweihundert Rubel. Er wird sie bestimmt annehmen ... Oder nein ... Sehen Sie, das soll ja keine Bezahlung sein, um ihn zu beschwichtigen, damit er keine Klage einreicht — ich glaube, er soll dies beabsichtigt haben —, sondern aus Teilnahme, aus dem Wunsch zu helfen ... von mir, von mir, der Braut Dmitrij Fjodorowitschs, nicht von ihm ... O, Sie werden es schon richtig zu sagen verstehen ... Ich würde selbst zu ihm fahren, aber Sie werden es viel besser machen als ich. Er wohnt in einer kleinen Straße, in der Seestraße, im Hause der Kleinbürgerin Kalmýkowa ... Ich bitte Sie, Alexei Fjodorowitsch, tun Sie das für mich, ich ... ich bin jetzt etwas ... müde. Auf Wiedersehen ...«

Sie wandte sich so hastig um und verschwand so schnell hinter der Portiere, daß Aljoscha nichts mehr sagen konnte — und er wollte ihr doch noch so vieles sagen. Er wollte sie um Verzeihung bitten, wollte sich beschuldigen — kurz, etwas sagen wollte er, denn sein Herz war voll von alledem, und er wollte sie unter keiner Bedingung so verlassen. Aber schon ergriff ihn Frau Chochlakoff an der Hand und zog ihn hinaus. Im Vorzimmer hielt sie ihn wieder wie vorhin auf.

»Sie ist stolz, sie quält sich selbst, aber sie ist gut, großmütig, hochherzig!« tuschelte sie ihm zu. »O, wenn Sie wüßten, wie ich sie liebe, besonders zuweilen, und wie ich mich jetzt wieder über alles, alles freue! Lieber Alexei Fjodorowitsch, Sie wissen ja noch gar nicht alles! So hören Sie denn, daß wir alle, alle, — ich, ihre beiden Tanten — kurz, alle, sogar *Lise,* schon einen ganzen Monat lang nur dieses eine wünschen und durchsetzen wollen, daß sie sich von Ihrem geliebten Dmitrij Fjodorowitsch, der nichts von ihr wissen will und sie überhaupt nicht liebt, lossagt und Iwan Fjodorowitsch heiratet, den gebildetsten und prächtigsten jungen Mann, der sie mehr als alles auf der Welt liebt! Wir haben doch hier eine ganze Verschwörung gebildet, und ich reise vielleicht nur deswegen noch nicht fort ...«

»Aber sie weinte doch, sie ist doch wieder beleidigt worden!« fiel ihr Aljoscha ins Wort.

»Ach, glauben Sie nicht den Tränen einer Frau, Alexei Fjodorowitsch, in solchen Fällen bin ich immer gegen die Frauen und für die Männer!«

»Mama, Sie verderben ihn!« flüsterte schmollend Lisas Stimmchen hinter der Tür.

»Nein, ich bin die Ursache dieses Unglücks, ich trage die Schuld an allem!« wiederholte der untröstliche Aljoscha, der sich wegen seines Ausfalls so schrecklich schämte, daß er seine Augen mit der Hand bedeckte.

»Im Gegenteil, Sie haben wie ein Engel gehandelt, wie ein Engel, ich bin bereit, Ihnen das hunderttausendmal zu wiederholen!«

»Mama, wieso hat er wie ein Engel gehandelt?« ertönte wieder Lisas Stimme, aber schon lauter.

»Es schien mir plötzlich, als ich sie beide so sah«, fuhr Aljoscha fort, wie wenn er Lisa überhaupt nicht gehört hätte, »daß sie Iwan liebt, und so sagte ich denn auch diese Dummheit ... Aber was wird jetzt daraus werden!«

»Was, woraus, woraus soll etwas werden?« rief Lisa jetzt schon ungeduldig durch die Tür. »Mamachen, Sie wollen mich sicherlich umbringen. Ich frage schon zum hundertstenmal, Sie aber antworten mir überhaupt nicht!«

In dem Augenblick kam die Zofe herbeigelaufen ...

»Gnädige Frau, das Fräulein fühlt sich sehr schlecht ... sie weint ... und schlägt um sich ...«

»Was, was ist denn da los?!« klang Lisas erregte Stimme durch die Tür. »Mama, *ich* werde sofort einen Anfall bekommen, aber nicht Kátja!«

»*Lise,* um Gottes willen, schrei bloß nicht, töte mich nicht! Du bist noch zu jung, du darfst noch nicht alles erfahren, wovon Erwachsene sprechen, ich werde dir später alles erzählen, was ich dir davon erzählen kann. O Gott! ich komme schon, ich komme schon ... Ein hysterischer Anfall? Das ist vorzüglich, daß sie diesen Anfall hat! Gerade das war ja nötig! In solchen Fällen bin ich immer gegen die Frauen, gegen alle diese hysterischen Anfälle und Frauentränen! Julia, lauf sofort zurück und sage, daß ich schon zu ihr eile! ... Und daß Iwan Fjodorowitsch so fortgegangen ist, das ist ihre eigene Schuld! Aber er wird ja nicht fortfahren. *Lise,* um Gottes willen, schrei nicht so! Ach, du schreist ja gar nicht, nur ich rege mich so auf, verzeih deiner Mama, aber ich bin ganz entzückt, ganz entzückt, entzückt, sage ich Ihnen! Sie haben doch auch bemerkt, als was für ein junger, blutjunger Mann sich Iwan Fjodorowitsch vorhin plötzlich erwies? Ich glaubte immer, er sei nur Wissenschaftler, so ein gelehrter Akademiker, und plötzlich ist er so glühend-temperamentvoll, so offenherzig und jung, geradeso — so unerfahren und jung, das war wirklich ganz reizend an ihm, ganz als ob Sie es gewesen wären ... Und wie er noch diese deutschen Worte zitierte — aber tatsächlich ganz wie Sie! Ach, ich laufe, ich eile schon! Gehen Sie, beeilen Sie sich, diesen Auftrag auszuführen und kommen Sie schnell zurück! *Lise,* brauchst du nicht etwas? Halt ihn nur keine Minute auf, er wird gleich zu dir zurückkehren.«

Frau Chochlakoff eilte schließlich wirklich fort. Aljoscha wollte, bevor er fortging, noch einmal die Tür zu Lisas Zimmer öffnen.

»Auf keinen Fall!« rief ihm Lisa empört zu, »jetzt unter

keiner Bedingung mehr! Sprechen Sie so, durch die Tür. Für
was für eine Heldentat werden Sie zum Engel erhoben? Nur
das allein will ich wissen.«

»Für eine furchtbare Dummheit, *Lise!* Auf Wiedersehen!«

»Unterstehen Sie sich nicht, so fortzugehen!« rief Lisa
empört.

»*Lise*, ich habe ernsten Kummer! Ich werde sofort zurückkehren, aber jetzt habe ich einen großen, großen Kummer!«
Und er verließ schnell das Vorzimmer und das Haus.

VI

Wunde Stellen in der Stube

Er hatte wirklich ein ernstes Herzeleid, eines, wie er es
bis dahin nur selten empfunden. Er hatte sich so dumm in
fremde Angelegenheiten eingemischt und noch dazu in
Liebesangelegenheiten! »Aber was verstehe ich denn von solchen Sachen, wie kann ich mich nur in solche Angelegenheiten einmischen?« wiederholte er vorwurfsvoll und immer
wieder errötend wohl schon zum hundertstenmal. »Ach, die
Schande wäre ja noch nichts, die Schande ist nur wohlver-
diente Strafe; das Furchtbare ist nur, daß ich die Ursache
neuen Unglücks bin . . . Und der Staretz hat mich doch geschickt, um zu versöhnen und zu vereinen. Vereint man denn
etwa so?« Bei diesem Gedanken fiel ihm plötzlich wieder
ein, wie er »die Hände vereint« hatte, und heiße Scham stieg
in ihm auf. »Wenn ich auch alles aufrichtig getan habe, so
muß ich künftig doch klüger sein«, schloß er plötzlich – und
lächelte nicht einmal über diese Folgerung.

Der Auftrag Katerina Iwanownas führte ihn in die Seestraße, da aber Dmitrij Fjodorowitschs Wohnung gerade auf
dem Wege dorthin lag, beschloß Aljoscha, zuerst noch zum
Bruder zu gehen, obgleich er ahnte, daß er ihn nicht zu Hause
antreffen werde. Er vermutete sogar, daß Dmitrij sich jetzt
vielleicht absichtlich vor ihm versteckte; trotzdem wollte er

ihn unbedingt aufsuchen, einerlei wo. Die Zeit aber drängte. Der Gedanke an den sterbenden Staretz hatte ihn, seit er aus dem Kloster gegangen war, keinen Augenblick verlassen.

Da fiel ihm wieder ein, was Katerina Iwanowna von dem Hauptmann erzählt hatte, und wieder fragte sich Aljoscha, ob nicht jener kleine Schulknabe, der laut weinend neben dem Vater einhergelaufen war, als Dmitrij diesen am Bart zog, — ob das nicht derselbe kleine Junge sein könnte, der ihn in den Finger gebissen hatte als Antwort auf seine wiederholte Frage, was er ihm denn getan habe. Schließlich war Aljoscha fast überzeugt davon, ohne eigentlich selbst zu wissen warum, daß der Kleine von vorhin der Sohn des beleidigten armen Hauptmanns sei. Mit solchen ablenkenden Gedanken zerstreute er sich und brauchte nicht mehr an das von ihm angerichtete »Unglück« zu denken und sich mit Vorwürfen zu quälen, sondern konnte etwas Gutes tun. Und bei diesem Gedanken beruhigte er sich schließlich. Als er dann beim Einbiegen in die Querstraße zu Dmitrij plötzlich Hunger verspürte, nahm er aus seiner Kuttentasche das Franzbrot, das er beim Vater eingesteckt hatte, und aß es unterwegs auf. Das stärkte wieder ein wenig seine Kräfte.

Der Bruder war natürlich nicht zu Hause. Die Besitzer des Häuschens — ein alter Tischlermeister, dessen Sohn und die alte Frau — blickten Aljoscha mißtrauisch an. »Er nächtigt schon den dritten Tag nicht hier, es ist möglich, daß er weggefahren ist«, antwortete der Alte schließlich auf Aljoschas dringliche Fragen. Da sah Aljoscha ein, daß jener offenbar so antwortete, wie ihm befohlen worden war. Auf seine Frage: »Ist er vielleicht bei Grúschenka, oder versteckt er sich bei Fomá?« (Aljoscha fragte absichtlich so indiskret), blickten ihn alle drei nur höchst erschrocken an. »Sie müssen ihn doch gern haben, wenn sie so zu ihm halten«, dachte Aljoscha, »das ist gut.«

Endlich fand er auch in der Seestraße das Haus der Kleinbürgerin Kalmýkowa, ein altes, windschiefes Häuschen, das nur drei Fenster nach der Straße hatte. Der Eingang führte vom Hof aus in den Flur. Als Aljoscha durch die Pforte trat, sah er gerade in der Mitte des schmutzigen Hofs einsam eine unangebundene Kuh stehen. Links vom Flur wohnte die alte Hausbesitzerin mit ihrer gleichfalls alten Tochter; beide waren taub, wie es schien. Auf seine mehrmals wiederholte Frage nach dem Hauptmann wies schließlich die eine von ihnen, die erraten hatte, daß man zu ihren Mietern wollte, auf die gegenüberliegende Tür der »guten« Stube. Die Wohnung des verabschiedeten Hauptmanns befand sich also tatsächlich in diesem alten Bauernhause. Aljoscha wollte schon die eiserne Klinke ergreifen und die Tür aufmachen, als ihm plötzlich die ungewöhnliche Stille, die hinter der Tür herrschte, auffiel. Katerina Iwanowna hatte ihm doch gesagt, daß der Hauptmann verheiratet sei und eine Familie habe. »Entweder schlafen sie alle, oder vielleicht haben sie gehört, daß ein Fremder gekommen ist, und warten jetzt, daß ich eintrete; ich werde lieber zuerst anklopfen«, dachte er und klopfte an die Tür. Die Antwort kam aber erst nach einiger Zeit, vielleicht erst nach einer halben Minute.

»Wer da?« schrie jemand mit lauter und absichtlich wütender Stimme.

Aljoscha machte die Tür auf und trat über die Schwelle. Er befand sich in einer zwar großen Bauernstube, die aber mit Menschen und verschiedenem Hausgerät richtig vollgepfropft war. Links stand ein großer russischer Ofen. Von diesem Ofen war zum linken Fenster durch das ganze Zimmer eine Schnur gespannt, auf der verschiedene Lappen hingen. An den Wänden rechts und links stand je ein Bett, mit gehäkelter Decke überdeckt. Auf dem Bett links war aus vier Kopfkissen ein ganzer Berg errichtet; von diesen vier Kissen, alle in Kattunbezügen, war eines immer kleiner als das andere. Dagegen lag auf dem Bett an der rechten Wand nur ein einziges ganz kleines Kissen. In der vorderen Ecke war ein kleiner Raum durch einen Vorhang abgeteilt, oder richtiger: durch ein Bettuch, das gleichfalls über einer quer

vor die Ecke gespannten Schnur hing. Hinter diesem Vorhang blickte ein drittes, auf einer Bank und einem herangeschobenen Stuhl aufgeschlagenes Bett hervor. Ein einfacher
viereckiger Bauerntisch nahm den Platz von der vorderen
Ecke bis zum mittleren Fenster ein. Alle drei Fenster, von
denen jedes nur vier kleine grüne, von Staub und Regen
trübe Fensterscheiben hatte, ließen nicht gerade viel Licht
herein und waren zudem so dicht geschlossen, daß man die
Zimmerluft als recht dumpf empfand. Auf dem Tisch stand
eine Bratpfanne mit dem unsauberen Rest von Spiegeleiern;
ferner war da ein angebissenes Stück Brot und eine Halbliterflasche mit einem geringen Rest des Trösters in allem
Menschenleid. Auf einem Stuhl neben dem Bett links saß
eine Frau in einem einfachen Kattunkleid; aber sie sah wie
eine Dame aus. Sie war sehr mager und gelblich im Gesicht;
ihre stark eingefallenen Wangen verrieten sofort, daß sie
krank war. Am meisten aber fiel Aljoscha der Blick dieser
armen Dame auf: es war ein verwundert fragender und
gleichzeitig überaus hochmütiger Blick. Während Aljoscha
mit dem Hauptmann sprach, wanderten ihre großen braunen
Augen die ganze Zeit unverändert stolz und fragend von
einem der Sprechenden zum andern. Neben dieser Dame
stand am linken Fenster ein junges Mädchen mit einem
ziemlich unschönen Gesicht und dünnen rötlichen Haaren,
ärmlich, aber sehr sauber gekleidet. Feindselig musterte sie
den eingetretenen Aljoscha. Rechts, zwischen dem anderen
Bett und dem Fenster, saß noch ein drittes weibliches Wesen.
Das schien ein armes Geschöpf zu sein, gleichfalls ein junges
Mädchen von etwa zwanzig Jahren; es war bucklig und gelähmt. Wie Aljoscha später erfuhr, waren ihre Beine »dürr
geworden«. Ihre Krücken standen neben ihr in der Ecke
zwischen der Wand und dem Bett. Die auffallend schönen
und gütigen Augen des armen Mädchens blickten Aljoscha
ruhig und sanftmütig an. Am Tisch saß, das Spiegelei verzehrend, ein Herr von etwa fünfundvierzig Jahren, mittlerer
Größe, augenscheinlich ein schwächlicher Mensch mit röt

lichem Haar und einem rötlichen, spärlichen Bärtchen, das auffallend einem zerfaserten Lindenbastwisch glich (dieser Vergleich und besonders das Wort »Bastwisch« zuckten Aljoscha schon beim ersten Blick auf diesen Bart durch den Sinn, dessen erinnerte er sich noch später). Offenbar hatte dieser selbe Herr auch das »Wer da?« gerufen, da außer ihm nur Frauen im Zimmer waren. Als Aljoscha eintrat, sprang er von der Bank am Tisch so hastig auf, als hätte er sich mit einem Ruck losgerissen, und flog förmlich Aljoscha entgegen, indem er sich noch eilig mit einer durchlöcherten Serviette den Mund wischte.

»Ein Mönch, der für sein Kloster bettelt — der ist zu den Richtigen gekommen!« sagte laut das am linken Fenster stehende Mädchen.

Doch der Herr, der Aljoscha entgegengestürzt war, drehte sich im Augenblick auf dem Absatz nach ihr um und antwortete mit erregter, vor Aufregung immer wieder wie abgehackter Stimme:

»Nein, verehrteste Warwára Nikolájewna, diesmal täuschen Sie sich, Verehrteste, haben es nicht erraten! Gestatten Sie«, — damit wandte er sich geschwind wieder zu Aljoscha — »mich nach der Ursache Ihres Besuches meines ... ,Innersten' zu erkundigen?«

Aljoscha betrachtete ihn aufmerksam, da er ihn zum erstenmal sah. Es war etwas Eckiges, Hastendes, Gereiztes an ihm. Er hatte wohl Schnaps getrunken, aber er war nicht betrunken. Sein Gesicht drückte eine gewisse äußerste Frechheit aus, und zu gleicher Zeit — das war wirklich sonderbar — offensichtliche Feigheit. Er glich einem Menschen, der sich lange Zeit untergeordnet und vieles erlitten hat, plötzlich aber vorspringt und auftrumpfen will. Oder richtiger: einem Menschen, der einen maßlos gern schlagen möchte, und der doch sehr fürchtet, sebst geschlagen zu werden. In seinen Reden und dem Klang seiner ziemlich schrillen Stimme lag ein gewisser mißratener Humor, der bald boshaft, bald ängstlich war, nie die Tonart beibehielt und beständig abbrach. Die

Frage nach dem Besuch seines »Innersten« stellte er gleichsam am ganzen Körper zitternd und so nah auf Aljoscha zutretend, daß dieser unwillkürlich einen Schritt zurückwich. Gekleidet war der Herr in einen dunklen, sehr abgetragenen Mantel, der vielfach gestopft und befleckt war. Die Beinkleider dagegen waren auffallend hell, wie sie niemand mehr trug, und aus sehr dünnem, kariertem Stoff; unten waren sie stark verknüllt, außerdem sehr kurz, ganz als wäre er aus ihnen wie ein kleiner Junge herausgewachsen.

»Ich bin ... Alexei Karamasoff ...«, begann Aljoscha.

»Das ist uns vollkommen klar«, unterbrach ihn sofort der Herr, womit er zu verstehen gab, daß er ihn schon kannte. »Ich dagegen bin Hauptmann Ssnegirjóff; trotzdem wäre es wünschenswert, den Anlaß Ihres Besuches ...«

»Ich ... bin nur so hergekommen ... Eigentlich wollte ich Ihnen von mir aus ein paar Worte sagen ... Wenn Sie es nur erlauben ...«

»In diesem Falle — bitte, hier ist ein Stuhl, geruhen Sie, Platz zu nehmen, wie man in den alten Komödien sagt ...«, und der Hauptmann ergriff mit hastiger Bewegung einen gewöhnlichen Bauernstuhl und stellte ihn fast in die Mitte des Zimmers; darauf zog er noch irgendeinen Stuhl für sich herbei und setzte sich Aljoscha gegenüber, und wieder rückte er so nah heran, daß ihre Knie sich fast berührten. Er blickte ihm unbeweglich ins Gesicht.

»Ich bin Nikolái Iljitsch Ssnegirjóff, ehemaliger Stabskapitän der russischen Infanterie, und wenn ich auch durch meine Laster in Schimpf und Schande geraten bin, so bleibe ich doch ehemaliger Stabskapitän. Eigentlich sollte ich jetzt eher sagen: Hauptmann Sslowojérrssoff und nicht mehr Ssnegirjóff, denn in der zweiten Hälfte meines Lebens habe ich begonnen, das ,S' anzuhängen[16]. Ja, das lernt man so in der Erniedrigung.«

»Das ist schon so«, meinte Aljoscha lächelnd, »nur fragt es sich, ob man es unwillkürlich oder absichtlich lernt?«

»Bei Gott, unwillkürlich. Zeitlebens habe ich nicht so gesprochen, plötzlich aber fiel ich, und als ich aufstand, sprach ich mit diesem ‚S‘ als Anhängsel . . . Das geschieht durch eine höhere Macht . . . Ich sehe, daß Sie sich für zeitgenössische Fragen interessieren. Wodurch nun habe ich solch ein Interesse erregt, denn ich lebe, wie Sie sehen, so, daß ich Gäste im allgemeinen nicht empfangen kann.«

»Ich kam . . . in jener Angelegenheit . . .«

»In jener Angelegenheit?« unterbrach ihn der Hauptmann ungeduldig.

»Wegen jener Angelegenheit mit meinem Bruder Dmitrij Fjodorowitsch«, sagte Aljoscha ungeschickt.

»Welch eine Angelegenheit meinen Sie? Doch nicht wegen jener selben? Also wegen des Bastwischs, des Badebastwischs?« Er rückte plötzlich noch näher, so daß er Aljoscha jetzt tatsächlich mit den Knien berührte. Seine Lippen preßten sich ganz absonderlich zusammen; sie wurden so schmal wie ein Bindfaden.

»Was für ein Badebastwisch?« stotterte Aljoscha.

»Nein, Papa, er ist gekommen, um sich über mich zu beklagen!« rief plötzlich das Aljoscha schon bekannte Stimmchen seines kleinen Feindes aus der Ecke hinter dem Vorhang. »Ich habe ihn vorhin in den Finger gebissen.«

Der Vorhang wurde dabei zur Seite gezogen, und Aljoscha erblickte seinen kleinen Feind aus der Michailoff-Straße auf dem Bettchen, das man dort in der Ecke unter den Heiligenbildern auf der Bank und einem Stuhl aufgeschlagen hatte. Der Knabe war mit einem alten, wattierten Deckchen und seinem Mäntelchen zugedeckt. Er schien nicht ganz wohl zu sein und, nach den brennenden Augen zu urteilen, Fieber zu haben. Doch jetzt blickte er furchtlos Aljoscha an. »Zu Hause kriegst du mich nicht!« sagte sein Blick.

»Was hat er gebissen? Wie, einen Finger?« fragte der Hauptmann erschrocken und wollte schon aufspringen. »Hat er Sie in den Finger gebissen?«

»Ja, mich. Vorhin bewarfen er und seine Mitschüler sich auf der Straße mit Steinen; er war allein, sie aber waren ganze sechs. Als ich darauf zu ihm trat, warf er einen Stein nach mir und dann noch einen. Ich fragte ihn, was ich ihm denn getan habe; er aber stürzte sich auf mich und biß mich schmerzhaft in den Finger, ich weiß nicht, warum.«

»Werde ihn sofort durchhauen! Sofort, im Augenblick!« Der Hauptmann sprang erregt von seinem Stuhl auf.

»Aber ich beklage mich ja nicht, ich erzählte es doch nur, damit... Ich will durchaus nicht, daß Sie ihn dafür bestrafen! Und er ist ja, glaube ich, krank...«

»Und Sie dachten, daß ich ihn wirklich bestrafen würde? — daß ich Iljúschachen gleich packen und ihn sofort vor Ihren Augen schlagen würde, zu Ihrer Genugtuung? sofort? hier auf der Stelle?« Der Hauptmann wandte sich mit einer Gebärde zu Aljoscha, als wolle er sich auf ihn stürzen. »Es tut mir leid mein Herr, um ihren Finger; aber wollen Sie nicht, daß ich, eher als daß ich Iljúschachen schlage, sofort alle meine vier Finger, hier auf der Stelle, vor Ihren Augen abhacke, sehen Sie, mit diesem Messer, um Ihnen Genugtuung zu gewähren? Vier Finger werden zur Stillung Ihres Rachedurstes wohl genügen, oder wollen Sie den fünften noch dazu?«

Er verstummte, als ob plötzlich die Stimme versagt hätte. Jeder Nerv seines Gesichts zitterte und zuckte, und doch blickte er dabei Aljoscha maßlos herausfordernd an. Er schien seiner selbst nicht mehr mächtig zu sein.

»Ich glaube jetzt alles zu verstehen«, sagte Aljoscha, der sitzen blieb, leise und traurig. »Ihr Junge ist also ein guter Knabe, der seinen Vater liebt und mich als Bruder Ihres Beleidigers gebissen hat... Das sehe ich jetzt ein«, sagte er nachdenklich. »Mein Bruder Dmitrij Fjodorowitsch bereut seine Handlungsweise, das weiß ich, und wenn er nur zu Ihnen kommen könnte, oder besser, wenn er Sie dort in demselben Lokal wieder treffen könnte, so würde er Sie in Gegenwart aller um Verzeihung bitten... Wenn Sie es wünschen.«

»Also: ,er hat das Bärtchen ausgerissen und darauf um Verzeihung gebeten‘ — was will man mehr! Er hat sozusagen alles wieder gut gemacht, nicht wahr?«

»O nein, im Gegenteil, er wird alles tun, was Sie wollen, und wie Sie es wollen!«

»Das heißt also, wenn ich Seine Erlaucht bitten würde, in demselben Lokal — „Zur Hauptstadt" heißt es — oder auf dem Großen Platz gefälligst vor mir niederzuknien, so würde er es tun?«

»Ja, er würde niederknien.«

»Sie entwaffnen mich! Sie rühren und entwaffnen mich! Bin nur gar zu geneigt, die Großmut Ihres Herrn Bruders zu empfinden. Gestatten Sie mir, Ihnen meine Familie vorzustellen: meine beiden Töchter und mein Sohn — mein Wurf. Wenn ich nun sterbe, wer wird sie dann noch lieben? Solange ich aber noch lebe — wer kann mich garstiges Kerlchen außer ihnen lieben? Etwas Großes hat Gott damit für jeden kleinen Menschen von meiner Art geschaffen, Verehrtester. Denn, nicht wahr, auch ein Mensch wie ich muß jemanden zum Lieben haben . . .«

»Ach, da sagen Sie ein wahres Wort!« pflichtete Aljoscha ihm bei.

»So hören Sie doch endlich auf, den Hampelmann zu spielen, Vater! Es braucht nur irgendein Dummkopf hereinzukommen, und schon erniedrigen Sie sich sofort!« fuhr ganz unerwartet das Mädchen am Fenster ihren Vater mit gereizter Stimme und verächtlicher Miene an.

»Gedulden Sie sich noch einen Augenblick, Warwára Nikolájewna, und lassen Sie mich bei der Tendenz bleiben«, rief ihr der Vater, wenn auch in befehlendem Ton, so doch mit billigendem Blick zu. »Das ist nun einmal so ihr Charakter«, fügte er darauf, zu Aljoscha gewandt, hinzu. »„Kein einziges Ding auf dieser Welt fand seine Billigung!" wie der Dichter sagt; nur müßte er sich in diesem Falle im Femininum ausdrücken: ‚fand ihre Billigung'. Jetzt aber gestatten Sie mir, Sie auch meiner Frau vorzustellen. Hier, Arína Petrówna, . . . zwar nur eine lahme Dame — von dreiundvierzig Jahren —, die Füße tragen sie kaum noch, gehört zu den Einfachen, Verehrtester. Arína Petrówna, glätten Sie Ihre

Züge: Alexei Fjodorowitsch Karamasoff — erheben Sie sich, Verehrtester!« Damit ergriff er Aljoschas Hand und zog ihn mit einer Kraft, die man ihm gar nicht zugetraut hätte, in die Höhe, noch bevor der sich besinnen konnte. »Sie werden einer Dame vorgestellt, da müssen Sie sich erheben. Das ist nicht jener Karamasoff, Mamachen, der ... hm, und so weiter, sondern sein Bruder, der sich durch demütige Tugenden auszeichnet. Gestatten Sie, Arina Petrowna, gestatten Sie, Mütterchen, Ihnen vorher die Hand zu küssen.«

Und er küßte ehrerbietig, sogar zärtlich die Hand seiner Frau. Das Mädchen am Fenster wandte der Szene unwillig den Rücken. Der hochmütig-fragende Gesichtsausdruck der Frau dagegen verwandelte sich plötzlich in einen überaus freundlichen.

»Guten Tag; setzen Sie sich, Herr Tschernomásoff«, sagte sie.

»Karamásoff, Mütterchen, Karamásoff! — Wir sind einfache Leute«, flüsterte er wieder Aljoscha zu.

»Nun, Karamasoff oder wie sonst, ich sage immer Tschernomasoff ... Setzen Sie sich doch! warum hat er Sie nur belästigt? Eine lahme Dame, sagt er, das ist wohl wahr, denn wenn ich auch meine Füße noch habe, so sind sie doch wie die Eimer geschwollen, sonst aber bin ich gänzlich verdorrt. Früher war ich so dick, jetzt aber bin ich, als ob ich eine Nadel verschluckt hätte ...«

»Wir sind einfache Leute, einfache Leute«, sagte noch einmal der Hauptmann.

»Vater, ach Vater!« sagte plötzlich das bucklige Mädchen, das bis dahin geschwiegen hatte, und bedeckte die Augen mit dem Taschentuch.

»Spielt wieder den Bajazzo!« stieß die andere am Fenster hervor.

»Sehen Sie, was es für Neuigkeiten bei uns gibt«, sagte die Mama, auf die Töchter weisend, »ganz wie vorüberziehende Wolken; sind die Wolken vorübergezogen, so beginnt von neuem unsere Musik. Früher, als mein Mann noch

Militär war, kamen viele Gäste zu uns. Ich will das ja nicht mit dem vergleichen, was jetzt ist. Wenn einmal einer jemanden liebt, so soll er ihn auch lieben. Da kam denn auch die Frau des Diakons zu mir und sagte: Alexander Aléxándrowitsch ist eine gute Seele, Nastássja Petrówna aber', sagte sie, ,ist die wahre Höllenbrut.' — ,Nun', antwortete ich, ,das kommt darauf an, wer wen vergöttert, du aber bist wohl nur ein kleines Häufchen, stinkst jedoch gehörig.' — ,Dich aber', sagte sie, ,muß man unterm Daumen halten.' — ,Ach du', sagte ich, ,du schwarzer Schleppsäbel, wen bist du hier belehren gekommen?' — ,Ich', sagte sie, ,ich lasse reine Luft herein, du aber bist unreine Luft.' — ,Frage doch', sagte ich ihr, ,frage doch alle Herren Offiziere, ob in mir schlechte Luft ist, oder was sonst für eine?' Und das liegt mir seit der Zeit so sehr auf dem Herzen, daß ich noch vor einigen Tagen — ich saß ganz so wie jetzt — als ich diesen General hier eintreten sah, denselben, der auch zu Ostern schon hier war, ihn fragte: ,Was, Exzellenz, kann man wohl einer vornehmen Dame reine Luft zulassen?' — ,Ja', antwortete er, ,man müßte hier allerdings ein Klappfenster oder die Tür ein wenig aufmachen, denn auch mir scheint es, daß die Luft hier bei Ihnen nicht sehr frisch ist.' Nun, und so sind sie alle. Und was haben sie nur an meiner Luft auszusetzen? Tote riechen doch noch viel schlechter. Ich sagte darauf: ,Werde eure Luft nicht mehr verderben, werde mir Schuhe bestellen und fortgehen!' Meine Lieben, meine Täubchen, macht doch eurer leiblichen Mutter keine Vorwürfe! Nikolai Íljitsch, mein Guter, oder mache ich es dir denn nicht recht? Alles, was ich habe, ist doch, daß Iljúschachen aus der Schule heimkehrt und mich lieb hat. Gestern hat er mir noch einen Apfel mitgebracht. Verzeiht, verzeiht, meine Lieben, eurer leiblichen Mutter, verzeiht mir Einsamen, aber wodurch ist euch nur meine Luft so zuwider geworden?«

Und die arme Irrsinnige brach in Tränen aus, in Strömen flossen die Tränen über ihre Wangen herab. Der Hauptmann sprang sofort eilig zu ihr hin.

»Mütterchen, Mütterchen, Liebchen, laß gut sein, laß gut sein! Bist doch nicht einsam! Alle lieben dich, alle vergöttern dich!« Und wieder küßte er ihre Hände und streichelte ihr Gesicht; und plötzlich nahm er die Serviette und begann ihre Tränen abzuwischen. Aljoscha schien es, daß auch seine Augen feucht glänzten. »Nun, Verehrtester, haben Sie gesehen, gehört?« fragte er Aljoscha plötzlich, fast jähzornig und wies dabei auf die arme Schwachsinnige.

»Ich sehe und höre«, sagte Aljoscha leise.

»Papa, Papa! Wie kannst du nur mit ihm ... Laß ihn doch laufen, Papa!« rief plötzlich der Knabe, der sich auf seinem Lager halb aufrichtete und den Vater mit heißem Blick ansah.

»Wann werden Sie endlich aufhören, Ihre dummen Possen zu spielen, die doch nie zu etwas Gescheitem führen! ...« rief ihm aus derselben Ecke bereits ganz aufgebracht Warwara Nikolajewna zu und stampfte mit dem Fuß auf.

»Diesmal sind Sie vollkommen im Recht, wenn Sie außer sich geraten, Warwara Nikolajewna, und ich werde Sie gern zufriedenstellen. Nun, nehmen Sie mal Ihre Kopfbedeckung, Alexei Fjodorowitsch, und auch ich werde hier meine Mütze nehmen, und gehen wir, Verehrtester. Ich muß noch ein ernstes Wörtchen mit Ihnen reden, nur außerhalb dieser Wände. Sehen Sie dieses sitzende Mädchen — das ist meine Tochter Nína Nikolájewna, ich vergaß es, Sie ihr vorzustellen: ein leibhaftiger Engel Gottes, der zu uns Sterblichen herniedergeflogen ist, wenn Sie das nur zu begreifen vermögen ...«

»Er zittert ja am ganzen Körper, als ob er Krämpfe hätte«, stieß Warwara Nikolajewna wieder unwillig hervor.

»Und diese dort, die jetzt vor Unwillen über mich mit den Füßchen stampft und mich vorhin Bajazzo betitelte — das ist gleichfalls ein leibhaftiger Engel Gottes, und sie hat mich auch ganz richtig benannt. Doch gehen wir jetzt, Verehrtester, dem muß man ein Ende machen ...«

Sie gingen hinaus auf die Straße.

VII

Und in freier Luft

»Hier ist die Luft frisch und rein; bei mir zu Hause aber ist sie wirklich nicht frisch — sogar in keiner Beziehung. Gehen wir langsam, Verehrtester. Gern würde ich Ihr Verständnis für mich gewinnen.«

»Und auch ich habe Wichtiges mit Ihnen zu besprechen ...«, bemerkte Aljoscha, »nur weiß ich nicht, wie ich anfangen soll.«

»Wie sollten Sie denn nichts zu besprechen haben! Wären Sie doch sonst nie zu mir gekommen. Oder sind Sie vielleicht tatsächlich nur gekommen, um sich über meinen Iljúscha zu beklagen? Das ist doch unwahrscheinlich. Ach, bei der Gelegenheit: ich konnte Ihnen dort nicht alles so erklären, aber hier werde ich Ihnen alles sagen. Sehen Sie, der Bastwisch war noch vor einer Woche viel dichter — ich rede von meinem Bärtchen; dieses Bärtchen heißt ja der Bastwisch, so haben es die Schuljungen benannt. Nun, sehen Sie, wie mich da Ihr Bruder Dmitrij Fjodorowitsch Karamasoff am Bart zog, wegen nichts und wieder nichts, — er suchte einfach Händel, und ich kam ihm in die Quere — da zog er mich hinaus auf den Großen Platz, und da kamen gerade die Schuljungen aus der Schule und unter ihnen auch Iljuscha. Wie der mich so am Bart gezogen erblickte, stürzte er zu mir: ,Papa!‘ schreit er, ,Papa!‘ hält mich, umarmt, umklammert mich, will mich befreien, losreißen, schreit meinem Beleidiger zu: ,Verzeihen Sie, verzeihen Sie, das ist doch mein Papa, mein Papa, verzeihen Sie ihm!‘ — fleht, wie ich sage, ,Verzeihen Sie!‘ — umklammert ihn mit seinen Ärmchen und küßt, küßt seine Hand ... Ich weiß, ich weiß noch, was für ein Gesichtchen er in diesem Augenblick hatte, habe es nicht vergessen und werde es auch nie vergessen! ...«

»Ich schwöre Ihnen«, sagte Aljoscha sofort, »mein Bruder wird Ihnen in der aufrichtigsten Weise sein tiefes Bedauern, seine Reue beweisen, meinetwegen kniend auf demselben Platz. Ich werde ihn dazu zwingen, oder er wird nicht mehr mein Bruder sein!«

»Ach so, dann war das also nur ein Projekt! Dann ging das nicht von ihm aus, sondern wurde nur von Ihnen in einer heißen Regung Ihres guten Herzens gesagt? Ja, dann hätten Sie es aber auch so darstellen sollen!... Nein, Verehrtester, dann lassen Sie *mich* zuerst einmal alles sagen, zumal ich die ritterliche Offiziershaltung Ihres Bruders nicht leugnen will, o nein, denn die hat er damals tatsächlich bewiesen. Als er nämlich endlich meinen Bart losließ und mich freigab, sagte er: ,Wir sind beide Offiziere, wenn du einen Sekundanten finden kannst, einen anständigen Menschen, so schick ihn zu mir — werde dir Satisfaktion geben, wenn du auch ein Schurke bist!' Sehen Sie, das sagte er! Das war wahrhaft ritterlicher Geist! Wir entfernten uns damals, Iljuscha und ich, aber dieses Familienbild am Stammbaum hat sich auf ewig Iljúschachens Seele eingeprägt. Nein, wie könnten wir wohl noch Adelige bleiben! Sagen Sie doch selbst, Sie sind doch soeben in meiner Wohnung gewesen — was haben Sie gesehen? Drei Damen sitzen dort, von denen ist die eine ohne Füße und schwachsinnig, die andere ohne Füße und verwachsen, die dritte aber hat Füße und ist beinahe schon gar zu klug, ist Kursistin und will unbedingt wieder nach Petersburg, um dort an den Ufern der Newa die Rechte der russischen Frau ausfindig zu machen. Von Iljuscha rede ich schon gar nicht, der ist erst neun Jahre alt, mutterseelenallein, denn wenn ich sterbe — was soll dann aus meinem ,Innersten' werden? Wenn ich ihn nun fordere und er mich erschießt, was dann? Oder wenn er mich zum Krüppel schießt? Arbeiten und verdienen ist dann ausgeschlossen, der Mund aber bleibt, und wer wird ihn dann füttern, diesen Mund, und wer wird sie dann alle ernähren? Oder sollte ich Iljúscha statt zur Schule täglich zum Betteln schicken? Da sehen Sie, was das für mich bedeuten würde, ihn zum Duell zu fordern. Ein dummes Wort ist das und weiter nichts.«

»Er wird Sie um Verzeihung bitten, er wird sich dort mitten auf dem Platz vor Ihnen bis zur Erde verneigen!« knirschte Aljoscha und seine Augen blitzten.

»Ich wollte die Sache vor Gericht bringen«, fuhr der Hauptmann fort, »aber blättern Sie doch das Gesetzbuch durch und fragen Sie sich, wieviel ,Schadenersatz' ich für persönliche Beleidigung von dem Beleidiger wohl bekommen würde? Und da läßt mich noch plötzlich Agraféna Alexándrowna zu sich rufen und sagt: ,Wage nicht, daran auch nur zu denken! Wenn du ihn vors Gericht bringst, so werde ich dafür sorgen, daß alle Welt erfährt, warum er dich am Bart gezogen hat: nur wegen deiner Gaunereien, und dann wird man *dich* verklagen!' Sieht doch nur Gott allein, durch wen besagte Gaunerei entstanden ist, auf wessen Befehl ich damals wie ein Winkelkaufmann gehandelt habe, ob nicht etwa auf ihre eigene und Fjodor Pawlowitschs Anordnung? ,Und zudem', sagte sie, ,werde ich dich fortjagen und dir hinfort nichts mehr von mir zu verdienen geben. Meinem Kaufmann werde ich es gleichfalls sagen' — so nennt sie ihn, den Alten —, ,dann wird auch er dich nicht mehr beschäftigen!' Und so denke ich denn, wenn auch der Kaufmann mich fortjagt, was soll dann aus mir werden, wo kann ich dann noch etwas verdienen? Es sind mir doch jetzt nur noch diese beiden geblieben, da Ihr Vater Fjodor Pawlowitsch Karamasoff mir nicht nur sein Vertrauen entzogen hat, sondern mich aus einem anderen Grunde, nachdem er sich meine Quittungen gesichert hat, obendrein noch verklagen will. Infolgedessen bin ich denn still geworden, und mein ,Innerstes' — haben Sie gesehen. Aber erlauben Sie zu fragen: hat er Sie wirklich schmerzhaft in den Finger gebissen, Iljúscha, meine ich? In seiner Gegenwart konnte ich mich nicht entschließen, auf diese Frage einzugehen.«

»Ja, sehr schmerzhaft, er war aber auch sehr gereizt. Er hat sich für Sie an mir, als einem Karamasoff, gerächt, das ist mir jetzt vollkommen klar. Aber wenn Sie gesehen hätten, wie er seine Schulkameraden mit Steinen bewarf, und wie die ihm darauf antworteten! So etwas ist sehr gefährlich; sie können ihn totschlagen, es sind doch dumme Kinder; der Stein fliegt und kann den Kopf treffen.«

»Und hat auch schon getroffen, nur nicht den Kopf, wohl aber die Brust: oberhalb des Herzens hat er einen blauen Fleck. Er kam weinend nach Haus, stöhnte, und jetzt ist er davon krank geworden.«

»Aber er greift sie ja zuerst an, fällt als erster über sie her! Er will sich für Sie rächen. Die Jungen sagten, er habe einen Mitschüler, Krassótkin, mit dem Federmesser ins Bein gestochen ...«

»Ich weiß, die Sache kann gefährlich werden. Krassótkin ist der Sohn eines hiesigen Beamten, da kann es noch Unannehmlichkeiten geben ...«

»Ich würde Ihnen raten«, fuhr Aljoscha fort, »ihn eine Zeitlang überhaupt nicht zur Schule zu schicken, bis er sich beruhigt hat ... und dieser Zorn sich legt ...«

»Zorn!« griff der Hauptmann sofort das Wort auf, »Sie haben es richtig benannt. Er ist ein kleines Wesen, aber sein Zorn ist um so größer. Sie kennen noch nicht alles. Erlauben Sie, daß ich Ihnen die ganze Geschichte erzähle. Die Sache ist nämlich die, daß ihn seit der Zeit alle Jungen in der Schule ‚Bastwisch‘ zu necken begonnen haben. Kinder sind in der Schule ein unbarmherziges Volk: einzeln sind sie die reinen Engel Gottes, als ganze Schar aber, besonders in der Schule, sind sie oft erbarmungslos. So haben sie ihn denn geneckt, in ihm aber ist da der adlige Geist erwacht, – und ist aufgesprungen! Ein gewöhnlicher Junge ist meist ein gleichgültiger Sohn – der hätte sich in diesem Falle geduckt, würde sich seines Vaters geschämt haben. Iljuscha dagegen hat sich als einzelner gegen alle für den Vater erhoben. Für den Vater und für die Wahrheit. Für die Gerechtigkeit. Denn was er damals, als er Ihrem Bruder die Hand küßte und ihn anflehte: ‚Verzeihen Sie meinem Papa!‘ – was er damals empfunden hat, das weiß nur Gott allein ... und ich. So lernen unsere Kinderchen – das heißt, nicht Ihre, sondern unsere, die Kinder der verachteten, aber adeligen Armen, ja, so lernen unsere Kinderchen die Wahrheit auf Erden schon mit neun Jahren kennen. Wie sollten das die Reichen! Die kommen zeitlebens nicht bis zu dieser Tiefe! Mein Iljuscha aber hat in dem Augenblick, als er dort auf dem Platz die Hand küßte, in demselben Augenblick hat er die ganze Wahrheit erfaßt. Diese Wahrheit hat ihn getroffen und auf ewig verletzt«, sagte heiß und leidenschaftlich der Hauptmann und schlug sich dabei mit der rechten Faust in die linke Hand, als ob er damit zeigen wollte, wie die »Wahrheit« seinen Iljuscha getroffen und erfüllt hatte. » ... An jenem Tage begann er zu fiebern und phantasierte die ganze Nacht. Er sprach nur wenig mit mir, schwieg schließlich ganz, nur bemerkte ich — wie er aus der Ecke auf mich schaut, schaut und sich immer mehr zum Fenster wendet und tut, als lerne er seine Aufgaben, aber ich merke doch, daß er nicht Aufgaben im Sinn hat. Am nächsten Tag betrank ich mich vor Leid, weiß nicht mehr viel von diesem Tage, bin ein sündiger Mensch. Mütterchen hatte auch angefangen zu weinen — Mütterchen habe ich sehr lieb — nun, und so hatte ich mich denn berauscht. Sie, Verehrtester, verachten Sie mich nicht: in Rußland sind die Trinker die besten Menschen. Die allerbesten Menschen sind bei uns die allerbetrunkensten. Ich lag also am zweiten Tag da und weiß nicht mehr viel von Iljuscha; gerade an diesem Tage aber hatten die Schüler ihn zu necken begonnen: ,Bastwisch', haben sie ihm zugeschrien, ,dein Vater ist am Bastwisch auf den Großen Platz hinausgezogen worden, du aber bist nebenhergelaufen und hast um Verzeihung gebettelt.' Am dritten Tag kam er wieder aus der Schule, nur sehe ich — er ist gar nicht wiederzuerkennen, ganz bleich. ,Was fehlt dir?' frage ich. Er schweigt. Nun, im Zimmer kann man nicht gut reden, da mischen sich gleich Mütterchen und die Mädchen hinein — zudem hatten die Mädchen alles gleich am ersten Tag erfahren. Warwara Nikolajewna begann schon zu brummen: ,Der Bajazzo, kann er denn je etwas Vernünftiges tun?' — ,Ganz recht', antwortete ich ihr, ‚können wir denn je etwas Vernünftiges tun?‘ Damit machte ich mich los. In der Dämmerstunde ging ich dann mit meinem Jungen spazieren. Sie müssen nämlich wissen, daß wir jeden Abend so spazieren zu gehen pflegten, denselben Weg, den wir jetzt gehen, von unserer Hofpforte bis zu jenem großen, einsamen Stein, der dort so verwaist am Zaun liegt, dort, wo die Stadtweide beginnt: es ist ein einsamer und schöner Platz zum Sitzen. Wir gehen also, Iljuscha und ich, sein Händchen ist in meiner Hand, wie gewöhnlich; solch ein winzig kleines Händchen hat er, so dünne, kalte Fingerchen — hat doch ein so schwaches, kränkliches Brüstchen. ‚Papa‘, sagt er, ‚Papa!‘ — ‚Was?‘ frage ich, sehe schon, seine Äuglein blitzen. — ‚Papa, wie hat er dich nur ... Papa!‘ — ‚Was kann man dabei tun, Iljuscha?‘ sage ich. — ‚Versöhne dich nicht mit ihm, Papa, söhne dich nicht mit ihm aus! Die Schüler sagen, er habe dir dafür zehn Rubel gegeben.‘ — ‚Nein, Iljuscha, sage ich, ich werde unter keiner Bedingung von ihm Geld annehmen.‘ Wissen Sie, sein ganzes Körperchen zitterte; er ergriff mit beiden Händchen meine Hand und küßte sie immer wieder. — ‚Papa‘, sagte er, ‚Papa, fordere ihn zum Duell; in der Schule sagen sie, du seist ein Feigling und würdest ihn nicht fordern, aber zehn Rubel von ihm annehmen.‘ — ‚Zum Duell, Iljuscha, kann ich ihn nicht fordern‘, antwortete ich und erklärte ihm kurz, wie ich es auch Ihnen soeben erklärt habe, warum ich es nicht kann. Er hörte mir aufmerksam zu: ‚Papa‘, sagte er, ‚Papa, aber trotzdem söhne dich nicht mit ihm aus, ich werde groß werden, ihn dann fordern und totschlagen!‘ Seine Äuglein glänzen und brennen. Nun, ich bin doch sein Vater, muß ihm doch ein Wort der Wahrheit sagen: ‚Es ist Sünde‘, sage ich, ‚zu töten, und wäre es im Zweikampf.‘ — ‚Papa‘, sagt er, ‚Papa, ich werde ihn niederwerfen, wenn ich groß bin, ich werde ihm seinen Säbel mit meinem Säbel aus der Hand schlagen, werde mich auf ihn stürzen, ihn niederwerfen, werde meinen Säbel über ihm schwingen und ihm sagen: Jetzt könnte ich dich sofort erschlagen, aber ich verzeihe dir!

da hast du's!' — Sehen Sie, sehen Sie, Karamasoff, was in seinem Köpfchen inzwischen vorgegangen war, in diesen zwei Tagen! An diese Vergeltung hat er ja Tag und Nacht gedacht, hat wahrscheinlich auch nur davon phantasiert. Nun kam er verprügelt aus der Schule heim; das erfuhr ich aber erst vor drei Tagen, und Sie haben recht: ich werde ihn nicht mehr in diese Schule schicken. Ich weiß, daß er allein gegen die ganze Klasse kämpft und noch selbst alle herausfordert. Er ist in Zorn geraten, sein Herzchen hat sich entflammt — mir wurde bange um ihn. Darauf gehen wir wieder spazieren. — ‚Papa', sagt er plötzlich, ‚Papa, die Reichen sind doch die Stärksten in der Welt?' — ‚Ja, Iljuscha', sage ich, ‚es gibt in der Welt keinen Stärkeren als einen Reichen.' — ‚Papa, weißt du, dann werde ich reich werden, werde Offizier werden und alle niederschlagen; der Zar wird mich belohnen, ich werde dann wiederkommen, und dann wird niemand mehr wagen ...' Darauf schwieg er ein wenig, seine Lippen aber zuckten immer noch. — ‚Papa', sagt er plötzlich, ‚wie schlecht doch unsere Stadt ist, Papa!' — ‚Ja', sage ich, ‚Iljuschachen, unsere Stadt ist nicht sehr schön.' — ‚Papa, laß uns in eine andere Stadt ziehen, in eine schöne', sagt er, ‚wo man uns gar nicht kennt'. — ‚Ja, das wollen wir, Iljuscha, laß mich nur erst ein wenig Geld zusammensparen.' Ich freute mich über die Gelegenheit, ihn von seinen traurigen Gedanken ablenken zu können, und so begannen wir denn, uns auszumalen, wie wir in eine andere Stadt übersiedeln würden, wie wir uns ein Pferdchen und einen Wagen kaufen könnten. ‚Mütterchen und die Schwestern setzen wir hinein und decken sie gut zu, wir selbst aber gehen nebenher. Hin und wieder setze ich auch dich hinein, ich aber gehe nebenher, denn man muß doch das eigene Pferdchen schonen, alle können sich doch nicht hineinsetzen, und so ziehen wir dann in eine andere Stadt.' — Das entzückte ihn förmlich, und besonders, daß es unser eigenes Pferdchen sein würde, mit dem wir fortzogen. Sie wissen doch, daß ein russischer Knabe bereits zusammen mit einem Pferdchen geboren wird. Lange schwatzten wir. Gott sei Dank, dachte ich, jetzt habe ich ihn etwas abgelenkt und beruhigt. Das war vorgestern abend. Gestern abend aber zeigte sich etwas ganz anderes. Am Morgen war er wieder zur Schule gegangen und so finster zurückgekehrt, gar zu finster. Am Abend nahm ich ihn bei der Hand und führte ihn wieder spazieren. Er schweigt, spricht kein Wort. Ein Wind hatte sich erhoben, und die Sonne hatte sich versteckt; ein Herbsttag war's bereits, und es dunkelte auch schon. Wir gingen, und beiden war uns traurig zumut. — ‚Nun, mein Junge‘, frage ich, wie werden wir uns denn auf den Weg machen?‘ — wollte ihn auf das Gespräch von unserer Reise in die andere Stadt bringen. Er schweigt. Nur seine Fingerchen waren in meiner Hand zusammengezuckt. Schlimmes Zeichen, denke ich. Und so kamen wir, wie jetzt, zu diesem Stein, ich setze mich darauf; am Himmel aber sahen wir Drachen steigen, etwa dreißig an der Zahl, sie summen, und ihre Schwänze knattern. Jetzt ist doch die Drachenzeit. ‚Sieh mal, Iljuscha‘, sage ich, ‚es ist auch für uns Zeit, unseren Drachen vom vorigen Jahr steigen zu lassen. Ich werde ihn wieder instand setzen; wo hast du ihn nur gelassen?‘ — Mein Junge schweigt, blickt zur Seite, steht schräg von mir abgewandt. Da kam mit einemmal ein Windstoß und wirbelte den Sand auf ... Und plötzlich warf er sich an mich, umklammerte mit seinen Ärmchen meinen Hals und preßte mich an sich. Wissen Sie, wenn kleine Kinder schweigsam und stolz sind und lange ihre Tränen zurückhalten, so sind es ja, wenn das Leid zu groß wird und sie endlich in Tränen ausbrechen, so sind es ja dann nicht mehr Tränen, die sie weinen, nein, wie Bäche strömt es aus ihren Augen. Und so flossen denn seine warmen Tränenströme über mein Gesicht. Er schluchzte wie im Krampf, sein ganzes Körperchen bebte; er preßte mich an sich, ich saß auf dem Stein. ‚Papachen‘, rief er, ‚Papachen, liebes Papachen, wie hat er dich nur so erniedrigen können!‘ Da schluchzte auch ich auf; und wir saßen und weinten zusammen. — ‚Papachen‘, sagt er, ‚Papachen!‘ — ‚Iljuscha‘, sage ich, ‚mein

Iljuschachen!'... Niemand hat uns gesehen, nur Gott allein sah uns, vielleicht wird er es in mein Schuldbuch eintragen. Überbringen Sie Ihrem Bruder meinen Dank. Nein, Verehrtester, meinen Knaben werde ich nicht zu Ihrer Genugtuung bestrafen!«

Er schloß wieder in seinem boshaft mokanten Ton von vorhin. Aljoscha aber fühlte doch, daß der Hauptmann schon Zutrauen zu ihm gefaßt hatte, daß dieser Mensch nicht so geredet hätte, falls er mit einem anderen zusammen gewesen wäre. Das gab Aljoscha, dessen Seele vor heimlichen Tränen bebte, wieder Hoffnung und Mut.

»Ach, ich würde mich so gern mit Ihrem Knaben anfreunden!« sagte er warm. »Wenn Sie es einrichten könnten ...«

Der Hauptmann murmelte etwas vor sich hin.

»Aber jetzt handelt es sich nicht darum, nicht darum, hören Sie mich an«, fuhr Aljoscha erregt fort, »hören Sie! Ich habe einen Auftrag an Sie: Mein Bruder Dmitrij Fjodorowitsch, derselbe, der Sie beleidigt hat, hat auch seine Braut, von der Sie wohl schon gehört haben, beleidigt. Ich habe das Recht, zu Ihnen von dieser Beleidigung zu sprechen; ich muß es sogar tun, denn sie selbst hat mir, nachdem sie von Ihrer Beleidigung und Ihren unglücklichen Verhältnissen erfahren, sie selbst hat mir soeben — vorhin vielmehr — den Auftrag gegeben, Ihnen diese Unterstützung von ihr zu überbringen ... nur von ihr allein, nicht von Dmitrij Fjodorowitsch, der sie verlassen hat, nein, nein, und auch nicht von mir, seinem Bruder, oder von sonst jemandem, sondern nur von ihr, von ihr allein! Sie läßt Sie aufrichtig bitten, von ihr diese Hilfe anzunehmen ... Sie sind beide von ein und demselben Menschen tief verletzt worden ... Sie hat sich auch erst dann Ihrer erinnert, als sie von ihm eine ebenso große Beleidigung erfahren hatte —, von demselben, der auch Sie beleidigt hat ... Sie kommt mit ihrer Hilfe wie eine Schwester zum Bruder ... Sie hat mich beauftragt, Sie zu überreden, von ihr diese zweihundert Rubel anzunehmen ... wie von einer Schwester, die Ihre Not kennt. Niemand wird etwas davon erfahren, Sie brauchen also keine häßlichen Klatschgeschichten zu fürchten ... Hier sind die zweihundert Rubel, und ich schwöre Ihnen, Sie müssen sie annehmen, oder ... oder alle Menschen müssen fortan untereinander Feinde sein! Aber es gibt doch in der Welt auch Brüder ... Sie haben ein edles Herz ... Sie müssen das annehmen, Sie müssen es tun!«

Und Aljoscha hielt ihm die beiden neuen Hundertrubelscheine hin. Sie waren an dem großen, einsamen Stein am Zaun stehengeblieben, ringsum war kein Mensch zu sehen. Die regenbogenfarbenen Scheine machten auf den Hauptmann, wie es schien, einen erschütternden Eindruck: er fuhr zusammen, doch drückte sich auf seinem Gesicht zunächst nur maßloses Erstaunen aus; solch einen Ausgang des Gesprächs hatte er nicht erwartet. Daß ihm von irgend woher eine Unterstützung, und noch dazu eine so bedeutende, zuteil werden könnte — das hätte er auch im Traum nicht für möglich gehalten! Er nahm die beiden Scheine, konnte aber noch nicht antworten; etwas ganz Neues drückte sich in seinem Gesicht aus.

»Das mir? mir? so viel Geld? Zweihundert Rubel! Väterchen! Ich habe doch schon seit vier Jahren nicht mehr soviel Geld gesehen — Herrgott! Und sie sagt, als Schwester ... Ist das denn wirklich wahr, ist denn das wahr?«

»Ich schwöre Ihnen, daß alles wahr ist, was ich Ihnen gesagt habe!«

Der Hauptmann errötete.

»Hören Sie, mein Lieber, hören Sie, wenn ich das nun annehme, so werde ich doch deswegen kein Schuft sein? In Ihren Augen, Alexei Fjodorowitsch, werde ich das doch nicht sein? Nein, Alexei Fjodorowitsch, hören Sie mich an«, stotterte er, sich überhastend, und berührte Aljoscha immer wieder mit beiden Händen. »Sie sagen, sie schicke mir dies als ,Schwester', vielleicht um mich zu überreden, aber bei sich — werden Sie mich nicht verachten, wenn ich es annehme, oder?«

»Gewiß nicht, warum sollte ich das tun? Ich schwöre Ihnen bei meinem Seelenheil, daß ich's nicht tun werde! Und niemand wird etwas davon erfahren: außer Ihnen nur ich, sie und noch eine Dame, ihre beste Freundin . . .«

»Ach was, Dame! Hören Sie, Alexei Fjodorowitsch, hören Sie mich an, — jetzt müssen Sie mich aber anhören, denn Sie können sich ja gar nicht denken, was diese zweihundert Rubel für mich bedeuten!« sprach der Arme, zitternd vor Erregung, weiter. Er schien mehr und mehr in eine geradezu wilde Begeisterung zu geraten. Er sprach wie benommen, beeilte sich aber sehr, als ob er fürchte, man werde ihn vielleicht nicht alles sagen lassen. »Abgesehen davon, daß es von der so verehrten und heiligen ‚Schwester‘ ehrlich erhalten ist, kann ich jetzt, wissen Sie das auch, unser Mütterchen und Nínotschka, meinen verwachsenen Engel, meine Tochter, meine ich, gesund machen! Doktor Herzenstube kam einmal aus reiner Güte zu mir und untersuchte sie beide eine ganze Stunde lang. ‚Das‘, sagte er, ‚kann ich mir zwar nicht erklären, aber ein gewisses Mineralwasser, das auch hier in der Apotheke zu haben ist‘ — er hat den Namen aufgeschrieben —, ‚würde ihr doch zweifellos Erleichterung bringen.‘ Und auch Fußbäder hat er verordnet. Das Mineralwasser aber kostet dreißig Kopeken, und trinken soll sie ungefähr vierzig Flaschen. So nahm ich denn das Rezept und legte es auf das Regal unter die Heiligenbilder, dort liegt es heute noch. Und Ninachen, sagte er, sollte man noch in einer gewissen Lösung baden, heiße Bäder und zweimal täglich, morgens und abends. Aber wie sollen wir denn solche Bäder machen, bei uns, in unserem Zimmer, ohne Dienstboten, ohne Hilfe, ohne Geschirr und ohne Wasser? Nínotschka aber ist sehr rheumatisch, das habe ich Ihnen noch gar nicht gesagt; in der Nacht schmerzt sie die ganze rechte Seite; wie sie sich quält, aber was glauben Sie wohl, sie ist ganz still, unser Engelchen, nimmt alle Kraft zusammen, um nicht zu stöhnen, uns nicht aufzuwecken oder auch nur Sorgen zu machen. Wir essen, was wir gerade haben, was man

so zusammenbringt; sie aber nimmt immer das letzte Stückchen, was man eigentlich nur noch Hunden vorwerfen
könnte. Und der Blick, mit dem sie's tut, sagt noch förmlich:
,Bin dieses Stückchen nicht wert, ich nehme es euch fort, lebe
nur euch zur Last.' Sehen Sie, das ist es, was ihr Engelsblick
sagen will. Wenn wir sie bedienen, quält es sie: ,Bin es doch
nicht wert, ich bin doch ein unnützer Krüppel, bin doch ganz
überflüssig und nur allen im Wege auf der Welt!' Sie soll es
nicht wert sein, sie, die uns doch durch ihre Engelsgüte von
Gott Verzeihung erbittet ... wäre doch ohne sie, ohne ihr
sanftes Wort, die Hölle bei uns ... sogar Wárja ist durch
sie sanfter geworden. Aber auch Warwára Nikolájewna verurteilen Sie nicht, die ist gleichfalls ein Engel, hat gleichfalls viel erduldet. Sie kam im Sommer her und hatte sich
noch sechzehn Rubel erspart, mit Privatstunden verdient, um
damit im September, also jetzt, nach Petersburg zurückfahren zu können. Wir aber haben ihr Geld verbraucht, und nun
hat sie nichts, womit sie zurückfahren könnte. Und auch abgesehen davon kann sie nicht fahren, da sie doch wie ein
Sträfling für uns arbeiten muß ... haben wir sie doch wie
ein Pferd gesattelt, um auf ihr zu reiten: sie wartet allen
auf, flickt, wäscht, fegt das Zimmer aus, bringt das Mütterchen zu Bett — Mütterchen aber ist schwachsinnig, Verehrtester, Mütterchen weint beständig, Mütterchen ist krank! ...
Aber für diese zweihundert Rubel kann ich doch eine Dienstmagd annehmen, begreifen Sie das auch, Alexei Fjodorowitsch, kann ich meine Lieben gesund machen, kann ich meine
Studentin nach Petersburg schicken, kann ich Rindfleisch
kaufen, eine neue Kost einführen! Herrgott, das ist ja ein
Traum!«

Aljoscha war selig, daß er soviel Glück hatte bringen können, und daß der Arme einwilligte, sich helfen zu lassen.

»Halt, Alexei Fjodorowitsch, halt!« Jenem schien plötzlich
ein neuer Gedanke zu kommen, und wieder begann er in
seiner sich überhastenden, hemmungslosen Weise weiterzu-
sprechen. »Wissen Sie auch, daß wir jetzt, Iljuscha und ich,

wirklich unseren Plan ausführen können? Wir werden uns einen verdeckten Wagen und ein Pferdchen kaufen, einen kleinen Rappen, er wollte unbedingt einen Rappen haben, und so ziehen wir denn ab, wie wir vor drei Tagen beschlossen. Ich habe im K . . . schen Gouvernement einen Bekannten, einen Jugendfreund, er ist Advokat, der, sagt man, würde mir, wenn ich hinkäme, eine Stelle als Schreiber geben; wer kann's denn wissen, vielleicht wird er mir auch wirklich was geben . . . Nun, dann setzen wir Mütterchen und Nínachen hinein, Iljúschachen laß ich kutschieren, selbst aber gehe ich zu Fuß nebenher, und so würden wir fortziehen . . . Herrgott, und wenn man nur noch eine einzige ausstehende Schuld hier ausbezahlt bekäme, so würde es vielleicht wirklich dazu reichen!«

»Es wird reichen, es wird reichen!« versicherte Aljoscha freudig. »Katerina Iwanowna wird Ihnen noch mehr geben, soviel Sie wollen, und auch ich habe Geld, nehmen Sie, soviel Sie brauchen, wie von einem Bruder, einem Freunde; später können Sie es ja wieder zurückgeben . . . Sie werden doch nun zu Geld kommen, bestimmt sogar! Und wissen Sie, das ist das Beste, was Sie sich ausgedacht haben, in ein anderes Gouvernement zu ziehen! Das ist wirklich die Rettung für Sie und besonders für Ihren Knaben! Nur sobald wie möglich, vor der Kälte noch, vor dem Winter. Dann werden Sie uns von dort schreiben, und wir werden Brüder bleiben . . . Nein, das ist kein Traum!«

Aljoscha wollte ihn fast umarmen, dermaßen glücklich war er. Aber da sah er ihn an und blieb erschrocken stehen: der Hauptmann stand mit vorgestrecktem Hals, vorgeschobenen Lippen, mit bleichem Gesicht, das plötzlich einen ganz wahnsinnigen Ausdruck hatte, und bewegte die Lippen, als wollte er etwas sagen, es war aber kein Laut zu hören. Er bewegte nur immer noch die Lippen − es war so sonderbar.

»Was haben Sie!« fragte Aljoscha erschauernd.

»Alexei Fjodorowitsch . . . ich . . . Sie . . .«, murmelte der

Hauptmann stockend und blickte ihn so seltsam und wild und doch stier an, als ob er entschlossen sei, sich in einen Abgrund zu stürzen, und doch schienen seine Lippen gleichsam zu lächeln. »Ich ... Sie ... Soll ich Ihnen nicht ein kleines Kunststück zeigen?« stieß er plötzlich in schnellem, entschlossenem Geflüster hervor; seine Worte stockten nicht mehr.

»Was für ein Kunststück?«

»Ein kleines Kunststück, so ein kleines Stückchen«, fuhr der Hauptmann immer noch flüsternd fort; sein Mund verzog sich nach der linken Seite, das linke Auge kniff sich zusammen, und unverwandt blickte er Aljoscha an, als ob er sich mit seinem Blick in ihn hineinbohren wolle.

»Was fehlt Ihnen, was haben Sie, was für ein Stückchen?« fragte Aljoscha aufs äußerste erschrocken.

»Solch eines, sehen Sie!« stieß plötzlich der Hauptmann heiser hervor.

Und er nahm beide Scheine, die er die ganze Zeit, während des ganzen Gesprächs, an einem Eckchen zwischen Daumen und Zeigefinger der rechten Hand gehalten hatte, zeigte sie ihm — und plötzlich packte er sie wie in rasender Wut und knitterte und preßte sie in der rechten Faust zusammen.

»Sehen Sie, sehen Sie!« schrie er Aljoscha bleich und rasend zu, erhob die Faust und schleuderte die beiden zerknitterten Scheine in den Sand. — »Sehen Sie — da!« schrie er wieder, auf sie hinweisend, »und nun sehen Sie zu! ...«

Und plötzlich begann er in wilder Wut mit dem Stiefelabsatz auf das Geld zu stampfen, und bei jedem neuen Tritt schrie er keuchend:

»Da haben Sie Ihr Geld! Da haben Sie Ihr Geld! Da haben Sie Ihr Geld! Da haben Sie Ihr Geld!« Und mit einem Satz sprang er zurück und stellte sich kerzengerade vor Aljoscha auf: seine ganze Gestalt drückte unbeschreiblichen Stolz aus.

»Sagen Sie denen, die Sie gesandt haben, daß der Bastwisch seine Ehre nicht verkauft!« schrie er, den Arm ausstreckend. Er wandte sich schnell um und lief zurück; doch schon nach ein paar Schritten drehte er sich um und winkte mit der Hand einen Gruß. Und wieder lief er keine fünf Schritte, als er sich nochmals umwandte: diesmal aber war sein Gesicht nicht vom Lachen verzerrt, sondern zuckend von Tränen überströmt, und mit weinender, schluchzender Stimme schrie er ihm noch zu:

»Was sollte ich denn meinem Knaben sagen, wenn ich von Ihnen das Geld für unsere Schande angenommen hätte?« Und nachdem er das aus sich hinausgeschrien hatte, lief er wieder weiter, diesmal ohne sich umzuwenden. Mit unerträglichem Weh blickte ihm Aljoscha nach. O, er begriff, daß jener bis zum letzten Augenblick selbst nicht gewußt hatte, daß er das Geld ihm vor die Füße werfen werde. Der Fortlaufende drehte sich kein einziges Mal mehr um, und Aljoscha wußte auch, daß er sich nicht mehr umdrehen werde. Ihm folgen oder ihn rufen wollte er nicht. Als aber jener seinen Blicken entschwunden war, hob er die beiden Scheine auf. Sie waren nur sehr zerknittert, zusammengepreßt und in den Sand hineingetreten, sonst aber ganz heil. Sie knisterten, als Aljoscha sie auseinanderfaltete und glättete. Darauf faltete er sie wieder zusammen, steckte sie in die Tasche und begab sich zu Katerina Iwanowna, um von dem Ergebnis ihres Auftrages zu berichten.

FÜNFTES BUCH

PRO UND CONTRA

I

Das Verlöbnis

Frau Chochlakóff hatte Aljoscha ungeduldig erwartet und kam ihm daher wieder bis ins Vorzimmer entgegen. Sie hatte es furchtbar eilig, denn es war etwas sehr Wichtiges geschehen: der hysterische Anfall Katerína Iwánownas hatte mit einer Ohnmacht geendet, darauf war eine »beängstigende, eine unglaublicheSchwäche« über siegekommen,siehatte sich hingelegt, die Augen geschlossen und zu phantasieren begonnen. »Jetzt hat sie Fieber«, fuhr Frau Chochlakoff eilig fort, »ich habe nach den Tanten und nach Herzenstube geschickt. Die Tanten sind schon hier, aber Herzenstube noch nicht. Sie sitzen alle beide bei ihr und warten ab, was daraus noch werden mag! Ich glaube, sie ist bewußtlos! Denken Sie, wenn das nun ein Nervenfieber wird?«

Frau Chochlakoff sah tatsächlich erschrocken aus. »Das ist aber jetzt ernst, wirklich ernst!« beteuerte sie immer wieder, als ob alles, was mit Katerina Iwanowna früher geschehen war, nicht ernst gewesen wäre. Aljoscha hörte ihr sorgenvoll zu. Er wollte auch von seinem Erlebnis erzählen, aber sie unterbrach ihn bereits nach den ersten zwei Worten, sie habe jetzt keine Zeit, und bat ihn daher, zu Lisa zu gehen und sie bei ihr zu erwarten.

»Ach, liebster Alexei Fjodorowitsch«, flüsterte sie ihm plötzlich fast ins Ohr. »*Lise* hat mich soeben maßlos in Erstaunen gesetzt, aber sie hat mich auch gerührt, und darum verzeiht ihr mein Herz alles. Denken Sie sich nur: kaum waren Sie fortgegangen, da bereute sie auch schon aufrichtig, sich über Sie gestern und heute, wie sie sagt, lustig gemacht zu haben. Dabei hat sie es ja gar nicht getan, sie hat doch nur gescherzt! Aber sie bereute es so aufrichtig, wirklich, bis zu Tränen, daß ich ganz erstaunt war. Niemals hat sie früher, wenn sie mir gegenüber ungezogen gewesen war, etwas ernstlich bereut; sie hat es immer nur so oberflächlich und scherzend getan. Und Sie wissen doch, sie lacht ja fortwährend über mich. Aber nun ist sie plötzlich ernst geworden, ganz, ganz ernst! Sie schätzt Ihre Meinung so hoch, Alexei Fjodorowitsch, und wenn Sie können, so seien Sie nicht gekränkt, verlangen Sie nichts von ihr. Ich tue ja auch nichts anderes, als daß ich sie schone, denn sie ist doch solch ein kluges Geschöpfchen, — werden Sie's mir glauben? Sie sagte soeben, Sie wären von Kindheit an ihr Freund gewesen, — ‚der einzige Freund meiner Kindheit‘, — stellen Sie sich so etwas vor, der ‚einzige‘, — und ich? Was bin ich ihr dann gewesen? Sie hat in der Beziehung ein außergewöhnlich feines Empfinden und Gedächtnis, und zuweilen drückt sie sich in einer Weise aus, wie man es nie für möglich halten würde. So sagte sie mir zum Beispiel noch vor kurzem: in unserem Garten stand ein großer Baum, — das heißt, vielleicht steht er auch jetzt noch dort, also ist kein Grund vorhanden, sich in der Form der Vergangenheit auszudrücken. Nun, Bäume sind doch keine Menschen, sie verändern sich nicht so schnell. Und was glauben Sie, Alexei Fjodorowitsch, da sagt sie mir plötzlich: ‚Mama, ich habe diesen Baum immer nur als Traum gesehen‘, oder so ungefähr, und schwatzte mir darüber so viel Originelles vor, daß ich lieber gar nicht versuchen will, alles wiederzugeben. Und ich habe es auch schon vergessen. Nun, auf Wiedersehen, ich bin einfach erschüttert, ich werde bestimmt noch den Verstand verlieren. Ach, Alexei Fjodorowitsch, ich habe ja schon zweimal im Leben beinah den Verstand verloren, und man hat mich dann wieder hergestellt. Gehen Sie zu *Lise*. Heitern Sie sie auf, wie Sie das immer so vorzüglich verstehen. *Lise*«, rief sie, an Lisas Zimmertür tretend, »ich habe dir Alexei Fjodorowitsch, den du

so beleidigt hast, wiedergebracht, und ich versichere dir, er
ärgert sich nicht im geringsten, im Gegenteil, er wundert sich
noch, wie du so etwas von ihm hast denken können!«

»*Merci, Maman!* Treten Sie ein, Alexei Fjodorowitsch.«
Aljoscha trat ein. Lisa blickte etwas verlegen drein und
errötete plötzlich über und über. Sie schien sich irgendeiner
Sache zu schämen, und so begann sie denn, wie es in solchen
Fällen gewöhnlich geschieht, schnell von etwas ganz Nebensächlichem zu sprechen, als ob sie sich im Augenblick wirklich
nur für dieses Nebensächliche interessiere.

»Alexei Fjodorowitsch, Mama hat mir inzwischen die
ganze Geschichte von den zweihundert Rubeln und Ihrem
Auftrag ... an diesen armen Offizier erzählt, und auch diese
schmachvolle Geschichte, wie er beleidigt worden ist. Und
wissen Sie, wenn Mama auch entsetzlich zerstreut erzählt
— sie springt immer von einem aufs andere über —, ich habe
doch beim Zuhören geweint. Sagen Sie, wie haben Sie ihm
das Geld übergeben, wie hat er es angenommen, und was
macht er jetzt, der Arme? ...«

»Das ist es ja, daß er es nicht angenommen hat, hier spielt
sich eine ganze Tragödie ab ...«, antwortete Aljoscha, der
auch seinerseits tat, als dächte er nur an das Erlebte, nur
daran, daß der Hauptmann das Geld nicht angenommen
hatte. Lisa aber bemerkte es nur zu gut, daß auch er zur Seite
blickte und sich absichtlich bemühte, von Nebensächlichem
zu sprechen. Aljoscha setzte sich an den Tisch und begann zu
erzählen. Da verließ ihn seine Verlegenheit schon nach den
ersten Worten und es gelang ihm, auch Lisa mit sich fortzu-
reißen. Er sprach unter dem Einfluß eines echten Gefühls und
der erlebten starken Eindrücke, und er erzählte gut und anschaulich. Auch früher, schon in Moskau, war er zu Lisa gekommen und hatte ihr, der Kleinen, gern von dem erzählt,
was ihm begegnet war, oder was er gelesen hatte, oder sie
hatten beide von ihren Kindererlebnissen gesprochen. Zuweilen hatten sie sich auch gemeinsam ganze Geschichten
ausgedacht, doch waren das gewöhnlich nur lustige Geschich-

ten gewesen, über die sie beide dann herzlich lachen konnten. So fühlten sie sich jetzt gleichsam in jene Zeit zurückversetzt. Lisa war sehr ergriffen von seiner Erzählung. Aljoscha hatte es verstanden, mit warmen Worten die Gestalt des kleinen Iljuscha zu schildern. Als er alles ausführlich berichtet hatte, auch das Letzte, wie der Unglückliche das Geld mit den Füßen in die Erde gestampft hatte, schlug Lisa die Hände zusammen und unterbrach ihn erregt:

»So hat er das Geld gar nicht bekommen? — so haben Sie ihn einfach fortlaufen lassen! Mein Gott, warum liefen Sie ihm nicht nach, warum holten Sie ihn nicht ein . . .«

»Nein, *Lise*, es ist besser, daß ich ihm nicht nachgelaufen bin«, sagte Aljoscha, erhob sich und schritt im Zimmer besorgt auf und ab.

»Wieso besser, warum denn besser? Jetzt haben sie nichts zu essen und werden verhungern!«

»Sie werden nicht verhungern, denn diese zweihundert Rubel werden ihnen doch nicht entgehen. Morgen wird er sie annehmen. Morgen wird er sie bestimmt annehmen«, sagte Aljoscha nachdenklich. »Wissen Sie, *Lise*«, sagte er, vor ihr stehen bleibend, »ich habe hierbei einen großen Fehler begangen, doch selbst dieser Fehler ist, wie ich sehe, gut und nützlich gewesen.«

»Was für einen Fehler? Und weshalb soll er gut und nützlich gewesen sein?«

»Das werde ich Ihnen sofort erklären. Dieser Hauptmann ist ein ängstlicher Mensch mit einem schwachen Charakter. Er hat ein gequältes und nur allzu weiches Herz. Jetzt denke ich so: was hat ihn denn plötzlich so beleidigt, daß er sogar das Geld zerstampfte, denn ich versichere Ihnen, er wußte es selbst bis zum letzten Augenblick nicht, daß er es zerstampfen werde. Jetzt sehe ich ein, daß ihn vieles kränken konnte — es hätte ja in seiner Lage auch anders gar nicht sein können . . . Vor allen Dingen mußte ihn schon das allein kränken, daß er sich in meiner Gegenwart so sehr über das Geld gefreut hatte. Hätte er sich nicht so sehr darüber gefreut, hätte er seine Freude nicht so offen gezeigt, hätte er sich verstellt, sich geziert, so wie andere es tun, nun, dann hätte er es vielleicht noch ertragen und das Geld angenommen. So aber hatte er sich nun einmal gar zu unverhohlen gefreut, und das war es, was ihn kränkte. Ach *Lise,* er ist ein ehrlicher und guter Mensch, das ist ja das ganze Unglück in solchen Fällen! Während der ganzen Zeit, da er vor Freude sich überhastend sprach, war seine Stimme so schwach, so haltlos, und er sprach so schnell, er schien gleichsam zu kichern, oder vielleicht weinte er auch schon ... ja, er weinte, dermaßen groß war sein Glück ... Und auch von seinen Töchtern erzählte er ... und auch von der Anstellung, die man ihm in einer anderen Stadt versprochen haben soll ... Und kaum hatte er sein ganzes Herz ausgeschüttet, als er sich plötzlich dessen schämte — daß er vor mir seine ganze Seele so entblößt hatte. Und da mag er mich denn geradezu gehaßt haben. Er gehört zu den übermäßig verschämten Armen. Am meisten aber kränkte ihn, daß er mich so schnell zu seinem Freunde gemacht, sich mir so schnell ergeben hatte. Zuerst hatte er mich stolz angefahren,wie er aber dann das Geld sah, war er mir fast um den Hals gefallen. Er berührte mich ja immerzu mit den Händen. Ja, das war es, was ihn kränkte, geradeso mußte er diese ganze Erniedrigung empfinden, und ausgerechnet in diesem Augenblick machte ich dann noch den großen Fehler ... Ich sagte ihm plötzlich, er werde noch mehr Geld bekommen, wenn dies zur Reise nicht ausreiche, und auch ich werde ihm von meinem Gelde geben, soviel er nur brauche. Das aber machte ihn sofort stutzig. Warum, fragte er sich wohl, warum kommt denn jetzt auch dieser noch mit seinem Gelde? Wissen Sie, *Lise,* es ist furchtbar bedrückend für einen beleidigten Menschen, wenn sich plötzlich alle noch als seine Wohltäter aufspielen ... habe ich sagen hören. Der Staretz hat das einmal gesagt. Ich weiß nicht, wie ich mich ausdrücken soll, aber auch mir ist das schon aufgefallen. Ich würde das ja gewiß auch so empfinden. Und sehen Sie, wenn er auch bis zum letzten Augenblick selbst nicht wußte, daß er die Scheine zurückweisen werde, so fürchtete er doch schon die ganze Zeit, daß er das werde tun müssen, davon bin ich überzeugt. Darum war wohl auch sein Entzücken so groß, weil er das alles vorausfühlte... Und wenn das nun auch sehr traurig ist, so ist es doch gut so. Ich glaube sogar, daß es besser überhaupt nicht hätte kommen können ...«

»Wieso, warum hätte es besser überhaupt nicht kommen können?« fragte Lisa überrascht, indem sie ihn sehr verwundert anblickte.

»Darum, *Lise,* weil er sonst, wenn er das Geld genommen und nicht hingeworfen hätte, zu Hause vielleicht bereits nach einer Stunde über seine Erniedrigung in Tränen ausgebrochen wäre. Das würde er sogar bestimmt getan haben. Er hätte geweint und wäre dann am nächsten Tage, womöglich schon vor Sonnenaufgang, eilends zu mir gekommen, um das Geld doch so hinzuwerfen, wie er es vorhin tat. Jetzt aber ist er stolz und als Sieger fortgegangen, wenn er auch weiß, daß er sich damit ‚ins Verderben gestürzt hat‘. Gerade deshalb aber ist jetzt nichts leichter, als ihn spätestens morgen schon zu überreden, dieselben zweihundert Rubel anzunehmen, denn nun hat er doch seine Ehre bewiesen, hat das Geld uns, den Beleidigern, vor die Füße geworfen! Er konnte doch nicht wissen, als er die Scheine in die Erde stampfte, daß ich sie ihm morgen nochmals bringen werde. Und doch hat er dieses Geld so furchtbar nötig. Wenn er jetzt auch stolz ist, so wird ihm doch heute noch bewußt werden, welch eine Hilfe er zurückgewiesen hat. In der Nacht wird er noch mehr daran denken, ihm wird davon träumen, und morgen früh wird er womöglich am liebsten mich um Verzeihung bitten wollen. Da aber komme ich wieder zu ihm ... Ich kann ihm sagen: ‚Sie sind ein stolzer Mensch, Sie haben es bewiesen, aber jetzt nehmen Sie das Geld und verzeihen Sie uns.‘ Dann wird er es annehmen!«

Aljoscha schloß ganz begeistert, und Lisa klatschte in die Hände vor Freude.

»Ach, das ist wahr, jetzt begreife ich es vollkommen! Ach, Aljoscha, woher wissen Sie nur das alles? Sie sind doch noch so jung, und doch wissen Sie schon, was in der Seele vorgeht . . . Ich hätte das alles nie so zu begreifen verstanden . . .«

»Vor allen Dingen muß man ihn jetzt überzeugen, daß er trotzdem mit uns allen auf gleichem Fuß steht, wenn er auch von uns Geld annimmt«, fuhr Aljoscha in seiner Begeisterung fort, »und nicht nur auf gleichem Fuß mit uns, sondern sogar auf höherem Fuß . . .«

»‚Auf höherm Fuß!‘ — Sie drücken sich prachtvoll aus, Alexei Fjodorowitsch, aber fahren Sie fort, reden Sie nur ruhig weiter.«

»Ich . . . ich habe mich vielleicht nicht ganz richtig ausgedrückt, ich meinte, auf . . . auf gleicher Stufe . . . aber das hat nichts zu sagen, denn . . .«

»Ach, natürlich nicht! Gar nichts hat das zu sagen! Verzeihen Sie, Aljoscha, Sie Lieber . . . Wissen Sie, bis jetzt habe ich Sie kaum besonders geachtet . . . das heißt, natürlich habe ich Sie geachtet, aber nur so — ‚auf gleichem Fuß‘, wie Sie sagen; von nun an aber werde ich Sie als hoch über mir stehend achten . . . Lieber, seien Sie mir nicht böse, daß ich so rede«, unterbrach sie sich sofort mit heißem Gefühl. »Ich bin noch so lächerlich und kindisch, Sie dagegen, Sie! . . . Hören Sie, Alexei Fjodorowitsch, liegt nicht in allen unseren Erwägungen, das heißt in Ihren . . . nein, lieber doch in unseren, — liegt darin nicht Verachtung für ihn, für diesen Unglücklichen . . . darin, daß wir jetzt seine Seele so zerpflücken, ganz wie von oben herab, nicht? Ich meine, wenn wir so sicher glauben, daß er das Geld morgen annehmen werde, wie?«

»Nein, *Lise*, hierin liegt keine Verachtung«, entgegnete Aljoscha so fest überzeugt, und als ob er auf diese Frage schon vorbereitet gewesen wäre, »auch ich habe mich auf dem Wege hierher dasselbe gefragt. Aber wo soll denn da Verachtung sein, wenn wir doch ebenso sind wie er, wenn doch alle so sind wie er? Auch wir sind durchaus nicht besser.

Oder wenn wir auch besser wären, so wären wir an seiner Stelle doch ebenso ... Ich weiß nicht, wie Sie sind, *Lise,* ich aber denke von mir, daß ich in vielen Dingen eine kleinliche Seele habe. Er aber hat keine kleinliche, sondern eine sehr zartfühlende Seele ... Nein, *Lise,* hierin kann keine Verachtung für ihn liegen! Wissen Sie, *Lise,* mein Staretz sagte einmal: Man muß die Menschen ausnahmslos wie kleine Kinder warten, manche von ihnen aber wie Kranke in den Hospitälern ...«

»Ach, Alexei Fjodorowitsch, Liebster, lassen Sie uns beide die Menschen wie Kranke warten!«

»Ja, lassen Sie uns das tun, *Lise,* ich bin bereit, nur bin ich selbst noch nicht reif genug dazu; zuweilen bin ich so ungeduldig, und zuweilen bin ich wieder wie mit Blindheit geschlagen. Mit Ihnen ist es eine andere Sache.«

»Ach, das glaube ich nicht! Alexei Fjodorowitsch, Sie wissen nicht, wie glücklich ich bin!«

»Wie schön es ist, daß Sie das sagen, *Lise.*«

»Alexei Fjodorowitsch, Sie sind bewundernswert gut, aber zuweilen scheinen Sie geradezu ein Pedant zu sein ... und doch sind Sie gar kein Pedant, wenn man Sie genauer betrachtet. — Gehen Sie, öffnen Sie vorsichtig die Tür und sehen Sie nach, ob Mamachen nicht horcht«, flüsterte ihm Lisa plötzlich nervös und eilig zu.

Aljoscha ging zur Tür, öffnete und meldete, daß niemand horche.

»Kommen Sie her, Alexei Fjodorowitsch«, sagte Lisa mehr und mehr errötend, »geben Sie mir Ihre Hand, — so. Hören Sie, ich muß Ihnen ein großes Geständnis machen: den gestrigen Brief habe ich Ihnen nicht im Scherz geschrieben, sondern im Ernst ...«

Und sie bedeckte ihre Augen mit der Hand. Man sah es ihr an, daß sie sich fürchterlich schämte, dieses Geständnis gemacht zu haben. Plötzlich erhob sie seine Hand und küßte sie ungestüm dreimal.

»Ach, *Lise,* das ist doch herrlich«, rief Aljoscha freudig aus.

»Ich war ja auch vollkommen überzeugt, daß Sie ihn im Ernst geschrieben haben.«

»Überzeugt! – das ist doch wirklich!! ...« Und sie schob plötzlich seine Hand zurück, übrigens ohne sie dabei loszulassen; sie errötete und lachte ein kleines, glückliches Lachen. »Ich küsse ihm die Hand, und er sagt dazu: ‚Das ist doch herrlich‘!«

Ihr Vorwurf war allerdings etwas ungerecht: Aljoscha war gleichfalls sehr verwirrt.

»Ich ... ich möchte Ihnen gern immer gefallen, *Lise*, aber ich weiß nicht, wie ich das anstellen soll«, stotterte er so gut es ging, und errötete noch mehr.

»Aljoscha, Liebling, Sie sind kalt und beleidigend. Man denke doch nur: er geruht, mich zu seiner Gattin zu erwählen, und damit ist er beruhigt! Er war bereits ‚überzeugt‘, daß ich ihm im Ernst geschrieben habe, – wie finden Sie das! Aber das ist doch eine erklärte Frechheit – sehen Sie das denn nicht ein?«

»Aber ist denn das schlecht, daß ich davon überzeugt war?« fragte Aljoscha wieder lachend.

»Ach, Aljoscha, im Gegenteil, ganz furchtbar gut ist das«, sagte Lisa, die zärtlich und glücklich zu ihm aufblickte.

Aljoscha stand immer noch vor ihr, seine Hand in ihrer Hand. Plötzlich beugte er sich nieder und küßte sie mitten auf das Mündchen.

»Was ... Was fällt Ihnen ein!« rief Lisa erschrocken.

Aljoscha verlor seine letzte Fassung.

»Verzeihen Sie, wenn es nicht so ... Ich ... ich war vielleicht furchtbar dumm ... Sie sagten, ich sei kalt, und ... und da faßte ich mir ein Herz und küßte ... Nur sehe ich jetzt, daß es dumm herausgekommen ist ...«

Lisa lachte auf und verbarg das Gesicht in den Händen.

»Und dazu noch in dieser Mönchskutte!« stieß sie unter Lachen hervor.

Doch plötzlich hörte sie auf zu lachen und wurde ganz ernst, fast streng.

»Nein, Aljoscha, mit dem Küssen wollen wir noch warten, denn wir verstehen es beide noch nicht — warten aber müssen wir noch sehr lange«, schloß sie plötzlich. »Sagen Sie lieber, warum Sie mich, solch ein dummes Ding, solch ein krankes dummes Ding, nehmen, Sie, der Sie so klug sind, der so viel denkt, alles bemerkt und sogleich begreift? Ach, Aljoscha, ich bin furchtbar glücklich, weil ich Ihrer gar nicht wert bin!«

»Hören Sie, *Lise*, in den nächsten Tagen werde ich das Kloster ganz verlassen. Wenn man aber in der Welt lebt, dann muß man heiraten, das weiß ich doch auch. Und so hat auch *er* es mir befohlen. Wen sollte ich denn sonst wählen, wenn nicht Sie ... und wer würde mich denn außer Ihnen nehmen? Wer wäre denn besser als Sie? Das habe ich schon bedacht. Erstens kennen Sie mich von Kindheit an, und zweitens besitzen Sie viele Fähigkeiten, die ich überhaupt nicht habe. Ihre Seele ist heiterer als die meine, und Sie sind unschuldiger als ich, denn ich habe in Gedanken schon vieles berührt ... Sie wissen es nicht, aber auch ich bin doch ein Karamasoff! Was liegt daran, daß Sie über mich lachen und sich lustig machen? Ich freue mich ja darüber ... Aber Sie lachen doch nur als das kleine Mädchen, das Sie noch sind, aber im Herzen denken Sie wie eine Märtyrerin ...«

»Wie eine Märtyrerin? Wieso ...?«

»Ja, *Lise*. Zum Beispiel Ihre Frage vorhin: ‚Liegt darin nicht Verachtung für jenen Unglücklichen, wenn wir seine Seele so zerpflücken?‘ — Das kann nur jemand fragen, der sich selbst martert ... Sehen Sie, es ist mir unmöglich, das richtig auszudrücken. Wem aber solche Fragen in den Sinn kommen, der ist fähig zu leiden ... In diesem Rollstuhl müssen Sie schon vieles durchdacht haben ...«

»Aljoscha, geben Sie mir Ihre Hand, warum haben Sie sie fortgezogen?« sagte Lisa leise mit einer ganz sonderbaren, von Glück gleichsam geschwächten, matten Stimme. »Hören Sie, Aljoscha, wenn Sie das Kloster verlassen haben, was für Anzüge werden Sie tragen? Lachen Sie nicht und seien Sie mir nicht böse, das ist sehr, sehr wichtig für mich.«

»An die Anzüge habe ich noch gar nicht gedacht, *Lise,* aber ich werde tragen, was Sie wollen.«

»Ich will, daß Sie ein dunkelblaues Samtjackett tragen, eine weiße Weste und einen weichen grauen Filzhut ... Aber sagen Sie, glaubten Sie mir vorhin wirklich, als ich sagte, ich liebte Sie nicht, und mich von meinem gestrigen Brief lossagte?«

»Nein, ich glaubte Ihnen nicht.«

»O, Sie unausstehlicher, Sie unverbesserlicher Mensch!«

»Ich ... ich wußte, daß Sie mich ... ich glaube, lieben, aber ich tat, als ob ich glaubte, daß Sie mich nicht lieben, damit es für Sie ... einfacher sei ...«

»Das ist ja noch schlimmer! Ach, schlimmer, und doch am aller-, allerbesten! Aljoscha, ich liebe Sie ganz furchtbar! Vorhin, als ich Sie erwartete, dachte ich so: Ich werde von ihm meinen gestrigen Brief zurückverlangen, und wenn er ihn ruhig hervorzieht und ihn mir wiedergibt — wie man das von ihm doch immerhin erwarten kann —, so bedeutet das, daß er mich überhaupt nicht liebt, nichts fühlt, einfach nur ein dummer, unwürdiger Knabe ist ... und daß ich verloren bin. Sie aber hatten den Brief in der Zelle gelassen, und das gab mir wieder Mut. Nicht wahr, Sie haben ihn doch deswegen in der Zelle gelassen, weil Sie vorausfühlten, daß ich ihn zurückverlangen würde, also um ihn nicht herauszugeben zu müssen? Nicht wahr? Darum doch? Das war doch so?«

»Ach, *Lise,* das war gar nicht so, ich habe ihn doch bei mir, und auch vorhin hatte ich ihn, hier in dieser Tasche, hier ist er!«

Und Aljoscha zog lachend den Brief aus der Tasche und zeigte ihn ihr, — doch nur von weitem.

»Nur gebe ich ihn nicht heraus, sehen Sie ihn so von ferne!«

»Wie? Dann haben Sie also vorhin gelogen, Sie, ein Mönch, und Sie haben gelogen?«

»Möglich, daß ich gelogen habe«, sagte Aljoscha lachend,

»ich habe gelogen, um ihn nicht zurückgeben zu müssen. Er ist mir sehr teuer«, fügte er plötzlich leise hinzu und errötete wieder, »jetzt wird ihn niemand mehr von mir bekommen: jetzt gehört er mir für mein ganzes Leben!«

Lisa blickte ihn entzückt an.

»Aljoscha«, stammelte sie glückselig, »sehen Sie an der Tür nach, ob Mamachen nicht horcht.«

»Gut, *Lise,* ich werde nachsehen, aber wäre es nicht doch besser, nicht nachzusehen? Warum Ihre Mutter so einer Niedrigkeit verdächtigen?«

»Wieso Niedrigkeit? Welch einer Niedrigkeit? Es ist doch ihr volles Recht, ihre Tochter zu belauschen — aber keine Niedrigkeit!« Lisa wurde feuerrot. »Seien Sie überzeugt, Alexei Fjodorowitsch, daß ich, wenn ich Mutter wäre und so eine Tochter hätte, wie ich, unbedingt an den Türen lauschen würde!«

»Wirklich, *Lise?* Das ist nicht recht.«

»Ach, mein Gott, was ist denn dabei Schlechtes? Wenn sie ein Gespräch zweier Fremden belauschen würde, so wäre das eine Niedrigkeit, aber hier hat sich ihre leibliche Tochter mit einem jungen Mann eingeschlossen ... Hören Sie, Aljoscha, damit Sie es wissen, ich werde auch Sie belauschen, sobald wir nur getraut sind. Ich werde sogar alle Ihre Briefe aufmachen und alles lesen ... Das sei Ihnen im voraus gesagt ...«

»Ja ... natürlich, wenn das so ist ...«, stotterte Aljoscha, »nur ist das nicht schön ...«

»Ach, welch ein Anmaßung! Aber Aljoscha, zanken wir uns doch nicht gleich am ersten Tag, — ich werde Ihnen lieber die ganze Wahrheit sagen: Es ist natürlich sehr häßlich, andere zu belauschen, und natürlich habe nicht ich recht, sondern Sie, aber trotz alledem werde ich es tun!«

»Tun Sie, was Sie wollen. Aber Sie werden ja bei mir doch nichts zu belauschen haben«, sagte Aljoscha lächelnd.

»Aljoscha, werden Sie sich mir auch unterwerfen? Das muß man gleichfalls im voraus besprechen.«

»Sehr gern, *Lise,* und sogar unbedingt, aber nur nicht im Wichtigsten. Wenn Sie einmal in der Hauptsache mit mir nicht einverstanden sein sollten, werde ich trotzdem tun, was mir die Pflicht gebietet.«

»So muß es auch sein! So hören Sie denn, daß auch ich, im Gegenteil, nicht nur im Hauptsächlichsten mich zu unterwerfen bereit bin, sondern mich Ihnen in allem unterwerfen werde und Ihnen das jetzt schwöre, — in allem und mein ganzes Leben lang!« rief Lisa leidenschaftlich aus, »und ich werde glücklich sein, das zu tun, glückselig! Und das ist noch nicht alles! Ich schwöre Ihnen noch, daß ich Sie niemals belauschen werde, kein einziges Mal, niemals, daß ich keinen einzigen Ihrer Briefe aufbrechen werde, denn *Sie* haben recht und nicht ich. Und wenn ich auch noch so gern horchen möchte — ich weiß, daß ich es furchtbar gern wollen werde —, so werde ich es doch nicht tun, werde es nicht tun, weil Sie es unanständig finden! Sie sind jetzt gleichsam meine Vorsehung ... Hören Sie, Alexei Fjodorowitsch, warum waren Sie in diesen Tagen so traurig, und auch gestern und heute? Ich weiß, daß Sie Sorgen und Kummer haben, aber ich sehe auch, daß Sie außerdem noch ein ganz besonderes Leid haben, — ein geheimnisvolles vielleicht, nicht?«

»Ja, *Lise,* ich habe auch geheimes Leid«, sagte Aljoscha traurig. »Ich sehe, daß Sie mich lieben, sonst hätten Sie das nicht erraten.«

»Was ist denn das für ein Leid? Können Sie es nicht sagen?« fragte Lise in schüchterner Bitte.

»Ich werde es sagen, *Lise* ... später ...«, sagte Aljoscha verwirrt. »Jetzt würde es ganz unverständlich sein ... Und ich würde es auch gar nicht zu sagen verstehen.«

»Ich weiß, daß Sie außerdem noch der Gedanke an Ihre Brüder quält, an Ihren Vater ...?«

»Ja, auch an meine Brüder ...«, sagte Aljoscha wie in Gedanken versunken.

»Ich liebe Ihren Bruder Iwan Fjodorowitsch nicht«, bemerkte Lisa ganz plötzlich.

Aljoscha vernahm diese Bemerkung mit einiger Verwunderung, ging aber auf sie nicht weiter ein.

»Meine Brüder stürzen sich ins Unglück«, fuhr er niedergeschlagen fort, »und mein Vater tut dasselbe. Und zusammen mit sich bringen sie auch noch andere ins Unglück. Das ist die ‚Karamasoffsche Erdkraft‘, wie sich Pater Païssij vor kurzem ausdrückte, das ist die grimmige, entfesselte, rohe, rasende Erdkraft... Und ich weiß nicht einmal, ob Gottes Geist über dieser Kraft schwebt — selbst das weiß ich nicht! Ich weiß nur, daß auch ich ein Karamasoff bin... Ein Mönch soll ich sein? Bin ich ein Mönch, *Lise*? Sie sagten doch noch vor einem Augenblick so etwas Ähnliches, wie... ich sei ein Mönch?«

»Ja, das habe ich gesagt.«

»Aber ich... ich glaube ja vielleicht gar nicht an Gott.«

»Sie — glauben nicht? ... Was ist mit Ihnen?« fragte leise und vorsichtig Lisa. Aljoscha antwortete nicht auf ihre Frage. Es war hier in diesen so unerwartet hervorgestoßenen Worten etwas gar zu Geheimnisvolles und gar zu Persönliches, vielleicht sogar für Aljoscha selbst Unklares, etwas, das ihn zweifellos quälte.

»Und jetzt, jetzt verläßt mich auch noch mein Freund... mein Staretz liegt im Sterben. Wenn Sie wüßten, wenn Sie wüßten, *Lise*, wie meine Seele mit diesem Menschen zusammenhängt! Und nun bleibe ich allein zurück... Ich werde zu Ihnen kommen, *Lise*... Hinfort wollen wir zusammen...«

»Ja, zusammen, zusammen! Von nun an sind wir fürs ganze Leben zusammen!... Hören Sie, küssen Sie mich noch einmal, ich erlaube es...«

Und Aljoscha beugte sich zu ihr nieder und küßte sie.

»... Jetzt gehen Sie! Christus sei mit Ihnen!« Und Lisa bekreuzte ihn. »Gehen Sie zu *ihm*, so lange er noch am Leben ist. Ich habe Sie grausam lange aufgehalten. Ich werde heute für ihn und für Sie beten. Aljoscha, wir werden glücklich sein! Werden wir glücklich sein, werden wir?«

»Ich glaube, wir werden es sein, *Lise*.«

Als Aljoscha Lisa verließ, wollte er ungesäumt, ohne sich von Frau Chochlakoff zu verabschieden, das Haus verlassen. Doch kaum war er ins Vorzimmer getreten, als auch schon Frau Chochlakoff vor ihm stand. Bereits nach dem ersten Wort erriet Aljoscha, daß sie ihn hier absichtlich erwartet hatte.

»Alexei Fjodorowitsch, das ist ja entsetzlich!« flüsterte sie, erregt über ihn herfallend. »Das sind doch nur kindische Dummheiten und nichts als Launen! Ich hoffe, daß Sie es nicht etwa ernst nehmen ... Dummheiten, sind es, nichts als Dummheiten!«

»Sagen Sie das bitte nicht ihr«, entgegnete Aljoscha, »es würde sie nur aufregen, und Aufregung ist ihr schädlich.«

»Das ist ein vernünftiges Wort von einem vernünftigen jungen Mann! Ich verstehe Sie doch recht, wenn ich annehme, daß Sie nur aus Mitleid mit ihrem krankhaften Zustand, um sie nicht durch Widerspruch zu reizen, darauf eingegangen sind?«

»O nein, durchaus nicht. Ich habe es vollkommen ernst gemeint«, sagte Aljoscha fest.

»Aber das ist doch unmöglich, undenkbar! Ich werde Sie überhaupt nicht mehr empfangen, und *Lise* bringe ich sofort ins Ausland, das sage ich Ihnen!«

»Aber warum denn?« fragte Aljoscha, »das ist doch noch so fern, wir werden vielleicht noch volle anderthalb Jahre warten müssen.«

»Ach, Alexei Fjodorowitsch, das ist natürlich wahr, und in anderthalb Jahren werden Sie sich mit ihr natürlich noch tausendmal verzanken und schließlich doch auseinander- gehen. Aber ich bin so unglücklich, so unglücklich! Wenn es auch nur Dummheiten sind, so vernichtet es mich doch gerade- zu! Jetzt stehe ich da wie Vater Fámussoff in der letzten Szene[17]: Sie sind Tschátzkij, *Lise* die Sophie, und stellen Sie sich vor, ich bin doch absichtlich hierher in den Treppen- flur geeilt, um Sie noch abzufangen, und auch dort in der Komödie spielt sich ja das Entscheidende im Treppenflur ab! Ich habe alles gehört, ich habe kaum an mich halten können! Also das ist die Erklärung aller Schrecken dieser Nacht und aller Anfälle gestern und heute! Der Tochter Liebe ist wahrlich der Mutter Tod. Ich kann mich jetzt begraben lassen! Doch nun zur Hauptsache: was ist das für ein Brief, den sie Ihnen geschrieben hat? Zeigen Sie ihn mir sofort, auf der Stelle!«

»Nein, das ist nicht nötig. Sagen Sie bitte, wie geht es Katerina Iwanowna, ich muß es unbedingt wissen.«

»Sie liegt noch in Fieberphantasien, sie ist noch nicht zu sich gekommen. Ihre Tanten sind schon hier und ringen die Hände. Herzenstube, den ich herbitten ließ, kam sogleich, erschrak aber dermaßen, daß ich nicht wußte, wie ihn beruhigen, und ich wollte schon seinetwegen nach einem anderen Arzt schicken, aber dann ließ ich ihn einfach in meiner Kalesche wieder nach Hause fahren. Und nun plötzlich, als Krönung aller Aufregungen, noch Sie mit diesem Brief! Gewiß, Sie haben ja recht, bis dahin sind es noch anderthalb Jahre... aber ich beschwöre Sie im Namen alles Heiligen und Großen, im Namen Ihres sterbenden Staretz — zeigen Sie mir diesen Brief, Alexei Fjodorowitsch, mir, der Mutter! Wenn Sie wollen, halten Sie ihn fest, und ich werde ihn nur so in Ihren Händen lesen!«

»Nein, Katerína Óssipowna, ich werde ihn nicht zeigen, auch wenn *Lise* es erlaubte, würde ich ihn nicht zeigen. Ich werde morgen wiederkommen, und wenn Sie wollen, können wir dann vieles besprechen, jetzt aber — leben Sie wohl!«

Und damit eilte Aljoscha die Treppe hinab auf die Straße.

II

Ssmerdjakoff mit der Gitarre

Er hatte auch wirklich keine Zeit zu verlieren. Schon als er von Lisa Abschied nahm, war ihm plötzlich etwas eingefallen, und zwar, wie er seinen Bruder Dmitrij, der sich offenbar vor ihm verbarg, auf schlaueste Weise sofort erwischen könnte. Es war nicht mehr früh, bereits gegen drei Uhr nachmittags. Mit jeder Fiber seines Wesens zog es ihn zu seinem „großen Sterbenden" im Kloster, allein das Bedürfnis, seinen Bruder Dmitrij zu sehen, überwältigte alles: in seinem Geiste wuchs mit jeder Stunde die Überzeugung, daß eine furchtbare Katastrophe sich unabwendbar nähere und schon nahe daran sei, sich zu vollziehen. Worin nun eigentlich diese Katastrophe bestehen werde und was er denn seinem Bruder in diesem Augenblick sagen wollte, das hätte er vielleicht selbst nicht mit Sicherheit anzugeben vermocht. In diesem Zwiespalt dachte er nur: »So mag denn mein Staretz in meiner Abwesenheit sterben, aber wenigstens werde ich mir dann nicht zeitlebens vorwerfen müssen, daß ich vielleicht manches hätte verhüten können und doch nicht verhütet habe, daß ich vorübergegangen bin, nur um selbst schneller nach Haus zu kommen. Wenn ich ihn aber aufsuche, so erfülle ich doch nur *sein* großes Gebot ...«

Aljoschas Plan bestand nun darin, den Bruder mit List zu fangen, und zwar: wieder über jenen Zaun der Nachbarin zu klettern und den Bruder in der Laube, wo er gestern um dieselbe Zeit gesessen hatte, zu überraschen oder zu erwarten. ‚Falls er nicht dort sein sollte', dachte Aljoscha, ‚werde ich ganz still, damit mich weder Fomá noch die Hauswirtin bemerken, meinetwegen bis zum Abend dort sitzenbleiben und auf ihn warten. Denn wenn er auch heute Grúschenka auflauern will, wie gestern, so ist es sehr leicht möglich, daß er wieder in die Laube kommt ...' Übrigens dachte Aljoscha nicht allzuviel über die Einzelheiten des Planes nach, er beschloß nur, ihn auszuführen, auch wenn er dann heute nicht mehr ins Kloster käme ...

Es gelang ihm alles sehr glücklich: er kletterte fast an derselben Stelle über den Zaun, wo er das erste Mal, mit Mitjas Hilfe, hinübergesprungen war, und kam unbemerkt in die Laube. Er wollte nicht gesehen werden, denn Fomá (wenn er zu Hause war), wie die Hausbesitzerin oder deren

Tochter, konnten alle seinen Bruder auf dessen Befehl vorzeitig benachrichtigen, daß er ihn suche und erwarte. In der Laube war kein Mensch. Aljoscha setzte sich auf denselben Platz nieder, wo er schon tags zuvor gesessen hatte, und begann zu warten. Er betrachtete die Laube, und sie erschien ihm aus irgendeinem Grunde ‚viel älter und verfallener als gestern‘. Der Tag war übrigens ebenso klar. »Sieh, wieviel Sonne!« hatte Dmitrij gesagt. Auf dem grünen Tisch zeichnete sich von dem Glase ein klebrig-glänzender Kreis ab: Dmitrij mußte ein wenig Kognak verschüttet haben. Nichtige Gedanken, die in gar keiner Beziehung zu seinen Sorgen standen, schlichen ihm durch den Sinn, wie das ja gewöhnlich in der Zeit langweiligen Wartens zu geschehen pflegt, zum Beispiel die Frage: warum hatte er sich auf genau denselben Platz gesetzt, auf dem er gestern gesessen hatte? Warum nicht auf einen anderen Platz? Schließlich wurde ihm richtig bang zumut vor lauter beunruhigender Ungewißheit, bang und traurig zugleich. Er hatte aber noch keine Viertelstunde so dagesessen, als plötzlich, ganz in der Nähe, ein Gitarrenakkord erklang. Irgendwo im Gebüsch, vielleicht nur zwanzig Schritte von der Laube entfernt, bestimmt nicht weiter, mußte jemand sitzen oder sich soeben hingesetzt haben. In Aljoscha tauchte flüchtig die Erinnerung an eine Bank auf, die er gestern im Weggehen links von der Laube bemerkt zu haben glaubte, eine grüne, niedrige, alte Gartenbank vor dem Gebüsch am Zaun. Auf ihr schien sich nun jemand niedergelassen zu haben. Oder waren es sogar zwei? Wer konnte das sein? Da begann plötzlich eine Männerstimme in süßlichem Falsett zu den Gitarrenakkorden zu singen:

> »Mit unwiderstehlicher Kraft
> Zieht's zur Geliebten mich hin.
> Erbarme Dich, Herr, und beschütze
> Sie und mich,
> Sie und mich,
> Sie und mich.«

Die Stimme brach ab. Es war ein Lakaientenor, und der ganze Vortrag des Couplets war dienstbotenhaft. Eine andere Stimme, zweifellos die einer Frau, sagte plötzlich schmeichelnd und gleichsam schüchtern, aber mit einiger Geziertheit:

»Warum sind Sie denn so lange nicht zu uns gekommen, Páwel Fjódorowitsch, warum verachten Sie uns denn immerzu?«

»Das ist nicht gesagt«, antwortete die Männerstimme, wenn auch höflich, so doch vor allem mit selbstbewußter und nachdrücklicher Würde.

Ersichtlich hatte der Mann das Übergewicht, während das Frauenzimmer schäkern zu wollen schien.

‚Der Mann — das scheint ja Ssmerdjakóff zu sein‘, dachte Aljoscha, ‚wenigstens nach der Stimme zu urteilen; die Frauensperson aber ist wohl die Tochter dieser Hausbesitzerin, dieselbe, die in Moskau gedient hat, Kleider mit langen Schleppen trägt und sich von Márfa Ignátjewna Suppe holt . . .‘

»Ach, ich liebe über alles schöne Gedichte, und besonders, wenn sie sich am Ende reimen«, sagte wieder die Frauenstimme. »Warum fahren Sie denn nicht fort?«

Da begann wieder die Männerstimme:

> »Selbst die Zarenkrone
> Gäbe ich hin, wenn nur
> die Geliebte mir bliebe gesund.
> Erbarme Dich, Herr, und beschütze
> Sie und mich,
> Sie und mich,
> Sie und mich.«

»Das vorige Mal kam das noch besser heraus«, meinte die Frauenstimme. »Sie sangen ‚das Liebchen mir bliebe gesund‘. So klang es noch viel hübscher. Sie haben es wohl vergessen?«

»Gedichte sind dummes Zeug«, schnitt Ssmerdjakoff den begeisterten Erguß ab.

»Ach, nein, ich liebe sie so sehr!«

»Alles, was gereimt ist, ist dummes Zeug. Bedenken Sie doch selbst: wer in aller Welt spricht denn alleweil in Reimen? Und wenn wir alle anfangen wollten, in Reimen zu sprechen, und wenn auch meinetwegen auf Befehl der Obrigkeit selber, wieviel Gescheites würden wir dann wohl alsomit sagen können? Nein, Márja Kondrátjewna, Gedichte sind nichts Vernünftiges.«

»Wie klug Sie in allem geworden sind, wie Sie alles zu erklären verstehen!« sagte die Frauenstimme, noch zärtlicher schmeichelnd.

»Nicht nur das würde ich können und nicht nur das würde ich verstehen, sondern ganz gewaltig viel mehr, wenn ich nicht selbiges Los von Kindesbeinen an hätte. Ich würde jeden im Duell mit einer Pistole sogar totschießen, der mir zu sagen wagte, daß ich kein edler Mensch sei, weil ich sozusagen ohne Vater von der, die man „die Stinkende" nannte, abstamme. Man hat mir das auch in Moskau alleweil unter die Nase gerieben, da es sich auch dorthin von hier selbentlich, dank Grigórij Wassíljewitsch, verbreitet hatte. Grigorij Wassiljewitsch aber wirft mir vor, daß ich für meine Geburt nicht alleweil demütig Gott danke. ,Du hast ihr', sagte er, ,den ganzen Mutterleib aufgerissen'. Meinetwegen Mutterleib, aber ich hätte mit Handkuß erlaubt, mich im Mutterleib zu töten, unter der Bedingung, daß ich dann gar nicht auf diese Welt geboren worden wäre. Auch auf dem Markt wird von selbigem gesprochen, und auch Ihre Mutter hat in ihrer Unvornehmheit angefangen, mir zu erzählen, daß sie den Weichselzopf auf dem Kopf gehabt hätte und im ganzen nur zwei Arschin ,und eine Kleinigkeit' groß gewesen sei. Warum denn ,und eine Kleinigkeit', wenn man doch ,und etwas drüber' sagen kann, wie es alle Leute tun? Sie wollen es wohl mitleidig ausdrücken, aber das ist sozusagen nur bäuerische Weinerlichkeit, bäuerisches Gefühl und sonstig nichts. Kann denn ein russischer Bauer im Vergleich mit einem gebildeten Menschen überhaupt

Gefühle haben? Bei seiner Unbildung kann er doch überhaupt nichts fühlen. Und von Kindesbeinen an ist es mir, wenn ich dies ,und eine Kleinigkeit' höre, als müßt ich die Wände hinaufklettern. Ich hasse ganz Rußland, Márja Kondrátjewna.«

»Ach, sagen Sie so was nicht! Wenn Sie ein Junkerlein oder ein schmucker Husar wären, würden Sie das nicht sagen, sondern den Säbel herausziehen und ganz Rußland verteidigen!«

»Ich will nicht nur kein Junker sein, ich will sogar, daß alle Soldaten abgeschafft werden.«

»Und wenn der Feind kommt, wer wird uns dann beschützen?«

»Das ist auch gar nicht nötig. Im Jahre zwölf dieses selbigen Jahrhunderts gab es einen großen Heereszug nach Rußland von dem Kaiser Napoleon, dem französischen, dem Ersten, dem Vater des jetzigen, und es wäre mannigfach gut gewesen, wenn uns diese selben Franzosen damals besiegt und uns sich unterworfen hätten: eine kluge Nation hätte dann eine äußerst dumme unterworfen und sich einverleibt. Dann würden jetzt ganz andere Gesetze und Ordnungen hier herrschen.«

»Als ob dort bei denen alles so viel besser wäre als bei uns! Ich würde gar manchen von unseren Stutzerchen nicht einmal gegen drei junge Engländer eintauschen«, sagte schmachtend Marja Kondratjewna, die diese Worte wahrscheinlich mit dem süßesten Augenaufschlag begleitete.

»Das kommt drauf an, wer wem gefällt.«

»Und Sie sind doch selbst wie ein echter Ausländer, da seh' Sie doch einer nur an, ganz wie ein Ausländer, das sage ich Ihnen ohne Beschönigung!«

»Wenn Sie was wissen wollen, so lassen Sie sich gesagt sein, daß in der Verderbnis die Ausländer wie die Inländer alle durch die Bank gleich sind. Alle sind sie dieselbigen, nur daß der dortige in Lackstiefeln geht, unser hiesiger aber in seiner Armut stinkt und darin nicht einmal was Schlechtes sieht. Das russische Volk muß man versohlen, wie neulich Fjodor Pawlowitsch sehr richtig gesagt hat, wenn er auch mit all seinen Kindern ein verrückter Mensch ist und bleibt.«

»Aber Sie haben doch selbst gesagt, daß Sie den Iwán Fjódorowitsch so achten?«

»Er aber hat von mir gesagt, ich sei eine stinkende Lakaienseele. Er meint von mir, ich könnte bei einem Aufstand mitmachen; da irrt er sich aber gewaltig. Hätte ich bloß so eine gewisse Summe in der Tasche, so wäre ich schon längst nicht mehr hier. Ein Dmítrij Fjódorowitsch steht doch unterhalb von jedem Lakai, nach seiner Aufführung, seinem Verstandesrang und seiner Bettelarmut, und gar nichts versteht er zu verdienen, und trotzdem ist er bei allen angesehen. Ich aber, beispielsweise, bin meinetwegen nur ein ‚Suppenkoch‘, aber wenn's gut geht, könnte ich in Moskau auf der Petrówka ein Café-Restaurant eröffnen. Denn ich versteh den Kaffee, wie man zu sagen pflegt, ‚extra‘ zuzubereiten, was von den anderen in ganz Moskau, außer den Ausländern, niemand versteht. Dmitrij Fjodorowitsch ist doch nur ein Habenichts und Bummler, wenn er aber selbst den höchsten Grafensohn zum Duell fordert, so wird der sich mit ihm schlagen, wodurch aber ist er besser als ich? Denn er ist doch unvergleichlich dümmer als ich. Allein wieviel Geld er durchgebracht hat, ohne daß er davon einen Nutzen gehabt hätte.«

»Ein Duell muß doch herrlich sein, denke ich«, bemerkte plötzlich Marja Kondratjewna.

»Was soll denn dabei herrlich sein?«

»Ach, es ist doch so gruselig und tapfer, besonders wenn junge Offizierchen wegen irgendeiner aufeinander schießen! Das ist doch einfach ein Bild! Ach, wenn man doch uns Mädchen zusehen lassen würde, ich würde so schrecklich gern mal zusehen!«

»Solange er selber zielt, mag es noch angehen, aber wenn auf seinen eigenen Rüssel gezielt wird, so ist das dann schon das allerdümmste Gefühl. Vom Fleck weg würden Sie davonlaufen, Marja Kondratjewna.«

»Was, würden Sie wirklich davonlaufen?«

Ssmerdjakoff würdigte sie keiner Antwort. Nach einer Weile Schweigen erklang wieder ein Akkord und die Falsettstimme sang ein weiteres Couplet:

> »Wozu soll ich mich mühen,
> Es wird doch nie genügen ...
> Ich will mein Leben le—e—ben
> Und mich zum Herrn erhe—e—ben,
> Und hab ich erst Dublonen,
> In Residenzen wohnen;
> Werde mich niemals grämen,
> Mir nichts zu Herzen nehmen ...«

Hier ereignete sich aber etwas Unerwartetes: Aljoscha nieste plötzlich. Auf der Bank wurde es im Augenblick still. Aljoscha erhob sich und ging zu ihnen. Es war tatsächlich Ssmerdjakoff, der sich in Gala geworfen, pomadisiert und frisiert hatte — viel fehlte nicht, daß er sich auch Locken gebrannt hätte — und in Lackstiefeln. Die Gitarre lag neben ihm auf der Bank. Das Frauenzimmer war Marja Kondratjewna, die Tochter der Hausbesitzerin. Sie hatte ein hellblaues Kleid mit einer zwei Ellen langen Schleppe an. Das Mädchen war noch jung und wäre eigentlich nicht häßlich gewesen, nur hatte sie ein gar zu rundes Gesicht und gar zu viel Sommersprossen.

»Wird mein Bruder Dmitrij Fjodorowitsch bald zurückkehren?« fragte Aljoscha möglichst unbefangen.

Ssmerdjakoff erhob sich langsam von der Bank, und Marja Kondratjewna folgte seinem Beispiel.

»Woher soll ich denn alleweil über Dmitrij Fjodorowitsch Auskunft geben können? Etwas anderes wäre es, wenn ich Dmitrij Fjodorowitschs Wächter wäre«, antwortete Ssmerdjakoff leise, gemessen und geringschätzig.

»Ich habe nur so gefragt, wissen Sie es nicht vielleicht ganz zufällig?« erklärte Aljoscha.

»Vom Verbleib Dmitrij Fjodorowitsch weiß ich nichts, da ich davon auch nichts wissen will.«

Ssmerdjakoff erhob langsam mit unerschütterlicher Ruhe seinen Blick und sah Aljoscha an.

»Wie aber habt Ihr geruht hierherzugelangen, da doch selbige Gartenpforte schon seit einer Stunde mit der Fallklinke verschlossen ist?« fragte er mit aufmerksamem Blick auf Aljoscha.

»Ich bin aus der Quergasse über den Zaun gestiegen und direkt in die Laube gegangen. Sie werden mich, hoffe ich, entschuldigen«, sagte er zu Marja gewandt, »ich wollte meinen Bruder so schnell wie möglich treffen.«

»Ach, was haben wir Ihnen zu entschuldigen!« sagte Marja Kondratjewna sofort in süßlich singendem Ton, da Aljoschas höfliche Entschuldigung ihr nicht wenig schmeichelte, »und auch Herr Dmitrij Fjodorowitsch geht doch auf diese Manier in die Laube, wir wissen es zuweilen gar nicht, er aber sitzt schon dort!«

»Ich wollte ihn hier erwarten, da ich ihn unbedingt sprechen muß — können Sie mir nicht sagen, wo er heute ist? Glauben Sie mir, daß ich ihn in einer sehr wichtigen Angelegenheit suche.«

»Das pflegt er uns nicht zu sagen, wo er ist«, sagte Marja Kondratjewna eilfertig.

»Obwohl ich nur aus Bekanntschaft hierherkomme«, begann wieder Ssmerdjakoff, »so haben Dmitrij Fjodorowitsch mich doch auch hier alleweil unmenschlich bedrängt mit diesen immerwährenden Fragen nach dem Herrn: ,Was und wie ist es mit ihm, wer kommt hin, und wer geht fort', und ob ich nicht noch was anderes zu sagen habe? Zweimal haben Dmitrij Fjodorowitsch mir sogar mit dem Tode gedroht.«

»Wie das, mit dem Tode?« fragte Aljoscha erstaunt.

»Was macht ihnen denn das aus bei dem Charakter, den Ihr gestern selber zu beobachten geruhtet. ,Wenn du Agraféna Alexándrowna hineinläßt', sagen sie, ,und sie hier übernachtet, so bist du der erste, der das mit dem Leben bezahlt!' Ich habe so große Angst vor ihnen, daß ich sie, wenn ich nicht so große Angst vor ihnen hätte, schon der Polizei anzeigen würde. Kann doch kaum Gott wissen, was sie noch alles mit einem machen werden.«

»Vor kurzem hat er ihm noch gesagt: ‚Im Mörser werde ich dich zerstampfen'«, fügte Marja Kondratjewna eifrig hinzu.

»Nun, wenn er ‚im Mörser' gesagt hat, so sind das doch nur Worte . . .«, meinte Aljoscha. »Wenn ich ihn jetzt bloß treffen könnte, so würde ich ihm auch darüber etwas sagen können . . .«

»Ich kann Euch nur eines mitteilen«, sagte plötzlich Ssmerdjakoff, als ob er sich inzwischen anders bedacht hätte. »Ich bin hier nur von wegen meiner langen Nachbarbekanntschaft, und warum sollte ich denn nicht herkommen? Andrerseits haben Iwan Fjodorowitsch mich heute schon in aller Herrgottsfrühe in die Seestraße geschickt, ohne Brief, damit, daß Dmitrij Fjodorowitsch aufs Wort hin unbedingt in dieses hiesige Gasthaus am Großen Platz kommen sollen, um mit ihnen, ich meine, mit Iwan Fjodorowitsch, zusammen zu speisen. Ich ging alsomit hin, doch Dmitrij Fjodorowitsch waren nicht zu Hause, es war aber schon acht Uhr. ‚Er war hier, ist aber ganz ausgegangen' — mit genau den selbigen Worten antworteten mir die Hausleute. Es war eine Verabredung von beiden Seiten. Jetzt sitzen Dmitrij Fjodorowitsch vielleicht in selbiger Minute in dem Gasthaus mit Iwan Fjodorowitsch, da auch der junge Herr nicht nach Hause speisen gekommen sind, und der alte Herr vor einer Stunde allein gespeist haben und jetzt schlafen. Aber ich bitte doch nachdrücklichst, von mir und von selbigem, was ich gesagt habe, anderweitig keinerlei Mitteilung zu machen, dieweil sie für nichts und wieder nichts mich totschlagen können.«

»Wie, Iwan hat Dmitrij ins Gasthaus bestellt?« fragte Aljoscha hastig, als hätte er nicht recht verstanden.

»Wie gesagt.«

»In das Gasthaus „Zur Hauptstadt" am Großen Platz?«

»Jawohl, in selbiges.«

»Das ist sehr gut möglich!« sagte Aljoscha erregt. »Danke, Ssmerdjakoff, diese Mitteilung ist sehr wichtig für mich, ich werde sofort hingehen.«

»Aber ich bitte, nichts von mir zu sagen«, bat Ssmerdjakoff noch einmal.

»Nein, nein, ich werde tun, als ob ich zufällig hinkäme, beunruhigen Sie sich nicht.«

»Aber wohin gehen Sie denn, ich werde Ihnen die Gartenpforte aufmachen!« rief ihm Marja Kondratjewna nach.

»Nein, hier ist es näher, ich springe wieder über den Zaun!«

Diese Nachricht hatte Aljoscha geradezu erschüttert. Er eilte hin. Da es aber nicht anging, daß er in der Mönchskutte eintrat, so beschloß er, sich am Eingang nach ihnen zu erkundigen und sie herausrufen zu lassen. Doch siehe, kaum näherte er sich dem Gasthaus, als plötzlich ein Fenster aufgestoßen wurde und sein Bruder Iwan ihn heranrief:

»Aljoscha, kannst du nicht zu mir hereinkommen, oder geht es nicht? Du würdest mir einen großen Gefallen erweisen.«

»Natürlich kann ich, nur weiß ich nicht, ob es in meiner Kutte angeht . . .«

»Das hat nichts zu sagen, ich habe hier ein abgesondertes Zimmer für mich, komm herein, ich gehe dir entgegen . . .«

Nach einer Minute saß Aljoscha seinem Bruder gegenüber. Iwan war allein und speiste zu Mittag.

III

Die Brüder lernen einander kennen

Es war übrigens doch kein ganzes Zimmer für sich, in dem Iwan hier speiste. Es war nur ein mit Wandschirmen abgesonderter Raum am Fenster des ersten Zimmers, an

dessen Seitenwand sich das Büfett befand. Die vorüber-
gehenden Gäste konnten die am Fenster Sitzenden nicht
sehen, aber von dort aus hörte man die Kellner zum Büfett
vorüberhuschen. Von Gästen saß in diesem Zimmer in einer
entfernteren Ecke vor seinem Teeglase nur ein alter Herr,
ein Offizier a. D. Dafür herrschte in allen anderen Räumen
der gewöhnliche Gasthauslärm, die Rufe nach den Kellnern,
das Entkorken der Bierflaschen, das Klippklapp der Billard-
kugeln und das Geklimper einer Spieluhr. Aljoscha wußte,
daß Iwan sonst nie in dieses Lokal ging und für Gasthäuser
überhaupt nichts übrig hatte. ‚Also ist er jetzt nur deswegen
hier, um Dmitrij zu treffen‘, dachte Aljoscha. Aber Dmitrij
war nicht zu sehen.

»Soll ich dir eine Fischsuppe bestellen oder was sonst, du
kannst doch nicht von Tee allein leben«, fragte Iwan heiter,
da er sich sichtlich sehr darüber freute, daß er Aljoscha her-
eingelockt hatte. Er hatte schon gespeist und trank nur noch
Tee.

»Bestell mal beides, Fischsuppe und Tee, ich habe nämlich
gehörigen Hunger«, sagte Aljoscha erfreut.

»Und nachher eingemachte Kirschen? Die gibt es hier.
Weißt du noch, wie sehr du als kleiner Junge bei Polénoffs
eingemachte Kirschen liebtest?«

»Dessen erinnerst du dich noch? Gut, bestelle also auch
eingemachte Kirschen, ich mag sie auch jetzt noch.«

Iwan klingelte nach dem Kellner und bestellte Fischsuppe,
Tee und die eingemachten Kirschen.

»Ich erinnere mich unserer ganzen Kindheit, Aljoscha,
ich erinnere mich deiner bis zu deinem elften Lebensjahr;
ich war damals vierzehn, fünfzehn Jahre alt. Fünfzehn und
elf, das ist ein so großer Unterschied, daß selbst Brüder in
diesen Jahren fast nie Kameraden sind. Ich weiß nicht einmal, ob ich dich liebte: in Moskau habe ich in den ersten
Jahren überhaupt nicht an dich gedacht. Und dann später,
als auch du nach Moskau kamst, haben wir uns, glaube ich,
nur ein einziges Mal irgendwo getroffen. Nun lebe ich hier

schon den vierten Monat, und noch haben wir eigentlich kein Wort miteinander gewechselt. Morgen werde ich abreisen, und so dachte ich denn, als ich vorhin allein hier am Fenster saß: wo könnte ich ihn wohl treffen, um mich von ihm zu verabschieden? — Und da gingst du gerade vorüber.«

»Wolltest du mich wirklich so gern sehen?«

»Ja, Aljoscha, sehr gern; ich wollte dich ein für allemal kennenlernen und dich auch mit mir bekanntmachen. Und mich dann von dir verabschieden. Meiner Meinung nach ist es am besten, sich vor der Trennung kennenzulernen. Ich habe gesehen, wie du mich in diesen ganzen drei Monaten beobachtet hast. Lag doch in deinen Augen eine immerwährende Erwartung, aber gerade das ist es, was ich nicht ausstehen kann, und darum näherte ich mich dir nicht. Dann aber lernte ich dich achten: fest steht das junge Männlein! Ja, ja. Und merk dir, Aljoscha, ich lache jetzt zwar, aber ich rede deswegen nicht minder ernst. — Du stehst doch fest, nicht? Ich liebe Menschen, die fest dastehen, einerlei worauf sie stehen, und mögen sie noch so junge Knaben sein wie du. Dein erwartungsvoller Blick wurde mir mit der Zeit durchaus nicht zuwider; im Gegenteil, ich gewann ihn schließlich lieb, deinen erwartungsvollen Blick. Ich glaube, du liebst mich, Aljoscha?«

»Ja, ich liebe dich, Iwan. Dmitrij sagt von dir: Iwan ist verschwiegen wie ein Grab! Ich aber sage von dir: Iwan ist verschwiegen wie ein Rätsel. Du bist mir auch jetzt noch ein Rätsel, aber trotzdem habe ich etwas an dir schon erraten, allerdings erst heute vormittag!«

»Und das wäre?« fragte Iwan lachend.

»Wirst du dich nicht ärgern?« fragte Aljoscha gleichfalls lachend.

»Nun?«

»Einfach, daß du ganz genau so ein junger Mensch bist wie alle anderen vierundzwanzigjährigen Menschen, ein ebenso junger, jugendlicher, frischer und prächtiger Junge, ein ... ein ... kurz, ein Milchbart! Was, hab' ich dich jetzt sehr gekränkt?«

»Im Gegenteil, du hast mich durch die Übereinstimmung mit mir überrascht!« rief Iwan lustig und mit Wärme aus. »Wirst du mir glauben, daß ich heute, seitdem ich sie verlassen habe — nach jener Auseinandersetzung mit ihr — die ganze Zeit nur an diese meine dreiundzwanzigjährige ‚Milchbärtigkeit‘, wie du sagst, gedacht habe! Und nun beginnst du gerade damit, als ob du's erraten hättest. Ich saß hier ganz allein am Fenster, und weißt du, was ich mir sagte? Nehmen wir an, ich hörte auf, an das Leben zu glauben, an das Weib, das mir teuer war, an die höhere Ordnung der Dinge, nehmen wir an, ich überzeugte mich sogar, daß alles ein gesetzloses, verfluchtes und vielleicht vom Teufel beherrschtes Chaos ist, und daß mich alle Schrecken der menschlichen Verzweiflung überfallen, — so würde ich doch leben wollen, leben! Und da meine Lippen einmal diesen Becher berührt haben, so — das weiß ich! — werde ich mich nicht früher von ihm losreißen, als bis ich ihn ganz, bis auf die Neige geleert habe! Übrigens werde ich den Becher so gegen mein dreißigstes Lebensjahr bestimmt wegwerfen, selbst wenn ich ihn nicht bis zur Neige geleert haben sollte, und fortgehen ... wohin, weiß ich nicht. Bis zu meinem dreißigsten Jahre aber, das weiß ich mit Sicherheit, wird meine Jugend alles besiegen, — jede Enttäuschung, jede Verzweiflung, jeden Ekel vor dem Leben. Ich habe mich schon oft gefragt: Gibt es wohl in der Welt eine Verzweiflung, die diesen rasenden, wütenden und vielleicht unanständigen Lebensdurst in mir besiegen könnte? Und ich bin zu der Überzeugung gelangt, daß es wahrscheinlich keine solche Verzweiflung gibt, — das heißt wiederum nur bis zu meinem dreißigsten Jahr, danach werde ich selbst nicht mehr wollen ... so scheint es mir wenigstens. Dieser Lebensdurst, dieses Lechzen nach Leben wird von manchen schwindsüchtigen Geifermoralisten häufig gemein genannt, besonders von Dichtern. Es ist allerdings ein zum Teil Karamásoff-

scher Zug, das ist wahr, und auch in dir steckt unbedingt
dieser Lebensdurst, aber warum soll er denn etwas Gemeines sein? Es gibt noch so ungeheuer viel Zentripetalkraft
auf unserem Planeten. Leben will man, Aljoscha, und ich
lebe, wenn auch wider die Logik. Mag ich auch an die Ordnung der Dinge nicht glauben, so sind mir doch teuer die
klebrigen Blättchen, die im Frühling aus prallen Knospen
aufbrechen, teuer ist mir der hohe blaue Himmel, teuer gar
mancher Mensch, den man mitunter, wirst du's mir glauben, liebt, ohne zu wissen warum. Teuer ist mir manch eine
Menschentat, an die zu glauben man vielleicht schon längst
aufgehört hat, die aber das Herz in alter Erinnerung immer
noch hoch und heilig hält ... Da kommt deine Fischsuppe.
Nun, laß sie dir gut schmecken, sie wird hier vorzüglich zubereitet ... Ich will nach Europa reisen, Aljoscha, gleich von
hier aus; obschon ich weiß, daß ich auf einen Friedhof
fahre, aber es ist doch der teuerste, allerteuerste Friedhof,
das ist schon so! Teure Tote liegen dort begraben, jeder
Stein über ihnen gibt Kunde von einem so heißen vergangenen Leben, von so leidenschaftlichem Glauben an die
vollbrachten eigenen Heldentaten, an die eigene Wahrheit,
an den eigenen Kampf und an die eigene Wissenschaft, daß
ich, ich weiß es im voraus, zur Erde niederfallen, diese Steine
küssen und über ihnen weinen werde — obschon ich zugleich
mit meinem ganzen Herzen überzeugt sein werde, daß dies
alles schon längst ein Friedhof ist und in keinem Fall mehr
als das. Und nicht aus Verzweiflung werde ich weinen, sondern einfach aus dem Grunde, weil Tränen auch eine Art
Glück sein können, wenn man sich am eigenen Ergriffensein berauscht. Die kleinen klebrigen Frühlingsblätter, den
hohen blauen Himmel liebe ich! Hier handelt es sich nicht
um Verstand, nicht um Logik, hier liebt man mit dem gesamten Innern, mit dem ganzen Eingeweide, seine eigenen
ersten Jugendkräfte liebt man! ... Aljoscha, begreifst du
etwas von meinem Gefasel, oder ist dir alles unverständlich?« fragte Iwan plötzlich auflachend.

»O, ich verstehe nur zu gut: mit dem gesamten Innern, mit dem ganzen Eingeweide möchte man lieben, — das hast du wunderbar gesagt, und es freut mich furchtbar, daß du so stark leben möchtest«, sagte Aljoscha lebhaft. »Ich glaube, alle sollten auf der Welt zu allererst das Leben lieben lernen.«

»Und das Leben mehr lieben als den Sinn des Lebens?«

»Unbedingt so, gerade vor der Logik das Leben lieben lernen, wie du sagst, unbedingt *vor* der Logik, dann erst werde ich auch den Sinn begreifen. Das habe ich schon lange geahnt. Damit ist die Hälfte deiner Aufgabe bereits getan, die eine Hälfte schon erworben, Iwan: du liebst das Leben. Jetzt mußt du dich um deine zweite Hälfte bemühen, und du bist gerettet.«

»Du bist schon beim Retten, ich aber bin ja vielleicht gar nicht am Untergehen! Aber worin besteht sie denn, diese — ‚zweite Hälfte‘?«

»Darin, daß du deine Toten auferweckst, die vielleicht gar nicht gestorben sind. Nun, reich mir bitte den Tee. O, es freut mich so, Iwan, daß wir miteinander reden!«

»Aber du scheinst ja, wie ich sehe, ganz begeistert zu sein. Weißt du, ich liebe über alles solche professions de foi, gerade von solchen ... Novizen. Du stehst als Mensch auf festem Boden, Alexei. Ist es wahr, daß du das Kloster verlassen willst?«

»Ja, es ist wahr. Mein Starez schickt mich in die Welt.«

»Dann werden wir uns wohl noch wiedersehen in der Welt, vor jenem dreißigsten Jahr, wenn ich beginnen werde, mich vom Becher loszureißen. Der Vater will sich von seinem Becher nicht vor dem siebzigsten losreißen, träumt womöglich von achtzig Jahren, hat es mir sogar selbst ganz offen gesagt, und zwar im Ernst, obgleich er doch sonst nichts ernst nimmt ... als Narr. Fußt auf seiner Wollust und steht auf ihr, als ob sie ein Fels wäre ... allerdings gibt es ja nach dem dreißigsten Jahr schwerlich etwas anderes, worauf man sich noch stellen könnte ... Aber bis zum siebzigsten wird es gemein, bis zum dreißigsten Jahr geht es grad noch: man kann wenigstens ,einen Schimmer von Anstand' bewahren, indem man sich selbst was vormacht. Hast du übrigens heute Dmitrij gesehen?«

»Nein, ihn nicht, aber ich habe Ssmerdjakoff gesehen und gesprochen.« Und Aljoscha erzählte in Eile ziemlich ausführlich sein Gespräch mit Ssmerdjakoff. Iwan begann plötzlich besorgt zuzuhören, stellte Fragen, ließ sich dies und jenes sogar nochmals wiedergeben.

»Aber er bat mich, nicht Dmitrij zu sagen, daß er es mir mitgeteilt hat«, fügte Aljoscha hinzu. Iwan zog die Brauen zusammen und verfiel in Nachdenken.

»Runzelst du wegen Ssmerdjakoff die Stirn?« fragte Aljoscha.

»Ja, seinetwegen. Doch zum Teufel mit ihm, aber Dmitrij wollte ich tatsächlich sehen, nur ist es jetzt nicht mehr nötig . . .«, brummte Iwan unwillig.

»Wirst du denn wirklich so bald verreisen?«

»Ja.«

»Aber sag doch — Dmitrij und der Vater? Womit wird das noch enden?« fragte Aljoscha erregt.

»Du kommst schon wieder damit! Was geht das mich an? Bin ich denn etwa der Hüter meines Bruders?« stieß Iwan kurz und gereizt hervor. Doch plötzlich lächelte er bitter. »Die Antwort Kains auf Gottes Frage nach dem erschlagenen Bruder, wie? Das denkst du wohl jetzt, nicht? Aber zum Teufel, ich kann doch wahrhaftig nicht als ihr Wächter ewig hierbleiben! Ich habe hier beendet, was ich zu beenden hatte, und reise ab. Oder glaubst du am Ende gar, daß ich auf Dmitrij eifersüchtig sei, weil es mir in diesen ganzen drei Monaten nicht gelungen ist, ihm die schöne Braut abspenstig zu machen? Ach . . . Äh, zum Teufel, ich habe meine Gründe gehabt, hier zu bleiben. Nun habe ich hier alles beendet, und so reise ich denn auch unverzüglich ab. Was ich beendet habe, das weißt du, du warst ja Augenzeuge.«

»Du meinst — vorhin mit Katerina Iwanowna?«

»Ja, mit ihr; ich machte mich einfach los. Und was ist denn dabei? Was geht mich Dmitrij an? Dmitrij hat nichts damit zu tun! Ich hatte ganz Persönliches mit Katerina Iwanowna zu erledigen. Du weißt doch selbst, daß Dmitrij sich so aufgeführt hat, als ob er sich mit mir verabredet hätte. Ich habe ihn um nichts gebeten, er aber hat sie mir freiwillig und feierlich ‚übergeben‘ und hat mir noch seinen Segen geschenkt. Das klingt ja wirklich fast lachhaft. Nein, Aljoscha, nein, wenn du wüßtest, wie leicht ich mich jetzt fühle! Ich saß hier und speiste, und — wirst du's mir glauben? — wollte mir schon Champagner bestellen, um die erste Stunde meiner Freiheit zu feiern. Pfui Teufel, fast ein halbes Jahr lang hat das gedauert — und mit einem Schlage ist man von allem befreit! Nein, hätte ich gestern auch nur ahnen können, daß man nur zu wollen braucht, und daß es einen nichts kostet, ein Ende zu machen!«

»Sprichst du von deiner Liebe, Iwan?«

»Von meiner Liebe . . . wenn du willst, ja. Ich hatte mich in ein junges, stolzes Institutsfräulein verliebt. Ich quälte mich mit ihr und sie quälte mich. Hatte mich da verbissen . . . und plötzlich bin ich von allem befreit! Vorhin bei Chochlakoffs sprach ich noch innerlich erregt, als ich aber hinaustrat, da lachte ich auf — und du kannst mir glauben, daß ich fröhlich lachte. Ja, buchstäblich!«

»Du sprichst auch jetzt so heiter«, bemerkte Aljoscha, der sich aufmerksam in das Gesicht des Bruders hineinsah.

»Woher sollte ich denn wissen, daß ich sie überhaupt nicht liebte! Haha! Und da hat es sich nun herausgestellt! Aber wie sie mir doch gefallen hat! Wie sie mir sogar heute gefiel, vorhin, als ich die Predigt hielt! Und weißt du, auch jetzt gefällt es mir maßlos, — und doch fällt es mir so leicht, sie zu verlassen. Du glaubst wohl, ich wolle renommieren?«

»Nein. Nur war das vielleicht keine Liebe.«

»Aljoschka«, sagte Iwan lachend, »laß dich bloß nicht auf Erörterungen über Liebe ein! Für dich schickt sich das nicht.

Vorhin — ja, vorhin, da legtest du dich aber ins Zeug, Brüderlein, o jeh! Übrigens habe ich vergessen, dich dafür abzuküssen ... Wie sie mich aber auch gequält hat! Ach, ich habe wirklich neben einer gesessen, die sich vergewaltigte. Sie wußte doch, daß ich sie liebte! Und auch sie liebte mich, aber nicht Dmitrij«, behauptete Iwan lachend. »Ihre Liebe zu Dmitrij war nur eine Art Krampf. Alles, was ich ihr vorhin sagte, ist lautere Wahrheit. Nur besteht jetzt die Hauptsache darin, daß sie vielleicht fünfzehn oder zwanzig Jahre brauchen wird, um zu erraten, daß sie Dmitrij überhaupt nie geliebt hat, sondern nur mich liebt, mich, den sie foltert. Ja, wer kann es wissen, vielleicht wird sie's auch niemals erraten, trotz der heutigen Lehre nicht. Nun, um so besser, daß ich aufgestanden und fortgegangen bin. Übrigens, was macht sie jetzt? Was ging dort noch vor, als ich weggegangen war?«

Aljoscha erzählte ihm von dem hysterischen Anfall und was ihm Frau Chochlakoff gesagt hatte: daß sie bewußtlos sei, Fieber habe und phantasiere.

»Ist das aber auch wahr, was die Chochlakoff sagt?«

»Es scheint, ja.«

»Man muß sich erkundigen. An hysterischen Anfällen ist übrigens noch nie jemand gestorben. Und mag sie sie doch haben, Gott hat in seiner Liebe dem Weibe die Hysterie geschickt. Ich werde nie mehr hingehen. Wozu sich wieder aufdrängen!«

»Aber du sagtest ihr doch, daß sie dich nie geliebt habe?«

»Das habe ich absichtlich gesagt. Aljoschka, weißt du, ich werde doch Champagner bestellen, trinken wir auf meine Freiheit. Nein, wenn du wüßtest, wie froh ich bin!«

»Nein, Iwan, trinken wir lieber nicht«, sagte Aljoscha, »und zudem bin ich doch etwas traurig.«

»Ja, du bist bereits seit langer Zeit traurig gestimmt, das sehe ich schon längst.«

»Und du wirst also bestimmt morgen früh fortfahren?«

»Morgen früh? Ich habe nicht gesagt, daß ich in der

Frühe fahren werde ... Doch übrigens, vielleicht auch in der Frühe. — Wirst du's mir glauben, daß ich nur deswegen hier gespeist habe, um nicht mit dem Alten zusammen zu speisen, dermaßen zuwider ist er mir geworden. Allein seinetwegen wäre ich schon längst abgereist. Warum beunruhigt es dich übrigens so, daß ich verreise? Wir haben jedenfalls bis zu meiner Abfahrt noch Gott weiß wieviel Zeit. Eine ganze Ewigkeit Zeit, die ganze Unsterblichkeit!«

»Aber wenn du doch morgen fortfährst, was ist das dann noch für eine Ewigkeit?«

»Was geht das uns beide an?« fragte Iwan lachend. »Wir haben doch noch Zeit, auszusprechen, was wir uns zu sagen haben, eben dieses, weswegen wir hier zusammengekommen sind! Warum siehst du mich so erstaunt an? Antworte mir: zu welchem Zweck sind wir hier zusammengekommen? Um von der Liebe zu Katerina Iwanowna zu sprechen, oder von dem Alten und Dmitrij? Oder vom Ausland? Von der verhängnisvollen Lage Rußlands? Vom Empereur Napoléon? Nun, deswegen etwa?«

»Nein, nicht deswegen.«

»Also begreifst du es selbst, weswegen. Den anderen mag so etwas gleichgültig sein, uns aber, uns ‚Milchbärten‘, ist es nicht einerlei, wovon wir reden. Wir müssen vor allen anderen Dingen die uralten ewigen Fragen lösen, das ist doch jetzt unsere einzige Sorge. Ganz Jung-Rußland tut doch heutzutage nichts anderes, als über die ewigen Fragen debattieren. Gerade heutzutage, gerade jetzt, wo alle Alten sich plötzlich an die praktischen Fragen gemacht haben. Warum hast du mich in diesen drei Monaten so erwartungsvoll angeschaut? Um mich zu befragen: ‚Woran glaubst du, oder glaubst du überhaupt nicht?‘ — das war es doch, was Ihre Blicke fragten, Alexei Fjodorowitsch, oder war es das mitnichten?«

»Nun ja, meinetwegen war es das«, sagte Aljoscha lächelnd. »Du machst dich doch nicht lustig über mich, Bruder?«

»Ich mich lustig machen? Ich werde doch mein kleines Brüderlein, das mich drei Monate lang so erwartungsvoll angeschaut hat, nicht betrüben wollen! Aljoscha, sieh mich einmal ganz offen an: Sieh, ich bin doch genau solch ein Knabe wie du, nur mit dem einen Unterschied, daß ich kein Novize bin. Wie pflegen nun unsere russischen Knaben bis jetzt vorzugehen? Das heißt, manche? Nun, hier haben wir zum Beispiel das nach Speisedüften riechende Lokal, und da kommen sie denn zusammen und setzen sich in eine Ecke. Haben sich bis dahin zeitlebens nicht gekannt, und wenn sie das Gasthaus verlassen, werden sie sich wieder vierzig Jahre lang nicht kennen. Wovon werden sie nun sprechen, wenn sie diesen einen Augenblick in der Gasthausecke erhascht haben? Selbstverständlich von den Weltfragen: Gibt es einen Gott? Gibt es Unsterblichkeit? Diejenigen aber von ihnen, welche an Gott nicht glauben, nun, die sprechen über Sozialismus und Anarchismus, über die Änderung der ganzen Menschheit durch einen neuen Staat, so daß es schließlich auf den reinen Teufel hinauskommt, — das sind doch alles dieselben Fragen, nur vom anderen Ende her. Und welch eine unglaubliche Menge der originellsten russischen Knaben tut heutzutage nichts anderes, als über diese ewigen Fragen reden! Habe ich nicht recht?«

»Ja, für die echten Russen sind die Fragen, ob es einen Gott und ob es Unsterblichkeit gibt oder, wie du soeben sagtest, die Fragen vom anderen Ende aus, natürlich die wichtigsten Fragen, die allem andern vorangehen, — so muß es auch sein«, sagte Aljoscha, der seinen Bruder immer noch mit demselben stillen, forschenden Lächeln betrachtete.

»Sieh, Aljoscha, ein russischer Mensch zu sein, ist zuweilen schon gar nicht klug, doch etwas Dümmeres als das, womit sich jetzt die russischen Knaben beschäftigen, kann man sich nicht einmal vorstellen. Nur *einen* russischen Knaben, den Aljoscha, den liebe ich trotzdem über alles.«

»Wie nett du das eingefädelt hast«, sagte Aljoscha auflachend.

»Nun, sag also, womit wir beginnen sollen? Es soll geschehen, wie du befiehlst. — Mit Gott? — Ob Gott existiert, nicht wahr?«

»Womit du willst, damit beginne, meinetwegen auch ‚vom anderen Ende aus‘. Du erklärtest doch gestern beim Vater, daß es Gott nicht gebe«, sagte Aljoscha mit plötzlich forschendem Blick geradeaus in die Augen des Bruders.

»Gestern bei Tisch neckte ich dich absichtlich damit — um den Alten war es mir nicht zu tun — und ich sah es wohl, wie deine Augen aufblitzten. Ich bin gar nicht abgeneigt, nochmals mit dir auf dieses Thema einzugehen. Ich meine das vollkommen im Ernst. Ich möchte gern, daß wir uns nähertreten, Aljoscha, denn ich habe keinen Freund. Ich will es einmal versuchen. Nun, stelle dir mal vor, vielleicht erkenne auch ich Gott an«, sagte Iwan lachend. »Das kommt dir wohl unerwartet, wie?«

»Ja, natürlich, wenn du nur jetzt nicht scherzest!«

»Scherzest! Das sagst du, weil gestern beim Staretz gesagt wurde, ich scherzte bloß. Sieh, mein Liebling, im achtzehnten Jahrhundert lebte ein großer Sünder, und der hat von Gott gesagt: S'il n'existait pas, il faudrait l'inventer. Und tatsächlich hat sich der Mensch Gott ausgedacht. Doch nicht das ist sonderbar, nicht das wäre wunderbar, daß Gott tatsächlich existiert, wohl aber ist wunderbar, daß solch ein Gedanke — der Gedanke von der Unentbehrlichkeit Gottes — in den Kopf eines so wilden und bösartigen Tieres, wie es der Mensch ist, hat kommen können: dermaßen heilig, dermaßen rührend, dermaßen weise ist er, und dermaßen große Ehre macht er den Menschen. Was nun mich dabei anbetrifft, so habe ich schon vor langer Zeit beschlossen, nicht mehr darüber nachzudenken, ob der Mensch Gott oder Gott den Menschen geschaffen hat. Auch werde ich, versteht sich, nicht etwa anfangen, alle zeitgenössischen Axiome der russischen Knaben durchzunehmen — Axiome, die alle ohne Ausnahme aus europäischen Hypothesen entstanden sind; denn was dort erst Hypothese ist, das ist bei

unseren russischen Knaben sofort Axiom, und nicht nur
bei den Knaben, sondern auch bei unseren Professoren, denn
auch die russischen Professoren sind jetzt sehr häufig selbst
nichts anderes als solche kleinen russischen Knaben. Darum
übergehe ich alle Hypothesen. Worin besteht aber nun unsere Aufgabe? Nun, selbstverständlich darin, daß ich dir so
schnell wie möglich mein ganzes Wesen erkläre, das heißt,
was ich für ein Mensch bin, woran ich glaube, worauf ich
hoffe. Nicht wahr, das ist es doch? Nun, und darum erkläre ich denn auch, daß ich Gott einfach und ohne Einwand
akzeptiere. Einstweilen aber gilt es noch eines zu vermer-
ken: wenn es einen Gott gibt, und wenn er die Erde er-
schaffen hat, so hat er sie ganz gewiß nach der Geometrie
des Euklid geschaffen und den menschlichen Verstand nur
mit dem Vermögen begabt, die drei Ausdehnungen des
Raumes zu begreifen. Indessen aber hat es andere Mathe-
matiker und Philosophen gegeben, und es gibt ihrer auch
heutzutage noch welche, und sie gehören sogar zu den be-
merkenswertesten, die bezweifeln, daß das Weltall — oder
sagen wir noch umfassender —, daß alles Sein nur nach
Euklids Geometrie geschaffen sei, ja, sie erdreisten sich
sogar zu denken, daß zwei parallele Linien, die doch nach
Euklid nie und nimmer und unter keiner Bedingung auf
Erden zusammenlaufen können, vielleicht doch irgendwo
in der Unendlichkeit zusammenlaufen. Weißt du, Liebling,
ich sage mir nun, wenn ich nicht einmal das begreifen kann,
wie soll ich dann noch etwas von Gott begreifen können,
das ist doch dann viel zu hoch für mich. Bescheiden bekenne
ich, daß ich nicht die geringsten Fähigkeiten zur Lösung solcher Probleme besitze; ich habe nur einen euklidischen, einen
irdischen Verstand, und wie soll man daher über etwas urteilen, was nicht von dieser Welt ist? Und auch dir,
Freund Aljoscha, rate ich, nie darüber nachzudenken, vor
allem nicht über Gott: ob es ihn gibt oder nicht gibt. Das
sind Fragen, an die unser Verstand überhaupt nicht heran-
reicht, da dessen Begriffsvermögen nur für das Erfassen

der drei Ausdehnungen geschaffen ist. Und so akzeptiere ich denn gern nicht nur Gott allein, sondern ich akzeptiere auch seine Allwissenheit und sein Ziel — das uns vollkommen unbekannt ist — und glaube an das Gesetz und den Sinn des Lebens, glaube auch an die ewige Harmonie, in die wir, wie es heißt, alle eingehen werden, glaube an das Wort, zu dem das Weltall hinstrebt, und das selbst bei Gott war und selbst Gott ist, nun, und so weiter, und so weiter bis ins Unendliche. Worte hat man sich doch in der Beziehung wahrlich nicht wenige ausgedacht. Aber es scheint ja, daß auch ich bereits auf einem guten Wege bin — nicht? Nun, so laß dir denn kurz gesagt sein, daß ich im Endresultat diese Gotteswelt — *nicht* akzeptiere, und wenn ich auch weiß, daß sie existiert, so will ich sie doch nicht gelten lassen. Nicht Gott akzeptiere ich nicht, verstehe mich recht, sondern die von ihm geschaffene Welt akzeptiere ich nicht und kann ich nicht akzeptieren. Ich will mich deutlicher ausdrücken: ich bin wie ein Kind überzeugt, daß das Leid vernarben und sich ausgleichen wird, daß die ganze beleidigende Komik der menschlichen Widersprüche wie ein armseliges Trugbild verschwinden wird, wie eine widerliche Erfindung des kraftarmen, nur atomgroßen euklidischen Menschenverstandes, und daß schließlich im Weltfinale, im Moment der ewigen Harmonie etwas dermaßen Herrliches geschehen und erscheinen wird, daß es für alle Herzen ausreicht, zur Stillung allen Unwillens, zur Sühne aller von Menschen begangenen Greuel, zur Sühne alles durch sie vergossenen Blutes, daß es ausreichen wird zur Möglichkeit nicht nur der Vergebung, sondern auch der Rechtfertigung alles dessen, was mit den Menschen geschehen ist, — schön, schön, mag das alles geschehen und so sein, ich aber akzeptiere das nicht und will es nicht akzeptieren! Mögen sich sogar die Parallel-Linien treffen, und mag ich das auch selbst sehen, sehen und sagen, daß sie sich getroffen haben, so werde ich es trotzdem nicht annehmen. Sieh, so bin ich, Aljoscha, das ist meine These. Ich habe absichtlich unser Gespräch so be-

gonnen, wie man es dümmer nicht gut hätte beginnen können, aber ich habe es mit meiner Beichte beendet, denn nur
die allein wolltest du doch hören. Nicht von Gott wolltest
du etwas erfahren, sondern hören wolltest du, wovon dein
Bruder, den du doch lieb hast, geistig lebt. Und so habe ich
es dir denn gesagt.«

Iwan hatte seinen langen Worterguß plötzlich mit einem
ganz unerwarteten und ganz eigentümlichen Gefühl geschlossen.

»Warum hast du so begonnen, ›wie man es dümmer nicht
gut hätte beginnen können?‹« fragte Aljoscha, der in Gedanken verloren seinen Bruder betrachtete.

»Ja, so, erstens um des ›Russizismus‹ willen: die russischen Gespräche über diese Themen werden doch alle so
geführt, wie es dümmer nicht gut denkbar ist. Und zweitens, weil man um so näher an die Sache herankommt, je
dümmer man tut. Je dümmer, um so klarer, Dummheit ist
kurz und nicht schlau, Klugheit aber macht Finten und versteckt sich. Klugheit, das heißt, der Verstand, ist ein Schuft.
Die Dummheit dagegen ist offenherzig und ehrlich. So habe
ich die Sache bis zum Beginn meiner Verzweiflung geführt,
und je dümmer die Darstellung war, um so vorteilhafter
für mich.«

«Wirst du mir erklären, weswegen du die Welt ›nicht ak-
zeptierst‹?« fragte Aljoscha.

»Selbstverständlich, es ist ja kein Geheimnis, und dahin
habe ich es ja hinlenken wollen. Du, mein Brüderlein, ich
will doch nicht etwa dich verführen oder von deinem
festen Stand wegrücken — ich wollte vielleicht nur selbst
durch dich gesunden . . .« Und Iwan lächelte plötzlich ganz
wie ein kleiner schüchterner Knabe. Noch nie zuvor hatte
Aljoscha ein solches Lächeln an ihm gesehen.

IV

»Empörung«

»Ich muß dir ein Geständnis machen«, begann Iwan. »Ich habe nie begreifen können, wie man seine Nächsten lieben kann. Gerade die Nahestehenden kann man, meiner Meinung nach, unmöglich lieben; lieben kann man höchstens noch die Fernen. Ich habe einmal irgendwo von ,Iwan dem Barmherzigen‘, einem Heiligen, gelesen, daß er, als einmal ein hungriger und durchfrorener Wanderer zu ihm kam und ihn bat, sich bei ihm aufwärmen zu dürfen, daß er sich da zusammen mit ihm auf das Lager gelegt habe, um ihn zu erwärmen, und ihm in seinen von einer scheußlichen Krankheit faulenden und übelriechenden Mund zu hauchen. Ich bin überzeugt, daß er das aus Selbstvergewaltigung getan hat, aus erlogener, anbefohlener Liebe, auf Grund einer Kirchenbuße vielleicht, die er sich aufgehalst. Um einen Menschen lieben zu können, muß der sich verborgen halten, denn kaum zeigt er sein Gesicht, so ist die Liebe auch schon entschwunden.«

»Darüber hat Stárez Sossíma mehr als einmal gesprochen«, bemerkte Aljoscha, »auch er sagte, daß das Gesicht eines Menschen nicht selten diejenigen, welche im Lieben noch unerfahren sind, zu lieben hindre. Aber es gibt trotzdem viel Liebe in der Menschheit, und sogar eine der Liebe Christi fast ähnliche, das weiß ich, Iwan . . .«

»Nun, ich weiß das vorläufig noch nicht und kann es daher auch nicht begreifen, und mit mir kann es eine unzählige Menge Menschen gleichfalls nicht begreifen. Die Frage besteht nur darin, ob das von den schlechten Eigenschaften der Menschen herrührt? oder ob es nur einfach daher kommt, daß die Natur des Menschen so geschaffen ist? Meiner Meinung nach ist Christi Liebe zu den Menschen in ihrer Art ein auf Erden unmögliches Wunder. Freilich, er war ein Gott. Wir aber sind keine Götter. Nehmen wir zum

Beispiel an, ich könne tief leiden, aber ein anderer kann es ja nie erfahren, bis zu welch einem Grade ich leide, denn er ist eben ein anderer und nicht ich, und außerdem läßt sich der Mensch nur selten herbei, einen anderen als Leidenden anzuerkennen — ganz als ob es sich dabei um einen Rang handelte. Und warum tut er es nicht, was meinst du? Nun, weil ich vielleicht schlecht rieche, weil ich ein dummes Gesicht habe, oder weil ich ihm einmal auf den Fuß getreten bin. Und zudem ist zwischen Leiden und Leiden ein Unterschied: gewöhnliches Leiden, das mich erniedrigt, Hunger zum Beispiel, das wird mein Wohltäter noch gelten lassen, doch ein etwas höheres Leiden, zum Beispiel für eine Idee, wird er nur in äußerst seltenen Fällen zugestehen, denn er wird bei meinem Anblick wahrscheinlich sofort finden, daß mein Gesicht durchaus nicht demjenigen gleicht, welches er sich in der Phantasie von einem Menschen, der für diese oder jene Idee leidet, gemacht hat. Und so entzieht er mir denn unverzüglich alle seine Wohltaten, tut das aber nicht etwa, weil er ein böses Herz hat. Bettler, namentlich ‚edle‘ Bettler, sollten sich eigentlich nie zeigen und lieber durch die Zeitungen Almosen erbitten. Abstrakt kann man noch den Nächsten lieben und aus der Ferne zuweilen auch noch, aus der Nähe aber fast nie. Wenn alles sich wie auf der Bühne abspielen würde, wie im Ballett, wo die Bettler in seidenen Lumpen und zerrissenen Spitzen graziös tanzend um Almosen bitten, nun, dann könnte man noch an ihnen Gefallen finden. Aber Gefallen finden heißt immerhin noch nicht lieben. Doch genug davon. Ich mußte dich nur zu meinem Standpunkt hinführen ... Eigentlich wollte ich mit dir von den Leiden der ganzen Menschheit sprechen, aber es ist besser, wir begnügen uns mit den Leiden der Kinder allein. Das wird den Umfang meiner Beweisführung ungefähr um das Zehnfache verringern, daher ist es schon besser, nur von den Kindern zu reden. Für mich ist das natürlich unvorteilhafter. Aber, erstens, Kinder kann man auch in der Nähe lieben, sogar schmutzige, sogar häßliche . . . (übrigens finde ich, daß kleine Kinder nie häßlich sind). Und zweitens werde ich schon allein deswegen nicht über die Großen reden, weil es sich bei ihnen, abgesehen davon, daß sie abstoßend und der Liebe unwürdig sind, um Vergeltung handeln kann: sie haben vom Apfel gegessen und Gut und Böse erkannt und sind ,wie Gott' geworden. Und auch jetzt noch fahren sie fort, davon zu essen. Die Kleinen aber haben noch nicht davon gegessen und sind vorläufig noch ganz·schuldlos. Liebst du kleine Kinder, Aljoscha? Ich weiß, daß du sie liebst, und du wirst verstehen, warum ich jetzt nur von ihnen sprechen will. Wenn auch sie auf Erden unglaublich leiden, so geschieht das natürlich ihrer Väter wegen; sie werden für ihre Väter bestraft, die den Apfel vom Baum der Erkenntnis gegessen haben. Aber das ist doch eine Erklärung aus einer anderen Welt, denn hier auf Erden ist sie dem Menschenherzen unbegreiflich. Ein Unschuldiger kann doch nicht für einen Schuldigen leiden, und dazu noch solche Unschuldige! Wundere dich über mich, Aljoscha, auch ich liebe kleine Kinder, und sogar sehr. Überhaupt kannst du dir merken, daß grausame, leidenschaftliche, sinnliche, kurz — karamasoffsche Naturen gerade Kinder mitunter sehr lieben können. Kinder unterscheiden sich, solange sie Kinder sind, also ungefähr bis zum siebenten Jahr, ganz unglaublich von erwachsenen Menschen, als ob sie einer anderen Gattung angehörten, eine ganz andere Natur hätten. Ich habe einmal einen Räuber kennengelernt, der schon ganze Familien in den Häusern geschlachtet hatte, in die er nachts eingebrochen war, um zu stehlen, und da hatte er natürlich auch Kinder nicht verschont. Als er aber im Zuchthaus saß, liebte er sie dermaßen, daß diese Liebe allen geradezu wunderlich erschien. Immer stand er am Fenster seiner Zelle und blickte auf die kleinen Kinder, die im Gefängnishof spielten. Einen kleinen Knaben hatte er einmal an sein Fenster gelockt, und schließlich hatten sich die beiden rührend angefreundet. Errätst du noch nicht, wozu ich das alles sage, Aljoscha? Der

Kopf tut mir weh, und ich bin, ich weiß nicht warum, traurig.«

»Du siehst auch so sonderbar aus und redest so wunderlich«, bemerkte Aljoscha beunruhigt, »als ob du geistesabwesend wärest.«

»Bei der Gelegenheit fällt mir ein, was mir vor kurzem ein Bulgare in Moskau erzählte«, fuhr Iwan Fjodorowitsch fort, als hätte er die Bemerkung des Bruders gar nicht gehört. »Er schilderte, wie die Türken und Tscherkessen dort allerorten hausen, da sie einen allgemeinen Aufstand der Slawen befürchten, — das heißt, wie sie brandschatzen, morden, Frauen und kleine Mädchen vergewaltigen, wie sie den Gefangenen die Ohren an die Zäune nageln, damit sie sie bis zum nächsten Morgen, wo sie gehenkt werden sollen, nicht zu bewachen brauchen, und so weiter, — alles kann man kaum erzählen. Man spricht von der ‚tierischen‘ Grausamkeit des Menschen, aber das ist sehr ungerecht und für die Tiere wirklich beleidigend: ein Tier kann niemals so grausam sein wie der Mensch, so ausgeklügelt, so kunstvoll grausam. Ein Tiger zerreißt und frißt bloß, und das ist schließlich alles, was er versteht. Es würde ihm niemals einfallen, die Ohren seiner Opfer anzunageln und diese eine Nacht lang so angenagelt stehen zu lassen, oder sich eine gleich große Folter, die er mit seinen Mitteln ausführen könnte, zu ersinnen. Diese Türken haben übrigens mit besonderer Wollust Kinder gequält, haben sie mit Dolchen aus dem Mutterleibe herausgeschnitten, haben Säuglinge in Gegenwart der Mütter in die Luft geworfen und mit den Bajonetten aufgefangen. Daß es vor den Augen der Mütter geschah, war ja das Hauptvergnügen. Ein kleines Bild hat auf mich den größten Eindruck gemacht. Stell dir vor: ein Säugling auf den Armen seiner zitternden Mutter, um sie herum die eingedrungenen Türken. Sie haben sich ein lustiges Späßchen ausgedacht: sie liebkosen das Kleine, lachen, um es zu erheitern, was ihnen auch gelingt: der Säugling strahlt. Da hält ein Türke seine Pistole vor das Köpfchen

387

des Kleinen. Der Knabe juchzt auf, streckt die Ärmchen dem blanken Ding entgegen, um es zu erfassen, und plötzlich drückt der ‚Künstler‘ den Hahn ab, ihm gerade ins Gesicht, und zerschmettert ihm das Köpfchen ... Raffiniert, nicht wahr? Übrigens sagt man, die Türken liebten sehr Süßigkeiten.«

»Bruder, was soll das, warum redest du davon?« fragte Aljoscha.

»Ich glaube, wenn es den Teufel gar nicht gibt und ihn folglich der Mensch nur erdacht hat, so hat er ihn nach seinem eigenen Bilde geschaffen.«

»Demnach also ebenso, wie er Gott geschaffen hat.«

Iwan lachte. »,Wie treffend manchmal seine Antwort ist‘, sagt Polonius im „Hamlet“; du hast mich auf einem Widerspruch ertappt. Meinetwegen. Es freut mich. Dann muß ja der Gott auch danach sein, wenn der Mensch ihn sich einfach nach dem Bilde des Menschen geschaffen hat! Du fragst mich, was das soll? Sieh mal, ich bin ein Liebhaber und Sammler gewisser Tatsachen und, wirst du es mir glauben, notiere mir und hebe aus Zeitungen, Büchern, Broschüren oder einerlei woraus eine gewisse Art von Geschichten auf. Ich habe schon eine ganze Sammlung von solchen Blättern. Diese Türken sind natürlich auch aufgehoben; aber das sind ja alles nur Ausländer. Ich habe indes auch Geschichten aus unserem Vaterlande, die sogar noch besser sind als die türkischen. Weißt du, bei uns gibt es viel Prügel, viel Ruten- und Peitschenhiebe, und das ist national. Bei uns sind angenagelte Ohren undenkbar, wir sind immerhin Europäer; aber Ruten und Peitschen sind etwas, das zu uns gehört und uns nicht genommen werden kann. Im Ausland, scheint es, prügelt man jetzt überhaupt nicht mehr. Haben sich nun die Sitten dort dermaßen geläutert, oder haben sich die Gesetze dort so ausgewirkt, daß der Mensch den Menschen, wie es scheint, nicht mehr prügeln darf, ich weiß es nicht. Dafür haben sie sich mit etwas anderem entschädigt, etwas gleichfalls rein Nationalem, das bei uns, sollte man meinen, unmöglich wäre, obgleich es übrigens auch hier schon Wurzel schlägt, besonders seit die religiöse Bewegung in unserer höheren Gesellschaft eingesetzt hat. Ich besitze eine prächtige kleine Broschüre, eine Übersetzung aus dem Französischen. Es ist eine Art Bericht darüber, wie in Genf vor nicht langer Zeit, vor etwa fünf Jahren, ein Räuber und Mörder, namens Richard, ein dreiundzwanzigjähriger Bursche glaube ich, der sich kurz vor dem Tode zum Christentum bekehrt hatte, hingerichtet wurde. Dieser Richard war ein uneheliches Kind, und seine Eltern hatten ihn schon als kaum Sechsjährigen an Hirten in den Schweizer Bergen ,verschenkt'. Die hatten ihn aufgezogen, um ihn als Arbeitskraft auszunützen. Er wuchs auf wie ein wildes Tierchen, die Hirten ließen ihn nichts lernen, schickten ihn schon mit sieben Jahren zum Hüten der Herde hinaus in Nässe und Kälte, fast ohne Kleider und fast ohne Nahrung. Und natürlich sah niemand etwas Schlechtes darin, oder dachte jemand darüber nach, oder bereute man etwas, im Gegenteil, alle hielten sich für vollkommen berechtigt, ihn so zu behandeln, denn Richard war ihnen ja wie ein Gegenstand geschenkt worden, und sie fanden es nicht einmal nötig, ihn richtig zu ernähren. Richard hat selbst ausgesagt, daß er in jenen Jahren, wie der verlorene Sohn in der biblischen Geschichte, gern von den Trebern gegessen hätte, die die Schweine fraßen, man gab ihm nicht einmal die zu essen und schlug ihn, wenn er sich etwas davon stahl. Und so verbrachte er seine Kindheit und Jugend, bis er heranwuchs und dann stehlen ging. Dieser Wilde begann in Genf als Tagelöhner Geld zu verdienen, vertrank natürlich alles, lebte wie ein Ungeheuer und erschlug und beraubte schließlich irgendeinen alten Mann. Er wurde ergriffen, gerichtet und zum Tode verurteilt. Dort ist man ja nicht sentimental. Doch siehe, im Gefängnis umringten ihn alsbald Pastoren und alle möglichen Anhänger christlicher Brüderschaften, wohltätige Damen und so weiter, und so weiter. Im Gefängnis wird ihm Lesen und Schreiben beigebracht, wird ihm das Evangelium erklärt, wird ihm ins Gewissen geredet, er wird belehrt, bedrängt, gepreßt, gedrückt und geknetet, bis er schließlich sein Verbrechen feierlich eingesteht. Er ist bekehrt, er schreibt selbst an die Richter, daß er ein Auswurf des Menschengeschlechts sei, und daß der Herr ihn endlich erleuchtet habe und ihm Gnade zuteil werden lasse. Ganz Genf gerät in Wallung, das ganze wohltätige, gottesfürchtige Genf regt sich auf! Alles, was sich zur höheren und wohlerzogenen Gesellschaft zählt, stürzt hin ins Gefängnis zu Richard. Er wird geküßt und umarmt: ,Du bist unser Bruder', heißt es, ,siehe, der Herr hat dich erleuchtet, die Gnade des Herrn ruht auf dir!' Richard aber weint nur noch vor Rührung, ,Ja, ja, die Gnade des Herrn ruht auf mir! Früher, in meiner Kindheit und Jugend, freute ich mich nur auf Schweinefraß, jetzt aber hat mich der Herr erleuchtet, und ich sterbe im Herrn!' — ,Ja, ja, Richard, stirb im Herrn, du hast Blut vergossen und mußt dafür im Herrn sterben. Wenn du auch nicht die Schuld daran trägst, daß du den Herrn früher überhaupt nicht kanntest, damals, als du die Schweine um das Futter beneidetest und als man dich dafür schlug, daß du es den Schweinen stahlst — was sehr unrecht von dir war, denn Stehlen ist verboten —, aber du hast Blut vergossen und dafür mußt du sterben.' Und siehe, der letzte Tag bricht an. Der schwach gewordene Richard ist in Tränen aufgelöst und wiederholt nur ununterbrochen: ,Das ist mein schönster Tag, ich gehe heut ein zum Herrn!' — ,Ja', singen sofort die Pastoren, Richter und wohltätigen Damen, ,ja, das ist dein glücklichster Tag, denn du gehst ein zum Herrn!' Und alles zieht hin zum Schafott, zu Fuß und in Equipagen, als Geleit des Schinderkarrens, in dem Richard zum Schafott gefahren wird. Schließlich kommt man an. ,Stirb, Bruder', ruft man ihm von allen Seiten zu, ,gehe hin in Frieden, stirb im Herrn, denn Sein Segen ruht auf dir!' Und siehe, der von Bruderküssen bedeckte Bruder Richard wird auf das Schafott geschleppt, sein Kopf wird auf die Guillotine gelegt und hübsch brüderlich abgehackt — dafür, daß sich die Gnade Gottes auf ihn herabgelassen hat. Nun, das ist charakteristisch! Diese Broschüre ist jetzt von irgendwelchen Aufklärungsbeflissenen aus der höheren Gesellschaft ins Russische übersetzt und zur Bildung und Unterweisung des russischen Volkes mit Tageszeitungen und anderen Blättern und Monatsheften unentgeltlich versandt worden. Was diese Geschichte von Richard so bemerkenswert macht, ist das Nationale. Bei uns ginge es nicht gut an, den Kopf des Bruders bloß deswegen zu fällen, weil er erst jetzt unser Bruder geworden ist, und weil die Gnade Gottes sich auf ihn herabgelassen hat. Doch dafür haben wir etwas anderes, das jenem kaum nachsteht. Bei uns gibt es die historische, unmittelbarste und einfachste Strafe durch Hiebe. In der Tat, das Peitschen scheint vielen von uns ein Vergnügen zu sein. Nekrássoff erzählt in einem seiner Gedichte, wie ein Bauer sein Pferd mit der Peitsche auf die Augen schlägt, ‚auf die frommen Augen‘. Nun, wer hat das nicht gesehen, das ist doch echt russisch. Er beschreibt, wie das schwache Tier, dessen überladene Fuhre im grundlosen Wege steckengeblieben ist, anzieht und anzieht und doch nicht weiter kommt. Der Bauer schlägt es, peitscht es, ohne zu wissen, was er tut. Unbarmherzig, trunken vom Prügeln, peitscht er immer weiter: ‚Und wenn du auch krepierst, aber zieh, zieh's heraus!‘ Das Pferd zieht und zieht, und da fängt er an, das arme schutzlose Tier auf die weinenden, die ‚frommen Augen‘ zu schlagen. Außer sich zog das Tier wieder an und zog die Fuhre heraus, zitternd, ohne zu atmen, irgendwie seitwärts und wie in Krämpfen springend, ganz unnatürlich und schimpflich, — Nekrássoff hat es geradezu grausam geschildert. Und das ist schließlich nur ein Pferd, und Pferde hat Gott doch zum Prügeln geschaffen. So wenigstens haben es uns die Tataren erklärt, und zum Andenken haben sie uns die Knute hinterlassen. Aber man kann doch auch Menschen peitschen. Und da prügelt nun ein intelligenter gebildeter Herr mit dem Einverständnis seiner Madame sein eigenes Töchterchen, ein Kind von sieben Jahren, züchtigt es mit Ruten, — ich habe mir alles ausführlich notiert: Der liebe Papa freut sich, daß die Ruten spitze Enden haben: ‚Werden schärfer ziehen‘, sagt er, und so beginnt er denn, sein Töchterchen zu züchtigen. Ich weiß, es gibt viele Leute, die beim Prügeln mit jedem Schlage immer mehr in Eifer geraten, denen das Schlagen schließlich zum Genuß, zur Wollust wird. Sie schlagen eine Minute lang, schlagen fünf Minuten, zehn Minuten lang, je länger desto stärker, desto wütender, desto schmerzhafter. Das Kind schreit, bis es nicht mehr schreien kann, es keucht nur noch: ‚Papa, Papa ... Papachen!‘ Und diese Geschichte war nun durch irgendeinen teuflisch unanständigen Zufall vor Gericht gekommen. Es wird ein Verteidiger gestellt. Unser Volk hat nicht umsonst den Advokaten ‚gemietetes Gewissen‘ benannt. Der Verteidiger schreit zur Rechtfertigung seines Klienten: ‚Herrgott, was ist das doch für eine gewöhnliche, in jeder Familie täglich vorkommende Geschichte: Ein Vater hat sein Töchterchen bestraft! Und so etwas bringt man heutzutage, zur Schmach unserer Zeit, vors Gericht!‘ Die Geschworenen ziehen sich zurück und beschließen die Freisprechung des Angeklagten. Das Publikum gröhlt vor Freude darüber, daß man einen Peiniger freigesprochen hat. — Ach, schade, daß ich nicht zugegen war, ich hätte sofort vorgeschlagen, zu Ehren dieses Vaters ein Stipendium auf seinen Namen zu stiften! ... Ja, diese kleinen Bilder sind ganz vorzüglich. Aber gerade von Kindern habe ich noch bessere Geschichten, ich habe sehr viele solcher Geschichten von kleinen Märtyrern, Aljoscha. Zum Beispiel: ein kleines fünfjähriges Mädchen wird seinen Eltern plötzlich verhaßt. Es sind ‚ehrenwerte, gebildete und wohlerzogene Leute aus dem Beamtenstande‘. Sieh, ich behaupte nochmals positiv, daß diese Vorliebe für das Foltern kleiner Kinder eine besondere Eigenschaft vieler Menschen ist: gerade daß es Kinder sind, ist für sie die Hauptsache. Zu allen anderen Subjekten der Menschheit verhalten sie sich wohlwollend und freundlich, wie alle gebildeten und humanen Europäer, doch Kinder zu quälen, lieben sie ganz ungemein, und aus diesem Grunde lieben sie auch die Kinder. Hier ist es wohl gerade die Schutzlosigkeit dieser kleinen Geschöpfe, die sie fasziniert, diese engelgleiche Zutraulichkeit des Kindes, das nicht fortlaufen kann und niemanden hat, an den es sich anklammern könnte, — das ist es gerade, was das böse Blut des Peinigers erhitzt. Versteht sich, in jedem Menschen verbirgt sich das Tier, — im Zorn, in der wollüstigen Erregung durch die Schreie des gefolterten Opfers, in der sinnlosen Wut, in der Reizbarkeit der durch eigene Ausschweifung erworbenen Krankheiten, wie Podagra, Leberleiden und so weiter. Diesem armen fünfjährigen Mädchen wurden von seinen ‚gebildeten‘ Eltern die verschiedensten Foltern zugedacht. Die Kleine wurde geschlagen, geprügelt, mit den Füßen gestoßen, — kurz, ohne selbst zu wissen weswegen, bedeckten diese Eltern den Körper ihres Kindes mit blauen Flecken. Zuletzt gelangten sie noch zu einer höheren Art von Folter: sie schlossen das arme kleine Ding für die ganze Nacht in den kalten Abort ein, weil, wie sie sagten, die Kleine in der Nacht nicht gebeten habe, sie aufs Töpfchen zu setzen — als ob ein fünfjähriges kleines Wesen in seinem festen Kinderschlaf davon aufwachen könnte! Und dafür haben sie ihm das Gesicht mit Kot beschmiert und es gezwungen, diesen Kot zu essen, ja, dazu hat die Mutter, versteh mich recht, die Mutter ihr Kind gezwungen! Und diese Mutter hat schlafen können, während ihr Kindchen an dem kalten, gemeinen Ort eingesperrt war und weinte! Verstehst du das, Aljoscha, wenn das kleine Wesen, das noch nicht begreifen kann, was mit ihm geschieht, dort im Örtchen in Dunkelheit und Kälte hockt und sich mit seinem kleinen, kleinen Fäustchen an seine schluchzende, magere kleine Kinderbrust schlägt und mit unschuldigen, frommen Tränen zu seinem ‚lieben Gottchen‘ betet, damit er es beschütze, — verstehst du das, Aljoscha, du mein Freund und Bruder und demütiger Gottesdiener, der du bist — begreifst du, wozu diese Sinnlosigkeit nötig und geschaffen ist? Ohne sie, sagt man, könnte der Mensch auf der Welt nicht leben, denn ohne sie würde er nie Gut und Böse erkannt haben. Aber wozu dieses verteufelte Gut und Böse erkennen, wenn es so viel kostet? Ist doch dann die ganze Erkenntniswelt nicht diese Kindertränen zum ‚lieben Gottchen‘ wert! Ich rede nicht von den Leiden der Großen. Die haben den Apfel vom Baum der Erkenntnis gegessen und — zum Teufel mit ihnen, aber die Kinder, die Kinder! Quäle ich dich, Aljoschka? Du bist ja ganz geistesabwesend, wie mir scheint. Ich werde aufhören, wenn du willst.«

»Tut nichts, ich will mich gleichfalls quälen«, murmelte Aljoscha.

»Nur eines noch, nur noch ein einziges Bild! Es ist gar zu charakteristisch, und ich habe es erst vor ganz kurzer Zeit gelesen in einer der beiden großen Sammlungen, im ‚Archiv‘ oder im ‚Altertum‘ glaube ich, ich weiß es nicht mehr genau, — ich muß nachschlagen, habe vergessen, wo es war. Es datiert aus der Zeit der strengsten Leibeigenschaft, noch zu Anfang des Jahrhunderts. Ach, Heil unserem Zar-Befreier! — Es lebte damals zu Anfang des Jahrhunderts ein General, ein General mit guten Beziehungen, ein steinreicher Gutsbesitzer, doch einer von jenen Leuten — die allerdings auch damals bereits selten geworden waren —, die, wenn sie sich aus dem Dienst zurückzogen, fest überzeugt waren, sich das Recht über Leben und Tod ihrer Leibeigenen verdient zu haben. Solche gab es damals. Also dieser General lebt auf seinem Gut mit etwa zweitausend leibeigenen Seelen, lebt natürlich pompös, behandelt seine ärmeren Gutsnachbarn wie seine Schmarotzer und Hofnarren. Seine Meute besteht aus Hunderten von Hunden, und die Zahl der Hundewärter ist nicht viel geringer als hundert, alle sind sie uniformiert und beritten. Und siehe, eines Tages verletzt ein kleiner, kaum achtjähriger Junge beim Spielen den Fuß des Lieblingsjagdhundes seiner Exzellenz. ‚Warum lahmt denn plötzlich mein Lieblingshund?‘ erkundigt sich der General. Es wird ihm berichtet, daß, nun, so und so, dieser Knabe den Hund mit einem Stein am Fuß getroffen habe. ‚Ah, also der ist es‘, sagt der General mit einem entsprechenden Blick auf den Knaben. ‚Ergreift ihn.‘ Man ergriff ihn, nahm ihn von der Mutter fort und steckte ihn in die Arrestkammer. Am nächsten Morgen ritt der General mit allem Drum und Dran zur Jagd, alle Gäste um ihn herum, Hundewärter und Piköre, Jägermeister, alle beritten und in Livree, und die Hunde gekoppelt. Das ganze Hofgesinde war versammelt, und vorn vor allen anderen steht die Mutter des schuldigen Knaben. Da wird der Knabe aus der Arrestkammer gebracht. Es ist ein trüber, kalter, nebliger Herbsttag, wie geschaffen zur Jagd. Der General befiehlt, den Knaben zu entkleiden; der Kleine wird bis auf die Haut entkleidet, er zittert, ist ganz benommen vor Angst, wagt kaum zu atmen . . . ‚Hetzt ihn!‘ kommandiert plötzlich der General, und ‚Lauf, lauf!‘ schreien dem Kleinen die Piköre zu, — der Knabe läuft . . . ‚Packt ihn!‘ brüllt der General und hetzt auf den kleinen laufenden Knaben seine ganze wilde Hundeschar. Vor den Augen der Mutter hetzte er das Kind zu Tode, und die Hunde zerrissen es in Stücke! . . . Der General wurde, glaub ich, unter Kuratell gestellt . . . Nun, was hätte man wohl anderes mit ihm tun sollen? Erschießen? Zur Befriedigung des sittlichen Gefühls erschießen? Sag doch, Aljoschka!«

»Ja, erschießen!« sagte Aljoscha leise, mit einem blassen, gleichsam verzerrten Lächeln, den Blick zum Blick des Bruders erhebend.

»Bravo!« rief Iwan triumphierend, als entzücke ihn die Antwort geradezu, »wenn selbst du es sagst, dann muß es schon richtig sein! . . . Ach, du Asket! Da sieh doch einer, was für ein kleiner Teufel in deinem Herzchen sitzt, Aljoschka Karamasoff!«

»Ich habe eine Albernheit gesagt, aber . . .«

»Das ist es ja, daß darauf ein ‚aber‘ folgt!« fiel ihm Iwan lebhaft ins Wort. »Weißt du auch, du Novize, daß die Al-

bernheiten auf Erden nur allzu nötig sind? Auf Albern-
heiten beruht die Welt, und ohne sie würde auf ihr vielleicht überhaupt nichts geschehen. Wir wissen, was wir
wissen!«

»Was weißt du?«

»Ich begreife nichts«, fuhr Iwan wie im Fieber fort — es
war, als ob er phantasiere —, »und ich will jetzt auch nichts
begreifen. Ich will bei der Tatsache bleiben. Ich habe schon
längst beschlossen, nicht begreifen zu wollen. Sobald ich
etwas begreifen will, entstelle ich ja sofort die Tatsachen,
ich aber habe beschlossen, bei der Tatsächlichkeit zu bleiben.«

»Wozu prüfst du mich so?« stieß Aljoscha schmerzhaft
gereizt hervor, » — wirst du es mir nicht endlich sagen?«

»Natürlich werde ich es dir sagen; deswegen habe ich
doch all das erzählt, um es dir sagen zu können. Teuer
bist du mir, ich will nicht verzichten auf dich, und ich werde
dich nicht abtreten deinem Sossima.«

Iwan schwieg eine Zeitlang; sein Gesicht ward auf einmal
über die Maßen traurig.

»Höre mich an: ich habe nur die kleinen Kinder genommen, als Beispiele, damit es übersichtlicher sei. Von den
übrigen Tränen der Menschen, mit denen die Erde von ihrer
Rinde bis zum Mittelpunkt durchtränkt ist, will ich weiter
kein Wort reden, ich habe das Thema absichtlich beschränkt.
Ich bin ja nur ein winziges Lebewesen, eine Wanze etwa,
und gestehe in aller Demut, daß ich durchaus nicht begreifen kann, wozu alles so eingerichtet ist. Die Menschen tragen, wie sich erweist, selbst an allem die Schuld: ihnen ward
das Paradies gegeben, sie aber wollten Freiheit und raubten
das Feuer vom Himmel, obgleich sie wußten, daß sie dadurch unglücklich würden. Also ist kein Grund vorhanden,
sie zu bemitleiden. O, mit meinem armseligen, irdischen,
euklidischen Verstande weiß ich nur das eine, daß gelitten
wird, daß es Schmerz gibt, Schuldige aber nicht, daß sich
bei allem eins aus dem anderen klar und einfach ergibt,

daß alles fließt und sich ausgleicht, — aber das ist ja nur euklidisches Gerede, das weiß ich doch, und ich kann doch nicht einwilligen, danach zu leben! Was habe ich davon, daß keine Schuldigen vorhanden sind, und daß sich alles unmittelbar eins aus dem anderen ergibt, und daß ich das weiß! Ich brauche Vergeltung oder ich will nicht mehr leben und vertilge mich! Und die Vergeltung nicht irgendwo und irgendwann in der Unendlichkeit, sondern noch hier auf Erden, so daß ich sie selbst sehen kann. Ich habe geglaubt, also will ich auch mit eigenen Augen sehen, und wenn ich zu der Stunde schon tot bin, so soll man mich auferstehen lassen — denn es wäre doch, wenn alles ohne mich geschähe, gar zu kränkend für mich. Will ich doch nicht dafür gelitten haben, um mit mir, mit meinen Untaten und meinen Leiden für irgendwen die zukünftige Harmonie zu düngen. Ich will mit meinen Augen sehen, wie das Reh arglos neben dem Löwen ruht, und wie der Ermordete aufersteht und seinen Mörder umarmt. Ich will dabei sein, wenn alle plötzlich erfahren, warum und wozu alles so gewesen ist. Auf diesem Wunsch beruhen alle Religionen der Erde, und ich bin gläubig. Aber da sind nun die Kinder, was soll ich mit ihnen anfangen? Das ist eine Frage, die ich nicht zu beantworten vermag. Zum hundertsten Mal sage ich dir: solche Fragen gibt es in Unmengen, ich aber habe nur die Kinder allein genommen, denn hier ist das, was ich zu sagen habe, unwiderlegbar klar. Höre: wenn alle leiden müssen, um damit die ewige Harmonie zu erkaufen, so sag mir doch bitte, was das mit den kleinen Kindern zu tun hat? Es bleibt unbegreiflich, warum auch sie leiden müssen und warum auch sie durch Leiden die Harmonie erkaufen sollen. Warum sind auch sie zum Dünger für irgend jemandes zukünftige Harmonie geworden? Die Solidarität der Menschen in der Sünde begreife ich sehr wohl, ich begreife auch die Solidarität in der Vergeltung — aber doch nicht mit kleinen Kindern Solidarität in der Sünde! Und wenn die Wahrheit wirklich darin besteht, daß sie mit ihren Vätern in all deren Verbrechen solidarisch sind, so ist jene Wahrheit, versteht sich, nicht von dieser Welt und ist für mich unfaßbar. Manch ein Spaßvogel wird vielleicht bemerken, daß es schließlich auf dasselbe hinauskäme: das Kind werde groß und hätte dann selbst übergenug Zeit zum Sündigen. Aber dieser kleine Knabe wurde doch schon im achten Lebensjahr von Hunden zerrissen ... O, Aljoscha, ich will nicht Gott lästern! Ich begreife doch, wie groß die Erschütterung des ganzen Erdkreises sein wird, wenn alles im Himmel und unter der Erde in einen einzigen Lobgesang zusammenklingt, wenn alles, was lebt und was gelebt hat, ausruft: ‚Gerecht bist du, o Herr, denn offenbar sind jetzt deine Wege!‘ Wenn selbst die Mutter den Peiniger, der ihren Sohn von Hunden hat zerreißen lassen, umarmt und alle drei unter Tränen singen: ‚Gerecht bist du, o Herr‘ — dann, ja dann ist der Gipfel alles Wissens und Erkennens erreicht, dann wird alles seine Erklärung finden. Hier aber ist nun für mich der Haken, denn gerade das ist es, was ich nicht annehmen kann. Und daher beeile ich mich, solange ich noch auf Erden bin, meine Vorkehrungen zu treffen. Denn sieh, Aljoscha, es ist doch möglich, daß ich, wenn ich diesen Augenblick noch erlebe oder von den Toten auferweckt werde, um das alles zu sehen, — daß auch ich dann beim Anblick der Mutter, die den Peiniger ihres Sohnes umarmt, mit allen anderen zusammen ausrufe: ‚Gerecht bist du, o Herr!‘ Ich will aber nicht, daß ich dann so ausrufe. Und darum beeile ich mich, solange es noch Zeit ist, meine Schutzwehr dagegen zu errichten, und darum danke ich im voraus für jede höhere Harmonie. Ist sie doch nicht einmal ein einziges Tränlein jenes gequälten Kindchens wert, das sich mit dem Fäustchen an die kleine Brust schlug und zu seinem ‚lieben Gottchen‘ betete. Sie ist es nicht wert, denn diese Kindertränlein sind ungesühnt geblieben. Sie aber müssen gesühnt werden, sonst gibt es keine Harmonie. Aber womit, wodurch kannst du sie sühnen, wie sie rächen? Ist das überhaupt möglich? Was tut es schließlich, daß sie gerächt werden? Was tue ich mit der

Rache, was nützen mir die Höllenqualen der Peiniger, was kann die Hölle hierbei wieder gutmachen, wenn das Kindchen schon zu Tode gequält ist? Und was ist das für eine Harmonie, wenn es noch eine Hölle gibt? Ich will verzeihen und umarmen und will nicht, daß noch gelitten werde. Und wenn die Leiden der Kinder zu jener Summe von Leid, die zum Kauf der Wahrheit erforderlich ist, unbedingt hinzukommen müssen, so behaupte ich im voraus, daß die Wahrheit diesen Preis nicht wert ist. Ich will nicht, daß die Mutter den Peiniger ihres Sohnes umarme! Wie darf sie es wagen, ihm zu vergeben? Wenn sie will, kann sie für sich vergeben — mag sie ihm ihr unermeßliches Mutterleid und ihren Schmerz verzeihen; aber die Leiden ihres von Hunden zerrissenen Kindes darf sie nicht verzeihen, dazu hat sie kein Recht, auch dann nicht, wenn ihr Kind selbst dem Peiniger verziehe! Wenn das aber so ist, wenn man nicht verzeihen darf, wo ist dann die Harmonie? Gibt es in der ganzen Welt ein Wesen, das verzeihen könnte, welches das Recht hätte, zu verzeihen? Ich will keine Harmonie, aus Liebe zur Menschheit will ich sie nicht. Lieber bleibe ich bei ungesühnten Leiden. Lieber bleibe ich rachelos bei meinem ungerächten Leid und in meinem unstillbaren Zorn, *selbst wenn ich nicht im Recht wäre.* Ist doch diese Harmonie gar zu teuer eingeschätzt! Wenigstens erlaubt es mein Beutel nicht, so viel für den Eintritt zu zahlen. Darum aber beeile ich mich, mein Eintrittsbillett zurückzugeben. Und wenn ich nur ein ehrlicher Mensch bin, so ist es meine Pflicht, dies sobald wie möglich zu tun. Das tue ich denn auch. Nicht Gott ist es, den ich ablehne, Aljoscha, ich gebe ihm nur die Eintrittskarte ergebenst zurück.«

»Das ist Empörung«, sagte Aljoscha leise und mit gesenktem Blick.

»Empörung? Ein solches Wort hätte ich von dir nicht hören wollen«, sagte Iwan betroffen. »Sag, kann man denn leben in Rebellion? Ich aber will doch leben. Nein, sage mir offen, ich rufe dich auf, — antworte: Würdest du, wenn du selbst, nehmen wir an, den ganzen Bau der Gesetze für das Menschengeschlecht zu errichten hättest, mit dem Ziel im Auge, zum Schluß alle Menschen glücklich zu machen, ihnen endlich einmal Ruhe und Frieden zu geben, – doch zur Erreichung dieses Zieles müßtest du zuvor unbedingt, als unvermeidliche Vorbedingung zu jenem Zweck, meinethalben nur ein einziges winziges Geschöpfchen zu Tode quälen, sagen wir, dieses selbe Kindchen, das sich mit seinem Fäustchen an die Brust schlug, und auf dessen unvergoltenen Kindertränchen müßtest du diesen Bau errichten, – würdest du dann einwilligen, unter dieser Bedingung der Architekt des Baues zu sein? Antworte mir und lüge nicht!«

»Nein, ich würde nicht einwilligen«, sagte Aljoscha leise.

»Und könntest du die Vorstellung als möglich zulassen, daß die Menschen, für die du baust, einwilligten, ihr Glück um den Preis des nicht gerechtfertigten Blutes so eines kleinen Märtyrers zu empfangen, oder wenn sie es täten, daß sie dann noch ewig glücklich bleiben könnten?«

»Nein, das kann ich nicht . . . Bruder!« sagte Aljoscha plötzlich mit aufleuchtenden Augen, »du fragtest vorhin: Gibt es auf der ganzen Welt ein Wesen, das verzeihen könnte, das das Recht hätte, zu verzeihen? Aber dieses Wesen gibt es, und es kann alles vergeben, allen ohne Ausnahme und *für alles*, weil es selbst sein unschuldiges Blut für alle und alles hingegeben hat. Du hast *Ihn* vergessen, auf Ihm aber wird das Gebäude errichtet werden und Ihm wird man zurufen: ‚Gerecht bist du, o Herr, denn deine Wege sind jetzt offenbar.‘«

»Ah, der ‚Einzige Sündlose‘ und ‚Sein Blut‘! Nein, ich habe ihn nicht vergessen, im Gegenteil, ich wunderte mich schon die ganze Zeit, warum du Ihn noch nicht vorführtest, denn gewöhnlich ist Er das erste, was deinesgleichen in allen derartigen Diskussionen ausspielen . . . Weißt du, Aljoscha, lache nicht: ich habe einmal, so etwa vor einem Jahr, eine Dichtung verfaßt. Wenn du noch ungefähr zehn Minuten mit mir verlieren wolltest, so könnte ich sie dir erzählen.«

»Du hast ein Gedicht geschrieben?«

»O nein, geschrieben keineswegs«, antwortete Iwan lachend, »und überhaupt habe ich in meinem Leben noch keine zwei Verse verfaßt. Dieses ‚Poem‘ habe ich mir nur ausgedacht, und, ohne es niederzuschreiben, im Gedächtnis behalten. Habe es mir mit Begeisterung ausgedacht. Du wirst also mein erster Leser sein oder vielmehr Zuhörer. Nein, in der Tat, warum soll sich ein Autor einen Zuhörer entgehen lassen!« meinte Iwan, über sich selbst lächelnd. »Soll ich es also erzählen?«

»Ich bin sehr gespannt!« sagte Aljoscha.

»Meine Dichtung heißt „Der Großinquisitor“, — eine absurde Geschichte, aber ich möchte sie dir doch einmal erzählen.«

V

„Der Großinquisitor“

»Natürlich geht es auch hier nicht ohne Vorrede, das heißt, ohne ein literarisches Vorwort, — hol’s der Kuckuck!« begann Iwan heiter, »und schließlich, was bin ich denn überhaupt für ein Dichter! . . . Also: meine Handlung spielt im sechzehnten Jahrhundert, damals aber — das muß dir übrigens von der Schule her bekannt sein —, damals war es allgemein üblich, in poetischen Darstellungen die himmlischen Mächte auf die Erde herabsteigen zu lassen. Von Dante will ich nicht weiter reden. In Frankreich pflegten die Schreiber der damaligen Gerichtshöfe und auch die Mönche in den Klöstern ganze Aufführungen zu veranstalten, in denen auf der Bühne die Madonna, Engel, Heilige, Christus und Gott selber erschienen. Damals geschah das alles ganz naiv. In Victor Hugos „Notre Dame de Paris“ wird unter Ludwig XI. zur Feier der Geburt des Dauphins in Paris, im Saale des Hôtel de Ville, dem Volk unentgeltlich eine erbauliche Vorstellung gegeben, unter dem Titel: „Le bon jugement de la très sainte et gracieuse Vierge Marie", in der sie persönlich auftritt und ihr bon jugement verkündet. Auch bei uns in Moskau wurden früher, vor Peter, fast genau solche Aufführungen veranstaltet, vornehmlich nach Stoffen aus dem Alten Testament. Zur Zeit dieser dramatischen Aufführungen waren denn auch überall viele Geschichten dieser Art in Umlauf, sogenannte ,Poeme' und ,Gedichte', in denen je nach Bedarf Heilige, Engel und womöglich alle himmlischen Mächte mitwirkten. In unseren Klöstern wurden diese Werke vielfach übersetzt und abgeschrieben, oder man verfaßte ganz neue — und weißt du auch, wann bereits? Zur Zeit des Tatarenjochs![18] Es gibt zum Beispiel ein Klosterpoem (natürlich aus dem Griechischen) „Der Gang der Gottesmutter durch die Qualen", von einer Kühnheit der Phantasie, die der eines Dante wirklich nicht nachsteht. Die Gottesmutter steigt hinab in die Hölle, und der Erzengel Michael führt sie ,durch die Qualen'. Sie sieht alle Sünder in ihrer Pein. Unter anderem gibt es dort auch eine äußerst bemerkenswerte Kategorie von Sündern in einem brennenden See: diejenigen, welche in diesem See bereits so tief versunken sind, daß sie nicht mehr an die Oberfläche kommen können, von denen heißt es, daß ,selbst Gott sie bereits vergißt' — ein Ausdruck von ungewöhnlicher Tiefe und Kraft. Und da fällt die erschütterte Gottesmutter weinend vor dem Thron des Höchsten nieder und bittet um Vergebung für alle, die sie dort in der Hölle gesehen hat, für alle ohne Ausnahme. Ihr Gespräch mit Gott ist ungeheuer interessant. Sie fleht, sie hört nicht auf zu flehen, und wie Gott auf die durchbohrten Hände und Füße ihres Sohnes weist und sie fragt: ,Wie soll ich denn seinen Peinigern vergeben?' — da befiehlt sie allen Heiligen, allen Märtyrern, allen Engeln und Erzengeln, gleichfalls niederzuknien und mit ihr vereint um die Begnadigung aller ohne Unterschied zu bitten. Es endet damit, daß sie von Gott die Einstellung der Qualen in jedem Jahr vom Karfreitag bis zum Pfingstfest erlangt, und da ertönt aus der Hölle der Dank und der Lobgesang der Sünder, die laut zu ihm emporrufen: ,Gerecht bist du, o

Herr, da du also gerichtet hast!' Von dieser Art wäre nun auch mein Poem gewesen, wenn ich es in jener Zeit verfaßt hätte. Bei mir erscheint auf der Bühne — Er. Allerdings spricht Er kein Wort, Er erscheint nur und geht vorüber. Fünfzehn Jahrhunderte sind seit Seinem ersten Erscheinen vergangen, seit der Zeit, da Er den Menschen verhieß, wiederzukommen und sein Reich auf Erden zu errichten, fünfzehn Jahrhunderte seit der Zeit, da Er, wie sein Jünger uns berichtet, verhieß, als Er noch unter ihnen wandelte: ,Wahrlich, ich komme bald. Von jenem Tage aber und der Stunde weiß nicht einmal der Sohn, nur allein mein himmlischer Vater.' Doch die Menschheit wartet auf Ihn noch mit demselben Glauben und mit derselben Ergriffenheit wie seit je. O, sogar mit noch größerem Glauben wartet sie auf Ihn, denn schon sind anderthalb Jahrtausende verflossen, seit der Himmel aufhörte, dem Menschen sichtbare Unterpfande zu geben:

„Was das Herz dir zuraunt, dem allein nur traue:
Der Himmel gibt kein Unterpfand dem Menschen."

Geblieben war einzig und allein der Glaube an das, wonach das Herz verlangte! Freilich, es geschahen damals wohl noch viele Wunder. Es gab Heilige, die wunderbare Heilungen vollbrachten, und zu manchen frommen Einsiedlern stieg die Himmelskönigin in eigener Person herab, wie wir aus vielen Lebensgeschichten wissen. Aber der Teufel schlummert ja nie, und schon begannen in der Menschheit Zweifel an der Echtheit dieser Wunder aufzutauchen. Im Norden, in Deutschland, verbreitete sich gerade damals eine furchtbare neue Ketzerei. Ein großer Stern, ,gleichwie eine Leuchte' (damit ist die Kirche gemeint), ,fiel auf die Quellen der Wasser, und siehe, das Wasser ward bitter'. Diese Sekten begannen gotteslästerlich die Wunder zu leugnen. Aber um so glühender glauben die Treugebliebenen. Die Tränen der Menschen steigen nach wie vor zu Ihm empor, man erwartet Ihn, man liebt Ihn, man hofft auf Ihn, wie vordem ... Und schon so viele Jahrhunderte haben die Menschen in feurigem Glauben zu Ihm gebetet und Ihn angerufen: ,Herr, erscheine uns!', daß er in Seinem unermeßlichen Mitleid zu den Flehenden herabsteigen will. Er war aber auch vordem schon manchmal herabgestiegen und hatte etliche Gerechte, Märtyrer und heilige Einsiedler besucht, wie es in deren Lebensgeschichten geschrieben steht. Bei uns hat Tjútscheff das gleiche von Rußland bezeugt, und er hat selber aus tiefstem Herzensgrunde an die Wahrheit seiner Worte geglaubt, — in der Strophe:

> „Dich, mein Heimatland,
> hat der Himmelskönig
> wohl in Knechtsgestalt
> (tief gebeugt von der Kreuzeslast),
> überall durchwandert,
> und dabei gesegnet
> dich, mein Land ...“

Was auch tatsächlich so geschehen ist, das sage ich dir von mir aus. Und so will Er denn in Seiner Barmherzigkeit wenigstens auf einen Augenblick zum Volk hinabsteigen, zu dem sich quälenden, dem leidenden, schmutzig-sündigen, doch kindlich Ihn liebenden Volk. Die Handlung spielt bei mir in Spanien, in Sevilla, zur schrecklichsten Zeit der Inquisition, als dort zum Ruhme Gottes täglich Scheiterhaufen auf zum Himmel flammten und man ‚in prunkvollem Autodafé verruchte Ketzer verbrannte‘. O, das war natürlich nicht jene Wiederkunft, in der Er nach Seiner Verheißung am Ende der Zeiten erscheinen wird: in himmlischer Glorie, plötzlich, ‚gleichwie der Blitz leuchtet von Osten bis Westen‘. Nein, diesmal will er nur auf einen Augenblick seine Kinder wiedersehen, und zwar gerade dort, wo die Scheiterhaufen der Ketzer prasseln. In unermeßlichem Erbarmen kommt Er zu ihnen noch einmal in derselben menschlichen Gestalt, in der Er einst dreiunddreißig Jahre lang unter den Menschen gewandelt, vor anderthalb Jahrtausenden. Er steigt hinab auf die ‚glühenden Plätze‘ der südlichen Stadt, wo gerade erst tags zuvor im Beisein des Königs, des Hofes, aller Granden und Kirchenfürsten und der reizendsten Damen der Hofgesellschaft, vor den Augen der zahlreichen Einwohnerschaft

Sevillas vom greisen Kardinal-Großinquisitor fast ein volles Hundert Ketzer ad majorem gloriam Dei auf einmal verbrannt worden war. Er ist ganz still und unbemerkt erschienen, aber alle — sonderbar ist das —, alle erkennen Ihn. Das könnte eine der besten Stellen der Dichtung sein, ich meine dies: woran Ihn alle erkennen. Eine unwiderstehliche Macht zieht das Volk zu Ihm hin; es umringt Ihn, wächst mehr und mehr um Ihn an und folgt Ihm wohin Er geht. Er aber wandelt stumm unter ihnen mit einem stillen Lächeln unendlichen Mitgefühls. Die Sonne der Liebe brennt in Seinem Herzen, Strahlen von Licht, Erleuchtung und Kraft strömen aus Seinen Augen, und alle, über die sie sich ergießen, sind ergriffen von Gegenliebe zu Ihm. Er streckt ihnen die Hände entgegen, Er segnet sie, und von der Berührung Seiner Hände, ja schon von der Berührung seines Gewandes geht heilende Kraft aus. Da ruft aus der Menge ein Greis, der von Kindheit an blind ist, Ihn, der vorübergeht, laut an: ‚Herr, heile mich, auf daß auch ich Dich schaue!‘ Und siehe, es fällt wie Schuppen von seinen Augen, und der Blinde sieht Ihn. Das Volk weint und küßt die Erde, über die Er geschritten ist. Kinder streuen vor Ihm Blumen, jauchzen und rufen: ‚Hosianna!‘ ‚Das ist Er, Er selbst!‘ raunt sich das Volk immer lauter und lauter zu, ‚das muß Er sein, das kann kein anderer sein als Er!‘ — Vor dem Portal der Kathedrale von Sevilla bleibt Er stehen, da man gerade unter Weinen und Wehklagen einen offenen weißen Kindersarg in den Dom trägt: im Sarge liegt das tote siebenjährige Töchterchen eines vornehmen Bürgers, sein einziges Kind. Man hat es ganz in Blumen gebettet. ‚Er wird dein Kind erwecken!‘ ruft man aus der Menge der weinenden Mutter zu. Der Geistliche, der aus der Kathedrale dem Sarg entgegentritt, bleibt verwundert stehen und runzelt die Stirn. Aber die Mutter des toten Kindes wirft sich Ihm zu Füßen und ruft: ‚Bist Du es, so erwecke mein Kind!‘ und flehend hebt sie die Hände zu Ihm empor. Alles bleibt stehen, der kleine Sarg wird vor dem Portal der Kathedrale zu Seinen Füßen niedergestellt. Voll Mitleid

blickt er auf das tote Kind, und Seine Lippen sprechen leise
abermals: ›Talitha kumi‹ — ›Stehe auf, Mädchen‹. Und das
Mädchen erhebt sich im Sarge, setzt sich auf und blickt lächelnd mit weit offenen verwunderten Augen um sich. Ihre
Hände pressen die weißen Rosen, mit denen sie im Sarge
lag, an die Brust. Im Volke Bestürzung, man schreit und
schluchzt, und gerade da, in diesem Augenblick, geht über den
Platz der Kathedrale der Kardinal-Großinquisitor. Er ist
ein fast neunzigjähriger Greis, groß und aufrecht, mit ver-
trocknetem Gesicht, eingesunkenen Augen, in denen aber noch
ein Glanz blinkt wie ein Feuerfunke. Oh, nicht in seinem
prächtigen Kardinalsgewande geht er vorüber, in den leuch-
tenden Farben, in denen er gestern vor dem Volke geprunkt
hat, als er die Feinde des römischen Glaubens den Flammen
übergab, — nein, in diesem Augenblick trägt er nur seine alte,
grobe Mönchskutte. Ihm folgen in angemessenem Abstand
seine finsteren Gehilfen und Diener und die ›heilige‹ Wache.
Angesichts des Gedränges vor dem Portal, bleibt er stehen
und beobachtet von ferne. Er hat gesehen, wie der Sarg vor
Seine Füße gestellt ward, Er sieht, wie das Mädchen aufersteht, und Sein Gesicht verfinstert sich. Er runzelt die grauen,
buschigen Brauen, und Sein Blick erglüht unheilverkündend.
Er streckt den Finger aus und befiehlt der Wache, Ihn zu ergreifen. Und siehe, so groß ist seine Macht, und bereits so gut
abgerichtet, unterworfen und zitternd gehorsam ist ihm das
Volk, daß es vor den Wachen wortlos zurückweicht und diese,
inmitten der Grabesstille, Hand an Ihn legen und Ihn weg-
führen läßt. Und jäh beugt sich die ganze Menge, wie ein
Mann, bis zur Erde vor dem greisen Großinquisitor; der
segnet schweigend das kniende Volk und geht stumm vorüber. Die Wache führt den Gefangenen in ein enges, dunkles,
gewölbtes Verließ im alten Palast des Heiligen Tribunals und
schließt ihn dort ein. Der Tag vergeht, es wird Nacht: dunkle,
glühende, ›hauchlose sevillanische Nacht‹. Die Luft ist ›schwül
von Lorbeer- und Orangenduft‹. Da, im Dunkel der tiefen
Nacht öffnet sich plötzlich die eiserne Tür des Verließes, und

mit der Leuchte in der Hand tritt er, der Greis, der Großinquisitor, langsam über die Schwelle. Er ist allein, hinter
ihm schließt sich die Tür. Er steht und blickt lange — eine
oder zwei Minuten lang — Ihm ins Gesicht. Endlich tritt er
leise näher, stellt die Leuchte auf den Tisch und spricht zu
Ihm:

,Bist Du es? Du?' Und da er keine Antwort erhält, fügt
er schnell hinzu: ,Antworte nicht, schweige. Und was könntest Du auch sagen? Ich weiß nur allzu gut, was Du sagen
kannst. Aber Du hast nicht einmal das Recht, noch etwas dem
hinzuzufügen, was von Dir schon damals gesagt worden ist.
Warum also bist Du gekommen, uns zu stören? Denn Du
bist uns stören gekommen! Das weißt Du selbst. Aber weißt
Du auch, was morgen geschehen wird? Ich weiß nicht, wer
Du bist und will es auch nicht wissen: bist Du's wirklich, oder
bist Du nur Sein Ebenbild? Aber morgen noch werde ich Dich
richten und Dich als den ärgsten aller Ketzer auf dem Scheiterhaufen verbrennen, und dasselbe Volk, das heute noch
Deine Füße geküßt hat, wird morgen auf einen einzigen
Wink meiner Hand zu Deinem Scheiterhaufen hinstürzen,
um eifrig die glühenden Kohlen zu schüren, — weißt Du das?
Ja, vielleicht weißt Du es', fügt er in sinnendem Nachdenken
hinzu, ohne auch nur für eine Sekunde den Blick von seinem
Gefangenen abzuwenden.«

»Ich verstehe nicht ganz, Iwan, — was soll das?« fragte
Aljoscha, der die ganze Zeit schweigend zugehört hatte, jetzt
lächelnd. »Ist das einfach uferlose Phantasie, oder ist es
irgendein Irrtum des Alten, ein unmögliches quid pro quo?«

»Nimm meinetwegen das letztere an«, sagte Iwan auflachend, »wenn dich der moderne Realismus bereits dermaßen
verwöhnt hat, daß du nichts Phantastisches mehr ertragen
kannst. Wenn du willst, also ein quid pro quo, mag es meinetwegen so sein. Es ist ja wahr«, — Iwan lachte wieder — »der
Alte ist doch ein neunzigjähriger Greis und hat vielleicht
schon längst über seiner Idee den Verstand verloren. Der Gefangene aber könnte ihn auch durch sein Aussehen verwirrt

haben. Schließlich könnte es sich auch einfach um Fieber-
delirien vor dem Sterben handeln, um eine Halluzination
des neunzigjährigen Greises, dessen Nerven zudem noch von
dem gestrigen Flammentode der hundert Ketzer erregt sind.
Aber kann es denn uns beiden nicht ganz gleich sein, ob es eine
Verwechslung oder uferlose Phantasie ist? Hier handelt es
sich doch nur darum, daß der Alte sich endlich aussprechen
muß! Er muß doch wenigstens einmal das aussprechen, worüber er die ganzen neunzig Jahre geschwiegen hat.«

»Und der Gefangene schweigt gleichfalls? Sieht ihn bloß
an und sagt kein Wort?«

»Kein einziges Wort, und so muß es sogar unbedingt sein«,
sagte Iwan wieder lachend. »Der Alte sagt Ihm doch selbst,
daß Er nicht einmal das Recht habe, etwas dem hinzuzufügen,
was Er schon früher gesagt hat. Wenn du willst, so liegt gerade darin der Grundzug des römischen Katholizismus, wenigstens nach meiner Auffassung. Mit anderen Worten:
,Alles ist von Dir dem Papst übergeben, folglich ist jetzt alles
beim Papste, Du aber komme jetzt lieber überhaupt nicht
wieder, oder störe wenigstens nicht vor der Zeit.' In diesem
Sinne reden sie ja nicht nur, sondern schreiben sie sogar,
wenigstens die Jesuiten. Ich habe das selbst in den Schriften
ihrer Theologen gelesen. ,Hast Du das Recht, uns auch nur
eines der Geheimnisse jener Welt, aus der Du gekommen bist,
aufzudecken?' fragt Ihn mein Greis, und er gibt selbst statt
Seiner die Antwort: ,Nein, dieses Recht hast Du nicht, denn
das hieße Neues zu dem, was schon früher gesagt worden ist,
hinzufügen und den Menschen die Freiheit nehmen, für die
Du damals so eintratest, als Du auf Erden wandeltest. Alles,
was Du neu verkünden würdest, wäre jetzt ein Anschlag auf
die Glaubensfreiheit der Menschen, denn es würde nun als
Wunder in Erscheinung treten, gerade ihre Glaubensfreiheit
aber war Dir doch das Teuerste, damals vor anderthalb Jahrtausenden. Hast Du nicht damals so oft gesagt: „Ich will
euch freimachen?" Jetzt hast Du sie gesehen, diese „freien"
Menschen!' fügt der Greis plötzlich mit sinnendem Spott-

lächeln hinzu. ‚Ja, die Sache ist uns teuer zu stehen gekommen', fährt er fort, indem er Ihn mit strengem Blick ansieht; ‚aber wir haben das Werk schließlich zu Ende geführt; in Deinem Namen. Anderthalb Jahrtausende haben wir uns mit dieser Freiheit abgequält, doch jetzt ist das überwunden, und zwar endgültig! Du glaubst nicht, daß es endgültig bewältigt ist? Du blickst mich milde an und würdigst mich nicht einmal deines Unwillens? So höre denn, daß gerade jetzt diese Menschen mehr denn je überzeugt sind, vollkommen frei zu sein, und dabei haben sie doch selber ihre Freiheit zu uns gebracht und sie gehorsam und unterwürfig uns zu Füßen gelegt. Aber das ist unser Werk. Oder war es das, was auch Du wolltest, war es diese Freiheit?' . . .«

»Ich verstehe wieder nicht«, unterbrach ihn Aljoscha, »ist das von ihm ironisch gesagt, macht er sich lustig?«

»Keineswegs! Er rechnet es sich und den Seinen im Ernst als Verdienst an, daß sie endlich einmal die Freiheit überwunden haben, und daß sie dies nur zu dem einen Zweck getan: um die Menschen glücklich zu machen. ‚Denn erst jetzt' (er meint damit natürlich die Inquisition) ‚ist es zum erstenmal möglich, auch an das Glück der Menschen zu denken. Der Mensch war als Rebell geschaffen; aber können denn Rebellen glücklich sein? Du wurdest gewarnt', sagt der Greis zu Ihm, ‚es fehlte Dir nicht an Warnungen und Fingerzeigen, aber Du achtetest der Warnungen nicht, und Du verschmähtest den einzigen Weg, auf dem man die Menschen hätte glücklich machen können, Du verwarfst ihn, aber zum Glück gingst Du fort und übergabst die Arbeit uns. Du versprachst — und hast es bestätigt — und gabst uns das Recht, zu binden und zu lösen, und kannst es Dir selbstverständlich nicht einfallen lassen, dieses Recht uns jetzt wieder zu nehmen. Warum also bist Du uns stören gekommen?'«

»Was bedeutet das: ‚Es fehlte Dir nicht an Warnungen und Fingerzeigen'?« fragte Aljoscha.

»Aber gerade das ist ja das Wichtigste, was der Alte auszusprechen hat«, sagte Iwan. »Und der Greis fährt fort:

‚Der furchtbare und kluge Geist, der Geist der Selbstver-
nichtung und des Nichtseins, der große Geist sprach zu Dir
in der Wüste, und wie die Schriften uns überliefern, habe
er Dich „versucht". War das so? Und wäre es möglich, etwas
Wahreres zu sagen, als das, was er Dir in seinen drei Fragen
vorlegte, und was Du verwarfst, und was in den Schriften
„Die Versuchungen" genannt wird? Indes, wenn jemals auf
Erden ein wirkliches, wie ein Donnergegroll erschütterndes
Wunder geschehen ist, so geschah es an jenem Tage, am Tage
dieser drei Versuchungen! Schon im Auftauchen dieser drei
Fragen bestand das Wunder. Wenn es möglich wäre, sich das
einmal vorzustellen, nur so zur Probe und als Beispiel, daß
diese drei Fragen des furchbaren Geistes aus den Büchern spurlos verschwänden, und daß man sie also von neuem erdenken
und formulieren müßte, um sie wieder in die Schriften ein-
zutragen, und zu dem Zweck alle Weisen der Erde, Regenten,
Erzpriester, Gelehrte, Philosophen, Dichter versammelte und
zu ihnen sagte: Löst die Aufgabe, denkt euch drei Fragen
aus, aber solche, die nicht nur der Größe des Vorgangs ent-
sprechen, sondern zugleich in nur drei Worten, drei einfachen
Sätzen der Menschensprache die ganze zukünftige Welt- und
Menschheitsgeschichte enthalten und voraussagen! Glaubst
Du, alle Weisheit der Erde vermöchte etwas zu ersinnen, das
an Kraft und Tiefe jenen drei Fragen, die Dir der mächtige
und kluge Geist in der Wüste tatsächlich vorgelegt hat, auch
nur annähernd gleichkäme? Schon allein an diesen Fragen,
schon an dem Wunder ihres Erscheinens, kann man begreifen,
daß man es hier nicht mit vergänglichem Menschenverstand
zu tun hat, sondern mit dem ewigen und absoluten Geist.
Denn wahrlich, in diesen drei Fragen ist die ganze weitere
Menschengeschichte gleichsam zu einem Ganzen zusammengefaßt und vorhergesagt, und sind drei Bilder gegeben, in
denen alle auf der ganzen Erde unlösbaren historischen Widersprüche der Menschennatur offenbart sind. Damals konnte
das noch nicht so sichtbar sein, denn die Zukunft war unbekannt. Jetzt aber, nach fünfzehn Jahrhunderten, sehen wir

in diesen drei Fragen alles dermaßen richtig erraten und vorausgesagt und in Erfüllung gegangen, daß sich weder etwas hinzufügen, noch etwas abstreichen läßt.

Entscheide selbst, wer damals recht hatte: Du oder jener, der Dich damals befragte? Erinnere Dich der ersten Frage. Ihr Sinn, wenn auch nicht ihr Wortlaut, war folgender: Du willst in die Welt gehen und gehst mit leeren Händen, mit irgendeiner Freiheitsverheißung, die sie in ihrer Einfalt und angeborenen Zuchtlosigkeit nicht einmal begreifen können, vor der sie sich fürchten und die sie schreckt, — denn für den Menschen und die menschliche Gemeinschaft hat es niemals und nirgends etwas Unerträglicheres gegeben als die Freiheit! Siehst du dort jene Steine in dieser nackten, glühenden Wüste? Verwandle sie in Brote, und die Menschheit wird Dir wie eine Herde nachlaufen, wie eine dankbare und gehorsame Herde, wenn sie auch ewig zittern wird vor Angst, Du könntest Deine Hand zurückziehen, und Deine Brote würden dann ein Ende nehmen. Du aber wolltest den Menschen nicht der Freiheit berauben, und Du verschmähtest den Vorschlag, denn was ist das für eine Freiheit, dachtest Du, wenn der Gehorsam mit Broten erkauft wird? Und Deine Antwort war: „Der Mensch lebt nicht vom Brot allein . . .“ Aber weißt Du auch, daß im Namen dieses irdischen Brotes der Geist der Erde sich gegen Dich erheben, mit Dir kämpfen und Dich besiegen wird, und daß alle ihm folgen und ausrufen werden: ‚Wer gleicht wohl jenem Ungeheuer, das uns das Feuer vom Himmel gab!‘ Weißt Du auch, daß Jahrhunderte vergehen werden und die Menschheit durch den Mund ihrer Weisheit und Wissenschaft verkünden wird, daß es Verbrechen überhaupt nicht gäbe, und folglich auch keine Sünde, es gäbe nur Hungrige. ‚Sättige sie zuerst, dann kannst Du von ihnen Tugenden verlangen!‘ werden sie auf ihre Fahne schreiben, die sie gegen Dich erheben und durch die Dein Tempel stürzen wird. An der Stelle Deines Tempels wird sich ein neues Bauwerk erheben, wird wieder der schreckliche babylonische Turm gebaut werden, und wenn er auch wie der erste nicht vollendet werden wird, so hättest Du doch diesen neuen Turmbau ersparen und die Leiden der Menschen um tausend Jahre abkürzen können, — denn zu wem sonst, wenn nicht zu uns, sollen sie kommen, nachdem sie sich tausend Jahre lang mit ihrem Turmbau abgequält haben! Sie werden uns wieder aus den Erdlöchern hervorsuchen, uns, die in den Katakomben sich Verbergenden — denn man wird uns wieder verfolgen und martern —, sie werden uns finden und uns anflehen: ‚Sättigt uns, denn die, so uns das Feuer vom Himmel versprachen, haben es uns nicht gegeben.‘ Und dann werden schon wir ihren Turm vollenden, denn vollenden wird derjenige, der den Hunger stillt, den Hunger aber stillen werden nur wir, in Deinem Namen, und wir werden lügen, daß es in Deinem Namen geschehe. O, niemals, niemals werden sie ohne uns ihren Hunger stillen können! Keine Wissenschaft wird ihnen Brot geben, solange sie frei bleiben, und so wird es denn damit enden, daß sie ihre Freiheit uns zu Füßen legen und sagen werden: ‚Knechtet uns lieber, aber macht uns satt.‘ Sie werden schließlich begreifen, daß Freiheit für alle unvereinbar ist mit genügend irdischem Brot für jeden, denn nie, nie werden sie unter sich zu teilen verstehen. Sie werden auch einsehen, daß sie nie werden frei sein können, denn sie sind schwach, lasterhaft, nichtig, und sind Rebellen! Du versprachst ihnen himmlisches Brot, ich aber frage Dich nochmals: Kann sich dieses Brot in den Augen des schwachen, ewig verderbten und ewig undankbaren Menschengeschlechts mit irdischem Brote messen? Und wenn Dir um des himmlischen Brotes willen Tausende und Zehntausende nachfolgen, was soll dann mit den Millionen und Milliarden von Wesen geschehen, die nicht die Kraft haben, das Erdenbrot um des Himmelsbrotes willen zu verschmähen? Oder sind Dir nur die Zehntausende der Großen und Starken teuer, die übrigen Millionen aber, die, zahllos wie der Sand am Meer, wohl schwach sind, aber dennoch Dich lieben, sollen die dann nur als Material für die Großen und Starken dienen? Nein, uns sind auch die Schwachen teuer. Sie sind lasterhaft und sind

Empörer, aber gerade sie werden gehorsam werden. Sie werden sich über uns wundern und uns für Götter halten, weil wir, die wir uns an ihre Spitze stellen, bereit sind, die Freiheit zu ertragen, diese Freiheit, vor der sie zurückschrecken, und weil wir bereit sind, über sie zu herrschen, — so schrecklich wird es ihnen zum Schluß werden, frei zu sein. Aber wir werden sagen, wir gehorchten *Dir* und herrschten nur in *Deinem* Namen. Wir werden sie wieder betrügen, denn Dich werden wir nicht mehr zu uns einlassen. Und in diesem Betrug wird unsere Pein bestehen, denn wir werden lügen müssen. Das war es, was diese erste Frage in der Wüste bedeutete, und was Du im Namen der Freiheit, die Du über alles stelltest, verschmäht hast. Indessen lag in dieser Frage das große Geheimnis dieser Welt. Hättest Du diese „Brote" angenommen, so hättest Du die Menschen von einer ewigen Sorge erlöst, denn Du hättest diese eine Frage, die wichtigste jedes einzelnen Menschen wie der ganzen Menschheit, die so sehnsüchtig nach Antwort verlangt, beantwortet, — die Frage: ‚Was sollen wir anbeten?' Es gibt keine unaufhörlichere und quälendere Sorge für den freigebliebenen Menschen, als den zu finden, vor dem er sich beugen kann. Aber der Mensch sucht sich nur vor so etwas zu beugen, das bereits keinem Zweifel an seine Anbetungswürdigkeit unterworfen ist, auf daß alle Menschen sofort gleichfalls bereit seien, dasselbe gemeinsam anzubeten. Denn die Sorge dieser kläglichen Geschöpfe besteht nicht nur darin, etwas zu finden, was dieser oder jener anbeten kann, sondern unbedingt so etwas, das alle sofort gleichfalls anbeten wollen, unbedingt *alle zusammen!* Gerade dieses Bedürfnis nach *Gemeinsamkeit* in der Anbetung ist seit Beginn der Zeiten die größte Qual des Menschen gewesen, sei es als Einzelwesen, sei es als ganze Menschheit. Um der gemeinsamen Anbetung willen haben sich die Menschen mit dem Schwert gegenseitig ausgerottet. Sie erschufen Götter und riefen einander zu: ‚Verlaßt eure Götter und kommt und betet die unsrigen an, oder Tod und Verderben euch und euren Göttern!' Und also wird es sein bis zum Ende der Welt, selbst dann, wenn aus der Welt die Götter verschwinden: gleichviel, dann wird man sich vor Götzen niederwerfen. Du kanntest dieses Grundgeheimnis der Menschennatur, Du konntest es unmöglich nicht kennen, doch Du verschmähtest das einzige Positive, das Dir vorgeschlagen wurde, um alle zu zwingen, sich widerspruchslos vor Dir zu beugen: das irdische Brot, und Du verschmähtest es um der Freiheit und um des himmlischen Brotes willen. So siehe denn, was Du weiter getan hast. Und alles wiederum im Namen der Freiheit! Ich sage Dir, der Mensch kennt keine quälendere Sorge als die, einen zu finden, dem er möglichst schnell jenes Geschenk der Freiheit, mit dem er als unglückliches Geschöpf geboren wird, übergeben kann. Aber die Freiheit der Menschen beherrscht nur der, der ihr Gewissen beruhigt. Mit dem Brote wurde Dir eine unbestreitbare Macht angeboten: gibst Du Brot, so wird sich der Mensch vor Dir beugen, denn es gibt nichts Überzeugenderes als Brot; wenn aber zu gleicher Zeit irgendein anderer hinter Deinem Rükken sein Gewissen erobert — o, dann wird er selbst Dein Brot verlassen und jenem folgen, der sein Gewissen umstrickt. Darin hattest Du recht. Denn das Geheimnis des Menschenlebens liegt nicht im bloßen Dasein, sondern im Zweck des Daseins. Ohne eine feste Vorstellung davon, wozu er leben soll, wird der Mensch gar nicht leben wollen, und er wird sich eher vernichten, als daß er auf Erden leben bliebe — selbst dann nicht, wenn um ihn herum Brote in Fülle wären. Das ist nun einmal so. Aber was ergab sich aus Deiner Weigerung? Anstatt die Freiheit der Menschen unter Deine Herrschaft zu beugen, hast Du sie ihnen noch vergrößert! Oder hattest Du vergessen, daß Ruhe und selbst der Tod dem Menschen lieber sind als freie Wahl in der Erkenntnis von Gut und Böse? Es gibt nichts Verführerischeres für den Menschen als die Freiheit seines Gewissens, aber es gibt auch nichts Quälenderes für ihn. Und siehe, anstatt fester Grundlagen zur Beruhigung des menschlichen Gewissens ein für allemal — wähltest Du alles, was es Seltsames, Zweifelhaftes und Unsicheres gibt, nahmst Du alles, was über die Kräfte der Menschen ging, und handeltest daher, als liebtest Du sie überhaupt nicht. Wer aber war es, der das tat? Der, der gekommen war, Sein Leben für sie hinzugeben! Statt Dich der menschlichen Freiheit zu bemächtigen, hast Du sie noch vergrößert, hast Du sie vervielfacht und hast mit ihren Qualen das Seelenreich des Menschen auf ewig belastet. Dich gelüstete nach der freien Liebe des Menschen, auf daß er Dir frei folge, von Dir verführt und berückt. Statt nach dem festen alten Gesetz, sollte der Mensch hinfort mit freiem Herzen selbst entscheiden, was Gut und was Böse ist, wobei er als einzige Richtschnur nur Dein Vorbild hätte. Aber hast Du wirklich nicht daran gedacht, daß er schließlich auch Dein Vorbild verwerfen und Deine Wahrheit bestreiten wird, wenn man ihn mit einer so furchtbaren Last, wie der Freiheit der Wahl, bedrückt? Die Menschen werden ausrufen, daß die Wahrheit nicht in Dir sei, denn es war unmöglich, sie in größerer Verwirrung und Qual zurückzulassen, als Du es getan hast, da Du ihnen soviel Sorgen und unlösbare Aufgaben hinterließest. Auf diese Weise hast Du selbst den Grund gelegt zum Sturze Deines Reiches, und so beschuldige denn auch niemand anderen. Was aber wurde Dir angeboten? Es gibt drei Mächte, es sind die einzigen drei Mächte auf Erden, die das Gewissen dieser kraftlosen Empörer zu ihrem Glück auf ewig besiegen und bannen können, — das sind: das Wunder, das Geheimnis und die Autorität. Du verwarfst das eine wie das andere und auch das dritte, und zeigtest dies deutlich im Beispiel. Als der furchtbare und allwissende Geist Dich auf die Zinne des Tempels führte und zu Dir sprach: „Wenn Du wissen willst, ob Du Gottes Sohn bist, so stürze Dich hinab, denn es ist gesagt von Ihm, daß Engel Ihn auffangen und tragen würden, damit Er seinen Fuß an keinen Stein stoße: dann wirst Du erfahren, ob Du Gottes Sohn bist, und wirst damit beweisen, wie groß Dein Glaube an Deinen Vater ist", da wiesest du die Versuchung von Dir, Du unterlagst ihr nicht und stürztest Dich nicht hinab. O, gewiß, Du handeltest stolz und erhaben wie ein Gott, aber sind denn die Menschen, sind denn diese schwachen Geschöpfe mit den Empörerinstinkten, — sind denn das Götter? O, Du wußtest gar wohl, daß Du, wenn Du nur einen Schritt getan hättest, nur eine Bewegung, um Dich hinabzustürzen, Du sofort Gott versucht und Deinen ganzen Glauben an ihn verloren hättest und an der Erde zerschellt wärest, an derselben Erde, die zu retten Du gekommen warst, und der kluge Geist, der Dich versuchte, hätte seine Freude daran gehabt. Ich aber frage Dich nochmals: gibt es denn viele solcher wie Du? Und hast Du wirklich auch nur einen Augenblick glauben können, daß auch die Menschen einer ähnlichen Versuchung widerstehen würden? Ist denn die Natur des Menschen so beschaffen, daß er das Wunder verschmähen und selbst in so furchtbaren Augenblicken, wenn die Seele vor den tiefsten und letzten, schrecklichsten und quälendsten Fragen steht, mit der freien Entscheidung seines Herzens allein bleiben könnte? Oh, Du wußtest, daß Deine Tat in den Schriften aufbewahrt werden und auch noch die letzte Tiefe der Zeiten und die letzten Grenzen der Erde erreichen wird, und Du hofftest, daß der Mensch, wenn er Dir folgt, bei Gott bleiben und des Wunders nicht bedürfen werde. Aber Du wußtest nicht, daß der Mensch, sobald er das Wunder verwirft, sofort auch Gott verwirft, denn der Mensch sucht nicht so sehr Gott, als er Wunder sucht. Und da der Mensch nicht die Kraft hat, ohne Wunder auszukommen, so wird er sich neue Wunder schaffen, wird sie sich selbst ausdenken und wird die Wundertaten der Zauberer, die Hexerei alter Weiber anbeten, wenn er auch hundertmal Empörer, Ketzer und ein Gottloser ist. Du stiegst nicht herab vom Kreuze, als man Dir mit Spott und Hohn zurief: „Steige herab vom Kreuze, und wir werden glauben, daß Du Gottes Sohn bist!" Du aber stiegst nicht herab, weil Du wiederum den Menschen nicht durch ein Wunder zum Sklaven machen wolltest, weil Dich nach freiwilliger und nicht nach durch Wunder erzwungener Liebe verlangte. Dich dürstete nach der Liebe freier Menschen, nicht nach knechtischem Entzücken vor der Macht, die dem Sklaven ein für allemal Furcht eingeflößt hat. Aber auch hierin hast Du sie gar zu hoch eingeschätzt, denn Sklaven sind sie, das sage ich Dir, wenn sie auch als Empörer geschaffen sind. Blicke um Dich und urteile selbst: Da sind nun fünfzehn Jahrhunderte vergangen, gehe hin und sieh sie Dir an: wen hast Du bis zu Dir emporgehoben? Ich schwöre Dir, der Mensch ist schwächer und niedriger geschaffen, als Du es von ihm geglaubt hast. Wie soll er denn dasselbe erfüllen, was Du erfüllt hast? Kann er das überhaupt? Da Du ihn so hoch einschätztest, handeltest Du, als hättest Du kein Mitleid mit ihm gehabt, denn Du verlangtest gar zu viel von ihm, — und wer war es, der das tat? Derselbe, der ihn mehr als sich selbst liebte! Hättest Du ihn weniger geachtet, so hättest Du auch weniger von ihm verlangt, das aber wäre der Liebe näher gekommen, denn seine Bürde wäre dann leichter. Er ist schwach und gemein. Was will es besagen, daß er sich jetzt allerorten gegen unsere Macht empört und auf seine Empörung stolz ist. Das ist der Stolz eines Kindes, eines unreifen Schulknaben. Das sind kleine Kinder, die sich in der Klasse empört und den Lehrer hinausgejagt haben. Aber auch der Triumph der Schulkinder wird ein Ende haben, und er wird ihnen teuer zu stehen kommen. Sie werden die Tempel einäschern und die Erde mit Blut überschwemmen. Und die dummen Kinder werden schließlich ahnen, daß sie doch nur kraftlose Empörer sind, die ihre eigene Empörung nicht durchzuhalten vermögen. Sie werden sich unter dummen Tränen gestehen, daß der, der sie als Empörer geschaffen hat, sich zweifellos über sie hat lustig machen wollen. Sie werden sich das in Verzweiflung sagen, und ihre Worte werden eine Gotteslästerung sein, die sie noch unglücklicher machen wird, denn die menschliche Natur erträgt keine Gotteslästerung und straft sich zu guter Letzt selbst dafür. Also ist nichts als Unruhe, Verwirrung und Unglück den Menschen zuteil geworden, nachdem Du soviel für ihre Freiheit gelitten hast! Dein großer Prophet sagt in der Allegorie seiner Vision, er habe alle gesehen, die bei der ersten Auferstehung auferstehen würden, und es seien je zwölftausend aus jedem Stamm gewesen. Wenn aber ihrer nur so wenige waren, so waren auch sie gewissermaßen nicht Menschen, sondern Heilige, gleichsam Götter. Sie haben Dein Kreuz erduldet, sie haben jahrzehntelang hungrige, nackte Wüste ertragen, sich nur von Heuschrecken und Wurzeln genährt, — und selbstverständlich kannst Du nun stolz auf diese Kinder der Freiheit, der Freiheit in der Liebe und der Freiheit im großen Opfer um Deines Namens willen, hinweisen. Vergiß aber nicht, daß ihrer im ganzen nur wenige Tausende waren, und noch dazu lauter Außergewöhnliche, nahezu Götter! Wo aber sind die übrigen? Worin besteht die Schuld der übrigen schwachen Menschen, daß sie nicht dasselbe haben ertragen können, was die Starken ertragen haben? Worin liegt die Schuld der schwachen Seele, daß es über ihre Kraft geht, so schrecklichen Gaben gewachsen zu sein? Kamst Du denn wirklich nur zu den Auserwählten und um der Auserwählten willen? Wenn es so ist, dann waltet hier ein Geheimnis, das wir nicht fassen können. Wenn es aber ein Geheimnis ist, so waren auch wir im Recht, das Mysterium zu predigen und sie zu lehren, daß nicht der freie Entschluß ihrer Herzen und nicht die Liebe entscheidet, sondern eben das Geheimnis, dem sie blind zu gehorchen haben, und sei es auch gegen ihr Gewissen. Und so haben wir getan. Wir haben Deine Tat verbessert und sie auf dem *Wunder*, dem *Geheimnis* und der *Autorität* aufgebaut. Und die Menschen freuten sich, daß sie wieder wie eine Herde geführt wurden, und daß von ihren Herzen endlich das ihnen so furchtbare Geschenk, das ihnen soviel Qual gebracht hatte, genommen wurde. Waren wir im Recht, als wir so lehrten und handelten? Sprich! Haben wir die Menschheit denn nicht geliebt, als wir demütig ihre Ohnmacht einsahen, liebreich ihre Bürde erleichterten und ihrer kraftarmen Natur sogar zu sündigen erlaubten, allerdings nur mit unserer Genehmigung? Willst Du uns nun stören? Und warum blickst Du mich so stumm und tief mit Deinen milden Augen an? Zürne mir doch, ich will Deine Liebe nicht, denn auch ich liebe Dich nicht! Und was sollte ich vor Dir verheimlichen? Oder weiß ich denn nicht, mit wem ich rede? Was ich Dir zu sagen habe, ist Dir längst bekannt, das lese ich in Deinen Augen. Und wozu sollte ich unser Geheimnis vor Dir verbergen? Oder willst Du es vielleicht gerade von meinen Lippen vernehmen? So höre denn: Wir sind nicht mit Dir verbündet, sondern mit *ihm*, das ist unser ganzes Geheimnis! Schon lange sind wir nicht bei Dir, sondern bei *ihm*, schon seit acht Jahrhunderten. Es sind nun acht Jahrhunderte her, da wir von *ihm* das nahmen, was Du unwillig von Dir wiesest, jene letzte Gabe, die er Dir anbot, als er Dir alle Reiche der Erde zeigte: wir nahmen von ihm Rom und das Schwert des Kaisers, und wir erklärten, daß nur wir allein die Herren dieser Welt seien, die einzigen Herrscher der Erde, wenn wir auch unser Werk bis jetzt noch nicht vollendet haben. Doch wessen Schuld ist das? O, dieses Werk steckt bis jetzt noch in den Anfängen, aber es ist doch wenigstens der Anfang gemacht. Lange noch wird man auf die Vollendung des Werkes warten müssen, und viel wird die Erde inzwischen leiden, aber wir werden unser Ziel erreichen und werden Kaiser sein, und dann werden wir an das irdische Glück aller Menschen denken. Und doch hättest Du auch damals schon das Schwert des Kaisers nehmen können. Warum verschmähtest Du diese letzte Gabe? Hättest Du diesen dritten Rat des mächtigen Geistes angenommen, so hättest Du alles erfüllt, was der Mensch auf Erden sucht, und das ist: vor wem er sich beugen, wem er sein Gewissen übergeben kann, und auf welche Weise sich endlich alle Menschen zu einem einzigen, einstimmigen Ameisenhaufen vereinigen könnten. Denn das Bedürfnis nach der universalen Vereinigung ist die dritte und letzte Qual der Menschen. In der Gesamtheit hat die Menschheit immer danach gestrebt, sich unbedingt welteinheitlich einzurichten. Es hat viele große Völker mit großer Geschichte gegeben, aber je höher diese Völker standen, um so unglücklicher waren sie, denn um so stärker erkannten sie die Notwendigkeit der allweltlichen Vereinigung der Menschen. Große Eroberer, die Timur und die Dschingis-Chan, sind wie gewaltige Wirbelstürme über die Erde gebraust, in dem Bestreben, die Welt zu erobern, und auch sie drückten, wenn auch unbewußt, dasselbe mächtige Bedürfnis der Menschheit nach der allgemeinen und weltumfassenden Vereinigung aus. Hättest Du das Schwert und den Purpur des Kaisers angenommen, so hättest Du die Weltherrschaft begründet und der Welt den Frieden gegeben. Denn wahrlich, wer sollte wohl sonst über die Menschen herrschen, wenn nicht diejenigen, die ihr Gewissen und ihre Brote in der Hand haben? Und so nahmen wir das Schwert des Kaisers, da wir es aber nahmen, verwarfen wir natürlich Dich und folgten *ihm*. O, es werden noch Jahrhunderte des Unfugs ihres freien Verstandes, ihrer Wissenschaft und Menschenfresserei vergehen — denn wenn sie ihren babylonischen Turm ohne uns beginnen, werden sie mit der Menschenfresserei enden. Dann aber wird das Tier zu uns herankriechen, und es wird uns die Füße lecken und sie mit den blutigen Tränen seiner Augen netzen. Und wir werden uns auf das Tier setzen und den Kelch erheben, auf dem geschrieben steht: „Geheimnis!" Und dann erst, dann erst wird für die Menschen das Reich der Ruhe und des Glücks beginnen. Du bist stolz auf Deine Auserwählten, aber Du hast ja nur die Auserwählten, wir aber werden allen Frieden geben. Und überdies: wie viele von diesen Auserwählten, von den Starken, die Auserwählte hätten werden können, wurden schließlich müde des Wartens auf Dich und brachten und bringen die Kraft ihres Geistes und die Glut ihres Herzens auf ein anderes Ackerfeld und enden damit, daß sie gegen Dich, gerade gegen Dich ihr *freies* Banner erheben. Aber Du selbst hast ja dieses Banner erhoben. Bei uns werden alle glücklich sein, und sie werden sich weder empören noch sich gegenseitig vernichten, wie sie es in Deiner Freiheit allerorten tun. O, wir werden sie überzeugen, daß sie erst dann frei sein wer-

den, wenn sie sich von ihrer Freiheit unserethalben lossagen und sich uns unterwerfen. Nun sage: werden wir recht
haben, oder wird das gelogen sein? Nein, sie werden sich
selbst überzeugen, daß wir recht haben, denn sie werden
sich erinnern, bis zu welchen Schrecken der Sklaverei und
Verwirrung Deine Freiheit sie gebracht hat. Die Freiheit,
der freie Verstand und die Wissenschaft werden sie in solche Klüfte und Abgründe führen und vor solche Wunder
und so unerforschliche Geheimnisse stellen, daß die einen
von ihnen, die Ununterwürfigen und Rabiaten, sich selbst
vernichten werden, die Unterwürfigen und Kraftarmen
jedoch sich gegenseitig vernichten, und die übrigen, die
Dritten, die Kraftlosen und Unglücklichen zu uns herankriechen und zu unseren Füßen aufheulen werden: ,Ja, ihr
hattet recht, ihr allein besaßt Sein Geheimnis, und wir kehren zu euch zurück, rettet uns vor uns selbst!' Und wenn
sie dann von uns Brote erhalten, werden sie natürlich erkennen, daß wir nur ihre Brote, die von ihren eigenen
Händen geschaffenen Brote von ihnen nehmen, um sie
wieder an sie zu verteilen, also ihnen ohne jedes Wunder
Brot geben. Sie werden sehen, daß wir nicht Steine in Brot
verwandeln. Aber wahrlich, mehr noch als über das Brot
werden sie sich darüber freuen, daß sie es aus unseren Händen erhalten! Denn nur zu gut werden sie sich erinnern,
daß früher, ohne uns, selbst die Brote, die sie schufen, sich
in ihren Händen bloß in Steine verwandelten, daß aber,
als sie zu uns zurückkehrten, selbst die Steine in ihren Händen zu Broten wurden. Nur zu gut, nur zu gut werden sie
zu schätzen wissen, was es heißt, sich ein für allemal unterworfen zu haben! Solange sie das nicht begreifen, werden
sie unglücklich sein. Wer hat nun am meisten zu diesem
Unverstand beigetragen? Sprich! Wer hat die Herde zerstreut und sie auf unbekannte Wege versprengt? Aber die
Herde wird sich wieder zusammenfinden und sich von
neuem unterwerfen, und dann schon ein für allemal. Dann
werden wir ihnen ein stilles, bescheidenes Glück geben, das

Glück kraftarmer Kreaturen, als die sie ja geschaffen sind. O, wir werden sie schließlich überzeugen, daß sie gar kein Recht haben, stolz zu sein, denn *Du* hast sie emporgehoben und damit gelehrt, stolz zu sein; *wir* aber werden ihnen beweisen, daß sie kraftarm, daß sie nur armselige Kinder sind, daß aber das Kinderglück süßer als jedes andere ist. Sie werden bescheiden und schüchtern werden und werden zu uns aufblicken und sich in Angst an uns schmiegen wie die Küchlein an die Henne. Sie werden sich rühren und uns scheu anstaunen und werden stolz darauf sein, daß wir so mächtig und so klug sind, da wir doch eine so wilde, tausendmillionenköpfige Herde haben bändigen können. Entkräftet werden sie vor unserem Zorne zittern, ihr Geist wird kleinmütig, ihre Augen werden tränenreich werden wie die Augen der Kinder und Weiber, doch ebenso leicht wie zu Tränen werden sie auf unseren Wink zu Frohsinn und Heiterkeit, zu heller Lustigkeit und glücklichen Kinderliedern übergehen. Freilich werden sie arbeiten müssen, aber in den arbeitsfreien Stunden werden wir ihr Leben zu einem Kinderspiel gestalten, mit Gesängen, Chören und unschuldigen Tänzen. O, wir werden ihnen sogar die Sünde gestatten — sie sind doch schwach und kraftlos —, und sie werden uns wie Kinder dafür lieben, daß wir ihnen zu sündigen erlauben. Wir werden ihnen sagen, daß jede Sünde gesühnt werden kann, wenn sie nur mit unserer Erlaubnis begangen worden ist; die Erlaubnis aber zum Sündigen geben wir ihnen nur darum, weil wir sie lieben, und die Strafe für diese Sünden nehmen wir, mag es denn so sein, auf uns. Wir werden sie auch in der Tat auf uns nehmen, sie aber werden uns dafür vergöttern als ihre Wohltäter, die vor Gott ihre Sünden tragen. Und sie werden vor uns keinerlei Geheimnisse haben. Wir werden ihnen erlauben oder verbieten, mit ihren Frauen und Geliebten zu leben, Kinder zu haben oder nicht zu haben — immer je nach ihrem Gehorsam —, und sie werden sich uns freudig und mit Lust unterwerfen. Selbst die quälendsten Geheimnisse ihres

Gewissens, — alles, alles werden sie zu uns tragen, und wir
werden alles entscheiden, und sie werden mit Freuden unserer Entscheidung glauben, denn sie wird sie von der großen Sorge und den furchtbaren gegenwärtigen Qualen einer
persönlichen und freien Entscheidung erlösen. Und alle
werden glücklich sein, alle Millionen Wesen, außer den
Hunderttausend, die über sie herrschen. Denn nur wir, wir,
die wir das Geheimnis hüten, nur wir werden unglücklich
sein. Es wird Tausende von Millionen glücklicher Kinder
geben und nur hunderttausend Leidtragende, die den
Fluch der Erkenntnis von Gut und Böse auf sich genommen
haben. Still werden sie sterben, still werden sie erlöschen
in Deinem Namen und jenseits des Grabes nichts als den Tod
finden. Aber wir werden das Geheimnis wahren und werden die Menschen beglücken, indem wir ihnen himmlische
und ewige Belohnung verheißen. Denn selbst wenn es dort
in jener Welt etwas geben sollte, so wird es doch selbstverständlich nicht für solche wie sie sein. Man sagt und prophezeit, daß Du kommen und von neuem siegen werdest, daß
Du mit Deinen Auserwählten, Deinen Stolzen und Mächtigen kommen wirst. Wir aber werden dann sagen, daß sie
nur sich selbst, wir aber alle gerettet haben. Man sagt, daß
die Buhlerin, die auf dem Tiere sitzt und in ihren Händen
das *Geheimnis* hält, beschimpft werden wird, daß die Kraftarmen sich wieder empören, das Purpurgewand der großen
Buhlerin zerreißen und ihren „eklen" Leib entblößen werden. Dann aber werde ich mich erheben und, zu Dir gewandt, auf diese Tausende von Millionen glücklicher Kinder, die die Sünde nicht gekannt haben, hinweisen. Und
wir, die ihre Sünden auf uns genommen haben, um sie
glücklich zu machen, wir werden dann vor Dich hintreten
und Dir sagen: ‚Verurteile uns, wenn Du es kannst und
wagst.' Wisse, daß ich keine Furcht vor Dir habe. Wisse,
daß auch ich in der Wüste war, daß auch ich mich von
Heuschrecken und Wurzeln genährt, daß auch ich die Freiheit, mit der Du die Menschen gesegnet hattest, segnete,

und auch ich mich vorbereitete, zur Zahl Deiner Auserwählten zu gehören, zur Zahl der Mächtigen und Starken,
lechzend danach, „die Zahl voll zu machen". Aber ich erwachte und wollte nicht mehr dem Wahnsinn dienen. Ich
kehrte zurück und schloß mich der Schar jener an, die *Dein*
Werk verbesserten. Ich ging fort von den Stolzen und kehrte
zurück zu den Demütigen, zum Glücke eben dieser Demütigen. Das, was ich Dir sage, wird in Erfüllung gehen, und
unser Reich wird kommen. Und ich sage Dir nochmals:
morgen noch wirst Du diese gehorsame Herde sehen, die
auf meinen ersten Wink zu Deinem Scheiterhaufen stürzen
wird, um das Feuer zu schüren. Denn auf den Scheiterhaufen bringe ich Dich dafür, daß Du uns stören gekommen
bist. Und wahrlich, wenn es einen gegeben hat, der vor allen anderen unseren Scheiterhaufen verdient, so bist Du
es. Morgen werde ich Dich verbrennen. Dixi!'«

Iwan hielt inne. Seine Worte hatten ihn mitgerissen
und er war in Eifer geraten; als er aber geendet hatte, lächelte er plötzlich.

Aljoscha hatte ihm schweigend zugehört, doch zum
Schluß hin, offenbar nicht wenig erregt, mehrmals den Bruder unterbrechen wollen, sich aber jedesmal bezwungen.
Als Iwan nun plötzlich verstummte, fiel er sofort ein, heftig
und hastig, wie ein Mensch, der sich lange hat zurückhalten
müssen:

»Aber ... das ist doch absurd!« stieß er hervor und
wurde rot. »Deine Dichtung ist ein Lob Jesu, aber keine
Schmähung ... wie du es gewollt hast. Und wer wird dir
das von der Freiheit glauben? Muß man sie denn *so, so*
auffassen? Ist denn das die Auffassung der Rechtgläubigkeit? ... Das ist Rom, und nicht einmal ganz Rom, das ist
nicht wahr, — das sind nur die Schlechtesten des Katholizismus, Inquisitoren, Jesuiten! ... Und solch einen phantastischen Menschen, wie es dein Inquisitor ist, gibt es überhaupt nicht. Was sind das für Sünden der Menschen, die
sie auf sich nehmen? Was sind das für Träger des Geheim-

nisses, die da irgendeinen Fluch zum Glücke der Menschen auf sich genommen haben? Wer hat jemals solche gesehen? Wir kennen die Jesuiten, man spricht schlecht von ihnen, aber sind sie denn das, als was du sie schilderst? — Nicht die Spur! Sie sind einfach die römische Armee für das zukünftige irdische Weltreich mit einem Imperator, dem römischen Kirchenoberhaupt, an der Spitze . . . das ist ihr Ideal, aber ohne alle Geheimnisse und erhabenes Leid . . . Der allergewöhnlichste Wunsch nach Macht, nach schmutzigen Erdengütern, Knechtung . . . in der Art eines zukünftigen Leibeigenschaftsrechtes, damit sie sozusagen Gutsbesitzer werden . . . das ist alles, was sie wollen. Sie glauben vielleicht nicht einmal an Gott. Dein leidender Inquisitor ist nichts als Phantasie . . .«

»Aber halt, halt ein!« sagte Iwan lachend, »sieh mal, wie du dich ereiferst! Phantasie, sagst du, schön! Natürlich ist's Phantasie. Aber erlaube die Frage: Glaubst du wirklich, daß diese ganze katholische Bewegung der letzten Jahrhunderte tatsächlich nichts weiter gewesen sei als das Verlangen nach Macht nur um schmutziger Erdengüter willen? Hat dich das nicht vielleicht Pater Païssij gelehrt?«

»O nein, im Gegenteil, Pater Païssij sprach einmal sogar fast in deinem Sinne . . . übrigens war es doch nicht dasselbe, selbstverständlich nicht dasselbe«, verbesserte sich Aljoscha.

»Das ist immerhin eine wertvolle Nachricht, trotz deines ‚selbstverständlich nicht dasselbe‘. Ich frage dich ja gerade danach, warum du annimmst, daß Jesuiten und Inquisitoren sich nur um niedriger materieller Güter willen verbündet hätten? Warum glaubst du, daß es unter ihnen keinen einzigen Gequälten gibt, der von großem Leid und von der Liebe zur Menschheit gepeinigt wird? Nimm einmal an, daß sich unter allen diesen, die lediglich materielle, schmutzige Güter wollen, nur ein Einziger fände, nur ein Einziger wie mein greiser Inquisitor, der in der Wüste von nichts als Wurzeln gelebt, gegen sich gewütet und vor Verzweiflung getobt hat im Kampf gegen sein Fleisch, um frei zu werden und vollkommen zu sein, der aber sein Leben lang die Menschheit geliebt hat, und der plötzlich erkennt und sich überzeugt, daß die sittliche Glückseligkeit nicht groß sein kann, wenn man zwar sich selbst vollkommen beherrscht, aber zu gleicher Zeit einsehen muß, daß die Millionen der übrigen Gottesgeschöpfe bloß zum Spott Geschaffene bleiben, daß sie niemals die Kraft haben werden, sich in ihrer Freiheit zurechtzufinden, daß aus den armseligen Empörern niemals Riesen zur Vollendung des Turmes hervorgehen werden, daß nicht für solche Gänse der große Idealist von seiner Harmonie geträumt hat. Als er aber alles das begriffen hatte, kehrte er zurück und schloß sich den... klugen Leuten an. Glaubst du wirklich, daß das niemals hat geschehen können?«

»Wem schloß er sich an, welchen klugen Leuten?« griff Aljoscha sofort heftig, fast zornig das Wort auf. »Kein einziger von ihnen besitzt da eine so besondere Klugheit und überhaupt nichts von heiligen Geheimnissen... Es sei denn höchstens ihre Gottlosigkeit, die wäre noch allenfalls ihr ganzes Geheimnis. Dein Inquisitor glaubt nicht an Gott, sieh, das ist sein ganzes Geheimnis!«

»Und wenn es so wäre! Endlich hast du es erraten. Es ist so, sein ganzes Geheimnis liegt tatsächlich nur darin. Aber ist denn das keine Qual, sagen wir für einen Menschen seiner Art, der sein ganzes Leben daran gesetzt hatte, durch die Wüste ein Auserwählter zu werden, und der sich von seiner Liebe zur Menschheit doch nicht heilen konnte? An seinem Lebensabend überzeugt er sich, daß nur die Ratschläge des großen, furchtbaren Geistes das Leben der kraftarmen Empörer, dieser ‚unfertigen, zum Spott geschaffenen Probewesen‘, wenigstens einigermaßen erträglich machen könnten. Und nachdem er sich davon überzeugt hat, sieht er ein, daß man nach der Weisung dieses klugen Geistes, des furchtbaren Geistes der Zerstörung und des Todes vorgehen muß — daß man Lüge und Betrug annehmen und die Menschen sogar bewußt in Tod und Verderben treiben und sie dabei auf dem ganzen Wege betrügen muß, damit diese armseligen Blinden nicht merken, wohin sie geführt werden und sich wenigstens auf dem Wege für glücklich halten. Und vergiß nicht, daß der Betrug im Namen desjenigen geschieht, an dessen Idealgestalt der Greis sein Leben lang so leidenschaftlich geglaubt hat! Meinst du, daß das kein Unglück sei? Und wenn es auch nur einen einzigen solchen gäbe an der Spitze dieses ganzen Heeres, ,das nur um des Besitzes schmutziger Güter willen nach Macht verlangt', — genügte dann wirklich nicht ein einziger solcher, damit eine Tragödie entstehe? O, ich sage dir, es genügte, daß ein Einziger dieser Art an der Spitze stände, auf daß die Idee, die Rom mit allen seinen Legionen und Jesuiten solange leitet, die höhere Idee Roms, endlich zum Ausdruck käme. Ich sage dir ganz offen: ich bin fest überzeugt, daß unter jenen, die an der Spitze der Bewegung stehen, dieser eine Mensch nie erlahmt ist. Wer weiß, vielleicht hat es auch unter den römischen Kirchenoberhäuptern solche Einzelne gegeben. Und wer weiß, vielleicht lebt dieser verfluchte Greis, der so hartnäckig und eigenartig die Menschheit liebt, auch jetzt in Gestalt einer ganzen Heerschar solcher Einzelnen, die aber durchaus keine Zufallserscheinungen sind, sondern gleichsam in stillem Einvernehmen einen Geheimbund bilden, der schon längst zur Wahrung des Geheimnisses vor den unglücklichen und kraftarmen Menschen besteht zu dem Zweck, diese Menschen glücklich zu machen. Das gibt es unbedingt, und es muß so etwas geben. Mir schwant, daß auch die Freimaurer etwas von der Art dieses Geheimnisses in ihrer Grundidee haben, und ich glaube sogar, daß sie nur deswegen von den Katholiken so gehaßt werden, weil diese in ihnen Konkurrenten und eine Gefahr für die Einheit ihrer katholischen Idee wittern, während es doch eine einzige Herde unter einem einzigen Hirten werden soll ... Übrigens habe ich, wenn ich meinen Gedanken verteidige, den Anschein eines Autors, der deine Kritik nicht ertragen kann. Genug davon.«

»Du bist wahrscheinlich selbst Freimaurer!« stieß Aljoscha unwillkürlich hervor. »Du glaubst nicht an Gott«, fügte er darauf aber schon sehr traurig hinzu. Zugleich schien es ihm, daß der Bruder ihn etwas spöttisch betrachte.

»Aber womit endet denn deine Dichtung?« fragte er, den Blick zu Boden gesenkt. »Oder ist sie schon zu Ende?«

»Den Schluß habe ich mir damals so gedacht: Nachdem der Inquisitor verstummt ist, wartet er noch eine Weile, was der Gefangene ihm antworten werde. Dessen Schweigen bedrückt ihn. Er hat gesehen, wie der Gefangene ihn die ganze Zeit anhörte, und wie tief und still Er ihm in die Augen blickte, offenbar ohne etwas entgegnen zu wollen. Der Greis aber hätte gewünscht, daß Er ihm etwas sage, und wäre es selbst etwas Bitteres, Furchtbares. Er aber nähert sich schweigend dem Greise und küßt ihn still auf die blutleeren neunzigjährigen Lippen. Das ist Seine ganze Antwort. Der Greis zuckt zusammen. Und dann erbebt etwas an den Mundwinkeln des greisen Großinquisitors; er geht zur Tür des gewölbten Verlieses, öffnet sie und sagt zu Ihm: ‚Geh und komme nie wieder . . . komme überhaupt nicht mehr . . . nie wieder, nie wieder!‘ Und er läßt ihn hinaus auf die ‚dunklen Gassen der Stadt‘. Und der Gefangene geht hinaus.«

»Und der Alte?«

»Der Kuß brennt auf seinem Herzen, aber er bleibt bei seiner früheren Idee.«

»Und auch du mit ihm, auch du?« rief Aljoscha kummervoll aus.

Iwan lachte auf.

»Aber das ist doch Unsinn, Aljoscha, das ist doch nur eine unfertige Dichtung eines einfältigen Studenten, der in seinem Leben keine zwei Verse geschrieben hat! Warum nimmst du das so ernst? Oder glaubst du vielleicht, daß ich jetzt gleich zu ihnen fahren werde, zu den Jesuiten, um mich der Schar anzuschließen, die Sein Werk verbessert? Ach Gott, was geht das mich an! Ich habe dir doch gesagt:

nur bis zum dreißigsten Jahr, und dann — den Becher fortgeschleudert!«

»Und die krausen, klebrigen Frühlingsblätter, und die
teuren Gräber, und der hohe, blaue Himmel, und das geliebte Weib! Wie willst du denn leben, womit wirst du sie
denn lieben?« fragte Aljoscha traurig. »Ist denn das möglich, mit einer solchen Hölle in der Brust und im Kopf, —
ist denn das möglich? Nein, du fährst gerade deshalb hin,
um dich ihnen anzuschließen... wenn aber nicht, so wirst
du dich selbst töten, du wirst es so nicht aushalten!«

»Es gibt eine Kraft, die alles aushält!« sagte Iwan mit
bereits kaltem, flüchtigem Lächeln.

»Was ist das für eine Kraft?«

»Die Karamásoffsche ... die Kraft der Karamasoffschen
Niedertracht.«

»Heißt das — in Ausschweifung untergehen, die Seele in
Verderbnis ersticken, ja? heißt es das?«

»Meinetwegen auch das ... aber bis zum dreißigsten Jahr
werde ich es, wie gesagt, vielleicht auch vermeiden, dann
aber ...«

»Wie das vermeiden? Auf welche Weise vermeiden? Wodurch willst du dem entgehen? Mit deinen Anschauungen
ist das unmöglich.«

»Wiederum auf Karamasoffsche Art.«

»Ach so!—‚alles ist erlaubt‘? Nicht? Das ist's doch—alles
ist erlaubt?«

Iwans Gesicht verfinsterte sich, und plötzlich wurde er
seltsam bleich.

»Du hast es also richtig nicht vergessen — das gestern
gefallene Wort, das Miússoff so empörte ... und das Dmitrij so naiv und auffallend wiederholte?« fragte er mit
einem schiefen Lächeln. »Ja, meinetwegen: ‚alles ist erlaubt‘
— wenn das Wort schon einmal ausgesprochen ist. Ich nehme
es nicht zurück. Mitjas Redaktion war übrigens gar nicht
so übel.«

Aljoscha blickte ihn schweigend an.

»Aljoscha, ich glaubte, wenn ich jetzt abreise, auf der
ganzen Welt wenigstens dich zu haben«, sagte Iwan plötzlich mit ganz unerwartetem Gefühl, »aber jetzt sehe ich,
daß auch in deinem Herzen kein Platz für mich ist, mein
lieber Anachoret! Von der Formel ,alles ist erlaubt' sage ich
mich nicht los, nun, und deswegen sagst du dich von mir
los, ist es nicht so, ja?«

Aljoscha stand auf, trat zu ihm und küßte ihn schweigend
sacht auf den Mund.

»Das ist literarischer Diebstahl!« rief nach dem Kuß Iwan
aus, der aber auf einmal gleichsam begeistert war. »Das
hast du aus meiner Dichtung gestohlen! Trotzdem ... hab
Dank. — Komm jetzt, laß uns gehen, Aljoscha, es ist Zeit
für mich wie für dich.«

Sie gingen hinaus, doch unten an der Treppe blieben sie
stehen.

»Höre, Aljoscha«, sagte Iwan mit fester Stimme, »wenn
mich wirklich nur noch die kleinen klebrigen Frühlingsblätter festhalten werden, so werde ich sie doch nur in der
Erinnerung an dich lieben. Es genügt mir, daß du hier
irgendwo bist, und daß ich das Leben noch leben mag. Genügt dir das? Wenn du willst, betrachte das meinetwegen
als eine Liebeserklärung. Jetzt aber — gehst du nach rechts
und ich nach links. Es ist genug geredet, hörst du? Das heißt,
ich meine, falls ich morgen nicht abreisen sollte (ich werde
aber wahrscheinlich bestimmt abreisen) und wir uns doch
noch irgendwie treffen sollten, so bitte ich, über alle diese
Dinge kein Wort mehr. Ich bitte dich ausdrücklich darum. Und auch über Dmitrij, darum bitte ich dich besonders,
rede kein Wort mehr, sprich mir nie mehr von ihm«, fügte
er plötzlich gereizt hinzu. »Ich denke, wir haben uns darüber nichts mehr zu sagen, nicht wahr? Und dafür werde
ich dir jetzt auch meinerseits ein Versprechen geben: Wenn
ich um das dreißigste Jahr herum den ,Becher fortschleudern' möchte, so werde ich kommen und dich, wo du auch
sein solltest, doch noch einmal aufsuchen, um noch einmal

mit dir zu reden ... und wär's auch aus Amerika, das wisse.
Ich werde einzig deshalb kommen. Es wird auch sehr interessant sein, dich dann wiederzusehen, wie du sein wirst.
Das Versprechen ist doch genügend feierlich? Wir nehmen
vielleicht wirklich auf sieben oder auf zehn Jahre Abschied
voneinander. Nun, geh jetzt zu deinem Pater Seraphicus,
er liegt ja im Sterben. Stirbt er in deiner Abwesenheit, so
wirst du dich noch über mich ärgern, da ich dich solange
aufgehalten habe. Also auf Wiedersehen. Weißt du, küsse
mich noch einmal ... So. Und nun geh ...«

Iwan wandte sich plötzlich um und ging seinen Weg, ohne
sich noch einmal nach dem Bruder umzusehen. Das war so
ähnlich dem, wie gestern der Bruder Dmitrij von Aljoscha
weggegangen war, obschon doch wieder in einer ganz anderen Weise. Diese sonderbare kleine Beobachtung schoß
wie ein Pfeil durch Aljoschas traurigen Sinn und verlor sich
in einem sorgenvollen, die Gedanken lähmenden Gefühl.
Er wartete noch ein wenig und blickte dem Bruder nach.
Da fiel ihm plötzlich auf, daß sein Bruder Iwan gleichsam
schaukelnd ging, und daß seine rechte Schulter, von hinten
gesehen, niedriger zu sein schien als die linke. Das hatte
Aljoscha sonst nie bemerkt. Doch plötzlich drehte auch er
sich um und eilte fast laufend zum Kloster zurück. Es dämmerte bereits stark, und Aljoscha fühlte, wie sich mit der
wachsenden Dunkelheit Angst in seinem Herzen erhob.
Es war etwas Neues in ihm, das wuchs und wuchs, aber er
hätte nicht sagen können, was es war. Es hatte sich wieder
ein Wind erhoben, wie gestern, und als er den Wald der
Einsiedelei erreichte, brauste es düster in den Kronen der
hundertjährigen Föhren ringsum. Er lief beinahe.

»,Pater Seraphicus' — diesen Namen hat er irgendwoher
genommen, woher aber?« dachte Aljoscha flüchtig. »Iwan,
armer Iwan! Und wann werde ich dich wiedersehen? ...
Da ist die Einsiedelei, Herrgott! Ja, ja, er, Pater Seraphicus,
er wird mich retten ... vor ihm und auf ewig!«

In seinem späteren Leben erinnerte er sich noch oft dieses

Abends, und jedesmal fragte er sich höchlichst verwundert, wie er nach seiner Trennung von Iwan so vollständig den Bruder Dmitrij hatte vergessen können, obgleich er doch am Vormittag und noch wenige Stunden zuvor ihn unbedingt aufzusuchen entschlossen gewesen war, selbst wenn er dann nicht mehr zur Nacht ins Kloster hätte zurückkehren können.

VI

Ein vorläufig noch sehr unklares Kapitel

Iwan Fjodorowitsch ging, als er sich von Aljoscha getrennt hatte, nach Hause zu Fjodor Pawlowitsch. Aber sonderbar — ihn überfiel plötzlich eine qualvolle Schwermut, die mit jedem Schritt, mit dem er sich dem Vaterhaus näherte, wuchs und wuchs und immer unerträglicher wurde. Doch nicht die Schwermut an sich war sonderbar, sondern daß Iwan Fjodorowitsch sich auf keine Weise zu erklären vermochte, was ihre eigentliche Ursache sein konnte. Es war auch schon früher nicht selten vorgekommen, daß ihn solche Stimmungen plötzlich überfallen hatten, und so wäre es nicht weiter auffallend gewesen, daß dieses Gefühl des Bedrücktseins in einem Augenblick wiederkam, wo er gerade mit allem, was ihn hergezogen, gebrochen hatte, und wo er sich anschickte, schroff zur Seite abzubiegen und einen neuen, ihm ganz unbekannten Weg zu betreten, wiederum vollkommen vereinsamt, auf vieles hoffend, ohne doch recht zu wissen worauf, und vieles, gar zu vieles vom Leben erwartend, ohne sich über seine Erwartungen oder auch nur über seine Wünsche klar zu sein. Und doch quälte ihn in diesem Augenblick, obwohl die Beklemmung vor dem Neuen und Unbekannten auf seiner Seele lag, noch etwas ganz anderes. »Oder sollte es nicht wieder der Ekel vor dem Vaterhause sein?« dachte Iwan. »Das wäre möglich, das könnte es sein. Wenn ich auch heute zum letztenmal über diese verhaßte Schwelle trete, so ist es doch deswegen nicht weniger ... Aber nein, auch das ist es nicht. Oder sollte es vielleicht der Abschied von Aljoscha sein, und das Gespräch mit ihm?« Das konnte es allerdings sein, ein Gefühl wie: »So viele Jahre habe ich geschwiegen, mit keinem Menschen es der Mühe wert gehalten zu sprechen, und nun plötzlich habe ich so viel dummes Zeug geschwatzt.« Es konnte jugendlicher Unwille, jugendliche Unerfahrenheit und jugendlicher Ehrgeiz sein, Ärger darüber, daß er nicht verstanden hatte sich auszudrücken, zumal in einem Augenblick, da Aljoscha ihm zuhörte, Aljoscha, auf den sein Herz zweifellos große Hoffnungen setzte. Gewiß war es teilweise auch das, was ihn bedrückte, dieses Gefühl mußte sogar unbedingt in ihm nagen, aber auch das war noch nicht alles, auch das nicht. »Eine Schwermut bis zur Übelkeit«, sagte er sich, »bin aber unfähig, mir zu erklären, was ich will. Das einzige wäre — nicht mehr denken ...«

Doch trotz des Versuches, »nicht zu denken«, wurde ihm nicht besser. Das Ärgerlichste an dieser Beklemmung war, daß sie eine gleichsam zufällige, äußerliche Ursache hatte; das fühlte er. Ein Wesen oder ein Gegenstand oder etwas Unerklärliches stand irgendwo in seiner Nähe oder lebte hier irgendwo, wie einen zuweilen etwas stören kann und man sich lange, sei es bei der Arbeit oder während eines hitzigen Gespräches, dessen nicht bewußt wird, obgleich es einen unbewußt die ganze Zeit ärgert, reizt und sogar quält, bis man sich schließlich besinnt und den Gegenstand beseitigt, zuweilen irgendein leeres, dummes Ding, ein Tuch, das auf dem Fußboden liegt, oder ein Buch, das nicht in den Schrank gestellt ist, oder etwas Ähnliches. So, in der schlechtesten und gereiztesten Stimmung, näherte sich Iwan Fjodorowitsch dem Vaterhause, als er plötzlich, etwa fünfzehn Schritt von der Hofpforte, aufblickend erriet, was ihn so gequält und erregt hatte.

Auf der Bank am Hoftor saß, um sich an der kühlen Abendluft zu erfrischen, der Diener Ssmerdjakóff, und Iwan

Fjodorowitsch begriff in derselben Sekunde bewußt und klar, daß dieser Diener Ssmerdjakoff in seiner Seele gesessen hatte, und daß gerade diesen Menschen seine Seele nicht ertragen konnte. Schon vorhin, bei der Erzählung Aljoschas von seiner Begegnung mit Ssmerdjakoff im Nachbargarten, hatte etwas Finsteres und Widerwärtiges sich ihm ins Herz gebohrt und sofort seine Wut entfacht. Während des folgenden Gespräches hatte er dann Ssmerdjakoff eine Weile vergessen. Trotzdem war der Gedanke an diesen Diener in seiner Seele geblieben, und kaum hatte er sich von Aljoscha getrennt und den Weg zum Vaterhause eingeschlagen, da war auch die vergessene Empfindung wieder über ihn gekommen. »Kann mich denn dieser elende Lump wirklich dermaßen beunruhigen!« dachte er in unerträglicher Wut.

Diese Wut hatte aber noch einen besonderen Grund. Ihm war dieser Mensch in der letzten Zeit tatsächlich verhaßt geworden, besonders in den letzten Tagen. Es war ihm sogar aufgefallen, wie sich sein Haß gegen diesen Diener immer noch vertieft hatte. Vielleicht vertiefte sich dieser Haß gerade deswegen so überwältigend, weil er zu Anfang sich ganz anders zu ihm verhalten hatte. Damals, d. h. kurz nach seiner Ankunft bei uns, hatte Iwan Fjodorowitsch sich plötzlich ganz besonders für diesen Ssmerdjakoff interessiert und ihn sogar sehr originell gefunden. Er hatte ihn selbst daran gewöhnt, mit ihm zuweilen ein Gespräch anzuknüpfen, sich aber stets über seine gewisse Einfalt oder vielleicht nicht so sehr Einfalt als innere Unruhe gewundert, ohne dabei zu begreifen, was »diesen Sinnierer« so unaufhörlich und unablässig beunruhigen konnte. Sie sprachen über Philosophisches, sprachen über alles Mögliche — unter anderm auch darüber, wie es am ersten Tage hatte Tag sein können, da die Sonne, der Mond und die Sterne doch erst am vierten Tage geschaffen worden waren, kurz, wie man das alles zu verstehen hätte. Aber Iwan Fjodorowitsch überzeugte sich gar bald, daß es Ssmerdjakoff dabei gar nicht um Sonne, Mond und Sterne zu tun war, daß Sonne, Mond und Sterne, wenn sie auch einen relativ interessanten Gesprächsstoff abgaben, für Ssmerdjakoff vielmehr nebensächliche Dinge waren, und daß er bei diesen Gesprächen etwas ganz anderes im Sinn hatte. Wie dem aber nun auch sein mochte, jedenfalls begann sich allmählich bei jeder Gelegenheit eine grenzenlose Eigenliebe in Ssmerdjakoffs Worten zu äußern. Obendrein war dies eine Eigenliebe, die sich gekränkt und erniedrigt glaubte. Das mißfiel Iwan Fjodorowitsch sehr. Und damit hatte dann sein Haß angefangen. Späterhin waren die Familienszenen dazwischen gekommen, die ganze Geschichte mit Grúschenka und der Streit zwischen Dmitrij und dem Vater. Sie hatten auch darüber gesprochen. Obwohl Ssmerdjakoff über diese Angelegenheiten stets sehr erregt sprach, war es doch unmöglich festzustellen, was er dabei eigentlich selbst wünschte oder zu wem er hielt. Ja, über die Unlogik und den Widerspruch mancher seiner Wünsche, die er zuweilen ganz wie aus Versehen aussprach, und die alle gleich unklar waren, mußte man sich geradezu wundern. Ssmerdjakoff stellte seine Fragen immer irgendwie indirekt, obwohl er sie sich augenscheinlich schon vorher ausgedacht hatte; wozu er das aber tat, das erklärte er nicht. Gewöhnlich verstummte er mitten in seinem interessiertesten Gespräch, oder er ging plötzlich auf ein ganz anderes Thema über. Doch vor allem anderen, was Iwan Fjodorowitsch ärgerte und in ihm schließlich einen so großen Widerwillen hervorrief, war es eine gewisse widerliche und besondere Familiarität, die sich der Diener ihm gegenüber, je länger desto unverschämter, herausnahm. O, versteht sich, nicht daß er sich erlaubt hätte, unhöflich zu sein! Im Gegenteil, er war immer ungewöhnlich ehrerbietig, aber es hatte sich mit der Zeit so gemacht, daß Ssmerdjakoff, Gott weiß warum, sich für solidarisch mit Iwan Fjodorowitsch zu halten begann und in einem Ton redete, als ob zwischen ihnen beiden etwas Verabredetes wäre, etwas Geheimes, das irgend einmal von beiden angedeutet, wenn auch nicht ausgesprochen worden wäre, das aber nur ihnen allein bekannt war, von den andern um sie herumkriechenden Sterblichen dagegen überhaupt nicht begriffen werden konnte. Doch Iwan Fjodorowitsch wurde sich noch lange nicht klar über den wahren Grund seines wachsenden Widerwillens, und erst in der letzten Zeit erriet er endlich, um was es sich dabei handelte.

Mit einer Empfindung des Ekels wollte er jetzt stumm und ohne Ssmerdjakoff anzublicken an ihm vorüber durch die kleine Pforte neben dem Hoftor eintreten, als sich Ssmerdjakoff plötzlich langsam von der Bank erhob, — und schon allein an dieser Bewegung erriet Iwan Fjodorowitsch sofort, daß jener ein besonderes Gespräch mit ihm wünschte. Iwan blickte ihn an und blieb stehen, und eben dies, daß er so plötzlich stehen geblieben und nicht vorübergegangen war, wie er noch vor einer Sekunde beabsichtigt hatte, machte ihn erzittern vor Wut. Zornig und angeekelt blickte er in Ssmerdjakoffs blutarmes Gesicht, das der Physiognomie eines verschnittenen Sektierers nicht unähnlich war, trotz der kunstvoll mit dem Kamm bearbeiteten Haare und des kleinen aufgedrehten Lockenbüschels. Das linke, etwas zugekniffene kleine Auge zwinkerte und lächelte, ganz als wollte es sagen: ‚Warum willst du vorübergehen? Du wirst ja doch nicht vorübergehen, du siehst doch selbst ein, daß wir beide, wir zwei Klugen, etwas zu besprechen haben.‘ Iwan Fjodorowitsch erzitterte.

»Fort, Hund, was habe ich mit dir zu schaffen, Rüpel!« schwebte es Iwan auf den Lippen, doch zu seiner größten Verwunderung sprach er etwas ganz anderes aus:

»Schläft der Vater noch, oder ist er schon aufgestanden?« fragte er mit leiser und fast freundlicher Stimme, und ebenso unerwartet für sich selbst, setzte er sich plötzlich auf die Bank. Auf einen Augenblick überkam ihn geradezu Angst, und dieser plötzlichen Angst erinnerte er sich noch später. Ssmerdjakoff stand vor ihm, die Hände auf dem Rücken, und blickte ihn voll Selbstbewußtsein fast streng an.

»Geruhen noch zu schlafen«, antwortete er langsam, ohne

436

sich im geringsten zu beeilen, und mit dieser Langsamkeit schien er gleichsam ausdrücken zu wollen: »Hast selbst angefangen zu sprechen, nicht ich.« — »Nur wundere ich mich alleweil über Euch, Herr«, fügte er nach kurzem Schweigen hinzu, schlug geradezu geziert die Augen nieder, setzte den rechten Fuß vor und spielte mit der Spitze des spiegelblank geputzten Stiefels.

»So, und warum wunderst du dich denn über mich?« stieß Iwan Fjodorowitsch schroff und rauh hervor, obgleich er sich aus allen Kräften bezwang, denn er hatte plötzlich mit Ekel begriffen, daß er die größte Neugier für das, was der Diener sagen werde, empfand und auf keinen Fall fortgehen werde, ohne sie befriedigt zu haben.

»Warum fahrt Ihr, Herr, nicht nach Tschermáschnja?« fragte Ssmerdjakoff, der plötzlich wieder aufsah und familiär lächelte. — Sein linkes, etwas zugekniffenes Auge aber schien zu sagen: »Und worüber ich lächle, mußt du selbst begreifen, wenn du ein kluger Mensch bist.«

»Warum soll ich denn nach Tschermáschnja fahren?« fragte Iwan verwundert.

Ssmerdjakoff schwieg eine Weile.

»Sogar der Herr Fjodor Pawlowitsch haben Euch so drum gebeten«, sagte er schließlich langsam und als ob er selbst seiner Antwort keine Bedeutung beimesse, — also ungefähr: »Ich mache es mit einem nebensächlichen Grunde ab, nur um etwas zu sagen.«

»Äh, Teufel, sprich deutlicher, was willst du?« schrie ihn Iwan Fjodorowitsch zornig an, ganz plötzlich von Sanftmut zu Grobheit übergehend.

Ssmerdjakoff setzte den rechten Fuß neben den linken, richtete sich etwas strammer auf, fuhr aber fort, ihn mit derselben Ruhe und mit demselben Lächeln anzublicken.

»Wesentliches habe ich nichts zu sagen . . . ich meinte nur so selbentlich . . . nur beiläufig . . .«

Wieder trat Schweigen ein. Sie schwiegen etwa eine Minute lang. Iwan Fjodorowitsch wußte, daß er sofort geärgert aufstehen und fortgehen müßte, Ssmerdjakoff aber stand vor ihm, als ob er wartete und dächte: »Ich will jetzt nur sehen, ob du dich ärgerst oder nicht.« Wenigstens schien es Iwan Fjodorowitsch so. Er machte eine Bewegung, um aufzustehn. Darauf hatte aber Ssmerdjakoff nur gelauert.

»Ganz schrecklich ist jetzt meine Lage, Herr, ich weiß gar nicht, wie ich mir helfen soll«, sagte er auf einmal, doch sprach er bereits fest und deutlich, und nach dem letzten Wort seufzte er auf. Iwan Fjodorowitsch blieb sitzen.

»Beide sind sie ganz kindisch geworden, ganz wie die allerkleinsten Kinder«, fuhr Ssmerdjakoff fort. »Ich rede von dem alten Herrn und von Dmitrij Fjodorowitsch. Der alte Herr werden jetzt aufstehen, und von selbigem Augenblick an geht dann das Fragen los: ‚Ist sie noch nicht gekommen? Warum ist sie nicht gekommen?‘ — Und das geht dann so weiter bis Mitternacht und noch weiter. Und wenn Agraféna Alexándrowna nicht gekommen sind, sintemal sie wahrscheinlich überhaupt niemals zu kommen gedenken, so werden der Herr morgen früh wieder anfangen: ‚Warum ist sie nicht gekommen? Weshalb ist sie nicht gekommen? Wann wird sie kommen?‘ — Ganz als ob das meine Schuld wäre, sozusagen. Und hinwiederum andererseits kommen, sobald es dunkler wird, oder auch schon früher, Dmitrij Fjodorowitsch mit der Flinte in die Nachbarschaft: ‚Paß auf, Kanaille‘, heißt es dann, ‚wenn du sie durchläßt und mich nicht benachrichtigst, falls sie gekommen ist, so bist du der erste, den ich umbringe!‘ Und ist die Nacht vergangen, so fangen auch Dmitrij Fjodorowitsch, ganz wie der alte Herr, mich peinvoll zu quälen an: ‚Warum ist sie nicht gekommen? Wird sie bald kommen?‘ — Ganz, als ob es hinwiederum auch vor ihnen meine Schuld wäre, daß ihre Dame nicht gekommen ist. Und derartig ärgern sie sich alleweil, und mit jeder Stunde und mit jedem Tage wird ihre Wut immer noch gewaltiger, so daß ich mitunter schon daran denke, mir vor lauter Angst das Leben zu nehmen. Ich, Herr, ich kann mich auf solche Menschen nicht verlassen.«

»Warum hast du dich denn überhaupt darauf eingelassen? Warum hast du Dmitrij Fjodorowitsch alles hinterbracht?« fragte Iwan Fjodorowitsch gereizt.

»Aber wie sollte ich denn nicht? Und ich hab mich auch gar nicht hineingemischt, wenn ich die volle Wahrheit sagen soll. Ich habe vom ersten Anfang an alleweil geschwiegen, dieweil ich nicht wagte zu antworten, Dmitrij Fjodorowitsch aber haben mich ungefragt gezwungen, ihr Diener zu sein, und jetzt kennen sie für mich nur ein Wort: ‚Schlage dich platt, Kanaille, mausetot, wenn du sie hineinläßt!‘ Ich bin sicher, Herr, daß ich morgen einen langen Anfall haben werde.«

»Was für einen langen Anfall?«

»So einen langen Anfall, einen ungewöhnlich langen. Mehrere Stunden oder einen ganzen Tag und noch einen zweiten Tag womöglich. Einmal hatte ich ihn drei Tage lang, dieweil ich damals vom Wäscheboden gefallen war. Es hört beinahe auf – fängt aber dann wieder an. Ich konnte an all diesen drei Tagen nicht zu klarer Besinnung kommen. Fjodor Pawlowitsch schickten nach Herzenstube, dem hiesigen Arzt, der legte mir Eis auf die Schläfen und verordnete noch ein anderes dummes Mittel . . . Ich hätte daran sterben können.«

»Soviel ich weiß, kann man bei dieser Krankheit nicht voraussagen, daß man dann und dann einen Anfall bekommen werde. Wie kannst du also sagen, daß du morgen einen haben wirst?« erkundigte sich mit ganz besonderer und gereizter Neugier Iwan Fjodorowitsch.

»Das stimmt genau, daß man's nicht vorauswissen kann.«

»Und zudem hattest du ihn damals nur darum, weil du vom Boden gefallen warst.«

»Auf den Boden gehe ich jeden Tag, ich kann alsomit auch morgen von der Bodentreppe herabfallen. Oder wenn nicht von dort, dann kann ich ja auch in den Keller hinabfallen, dieweil ich auch in den Keller täglich von wegen der Wirtschaft gehen muß.«

Iwan Fjodorowitsch blickte ihn lange scharf an.

»Du lügst ja, wie ich sehe, und ich verstehe dich wohl nicht recht«, sagte er halblaut, doch drohend, »willst du dich morgen etwa verstellen und drei Tage lang einen Anfall vorspielen? Wie?«

Ssmerdjakoff, der zu Boden gesehen und wieder mit der Stiefelspitze des rechten Fußes gespielt hatte, stellte sich nun auf das rechte Bein und setzte den linken Fuß vor, erhob den Kopf und sagte nach einem kurzen schiefen Lächeln:

»Selbst wenn ich dieses Stückchen machen könnte, also mich verstellen, dieweil es für einen geübten Menschen gar nicht schwer ist, so bin ich doch vollauf berechtigt, selbiges Mittel zur Rettung meines Lebens vorm Tode zu gebrauchen, dieweil wenn ich krank bin und Agraféna Alexándrowna zum alten Herrn kommen, Dmitrij Fjodorowitsch dann doch nicht einen kranken Menschen fragen können: ,Warum hast du es mir nicht gesagt?‘ Sie werden sich von selbst schämen, dann noch einen kranken Menschen das zu fragen.«

»Äh, Teufel!« schrie ihn plötzlich Iwan Fjodorowitsch mit wutentstelltem Gesicht an. »Was zitterst du immer um dein Leben! Du weißt doch, daß diese Drohungen Dmitrij Fjodorowitschs nichts zu bedeuten haben, nur leere Worte sind! Dich wird er nicht totschlagen, da sei unbesorgt! Totschlagen wird er, aber nicht dich!«

»Wie eine Fliege, und zwar mich vor allen andern. Aber mehr als das fürchte ich noch das Weitere: daß man mich dann sozusagen für ihren Helfershelfer hält, wenn sie was ganz Verrücktes mit ihrem Vater getan haben.«

»Warum soll man denn dich für seinen Helfershelfer halten?«

»Dieweil ich ihnen selbige Zeichen als großes Geheimnis mitgeteilt habe.«

»Was für Zeichen? Wem mitgeteilt? Zum Teufel, so sprich doch deutlicher!«

»Ich muß nun doch wohl selbiges gestehen, daß ich hier ein Geheimnis habe mit dem alten Herrn«, sagte Ssmerdjakoff langsam, in pedantischer Ruhe. »Wie Ihr selbst zu wissen geruht — wenn Ihr nur geruht, es zu wissen — hat sich der Herr seit einigen Tagen zur Gewohnheit gemacht, zur Nacht oder sogar schon am Abend von inwendig die Türen alleweil zuzuschließen. Ihr geruhet, Euch in letzter Zeit immer früh nach oben zurückzuziehen, und gestern geruhtet Ihr, überhaupt nicht auszugehen, und alsomit könnt Ihr auch wohlmöglich überhaupt nicht wissen, wie akkurat und besorgt der alte Herr sich jetzt zur Nacht einschließen. Und selbst wenn Grigórij Wassíljewitsch kommt, so machen der alte Herr höchstens dann noch auf, wenn sie ihn vorher genau an der Stimme erkannt haben. Aber Grigorij Wassiljewitsch kommt nicht, denn ich bediene jetzt ganz allein in den Wohnräumen. So haben es der alte Herr selbst bestimmt seit dem Moment, da sie diesen Einfall mit Agrafena Alexandrowna haben, zur Nacht aber entferne auch ich mich aus dem großen Hause, dieweil auch selbiges ihre eigne Anordnung ist, und dann muß ich bis Mitternacht aufpassen, herumgehen auf dem Hof und warten, ob die Dame kommen, dieweil der Herr sie schon seit mehreren Tagen wie wahnsinnig erwarten. Denken aber tun sie dabei so: ‚Sie‘, sagt der Herr, ‚fürchtet ihn‘, — also den Dmitrij Fjodorowitsch, den der alte Herr immer ‚Mitjka‘ nennen, — ‚und darum wird sie etwas später durch die Hinterstraßen zu mir kommen; du aber‘, sagen sie zu mir, ‚du mußt sie bis Mitternacht und noch darüber hinaus erwarten. Und wenn sie kommt, so lauf schnell zur Gartentür und klopf an die Tür oder an das Fenster vom Garten aus, die ersten zwei Male etwas langsamer, sieh so: Eins-zwei, und dann gleich darauf dreimal etwas schneller: Tuck-tuck-tuck. Dann‘, sagen sie, ‚werde ich sofort wissen, daß sie gekommen ist, und dir leise die Tür aufmachen.‘ Und dann haben der alte Herr mir noch ein anderes Zeichen für den Fall mitgeteilt, wenn etwas Besonderes geschehen sollte, zuerst zweimal schnell:

Tuck-tuck, und dann, nach einer kleinen Weile, noch einmal viel stärker: *Tuck.*' Dann, sagen sie, würden sie sofort begreifen, daß etwas Besonderes geschehen ist, und daß
ich sie sprechen muß, und werden mir gleichfalls sofort aufmachen. Und ich werde dann eintreten und melden. Das
für den Fall, daß Agrafena Alexandrowna nicht selbst
kommen können und irgendeine Nachricht schicken. Und
dann können auch Dmitrij Fjodorowitsch kommen, also
muß ich auch dann benachrichtigen, daß der junge Herr
in der Nähe sind. Der alte Herr fürchten sich gewaltig vor
Dmitrij Fjodorowitsch, so daß ich selbst dann, wenn Agrafena Alexandrowna gekommen sind und sie sich mit ihr
eingeschlossen haben, Dmitrij Fjodorowitsch aber mittlerweile irgendwo in der Nähe auftauchen, daß ich auch dann
sofort melden muß, nach selbigem zweiten Zeichen, also
dreimal geklopft. So bedeutet denn das erste Zeichen, fünf-
mal geklopft: ,Sie ist gekommen' und das zweite Zeichen,
dreimal geklopft: ,Dringend nötig'. So haben sie selber es
mir mannigfach vorgemacht und angezeigt und buchstäblich so erklärt. Und da nun in der ganzen Welt nur ich
und sie von diesen Zeichen wissen, so werden sie ohne jede
Bedenklichkeit, und ohne zu fragen oder anzurufen, aufmachen, denn auch laut zu rufen haben sie gewaltige Angst.
Und selbige Zeichen sind nun auch dem jungen Herrn
Dmitrij Fjodorowitsch bekannt geworden.«

»Wieso, wodurch bekannt geworden? Hast du sie ihm
etwa mitgeteilt? Wie konntest du es wagen?«

»Nur von wegen meiner gewaltigen Angst. Und wie hätte
ich denn hinwiederum wagen können, ihnen selbiges zu verheimlichen? Dmitrij Fjodorowitsch drohen mir jeden lieben
Tag: ,Du betrügst mich', sagen sie, ,du verheimlichst etwas!
Ich werde dir beide Beine ausreißen!' Und da machte ich ihnen
denn Mitteilung von selbigen geheimen Zeichen, damit sie
wenigstens meine treue Ergebenheit sehen und sich alsomit vergewissern, daß ich sie nicht betrüge und alles gehor-
samst vermelde.«

»Wenn du glaubst, daß er die Kenntnis dieser Zeichen benutzen will, um hineinzukommen, so mußt du doppelt acht geben, hörst du, und ihn auf keinen Fall hereinlassen!«

»Wenn ich aber selber einen Anfall habe, wie soll ich sie dann nicht hereinlassen, selbst wenn ich mich erdreisten könnte, sie nicht hereinzulassen, da ich doch weiß, wie verzweifelt sie sind?«

»Zum Teufel, warum bist du überzeugt, daß du einen Anfall bekommen wirst? Machst du dich über mich lustig?«

»Wie sollte ich wohl wagen, mich über Euch lustig zu machen, und ist einem denn nach Lachen zumut, wenn man solche Angst hat? Ich fühle es voraus, daß ich einen Anfall bekommen werde, habe solch ein Vorgefühl, aus bloßer Angst werde ich ihn bekommen.«

»Äh, Teufel! Wenn du krank bist, wird Grigorij wachen. Bereite ihn darauf vor, der wird dich schon gut vertreten.«

»Von den Zeichen darf ich Grigorij Wassiljewitsch ohne ausdrücklichen Befehl des Herrn unter keinen Umständen etwas sagen. Und was Ihr sagt von mich vertreten, so hat er sich akkurat heute erkältet, und Márfa Ignátjewna will ihn alsomit morgen gewaltig kurieren. Sie haben es vorhin zusammen besprochen. Und dieses Kurieren ist sehr knifflig: Marfa Ignatjewna hat solch einen Franzbranntweinaufguß mit Kräutern, deren sämtliche Wirkungen sie kennt, und mit diesem Zeug wird Grigorij Wassiljewitsch dreimal im Jahr kuriert, wenn er nämlich kreuzlahm wird. Dann nehmen sie ein grobes Handtuch, tunken es in diesen Kräuteraufguß, und dann reibt Marfa Ignatjewna eine halbe Stunde lang Grigorijs Rücken, so daß selbiger ganz rot wird und anschwillt. Und darauf gibt sie ihm den Rest mit einem gewissen Gebet zu trinken, aber nicht alles, etwas behält sie noch für sich zurück, das sie dann selber austrinkt. Und alsomit legen sich beide schlafen und schlafen lange und gewaltig fest. Und am nächsten Morgen ist Grigorij Wassiljewitsch immer gesund, Marfa Ignatjewna aber hat immer nachher Kopfschmerzen. Alsomit wird Grigorij Wassiljewitsch morgen, wenn Marfa Ignatjewna ihr Vorhaben ausführt, nichts hören, und so kann denn auch von einem Nichthereinlassen Dmitrij Fjodorowitschs durch Grigorij gar keine Rede sein: nichts als schlafen wird er.«

»Welch ein Blödsinn!« fuhr ihn Iwan Fjodorowitsch zornig an. »Das trifft ja alles wie absichtlich zusammen: du bewußtlos nach dem epileptischen Anfall und Grigorij und Marfa in festestem Schlaf! — Oder steckst du vielleicht dahinter, daß sich alles so vorzüglich trifft?« stieß er plötzlich kurz hervor und zog drohend die Brauen zusammen.

»Wie soll ich dahinter stecken ... und wozu sollte ich das zu tun versuchen, wenn doch hier alles nur von Dmitrij Fjodorowitsch abhängt und von ihren Absichten ... Wollen sie was anstiften, so wird es alsomit auch geschehen, wenn hinwiederum nicht, so werde doch ich nicht absichtlich sie herrufen, um sie zu ihrem Erzeuger hineinzuschicken.«

»Aber warum soll er denn zum Vater kommen, und dazu noch heimlich, wenn Agrafena Alexandrowna, wie du selbst sagst, überhaupt nicht kommen wird?« fuhr Iwan Fjodorowitsch, bleich vor Wut, fort. »Du sagst doch selbst, daß sie nicht zu ihm kommen will, und auch ich war die ganze Zeit, die ich hier verbracht habe, überzeugt, daß der Alte nur phantasiert, und daß dieses Geschöpf nie zu ihm kommen wird! Warum nun soll sich Dmitrij mittels dieser Zeichen zum Alten hineinschleichen wollen? Sprich! Ich will deine Gedanken wissen!«

»Ihr geruht doch selber zu wissen, warum Dmitrij Fjodorowitsch kommen werden, wozu hier meine Gedanken? Dmitrij Fjodorowitsch können doch schon aus Wut kommen oder auch aus Argwohn, beispielsweise, wenn ich krank bin. Dann wissen sie, daß ich nicht aufpassen kann, und werden vielleicht wie gestern in die Zimmer laufen, um sich alsomit zu vergewissern, ob ihre Dame nicht irgendwie von ihnen unbemerkt gekommen ist. Auch wissen sie ganz genau, daß der alte Herr ein großes Kuvert bereit liegen haben, und daß da drin dreitausend Rubel sind, und daß der Herr das Kuvert mit drei großen Siegeln verlackt und mit einem Bändchen kreuzweise umbunden und eigenhändig draufgeschrieben haben: ‚Meinem Engel Gruschenka, wenn sie zu mir kommen will‘, und daß sie darauf nach drei Tagen noch hinzugefügt haben ‚und Kücklein‘. Das aber ist es nun, was gefährlich werden kann.«

»Blödsinn!« stieß Iwan Fjodorowitsch empört hervor. »Dmitrij wird nicht Geld rauben gehen und dabei den Vater erschlagen. Er hätte ihn vielleicht gestern ihretwegen aus Eifersucht erschlagen können, wie ein Dummkopf in der Raserei, aber Geld stehlen gehen wird er nie!«

»Dmitrij Fjodorowitsch aber brauchen jetzt Geld, brauchen es ganz furchtbar notwendig! Ihr wißt ja nicht einmal, wie dringend sie es brauchen«, erklärte ungewöhnlich ruhig und auffallend deutlich Ssmerdjakoff. »Und selbige Dreitausend halten sie noch dazu für ihr Geld, und so haben sie selber mir sogar mannigfach erklärt; ‚Diese Dreitausend ist er mir so gut wie schuldig‘, haben sie zu mir gesagt. Und zu alledem bedenkt doch selbst, Herr, daß Agrafena Alexandrowna den Herrn zwingen können, sie zu heiraten, den alten Herrn Fjodor Pawlowitsch, das ist doch so wie es ist, muß man sagen, die reinste abgekochte Wahrheit, wenn sie nur selber wollen, und es kann doch sein, daß sie wirklich wollen werden. Ich sag doch nur so, daß sie nicht kommen werden, sie aber wollen vielleicht noch viel mehr als Dreitausend, sie wollen vielleicht geradewegs Gnädige werden. Ich selber weiß, daß der Kaufmann Ssamssónoff ihr in aller Aufrichtigkeit gesagt hat, das wäre sogar äußerst wenig dumm, und daß sie darauf gelacht haben. Und sie sind doch eine Dame, die gleichfalls äußerst wenig dumm ist. Einen Habenichts, wie es doch Dmitrij Fjodorowitsch sind, kann ihr nicht passen zu heiraten. Wenn man alsomit jetzt bedenkt, Herr, daß dann weder für Dmitrij Fjodorowitsch, noch selbst für Euch, Herr, mitsamt Euerm Brüderchen Alexei Fjodorowitsch so gut wie nichts nach dem Tode des Vaters verbleiben wird, kein einziger runder Rubel, dieweil Agrafena Alexandrowna den alten Herrn nur deswegen heiraten werden, um alles auf sich überschreiben zu lassen, alles, was nur an Kapitalien da ist, so urteilt doch selbst, wie es ist. Stirbt aber der alte Herr jetzt, da doch noch nichts davon geschehen ist, so kriegt jeder von Ihnen sofort blank und bar, wie man sagt, mindestens seine Vierzigtausend sicher, sogar Dmitrij Fjodorowitsch, der ihnen jetzt so gewaltig verhaßt ist, da sie ein Testament noch nicht gemacht haben ... Und das alles wissen Dmitrij Fjodorowitsch wie dreimal drei ...«

Es war, als ob sich in Iwan Fjodorowitschs Gesicht etwas verzerrte. Er zitterte am ganzen Körper. Und plötzlich stieg ihm dunkelrot das Blut ins Gesicht.

»Warum also rätst du mir daraufhin, nach Tschermaschnja zu fahren?« unterbrach er Ssmerdjakoff. »Was wolltest du damit sagen? Du siehst doch, was geschehen wird, wenn ich fahre!«

Iwan Fjodorowitsch atmete schwer.

»Das ist vollkommen richtig«, sagte wohlüberlegt, leise und voller Überzeugung Ssmerdjakoff, der nicht aufhörte, Iwan Fjodorowitsch aufmerksam und unverwandt zu beobachten.

»Wieso vollkommen richtig?« fragte Iwan Fjodorowitsch, nur mit Mühe sich bezwingend, und seine Augen blickten drohend.

»Ich meinte selbiges nur, weil ich Mitleid hatte mit Euch, Herr. An Eurer Stelle würde ich das alles hier liegen lassen, wie es ist, und fortgehen ... das ist doch besser, als bei solch einer Geschichte dabei sitzen ...«, antwortete Ssmerdjakoff, indem er scheinbar mit der größten Aufrichtigkeit in die unheimlich drohenden Augen Iwan Fjodorowitschs blickte.

Beide schwiegen eine Weile.

»Du bist, glaube ich, ein riesengroßer Idiot und außerdem, versteht sich, der gemeinste Schurke!« sagte Iwan Fjodorowitsch langsam und erhob sich von der Bank.

Er wollte darauf durch das Pförtchen auf den Hof gehen, doch plötzlich blieb er stehen und wandte sich nach Ssmerdjakoff um. Es geschah etwas Sonderbares: Plötzlich, wie im Krampf, hatte Iwan Fjodorowitsch die Zähne zusammengebissen und die Fäuste geballt und — noch einen Augenblick, und er hätte sich auf Ssmerdjakoff gestürzt. Der aber hatte es sofort bemerkt, fuhr zusammen und bog erschrocken den Oberkörper zurück. Doch der Augenblick ging, zum Glück für Ssmerdjakoff, vorüber, und Iwan Fjodorowitsch wandte sich schweigend, als ob er plötzlich in Zweifeln befangen wäre, zur Pforte.

»Ich werde morgen nach Moskau fahren, wenn es dich interessiert, — morgen in der Früh, — das ist alles!« sagte er plötzlich boshaft, laut und langsam, und als er es gesagt hatte, fragte er sich verwundert, was ihn veranlaßt haben mochte, Ssmerdjakoff das zu sagen, und auch später noch stellte er sich oftmals diese Frage.

»Das ist auch das allerbeste«, griff Ssmerdjakoff den Bescheid sofort auf, ganz als hätte er nur darauf gewartet, »und wäre es auch nur, daß man Euch in Moskau mit dem Telegraphen beunruhigen und zurückrufen könnte in irgend so einem besonderen Fall.«

Iwan Fjodorowitsch blieb wieder stehen und wandte sich von neuem brüsk nach Ssmerdjakoff um. Doch mit dem schien etwas Sonderbares geschehen zu sein: Alle Familiarität und Nachlässigkeit war mit einemmal verschwunden; sein ganzes Gesicht drückte ungewöhnliche Aufmerksamkeit und Erwartung aus — doch war es diesmal zaghafte, furchtsame, knechtische Erwartung. »Wirst du nicht noch etwas sagen, nicht noch etwas hinzufügen?« fragte förmlich sein starrer, sich an Iwan Fjodorowitsch gleichsam festsaugender Blick.

»Und aus Tschermaschnja würde man mich etwa nicht zurückrufen ... in irgend so einem besonderen Fall?« schrie ihn plötzlich Iwan Fjodorowitsch an, ohne selbst zu wissen, warum er so die Stimme erhob.

»Auch in Tschermaschnja würde man beunruhigen ...«, murmelte Ssmerdjakoff nun fast flüsternd, und als hätte er sich ganz verloren, doch fuhr er dabei unverwandt fort, aufmerksam, ungeheuer aufmerksam Iwan Fjodorowitsch gerade in die Augen zu blicken.

»Nur ist Moskau weiter und Tschermaschnja näher, so tut es dir wohl um das Reisegeld leid — wenn du mir nach Tschermaschnja zu fahren zuredest, oder tue ich dir etwa leid, weil ich dann einen so großen Umweg mache?«

»Genau so ...«, murmelte Ssmerdjakoff, widerlich lächelnd, mit fast tonloser Stimme — und wieder war er sprungbereit, um sofort rechtzeitig auszuweichen.

Doch zu Ssmerdjakoffs höchster Verwunderung ging Iwan Fjodorowitsch auflachend zur Pforte und durchschritt sie, immer noch lachend. Wer aber sein Gesicht gesehen hätte, der würde sich gesagt haben, daß er gewiß nicht lachte, weil ihm froh zumut war. Und auch ihm selbst wäre es unmöglich gewesen zu erklären, was damals, in jener Minute, in ihm vorging. Bewegte er sich doch und ging er doch, als zucke er wie in einem Krampf.

VII

»Mit einem klugen Menschen lohnt es sich zu reden«

Und wie er ging, so sprach er auch. Als er in den Saal trat und dort den Vater erblickte, rief er ihm sofort, heftig mit der Hand abwinkend, zu:

»Ich gehe zu mir nach oben, komme nicht zu Ihnen, auf Wiedersehen!« Und damit ging er vorüber, bemüht, den Vater nicht anzusehen. Möglich, daß der Alte ihm in diesem Augenblick gar zu widerlich war. Allein, diese ungenierte Bezeugung des feindlichen Gefühls verblüffte selbst Fjodor Pawlowitsch. Der Alte schien ihm tatsächlich etwas sagen zu wollen und ihm zu diesem Zweck in den Saal entgegengekommen zu sein. Als er jedoch diesen unliebenswürdigen Gruß hörte, blieb er schweigend stehen und blickte dem Sohne nur spöttisch so lange nach, bis dieser auf der Treppe zum oberen Stock verschwunden war.

»Was fehlt ihm?« fragte er hastig den gleich nach Iwan Fjodorowitsch eingetretenen Ssmerdjakoff.

»Scheinen sich über was zu ärgern, wer kann aus ihnen klug werden?« brummte der ausweichend.

«Na, dann hol ihn der Teufel! Mag er sich doch ärgern, wenn es ihm Spaß macht. Gib den Tee her und mach dann, daß du fort kommst, flink. Was gibt es Neues?«

Und es begannen dieselben Fragen, über die sich Ssmerdjakoff soeben bei Iwan Fjodorowitsch beklagt hatte, d. h. Fragen, die sich alle auf den erwarteten Besuch bezogen. Nach einer halben Stunde wurde das Haus sorgfältig verschlossen, und der verrückte Alte spazierte allein durch die Zimmer, — in zitternder Erwartung, daß sofort, im Augenblick, die fünf verabredeten Schläge ertönen würden. Von Zeit zu Zeit blickte er durch die Fenster hinaus, doch sah er dort nichts als Nacht.

Es war schon sehr spät, aber Iwan Fjodorowitsch schlief noch immer nicht. Die Gedanken ließen ihm keine Ruhe. Spät erst legte er sich in dieser Nacht zu Bett, erst nach zwei Uhr morgens. Ich will es aber nicht unternehmen, den ganzen Gang seiner Gedanken wiederzugeben, es ist auch noch nicht an der Zeit, in diese Seele einzudringen. Und selbst wenn ich jetzt versuchen wollte, seinen Zustand zu schildern, so fiele es mir doch sehr schwer, da es nicht Gedanken waren, die ihn quälten, es war vielmehr etwas Unbestimmbares und vor allen Dingen etwas ihn maßlos Erregendes, was ihn peinigte. Es war ihm, als habe er jeden Halt verloren. Auch quälten ihn verschiedene sonderbare und ganz unerwartete Wünsche, z. B.: kurz nach Mitternacht wandelte ihn plötzlich unwiderstehlich die Lust an, in das Nebengebäude auf dem Hof zu gehen und Ssmerdjakoff zu verprügeln. Hätte man ihn gefragt, warum er das wollte, so wäre er bestimmt nicht imstande gewesen, auch nur einen einzigen Grund genau anzugeben, außer vielleicht den einen, daß dieser Diener ihm so verhaßt geworden war wie der größte Beleidiger, den man sich überhaupt denken könnte. Und andererseits wurde seine Seele in dieser Nacht nicht nur einmal von einer ganz unerklärlichen und erniedrigenden Zaghaftigkeit ergriffen, die ihn immer wieder ganz plötzlich überfiel, und durch die er — das fühlte er — geradezu auch alle körperliche Kraft verlor. Sein Kopf tat ihm weh, und vor seinen Augen flimmerte es. Etwas Verhaßtes lag beklemmend auf seiner Seele, ganz als hätte er sich vorgenommen, sich an jemandem zu rächen. Er begann sogar, Aljoscha zu hassen, wenn er an sein Gespräch mit ihm dachte, und er haßte in manchen Minuten bis zur Qual auch sich selbst. An Katerína Iwánowna vergaß er beinahe zu denken, worüber er sich nicht wenig wunderte, um so mehr, als er am Vormittag, wie er sich noch sehr gut erinnerte — da er so stolz bei Chochlakóffs gesagt hatte, daß er am nächsten Tage auf immer verreisen werde —, sich selbst im geheimsten Innern gestanden hatte: »Das ist ja Unsinn, du wirst ja doch nicht abreisen, und es wird dir durchaus nicht so leicht fallen, dich von allem hier loszureißen, wie du jetzt prahlend sagst.« Wenn Iwan Fjodorowitsch später an diese Nacht zurückdachte, so war für ihn die unangenehmste Erinnerung, daß er sich plötzlich vom Diwan erhoben und leise, als hätte er furchtbare Angst, man könne ihn hören, die Tür zur Treppe geöffnet hatte, um hinunterzulauschen, wie dort unten in den großen Räumen Fjodor Pawlowitsch umherging. Lange hatte er so gestanden und gehorcht, volle fünf Minuten lang, in einer sonderbaren Erwartung mit verhaltenem Atem und klopfendem Herzen, doch warum er das tat, warum er horchen ging, — das wußte er in dem Augenblick selbst nicht. Diese seine Handlung nannte er später »abscheulich«, und in der verborgensten Tiefe seines Herzens hielt er sie für die niedrigste Tat seines Lebens. Gegen den Vater empfand er aber in diesen Minuten nicht den geringsten Haß, nur interessierte es ihn aus einem unbekannten Grunde über die Maßen, wie der Alte dort unten umherging und was er wohl denken und tun mochte. Er stellte sich vor, wie der Vater in die dunklen Fenster blickte und plötzlich mitten im Zimmer stehen blieb und wartete, wartete — ob nicht jemand klopfte. Zweimal ging Iwan Fjodorowitsch zu diesem Zweck zur Treppe. Als aber alles still wurde und Fjodor Pawlowitsch sich hingelegt hatte, ungefähr um zwei Uhr morgens, da kleidete sich auch Iwan Fjodorowitsch aus, um zu Bett zu gehen — mit dem Wunsch, bald einzuschlafen, da er sich nach allen Qualen unerträglich müde fühlte. Und so war es auch. Er schlief ganz unverhofft fest ein, schlief die ganze Nacht traumlos durch und erwachte früh am Morgen, ungefähr um sieben Uhr, als es schon hell war.

Als er die Augen aufschlug, fühlte er zu seiner Verwunderung, daß eine ungewöhnliche Energie ihn durchströmte. Er erhob sich schnell, kleidete sich an, zog darauf seinen Koffer hervor und begann, ohne Zeit zu vertrödeln, selbst seine Sachen zu packen. Die Wäsche war gerade am Tage zuvor von der Wäscherin gebracht worden, und Iwan Fjodorowitsch lächelte sogar bei dem Gedanken, wie alles sich traf und nichts seine plötzliche Abreise aufhielt. Plötzlich konnte man die Abreise sehr wohl nennen, denn wenn er auch Katerina Iwanowna, Aljoscha und später Ssmerdjakoff erklärt hatte, er werde am nächsten Tag fortfahren, so hatte er doch am Abend — dessen erinnerte er sich genau — beim Schlafengehen kein einziges Mal an die Abreise gedacht und noch viel weniger daran, daß er am Morgen, ohne sich zu bedenken, als erstes eigenhändig seinen Koffer packen werde. Endlich war alles fertig, sowohl der Koffer wie die Reisetasche. Es war schon neun Uhr, als Marfa Ignatjewna wie gewöhnlich kam, um zu fragen, wo der junge Herr den Tee trinken wolle, bei sich oben oder unten im Saal. Iwan Fjodorowitsch ging diesmal nach unten; er sah geradezu heiter aus, wenn auch an ihm, in seinen Worten und Bewegungen, etwas Nervöses, eine gewisse Hast auffiel. Er begrüßte freundlich den Vater, erkundigte sich sogar nach dessen Befinden, und plötzlich, ohne recht die Antwort des Vaters abzuwarten, erklärte er, er werde in einer Stunde nach Moskau abreisen — und zwar für immer — und bäte daher, die Postpferde bestellen zu lassen. Der Alte vernahm diese unerwartete Mitteilung ohne das geringste Zeichen von Verwunderung, vergaß sogar höchst unhöflicherweise, die Abreise des Sohnes zu bedauern. Statt dessen belebte er sich gleich darauf ungemein, da ihm im Zusammenhang damit eine dringende eigene Angelegenheit einfiel.

»Ach du! Sieh mal an, was du für einer bist! Hast gestern kein Wort davon gesagt ... nun, einerlei ... Aber weißt du was, mein Bester, tu mir den Gefallen, Wanja, und fahr noch vorher nach Tschermaschnja! Du brauchst doch von der Station, von Wolówje, nur nach links abzubiegen, im ganzen lumpige zwölf Werst, und du bist da!«

»Unmöglich, das kann ich nicht! Bis zur Eisenbahn sind es achtzig Werst, und der Zug nach Moskau verläßt die Station um Punkt sieben abends — komme also knapp hin.«

»Nun, dann kommst du eben morgen oder übermorgen hin, das ist doch wahrhaftig egal! Heute aber fahre nach Tschermaschnja! Es ist doch nicht viel, worum ich dich bitte, und du beruhigst deinen Vater! Wenn ich hier nicht gebunden wäre, wäre ich schon längst hingerutscht, denn die Sache drängt, sag ich dir, und ist wirklich nicht so ohne, ich aber habe jetzt hier ... mit einem Wort, die Zeit erlaubt es nicht ... Sieh, ich habe dort meinen Wald in zwei Distrikten, in Begítschewo und in Djátschkinoje. Mäßloffs, Vater und Sohn, Kaufleute, bieten mir für das Abholzen nur achttausend Rubel; im vorigen Jahr aber bot ein Aufkäufer zwölftausend, es war aber kein Hiesiger, das ist der Haken! Denn die Hiesigen haben keine Abnehmer, und die beiden Mäßloffs wuchern mit Hunderttausenden! Was sie anbieten, das muß man auch nehmen, denn von den Hiesigen wagt niemand, sie zu überbieten und ihnen was vor der Nase wegzuschnappen. Nun aber erhielt ich am vorigen Donnerstag vom Popen aus Iljinskoje einen Brief, in dem er

mir mitteilte, Górstkin sei hingekommen — das ist gleichfalls ein Aufkäufer, ich kenne ihn, nur ist das Wertvolle an
der Sache das, daß er kein Hiesiger ist, sondern aus Pó-
greboje, das heißt also, daß er die Maßloffs, Vater und Sohn,
alle beide nicht fürchtet, da er, wie gesagt, kein Hiesiger ist.
Elftausend, hat er gesagt, würde er für das Abholzen geben,
begreifst du jetzt? Er wird aber dort, wie der Pope schrieb,
nur eine Woche bleiben. Wenn du nun hinfahren würdest,
könntest du mit ihm die ganze Angelegenheit besprechen.«
»Schreiben Sie doch dem Popen, der kann es ja gleichfalls
besprechen.«
»Aber der versteht doch so etwas nicht, das ist es ja! Dieser Gottesknecht hat ja keine Augen! Sonst ist er ein Pracht-
mensch, ich würde ihm, ohne zu zögern, sofort Zwanzigtausend ohne Quittung zum Aufbewahren anvertrauen,
aber zu sehen versteht er nicht, wirklich, als ob er gar keine
Augen hätte! Jede lahme Krähe macht ihm ein X für ein U
vor. Dabei ist er ein gelehrter Mann! Dieser Górstkin aber
ist dem Aussehen nach ein Bauer, geht in blauem Wams
herum, nur ist er dem Charakter nach ein vollendeter
Gauner, das ist ja unser gemeinsamer Jammer! Der Kerl
lügt, das ist das Verflixte! Mitunter lügt er dir Dinge vor,
daß du dich nur wundern kannst, warum er es tut. Vor drei
Jahren log er mir vor, seine Frau sei gestorben und er habe
schon eine andere geheiratet, und dabei war davon keine
Silbe wahr, denk dir nur! Seine Frau lebte damals ruhig
weiter, lebt auch heutigen Tages noch und prügelt ihn alle
drei Tage einmal. So handelt es sich denn jetzt darum, zu
erfahren, ob er wirklich die Wahrheit sagt, daß er kaufen
und elftausend geben will.«
»So werde auch ich nichts ausrichten können, ich habe
auch keine Augen.«
»Halt, nein, paß auf, du wirst schon dazu taugen, ich
werde dir alle Merkmale sagen, von Gorstkin, denn, weißt
du, ich habe schon lange mit ihm zu tun. Sieh: man muß bei
ihm immer auf den Bart sehn. Er hat so'n kleines, gerupf-

tes, rotblondes Bärtchen. Wenn nun dieses Bärtchen zittert, er aber beim Sprechen ärgerlich wird — dann ist's gut, dann redet er die Wahrheit, will ein Geschäft machen. Streichelt er aber das Bärtchen mit der linken Hand und lächelt dabei, — nun, dann will er begaunern, dann macht er Finten. In die Augen sieh ihm niemals, aus denen wird kein Teufel klug; dunkel ist das Wasser, wie gesagt, ein Erzspitzbube, — sieh nur auf den Bart. Er nennt sich Gorstkin, heißt aber gar nicht Gorstkin, sondern Lägáwyj (Spürhund), aber rede ihn nur ja nicht so an, sonst fühlt er sich sofort beleidigt. Wenn du also mit ihm gesprochen hast und siehst, daß er es ernst meint, so schreibe mir sofort. Schreibe nur: ‚Der Kerl lügt nicht‘. Das genügt. Nur mußt du auf elftausend bestehen, wenn es aber nicht anders geht, so kannst du noch ein Tausend nachlassen, mehr aber unter keiner Bedingung. Denk nur: Acht und elf — das ist ein Unterschied von dreitausend. Diese Dreitausend habe ich so gut wie gefunden, denn so bald läuft einem kein neuer Käufer in die Finger, Geld aber habe ich grad bis zum Halsabschneiden nötig. Wenn du mir dann schreibst, daß die Sache ernst ist, so werde ich von hier schnell hinfahren, hier irgendwie die Zeit noch dazu herausquetschen. Was aber hat es für einen Zweck, überhaupt hinzufahren, wenn sich schließlich alles nur als Hirngespinst des Popen erweisen kann? Nun, fährst du?«

»Ich habe wirklich keine Zeit, ersparen Sie es mir . . .«

»Ach du! Aber so tu mir doch den Gefallen, ich werde es dir nicht vergessen! Herzlos seid ihr alle samt und sonders, das ist das Ganze, was dahintersteckt! Was macht es dir denn aus, ob du einen oder zwei Tage früher ankommst? Wohin fährst du denn jetzt? — nach Venedig? Nun, in diesen zwei Tagen wird dein Venedig nicht versinken. Ich würde sonst Aljoscha schicken, aber was versteht denn Aljoscha von solchen Dingen? Ich bitte ja nur deshalb dich allein, weil ich weiß, daß du ein kluger Mensch bist. Das sehe ich doch, wie soll ich denn das nicht sehen? Zwar handelst du nicht mit Wald, aber du hast ein gutes Auge. Hier heißt es ja bloß sehen: meint es der Kerl ernst oder faselt er wieder mal? Ich sage dir, sieh auf den Bart: zittert das Bärtchen, so ist's gut, dann meint er's ernst.«

»Sie wollen also à tout prix, daß ich dahin, in dieses verfluchte Nest fahre, nach Tschermaschnja?« fragte Iwan Fjodorowitsch zornig und lächelte boshaft.

Fjodor Pawlowitsch bemerkte die Bosheit nicht oder wollte sie nicht bemerken, beachtete aber sofort das Lächeln.

»Du fährst also, wirst hinfahren? Wart, dann schreib ich schnell noch 'n paar Zeilen, die du mitnehmen kannst.«

»Ich weiß nicht, ob ich hinfahre, ich weiß es noch nicht; ich werde mich unterwegs entscheiden.«

»Ach was, unterwegs! Entscheide dich jetzt! Täubchen, entscheide dich gleich! Du fährst doch? Und wenn du mit ihm übereingekommen bist, so schreibe mir nur zwei Zeilen und gib den Zettel dem Popen, der wird ihn mir sofort rüberschicken. Und dann fahr, wohin du willst, schieb meinetwegen ab nach Venezien! Zurück zur Poststation kann dich der Pope mit seinen Pferden fahren ...“

Der Alte war entzückt; im Augenblick hatte er die paar Zeilen gekritzelt, man schickte nach Postpferden, es gab noch einen Imbiß, dazu Kognak. Wenn der Alte sich über etwas freute, pflegte er sonst sehr redselig und vertraulich zu werden, diesmal aber schien er sich zurückzuhalten. Über Dmitrij Fjodorowitsch zum Beispiel sagte er kein einziges Wörtchen. Die bevorstehende Trennung selbst, vom zweiten Sohn, rührte ihn nicht im geringsten. Ja, er schien nicht einmal recht zu wissen, wovon er sprechen sollte, was Iwan Fjodorowitsch sehr wohl bemerkte. »Ich muß ihm doch zur Genüge lästig geworden sein«, dachte er bei sich.

Erst als der Alte den Sohn auf die Freitreppe hinausgeleitete, wurde er ein wenig rührselig und bekundete sogar die Absicht, ihn zu küssen. Doch Iwan Fjodorowitsch streckte ihm schnell die Hand zum Abschied entgegen, sichtlich bemüht, etwaige Liebesergüsse zu vermeiden, was der Alte denn auch sofort begriff, — worauf er im Augenblick davon Abstand nahm.

»Nun, fahr mit Gott, mit Gott!« wiederholte er von der Treppe aus. »Wirst doch noch einmal im Leben wieder herkommen, nicht? Na, komm nur, werde mich freuen. Nun, Christus sei mit dir!«

Iwan Fjodorowitsch stieg in den Wagen.

»Leb wohl, Iwan, schimpf nicht gar zu sehr über mich!« rief ihm der Vater als Letztes noch nach.

Die Dienerschaft hatte sich zum Abschied gleichfalls eingefunden: Ssmerdjakoff, Marfa und Grigorij. Iwan Fjodorowitsch schenkte jedem von ihnen zehn Rubel. Als er sich schon in den Wagen gesetzt hatte, trat plötzlich Ssmerdjakoff flink noch an den Schlag, um die Wagendecke zurechtzulegen.

»Siehst du, nun fahre ich doch nach Tschermaschnja . . .«, kam es plötzlich ganz von selbst über Iwan Fjodorowitschs Lippen, für ihn jedenfalls ebenso unerwartet wie tags zuvor bei der Hofpforte die Mitteilung, daß er nach Moskau fahren werde — doch diesmal stieß er es mit einem seltsam nervösen kleinen Auflachen hervor.

Daran erinnerte er sich später noch oft.

»Alsomit haben denn die Leute recht, wenn sie sagen: Mit einem klugen Menschen lohnt es sich zu reden«, antwortete Ssmerdjakoff mit fester Stimme und einem vielsagenden Blick auf Iwan Fjodorowitsch.

Die Pferde zogen an, und der Wagen rollte davon. In der Seele des Reisenden war es unruhig, aber er begann gierig ins Land zu schauen, auf die Felder, die Hügel, die Bäume, auf einen Zug Wildgänse, die hoch über ihm am klaren Himmel nach Süden zogen. Und plötzlich wurde ihm so wohl zumut. Er versuchte, mit dem Kutscher eine Unterhaltung anzuknüpfen und glaubte sich schon sehr interessiert für etwas in der Antwort des Bauern, aber nach einer Weile wurde er sich bewußt, daß die ganze Antwort ihm entgangen war, daß er dem Kutscher überhaupt nicht zugehört hatte. Er verstummte, und auch so war es schön: die Luft war rein, klar, frisch, der Himmel hoch und hell. Die Gestalten von Aljoscha und Katerina Iwanowna wollten schon von ferne vor seinem Geist auftauchen; aber er lächelte still, blies leise gegen die lieben Schemen, und sie flogen davon.

»Auch ihre Zeit wird noch kommen«, dachte er.

Die erste Station erreichten sie bald, wechselten dort die Pferde und fuhren dann weiter nach Wolówje.

»Warum lohnt es sich, mit einem klugen Menschen zu reden? was hat er damit sagen wollen?« fuhr es ihm plötzlich durch den Kopf, und es verschlug ihm den Atem. »Und warum berichtete ich ihm, daß ich nach Tschermaschnja fahre?«

Sie kamen in Wolówje an. Iwan Fjodorowitsch stieg aus, und alsbald umringten ihn die Fuhrleute. Er befahl Postpferde anzuspannen und vereinbarte auch sofort den Preis für die zwölf Werst nach Tschermaschnja. Er ging ins Stationsgebäude, sah sich dort einmal um, warf auch einen Blick auf die Stationshalterin, und plötzlich ging er wieder zurück zur Vorfahrt.

»Nicht nötig nach Tschermaschnja! Ich fahre nicht hin. Aber werden wir nicht zu spät zur Bahnstation kommen? Der Zug geht um sieben.«

»Wird noch grade gehn. Befehlen der Herr anzuspannen?«

»Ja, sofort! Wird nicht jemand von euch morgen in die Stadt fahren?«

»Wie denn nicht? Mitrij wird bestimmt hinkommen.«

»Kannst du mir nicht einen Dienst erweisen, Mitrij? Geh zu meinem Vater, zu Fjodor Pawlowitsch Karamasoff, und sage ihm, daß ich nicht nach Tschermaschnja gefahren bin. Könntest du das tun?«

»Warum denn nicht? Ich kenne den Herrn Fjodor Pawlowitsch schon lange!«

»Hier hast du ein Trinkgeld, denn er wird dir vielleicht

keines geben«, sagte Iwan Fjodorowitsch gut gelaunt und lachte.

»Ja, ich weiß schon, er würde bestimmt nichts geben«, sagte Mitrij, gleichfalls lachend. »Danke, Herr, ich werde es ausrichten, werde es bestimmt ausrichten . . .«

Um sieben Uhr abends stieg Iwan Fjodorowitsch in den Zug ein und sauste weiter nach Moskau.

»Fort jetzt mit allem Gewesenen! Schluß für immer mit dem früheren Leben und der früheren Welt, in der ich gelebt habe, und daß keine Nachricht, kein Ruf mehr aus ihr zu mir herüberklinge! Hinein in die neue Welt, ins neue Leben, und ohne jemals zurückzuschauen!«

Doch statt frohen Jubels erhob sich in seinem Herzen so großes Weh, wie er es in seinem Leben noch nie empfunden hatte. Die ganze Nacht konnte er nicht schlafen: Gedanken jagten Gedanken; der Zug flog ratternd dahin, und erst im Morgengrauen, kurz vor der Einfahrt in Moskau, war es ihm, als ob er plötzlich erwache.

»Ich bin ein Schuft!« murmelte er vor sich hin.

Fjodor Pawlowitsch dagegen fühlte sich sehr zufrieden, als das Söhnlein abgereist war. Volle zwei Stunden lang fühlte er sich beinahe glücklich und kippte von Zeit zu Zeit einen Kognak. Doch plötzlich geschah etwas sehr Ärgerliches und für alle Hausbewohner Unangenehmes, was Fjodor Pawlowitsch sofort in große Unruhe versetzte: Ssmerdjakoff war nämlich aus irgendeinem Grunde in den Keller gegangen und die Treppe hinuntergefallen. Es war noch ein Glück, daß Marfa Ignatjewna sich gerade auf dem Hof befand und es rechtzeitig hörte. Den Sturz selbst hatte sie zwar nicht gesehen, dafür aber hatte sie den Schrei gehört, den Schrei des Epileptikers, der im Anfall hinstürzt. Ob ihn nun der Anfall beim Hinabsteigen getroffen hatte und er dann bewußtlos die Treppe hinuntergestürzt war, oder ob der Anfall durch den Sturz und die Erschütterung verursacht worden war, das ließ sich natürlich nicht feststellen, denn man fand ihn schon auf dem Boden des Kellers in

Krämpfen liegen, Schaum vor dem Munde. Man glaubte zuerst, er müsse sich wenigstens irgend etwas, einen Arm oder ein Bein gebrochen oder wundgeschlagen haben, doch siehe: er hatte sich nicht den geringsten Schaden getan, offenbar hatte ihn »Gott beschützt«, wie Marfa Ignatjewna sagte; nur war es schwer, ihn aus dem Keller in Gottes freie Natur hinaufzuschaffen. Man bat aber in der Nachbarschaft um Hilfe und brachte ihn dann doch irgendwie nach oben. Fjodor Pawlowitsch wohnte persönlich dieser ganzen umständlichen Prozedur bei und half sogar eigenhändig; jedenfalls war er nicht wenig erschrocken und sehr besorgt. Der Kranke kam nicht sobald zur Besinnung. Die Krämpfe hörten wohl zeitweilig auf, doch kamen sie immer wieder, und so meinten schließlich alle, der Anfall werde ebenso lange andauern wie im vorigen Jahr, als er von der Treppe zum Dachboden herabgefallen war. Man erinnerte sich, daß er damals Eisumschläge auf die Stirn und den Scheitel bekommen hatte, und beschloß daher, jetzt dasselbe Mittel anzuwenden. Eis fand sich noch im Keller, und Marfa Ignatjewna machte ihm die Umschläge. Fjodor Pawlowitsch schickte gegen Abend nach Doktor Herzenstube, der auch sofort kam. Nachdem er den Kranken sorgfältig untersucht hatte (er war der gewissenhafteste und aufmerksamste Arzt im ganzen Gouvernement, ein bejahrtes, sehr ehrenwertes Männlein), erklärte er, daß der Anfall ein »außergewöhnlicher« sei und es »könne Gefahr drohen«, daß er, Herzenstube, sich vorläufig noch nicht alles erklären könne, daß er aber morgen früh, falls diese Mittel nicht helfen sollten, sich entschließen werde, andere anzuwenden. Der Kranke wurde in sein Zimmer und zu Bett gebracht. Grigorijs und Marfa Ignatjewnas Schlafstube lag nebenan. Fjodor Pawlowitsch aber hatte an diesem Tage ein Unglück nach dem anderen zu ertragen: das Essen hatte nun Marfa Ignatjewna zubereitet, und so fand Fjodor Pawlowitsch, daß die Suppe im Vergleich zu Ssmerdjakoffs Meisterwerken »das reinste Spülwasser« sei, und das Huhn erwies sich

als dermaßen verbraten, daß es überhaupt nicht durchzu-
kauen war. Marfa Ignatjewna aber entgegnete auf die bitteren, wenn auch gerechten Vorwürfe des Herrn, daß das
Huhn an und für sich schon sehr alt gewesen sei und sie sei
ja auch nicht großartig zum Koch ausgebildet worden. Und
am Abend kam dann noch ein neues Unglück hinzu: Fjodor
Pawlowitsch wurde gemeldet, daß Grigorij, der sich vor
zwei Tagen erkältet hatte, nunmehr völlig kreuzlahm zu
Bett liege. Fjodor Pawlowitsch trank daher seinen Abendtee
möglichst früh und schloß sich dann allein im Hause ein. Er
war durch die fieberhafte Erwartung ungewöhnlich erregt.
Die Sache war nämlich die, daß er gerade an diesem Abend
Gruschenkas Besuch fast mit Bestimmtheit erwartete, da
ihm Ssmerdjakoff schon am Vormittag gesagt hatte, sie
hätte versprochen, »heute unfehlbar zu kommen«. Das
Herz des unruhigen Alten schlug erwartungsvoll; erregt
ging er in seinen einsamen Räumen umher und blieb immer wieder lauschend und mit klopfendem Herzen aufhor-
chend stehen. Er mußte auf der Hut sein: konnte doch
Dmitrij Fjodorowitsch irgendwo in der Nähe ihr auflauern,
und so hieß es denn, wenn sie ans Fenster klopfte (Ssmerdjakoff hatte ihm schon vor drei Tagen beteuert, daß er ihr
ausführlich gesagt habe, wo und wie sie klopfen solle), –
ja, dann hieß es, sofort die Tür öffnen und sie keine Sekunde lang warten lassen, damit sie um Gottes willen nicht
vor irgend etwas Angst bekäme und davonliefe. Besorgt
und unruhig wartete Fjodor Pawlowitsch. Noch nie hatte
sein Herz in so süßer Hoffnung geschwelgt: es war doch
jetzt so gut wie sicher, daß sie diesmal wirklich kommen
werde! . . .

SECHSTES BUCH

EIN RUSSISCHER MÖNCH

I

Der Staretz Sossima und seine Gäste

Als Aljoscha, Schmerz und Aufregung im Herzen, die
Klause des Staretz betrat, blieb er im ersten Augenblick fast
starr vor Verwunderung stehen: statt einen sterbenden Kranken vorzufinden, der, wie Aljoscha die ganze Zeit befürchtet hatte, vielleicht schon bewußtlos war, erblickte er ihn
plötzlich im Lehnstuhl sitzend, wenn auch abgezehrt und
schwach, so doch jedenfalls mit frohem Antlitz, und umgeben von Gästen, mit denen er eine ruhig heitere Unterhaltung führte. Übrigens war er erst eine Viertelstunde
vor Aljoschas Ankunft aufgestanden; die Gäste aber hatten
sich schon früher in der Klause versammelt und auf sein
Erwachen gewartet, denn Pater Païssij hatte ihnen gesagt,
der Lehrer werde ganz gewiß noch aufstehen, um sich noch
einmal mit allen, die seinem Herzen teuer waren, zu unterhalten, wie er dies selbst am Morgen gewünscht und versprochen hatte. An dieses Versprechen, wie überhaupt an
jedes Wort des sterbenden Staretz, glaubte Pater Païssij
unerschütterlich, so daß er sogar dann, wenn er ihn schon
bewußtlos und sterbend erblickt, aber sein Versprechen gehabt hätte, noch einmal aufzustehen, dem Tode selbst nicht
geglaubt, sondern immer noch erwartet hätte, der Ster-
bende werde sich noch erheben und sein Versprechen halten.
Am Morgen hatte ihm der Staretz vor dem Einschlafen gesagt. »Ich werde nicht eher sterben, als bis ich mich noch
einmal, ihr Geliebten meines Herzens, an einem Gespräch
mit euch erquickt, eure lieben Gesichter geschaut und noch

einmal meine Seele in euch verströmt habe.« Die Mönche, die sich zu dieser wahrscheinlich letzten Unterhaltung beim Staretz eingefunden hatten, waren nur seine — schon seit langen Jahren — ergebensten Freunde. Es waren ihrer vier: die beiden Priestermönche Pater Jossiff und Pater Païssij und der Priestermönch Pater Michail. Dieser war der Vorsteher der Einsiedelei, eigentlich noch kein alter Mann, keineswegs sehr gelehrt, von einfacher Herkunft, dafür aber ein fester Charakter mit schlichtem, unerschütterlichem Glauben und von strengem Aussehen; sein Herz war von tiefster Rührung erfüllt, die er jedoch äußerlich fast wie aus einem gewissen Schamgefühl immer zu verbergen suchte. Der vierte Gast war ein sehr altes schlichtes Mönchlein aus ärmlichstem Bauernstande, Bruder Anfím, der kaum lesen und schreiben konnte, still und schweigsam war, selten mit jemandem sprach, der Demütigste aller Demütigen. Er hatte das Aussehen eines Menschen, der durch etwas Großes und Schreckliches, für seinen Geist Unfaßbares, ein für allemal eingeschüchtert worden war. Diesen gleichsam ständig bebenden Menschen liebte der Staretz Sossíma offenbar sehr und behandelte ihn stets mit außergewöhnlicher Hochachtung, wenn er auch vielleicht in seinem ganzen Leben mit niemandem weniger Worte gewechselt hatte als mit ihm, obschon er viele Jahre mit ihm allein als Pilger durch das heilige Rußland gewandert war. Das war aber schon vor langer Zeit geschehen, ungefähr vor vierzig Jahren, als der Staretz Sossíma seine Laufbahn als Mönch in einem armen, wenig bekannten Kloster im Gouvernement Kostromá erst begonnen und sich bald darauf diesem Pater Anfím auf den Wanderungen zum Sammeln von Opfergaben für ihr armes Kloster angeschlossen hatte. Sie alle, der Staretz und seine Gäste, waren jetzt im zweiten Zimmer der Klause versammelt, in dem das Bett stand. Dieses Zimmer war, wie ich schon einmal erwähnte, sehr klein, so daß alle vier (außer dem Novizen Porfírij, der die ganze Zeit stand) um den Lehnstuhl des Staretz auf den Stühlen, die man

aus dem ersten Zimmer herbeigebracht hatte, kaum Platz
fanden. Draußen dunkelte es bereits, und das Zimmer wurde nur von den Lämpchen und Wachskerzen vor den Heiligenbildern erleuchtet. Als der Staretz Aljoscha erblickte,
der beim Eintreten verwirrt in der Tür stehen blieb, lächelte er ihm freudig zu und streckte ihm die Hand entgegen.

»Sei gegrüßt, mein Stiller, sei gegrüßt, Lieber, nun bist
auch du wieder hier! Ich wußte doch, daß du noch kommen
würdest.«

Aljoscha trat auf ihn zu, verneigte sich vor ihm bis zur
Erde und brach in Tränen aus. Irgend etwas wollte sich aus
seinem Herzen befreien, seine Seele bebte, und er hätte laut
aufschluchzen mögen.

»Was hast du? Warte noch mit dem Beweinen«, sagte
der Staretz lächelnd und legte ihm die rechte Hand auf den
Scheitel, »du siehst doch, ich sitze hier und plaudere, vielleicht werde ich noch zwanzig Jahre leben, wie es mir gestern die Gute, Liebe aus Wyschegórje, mit dem Töchterchen Lisawéta auf dem Arm, gewünscht hat. Herr, segne sie
und ihr Töchterchen! (Er bekreuzte sich.) »Porfirij, hast du
die Gabe dorthin gebracht, wohin ich dir sagte?«

Ihm waren die sechzig Kopeken eingefallen, die seine
muntere Verehrerin mit der Bitte gespendet hatte, sie
»einer, die ärmer ist als ich« zu geben. Solche Spenden, die
man sich freiwillig auferlegt, müssen unbedingt durch eigene Arbeit erworben sein, wenn sie ein Bußopfer sein sollen.
Der Staretz hatte Porfirij mit dieser Spende noch am selben
Abend zu einer armen Kleinbürgerin geschickt, einer Witwe
mit Kindern, die durch einen Brand alles verloren hatte
und nun betteln gehen mußte. Porfirij meldete sogleich, daß
er die Sache besorgt und das Geld, wie ihm aufgetragen war,
»von einer unbekannten Spenderin« übergeben habe.

»Steh auf, mein Lieber«, wandte sich der Staretz wieder
zu Aljoscha, »laß mich dich anschauen. Warst du bei den
Deinen und hast du deinen Bruder gesehen?«

Es kam Aljoscha merkwürdig vor, daß er so bestimmt nur nach einem seiner Brüder fragte — aber nach welchem? Dann hatte er ihn vielleicht nur um dieses Bruders willen von sich weggeschickt, sowohl gestern wie heute.

»Den einen der Brüder habe ich gesehen«, antwortete Aljoscha.

»Ich meine den von gestern, den älteren, vor dem ich mich bis zur Erde verneigte.«

»Den habe ich gestern gesehen, heute aber konnte ich ihn nicht finden«, sagte Aljoscha.

»Suche ihn eiligst auf, geh morgen wieder hin, beeile dich, ihn zu finden! Laß alles andere liegen und beeile dich. Vielleicht kannst du doch noch etwas Schreckliches verhüten. Denn wisse: ich habe mich gestern wegen des großen Leides, das ihn in Zukunft erwartet, vor ihm verneigt.«

Er verstummte plötzlich und versank in Gedanken. Sonderbar waren seine Worte. Pater Jossiff und Pater Païssij, die Zeugen des gestrigen Kniefalls gewesen waren, tauschten einen Blick aus. Aljoscha aber konnte nicht an sich halten:

»Mein Vater und Lehrer«, stieß er in beklemmender Aufregung hervor, »unklar sind mir Eure Worte ... Welch ein Leid erwartet ihn?«

»Frage nicht. Mir war gestern, als sähe ich etwas Schreckliches ... sein Blick schien plötzlich sein ganzes Schicksal zu offenbaren. Nur ein Blick war es, und in diesem Augenblick erschrak ich in meinem Herzen über das, was dieser Mensch sich selbst bereitet. Nur ein- oder zweimal in meinem Leben habe ich diesen Gesichtsausdruck gesehen ... einen Gesichtsausdruck, der das ganze Schicksal dieser Menschen kennzeichnete, und wehe! das sie auch ereilte. Ich habe dich zu ihm geschickt, Alexei, denn ich dachte, dein Bruderantlitz könnte ihn retten. Aber alles kommt vom Herrn, auch alle unsere Geschicke. „Wenn das Weizenkorn in die Erde fällt und nicht stirbt, so bleibt es allein; stirbt es aber, so bringt es viele Frucht." Vergiß das nie. Dich aber, Alexei, habe ich in Gedanken oft gesegnet für dein Erscheinen, wisse das«, sagte der Staretz mit einem stillen Lächeln. »Ich denke so über dich: Du wirst aus diesen Mauern hinausgehen, in der Welt aber wirst du wie ein Mönch verbleiben. Viele Widersacher wirst du haben, doch selbst deine Feinde werden dich lieben. Viel Leid wird dir das Leben bringen, doch eben dadurch wirst du auch glücklich sein und wirst das Leben segnen und auch andere bewegen, es zu segnen, — was von allem das Wichtigste ist. Sieh, so einer bist du.

Meine Väter und Lehrer«, wandte er sich gerührt lächelnd an seine Gäste, »bis auf den heutigen Tag habe ich noch niemand gesagt, auch ihm nicht, warum der Anblick dieses Jünglings meiner Seele so lieb war. Jetzt will ich es sagen: sein Anblick war mir wie eine Erinnerung und wie eine Verheißung. Im Morgenrot meiner Tage, als ich noch ein Kind war, hatte ich einen älteren Bruder, der als Jüngling, kaum siebzehn Jahre alt, vor meinen Augen starb. Und nachher, mit der Zeit, wie ich mein Leben durchschritt, überzeugte ich mich immer mehr und mehr, daß dieser mein älterer Bruder in meinem Schicksal gleichsam ein Hinweis und wie eine Vorbestimmung von oben war; denn wäre er nicht in meinem Leben erschienen, hätte es ihn überhaupt nicht gegeben, so wäre ich vielleicht nie auf den Gedanken gekommen, so denke ich jetzt, das Amt des Mönches zu wählen und diesen Weg einzuschlagen, der mir jetzt so teuer ist. Jene erste Erscheinung ward mir noch in der Kindheit zuteil, und nun, wo mein Weg schon bergab führt und sich dem Ende nähert, tritt sie mir wie wiedererstanden aufs neue leibhaftig vor die Augen. Wie ein Wunder ist es, Väter und Lehrer, daß Alexei, obschon er ihm dem Gesicht nach nicht vollkommen gleicht, sondern nur ein wenig, gleichwohl geistig jenem so ähnlich ist, daß ich ihn oftmals geradezu für jenen Jüngling, meinen Bruder, gehalten habe, der am Ende meiner Tage auf geheimnisvolle Weise zu mir gekommen ist, um mich an etwas zu erinnern und zutiefst zu überzeugen, so daß ich mich sogar über mich selbst wunderte und über diese meine wunder liche Illusion. Hörst du das, Porfirij?« wandte er sich an den ihm dienenden Novizen. »Mehrmals habe ich geglaubt, in deinem Gesicht etwas wie Betrübnis zu lesen, weil ich Alexei mehr liebte als dich. Jetzt weißt du, warum es so war; aber ich liebe auch dich, wisse das, und es hat mich oft bekümmert, daß es dich betrübte. Euch aber, meine lieben Gäste, will ich jetzt von jenem Jüngling erzählen, meinem Bruder, denn es hat in meinem Leben keine Erscheinung gegeben, die mir teurer gewesen wäre als er, noch eine verheißungsvollere und rührendere. Mein Herz ist ergriffen, und ich überschaue in diesem Augenblick mein ganzes Leben, als ob ich alles von neuem erlebte . . .«

Hier muß ich bemerken, daß dieses Gespräch des Staretz mit seinen Gästen, die ihn an jenem letzten Tage seines Lebens besuchten, sich teilweise in einer Niederschrift erhalten hat. Alexei Fjodorowitsch Karamasoff hat es einige Zeit nach dem Tode des Staretz aus dem Gedächtnis niedergeschrieben, zur Erinnerung an ihn. Ob aber diese Niederschrift nur das letzte Gespräch an jenem Abend wiedergibt, oder ob hier auch Erzählungen des Staretz aus früheren Unterhaltungen eingeflochten sind, das ist natürlich schwer festzustellen. Jedenfalls zieht sich in dieser Niederschrift das Gespräch des Staretz ununterbrochen hin, als ob er sein Leben den Freunden in der Form einer Erzählung wiedergegeben hätte, während es sich doch in Wirklichkeit ohne Zweifel anders verhalten hat. Die Unterhaltung an jenem Abend hatte alle einbezogen; denn wenn auch die Gäste den Hausherrn nur selten unterbrachen, so unterhielten sie sich doch mit ihm, teilten auch ihre Meinungen und vielleicht auch eigene Erlebnisse mit, ganz abgesehen davon, daß der Staretz seine Erzählung gar nicht ununterbrochen hätte zu Ende führen können, da er viel zu erschöpft war, die Stimme ihm bisweilen versagte und er sich von Zeit zu Zeit aufs Bett legen mußte, um sich zu erholen, während die Gäste ihre Plätze nicht verließen.

Ein paarmal wurde die Unterhaltung durch Lesen des Evangeliums unterbrochen, und das Lesen übernahm Pater Païssij. Merkwürdig ist es auch, daß kein einziger von ihnen daran dachte, daß der Staretz noch in dieser Nacht sterben könnte, zumal es den Anschein hatte, als habe er in einem tiefen Schlaf am Nachmittag neue Kraft gesammelt, die ihm denn auch dieses lange Gespräch mit den Freunden ermöglichte. Es war gleichsam ein letztes Ergriffensein, das diese unwahrscheinliche Belebung in ihm wachhielt, indes nur auf kurze Zeit, denn sein Leben versiegte plötzlich ... Doch davon später. Jetzt will ich nur im voraus bemerken, daß ich es vorgezogen habe, mich hier auf die Wiedergabe dieses Gesprächs nach der Niederschrift Alexei Fjodorowitsch Karamasoffs zu beschränken, ohne auf alle Einzelheiten dieser letzten Unterhaltung einzugehen. So wird es kürzer und weniger ermüdend sein, wenn auch nicht wortgetreu, da Aljoscha, wie gesagt, manches aus früheren Gesprächen mit seinem Lehrer hier zur Ergänzung eingefügt haben dürfte.

II

Aufzeichnungen
aus dem Leben des in Gott entschlafenen Einsiedlers und Priestermönches, des Staretz Sossima, zusammengestellt nach seinen eigenen Worten von Alexei Karamasoff.
Biographische Aufzeichnungen

a) Vom jungverstorbenen älteren Bruder des Staretz Sossima

Geliebte Väter und Lehrer, geboren bin ich in einem fernen, nördlichen Gouvernement, in der Stadt W. Mein Vater war Edelmann, doch weder von hohem Adel noch von hohem Rang. Er starb, als ich zwei Jahre alt war, und ich erinnere mich seiner nicht. Er hinterließ meiner Mutter ein nicht sehr großes Wohnhaus und ein mittleres Vermögen, das für sie und ihre Kinder zu einem sorgenfreien Leben ausreichte. Sie hatte aber nur uns zwei: mich, Sinówij, und meinen älteren Bruder Markéll. Er war um acht Jahre älter als ich, von aufbrausendem und reizbarem Charakter, aber gutmütig, nicht spöttisch und seltsam wortkarg, besonders bei uns zu Hause, mit mir, mit der Mutter und mit den Dienstboten. Im Gymnasium lernte er gut, schloß sich aber seinen Mitschülern nicht an, wenn er sich auch nicht mit ihnen stritt. So hat es mir wenigstens meine Mutter berichtet. Ein halbes Jahr vor seinem Tode, als er schon siebzehn Jahre alt war, begann er zu einem ganz zurückgezogen in unserer Stadt lebenden Menschen zu gehen, einem gleichsam politischen Verbannten, der aus Moskau wegen seines Freidenkertums in unsere Stadt verschickt worden war. Dieser Verbannte war aber kein geringer Gelehrter und soll ein bekannter Philosoph an der Universität gewesen sein. Aus irgend einem Grunde hatte er Markéll liebgewonnen und begann ihn zu sich einzuladen. Der Jüngling brachte ganze Abende bei ihm zu, und so ging das den ganzen Winter über, bis man den Verbannten schließlich nach Petersburg berief, in den Staatsdienst, auf sein Gesuch hin, denn er hatte Protektion. Die großen Fasten begannen, aber Markell weigerte sich zu fasten, und machte sich über das Fasten nur lustig: »Das ist doch nichts als Unsinn, denn es gibt ja gar keinen Gott«, sagte er. Meine Mutter und die Dienstboten waren darüber ganz entsetzt, und auch ich war es; wenn ich auch erst neun Jahre alt war, so erschrak ich doch sehr, als ich diese Worte hörte. Unsere vier Dienstboten waren alle Leibeigene und alle — da es ja verboten war, Leibeigene ohne Land zu kaufen — auf den Namen eines uns bekannten Gutsbesitzers gekauft. Ich erinnere mich noch, wie meine Mutter eine von diesen vier, die Köchin Anfímja, ein hinkendes, ältliches Weib, für sechzig Papierrubel verkaufte und an ihrer Stelle eine Freie nahm. In der sechsten Woche der Fasten wurde mein Bruder krank. Er war schon immer kränklich gewesen, hatte eine schwache Lunge, war zart gebaut und neigte zur Schwindsucht; von Wuchs war er nicht klein, aber schmal und schwächlich; sein Gesicht aber war sehr wohlgebildet. Wahrscheinlich hatte er sich erkältet. Der Doktor kam und flüsterte bald darauf meiner Mutter zu, daß es die galoppierende Schwindsucht sei und er den Frühling wohl nicht überleben werde. Die Mutter weinte, begann aber dann doch vorsichtig, den Bruder zu bitten (um ihn nicht zu erschrecken), sich durch Fasten und Kirchenbesuch auf das Abendmahl vorzubereiten, denn damals konnte er noch ausgehen. Als er das hörte, wurde er zornig und lästerte über die Kirche; aber er begann doch nachzudenken. Er erriet wohl sofort, daß er gefährlich krank sein mußte, und daß die Mutter ihn nur darum bat, zum Abendmahl zu gehen, weil er noch bei Kräften war. Übrigens wußte er selbst schon lange, daß er krank war, schon ein Jahr vorher hatte er einmal bei Tisch zu mir und der Mutter kaltblütig gesagt: »Ich bin hier unter euch nicht zum Bewohner dieser Erde geschaffen, vielleicht werde ich kaum ein Jahr noch leben«, ganz als ob er seinen Tod vorausgefühlt hätte. Es vergingen zwei, drei Tage, und die Passionswoche begann. Und siehe, der Bruder ging vom Dienstagmorgen an zur Beichte. »Ich tue es nur deinetwegen, Mütterchen, nur um dich zu erfreuen und zu beruhigen«, sagte er zu ihr. Die Mutter weinte vor Freude und wohl auch vor Leid. »Nahe muß sein Ende sein, wenn sich eine solche Wandlung in ihm vollzogen hat«, sagte sie. Aber nicht lange konnte er in die Kirche gehen, so daß die Beichte und das Abendmahl zu Hause vollzogen werden mußten. Es kamen heitere und klare Tage, voll Licht und Duft; Ostern fiel spät. In den Nächten schlief er schlecht und hustete viel – ich erinnere mich dessen noch –, am Morgen aber kleidete er sich immer noch an und setzte sich in einen weichen Lehnstuhl. So sehe ich ihn noch jetzt vor mir: still sitzt er da, lächelt, zwar ist er krank, aber sein Antlitz ist heiter, voll Freude. Seelisch hatte er sich bald ganz verändert – eine wunderliche Verwandlung begann sich in ihm zu vollziehen! Seine alte Kinderfrau trat einmal zu ihm ins Zimmer und sagte: »Erlaube, mein Täubchen, daß ich auch bei dir das Lämpchen vor dem Heiligenbilde anzünde.« Früher hatte er es nicht erlaubt und hatte das Lämpchen sogar ausgeblasen. »Zünde es nur an, meine Liebe, zünde es an. Ein Ungeheuer war ich, als ich es dir verbot. Du betest zu Gott, indem du das Lämpchen anzündest, und ich bete, indem ich mich über dich freue. Folglich beten wir beide zu ein und demselben Gott.« Sonderbar erschienen uns diese Worte; die Mutter ging in ihr Zimmer und weinte immerzu, nur wenn sie zu ihm kam, trocknete sie sich die Augen und machte ein frohes Gesicht. »Mütterchen, Täubchen, weine nicht, mein Liebes«, sagte er gar manches Mal, »mir bleibt ja noch viel Zeit zum Leben, ich kann mich noch viel mit euch freuen, sieh, wie heiter, welch eine Freude ist doch das Leben!« — »Ach, mein Lieber, was ist denn das für eine Freude für dich, wenn du die ganze Nacht im Fieber liegst und hustest, daß es dir fast die Brust zersprengt!« — »Mama«, antwortete er ihr, »weine nicht, das Leben ist ein Paradies, und alle sind wir im Paradiese, wir wollen es nur nicht wahrhaben; wenn wir es aber wahrhaben wollten, so würden wir morgen im Paradiese sein.« Und alle wunderten sich über seine Worte, so sonderbar und bestimmt sprach er sie aus; und alle weinten vor Rührung. Auch Bekannte kamen zu uns. »Ihr Lieben«, sagte er zu ihnen, »ihr Teuren, wodurch habe ich es verdient, daß ihr mich liebt, warum liebt ihr mich denn, und warum habe ich das früher nicht gewußt und geschätzt?« Den Dienstboten sagte er, wenn sie ihn bedienten: »Ihr Lieben, ihr Guten, warum bedient ihr mich, bin ich es denn wert, daß man mich bedient? Wenn Gott mir die Gnade erwiese und mich leben ließe, so würde ich selbst euch dienen, denn wir alle sollten einander dienen.« Als unsere liebe Mutter dies hörte, schüttelte sie den Kopf und meinte: »Das sagst du so, weil du krank bist!« — »Mama, du meine Freude, gewiß muß es Diener und Herren geben, aber laßt auch mich einmal Diener meiner Diener sein und ihnen dienen, wie sie mir. Ja, und ich sage dir, Mütterchen, ein jeder von uns ist vor allen an allem schuldig, ich aber bin es mehr als alle anderen.« Die Mutter lächelte darüber, weinte und lächelte: „Wieso, weshalb solltest denn du von allen am meisten schuldig sein? Da gibt es Mörder und Räuber, worin aber kannst du denn schon so gesündigt haben, daß du dich mehr als alle anderen beschuldigst?« — »Mütterchen, mein leibhaftiges Mütterchen, mein eigenstes Herzblut (liebe, ganz ungewohnte Worte begann er damals zu gebrauchen), mein Liebstes, meine Freude, ich sage dir, in Wahrheit ist ein jeder vor allen und für alles schuldig. Ich weiß nicht, wie ich dir das erklären soll, aber ich fühle es, fühle es bis zur Qual. Wie haben wir nur so leben und uns kränken können und es nicht gewußt?« Und jeden Morgen erhob er sich immer freudiger, immer überwältigter und gleichsam zitternd vor Liebe. Wenn der Arzt kam, Doktor Eisenschmidt, ein Deutscher, scherzte er mit ihm: »Nun, Herr Doktor, werde ich noch einen ganzen Tag auf der Welt erleben?« — »Nicht nur einen Tag, noch viele Tage werden Sie erleben«, antwortete ihm manchmal der Arzt, »sogar Monate und Jahre werden Sie noch leben«. — »Wozu denn noch Monate und Jahre!« rief er aus. »Wozu da die Tage zählen! Dem Menschen genügt ja ein einziger Tag, um das ganze Glück zu erfahren. Meine Lieben, warum streiten wir uns, warum tun wir wichtig voreinander, warum vergeben wir nicht einander? Gehen wir doch einfach in den Garten, lustwandeln wir und freuen wir uns, lieben wir einander und lobpreisen wir unser Leben! ...«

»Ihr Sohn ist nicht von dieser Welt«, sagte der Arzt zur Mutter, wenn die ihn zur Tür begleitete, »durch die Krankheit verfällt er in einen Rauschzustand ...«

Die Fenster seines Zimmers gingen auf den Garten hinaus; der Garten war schattig, voll alter Bäume, und an den Bäumen sproßten Frühlingsknospen, und die ersten Vögel zwitscherten und sangen vor seinem Fenster. Er freute sich

471

über sie, und plötzlich begann er, auch sie um Vergebung zu bitten. »Gottes Vögel, selige Vöglein, vergebt auch ihr, denn auch vor euch habe ich gesündigt.« Das konnte von uns nun niemand mehr verstehen; er aber weinte vor Freude: »Ja«, sagte er, »so groß war der Ruhm Gottes ringsum: Vögel, Bäume, Wiesen und Himmel, nur ich allein lebte in Schmach und schändete alles, weil ich die Schönheit der Welt und den Ruhm des Herrn nicht beachtete.« »Zu viel Sünden nimmst du auf dich«, sagte die Mutter oft weinend. »Mütterchen, meine Freude«, sagte er ihr darauf, »ich weine ja nicht vor Kummer; vor Freude weine ich; es verlangt mich doch selbst danach, vor ihnen schuldig zu sein. Das kann ich dir nicht weiter erklären, denn ich weiß ja selbst nicht, wie ich sie lieben soll. Mag ich doch schuldig sein vor allen, dafür aber wird man auch mir vergeben, und das ist ja das Paradies. Bin ich denn jetzt nicht im Paradiese?«

Und was gäbe es nicht noch alles zu berichten von ihm und aufzubewahren! Ich erinnere mich noch, wie ich einmal ganz allein bei ihm war ... Es war zur Abendstunde, die Sonne beleuchtete mit letzten schrägen Strahlen das ganze Zimmer. Als er mich erblickte, winkte er mich zu sich heran. Und ich ging zu ihm; er aber faßte mich mit beiden Händen an den Schultern, sah mir mit rührender Liebe ins Gesicht, sagte nichts, sah mich nur minutenlang an. »Nun«, sagte er dann, »gehe jetzt, spiele, lebe für mich!« Ich ging damals hinaus und ging spielen. Aber im späteren Leben dachte ich oft mit Tränen daran, wie er mich geheißen hatte, an seiner statt zu leben. Viele solcher wunderbaren und schönen Worte, die uns damals unverständlich blieben, hat er noch gesagt. Er starb in der dritten Woche nach Ostern bei voller Besinnung, obgleich er schon aufgehört hatte, zu sprechen, doch bis zum letzten Augenblick veränderte er sich nicht: freudig strahlten seine Augen, mit seinen Blicken suchte er uns, lächelte er uns zu, rief er uns an. Selbst in der Stadt sprach man viel über seinen

Tod. Das alles erschütterte mich damals nicht allzu tief, obgleich ich sehr weinte, als man ihn beerdigte. Ich war ja jung, ein Kind war ich noch, aber in meinem Herzen blieb alles unvergeßlich, nur verbarg es sich. Es mußte erst die Zeit kommen, da es auferstehen und sein Echo rufen sollte. Und so ist es denn auch geschehen.

b) Von der Heiligen Schrift im Leben des Starez Sossima

So blieben wir denn allein zurück, meine Mutter und ich. Bald kamen gute Bekannte mit ihrem Rat zu ihr: »Da Ihnen jetzt nur noch ein Sohn verblieben ist«, sagten sie zu meiner Mutter, „und Sie nicht arm sind — Sie haben doch ein Vermögen —, warum sollten Sie nicht Ihren Sohn nach Petersburg schicken? Wenn Sie ihn aber hierbehalten, so bringen Sie ihn vielleicht um eine hervorragende Zukunft.« Und sie beredeten meine Mutter, mich nach Petersburg in die Kadettenanstalt zu bringen, damit ich später in die Kaiserliche Garde eintreten könnte. Meine Mutter konnte sich zuerst nicht recht dazu entschließen: wie sollte sie sich auch noch von dem einzigen ihr verbliebenen Sohn trennen? Indes entschloß sie sich zu guter Letzt doch dazu, wenn auch unter vielen Tränen, weil sie dadurch mein Glück zu fördern glaubte. Sie brachte mich nach Petersburg, und ich wurde ins Kadettenkorps aufgenommen. Ich sollte meine Mutter nicht wiedersehen, denn nach drei Jahren starb sie; diese ganzen drei Jahre hat sie nur um ihre beiden Söhne getrauert und gebangt. An mein Elternhaus habe ich nur die teuersten Erinnerungen, denn es gibt keine Erinnerungen, die für den Menschen wertvoller wären, als die der ersten Kindheit im Elternhause, und das ist fast immer der Fall, wenn in der Familie auch nur ein wenig Liebe und Einigkeit herrschen. Ja, selbst aus der schrecklichsten Familie kann man teuerste Erinnerungen bewahren, wenn nur deine Seele selbst fähig ist, das Kostbare herauszufinden. Zu diesen Erinnerungen aus meinem Elternhause zähle ich auch die Erinnerung an die biblischen Geschichten, die ich, obwohl ich noch ein kleines Kind war, besonders begierig war zu hören. Ich besaß damals eine Biblische Geschichte mit schönen Bildern und mit dem Titel: „Hundertundvier heilige Geschichten aus dem Alten und Neuen Testament." Und aus diesem Buch lernte ich auch lesen. Und noch jetzt steht es hier auf meinem Bücherbrett, und ich bewahre es als kostbares Andenken auf. Aber noch bevor ich lesen gelernt hatte, noch vor meinem achten Jahr, hatte ich ein geistiges Erlebnis. Meine Mutter ging mit mir allein (ich weiß nicht, wo mein Bruder damals war) am Montag der Karwoche zur Messe in die Kirche. Der Tag war klar, und ich erinnere mich noch jetzt, als ob ich es vor mir sähe, wie der Thymianrauch aus dem Räuchergefäß leise aufstieg, von oben aber aus den schmalen Fenstern der Kuppel über uns das Licht Gottes sich in den Raum ergoß, und wie der emporsteigende Weihrauch in den Sonnenstrahlen verging. Eine heilige Empfindung durchschauerte mich und zum erstenmal nahm ich das Samenkorn des Gotteswortes bewußt in mich auf. Ein Chorknabe mit einem großen Buch trat in die Mitte der Kirche vor, und so groß war das Buch, daß er es, wie mir schien, nur mit Mühe tragen konnte. Er legte es auf das Pult, schlug es auf und fing zu lesen an, und plötzlich begriff ich etwas davon, und ich begriff zum erstenmal in meinem Leben, was in der Kirche gelesen wurde. „Es war ein Mann im Lande Uz, der war gerecht und gottesfürchtig, und er besaß großen Reichtum, soundsoviel Kamele und soundsoviele Schafe und Esel, und seine Kinder lebten in Freuden, und er liebte sie sehr und betete zu Gott für sie, denn: vielleicht sündigten sie in ihrem Frohsinn? Da trat eines Tages zusammen mit den Engeln auch der Böse vor den Thron des Herrn, und er sagte zum Herrn, er habe alles Land durchzogen, über und unter der Erde. Und Gott der Herr fragte ihn: ,Hast du auch meinen Knecht Hiob gesehen?' Und Gott rühmte sich vor dem Satan seines großen heiligen Dieners. Da lachte der Böse über die Worte

Gottes und sprach: ‚Übergib ihn mir, und du wirst sehen, daß dein Knecht murren und deinen Namen verfluchen wird.‘ Und da übergab Gott seinen Gerechten, den er so lieb hatte, dem Teufel, und der Teufel ging hin und vernichtete seine Kinder, seine Herden und seinen ganzen Reichtum wie mit einem Donnerschlage. Da zerriß Hiob seine Kleider und warf sich auf die Erde und rief: ‚Nackt bin ich hervorgegangen aus meiner Mutter Leibe, nackt fahre ich wieder dahin, der Herr hat es gegeben, der Herr hat es genommen, der Name des Herrn sei gelobt von nun an und in Ewigkeit.‘ “

Ihr Väter und Lehrer, verzeiht mir diese Tränen, denn meine ganze Kindheit steigt wieder vor mir auf, und ich atme wieder, wie ich damals mit meiner kleinen Kinderbrust atmete, und ich empfinde wie damals Erstaunen und Bestürzung und Freude. Und die Kamele beschäftigten meine Phantasie, und der Satan, der so zu Gott sprach, und Gott, der seinen Knecht dem Unglück preisgab, und der Knecht, der da ausrief: „Dein Name, o Herr, sei gelobt, auch wenn du mich heimsuchst!“ und darauf der leise und süße Kirchengesang: „Erhöre mein Gebet“, und der aufsteigende Thymianrauch aus dem Weihrauchgefäß des Priesters, und dann das Gebet auf den Knien. Seit der Zeit kann ich diese heilige Erzählung — und noch gestern las ich sie — nicht ohne Tränen lesen. Wieviel Großes, Geheimnisvolles und Unbegreifliches liegt darin! Später hörte ich stolze Worte von Spöttern und Lästerern darüber: »Wie konnte Gott seinen Lieblingsknecht der Willkür des Teufels ausliefern, ihm seine Kinder nehmen, ihn mit Krankheit und Schwären schlagen, daß er mit Scherben den Eiter aus seinen Beulen kratzen mußte, und warum das und wozu? Um sich etwa vor dem Satan rühmen zu können? Sozusagen: ‚Siehst du nun, was mein Heiliger um meinetwillen zu ertragen bereit ist!‘« Aber gerade darin liegt ja das Große, daß hier ein Geheimnis waltet, — daß die vergängliche irdische Erscheinung und die ewige Wahrheit hier einander überschneiden. Wie der Schöpfer in den ersten Schöpfungstagen jeden Tag mit dem Lobe beschloß: „Und Gott sahe, daß es gut war", was er geschaffen hatte, so schaut er hier auch auf Hiob und lobt von neuem seine Schöpfung. Hiob aber dient, indem er den Herrn preist, nicht nur ihm, sondern dient damit zugleich dem Gesamtwerk des Schöpfers, von Geburt zu Geburt und in alle Ewigkeit, denn eben dazu ward er vorbestimmt. Mein Gott, was ist das für ein Buch und was sind das für Lehren! Welche Wunder enthält diese Heilige Schrift, und welch eine Kraft ist mit ihr dem Menschen gegeben! Es ist wie ein Herausmeißeln des Urbildes der Welt und des Menschen und der menschlichen Charaktere, und alles ist da mit Namen genannt und gedeutet für alle Zeiten. Und wie viele gelöste und offenbarte Geheimnisse. Und Gott richtet Hiob wieder auf, schenkt ihm wieder Reichtum, und es vergehen wieder viele Jahre, und er hat neue Kinder, andere Kinder, und er liebt sie. Mein Gott! Wie konnte er, sollte man wohl meinen, diese neuen lieben und die anderen, die ersten, vergessen? Wie konnte er, wenn er an jene ersten dachte, vollkommen glücklich sein mit den neuen, wie lieb er diese auch haben mochte? Und doch ist es möglich, ist es möglich: der alte Kummer geht — und das ist das große Geheimnis des Menschenlebens — allmählich in eine stille, rührende Freude über; an Stelle des jungen, kochenden Blutes tritt die Ruhe des sanften, klaren Alters. Noch segne ich den täglichen Aufgang der Sonne und mein Herz jubelt ihm zu wie früher, und doch liebe ich jetzt schon mehr ihren Untergang, ihre langen, schrägen Strahlen und mit ihnen die stillen sanften, rührenden Erinnerungen, die lieben Bilder aus meinem langen und gesegneten Leben — und über alldem die friedenspendende, versöhnende, allvergebende Gerechtigkeit Gottes! Mein Leben geht zu Ende, ich weiß es und fühle es, doch fühle ich auch mit jedem sich neigenden Tage, wie sich mein irdisches Leben mit einem neuen, unendlichen, unbekannten, aber schon nah herankommenden Leben berührt, in dessen Vorgefühl meine Seele vor Entzücken erzittert, mein Geist leuchtet, und mein Herz vor Freude weint ... Freunde und Lehrer, habe ich doch des öfteren, und jetzt in der letzten Zeit mehr denn früher, hören müssen, wie bei uns die Priester des Herrn, und besonders die vom Lande, sich überall mit Tränen über ihr geringes Einkommen und ihre erniedrigende Armut beklagen; geradeheraus sagen sie (ich habe es selbst gelesen), daß sie nicht mehr imstande seien, dem Volke die Schrift auszulegen, denn ihr Einkommen sei so gering, und wenn die Lutheraner kämen und Ketzer ihnen die Herde abtrünnig machten, so sollten sie es nur tun, sie selbst hätten keine Kraft mehr, sie aufzuhalten. Mein Gott! denke ich, möge der Herr ihnen doch mehr geben von diesem ihnen so kostbaren Einkommen (denn gerecht sind auch ihre Klagen), aber in Wahrheit sage ich: Wenn jemand daran schuld ist, so sind es zur Hälfte wir selbst! Denn möge er recht haben, daß er dazu keine Zeit mehr finden kann, da er durch Feldarbeit und Amtspflichten überlastet sei, aber schließlich braucht er ja nicht die ganze Zeit zu arbeiten, eine Stunde in der Woche wird sich schon finden, um auch an Gott zu denken. Und doch nicht das ganze runde Jahr über hat er auf dem Felde zu arbeiten. Möge er einmal in der Woche die Kinder zur Abendstunde bei sich versammeln — und wenn die Eltern davon hören, werden bald auch die Eltern mitkommen. Auch keine besonderen Gebäude hat man dazu nötig, nein, einfach in deine Stube nimm sie; fürchte dich nicht, sie werden deine Stube nicht verunreinigen, nur auf eine Stunde versammeln sie sich ja darin. Schlage die Heilige Schrift auf und lies ihnen vor, ohne hohe Worte und ohne Hochmut und Überhebung, bescheiden und von Herzen kommend, und freue dich, daß du liest und sie dich hören und verstehen, weil du selbst die Worte lieb hast. Unterbrich dich nur selten, um ein Wort, das dem einfachen Volk unverständlich ist, zu erklären; sorge dich nicht, sie werden alles verstehen, alles versteht das rechtgläubige Herz! Lies ihnen vor von Abraham und Sarah, von Isaak und Rebekka; davon, wie Jakob zu Laban zog und im Traum den Herrn sah und sprach: „Wie heilig ist diese Stätte!" und wie er in einer anderen Nacht mit einem Unbekannten rang, bis die Morgenröte anbrach, und er hieß die Stätte Pniel, „denn ich habe Gott von Angesicht gesehen und meine Seele ist genesen." Und damit wirst du auf den frommen Sinn des einfachen Menschen einen tiefen Eindruck machen. Lies ihnen vor, und besonders den Kindern, wie die Brüder ihren leiblichen Bruder, den lieben Knaben Joseph, den Träumer und späteren großen Traumdeuter, in die Sklaverei verkauften, dem Vater aber ließen sie sagen, ein böses Tier hätte seinen Sohn zerrissen, und sie ließen den blutbefleckten Rock vorweisen. Lies ihnen vor, wie darauf die Brüder nach Ägypten kamen, um Getreide einzukaufen, während überall Hungersnot und Teuerung herrschte, und wie Joseph, der jetzt allmächtige Staatsmann am Hofe des Pharao, von ihnen unerkannt, sie quälte, beschuldigte und seinen Bruder Benjamin zurückbehielt, und dabei sie doch immer noch liebte: „Ich *liebe* euch, und quäle euch ja nur aus Liebe!" Hatte er doch seither unaufhörlich daran denken müssen, wie sie ihn dort bei einem Brunnen in der heißen Wüste an die fremden Händler verkauft hatten, und wie er in seiner Angst die Brüder weinend und händeringend angefleht hatte, ihn doch nicht als Sklaven in ein fremdes Land zu verkaufen; und nun, wie er sie nach so vielen Jahren wiedersieht, fühlt er doch nur, wie er sie von neuem unermeßlich liebt, aber er hält sie hin und quält sie, alles aus Liebe. Wie er schließlich die Qual seines Herzens nicht mehr ertragen kann, hinausgeht, sich auf sein Lager wirft und in Tränen ausbricht; dann aber wäscht er sein Antlitz, tritt strahlend und freudig vor sie hin und spricht zu ihnen: „Brüder, ich bin Joseph, euer Bruder!" Und er lese nur weiter von der Freude des greisen Jakob, als er erfuhr, daß sein geliebter Knabe am Leben sei, und wie Jakob sogar seine Heimat verließ und selber nach Ägypten zog und auf fremder Erde starb, und sterbend die große Verheißung, die er in seinem frommen und bangen Herzen ein Leben lang gehütet hatte, für alle Ewigkeit aussprach: daß aus seinem Stamme, dem Stamme Juda, die große Hoffnung der Welt, ihr Versöhner und Retter hervorgehen werde! Ihr Väter und Lehrer, verzeiht und seid mir nicht böse, daß ich wie ein Kind rede von Dingen, die ihr schon lange wißt und worüber ihr wohl hundertmal gelehrter und beredter mich belehren könntet. Ich tue es ja nur aus Ergriffenheit, denn ich liebe dieses Buch! Möge auch er, der Priester des Herrn, in Tränen ausbrechen und er wird sehen, wie die Herzen der Zuhörer ihm darauf antworten werden. Es bedarf ja nur eines kleinen Samenkorns, eines winzigen: möge er ein solches in die Seele des einfachen Mannes werfen, und es wird nicht sterben, es wird ein ganzes Leben lang heimlich glimmen in seiner Seele, wird sich verbergen in ihm inmitten der Finsternis, inmitten des Gestanks seiner Sünden wie ein lichter Punkt und wie eine große Mahnung. Und es ist nicht einmal nötig, nein, gar nicht nötig, viel zu erläutern und zu lehren; je einfacher es gesagt wird, umso besser versteht er es. Oder meint ihr, er werde es nicht verstehen? So macht doch den Versuch, lest ihm die rührende und ergreifende Geschichte von der schönen Esther und der hochmütigen Vasthie vor; oder die wunderbare Erzählung vom Propheten Jonas im Bauche des Walfischs. Vergeßt auch nicht die Gleichnisse des Herrn, vorzugsweise nach dem Evangelium des Lukas (so habe ich es gemacht), und dann aus der Apostelgeschichte die Bekehrung des Saulus (gerade dies, unbedingt dies!) Und schließlich aus den heiligen Legenden, wenn auch nur die Lebensgeschichte Alexeis, des Gottesknechtes, und der Ägyptischen Mutter Maria, die groß ist unter den Großen, die freudige große Dulderin, Gottseherin und Kreuzträgerin — und ihr werdet mit diesen schlichten Erzählungen sein Herz treffen und durchbohren. Nur auf eine Stunde in der Woche, trotz des geringen Einkommens, nur auf eine kleine Stunde ruft sie zu euch! Und jeder, der dies tut, wird selbst erfahren, daß unser Volk hellhörig und erkenntlich ist und ihm hundertfältig danken wird; eingedenk der geistigen Fürsorge und der rührenden Worte des Priesters, wird es aus Dankbarkeit ihm freiwillig auf seinem Acker Hilfe leisten, und auch im Hause wird es ihm helfen, und wird ihm hinfort auch mehr Achtung zollen als bisher — und seht, damit wäre ihm denn auch schon sein Einkommen erhöht. Die Sache ist ja so einfach, daß man sich manchmal geradezu scheut, sie treuherzig auszusprechen, denn die Leute könnten uns auslachen, und dennoch ist das alles so wahr! Wer an Gott nicht glaubt, glaubt auch nicht an das Volk Gottes. Wer aber an das Volk Gottes glaubt, der wird auch Sein Heiligtum erschauen, auch wenn er bis dahin überhaupt nicht daran geglaubt hat. Nur das Volk und seine zukünftige geistige Kraft wird die Atheisten, die sich von der heimatlichen Erde losgelöst haben, wieder bekehren. Und was ist das Wort Christi ohne sichtbares Beispiel? Ohne Gottes Wort ist das Volk dem Verderben preisgegeben, denn seine Seele dürstet nach dem Wort und nach jeder Empfängnis des Schönen.

In meiner Jugend, vor vierzig Jahren fast, durchwanderte ich mit Pater Anfim ganz Rußland, um für unser Kloster Almosen zu sammeln, und einmal nächtigten wir mit Fischern zusammen am Ufer eines großen schiffbaren Flusses, und zu uns setzte sich auch ein wohlgestalteter Jüngling, ein Bauer dem Aussehen nach, von etwa achtzehn Jahren. Er hatte sich beeilt, an Ort und Stelle zu sein, um am nächsten Morgen die Kaufmannsbarke stromauf am Seil zu schleppen. Ich sah, daß er mit guten, klaren Augen in die Welt schaute. Die Nacht war hell, still, warm, eine Julinacht; vom breiten Strom erhob sich Nebel und erfrischte uns; ab und zu plätscherte leicht ein Fisch, die Vögel sind verstummt, alles ist still und wunderbar, alles betet zu Gott. Und nur wir beide, dieser Jüngling und ich, schlafen nicht, und wir kamen in ein Gespräch über die Schönheit dieser Gotteswelt und ihr großes Geheimnis. Jedes Gräschen, jeder Käfer, die Ameise und die goldene Biene, alle kennen sie, daß man staunen muß, ihren Weg, ohne Vernunft zu besitzen, und zeugen von dem Geheimnis Gottes, indem sie es ohne Unterlaß selbst erfüllen. Auch das Herz des lieben Jünglings war, wie ich sah, ergriffen. Er vertraute mir an, daß er den Wald liebe und die Vögel des Waldes. Er war Vogelfänger, kannte jeden Ruf und verstand es, jeden Vogel mit seinem Ruf anzulocken. »Ich kenne nichts Schöneres, als im Walde zu sein«, sagte er, »ja, und alles ist schön.« — »Das ist wahrlich so«, antwortete ich ihm, »alles ist schön und wunderbar, da alles Wahrheit ist. Schau es an«, sage ich zu ihm, »das Pferd, dieses große Tier, das dem Menschen so nahe steht, oder das Rind, das ihn ernährt und für ihn arbeitet, wie es ernst und nachdenklich aussieht! Betrachte seine Augen: welche Sanftmut, welche Anhänglichkeit an den Menschen, der es oft unbarmherzig schlägt, welch eine Gutmütigkeit, welch ein Zutrauen und welch eine Schönheit liegt in diesem Blick des Tieres! Rührend ist es zu wissen, daß es gar keine Sünde kennt, denn alles ist vollkommen, und alles außer den Menschen ist sündlos, und Christus ist mit ihnen eher als mit uns.« — »Ja, wie denn das?« fragte der Jüngling, »ist denn Christus auch für sie da?« — »Wie könnte es anders sein«, sagte ich zu ihm, »denn das ‚Wort‘ ist doch für alle da, für die ganze Schöpfung und für jegliches Geschöpf. Jedes Blättchen strebt zum Wort, singt Gottes Ruhm, weint zu Christo, sich selbst unbewußt, allein schon durch das Geheimnis seines sündenlosen Daseins. Siehe«, sagte ich zu ihm, »im Walde haust der schreckliche Bär, der gefährlich und wild und doch gar nicht schuld daran ist.« Und ich erzählte ihm, wie einmal ein Bär zu einem großen Heiligen kam, der im Walde in einer kleinen Hütte für seine Seele lebte, und der große Heilige ging furchtlos zu ihm hinaus und gab ihm ein Stück Brot: »Gehe hin, Christus sei mit dir«, sagte er zu ihm, und das grimmige Tier war sanft und gehorsam und tat ihm nichts zuleide. Es rührte den Jüngling, daß der Bär ihm nichts zuleide tat, und daß auch Christus mit ihm sei. »Ach, wie ist das schön, und wie ist doch alles Göttliche gut und wunderbar!« Er saß da und dachte tief und glücklich nach. Ich sah, daß er es begriffen hatte. Er schlief neben mir ein; leicht und sündlos war sein Schlaf. Herr, segne die Jugend! Und ich betete daselbst für ihn, bevor ich einschlief. Herr, sende Frieden und Licht deinen Menschen!

c) Erinnerungen des Staretz Sossima an sein Jünglingsalter und an die Jugendjahre seines weltlichen Lebens. Das Duell

Im Kadettenkorps zu Petersburg blieb ich lange, fast acht Jahre, und in der neuen Umgebung traten viele meiner Kindheitseindrücke zurück, wenn ich auch nichts vergaß. Dafür nahm ich so viel neue Angewohnheiten und sogar Anschauungen in mich auf, daß ich mich alsbald in ein wildes, grausames und albernes Wesen verwandelte. Den Schliff der Höflichkeit und des weltlichen Benehmens eignete ich mir zugleich mit der französischen Sprache an, die Soldaten aber, die uns in der Anstalt bedienten, wurden von uns allen, auch von mir, nicht höher als das Vieh geachtet. Ich mißachtete sie vielleicht sogar am meisten, denn ich war der für alles Empfänglichste unter den Kameraden. Als wir Offiziere wurden, waren wir bereit, für die verletzte Ehre unseres Regiments unser Blut zu vergießen; was aber Ehre wirklich ist, das wußte eigentlich fast niemand von uns, und wenn jemand sie uns erklärt hätte, so würden wir sie verlacht haben. Mit Liederlichkeit, Trunksucht und wüsten Streichen wurde geradezu geprahlt. Ich kann nicht sagen, daß alle diese jungen Leute schlecht gewesen wären, nein, sie waren im Grunde gut, sie benahmen sich nur schlecht, und von allen führte ich mich am schlechtesten auf. Der Hauptanlaß hierzu war wohl der Umstand, daß ich bereits über ein gewisses Vermögen verfügte, und so schickte ich mich denn mit dem ganzen Ungestüm der Jugend an, nur fürs Vergnügen zu leben; hemmungslos stürmte ich sozusagen mit vollen Segeln ins Leben hinein. Aber eines war sonderbar, ich las damals zwar auch Bücher, und sogar mit großem Vergnügen, nur die Bibel habe ich in der Zeit so gut wie nie aufgeschlagen, doch trennte ich mich trotzdem nie von ihr, schleppte sie vielmehr überallhin mit. Fürwahr, ich bewahrte dieses Buch auf, ohne selbst zu wissen, für welchen Tag, welche Stunde, welchen Monat und welches Jahr. Als ich schon so ungefähr seit vier Jahren Leutnant war, kam ich schließlich in die Stadt K., wohin unser Regiment verlegt wurde. Die Gesellschaft dieser Stadt war mannigfaltig, weitschichtig und lebenslustig, gastfrei und reich; man nahm mich überall gut auf, denn ich war von Natur lustig und lebhaft, und außerdem galt ich für nicht unbemittelt, was ja in der Welt nicht wenig zu bedeuten hat. Da ereignete sich aber etwas, was den Anfang zu allem übrigen bildete. Ich fühlte mich sehr angezogen von einem jungen und schönen Mädchen, das klug und verehrungswürdig, von heiterem und edlem Charakter war, der Tochter angesehener Eltern. Es war keine unbedeutende Familie; sie war reich, besaß Einfluß und Macht, und ich wurde freundlich und wohlwollend aufgenommen. Und da schien es mir, daß das junge Mädchen mir aufrichtig zugetan sei — und bei dieser Vorstellung flammte mein Herz auf. Später sah ich ein und überzeugte ich mich, daß ich sie vielleicht gar nicht so heftig geliebt hatte, vielmehr hatten mir wohl nur ihr klarer Verstand und ihr vornehmer Charakter imponiert, wie es anders auch gar nicht hätte sein können. Mein Egoismus jedoch hielt mich davon ab, damals schon um ihre Hand anzuhalten: es erschien mir schwer und schrecklich, Abschied zu nehmen von den Lokkungen eines den Lüsten ergebenen freien Junggesellenlebens, zumal ich ja noch so jung war und überdies auch noch Geld besaß. Indes machte ich ihr doch Andeutungen. Aber einen entscheidenden Schritt schob ich vorläufig jedenfalls noch hinaus. Da erhielt ich auf einmal eine Abkommandierung in einen anderen Bezirk. Nach zwei Monaten kehre ich zurück und erfahre plötzlich, daß das junge Mädchen schon verheiratet ist: an einen reichen, in der Nähe der Stadt ansässigen Gutsbesitzer, der zwar älter als ich, aber doch noch ein junger Mann war und obendrein in Petersburg Beziehungen zu höchsten Gesellschaftskreisen hatte, die ich freilich nicht besaß. Dazu war er ein überaus liebenswürdiger und überdies sehr gebildeter Mensch, während ich mich durch keinerlei besondere Bildung auszeichnete. Dieses unerwartete Ereignis brachte mich dermaßen auf, daß ich vollkommen den Kopf verlor. Die Hauptsache aber war, daß der junge Gutsbesitzer, wie ich jetzt erfuhr, schon lange mit ihr verlobt gewesen war — ich war ihm auch schon unzählige Male in ihrem Hause begegnet. So blind war ich also von meinen Vorzügen überzeugt gewesen, daß ich nichts von alledem bemerkt hatte! Das war es, was mich jetzt vor allem kränkte. Wie, fast alle hatten es gewußt, nur ich hatte nichts davon gewußt? Eine unerträgliche Wut packte mich. Ich errötete vor Scham, wenn ich daran dachte, wie oft es meinerseits beinahe zu einem Liebesgeständnis gekommen war, und da sie mich weder unterbrochen noch eingeweiht hatte, so hatte sie sich also, dachte ich bei mir, über mich lustig gemacht. Später freilich gestand ich mir ein, als ich mir alles klar ins Gedächtnis zurückrief, daß sie sich keineswegs über mich lustig gemacht hatte, sondern stets bemüht gewesen war, solche Gespräche scherzend abzubrechen und auf anderes überzugehen. Damals aber hatte ich nicht die nötige Ruhe, um mir das einzugestehen, und die Rachsucht brannte lichterloh in mir. Mit Verwunderung denke ich jetzt daran zurück, wie diese Rachsucht und meine Wut mir selbst bis zum äußersten schwer fielen und mich anwiderten, da ich bei meiner lebhaften und leichten Gemütsart niemandem lange zu zürnen vermochte. Damals aber nährte ich sie gewissermaßen künstlich und stachelte sie in mir auf, bis ich geradezu widerwärtig und albern wurde. Ich wartete nur auf eine Gelegenheit, mich zu rächen, und eines Tages, in einer großen Gesellschaft, gelang es mir auch, meinen „Gegner" bei einem ganz nebensächlichen Anlaß zu beleidigen: ich verhöhnte seine Meinungsäußerung über ein damals wichtiges Ereignis — es war im Jahre 1826 —, und wie viele behaupteten, soll es mir tatsächlich gelungen sein, ihn gewandt und geistreich zu verspotten. Ich zwang ihn zu einer Auseinandersetzung, und dabei verhielt ich mich so grob zu ihm, daß er meine Forderung sofort annahm, trotz des großen Abstandes zwischen uns beiden, da ich jünger und viel niedriger im Rang war als er. Hernach erfuhr ich aber, daß er gleichfalls aus einer gewissen Eifersucht auf mich meine Forderung zum Duell sofort angenommen habe. Er war auch früher schon, als er noch verlobt war, ein wenig eifersüchtig gewesen, und so dachte er: »Wenn sie erfährt, daß ich eine Beleidigung von ihm hingenommen habe, ohne ihn zu fordern, wird sie mich verachten, und ihre Liebe zu mir wird erkalten.« Einen Sekundanten hatte ich bald gefunden, einen Kameraden, einen Leutnant unseres Regiments. Obgleich damals Duelle streng bestraft wurden, so waren sie doch beim Militär geradezu Mode, — bis zu solch einer Roheit können sich manchmal Vorurteile auswachsen. Es war Ende Juni. Unsere Begegnung war auf den nächsten Tag um sieben Uhr morgens außerhalb des Städtchens festgesetzt worden. Da ereignete sich in Wahrheit etwas Schicksalträchtiges mit mir. Am Abend, als ich angetrunken und wütend nach Hause zurückkehrte, ärgerte ich mich plötzlich über meinen Burschen Afanássij und schlug ihn aus voller Kraft zweimal ins Gesicht, daß er blutete. Er diente schon lange bei mir, und es war auch früher schon vorgekommen, daß ich ihn schlug, aber noch nie hatte ich es mit einer so tierischen Wut getan. Und glaubt es mir, meine Lieben, vierzig Jahre sind seitdem vergangen, aber noch jetzt denke ich mit Qual und Scham daran zurück. Ich legte mich schlafen und schlief drei Stunden. Als ich aufwachte, fing es gerade an zu tagen. Ich erhob mich sofort, denn ich wollte nicht mehr schlafen, ging ans Fenster, öffnete es — und lehnte mich zum Garten hinaus. Die Sonne ging gerade auf, es war warm und wundervoll, die Vögel zwitscherten. Aber was ist das, dachte ich, warum empfinde ich in meiner Seele die Anwesenheit von etwas Schmutzigem und Niedrigem? Etwa deshalb, weil ich im Begriff stehe, Blut zu vergießen? Nein, denke ich, das ist es doch eigentlich nicht. Vielleicht, weil ich den Tod fürchte, und fürchte, erschossen zu werden? Nein, das ist es auch nicht, das ist es erst recht nicht... Und plötzlich wußte ich, was es war: ich hatte gestern abend Afanássij geschlagen! Plötzlich sehe ich alles vor mir, als ob die Szene sich von neuem abspielte: er steht vor mir, und ich schlage ihn aus voller Kraft ins Gesicht, er aber hält seine Hände an die Hosennaht, den Kopf gerade, die Augen, wie in der Front, geradeaus gerichtet. Bei jedem Schlage fährt er zusammen, und doch wagt er nicht, seine Hände zum Schutz zu erheben, — und ich lasse mich so gehen und schlage einen anderen Menschen! Welch ein Verbrechen! Wie eine spitze Nadel stach es mir ins Herz, stach mich durch und durch. Ganz benommen stehe ich da, die Sonne aber leuchtet so hell, die Blättchen freuen sich, glänzen feucht vom Tau, und die Vögel, die Vögel preisen Gott... Ich bedeckte mein Gesicht mit den Händen, warf mich aufs Bett und brach in Schluchzen aus. Da erinnerte ich mich denn der Worte meines Bruders Markéll, die er vor seinem Tode zu den Dienstboten gesagt hatte: »Ihr Lieben, Teuren, warum dient ihr mir, und warum liebt ihr mich? Bin ich es denn wert, daß ihr mir dient?«... »Ja, bin ich denn dessen wert?« ging es mir durch den Kopf. In der Tat, wodurch bin ich soviel wert, daß ein anderer Mensch, einer, der wie ich ein Ebenbild Gottes ist, mich bedient? Und zum erstenmal in meinem Leben drängte sich mir diese Frage in den Sinn, bohrte sie sich in mich hinein... »Mütterchen, du mein eigenstes Herzblut, in Wahrheit ist jeder vor allen für alle schuldig, nur wissen es die Menschen nicht, wenn sie es aber wüßten, so wäre sofort das Paradies auf Erden.« »Herrgott, wie sollte das nicht wahr sein«, denke ich und weine, »wahrlich,

ich bin vor allen Menschen vielleicht der Schuldigste und Schlechteste auf der Welt!« Und vor mir stand plötzlich die ganze Wahrheit im grellsten Licht: Was war ich im Begriff zu tun? Einen guten, klugen, edlen Menschen zu töten, der mir gegenüber keine Schuld hatte, und seine Frau damit auf ewig ihres Glücks zu berauben, sie der Qual auszuliefern und ihr Leben zu zerstören! So lag ich auf dem Bett, das Gesicht in die Kissen gepreßt, und gewahrte nicht, wie die Zeit verging. Plötzlich tritt mein Kamerad, der Leutnant, der mein Sekundant sein sollte, bei mir ein, den Pistolenkasten unterm Arm: »Ah«, sagte er, »das ist gut, daß du schon angekleidet bist, es ist Zeit zum Aufbruch.« Ich fuhr auf und konnte mich gar nicht zurechtfinden. Wir traten hinaus, um uns in den Wagen zu setzen. »Warte einen Augenblick«, sagte ich zu ihm, »ich laufe nur noch auf einen Moment hinein, habe mein Portemonnaie vergessen.« Und ich lief in die Wohnung zurück, geradewegs in die Kammer Afanassijs: »Afanassij«, sagte ich, »ich habe dich gestern zweimal ins Gesicht geschlagen, verzeihe mir!« Er fuhr zusammen, als hätte ich ihn erschreckt, er sieht mich erstaunt an — und ich sah, daß das zu wenig war, und plötzlich warf ich mich, so wie ich war, in Uniform und Epauletten, vor ihm auf die Knie und berührte mit der Stirn den Boden: »Vergib mir!« sagte ich. Da erstarrte er einfach: »Euer Wohlgeboren, Väterchen, gnädiger Herr, was tut Ihr? ... bin ich es denn wert?« und er brach in Tränen aus; genau wie ich es getan hatte, bedeckte nun auch er mit den Händen das Gesicht, wandte sich ab zum Fenster, und sein Körper erbebte vom Schluchzen, ich aber lief hinaus, stieg in den Wagen und rief dem Kutscher zu: »Los! ... Hast du jemals einen Sieger gesehen?« fragte ich meinen Kameraden. »Schau her, hier steht einer vor dir!« Ein solches Entzücken hatte mich gepackt, ich lachte während der ganzen Fahrt und sprach und sprach, ich weiß gar nicht mehr, was ich redete. Er sieht mich an: »Nun, Bruder«, sagte er zu mir, »du bist ein ganzer Kerl, wirst der

Uniform Ehre machen.« So kamen wir am verabredeten Ort an. Die anderen waren schon dort und warteten auf uns. Man stellte uns auf zwölf Schritt Distanz. Mein Gegner hatte den ersten Schuß. Ich stand vor ihm, fröhlich, mit dem Gesicht ihm zugewandt, unbeweglich, Auge in Auge, sah ihn liebevoll an, und ich wußte, was ich tat. Er schoß, die Kugel schrammte ein wenig meine Wange und streifte mein Ohr. »Gott sei Dank«, rief ich aus, »Sie haben wenigstens keinen Menschen getötet!« erhob meine Pistole, wandte mich um und schleuderte sie im Bogen in den Wald: »Dahin«, rief ich, »gehörst du!« Darauf wandte ich mich an meinen Gegner: »Verehrter Herr . . .«, sagte ich, »verzeihen Sie mir dummem jungen Menschen, daß ich Sie absichtlich beleidigt habe, und Sie durch mich jetzt gezwungen waren, auf mich zu schießen! Sie sind zehnmal besser als ich und vielleicht sogar noch mehr als das! Berichten Sie das, bitte, der Dame, die Sie vor allen anderen Menschen auf der Welt achten.« Kaum hatte ich das gesagt, da schrien sie alle drei auf mich los! »Aber ich bitte Sie«, rief mein Gegner sogar sehr verärgert, »wenn Sie nicht schießen wollen, wozu haben Sie uns dann hierher bemüht?« — »Gestern war ich noch dumm, heute aber bin ich schon klüger geworden«, antwortete ich ihm heiter. »Was Sie von gestern sagen, glaube ich Ihnen, was Sie aber von heute behaupten, da weiß ich noch nicht, ob ich Ihrer Ansicht beistimmen kann.« — »Bravo!« rief ich und klatschte in die Hände, »auch darin bin ich mit Ihnen einverstanden, habe es verdient!« — »Werden Sie nun schießen, mein Herr, oder nicht?« — »Ich werde nicht schießen«, antwortete ich, »aber wenn Sie wollen, so schießen Sie noch einmal, nur wäre es besser für Sie, nicht zu schießen.« Die Sekundanten riefen, besonders der meinige: »Wie können Sie das Regiment so blamieren, daß Sie, vor dem Schuß stehend, um Verzeihung bitten? Wenn ich das gewußt hätte!« Da stand ich nun vor ihnen, ich lachte aber nicht mehr. »Meine Herren«, sagte ich, »ist es denn wirklich so erstaunlich in unserer Zeit, einen Menschen zu treffen,

der seine Dummheit bereut und öffentlich seine Schuld eingesteht?« — »Aber doch nicht mitten im Duell!« schrie wieder mein Sekundant. »Das ist es ja eben«, antwortete ich
ihm, »das ist freilich sehr wunderlich, ich hätte mich gleich
schuldig bekennen sollen, als wir hierher kamen, noch vor
Ihrem Schuß, und Sie nicht zu einer solchen Todsünde
zwingen sollen, aber wir haben es ja auf der Welt so sinnlos
eingerichtet, daß mir anders zu handeln unmöglich war, ich
mußte erst Ihren Schuß aus zwölf Schritt Distanz aushalten, um meine Meinung darüber sagen zu können. Hätte
ich es aber vor dem Schuß gesagt, etwa gleich, als wir hier
zusammentrafen, so hätten Sie einfach gesagt: ‚Ein Feigling, vor der Pistole ist ihm bange geworden, wozu ihn noch
anhören!‘ Meine Herren«, rief ich plötzlich von ganzem
Herzen aus, »schauen Sie doch um sich, auf diesen Reichtum Gottes! Der Himmel ist wolkenlos, die Luft rein, wie
zart ist das Gras, wie schön und sündlos ist die Natur, wir
aber, nur wir allein sind gottlos und dumm und begreifen
nicht, daß das Leben ein Paradies ist, — wenn wir es nur begreifen wollten, so würde sofort das Paradies in seiner ganzen Schönheit da sein, und wir würden einander umarmen
und weinen vor Freude...« Ich wollte eigentlich noch
weitersprechen, konnte es aber nicht, der Atem ging mir
aus, so selig, so jung war mir zumut, und im Herzen ein
solches Glück, wie ich es in meinem Leben noch nie empfunden hatte. »Alles das ist sehr vernünftig und ehrenwert«,
sagte mein Gegner, »und jedenfalls sind Sie ein origineller
Mensch, aber...« — »Lachen Sie nur, später werden auch
Sie meine Worte richtig finden«, rief ich ihm lächelnd zu.
»Ich bin bereit, sie schon jetzt richtig zu finden... Erlauben
Sie, daß ich Ihnen die Hand reiche, denn Sie scheinen wirklich ein aufrichtiger Mensch zu sein.« — »Nein«, sagte ich,
»jetzt ist es noch nicht nötig, aber wenn Sie mir später,
wenn ich besser sein werde und Ihre Achtung mehr verdient
haben werde, die Hand reichen wollten, wäre es schön von
Ihnen.« Wir kehrten nach Haus zurück; mein Sekundant

schimpfte während der ganzen Fahrt, ich aber küßte ihn. Sofort erfuhren es alle Kameraden und versammelten sich noch am selben Tage, um über mich Gericht zu halten: »Er hat das Regiment blamiert, er soll seinen Abschied einreichen.« Einige verteidigten mich und meinten: »Den Schuß hat er doch abgewartet.« — »Ja, aber die anderen Schüsse hat er eben gefürchtet und daher um Verzeihung gebeten.« — »Aber wenn er die Schüsse gefürchtet hätte«, erwiderten die Verteidiger, »so hätte er erst seine Pistole abgeschossen und dann um Verzeihung gebeten, er aber warf sie geladen in den Wald! Nein, dem liegt etwas anderes zugrunde, etwas Originelleres.« Ich hörte ihnen zu; mir war so heiter zumut, wenn ich sie so anschaute. »Meine lieben Freunde und Kameraden«, sagte ich, »sorgen Sie sich nicht um meinen Abschied; ich habe ihn nämlich schon eingereicht, habe das Gesuch auch bereits in der Kanzlei abgegeben, schon heute vormittag, und sobald ich den Abschied bewilligt erhalte, werde ich sogleich ins Kloster eintreten, denn nur um dies tun zu können, nehme ich den Abschied.« Kaum hatte ich das ausgesprochen, da brachen sie alle bis auf den Letzten in Lachen aus: »Ja, warum hast du das nicht gleich gesagt, jetzt ist natürlich alles klar! Einen Mönch kann man doch wegen der Sache nicht verurteilen!« Sie lachten und hörten gar nicht auf damit, aber nicht spöttisch, sondern freundlich und heiter lachten sie. Und alle liebten sie mich plötzlich, sogar meine heftigsten Ankläger. Und den ganzen Monat, so lange mein Abschied noch nicht bewilligt war, trugen sie mich fast auf Händen: »Ach, du Mönch!« sagten sie. Und jeder hatte ein freundliches Wort für mich. Sie begannen mir sogar abzuraten und bedauerten meinen Entschluß. »Was tust du dir an?« — »Nein«, sagten sie, »er ist tapfer, er hat den Schuß nicht gefürchtet, und er hätte auch selbst geschossen, ihm hatte aber die Nacht vorher geträumt, er solle Mönch werden, und daher ist alles gekommen.« Geradeso erging es mir auch in der Gesellschaft. Früher hatte man mich nicht sonderlich be-

achtet, wenn man mich auch überall freundlich empfing, jetzt
aber kannten mich alle und luden mich tagtäglich zu sich
ein: zwar lachten sie dabei über mich, aber sie liebten mich.
Ich muß noch bemerken, daß, obwohl allgemein in der Gesellschaft und öffentlich über das Duell gesprochen wurde,
die Obrigkeit die Sache geflissentlich übersah; da mein Gegner ein naher Verwandter unseres Generals war, und da die
Sache ohne alles Blutvergießen verlaufen war, ganz wie ein
Scherz, so tat man, als ob es wirklich nur ein Scherz gewesen
wäre. Und da begann ich denn, ganz offen über die Sache
zu sprechen, trotz ihres Gelächters, denn ich wußte, ihr Lachen war nicht böse, sondern gut gemeint. Diese Gespräche
waren an den Abenden besonders beliebt; namentlich in
Damengesellschaft hörte man mir gern zu, und die Damen
forderten auch ihre Männer auf, mir zuzuhören. »Wie ist
denn das möglich, daß ich für alle schuldig sein soll?« fragte
mich ein jeder und lachte mir ins Gesicht. »Wie soll ich denn
zum Beispiel für Sie schuldig sein?« — »Ja, wie sollten Sie
das auch einsehen«, antwortete ich ihnen, »da doch die ganze
Welt schon seit langem einen anderen Weg eingeschlagen
hat und die Lüge tatsächlich als Wahrheit anerkannt ist, und
daher auch ein jeder vom anderen dieselbe Lüge verlangt.
Einmal im Leben habe ich aufrichtig gehandelt, und da erscheine ich nun Ihnen allen als Geistesschwacher: wenn Sie auch
lieb zu mir sind, so lachen Sie doch alle über mich.« — »Wie
sollte man auch so einen wie Sie nicht lieben?« sagte die Hausfrau und lächelte mir zu. Es war eine große Gesellschaft bei
ihr versammelt. Und plötzlich, sehe ich, löst sich aus der Gesellschaft eine Dame und tritt auf mich zu. Es war dieselbe
junge Dame, um deretwillen es zum Duell gekommen war,
und die ich mir noch vor kurzer Zeit als Braut zugedacht
hatte. Ich hatte gar nicht bemerkt, daß auch sie sich auf dieser
Abendgesellschaft befand. Sie kam auf mich zu und reichte
mir die Hand: »Erlauben Sie mir, bitte, Ihnen zu sagen,
daß ich nicht über Sie lache, im Gegenteil, daß ich unter Tränen Ihnen danke und Ihnen meine Hochachtung aussprechen

möchte für Ihr damaliges Verhalten!« Dann kam auch ihr Mann auf mich zu und drückte mir die Hand, und danach drängte sich die ganze Gesellschaft um mich und es fehlte nicht viel, so hätten sie mich alle umarmt und geküßt. Mir war sehr froh zumut. Damals fiel mir aber besonders ein Herr auf, ein älterer Herr, der auch auf mich zugekommen war, den ich wohl dem Namen nach kannte, mit dem ich aber noch nie ein Wort gewechselt hatte.

d) Der geheimnisvolle Gast

Schon lange nahm er in unserer Stadt als hoher Beamter eine angesehene Stellung ein; er wurde von allen geachtet, war reich und als wohltätig bekannt. Er hatte ein ansehnliches Kapital für ein Armenasyl und ein Waisenhaus gestiftet und tat im geheimen viel Gutes, was erst später, nach seinem Tode, bekannt wurde. Er war ungefähr fünfzig Jahre alt, von strengem Aussehen und sehr wortkarg; verheiratet aber war er erst seit knapp zehn Jahren mit einer sehr jungen Frau, von der er drei Kinder hatte.

Am nächsten Abend — nach jener Gesellschaft — saß ich bei mir zu Hause, als plötzlich meine Tür geöffnet wurde und dieser Herr bei mir eintrat. Ich muß hierzu bemerken, daß ich nicht mehr in meiner früheren Wohnung lebte. Als ich den Abschied eingereicht hatte, nahm ich mir eine Wohnung mit Bedienung bei einer alten Dame, einer Beamtenwitwe. Der Umzug in diese Wohnung war nur darum erfolgt, weil ich Afanassij gleich nach dem Duell, noch am selben Tage, in die Kompanie zurückgeschickt hatte, denn ich schämte mich nach dem Vorgefallenen, ihm in die Augen zu sehen, — so sehr ist ein weltlich erzogener Mensch verbildet, daß er sich sogar einer gerechten Tat schämen kann.

»Ich habe Ihnen schon einigemal und bei verschiedenen Gelegenheiten mit großem Interesse zugehört«, begann der bei mir eintretende Herr, »so daß ich wünschte, endlich mit Ihnen persönlich bekannt zu werden, um mich noch eingehender mit Ihnen unterhalten zu können. Würden Sie mir diesen großen Gefallen erweisen?« — »Mit dem größten Vergnügen, und ich rechne es mir als eine ganz besondere Ehre an«, antwortete ich ihm darauf, innerlich aber erschrak ich beinahe, einen solchen Eindruck machte er damals gleich auf mich. Denn wie gern man mich auch angehört und wie interessiert man mich auch ausgefragt hatte, es war doch noch niemand mit solchem Ernst und so aus innerer Überzeugung an mich herangetreten. Dieser aber kam sogar zu mir in die Wohnung. Er setzte sich. »Ich sehe nur, daß eine große Charakterstärke in Ihnen stecken muß«, fuhr er fort, »denn Sie haben sich nicht gefürchtet, der Wahrheit zu dienen, und das noch in einer Sache, in der Sie riskierten, die Verachtung aller auf sich zu ziehen.« — »Ihr Lob scheint mir etwas übertrieben«, erwiderte ich. — »Nein, durchaus nicht«, versetzte er, »glauben Sie mir, einen solchen Schritt zu tun, ist viel schwerer, als Sie denken. Damit haben Sie mich in Erstaunen gesetzt und darum bin ich zu Ihnen gekommen. Beschreiben Sie mir, bitte, wenn meine vielleicht unanständige Neugier Sie nicht verletzt, was Sie in jenem Augenblick empfanden, als Sie sich mitten im Duell entschlossen, um Verzeihung zu bitten, falls Sie sich dessen noch erinnern können. Halten Sie meine Frage nicht für leichtfertig, denn wenn ich Ihnen eine solche Frage stelle, so habe ich dabei einen geheimen Zweck, den ich Ihnen in der Folge mitteilen werde, wenn es Gott gefallen sollte, uns einander näherzuführen.«

Während er sprach, sah ich ihm die ganze Zeit in die Augen und auf einmal empfand ich unbegrenztes Vertrauen zu ihm, und außerdem auch meinerseits ein ganz ungewöhnliches Interesse, denn ich fühlte plötzlich, daß seine Seele ein besonderes Geheimnis barg.

»Sie fragen mich, was ich in jener Minute empfand, als ich meinen Gegner um Verzeihung bat? Ich werde Ihnen lieber alles von Anfang an erzählen, was ich den anderen noch nicht erzählt habe.« Und ich berichtete ihm, was sich mit mir und Afanassij zugetragen, und wie ich mich vor ihm auf die Knie geworfen hatte. »Hieraus können Sie ersehen«, schloß ich meine Erzählung, »daß es mir schon während des Duells leichter zumut war, da ich ja bereits zu Hause meinen Weg betreten hatte, und danach war alles Weitere nicht nur gar nicht mehr schwer, sondern sogar freudvoll und heiter für mich.«

Er hatte mich angehört und sah mich so freundlich an: »Das interessiert mich alles außerordentlich«, sagte er, »und ich werde noch öfter zu Ihnen kommen.« Seit der Zeit kam er denn auch jeden Abend zu mir, und wir hätten uns gewiß sehr befreundet, wenn er mir auch von sich etwas erzählt hätte. Er erzählte aber nichts von sich, sondern fragte immer nur mich aus. Trotzdem gewann ich ihn sehr lieb, schilderte ihm alle meine Empfindungen und dachte bei mir: was gehen mich schließlich seine Geheimnisse an, ich sehe ja ohnehin, daß er ein rechtschaffener Mensch ist. Dazu ist er ein so ernster Mensch, viel älter als ich, und doch kommt er zu mir, einem so jungen Mann, ohne an meinem jugendlichen Alter Anstoß zu nehmen. Und viel Nützliches lernte ich aus den Gesprächen mit ihm, denn er war ein Mann von hohem Verstand. »Daß das Leben ein Paradies ist«, sagte er einmal zu mir, »darüber habe ich schon lange nachgedacht«, und plötzlich fügte er hinzu: »Das ist es ja, woran ich eigentlich immer denke.« Darauf sah er mich an und lächelte: »Ich bin noch mehr als Sie überzeugt davon«, sagte er, »Sie werden später erfahren, warum.« Als ich das hörte, dachte ich bei mir: Sicher will er mir etwas anvertrauen. »Das Paradies ist in jedem von uns verborgen, auch in mir bricht es jetzt auf, und wenn ich nur will, wird es morgen schon in Wirklichkeit in mir erstehen und dann für mein ganzes weiteres Leben andauern.« Ich betrachtete ihn: gerührt und geheimnisvoll sah er mich an, als ob er eine Antwort von mir erwarte. »Und was das anbelangt«, fuhr er fort, »daß jeder Mensch für alle und alles schuldig ist, ganz abgesehen von seinen eigenen Sünden, so haben Sie darüber ganz richtig geurteilt, und es ist wirklich erstaunlich, wie Sie diesen Gedanken in seinem ganzen Umfang so auf den ersten Anhieb erfaßt haben. Wahrlich, es ist so: daß, sobald die Menschen diesen Gedanken begriffen haben werden, das Himmelreich nicht nur in der Vorstellung, sondern in Wirklichkeit beginnen wird.« — »Aber wann«, rief ich kummervoll aus, »wann wird das geschehen und wird das überhaupt je geschehen können? Wird das nicht immer ein Traum bleiben?« — »Sehen Sie, da haben Sie schon keinen Glauben daran, Sie predigen es zwar, aber Sie selbst glauben nicht daran. Ich sage Ihnen aber, daß dieser ,Traum‘, wie Sie es nennen, unbedingt Wirklichkeit werden wird, glauben Sie es mir, nur wird es nicht jetzt geschehen, denn jeder Vorgang vollzieht sich nach seinem Gesetz. Dies ist eine seelische, eine psychologische Angelegenheit. Um die Welt zu ändern, sie neu zu gestalten, müssen zuvor die Menschen sich selbst psychisch umstellen und eine andere Richtung einschlagen. Bevor man nicht innerlich zum Bruder eines jeden geworden ist, kann kein Brudertum zur Herrschaft gelangen. Niemals werden die Menschen mit Hilfe einer Wissenschaft oder um eines Vorteils willen durch äußere Hilfsmittel es fertigbringen, ihr Eigentum und ihre Rechte so untereinander zu verteilen, daß niemand zu kurz komme und sich nicht gekränkt fühle. Immer wird es jedem zu wenig scheinen und immer wird man einander vernichten. Sie fragen, wann sich das verwirklichen wird? Es *wird* sich verwirklichen, aber zuerst muß sich die Periode der menschlichen *Vereinzelung* vollenden.« — »Was für einer Vereinzelung?« fragte ich ihn. — »Eben dieser Vereinzelung, die jetzt überall herrscht, und namentlich in unserem Jahrhundert, die aber noch nicht ganz abgeschlossen ist, deren Frist noch nicht abgelaufen ist. Denn jetzt strebt doch ein jeder nur danach, seine Person möglichst abzusondern, ein jeder möchte in sich selber die ganze Fülle des Lebens erfahren, dabei aber ist das Ergebnis all seiner Anstrengungen, statt der Fülle des Lebens, nur vollständiger Selbstmord, denn statt die volle Entfaltung des eigenen Wesens zu erlangen, verfallen sie nur vollkommener Vereinzelung. Es ist doch tatsächlich so, daß in unserem Jahrhundert alle in lauter Einzelne zerfallen sind, ein jeder zieht sich in seine Höhle zurück, jeder entfernt sich vom andern, verbirgt sich und verbirgt, was er hat, und es endet damit, daß er sich von den Menschen abstößt und selbst die Menschen von sich zurückstößt. Er spart einsam und sammelt Reichtum an und denkt: ,Wie stark bin ich jetzt und wie gesichert!' und weiß nicht einmal, der Tor, daß er, je mehr er ansammelt, nur um so mehr in selbstmörderische Ohnmacht versinkt. Denn schon hat er sich daran gewöhnt, sich nur auf sich selbst zu verlassen, und hat sich vom Ganzen als ein Einzelner abgesondert, hat seine Seele gelehrt, nicht an die Hilfe der Menschen zu glauben, noch an die Menschen und an die Menschheit überhaupt, und so zittert er nur davor, sein Geld und die von ihm erworbenen Rechte könnten ihm abhanden kommen. Allenthalben beginnt heutzutage der Verstand der Menschen nicht mehr einzusehen, daß die wahre Sicherstellung der Person nicht in ihrer einsamen persönlichen Anstrengung besteht, sondern im allgemeinen Zusammenspiel der Menschen als ein Ganzes. Aber es wird doch unbedingt so geschehen, daß auch für diese schreckliche Vereinsamung die Frist ablaufen wird, und alle werden dann auf einmal begreifen, wie unnatürlich es war, sich von einander abzusondern. Dann wird der neue Zeitgeist schon von selber wehen, und wundern wird man sich, daß man so lange in der Finsternis gesessen ist und das Licht nicht gesehen hat. Dann wird auch das Zeichen des Menschensohnes am Himmel erscheinen ... Bis dahin aber muß dieses Symbol wie ein Banner behütet werden, und wenn es nicht anders geht, so muß doch ab und zu wenigstens *ein* Mensch plötzlich ein Beispiel geben und die Seele aus der Vereinsamung hinausführen auf den Weg der brüderlichen Gemeinschaft, selbst wenn er sich damit dem Spott aussetzt und für einen Gottesnarren gehalten wird, — nur, damit der große Gedanke nicht sterbe!«

In solchen flammenden und begeisternden Gesprächen verbrachten wir die Stunden miteinander, Abend für Abend.

Ich begann sogar die Gesellschaft zu vernachlässigen und weit seltener Besuche zu machen, ganz abgesehen davon, daß ich auch aus der Mode zu kommen anfing. Ich sage das nicht, um die Gesellschaft zu tadeln, denn man fuhr ja fort, mich gern zu haben und sich herzlich und heiter zu mir zu verhalten; aber deshalb kann ich es doch nicht leugnen, daß die Mode auch in dieser Gesellschaft tatsächlich keine geringe Rolle spielte. An meinem geheimnisvollen Gast aber hing ich schließlich mit Begeisterung, denn abgesehen von den Genüssen, die mir die Unterhaltung mit ihm bereitete, fühlte ich, daß er sich mit einem Gedanken trug und sich zu einer vielleicht großen Tat vorbereitete. Vielleicht gefiel es ihm, daß ich äußerlich für sein Geheimnis keine Neugier bekundete, weder direkt noch indirekt danach fragte. Aber es schien mir, daß ihn selbst mehr und mehr der Wunsch quälte, mir etwas anzuvertrauen. Es war schon ein ganzer Monat vergangen, seit er mich besuchte. »Wissen Sie auch«, fragte er mich eines Abends, »daß man viel über uns in der Stadt spricht und sich darüber wundert, daß ich Sie so oft besuche? Aber mögen sie, bald wird doch alles offenbar werden.« Zuweilen überfiel ihn plötzlich eine außergewöhnliche Aufregung, und dann stand er jedesmal auf und ging fort. Zuweilen wiederum sah er mich lange und durchdringend an, und ich dachte schon: »Jetzt wird er gleich etwas sagen!« — aber dann ging er doch wieder auf etwas ganz Gleichgültiges und Alltägliches über. Oft beklagte er sich auch über Kopfschmerzen. Und einmal, ganz unerwartet kam es: als er lange begeistert über etwas gesprochen hatte, erbleichte er plötzlich, sein Gesicht verkrampfte sich, und er starrte mich unverwandt an.

»Was haben Sie«, fragte ich erschrocken, »ist Ihnen schlecht?« Er hatte sich kurz vorher wieder über Kopfweh beklagt.

»Ich ... wissen Sie ... ich ... habe einen Menschen umgebracht.«

Er spricht es aus und lächelt, sein Gesicht aber ist kreide-

weiß. Warum lächelt er? fährt es mir durchs Herz, noch bevor ich das Gehörte begriffen habe. Und ich fühle, wie auch
ich erbleiche.

»Was sagen Sie da?« stoße ich hervor.

»Sehen Sie«, antwortete er mir, immer noch mit demselben
bleichen Lächeln, »wie schwer es mir gefallen ist, das erste
Wort über die Lippen zu bringen. Jetzt habe ich es aber ausgesprochen, und ich glaube, damit habe ich den richtigen
Weg betreten. Ich werde ihn auch zu Ende gehen.«

Lange wollte ich es ihm nicht glauben, und es geschah auch
nicht gleich am ersten Abend, daß ich es überhaupt begriff.
Erst nachdem er drei Tage nacheinander zu mir gekommen
war und mir alles ausführlich erzählt hatte, glaubte ich ihm.
Zuerst hielt ich ihn für geisteskrank, aber es endete damit,
daß ich mich zu meinem größten Kummer schließlich doch
überzeugen lassen mußte, wenn auch mit nicht geringem Be-
fremden. Er hatte tatsächlich ein großes und furchtbares Verbrechen begangen, vor vierzehn Jahren, an einer reichen
Dame, der jungen und schönen Witwe eines Gutsbesitzers,
die auch in der Stadt ein eigenes Haus besaß, das sie gelegentlich bewohnte. Er hatte sich leidenschaftlich in sie verliebt,
gestand ihr seine Liebe und wollte, daß sie ihn heirate. Sie
aber hatte ihr Herz bereits einem anderen geschenkt, einem
vornehmen Offizier von hohem Rang, der damals im Felde
stand, dessen baldige Rückkehr sie aber erwartete. Sie schlug
daher seinen Antrag ab und bat den Verliebten, sie nicht mehr
zu besuchen. Da war er denn, nachdem er seine Besuche schon
eingestellt hatte, eines Nachts vom Garten aus und über das
Dach, mit unerhörter Kaltblütigkeit alles aufs Spiel setzend,
in ihr Haus, dessen Räumlichkeiten er kannte, eingedrungen.
Gerade solche tollkühnen, mit größter Unverfrorenheit aus-
geführten Verbrechen gelingen ja sehr oft, jedenfalls weit
häufiger als die anderen. Durch ein Dachfenster war er auf
den Boden des Hauses und über eine kleine Treppe in die
Wohnräume gelangt: er hatte nur gewußt, daß die Tür zu
dieser Bodentreppe aus Nachlässigkeit der Dienstboten nicht

immer verschlossen war. Nur auf diese Fahrlässigkeit hatte er gehofft, und siehe da: es war so! Er schlich in der Dunkelheit durch die ihm vertrauten Wohnräume bis in ihr Schlafgemach, wo das Lämpchen vor einem Heiligenbilde brannte. Und wie eigens hierfür bestellt, waren gerade an diesem Abend die beiden Kammerzofen heimlich zu einer kleinen Namenstagsfeier in der Nachbarschaft fortgeschlichen. Die übrige Dienerschaft schlief in den Gesindestuben und in der Küche im unteren Stockwerk. Beim Anblick der Schlafenden entbrannte in ihm die Leidenschaft, dann aber wurde sein Herz von einer rachsüchtigen, eifersüchtigen Wut gepackt, und ohne zu wissen, was er tat, wie ein Trunkener, trat er an ihr Bett und stieß ihr das Messer mitten ins Herz, so daß sie nicht einmal aufschrie. Darauf richtete er es mit der teuflischsten Verbrecherlist so ein, daß der Verdacht auf die Dienerschaft fallen mußte: er scheute sich nicht, ihren Geldbeutel an sich zu nehmen, ihre Kommode mit den Schlüsseln, die er unter ihrem Kopfkissen fand, aufzuschließen und den Schubfächern nur diejenigen Sachen zu entnehmen, die auch ein unwissender Dienstbote genommen hätte, das heißt, nicht die Wertpapiere, sondern nur das bare Geld, dazu einige schwer goldene Sachen; aber die zehnmal wertvolleren, doch kleineren Schmuckstücke ließ er liegen. Darauf nahm er noch etwas zum Andenken für sich, doch davon später. Nachdem das geschehen war, hatte er das Haus auf demselben Wege verlassen. Weder am folgenden Tage, als sich die Nachricht von dem Mord verbreitete, noch jemals später, war es jemandem in den Sinn gekommen, den wirklichen Mörder auch nur zu verdächtigen! Von seiner Liebe zu ihr wußte niemand, denn er war immer verschlossen und wortkarg gewesen, und einen Freund, dem er sich hätte anvertrauen können, hatte er nie besessen. Man zählte ihn nur zu den Bekannten, und nicht einmal zu den nahen Bekannten der Ermordeten, denn er hatte sie in den letzten zwei Wochen gar nicht mehr besucht. Man verdächtigte vielmehr sofort ihren leibeigenen Diener Pjotr, und alle Umstände schienen diesen Verdacht zu bekräftigen. Dieser Diener hatte gewußt, und die Verstorbene hatte es ihm auch nicht verheimlicht, daß sie von ihren Leibeigenen gerade ihn als Rekruten, den sie stellen mußte, in den Militärdienst zu schicken beabsichtigte, da er alleinstehend und zudem von schlechter Aufführung war. (Die Dienstzeit der Soldaten betrug zu jener Zeit 25 Jahre.) Man hatte gehört, wie er in einer Kneipe betrunken und wütend gedroht hatte, sie dafür umzubringen. Zwei Tage vor ihrem Tode war er entlaufen und hatte irgendwo in der Stadt gehaust. Am anderen Tage nach dem Morde fand man ihn, unweit der Stadt, steif betrunken auf der Landstraße liegen, mit einem Messer in der Tasche, und dazu war noch sein rechter Handrücken mit Blut verschmiert. Er behauptete allerdings, daß er Nasenbluten gehabt habe, aber man glaubte es ihm nicht.

Die Dienstmädchen gestanden ihre Schuld ein, daß sie auf der kleinen Namenstagsfeier in der Nachbarschaft gewesen waren, und daß die Haustür bis zu ihrer Rückkehr unverschlossen geblieben sei. Und eine Menge ähnlicher Umstände ergaben sich noch, so daß man daraufhin den unschuldigen Diener hinter Schloß und Riegel setzte und mit dem Verhör begann. Doch siehe, schon nach einer Woche erkrankte der Verhaftete an einem hitzigen Fieber und starb im Krankenhaus, ohne wieder zum Bewußtsein zu kommen. Und damit war die Sache beendet, man überließ ihn dem Gericht Gottes, und alle, sowohl die Richter, wie die Obrigkeit und die ganze Gesellschaft, blieben überzeugt, daß den Mord kein anderer als der verstorbene Diener vollführt habe. Für den wirklichen Täter aber begann die Strafe erst später.

Mein geheimnisvoller Gast, der damals schon mein Freund geworden war, sagte mir, daß er zu Anfang gar keine Gewissensbisse empfunden habe. Wohl litt er sehr, aber nur, weil er das geliebte Weib umgebracht hatte, weil sie jetzt nicht mehr lebte, weil er, indem er sie getötet, auch seine Liebe getötet hatte, während die Leidenschaft in seinem Blut noch fortbrannte. An das unschuldig vergossene Blut jedoch, an den Mord als Verbrechen an einem Menschen, habe er damals fast gar nicht gedacht. Der Gedanke, daß sein Opfer die Gattin eines anderen hätte werden können, erschien ihm so unerträglich, daß er, wie er vor seinem Gewissen selbst lange Zeit glaubte, anders gar nicht hätte handeln können. Anfangs quälte ihn ein wenig die Gefangennahme des Dieners, aber dessen Krankheit und Tod beruhigten ihn wieder. Glaubte er doch (wenigstens damals), daß dieses Fieber und der Tod nicht etwa eine Folge des Schrecks und der ständigen Angst war, sondern eine Folge der Erkältung, die jener sich zugezogen, als er betrunken die ganze Nacht auf feuchter Erde gelegen hatte. Die gestohlenen Sachen und das Geld beunruhigten ihn gleichfalls nur wenig, denn (so urteilte er damals) den Diebstahl habe er ja nur zur Ablenkung des Verdachts vollführt und nicht aus Habgier. Die gestohlene Summe war unbedeutend, und bald darauf spendete er diese Summe und noch viel mehr eigenes Geld für das Armenasyl, das unsere Stadt gerade errichten ließ. Das tat er alles nur, um sein Gewissen wegen des Diebstahls zu beruhigen, und merkwürdigerweise beruhigte ihn dies auch wirklich und sogar für längere Zeit, — so gestand er mir selbst. Vor allem aber stürzte er sich zunächst in eine wichtige dienstliche Tätigkeit, bemühte sich um einen mühevollen und schwierigen Auftrag, der ihn etwa zwei Jahre lang ganz in Anspruch nahm, und da er nicht geringe Willenskraft besaß, begann er das Geschehene fast schon zu vergessen; wenn es ihm aber wieder einfiel, bemühte er sich, nicht weiter daran zu denken. Er widmete sich auch eifrig der Wohltätigkeit, führte Neuerungen ein, stiftete verschiedenes in unserer Stadt, zeichnete sich auch in Moskau und Petersburg durch seine Hilfsbereitschaft aus und wurde auch dort zum Mitglied der Wohltätigkeitsvereine gewählt. Aber trotz alledem begann er doch schließlich einer qualvollen Grübelei zu verfallen, der er sich allmählich fast nicht mehr gewachsen fühlte. Da geschah es, daß ein reizendes und kluges junges Mädchen ihm sehr gefiel, und er heiratete es bald darauf, in der Hoffnung, daß ihn das Eheleben die Qual vergessen machen werde, und daß auf diesem neuen Wege, in eifriger Pflichterfüllung gegen seine Frau und seine Kinder, die alten Erinnerungen verblassen würden. Aber gerade das Gegenteil seiner Erwartungen traf ein. Schon im ersten Monat seiner Ehe quälte ihn ununterbrochen der Gedanke: »Meine Frau liebt mich, — wenn sie es aber wüßte!« Als sie sich zum erstenmal guter Hoffnung fühlte und es ihm mitteilte, da wurde alles in ihm aufgewühlt: »Einem Kinde habe ich das Leben gegeben, und einem anderen Menschen habe ich es genommen!« Es wurden ihm Kinder geboren, er aber sagte sich: »Wie darf ich es wagen, sie zu lieben, sie zu erziehen und zu belehren, wie darf ich ihnen von Tugend reden, ich, der ich Blut vergossen habe!« Die Kinder gediehen prächtig, er möchte sie liebkosen, aber — »ich kann ja nicht einmal in ihre unschuldigen, klaren Gesichtchen schauen, ich bin es nicht wert!« Schließlich begannen ihn drohend und bitter blutige Visionen des ermordeten Opfers zu verfolgen; das vernichtete junge Leben, das vergossene Blut schrie nach Rache. Schreckliche Träume verfolgten ihn. Aber sein starkes Herz ertrug lange standhaft diese Qual. »Vielleicht kann ich alles durch diese geheime Marter sühnen?« dachte er bei sich. Aber auch diese Hoffnung war vergeblich: es wurde nur immer schlimmer. In der Gesellschaft brachte man ihm wegen seines wohltätigen Wirkens zunehmende Hochachtung entgegen, obschon man allgemein sein strenges und finsteres Wesen scheute. Je mehr man ihn jedoch achtete, desto unerträglicher erschien es ihm. Er gestand mir, daß er an Selbstmord gedacht habe. Doch gleichzeitig tauchte in ihm eine andere Idee auf, eine Idee, die er zuerst für unmöglich und wahnsinnig hielt, die sich aber zuletzt so in ihm festsetzte, daß er sich nicht mehr von ihr losreißen konnte. Er gedachte, aufzustehen und vorzutreten und öffentlich vor allem Volke zu bekennen, daß er einen Menschen ermordet habe. Drei Jahre lang trug er sich mit dieser Idee, in den verschiedensten Gestalten tauchte sie in ihm auf. Schließlich wurde es für ihn zur festen Überzeugung, daß seine Seele erst dann, wenn er sein Verbrechen eingestanden haben werde, Heilung und auf immer Ruhe finden könne. Trotz dieser Überzeugung aber empfand er in seiner Seele einen Schrecken bei der Frage, wie ein solches Geständnis auszuführen wäre? Da ereignete sich zufällig meine Duellgeschichte. »Dank Ihrem Beispiel«, sagte er, »habe ich mich jetzt dazu entschlossen.«

Ich schaute ihn an.

»Ist es möglich?« sagte ich fast erschrocken und schlug die Hände zusammen, »dieser geringe Vorfall hätte Sie zu solch einem Entschluß gebracht?«

»Meinen Entschluß trage ich bereits seit drei Jahren mit mir herum«, antwortete er mir. »Ihre Tat hat ihm nur den letzten Anstoß gegeben. Angesichts Ihres Beispiels habe ich mir schon bittere Vorwürfe gemacht, ich habe Sie beneidet«, sagte er zu mir, und seine Stimme klang hart.

»Man wird Ihnen nicht glauben«, bemerkte ich, »vierzehn Jahre sind seitdem vergangen.«

»Ich habe Beweise, schlagende Beweise. Ich werde sie vorlegen.«

Ich brach in Tränen aus und küßte ihn.

»Über eines entscheiden Sie nur, über eines!« rief er aus (als ob jetzt alles nur von mir abhinge): »Meine Frau, meine Kinder! Meine Frau stirbt vielleicht vor Kummer, und die Kinder, wenn sie auch den Adel und das Vermögen nicht verlieren, so bleiben sie doch auf ewig die Kinder eines gebrandmarkten Sträflings. Und das Andenken, welch ein Andenken hinterlasse ich in ihren Herzen?«

Ich schwieg.

»Und sich von ihnen trennen, sie auf immer verlassen? Auf immer, auf immer!«

Ich saß da und betete still für mich. Schließlich erhob ich mich, es war mir schrecklich zumut.

»Was sagen Sie dazu?« Er sah mich erwartungsvoll an.

»Gehen Sie«, antwortete ich, »und sagen Sie es den Menschen. Alles vergeht, nur die Wahrheit allein bleibt bestehen. Ihre

Kinder werden heranwachsen und begreifen, wieviel Hochherzigkeit in Ihrem großen Entschluß gelegen hat.«

Er verließ mich damals, als habe er sich wirklich dazu entschlossen. Aber dann kam er doch wieder jeden Abend zu
mir, eine Woche lang, noch eine Woche, immer noch bereitete
er sich vor, ohne den Entschluß doch ausführen zu können.
Mein Herz wurde von ihm auf die Folter gespannt. Bald
kommt er wie fest entschlossen und sagt ergriffen:

»Ich weiß, daß für mich sofort das Paradies anbrechen
wird, sobald ich es gestanden habe. Vierzehn Jahre habe ich
in der Hölle gelebt. Ich will den Schmerz der Sühne freiwillig auf mich nehmen. Und wenn das geschehen ist, werde
ich wieder leben können. „Mit der Unwahrheit kommst du
wohl durch die ganze Welt, eine Heimkehr aber mit ihr gibt
es nicht", sagt das Sprichwort. Jetzt wage ich weder meinen
Nächsten, noch selbst meine Kinder zu lieben. Mein Gott, vielleicht werden die Kinder einmal doch begreifen, was mich
diese Qual gekostet hat, und mich nicht verdammen! Gott ist
nicht in der Kraft, sondern in der Wahrheit.«

»Alle werden die Bedeutung Ihrer Handlungsweise begreifen«, sagte ich zu ihm, »wenn nicht sofort, so doch später,
denn Sie haben dann der Wahrheit gedient, der höheren
Wahrheit, der nichtirdischen . . .«

Und er geht fort, als ob er getröstet wäre; aber am nächsten Tage kommt er wieder bleich und böse zu mir und bemerkt spöttisch:

»Jedesmal, wenn ich bei Ihnen eintrete, sehen Sie mich
mit solch einer Spannung an, als wollten Sie fragen: ‚Hat er
es oder hat er es noch nicht getan?‘ Gedulden Sie sich, und
verachten Sie mich nicht gar zu sehr. Das ist doch nicht so
leicht getan, wie Sie annehmen. Ja, vielleicht werde ich es
überhaupt nicht tun. Sie werden dann doch nicht hingehen
und mich anzeigen, wie?«

Ich aber, weiß Gott, ich fürchtete mich schon, überhaupt
nur zu ihm aufzublicken, geschweige denn, ihn mit törichter
Spannung anzusehen! Ich war schon fast krank vor Qual, und

meine Seele war voll Tränen. Die Nächte verbrachte ich
schlaflos.

»Ich komme soeben von meiner Frau«, fuhr er fort. »Wissen Sie auch, was es bedeutet, eine Frau haben? Als ich weg-
ging, riefen die Kinder mir nach: ‚Adieu, Papa! Komm bald
wieder, wir wollen dann zusammen in unseren Bilderbüchern
lesen!‘ Nein, das verstehen Sie nicht! Fremdes Leid macht
nicht gescheit.«

Seine Augen blitzten auf, seine Lippen erbebten. Plötzlich schlug er mit der Faust auf den Tisch, daß alle Sachen
darauf klirrten, — dieser weiche Mensch! Das geschah mit
ihm zum erstenmal.

»Ja, ist es denn nötig?« schrie er auf, »ist es denn nötig?
Niemand ist doch meinetwegen verurteilt worden, niemand
meinetwegen ins Zuchthaus gekommen! Der Diener starb an
einer Krankheit. Für das vergossene Blut aber bin ich durch
meine Selbstmarter und Qual übergenug bestraft! Und man
wird es mir ja überhaupt nicht glauben, trotz aller Beweise!
Ist es denn nötig, daß ich es tue, ist es denn nötig? Für das vergossene Blut bin ich bereit, mich noch weiter mein ganzes
Leben lang zu quälen, wenn ich nur meine Frau und meine
Kinder nicht unglücklich mache! Ist es denn gerecht, auch sie
mit mir zu zerschmettern? Irren wir uns da nicht? Wo ist denn
da die Wahrheit? Und werden denn diese Menschen die
Wahrheit auch erkennen, sie schätzen, sie achten?«

»Großer Gott!« dachte ich bei mir, »an die Achtung der
Menschen denkt er in solch einem Augenblick!« So leid tat
er mir damals, daß ich wohl sein Los hätte teilen mögen, um
es ihm zu erleichtern. Ich sah, daß er wie außer sich war. Und
ich erschrak, als ich nicht nur mit dem Verstande allein begriff, sondern auch mit ganzer Seele fühlte, was solch ein
Entschluß kostet.

»Entscheiden Sie über mein Geschick!« stieß er plötzlich
hervor.

»Gehen Sie hin und gestehen Sie«, sagte ich flüsternd zu
ihm hin. Die Stimme versagte mir fast, doch flüsterte ich es

in festem Ton. Darauf nahm ich vom Tisch das Evangelium in neurussischer Übersetzung und zeigte ihm Johannes, Kapitel XII, Vers 24: „Wahrlich, wahrlich, ich sage euch: Wenn das Weizenkorn in die Erde fällt und nicht stirbt, so bleibt es allein, stirbt es aber, so bringt es viele Frucht." Diesen Vers hatte ich kurz vor seinem Eintritt gelesen.

Er las ihn: »Das ist wahr«, sagte er, aber er lächelte bitter. »Ja«, sagte er nach einigem Schweigen, »es ist unheimlich, was man in diesem Buch finden kann. Es ist aber leicht, diese Sprüche anderer vor die Nase zu halten. Und wer hat das geschrieben, doch nicht etwa Menschen?«

»Der Heilige Geist«, sagte ich.

»Sie haben gut schwätzen«, sagte er höhnisch und lächelte fast schon haßerfüllt. Ich nahm wieder das Buch, schlug es an einer anderen Stelle auf und zeigte ihm Ebräerbrief Pauli, Kapitel X, Vers 31. Er las:

„Schrecklich ist es, in die Hände des lebendigen Gottes zu fallen."

Er las es und schleuderte das Buch von sich. Er zitterte am ganzen Leibe.

»Ein schrecklicher Vers!« sagte er. »Wahrlich, Sie verstehen auszusuchen!« Er erhob sich vom Stuhl: »Nun«, sagte er, »leben Sie wohl, vielleicht werde ich nicht mehr zu Ihnen kommen ... im Paradiese werden wir uns wiedersehen. Also vierzehn Jahre sind es her, daß ich in die Hände des lebendigen Gottes gefallen bin! — Jetzt weiß ich wenigstens, wie diese vierzehn Jahre heißen! Morgen werde ich diese Hände bitten, mich freizugeben.«

Ich wollte ihn umarmen und küssen, aber ich wagte es nicht, so verzerrt war sein Gesicht, und sein Blick war schwer. Er ging hinaus. »Mein Gott«, dachte ich, »wohin geht dieser Mensch!« Ich warf mich vor dem Muttergottesbilde auf die Knie nieder und betete für ihn zur schnellen Helferin und Beschützerin. Es mochte wohl eine halbe Stunde darüber vergangen sein, daß ich in Tränen im Gebet verharrte, es war aber schon spät in der Nacht, gegen zwölf Uhr. Plötzlich sehe ich, die Tür öffnet sich und er tritt abermals herein. Ich wunderte mich.

»Wo sind Sie denn gewesen?« fragte ich ihn.

»Ich«, begann er, »ich habe, glaube ich, etwas vergessen ... mein Taschentuch, wenn ich nicht irre ... Aber selbst wenn ich nichts vergessen haben sollte, erlauben Sie, daß ich mich auf einen Augenblick setze ...«

Er setzte sich auf einen Stuhl. Ich stehe vor ihm. »Setzen Sie sich auch«, sagt er. Ich setzte mich. So sitzen wir etwa zwei Minuten, er sieht mich unverwandt an, und plötzlich lächelt er seltsam, das ist mir unvergeßlich; dann stand er auf, umarmte mich fest und küßte mich.

»Behalte es im Gedächtnis«, sagte er, »wie ich zum zweitenmal zu dir gekommen bin. Hörst du, behalte das!«

Zum erstenmal sagte er *Du* zu mir. Er ging fort. »Morgen!« dachte ich bei mir.

Und so war es auch. Ich wußte aber an jenem Abend noch nicht, daß er den Tag darauf seinen Geburtstag feierte. In der letzten Zeit war ich gar nicht ausgegangen und hatte es von niemandem erfahren können. An diesem Tage pflegte sich alljährlich die ganze Gesellschaft bei ihm einzufinden. So geschah es auch diesmal. Und siehe, nach dem großen Festessen stellte er sich in die Mitte des Zimmers, in den Händen hielt er ein Schriftstück — die formelle Anzeige an die Obrigkeit. Da aber alle hohen Gerichtspersonen bei ihm versammelt waren, so las er den Bericht den Anwesenden laut vor, — die ganze Beschreibung seines Verbrechens bis in alle Einzelheiten! »Als einen Auswurf des Menschengeschlechtes stoße ich mich selbst aus der Mitte der Menschen aus. Gott hat mich heimgesucht«, schloß er seine Anschuldigung, »ich will es sühnen!« Darauf breitete er die entwendeten Gegenstände auf dem Tisch aus, die Beweise seines Verbrechens, die er vierzehn Jahre lang bei sich aufbewahrt hatte: die Schmucksachen der Erschlagenen, mit denen er den Verdacht von sich abzulenken gedacht hatte, das Medaillon und das Kreuz, die er ihr vom Halse genommen — im Medaillon das Bild ihres Verlobten; ferner ihr Notizbuch und zwei Briefe: den Brief ihres Verlobten an sie, mit der Nachricht seiner baldigen Rückkehr, und einen Brief von ihr, den sie angefangen, aber nicht beendet hatte, und der auf dem Schreibtisch liegen geblieben war, da sie ihn erst am nächsten Tage hatte absenden wollen. Beide Briefe hatte er an sich genommen, — wozu? Und wozu hatte er sie vierzehn Jahre lang aufbewahrt, statt sie als Beweisstücke zu vernichten? Und was geschah darauf? Alle gerieten in Verwunderung und in Schrecken, aber niemand wollte es für wahr halten, obgleich sie ihm alle mit großer Aufmerksamkeit und Neugier zugehört hatten, wenn auch mehr wie einem Kranken. Nach einigen Tagen wurde denn auch von allen behauptet, daß der Unglückliche offenbar verrückt geworden sei. Die Obrigkeit und das Gericht mußten die Sache, ob sie wollten oder nicht, aufnehmen, aber auch sie zögerten: denn obwohl die vorgewiesenen Gegenstände und die Briefe zu denken gaben, kam man doch zu dem Schluß, daß man ihn, selbst wenn die Beweisstücke sich als richtig erweisen sollten, schließlich doch nicht verurteilen konnte, nur auf Grund dieser Sachen, die er ja ebensogut als Bekannter und Vertrauensmann von ihr selbst zum Aufbewahren erhalten haben konnte. Übrigens hörte ich später, daß die Gegenstände von vielen Bekannten und Verwandten der Ermordeten wiedererkannt worden wären. Aber auch diesmal war es der Sache nicht bestimmt, zu einem Abschluß zu kommen. Fünf Tage danach erfuhren wir alle, daß der Arme erkrankt sei, und daß man für sein Leben fürchtete. Welcher Art seine Krankheit war, kann ich nicht mit Sicherheit angeben, aber man sprach von einem Herzleiden; danach erfuhr man, daß die Ärzte, die auf den dringenden Wunsch der Gattin auch seinen Geisteszustand geprüft hatten, zu dem Ergebnis gekommen waren, es liege wohl schon Geistesstörung vor. Ich verriet nichts, obwohl man mich mit Fragen bestürmte; als ich ihn aber besuchen wollte, da ließ man mich nicht zu ihm und überhäufte mich mit Vorwürfen, besonders seine Gemahlin tat es: »Sie sind es, der ihn irrsinnig gemacht hat! Wenn er auch früher schon finster war, so ist doch allen seine ungewöhnliche Erregung, sein sonderbares Benehmen erst in jüngster Zeit aufgefallen. Sie haben ihn ins Verderben gestürzt, haben ihn beeinflußt, er hat ja den ganzen Monat nur bei Ihnen gesessen!« Und nicht nur seine Frau, nein, alle in der Stadt stürzten sich auf mich und beschuldigten mich. »Sie sind an allem schuld!« Ich schwieg, aber mein Herz war leicht; ich erkannte die Gnade Gottes gegen ihn, der sich aus eigener Kraft aufgerichtet hatte. An eine Geistesstörung glaubte ich selbstverständlich nicht. Schließlich ließ man mich zu ihm: er hatte darauf bestanden — um sich von mir zu verabschieden. Ich trat zu ihm ins Zimmer und bemerkte sofort, daß nicht nur seine Tage, sondern seine Stunden gezählt waren. Er war schwach, gelb, und seine Hände zitterten; er atmete schwer, doch sein Blick war freudig und gerührt.

»Es ist vollbracht! Lange schon habe ich mich danach gesehnt, mit dir zu sprechen, warum kamst du nicht?«

Ich sagte ihm nicht, daß man mich nicht zu ihm gelassen.

»Gott erbarmt sich meiner und ruft mich zu sich. Ich weiß, daß ich sterbe, aber Freude und Friede fühle ich jetzt nach so vielen Jahren zum erstenmal in meinem Herzen. Sofort erschloß sich meiner Seele das Paradies, sobald ich's nur ausgeführt hatte! Jetzt wage ich wieder, meine Kinder zu lieben und zu küssen. Man glaubt mir nicht, niemand hat es geglaubt, weder meine Frau noch meine Richter; auch meine Kinder werden es niemals glauben. Darin sehe ich Gottes Gnade zu meinen Kindern. Ich sterbe und mein Name bleibt für sie unbefleckt. Und ich fühle Gott schon im voraus, und mein Herz freut sich wie im Paradiese ... Ich habe meine Schuldigkeit getan ...«

Er konnte nicht weiter sprechen, er atmete schwer, heiß drückte er mir die Hand, und mit glänzenden Augen sah er mich an. Doch lange konnten wir nicht zusammenbleiben; seine Frau kam immer wieder ins Zimmer, um nach uns zu sehen. Aber er konnte mir noch zuflüstern:

»Erinnerst du dich, wie ich das letztemal zu dir kam, um Mitternacht? Ich sagte dir, du solltest das im Gedächtnis behalten. Weißt du, warum ich wieder bei dir eintrat? Ich wollte Dich umbringen!«

Ich schrak zusammen.

»Ich ging damals von dir in die Dunkelheit hinaus, wanderte durch die Straßen und kämpfte mit mir. Und plötzlich haßte ich dich so sehr, daß mein Herz es kaum ertragen konnte. ‚Jetzt‘, dachte ich, ‚ist er der einzige, der es weiß und mein Richter ist, und jetzt kann ich ja gar nicht mehr meiner Strafe entgehen.‘ Nicht, daß ich gefürchtet hätte, du würdest mich verraten, daran habe ich mit keinem Gedanken gedacht, aber ich sagte mir: ‚Wie werde ich ihm noch in die Augen sehen können, wenn ich es nicht morgen tue?‘ Und wenn du auch am Ende der Welt wärest, es wäre einerlei, du lebtest doch, und der Gedanke, daß du lebst und alles weißt und mich verurteilst, dieser Gedanke wäre mir unerträglich gewesen. Ich haßte dich, als wärest du die Ursache von allem, und als wärest du an allem schuld. Ich kehrte damals zu dir zurück, denn ich wußte, auf deinem Tisch lag dein Dolch. Ich setzte mich und bat dich, dich gleichfalls zu setzen, und ich überlegte es mir noch eine Minute lang. Wenn ich dich aber getötet hätte, so wäre ich dieses Mordes wegen zugrunde gegangen, selbst wenn ich von meinem früheren Verbrechen nichts gesagt hätte. Doch daran dachte ich nicht und wollte ich auch in dieser Minute nicht denken. Ich haßte dich und wollte mich für alles an dir rächen. Aber Gott besiegte den Teufel in meinem Herzen. Wisse aber, daß du dem Tode nie näher gewesen bist.«

Nach einer Woche starb er. Seinem Sarge folgte die ganze Stadt. Der Oberpriester hielt eine tiefempfundene Rede. Man beklagte die schreckliche Krankheit, die sein Leben beendet hatte. Nach seinem Tode aber wandte sich die ganze Stadt gegen mich, ja, man trieb es sogar so weit, daß man mich nicht mehr empfing. Einige allerdings, und zuerst waren es eben nur einige, später aber wurden es mehr und mehr, fingen an, seinen Aussagen zu glauben; sie kamen zu mir und suchten mich mit großer Neugier und Freude auszufragen: denn es liebt der Mensch den Fall des Gerechten und seine Schande. Ich aber schwieg und verließ bald darauf die Stadt. Nach fünf Monaten fand mich Gott für würdig, den einzigen festen und wunderbaren Weg zu betreten, und ich segnete den Fingerzeig, der mich auf diesen Weg gewiesen hatte. Doch des vielgeprüften Gottesknechtes Michail gedenke ich oft und ich schließe ihn bis auf den heutigen Tag in meine Gebete ein.

III

Aus den Gesprächen und Belehrungen des Staretz Sossima

e) Einiges über den russischen Mönch und seine mögliche Bedeutung

Väter und Lehrer, was ist ein Mönch? In der aufgeklärten Welt wird dieses Wort heutzutage von einigen bereits mit Spott ausgesprochen, von manchen aber sogar schon als Schimpfwort gebraucht. Und je weiter, desto mehr. Es ist wahr, ja, leider ist es wahr, auch unter den Mönchen gibt es viele Tagediebe, Wollüstlinge, Liederliche und unverschämte Herumtreiber. Auf diese weisen nun die gebildeten Weltleute hin, wenn sie sagen: »Ihr seid ja nur Faulenzer und unnütze Glieder der Gesellschaft, ihr lebt von fremder Arbeit und seid schamlose Bettler!« Indessen gibt es doch so viele unter den Mönchen, die fromm und demütig sind, die nur nach glühendem Gebet in der Stille und Zurückgezogenheit dürsten. Auf diese weist man viel seltener hin, ja, man übergeht sie sogar mit völligem Stillschweigen. Wie sehr aber wird man sich wundern, wenn ich sage, daß von diesen Sanften und nach verborgenem Gebet sich Sehnenden einmal vielleicht noch die Rettung des russischen Landes ausgehen wird. Denn sie werden in der Stille wahrhaftig vorbereitet sein „auf den Tag und die Stunde, auf den Monat und das Jahr". In all ihrer Verlassenheit hüten und bewahren sie vorerst das Bild Christi herrlich und unentstellt in der Reinheit der Gotteswahrheit, wie es von den ältesten Vätern, Aposteln und Märtyrern überliefert ist, und wenn es not sein wird, werden sie es der erschütterten, schwankenden Wahrheit der Weltleute entgegenhalten. Das ist ein großer Gedanke. Im Osten wird dieser Stern aufgehen.

So denke ich über den Mönch, und sollte das wirklich falsch, sollte das wirklich anmaßend sein? Schaut doch nur hin auf die Weltlichen und auf die ganze übrige Welt, die sich über das Gottesvolk erhaben dünkt: ist denn dort die Vorstellung von Gott und von seiner Wahrheit nicht entartet? Sie haben die Wissenschaft, aber in der Wissenschaft gibt es doch nur das, was den Sinnen zugänglich ist. Die geistige Welt dagegen, die höhere Hälfte des Menschseins, wird vollkommen abgelehnt, ist sogar mit einem gewissen Triumph, ja, mit Haß ausgestoßen. Die Welt hat die Freiheit verkündet, besonders in letzter Zeit, aber was sehen wir denn in dieser ihrer Freiheit? Nichts als Sklaverei und Selbstmord! Denn die Welt sagt: »Du hast Bedürfnisse, also befriedige sie auch, denn du hast ja dieselben Rechte wie die angesehensten und reichsten Leute. Scheue dich bloß nicht, sie zu befriedigen, sondern vermehre sie lieber noch«, — das ist die gegenwärtige Lehre der Welt. Eben darin sehen sie die Freiheit. Was aber ergibt sich als Folge aus diesem Recht auf Vermehrung der Bedürfnisse? Bei den Reichen *Vereinsamung* und geistiger Selbstmord, bei den Armen aber Neid und Totschlag, denn die Rechte hat man zwar gegeben, aber die Mittel zur Befriedigung der Bedürfnisse nicht überwiesen. Man versichert, die Welt werde sich je weiter desto mehr vereinigen, in eine brüderliche Gemeinschaft verwandeln dadurch, daß man die Entfernungen verkürzt, die Gedanken durch die Luft übermittelt. O, traut nicht einer solchen Vereinigung der Menschen! Wenn sie unter Freiheit die Vermehrung und schnelle Befriedigung der Bedürfnisse verstehen, verderben sie nur die eigene Natur, denn dadurch züchten sie in sich nur eine Menge sinnloser und dummer Wünsche, Gewohnheiten und albernster Einfälle. Sie leben nur noch um des gegenseitigen Neides willen und um der Wollust und Eitelkeit zu frönen. Gastmähler, Ausfahrten, Equipagen, Titel und sklavisch Dienstbeflissene zu haben — das wird schon für eine solche Notwendigkeit gehalten, daß man sogar sein Leben, seine Ehre und Menschenliebe opfert, nur um diese unentbehrlichen Bedürfnisse zu befriedigen, und man bringt sich um, wenn man sie nicht befriedigen kann. Auch bei denen, die nicht reich sind, sieht man das gleiche, bei den Armen aber werden die ungestillten Bedürfnisse und der Neid vorläufig noch mit Trunksucht betäubt. Bald aber werden sie sich, statt an Branntwein, an Blut betrinken, dazu treibt man sie ja hin. Nun frage ich euch: Ist denn ein solcher Mensch frei? Ich habe einen »Kämpfer für die Idee« gekannt, der mir selbst erzählte, er sei, als man ihm im Gefängnis den Tabak entzog, durch diese Entbehrung dermaßen gequält gewesen, daß er beinahe hingegangen und seine »Idee« für Tabak verraten hätte. Und doch redet so einer davon, daß er »für die Menschheit kämpfen gehe«. Nun, wohin und wie weit geht denn ein solcher und wessen ist er überhaupt fähig? Höchstens zu einer raschen Tat, aber ohne Ausdauer, ohne lange durchzuhalten. Und da ist es denn auch kein Wunder, daß sie, statt wahrhaft frei zu werden, nur in Sklaverei geraten, und statt der Bruderliebe und der Einigkeit der Menschheit zu dienen, im Gegenteil, der *Absonderung* und Vereinsamung verfallen, wie es schon in meiner Jugend mein geheimnisvoller Gast und Lehrer sagte. Deshalb erlischt aber auch in der Welt immer mehr der Gedanke des Dienstes an der Menschheit, der Brüderlichkeit und Einheit der Menschen, und tatsächlich wird diesem Gedanken sogar schon mit Spott begegnet, denn wie sollte man wohl auf seine Gewohnheiten verzichten, und wohin käme denn damit jener Unfreie, der sich so daran gewöhnt hat, seine unzähligen Bedürfnisse zu befriedigen, die er sich selber eingeredet hat? Er ist ja bereits in der Vereinsamung, und was geht ihn noch das Ganze an! Erreicht hat man damit nichts anderes, als daß man an angesammelten Sachen wohl reicher, an Freuden aber ärmer geworden ist.

Etwas ganz anderes ist es mit dem Wege des Mönchs. Man lacht zwar über Gehorsam, Fasten und Gebet, dabei aber ist doch nur mit ihnen der Weg zur echten, wirklichen Freiheit möglich: indem ich die überflüssigen und unnötigen Bedürfnisse abstoße, meinen selbstsüchtigen und stolzen Willen durch Gehorsam zähme und geißle, erreiche ich mit Gottes Hilfe eben dadurch die Freiheit des Geistes und mit ihr auch die geistige Heiterkeit! Wer wird nun von ihnen fähiger sein, einen großen Gedanken aufzuheben und ihm dienen zu gehen – der vereinsamte Reiche, oder dieser von der Tyrannei der Sachen und Gewohnheiten *Befreite*? Man pflegt dem Mönch sein Einsiedlerleben vorzuwerfen: »Du hast dich zurückgezogen, um in Klostermauern dich selbst zu retten; das brüderliche Dienen der Menschheit aber hast du vergessen.« Aber sehen wir doch erst einmal zu, wer sich mehr um die Bruderliebe müht? Denn die Vereinsamung herrscht nicht bei uns, sondern bei ihnen, sie sehen es nur nicht. Von uns aber sind ja schon von alters her die Helfer des Volkes und Vollbringer hervorgegangen, warum sollte das nicht auch jetzt noch geschehen können? Es werden dieselben demütigen Faster und frommen Schweiger sich erheben und zur großen Tat schreiten. Vom Volke wird Rußlands Rettung ausgehen. Das russische Kloster aber hat es von alters her mit dem Volk gehalten. Wenn aber das Volk vereinsamt ist, dann sind auch wir vereinsamt. Das Volk glaubt in unserer Weise, und ein nichtgläubiger Staatsmann wird bei uns in Rußland nichts ausrichten, mag er noch so aufrichtigen Herzens und genialen Geistes sein. Vergeßt das nicht! Das Volk wird auch dem Atheisten standhalten und ihn überwinden und es wird ein einhelliges rechtgläubiges Rußland sein. Behütet also das Volk und beschützt sein Herz. Erzieht es in der Stille. Dies ist eure mönchische große Aufgabe und Sendung, denn dieses Volk ist das Gottträgervolk.

f) Einiges über Herren und Diener und darüber, ob es Herren und Dienern möglich ist, geistig einander zu Brüdern zu werden

Mein Gott, selbstverständlich ist auch im Volk Sünde. Und die Flamme der Zersetzung nimmt sogar augensichtlich zu, allstündlich, von oben breitet sie sich aus, die Vereinzelung: Wucherer und Ausbeuter tauchen auf, der Kaufmann will bereits immer mehr geehrt sein, schon bemüht er sich, den Gebildeten zu spielen, ohne wirkliche Bildung zu besitzen, und schon mißachtet er deshalb schmählicherweise die alten Bräuche und schämt sich sogar des Glaubens seiner Väter. Er fährt zu Fürsten zu Besuch und ist dabei doch nur ein verdorbener Bauer. Das Volk ergibt sich der Trunksucht und ist durch sie bereits wie angefault, und schon kann es nicht mehr darauf verzichten. Und wieviel Roheit gegen die Familie, die Frau, sogar gegen die Kinder sind die Folgen davon, lauter Folgen der Trunksucht. In den Fabriken habe ich kaum neunjährige Kinder gesehen: kränkliche, abgezehrte, verwachsene Kinder, und schon verdorben. Stickige Räume, stampfende Maschinen und den ganzen Gottestag über nichts als Arbeit, unzüchtige Reden und Branntwein, Branntwein. Aber ist es denn das, wessen die Seele eines noch so jungen Kindchens bedarf? Sie bedarf der Sonne, der Kinderspiele und ringsum lichter Beispiele und wenigstens eines Tröpfleins Liebe zu ihm selbst, dem Kinde. Damit dies nicht mehr fortdauere, Mönche, damit die Quälerei der Kinder aufhöre, erhebt euch schneller, schneller und predigt dagegen! Aber Gott wird Rußland retten, denn wenn das einfache Volk auch vielfach liederlich ist und sich der Ausschweifung nicht mehr enthalten kann, so weiß es doch immerhin, daß seine stinkende Sünde von Gott verflucht ist und daß es übel tut, wenn es sündigt. Somit glaubt unser einfaches Volk noch unablässig an das Rechte, an eine Gottheit, die es anerkennt, wenn es sich ergriffen selbst anklagt. Nicht so aber ist es bei den höheren Ständen. Die wollen sich, der Wissenschaft nachfolgend, einzig mit Hilfe ihrer Vernunft gerecht einrichten, aber bereits ohne Christus, und schon verkünden sie, es gäbe kein Verbrechen, es gäbe auch keine Sünde. Und von ihrem Standpunkt aus haben sie ja auch recht: denn wenn es für dich keinen Gott gibt, was ist dann überhaupt noch Verbrechen? In Europa erhebt sich das Volk schon mit Gewalt gegen die Reichen, und die Anführer des Volkes führen es ja überall zum Blutvergießen hin und lehren, sein Zorn sei ein gerechter. Doch „verflucht sei ihr Zorn, denn er ist grausam". Rußland aber wird der Herr retten, wie er es schon mehrmals gerettet hat. Vom Volk wird die Rettung ausgehen, von seinem Glauben und seiner Demut. Väter und Lehrer, schützt diesen Glauben des Volkes, denn das ist kein Wahn: mein Lebelang hat mich an unserem großen Volk seine wunderbare und echte Würde in Staunen versetzt, das habe ich selbst erlebt, kann es selbst bezeugen, ich habe es mit eigenen Augen gesehen und habe gestaunt, habe es gesehen, sogar ungeachtet seines Sündenpfuhls und des armseligen Aussehens unseres Volkes. Es ist nicht knechtisch gesinnt, und das trotz seiner zweihundertjährigen Sklaverei unter dem Tatarenjoch. Frei ist es im Sein und Umgang, und ohne beleidigenden Dünkel. Und weder rachsüchtig noch neidisch. »Du bist angesehen, du bist reich, du bist klug und begabt — nun, so sei es, Gott segne dich. Ich achte dich, aber ich weiß, daß auch ich ein Mensch bin. Eben dadurch aber, daß ich dich neidlos achte, beweise ich meine Menschenwürde vor dir.« Und so ist es wahrhaftig, wenn sie sich auch nicht so ausdrücken (denn sie verstehen das noch nicht in Worte zu kleiden), so *verhalten* sie sich doch so, das habe ich selbst gesehen, selbst erfahren, und werdet Ihr es glauben: je ärmer und niedriger unser russischer Mensch dasteht, um so mehr ist diese wundervolle Wahrheit in ihm bemerkbar; denn auch unter den einfachen Leuten sind die Reicheren schon Ausbeuter und Wucherer, und in ihrer Mehrzahl auch bereits verdorben, und vieles, vieles ist hierbei infolge unserer Fahrlässigkeit und Unzulänglichkeit so gekommen! Aber der Herr wird seine Menschen retten, denn groß ist Rußland in seiner Frommheit. Ich träume davon und glaube zu sehen, ja, ich sehe schon jetzt deutlich voraus, wie unsere Zukunft sein wird: es wird dahin kommen, daß sogar unser verderbtester Reicher zu guter Letzt sich seines Reichtums schämen wird vor dem Armen, und der Arme wird, wenn er diese Demut sieht, ihn verstehen und ihm nachsichtig, voll Freude und Herzlichkeit antworten auf diese schöne Scham. Glaubt mir, daß es schließlich dahin kommen wird: alles weist ja schon darauf hin. Nur in der geistigen, inneren Würde des Menschen liegt die Gleichheit, und das wird man nur bei uns einsehen. Nur wenn es Brüder gibt, wird es auch Brüderlichkeit geben, vor der Brüderlichkeit aber wird es nie zu einer gutwilligen Teilung kommen. Das Vorbild Christi wird von uns bewahrt, und wie ein kostbarer Diamant wird es der ganzen Welt erstrahlen . . . Also geschehe es, also geschehe es!

Väter und Lehrer, einmal hatte ich ein rührendes Erlebnis. Auf meiner Wanderschaft begegnete ich eines Tages — in der Gouvernementsstadt K. — meinem ehemaligen Burschen Afanássij. Seit damals aber, als ich mich von ihm trennte, waren bereits acht Jahre vergangen. Er erblickte mich zufällig auf dem Markt, erkannte mich, lief auf mich zu und, mein Gott, wie groß war seine Freude, wie hielt er mich fest! »Väterchen, Herr, seid Ihr es wirklich? Täuschen mich nicht meine Augen?« Er führte mich gleich zu sich, in seine Wohnung.

Er hatte den Dienst schon verlassen, hatte geheiratet und hatte schon zwei Kinderchen. Er lebte mit seiner Frau vom Kleinhandel, hatte seinen Stand auf dem Markt. Das Zimmerchen, das er bewohnte, war ärmlich, aber sauber und freundlich. Er nötigte mich, Platz zu nehmen, stellte den Ssamowár auf, schickte nach seiner Frau, ganz als hätte ich ihm ein Freudenfest dadurch bereitet, daß ich zu ihm gekommen war. Er führte mir seine Kinderchen zu: »Segnet sie, Väterchen«, bat er. — »Kommt es mir denn zu, andere zu segnen«, antwortete ich ihm, „ich bin doch nur ein einfacher, demütiger Mönch, ich werde zu Gott für sie beten; für dich aber, Afanássij Páwlowitsch, bete ich immer zu Gott, jeden Tag, von jenem selben Tage an, denn von dir«, sagte ich, »ging der Anstoß aus zu all dem, was nachher geschah.« Und ich erklärte ihm das, so gut ich konnte. Aber was meint ihr wohl: der Mann schaut mich an und kann und will es nicht fassen, daß ich, sein früherer Herr, ein Offizier, jetzt in solcher Gestalt und in solchem Gewand vor ihm stehe: er fing sogar zu weinen an. »Aber warum weinst du denn«, sage ich zu ihm, „du unvergeßlicher Mensch, freue dich lieber über mich in deiner Seele, mein Lieber, denn freudig und licht ist mein Weg.« Er sagte nicht viel darauf, er seufzte nur und schüttelte gerührt den Kopf über mich. „Wo ist denn Euer Reichtum geblieben?« fragte er schließlich. Ich antwortete ihm: »Den habe ich dem Kloster gegeben, wir leben dort in Gütergemeinschaft.« Nach dem Tee, als ich von ihnen Abschied nahm, brachte er mir plötzlich einen halben Rubel als Spende fürs Kloster, einen anderen halben Rubel aber, was sehe ich, beeilte er sich, mir heimlich schnell in die Hand zu drücken: »Das wird Euch«, sagte er, »auf der Pilgerschaft unterwegs vielleicht mal zustatten kommen, Väterchen.« Ich nahm seinen halben Rubel an, verneigte mich vor ihm und vor seiner Gattin und ging erfreut von ihnen, unterwegs aber denke ich so bei mir: »Jetzt werden wir wohl beide, er bei sich zu Hause und ich auf meiner Wanderung, seufzen und dabei lächeln, frohen Herzens kopfschüttelnd daran denken, wie Gott uns zu dieser Begegnung zusammengeführt hat. Seitdem habe ich ihn nicht wiedergesehen. Ich war sein Herr gewesen, er mein Diener, jetzt aber, nachdem wir uns in Liebe und frommen Geistes geküßt, hatte sich in uns die große menschliche Vereinigung vollzogen. Ich habe viel darüber nachgedacht und jetzt frage ich mich: ist es denn wirklich für die Vernunft so undenkbar, daß diese große und aufrichtige Vereinigung aller sich zu gegebener Zeit und überall unter unseren russischen Menschen einmal vollziehen könnte? Ich glaube daran, daß sie sich vollziehen wird, und daß diese Zeit schon nahe ist.

Über die Dienstboten aber möchte ich noch Folgendes hinzufügen: früher, als Jüngling und junger Mann, habe ich mich oft über sie geärgert: sei es nun, daß die Köchin das Essen zu heiß aufgetragen, sei es, daß der Bursche die Kleider nicht gebürstet hatte. Aber da erleuchtete mich plötzlich ein Gedanke meines lieben Bruders, den ich in meiner Kindheit von ihm vernommen hatte: »Bin ich es denn überhaupt wert, daß mich ein anderer bedient, oder gar, daß ich ihn, bloß weil er arm und unwissend ist, die ganze Zeit antreibe?« Und da wunderte ich mich noch im gleichen Augenblick, wie doch selbst die einfachsten Gedanken, deren Richtigkeit ja so klar und sichtbar vor Augen liegt, so spät erst sich in unserem Geist einstellen. Ohne Dienende geht es nun einmal nicht auf der Welt, richte es aber so ein, daß dein Diener bei dir geistig freier sei, als wenn er nicht Diener wäre. Und warum kann ich nicht Diener meines Dieners sein, und das so, daß er dessen sogar gewahr wird, und schon ganz ohne irgendwelchen Stolz meinerseits und ohne Mißtrauen seinerseits? Warum sollte ich mich nicht zu meinem Diener wie zu einem Anverwandten verhalten, so daß ich ihn schließlich ganz als zur Familie gehörig betrachte und mich des Zuwachses freue! Selbst jetzt ist das doch schon durchaus möglich, aber es wird die Grundlagen abgeben für die zukünftige, bereits herrliche Vereinigung der Menschen, wenn der Mensch sich nicht mehr Dienende suchen und nicht mehr darauf aus sein wird, Menschen seinesgleichen in seine Knechte zu verwandeln, wie das jetzt geschieht, sondern umgekehrt, wenn er aus allen Kräften wünschen wird, selbst allen ein Dienender zu werden, nach dem Wortlaut des Evangeliums. Und sollte es denn wirklich nur ein Traum, eine Illusion sein, daß der Mensch schließlich seine Freuden nur in den Großtaten der Aufklärung und des Erbarmens finden wird und nicht in den rohen Genüssen wie jetzt – in Völlerei, Unzucht, Hoffart, Prahlerei und gegenseitiger neidischer Überheblichkeit? Ich glaube fest daran, daß dies kein Traum und die Zeit nahe ist. Man lacht zwar jetzt noch darüber und fragt: »Wann wird denn diese Zeit anbrechen und ist es denn überhaupt wahrscheinlich, daß sie jemals anbrechen wird?« Ich aber denke so: daß wir mit Christus diese Großtat vollbringen werden. Und wie viele Ideen hat es auf Erden gegeben, in der Geschichte der Menschheit, die noch ein Jahrzehnt vor ihrem Auftauchen undenkbar gewesen wären, und dann plötzlich doch da waren, als für sie ihre geheimnisvoll vorbestimmte Stunde anbrach, und die sich dann über die ganze Erde verbreiteten?

So wird es auch bei uns geschehen und der ganzen Welt wird unser Volk voranleuchten, und alle Menschen werden dann sagen: „Der Stein, den die Baumeister verwarfen, ist zum Eckstein geworden." Die Spötter selber aber sollte man fragen: »Wenn wir diesen Zukunftstraum mit dem Vorbilde Christi haben, wann werdet denn ihr euer Gebäude ohne Christus errichten und euch nur mit der Vernunft allein gerecht einrichten?« Wenn sie aber auch versichern, daß gerade sie zu eben dieser Vereinigung aller Völker führten, so glauben doch daran in Wirklichkeit nur die Naivsten von ihnen, so daß man sich geradezu wundern muß über eine solche Einfalt. In Wirklichkeit ist bei ihnen die Traumphantasie größer als bei uns! Sie meinen zwar, sich gerecht einrichten zu können, aber da sie Christus ablehnen, werden sie damit enden, daß sie die Welt mit Blut überschwemmen, denn Blut schreit nach Blut, und wer das Schwert zieht, wird durch das Schwert umkommen. Und wenn es nicht die Verheißung Christi gäbe, so würden sie sich ja gegenseitig ausrotten bis auf die letzten zwei Menschen auf Erden. Aber auch diese zwei Letzten würden in ihrem Stolz nicht verstehen, sich zu bändigen, so daß der Letzte den Vorletzten vernichten würde und danach auch sich selbst. Und so würde es auch geschehen, wenn Christus nicht verheißen hätte, daß um der Frommen und Demütigen willen dieser Kampf eingestellt werden werde. Ich begann schon damals, gleich nach dem Duell, als ich noch die Offiziersuniform trug, in der Gesellschaft über die Dienstboten zu sprechen und ich erinnere mich noch, wie alle über mich erstaunt waren. »Wie, sollen wir denn unseren Diener auf dem Sofa Platz zu nehmen bitten«, sagten sie, »und ihm den Tee servieren?« Ich aber gab ihnen zur Antwort: »Ja, warum denn nicht, und sei es auch nur manchmal?« Da brachen sie alle in Lachen aus. Ihre Frage war leichtfertig und meine Antwort unklar, aber ich meine, etwas Wahres war doch in ihr enthalten.

g) Über das Gebet, über die Liebe und über die Berührung mit anderen Welten.

Jüngling, vergiß nicht das Gebet. Jedesmal wird dich in deinem Gebet, wenn es aufrichtig ist, ein neues Gefühl durchzucken und damit auch ein neuer Gedanke, den du vorher nicht gekannt hast, der dich von neuem ermutigen wird, und du wirst einsehen, daß Gebet Erziehung ist. Merke dir auch noch dies: jeden Tag und jederzeit, wenn du nur die Möglichkeit dazu hast, wiederhole für dich: »Herr, erbarme dich aller, die heute vor dich hintreten.« Denn zu jeder Stunde und in jedem Augenblick verlassen Tausende von Menschen ihr Leben auf dieser Erde und ihre Seele erscheint vor dem Herrn, — und wie viele von ihnen sind in der Einsamkeit von dieser Erde geschieden, ohne daß jemand darum wußte, in Trauer und Gram darüber, daß niemand sie vermissen, ja nicht einmal wissen wird, ob sie gelebt haben oder nicht. Und da erhebt sich nun vielleicht vom anderen Ende der Welt aus dein Gebet zum Herrn für die Seelenruhe eines solchen, obschon du ihn gar nicht gekannt hast und er nicht dich. Wie warm wird es dann seine in Furcht vor den Herrn hintretende Seele berühren, wenn sie in diesem Augenblick fühlt, daß auch für ihn jemand betet, daß auf der Erde ein menschliches Wesen zurückgeblieben ist, das auch ihn liebt. Ja, und auch Gott selber wird barmherziger auf euch beide schauen, denn wenn es schon dir leid tut um den Einsamen, um wieviel mehr wird er *Ihm* leid tun, der doch so unermeßlich barmherziger und liebevoller ist als du. Und Er wird ihm schon um deinetwillen vergeben.

Brüder, fürchtet euch nicht vor der Sünde der Menschen, liebt den Menschen auch in seiner Sünde, denn nur eine solche Liebe wäre ein Abbild der Liebe Gottes und die höchste irdische Liebe. Liebet die ganze Schöpfung Gottes, das ganze Weltall wie jedes Sandkörnchen auf Erden. Jedes Blättchen, jeden Lichtstrahl Gottes liebet. Liebet die Tiere, liebt die Gewächse, liebet jegliches Ding. Erst wenn du jedes Ding lieben wirst, wird sich dir das Geheimnis Gottes in den Dingen offenbaren. Hat es sich dir aber einmal offenbart, dann wirst du es bereits unablässig immer weiter und immer mehr und Tag für Tag erkennen. Und zu guter Letzt wirst du die ganze Welt schon mit ungeteilter, allumfassender Liebe lieben. Liebet die Tiere: ihnen hat Gott den Anfang des Denkens und harmlose Freude gegeben. Trübet sie ihnen nicht, quält sie nicht, nehmt ihnen nicht die Lust am Dasein, handelt nicht dem Gedanken Gottes zuwider. Du Mensch, sei nicht überheblich den Tieren gegenüber: sie sind sündlos, du aber in all deiner Herrlichkeit, du versetzest die Erde in Fäulnis und Eiter mit deinem Erscheinen auf ihr und läßt hinter dir die Spur der Verwesung zurück, — und leider tut das fast jeder von uns! Besonders aber liebet die kleinen Kinder, denn auch sie sind sündlos, gleich den Engeln, und sie leben zu unserer Rührung, zur Reinigung unserer Herzen und wie zu einer gewissen Belehrung für uns. Wehe dem, der ein Kindlein kränkt! Mich hat Pater Anfim die Kleinen lieben gelehrt. Auf unseren Pilgerfahrten pflegte er immer von den geringen Almosen, die man ihm zusteckte, etwas für die Kinder zu kaufen, sei es Lebkuchen, seien es ein paar Bonbonchen, die er an sie verteilte. Er brachte es einfach nicht fertig, an ihnen vorüberzugehen, ohne seelisch ergriffen zu sein; so ist nun einmal dieser Mensch.

Vor manch einem Gedanken bleibt man in Ratlosigkeit

stehen, namentlich beim Anblick der Sünden des Menschen, und man fragt sich: »Soll man es mit Gewalt anfassen, oder mit demütiger Liebe?« Entscheide dich immer so: »Ich will es mit demütiger Liebe versuchen.« Hast du dich ein für allemal dafür entschieden, dann wirst du auch imstande sein, die ganze Welt zu besiegen. Liebevolle Demut ist eine gewaltige Macht, die stärkste von allen, und es gibt keine andere, die ihr gleichkäme. An jedem Tage und zu jeder Stunde, in jeder Minute wache über dich und gib acht, daß dein Antlitz Gott wohlgefällig sei. Da bist du vielleicht an einem kleinen Kinde vorübergegangen, bist böse, mit einem häßlichen Wort im Sinn, mit zornerfüllter Seele vorübergegangen; vielleicht hast du das Kind überhaupt nicht bemerkt, das Kind aber, das hat dich gesehen, und wer weiß, vielleicht ist der Anblick deines abstoßenden und gottlosen Angesichts in seinem wehrlosen Herzchen verblieben. Du weißt es nicht einmal, und hast vielleicht doch schon ein schlechtes Samenkorn in sein Herz gesät, und der schlechte Same kann womöglich aufgehen, und das alles nur, weil du vor einem Kindchen nicht acht hattest auf dich, da du dich nicht zu umsichtiger, tätiger Liebe erzogen hast. Brüder, die Liebe ist eine große Lehrerin, aber man muß es von sich aus verstehen, um sie zu ringen, das aber ist schwer und mühsam, denn sie ist nur teuer zu erkaufen, mit vielen Mühen und erst nach langer Zeit. Denn es geht ja nicht um die Liebe eines flüchtigen Augenblicks, sondern um die unentwegte Liebe für die ganze Spanne deines Lebens. Zufällig und vorübergehend kann ja jeder lieben, selbst ein Bösewicht. Jener Jüngling, der mein Bruder war, bat die Vöglein um Verzeihung: das mag auf den ersten Blick sinnlos erscheinen, ist aber doch richtig, denn alles ist wie ein Ozean, alles fließt und berührt sich, an einer Stelle rührst du es an, und am anderen Ende der Welt wird es gespürt und hallt es wider. Mag es unvernünftig sein, die Vöglein um Verzeihung zu bitten, aber auch den Vögeln wäre es doch leichter, auch dem Kinde wie jedem Tier in deiner Nähe,

wenn du selbst schöner wärest, als du es jetzt bist, und wäre
es auch nur um ein Tröpfchen mehr. Alles ist wie ein Welt-
meer, sage ich euch. Dann würdest du auch zu den Vöglein
beten, gequält von allumfassender Liebe, wie in einer Begeisterung, und würdest drum bitten, daß sie dir deine Sünde
verzeihen. Diese Begeisterung aber sei dir teuer, halte sie
hoch, wie sinnlos sie auch den Menschen erscheinen möge.

Meine Freunde, bittet Gott um Frohmut. Seid froh-
gemut wie die Kinder, wie die Vöglein des Himmels. Und
auch die Sündhaftigkeit der Menschen soll euch nicht irremachen in eurem Tun, fürchtet nicht, sie könnte euer
Wirken auslöschen und es nicht sich vollenden lassen. Sagt
nicht: »Stark ist die Macht der Sünde, stark ist die Macht
der Gottlosigkeit, stark ist die schlechte Umgebung, wir
aber stehen allein und sind machtlos, die schlechte Umgebung wird uns nicht zur Geltung kommen lassen und
unser wohltätiges Wirken verhindern.« Kinder, laßt solch
eine Verzagtheit fern von euch sein! Hier gibt es nur eine
Rettung für dich: nimm dich und mache gerade dich verantwortlich für alle Menschensünde. Ja, Freund, es ist doch
wahrhaftig so, wenn du dich nur aufrichtig für alles und
für alle verantwortlich machst, so wirst du auch sogleich
einsehen, daß es sich tatsächlich so verhält und daß gerade
du für alle und alles schuldig bist. Wenn du aber die Schuld
an deiner eigenen Trägheit und deiner eigenen Machtlosig-
keit auf die anderen Menschen abwälzt, wirst du bei teuf-
lischem Stolze enden und wider Gott murren. Über den
teuflischen Stolz aber denke ich so: es ist schwer für uns auf
Erden, ihn immer zu erkennen, und darum ist es so leicht,
sich zu irren und ihm zu verfallen, dabei aber noch zu
glauben, daß wir etwas Großes und Gutes vollbringen. Aber
auch viele der stärksten Gefühle und Regungen unserer
Natur können wir auf Erden vorderhand nicht begreifen,
nur lasse dich auch dadurch nicht verführen und denke
nicht, daß dies dir gleichviel worin zur Rechtfertigung
dienen könnte, denn der ewige Richter verlangt von dir nur

das, was du hättest einsehen können, nicht aber das, was darüber hinaus ging. Davon wirst du dich selbst überzeugen, denn du wirst ja dann alles richtig erschauen und danach schon nicht mehr widersprechen. Auf Erden aber ist es wahrlich so, als irrten wir nur umher, und hätten wir nicht das teuerste Vorbild in der Gestalt Christi, so würden wir uns gänzlich verirren und zugrunde gehen, wie das Menschengeschlecht vor der Sintflut. Vieles auf Erden ist uns verborgen, als Ersatz dafür aber ward uns ein geheimnisvolles heimliches Gefühl zuteil von unserer pulsierenden Verbindung mit einer anderen Welt, einer erhabenen und höheren Welt, und auch die Wurzeln unserer Gedanken und Gefühle sind nicht hier, sondern in anderen Welten. Deshalb sagen ja auch die Philosophen, daß das Wesen der Dinge hier auf Erden nicht zu erfassen sei. Gott nahm Samenkörner aus anderen Welten und säte sie auf diese Erde und ließ seinen Garten erwachsen, und es ging alles auf, was aufgehen konnte, aber das Aufgegangene lebt und bleibt pulsierend lebendig nur durch das Gefühl seiner Berührung mit geheimnisvollen anderen Welten; wenn dieses Gefühl in dir schwach wird oder abstirbt, dann stirbt auch das, was in dir aufgewachsen war. Dann wirst du auch dem Leben gegenüber gleichgültig und beginnst es sogar zu hassen. So denke ich darüber.

h) Kann man Richter sein über seinesgleichen?
Über den Glauben bis ans Ende

Denke vor allem daran, daß du niemandes Richter zu sein vermagst. Denn es kann auf Erden niemand Richter sein über einen Verbrecher, bevor nicht der Richter selber erkannt hat, daß er genau so ein Verbrecher ist wie der, der vor ihm steht, und daß gerade er an dem Verbrechen des vor ihm Stehenden vielleicht mehr als alle anderen auch die Schuld trägt. Wenn er aber das erkannt hat, dann kann er auch Richter sein. Wie unsinnig dies auch erscheinen mag, so ist es doch die Wahrheit. Denn wenn ich selbst gerecht wäre, würde es vielleicht auch den Verbrecher nicht geben. Vermagst du aber das Verbrechen des vor dir stehenden und von deinem Herzen verurteilten Verbrechers auf dich zu nehmen, so tue das ungesäumt, nimm es auf dich und leide selber an seiner Statt, ihn aber entlasse ohne Vorwurf. Und selbst wenn das Gesetz dich zum Richter über ihn bestellt, so wirke doch auch dann in diesem Geiste, denn er wird weggehen und sich selbst noch viel bitterer verurteilen als dein Urteil es tun könnte. Sollte er aber mit deinem Kuß ungerührt davongehen, womöglich noch lachend und spottend über dich, so lasse dich auch dadurch nicht irremachen: es bedeutet nur, daß seine Stunde noch nicht gekommen ist; aber sie wird noch kommen zu ihrer Zeit. Und sollte sie für ihn auch nie kommen, so ist das doch nebensächlich: wenn nicht er, so wird ein anderer an seiner Statt zur Erkenntnis gelangen und leiden, sich selbst richten und schuldig sprechen, und die Wahrheit wird dann anerkannt sein. Glaube daran, glaube unverbrüchlich daran, denn in eben diesem liegt ja die ganze Zuversicht und der ganze Glaube der Heiligen.

Wirke unermüdlich. Wenn dir etwas noch spät abends einfällt, schon im Einschlafen, und du dir sagst: »Ich habe nicht getan, was hätte getan werden sollen«, so erhebe dich ungesäumt und tue es. Wenn du ringsum von boshaften und gefühllosen Menschen umgeben bist, die nicht auf dich hören wollen, so falle vor ihnen nieder und bitte sie um Vergebung, denn wahrlich bist auch du schuld daran, daß sie nicht auf dich hören wollen. Wenn es aber schon so weit ist, daß du mit den Verbitterten nicht mehr reden kannst, so diene ihnen schweigend und in Erniedrigung, ohne jemals die Hoffnung aufzugeben. Wenn aber alle dich verlassen, oder sogar dich mit Gewalt hinausjagen, und du dann ganz allein dastehst, so falle zur Erde nieder und küsse sie, netze sie mit deinen Tränen, und die Erde wird aus deinen Tränen Frucht erstehen lassen, obschon dich niemand gesehen und gehört hat in deiner Einsamkeit. Glaube bis ans Ende, selbst wenn es geschehen sollte, daß alle Welt abtrünnig würde und nur du allein gläubig bliebest; bringe auch dann dem Herrn dein Opfer dar und preise ihn, du, der einzige Übriggebliebene. Und wenn sich dann noch so einer zu dir gesellt, — dann ist das ja schon die ganze Welt, die Welt der pulsierenden Liebe: umarmt einander in Ergriffenheit und lobet den Herrn, denn so hat sich doch, und wäre es auch nur in euch beiden, *das Wort* des Höchsten erfüllt.

Wenn du nun selbst sündigst und zu Tode betrübt bist wegen deiner Sünden oder wegen deines einzelnen plötzlichen Sündenfalls, so freue dich über den anderen, freue dich über den Gerechten, freue dich, daß, wenn *du* auch sündigtest, *er* dafür standhaft blieb und nicht der Sünde verfiel.

Wenn aber die Ruchlosigkeit der Menschen dich bis zum Zorn empört und mit bereits unüberwindlichem Gram erfüllt, ja, dich sogar bis zum Rachedurst an den Frevlern aufwühlt, so fürchte mehr als alles andere diese Regung; gehe dann sofort und suche dir Qualen, als wärest du selber schuld an dieser Ruchlosigkeit der Menschen. Nimm diese Qualen auf dich und halte sie aus, und dein Herz wird zur Ruhe kommen und du wirst begreifen, daß du auch selber schuldig bist, denn du hättest ja den Missetätern leuchten können, sei es auch nur als einziger Sündenloser, und hast es nicht getan. Wenn du aber so geleuchtet hättest, dann hättest du mit deinem Licht auch anderen den Weg erhellt, und jener, der die Missetat beging, würde sie bei deinem Licht vielleicht gar nicht begangen haben. Und selbst wenn du geleuchtet hättest und dennoch sehen müßtest, daß die Menschen sich nicht einmal bei deinem Licht retten wollen, so bleibe trotzdem fest und zweifle nicht an der Kraft des himmlischen Lichtes; glaube daran, daß sie, wenn sie sich jetzt nicht der Rettung zuwandten, sich später retten werden. Oder wenn auch später nicht, so werden es doch ihre

Nachkommen tun, denn dein Licht wird nicht sterben, selbst wenn du schon gestorben sein wirst. Der Gerechte ist sterblich und geht dahin, sein Licht jedoch bleibt. Es ist nun einmal so, daß man sich immer erst nach dem Tode des Retters der Rettung zuzuwenden beginnt. Das Menschengeschlecht pflegt seine Propheten nicht anzuerkennen und sie umzubringen, aber die Menschen lieben ihre Märtyrer und verehren die, die sie marternd umbrachten. Du aber arbeitest für das Ganze, wirkst für das Kommende. Belohnung aber suche du nie, denn ohnehin ist dein Lohn schon groß hier auf Erden: diese deine geistige Freude, die nur der Gerechte erwirbt. Fürchte weder die Vornehmen noch die Mächtigen dieser Welt, aber sei weise und immer voll Anstand. Lerne Maß halten, lerne abwarten, übe dich darin. Wenn du in der Einsamkeit verbleibst, so bete. Gib dich hin an die Erde, indem du niederfällst und sie küßt. Küsse die Erde und liebe sie ohne Unterlaß und unersättlich, liebe alle, liebe alles, suche das Entzücken und die Ekstase der Liebe. Netze die Erde mit den Tränen deiner Freude und liebe diese deine Tränen und schäme dich nicht dieser Überschwänglichkeit; laß sie dir teuer sein, denn sie ist eine Gnade Gottes, ist ein großes Geschenk, und wird ja auch nicht vielen zuteil, nur Auserwählten.

i) Von der Hölle und dem höllischen Feuer – eine mystische Betrachtung

Väter und Lehrer, ich frage mich: »Was ist Hölle?« Und ich denke so für mich: »Hölle ist die Reuequal, daß man schon nicht mehr lieben kann.« Einmal ward im endlosen Sein, das weder mit Zeit noch Raum zu ermessen ist, einem gewissen geistigen Wesen mit seinem Erscheinen auf der Erde die Fähigkeit gegeben, sich zu sagen: »Ich bin und ich liebe.« Einmal, nur einmal ward ihm ein Augenblick tätiger, *lebendiger* Liebe gegönnt und zu dem Zweck das irdische Leben, eine Zeit von abgemessener Frist, und was geschah?

Dieses begnadete Wesen verschmähte diese unschätzbare Gabe, wußte sie gar nicht zu würdigen, es versäumte zu lieben, schaute spöttisch drein und blieb gefühllos. Und eben dieses Wesen schaut nun, wenn es die Erde bereits verlassen hat, auch Abrahams Schoß und redet mit Abraham, wie es uns im Gleichnis vom reichen Mann und dem Lazarus berichtet wird; und es erblickt auch das Paradies und kann zum Herrn emporsteigen, aber gerade das empfindet es jetzt quälend, daß es zum Herrn eingehen soll, ohne selber geliebt zu haben, daß es mit Liebenden in Berührung kommen wird, deren Liebe es verschmäht hat. Denn es sieht jetzt klar und sagt sich jetzt schon selber: »Nun habe ich die Einsicht, aber wie sehr es mich jetzt auch danach dürstete zu lieben, meine Liebe würde jetzt doch keine Heldentat mehr sein und auch kein Opfer, denn mein Erdenleben ist ja bereits beendet, und Abraham wird nicht kommen, um auch nur mit einem Tropfen lebendigen Wassers (das heißt, mit abermaligem Geschenk des Erdenlebens, des früheren und tätigen) den Brand des geistigen Liebesdurstes zu kühlen, der jetzt in mir flammt, nachdem ich auf Erden zu lieben verschmäht habe: das Leben ist hin, und die Zeit kehrt nicht wieder! Auch wenn ich jetzt froh wäre, mein Leben für andere hingeben zu können, — nun kann ich es nicht mehr, denn es ist ja vergangen, jenes Leben, das man der Liebe zum Opfer bringen konnte, und nun klafft bereits ein Abgrund zwischen jenem Leben und diesem Sein.« Man spricht von einem Höllenfeuer im Sinne eines materiellen Brennens; ich will dieses Geheimnis nicht erforschen und verbleibe in frommer Scheu davor; aber ich denke, daß, wenn es wirklich eine materielle Flamme geben sollte, die Verdammten darüber wahrhaftig froh sein müßten, denn, so meine ich, in der körperlichen Qual würden sie die viel schrecklichere geistige Qual wenigstens auf Augenblicke vergessen. Und sie von diesem seelischen Schmerz zu erlösen, das ist nicht möglich, da es ja keine von außen verursachte Qual ist, sondern eine von innen brennende. Allein, selbst wenn es möglich wäre, sie von dieser Qual zu befreien, so würden sie, denke ich, davon immer noch bitterer unglücklich sein. Denn wenn auch die Gerechten im Paradiese beim Anblick ihrer Qualen ihnen Erlaß der Strafe erwirken und sie in unendlicher Liebe zu sich rufen würden, so müßten sie doch dadurch den Schmerz in ihnen noch vergrößern, da sie in ihnen die Flamme des Durstes nach tätiger und in Dankbarkeit hingabeseliger Liebe, die ihnen nun nicht mehr möglich ist, nur noch stärker anfachen würden. In der Schüchternheit meines Herzens denke ich indes, daß wiederum die Erkenntnis dieser Unmöglichkeit ihnen schließlich doch zur Erleichterung dienen müßte, denn indem sie die Liebe der Gerechten erfahren im Bewußtsein, sie nicht verdient zu haben und sie nun nicht mehr erwidern zu können, werden sie in diesem Sichfügen, in dieser Übung der Demut zu guter Letzt gewissermaßen doch noch eine Art Vorstellung jener tätigen Liebe finden, die sie auf Erden verschmäht haben, und gleichsam einen Zustand nachempfinden, der jener tätigen Liebe auf Erden von fern ähneln könnte... Es tut mir leid, meine Brüder und Freunde, daß ich dies nicht klarer auszudrücken vermag, nur wehe denen, die ihr Leben auf Erden selbst vernichteten, wehe den Selbstmördern! Ich denke, noch Unglücklichere als diese kann es schon überhaupt nicht mehr geben. Uns wird gesagt, Sünde sei es, für sie zu Gott zu beten, und die Kirche verstößt sie gleichsam, wenigstens offiziell. Ich aber denke im geheimen meiner Seele, daß man auch für sie beten darf. Für Liebe wird Christus doch wohl nicht zürnen. Gerade für diese habe ich insgeheim mein Leben lang gebetet, das beichte ich euch jetzt, Väter und Lehrer, und auch jetzt bete ich für sie jeden Tag.

O, auch in der Hölle gibt es solche, die stolz und grausam verbleiben, auch ungeachtet ihres zweifellosen Wissens und der unwiderlegbaren Wahrheit vor ihren Augen; es sind dies Unheimliche, die sich dem Satan und seinem stolzen Geiste mit Leib und Seele auf ewig verschworen haben. Für

diese ist die Hölle schon etwas Freiwilliges und Unersätt-
liches; die sind bereits aus eigenem freien Willen Märtyrer.
Denn sie haben sich selbst verdammt, indem sie Gott und
das Leben verdammten. Von ihrem bösen Stolz nähren sie
sich, gleichwie ein Hungernder in der Wüste sein Blut aus
dem eigenen Körper zu saugen begänne. Aber sie bleiben
unersättlich bis in alle Ewigkeit und weisen die Vergebung
zurück und sie verfluchen Gott, der sie ruft. Den lebendigen
Gott vermögen sie sich nicht ohne Haß vorzustellen und sie
verlangen, daß es keinen Gott des Lebens geben, daß Gott
Sich selbst und Seine ganze Schöpfung vernichten solle. Und
sie werden brennen im Feuer ihres Zornes ewiglich, dür-
stend nach Tod und Nichtsein. Aber sie werden den Tod
nicht erlangen...

Hier ist die Niederschrift Alexei Fjodorowitsch Karamasoffs zu Ende. Ich wiederhole: sie ist nicht vollständig, ist
fragmentarisch geblieben. Die biographischen Mitteilungen,
zum Beispiel, umfassen nur die erste Jugendzeit des Staretz.
Von seinen Unterweisungen und Äußerungen jedoch ist
hier vieles gleichsam zu einem Ganzen zusammengefügt,
was offenbar zu verschiedenen Zeiten und aus mannigfachen
Anlässen gesagt worden ist. Gleichwohl ist auch das, was
der Staretz in diesen letzten Stunden seines Lebens noch gesagt hat, nicht mit aller Genauigkeit wiedergegeben, vielmehr ist nur ein Begriff vom Geist und von der Art auch
dieser Unterhaltung zu geben versucht worden, im Zusammenhang mit dem, was Alexei Fjodorowitsch in diesen
Aufzeichnungen aus früheren Gesprächen mitteilt.
Der Tod des Staretz aber trat völlig unerwartet ein.
Wenn auch alle, die sich an jenem letzten Abend bei ihm
versammelt hatten, bereits wußten, wie es um ihn stand
und daß sein Tod bald zu erwarten war, so war es doch
nicht anzunehmen, daß er so plötzlich eintreten werde; ja,
seine Freunde waren sogar, wie ich schon bemerkte, als sie
ihn an diesem Abend so munter und gesprächig sahen,

überzeugt, daß sein Zustand sich, im Gegenteil, merklich gebessert habe, und wäre es auch nur auf eine kurze Zeit. Ja, noch fünf Minuten vor seinem Ende hätte man es, wie sie später mit Verwunderung berichteten, nicht vorhersehen können. Plötzlich war es so, als empfände er einen äußerst heftigen Schmerz in der Brust: er erbleichte und preßte die Hände fest aufs Herz. Alle erhoben sich und drängten sich näher zu ihm; er aber, der zwar litt, doch immer noch lächelnd zu ihnen aufblickte, ließ sich sachte aus dem Lehnstuhl auf die Knie niedergleiten, neigte sich mit dem Antlitz zur Erde, breitete die Arme aus und, wie in freudigem Entzücken die Erde küssend und betend (wie er selbst gelehrt hatte), gab er still und freudig seine Seele Gott zurück.

Die Nachricht von seinem Tode verbreitete sich im Nu in der Einsiedelei und gelangte auch ins Kloster. Die, die dem soeben Verschiedenen am nächsten gestanden hatten, und die, denen es ihrem Range nach zukam, begannen den Leib nach uraltem Zeremoniell aufzubahren, die gesamte Bruderschaft aber versammelte sich in der Hauptkirche des Klosters. Und noch vor Tagesanbruch hatte sich die Nachricht vom Hinscheiden des Staretz, wie später gerüchtweise verlautete, schon bis in die Stadt verbreitet. Am Morgen sprach fast alle Welt nur von dem Ereignis, und die Städter strömten in Scharen zum Kloster hin. Doch davon wird im nächsten Buch zu berichten sein, jetzt aber sei nur im voraus bemerkt, daß sich noch vor dem Abend dieses Tages etwas zutrug, was für alle so unerwartet kam und, nach dem Eindruck, den es sowohl innerhalb des Klosters wie in der Stadt hervorrief, so seltsam, so aufregend und verwirrend erschien, daß sich noch bis heute, obschon inzwischen so viele Jahre darüber vergangen sind, hier in unserer Stadt die lebendigste Erinnerung erhalten hat an diesen für viele so aufregenden Tag . . .

DRITTER TEIL

DRITTER TEIL

SIEBENTES BUCH

ALJOSCHA

I

Der Verwesungsgeruch

Die Leiche des entschlafenen Staretz Sossima wurde zur Bestattung in der vorgeschriebenen Weise hergerichtet. Die verstorbenen Mönche und Einsiedler werden bekanntlich nicht gewaschen, denn es heißt im großen Ritualbuch: „Wenn einer von den Mönchen zum Herrn eingeht, so reibe der dazu auserwählte Mönch den Körper des Entschlafenen mit warmem Wasser ab, wobei er zuvor mit dem Schwamme (mit einem griechischen Schwamme) auf die Stirn, auf die Brust, auf die Hände, Füße und Knie des Verstorbenen das Zeichen des Kreuzes mache, und das sei alles." Beim Staretz Sossima verrichtete diesen letzten Liebesdienst Pater Païssij eigenhändig. Nach der Abreibung zog er ihm das Mönchsgewand an und legte ihm den Priestermantel um, wozu er diesen, wie es die Vorschrift verlangt, etwas einschnitt, um damit die Leiche kreuzweise umwickeln zu können. Über den Kopf der Leiche zog er die Kapuze mit dem achtarmigen Kreuz. Doch wurde die Kapuze offen gelassen und das Gesicht mit schwarzem Flor bedeckt. In die Hände des Entschlafenen legte man ein Bild des Erlösers. So wurde er gegen Morgen in seinen Sarg gebettet, der schon längst für ihn bereit stand. Den Sarg beabsichtigte man aber, wie üblich, den ganzen Tag in der Klause stehen zu lassen (in dem ersten größeren Zimmer, in dem der Verstorbene Klosterbrüder und Laien zu empfangen pflegte). Da der Staretz ein höheres Gelübde als die anderen Klostergeistlichen abgelegt hatte, so mußten diese wie auch die

Klosterdiakonen an seinem Sarge nicht die Psalmen, sondern die Evangelien lesen. Gleich nach der Seelenmesse begann Pater Jossiff mit dem Lesen, da Pater Païssij den ganzen Tag und die ganze Nacht lesen wollte. Vorderhand war er noch sehr beschäftigt und zudem, wie auch der Vorsteher der Einsiedelei, in großer Sorge. Es tat sich nämlich, je länger desto mehr, unter den Klosterbrüdern und auch unter den Weltlichen, die aus der Stadt in Scharen herbeiströmten, eine außergewöhnliche, ja sogar unerhört »ungebührliche« Aufregung und ungeduldige Erwartung kund. Der Vorsteher und Pater Païssij taten alles, um die erregten Gemüter zu beruhigen. Als es zu tagen begann, kamen aus der Stadt gewisse Leute, die Kranke herbeischleppten, besonders ihre kranken Kinder, als hätten sie dazu gerade auf diesen Tod gewartet. Augenscheinlich hofften sie auf eine Heilkraft, die, wie sie glaubten, nicht ausbleiben und sich vielleicht unverzüglich nach dem Verscheiden des Staretz an seinem Sarge kundtun werde. Da sah man denn wieder einmal, wie sich alle bei uns daran gewöhnt hatten, den entschlafenen Staretz schon bei Lebzeiten für einen unzweifelhaft großen Heiligen zu halten. Und es waren durchaus nicht nur Leute aus dem einfachen Volk, die mit ihren Kranken ankamen! Diese ungeheure Erwartung der Gläubigen äußerte sich fast wie eine Forderung, und zwar so unverhohlen, daß sie für Pater Païssij geradezu etwas Anstößiges hatte. Wohl hatte er Ähnliches vorausgesehen. Aber dieser Andrang übertraf denn doch seine Erwartungen. Den aufgeregten Mönchen, denen er begegnete, sagte er daher mit ernstem Tadel: »Die Erwartung eines höheren Ereignisses so unverhohlen zu zeigen, ist eine Leichtfertigkeit, die höchstens bei einem Weltlichen verzeihlich wäre, für uns aber sich nicht ziemt.« Man hörte jedoch wenig auf ihn, was er selbst sehr gut merkte und sich auch mit Unruhe im Herzen eingestand. Auch mußte er sich sagen, und es wäre nicht recht, dies hier zu verheimlichen, daß er in der Tiefe seines Herzens fast dasselbe erwartete, obschon er in der allzu aufdringlichen Erwartung der anderen nichts als Leichtsinn sah. Einige von den Gesichtern, die er in der Zelle erblickte, waren ihm ganz besonders unangenehm; sie erweckten in ihm ein gewisses Vorgefühl und peinliche Bedenken. So bemerkte er in der Zelle des Entschlafenen unter den sich herbeidrängenden Klosterbrüdern geradezu mit einem seelischen Widerwillen (worüber er sich selbst Vorwürfe machte) die Anwesenheit Rakítins und des kleinen Mönches aus dem fernen Obdórsk, der sich immer noch bei ihnen aufhielt; alle beide erschienen sie dem Pater irgendwie verdächtig, obgleich sie nicht die einzigen waren, die verdächtig wirkten. Der Mönch aus Obdorsk fiel unter den übrigen Aufgeregten durch seine ganz besondere Geschäftigkeit auf: man konnte ihn überall antreffen, und überall hatte er etwas zu fragen und zu horchen, überall flüsterte er etwas mit geheimnisvoller Miene. Der Ausdruck seines Gesichts war ungeduldig, und er schien sehr ungehalten darüber zu sein, daß das Erwartete noch immer nicht eintraf. Was aber Rakitin anbelangt, so war dieser im besonderen Auftrage von Frau Chochlakóff so früh in der Einsiedelei erschienen. Diese gute, doch leider charakterschwache Dame, die in die Einsiedelei nicht zugelassen werden konnte, war, als sie gleich nach dem Erwachen die Nachricht vom Tode des Staretz vernommen hatte, von einer so unbezwingbaren Neugier ergriffen worden, daß sie sofort Rakitin beauftragt hatte, an ihrer Stelle alles zu beobachten und sie »brieflich sofort und jede halbe Stunde von allem zu unterrichten«. Sie hielt Rakitin für einen sehr gottesfürchtigen und gläubigen jungen Mann — so gut verstand er es, mit den Menschen umzugehen und sich jedem nach Wunsch anzupassen, wenn er darin auch nur den kleinsten Vorteil für sich zu erspähen glaubte.

Der Tag war klar und hell, und von den anwesenden Pilgern versammelten sich viele an den Gräbern der Einsiedelei, die am zahlreichsten in der Nähe der Kirche lagen, aber auch sonst in der ganzen Einsiedelei verstreut waren.

Pater Païssij erinnerte sich, als er durch die Einsiedelei schritt, plötzlich Aljoschas, und es fiel ihm auf, daß er ihn schon lange, fast seit der Nacht, nicht mehr gesehen hatte. Kaum aber hatte er an ihn gedacht, als er ihn auch schon in der entferntesten Ecke der Einsiedelei, am Zaun, sitzen sah, auf dem Grabstein eines in hohem Alter verstorbenen Mönches, der seiner Taten wegen weit bekannt war. Er saß mit dem Rücken zur Einsiedelei, das Gesicht dem Zaune zugekehrt, als wolle er sich hinter dem Denkmal verbergen. Als Pater Païssij sich ihm näherte, bemerkte er, daß Aljoscha sein Gesicht mit beiden Händen bedeckt hielt und bitterlich, wenn auch lautlos, weinte. Er bebte vor Schluchzen am ganzen Körper. Pater Païssij blieb eine Weile bei ihm stehen.

»Genug, mein lieber Sohn, laß gut sein, mein Freund«, sagte er schließlich mitleidig zu ihm. »Warum tust du das? Freue dich und weine nicht! Oder weißt du denn nicht, daß von allen *seinen* Tagen dieser der größte ist? Wo ist er denn jetzt, in diesem Augenblick? Vergegenwärtige es dir nur!«

Aljoscha erhob sein Gesicht, das, wie bei einem kleinen Kinde, vom Weinen ganz geschwollen war; doch ohne ein Wort hervorzubringen, wandte er sich wieder ab und begrub es von neuem in den Händen.

»Nun, meinetwegen«, sagte Pater Païssij nachdenklich, »meinetwegen weine denn, Christus hat dir diese Tränen geschickt. Diese Tränen der Erschütterung dienen nur zur Erhöhung deiner Seele und zur Erleichterung deines lieben Herzens«, fügte er noch bei sich hinzu, als er Aljoscha verließ und liebevoll an ihn dachte. Übrigens beeilte er sich, von ihm fortzukommen, denn er fühlte, daß er sonst gleichfalls zu weinen anfangen würde. Inzwischen verging die Zeit; die Feierlichkeiten und Seelenmessen nahmen ordnungsgemäß ihren Fortgang. Pater Païssij traf wieder Pater Jossiff am Sarge des Verstorbenen an und löste ihn jetzt im Evangelienlesen ab. Es war aber noch nicht drei Uhr nachmittags geworden, als sich etwas ereignete, worauf ich schon am Ende des vorigen Buches hingewiesen habe, etwas, was uns alle dermaßen überraschte und außerdem der allgemeinen bestimmten Erwartung so entgegengesetzt war, daß, ich wiederhole es, die ausführlichsten und albernsten Legenden von diesem Ereignis sich bis auf den heutigen Tag in bewundernswert frischer Erinnerung, sowohl in unserer Stadt als in der ganzen Umgegend, erhalten haben. Ich füge hier noch einmal von mir persönlich hinzu, daß es mir widerwärtig ist, dieses albernen, ärgerlichen und im Grunde genommen leeren und selbstverständlichen Ereignisses Erwähnung zu tun, und ich würde es bestimmt unterlassen, wenn es nicht auf die Seele und das Herz des wichtigsten, *wenn auch erst zukünftigen* Helden meiner Erzählung, Aljoscha, in gewisser Weise einen so außerordentlichen Einfluß gehabt hätte. Dies Ereignis führte gleichsam zu einem Bruch in seiner Seele, zu einem Wendepunkt in seinem Leben, und es festigte seinen Geist, indem es ihn zum erstenmal auf ein bewußtes Ziel hinwies.

Als man noch vor Tagesanbruch die zur Bestattung hergerichtete Leiche des Staretz in den Sarg legte und ihn in das erste Zimmer, in dem er früher empfangen hatte, trug, da wurde unter den Anwesenden die Frage laut, ob es nötig wäre, die Fenster des Zimmers zu öffnen? Diese Frage, die irgend jemand nur beiläufig gestellt hatte, wurde nicht weiter beachtet und blieb ohne Antwort. Wenn man sie auch allgemein gehört hatte, so war sie höchstens von einigen der Anwesenden als Abgeschmacktheit bemerkt worden, da allen die Voraussetzung, die Leiche des Entschlafenen könne verwesen und ihr daher Leichengeruch entströmen, eine Annahme zu sein schien, die nur Bedauern, wenn nicht Spott verdiene. So blieb die Frage unbeantwortet, da sie doch nur tadelnswerter Kleingläubigkeit entsprungen sein konnte. Man erwartete durchaus das Gegenteil. Und siehe, bald nach dem Mittag begann etwas, was von den Ein- und Ausgehenden zuerst nur schweigend und für sich im stillen bemerkt wurde, da jeder sich fürchtete, dem anderen seinen aufsteigenden Gedanken mitzuteilen — etwas, das sich aber um drei Uhr nachmittags schon so deutlich und unzweifelhaft bemerkbar machte, daß die Nachricht davon sich im Augenblick durch die ganze Einsiedelei und unter allen Pilgern und Gästen verbreitete und sogleich auch ins Kloster drang und die Verwunderung aller Mönche hervorrief. In kurzer Zeit erreichte sie auch die Stadt, wo sie alle, Gläubige wie Ungläubige, in höchste Aufregung versetzte. Die Ungläubigen freute es, und was die Gläubigen anbelangt, so fanden sich etliche unter ihnen, die sich noch mehr darüber freuten als die Ungläubigen, denn: »die Menschen lieben den Fall des Gerechten und seine Schmach«, wie der verstorbene Staretz mehr als einmal in seinen Unterweisungen gesagt hatte. Die Sache war nämlich die, daß vom Sarge allmählich Leichengeruch auszugehen begann, zuerst natürlich nur sehr schwach, kaum wahrnehmbar, aber gegen drei Uhr nachmittags war ein Zweifel nicht mehr möglich, und dabei nahm der Geruch immer noch zu. Ein solches Ärgernis, wie es sich jetzt auf so grobe Weise kundtat, war schon lange nicht mehr vorgekommen, ja, aus der ganzen Vergangenheit unseres Klosters konnte man sich keines ähnlichen Falles erinnern. Die Folgen dieses Ereignisses waren fast unglaublich. Später, nach vielen Jahren, konnten sich einige unserer vernünftigeren Mönche, wenn sie sich dieses Tages bis in alle Einzelheiten erinnerten, nicht genug darüber wundern, wie dieses Ärgernis in solchem Maße hatte um sich greifen können. Denn auch früher schon war es vorgekommen, daß den Leichen mancher Mönche, die einen reinen und gerechten Lebenswandel geführt hatten und als gottesfürchtige Startzen gestorben waren, trotzdem Verwesungsgeruch entströmt war, ohne daß dadurch Ärger oder die geringste Aufregung hervorgerufen worden wäre. Freilich hatte es in unserem Kloster auch einige gegeben, die in hohem Alter verstorben waren, und von deren Leichen nach der Überlieferung kein Verwesungsgeruch ausgegangen war. Diese Überlieferungen machten einen geradezu mysteriösen

Eindruck auf die Brüderschaft, und die Mönche bewahrten sie im Gedächtnis wie etwas Herrliches und Wunderbares, wie die Verheißung eines noch größeren Ruhmes, der in Zukunft aus den Gräbern dieser »Heiligen« aufsteigen werde, »wenn nach dem Willen Gottes die Zeit dazu kommt«. Besonders lebendig war das Andenken an den Staretz Hiob, der erst mit hundertundfünf Jahren gestorben und ein berühmter Glaubenseiferer, ein großer Faster und Schweiger gewesen war. Er war schon zu Anfang dieses Jahrhunderts gestorben, und sein Grab wurde mit besonderer ganz außergewöhnlicher Hochachtung allen zum erstenmal ins Kloster kommenden Pilgern gezeigt, und geheimnisvoll wurde an ihm mancher großen Hoffnung Erwähnung getan. Es war dies dasselbe Grab, auf dem Pater Païssij Aljoscha sitzend angetroffen hatte. Wie an diesen an Altersschwäche verstorbenen Staretz, war auch die Erinnerung an einen vor nicht allzu langer Zeit verstorbenen Staretz Warssonófij noch lebendig, denselben, von dem der Staretz Sossima die Startzenwürde übernommen hatte, und der noch bei Lebzeiten von allen das Kloster besuchenden Pilgern für schwachsinnig gehalten worden war. Von diesen beiden erhielt sich die Überlieferung, daß sie in ihren Särgen wie Lebende gelegen hätten, daß sie ganz unverwest begraben worden seien, und daß ihr Antlitz im Sarge geradezu geleuchtet habe. Manche wollten sich sogar noch auf das bestimmteste erinnern, daß ihren Leichnamen Wohlgeruch entströmt sei. Aber trotz all dieser Erinnerungen ist es doch schwer zu erklären, warum sich beim Sarge des Staretz Sossima eine so alberne und boshafte Erregung kundtat. Was meine persönliche Meinung anbelangt, so glaube ich, daß hierbei die verschiedensten Gründe und Ursachen zusammentrafen: zum Beispiel die eingewurzelte Feindschaft gegen das Startzentum als »schädliche Neuerung«, wie sie im Kloster und in den Köpfen und Herzen vieler Mönche gehegt wurde. Dann freilich war es hauptsächlich der Neid auf die Heiligkeit des Entschlafenen, an die schon zu dessen Lebzeiten so fest geglaubt wurde, daß es geradezu verboten schien, dagegen zu sprechen. Denn obgleich der selige Staretz — nicht so sehr durch Wunder, als gerade durch Liebe — so viele angezogen und um sich herum eine ganze Welt von Liebe geschaffen hatte, so hatte er sich nichtsdestoweniger, oder sogar gerade dadurch, um so mehr Neider und infolgedessen auch erbitterte Feinde, offene und geheime, und nicht nur unter den Mönchen, sondern auch unter den Weltlichen geschaffen. Niemandem hatte er etwas Böses getan. Aber siehe da, es hieß doch: »Warum wird er denn für heilig gehalten?« Schon allein diese eine Frage schuf, da sie immer von neuem wiederholt wurde, eine ganze Hölle von unersättlicher Bosheit. Darum glaube ich, daß viele, als sie von der Verwesung seines Körpers hörten und von der Schnelligkeit, mit der sie eintrat — es war noch nicht ein Tag nach seinem Verscheiden vergangen — sich unbändig freuten. Unter denen aber, die dem Staretz ergeben waren und ihn bis dahin geachtet hatten, gab es auch solche, die sich durch dieses Ereignis fast persönlich gekränkt und beleidigt fühlten. Die Begebenheiten trugen sich folgendermaßen zu.

Kaum hatte sich der Verwesungsgeruch bemerkbar gemacht, da konnte man schon am Mienenspiel der Mönche, die in die Zelle des Entschlafenen traten, erkennen, warum sie kamen. Sie traten ein, blieben eine Weile stehen, und beeilten sich dann, so schnell wie möglich den anderen, der draußen wartenden Menge, die Nachricht zu bestätigen. Die einen von den Wartenden wiegten kummervoll das Haupt, andere aber konnten ihre Genugtuung nicht verbergen, und die Schadenfreude sprach triumphierend aus ihren boshaften Blicken. Und niemand rügte sie, niemand wollte ein gutes Wort für den Toten einlegen, was doch sonderbar war, denn dem entschlafenen Staretz war immerhin über die Hälfte der Klosterbrüderschaft ergeben gewesen. Die Vorsehung aber schien selbst zu wollen, daß die Minderheit die Oberhand behielt. In kurzer Zeit erschienen in der Zelle auch weltliche Spione, Gebildete, Klostergäste. Das einfache Volk ging nicht hinein, wenn es auch an der Pforte der Einsiedelei in dichtgedrängten Scharen stand. Wahr ist, daß nach drei Uhr nachmittags, als die ärgerliche Nachricht sich schon verbreitet hatte, der Besuch der weltlichen Gäste sehr zunahm. Viele von den Weltlichen, die an diesem Tage vielleicht gar nicht erschienen wären und sogar überhaupt nicht die Absicht gehabt hatten, ins Kloster zu fahren, waren jetzt aus Neugier gekommen; unter ihnen befanden sich auch einige Persönlichkeiten von höherem Rang. Übrigens wurde äußerlich der Anstand noch nicht verletzt, und Pater Païssij fuhr fort, mit strengem Gesicht und lauter Stimme fest und vernehmlich die Evangelien zu lesen, obgleich er schon lange die Unruhe ringsum bemerkt hatte. Und schließlich drangen die Stimmen auch bis zu seinen Ohren, zuerst nur leise, allmählich jedoch immer vernehmlicher und dreister: »Da sieht man, daß das Urteil Gottes anders ist als das Urteil der Menschen!« hörte er plötzlich neben sich sagen; ein Weltlicher, ein städtischer Beamter, hatte diese Worte ausgesprochen, ein schon älterer Mann, der sehr gottesfürchtig war und nun laut das wiederholte, was die Mönche sich untereinander schon seit Stunden zuflüsterten. Das Schlimme aber war, daß sich in diesen Worten allmählich fast ein Triumph kundtat. Bald darauf wurde die mühsam bewahrte Haltung bereits durchbrochen, und es schien sogar, daß alle sich geradezu berechtigt fühlten, sie zu durchbrechen. »Wie kommt das nur«, sagten einige von den Mönchen, anfänglich noch so, als ob sie es bedauerten, »sein Körper war doch nicht fleischig und fett, er war doch so hager, nur Haut und Knochen, wo kann da der Geruch herkommen?« — »Also kann das nur ein Fingerzeig Gottes sein!« fügten eilig andere hinzu, und ihre Meinung wurde widerspruchslos und sofort angenommen. Man wies besonders darauf hin, daß der Leichengeruch bei einem gewöhnlichen und sündigen Sterblichen sich erst viel später hätte einstellen müssen, wenigstens nicht mit einer dermaßen auffallenden Schnelligkeit, sondern frühestens nach vierundzwanzig Stunden. »Dieser ist aber der Natur zuvorgekommen, folglich kann es nichts anderes sein als ein Fingerzeig Gottes. Ja, ein Hinweis Gottes ist es!« Diese Auslegung machte einen großen Eindruck. Der sanfte Pater Jossiff, der Liebling des Verstorbenen, wandte sich zwar an etliche der Rädelsführer mit der Behauptung, daß es nicht überall so sei, und daß es in der Rechtgläubigkeit ein solches Dogma gar nicht gebe, wonach die Leichen der Gerechten nicht verwesen dürften, und daß das nur ein Vorurteil sei, da man an den allerrechtgläubigsten Orten, auf dem Athos zum Beispiel, an dem Verwesungsgeruch der Gerechten gar keinen Anstoß nehme und das Nichtverwesen der Leichen durchaus nicht das Hauptmerkmal der Verherrlichung der Geretteten sei, sondern die Farbe ihrer Knochen, nachdem die Leichen schon viele Jahre in der Erde gelegen. »Und wenn dann die Knochen gelb wie Wachs sind, so ist dies das Zeichen, daß Gott den Entschlafenen verherrlicht hat; wenn sie aber nicht gelb sind, sondern schwarz, so bedeutet es, daß Gott ihn solchen Ruhmes nicht für würdig befunden. So ist es auf dem Athos, an diesem erhabenen Ort, wo die Rechtgläubigkeit sich von alters her unerschütterlich in der leuchtendsten Reinheit erhalten hat«, schloß Pater Jossiff. Doch die Rede des frommen Paters machte gar keinen Eindruck; sie rief sogar spöttischen Widerspruch hervor: »Das ist alles nur Schriftgelahrtheit und Neuerung, wozu das überhaupt anhören!« sagten die Mönche unter sich. »Bei uns ist alles beim alten geblieben; als ob es heutzutage noch nicht genug Neuerungen gäbe! Soll man denn alles nachahmen?« fügten andere hinzu. »Wir haben nicht weniger Heilige gehabt als sie. Die sitzen dort unter dem Türkenjoch und haben alles vergessen. Bei denen ist die Rechtgläubigkeit schon längst getrübt, sie haben nicht einmal mehr Glocken!« meinten die Spötter. Pater Jossiff entfernte sich betrübt, um so mehr, als er selbst auch nur halb an seine Worte glaubte. Mit Schrecken aber bemerkte er, daß eine immer mächtigere Bewegung um sich griff und sogar der offenkundige Ungehorsam sein Haupt erhob. Wie Pater Jossiff verstummten allmählich auch die anderen verständigeren Mönche. Und siehe, bald waren alle, die den verstorbenen Staretz geliebt hatten und in frommem Gehorsam der Forderung des Startzentums gefolgt waren, maßlos erschrocken, und wenn sie sich begegneten, wagten sie kaum, einander anzublicken. Dagegen erhoben die Feinde des Startzentums stolz ihr Haupt: »Vom verstorbenen Staretz Warssonófij ist nicht nur kein Verwesungsgeruch ausgegangen, ihm ist sogar Wohlgeruch entströmt«, sagten sie schadenfroh und fast triumphierend, »denn er hat nicht nur dem Startzentum gedient, sondern war selbst ein Gerechter!« Die Folge davon war, daß sie den jüngst Verstorbenen zu kritisieren und zu tadeln anfingen: »Er hat nicht richtig gelehrt; er lehrte, daß das Leben eine große Freude sei und nicht eine Demütigung in Tränen«, sagten einige von den Unverständigeren. »Er glaubte nach der neuen Mode, und materielles Feuer in der Hölle erkannte er nicht an«, fügten andere noch Unverständigere hinzu. »Im Fasten war er nicht streng, er erlaubte sich Süßigkeiten, den Tee trank er gern mit Kirschenmarmelade, die Damen schickten ihm ja alles zu! Darf denn ein Einsiedler strengster Observanz Tee trinken?« hörte man einige neidische Stimmen ausrufen. »Stolz aufgebläht saß er da«, bemerkten immer erbitterter die Schadenfrohen, »für einen Heiligen hielt er sich, man warf sich vor ihm auf die Knie, und er nahm das als etwas Selbstverständliches hin.« »Das Sakrament der Beichte hat er mißbraucht«, tuschelten in boshaftem Geflüster die heftigsten Gegner des Startzentums, und das waren die ältesten und in ihrem Gottesdienst strengsten Mönche, aufrichtige Faster und große Schweiger, die zu Lebzeiten des Staretz geschwiegen hatten, jetzt aber plötzlich ihren Mund auftaten, was ganz besonders gefährlich war, da ihre Worte einen starken Einfluß auf die jüngeren, in ihren Anschauungen noch nicht gefestigten Mönche

hatten. Sehr eifrig horchte der Gast aus Obdórsk, der kleine
Mönch vom Heiligen Silvester, auf alles, was man sprach,
indem er tief aufseufzte und den Kopf hin und her wiegte:
»Pater Ferapónt hat gestern doch gerecht geurteilt, wie
ich sehe«, dachte er bei sich. Und siehe, da erschien Pater
Ferapónt plötzlich in eigener Person, um eine noch größere
Verwirrung zu verursachen.

Wie ich schon früher erwähnt habe, verließ er nur selten
seine kleine hölzerne Klause im Bienengarten, ja er erschien
sogar oft lange Zeit nicht einmal in der Kirche zum Gottesdienst, was man jedoch ihm, als einem närrischen Gottes-
schützling, nachsah. Dazu war man aber eigentlich fast gezwungen, denn einem so großen Faster und Schweiger
gegenüber, der Tag und Nacht betete (und oft kniend einschlief), wäre es geradezu kleinlich gewesen, die Einhaltung
der Regeln, die für die übrigen vorgeschrieben waren, zu
verlangen, wenn er sie nicht selbst einhalten wollte. »Er
ist heiliger als wir alle und vollführt Schwereres, als die
Regel verlangt«, sagten dann die Mönche, »und wenn er
nicht in die Kirche geht, so bedeutet das, daß er selbst besser
weiß, wann er dahin zu gehen hat; er hat eben seine eigene
Regel.« Um die Möglichkeit solcher Äußerungen des Unwillens von seiten der Mönche zu vermeiden, hatte man
Pater Ferapont denn auch ganz in Ruhe gelassen. Den Staretz Sossima liebte der Pater Ferapont, wie allen bekannt
war, ganz und gar nicht. Nun war die Nachricht, »daß das
Urteil Gottes nicht dasselbe ist wie das der Menschen«, und
daß dieses sogar »der Natur zuvorgekommen« sei, auch bis
zu Pater Feraponts Zelle gedrungen. Es ist anzunehmen,
daß der erste, der ihm diese Nachricht überbracht hatte,
der kleine Mönch aus Obdorsk gewesen war, der ihn noch
gestern besucht und tief beeindruckt verlassen hatte. Ich
muß noch erwähnen, daß Pater Païssij, der laut und vernehmlich am Sarge die Evangelien las, und daher nichts
hören und sehen konnte von dem, was außerhalb der
Klause vorging, in seinem Herzen doch das Hauptsächlichste

richtig ahnte, da er seine Umgebung durch und durch kannte. Er war keineswegs aus der Fassung gebracht, sondern erwartete alles, was noch kommen werde, vollkommen furchtlos, wenn er auch dabei keinen Augenblick aufhörte, gespannt die Entwicklung der Aufregung zu verfolgen. Plötzlich vernahm er vom Vorzimmer her einen außergewöhnlichen Lärm, der schon wirklich anstößig war in dieser ernsten Stunde. Die Zellentür wurde geräuschvoll aufgestoßen, und auf der Schwelle erschien — Pater Ferapont. Hinter ihm drängten sich unten an der Treppe, wie man aus der Klause deutlich sehen konnte, viele Mönche, die ihn begleitet hatten und unter denen sich auch Laien befanden. Sie traten indessen nicht ein und wagten auch nicht, auf die Treppe zu steigen; sie warteten nur, was Pater Ferapont sagen und tun werde. Trotz ihrer eigenen Vermessenheit, fühlten sie doch mit einem gewissen Schrecken, daß dieser große Schweiger nicht ohne Absicht gekommen war. Als Pater Ferapont auf der Schwelle erschien, erhob er jäh seine Arme, — und da lugten unter seinem rechten Arm die scharfen und neugierigen Äuglein des Mönchleins aus Obdorsk hervor, der allein aus unbezwinglicher Neugier Pater Ferapont gefolgt war. Die anderen waren schon beim Geräusch der wuchtig geöffneten Tür zurückgeschreckt und drängten nun, von plötzlicher Angst ergriffen, noch weiter zurück. Pater Ferapont aber, der die Arme hoch hielt, brüllte plötzlich laut:

»Austreibend werde ich dich austreiben!« und sofort begann er, sich abwechselnd nach allen vier Seiten wendend, die Wände und die vier Ecken des Zimmers zu bekreuzen. Diese Handlung Pater Feraponts verstanden alle, die ihn begleiteten, denn sie wußten, daß er immer so tat, wohin er auch kam, und daß er sich auch nicht früher hinsetzte, noch ein Wort sagte, bevor er die unreine Macht ausgetrieben hatte.

»Weiche, Satan, weiche hinaus!« wiederholte er bei jedem Kreuzeszeichen. »Austreibend treibe ich dich hinaus!«

brüllte er von neuem. Er war in seiner groben Mönchskutte und mit einem Strick umgürtet. Aus dem sackleinenen
Hemde blickte seine mit grauen Haaren bewachsene Brust
hervor. Er war barfüßig. Sowie er seine Hände bewegte,
rasselten und klirrten die schrecklichen Ketten, die er unter
der Kutte trug. Pater Païssij unterbrach das Lesen, trat auf
ihn zu und stellte sich in Erwartung vor ihn hin.

»Warum bist du gekommen, ehrwürdiger Pater? Warum
verletzest du den Anstand? Warum bringst du die fromme
Herde in Verwirrung?« fragte er und blickte ihn streng an.

»Wessentwillen ich gekommen bin? Wen fragst du? Was
ist dein Glaube?« schrie Pater Ferapont, der den Gottesnarren spielte. »Um hier eure Gäste, die unflätigen Teufel,
auszutreiben. Ich sehe, daß sich hier bei euch viele angesammelt haben. Mit einem Birkenquast will ich sie hinaus-
fegen!«

»Unreines willst du austreiben, selbst aber dienst du
vielleicht dem Unreinen«, sagte unerschrocken Pater Païssij.
»Und wer kann von sich sagen, er sei ,heilig', etwa du,
Vater?«

»Aas bin ich, aber kein Heiliger! In den Lehnstuhl aber
setze ich mich nicht, lasse mir nicht Verneigungen machen
wie einem Götzen!« donnerte Pater Ferapont. »Heutzutage
richten die Menschen den heiligen Glauben zugrunde. Der
Verstorbene, euer Heiliger dort« — dabei wandte er sich
zur Menge und wies auf den Sarg — »hat die Teufel nicht
anerkannt. Nur Abführmittel gab er gegen die Teufel! Die
aber haben sich bei euch vermehrt wie die Spinnen in den
Ecken. Er selbst stinkt jetzt. Darin sehen wir einen großen
Fingerzeig Gottes!«

Es war in der Tat einmal zu Lebzeiten des Staretz Sossima vorgekommen, daß einem Mönche die unreine Macht
zuerst im Traum und später auch im Wachen erschienen
war. Als er das voll Entsetzen dem Staretz mitgeteilt hatte,
da war ihm von diesem ununterbrochenes Gebet und ver-
stärktes Fasten angeraten worden. Als aber auch das nicht

helfen wollte, da hatte der Staretz gesagt, er solle das Fasten und Beten nicht aufgeben, doch außerdem noch eine gewisse Arznei einnehmen. Das hatte bei sehr vielen Ärgernis erregt, und sie hatten untereinander viel darüber gesprochen und die Köpfe geschüttelt, am meisten von ihnen aber war Pater Ferapont, dem einige der Tadler eiligst die in diesem besonderen Falle »außergewöhnliche« Anordnung des Staretz mitgeteilt hatten, ungehalten gewesen.

»Weiche von hier, Vater!« sagte befehlend Pater Païssij. »Nicht Menschen können darüber urteilen, nur Gott kann es tun. Vielleicht ist das ein Hinweis, den weder du, noch ich, noch sonst jemand zu begreifen imstande ist. Gehe fort von hier und bringe die Herde nicht in Verwirrung!« wiederholte er mit fester Stimme.

»Das Fasten hat er nicht eingehalten, wie es zur Regel eines Einsiedlers gehört! Deshalb ist uns dieser ‚Hinweis‘ geworden! Das ist klar und es zu verheimlichen ist Sünde!« Der aus Rand und Band geratene Fanatiker konnte sich noch immer nicht beruhigen. »Mit Konfekt hat er sich verführen lassen, die Damen haben es ihm in ihren Taschen mitgebracht, süßen Tee hat er geschlürft, seinen Bauch hat er vergöttert, hat ihn mit Süßigkeiten angefüllt, wie seinen Geist mit anmaßenden Gedanken . . . Darum hat er den Schimpf erlitten . . .«

»Leichtfertig sind deine Worte, Vater!« sagte mit erhobener Stimme Pater Païssij. »Ich bewundere dein Fasten und deinen Glaubenskampf, doch leichtfertig sind deine Worte; wie ein Jüngling redest du, der in der Welt noch unselbständig ist und von unreifem Verstand. Gehe fort von hier, Vater, ich befehle es dir!« rief drohend zum Schluß Pater Païssij.

»Ich werde schon gehen!« knurrte Pater Ferapont leicht verwirrt, aber seine Wut war doch noch groß. »Gelehrte seid ihr! Mit eurem hohen Verstande erhebt ihr euch über meine Nichtigkeit. Ich kam hierher mit geringen Kenntnissen, jetzt habe ich alles vergessen, was ich gewußt habe,

Gott selbst hat mich Geringen vor eurer Gelahrtheit beschützt . . .«

Pater Païssij stand festentschlossen dicht vor ihm. Pater
Ferapont schwieg, und plötzlich wurde er traurig, legte die
rechte Hand an die Wange, betrachtete den Sarg des entschlafenen Staretz und sagte in singendem Ton:

»Über ihm wird man morgen „Helfer und Beschützer"
singen, den schönsten Kanon, über mir aber, wenn ich ver-
recke, nur „Welch eine zeitliche Süße", das kleine Gesäng-
lein!« klagte er weinerlich und bedauernd.[19] »Hoffärtig
und aufgeblasen sind sie, das ist hier eine leere Stätte!«
gröhlte er dann plötzlich wieder wie ein Verrückter, schlug
wütend mit der Hand durch die Luft, kehrte sich um und
wuchtete hastend die paar Stufen der Treppe hinunter. Die
draußen wartende Menge wich zurück, geriet in Bewegung;
einige folgten ihm sofort, andere zögerten noch, denn die
Tür zur Klause stand offen und Pater Païssij, der dem Tobenden gefolgt war, stand auf der Schwelle und sah ihm
beobachtend nach. Der in Schwung geratene Einsiedler hatte
aber seinen Ausbruch noch nicht zu Ende gespielt: kaum
war er an die zwanzig Schritt gegangen, da wandte er sich
plötzlich zur Seite, der untergehenden Sonne zu, warf beide
Arme in die Luft und stürzte mit einem gewaltigen Schrei,
wie niedergemäht, auf die Knie:

»Mein Gott hat gesiegt! Christus hat gesiegt über die
untergehende Sonne!« schrie er wie rasend, erhob die Hände
zur Sonne, fiel mit dem Gesicht auf die Erde und weinte
mit lauter Stimme wie ein kleines Kind. Er bebte am ganzen Körper und breitete seine Hände über die Erde aus.

Alles stürzte zu ihm, Ausrufe wurden laut, lautes Weinen ihm zur Antwort . . . Ekstase ergriff alle.

»Seht, wer der Heilige ist! Seht, wer der Gerechte ist!«
ließen sich jetzt bereits ohne jegliche Scheu Stimmen vernehmen. »Seht, wer Staretz sein sollte!« fügten noch andere
erbost hinzu.

»Er will kein Staretz sein . . . er erkennt sie nicht an . . .

wird dieser verfluchten Neuerung nicht dienen... ihre Dummheiten wird er nicht nachahmen«, riefen wieder andere Stimmen, und wie weit das noch gegangen wäre, ist schwer zu sagen, wenn nicht gerade in diesem Augenblick die große Glocke angefangen hätte, zum Gottesdienst zu läuten. Da begannen sich alle zu bekreuzen. Auch Pater Ferapont erhob sich, bekreuzte sich zur Abwehr alles Bösen, und ging, immer noch vor sich hinbrummend, seiner Klause zu. Ihm folgten einige Mönche, doch waren es nur wenige; die Mehrzahl ging auseinander oder eilte zum Gottesdienst. Pater Païssij übergab den Lesedienst an Pater Jossiff und ging hinunter. Das ekstatische Geschrei des Fanatikers konnte ihn nicht wankend machen, aber sein Herz war betrübt, und er grämte sich um irgend etwas, — dessen ward er sich selbst bewußt. Er blieb plötzlich stehen und fragte sich: »Woher diese Trauer bis zur völligen Niedergeschlagenheit?« und mit Erstaunen erkannte er, daß diese plötzliche Trauer von einem ganz kleinen und besonderen Zufall herrührte. Er hatte in der Menge, die sich am Eingang der Zelle drängte, unter den übrigen Erregten auch Aljoscha bemerkt und sofort einen Stich im Herzen gefühlt. »Ja, hat denn dieser Jüngling jetzt wirklich schon eine so große Bedeutung in meinem Herzen?« fragte er sich ganz verwundert. In demselben Augenblick ging Aljoscha an ihm vorüber, als eile er irgendwohin, doch ging er nicht in der Richtung zur Kirche. Ihre Blicke begegneten sich. Aljoscha aber wandte schnell seine Augen ab und blickte zu Boden. An seiner Miene erkannte Pater Païssij sofort, daß für den Jüngling der Augenblick einer großen Umwandlung gekommen war.

»Hast auch du dich verführen lassen?« rief Pater Païssij aus, »ist es möglich, gehörst auch du zu den Kleingläubigen?« fügte er traurig hinzu.

Aljoscha blieb stehen, sah unsicher und unbestimmt Pater Païssij an, wandte aber wieder schnell die Augen von ihm ab und senkte den Blick zu Boden. Er stand halb abge-

wandt, ohne sich nach dem Fragenden umzuwenden. Pater
Païssij beobachtete ihn aufmerksam.

»Wohin eilst du?« fragte er ihn wieder. »Es wird zur
Messe geläutet.«

Aljoscha gab wieder keine Antwort.

»Oder willst du das Kloster verlassen, ohne um Erlaubnis und ohne um den Segen zu bitten?«

Aljoscha lächelte plötzlich verzerrt und warf einen sonderbaren, sehr sonderbaren Blick dem fragenden Pater zu,
dem er von seinem verstorbenen Lenker, dem bisherigen
Beherrscher seiner Seele und seines Geistes, von seinem
innigstgeliebten Staretz, anvertraut worden war. Und ohne
Antwort, wie vorhin, machte er nur eine Handbewegung,
als ginge ihn das alles nichts mehr an, ja, geradezu, als ob
er sich auch um Ehrerbietung nicht einmal mehr kümmern
wollte, und verließ mit schnellen Schritten die Einsiedelei
durch das Eingangstor.

»Wirst noch zurückkehren!« murmelte Pater Païssij
vor sich hin und blickte ihm in kummervoller Verwunderung nach.

II

Solch ein Augenblick

Pater Païssij irrte sich nicht, wenn er annahm, daß sein
»lieber Junge« wiederkehren werde, und vielleicht hatte
er sogar (wenn auch nicht ganz, so doch scharfsinnig genug)
Aljoschas Seelenstimmung ihrer Bedeutung nach erraten.
Ich muß aber gestehen, daß es mir nichtsdestoweniger
schwer wird, die Ursache dieser sonderbaren augenblick-
lichen Seelenstimmung des jungen und von mir so innig-
geliebten Helden meines Romans zu erklären. Auf die
traurige Frage Pater Païssijs: »Solltest auch du zu den
Kleingläubigen gehören?« kann ich jedoch mit Bestimmtheit für Aljoscha antworten: Nein, er gehörte nicht zu den

Kleingläubigen. Nein, hier war sicher das Gegenteil der Fall: seine ganze Verwirrung kam daher, daß er nur zu sehr glaubte. Aber es war doch eine große Verwirrung, und alles, was sich ereignete, war so quälend für ihn, daß er sogar nach langer Zeit diesen kummervollen Tag für einen der schwersten Schicksalstage seines Lebens hielt. Wenn man aber fragen wollte: »Sollte wirklich sein ganzer Kummer und seine Seelenunruhe davon herrühren, daß der Leichnam seines Staretz, statt sofort unmittelbare Heilkraft zu offenbaren, im Gegenteil, so früh in Verwesung übergegangen war?« so antworte ich ohne zu zögern: »Ja, so war es in der Tat!« Nur möchte ich den Leser bitten, nicht gleich über den reinen Sinn meines Jünglings zu lachen. Ich habe nicht die Absicht, seinen einfältigen Glauben durch sein jugendliches Alter zu entschuldigen oder zu rechtfertigen. Ich tue gerade das Entgegengesetzte und versichere hiermit, daß ich für diesen Glauben aufrichtige Hochachtung empfinde. Zweifellos wäre mancher andere Jüngling, der schon verstanden hätte, solche Herzenseindrücke mit Vorsicht aufzunehmen, der verstanden hätte, nicht heiß, sondern nur lau zu lieben — wenn auch mit richtigem, so doch für sein Alter gar zu reiflich überlegendem und daher billigem Verstande —, solch ein Jüngling, sage ich, wäre dem entgangen, was mit meinem Jüngling geschah. Nur ist es, meiner Meinung nach, in manchen Fällen denn doch achtbarer, sich so hinreißen zu lassen (denn wenn es auch unvernünftig ist, so geschieht es doch nur aus übergroßer Liebe), als sich überhaupt nicht hinreißen zu lassen. Und das besonders noch im Jünglingsalter!... Denn hoffnungslos und billig ist der Geist eines beständig überlegenden Jünglings, — das ist meine Meinung. »Aber«, rufen da vielleicht die vernünftigen Leute aus, »es kann doch nicht jeder Jüngling an solche Vorurteile glauben, und Ihr Jüngling kann doch kein Vorbild für andere sein!« Darauf kann ich nur erwidern: »Ja, mein Jüngling gehörte nicht zu den Kleingläubigen, er glaubte heilig und unerschütterlich, und dennoch werde ich nicht für ihn um Entschuldigung bitten.«

Sehen Sie: wenn ich auch vorhin sagte (vielleicht etwas zu voreilig), daß ich jene Stimmung meines Jünglings weder erklären noch entschuldigen oder rechtfertigen werde, so sehe ich jetzt doch ein, daß einige Erläuterungen zum Verständnis meiner weiteren Erzählung unbedingt erforderlich sind. Deshalb sage ich: hier handelte es sich nicht um Wunder! Nicht um eine Erwartung von Wundern, die in ihrer Ungeduld leichtfertig gewesen wäre, handelte es sich dabei. Auch nicht für den Triumph seiner Überzeugung verlangte Aljoscha Wunder (das war erst recht nicht der Fall) oder etwa für den schnelleren Sieg einer vorgefaßten Idee über eine andere, – o nein, auch das war es nicht. Nein, über allem anderen und an erster Stelle stand für ihn die Gestalt seines geliebten Staretz, die Gestalt des Gerechten, die er bis zu solcher Vergötterung liebte und verehrte. Das war es gerade, daß die ganze Liebe, die sein junges und reines Herz zu »Jedem und Allem« während des ganzen vergangenen Jahres gehegt, sich fast nur auf diesen einen Menschen bezogen hatte, auf seinen entschlafenen und über alles geliebten Staretz. Dieses Wesen hatte so lange als unbestreitbares Ideal vor ihm gestanden, daß alle seine jungen Kräfte und alle seine Bestrebungen sich ausschließlich nur diesem Ideal zuwandten und er in manchen Minuten sogar »Alles und Jedes« vergaß. (Später erinnerte er sich noch, daß er an diesem schweren Tage selbst seinen Bruder Dmitrij, um den er sich noch tags zuvor so gesorgt, ganz vergessen hatte; und so vergaß er auch, dem Vater Iljuschas die zweihundert Rubel zu überbringen, wie er es noch mit solchem Eifer beschlossen hatte.) Nein, nicht um Wunder war es ihm zu tun, sondern nur um »die höhere Gerechtigkeit«, die seinem Glauben nach verletzt worden war. Ja, das war es, was so grausam sein Herz verwundet hatte. Und was war denn dabei so wunderlich, daß diese »Gerechtigkeit« in ihm, wie die Dinge nun einmal lagen, zur Erwartung eines Wunders wurde, das unverzüglich von dem irdischen Staube seines vergötterten Staretz ausgehen werde? Das erwarteten doch alle im Kloster, selbst die, vor deren großem Verstande Aljoscha sich beugte, wie zum Beispiel Pater Païssij. Und so war es denn auch mit Aljoscha: ohne weiter durch irgendwelche Zweifel beunruhigt zu werden, nahmen seine Erwartungen dieselbe Form an, welche die Erwartungen aller anderen angenommen hatten. Und lange schon hatte sich diese Erwartung in seinem Herzen zur vollen Überzeugung entwickelt, — lebte er doch schon ein ganzes Jahr lang im Kloster, in der unmittelbaren Nähe des Staretz. Gerechtigkeit, Gerechtigkeit erwartete er und nicht Wunder! Und siehe da: der, welcher nach seiner Zuversicht von allen auf der Welt am meisten erhöht werden sollte, der erntete jetzt, statt ihm gebührender Ehre, nur Schmach und Spott! Warum? Wer hatte gerichtet? Wer konnte so richten? — Das waren die Fragen, die sein unerfahrenes und naives Herz fast totquälten. Er konnte es nicht ertragen, ohne gekränkt zu sein und ohne Erbitterung, daß der Gerechteste aller Gerechten der lächerlichen und boshaften Verspottung durch eine so leichtfertige und weit unter ihm stehende Menge preisgegeben war. Nun, und mögen sich auch keine Wunder ereignen, möge das Erwartete sich auch nicht gleich verwirklichen — aber warum diese Unehre, dieser Schimpf, warum diese sofortige Verwesung, »die der Natur sogar zuvorgekommen ist«, wie die boshaften Mönche sagten? Warum dieser »Fingerzeig Gottes«, auf den sie mit Pater Ferapont im Triumph hinwiesen, und warum glaubten sie, daß sie das Recht hätten, so zu urteilen? Wo blieb denn die Vorsehung und *ihr* Fingerzeig? Warum hielt sie sich »im notwendigsten Augenblick« verborgen, geradezu als wenn sie sich den blinden, tauben und unbarmherzigen Naturgesetzen unterordnen wollte, dachte Aljoscha.

Das war es, warum sein Herz blutete, und wie ich schon sagte, handelte es sich für ihn zuerst um den über alles geliebten Menschen, um die Persönlichkeit des Staretz, die jetzt beschimpft und entehrt worden war! Mag dieser Kummer meines Jünglings leichtfertig und unverständig gewesen sein, doch wiederhole ich zum drittenmal: ich bin froh, daß er in solch einem Augenblick nicht zu vernünftig war, denn die Vernunft kommt schon von selbst mit der Zeit bei jedem nicht dummen Menschen; wenn sich aber in einer so außergewöhnlichen Stunde im Herzen eines Jünglings keine Liebe erweist, wann soll sie dann kommen? Bei der Gelegenheit will ich noch eine sonderbare Erscheinung nicht verschweigen, die an diesem für Aljoscha verhängnisvollen und verwirrenden Tage in seinem Kopf auftauchte. Dieses neue, sich kundgebende *Etwas* bestand in einigen quälenden Eindrücken, die die Erinnerung an sein gestriges Gespräch mit Iwan auftauchen ließ. Und das noch gerade jetzt! O, nicht daß sie die Grundlagen seines Glaubens in seiner Seele wanken gemacht hätten! Er liebte seinen Gott und glaubte unerschütterlich an ihn, wenn er sich auch jetzt gegen seinen Urteilsspruch aufgelehnt hatte. Immerhin aber war in seiner Seele eine trübe und quälende Erinnerung an das Gespräch mit seinem Bruder zurückgeblieben, und plötzlich stieg sie wieder in seiner Seele auf und nahm ihn allmählich mehr und mehr gefangen.

Als es zu dämmern begann, bemerkte Rakítin, der durch das Wäldchen der Einsiedelei auf das Kloster zuging, Aljoscha unter einem Baume liegend: er lag mit dem Gesicht zur Erde, unbeweglich und wie schlafend. Rakítin trat zu ihm und rief ihn an.

»Du hier, Alexéi? Ja, ist es denn mit dir ...«, rief er verwundert aus, doch stockte er mitten im Satz.

Er wollte sagen: »Ist es denn mit dir schon so weit gekommen?«

Aljoscha schaute nicht auf, allein an einer kurzen Bewegung erriet Rakitin sofort, daß er ihn gehört und verstanden hatte.

»Was ist denn mit dir passiert?« fuhr er verwundert fort zu fragen.

Aber die Verwunderung auf seinem Gesicht machte bald einem Lächeln Platz, das immer spöttischer wurde.

»So hör' doch, ich suche dich bereits seit zwei Stunden. Du warst dort plötzlich ausgekniffen. Aber was tust du denn hier? Was machst du für heilige Dummheiten? Sieh mich doch wenigstens an...«

Aljoscha erhob den Kopf, setzte sich auf und lehnte sich mit dem Rücken an den Baumstamm. Er weinte nicht, aber sein Gesicht drückte Qual aus, und seinen Augen sah man die Erregung an, in der er sich befand. Er sah übrigens nicht zu Rakitin auf, sondern blickte zur Seite.

»Hör' mal, dein Gesicht hat sich ja ganz verändert. Von deiner berühmten früheren Engelssanftmut ist nichts mehr zu sehen. Hast dich wohl über irgend jemanden geärgert, nicht? Hat man dich etwa gekränkt?«

»Laß mich!« sagte Aljoscha plötzlich, vermied es aber, ihn anzusehen, und winkte nur müde mit der Hand ab.

»Oho, also so sind wir! Man fängt also schon wie die übrigen Sterblichen an, anzuschnauzen. Und das soll ein Ebenbild der Engel sein! Nun, Aljoschka, du hast mich aber in Erstaunen versetzt, das muß ich sagen! Ich spreche jetzt aufrichtig. Schon lange wundere ich mich hier über nichts mehr. Übrigens habe ich dich doch immer für einen gebildeten Menschen gehalten...«

Endlich sah ihn Aljoscha an, aber so zerstreut, als ob er ihn gar nicht verstanden hätte.

»Bist du denn wirklich darum so, weil dein Alter stinkt? Glaubtest du denn im Ernst, daß er alte Wunder wieder auffrischen werde?« fragte Rakitin, in immer größere Verwunderung geratend.

»Ich habe geglaubt, glaube, will glauben und werde glauben, und was willst du noch?« fragte Aljoscha, gereizt auffahrend.

»Aber ganz und gar nichts, mein Täubchen. Pfui Teufel, an diesen Rummel glaubt ja selbst ein dreizehnjähriger Schuljunge nicht mehr. Übrigens, Teufel... Du hast dich also über deinen Gott geärgert, hast dich jetzt empört? — Um eine Rangerhöhung seid ihr gekommen, habt keinen Orden zu den Feiertagen gekriegt! Ach, ihr!«

Aljoscha sah Rakitin lange mit halbzugekniffenen Augen an, und plötzlich blitzte etwas in seinen Augen auf ... es war aber nicht Wut über Rakitin.

»Ich empöre mich nicht gegen meinen Gott, nur ,will ich seine Welt nicht akzeptieren'«, sagte Aljoscha mit einem erzwungenen Lächeln.

»Wie willst du denn diese Welt nicht akzeptieren?« Rakitin dachte ein wenig über das Gesagte nach. »Was ist das nun wieder für ein Gallimathias?«

Aljoscha schwieg.

»Na, genug von den Dummheiten, jetzt zur Sache: Hast du heute gegessen oder nicht?«

»Ich weiß nicht ... ich glaube.«

»Du mußt dich unbedingt stärken, nach deinem Gesicht zu urteilen. Wenn man dich ansieht, packt einen ja das wahre Mitleid. Du hast ja auch in der Nacht nicht geschlafen; wie ich hörte, habt ihr da eine Sitzung gehabt. Und darauf dieses ganze Drunter und Drüber und Gequak noch dazu ... Du wirst wohl höchstens ein Stückchen Hostie gekaut haben. Ich habe in meiner Tasche ein Stück Wurst, habe sie mir in der Stadt, auf dem Wege hierher, auf alle Fälle eingesteckt, aber du wirst wohl keine Wurst ...«

»Gib sie her!«

»Ah! Also so bist du! Also schon ganz Aufruhr, Barrikaden! Nun, Bruder, es gibt Sachen, die doch nicht so ganz zu verachten sind. Gehen wir zu mir ... Ich möchte mir selbst ein Schnäpschen hinter die Binde gießen, bin todmüde. Zu Schnaps würdest du dich natürlich nicht entschließen ... oder würdest du nicht schließlich auch ein Gläschen trinken?«

»Gib auch den Schnaps.«

»Sieh mal an! Das ist ja wunderbar, Bruder!« Rakitin betrachtete ihn neugierig. »Nun, so oder so, Schnaps und

Wurst, das ist eine herrliche Sache, das muß man nicht versäumen. Komm, gehen wir!«

Aljoscha erhob sich schweigend von der Erde und folgte Rakitin.

»Wenn das dein Bruder Wánitschka sehen würde, der würde sich wundern! Übrigens, dein Brüderchen Iwán Fjódorowitsch ist heute morgen nach Moskau gefahren, weißt du das?«

»Ich weiß es«, sagte Aljoscha teilnahmslos. Und plötzlich tauchte vor seinem Geiste die Gestalt seines Bruders Dmitrij auf, aber es war nur ein Auftauchen, und obgleich er sich dabei einer sehr eiligen Sache, einer Sache, die keine Minute länger aufgeschoben werden durfte, irgendeiner Schuld, einer furchtbaren Verpflichtung erinnerte, so machte diese Erinnerung doch durchaus keinen Eindruck auf ihn, sie reichte nicht bis in sein Herz und verflog im selben Augenblick wieder aus seinem Gedächtnis. Später aber erinnerte sich Aljoscha deutlich dieses Augenblicks.

»Dein Brüderchen Wánitschka hat sich über mich einmal geäußert, ich sei ,ein vollkommen unorigineller liberaler Popanz'. Auch du hast einmal nicht an dich halten können und hast mir zu verstehen gegeben, daß mir ,Ehrgefühl' abginge... Schön! Ich werde aber jetzt einmal auch eure Begabung und Ehrenhaftigkeit auf die Probe stellen.« (Den Schluß brummte Rakitin vor sich hin.)

»Pfui Teufel, hör' mal!« sagte er wieder laut, »gehen wir um das Kloster herum und auf dem Fußpfad gerade zur Stadt... Hm! Ich muß übrigens noch zur Chochlakóff gehen. Stelle dir vor: ich schrieb ihr alles, was sich bei uns ereignet hatte, und sie antwortet mir mit einem Briefchen — diese Dame liebt über alles, Briefchen zu schreiben —, daß sie von einem so ehrenwerten Greise, wie dem Staretz Sossima, nie *ein solches Benehmen* erwartet hätte! Sie hat tatsächlich ,ein solches Benehmen' geschrieben. Sie ist also gleichfalls empört über ihn. Ach, ihr alle! Halt!« rief er wieder und blieb plötzlich stehen, packte Aljoscha an der

Schulter und hielt ihn auf: »Weißt du, Aljoscha«, er sah ihm fragend in die Augen, ganz unter dem Eindruck eines plötzlich in ihm auftauchenden Gedankens, und obgleich er äußerlich lächelte, so fürchtete er sich doch, seinen unerwarteten und neuen Gedanken laut auszusprechen, — so wenig wagte er, an die für ihn wunderbare und unerwartete Stimmung Aljoschas zu glauben, in der er ihn jetzt sah. »Aljóschka«, sagte er endlich vorsichtig und gespannt. »Aljoschka, weißt du, wohin wir jetzt am besten gehen?«

»Mir ist es gleich ... wohin du willst.«

»Gehen wir zu Grúschenka, was? Kommst du mit?« fragte Rakitin, fast zitternd in erregter Erwartung.

»Gehen wir zu Grúschenka«, antwortete Aljoscha ruhig und ohne weiteres.

Dieses ruhige und schnelle Einverständnis kam so unerwartet für Rakitin, daß er fast zurückschrak.

»Nun ja, warum auch nicht!« meinte er verdutzt, griff aber plötzlich Aljoscha unter den Arm und zog ihn schnell mit sich fort, in großer Angst, daß dieser seinen Entschluß ändern könnte. Sie gingen schweigend zur Stadt. Rakitin fürchtete sich sogar, zu sprechen.

»Freuen wird sie sich, riesig freuen ...«, murmelte er nur, verstummte aber wieder.

Aber nicht nur, um Gruschenka eine Freude zu bereiten, führte er Aljoscha zu ihr. Er war ein »gediegener« Mensch, — ohne ein für ihn vorteilhaftes Ziel unternahm er nichts. Hierbei verfolgte er nun einen doppelten Zweck: erstens, sich zu rächen, — das heißt »die Schande des Gerechten« und »den Fall« Aljoschas »vom Heiligen zum Sünder« zu erleben, worüber er sich schon im voraus freute. Und zweitens verfolgte er ein für sich sehr vorteilhaftes materielles Ziel, wovon später noch die Rede sein wird.

»Also solch ein Augenblick ist das«, dachte er bei sich, boshaft frohlockend, »fassen wir ihn am Schopf, diesen Augenblick, denn er kommt uns sehr gelegen.«

Das Zwiebelchen

Grúschenka wohnte in der belebtesten Gegend der Stadt, in der Nähe der Kathedrale. Sie hatte bei einer Frau Morósoff, einer Kaufmannswitwe, auf dem Hof ein kleineres hölzernes Nebenhaus gemietet. Das Haus, in dem Frau Morósoff selbst wohnte, war ein großes zweistöckiges Steingebäude und sah von außen eigentlich recht unschön aus. Es lebten darin, außer der alten Besitzerin, noch deren zwei Nichten, die gleichfalls schon alte, ledige Damen waren. Frau Morosoff hatte es nicht nötig, ihr Haus auf dem Hof zu vermieten, aber alle wußten, daß sie Gruschenka nur darum als Mieterin aufgenommen hatte, um ihrem Verwandten, dem Kaufmann Ssamssónoff — dem offiziellen Beschützer Gruschenkas — einen Gefallen zu erweisen. Man sagte damals, daß der eifersüchtige Alte seine »Favoritin« nur aus dem einen Grunde bei der Morosoff untergebracht habe, weil er vor allem auf die scharfen Augen der Alten, die auf die Aufführung der neuen Mieterin achtgeben sollten, gerechnet habe. Alsbald aber sah er ein, daß die scharfen Augen ganz überflüssig waren, und auch die Morosoff gab es schließlich auf, Gruschenka mit ihrer Aufsicht zu belästigen. Ja, es waren schon vier Jahre seit der Zeit vergangen, als der Alte das schüchterne, bescheidene, bleiche und magere achtzehnjährige Mädchen, das immer nachdenklich und traurig war, aus der Gouvernementshauptstadt in dieses Haus gebracht hatte. Die Lebensgeschichte des jungen Mädchens kannte man übrigens in unserer Stadt nur wenig und ganz ungenau; auch in der letzten Zeit, und selbst dann, als sich viele für diese »Schönheit«, zu der sich die jetzt erwachsene »Agraféna Alexándrowna« in den vier Jahren entwickelt hatte, zu interessieren begannen, konnte man noch immer nichts Genaues über sie erfahren. Es verbreitete sich nur das Gerücht, daß das siebzehnjährige Mädchen, wie es hieß, von irgendeinem Offizier verführt und sofort verlassen worden sei. Der Offizier sei fortgefahren und habe darauf irgendwo eine andere geheiratet. Kurz, Grúschenka war in Armut und Schande zurückgeblieben. Auch sprach man davon, daß Gruschenka von dem Alten zwar aus armen Verhältnissen gezogen worden sei, trotzdem aber aus einer achtbaren Familie stamme. Ihr Vater sei ein Diakon oder etwas Ähnliches gewesen. In diesen vier Jahren war aus der empfindsamen, beleidigten und mageren kleinen Waise eine blühende, üppige russische Schönheit geworden, eine Frau mit kühnem und entschlossenem, vielleicht frechem, doch jedenfalls stolzem Charakter, ein Weib, das in Geldsachen sehr bewandert, dabei geizig und vorsichtig war, und das verstanden hatte, rechtmäßig oder unrechtmäßig — wie viele von ihr behaupteten —, ein kleines Vermögen zusammenzuscharren. In einem aber stimmten alle überein: daß es sehr schwierig war, sich Gruschenka zu nähern, und daß sich außer ihrem Beschützer, dem Alten, in diesen vier Jahren niemand rühmen konnte, ihre Gunst errungen zu haben. Das war Tatsache, denn diese Gunst zu erwerben, danach strebten nicht wenige Liebhaber, besonders in den zwei letzten Jahren. Doch alle Versuche schlugen fehl, und einige von den Unternehmungslustigen waren gezwungen, sich in lächerlicher und schimpflicher Form zurückzuziehen, infolge des unüberwindlichen und hohnvollen Widerstandes der charakterfesten jungen Person. Man wußte auch, daß diese junge Person, besonders im letzten Jahr, sich auf etwas eingelassen hatte, was man allgemein »Geschäftemachen« nennt, und darin außerordentliche Fähigkeiten bewies, so daß zu guter Letzt viele sie eine wahre Wucherin nannten. Nicht nur, daß sie etwa Geld auf Prozente verliehen hätte, man erzählte sich sogar, daß sie zum Beispiel in Gemeinschaft mit Fjódor Páwlowitsch Karamásoff seit einiger Zeit Wechsel zu Spottpreisen aufkaufte, zu zehn für hundert, und dann beim Verkauf einen Rubel auf zehn Kopeken verdiente. Der kranke Ssamssónoff, der im letzten Jahr des

Gebrauches seiner geschwollenen Beine gänzlich beraubt war — Witwer und Tyrann seiner erwachsenen Söhne —, und der sicher einige hunderttausend Rubel besaß, ein unerbittlicher und geiziger Mensch, verfiel vollständig dem Einfluß seiner Schutzbefohlenen, die er anfangs »auf Fastenöl«, das heißt ganz knapp, hatte halten wollen, wie die Spötter behaupteten. Doch Gruschenka hatte verstanden, sich seiner Bevormundung zu entziehen, indem sie dem Alten unbedingtes Vertrauen in ihre Treue einflößte. Dieser Alte (jetzt ist er schon lange tot) war ein großer Geschäftsmann und gleichfalls ein bemerkenswerter Charakter. Er war geizig und hartherzig wie ein Kieselstein, und obgleich Gruschenka auf ihn einen großen Einfluß ausübte, so daß er ohne sie kaum mehr leben konnte (was besonders in den zwei letzten Jahren der Fall war), so verschrieb er ihr doch kein größeres Kapital, und selbst wenn sie ihm gedroht hätte, ihn zu verlassen, wäre er doch unerbittlich geblieben. Dafür hatte er ihr aber ein kleines Kapital angewiesen, über dessen geringe Höhe man später sehr erstaunt war. »Du bist ein Weib, das nicht auf den Kopf gefallen ist«, soll er zu ihr gesagt haben, nachdem er ihr an achttausend Rubel geschenkt hatte, »verdiene selbst damit, doch wisse, daß du außer deinem jährlichen Unterhalt bis zu meinem Tode nichts mehr bekommst, auch in meinem Testament werde ich dir nichts vermachen.« Und er hielt auch sein Wort. Als er starb, hinterließ er alles seinen Söhnen, die er sein ganzes Leben lang mit Frauen und Kindern auf einer Stufe mit den Dienstboten bei sich gehalten hatte; Gruschenka war im Testament nicht einmal erwähnt. Alles das wurde erst in der Folge bekannt. Mit Ratschlägen dagegen, wie Gruschenka mit ihrem Kapital verfahren solle, kargte er nicht, und half ihr sogar bei den »Geschäften«. Als Fjodor Pawlowitsch Karamasoff, der anfangs nur aus Anlaß eines gelegentlichen »Geschäftes« mit Gruschenka zusammengetroffen war, sich sterblich in sie verliebte und ihretwegen fast verrückt wurde, da lachte der alte Ssamssónoff, der sich schon im letzten Lebensstadium befand, herzlich darüber. Bemerkenswert ist noch, daß Gruschenka ihrem Alten gegenüber während der ganzen Dauer ihres Verhältnisses vollkommen und von ganzem Herzen aufrichtig war, und zwar war sie das auf der ganzen Welt nur zu ihm. Als aber in der letzten Zeit auch Dmítrij Fjódorowitsch mit seiner Liebe auftauchte, da lachte der Alte nicht mehr. Im Gegenteil, er riet Gruschenka ernst und streng: »Wenn du einen von beiden wählst, so wähle den Alten, aber nur mit der Bedingung, daß der alte Schuft dich unbedingt heiratet und dir im voraus einiges Kapital verschreibt. Doch mit dem Leutnant lasse dich nicht ein, dabei kommt nichts heraus.« Das war der Rat, den der alte Wollüstling Gruschenka gegeben hatte. Er fühlte schon damals seinen nahen Tod voraus, und ein paar Monate nach diesem Gespräch starb er denn auch. Ich will hier bemerken, daß bei uns in der Stadt damals viele von der ungeheuerlichen Nebenbuhlerschaft der Karamasoffs, Vater und Sohn, wußten, deren Gegenstand Gruschenka war, aber über die Art ihrer Beziehungen zu beiden, zum Vater wie zum Sohne, war sich wohl kaum jemand im klaren. Sogar die beiden Dienstmädchen Gruschenkas sagten später (nach der Katastrophe, von der weiterhin die Rede sein wird) vor Gericht aus, daß Agraféna Alexándrowna Dmítrij Fjódorowitsch nur aus Furcht empfangen habe, weil er ihr gedroht hätte, sie umzubringen. Sie hielt zwei Dienstmädchen: eine alte, kranke und harthörige Köchin, die bereits bei ihren Eltern gedient hatte, und deren Enkelin, ein munteres Mädchen von zwanzig Jahren, das ihr Stubenmädchen war. Gruschenka lebte sehr sparsam, und auch ihre Wohnung war durchaus nicht reich ausgestattet. Sie bewohnte nur drei Zimmer, die von der Hausbesitzerin mit alten Mahagonimöbeln im Stil der zwanziger Jahre eingerichtet waren.

Als Rakitin und Aljoscha bei ihr eintraten, war es draußen schon fast dunkel; trotzdem war in den Zimmern noch kein Licht angezündet. Gruschenka lag in ihrem Empfangszimmer auf einem großen, plumpen, harten Diwan, der eine Rücklehne aus gleichem Holz hatte und mit bereits abgenutztem, hier und da durchgewetztem Leder überzogen war. Unter ihrem Kopf hatte sie zwei weiße Daunenkissen aus ihrem Bett. Sie lag auf dem Rücken und hatte beide Hände unter den Kopf geschoben. Gekleidet war sie, als wenn sie Besuch erwartete: sie trug ein schwarzes Seidenkleid, im Haar hatte sie ein duftiges Spitzengesteck, das ihr vorzüglich stand, und über die Schultern hatte sie einen kostbaren Spitzenschal geworfen, der von einer schweren Goldbrosche festgehalten wurde. Mit bleichem Gesicht und heißen Lippen lag sie da und schien ungeduldig jemanden zu erwarten; ihre rechte Fußspitze klopfte nervös an die Seitenlehne des Diwans. Rakitins und Aljoschas Eintritt rief im Hause eine kleine Aufregung hervor: Sie hörten schon im Vorzimmer, wie Gruschenka schnell vom Diwan aufsprang und erschrocken laut fragte: »Wer da?« Das Stubenmädchen empfing die Gäste und rief sofort ihrer Herrin zu: »Nichts, nichts! Das ist nicht er, das sind andere!«

»Was ist denn mit ihr los?« murmelte Rakitin und führte Aljoscha an der Hand ins Gastzimmer.

Gruschenka stand immer noch ganz erschrocken am Diwan. Eine schwere Flechte ihres aschblonden Haares löste sich und fiel auf ihre rechte Schulter herab, aber sie beachtete es nicht und steckte sie auch nicht eher auf, bis sie sich vergewissert hatte, wer die Gäste waren.

»Ach, du bist es, Rakítka? Wie du mich erschreckt hast! Aber mit wem kommst du denn da? Wer ist das? Herrgott, sieh, wen du da mitgebracht hast!« rief sie aus, als sie Aljoscha erkannte.

»Laß mal Licht machen!« sagte Rakitin in dem nachlässigen Ton eines sehr guten Bekannten, der sich das Recht herausnehmen kann, im Hause Anordnungen zu treffen.

»Licht ... natürlich, Licht ... Fénja, bring ihm Licht ... Nun, du hast also Zeit gefunden, ihn herzubringen!« rief sie wieder aus und nickte Aljoscha zu. Darauf wandte sie sich zum Spiegel und brachte schnell mit beiden Händen ihre Haarflechte in Ordnung.

Sie schien aber unzufrieden zu sein.

»Paßt es dir etwa nicht?« fragte Rakitin sofort beleidigt.

»Du hast mich erschreckt, Rakítka, das ist's!« Gruschenka wandte sich sofort mit einem Lächeln zu Aljoscha. »Fürchte dich nicht, Aljoscha, mein Täubchen, ich freue mich furchtbar über deinen Besuch, mein unerwarteter Gast! Aber du, Rakitka, du hast mich erschreckt: ich dachte nämlich, Mitja bräche wieder herein! Ich habe ihn nämlich vorhin betrogen, ich habe ihm das Ehrenwort abgenommen, daß er mir Glauben schenke, und habe ihn dann doch belogen. Ich sagte ihm, ich ginge zu Kusjmá Kusjmítsch, zu meinem Alten, um mit ihm den ganzen Abend bis in die Nacht hinein Geld zu zählen. Ich gehe jede Woche einmal auf einen ganzen Abend zu ihm, um mit ihm seine Rechnungen zu ordnen. Wir schließen uns dann ein: er klappert auf dem Rechenbrett, und ich sitze und trage in die Bücher ein; er hat nur zu mir allein Vertrauen. Mitja glaubte mir, daß ich dort bleiben würde, ich aber habe mich hier zu Hause eingeschlossen, sitze nun und warte auf eine gewisse Nachricht. Wie hat euch die Fénja nur hereingelassen! Fenja! Lauf schnell zur Hofpforte und sieh nach, ob nicht Dmitrij in der Nähe ist. Vielleicht hat er sich irgendwo versteckt und lauert mir auf. Wie den Tod fürchte ich ihn!«

»Niemand ist dort, Agraféna Alexándrowna, ich habe mir schon die Augen aus dem Kopf geguckt, ich laufe doch alle Augenblick hinaus! Ich habe selbst solche Angst!«

»Sind die Fensterläden geschlossen, Fenja? Man muß auch die Vorhänge herunterlassen, so!« Sie ließ selbst die schweren Vorhänge herab. »Sonst kommt er noch auf das Licht hin sofort hergelaufen. Ja, Aljoscha, heute fürchte ich deinen Bruder sogar sehr!«

Gruschenka sprach lauter als sonst, und wenn sie auch unruhig zu sein schien, so war sie doch wie in einem Freudenrausch.

»Warum fürchtest du denn gerade heute den Mítjenka?« erkundigte sich Rakitin. »Du bist doch, scheint es, sonst nicht ängstlich von Natur. Er tanzt ja sowieso nach deiner Pfeife.«

»Ich sage dir doch, ich erwarte eine Nachricht, eine goldene, kleine Nachricht, so daß Mitjenka jetzt hier ganz überflüssig wäre. Außerdem hat er es mir ja gar nicht geglaubt, daß ich bei Kusjmá Kusjmítsch bleiben werde. Das fühle ich. Wahrscheinlich sitzt er jetzt im Nachbargarten von Fjodor Pawlowitsch, um mir aufzulauern. Nun, wenn er sich dort festgesetzt hat, um so besser, dann wird er nicht hierher kommen. Mitja hat mich ja selbst hinbegleitet zu Kusjmá Kusjmítsch; ich sagte ihm, ich würde bis Mitternacht dort bleiben, und er solle unbedingt um Mitternacht kommen, mich abzuholen. Er ging fort, ich saß aber nur ungefähr zehn Minuten beim Alten, dann kehrte ich schnell wieder zurück. Ach, wie ich lief, und wie ich mich fürchtete, ihm zu begegnen!«

»Und jetzt hast du dich aufgeputzt! Sieh mal an, was hast du denn da für ein feines Ding im Haar?«

»Wie du neugierig bist, Rakitka! Ich sage dir doch, ich erwarte so eine gewisse kleine Nachricht! Kommt diese kleine Nachricht, so springe ich auf und fliege davon, daß ihr mich hier kaum gesehen haben werdet! Siehst du, darum habe ich mich aufgeputzt, um dann gleich bereit zu sein!«

»Und wohin willst du dann fliegen?«

»Wenn du viel weißt, wirst du schnell alt.«

»Na, sieh mal an! Du bist ja ganz aus dem Häuschen vor Freude ... Ich habe dich noch niemals so gesehen. Hast dich ja wie zum Ball gekleidet«, sagte Rakitin, sie kritisch betrachtend.

»Als ob du was von Bällen verstündest!«

»Und du etwa?«

»Ich habe mir doch einmal einen Ball angesehen, vor drei Jahren, als Kusjmá Kusjmítsch seinen Sohn verheiratete. Ich saß auf der Empore und sah zu. Ach, Rakitka, aber soll ich mich etwa mit dir unterhalten, wenn solch ein Prinz hier steht! Sieh, das ist ein Gast! Aljoscha, mein Täubchen, wenn ich dich ansehe, so kann ich's nicht glauben ... Herrgott, wie bist denn du hergekommen! Offen gestanden, ich habe es nicht erwartet, nicht geahnt, und früher niemals daran geglaubt, daß du kommen könntest! Wenn es nicht in solch einem Augenblick wäre, so wäre ich außer mir vor Freude! Setze dich hier auf den Diwan, hierher, so, du mein zarter Neumond! Ich kann es noch immer nicht fassen ... Ach du, Rakitka, wenn du ihn doch gestern oder vorgestern gebracht hättest! ... Aber ich freue mich auch heute! Vielleicht ist es auch besser jetzt, in solch einer Minute ...«

Sie setzte sich mutwillig zu Aljoscha auf den Diwan, dicht neben ihm, und sah ihn in aufrichtigem Entzücken an. Sie freute sich tatsächlich, sie log nicht, als sie es sagte. Ihre Augen blitzten und ihre Lippen lachten, aber gutherzig und fröhlich lachten sie. Aljoscha hätte ihr solch eine fröhliche Gutmütigkeit gar nicht zugetraut ... Bis zum gestrigen Tage hatte er sie nur selten gesehen und sich von ihr die abschreckendste Vorstellung gemacht. Auch gestern war er ganz unter dem Eindruck ihres boshaften und heimtückischen Betragens bei Katerina Iwanowna gewesen, und daher war er jetzt ganz erstaunt, in ihr plötzlich ein vollkommen anderes und für ihn unerwartetes Wesen zu finden. Und wie sehr er auch von seinem eigenen Kummer niedergedrückt war, so blieben seine Augen doch aufmerksam auf sie gerichtet. Auch ihre Manieren hatten sich seit gestern, wie es schien, sehr gebessert: Sie hatte nicht mehr die Ziererei in der Aussprache, diese gezierten und gemachten Bewegungen ... Alles war einfach und herzlich an ihr, ihre Bewegungen rasch, ungezwungen, vertrauenerweckend, nur war sie sichtlich sehr aufgeregt.

»Herrgott, was heute doch alles passiert, nein, wirklich!« plapperte sie wieder weiter. »Und warum nur freue ich mich so über dich, Aljoscha, ich weiß es selbst nicht! Wenn du mich fragtest, so würde ich es nicht zu sagen wissen.«

»Was, du solltest es nicht wissen, warum du dich freust!«
Rakitin lächelte. »Warum hast du mich denn unaufhörlich
gebeten, ihn herzubringen? Mußt doch einen Grund gehabt
haben, denke ich.«

»Früher hatte ich einen Grund, jetzt aber ist das vorüber,
jetzt ist es ganz anders! Ja, ich werde euch sofort etwas vor-
setzen. Ich bin wieder zu mir gekommen, Rakítka. Setz dich,
Rakitka, warum stehst du? Oder sitzest du schon? Ach,
Rakítuschka versteht schon für sich zu sorgen! Siehst du,
Aljoscha, jetzt sitzt er uns dort gegenüber und ist beleidigt,
weil ich dich zuerst gebeten habe, Platz zu nehmen. Ach,
empfindlich ist mir der Rakitka, unglaublich empfindlich!«
Gruschenka lachte. »Sei nicht böse, Rakitka, heute bin ich
gut. Warum sitzt du so traurig da, Aljoschka, fürchtest du
mich etwa?« Mit fröhlichem Lachen sah sie ihm in die
Augen.

»Er hat großen Kummer. Es hat keine Rangerhöhung gegeben«, brummte Rakitin.

»Was für eine Rangerhöhung?«

»Sein Staretz stinkt.«

»Wie, wer stinkt? Was du für einen Unsinn schwatzst!
Du willst wohl wieder irgendeine Gemeinheit damit sagen.
Schweig, Dummkopf. Aljoscha, laß mich auf deinem Schoß
sitzen, sieh so!« Im Augenblick sprang sie auf und setzte sich
ihm lachend auf die Knie, und wie ein Kätzchen umfaßte
sie mit dem rechten Arm zärtlich seinen Hals. »Ich werde
dich wieder froh machen, du mein gottesfürchtiger Knabe!
Erlaubst du mir wirklich, auf deinem Schoß zu sitzen, bist
du nicht böse? Sag's nur, und ich springe sofort ab.«

Aljoscha schwieg. Er saß da und wagte nicht, sich zu
rühren; er hörte wohl ihre Worte: »Sag's nur, und ich
springe sofort ab«, aber er antwortete ihr nicht, er war
förmlich erstarrt. In ihm ging jedoch nicht etwa das vor
sich, was man wohl hätte erwarten können, oder was Rakitin, der ihn von seinem Platze aus gespannt beobachtete,
annahm. Der große Kummer seiner Seele verschlang alle

übrigen Gefühle, die jetzt in seinem Herzen hätten auftauchen können, und wenn er in diesem Augenblick fähig
gewesen wäre, sich über seine Gefühle Rechenschaft abzulegen, so hätte er sich gestehen müssen, daß er gegenwärtig
gegen jegliche Verführung oder Versuchung gepanzert war.
Nichtsdestoweniger wunderte er sich doch unwillkürlich
über eine neue und sonderbare Empfindung, die mit einem
Male in seinem Herzen auftauchte: Dieses Weib, dieses
»schreckliche« Weib, flößte ihm nicht im geringsten jene
Furcht ein, die ihn früher beim Gedanken an eine Frau
überfallen hatte — wenn jemals einer in seiner Seele aufgetaucht war —, im Gegenteil, diese Frau, die er am meisten
von allen gefürchtet hatte, und die jetzt auf seinem Schoß
saß und ihn umarmt hielt, erweckte in ihm ein ganz anderes,
unerwartetes und besonderes Gefühl, das Gefühl einer ungewöhnlichen, noch nie so empfundenen herzensreinen
Anteilnahme, und alles das ohne jegliche Furcht, ohne den
geringsten, früheren Schrecken. Das war es, was ihn hauptsächlich in Erstaunen setzte.

»Genug jetzt mit dem Unsinnschwatzen«, rief Rakitin
dazwischen, »laß mal lieber Champagner bringen, das ist
jetzt deine Pflicht und Schuldigkeit, wie du selbst am besten
weißt!«

»Du hast recht, ich bin dir jetzt welchen schuldig. Ich
habe ihm doch Champagner für den Fall versprochen, daß
er dich zu mir brächte. Na, dann los, holen wir den Champagner, ich werde mittrinken! Fenja, Fenja, bring den
Champagner, die Flasche, die Mitja hier gelassen hat, schnell!
Wenn ich auch geizig bin, die Flasche gebe ich doch, aber
nicht deinetwegen, Rakitka, du bist bloß ein Giftpilz, er
aber ist ein Prinz! Und wenn auch meine Seele jetzt nicht
dazu aufgelegt ist, einerlei, ich trinke mit euch, auch ich
möchte einmal ausgelassen sein!«

»Was ist denn das für ein Augenblick, und was für eine
,Nachricht' erwartest du denn, wenn man fragen darf, oder
ist das ein Geheimnis?« Rakitin brachte das Gespräch wieder

darauf zurück und gab sich aus allen Kräften den Anschein, als bemerke er die Nasenstüber nicht, die ihm Gruschenka versetzte.

»Ach, warum soll das ein Geheimnis sein, du weißt es doch schon«, sagte Gruschenka unwillig und drehte ihren Kopf zu Rakitin zurück, wobei sie sich ein wenig von Aljoscha abwandte, doch blieb sie auf seinem Schoß sitzen und hielt seinen Hals immer noch umschlungen: »Mein Offizier ist da, mein Offizier kommt!«

»Ich weiß, daß er kommt, aber ist er denn schon hier?«

»In Mókroje ist er; von dort aus wird er mir einen reitenden Boten schicken. Er hat mir geschrieben, vorhin erhielt ich den Brief. Ich sitze jetzt hier und warte auf den Boten.«

»Also das ist's! Warum aber in Mókroje?«

»Das zu erzählen, wäre zu weitläufig, und außerdem genügt das für dich.«

»Und ... und, der Mitjenka, der ... o weh! Weiß er es, oder weiß er es nicht?«

»Ob er's weiß? Nichts weiß er! Wenn er es wüßte, so würde er mich totschlagen! Aber jetzt fürchte ich nichts mehr, nichts, auch sein Messer nicht! Schweig, Rakitka, erinnere mich nicht mehr an Dmitrij Fjodorowitsch: er hat mir das Herz müdgequält. Und ich möchte an all das nicht mehr denken. Hier, an Aljóschachen will ich denken, Aljóschachen will ich ansehen ... Ja, lache nur über mich, mein Täubchen, freue dich über meine Dummheit, über meine Freude, lache nur! Er lächelt, er lächelt! Wie freundlich er mich ansieht! Weißt du, Aljoscha, ich dachte immer, daß du wegen vorgestern ... wegen des Fräuleins ... mir böse bist. Ich war ein Scheusal, ich weiß .. Aber es ist doch gut so, wie es gekommen ist. Und schlecht war es, und gut war es«, sagte Gruschenka nachdenklich lächelnd, und ein harter Zug erschien plötzlich trotz des Lächelns in ihrem Gesicht. »Mitja sagte mir, sie habe geschrien: ‚Peitschen sollte man sie!‘ Ich habe sie gar zu sehr beleidigt. Sie rief mich zu sich, wollte mich besiegen, mit ihrer Schokolade bezaubern . . . Nein, es ist doch gut so, wie es gekommen ist«, sagte sie nochmals und lächelte wieder. »Aber ich fürchte immer noch, daß du böse. .«

»Ja, das ist wahr«, wandte sich Rakitin in ernster Verwunderung an Aljoscha. »Sie fürchtet dich, Aljoscha, dich Kücken!«

»Für dich ist er ein Kücken, Rakitka, weil du kein Gewissen hast! Ich aber liebe ihn von ganzer Seele! Glaubst du mir, Aljoscha, daß ich dich von ganzer Seele liebe?«

»Ach, du schamloses Geschöpf! Nun macht sie dir eine Liebeserklärung, Aljoscha!«

»Und wenn es so wäre, was ist denn dabei, daß ich ihn liebe?«

»Und dein Offizier? Und die goldene Nachricht aus Mókroje?«

»Das ist etwas für sich, und das hier ist auch etwas für sich.«

»Das ist wieder einmal echte Weiberlogik!«

»Ärgere mich nicht, Rakitka«, fiel Gruschenka ihm heftig ins Wort, »das ist etwas ganz anderes! Aljoscha liebe ich auf eine andere Art. Es ist wahr, Aljoscha, früher dachte ich auch mit einem häßlichen Gedanken an dich. Ich bin ja ein niedriges Geschöpf, ein wildes Geschöpf bin ich, aber zuweilen habe ich doch auf dich wie auf mein Gewissen geschaut. Immer habe ich gedacht: Wie muß so einer, wie du, mich schlechtes Geschöpf verachten! Noch vorgestern dachte ich es, als ich von dem Fräulein nach Hause kam. Ich habe schon so lange an dich gedacht, Aljoscha, und Mitja weiß es, ich habe ihm alles gesagt. Mitja versteht das sehr gut. Glaub mir, Aljoscha, manchmal, wenn ich dich ansehe, schäme ich mich, vergehe ich vor Scham . . . Und seit wann ich an dich zu denken angefangen habe, weiß ich nicht einmal, ich erinnere mich dessen nicht mehr . . .«

Fenja trat ein und stellte ein Tablett mit drei gefüllten Champagnergläsern und einer entkorkten Champagnerflasche auf den Tisch.

»Der Champagner ist da!« meldete Rakitin. »Hör' mal, du bist ja heute so erregt, daß du, wenn du ein Glas getrunken hast, womöglich noch zu tanzen anfangen wirst.«

»Pfui, Schweinerei«, rief er aus, als er den Champagner näher betrachtete. »Die Alte hat die Flasche in der Küche entkorkt und den Pfropfen nicht wieder aufgesetzt ... außerdem ist er warm. Nun, meinetwegen, ich trinke ihn auch so.«

Er griff nach einem Glas, stürzte es hinunter und schenkte sich ein zweites ein.

»Champagner bekommt man nicht alle Tage«, sagte er und leckte sich die Lippen —, »nun, Aljoscha, nimm ein Glas und zeige, was du kannst. Worauf sollen wir trinken? Auf das Paradies? Nimm ein Glas, Grúscha, trink auch du aufs Paradies!«

»Warum willst du denn aufs Paradies trinken?«

Sie nahm ein Glas, auch Aljoscha nahm das seinige, trank aber keinen Schluck und stellte es wieder zurück.

»Nein, es ist besser, ich trinke nicht«, sagte er leise lächelnd.

»So hast du nur geprahlt!« rief Rakitin sofort höhnisch lachend.

»Wenn er nicht trinkt, will ich auch nicht trinken«, sagte Gruschenka, »und ich will auch gar nicht ... Trink du allein, Rakitka, die ganze Flasche schenke ich dir. Wenn Aljoscha trinkt, dann werde auch ich trinken, sonst aber nicht.«

»Sind das aber Kälberzärtlichkeiten!« schimpfte Rakitin voll Hohn. »Dabei sitzest du noch auf seinem Schoß! Er hat wenigstens einen Kummer, was aber hast du? Er revoltiert gegen seinen Gott, er wollte sogar schon Wurst essen...«

»Wieso?«

»Sein Staretz ist doch heute gestorben, Staretz Sossima, der Heilige!«

»Der Staretz Sossima ist gestorben?« fragte Gruschenka betroffen, »Herrgott, und ich wußte es nicht!« Sie bekreuzte sich andächtig. »Gott, und was tue ich ... ich ... ich sitze auf seinem Schoß!« fuhr sie plötzlich erschrocken auf. Sofort sprang sie von seinen Knien und setzte sich auf den Diwan.

Aljoscha sah sie lange und erstaunt an: in seinem Gesicht schien etwas aufzuleuchten.

»Rakitin«, sagte er plötzlich mit lauter und fester Stimme, »spotte nicht, daß ich mich gegen meinen Gott empöre. Ich möchte gegen dich keinen Groll hegen, darum sei auch du besser. Ich habe einen Schatz verloren, wie du nie einen besessen hast, und du kannst darum auch nicht über mich urteilen. Sieh lieber einmal her auf sie: Hast du bemerkt, wie sie mich geschont hat? Ich kam hierher und dachte, eine böse Seele zu finden —, und es zog mich hierher, weil ich selbst schlecht und böse war. Statt dessen habe ich eine aufrichtige Schwester ... eine liebende Seele gefunden ... Sie hat mich gleich geschont ... Agraféna Alexándrowna, ich spreche von dir. Du hast meine Seele wieder aufgerichtet.«

Aljoschas Lippen bebten, und sein Atem stockte. Er hielt inne.

»Das wäre ja beinahe, als ob sie dich gerettet hätte!« Rakitin lachte boshaft auf. »Dabei wollte sie dich doch fressen, weißt du denn das nicht?«

»Schweig, Rakitka!« Gruschenka sprang plötzlich auf, »schweigt alle beide! Jetzt werde ich alles sagen! Du, Aljoscha, schweige, denn bei deinen Worten packt mich die Scham, weil ich schlecht und nicht gut bin —, siehst du, so ist es! Und du, Rakitin, schweig, denn du lügst ja doch nur. Ich hatte einmal, das ist wahr, den schlechten Gedanken, ihn zu ‚fressen‘, wie du sagst, aber jetzt lügst du, jetzt ist das nicht mehr der Fall ... Und daß ich jetzt von dir kein Wort mehr höre, Rakitka!«

Gruschenka sagte es in außergewöhnlicher Erregung.

»Ihr seid beide nicht recht gescheit!« schimpfte Rakitin, der bald sie, bald Aljoscha verwundert ansah. »Ihr habt ja vollständig den Verstand verloren! Ich bin, wie's scheint, hier in ein Irrenhaus geraten. Es wird nicht mehr lange dauern, und ihr werdet zu weinen anfangen!«

»Ja, ich werde weinen, werde weinen!« sagte Gruschenka. »Er hat mich seine Schwester genannt, und das werde ich ihm nie vergessen! Aber sieh, Rakitka, wenn ich auch schlecht bin, so habe ich doch vielleicht ein Zwiebelchen verschenkt!«

»Was für ein Zwiebelchen? — Pfui Teufel, die sind ja faktisch beide übergeschnappt!«

Rakitin wunderte sich über ihre tiefe Erregtheit und fühlte sich gekränkt, obgleich er eigentlich hätte einsehen können, daß sowohl bei Gruschenka wie bei Aljoscha alles, was ihre Seelen zutiefst erschüttern konnte, nun am gleichen Tage zusammentraf, wie das nicht oft im Leben geschieht. Rakitin, der sonst sehr empfindlich in allem war, was ihn selbst betraf, war sehr plump im Verständnis für die Empfindungen und Gefühle seiner Nächsten, teilweise wohl aus jugendlicher Unerfahrenheit, teilweise aber auch aus großem Egoismus.

»Siehst du, Aljoschachen«, sagte Gruschenka nervös auf-lachend, und sie wandte sich wieder zu ihm, »ich prahle vor Rakitka, daß ich ein Zwiebelchen geschenkt habe, vor dir aber werde ich nicht damit prahlen, dir werde ich es aus einem anderen Grunde erzählen. Es ist nur eine Legende, aber eine gute; ich habe sie bereits als Kind gehört, von meiner Ma-trjóna, die noch jetzt bei mir als Köchin dient.

Also: Es lebte einmal ein altes Weib, das war sehr, sehr böse und starb. Diese Alte hatte in ihrem Leben keine ein-zige gute Tat vollbracht. Da kamen denn die Teufel, ergriffen sie und warfen sie in den Feuersee. Ihr Schutzengel aber stand da und dachte: Kann ich mich denn keiner einzigen guten Tat von ihr erinnern, um sie Gott mitzuteilen? Da fiel ihm etwas ein, und er sagte zu Gott: ‚Sie hat einmal‘, sagte er, ‚in ihrem Gemüsegärtchen ein Zwiebelchen herausgerissen, und es einer Bettlerin geschenkt.‘ Und Gott antwortete ihm: ‚Dann nimm‘, sagte er, ‚dieses selbe Zwiebelchen, und halte es ihr hin in den See, so daß sie es zu ergreifen vermag, und wenn du sie daran aus dem See herausziehen kannst, so möge sie ins Paradies eingehen, wenn aber das Pflänzchen abreißt, so soll sie bleiben, wo sie ist.‘ Der Engel lief zum Weibe und hielt ihr das Zwiebelchen hin: ‚Hier‘, sagte er zu ihr, ‚faß an, wir wollen sehen, ob ich dich herausziehen kann!‘ Und er begann vorsichtig zu ziehen — und hatte sie beinahe schon ganz herausgezogen, aber da bemerkten es die anderen Sünder im See, und wie sie das sahen, klammerten sie sich alle an sie, damit man auch sie mit ihr zusammen herauszöge. Aber das Weib war böse, sehr böse und stieß sie mit den Füßen zurück und schrie: ‚Nur mich allein soll man herausziehen und nicht euch, es ist mein Zwiebelchen und nicht eures!‘ Wie sie aber das ausgesprochen hatte, riß das kleine Pflänzchen entzwei. Und das Weib fiel in den Feuersee zurück und brennt dort noch bis auf den heutigen Tag. Der Engel aber weinte und ging davon.

So lautet die Legende, Aljoscha, und ich habe sie Wort für Wort auswendig behalten, weil ich selbst dieses sehr, sehr böse Weib bin. Vor Rakitka prahlte ich, daß ich ein Zwiebelchen verschenkt hätte, aber dir sage ich etwas anderes: Ich habe in meinem ganzen Leben *nur* ein Zwiebelchen verschenkt, und das ist die einzige gute Tat, die ich vollbracht habe. Lobe mich nicht, Aljoscha, halte mich nicht für gut, ich bin schlecht und sehr, sehr böse, und wenn du mich lobst, muß ich mich schämen. Ach, jetzt bereue ich schon alles! Weißt du, Aljoscha, ich habe dermaßen gewünscht, dich zu mir heranzulocken, daß ich Rakitka keine Ruhe gelassen habe, daß ich ihm fünfundzwanzig Rubel versprochen habe, wenn er dich zu mir brächte. Warte, Rakitka, schweig!« Sie ging mit raschen Schritten zum Tisch, zog ein Schubfach heraus, suchte nach ihrer Börse und entnahm ihr einen Fünfundzwanzigrubelschein.

»Was fällt dir ein! Bist wohl ganz verrückt geworden!« Rakitin war nicht wenig verdutzt.

»Nimm nur, Rakitka, das schulde ich dir, wirst es doch nicht abschlagen, hast ja selbst soviel verlangt!« Und sie warf ihm den Schein zu.

»Warum denn schließlich abschlagen«, brummte Rakitin, tapfer bemüht, seine Verlegenheit zu verbergen. »Das kommt mir sogar sehr gelegen. Die Dummköpfe sind ja doch nur zur Ausnutzung für die Klugen da.«

»Aber jetzt schweige, Rakitka, jetzt werde ich etwas erzählen, was nicht für deine Ohren bestimmt ist. Setze dich dorthin in den Winkel und schweige; du liebst uns nicht, das weiß ich, so schweige denn!«

»Wofür sollte ich euch denn lieben? — verdammt noch mal!« schimpfte Rakitin, ohne seine Wut zu verbergen. Den Fünfundzwanzigrubelschein steckte er in die Tasche, schämte sich aber doch sehr vor Aljoscha. Er hatte damit gerechnet, diesen Lohn nachher zu erhalten, so daß Aljoscha gar nichts davon erfahren hätte. Darum war er jetzt so wütend. Bis dahin hatte er noch für ratsam gefunden, Gruschenka nicht zu sehr zu widersprechen, trotz aller Zurechtweisungen, die sie ihm erteilte und die nur zu deutlich verrieten, daß sie über ihn eine gewisse Macht hatte. Jetzt aber tat er sich keinen Zwang mehr an.

»Wenn man liebt, so muß man eine Veranlassung dazu haben, was aber habt ihr beide denn für mich getan?«

»Man muß auch für nichts und wieder nichts lieben können, so wie Aljoscha liebt.«

»Wieso liebt er dich denn, und was hat er dir denn getan, daß du damit so prahlst?«

Gruschenka stand mitten im Zimmer und sprach erregt; in ihrer Stimme klang schon ein hysterischer Ton.

»Schweig, Rakitka, du verstehst nichts von uns! Und wage es nicht, mich *Du* zu nennen, ich erlaube es dir nicht, — seit wann hast du dir diese Frechheit überhaupt herausgenommen? Sitz in der Ecke und schweige, du bist mein Lakai! Aber dir, Aljoscha, werde ich jetzt über mich die lautere Wahrheit sagen, damit du weißt, was für ein niedriges Geschöpf ich bin! Nicht Rakitka, sondern dir werde ich es sagen. Ich wollte dich verderben, Aljoscha, das ist die ganze Wahrheit; so sehr wollte ich es, daß ich Rakitka mit Geld bestach, damit er dich herbrächte. Und weißt du, warum ich das so sehr wollte? Du, Aljoscha, wußtest nichts davon, du wandtest dich von mir ab oder senktest die Augen, wenn du an mir vorübergingst, ich aber schaute dir nach und fing an, alle über dich auszufragen. Dein Gesicht aber behielt ich in meinem Herzen: ‚Er verachtet mich, er will mich nicht einmal ansehen', dachte ich. Und es überkam mich zuletzt ein Gefühl, über das ich mich selbst wunderte. Warum fürchtete ich so einen jungen Knaben? Ach was, ich werde ihn einfach ‚fressen' und ihn dann nachher auslachen. Ich wurde zuletzt ganz wütend. Glaubst du, niemand hier wagt zu sagen, daß man Agrafena Alexandrowna mit schlechten Absichten kommen darf; ich habe dort meinen Alten, an ihn bin ich auf ewig gebunden und verkauft; der Satan hat uns getraut, aber sonst — niemand! Als ich dich aber sah, entschloß ich mich — dich zu verschlingen. Und so wollte ich dich denn fressen und dich hinterher auslachen. Siehst du, was für ein wildes Tier ich bin, ich, die du deine Schwester genannt hast! Siehst du, und jetzt ist mein Verführer gekommen, der mich entehrt hat; ich sitze jetzt hier und warte auf eine Nachricht von ihm. Weißt du aber auch, was jener für mich bedeutet? Fünf Jahre sind jetzt vergangen, vor fünf Jahren brachte mich Kusjmá her, — und so lebte ich denn hier und versteckte mich vor allen Leuten, damit sie mich nicht sahen und nichts von mir hörten; ein mageres, dummes Gänschen war ich! Da saß ich nun und weinte, und schlief die Nächte nicht und dachte: ‚Wo mag er jetzt sein, mein Verführer? Er lacht jetzt wohl mit der anderen über mich! Wenn ich ihn doch nur einmal sehen, ihm begegnen könnte! Dann würde ich es ihm aber heimzahlen, ja, dann würde ich es ihm bezahlen!' Nachts, in der Dunkelheit, schluchzte ich in mein Kissen und dachte unablässig daran, zerriß mein Herz und tränkte es mit verzweifelter Wut: ‚Ich werde es ihm aber heimzahlen, ich werde es ihm schon heimzahlen!' So war es, so schrie ich in der Finsternis. Ja, wenn ich mir aber plötzlich vorstellte, daß ich ihm nichts würde antun können, und daß er jetzt vielleicht über mich lacht oder überhaupt nicht mehr an mich denkt und mich ganz vergessen hat, dann warf ich mich aus dem Bett auf den Fußboden und zitterte und wälzte mich vor ohnmächtiger Wut und vor ohnmächtigen Tränen! Am nächsten Morgen stehe ich auf, böser als ein Hund, und wäre froh, die ganze Welt verschlingen zu können. Darauf, was denkst du wohl, habe ich angefangen, mir ein Kapital zusammen zu scharren, ich wurde unbarmherzig und gleichgültig gegen alles, mein Körper nahm zu und wurde schön — glaubst du aber, daß ich auch an Vernunft zunahm? Haha! Niemand auf der ganzen Welt weiß oder sieht was von mir! Und wenn die nächtliche Dunkelheit anbricht, liege ich wieder so da wie als kleines, dummes Mädchen vor fünf Jahren, auf meinem Bett und knirsche mit den Zähnen und weine die ganze Nacht: ‚Ich werde ihm schon, ich werde ihm schon ...!‘ denke ich dann wieder. Hast du jetzt alles gehört? Nun, wirst du mich aber auch jetzt verstehen, wenn ich dir sage, daß mir, als ich vor einem Monat plötzlich von ihm einen Brief erhielt, mit der Nachricht, daß er kommt, daß er Witwer ist und mich wiedersehen möchte —, daß es mir da einfach den Atem verschlug! Herrgott, denke ich plötzlich: also er kommt und pfeift mir, ruft mich, und ich krieche wieder zu ihm wie ein geschlagenes Hündchen, das sich schuldig fühlt! So denke ich bei mir und traue mir selbst nicht: ‚Bin ich wirklich so erbärmlich, oder bin ich es nicht, werde ich zu ihm laufen, oder werde ich nicht zu ihm laufen!‘ Und es packte mich eine Wut auf mich selbst, die mich den ganzen Monat nicht verließ, schlimmer noch als vor fünf Jahren! Siehst du jetzt, Aljoscha, was ich für eine Wütende, Rasende bin?! Die ganze Wahrheit habe ich dir soeben gesagt. Mit Mitja habe ich mich nur deshalb amüsiert, um nicht an jenen zu denken. Schweig, Rakitka, du hast nicht über mich zu urteilen, nicht dir habe ich es erzählt. Ich habe jetzt, bevor ihr kamt, hier gelegen, habe gewartet und nachgedacht — und mein Schicksal entschieden, und niemals werdet ihr erfahren, was in meinem Herzen vorging. Nein, Aljoscha, sage deinem Fräulein, daß sie mir wegen vorgestern nicht böse sein soll! ... Niemand auf der ganzen Welt weiß, wie mir jetzt zumute ist, und wer könnte es denn auch wissen! ... Denn vielleicht werde ich heute dorthin ein Messer mitnehmen, ich habe noch nicht entschieden ...«

Als Gruschenka das ausgesprochen hatte, auch dieses letzte, ihre ganze Qual verratende Wort, da konnte sie nicht mehr an sich halten: sie vergrub ihr Gesicht in den Händen, warf sich auf den Diwan in die Kissen und weinte wie ein kleines Kind. Aljoscha erhob sich von seinem Platz und ging zu Rakitin.

»Mischa«, sagte er, »sei nicht böse. Du bist von ihr beleidigt worden, sei aber nicht böse. Hast du gehört, was sie gesagt hat? Man kann von der Seele des Menschen nicht zu viel verlangen, man muß barmherziger sein.«

Aljoscha kamen diese Worte ganz von selbst über die Lippen. Er mußte unwiderstehlich seinem Herzen Luft machen, und darum wandte er sich an Rakitin. Auch wenn Rakitin nicht dagewesen wäre, so hätte er sie trotzdem ausgerufen. Rakitin sah ihn aber spöttisch an, und Aljoscha hielt plötzlich inne.

»Du bist heute mit deinem Staretz geladen, und jetzt schießt du ihn auf mich ab, du Gottesknecht Aljóschachen!« sagte Rakitin mit haßerfülltem Lächeln.

»Spotte nicht, Rakitin, lache nicht so und sprich nicht vom Verstorbenen: er stand höher als je ein Mensch auf Erden!« stieß Aljoscha mit Tränen in der Stimme hervor. »Ich wollte nicht wie ein Richter zu dir sprechen, sondern als der Letzte aller Angeklagten. Wer bin ich neben ihr? Ich kam hierher, um ins Verderben zu gehen, und sagte mir: ‚Meinetwegen, meinetwegen, mir soll's recht sein!' so kleinmütig war ich geworden. Sie aber hat nach fünf Jahren Qual, kaum daß jemand kam und ihr ein herzliches Wort sagte, alles verziehen, alles vergessen, und weint! Ihr Beleidiger ist zurückgekehrt und ruft sie, und sie verzeiht ihm alles, eilt freudig zu ihm und wird das Messer nicht mitnehmen, nein, wird es nicht mitnehmen! Ich bin nicht so. Ich weiß nicht, ob du auch so bist, Mischa, aber ich bin nicht so. Ich habe heute, soeben, eine Lehre von ihr erhalten ... Sie ist in ihrer Liebe größer als wir ... Hast du auch früher schon dasselbe von ihr gehört, was sie soeben gesagt hat? Nein, du hast es nicht gehört;

wenn du es gehört hättest, so hättest du schon längst alles verstanden ... auch die andere Beleidigte, von vorgestern, sollte ihr verzeihen! Und sie wird ihr verzeihen, sobald sie es erfährt ... und sie wird es erfahren ... Diese Seele ist noch nicht ausgesöhnt, man muß sie schonen ... in einer solchen Seele kann ein Schatz enthalten sein ...«

Aljoscha verstummte, da ihm der Atem ausging. Rakitin sah ihn trotz seiner Wut verwundert an. Niemals hätte er dem stillen Aljoscha einen solchen Worterguß zugetraut.

»Du entpuppst dich ja als großer Advokat! Hast dich wohl in sie verliebt, wie? Agrafena Alexandrowna, unser Faster hat sich ja wirklich in dich verliebt, du hast ihn besiegt!« schrie er mit frechem Lachen.

Gruschenka hob ihren Kopf aus den Kissen und sah Aljoscha mit einem gerührten Lächeln an, das ihr tränengeschwollenes Gesicht erhellte.

»Laß ihn, Aljoscha, mein Cherub! Da siehst du, wie er ist, du hast dich an den Rechten gewandt. Ich wollte dich, Michail Iwánowitsch«, sagte sie zu Rakitin, »um Verzeihung bitten, weil ich dich gekränkt habe, aber jetzt will ich es nicht mehr tun. Aljoscha, komm zu mir, setz dich her zu mir«, rief sie ihn mit glücklichem Lächeln zu sich. »Sieh, so, setze dich hier her, sage du mir (sie ergriff seine Hand und sah ihm lächelnd ins Gesicht), sage du mir: Liebe ich ihn, oder liebe ich ihn nicht? Meinen Beleidiger, meine ich, liebe ich ihn, oder liebe ich ihn nicht? Ich lag hier, bevor ihr kamt, allein in der Dunkelheit und fragte mein Herz: liebe ich ihn, oder liebe ich ihn nicht? Entscheide du, Aljoscha, jetzt ist es Zeit, wie du bestimmst, so soll es sein. Soll ich ihm vergeben, oder soll ich ihm nicht vergeben?«

»Du hast ihm doch schon vergeben«, sagte Aljoscha lächelnd.

»Ja, sofort habe ich ihm vergeben«, entgegnete Gruschenka sinnend. »Was für ein niedriges Herz! Ich trinke auf mein niedriges Herz!« Sie ergriff ihr Glas, leerte es bis auf den Grund, hob es in die Höhe und warf es mit Wucht zu Boden.

Die Scherben klirrten. Ihr Lächeln war grausam in diesem Augenblick.

»Vielleicht habe ich ihm aber doch noch nicht vergeben!« sagte sie drohend wie zu sich selbst, und ihr Blick haftete am Boden. »Vielleicht hat mein Herz erst angefangen zu vergeben. Ich kämpfe ja noch mit meinem Herzen. Ich, siehst du, Aljoscha, ich habe die Tränen meiner Qual in den fünf Jahren liebgewonnen... Vielleicht liebe ich nur mein Leid, meine Kränkung, und liebe *ihn* überhaupt nicht!«

»Na, ich möchte jetzt nicht in seiner Haut stecken!« meinte Rakitin zynisch.

»Und wirst auch nie in seiner Haut stecken, Rakitka, nie! Du wirst mir Schuhe nähen, Rakitka, dazu kann ich dich gebrauchen, aber solch eine wie ich wirst du niemals auch nur zu sehen bekommen. Ja, und vielleicht auch er nicht...«

»Er? Warum hast du dich denn so aufgeputzt?« stichelte Rakitin bissig.

»Wirf mir nicht den Aufputz vor, Rakitka, du kennst mein Herz noch nicht! Wenn ich mag, reiße ich ihn ab, zerreiße ihn sofort, im Augenblick!« rief sie mit gereizter, heller Stimme. »Du weißt ja gar nicht, wozu diese Herrichtung dienen soll, Rakitka! Vielleicht gehe ich zu ihm nur, um zu sagen: ,Hast du mich schon so gesehen oder noch nicht?' Er hat mich doch als siebzehnjährige schmächtige, armselige Heultrine zurückgelassen. Da werde ich mich denn zu ihm setzen, ihn berücken und entflammen: ,Hast du nun gesehen, wie ich jetzt bin?' werde ich ihn fragen, ,nun, und dabei bleibt es, mein werter Herr, kannst dir die Lippen lecken, mehr gibt es nicht!' Siehst du, wozu diese Herrichtung vielleicht noch dienen kann, Rakitka!« schloß Gruschenka mit einem bösen kleinen Auflachen. »Ich bin doch eine Rasende, Aljoscha, bin jähzornig! Ich könnte mein Gewand zerreißen, mich verstümmeln, meine Schönheit zerstören, mein Gesicht verbrennen, mit dem Messer zerschneiden und betteln gehen! Wenn ich mag, so gehe ich jetzt nirgendwohin und zu niemandem und schicke morgen Kusjma alles zurück, was er

mir geschenkt hat, und alles Geld, und gehe hin, um mein
ganzes Leben lang Taglöhnerin zu sein! ... Du denkst wohl,
daß ich es nicht tun würde, Rakitka, nicht wagen würde, das
zu tun? Ich tu's, ich tu's, sofort werd ich es tun, reizt mich
nur nicht ... jenen aber jage ich weg, mit langer Nase ...
der soll mir nicht mehr vor die Augen kommen!«

Die letzten Worte schrie sie schon hysterisch, völlig außer
sich, und wieder konnte sie sich nicht beherrschen, schlug
die Hände vors Gesicht, warf sich aufs Kissen und erzitterte
von neuem vor Schluchzen. Rakitin erhob sich von seinem
Platz.

»Es ist Zeit«, sagte er, »es ist schon spät, man wird uns
nicht mehr ins Kloster einlassen.«

Gruschenka sprang im Nu auf.

»Ist es möglich, daß du schon fortgehn willst, Aljoscha!«
rief sie in trauriger Bestürzung: »Was hast du jetzt aus mir
gemacht? Du hast alles in mir wachgerufen, hast mein Herz
zerrissen und nun — wieder diese Nacht, in der ich wieder
allein zurückbleiben muß!«

»Er kann doch nicht bei dir nächtigen? Doch wenn du es
willst — meinetwegen! Ich werde dann allein fortgehen«,
witzelte Rakitin wieder in seiner häßlichen Weise.

»Schweig, du böse Seele«, schrie Gruschenka wütend, »niemals hast du mir solche Worte gesagt, wie Aljoscha sie heute
zu mir gesprochen hat!«

»Was hat er dir denn gesagt?« erkundigte sich Rakitin
gereizt.

»Ich weiß nicht mehr was, ich kann dir nicht sagen, was
er gesagt hat, aber mein Herz hat es gefühlt, er hat mir das
Herz um- und umgedreht ... Er hat mit mir als erster und
einziger Mitleid gehabt, siehst du, das ist es! Warum bist du,
mein Cherub, nicht früher zu mir gekommen!« Sie fiel wie
außer sich vor ihm auf die Knie nieder. »Ich habe mein
Lebelang solch einen wie dich erwartet, gerade daß so einer
wie du kommen und mir alles verzeihen werde! Und ich
habe geglaubt, daß irgend jemand auch mich lieben wird,

mich Schlechte, und nicht nur um den Preis meiner Schande.«

»Was habe ich dir denn Gutes getan?« fragte Aljoscha gerührt lächelnd, beugte sich zu ihr nieder und erfaßte zärtlich
ihre beiden Hände: »Nur ein Zwiebelchen habe ich dir gegeben, nur ein kleines Zwiebelchen, und nur das, nur, nur
das! ...«

Und als er das gesagt hatte, rollten ihm selbst die Tränen
über die Wangen. In diesem Augenblick hörte man im Flur
ein Geräusch: jemand trat ins Vorzimmer; Gruschenka sprang
auf vor Schreck. Fenja stürzte mit Lärm und Geschrei ins
Zimmer.

»Herrin, Täubchen, der Bote ist angekommen!« rief sie
freudig. »Ein Wagen aus Mókroje ist gekommen, Timoféi
mit einer Troika, sofort werden die Pferde gewechselt ...
Ein Brief, ein Brief, hier ist der Brief!«

Sie hielt den Brief in der Hand und wedelte mit ihm die
ganze Zeit in der Luft. Gruschenka riß ihr den Brief aus der
Hand und trat zum Licht. Es war nur ein Zettelchen, einige
Zeilen; in einem Augenblick hatte sie es gelesen.

»Er ruft mich!« sagte sie erbleichend, und ihr Gesicht verzog sich zu einem schmerzlichen Lächeln, »er pfeift! Nun
kriech heran, Hündchen!«

Aber nur einen Augenblick stand sie unentschlossen da;
plötzlich schoß ihr das Blut heiß in die Wangen, und ihre
Augen flackerten auf.

»Ich fahre!« rief sie aus. »Meine fünf Jahre! Lebt wohl!
Leb wohl, Aljoscha, mein Schicksal ist entschieden ... Fort
mit euch, fort, alle, damit ich euch nicht mehr sehe! ... Gruschenka beginnt ihren Flug ins neue Leben ... Auch du, Rakitka, gedenke meiner nicht im bösen. Vielleicht gehe ich in
den Tod! Ach! Ich bin ja wie betrunken!«

Sie verließ sie plötzlich und lief in ihr Schlafzimmer.

»Nun, jetzt hat sie keine Zeit mehr für uns«, brummte
Rakitin. »Gehen wir, sonst beginnt womöglich wieder dieses
Weibergeschrei. Diese hysterischen Tränen sind mir schon
zum Ekel ...«

Aljoscha ließ sich mechanisch hinausführen. Auf dem Hof stand ein Wagen: man spannte die Pferde aus, machte sich geschäftig am Wagen zu tun, eine Laterne wurde hin und her getragen. Durch das offene Hoftor wurden gerade die frischen drei Pferde geführt. Kaum aber waren Aljoscha und Rakitin auf die Treppe hinausgetreten, als sich Gruschenkas Schlafzimmerfenster öffnete, und sie mit heller Stimme Aljoscha nachrief:

»Aljóschachen, grüße deinen Bruder Mítjenka, und bitte ihn, daß er meiner nicht im bösen gedenke. Tu's mit diesen Worten: ‚Ein Schuft hat Gruschenka bekommen, und nicht du, der Edelmann!' Ja, und füge auch noch hinzu, daß ihn Gruschenka ein Stündchen lang geliebt hat, im ganzen vielleicht ein Stündchen lang geliebt — und daß er sich an dieses Stündchen sein ganzes Leben lang erinnern soll, so habe Gruschenka gesagt ... sein ganzes Leben lang! ...«

Ihre Stimme ging in Schluchzen über. Das Fenster wurde zugeschlagen.

»Hm, hm!« machte Rakitin und lachte dann auf. — »Deinem Bruder Mitjenka versetzt sie damit den Todesstoß, und dazu befiehlt sie ihm noch, sein ganzes Leben lang daran zu denken! Was ist das doch für eine ... Freßlust!«

Aljoscha antwortete nichts darauf, ganz als hätte er überhaupt nichts gehört. Er ging schnell neben Rakitin her, wie wenn er Eile hätte. Er war in tiefes Nachdenken versunken und ging ganz mechanisch. Rakitin fühlte plötzlich einen Stich in seinem Inneren, als wenn eine frische Wunde von einem Finger berührt worden wäre. Er hatte etwas ganz anderes vorhin erwartet, als er Aljoscha zu Gruschenka führte; und nun hatte sich dieses so ganz Unerwartete ereignet. Nein, nicht das hatte er gewünscht!

»Ihr Offizier ist ein Pole«, sagte er schließlich, noch an sich haltend, »und jetzt ist er nicht einmal mehr Offizier, sondern bloß ein Zollbeamter, hat in Sibirien gedient, irgendwo dort an der chinesischen Grenze. Offenbar ein jämmerliches Polenkerlchen. Er habe seine Stellung verloren, sagt man ... Er hat nun gehört, daß Gruschenka ein Vermögen haben soll, und da ist er denn zurückgekehrt. Das ist das ganze Wunder.«

Aljoscha schien wieder nicht zuzuhören. Rakitin fuhr fort: »Nun, was, hast du eine Sünderin bekehrt?« fragte er boshaft lachend. »Eine Verirrte auf den Weg der Wahrheit geführt. Die sieben Teufel ausgetrieben etwa? Da haben sich ja eure erwarteten Wunder erfüllt!«

»Hör' auf, Rakitin«, unterbrach ihn Aljoscha gequält.

»Jetzt verachtest du mich wohl wegen der fünfundzwanzig Rubel? Habe sozusagen den Freund verkauft ... Du bist aber doch nicht Christus, und ich nicht Judas ...«

»Ach, Rakitin, ich versichere dir, ich hatte das schon ganz vergessen«, sagte Aljoscha, »du hast mich jetzt erst daran erinnert ...«

Da aber wurde Rakitin grob vor Wut.

»Hol' euch alle und jeden der Teufel!« brüllte er, »Verdammt noch mal! Wozu habe ich mich mit dir überhaupt abgegeben! Möchte dich von Stund an nicht mehr kennen! Geh' allein ins Kloster, dorthin gehörst du!«

Und er kehrte sich auf dem Absatz um und bog in eine andere Straße ein. Aljoscha blieb in der Dunkelheit allein stehen. Er trat aus der Stadt hinaus und ging übers Feld auf das Kloster zu.

IV

Die Hochzeit zu Kana in Galiläa

Nach den Klosterbegriffen war es schon sehr spät, als Aljoscha bei der Einsiedelei anlangte; der Pförtner ließ ihn auf einem besonderen Wege ein. Es hatte schon neun Uhr geschlagen, die Stunde der Ruhe und Entspannung nach einem für alle so aufregenden Tage. Schüchtern öffnete Aljoscha die Tür und trat in die Klause des Staretz, wo jetzt sein Sarg stand. Außer Pater Païssij, der einsam am Sarge die Evangelien las, und dem jungen Novizen Porfírij, der, müde von der gestrigen nächtlichen Unterhaltung und von den heutigen Aufregungen, im anderen Zimmer auf dem Fußboden in festem, jugendlichem Schlafe lag, war niemand in der Klause. Pater Païssij hatte wohl gehört, daß Aljoscha eingetreten war, doch blickte er nicht einmal auf. Aljoscha ging von der Tür rechts in die Ecke, kniete nieder und fing an zu beten. Seine Seele war übervoll, aber es waren nur trübe, unklare Empfindungen in ihm, von denen keine sich klärte, sondern die eine verdrängte die andere, wie in stillem, gleichmäßigem Kreislauf. Im Herzen aber war ihm süß und sonderbar zumut, und er wunderte sich nicht einmal darüber. Wieder sah er vor sich den Sarg, und in ihm seinen teuren Toten. In seiner Seele fühlte er nicht mehr wie am Morgen das quälende, nagende Leid. Gleich beim Eintritt fiel er vor dem Sarge wie vor einem Heiligtum in die Knie, doch Freude, Freude war in seinem Herzen und in seinen Gedanken. Das eine Fenster der Zelle stand offen, und es war eine frische, kalte Luft im Zimmer. »So muß denn der Geruch noch stärker geworden sein, wenn man das Fenster geöffnet hat«, dachte Aljoscha. Doch dieser Gedanke an den Verwesungsgeruch, der ihm noch vor kurzem so schrecklich und entehrend erschienen war, erweckte in ihm keine Trauer mehr und keinen Unwillen. Er begann, leise zu beten, bald aber fühlte er selbst, daß er nur mechanisch betete. Bruchstücke von Gedanken tauchten in seiner Seele auf, erglühten wie Sternschuppen und erloschen wieder und machten anderen Platz. In seiner Seele aber erhob sich etwas Ganzes, Festes, Tröstendes, und er wurde sich dessen immer mehr bewußt. Von Zeit zu Zeit fing er von neuem leidenschaftlich ein Gebet an, denn er wollte danken und lieben ... Doch kaum hatte er das Gebet begonnen, so gingen seine Gedanken auch schon auf etwas anderes über, er verfiel in Nachdenken, vergaß das Gebet und auch das, was es unterbrochen hatte. Er fing an zuzuhören, was Pater Païssij las, aber den Ermüdeten überkam allmählich der Schlaf.

» ... „*Und am dritten Tage war eine Hochzeit zu Kana in Galiläa*«, las Pater Païssij, *»und die Mutter Jesu war da. Jesus aber und seine Jünger waren auch auf die Hochzeit geladen"* ...«

»Hochzeit? Was ist das ... eine Hochzeit ...«, ging es wie ferner Glockenklang durch Aljoschas Gedanken. » ... Auch sie ist voll Glück auf ein Fest gefahren ... Nein, sie hat das Messer nicht mitgenommen, nein, sie hat es nicht ... Das war nur ein verzweifeltes Wort ... solche Worte muß man durchaus verzeihen, durchaus. Sie erleichtern die Seele ... Ohne sie wäre es den Menschen zu schwer, ihr Leid zu tragen ... Rakitin bog in eine Querstraße ein. Er wird noch jetzt an die Kränkungen denken ... er wird immer eine Querstraße gehen ... Aber der Weg ... der Weg ist doch groß, gerade und hell, kristallrein, und die Sonne am Ende des Weges ... Wie? ... Was liest er?«

» ... „*Und da es an Wein gebricht, spricht die Mutter Jesu zu ihm: Sie haben keinen Wein"* ...«, hörte Aljoscha ihn lesen.

»Ach ja, ich habe da etwas überhört, und wollte es doch nicht, ich liebe diese Stelle so. Die Hochzeit zu Kana, das erste Wunder ... Ach, dieses Wunder, dieses herrliche Wunder! Nicht das Leid, nein, die Freude der Menschen suchte Jesus auf, als er sein erstes Wunder vollbrachte, zur Freude verhalf er ihnen. ‚Wer die Menschen liebt, der liebt auch ihre Freude‘, — das wiederholte der Verstorbene immer, diesen Ausspruch habe ich am häufigsten von ihm gehört ... Ohne Freude kann man nicht leben, sagt Mitja ... ja, Mitja ... Alles, was aufrichtig und schön ist, das ist voll von Allverzeihung und Vergebung: das hat auch wieder Er gesagt ...«

» ... *»Jesus spricht zu ihr: Weib, was habe ich mit dir zu schaffen? Meine Stunde ist noch nicht gekommen. Seine Mutter spricht aber zu den Dienern: Was er euch sagt, das tut"* ...«

»Das tut ... Freude, Freude für die armen Menschen ... Selbstverständlich waren sie arm, wenn es ihnen sogar zur Hochzeit an Wein gebrach ... Die Historiker schreiben ja, daß

am See Genezareth und an allen jenen Orten die ärmste Bevölkerung gelebt habe, die man sich nur denken kann... Und
noch ein anderes großes Herz eines anderen großen Wesens,
das Herz seiner Mutter wußte, daß er nicht nur wegen seiner
großen Tat gekommen war, sondern daß seinem Herzen auch
die einfältige, von Herzen kommende Freude irgendwelcher
kleinen, geringen, aber treuherzigen Leute, die ihn freundlich
zu ihrer Hochzeit geladen hatten, zugänglich ist. „Meine
Stunde ist noch nicht gekommen", sagt er mit stillem Lächeln
(sicherlich hat er still gelächelt) ... Ja, ist er denn wirklich
darum auf die Welt gekommen, um auf den Hochzeiten
Armer den Wein zu vermehren? Aber er ist doch zu ihrer
Hochzeit gegangen und hat es auf ihre Bitte hin getan ...
Ach so, er liest wieder ...«

»... „Und Jesus spricht zu ihnen: Füllet die Krüge mit
Wasser. Und sie füllten sie bis obenan.
Und er spricht zu ihnen: Schöpfet nun und bringet es dem
Speisemeister. Und sie brachten es.
Als aber der Speisemeister den Wein kostete, der Wasser
gewesen war, und wußte nicht, von wannen er kam (die
Diener aber wußten es, die das Wasser geschöpft hatten), ruft
der Speisemeister den Bräutigam.
Und spricht zu ihm: Jedermann gibt zum ersten guten
Wein, und wenn sie trunken sind, alsdann den schlechteren;
du aber hast den guten Wein bis zuletzt behalten" ...«

»Aber was ist das, was ist das? Warum erweitert sich das
Zimmer?... Ach, ja, es ist doch Hochzeit, Hochzeit... ja...
Sieh, da sind die Gäste, dort sitzt ja das junge Paar und zu
beiden Seiten die fröhlichen Gäste... Wo ist der Speisemeister? Wer aber ist das? Wer? Wieder wird das Zimmer
größer... Wer erhebt sich dort am großen Tisch. Wie...
Auch er ist hier? Aber er ist doch im Sarge ... Aber er ist es,
er ist hier, ... er steht auf, er hat mich gesehen, er kommt
hierher ... Herrgott! ...«

Ja, zu ihm, zu ihm kam er, der hagere kleine Alte, mit
den feinen Runzeln im Gesicht, freudig und verklärt

lächelnd. Der Sarg ist nicht mehr da, und er ist im selben Gewande, in dem er noch gestern unter ihnen saß, als die Gäste zu ihm gekommen waren. Das Antlitz ist freudig, die Augen glänzen.

»Wie ist denn das möglich? — Er ist also auch auf dem Fest, ist auch zur Hochzeit zu Kana in Galiläa geladen? ...«

»Ja, mein lieber Sohn, auch ich bin eingeladen und berufen«, ertönte hinter ihm eine leise Stimme. »Warum hast du dich hierher zurückgezogen, so daß man dich nicht sehen kann ... komme auch du zu uns.«

Das ist seine Stimme, die Stimme des Staretz Sossima ... Ja, und wie soll sie es denn nicht sein, da er es ist, der da ruft? Der Staretz reichte Aljoscha die Hand, und der erhob sich von den Knien.

»Freuen wir uns«, fuhr der kleine hagere Greis fort, »trinken wir neuen Wein, den Wein neuer, großer Freude. Siehst du, wieviel Gäste hier sind? Sieh, hier ist der Bräutigam und hier die Braut, und hier ist der hochweise Speisemeister, der den neuen Wein kostete. Warum wunderst du dich über mich? Ich habe ein Zwiebelchen geschenkt und sieh, jetzt bin ich hier. Und viele hier haben nur ein Zwiebelchen geschenkt, nur ein kleines, einziges ... Und wie steht es mit dir, du mein stiller, bescheidener Jüngling? Hast du heute verstanden, einer armen Hungernden ein Zwiebelchen zu schenken? Beginne, mein Lieber, beginne dein Werk, mein Bescheidener! ... Siehst du unsere Sonne, siehst du Ihn?«

»Ich fürchte mich ... ich wage nicht, hinzusehen ...«, flüsterte Aljoscha.

»Fürchte Ihn nicht. Schrecklich ist Er uns in Seiner Größe, furchtbar in Seiner Höhe, aber unendlich barmherzig ist Er zu uns in Seiner Liebe, und Er freut sich mit uns. Er hat Wasser in Wein verwandelt, damit die Freude der Gäste nicht aufhöre. Neue Gäste erwartet Er, und ununterbrochen lädt Er neue ein, und so fort bis in alle Ewigkeit. Neuen Wein trägt man auch uns auf, siehst du, wie man die Gefäße trägt ...«

Es war Aljoscha, als brenne etwas in seinem Herzen und erfülle es mit unsäglichem Schmerz. Tränen der Begeisterung lösten sich aus seiner Seele... Er breitete seine Arme aus, schrie auf und erwachte...

Wieder der Sarg, das geöffnete Fenster und das leise, würdige, gleichmäßige Lesen der Evangelien. Aljoscha hörte nicht mehr, was gelesen wurde. Sonderbar, er war doch kniend eingeschlafen, und auf den Füßen stehend erwachte er, und plötzlich, als wenn es ihn von der Stelle gerissen hätte, trat er mit drei festen, schnellen Schritten an den Sarg heran. Er streifte sogar die Schulter Pater Païssijs, aber er merkte es nicht einmal. Der erhob seinen Blick vom Buch und richtete ihn auf Aljoscha, senkte ihn aber sofort wieder, denn er begriff, daß mit dem Jüngling etwas Sonderbares vorging. Aljoscha sah wohl eine halbe Minute lang auf den Sarg, auf den bedeckten, unbeweglich im Sarge ausgestreckten Leichnam mit dem Heiligenbild auf der Brust und der Kapuze mit dem achtarmigen Kreuz auf dem Haupt. Soeben hatte er seine Stimme gehört, und sie tönte noch fort in seinen Ohren. Er horchte noch hin, er erwartete noch einen Laut... Doch plötzlich wandte Aljoscha sich jäh um und verließ die Zelle.

Er blieb nicht auf der Treppe stehen, sondern eilte hinunter auf den Rasen. Seine von Jubel erfüllte Seele dürstete nach Freiheit, nach Raum und Weite. Über ihm wölbte sich weit, breit und unabsehbar die Himmelskuppel, übersät mit stillen, flimmernden Sternen. Vom Zenit bis zum Horizont zog sich noch, undeutlich schimmernd, der neblige Streifen der Milchstraße. Eine kühle und bis zur Unbeweglichkeit stille Nacht umfing die Erde. Die weißen Türme und goldenen Kuppeln der Kathedrale hoben sich mattleuchtend vom saphirblauen Nachthimmel ab; die schönen Herbstblumen im Garten der Einsiedelei schliefen noch dem Morgen entgegen. Es war, als wenn die irdische Stille mit der Stille des Himmels zusammenflösse und das Geheimnis der Erde sich mit dem der Gestirne berühre... Aljoscha stand und schaute empor ... und plötzlich, als hätte ihn ein wuchtiger Schlag getroffen, warf er sich zur Erde nieder.

Er wußte nicht, warum er sie umfing. Er wollte auch nicht darüber nachdenken, warum es ihn so unwiderstehlich verlangte, sie zu küssen: und er küßte sie weinend, schluchzend, und tränkte sie mit seinen Tränen, und wie außer sich schwur er, wie verzückt, sie zu lieben, zu lieben bis in alle Ewigkeit! »Tränke die Erde mit deinen Freudentränen und liebe diese deine Tränen«, hallte es in seiner Seele wider. Warum weinte er? O, er weinte in seiner Begeisterung sogar über die Sterne, die aus dem unendlichen Raum zu ihm herniederblickten, und er »schämte sich seiner Verzückung nicht«. Ihm war, als verbänden sich unsichtbare Fäden von all diesen zahllosen Welten Gottes in ihm, und seine ganze Seele erschauerte »in der Berührung mit anderen Welten«. Er wollte allen alles vergeben und selbst um Vergebung bitten, o, nicht für sich, sondern für alle, für alles und jedes! »Für mich werden andere bitten«, erklang es in seiner Seele. Und mit jedem Augenblick fühlte er immer deutlicher, wurde es ihm immer mehr bewußt, daß etwas Festes und Unerschütterliches, wie dieses Himmelsgewölbe, in seine Seele einzog, — wie eine Idee sich seines Verstandes bemächtigte, und zwar für sein ganzes Leben und für alle Ewigkeit. Als schwacher Jüngling war er noch zur Erde niedergefallen, als ein für's ganze Leben gewappneter Kämpfer erhob er sich wieder — das fühlte er, und dessen wurde er sich plötzlich bewußt in diesem Augenblick seiner großen Verzückung.

Sein ganzes Leben lang, niemals, niemals konnte Aljoscha diesen Augenblick vergessen ... »Jemand hat in dieser Stunde meine Seele heimgesucht«, sagte er später in festem Glauben an diese seine Worte ...

Nach drei Tagen verließ er das Kloster, gehorsam den Worten seines verstorbenen Staretz, der ihm befohlen hatte, »in der Welt zu verweilen«.

ACHTES BUCH

MITJA

I

Kusjma Ssamssonoff

Dmítrij Fjódorowitsch, dem Grúschenka vor ihrem Flug ins neue Leben als letzten Gruß zu überbringen befohlen hatte, daß er sich immer des »Stündchens ihrer Liebe« erinnern solle, war zur selben Zeit, ohne von ihrem Vorhaben etwas zu ahnen, gleichfalls in großer Unruhe und Sorge. In den zwei letzten Tagen hatte er sich in einem unbeschreiblichen Zustand befunden, so daß es tatsächlich zu der »Gehirnentzündung« hätte kommen können, an die er in manchen Augenblicken schon fest glaubte. Aljoscha hatte ihn am ersten Tage vergeblich gesucht, und auch Iwan hatte ihn vergeblich im Gasthaus erwartet. Mitjas Hauswirte verheimlichten auf seinen Befehl alles, was sich auf ihn bezog. Er aber trieb sich in diesen zwei Tagen überall herum. Er »kämpfte mit seinem Schicksal, um sich zu retten«, wie er sich später ausdrückte. Er verließ in einer dringenden Angelegenheit sogar die Stadt, obgleich es ihm schrecklich war, Gruschenka auch nur eine Stunde lang unbewacht zu wissen. Ich will nur die notwendigsten Tatsachen aus der Geschichte dieser Tage angeben; es waren dies die beiden letzten Tage vor jener furchtbaren Katastrophe, die so entscheidend in sein Leben eingreifen sollte.

Wenn es auch wahr ist, daß Gruschenka ihn ein Stündchen lang aufrichtig geliebt hatte, so hatte sie ihn doch zu gleicher Zeit wahrhaft grausam und schonungslos gequält; die größte Qual bestand aber für ihn darin, daß er ihre Absichten nicht erraten konnte. Sie im Guten oder mit Gewalt zu etwas zu bewegen, war gleichfalls unmöglich; sie hätte sich ihm auf diese Weise niemals ergeben und sich nur, vielleicht auf immer erzürnt, ganz von ihm abgewandt, — das begriff er damals nur zu gut. Dabei fühlte er ganz richtig, daß sie sich selbst in einem Kampf, in einer seltsamen Unentschlossenheit befand, daß sie sich zu etwas entschließen wollte und doch nicht konnte — und darum ahnte er ganz mit Recht, und sein Herz stand still bei diesem Gedanken, daß Gruschenka in manchen Augenblicken ihn und seine Leidenschaft geradezu hassen mußte. So war es vielleicht auch. Warum jedoch Gruschenka trauerte, das konnte er nicht verstehen. Er glaubte, es handle sich für sie nur um die Frage, für wen sie sich entscheiden sollte: für ihn, Mitja, oder für Fjódor Páwlowitsch. Hier muß noch auf eine auffallende Tatsache hingewiesen werden: Mitja war fest überzeugt, Fjodor Pawlowitsch werde unbedingt Gruschenka eine rechtmäßige Ehe antragen (wenn er es nicht schon getan habe), und glaubte keine Minute daran, daß der alte Wollüstling im Ernst mit nur dreitausend Rubeln ans Ziel zu kommen hoffte. Darum konnte es ihm aber auch zu Zeiten scheinen, als ob alle Qual Gruschenkas und ihre ganze Unentschlossenheit nur davon herrühre, daß sie nicht wußte, wen von beiden sie wählen sollte, und wer von ihnen für sie vorteilhafter sei. Sonderbar war nur, daß er die bevorstehende Rückkehr »des Offiziers«, jenes in Gruschenkas Leben so bedeutungsvollen Menschen, den sie mit solcher Aufregung und Furcht erwartete, überhaupt nicht beachtete und in diesen Tagen nicht einmal an ihn dachte. Auch Gruschenka hatte in den letzten Tagen darüber geschwiegen. Indessen wußte er davon: Gruschenka hatte ihm vor einem Monat von diesem Brief erzählt und zum Teil war ihm sogar der Inhalt des Schreibens bekannt. Damals hatte Gruschenka in einem Augenblick gereizter Bosheit Mitja diesen Brief gezeigt. Doch zu ihrer Verwunderung hatte diese Nachricht damals fast gar keinen Eindruck auf ihn gemacht. Warum sie es nicht tat, ist sehr schwer zu erklären: vielleicht einfach darum nicht, weil Mitja, der durch den schrecklichen Kampf mit seinem leiblichen Vater um dieses Weib niedergedrückt war, sich nichts Gefährlicheres und Schrecklicheres mehr vorstellen konnte, als was er bereits vor Augen hatte. An einen »Bräutigam«, der plötzlich nach fünfjähriger Abwesenheit wieder auftauchte, konnte er einfach nicht glauben, und besonders daran nicht, daß der Betreffende nun bald tatsächlich erscheinen werde. Außerdem war im ersten Brief dieses »Offiziers«, den Gruschenka Mitja gezeigt hatte, die Ankunft desselben nur ganz unbestimmt angedeutet gewesen. Der Brief war sehr unklar, sehr hochtrabend verfaßt, und hatte eigentlich nichts anderes enthalten als verschnörkelte Redensarten. Ich muß dazu bemerken, daß Gruschenka die letzten Zeilen des Briefes, in denen etwas Bestimmteres über seine Wiederkehr gesagt war, verheimlicht hatte. Außerdem erinnerte sich Mitja noch später, daß auf Gruschenkas Gesicht sich unwillkürlich stolze Verachtung ob dieser Nachricht aus Sibirien ausgedrückt hatte — wenigstens glaubte er so etwas damals bemerkt zu haben. Auch hatte ihm Gruschenka von ihren näheren Beziehungen zu diesem neuen Nebenbuhler nichts mitgeteilt. Auf diese Weise vergaß er denn den Offizier allmählich vollständig. Er dachte nur daran, daß es, wie die Sache sich auch wenden sollte, doch unvermeidlich, und zwar sehr bald, zu einem entscheidenden Zusammenstoß zwischen Fjodor Pawlowitsch und ihm kommen werde, und da von diesem Zusammenstoß zweifellos Gruschenkas Entscheidung abhing, so ersehnte er ihn ebenso ungeduldig wie er ihn fürchtete. So wartete er denn in unerträglicher Qual jeden Augenblick auf Gruschenkas Entscheidung und glaubte immer noch, daß diese ganz plötzlich und nach höherer Eingebung erfolgen werde. Vielleicht würde sie ihm plötzlich sagen: »Nimm mich, ich gehöre dir auf ewig«, und alles hätte dann ein Ende. Er würde sie dann nehmen und sofort ans andere Ende der Welt bringen. O, so weit, so weit wie möglich würde er sie fortbringen, wenn auch nicht ans Ende der

Welt, so doch mindestens ans andere Ende Rußlands. Er würde sich dort unverzüglich mit ihr trauen lassen und sich ungekannt und ungenannt ansiedeln, so daß niemand etwas von ihnen wüßte, weder hier noch dort, noch sonstwo. Dann, o, dann beginnt sofort ein neues Leben! Von diesem anderen, neuen und unbedingt »anständigen« Leben (»unbedingt, unbedingt anständig!«) träumte er ununterbrochen und wie in Verzückung. Er sehnte sich nach solcher Auferstehung und nach jenem neuen Leben. In diesem »unreinen Pfuhl«, in den er durch seinen eigenen Willen geraten war, ekelte es ihn dermaßen, daß er, wie sehr viele in solchen Fällen, mit der Veränderung des Wohnortes alles verändern zu können glaubte. Nur nicht diese Menschen, diese Verhältnisse, nur fort von diesem verfluchten Ort und — alles wird wiedergeboren werden, alles wird neu beginnen! Daran glaubte er unerschütterlich, und das war es, wonach er sich sehnte.

Aber dies alles war nur im Falle einer glücklichen Lösung des ganzen Grúschenka-Rätsels möglich. Es konnte aber auch eine andere, eine schreckliche Lösung bevorstehen. Wie, wenn sie ihm plötzlich sagte: »Geh fort, ich habe mich soeben für Fjodor Pawlowitsch entschieden, ich werde ihn heiraten, dich habe ich nicht nötig.« Was dann? . . . Mitja wußte übrigens nicht, was dann geschehen werde, bis zur letzten Stunde wußte er es nicht, das muß zu seiner Verteidigung gesagt sein. Irgendwelche bestimmten Absichten hatte er nicht, an ein Verbrechen dachte er auch nicht. Er ließ sie nur nicht aus den Augen; er spionierte und quälte sich, oder aber — er bereitete sich auf den glücklichen Ausgang vor. Jeden anderen Gedanken verscheuchte er ganz. Und nun kam für ihn noch eine neue Qual hinzu: es erhob sich eine neue, nebensächlichere, doch gleichfalls verhängnisvolle Sorge.

Wenn sie ihm nämlich sagte: »Ich bin dein, bringe mich fort von hier«, wie sollte er sie dann fortbringen? Wo hatte er die Mittel dazu, das Geld? Gerade in diesen Tagen waren

seine Einkünfte, die aus den Abzahlungen Fjodor Pawlowitschs bestanden und die er ununterbrochen im Laufe so
vieler Jahre erhalten hatte, völlig versiegt. Allerdings
hatte ja Gruschenka Geld, aber Mitja war in dieser Hinsicht
mehr als stolz. Mit seinen eigenen Mitteln wollte er sie fortführen und das neue Leben beginnen, nicht mit ihren. Er
vermochte sich nicht einmal vorzustellen, daß er von ihr
Geld annehmen könnte, und litt bei diesem Gedanken die
schrecklichsten Qualen. Über diesen wunden Punkt werde
ich mich vorderhand nicht weiter verbreiten und ihn auch
nicht weiter untersuchen; ich will nur gesagt haben, welcher
Art seine Seelenverfassung in diesen Tagen war. Vielleicht
kam sie, ohne daß er sich dessen bewußt wurde, von den
Qualen seiner geheimen Gewissensbisse um das entwendete
Geld Katerina Iwánownas her. »In den Augen der einen bin
ich schon ein Schuft, soll ich es auch noch in den Augen der
anderen werden?« dachte er damals, wie er selbst später gestand. »Ja, wenn Grúschenka das erfährt, so wird sie nichts
von einem solchen Schuft wissen wollen! Woher aber nun
die Mittel nehmen, wie sich dieses verhängnisvolle Geld verschaffen? Nichts wird zustandekommen, alles werde ich
verlieren, und einzig und allein darum, weil ich kein Geld
habe! O, Schmach!«
Ich muß hier vorgreifen: Das war es ja, daß er vielleicht
wußte, wo dieses Geld zu haben war, vielleicht sogar wußte,
wo es lag! Ausführlicheres darüber werde ich dieses Mal
noch nicht sagen, das wird sich später von selbst ergeben.
Doch worin sein Hauptunglück bestand, darüber will ich,
wenn er sich auch der Ursache desselben nicht ganz bewußt
war, wenigstens meine Meinung äußern. Um diese irgendwo
liegenden Mittel nehmen zu können, um *das Recht* zu
haben, sie zu nehmen, war es unbedingt nötig, Katerina
Iwanowna die Dreitausend zurückzuerstatten, — »sonst bin
ich ein Taschendieb, ein Schuft, und mein neues Leben will
ich nicht als Schuft beginnen«. Das waren Mitjas Gefühle,
und darum beschloß er auch, wenn es sein mußte, die ganze

Welt auf den Kopf zu stellen, doch diese Dreitausend Katerina Iwánowna unter allen Umständen zurückzugeben, was es auch koste. Den endgültigen Entschluß faßte er erst in den letzten Stunden, nämlich nach seinem letzten Gespräch mit Aljoscha, am Abend auf dem Wege zum Kloster, nachdem Grúschenka Katerina Iwánowna so beleidigt hatte. Mitja hatte nach der Erzählung Aljoschas sofort eingesehen, daß er wirklich als »Schuft« gehandelt hatte, und befohlen, Katerina Iwanowna zu sagen, daß er die Bezeichnung annehme, »wenn das sie trösten kann«. Als er in dieser Nacht von dem Bruder fortgegangen war, hatte er sich in seiner Verzweiflung gesagt, daß es für ihn besser wäre, »jemanden zu erschlagen, zu berauben, doch unbedingt die Schuld an Katja zu tilgen«. »Mag ich lieber vor dem Toten und Geplünderten als Mörder und Dieb dastehen, und vor allen Menschen, — lieber will ich nach Sibirien verschickt werden, als daß ich Katja das Recht gebe, von mir zu sagen, daß ich sie betrogen, ihr Geld gestohlen, und daß ich mit ihrem Gelde Gruschenka entführt und ein neues Leben begonnen habe! Das kann ich nicht ertragen!« So dachte Mitja wutknirschend und glaubte, wie erwähnt, nicht ohne Grund, es werde zu jener »Gehirnentzündung« kommen. Einstweilen aber kämpfte er noch . . .

Sonderbar: schien es doch, daß ihm bei einem solchen Entschluß nichts anderes übrig blieb als Verzweiflung; denn wo sollte er plötzlich dieses Geld hernehmen, ein Habenichts wie er? Trotzdem aber glaubte und hoffte er bis zum Schluß, hoffte er die ganze Zeit über, daß er diese Dreitausend erhalten werde, daß sie, wenn nicht anders, ihm vom Himmel in den Schoß fallen würden. So aber ergeht es allen, die, wie Dmitrij Fjodorowitsch, in ihrem Leben nur Geld verausgabt und ein durch Erbschaft und ohne Mühe erlangtes Vermögen verschwendet haben, davon aber, wie man Geld verdient, sich überhaupt keine Vorstellung machen können.

Nachdem er Aljoscha damals verlassen hatte, waren ihm

die phantastischsten Gedanken wie ein Sturmwind durch den Kopf gezogen. So kam es denn, daß er mit dem aller-unglaublichsten Unternehmen anfing. Ja, es kommt vor, daß solchen Leuten in solcher Lage die phantastischsten Unternehmungen gerade als die möglichsten erscheinen. Er entschloß sich plötzlich, zum Kaufmann Ssamssónoff, dem Beschützer Grúschenkas, zu gehen, und ihm einen Plan vor-zulegen, um sich auf diese Weise sofort das nötige Geld zu verschaffen. Den kommerziellen Wert seines Projektes be-zweifelte er nicht im mindesten. Was ihn peinlich beschäf-tigte, war vielmehr die eine Frage: wie der alte Ssamssónoff diesen Schritt aufnehmen werde, wenn er ihn nicht aus-schließlich von der kommerziellen Seite betrachten sollte. Mitja kannte diesen Kaufmann nur dem Aussehen nach: be-kannt mit ihm war er nicht, noch nie hatte er mit ihm gesprochen. In Mitja jedoch hatte sich schon lange die Über-zeugung festgesetzt, dieser alte Wollüstling, dessen Stunden bereits gezählt waren, würde nichts dagegen haben, wenn Gruschenka einen »zuverlässigen Menschen« heiraten wollte, ja, er würde ihr sogar selbst gern dazu verhelfen, besonders wenn sich eine so gute Gelegenheit bot. Nach dem Hören-sagen oder aus einigen Worten Gruschenkas entnahm er wohl, daß der Alte für Gruschenka Fjodor Pawlowitsch vorgezogen hätte. Vielleicht werden viele Leser meiner Er-zählung diese Hoffnung Mitjas auf eine solche Hilfe und die Absicht, die Braut gewissermaßen aus den Händen ihres früheren Beschützers zu empfangen, sehr wenig feinfühlig von Dmitrij Fjodorowitsch finden. Ich kann dazu nur eines bemerken: die Vergangenheit Gruschenkas wurde von ihm als etwas ganz Abgetanes angesehen. Er sah auf diese Ver-gangenheit mit unendlichem Mitleid, und in der Glut seiner Leidenschaft glaubte er, daß, sobald Gruschenka ihm erklä-ren würde, sie liebe ihn und wolle mit ihm gehen, sofort eine andere Gruschenka und er zusammen mit ihr gleichfalls ein anderer Dmitrij Fjodorowitsch sein werde, ohne alle Laster und nur noch mit Tugenden begabt; beide würden sie einander alles vergeben und ihr Leben ganz von neuem beginnen. Was aber Kusjmá Ssamssónoff anbelangt, so zählte er ihn zu den »verhängnisvollen« Menschen in Gruschenkas früherem, verunglückten Leben, den sie indessen nie geliebt habe, und der — und dies war die Hauptsache — auch schon »Vergangenheit« war, so daß er für ihn überhaupt nicht mehr da zu sein schien. Und außerdem konnte Mitja ihn jetzt auch gar nicht mehr für einen Mann halten: wußte doch jedermann in der Stadt, daß die Beziehungen dieser »Ruine« zu Gruschenka nur noch väterlicher Art und durchaus nicht mehr die von früher waren, und zwar schon lange nicht mehr, fast schon seit einem Jahr. Jedenfalls war von seiten Mitjas viel Herzenseinfalt dabei, denn bei all seinen Lastern war er doch ein kindlich unbefangener Mensch. Infolgedessen war er denn auch unter anderem fest überzeugt, daß der alte Kusjma, jetzt, da er sich vorbereitete, in die andere Welt abzugehen, aufrichtige Reue wegen seiner Vergangenheit mit Gruschenka empfände, und daß Gruschenka nun keinen besseren Gönner, noch zuverlässigeren Freund haben könnte als gerade diesen harmlos gewordenen Alten.

Am Tage nach seinem Gespräch mit Aljoscha am Kreuzwege (nach welchem Mitja die ganze Nacht nicht hatte schlafen können), erschien er um zehn Uhr morgens im Hause Ssamssónoffs und ließ sich bei ihm melden. Es war ein altes, düsteres, sehr großes zweistöckiges Haus mit einem Anbau und Nebengebäuden auf dem Hof. In der unteren Etage lebten die beiden verheirateten Söhne Ssamssonoffs mit ihren Familien, eine alte Schwester von ihm und eine unverheiratete Tochter. Im Anbau des Hauses waren zwei seiner Kommis untergebracht, von denen der eine wiederum Vater einer zahlreichen Familie war. Alle diese Familien lebten eingeengt und eingezwängt in ihren kleinen Wohnungen, aber den ganzen oberen Stock seines Hauses bewohnte der Alte allein und erlaubte nicht einmal, daß seine Tochter bei ihm wohnte, die ihn pflegte und zu bestimmten

Stunden und auf die immerwährenden Rufe jedesmal von unten nach oben zu ihm laufen mußte, ohne Rücksicht auf ihre schwache Brust. Dieser obere Stock bestand aus einer Reihe großer Paradezimmer, die auf alte, kaufmännische Art ausgestattet waren: mit langen, langweiligen Reihen plumper Rotholzsessel und -stühle in Überzügen an den Wänden, mit kristallenen Kronleuchtern in Schutzhüllen, mit alten, trüben Spiegeln zwischen den Fenstern. Alle diese Zimmer waren unbewohnt, denn der kranke Alte hatte sich in ein einziges kleines Zimmer zurückgezogen, in ein abgelegenes, kleines Schlafzimmer, wo ihm eine alte Magd, die ihre Haare mit einem Tuch umwickelt trug, und ein Bursche, der auf der Truhe im Vorzimmer schlief, aufwarteten. Wegen seiner geschwollenen Füße konnte der Alte überhaupt nicht mehr allein gehen und erhob sich daher sehr selten aus seinem Ledersessel; die Alte, die ihm aufstehen half, führte ihn dann ein- oder zweimal durch das Zimmer. Er war streng und wortkarg; selbst mit der Alten sprach er kaum. Als man ihm den »Hauptmann«, wie der Alte Dmitrij Fjodorowitsch zu nennen pflegte, meldete, befahl er, ihn abzuweisen. Aber Mitja bestand darauf und bat, ihn noch einmal anzumelden. Kusjma Kusjmitsch erkundigte sich ausführlich bei dem Burschen nach dem Besuch: »Wie sieht er aus? Ist er nicht betrunken? Ist er vielleicht aufgebracht?« und erhielt zur Antwort, daß er »nüchtern« sei, aber auf keinen Fall fortgehen wolle. Der Alte befahl, ihn noch einmal abzuweisen. Da schrieb Mitja, der das alles vorausgesehen und sich für den Fall mit Bleistift und Papier versehen hatte, auf eine Karte: »In einer sehr dringlichen Angelegenheit, die Agrafena Alexandrowna betrifft«, und schickte sie dem Alten. Nach einigem Nachdenken befahl der Alte dem Burschen, den Gast in den Saal zu führen; die Alte aber schickte er zu dem jüngeren Sohn nach unten, mit der Weisung, der möge sich sofort zu ihm nach oben begeben. Dieser jüngere Sohn, ein Mann von fast sieben Fuß Länge und von außergewöhnlicher Kraft, mit glattrasiertem Gesicht und in deutscher Kleidung (Ssamssonoff selbst trug einen russischen Leibrock und einen langen Bart), erschien sofort und ohne ein Wort zu reden. Alle zitterten sie vor dem Vater. Der Vater hatte den jungen Mann nicht etwa aus Furcht vor dem »Hauptmann« rufen lassen, denn er war nichts weniger als furchtsam, sondern vielmehr, um auf jeden Fall einen Zeugen zu haben. In Begleitung des Sohnes und des Burschen, die ihn unter den Armen gestützt führten, erschien der Alte endlich im Saal. Man sollte meinen, daß auch er eine ziemlich starke Neugier empfinden mußte. Der Saal, in dem Mitja wartete, war ein sehr großes, dunkles, die Seele des Menschen bedrückendes Gemach, mit zwei übereinanderliegenden Fensterreihen und mit einer Empore; die Wände waren marmorartig bemalt, und an der Decke hingen drei große Kristallkronleuchter in Schutzhüllen. Mitja saß auf einem Stuhl neben der Tür und wartete in nervöser Ungeduld. Als der Alte in der gegenüberliegenden großen Tür erschien, sprang Mitja sofort vom Stuhl auf und ging ihm mit seinen festen, langen Offiziersschritten entgegen. Er war gut gekleidet: in zugeknöpftem Gehrock, einen schwarzen, englischen Hut in der Hand und in schwarzen Handschuhen, fast genau so, wie er schon tags zuvor beim Staretz zur Familienversammlung erschienen war. Der Alte erwartete ihn stehend, würdig und streng, und Mitja fühlte sofort, daß jener ihn, solange er auf ihn zuging, musternd betrachtete. Das Gesicht Kusjma Kusjmitschs war in der letzten Zeit ganz aufgeschwollen und setzte Mitja etwas in Erstaunen: seine untere und ohnehin schon dicke Lippe glich jetzt geradezu einem hängenden, dicken Fleischlappen. Würdig und schweigend verneigte er sich vor dem Gast und wies ihm einen Sessel neben dem Sofa an; er selbst aber ließ sich mühsam — von seinem Sohne gestützt und schwer ächzend — Mitja gegenüber auf dem Sofa nieder. Mitja empfand, als er die Anstrengung des Alten sah, in seinem Herzen sofort Reue und etwas wie zartfühlende Scham wegen seiner Belästigung eines so würdigen, kranken Greises.

»Was wünschen Sie von mir, mein Herr«, fragte endlich der Alte, nachdem er sich gesetzt hatte, langsam, deutlich, streng, doch in höflichem Tone.

Mitja fuhr zusammen und wollte schon vom Stuhl aufspringen, besann sich aber und blieb sitzen. Darauf fing er sofort mit lauter Stimme, sich überstürzend, mit unruhigen Gesten und in großer Erregung zu reden an. Es war, wie wenn ein Mensch an der letzten Grenze angelangt ist, unmittelbar vor dem Untergang steht und noch einen letzten Ausweg sucht, — gelingt es ihm nicht, ihn zu finden, so springt er sofort ins Wasser. Alles das begriff der alte Ssamssonoff sofort, doch sein Gesicht blieb unverändert und kalt wie das eines Götzenbildes. Mitja wußte nicht recht, wie er ihn anreden sollte.

»Der sehr geehrte Kusjmá Kusjmítsch«, begann er endlich, »wird wohl schon oft genug von meinen Streitigkeiten mit meinem Vater, Fjódor Páwlowitsch Karamásoff, gehört haben, der mich des Erbes meiner leiblichen Mutter beraubt hat ... da ja die ganze Stadt davon spricht ... denn hier reden doch alle von den Dingen, die sie nichts angehen ... Außerdem hätten Sie von Gruschenka ... pardon: von Agrafena Alexandrowna ... der von mir hochgeehrten und hochgeachteten Agrafena Alexandrowna ...« So begann Mitja und verwirrte sich schon bei den ersten Worten. Ich will hier nicht seine ganze Rede wortwörtlich wiederholen, sondern nur den Inhalt derselben angeben. Zunächst ging's folgendermaßen weiter: Mitja hätte sich schon vor drei Monaten »absichtlich« mit einem Advokaten aus der Gouvernementsstadt beraten, »mit dem bekannten Advokaten Páwel Páwlowitsch Korneplódoff. Sie werden diesen Namen wahrscheinlich schon gehört haben? Ein kluger Kopf, ein fast staatsmännischer Verstand ... er kennt Sie ... er hat Ihrer im besten Sinne erwähnt ...« Mitja verlor schon wieder den Faden. Aber das hielt ihn nicht im geringsten auf, er überhastete sich und strebte immer weiter. Dieser Korneplódoff hätte nun, nachdem er die Dokumente, die

Mitja ihm stellen konnte, zur Durchsicht verlangt (von den Dokumenten sprach Mitja sehr unklar, und er beeilte sich offenbar, über diesen Punkt hinwegzukommen), ihm gesagt, daß man in betreff des Gutes Tschermáschnja, das Mitja mütterlicherseits zukam, tatsächlich einen Prozeß gegen den alten Lüstling beginnen könne ... »denn es sind doch nicht alle Türen verschlossen! Wer soll es denn sonst wissen, wenn nicht die Juristen, wo man durchschlüpfen kann!« Mit einem Wort, man könne noch auf eine Abzahlung von sechstausend, sogar siebentausend Rubel von seiten Fjodor Pawlowitschs hoffen. Denn Tschermáschnja sei immerhin nicht weniger als fünfundzwanzigtausend wert, »das heißt achtundzwanzig – was sage ich –, dreißig, dreißigtausend, Kusjmá Kusjmítsch, und denken Sie sich doch, ich habe nur siebzehntausend von ihm ausbezahlt erhalten! ... Ich habe die Sache damals nur deswegen liegen lassen, weil ich nichts mit dem Gericht zu tun haben wollte, als ich aber herkam, fiel ich geradezu aus den Wolken: Er bereitete eine Gegenklage vor!« (Hier verwirrte sich Mitja von neuem und übersprang daher auch diesen Punkt.) »Mit einem Wort, wollen Sie vielleicht, sehr geehrter Kusjmá Kusjmítsch, alle meine Ansprüche auf dieses Gut übernehmen, und mir dafür nur dreitausend Rubel geben ... Sie können dabei in keinem Falle etwas verlieren, dessen versichere ich Sie bei meiner Ehre, sondern Sie können, statt dreitausend, sechs- bis siebentausend gewinnen ... Die Hauptsache ist aber, daß man die Sache so schnell wie möglich erledigt, wenn möglich sogar heute noch ... Ich werde Ihnen beim Notar, oder wie da ... Mit einem Wort, ich bin zu allem bereit, ich werde Ihnen alle Dokumente einhändigen, die Sie nur wollen, alles unterschreiben ... und wir würden dieses Papier sofort aufsetzen, und wenn es nur möglich, ja wenn es nur irgend möglich ist, sogleich heute alles erledigen ... Sie würden mir die Dreitausend geben ... Denn welcher Kapitalist hier in der Stadt könnte sich mit Ihnen messen? ... und Sie würden mich retten vor ... mit einem Wort, Sie

würden meinen Kopf retten, um einer hochherzigen ...
Ich hege die edelsten Gefühle zu einer gewissen Dame, die
Sie nur zu gut kennen, und die Sie väterlich beschützen. Es
sind hier, wenn Sie wollen, drei mit den Köpfen zusammen-
gestoßen, denn das Schicksal ... das ist etwas Grausames!
Der Realismus, Kusjmá Kusjmítsch, der Realismus! Da man
Sie aber schon seit langem ausschließen muß, so bleiben nur
noch zwei Köpfe ... pardon, ich drücke mich vielleicht nicht
ganz geschickt aus ... ich bin kein Literat. Das heißt, der
eine Kopf, das bin ich, und der andere — das ist das Ungeheuer! Und so wählen Sie denn. Alles liegt jetzt in Ihren
Händen ... drei Schicksale und zwei Lose ... Verzeihen
Sie, ich habe mich versprochen ... doch Sie verstehen schon
... ich sehe es an Ihren ehrwürdigen Augen, daß Sie
verstanden haben ... Wenn Sie aber nicht verstehen wollen,
so muß ich heute noch Schluß machen mit mir!«
Mitja hielt plötzlich in seiner sinnlosen Rede inne, sprang
auf und erwartete eine Antwort auf seinen dummen Vorschlag. Bei der letzten Phrase hatte er plötzlich gefühlt, daß
nun alles verloren war — und hauptsächlich, daß er einen
schrecklichen Unsinn zusammengeredet hatte. »Sonderbar,
als ich herkam, schien mir alles so klar und gut, und jetzt
ist ja alles Unsinn!« ging es ihm plötzlich durch seinen hoff-
nungslosen Kopf. Die ganze Zeit, während er sprach, saß der
Alte unbeweglich da und beobachtete ihn mit einem eisigen
Ausdruck. Nachdem er ihn eine Weile auf seine Antwort
hatte warten lassen, sagte er endlich im kühlsten und teil-
nahmslosesten Tone:
»Entschuldigen Sie, aber mit solchen Sachen befassen wir
uns nicht.«
Mitja fühlte, daß seine Beine schwach wurden.
»Was soll ich jetzt tun, Kusjmá Kusjmítsch?« murmelte
er erblassend. »Was glauben Sie, jetzt bin ich doch ver-
loren!«
»Entschuldigen Sie ...«
Mitja stand noch immer da und starrte vor sich hin, und

plötzlich bemerkte er, daß im Gesicht des Alten etwas zuckte.
Er schrak zusammen.

»Sehen Sie, mein Herr, solche Sachen — passen mir nicht«,
sagte der Alte langsam, »mit dem Gericht und mit den Advokaten, das ist eine ewige Plage! Aber wenn Sie wollen,
ich kenne einen Menschen, an den Sie sich damit wenden
könnten ...«

»Mein Gott, wer ist das? ... Sie retten mich, Kusjmá
Kusjmítsch!« stotterte Mitja.

»Er ist kein Hiesiger, und auch jetzt befindet er sich nicht
hier. Er ist Bauer, handelt mit Wald und heißt Ljägáwyj.
Mit Fjodor Pawlowitsch verhandelt er schon ein Jahr lang
wegen des Waldes von Tschermaschnja; sie können wegen
des Preises nicht übereinkommen, wie Sie vielleicht gehört
haben. Jetzt ist er wieder hergekommen und hält sich beim
Popen Iljínskij auf, zwölf Werft von der Station Wolówje
entfernt, im Dorfe Iljínskoje. Er hat auch an mich in dieser
Angelegenheit geschrieben, das heißt, er hat mich wegen
des Waldes um Rat gefragt. Fjodor Pawlowitsch wollte
selbst hinfahren. Wenn Sie jetzt Fjodor Pawlowitsch zuvorkommen und dem Ljägáwyj dasselbe vorschlagen, was Sie
mir vorgeschlagen haben, so könnte er ...«

»Ein genialer Gedanke!« unterbrach ihn Mitja begeistert.
»Gerade ihm, gerade solch einem muß man das in die Hand
geben! Er will den Wald kaufen, man verlangt einen hohen
Preis von ihm, und da, da gibt man ihm ein Dokument mit
dem Anrecht auf den ganzen Besitz in die Hände, hahaha!«
Und Mitja lachte plötzlich sein trockenes, kurzes Lachen,
und zwar so unerwartet, daß Ssamssonoff mit dem Kopf
zurückzuckte.

»Wie soll ich Ihnen dafür danken, Kusjmá Kusjmítsch!«
stieß Mitja aufgeregt hervor.

»Ich bitte, nicht der Rede wert«, erwiderte Ssamssónoff
mit einem Kopfneigen.

»Sie wissen gar nicht, Sie haben mich gerettet, mein Vorgefühl hat mich zu Ihnen geführt ... Also, auf zu diesem

Popen! Ich eile, ich fliege sofort . . . Ich habe auf Ihre Krankheit keine Rücksicht genommen . . . Aber ich werde es Ihnen nie vergessen! Ein russischer Mensch sagt Ihnen das, Kusjmá Kusjmítsch, ein russischer Mensch!«

»Sehr wohl!«

Mitja wollte bereits die Hand des Alten ergreifen, um sie zu schütteln, doch etwas Böses blitzte in dessen Augen auf. Mitja ließ seine Hand sinken, machte sich aber seines Argwohns wegen sofort Vorwürfe. »Er ist ermüdet . . .«, ging es ihm durch den Sinn.

»Für sie! Für sie! Kusjma Kusjmitsch! Sie verstehen mich doch, alles ist ja für sie!« rief er plötzlich laut durch den ganzen Saal, verbeugte sich, drehte sich auf dem Hacken hastig um und ging mit denselben raschen, gleichmäßigen Schritten, ohne sich umzusehen, dem Ausgang zu. Er zitterte vor Begeisterung. »Alles war schon verloren, da hat mich mein Schutzengel gerettet . . . Und wenn schon selbst solch ein Geschäftsmann wie dieser Alte — welch ein edler Greis, welch eine Haltung! — mir diesen Ausweg zeigt, so . . . so ist doch wenigstens schon der Weg gefunden. Ich werde sofort hinfahren. Vor der Nacht bin ich dann wieder zurück, und die Sache ist erledigt . . . Der Alte hat sich doch nicht über mich lustig machen wollen?« So dachte Mitja bei sich, als er in seine Wohnung eilte. Es konnte ihm auch gar nicht anders scheinen: entweder war es ein sachlicher Rat (von solch einem Geschäftsmann!), mit Sachkenntnis gegeben, oder — oder aber der Alte hatte sich wirklich über ihn lustig gemacht! Leider war der zweite Gedanke der richtige. Später, lange nachher, als die ganze Katastrophe schon eingetreten war, gestand der alte Ssamssónoff selbst lachend, daß er sich über den »Hauptmann« tatsächlich lustig gemacht habe. Er war ein böswilliger, kalter und höhnischer Mensch, und dazu war er noch voller krankhafter Abneigungen. Die begeisterte Stimmung des »Hauptmanns«, die dumme Überzeugung dieses »Verschwenders und Verschleuderers«, daß er, Ssamssónoff, auf so einen »wilden Plan« hereinfallen könnte, die Eifersucht wegen Gruschenka, um derentwillen dieser »Herumtreiber« zu ihm gekommen war, um für irgendeinen wilden Blödsinn Geld zu erhalten — ich weiß nicht, was in dem Alten in jenem Augenblick aufstieg, als Mitja vor ihm stand und fühlte, daß seine Beine schwach wurden, und er sinnlos ausrief, daß er verloren sei: aber in dieser Minute sah der Greis mit unendlicher Wut auf ihn und nahm sich vor, ihn zum besten zu haben. Als Mitja hinausgegangen war, befahl Kusjma Kusjmitsch, bleich vor Zorn, seinem Sohn, dafür zu sorgen, daß von diesem Herumtreiber hinfort selbst nicht der Schatten mehr vor seine Augen komme, nicht einmal auf den Hof solle man ihn lassen, geschweige denn ...

Er beendete seine Drohung nicht, doch der Sohn, der ihn oft im Zorn gesehen hatte, zitterte vor Furcht, denn so war der Vater noch nie gewesen. Noch eine ganze Stunde nachher bebte der Alte vor Wut, und gegen Abend erkrankte er und schickte nach dem Arzt.

II

Ljägawyj

So mußte sich Mitja denn aufmachen, aber er besaß kein Geld, um die Pferde zu bezahlen: im ganzen hatte er noch zwei Zwanzigkopekenstücke, das war aber auch alles, was ihm von seinem früheren Wohlstand geblieben war. Aber bei ihm zu Haus lag noch eine alte silberne Uhr, die schon längst nicht mehr ging. Er nahm sie und brachte sie zu einem Uhrmacher, einem Juden, der seinen kleinen Laden am Markt hatte. Der gab sechs Rubel dafür. »So viel? Das hatte ich gar nicht erwartet!« rief Mitja entzückt aus (er war die ganze Zeit über noch begeistert), steckte die sechs Rubel ein und eilte nach Hause. Zu Hause borgte er von seinen Hauswirten noch drei Rubel hinzu; sie gaben sie ihm von Herzen gern, obwohl es ihr letztes Geld war, so sehr liebten sie ihn. Mitja erzählte ihnen sofort in seiner Begeisterung, sein Schicksal werde sich jetzt entscheiden, erzählte ihnen in großer Eile fast seinen ganzen »Plan«, den er soeben noch Ssamssonoff vorgelegt hatte, darauf den Rat Ssamssonoffs, alle seine Hoffnungen usw. usw. Die Hauswirte waren auch schon früher in viele seiner Geheimnisse eingeweiht worden und betrachteten ihn als einen zu ihnen Gehörigen, und durchaus nicht als stolzen Herrn Leutnant. Nachdem er auf diese Weise also neun Rubel zusammengebracht hatte, schickte er nach Postpferden, um zur Station Wolówje zu fahren. Auf diese Weise konnte später die Tatsache festgestellt werden, daß Mitja »am Tage vor dem Ereignis keine Kopeke besessen, und daß er, um sich das Geld zur Fahrt zu verschaffen, seine Uhr verkauft und drei Rubel von den Hauswirten geborgt hat, und das alles vor Zeugen«.

Ich hebe diese Tatsache schon jetzt hervor, erst später wird es klar werden, warum ich das tue.

Wenn nun Mitja auch während der ganzen Fahrt bis zur Station Wolowje, vor Freude darüber, daß jetzt endlich sich alles lösen und »alle diese Gemeinheiten« ein Ende nehmen würden, förmlich berauscht war, so zitterte er trotz alledem vor Angst bei dem schrecklichen Gedanken: »Was wird Gruschenka während meiner Abwesenheit tun? Wenn sie sich nun gerade heute entschließt, zum Vater zu gehen?« Darum hatte er ihr auch nicht gesagt, daß er fortfahren werde, und den Hauswirten strengstens verboten, zu verraten, wohin er sich begeben habe, falls jemand kommen sollte, um nach ihm zu fragen. »Ich muß unbedingt, unbedingt noch heute abend zurückkehren«, sagte er sich immer wieder, »und diesen Ljägawyj müßte man eigentlich mitschleppen, damit man alle Formalitäten sofort erledigen kann ...« So träumte Mitja mit bangem Herzen, doch leider sollten sich diese Träume nicht nach seinem »Plane« verwirklichen. Erstens: er verspätete sich, da er von der Station Wolowje einen Nebenweg eingeschlagen hatte. Der

Nebenweg war aber nicht zwölf, sondern achtzehn Werst weit. Zweitens traf er den Popen von Iljinskoje nicht zu Hause an, da jener auf ein benachbartes Gut gefahren war. Als Mitja ihm mit seinen müdegejagten Pferden auf das Gut nachfuhr und ihn endlich fand, wurde es schon Nacht. Das »Väterchen« (der Pope), dem Äußeren nach ein bescheidener und liebenswürdiger Mensch, erklärte ihm sofort bereitwillig, daß dieser Ljägawyj sich wohl zuerst bei ihm aufgehalten habe, sich aber jetzt in Ssuchói Possjólok, wo er Wald kaufe, beim Waldhüter befinde und dort in dessen Hütte übernachten werde. Auf die inständigen Bitten Mitjas, ihn sofort zu diesem Ljägawyj zu bringen und ihn dadurch zu »retten«, weigerte sich das »Väterchen« zuerst, schließlich aber willigte es doch ein, ihn nach Ssuchói Possjólok zu führen, da es augenscheinlich selbst doch eine große Neugierde empfand. Zum Unglück riet er aber Mitja, mit ihm zu Fuß dahin zu gehen, da es nur etwas mehr als eine Werst entfernt sei. Mitja willigte selbstverständlich sofort ein und ging mit seinen langen Schritten drauflos, so daß das arme Väterchen hinter ihm her fast laufen mußte. Es war das noch kein alter, aber ein sehr vorsichtiger Mensch. Mitja sprach sofort wieder begeistert von seinen Plänen, verlangte voll Unruhe seinen Rat in betreff Ljägawyjs und sprach überhaupt den ganzen Weg. Das Väterchen hörte ihm aufmerksam zu, riet ihm aber wenig. Auf die Fragen Mitjas antwortete er ausweichend: »Ich weiß es nicht, ich weiß es wirklich nicht, wie soll ich das wissen« usw. Als Mitja von seinen Streitigkeiten mit Fjodor Pawlowitsch wegen seiner Erbschaft erzählte, erschrak das Väterchen sogar, da es in irgendwelchen Dingen von Fjodor Pawlowitsch abhängig war. Mit Verwunderung fragte der Pope übrigens Mitja, warum er diesen Holzhändler Gorstkin »Ljägawyj« nenne, und erklärte Mitja ausführlich, daß jener, wenn er auch Ljägáwyj (Spürhund) heiße, sich doch nicht Ljägáwyj nenne; mit diesem Namen kränke man ihn bis aufs Blut, und Mitja solle ihn nur ja mit Górstkin anreden, denn sonst würde aus der Sache nichts werden, und »er würde Sie überhaupt nicht anhören«, schloß das Väterchen. Mitja war darüber sehr verwundert und erklärte ihm, daß Ssamssónoff selbst jenen Holzhändler so genannt habe! Als der Priester das hörte, brach er das Gespräch sofort ab, obgleich es besser gewesen wäre, wenn er Mitja seinen Verdacht mitgeteilt hätte: daß Ssamssonoff, wenn er ihn zu diesem Bauern als zum »Ljägáwyj« geschickt habe, ihn anscheinend nur zum besten gehabt habe, und daß dabei etwas nicht ganz in Ordnung sein müsse. Doch Mitja hatte keine Zeit, jetzt »an solche Kleinigkeiten« zu denken. Er beeilte sich, schritt weit aus, und erst als sie in Ssuchói Possjólok anlangten, erriet er, daß sie nicht eine Werst, wohl aber drei Werst gegangen waren; das ärgerte ihn ein wenig, aber er schwieg darüber. Sie traten in die Hütte. Der Waldhüter, ein Bekannter des Väterchens, wohnte in der einen Hälfte der Hütte, in der anderen, in der »guten Stube«, rechts vom Flur, hatte sich Gorstkin einquartiert. Sie traten in die gute Stube, und es wurde für sie sofort ein Talglicht angezündet. Die Stube war stark geheizt. Auf einem Tannenholztisch stand ein erloschener Ssamowár, ein Teebrett mit Tassen, eine geleerte Flasche Rum, ein fast geleerter Liter Branntwein und Reste von Weizenbrot. Der Fremde selbst lag ausgestreckt auf einer Holzbank, hatte seinen zusammengerollten Überrock statt eines Kissens unter den Kopf geschoben und schnarchte laut. Mitja war einen Augenblick unentschlossen. »Man muß ihn wecken! Meine Angelegenheit ist zu wichtig, und ich habe es so eilig, ich muß heute noch zurückfahren«, sagte Mitja in seiner Erregung; das Väterchen und der Waldhüter standen dabei, schweigend, und keiner äußerte seine Meinung. Mitja ging zu dem Schlafenden und versuchte ihn zu wecken, rüttelte ihn kräftig, aber der Schlafende wachte nicht auf. »Er ist betrunken!« rief Mitja erschrocken aus, »was soll ich jetzt tun, mein Gott, was soll ich jetzt tun!« Und plötzlich begann er in seiner Ungeduld den Schlafenden an den Händen und

Füßen zu zerren, seinen Kopf zu schütteln, ihn aufzuheben und auf die Bank zu setzen, doch seine ganze lange Liebesmüh war umsonst: der Betrunkene brummte und grunzte nur und fing schließlich an, kräftig, wenn auch undeutlich zu schimpfen.

»Nein, besser, Sie schieben es noch auf«, sagte endlich das Väterchen, »er ist augenblicklich nicht imstande ...«

»Er hat den ganzen Tag getrunken«, berichtete nun auch der Waldhüter.

»Mein Gott!« rief Mitja ganz verzweifelt, »wenn Sie nur wüßten, wie sehr die Sache drängt, in welch einer Verzweiflung ich mich jetzt befinde!«

»Aber es wäre auch für Sie besser, bis zum Morgen zu warten«, meinte wieder das Väterchen.

»Bis zum Morgen? Erbarmen Sie sich, das ist unmöglich!« und in seiner Verzweiflung wollte er sich wieder auf den Betrunkenen stürzen, um ihn zu wecken, doch ließ er sofort davon ab, da er die Nutzlosigkeit dieser Anstrengung einsah. Der Pope schwieg, der verschlafene Waldhüter stand mit düsterer Miene da.

»Herrgott, welche furchtbaren Tragödien die Wirklichkeit doch mit den Menschen aufführt!« rief Mitja verzweifelt aus. Schweiß perlte auf seiner Stirn. Er stand schweigend da. Das Väterchen benutzte den Augenblick, um ihm noch einmal vernünftig zuzureden: wenn es ihm auch gelänge, den Schlafenden aufzuwecken, werde dieser in seiner Betrunkenheit doch nicht zu solch einem Gespräch fähig sein, »und da Ihre Sache von so großer Wichtigkeit ist, so wäre es besser, sie bis zum Morgen aufzuschieben ...« Mitja breitete wortlos nur einmal die Arme aus und schickte sich wohl oder übel drein.

»Väterchen, ich werde mit dem Licht hierbleiben und werde einen Augenblick zu erhaschen versuchen. Wenn er aufwacht, werde ich sofort beginnen ... Das Licht werde ich dir bezahlen«, sagte er zum Waldhüter gewandt, »für das Nachtlogis gleichfalls, wirst noch an Dmitrij Karamasoff denken. Was wird aber nun aus Ihnen, Väterchen, ich weiß nicht, wo Sie bleiben sollen, wo Sie sich hinlegen könnten ...«

»Nein, ich gehe zu mir nach Haus. Ich werde auf seiner Stute zurückreiten«, sagte das Väterchen, auf den Wächter weisend. »Leben Sie wohl, ich wünsche Ihnen guten Erfolg.«

Und so geschah es denn auch. Der Pope ritt auf der kleinen Stute davon, froh darüber, daß er sich endlich von der Sache losgemacht hatte. Er schüttelte aber noch lange nachdenklich sein Haupt und dachte unruhig darüber nach, ob es nicht besser wäre, morgen frühzeitig seinen Gönner Fjodor Pawlowitsch von diesem bemerkenswerten Fall zu benachrichtigen, »denn ist die Stunde, in der er es erfährt, ungünstig, so kann er noch wütend werden und seine Güte zu mir einschränken.« Der Waldhüter kratzte sich hinterm Ohr und ging schweigend in seine Kammer. Mitja setzte sich auf die Bank, um, wie er gesagt hatte, den Augenblick zu erhaschen! Schwermut breitete sich wie Nebel über seine Seele; es war eine tiefe, lähmende Schwermut! Und doch gaben ihm die Sorgen keine Ruh. Er saß da und grübelte und konnte sich trotzdem nicht klar und schlüssig werden. Das Licht brannte nieder; ein Heimchen zirpte hin und wieder, und in dem geheizten Zimmer wurde es unerträglich beklemmend. Plötzlich sah er den Garten vor sich, einen Weg hinter dem Garten, im Hause des Vaters öffnete sich geheimnisvoll eine Tür, und durch die Tür schlüpfte Gruschenka ... Er sprang auf.

»Die Tragödie!« sagte er zähneknirschend, mechanisch ging er zu dem Schlafenden und betrachtete ihn. Es war ein hagerer, noch nicht alter Bauer mit länglichem Gesicht, rötlichen Locken und einem langen, dünnen, roten Bart, in einem Kattunhemd und schwarzer Weste, aus deren Tasche die silberne Kette einer silbernen Uhr heraushing. Mitja betrachtete diesen Menschen mit unbeschreiblichem Haß, und es war ihm aus irgendeinem Grunde besonders widerwärtig, daß er Locken hatte. Hauptsächlich aber war es für

ihn beleidigend, daß er, Mitja, jetzt hier bei ihm stehen und
warten mußte, mit dieser unaufschiebbaren Angelegenheit,
dabei noch so viel opferte, so viel wagte und so gequält war,
während dieser Faulpelz, »von dem jetzt mein ganzes
Schicksal abhängt, schnarcht, als ob nichts wäre, als befände
er sich auf einem anderen Planeten. O, Ironie des Schicksals!«
rief Mitja verzweifelt aus, verlor plötzlich ganz den Kopf
und stürzte sich wieder auf den Menschen, um ihn zu
wecken. In einer Art Raserei riß er ihn herum, stieß ihn,
schlug ihn, doch als er nach fünf Minuten nichts erreichte,
kehrte er in kraftloser Verzweiflung wieder auf seine Bank
zurück und setzte sich wieder hin.

»Dumm, dumm ist es!« murmelte er. »Und ... wie ist
das alles ehrlos!« fügte er plötzlich noch aus irgendeinem
Grunde hinzu. Ihm tat der Kopf entsetzlich weh: »Sollte
ich es nicht ganz aufgeben? Fortfahren?« dachte er einen
Augenblick. »Nein, ich bleibe lieber bis zum Morgen. Jetzt
bleibe ich erst recht! Wozu bin ich denn hergekommen? Ja,
und wie soll ich denn jetzt von hier fortkommen? O, ich
Esel!«

Der Kopfschmerz wurde aber immer stärker. Unbeweglich saß er da, und unversehens war er sitzend eingeschlafen.
Wahrscheinlich hatte er zwei bis drei Stunden geschlafen.
Als er erwachte, glaubte er, sein Kopf müsse zerspringen,
er hätte schreien mögen vor Schmerz. In seinen Schläfen
hämmerte das Blut, und in den Ohren summte es. Zuerst
konnte er noch lange nicht zu sich kommen: nicht begreifen, was mit ihm eigentlich geschehen war. Endlich begriff
er, daß im überheizten Zimmer ein schrecklicher Kohlendunst war, und daß er vielleicht hätte sterben können. Der
betrunkene Bauer aber lag und schnarchte wie zuvor; das
Licht war heruntergebrannt und drohte zu erlöschen. Mitja
stürzte wankend hinaus in den Flur und in die Stube des
Waldhüters. Der erwachte sofort, doch als er hörte, daß
in der anderen Stube Kohlendunst sei, machte er sich zwar
sofort auf, um hinzugehen, nahm aber diese Tatsache mit

sonderbarem Gleichmut auf, was Mitja aufs äußerste in Erstaunen setzte und beleidigte.

»Aber er ist vielleicht gestorben, gestorben, und was dann . . . was dann?« schrie ihn Mitja außer sich an.

Man öffnete die Tür, das Fenster, das Ofenrohr. Mitja holte sich einen Eimer voll Wasser aus dem Flur und befeuchtete sich den Kopf, und als er darauf ein Handtuch gefunden hatte, steckte er es ins Wasser und legte es dem Ljägáwyj auf die Stirn. Der Waldhüter verhielt sich gleichgültig zu allem, was geschah. Als er das Fenster geöffnet hatte, sagte er mürrisch: »So, ist schon gut«, und ging wieder fort. Er überließ Mitja eine Blechlaterne. Mitja mühte sich noch eine halbe Stunde um den Betrunkenen, machte ihm Kompressen um den Kopf und beabsichtigte im Ernst, die ganze Nacht über nicht mehr zu schlafen, doch gequält und ermüdet setzte er sich wieder auf eine Minute hin, um etwas aufzuatmen, und im selben Augenblick fielen ihm auch schon die Augen zu: ganz unbewußt streckte er sich auf der Bank aus und — schlief wie ein Toter.

Er erwachte sehr spät. Es war schon etwa neun Uhr morgens. Die Sonne schien hell durch die beiden kleinen Fenster in die Stube. Der lockige Bauer von gestern saß bereits angekleidet auf der Bank. Vor ihm stand ein kochender Ssamowár und ein neuer Liter Branntwein. Der gestrige alte Liter war schon geleert und der neue Liter bis zur Hälfte ausgetrunken. Mitja sprang auf und bemerkte sofort, daß der verfluchte Bauer wieder betrunken war, schwer betrunken. Er sah ihn eine Minute lang starr an. Der Bauer betrachtete ihn gleichfalls schweigend mit einem schlauen Blick und beleidigender Ruhe, wenn nicht gar mit verächtlichem Hochmut. So schien es wenigstens Mitja. Er stürzte auf ihn zu.

»Erlauben Sie, sehen Sie . . . ich . . . Sie werden wohl schon von dem Waldhüter in der Stube drinnen gehört haben: ich bin der Leutnant Dmitrij Karamasoff, der Sohn des alten Karamasoff, von dem Sie hier Wald kaufen wollen.«

»Du lügst«, sagte bestimmt und ruhig der Bauer.

»Wieso lüge ich? Sie kennen doch Fjodor Pawlowitsch?«

»Gar keinen Fjodor Pawlowitsch kenne ich«, sagte der Bauer mit schwerlallender Zunge.

»Aber den Wald, den Wald wollen Sie doch von ihm kaufen! Wachen Sie doch auf, besinnen Sie sich doch! Das Väterchen, Pawel aus Iljinsk, hat mich hergebracht ... Sie haben an Ssamssónoff geschrieben, und er hat mich zu Ihnen geschickt ...«

Mitja holte tief Atem.

»Du lügst!« wiederholte Ljägawyj langsam, deutlich und mit steifer Zunge. Mitja fühlte, daß ihm die Füße kalt wurden.

»Aber erlauben Sie, das ist doch kein Spaß! Sie haben vielleicht einen Rausch ... Sie wissen vielleicht nicht, was Sie sagen ... sonst ... sonst verstehe ich nichts!«

»Du bist ein Färber!«

»Um Gottes willen, ich bin doch Karamasoff, Dmitrij Karamasoff, ich habe Ihnen einen Vorschlag zu machen ... einen vorteilhaften Vorschlag ... sehr vorteilhaft ... und gerade in betreff des Waldes ...«

Der Bauer strich sich wichtig den Bart.

»Nein, du hast die Lieferung übernommen, und hast dich als Gauner erwiesen. Ein Gauner bist du!«

»Ich versichere Ihnen, daß Sie sich irren!« Mitja rang fast die Hände vor Verzweiflung. Der Bauer strich sich immer noch den Bart, und plötzlich kniff er listig die Augen zusammen.

»Nein, weißt du, was du mir zeigen kannst? Zeige mir solch ein Gesetz, nach dem es erlaubt ist, Gaunereien zu begehen, hörst du! Ein Gauner bist du, verstehst du, was ich dir sage?«

Mitja wandte sich finster von ihm ab, und plötzlich war es ihm, als wenn ihn »etwas vor die Stirn schlug«, wie er sich selbst später ausdrückte. »Plötzlich kam eine Erleuchtung über mich, ein Licht ging mir auf, und ich verstand alles.« Er stand und konnte nicht begreifen, wie er als einsichtiger Mensch sich mit solch einer Dummheit hatte befassen, wie er sich die ganze Zeit mit diesem Ljägawyj hatte abgeben können. »Und ich habe ihm noch den Kopf gekühlt!«... »Betrunken ist der elende Kerl, betrunken bis zum Delirium, und er wird noch eine ganze Woche trinken — wie lange soll ich da warten? Wie aber, wenn Ssamssonoff mich absichtlich hergeschickt hat? Wie, wenn sie... O, mein Gott, was habe ich getan!...«

Der Bauer saß da, betrachtete ihn und schmunzelte. Unter anderen Umständen hätte Mitja diesen Dummkopf aus Wut vielleicht erschlagen; in diesem Augenblick fühlte er sich aber so schwach wie ein Kind. Still ging er zur Bank, nahm seinen Mantel, zog ihn schweigend an und ging zur Stube hinaus. Den Waldhüter fand er in der anderen Stube nicht vor, es war niemand da. Er nahm aus seiner Tasche Kleingeld, an fünfzig Kopeken, und legte es auf den Tisch — für das Nachtlager, für das Licht und »die Störung«. Als er aus der Hütte hinaustrat, sah er, daß ringsherum nur Wald war und sonst nichts. Er ging aufs Geratewohl weiter, ohne darüber nachzudenken, ob man nach rechts oder nach links von der Hütte abbiegen mußte; gestern abend hatte er in der Eile nicht auf den Weg geachtet. Er fühlte gegen niemanden Haß in seiner Seele, nicht einmal Ssamssónoff konnte er hassen. Er schritt auf dem schmalen Waldwege gedankenlos und wie verloren einher, »mit einer verlorenen Idee« und kümmerte sich überhaupt nicht darum, wohin er ging. Ein Kind hätte ihn überwältigen können, dermaßen müde war er plötzlich, sowohl körperlich wie seelisch. Indessen fand er sich doch irgendwie aus dem Walde heraus — plötzlich lagen vor ihm unabsehbare Strecken abgeernteter, kahler Felder. »Welch eine Verzweiflung, welch ein Tod ringsum!« sagte er vor sich hin und schritt weiter, immer weiter...

Da kam ein Fuhrmann mit einem alten kleinen Kaufmann auf diesem Nebenwege dahergefahren. Mitja erkundigte sich bei ihnen nach dem Weg, und da hörte er denn, daß die beiden auch nach Wolówje fuhren. Sie einigten sich über den Preis, und Mitja wurde als Reisegefährte mitgenommen. Nach drei Stunden kamen sie an. Auf der Station Wolowje bestellte Mitja sofort Postpferde zur Rückkehr in die Stadt, und da erst spürte er einen unerträglichen Hunger. Während die Pferde angeschirrt wurden, bereitete man ihm einen Eierkuchen. Er verzehrte ihn sofort, aß ein großes Stück Brot, es fand sich auch noch Wurst dazu, die er gleichfalls aufaß; dazu trank er drei Schnäpse. Als er sich so gestärkt hatte, wurde er wieder munter, und auch in seiner Seele wurde es heller. Er jagte in die Stadt zurück und feuerte den Postkutscher zu noch größerer Schnelligkeit an. Und plötzlich kam ihm eine gute Idee, die sich alsbald zu einem neuen »unabänderlichen« Plan entwickelte, nämlich, wie er sich noch vor dem Abend dieses verfluchte Geld verschaffen könnte. »Und sich vorzustellen, nur vorzustellen, daß wegen dieser lumpigen dreitausend Rubel ein Mensch zugrunde gehen soll!« rief er mit Verachtung aus. »Heute noch muß es sich entscheiden!« Und wenn ihn nicht fortwährend der Gedanke an Gruschenka und daran, was alles inzwischen geschehen sein konnte, gequält hätte, so wäre er vielleicht wieder ganz heiter geworden. Der Gedanke an sie bohrte sich wie ein scharfes Messer in seine Seele. Endlich langte er wieder in der Stadt an, und sofort eilte er zu Gruschenka.

III

Die Goldgruben

Das war jener Besuch Mitjas bei ihr, von dem sie Rakitin und Aljoscha später, am Abend dieses Tages, mit Schrecken erzählte. Sie hatte schon seit Stunden auf den berittenen Boten aus Mókroje gewartet und war daher sehr froh, daß Mitja weder gestern noch heute zu ihr gekommen war, und vielleicht vor ihrer Abfahrt überhaupt nicht wiederkommen würde. Und nun plötzlich überraschte er sie. Das Weitere ist uns bekannt. Um ihn los zu werden, überredete sie ihn, sie zu Kusjmá Ssamssónoff zu begleiten, zu dem sie, wie sie sagte, unbedingt gehen müsse, um »Geld zu zählen«, und als Mitja sie dann begleitet hatte, nahm sie ihm das Wort ab, sie um Mitternacht wieder abzuholen, um sie nach Haus zu begleiten. Mitja war mit dieser Abmachung sehr zufrieden: »Sie wird bei Kusjma sitzen, und folglich nicht zum Vater gehen . . . wenn sie nur die Wahrheit sagt«, fügte er sofort hinzu. Es schien ihm, daß sie nicht log. Seine Eifersucht war von der Art, daß er während der Trennung von dem geliebten Weibe sich Gott weiß was für Schrecken ausdachte: was alles mit ihr geschieht und wie sie ihm »untreu« ist. Doch kaum ist er dann — erschüttert, zerschmettert, und fest überzeugt, daß alles verloren sei, daß sie ihn schon verraten habe — wieder bei ihr angelangt, so sind nach dem ersten Blick in das lachende, heitere und freundliche Gesicht dieser Frau alle Qualen sofort vergessen, er lebt im Nu wieder auf, verliert sogleich jeglichen Argwohn, schämt sich erfreut und schilt sich wegen seiner Eifersucht. Nachdem er Gruschenka zu Ssamssonoff begleitet hatte, eilte er nach Hause. O, er hatte heute noch so viel zu erledigen. Aber sein Herz war wenigstens erleichtert. »Nur muß ich noch sehen, daß ich so schnell wie möglich von Ssmerdjakoff erfahre, ob sie nicht gestern abend womöglich zu Fjodor Pawlowitsch gekommen ist, verdammt!« fuhr es ihm durch den Kopf. So war es ihm noch nicht einmal bis nach Hause zu kommen geglückt, als in seinem ruhelosen Herzen die Eifersucht schon wieder aufloderte.

Eifersucht! „Othello ist nicht eifersüchtig, er ist vertrauensselig", sagt Puschkin und schon diese eine Bemerkung zeigt die ungewöhnliche Tiefe uneres großen Dichters. Othellos Seele ist einfach zermalmt, und seine ganze Weltanschauung hat sich getrübt, „da *entschwand* sein *Ideal*". Aber Othello wird sich nicht verstecken, er wird auch nicht argwöhnisch sein,

wird nicht spionieren, nicht auflauern: er ist vertrauensselig! Im Gegenteil, man mußte ihn darauf bringen, ihn
geradezu darauf stoßen, ihn mit aller Gewalt dazu anfachen,
damit er auf diesen Gedanken verfalle. Anders ist es mit
dem Eifersüchtigen. Man kann sich die ganze Schmach und
sittliche Erniedrigung gar nicht ausdenken, zu der ein
Eifersüchtiger fähig ist, und in die er ohne jegliche Gewissensbisse verfallen wird. Nicht als ob es lauter gemeine
und schmutzige Seelen wären! Im Gegenteil, mit hohem Herzen, reiner Liebe, großer Opferbereitschaft, kann der Eifersüchtige sich zu gleicher Zeit unter Tischen verstecken, die
gemeinsten Leute bestechen und sich mit den letzten Gemeinheiten des Spionierens befreunden. Othello hätte sich
niemals mit einem Treubruch abfinden können — er hätte
verziehen, nie aber sich abgefunden — obgleich seine Seele
unschuldig und gütig wie die Seele eines Kindes war. Anders
der wahre Eifersüchtige. Es ist schwer, sich vorzustellen,
wonach er sich wieder aussöhnen, und was er alles verzeihen kann! Der Eifersüchtige verzeiht von allen am ehesten, und das wissen auch die Frauen. Der Eifersüchtige ist
fähig (versteht sich, nach einer furchtbaren Szene), alles zu
verzeihen, sogar einen fast erwiesenen Verrat, sogar Um-
armungen und Küsse, die er selbst gesehen hat, wenn er nur
zu gleicher Zeit hoffen kann, daß es »zum letztenmal«
gewesen ist, und daß sein Gegner von Stund an verschwinden, ans andere Ende der Welt verreisen wird, oder daß
er selbst sie irgendwohin entführen kann, an einen Ort,
wo es seinem furchtbaren Gegner unmöglich ist, sie zu erreichen. Selbstverständlich dauert die Aussöhnung nur eine
Stunde, denn wenn der Gegner auch wirklich auf immer
verschwindet, so wird er doch morgen einen anderen, einen
neuen Gegner finden, und er wird aufs neue eifersüchtig
sein. Und was liegt ihm eigentlich an dieser Liebe, und was
ist diese Liebe wert, die so gehütet und belauscht, die so
bewacht werden muß? Das ist eine Frage, die ein Eifersüchtiger überhaupt nicht versteht, und doch gibt es unter

ihnen Männer, die wirklich hochherzig sind. Bemerkenswert ist darum, daß dieselben hochherzigen Menschen in irgendeinem Kämmerlein lauschend und spähend stehen können; obgleich sie nur zu gut mit ihrem »hohen Herzen« die ganze Schmach begreifen, in die sie sich freiwillig selbst begeben haben, so werden sie doch in dieser Minute, wenigstens während sie da im Kämmerlein horchen, gar keine Gewissensbisse empfinden. Bei Mitja, wenn er Gruschenka sah, verlor sich die Eifersucht ganz, und für den Augenblick war er voll Vertrauen und Anständigkeit und verachtete sich selbst wegen seiner schlechten Gefühle. Aber das bedeutete nur, daß in seiner Liebe zu dieser Frau etwas Höheres lag und nicht nur eine Leidenschaft für jene »Kurven« eines Körpers, wie er selbst glaubte und noch Aljoscha erklärt hatte. Sobald aber Gruschenka verschwunden war, begann Mitja wieder, sie aller Niedrigkeiten des Verrats zu verdächtigen. Und dabei fühlte er dann nicht die geringsten Gewissensbisse.

So loderte denn auch jetzt die Eifersucht wieder in ihm auf. Vor allen Dingen mußte er sich beeilen und sich auf jeden Fall etwas Geld verschaffen. Die gestrigen neun Rubel waren für die Fahrt draufgegangen, und ganz ohne Geld, das wußte er, konnte man ja keinen einzigen Schritt tun. So hatte er denn auch unterwegs, zugleich mit seinem neuen Plane, überlegt, wo er sich dieses Geld verschaffen könnte. Er besaß noch zwei gute Duellpistolen mit Patronen, und wenn er sie bis jetzt noch nicht versetzt hatte, so hatte er es nur darum nicht getan, weil er sie von allen seinen Sachen am meisten liebte. Im Gasthaus „Zur Hauptstadt" hatte er flüchtig einen jungen Beamten kennengelernt, von dem er wußte, daß er ein unverheirateter, wohlhabender Mensch war, der bis zur Leidenschaft Gewehre, Pistolen, Revolver, Degen kaufte, sie an den Wänden seines Zimmers aufhing, um sie dann seinen Bekannten zu zeigen und damit zu prahlen, welch ein Meister er im Erklären der verschiedenen Systeme sei, wie man sie laden, wie man sie abfeuern müsse usw. Mitja überlegte nicht lange und begab sich zu ihm, um seine Pistolen für ein Darlehen von zehn Rubeln anzubieten. Der Beamte bat Mitja hocherfreut, sie ihm ganz zu verkaufen, doch Mitja willigte nicht ein. Jener gab ihm die zehn Rubel und erklärte ihm, er werde keine Prozente dafür nehmen. Sie schieden als Freunde. Mitja beeilte sich, zu Fjodor Pawlowitsch oder vielmehr in die Laube am Gartenzaun zu gelangen, um so schnell wie möglich mit Ssmerdjakóff zu sprechen.

Auf diese Weise konnte man später wieder die Tatsache feststellen, daß Mitja drei oder vier Stunden »vor dem Ereignis« (von dem später die Rede sein wird), keine Kopeke Geld besaß, und daß er für zehn Rubel einen Lieblingsgegenstand versetzte, nach drei Stunden aber — Tausende in den Händen hatte ... Doch ich greife vor.

Bei Márja Kondrátjewna (der Nachbarin Fjodor Pawlowitschs) erwartete ihn eine Nachricht, die ihn sehr erregte: er erfuhr, daß Ssmerdjakoff krank sei. Er hörte die Geschichte vom Sturz in den Keller, von dem Befund des Arztes, von den Bemühungen Fjodor Pawlowitschs um den Kranken, und mit großem Interesse vernahm er von der Abreise Iwán Fjódorowitschs nach Moskau. »Wahrscheinlich passierte er die Station Wolowje früher als ich«, dachte Dmitrij Fjodorowitsch, aber die Krankheit Ssmerdjakoffs beunruhigte ihn doch sehr. »Wie wird es denn jetzt gehen, wer wird jetzt für mich aufpassen, wer wird es mir melden?« fragte er sich. Gierig begann er die Frauen auszufragen, ob sie gestern abend nichts bemerkt hätten. Diese verstanden sehr gut, um was es sich für ihn handelte, und beruhigten ihn vollkommen: »Niemand war da«, sagten sie, »nur Iwan Fjodorowitsch nächtigten im Hause, alles war in der größten Ordnung.« Mitja überlegte. Selbstverständlich mußte er auch heute aufpassen, aber wo? — Hier oder beim Ssamssonoffschen Hause? Er beschloß, dies hier wie dort zu tun, je nach den Umständen, zunächst aber, zunächst... Die Sache war nämlich die, daß es jetzt »diesen Plan« auszuführen galt, den »neuen und richtigen« Plan, den er sich auf der Fahrt ausgedacht hatte, und der sich nun nicht mehr aufschieben ließ. Mitja entschloß sich, eine Stunde für ihn zu opfern ... »In einer Stunde werde ich alles erfahren, alles erledigt haben, und dann begebe ich mich sofort zu Ssamssónoffs, erfahre dort beim Hofknecht, ob Gruschenka da ist, komme dann sofort wieder hierher und bleibe bis elf Uhr hier, darauf hole ich sie von Ssamssónoff ab und bringe sie nach Haus.«

Er begab sich in seine Wohnung, wusch sich, rasierte sich und bürstete seine Kleider, kleidete sich an und ging darauf zu Frau Chochlakóff. Ja, leider — das war sein ganzer Plan. Er hatte beschlossen, diese Dame um dreitausend Rubel anzugehen. Und wieder war in ihm ein ungewöhnliches Vertrauen erwacht, sie werde seine Bitte nicht abschlagen. Vielleicht wird man sich darüber wundern, warum er, wenn er zu ihr solch ein Zutrauen hatte, dann nicht schon früher zu jemandem aus seiner Bekanntschaft gegangen war, statt zu Ssamssonoff, der zu einer so ganz anderen, ihm fremden Gesellschaftsschicht gehörte, so daß er nicht einmal gewußt hatte, wie er ihn anreden sollte. Die Sache verhielt sich aber so, daß er im letzten Monat die Bekanntschaft mit Frau Chochlakoff ganz vernachlässigt hatte und auch früher nur wenig mit ihr bekannt gewesen war; zudem wußte er, daß sie ihn nicht mochte, daß sie ihn haßte, lange schon, und zwar nur darum, weil er der Verlobte Katerina Iwanownas war, während sie plötzlich dringend wünschte, Katerina Iwanowna sollte nicht ihn, sondern »den lieben, ritterlich gebildeten Iwan Fjodorowitsch mit den exquisiten Manieren« heiraten. Die Manieren Mitjas dagegen gefielen ihr gar nicht. Auch hatte Mitja über sie gelacht und einmal sogar von ihr geäußert, diese Dame sei »ebenso lebhaft und ungezwungen wie naiv«. Und siehe da, nun war ihm auf dem Wege der Gedanke gekommen: »Wenn sie so dagegen ist, daß ich Katerina Iwanowna heirate (er wußte, daß diese ihre Abneigung fast hysterisch war), warum sollte sie mir da nicht die dreitausend Rubel geben, damit ich mit dem Gelde auf immer von hier fortgehe und auf diese Weise Katja verlasse? Wenn solche verwöhnten Damen wie die Chochlakóff einmal ihre Kapricen bekommen, so geben sie sich ja doch nicht eher zufrieden, als bis sie ihren Willen durchgesetzt haben. Zudem ist sie ja so reich«, dachte Mitja. Was nun den »Plan« anbelangt, so war er der alte, das heißt, er sah die Abtretung seiner Rechte auf Tschermaschnja vor, nur diesmal nicht als kaufmännisches Geschäft, wie gestern bei Ssamssonoff. Natürlich wollte er diese Dame nicht wie Ssamssonoff mit der Möglichkeit, drei oder vier Tausend dabei zu gewinnen, anlocken, sondern es sollte nur eine anständige Sicherstellung für seine Schuld sein. Bei diesem Gedanken geriet Mitja wieder in Begeisterung, — aber so geschah es ja immer mit ihm, bei allen seinen Unternehmungen und plötzlichen Entschlüssen. Jedem neuen Gedanken ergab er sich bis zur Leidenschaft. Nichtsdestoweniger fühlte er plötzlich, als er die Treppe zum Hause der Frau Chochlakoff hinaufstieg, ein Frösteln im Rücken. In dieser Sekunde wurde ihm bewußt und geradezu mathematisch klar, daß es seine letzte Hoffnung war, und daß ihm dann, wenn auch dieser Versuch nicht gelang, in der ganzen Welt nichts mehr verblieb, »als jemandem den Hals umzudrehen, um ihm nur die dreitausend Rubel zu rauben — und weiter nichts« ... Es war halb acht Uhr, als er die Türklingel zog.

Anfangs schien ihm das Glück hold zu sein. Kaum hatte er sich anmelden lassen, als er auch schon sofort, mit außergewöhnlicher Bereitwilligkeit, empfangen wurde. »Ganz als hätte sie mich erwartet«, dachte Mitja bei sich, und kaum war er in den Salon eingetreten, als ihm die Dame des Hauses auch schon eilig entgegentrat und ihm geradeheraus erklärte, daß sie ihn erwartet habe ...

»Ich habe Sie erwartet, o, wie ich Sie erwartet habe! Und ich hätte doch gar nicht annehmen können, daß Sie zu mir kommen würden, sagen Sie sich doch selbst, Dmitrij Fjodorowitsch! Wundern Sie sich über meinen Instinkt, ich erwartete Sie schon den ganzen Vormittag, und war überzeugt, daß Sie heute kommen würden!«

»Das ist allerdings erstaunlich, gnädige Frau«, bemerkte Mitja und setzte sich etwas schwerfällig, »doch ... ich komme in einer sehr wichtigen Angelegenheit ... die wichtigste aller wichtigsten ... das heißt, gnädige Frau, wichtig ist sie nur für mich, und ich ...«

»Ich weiß es, Dmitrij Fjodorowitsch, daß die Sache wichtig ist, o, das sind bei mir nicht irgendwelche Vorgefühle oder Ansprüche auf Wunder — haben Sie schon vom Staretz Sossima gehört? — hier, hier handelt es sich um Mathematik! Sie mußten kommen, nach alledem, was sich mit Katerina Iwánowna zugetragen hat. Sie konnten nicht anders, Sie mußten zu mir kommen! Das war doch Mathematik!«

»Das ist die Realität des Lebens, gnädige Frau, das ist es! Aber erlauben Sie — indessen, ich wollte ...«

»Ganz recht, die Realität des Lebens, Dmitrij Fjodorowitsch. Auch ich bin jetzt nur noch für Realität, denn was Wunder betrifft, so bin ich gründlich geheilt. Haben Sie schon gehört, daß der Staretz Sossima gestorben ist?«

»Nein, gnädige Frau, ich höre es zum erstenmal«, sagte Mitja ein wenig erstaunt. Vor seinem Geist tauchte die Gestalt Aljoschas auf.

»Heute in der Nacht ist er gestorben, und stellen Sie sich vor ...«

»Gnädige Frau«, fiel ihr Mitja ins Wort, »ich kann mir nur vorstellen, daß ich mich in der verzweifeltsten Lage befinde, und wenn Sie mir nicht helfen, so stürzt alles zusammen, und ich selbst bin verloren. Verzeihen Sie mir, bitte, den trivialen Ausdruck, ich bin aber wie im Fieber ...«

»Ich weiß, ich weiß, daß Sie wie im Fieber sind, ich weiß alles, Sie können ja auch gar nicht in einem anderen Seelenzustand sein, und was Sie mir darüber auch noch zu sagen hätten, ich weiß alles im voraus! Ich habe mir schon längst Ihr Schicksal vorgestellt, Dmitrij Fjodorowitsch, ich verfolge es und versuche, es zu begreifen ... O, glauben Sie mir, ich bin ein erfahrener Seelenarzt, Dmitrij Fjodorowitsch...«

»Gnädige Frau, wenn Sie ein erfahrener Arzt sind, so bin ich ein erfahrener Kranker« — Mitja mußte sich schon anstrengen, um liebenswürdig zu bleiben —, »und ich fühle es voraus, wenn Sie sich sogar bemühen, mein Schicksal zu verfolgen, so werden Sie mich auch vor dem Untergang bewahren, und darum erlauben Sie mir endlich, Ihnen meinen Plan vorzulegen, mit dem ich gewagt habe, bei Ihnen zu erscheinen... Ihnen zu sagen, was ich von Ihnen erwarte... Ich bin gekommen, gnädige Frau...«

»Lassen Sie das, das ist nebensächlich. Und was meine Hilfe anbelangt, so sind Sie nicht der erste, dem ich zu etwas verholfen habe, Dmitrij Fjodorowitsch. Sie haben vielleicht von meiner Kousine Belmjóssoff gehört? Ihr Mann war so gut wie verloren; es stürzte bei ihm alles zusammen, wie Sie sich soeben ausdrückten, Dmitrij Fjodorowitsch, und was glauben Sie, ich riet ihm, ein Gestüt anzulegen, und jetzt geht es ihm glänzend! Verstehen Sie etwas von Pferdezucht, Dmitrij Fjodorowitsch?«

»Nicht das geringste, gnädige Frau, ach Gott, nicht das geringste!« rief Mitja in nervöser Ungeduld und wollte sich schon erheben. »Ich bitte Sie nur, meine Gnädigste, mich anzuhören, gestatten Sie mir nur, daß ich zwei Minuten spreche, damit ich Ihnen zuerst mein ganzes Projekt vorlegen kann, um dessentwillen ich gekommen bin. Außerdem ist meine Zeit kostbar, ich habe Eile!...«, sagte Mitja hastig, denn er fühlte, daß sie sofort wieder zu sprechen anfangen werde. »Ich bin aus Verzweiflung... in der letzten Minute der Verzweiflung... gekommen, um Sie um Geld zu bitten... um von Ihnen dreitausend Rubel zu borgen, unter der Garantie, unter der sichersten Garantie, gnädige Frau... Erlauben Sie, daß ich Ihnen...«

»Das tun Sie alles später, später!« Frau Chochlakoff winkte mit der Hand ab. »Sie können mir ja gar nichts Neues sagen, ich weiß alles schon im voraus, wie ich Ihnen bereits gesagt habe. Sie bitten um eine Summe, Sie brauchen dreitausend Rubel, aber ich werde Ihnen mehr geben, unendlich mehr, ich werde Sie retten, Dmitrij Fjodorowitsch, aber Sie müssen mich vorher anhören!«

Mitja sprang auf. »Gnädige Frau, sollten Sie wirklich so gütig sein!« rief er ganz begeistert und ergriffen aus. »Herrgott, Sie haben mich gerettet! Sie retten einen Menschen, gnädige Frau, vor dem Selbstmord, vor der Pistole . . . Meine ewige Dankbarkeit . . .«

»Ich gebe Ihnen unvergleichlich mehr als dreitausend!« beteuerte Frau Chochlakoff mit strahlendem Lächeln, sehr erfreut über Mitjas Begeisterung.

»Unvergleichlich mehr? So viel ist ja nicht einmal nötig! Nötig sind nur diese verhängnisvollen Dreitausend, ich bin aber meinerseits bereit, als Garantie für diese Summe . . . mit einem Wort, zu garantieren, abgesehen von meiner unermeßlichen Dankbarkeit . . . Ich will Ihnen den Plan vorlegen . . .«

»Genug, Dmitrij Fjodorowitsch, gesagt, getan!« schnitt ihm Frau Chochlakoff mit dem keuschen Triumph einer Wohltäterin das Wort ab. »Ich habe Ihnen versprochen, Sie zu retten, und ich werde es auch tun. Ich rette Sie wie meinen Schwager Belmjóssoff. Was meinen Sie zu Goldgruben, Dmitrij Fjodorowitsch?«

»Zu Goldgruben, gnädige Frau? Ich weiß nicht . . . Ich habe niemals daran gedacht . . .«

»Dafür aber habe ich für Sie daran gedacht! Ich habe hin und her gedacht. Einen ganzen Monat habe ich immerzu mit diesem Gedanken an Sie gedacht. Ich habe Sie mir hundertmal daraufhin angesehen und mir gesagt: das ist ein energischer Mensch, der müßte in die Goldgruben! Ich habe sogar Ihren Gang studiert und mich überzeugt, daß Sie viele Goldadern finden werden.«

»Aus meinem Gang schließen Sie das, gnädige Frau?« Mitja lächelte.

»Warum denn nicht? — selbstverständlich aus Ihrem Gang! Leugnen Sie etwa, daß man den Charakter eines Menschen nach seinem Gang beurteilen kann? Die Naturwissenschaft bestätigt es gleichfalls. O, ich bin jetzt ganz und gar Realistin, Dmitrij Fjodorowitsch! Ich bin seit dem heutigen Tage, nach dieser ganzen Geschichte im Kloster, die mich so aufgeregt hat, vollkommene Realistin und möchte mich am liebsten in eine praktische Tätigkeit stürzen. Ich bin geheilt . . . J'en ai assez! „Genug davon!" wie Turgenjeff sagt.«

»Aber, gnädige Frau, diese Dreitausend, mit denen Sie mich so großmütig . . .«

»Die werden Ihnen nicht entgehen,Dmitrij Fjodorowitsch«, unterbrach ihn sofort wieder Frau Chochlakoff, »diese Dreitausend haben Sie so gut wie in der Tasche, und nicht dreitausend, sondern drei Millionen, Dmitrij Fjodorowitsch, in der allerkürzesten Zeit! Ich will Ihnen alles sagen. Sie werden Goldadern finden und Millionen verdienen, dann werden Sie zurückkehren und hier eine Tätigkeit beginnen und werden hier auch uns Nutzen bringen. Muß man denn immer alles den Juden überlassen? Sie werden große Gebäude aufführen und die verschiedensten Unternehmungen machen. Sie werden den Armen helfen, und die werden Sie segnen. Jetzt leben wir im Jahrhundert der Eisenbahnen, Dmitrij Fjodorowitsch. Sie werden berühmt und dem Finanzministerium unentbehrlich werden, da es uns jetzt doch so an Geld gebricht. Das Fallen des Papierrubels raubt mir den Schlaf, Dmitrij Fjodorowitsch, von *der* Seite kennt man mich noch gar nicht!«

»Gnädige Frau, o, Gnädigste!« unterbrach sie Dmitrij Fjodorowitsch wieder mit einem beunruhigenden Vorgefühl, »ich werde Ihrem Rat gewiß Folge leisten, Ihrem gewiß sehr klugen Rat, gnädige Frau . . . ich werde mich vielleicht hinbegeben, vielleicht . . . in Ihre Goldgruben . . . und werde in den nächsten Tagen noch einmal zu Ihnen kommen, um darüber zu reden . . . aber die Dreitausend, die Sie mir so großmütig . . . O, Sie würden mich erlösen, und wenn es möglich wäre, vielleicht heute schon . . . Das heißt, sehen Sie, ich habe jetzt keinen Augenblick Zeit zu verlieren, keine Stunde . . .«

»Genug davon, Dmitrij Fjodorowitsch, hören Sie mich an!« unterbrach ihn Frau Chochlakoff hartnäckig. »Zuerst eine Frage: Werden Sie hinfahren in die Goldgruben, oder nicht? Sie müssen sich jetzt definitiv entscheiden, antworten Sie mathematisch!«

»Ich fahre, gnädige Frau, ich fahre schon ... Ich fahre, wohin Sie wollen, gnädige Frau ... jetzt aber ...«

»Warten Sie!« rief Frau Chochlakoff wieder dazwischen, sprang auf und eilte zu ihrem prächtigen Schreibtisch mit seinen unzähligen kleinen Schubfächern und riß ein Fach nach dem anderen auf, indem sie sich beim Suchen sehr beeilte.

,Dreitausend!' dachte Mitja, und es wurde ihm fast schwach zumut, ,und das sofort, ohne jegliche Papiere, ohne jede Garantie. O, das ist anständig gehandelt! Eine großartige Frau, wenn sie nur nicht so gesprächig wäre.'

»Hier!« rief freudig erregt Frau Chochlakoff, die zu Mitja zurückkehrte, »hier, das war es, was ich suchte!«

Es war ein kleines silbernes Heiligenbild an einer Schnur, eines von jenen, die man zusammen mit dem Kreuz trägt.

»Das ist aus Kiew, Dmitrij Fjodorowitsch«, fuhr sie andächtig fort, »aus den Reliquien der Heiligen Warwára. Erlauben Sie mir, es Ihnen selbst um den Hals zu hängen und Sie damit für Ihr neues Leben und zu Ihren neuen Unternehmungen zu segnen.«

Und sie legte ihm tatsächlich das Heiligenbild um den Hals. In großer Verwirrung beugte sich Mitja vor und half ihr dabei, so gut es ging, und schob es dann mit vieler Mühe durch den Stehkragen auf die Brust.

»So, jetzt können Sie fahren!« rief Frau Chochlakoff aus und setzte sich feierlich wieder auf ihren Platz.

»Gnädige Frau, ich bin so gerührt ... und ich weiß gar nicht, wie ich danken soll ... für solche Gefühle, aber ... wenn Sie wüßten, wie kostbar mir jetzt die Zeit ist! Die Summe, die Sie in Ihrer Großmut mir ... O, gnädige Frau, wenn Sie schon einmal so gut sind, so rührend großmütig zu mir«, rief Mitja plötzlich begeistert aus, »so erlauben Sie mir, Ihnen alles zu sagen ... was Sie übrigens schon lange wissen ... Ich liebe ein Wesen ... Ich bin Katja untreu geworden ... Katerina Iwánowna, wollte ich sagen ... O, ich habe unmenschlich und ehrlos an ihr gehandelt, aber ich habe mich in die andere verliebt ... in ein Wesen, das Sie, Gnädigste, das Sie vielleicht verachten ... da Sie wohl schon alles gehört haben, von der ich aber nicht mehr lassen kann, und darum muß ich jetzt die Dreitausend ...«

»Lassen Sie das alles, Dmitrij Fjodorowitsch!« unterbrach ihn Frau Chochlakoff in entschlossenstem Tone, »lassen Sie das, und besonders die Frauen. Ihr Ziel — sind die Goldgruben, und Frauen dahin mitzunehmen, das geht nicht. Später, wenn Sie zurückkehren, reich und berühmt, dann finden Sie sicher eine Herzensfreundin in der höchsten Gesellschaft. Das wird dann gewiß schon ein Mädchen aus der neuen Generation sein, mit Kenntnissen und ohne Vorurteile. Bis zu der Zeit wird die Frauenfrage, von der jetzt alles spricht, schon gelöst sein, und eine neue Frau wird erstehen ...«

»Gnädige Frau, das ist es ja nicht — nicht das ...« Dmitrij Fjodorowitsch legte fast schon flehend beide Hände zusammen.

»Gerade das, Dmitrij Fjodorowitsch, gerade das, das haben Sie nötig, danach streben Sie, ohne es selbst zu wissen. Gegen die Frauenfrage habe ich nichts einzuwenden, ich bin sogar sehr dafür, Dmitrij Fjodorowitsch. Die weibliche Ausbildung und die politische Rolle der Frauen in der Zukunft — sehen Sie, das ist mein Ideal. Ich habe selbst eine Tochter, und von der Seite kennt man mich noch wenig. Ich habe in der Angelegenheit dem Schriftsteller Schtschedrin geschrieben. Dieser Schriftsteller hat mich über die Bedeutung der Frau so aufgeklärt, daß ich ihm im vorigen Jahre einen anonymen Brief geschrieben habe, nur zwei Zeilen: ‚Ich umarme und küsse Sie, mein Schriftsteller, im Namen der zeitgenössischen Frau. Fahren Sie fort, so zu wirken.' Ich unterschrieb: ‚Eine Mutter'. Ich wollte zuerst ‚Eine zeitgenössische Mutter' unterschreiben, doch dann entschloß ich mich, einfach ‚Eine Mutter' zu schreiben; es lag mehr sittliche Schönheit darin. Und das Wort ‚zeitgenössisch' hätte ihn ja an die Zeitschrift „Der Zeitgenosse" erinnern können — das aber wäre für ihn in Anbetracht der heutigen Zensur eine unangenehme Erinnerung... Ach, mein Gott, was haben Sie?«

»Gnädige Frau«, rief Mitja endlich und rang die Hände in stummer Verzweiflung, »Sie werden mich noch zum Weinen bringen, gnädige Frau, wenn Sie das, was Sie so großmütig versprochen haben, noch aufschieben ...«

»Weinen Sie nur, Dmitrij Fjodorowitsch, weinen Sie nur! Das sind schöne Gefühle ... Ihnen steht ein so schwerer Weg bevor! Die Tränen werden Ihnen Erleichterung bringen, später, wenn Sie zurückkehren, dann können Sie sich freuen! Sie müssen direkt aus Sibirien zu mir kommen, um sich mit mir zusammen zu freuen ...«

»Doch erlauben Sie auch mir«, brüllte Mitja auf ... »zum letzten Male flehe ich Sie an, sagen Sie mir, bitte, kann ich heute noch die versprochene Summe erhalten? Wenn nicht, wann kann ich dann kommen, um sie zu empfangen?«

»Welch eine Summe, Dmitrij Fjodorowitsch?«

»Die versprochenen Dreitausend ... die Sie so großmütig waren ...«

»Dreitausend? Sie meinen — Rubel? O nein, ich habe keine dreitausend bei mir«, erwiderte Frau Chochlakoff in ruhiger Verwunderung. Mitja erstarrte ...

»Wie haben Sie denn ... soeben äußerten Sie ... Sie sagten, daß sie schon so gut wie in meiner Tasche wären ...«

»O nein, Sie haben mich nicht recht verstanden, Dmitrij Fjodorowitsch. Wenn das so ist, dann haben Sie mich gar nicht verstanden. Ich sprach doch von den Goldgruben .. Es ist wahr, ich versprach Ihnen mehr, unendlich mehr als dreitausend, ich verstehe jetzt alles, aber ich meinte doch nur die Goldgruben!«

»Und das Geld? Die Dreitausend?« rief Dmitrij Fjodorowitsch ganz von Sinnen aus.

»O, wenn Sie darunter Geld verstanden haben, ich habe es nicht! Ich habe jetzt gar kein Geld, Dmitrij Fjodorowitsch, ich stehe selbst auf fürchterlichstem Kriegsfuß mit meinem Verwalter um Geld, und in diesen Tagen habe ich mir noch von Miússoff fünfhundert Rubel leihen müssen! Nein, nein, Geld kann ich Ihnen keines geben! Und wissen Sie, Dmitrij Fjodorowitsch, auch wenn ich es hätte, würde ich es Ihnen doch nicht geben. Erstens verleihe ich nie Geld. Geld verleihen, heißt sich Feinde machen. Und Ihnen hätte ich es unter keinen Umständen gegeben, aus Liebe zu Ihnen, um Sie zu retten, hätte ich Ihnen keines gegeben, denn Sie haben nur das eine nötig: die Goldgruben, die Goldgruben, die Goldgruben ...«

»O, daß doch der Teufel!« brüllte Mitja auf und schlug vor Wut aus aller Kraft mit der Faust auf den Tisch.

»Ach, ach mein Gott!« schrie Frau Chochlakoff ängstlich auf und flog in die fernste Ecke des Empfangssalons.

Mitja spuckte nur einmal wütend aus und eilte mit großen Schritten aus dem Zimmer, aus dem Hause, hinaus auf die Straße, in die Finsternis. Er ging wie ein Irrsinniger und schlug sich mit der Hand fortwährend auf die Brust, – auf dieselbe Stelle, auf die er sich vor zwei Tagen, als er spät abends in der Dunkelheit zu Aljoscha nochmals zurückgegangen war, bei seinen letzten Worten immer wieder geschlagen hatte. Was dieses Schlagen auf die Brust und gerade auf *diese Stelle* bedeutete, und was er damit sagen wollte, war vorläufig noch ein Geheimnis, das keine Menschenseele kannte, und das er damals nicht einmal Aljoscha verraten hatte. In diesem Geheimnis lag für ihn mehr als Schande: das war sein Untergang und sein Selbstmord – so hatte er es beschlossen –, wenn er nicht irgendwoher diese dreitausend Rubel erhielt, um sie bei Katerina Iwanowna abzutragen, und damit von seiner Brust, »von dieser Stelle auf der Brust«, die Schmach, die er auf ihr trug und die sein Gewissen bis zum Wahnsinn quälte, abwerfen konnte. (Es wird dem Leser späterhin erklärt werden, was das zu bedeuten hatte.) Jetzt aber, nachdem seine letzte Hoffnung versunken war, wankte dieser körperlich so starke Mann wie ein Wahnsinniger durch die Dunkelheit. Und noch war er nicht weit gegangen, als er plötzlich in Tränen ausbrach und wie ein kleines Kind schluchzte. Er ging weiter und wischte sich, ohne zu wissen was er tat, mit der Hand die Tränen ab. So kam er auf den Großen Platz, und plötzlich fühlte er, daß er mit dem ganzen Körper an etwas angeprallt war. Das schrille Geschrei eines alten Weibes, das er fast umgeworfen hatte, brachte ihn wieder zur Besinnung.

»Jesus, Maria! bringst einen ja fast um! Wo hast du deine Augen, Strolch!«

»Wie, sind Sie es?« fragte Mitja, der in ihr trotz der Dunkelheit die alte Dienstmagd Kusjma Ssamssonoffs zu erkennen glaubte.

»Und wer sind Sie denn, Väterchen?« fragte die Alte sofort mit ganz veränderter Stimme. »Ich kann in dieser Dunkelheit nicht die Hand vor den Augen sehen.«

»Sie leben doch bei Kusjma Kusjmitsch, nicht wahr, Sie dienen doch bei ihm?«

»Jawohl, Väterchen, wollte soeben nur mal zu Prochórytsch bißchen hinübergehen . . . Aber dich, Väterchen, kann ich ganz und gar nicht wiedererkennen.«

»Sagt mir doch, Mütterchen, ist Agraféna Alexándrowna augenblicklich noch bei ihm?« fragte Mitja bebend vor Erwartung. »Ich habe sie selbst hinbegleitet.«

»Jawohl, Väterchen, sie kam heute wieder mal zu ihm, saß ein Weilchen und ging dann wieder fort.«

»Wie? Sie ist fortgegangen?« schrie Mitja. »Wann ging sie fort?«

»Nachdem sie gekommen war. Sie saß nur ein Minutchen bei uns, erzählte dem alten Herrn ein Märchen, erheiterte ihn und ging dann wieder fort; hatte es sehr eilig.«

»Du lügst, Verfluchte!« brüllte Mitja.

»Jesus, Maria!« stammelte die Alte erschrocken, doch von Mitja war schon jede Spur verschwunden. Er lief bereits so schnell er nur konnte zu Gruschenka. (Das war kaum eine Viertelstunde nach ihrer Abfahrt.) Fenja saß mit ihrer Großmutter, der Köchin Matrjóna, in der Küche, als plötzlich der »Herr Hauptmann« hereinstürzte. Als sie ihn erblickte, schrie sie auf vor Schreck.

»Du schreist also?« brüllte Mitja das entsetzte Mädchen an. »Wo ist sie?« Doch noch bevor Fenja eine Antwort finden konnte, stürzte er ihr plötzlich zu Füßen.

»Fenja, um Christi, unseres Herrn willen! sag, wo ist sie?«

»Väterchen, Erbarmen, ich weiß nichts, Täubchen Dmitrij Fjodorowitsch, ich weiß gar nichts, schlagen Sie mich tot, ich weiß nichts ... Sie sind doch selbst zusammen mit ihr fortgegangen ...«

»Sie ist zurückgekommen! ...«

»Täubchen, ist nicht zurückgekommen, ich schwöre dir bei Gott, ist nicht zurückgekommen!«

»Du lügst«, schrie Mitja sie an, »schon aus deiner Angst kann ich schließen, wo sie ist! ...«

Er stürzte hinaus. Die erschrockene Fenja war froh, so billig davongekommen zu sein, begriff aber sehr gut, daß sie das nur seiner Eile zu danken hatte. Aber noch im Fortstürzen setzte er Fenja und die alte Matrjona durch eine gar zu unbegreifliche Tat in Erstaunen. Auf dem Küchentisch stand nämlich ein Mörser mit einem kleinen, nur etwa zwanzig Zentimeter langen Stößel aus Messing. Mitja, der mit der einen Hand schon die Tür geöffnet hatte, ergriff nun plötzlich diesen Stößel, steckte ihn in die Seitentasche — und fort war er.

»Großer Gott, er will jemanden totschlagen!« rief Fenja erschrocken aus und schlug die Hände zusammen.

In der Dunkelheit

Wohin eilte er?

»Wo kann sie denn sein, wenn nicht beim Vater? Von Ssamssonoff ist sie geradeswegs zu ihm gegangen, das ist doch klar! Die ganze Intrige, der ganze Betrug liegt doch auf der Hand ...«

Das waren die Gedanken, die wie ein Wirbelsturm durch seinen Kopf stoben. Doch nicht in den Nachbargarten zu Márja Kondrátjewna wollte er laufen, nein: »Dorthin ist es überflüssig, ganz überflüssig ... nicht das geringste Geräusch ... sonst könnte sie es sofort melden ... Marja Kondrat-jewna gehört natürlich auch zur Verschwörung. Ssmerdja-kóff gleichfalls ... alle sind sie bestochen ... gekauft ...«

Und im Augenblick änderte er seinen Plan, machte einen großen Umweg durch eine Nebengasse, lief durch die Dmi-troffstraße, dann über die kleine Brücke und gelangte in eine einsame Querstraße, die an keinem einzigen Hause, sondern nur an Gärten vorüberführte. Auf der einen Seite zog sich der Flechtzaun eines Gemüsegartens hin und auf der ande-ren der hohe starke Bretterzaun, der den ganzen Karama-soffschen Besitz einschloß. Hier suchte er sich zum Über-klettern eine bequemere Stelle aus, und zwar war es wahr-scheinlich dieselbe, wo nach der Überlieferung, die ihm be-kannt war, auch die Lisaweta Ssmerdjáschtschaja hinüber-geklettert war. »Wenn selbst die hinübergekommen ist«, flog es ihm plötzlich — Gott weiß warum — durch den Sinn, »wie soll es mir dann nicht gleichfalls gelingen?« Er trat einen Schritt zurück und machte dann einen Satz in die Höhe — es gelang, er bekam mit der Hand den oberen Rand des Zaunes zu fassen, zog sich mit einem energischen Ruck hinauf und setzte sich oben rittlings auf den Zaun. Nicht weit vom Zaun stand das Badehäuschen, doch sah er von seinem Platz aus auch die erhellten Fenster des Herrenhauses. »Richtig!

Das Schlafzimmer des Alten ist erleuchtet, sie ist dort!« Er sprang sofort in den Garten hinab. Obgleich er wußte, daß Grigórij krank war und vielleicht auch Ssmerdjakóff, und daß ihn folglich so leicht niemand hören konnte, so nahm er sich doch unwillkürlich in acht, blieb nach dem Sprung regungslos stehen und lauschte lange. Doch überall war totes Schweigen; es herrschte die atemlose Ruhe einer völlig windstillen Nacht; kein Blatt, kein Lüftchen regte sich.

„... Und es flüstert nur die Stille ...“

Dieser Vers fiel ihm plötzlich ein, doch ebenso schnell vergaß er ihn auch wieder. »Wenn nur niemand gehört hat, wie ich herabgesprungen bin? ... Es scheint aber doch nicht.« Nachdem er so eine Weile gestanden hatte, ging er vorsichtig weiter, immer auf dem Rasen, da auf den Wegen der Kies geknirscht hätte. Er ging hinter Bäumen und Gebüsch vorsichtig weiter, setzte immer nur leise einen Fuß vor und horchte auf jeden seiner Schritte. So kam er nach ungefähr fünf Minuten zu dem erleuchteten Fenster. Er erinnerte sich, daß dort unter den Fenstern einige hohe, dichte Holunder- und Schneeballensträucher standen. Die Ausgangstür, die an der linken Seite der Gartenfassade des Hauses lag, war sorgfältig verschlossen und verriegelt, wovon er sich beim Vorübergehen absichtlich und genau überzeugte. Endlich erreichte er die Sträucher vor den Fenstern und versteckte sich vorsichtig hinter ihnen. Er wagte kaum zu atmen. »Jetzt muß man etwas warten«, dachte er, »vielleicht hat doch jemand meine Schritte gehört ... damit er sich dann beruhigt ... nur muß ich mich in acht nehmen, daß ich nicht huste oder niese ...«

Er wartete etwa zwei Minuten lang, aber sein Herz schlug so heftig, daß er nach Atem rang. »Nein, das Herzklopfen wird nicht vorübergehen«, dachte er, »ich kann nicht länger warten.« Er stand hinter einem Strauch im Dunkeln, doch die andere Seite des Strauches war hell beleuchtet durch den Lichtschein, der aus dem Fenster in den Garten fiel. »Schneeballen, Mehlbeeren, wie rot sie sind!« flüsterte er, ohne zu wissen, warum, leise vor sich hin. Vorsichtig, mit schleichenden, unhörbaren Schritten näherte er sich dem Fenster und erhob sich auf die Fußspitzen. Das ganze kleine Schlafzimmer Fjodor Pawlowitschs lag vor ihm wie auf der Handfläche. Es war kein großes Zimmer und obendrein in der ganzen Breite durch einen vielteiligen roten »chinesischen« Bettschirm – so nannte ihn Fjodor Pawlowitsch – in zwei Hälften geteilt. »Der Chinesische«, zuckte es durch Mitjas Gedanken, »und hinter dem Bettschirm ist Gruschenka.« Er betrachtete Fjodor Pawlowitsch. Der hatte einen neuen seidenen Schlafrock an – so hatte ihn Mitja noch nie gesehen – und um den Leib war er mit einer seidenen Schnur, an der seidene Quasten hingen, gegürtet. Zwischen den Aufschlägen des Schlafrocks sah man die feinste Wäsche von teurem holländischem Linnen, und vorne auf der Brust war das Hemd mit goldenen Knöpfen geschlossen. Kopf und Stirn waren mit demselben rotseidenen Tuch, in dem ihn am Morgen auch Aljoscha gesehen hatte, umbunden. »Hat sich in Gala geworfen«, dachte Mitja. Fjodor Pawlowitsch stand in der Nähe des Fensters, augenscheinlich in Gedanken versunken. Plötzlich hob er den Kopf, horchte ein wenig und trat, da er nichts Verdächtiges gehört hatte, an den Tisch, goß sich ein halbes Gläschen Kognak ein und kippte es. Darauf seufzte er tief, so daß sich die ganze Brust hob, stand wieder eine kleine Weile nachdenklich auf demselben Fleck, ging dann gleichsam zerstreut zum Pfeilerspiegel, schob mit der rechten Hand die rote Binde ein wenig von der Stirn hinauf und begann seine blauen Flecke und Beulen zu betrachten, die noch nicht vergangen waren. »Er ist allein«, dachte Mitja, »nach allem zu urteilen, muß er allein sein.« Fjodor Pawlowitsch wandte sich vom Spiegel ab, und plötzlich trat er zum Fenster; er blickte hinaus in den dunklen Garten. Mitja war sofort zurückgesprungen.

»Sie schläft vielleicht schon bei ihm – hinter dem chinesischen Schirm?« Dieser Gedanke fuhr ihm wie ein Blitz durchs Herz. Da wandte sich Fjodor Pawlowitsch zurück und ging fort vom Fenster. »Nein, er hat durch das Fenster nach ihr ausgeschaut, sie ist also nicht bei ihm! Warum sollte er denn sonst ans Fenster treten und hinaussehen? ... Nein, die Ungeduld verzehrt ihn ... und nur darum ist er ans Fenster getreten.« Mitja schlich sich wieder zum Fenster und sah wieder hinein. Der Alte saß schon am Tisch und war, wie es schien, sehr niedergeschlagen. Schließlich stützte er beide Arme auf den Tisch und den Kopf in die rechte Hand, während die linke auf dem Tisch liegen blieb. Mitja beobachtete ihn gierig.

»Er ist allein, ganz allein«, sagte er sich wieder. »Wenn sie bei ihm wäre, würde er ein anderes Gesicht machen.« Doch sonderbar: in seinem Herzen erhob sich darüber, daß sie nicht bei dem Alten war, ein ganz unsinniger Ärger. »Nicht deswegen, weil sie nicht hier ist«, sagte er sich sofort als Antwort auf dieses Gefühl, kaum daß es ihm zum Bewußtsein gekommen war, »sondern weil ich doch auf keine Weise genau erfahren kann, ob sie hier ist oder nicht.« Später erinnerte sich Mitja, daß seine Gedanken in diesen Minuten ungewöhnlich klar und deutlich gewesen waren, daß er sich alles bis auf das letzte Tüpfelchen genau überlegt hatte. Aber der Druck, der sich infolge der Ungewißheit, ob sie nun da sei oder nicht, und infolge seiner Unentschlossenheit auf seine Seele legte, vergrößerte sich von Sekunde zu Sekunde und wurde unerträglich. Und plötzlich entschloß er sich: er streckte die Hand aus und klopfte leise an den Fensterrahmen. Er klopfte das »Zeichen«, das zwischen dem Alten und Ssmerdjakoff verabredet war: zuerst zweimal etwas leiser und dann dreimal schneller tuck-tuck-tuck – das Zeichen, das für ihn »Gruschenka ist gekommen« bedeuten sollte.

Der Alte fuhr zusammen, hob den Kopf, sprang auf und stürzte zum Fenster. Mitja hatte sich schon aus dem Lichtschein in die Dunkelheit zurückgezogen. Fjodor Pawlowitsch öffnete geschwind das Fenster und steckte den Kopf heraus.

»Gruschenka, bist du es? Wo bist du denn?« fragte er mit geradezu bebender Stimme in freudig-ängstlichem Flüsterton. »Sag doch, wo du bist, mein Herzblatt, mein Engelchen, wo bist du denn?« Vor Erregung war er außer Atem.

»Er ist allein!« sagte sich Mitja — jetzt erst war er wirklich überzeugt.

»Wo bist du nur?« fragte wieder der Alte und steckte den Kopf noch weiter zum Fenster hinaus, so daß auch die Schultern aus dem Fenster ragten, und blickte sich nach allen Seiten, nach links und rechts um. »So komm doch her, mein Engelchen, ich habe auch ein Geschenkchen für dich bereit, komm nur, ich werde es dir zeigen!«

»Aha, damit meint er das Paket mit den Dreitausend«, dachte Mitja.

»Aber wo bist du nur? . . . Oder ist sie bei der Tür? Warte, ich werde sofort aufmachen . . .«

Und der Alte beugte sich aus dem Fenster, um durch die Dunkelheit besser nach rechts zur Tür sehen zu können. Noch eine Sekunde — und er wäre unbedingt zur Tür gelaufen, um sie für Gruschenka aufzumachen, ohne ihre Antwort abzuwarten. Mitja betrachtete ihn von der Seite und rührte sich nicht. Das ganze ihm so verhaßte Profil des Alten, das herabhängende Doppelkinn, die Hakennase, die fleischigen, in süßer Erwartung lächelnden Lippen, alles das war von links aus dem Zimmer grell durch die Lampe beleuchtet. Eine unbändige, sinnlose Wut raste plötzlich in Mitjas Herzen auf: »Da ist er, mein Nebenbuhler, mein Peiniger, der Quälgeist meines Lebens!« Wie eine heiße Welle überkam ihn plötzlich diese sinnlose Wut, von der er vor vier Tagen in der Laube, wahrscheinlich in einem Augenblick der Vorahnung, zu Aljoscha gesprochen hatte, als Antwort auf dessen Frage, wie er nur so etwas sagen könne, daß er den Vater erschlagen werde.

»Ich weiß es doch nicht, weiß es selbst nicht«, hatte er damals gesagt, »vielleicht werde ich ihn auch nicht erschlagen, vielleicht aber doch. Ich fürchte, er wird mir in dem

Augenblick gar zu widerlich werden mit seinem Gesicht. Ich hasse sein Doppelkinn, seine Nase, seine Augen, sein schamloses Lachen. Ich empfinde physischen Ekel vor ihm. Das ist es, was ich fürchte. Und so werde ich mich denn nicht beherrschen können.«

Und der persönliche Ekel wurde von Sekunde zu Sekunde unerträglicher, als er so stand und das Profil des Alten betrachtete. Er war seiner Sinne nicht mehr mächtig, und plötzlich riß er den messingnen Stößel aus der Tasche

. . . .

»Gott jedoch beschützte mich«, sagte Mitja später. Kurz vorher war der kranke Grigórij Wassíljewitsch erwacht. Am Abend war an ihm das bewußte Heilmittel, von dem Ssmerdjakoff Iwan Fjodorowitsch erzählt hatte, angewandt worden, d. h. Márfa Ignátjewna hatte ihm mit jenem starken geheimnisvollen Kräuteraufguß eine halbe Stunde lang den Rücken eingerieben und ihm dann mit einem bestimmten Gebet das Übriggebliebene zu trinken gegeben, worauf er eingeschlafen war. Marfa Ignatjewna aber hatte danach den Rest ausgetrunken und war, da sie sonst nie Spirituosen trank, von diesem einen Schluck Branntwein wie eine Tote eingeschlafen. Nun aber war Grigorij ganz unerwarteterweise wieder aufgewacht. Er besann sich zuerst ein wenig und setzte sich im Bett auf, fühlte aber sofort einen heftigen Schmerz im Kreuz. Darauf dachte er wieder etwas nach, stand aber dann auf und kleidete sich schnell an. Vielleicht fühlte er Gewissensbisse, weil er geschlafen hatte, während doch das Haus »in einer so gefährlichen Zeit« unbewacht war. Denn Ssmerdjakoff lag, vom Anfall völlig entkräftet, regungslos im Nebenzimmer. Marfa Ignatjewna rührte sich gleichfalls nicht. »Ist schwach geworden«, dachte Grigorij und ging ächzend hinaus auf die Treppe. Eigentlich wollte er »nur ein wenig nachsehen«, da er nicht imstande war, zu gehen, die Schmerzen im Kreuz und im rechten Bein wurden gar zu heftig. Da aber fiel ihm ein, daß er das Pförtchen, das vom Hof in den Garten führte, nicht verschlossen hatte. Grigorij war der gewissenhafteste und zuverlässigste Mensch, der nur einmal eingeführte Ordnung und langjährige Gewohnheit kannte. Hinkend und schmerzgekrümmt stieg er die Treppe hinab und ging zur Gartenpforte. Richtig, sie stand sperrweit offen. Unwillkürlich trat er noch einen Schritt in den Garten — vielleicht hatte er irgendeinen Verdacht geschöpft oder einen Laut gehört . . . als er aber nach links blickte, sah er den Lichtschein aus dem Zimmer des Herrn und das offene, leere Fenster, — es blickte niemand mehr heraus.

»Warum ist es offen? Jetzt ist doch nicht mehr Sommer«, dachte Grigorij. Und plötzlich, gerade im selben Augenblick, huschte etwas Sonderbares im Garten vorbei. Ungefähr vierzig Schritt vor ihm schien in der Dunkelheit ein Mensch vorüberzulaufen, wie ein Schatten huschte er durch den Garten.

»Herrgott!« stammelte Grigorij, und dann stürzte er besinnungslos, alle Kreuzschmerzen vergessend, dem gespenstischen Schatten nach. Er nahm aber einen kürzeren Weg zum Zaun, der Garten war ihm offenbar bekannter als dem Flüchtling, der zuerst die Richtung nach dem Badehäuschen einschlug, dann um das Häuschen herumlief und zum Zaun stürzte . . . Grigorij verfolgte ihn, ohne ihn aus dem Auge zu lassen, und lief, was er laufen konnte. Er erreichte den Zaun in dem Augenblick, als der Flüchtling schon hinüberkletterte. Außer sich schrie Grigorij auf, stürzte zum Zaun und klammerte sich mit beiden Händen an den Fuß des auf dem Zaune Sitzenden.

Da! Seine Ahnung hatte ihn nicht betrogen! Er erkannte ihn, das war er, »der Unmensch, der Vatermörder!«

»Vatermörder!« schrie der Alte, und der Schrei hallte durch die lautlose Nacht über die ganze Umgegend hin. Aber das war auch alles, was er noch schreien konnte: plötzlich stürzte er, schwer getroffen, zusammen. Mitja sprang wieder in den Garten hinab und beugte sich über den am Boden Liegenden. Den messingnen Stößel, den er noch in der Hand hatte, warf er mechanisch zur Seite in das Gras. Er fiel etwa zwei Schritte von Grigorij hin, doch nicht ins Gras, sondern auf den Weg, gerade auf die sichtbarste Stelle. Er untersuchte hastig den Liegenden. Der Kopf des Alten war von Blut überströmt. Mitja befühlte den Kopf von allen Seiten. Er erinnerte sich später deutlich, daß er sich in dieser Minute unbedingt hatte »vollkommen überzeugen« wollen, was mit dem Alten geschehen war: ob er ihm den Schädel eingeschlagen oder ihn durch den Schlag auf den Scheitel nur betäubt hatte. Aber das Blut strömte, strömte unaufhörlich und benetzte wie ein warmer Strom Mitjas bebende Finger. Er erinnerte sich später auch noch, daß ihm eingefallen war, sein reines Taschentuch, das er vor dem Gang zu Frau Chochlakoff eingesteckt hatte, aus der Rocktasche hervorzuziehen, um damit sinnloserweise das Blut von der Stirn und dem Gesicht des Alten abzuwischen. Aber das Taschentuch war im Augenblick von Blut durchtränkt.

»Gott, warum habe ich das getan?« sagte sich Mitja, wie aus einem Traum erwachend. »Wenn ich ihm schon den Schädel eingeschlagen habe, wie soll ich mich dann überzeugen ... Ach, ist denn jetzt nicht alles einerlei!« fügte er plötzlich hoffnungslos hinzu, »— habe ich ihn erschlagen, dann habe ich ihn erschlagen ... Bist mir in den Weg gekommen, Alter, so liege denn!« sagte er laut vor sich hin, und plötzlich stürzte er wieder zum Zaun, sprang hinab in die Nebenstraße und lief fort. Das blutdurchtränkte Taschentuch hielt er noch zusammengeballt in der rechten Faust, und so steckte er es im Laufen in die hintere Rocktasche. Er lief so schnell er konnte, und einige wenige Fußgänger erinnerten sich später, in dieser Nacht einen wie wahnsinnig laufenden Menschen gesehen zu haben. Er stürzte zum Hause der Morosoff, wo Gruschenka wohnte.

Fenja war inzwischen, oder vielmehr gleich nach seinem Fortgang, zum Hausmeister Nasár Iwánowitsch gelaufen und hatte ihn zitternd angefleht, den »Hauptmann um Christi willen weder heute noch morgen hereinzulassen«.

Nasár Iwánowitsch hatte sie ruhig angehört und versprochen, ihre Bitte zu erfüllen, doch war er bald darauf zur Herrin gerufen worden, und so hatte er seinen Neffen, einen Burschen von etwa zwanzig Jahren, der erst vor kurzem vom Lande eingetroffen war, auf dem Hof zurückgelassen, hatte aber vergessen, ihm etwas von Fenjas Bitte betreff Karamasoffs zu sagen. Als Mitja das Hoftor erreicht hatte, klopfte er heftig. Der Bursche erkannte ihn sofort: Mitja hatte ihm schon des öfteren ein gutes Trinkgeld gegeben. Er riß sofort die Tür auf und beeilte sich, lächelnd zu melden, daß Agrafena Alexandrowna nicht zu Haus sei.

»Wo ist sie denn, Próchor?« fragte Mitja und blieb stehen.

»Sie ist doch vorhin fortgefahren, so vor guten zwei Stunden, nach Mókroje, mit Timofei, dem Kutscher, der Herr kennen ihn wohl.«

»Fortgefahren? Warum?« schrie Mitja.

»Das kann ich nicht wissen, zu einem Offizier, heißt es, der hat sie rufen lassen und auch die Pferde von dort geschickt...«

Mitja ließ ihn stehen und lief wie ein Halbwahnsinniger zu Fenja.

V

Der plötzliche Entschluß

Sie saß mit ihrer Großmutter in der Küche, beide wollten gerade schlafen gehen. Im Vertrauen auf Nasár Iwánowitsch hatten sie die Küchentür wieder nicht verriegelt.

Da stürzte Mitja hinein, warf sich auf Fenja und packte sie an der Kehle.

»Sage sofort, wo sie ist, mit wem ist sie in Mokroje?« brüllte er außer sich.

Beide Weiber schrien auf.

»Ach, ich werde alles sagen, ach, Täubchen Dmitrij Fjodorowitsch, werde gleich alles sagen, nichts verheimlichen«, stammelte schnell, doch mit steifer Zunge die tödlich erschrockene Fenja, »sie ist nach Mokroje zum Offizier gefahren.«

»Zu was für einem Offizier?« brüllte Mitja.

»Zu ihrem früheren Offizier, zu demselben, zu ihrem früheren, den sie vor fünf Jahren gehabt hat, der sie verlassen hat und fortgefahren ist«, stotterte, immer noch sich überstürzend, Fenja so schnell, wie sie nur konnte.

Dmitrij Fjodorowitschs Hände, mit denen er ihren Hals zusammengepreßt hatte, sanken herab. Er stand schweigend vor ihr, bleich wie ein Toter, doch an seinen Augen sah man, daß er alles mit einem Mal begriffen hatte, alles, alles bis aufs Letzte hatte er begriffen und alles Unausgesprochene erraten. Der armen Fenja war es natürlich nicht um diese Beobachtungen zu tun — ob er alles begriffen hatte oder nicht. Wie sie bei seinem Eintritt auf der Truhe gesessen hatte, so blieb sie auch jetzt sitzen; sie zitterte am ganzen Körper — hielt nur die Hände wie zum Schutz vor sich erhoben, und schien in dieser Stellung erstarrt zu sein. Der Blick ihrer angsterweiterten Pupillen war starr auf sein Gesicht geheftet. Seine beiden Hände waren rot von Blut, und auf der Stirn und der rechten Wange war sein Gesicht gleichfalls mit Blut besudelt; er hatte sich wahrscheinlich beim Laufen mit den blutigen Händen den Schweiß von der Stirn gewischt. Fenja war einer Ohnmacht nahe. Die alte Matrjona, die zuerst mit einem Schrei aufgefahren war, starrte ihn gleichfalls wie eine Irrsinnige an. Dmitrij Fjodorowitsch stand ungefähr eine Minute lang, und dann setzte er sich, ohne recht zu wissen, warum, neben Fenja auf einen Stuhl nieder.

Er saß und sah vor sich hin: er schien nicht zu denken, sondern gleichsam nur erschrocken, durch den Schreck gelähmt zu sein. Es war ihm alles so klar wie der Tag: dieser Offizier — er wußte von ihm, hatte von ihm gehört, wußte ja alles ganz genau, Gruschenka hatte ihm selbst alles erzählt.

Er wußte auch, daß dieser Offizier ihr vor einem Monat einen Brief geschrieben hatte. Also einen Monat, einen ganzen Monat hatte sich alles im geheimen hinter seinem Rücken abgespielt, einen ganzen Monat, bis zur Ankunft dieses neuen Menschen — er aber hatte nicht einmal an ihn gedacht! Wie war das nur gekommen, wie war das möglich gewesen, daß er nicht mehr an ihn gedacht hatte? Wie war es doch nur gekommen, daß er damals diesen Offizier so ganz vergessen hatte? — gleich nachdem sie es ihm erzählt hatte? Das war die Frage, die wie ein Ungeheuer vor ihm stand. Und er schaute es an, dieses Ungeheuer, und der Schreck rief in ihm ein Gefühl wie Kälte hervor.

Und plötzlich begann er zu sprechen. Er wandte sich zu Fenja und sprach leise und sanft: wie ein ruhiger und lieber Knabe sprach er zu ihr, ganz als hätte er völlig vergessen, wie sehr er sie erschreckt, beleidigt und gepeinigt hatte. Er fragte sie mit erstaunlicher, in seiner Verfassung unglaublicher Logik, und Fenja, die zwar immer noch scheu auf seine blutigen Hände schielte, antwortete mit gleichfalls erstaunlicher Bereitwilligkeit auf jede Frage, die er an sie stellte, als wenn sie sich beeilen wollte, ihm die ganze »wahrhaftige Wahrheit« zu sagen. Allmählich fing sie geradezu mit einer gewissen Freudigkeit an, ihm auch Ungefragtes zu erzählen, doch tat sie es nicht etwa, um ihn zu quälen, sondern als wollte sie sich beeilen, ihm von Herzen dienstbar zu sein. Sie erzählte ihm alles, was am Tage geschehen war, erzählte ausführlich von Aljoschas und Rakitins Besuch, wie sie, Fenja, Wache gestanden hatte, wie ihre Herrin weggefahren war und vorher noch Aljoscha durch das Fenster einen Gruß an ihn, Mitjenka, bestellt hatte, er solle nicht vergessen, daß sie ihn »ein Stündchen lang geliebt habe«. Als Mitja von diesem Gruß hörte, lächelte er, und auf seinen bleichen Wangen erschien eine helle Röte. Da fragte ihn Fenja, deren ganze Angst wieder vergangen war:

»Aber was haben Sie denn für Hände, Täubchen Dmitrij Fjodorowitsch, sie sind ja ganz blutig!«

»Ja«, sagte Mitja mechanisch, blickte zerstreut auf seine Hände und vergaß sie sofort wieder und mit ihnen auch Fenjas Frage. Er versank wieder in Schweigen. Er war nun schon seit etwa zwanzig Minuten in der Küche. Sein erster Schreck war vorüber, doch wurde er offenbar von einem verzweifelten Entschluß beherrscht. Er erhob sich vom Stuhl und lächelte nachdenklich.

»Herr, was ist denn mit Ihnen geschehen?« fragte Fenja, die wieder auf seine Hände wies, — sie sagte es so mitleidig, als wäre sie jetzt im Leid der einzige ihm nahestehende Mensch.

Mitja warf nochmals einen Blick auf seine Hände.

»Das ist Blut, Fenja«, sagte er und blickte sie mit einem sonderbaren Ausdruck an, »das ist Menschenblut. Gott, warum ist es nur vergossen worden! Aber . . . Fenja . . . hier gibt es einen Zaun« (er blickte sie an, als wollte er ihr ein Rätsel aufgeben), »ein hoher Zaun, für den Beschauer schrecklich anzusehen, aber . . . morgen, wenn der Tag erwacht, „wenn die Sonne sich goldrot erhebt", dann . . . dann wird Mitja Karamasoff über diesen hohen Zaun springen . . . Du weißt nicht, Fenja, welchen Zaun ich meine, nun, tut nichts . . . einerlei, wirst es morgen erfahren und dann alles begreifen . . . jetzt aber leb' wohl! Ich will nicht stören, werde mich fortschaffen, werde verstehen, mich rechtzeitig fortzuschaffen . . . Ach, lebe, lebe, du meine Freude! Hast mich ein Stündchen geliebt, so vergiß denn auch fernerhin nicht Dmitrij Karamasoff, ‚Mitjenka' . . . Sie nannte mich doch immer Mitjenka, weißt du noch, Fenja?«

Mit diesen Worten verließ er plötzlich die Küche. Aber dieses Fortgehen erschreckte Fenja noch mehr, als es sein unerwartetes Wiedererscheinen getan hatte, trotz der zusammengepreßten Kehle. —

Genau zehn Minuten danach trat Dmitrij Fjodorowitsch bei jenem jungen Beamten, Pjotr Iljitsch Perchótin, bei dem er seine Pistolen versetzt hatte, ein. Es war schon halb neun Uhr und Pjotr Iljitsch, der zu Hause seinen Tee getrunken und seinen Rock wieder angezogen hatte, war gerade im Begriff, in das Gasthaus „Zur Hauptstadt" zu gehen, um dort Billard zu spielen. Mitja war noch zur rechten Zeit gekommen, um ihn anzutreffen. Als Perchótin ihn erblickte und die Blutspuren im Gesicht bemerkte, fragte er ihn erschrocken:

»Nanu, was ist denn mit Ihnen passiert?«

»Ich komme wegen meiner Pistolen und bringe Ihnen das Geld. Ich danke Ihnen. Nur bitte schnell, Pjotr Iljitsch, ich habe es sehr eilig.«

Pjotr Iljitsch jedoch kam aus dem Staunen nicht heraus, er wunderte sich immer mehr; in Mitjas rechter Hand bemerkte er ein Paket Geldscheine, und das Auffallende dabei war, daß er dieses Geld so in der Hand hielt und so damit eintrat, wie sonst niemand Geld zu halten und einzutreten pflegt. Er hatte alle Scheine in der rechten Hand und hielt die Hand gerade vor sich, als wenn er sie jedem zeigen wollte. Der Knabe, den Perchotin als Bedienten bei sich hatte, sagte später aus, Mitja sei auch ins Vorzimmer so mit dem Gelde eingetreten, wahrscheinlich hatte er also auch auf der Straße die Hand ebenso gehalten. Es waren lauter Hundertrubelscheine, lauter regenbogenfarbene, und er hielt sie mit blutbeschmutzten Fingern. Späterhin bei dem Verhör, das man anstellte, antwortete Perchótin auf die Frage, wieviel Scheine es gewesen wären, daß er dies nicht genau sagen könne: vielleicht zweitausend Rubel, vielleicht aber auch dreitausend, denn das Paket sei recht groß gewesen, »ziemlich fest«, doch wolle er nicht darauf bestehen, da ein Irrtum in solchen Dingen sehr leicht möglich sei, besonders wenn man nicht häufig so viel Geldscheine, so als Paket in der Hand gehalten, gesehen habe. Was ihm aber an Dmitrij Fjodorowitschs Verfassung aufgefallen war, das drückte er später folgendermaßen aus: »Er war damals, wie mir schien, nicht recht bei Sinnen, doch nicht etwa betrunken, sondern — wie soll ich sagen? — er war wie geistesabwesend, war sehr zerstreut, zu gleicher Zeit aber sehr — ich möchte sagen:

konzentriert, wie wenn er beständig an ein und dasselbe gedacht, aber vergeblich etwas zu erfassen gesucht hätte. Es war ihm unmöglich, zu einem Entschluß zu kommen. Er beeilte sich sehr, antwortete schroff und sonderbar; in manchen Augenblicken jedoch schien er keineswegs traurig oder bedrückt, sondern sogar heiter zu sein.« —

»Aber was ist denn mit Ihnen passiert, was haben Sie nur?« fragte Perchotin nochmals, indem er den Gast immer noch scheu betrachtete. »Haben Sie sich verletzt, sind Sie gefallen? Sehen Sie doch hier, wie Sie aussehen!«

Er ergriff ihn am Ellenbogen und zog ihn vor den Spiegel. Als Mitja sein mit Blut besudeltes Gesicht erblickte, fuhr er zusammen und runzelte zornig die Stirn.

»Ach, zum Teufel! Das hat gerade noch gefehlt«, stieß er brummend hervor, legte schnell das Geld aus der rechten Hand in die linke und griff mit der rechten hastig nach dem Taschentuch in der hinteren Rocktasche. Aber das Tuch war ganz blutdurchtränkt: kein einziger weißer Fleck war zu sehen, und es war nicht nur trocken geworden, sondern war buchstäblich hart getrocknet und wollte sich daher nicht auseinanderfalten lassen. Mitja schleuderte es wütend fort.

»Hol's der Teufel! Haben Sie nicht irgendeinen Lappen hier . . . zum Abwischen?«

»So haben Sie sich nicht verletzt? Aber wo haben Sie sich denn so mit Blut besudelt? Wollen Sie sich nicht lieber waschen, ach, selbstverständlich, kommen Sie, hier ist der Waschtisch.«

»Waschen? Ja, das ist gut . . . nur wohin soll ich denn das tun?« Und er hielt in einer ganz sonderbaren Hilflosigkeit Perchotin die Geldscheine hin und blickte ihn dabei so fragend an, als müßte jener bestimmen, wohin er sein Geld legen sollte.

»Das Geld? Stecken Sie es doch in die Tasche, oder legen Sie es hier auf den Tisch; es wird schon nicht verloren gehn.«

»In die Tasche? Ja, in die Tasche. Das ist gut . . . Nein, sehen Sie mal, das ist doch alles Unsinn!« sagte er plötzlich laut, gleichsam aus der Zerstreutheit erwachend. »Sehen Sie: wir wollen zuerst diese Sache erledigen, ich meine die Pistolen, Sie geben sie mir zurück, und hier ist Ihr Geld . . . denn ich habe sie sehr nötig . . . und Zeit — Zeit habe ich keinen Augenblick.« Damit nahm er den obersten Hundert-rubelschein und hielt ihn Perchotin hin.

»So viel werde ich nicht herausgeben können«, bemerkte der, »haben Sie kein kleineres Geld?«

»Nein«, sagte Mitja, der wieder das Geldpaket betrach-tete, aber er schien es selbst nicht genau zu wissen, und so blätterte er mit den Fingern die ersten zwei, drei Scheine zurück. »Nein, es sind nur solche«, sagte er und blickte Per-chotin wieder fragend an.

»Wie sind Sie denn plötzlich so reich geworden?« fragte jener. »Warten Sie, ich werde den Jungen zu Plótnikoffs schicken, die schließen ihr Geschäft immer etwas später, — dort wird man es noch wechseln. He, Mischa!« rief er in das Vorzimmer.

»Zu Plótnikoff! Das ist großartig!« rief Mitja begeistert, als hätte ihn mit einem Male ein großer Gedanke erleuchtet. »Mischa«, wandte er sich zum eingetretenen Jungen, »lauf zu Plótnikoff und sage, daß Dmitrij Karamasoff sofort hin-kommen wird . . . Doch hör', hör', sie sollen Champagner, sagen wir drei Dutzend Flaschen, einpacken, wie damals, als ich nach Mókroje fuhr . . . Ich nahm damals vier Dutzend mit« (damit wandte er sich plötzlich zu Perchotin), »sie wissen schon; habe keine Bange, Mischa, aber höre: daß sie den Käse nicht vergessen, die Straßburger Pasteten, geräu-cherte Forellen, Schinken und Kaviar, kurz und gut, alles, was sie da haben, so ungefähr für hundert, hundertzwanzig Rubel, wie damals . . . Aber hör' noch: auch die Süßigkeiten sollen sie nicht vergessen, Birnen, Wassermelonen, etwa zwei oder drei oder vier, halt, nein, von Wassermelonen genügt eine, dafür aber viel Schokolade, Karamellen, Ziehbonbons — kurz alles, was ich auch damals nach Mokroje mitnahm, mit dem Champagner zusammen für dreihundert Rubel . . .

Nun, und auch jetzt soll es genau so viel sein. Aber vergiß nichts, Mischa, wenn du nur, Mischa ... Er heißt doch Mischa, nicht wahr?« unterbrach er sich, zu Perchotin gewandt.

»Warten Sie doch«, unterbrach ihn Perchotin, der ihn unmutig angehört und beobachtet hatte, »bestellen Sie das lieber selbst, wenn Sie hinkommen, der Junge wird doch nur alles verwechseln.«

»Verwechseln, ja, das sehe ich, er wird alles verwechseln. Ach, Mischa, ich wollte dich fast abküssen für den kleinen Dienst ... Wenn du es nicht verwechselst, gebe ich dir zehn Rubel, spring aber schnell hinüber ... Champagner ist die Hauptsache, daß sie den Champagner einpacken und Kognak und Portwein und Rheinwein, kurz, alles wie es damals war ... Sie wissen schon, wie es damals war!«

»Aber so hören Sie doch auf!« unterbrach ihn Perchotin ungeduldig. »Lassen Sie doch den Jungen endlich hinlaufen, er kann dort das Geld wechseln und sagen, daß sie noch nicht schließen sollen, und Sie gehen dann selbst hin und bestellen persönlich alles, was Sie wollen ... Geben Sie Ihren Hundertrubelschein, marsch, Mischa, lauf, daß deine Beine fliegen!«

Perchotin wollte, wie es schien, den Jungen absichtlich schnell aus dem Zimmer haben, denn dieser stand mit offenem Munde vor dem Gast und starrte mit weit aufgerissenen Augen auf dessen blutbefleckte Stirn und die blutigen, bebenden Hände mit dem Geldpaket und begriff vor Angst und Staunen wahrscheinlich kaum die Hälfte von alldem, was Mitja ihm sagte.

»So, jetzt kommen Sie und waschen Sie sich«, befahl Perchotin kurz. »Legen Sie das Geld auf den Tisch, oder stecken Sie es in die Tasche ... So, nun kommen Sie. Aber ziehen Sie sich doch den Rock aus.« Und er half ihm, sich seines Rockes zu entledigen, doch plötzlich schrie er auf.

»Was, Donner! Ihr Rock ist ja gleichfalls blutig!«

»Das ... das kommt nicht vom Rock ... Nur ein wenig hier am Ärmel ... und das hier ist, wo das Taschentuch gelegen hat. Es ist aus der Tasche durchgesickert. Ich habe mich bei Fenja auf das Taschentuch gesetzt, und da ist denn das Blut durchgesickert«, erklärte Mitja sofort mit geradezu rührender Vertrauensseligkeit.

Perchotin hörte mit finsterer Stirn zu.

»Das sind ja schöne Geschichten! ... Sie haben wohl eine Prügelei gehabt?« brummte er.

Darauf begann das Waschen. Perchotin hielt die Kanne und goß das Wasser über. Mitja beeilte sich und seifte daher die Hände nur wenig ein. (Seine Hände zitterten, wie Perchotin sich später erinnerte.) Da befahl ihm Perchotin sofort, die Hände besser einzuseifen und stärker zu reiben. Er war Mitja bereits überlegen und wurde es mit jeder Minute mehr. Bei der Gelegenheit will ich noch bemerken, daß der junge Mann nichts weniger als schüchtern war.

»Da, unter den Nägeln haben Sie das Blut noch nicht genügend abgerieben ... so, jetzt waschen Sie sich das Gesicht, hier, höher, noch höher: bei der Schläfe, beim Ohr ... Und Sie wollen in diesem Hemd fahren? Wohin fahren Sie denn? Sehen Sie doch, die ganze Manschette des rechten Ärmels ist voll Blut — ...«

»Ja, voll Blut«, bemerkte Mitja, der die Hand hob, um den Hemdärmelaufschlag zu betrachten.

»So wechseln Sie die Wäsche.«

»Keine Zeit. Ich, sehen Sie, ich werde ...«, fuhr Mitja, der sich schon Gesicht und Hände getrocknet hatte und sich wieder den Rock anzog, mit derselben Zutraulichkeit fort, »ich werde hier den Hemdärmelrand einfach so umbiegen, man wird es unter dem Rock gar nicht sehen ... So, sehen Sie, nicht wahr?«

»Jetzt sagen Sie, wo Sie sich so zugerichtet haben? Haben Sie sich mit jemandem geprügelt? Im Gasthaus vielleicht? Etwa wieder mit dem Hauptmann, wie damals? Sie haben ihn wohl wieder am Bart gezogen?« fragte Perchotin vorwurfsvoll. »Oder wen haben Sie sonst noch geprügelt ... oder am Ende gar totgeschlagen?«

»Unsinn!« sagte Mitja.

»Wieso Unsinn?«

»Ach, das ist doch ganz überflüssig«, sagte Mitja plötzlich lächelnd. »Ich habe soeben eine Alte auf dem Großen Platz überrannt.«

»Überrannt? Eine Alte?«

»Einen Alten!« rief Mitja lachend, mit offenem Blick in Perchotins Gesicht, und zwar so laut, als wenn jener taub wäre.

»Zum Teufel, was denn nun, eine Alte, einen Alten ... Haben Sie jemand totgeschlagen?«

»Wir haben uns wieder versöhnt. Wir prallten zusammen — und versöhnten uns ... an einem anderen Ort. Wir gingen als Freunde auseinander. Ein dummer Alter ... aber er hat mir verziehen ... Wäre er aufgestanden, so hätte er mir nicht verziehen«, fügte Mitja plötzlich, mit den Augen zwinkernd, hinzu. »Nur wissen Sie, zum Teufel mit ihm, hören Sie, Pjotr Ilijtsch, zum Teufel mit ihm, das ist jetzt ganz überflüssig! Jetzt, in dieser Stunde, will ich nicht!« Mitja brach in bestimmtem Ton kurz ab.

»Ich wollte Sie nur fragen, was für ein Vergnügen es Ihnen macht, mit fremden Menschen Streit zu suchen ... wie Sie auch damals wegen solcher Lappalien mit diesem Hauptmann Streit suchten ... zuerst eine Prügelei und dann ein Gelage — das ist Ihr ganzer Charakter! Drei Dutzend Flaschen Champagner! Was fangen Sie denn damit an?«

»Bravo! Geben Sie jetzt die Pistolen. Bei Gott, ich habe keine Zeit. Ich würde gern mit dir ein paar Worte reden, mein Täubchen, wie Fenja sagt, aber ich habe keine Zeit. Und es ist auch nicht nötig, es ist zu spät zum Reden. Ah! wo ist denn das Geld, wo habe ich es hingelegt?« fragte er erstaunt und begann mit den Händen in die Taschen zu fahren.

»Auf den Tisch haben Sie es doch selbst gelegt ... dort, da liegt es ja. Hatten Sie es vergessen? Sie gehen ja mit Ihrem Gelde wahrlich so um, als wäre es Kehricht oder

Wasser. Hier sind Ihre Pistolen. Sonderbar, um sechs versetzten Sie sie für zehn Rubel, und jetzt scheinen Sie ja Tausende in den Fingern zu haben. Wieviel sind es denn, zwei oder drei?«

»Drei, natürlich«, sagte Mitja lachend und steckte das Geld in die Hosentasche.

»Aber so werden Sie es doch verlieren. Haben Sie etwa Goldgruben geerbt?«

»Goldgruben? Goldgruben! Hahaha!« Mitja lachte, lachte unbändig. »Perchotin, sagen Sie, Liebster, wollen Sie nicht in den Goldgruben nach Gold graben? Dann wird Ihnen eine hiesige Dame sofort Dreitausend vorschießen, damit Sie nur hinfahren. Mir hat sie sie vorgeschossen, dermaßen liebt sie die Goldgruben! Kennen Sie Frau Chochlakoff?«

»Ich bin ihr nicht vorgestellt, aber ich habe sie gesehen und auch von ihr gehört. So hat sie Ihnen diese Dreitausend gegeben? Ist's möglich?« Perchotin blickte ihn ungläubig an.

»Wissen Sie, wenn morgen die Sonne goldrot emporsteigt, wenn der ewig junge Phöbus, Gott preisend und lobsingend, im Sonnenwagen am Himmel emporjagt, — so gehen Sie zu ihr, zu Frau Chochlakóff, und fragen Sie sie, ob sie mir die Dreitausend vorgeschossen hat oder nicht? Erkundigen Sie sich mal!«

»Ich kenne Ihre Beziehungen nicht ... wenn Sie so sagen, dann wird sie sie Ihnen wohl gegeben haben ... Und Sie gehen jetzt, nachdem Sie das Geld erhalten haben, anstatt nach Sibirien Gold graben, für alle drei ... Ja, wohin wollen Sie denn jetzt eigentlich fahren?«

»Nach Mókroje.«

»Nach Mokroje? Aber es ist doch Nacht!«

»Es war einmal ein Mann, der war in allem Meister, doch sieh, da ward er dumm und saß dann fest im Kleister«, sagte plötzlich Mitja.

»Wieso im Kleister? Mit Dreitausend in der Hand sitzt man nicht im Kleister.«

»Ich rede nicht von den Tausenden. Hol' sie der Teufel, die Tausende! Ich rede von des Weibes Herz:

„Weibersinn ist leicht und flatterhaft,
Kennt keine Treu und ist nicht tugendhaft."

Ich bin mit Ulysses vollkommen einverstanden; das hat er gesagt.«

»Ich verstehe Sie nicht.«

»Betrunken, wie?«

»Nein, nicht betrunken, aber schlimmer als das.«

»Mein Geist ist trunken, Pjotr Iljitsch, geistig bin ich trunken, aber genug, genug davon!«

»Was tun Sie, Sie laden die Pistole?«

»Ja, ich lade die Pistole.«

Mitja, der den Pistolenkasten geöffnet und das Pulverhorn genommen hatte, schüttete bereits vorsichtig die Ladung hinein und stopfte sie dann sorgfältig fest. Darauf nahm er die Kugel, doch bevor er sie hineinschob, hielt er sie zwischen zwei Fingern zum Licht, um sie zu betrachten.

»Warum betrachten Sie die Kugel?« fragte sofort Perchotin, der ihn unruhig und besorgt beobachtete.

»Nur so. Ein plötzlicher Einfall. Wenn du dir vorgenommen hättest, diese Kugel dir in den Kopf zu jagen, würdest du sie dann beim Laden der Pistole betrachten, oder würdest du sie so einfach hineinstoßen?«

»Warum sollte ich sie denn betrachten?«

»Wenn sie in dein eigenes Hirn eindringen soll, so ist es doch interessant, zu sehen, wie sie eigentlich aussieht ... Aber übrigens, was rede ich für einen Unsinn, das war nur so ein dummer Gedanke. So, fertig.« Er hatte die Kugel mit Werg festgestopft. »Pjotr Iljitsch, lieber Pjotr Iljitsch, das war ja nur Unsinn, wenn du wüßtest, was für ein Unsinn! Gib mir mal jetzt ein Stückchen Papier.«

»Da ist Papier.«

»Nein, glattes, reines, auf dem man schreiben kann. Ja, solches.« Und Mitja ergriff eine Feder, die auf dem Tisch lag, und schrieb schnell zwei Zeilen auf das Papier, das er

dann zweimal zusammenfaltete und in die Westentasche
steckte. Die Pistolen legte er zurück in den Kasten, ver-
schloß diesen mit dem kleinen Schlüssel, und nahm ihn dann
vom Tisch. Er blieb vor Perchotin stehen, blickte ihn lange
an und lächelte gedankenverloren.

»Gehen wir jetzt«, sagte er.

»Wohin wollen Sie? Nein, hören Sie, das geht nicht...
Sie wollen sich diese Kugel wahrscheinlich in Ihren Kopf
jagen ...«, sagte Perchótin unmutig.

»Die Kugel war doch Unsinn! Ich will leben! Ich liebe
das Leben! Das laß dir gesagt sein. Den goldlockigen Phöbus liebe ich, und ich liebe sein heißes Licht ... Pjotr Iljitsch,
lieber Mensch, verstehst du den Weg freizugeben?«

»Wie das, den Weg freizugeben?«

»Ich meine, aus dem Weg zu treten. Dem geliebten und
gehaßten Wesen den Weg freizugeben. Und daß auch das
Gehaßte lieb werde, — so muß man den Weg freizugeben
verstehen! Und ihnen sagen: Gott mit euch, geht, geht vorüber, ich aber ...«

»Sie aber?«

»Genug, gehen wir.«

»Weiß Gott, ich muß jemanden rufen, damit man Sie
nicht dorthin läßt.« Perchotin blickte ihn scharf an. »Warum wollen Sie denn jetzt nach Mókroje?«

»Dort ist ein Weib, hörst du, ein Weib! So. Das mag dir
als Erklärung genügen. Genug. Gehen wir!«

»Hören Sie, Karamasoff, Sie sind ein wilder Mensch, aber
Sie haben mir immer, ich weiß nicht warum, gefallen ...
Ich beunruhige mich Ihretwegen.«

»Ich danke dir, Bruder. Ich bin wild, sagtest du? Ja, die
Wilden, die Wilden! Ich habe es ja immer gesagt: die Wilden! Ah, das ist Mischa, ich hatte ihn schon ganz vergessen.«

Mischa war atemlos mit dem gewechselten Gelde eingetreten und meldete, daß bei Plótnikoff alle Kommis und
Lehrlinge bereits Flaschen, Fisch und Tee »zusammenschlepp-
ten« und alles sofort fertig sein werde. Mitja nahm einen

Zehnrubelschein und reichte ihn Perchotin und einen anderen Zehnrubelschein wollte er dem Jungen geben.

«Nicht! Das verbiete ich Ihnen!« Perchotin hielt ihn sofort auf. »In meinem Hause dürfen Sie das nicht ohne meine Erlaubnis tun, und es wäre auch nur eine schlechte Erziehung für den Jungen... wenn ich es erlauben wollte. Stecken Sie Ihr Geld ein, nicht dorthin, stecken Sie es in diese Tasche, Sie werden es sonst verlieren. Morgen werden Sie es vielleicht brauchen, und dann müßten Sie wieder Ihre Pistolen versetzen. Warum wollen Sie es denn in die Seitentasche stecken? So werden Sie es doch nur verlieren?«

»Höre, lieber Mensch, fahren wir zusammen nach Mókroje?«

»Wozu soll ich dorthin fahren?«

»Höre, ich werde sofort eine Flasche bestellen, trinken wir auf das Leben! Ich will auf das Leben trinken, aber mit dir zusammen will ich trinken. Ich habe doch noch nie mit dir getrunken, nicht wahr?«

»Meinetwegen, das kann man im Gasthaus besorgen, gehen wir hin, es war gerade meine Absicht, zu einer Partie Billard hinzugehen.«

»Nein, dazu haben wir keine Zeit, aber wir können bei Plótnikoff trinken im Hinterzimmer. Willst du, ich werde dir ein Rätsel zum Raten aufgeben?«

»Nun, gib' nur auf.«

Mitja zog aus der Westentasche den soeben geschriebenen Zettel hervor, faltete ihn auseinander und zeigte ihn ihm. Mit deutlicher und großer Handschrift stand darauf geschrieben:

»Ich strafe mich für mein durchlebtes Leben und bestrafe damit mein Leben.«

»Nein, weiß Gott, ich muß jemanden rufen, ich werde sofort ...«, murmelte Perchotin vor sich hin, als er den Zettel gelesen hatte.

»Wirst zu spät kommen, mein Täubchen, gehen wir und trinken wir. Nun, rechtsum kehrt, vorwärts — marsch!«

Die Kolonialwarenhandlung von Plótnikoff lag an der-selben Straße, nur ein paar Häuser weit von Perchótins Wohnung, gerade an der Straßenecke. Es war die größte Delikatessenhandlung in unserer Stadt. Die Inhaber waren reiche Kaufleute, und das Geschäft ging nicht schlecht. Es war dort alles zu haben, was auch in der Großstadt jedes größere Kolonialwarengeschäft hat: Weine von den Brü-dern Jelisséjeff, Früchte, Zigarren, chinesischer Tee, Zucker, Kaffee usw. Es waren immer drei Kommis und zwei Lauf-burschen beschäftigt. Obwohl unser Bezirk verarmt, der Handel zurückgegangen war und die Gutsbesitzer fortzo-gen, so blühte doch dieses Kolonialwarengeschäft nach wie vor und vergrößerte sich noch mit jedem Jahr, denn die Zahl der Käufer dieser Gegenstände verringerte sich nicht, sondern wuchs eher. Dmitrij Fjodorowitsch wurde unge-duldig erwartet. Man erinnerte sich noch gar zu gut, wie er vor vier Wochen ebenso plötzlich Weine, Delikatessen und Süßigkeiten bestellt hatte, Ware für mehrere hundert Ru-bel bar (auf Kredit hätte man ihm natürlich nichts gegeben), und ebensogut wußte man, daß er auch damals ebenso wie jetzt ein ganzes Paket Hundertrubelscheine in der Hand gehalten hatte, wußte, wie er mit dem Gelde umgegangen war, wie großartig er alles bestellt hatte, ohne je nach einem Preise zu fragen, ohne nachzudenken oder nachdenken zu wollen, wieviel Ware er nahm. Sprach doch die ganze Stadt nachher, daß er damals, als er mit Gruschenka nach Mo-kroje gefahren war, in einer Nacht und am folgenden Tage dreitausend Rubel ausgegeben hatte und ohne einen roten Heller zurückgekommen war. Ein ganzes Zigeunerlager, das sich damals bei uns niedergelassen hatte, war von ihm hinbestellt worden, und dieses schlaue Volk, hieß es, hätte ihm in der Trunkenheit ungezählte Summen abgezapft und von seinen teuren Weinen gleichfalls ungezählte Flaschen ausgetrunken. Man erzählte sich lachend, wie er in Mokroje schmutzige Bauernkerle mit Champagner und die Dorfmädel und Weiber mit teurem Konfekt und Straßburger Pasteten

bewirtet hatte. Desgleichen lachte man, besonders im Gasthaus „Zur Hauptstadt", über Mitjas aufrichtiges Eingeständnis (natürlich lachte man ihm nicht ins Gesicht, denn
das wäre zu gefährlich gewesen), daß er von Gruschenka für
diese ganze »Eskapade« nichts als die Erlaubnis erhalten
hatte, »einen Kuß auf ihr Füßchen zu drücken und weiter
nichts«.

Als Mitja und Perchotin sich dem Laden näherten, sahen
sie, daß vor der Tür eine Troika hielt; der Wagen war mit
einem Teppich bedeckt und die Pferde mit Glocken und
Schellen geschmückt. Andrei, der Kutscher, ging auf und ab
und wartete auf Mitja. Im Laden hatte man eine Kiste bereits »erledigt« und wartete nur noch auf Mitjas Erscheinen,
um sie zu vernageln und auf den Wagen zu heben. Perchotin wunderte sich.

»Aber wo hast du so schnell das Dreigespann hergenommen?« fragte er erstaunt.

»Als ich zu dir ging, traf ich ihn unterwegs, den dort,
den Andrei, und da befahl ich ihm, sofort anzuspannen und
hier vorzufahren. Wozu Zeit verlieren? Das vorige Mal
fuhr ich mit Timofei, aber diesmal ist mir Timofei mit
meiner Zauberin vorausgefahren. He, Andrei, werden wir
sehr viel später ankommen?«

»Höchstens ein Stündchen, Herr, werden sie früher ankommen als wir, und selbst nicht mal das!« versicherte
Andrei eilfertig. »Ich habe Timofei abfahren sehen, ich weiß,
wie der fahren wird. Die fahren nicht wie wir, Herr, wie
sollen die denn so wie wir fahren! Mehr als eine Stunde
kommen sie sicherlich nicht früher an!« beteuerte Andrei
eifrig. Es war ein noch nicht alter, rothaariger und hagerer
Mann im Leibrock. Den Mantel trug er auf dem linken Arm.

»Fünfzig Rubel Trinkgeld, wenn wir nur eine Stunde
später hinkommen.«

»Für eine Stunde garantiere ich! Ach, Herr, die werden
nicht mal 'ne halbe Stunde früher ankommen, von 'ner
ganzen gar nicht zu reden!«

Mitja war zwar sehr beschäftigt mit dem Anordnen, doch gab er seine Befehle auffallend zerstreut, er sprach sie fast nie zu Ende. Perchotin fand es geboten, sich einzumischen.

»Für vierhundert Rubel, nicht weniger als für vierhundert, damit es ganz genau soviel ist wie damals«, kommandierte Mitja. »Vier Dutzend Flaschen Champagner, keinen Tropfen weniger!«

»Wozu soviel, wer wird das austrinken? Halt!« rief Perchotin. »Was ist das für eine Kiste? Was ist hier eingepackt? Diese Kiste soll für vierhundert Rubel Weine und Delikatessen enthalten?«

Ihm wurde aber sofort von den dienstbeflissenen Kommis in höflichster Redeweise auseinandergesetzt, daß in dieser ersten Kiste nur ein halbes Dutzend Flaschen Champagner und »alle möglichen notwendigen Konserven und sofort nötige Delikatessen« eingepackt seien, sowie Schokolade, Früchte, Kaviar, Lachs usw., daß aber der »große Bedarf« sofort eingepackt und noch in dieser Stunde mit einer anderen Troika abgeschickt würde, so wie es auch das vorige Mal geschehen sei, und daß also die Sachen für den »großen« Bedarf höchstens eine Stunde später als der Herr in Mokroje ankommen würden.

»Nur nicht später als in einer Stunde, und möglichst viel Schokolade und Makronen, die werden von den Mädels am liebsten gegessen«, setzte Mitja noch eifrig hinzu.

»Nun gut, also noch Makronen. Aber was fängst du mit vier Dutzend Flaschen Champagner an? Eines genügt vollkommen!« sagte Perchotin geärgert.

Er erkundigte sich nach den Preisen, verlangte die Rechnung und wollte sich nicht beruhigen. Kurz, er rettete im ganzen etwa hundert Rubel. Es endete damit, daß alles in allem nur für dreihundert Rubel Ware eingepackt werden sollte.

»Ach, zum Teufel!« Perchotin bedachte sich eines anderen. »Was geht das mich an! Tu mit deinem Gelde, was du willst, wenn du es so mühelos bekommen hast!«

»Komm her, mein lieber Nationalökonom, komm her, ärgere dich nicht.« Damit zog ihn Mitja in das Hinterzimmer. »Man wird uns sofort eine Flasche bringen. Ach was, fahren wir zusammen hin, du bist ein lieber Mensch, ich liebe solche wie du.«

Mitja setzte sich auf einen geflochtenen Stuhl vor einen kleinen Tisch, der mit einem äußerst befleckten Tischtuch bedeckt war. Perchotin ließ sich ihm gegenüber auf irgendeiner anderen Sitzgelegenheit nieder. Im selben Augenblick wurde auch schon der Champagner gebracht. Es wurde noch gefragt, ob die Herren nicht Austern wünschten, »prima Qualität, letzte Sendung . . .«

»Ach, zum Teufel mit den Austern, ich will sie nicht, nicht nötig«, stieß Perchotin geradezu wütend hervor.

»Ja, wir haben keine Zeit zum Austernschlürfen«, meinte Mitja, »und ich habe auch keinen Appetit. Weißt du, Freund«, sagte er plötzlich gefühlvoll, »ich habe niemals diese ganze Unordnung geliebt.«

»Wer liebt denn überhaupt so etwas! Vier Dutzend, das ist doch wirklich . . . für Bauernkerle!«

»Ich rede nicht davon. Ich meinte die höhere Ordnung. Es ist keine Ordnung in mir, keine höhere Ordnung . . . Aber . . . das ist jetzt vorüber, wozu noch darüber trauern. Dazu ist es jetzt zu spät, nun zum Teufel damit! Mein ganzes Leben war Unordnung, jetzt muß man einmal Ordnung schaffen. Hm, du glaubst wohl, daß ich Witze reißen will?«

»Du phantasierst im Fieber, aber machst keine Witze.«

»Ja

   . . . „Ruhm dem Höheren auf Erden,
     Ruhm dem Höheren auch in mir!"

Dieses Verschen ist mir irgend einmal aus der Seele hervorgebrochen, nicht als Gedicht, nein, als Träne . . . Ich habe es selbst gedichtet . . . natürlich nicht damals, als ich den Hauptmann am Bärtchen zog . . .«

»Wie kommst du auf den?«

»Wie ich auf den zu sprechen komme? Unsinn! Alles

nähert sich dem Ende, alles gleicht sich aus, ein Strich —
und das Fazit.«

»Nein, weiß Gott, mir kommen deine Pistolen nicht aus
dem Sinn.«

»Auch die Pistolen sind Unsinn! Trink und phantasiere
nicht. Ich liebe das Leben, habe es gar zu lieb, so lieb, daß
es fast schon niedrig ist. Doch genug davon! Auf das Leben,
Täubchen, auf das Leben laß uns trinken, ich schlage einen
Toast auf das Leben vor! Warum bin ich nur so zufrieden
mit mir? Ich bin ein niedriger Mensch, aber ich bin zufrieden mit mir. Und doch — es quält mich, daß ich niedrig und
trotzdem mit mir zufrieden bin. Ich segne die Schöpfung,
ich bin bereit, Gott zu segnen und seine Schöpfung, aber
... man muß ein scheußliches Insekt vernichten, damit es
nicht mehr umherkriecht, nicht anderen das Leben verdirbt
... Trinken wir auf das Leben, lieber Bruder! Was kann es
Teureres geben als das Leben? Nichts, nichts! Auf das Leben
und auf eine Königin unter den Königinnen!«

»Schön, trinken wir auf das Leben, und meinetwegen
auch auf deine Königin.«

Sie tranken jeder ein Glas. Mitja war trotz seiner Begeisterung und Ekstase gewissermaßen bedrückt — als wenn
eine Sorge hinter ihm stünde und er sie nicht loswerden
könnte.

»Mischa ... das ist doch dein Mischa, der soeben eintrat?
Mischa, Täubchen, Mischa, komm her, trink dieses Glas auf
Phöbus, den goldlockigen Jüngling, der morgen ...«

»Warum gibst du ihm Champagner!« rief Perchotin gereizt und versuchte ihn davon abzuhalten.

»Nun, erlaub doch, laß doch, warum willst du es nicht?
— laß, ich will es!«

»Ach, nun!«

Mischa trank das Glas aus, machte eine schöne Verbeugung und lief davon.

»So wird er es länger behalten«, meinte Mitja. »Ein Weib
liebe ich, ein Weib! Was ist das Weib? Die Königin der

Erde! Traurig ist mir zumut, Pjotr Iljitsch. Weißt du noch, wie Hamlet sagt: „Mir ist so schwer ums Herz, so schwer, Horatio ... Ach, armer Yorick!" Dieser Yorick bin vielleicht ich. Ja, jetzt bin ich noch Yorick, und ein Schädel später.«

Perchotin hörte zu und schwieg; da verstummte auch Mitja.

»Was ist das da für ein Hündchen?« fragte er plötzlich zerstreut einen Kommis, als er in der Ecke ein kleines Bologneserhündchen mit schwarzen Augen bemerkte.

»Das gehört Warwára Alexéjewna, unserer Gnädigen«, entgegnete der Kommis höflich, »sie hat es vorhin hergebracht und hier vergessen, man wird es ihr wieder hinauftragen müssen.«

»Ich habe einmal ein ähnliches gesehen, im Regiment ...«, sagte Mitja gedankenverloren, »nur hatte es sich die Hinterpfötchen gebrochen ... Pjotr Iljitsch, ich wollte dich noch fragen, gut, daß es mir einfällt: Hast du je in deinem Leben gestohlen — oder nie?«

»Was soll das?«

»Nein, ich frage dich nur so. Ich meine, aus der Tasche eines anderen Menschen etwas Fremdes? Ich rede nicht von der Staatskasse, die wird natürlich von allen gerupft, und auch von dir, versteht sich ...«

»Geh zum Teufel.«

»Ich meine aber fremdes Eigentum: unmittelbar aus der Tasche, aus dem Portemonnaie?«

»Meiner Mutter habe ich einmal einen Zwanziger gestohlen, ich war ein neunjähriger Knabe. Ich nahm ihn heimlich vom Tisch und verbarg ihn in der Faust.«

»Nun, und?«

»Nun, nichts weiter. Drei Tage verwahrte ich ihn, dann schämte ich mich, gestand es und gab ihn zurück.«

»Nun, und dann?«

»Das ist doch klar: ich wurde gedroschen. Aber wozu fragst du, hast du etwa selbst gestohlen?«

»Hab gestohlen«, sagte Mitja mit verschmitztem Lächeln.

»Was hast du gestohlen?«

»Meiner Mutter einen Zwanziger, ich war ein neunjähriger Knabe, nach drei Tagen gab ich ihn zurück.«

Als er das gesagt hatte, erhob er sich plötzlich.

»Herr, wollen wir uns nicht beeilen?« ertönte von der Tür Andreis Stimme.

»Ist alles bereit? Gehen wir!« Mitja fuhr unmutig auf. »Noch das letzte Wort und ... Dem Andrei einen Schnaps auf den Weg! Und auch ein Glas Kognak für ihn außer dem Schnaps! Dieser Kasten (mit Pistolen) kommt unter den Sitz. Leb wohl, Pjotr Iljitsch, denk nicht schlecht von mir!«

»Aber du kommst doch morgen zurück?«

»Unbedingt.«

»Werden der Herr vielleicht jetzt die kleine Nota begleichen?« fragte freundlich ein flink herbeigesprungener Kommis.

»Ach ja, natürlich! Versteht sich!«

Und wieder zog er alle Scheine aus der Tasche heraus, nahm die obersten drei regenbogenfarbenen und warf sie auf den Ladentisch. Dann eilte er hinaus. Ihm folgte unter Bücklingen und mit guten Wünschen auf die Reise das ganze Personal. Andrei räusperte sich und sprang auf seinen Platz. Doch kaum wollte Dmitrij einsteigen, als plötzlich Fénja auftauchte. Sie kam atemlos herangelaufen, schlug die Hände flehend zusammen und stürzte mit einem Schrei vor Mitja auf die Knie nieder.

»Väterchen Dmitrij Fjodorowitsch, Täubchen, bringen Sie sie nicht um! Und ich, ich habe Ihnen alles erzählt in der Angst ... Und auch ihn bringen Sie nicht um, das ist doch der Frühere, ihr Liebster! Er wird jetzt Agrafena Alexandrowna heiraten, er ist doch nur deswegen aus Sibirien zurückgekehrt ... Täubchen Dmitrij Fjodorowitsch, richten Sie nicht fremdes Leben zugrunde!«

»Aha, das also ist es! Nun, da kann er ja was Schönes anrichten!« brummte Perchotin vor sich hin. »Jetzt begreife ich ... jetzt hat alles seine Erklärung ... Dmitrij Fjodorowitsch, gib mir mal sofort die Pistolen her, wenn du ein Mensch sein willst«, rief er ihm laut zu, »hörst du!«

»Die Pistolen? Wart, mein Täubchen, ich werde sie unterwegs in eine Pfütze werfen«, sagte Mitja. »Fenja, stehe auf, liege nicht so vor mir auf den Knien! Niemanden wird Mitja, dieser dumme Mensch, zugrunde richten, hinfort niemanden mehr. Und noch eines, Fenja«, rief er ihr, bereits einsteigend, zu, »ich habe dich vorhin gekränkt und habe dir weh getan, verzeih es mir und vergib dem Bösewicht ... willst du es aber nicht vergeben, nun, dann meinetwegen nicht! Jetzt ist doch schon alles einerlei! Fahr zu, Andrei, geschwind!«

Andrei zog die Leine an und knallte mit der Peitsche: Glocken und Schellen ertönten.

»Leb wohl, Pjotr Iljitsch! Dir die letzte Träne! ...«

»Er ist nicht betrunken und schwatzt doch wie im Delirium!« dachte Perchotin bei sich, als die Troika wie der Wind um die Ecke gebogen und verschwunden war. Er hatte sich vorgenommen, so lange zu warten, bis man die zweite Troika mit den übrigen Vorräten abgeschickt hätte, denn er sagte sich, daß man bei der Gelegenheit wahrscheinlich tüchtig betrügen wollte; doch plötzlich drehte er sich ärgerlich um und begab sich zu seiner Billardpartie.

»Ein Esel, wenn auch sonst ein netter Junge ...«, brummte er unterwegs vor sich hin. »Von einem gewissen Offizier, diesem Vormaligen der Gruschenka, habe ich gehört. Nun, wenn er jetzt zurückgekehrt ist ... Ach, die verfluchten Pistolen! Zum Teufel, was geht das schließlich mich an, ich bin doch nicht seine Kindsmagd! Mag er doch! Aber es wird ja nichts geschehen. Hunde, die bellen, beißen nicht. Solche Leute trinken und prügeln sich, prügeln sich und versöhnen sich. Sind denn das Tatmenschen? Doch was war das mit dem ‚ich werde den Weg freigeben, strafe mich für mein Leben‘? Ach was, Geschwätz. Er hat doch wahrlich nicht wenig ähnliches Zeug geredet, wenn er betrunken war. Jetzt aber war er nicht betrunken. ‚Mein Geist ist trunken‘ —

schwungvollen Stil lieben die Schufte. Bin ich denn sein Wärter? Und wieder eine Prügelei! Mit wem wohl? Werd's gleich im Gasthause erfahren. Die Backe mit Blut besudelt. Und das ganze Taschentuch ... Pfui Teufel, jetzt liegt es bei mir auf dem Fußboden ... Schweinerei!«

In der schlechtesten Gemütsverfassung erreichte er endlich das Gasthaus „Zur Hauptstadt" und begann sofort die Partie. Das Spiel zerstreute ihn. Man begann darauf eine zweite Partie, und plötzlich ließ er im Gespräch mit seinem Partner die Bemerkung fallen, daß Dmitrij Karamasoff wieder Geld in Fülle besitze, etwa dreitausend Rubel, daß er es selbst gesehen habe, und daß Mitja wieder nach Mokroje zu einem Gelage mit Gruschenka gefahren sei. Diese Nachricht wurde mit erstaunlicher Aufmerksamkeit aufgenommen. Und alle sprachen sonderbarerweise vollkommen ernst darüber, keineswegs scherzend oder gleichgültig. Sie unterbrachen sogar das Spiel.

»Dreitausend? Woher hat er die denn plötzlich bekommen?«

Man begann ihn auszufragen. Daß Frau Chochlakoff ihm das Geld gegeben habe, wurde stark bezweifelt.

»Oder hat er vielleicht den Alten beraubt?«

»Weiß der Teufel, dreitausend. Da muß irgend etwas nicht in Ordnung sein.«

»Hat er sich denn nicht immer gerühmt, daß er den Vater erschlagen werde, das haben wir doch alle gehört! Und gerade von dreitausend Rubeln sprach er das letztemal ...«

Perchotin hörte zu, und seine Antworten wurden immer trockener und knapper. Vom Blut, das Mitja an den Händen und auf dem Gesicht gehabt hatte, sagte er nichts, obgleich er auf dem Wege zum Gasthaus eigentlich beabsichtigt hatte, auch davon zu erzählen. Man begann die dritte Partie, und das Gespräch über Mitja verstummte allmählich. Nachdem aber Perchotin die dritte Partie beendet hatte, wollte er nicht weiter spielen; er legte das Queue hin und ging fort, ohne zu Abend zu essen. Als er auf den Platz hinaustrat, blieb er in Zweifel befangen und verwundert über sich selbst stehen. Er hatte beschlossen, sofort zu Fjodor Pawlowitsch Karamasoff zu gehen, um dort zu erfahren, ob nicht etwas Besonderes geschehen war.

»Ach was«, dachte er, »ich soll dort wegen irgendeiner Dummheit, denn mehr wird ja doch nicht dahinter stecken, fremde Menschen aus dem Schlaf wecken und womöglich noch einen Skandal hervorrufen. Teufel! was geht das mich an!«

In hundsgemeiner Stimmung begab er sich geradeswegs nach Hause, doch plötzlich fiel ihm Fenja ein. »Ich Esel, warum erkundigte ich mich nicht bei ihr, dann würde ich jetzt alles wissen.« Und das eigensinnige Verlangen, mit ihr zu sprechen, wurde so stark in ihm, daß er auf halbem Wege kurz entschlossen kehrt machte und sich zum Hause der Morosoff, wo Gruschenka wohnte, begab. Beim Hoftor angelangt, klopfte er, und der Laut, der in der nächtlichen Stille erschallte, weckte ihn wieder auf: er ernüchterte und ärgerte ihn zugleich. Zudem rührte sich nichts: im Hause schien alles zu schlafen. »Und auch hier wird es schließlich nur auf einen Skandal hinauskommen!« dachte er fast mit einem Schmerz in der Brust. Aber anstatt fortzugehen, begann er von neuem zu klopfen, und zwar klopfte er vor Wut aus aller Kraft. Der Lärm schallte durch die ganze Straße. »Ich werde sie doch noch wachrütteln, zum Trotz!« brummte er, und mit jedem Schlag wuchs sein Ärger, und mit jedem Schlage klopfte er lauter, immer lauter.

VI

»Ich komme angefahren!«

Inzwischen aber flog Dmitrij Fjodorowitsch auf der Landstraße dahin. Bis Mokroje waren es etwas mehr als zwanzig Werst, aber Andreis Dreigespann jagte so, daß es in fünfviertel Stunden anlangen konnte. Die rasche Fahrt wirkte auf Mitja wie eine momentane Erquickung. Die Luft war frisch und kühl, am klaren Himmel glänzten große Sterne. Es war dieselbe Nacht und vielleicht auch dieselbe Stunde, da Aljoscha zur Erde niederfiel und »in Verzückung schwur, sie in alle Ewigkeit zu lieben«. In Mitjas Seele jedoch herrschte Unruhe, dumpfe Unruhe, und obgleich jetzt vieles seine Seele peinigte, so strebte doch in diesem Augenblick sein ganzes Wesen unabwendbar nur zu ihr, zu seiner Königin, zu der er hinflog, um sie noch einmal, zum letztenmal zu sehen! Ich will hier nur noch eines sagen, wenn man es mir auch vielleicht nicht glauben wird: dieser Eifersüchtige empfand gegen den neuen Nebenbuhler, gegen diesen plötzlich aus der Erde aufgetauchten sogenannten »früheren Offizier«, nicht den geringsten Haß. Jeder andere Nebenbuhler, wäre ein solcher vor ihm aufgetaucht, hätte ihn vor Eifersucht rasend gemacht, und vielleicht hätte er dann wieder seine schrecklichen Hände mit Blut befleckt, – doch für diesen »ihren Ersten« empfand er nicht einmal ein feindseliges Gefühl. Allerdings hatte er ihn noch nicht gesehen, aber: »Hier ist es ihr Recht und auch seines; hier ist es ihre erste Liebe, die sie in den ganzen fünf Jahren nicht vergessen hat, hier kann niemand mehr etwas streitig machen. Fünf Jahre lang hat sie ihn geliebt, und ich – warum habe ich mich zwischen sie zu drängen versucht? Was hatte ich dabei zu tun? Tritt zur Seite, Mitja, und gib den Weg frei! Und was will ich jetzt noch? Jetzt ist ja auch ohne den Offizier alles aus! Selbst wenn er gar nicht wieder aufgetaucht wäre – es ist jetzt alles ein für allemal zu Ende . . .«

Ungefähr mit diesen Worten hätte er seine Empfindungen ausgedrückt, wenn er nur imstande gewesen wäre, zu denken. Denken aber war ihm unmöglich. Sein ganzer Entschluß war eigentlich ohne jede Überlegung entstanden, in einer Sekunde war er aufgetaucht, sofort gefühlt und wortlos, gedankenlos mit allen Folgen von ihm als selbstverständlich angenommen worden. Das war in der Küche bei Fenja schon bei deren ersten gestammelten Worten geschehen. Und doch war trotz des gefaßten Entschlusses Unruhe in seiner Seele; selbst die Entschlossenheit brachte keine Ruhe. Gar zu vieles stand hinter ihm und quälte ihn. Und eben dies kam ihm zuweilen so sonderbar vor. Er hatte doch schon eigenhändig seinen Urteilsspruch geschrieben: »Ich strafe mich für mein durchlebtes Leben . . .«, und der Zettel war doch hier in seiner Westentasche, und die Pistole war doch schon geladen, und er hatte ja schon beschlossen, wie er morgen den ersten lichten Strahl des „goldlockigen Phöbus" begrüßen werde — und doch konnte er das Geschehene, das hinter ihm stand und ihn quälte, nicht abschütteln, das fühlte er bis zum körperlichen Schmerz, und der Gedanke daran hatte sich wie Verzweiflung an seiner Seele festgesogen. Es kam ein Augenblick, wo er die Pistole herausreißen und aus dem Wagen springen wollte, um alles sofort zu beenden, ohne auf den goldlockigen Phöbus zu warten. Aber auch dieser Augenblick verging wie ein Funke. Und die Troika jagte, »die Entfernung verschlingend«, und in dem Maße, wie er sich ihr näherte, verscheuchte der Gedanke an sie mehr und mehr alle anderen Schreckgespenster, die an ihm zerrten. O, er wollte sie nur einmal noch sehen, nur noch einmal, und wenn auch nur im Fluge, von ferne! »Sie ist jetzt *mit ihm* zusammen, nun, so werde ich denn sehen, wie sie jetzt mit ihm zusammen ist, mit ihrem früheren Liebsten, das ist ja alles, was ich will.« Und noch niemals hatte sich in seiner Brust so viel Liebe zu diesem Weibe, das so verhängnisvoll für ihn geworden war, erhoben, so viel neues, von ihm bisher noch nie empfundenes, ja sogar ihn selbst ganz überraschendes Gefühl, ein Gefühl von einer Zartheit bis zum Beten, bis zum Vergehen vor ihr. »Und ich werde verschwinden!« sagte er plötzlich wie in einem Anfall hysterischer Ekstase.

Fast eine Stunde jagten sie schon dahin. Mitja schwieg, und Andrei, der sonst ziemlich redselig war, hatte auch noch kein Wort gesagt, ganz als scheue er sich zu sprechen, und er trieb nur seine »Renner« an, sein braunes, mageres, aber

feuriges Dreigespann. Da rief ihm Mitja plötzlich entsetzt
zu:

»Andrei! ... Aber wenn sie schon schlafen?«

Dieser Gedanke war ihm ganz plötzlich gekommen, vorher hatte er an diese Möglichkeit überhaupt nicht gedacht.

»Ja, es ist wohl anzunehmen, daß sie schon schlafen.«

Mitja runzelte finster die Stirn, ein schmerzhaftes Gefühl
erfaßte ihn. Nein, wirklich, was dann, wenn er ankommt
... mit diesen Gefühlen ... und sie schlafen bereits ... und
auch sie schläft vielleicht schon ... dortselbst ... Ein böses
Gefühl kochte in seinem Herzen auf.

»Schneller, Andrei, jage!« schrie er außer sich.

»Aber es kann auch sein, daß sie sich noch nicht hingelegt
haben«, meinte Andrei nach einem Weilchen Nachdenken.
»Timofei sagte, daß sich ihrer dort viele versammelt haben ...«

»Auf der Poststation?«

»Nein, nicht dort; bei Plastúnoffs, im Einkehrhaus, also
sozusagen in der Herberge, das wäre so eine freie Station
für die Reisenden, ohne Post.«

»Ich weiß, ich weiß. Aber was sagst du da von vielen, die
sich dort versammelt hätten? Wie viele? Wer das?« Mitja
war durch die unerwartete Nachricht außergewöhnlich erregt.

»Timofei erzählte so. Lauter Herren: aus der Stadt zwei,
was für welche, weiß ich nicht, aber sie sollen aus der Stadt
sein; und dann noch zwei andere, Zugereiste, wie er sagte,
und wer kann wissen, vielleicht noch jemand, ich hab' ihn
nicht viel ausgefragt. Sie haben begonnen Karten zu spielen,
sagte er.«

»Karten?«

»So ist denn wohl möglich, daß sie noch nicht schlafen,
wenn sie mit Kartendreschen begonnen haben. Was wird es
denn jetzt viel an der Zeit sein, gut, wenn es elf ist.«

»Schneller, Andrei, so jage doch!« schrie ihm Mitja abermals in nervöser Aufregung zu.

»Nur möchte ich gern fragen, Herr«, begann nach kurzem Schweigen Andrei, »ich weiß bloß nicht, wie ich das machen soll, damit der Herr sich nicht ärgert.«

»Was ist's?«

»Vorhin fiel Fedóssja Márkowna, die Fénja, vor dem Herrn auf die Knie und bat, ihre Herrin und noch jemand nicht umzubringen ... So denk' ich denn, ich bringe ihn jetzt wohl hin ... Verzeiht, Herr, ich fragte nur so aus Gewissensangst, vielleicht habe ich was Dummes gesagt.«

Mitja faßte ihn plötzlich hinterrücks an den Schultern.

»Du bist doch ein Kutscher? Ein Kutscher, nicht wahr?« fragte er erregt.

»Nun ja, wie man's nimmt, eigentlich ein Fuhrmann ...«

»Weißt du nicht, daß man ausbiegen und anderen den Weg freigeben muß? Oder glaubst du, daß man drauflosfahren darf, wenn auch die anderen dabei in den Graben stürzen oder unter deine Räder kommen? Nein, Andrei, überfahre niemanden! Man darf nicht Menschen überfahren, man darf den Menschen nicht das Leben zerstören. Wenn du aber ein Leben zerstört hast, so strafe dich selbst ... wenn du es verdorben hast, wenn du nur jemandem das Leben verdorben hast — so richte dich und verschwinde!«

Diese Worte sprudelten wie im Krampf aus ihm hervor. Andrei wunderte sich über den Herrn, setzte aber doch das Gespräch fort.

»Da hat der Herr ein wahres Wort gesagt: das darf man nicht, einen Menschen überfahren, auch quälen nicht, und wenn's auch nur ein Vieh ist, denn auch ein Vieh ist als Vieh von Gott geschaffen, selbst so ein Pferd. Mancher aber jagt wie blind drauflos, und wenn's dann halten heißt, dann ist's zu spät, er jagt dir schnurstracks ...«

»In die Hölle?« fiel Mitja ein und lachte darauf sein unerwartetes, eigenartig kurzes Lachen. »Andrei, du goldene Seele, sag!« Mitja faßte ihn wiederum stark an den Schultern, »sag, wird Dmitrij Karamasoff schnurstracks in die Hölle kommen oder nicht, was meinst du?«

»Das kann ich nicht wissen, Täubchen, das wird von Euch abhängen, denn Ihr seid doch bei uns, wie ... Seht, Herr, als Gottes Sohn ans Kreuz geschlagen war und starb, da ging er vom Kreuz schnurstracks in die Hölle und befreite alle Sünder, die sich dort quälten. Und da ächzte die Hölle, weil, wie sie glaubte, hinfort niemand mehr hinkommen werde, also keine Sünder mehr. Und da sagte der Herr zur Hölle: ,Ächze nicht, Hölle, denn es werden hinfort viele Reiche und Herrscher und Richter und Mächtige und Würdenträger zu dir kommen, und du wirst hinfort wiederum genau so gefüllt sein, wie du es von Ewigkeit warst, bis daß ich wiederkomme.' Und das ist wahr, das hat der Herr genau so gesagt ...«

»Eine Volkslegende, prachtvoll! Zieh dem Linken eins über, Andrei!«

»Das ist schon so, Herr, für wen die Hölle bestimmt ist«, — Andrei zog dem Linken eins über — »der kommt hinein, und was für welche hineinkommen, das hat der Herr damals der Hölle vorausgesagt. Ihr aber seid doch für mich wie ein kleines Kindchen ... so kommt Ihr mir immer vor ... Und wenn ihr auch jähzornig seid, das ist wohl wahr, so wird Gott Euch doch für Eure Treuherzigkeit vergeben.«

»Und du, vergibst du mir, Andrei?«

»Was habe ich Euch denn zu vergeben, Herr, Ihr habt mir doch nichts Schlechtes getan.«

»Nein, für alle, für alle du allein, jetzt gleich, sofort, hier im Wagen, auf der Fahrt, vergibst du mir für alle? Sprich, du Volksseele!«

»Ach, Herr! Es wird einem ganz bange, Euch zu fahren. Eure Worte sind heute ganz wunderlich ...«

Mitja hörte nicht, was Andrei brummte. Er betete wie rasend und flüsterte wild vor sich hin:

»Herrgott, nimm mich auf in meiner ganzen Verworfenheit, aber richte mich nicht! Laß Dein Gericht an mir vorübergehen ... Richte nicht, denn ich habe mich ja schon selbst verurteilt, richte nicht, denn ich liebe Dich, Herrgott! Abscheulich bin ich, aber ich liebe Dich; schickst Du mich in die Hölle, so werde ich Dich auch dort lieben, werde auch von dort zu Dir emporschreien, daß ich Dich ewig, *ewig* liebe ... Aber laß auch mich zu Ende lieben ... hier, jetzt zu Ende lieben, nur noch fünf Stunden bis zum heißen Strahl deines Lichts ... Denn ich liebe die Königin meiner Seele! Ich liebe, und ich kann nicht anders als lieben. Du siehst mich doch ganz und weißt, wie ich bin! Wenn ich herangesprengt komme, werde ich vor ihr niederstürzen und sagen: Es war recht von dir, daß du an mir vorübergingst ... Lebe wohl und vergiß dein Opfer, beunruhige dich deswegen niemals!«

»Mókroje!« rief Andrei und wies mit der Peitsche nach vorn.

Vor der fahlen Dunkelheit der Nacht zeichneten sich plötzlich schwarz die festen Massen von Gebäuden ab, die verstreut im weiten Raume vor ihnen lagen. Das Dorf Mokroje zählte etwa zweitausend Einwohner. Zu dieser Stunde lag es schon in tiefem Schlaf, nur hier und da blitzten noch ein paar bescheidene Lichter durch die Nacht.

»Jage, jage, Andrei, *ich* komme angefahren!« rief Mitja wie im Fieber.

»Sie schlafen noch nicht!« sagte Andrei, und wies mit der Peitsche auf das Plastúnoffsche Haus, das gleich bei der Einfahrt ins Dorf lag, und dessen sechs Fenster nach der Straße zu hell erleuchtet waren.

»Sie schlafen nicht!« griff Mitja jubelnd auf. »Dröhne los, Andrei, galoppiere, daß die Schellen klingen, fahre donnernd vor! Damit sie alle hören, wer angefahren kommt! Ich! *Ich* komme angefahren!« rief Mitja atemlos, außer sich.

Andrei brachte die schäumenden Pferde in Galopp und fuhr tatsächlich donnernd an der Treppe vor, wo er mit einem Ruck seine dampfenden, abgehetzten Tiere halten ließ. Mitja sprang aus dem Wagen. Der Wirt war schon im Begriff gewesen, schlafen zu gehen, da hatte er von ferne das Wagenrollen vernommen und war neugierig auf die Treppe hinausgetreten, um zu sehen, wer zu so später Stunde so wild daherjage.

»Trifón Boríssytsch, bist du es?« fragte Mitja.

Trifon Borissytsch beugte sich vor, blickte angestrengt durch das Dunkel und eilte dann geschwind in unterwürfigem Entzücken die Treppe hinab, dem Gaste entgegen.

»Väterchen, Dmitrij Fjodorowitsch! Seid Ihr es wirklich, den wir sehen?«

Dieser Trifón Boríssytsch Plastúnoff war ein starkgebauter und gesunder Mann, mittelgroß, mit einem etwas dicken Gesicht, das gewöhnlich streng und unnahbar dreinschaute, besonders im Verkehr mit den Mokrojaner Bauern, dafür aber die Fähigkeit besaß, den Ausdruck ganz unverhofft schnell in das Gegenteil zu verwandeln, sobald er einen Verdienst witterte. Gekleidet war er stets auf russische Bauernart: er trug ein russisches Hemd mit seitlichem Schluß und ein ärmelloses Wams. Er besaß bereits ein bedeutendes Kapital, doch hatte er noch viel höhere Ziele im Sinn. Ungefähr die Hälfte der Mokrojaner Bauern war ihm verschuldet. Er aber ließ von ihnen auf Grund ihrer Schulden, aus denen sie sich nie befreien konnten, sein Land, das er von Gutsbesitzern pachtete oder auch kaufte, unentgeltlich bebauen. Er war Witwer und hatte vier erwachsene Töchter; die älteste war schon Witwe, lebte daher mit ihren zwei kleinen Kindern, seinen Enkeln, bei ihm, und arbeitete für ihn wie eine Tagelöhnerin. Die zweite Tochter hatte einen Beamten, irgendein emporgedientes Schreiberlein geheiratet, und in einem der Zimmer des Absteigequartiers hing unter den Familienbildern auch die Miniaturphotographie dieses Beamten in Uniform und mit Achselklappen. Die beiden jüngeren Töchter zogen sich zu Kirchenfesten, oder wenn sie zu Besuch gingen, hellblaue oder hellgrüne Kleider an, die nach französischer Mode gefertigt waren: Kleider mit langen Schleppen und hinten gerafften Röcken. Das hinderte aber nicht, daß sie am nächsten Morgen wie auch an Werktagen beim ersten Hahnenschrei aufstanden, mit Birkenbesen die Zimmer ausfegten, das Waschwasser hinaustrugen und die Betten machten. Trifon Borissytsch aber liebte es noch, trotz der bereits erworbenen Tausende von prassenden Gästen ein Überflüssiges zu nehmen, und da er von Dmitrij Fjodorowitsch vor kaum einem Monat zwei-, wenn nicht gar dreihundert Rubel verdient hatte, so begrüßte er ihn natürlich hocherfreut, — glaubte er doch schon an der Art, wie der Gast angefahren kam, eine Gewähr für guten Verdienst erblicken zu können.

»Väterchen Dmitrij Fjodorowitsch, können wir Euch wieder beherbergen?«

»Halt, Trifon Borissytsch«, begann Mitja, »zuerst die Hauptsache: Wo ist sie?«

»Agrafena Alexandrowna?« Der Wirt verstand ihn sofort und blickte ihm scharf ins Gesicht. »Ja, auch sie ist hier ... sitzt mit ...«

»Mit wem, mit wem?«

»Es sind Durchreisende ... Der eine ist Beamter, wahrscheinlich ein Pole, nach der Sprache zu urteilen, und er hat auch die Pferde nach ihr geschickt. Und der andere, der mit ihm ist, ist sein Freund oder sein Reisebegleiter, wer kann das wissen; sind in Zivil ...«

»Nun, und leben sie flott, auf großem Fuß — reiche Leute?«

»Ach wo! ganz kleine Leute, Dmitrij Fjodorowitsch.«

»Kleine? Und die anderen?«

»Die sind aus der Stadt, nur zwei Herren ... Sie sind aus Tschórnaja zurückgekommen und vorläufig hiergeblieben. Der eine, der junge, muß wohl ein Verwandter von Herrn Miússoff sein, nur habe ich seinen Namen vergessen ... und den anderen werdet Ihr wohl auch kennen: der Gutsbesitzer Maxímoff, er sagt, er sei auf der Wallfahrt im Kloster gewesen, jetzt aber fährt er mit diesem Verwandten von Herrn Miússoff ...«

»Und das ist die ganze Gesellschaft?«

»Die ganze.«

674

»Halt, Trifon Borissytsch, sage jetzt das Wichtigste: Was macht sie, wie ist sie?«

»Ja, sie ist vorhin angekommen und sitzt jetzt mit ihnen.«

»Ist sie fröhlich? Lacht sie?«

»Nein, sie scheint nicht gerade sehr fröhlich zu sein ... Sitzt sogar ganz gelangweilt da, wie es scheint. Hat dem jungen Herrn die Haare gerichtet ...«

»Dem Polen, dem Offizier?«

»Nein, das ist doch kein junger Herr und doch auch gar kein Offizier; nein, dem jungen Herrn, dem Verwandten von Herrn Miússoff ... nur habe ich vergessen, wie er heißt ...«

»Kalgánoff?«

»Richtig! Herr Kalgánoff!«

»Gut, ich werde schon selbst sehen. Spielen sie Karten?«

»Haben gespielt und dann aufgehört, haben schon Tee getrunken, und der Beamte hat Likör verlangt.«

»Halt, Trifon Borissytsch, ich werde schon alles selbst sehen, aber jetzt zurück zur Hauptsache: sind keine Zigeuner hier?«

»Von Zigeunern ist jetzt nichts zu hören, Dmitrij Fjodorowitsch, die Obrigkeit hat sie vertrieben, aber es gibt hier ein paar Juden, die spielen auf Zimbeln und Geigen, nicht weit von hier, in Roshdéstwenskoje, man könnte sofort hinschicken, wenn's beliebt. Sie würden sofort kommen.«

»Hinschicken, unbedingt hinschicken!« rief Mitja belebt. »Und auch die Mädchen zum Chor, wie damals, die Márja unbedingt, auch Stepanída, Arína. Zweihundert Rubel für den Chor!«

»Ach, für solches Geld kann ich dir, Väterchen, das ganze Dorf auftreiben, wenn sie auch jetzt schon alle schnarchen! Aber sind sie denn das wert, Väterchen Dmitrij Fjodorowitsch, diese Bauern und Dorfmädels? Für so ein gemeines Pack so viel Geld hinzuschleudern! Unser Bauer und teure Zigarren rauchen, Gott, was versteht er denn davon! Du aber, Väterchen, hast ihnen von der besten Sorte gegeben!

Er stinkt ja nur, der Räuber! Und die Mädels, das sind doch alles Lausefratzen! Ich werde für dich, Väterchen, meine eigenen Töchter unentgeltlich aufwecken, von so viel Geld gar nicht zu reden, sie sind nur gerade schlafen gegangen, aber ich werde sie schon mit einem Rippenstoß wachkriegen und singen machen! Ach, Väterchen, hast die Bauernkerle mit Champagner traktiert — wo soll das hin!«

Trifon Borissytschs Bedauern war etwas überflüssig: er hatte damals eigenhändig sechs Flaschen Champagner im Keller versteckt und unter dem Tisch einen Hundertrubel-schein aufgehoben und in der Faust behalten.

»Trifon Borissytsch, ich habe hier doch etwas mehr als tausend Rubel durchgebracht, weißt du noch?«

»Väterchen, natürlich! haben vielleicht ganze Dreitausend hier in Mokroje gelassen.«

»Nun, so wisse denn, daß ich auch jetzt dasselbe tun werde, siehst du?«

Und damit zog er wieder das ganze Paket Geldscheine aus der Hosentasche und hielt sie dem Wirt unter die Nase.

»Jetzt höre mich und mach die Ohren auf: in einer Stunde kommt der Wein an, die Delikatessen, Pasteten, Süßigkeiten — alles sofort nach oben. Diese Kiste, die hier im Wagen ist, gleichfalls sofort nach oben, aufbrechen und den Champagner sofort in Eis hereinbringen ... Aber vor allem den Chor, die Mädels, die Marja unbedingt ...«

Er wandte sich zum Wagen zurück und zog unter dem Sitz den Pistolenkasten hervor.

»Hier, Andrei, die Abrechnung! Die fünfzehn Rubel für die Fahrt und hier fünfzig Rubel Trinkgeld ... für deine Bereitwilligkeit, für deine Liebe ... Gedenke des Herrn Karamasoff!«

»Habe Angst, Herr!« sagte Andrei schwankend, »für fünf Rubel Trinkgeld besten Dank, aber mehr nehm' ich nicht, Trifon Borissytsch ist Zeuge. Verzeiht, Herr, mein dummes Wort ...«

»Was fürchtest du?« Mitja maß ihn mit dem Blick. »Nun,

hol' dich der Teufel, wenn's so . . .«, und er warf ihm die fünf Rubel zu. »Jetzt, Trifon Borissytsch, führ' mich so leise hinein, daß ich sie vorher alle sehen kann, ohne selbst gesehen zu werden. Wo sind sie denn, im blauen Zimmer?«

Trifon Borissytsch warf einen etwas furchtsamen Blick auf Mitja, tat aber sofort gehorsam, wie ihm geheißen war: vorsichtig führte er ihn in den Flur, ging dann allein in das große erste Zimmer, das neben dem blauen Zimmer, in dem die Gäste saßen, lag, und holte das Licht heraus. Darauf führte er Mitja leise hinein und brachte ihn in die dunkelste Ecke, von wo aus er ungehindert die Gäste, ohne selbst gesehen zu werden, betrachten konnte. Doch Mitja stand dort nicht lange und konnte auch fast überhaupt nichts sehen: er erblickte sie — sein Herz begann zu klopfen, und vor seinen Augen flimmerte es. Sie saß an einer Seite des Tisches in einem Lehnstuhl, und neben ihr, auf dem Sofa, saß der nette, noch blutjunge Kalgánoff; sie hatte seine Hand erfaßt und lachte, wie es schien. Kalganoff aber, der sie gar nicht ansah, sprach laut und fast ärgerlich zu Maximoff, der Gruschenka am Tisch gegenübersaß. Maximoff wiederum lachte herzlich. Auf dem Sofa saß außerdem noch *er* und neben ihm, auf einem Stuhl an der Wand, ein anderer Unbekannter. Jener auf dem Sofa saß in auffallend ungenierter Pose und rauchte eine Pfeife; wie es Mitja schien, war es ein untersetztes Männchen von nicht hohem Wuchs, das ein breites Gesicht hatte und sich über irgend etwas ärgerte — mehr konnten seine flimmernden Augen nicht unterscheiden. Sein Freund jedoch, der andere Unbekannte, schien von ungewöhnlich hohem Wuchs zu sein. Das war alles, was er sah. Er rang nach Atem. Er hatte noch keine ganze Minute gestanden, als er seinen Pistolenkasten auf die Kommode stellte und sich zu der Gesellschaft ins blaue Zimmer begab — eiskalt am ganzen Körper und fast besinnungslos.

»Ach!« rief Gruschenka erschrocken aus; sie war die erste, die ihn bemerkte.

VII

Der Erste und Unbestrittene

Mitja trat mit seinen großen, strammen Offiziersschritten sofort dicht an den Tisch heran.

»Meine Herren«, begann er laut, doch hielt er beinahe bei jedem Worte inne, »ich . . . ich — o, nichts! Fürchten Sie nichts!« rief er, sich plötzlich zu Gruschenka wendend, die sich im Lehnstuhl ängstlich zu Kalgánoff bog, dessen Hand sie krampfhaft umklammerte. »Ich . . . ich bin gleichfalls . . . auf der Durchreise. Ich bleibe nur bis zum Morgen. Meine Herren, gestatten Sie einem vorüberfahrenden Reisenden . . . mit Ihnen die Zeit bis zum . . . Morgen zu verbringen? Nur bis zum Morgen, zum letztenmal in diesem Zimmer mit Ihnen zusammen?«

Die letzten Worte sprach er zu dem wohlbeleibten Männlein mit der Pfeife gewandt. Dieser setzte würdig seine Pfeife ab und sagte streng:

»Pane, wir sein hier privatim. Hier befienden sich aber noch merrere ander Ziemer . . .«

»Ach, Sie sind es, Dmitrij Fjodorowitsch, das ist ja herrlich!« rief plötzlich Kalgánoff dazwischen. »So setzen Sie sich doch her zu uns! Guten Tag!«

»Guten Abend, teurer Mensch . . . Sie sind unschätzbar! Ich habe Sie immer gern gehabt . . .«, erwiderte Mitja freudig und streckte ihm sofort die Hand entgegen.

»Au, wie stark Sie drücken! Sie haben mir beinahe alle Finger zerquetscht«, sagte Kalganoff lachend.

»So drückt er einem immer die Hand«, fiel erfreut, doch mit noch etwas schüchternem Lächeln Gruschenka ein. Sie hatte sich, wie es schien, inzwischen überzeugt, daß Mitja keine Händel suchte, und blickte ihn mit großem Interesse, wenn auch immer noch mit einer gewissen Unsicherheit, aufmerksam an. Es fiel ihr etwas Neues an ihm auf, das sie noch nie bemerkt hatte, und das sie jetzt geradezu ängstigte

— hätte sie doch auch nie von ihm erwartet, daß er in einem solchen Augenblick hereinkommen und so sprechen würde.

»Guten Abend«, sagte bescheiden und süßlich von links her der Gutsbesitzer Maximoff. Mitja wandte sich ihm sofort beflissen zu.

»Ach, ich hatte ganz vergessen, daß auch Sie hier sind, verzeihen Sie!« Er schüttelte ihm die Hand. »Es freut mich sehr, daß Sie gleichfalls hier sind. — Meine Herren, ich . . .« (Er wandte sich von neuem zu dem Pan mit der Pfeife, da er ihn für die Hauptperson hielt.) »Ich bin hergeeilt . . . Ich wollte den letzten Tag und die letzte Stunde hier in diesem Zimmer verbringen, in diesem Zimmer . . . wo ich schon einmal meine Göttin angebetet habe! Verzeihung, Pane!« rief er erregt, als wüßte er selbst kaum, was er sagte. »Ich bin hergeeilt und habe mir geschworen . . . o, fürchten Sie nichts, es ist meine letzte Nacht! Trinken wir, Pane, zum Friedensschluß! Der Wein wird sofort gebracht . . . Hier, damit bin ich gekommen.« (Er zog plötzlich sein ganzes Geld hervor.) »Erlauben Sie, Pane! Ich will Musik, Fröhlichkeit, Lachen haben, alles wie früher . . . Aber der Wurm, der unnütze Wurm wird über die Erde kriechen und verschwinden und vergehen! Meines Freudentages will ich in meiner letzten Nacht gedenken! . . .«

Er glaubte zu ersticken. Ach, vieles, vieles wollte er sagen, doch es kamen fast nur abgerissene, sonderbare Ausrufe aus ihm heraus. Der Pan blickte unbeweglich ihn, sein Paket Kassenscheine, Gruschenka, und nochmals ihn an und wußte offenbar nicht, woran er war.

»Wenn erlaubt mein Kruléwa . . .«, begann er, doch Gruschenka unterbrach ihn sofort.

»Was ist das: Kruléwa? Soll das etwa Königin bedeuten? Wie lächerlich sich doch diese Leute mit ihrem Sprechen machen! Setz dich, Mitja, wovon redest du, was wolltest du sagen? Bitte, erschrecke mich nicht. Du wirst mich doch nicht ängstigen? Wenn du es nicht tust, werde ich mich sehr darüber freuen, daß du gekommen bist . . .«

»Ich, dich erschrecken?« rief Mitja plötzlich laut, seine Hände erhebend. » — O, geht vorüber, geht, ich trete aus dem Wege, ich werde nicht dazwischen treten!...« Und plötzlich fiel er, ganz unerwartet für alle und am unerwartetsten natürlich für sich selbst, auf einen Stuhl nieder und brach in Schluchzen aus... Er kehrte sich ab zur anderen Wand und umklammerte mit den Armen die Stuhllehne so fest, als wenn er sie krampfhaft an sein Herz pressen wollte.

»Da haben wir's, da haben wir's, wie du wirklich bist!« sagte Gruschenka vorwurfsvoll. »Ganz so kam er auch einmal zu mir: fängt plötzlich an zu sprechen, ich aber verstehe nichts. Und einmal begann er ebenso zu schluchzen und jetzt hier zum zweitenmal — solch eine Schande! Warum weinst du denn? *Das fehlte noch, deswegen zu weinen! Es ist doch wahrlich kein Grund dazu vorhanden!*« fügte sie plötzlich rätselhaft hinzu, mit einer gewissen Gereiztheit jedes Wort betonend.

»Ich... ich weine nicht... Nun, freuen wir uns!« Im Augenblick hatte er sich auf dem Stuhl umgedreht und lachte auch schon: es war aber nicht sein gewöhnliches kurzes Lachen, sondern ein ganz eigentümlich unhörbares, langes krampfhaftes und erschütterndes Lachenwollen.

»Nun, nun, pscht! — lach nicht so ... Aber sei fröhlich, nun, sei doch fröhlich!« redete ihm Gruschenka gut zu. »Ich bin sehr froh darüber, daß du gekommen bist, Mitja, hörst du, daß ich mich sehr darüber freue? Ich will, daß er hier bei uns bleibt«, sagte sie gebieterisch scheinbar zu allen, doch galten ihre Worte eigentlich nur dem Pan auf dem Sofa. »Ich will es, ich will es! Wenn er fortgeht, gehe auch ich fort, ganz einfach!« fügte sie mit plötzlich glühendem Blick hinzu.

»Was wollen meine Kruléwa, is Gesetz«, sagte der Pan und küßte ihr galant die Hand. »Ich bitte den Pan zu sein von unser Kompagnie!« sagte er liebenswürdig zu Mitja. Mitja sprang sofort wieder auf, offenbar mit der Absicht, nochmals eine Rede zu halten, aber es kam etwas anderes über seine Lippen.

»Trinken wir, Pane!« stieß er nur kurz hervor. Alle brachen darüber in Lachen aus.

»Gott! Und ich glaubte schon, er will wieder reden!« rief Gruschenka nervös aus. »Hörst du, Mitja, spring nicht mehr so auf!... Daß du Champagner mitgebracht hast, ist großartig. Ich werde mittrinken, Likör kann ich nicht ausstehen. Das beste aber ist doch, daß du selbst gekommen bist, es war hier sterbenslangweilig... Oder bist du gekommen, um hier wieder, wie damals, durchzugehen? Aber so steck doch das Geld ein! Wo hast du so viel Geld hergenommen?«

Mitja schob die Geldscheine, die er immer noch in der Faust hielt, und die von allen, besonders von den Polen, bemerkt worden waren, hastig und verwirrt in die Tasche. Er errötete. Da brachte der Wirt den Champagner herein. Mitja ergriff die Flasche, war aber so zerstreut, daß er nicht wußte, was er damit anfangen sollte. Kalgánoff nahm sie ihm lachend ab und schenkte an seiner Stelle ein.

»Noch, noch eine Flasche!« rief Mitja dem Wirt zu, ergriff sein Glas und stürzte es hinab, ohne vorher mit dem Pan, den er doch zum Friedenstrunk aufgefordert hatte, anzustoßen, oder auf die anderen zu warten. Sein ganzes Gesicht veränderte sich im Augenblick. Der feierliche, fast tragische Ausdruck, mit dem er eingetreten war, veränderte sich in einen geradezu kindlichen. Es war, als hätte sich der ganze Mensch besänftigt und ergeben. Schüchtern und freudig blickte er alle an, fast könnte man sagen: mit dem dankbaren Ausdruck eines schuldigen Hundes, den man wieder gestreichelt und ins Zimmer gelassen hat. Er schien alles vergessen zu haben und betrachtete alle Anwesenden geradezu verzückt mit einem kindlichen Lächeln, das zuweilen von einem kurzen nervösen Lachen unterbrochen wurde. Gruschenka konnte er nicht anders als lachend ansehen, und er setzte sich mit seinem Stuhl ganz nahe zu ihr. Allmählich hatte er sich auch die beiden Polen genauer angesehen, doch ohne sich dabei etwas zu denken. Der Pan auf dem Sofa fiel ihm auf durch seine sonderbare Haltung, den polnischen Akzent und vor allen Dingen — durch die Pfeife. »Nun, was ist denn dabei, es ist doch sehr gut so, daß er eine Pfeife raucht«, meinte Mitja schließlich bei sich. Das etwas aufgedunsene Gesicht des vielleicht schon vierzigjährigen Polen mit der auffallend kleinen Nase, unter der das spärliche, gefärbte kohlschwarze Schnurrbärtchen zu zwei Nadelspitzen zusammengedreht war, rief in Mitja gleichfalls nicht das geringste Bedenken hervor. Selbst die jämmerliche Perücke des Pans, die in Sibirien angefertigt war, an den Schläfen mit auffallend albern nach vorn gebürstetem Haar, erregte weiter keinen Verdacht in ihm. »Es muß wohl so sein, wenn man eine Perücke trägt«, überlegte er in seliger Stimmung. Der andere Pan, der an der Wand saß und jünger war als der auf dem Sofa, blickte frech und herausfordernd die ganze Gesellschaft an und hörte mit stummer Verachtung der Unterhaltung zu: doch auch dieser junge Mann fiel Mitja nur durch seine Länge auf, die sich allerdings sehr grotesk neben der Kürze des älteren Pans ausnahm. »Wenn der sich erhebt, wird er gut seine sechs Fuß messen«, zuckte es Mitja flüchtig durch den Sinn. Ebenso flüchtig dachte er auch daran, daß der lange Pan, der wahrscheinlich der Freund und Gehilfe des kleinen Pan auf dem Sofa war, gewissermaßen seine Leibwache zu sein schien, und daß der Kleine natürlich über den Langen das Kommando führte. Aber auch das erschien ihm wunderschön, und er hatte nichts dagegen einzuwenden. In dem »gestreichelten Hunde« war jetzt jede Rivalität erstorben. Von Gruschenkas rätselhaften Worten hatte er noch nichts begriffen, ebenso wenig wie er sich nach der Ursache ihrer ganzen Veränderung gefragt hatte. Er sagte sich nur mit langsam, doch, wie er glaubte, laut klopfendem Herzen, daß sie ihm »verziehen« und ihn zu sich ganz dicht an ihren Stuhl herangewinkt hatte. Er glaubte zu vergehen vor Glück und wollte aufjauchzen, als er sah, wie sie das Glas hob und einen kleinen Schluck Champagner trank. Das allgemeine Schweigen fiel

ihm ganz plötzlich auf, und er blickte gleichsam erwartungsvoll alle Anwesenden an: »Aber warum sitzen wir denn so
stumm, warum wird nichts gesprochen?« schien sein lächelnder
Blick zu fragen.

»Er hat die ganze Zeit gefaselt, und wir haben hier alle
gelacht«, sagte da Kalganoff, auf Maximoff weisend, als
hätte er Mitjas Blick verstanden.

Mitja wandte seinen Blick sofort Kalganoff zu und dann
sogleich zur Seite zu dem Gutsbesitzer Maximoff.

»Gefaselt?« fragte er mit seinem kurzen, gehackten Lachen,
als wäre er über irgend etwas sehr erfreut. »Hahaha!«

»Ja. Stellen Sie sich vor, er behauptet, daß in den zwanziger Jahren unsere ganze Kavallerie Polinnen geheiratet
habe. Das ist doch der unglaublichste Unsinn, habe ich nicht
recht?«

»Polinnen?« fragte Mitja bereits sichtlich entzückt.

Kalganoff begriff sehr gut Mitjas Beziehungen zu Gruschenka, erriet auch ihr Verhältnis zum Pan, aber das Ganze
interessierte ihn nicht sonderlich, vielleicht sogar überhaupt
nicht; ihn interessierte jetzt am meisten Maximoff. Er war ganz
zufällig mit ihm hergekommen und den beiden Polen hier
im Gasthaus zum erstenmal begegnet. Gruschenka jedoch
kannte er schon von früher: er war sogar einmal mit einem
seiner Freunde bei ihr gewesen. Damals hatte sie ihr nicht
gefallen. Hier aber war sie sehr nett zu ihm: vor Mitjas Ankunft hatte sie ihm sogar den Kopf gestreichelt, doch hatte
er sich dazu sehr gleichgültig verhalten. Er war ein noch ganz
junger Mann von kaum zwanzig Jahren, stets elegant gekleidet, hatte ein hübsches, zartes Gesicht und schönes, dunkelblondes, dichtes Haar. In diesem Gesichtchen aber waren
wundervolle, hellblaue Augen mit einem klugen, zuweilen
sogar über seine Jahre hinaus tiefen Ausdruck, obgleich der
junge Mann manchmal ganz wie ein Kind blicken und reden
konnte, was ihn aber, obwohl er es selbst sehr wohl wußte,
nicht im geringsten genierte. Überhaupt war er sehr eigenartig, sogar eigensinnig, wenn auch immer freundlich. Zu-

weilen lag in seinem Gesichtsausdruck etwas Starres und Hartnäckiges: er blickte einen an, hörte einem zu, schien aber dabei ganz mit seinen eigenen Gedanken beschäftigt zu sein. Bald wurde er gleichgültig und träge, bald wiederum regte er sich wegen einer anscheinend ganz bedeutungslosen Sache mehr als nötig auf.

»Denken Sie sich, ich führe diesen Menschen schon vier Tage lang mit mir herum«, fuhr er fort, die Worte gleichsam aus Trägheit in die Länge ziehend, doch tat er es nicht mit unangenehmer Geziertheit, sondern ganz natürlich, » . . . seit jenem Tage, als wir im Kloster waren — Sie wissen doch noch —, und Ihr Bruder ihn aus dem Wagen hinausstieß und er zurückflog. Damals interessierte er mich gerade durch diesen Umstand, und ich nahm ihn aufs Gut mit, aber er lügt die ganze Zeit, so daß man sich wirklich für ihn schämen muß. Ich bringe ihn jetzt zurück . . .«

»Pan habben Pani polska garr niecht gesenn, err sackt was garr nicht kann sein«, bemerkte der Pan mit der Pfeife zu Maximoff. Er sprach das Russische wohl ganz gut, gewiß viel besser, als er sich anstellte, sprach aber die russischen Worte, wenn er sie überhaupt richtig sprach, stets mit polnischem Akzent aus.

»Aber . . . ich war doch selbst mit einer polnischen Pani verheiratet!« verteidigte sich Maximoff kichernd.

»Aber haben Sie denn etwa in der Kavallerie gedient? Sie sagten es doch von unserer Kavallerie! Sind Sie denn je Kavallerist gewesen?« mischte sich sofort Kalganoff ein.

»Haha, natürlich, ist er denn Kavallerist?« fragte lachend Mitja, der gierig zuhörte und seinen fragenden Blick sofort jedem zuwandte, der zu sprechen begann, als ob er Gott weiß was von jedem zu hören erwarte.

»Nein, sehen Sie mal«, sagte Maximoff, sich zu ihm wendend, »ich rede nicht davon, daß diese kleinen P-Panénki... niedlich sind . . . wenn sie mit unseren Ulanen Masurka tanzen . . . und wenn sie getanzt hat, so springt sie ihm sofort auf den Schoß, wie ein K-Kätzchen . . . ein weißes . . . und der

der Pan-oijez und die Pani-matka sehen's und erlauben's . . .
jawohl, und erlauben's . . . und der Ulan wird morgen vorsprechen . . . jawohl . . . und hält um ihre Hand an, hihihi!«
Und Maximoff kicherte.

»Pan laidak!« brummte plötzlich der lange Pan auf dem
Stuhl, und schlug das eine lange Bein über das andere. Mitja
fiel der riesige Schaftstiefel mit der dicken und schmutzigen
Sohle besonders auf. Überhaupt waren beide Pane ziemlich
schmierig gekleidet.

»Warum soll er denn ein Strolch sein? Warum schimpft
er?« fragte Gruschenka sofort ärgerlich.

»Pani Agrippina, Pan hat in Pollen nur gesenn Bauer-
mätchen, niecht vornemme Pani«, bemerkte der Pan mit der
Pfeife zu Gruschenka.

»Das ist sicker!« meinte der lange Pan verächtlich.

»Das fehlte noch! So lassen Sie ihn doch sprechen! Warum
stören Sie die Menschen beim Reden? Mit ihnen ist es wenigstens nicht langweilig«, sagte Gruschenka bissig.

»Ick större niecht, Pani«, bemerkte bedeutsam der Pan
auf dem Sofa mit langem Blick auf Gruschenka, verstummte
wichtig und begann wieder an seiner Pfeife zu saugen.

»Aber nein, nein, der Pan hat ja ganz recht bemerkt, daß
er keine Polinnen kennt!« fiel wieder erregt Kalganoff ein,
als handle es sich um weiß Gott was für eine wichtige Sache.
»Er ist ja überhaupt nicht in Polen gewesen, wie kann er
dann über Polen urteilen? Sie haben doch nicht in Polen geheiratet, nicht wahr?«

»N—ein, im Smolénskschen Gouvernement. Nur hatte der
U-Ulan sie schon früher von dort mi-mitgebracht, meine
Frau, meine zukünftige, mitsamt der Pani-matka und der
Tante und noch einer Verwandten mit einem erwachsenen
Sohn, da-da-das aber war wirklich aus Polen, aus-aus Polen
. . . und er trat sie mir ab. Das war ein Leutnant, ein sehr
h-hübscher junger Mann. Zuerst hatte er sie selbst heiraten
wollen, aber dann heiratete er sie doch nicht, denn es hatte
sich inzwischen herausgestellt, daß sie lahm war . . .«

»Dann haben Sie eine Lahme geheiratet?« fragte Kalganoff lachend.

»Jawohl, eine Lahme. D-das hatten sie mir beide verheimlicht und mich so ein bißchen betrogen. Ich dachte, daß sie nur hüpfte . . . sie hüpfte immer, und ich dachte, daß sie vor lauter Freude . . .«

»Vor Freude darüber, daß Sie sie heiraten wollten?« schrie fast vor Lachen Kalganoff mit seiner hellen Kinderstimme.

»Jawohl, vor Freude. Doch da kam es heraus, daß sie es aus einem ganz anderen Grunde tat. Später, als wir getraut waren, gestand sie mir alles gleich nach der Trauung, am-am selben Abend, und bat sehr gefühlvoll um Verzeihung; über eine P-Pfütze, sagte sie, sei sie in jungen Jahren gesprungen und habe sich dabei das Füßchen verrenkt, hihi!«

Kalganoff brach in sein helles Kinderlachen aus und sank vor Lachen ganz zurück an die Lehne des Sofas. Da lachte auch Gruschenka, durch sein Lachen angesteckt. Mitja schien den Gipfel des Glücks erreicht zu haben.

»Wissen Sie, wissen Sie, jetzt hat er einmal die Wahrheit gesagt!« rief Kalganoff Mitja zu. »Und wissen Sie, er ist zweimal verheiratet gewesen, — das war seine erste Frau, seine zweite Ferau aber hat ihn verlassen und lebt auch jetzt noch, wissen Sie das schon?«

»Ist's möglich?« fragte Mitja erstaunt und wandte sich hastig Maximoff zu. Auf seinem Gesicht drückte sich maßlose Verwunderung aus.

»Jawohl, sie verließ mich, ich habe diese Unannehmlichkeit gehabt«, bestätigte Maximoff bescheiden. »Mit einem Mßjö. Aber die Hauptsache: sie hatte sich vorher mein ganzes Gütchen auf ihren Namen überschreiben lassen. ,Du‘, sagte sie, ,bist ein gebildeter Mensch, du wirst auch so dein Brot finden.‘ Und damit saß ich denn da. Mir sagte einmal ein ehrenwerter Erzbischof: ,Deine erste Frau war lahm, deine zweite war aber gar zu leichtfüßig‘, hihi!«

»Hören Sie doch, hören Sie doch!« fuhr Kalganoff auf, »wenn er auch lügt — und er lügt oft —, so lügt er doch nur, um andere zu erheitern: das ist doch nicht niedrig, nicht wahr? Wissen Sie, ich liebe ihn zuweilen. Er ist ein niedriger Mensch, aber er ist so natürlich, nicht? Was meinen Sie? Andere sind niedrig aus Berechnung, um daraus irgendeinen Nutzen zu ziehen, er aber tut es ganz aufrichtig, von Herzen, von Natur. Denken Sie sich, so behauptet er zum Beispiel — wir haben uns gestern die ganze Zeit unterwegs darüber gestritten —, er behauptet, Gogol habe in seinen „Toten Seelen" über *ihn* geschrieben. Wissen Sie noch, dort kommt auch ein Gutsbesitzer Maximoff vor, den Nósdreff verprügelt, weswegen dieser dann vor Gericht kommt: „Wegen persönlicher Beleidigung des Gutsbesitzers Maximoff in betrunkenem Zustande", — nun, Sie wissen doch! Und was glauben Sie wohl, denken Sie sich, er behauptet nun, daß er das gewesen sei, daß man *ihn* durchgedroschen habe! Nun, sagen Sie doch selbst, ist denn das überhaupt möglich? Tschítschikoff[20] fuhr spätestens in den zwanziger Jahren, zu Anfang der zwanziger Jahre umher, so daß die Jahre überhaupt nicht stimmen können. Wie konnte man ihn also damals durchpeitschen! Das ist doch ganz ausgeschlossen, ganz unmöglich! Nicht?«

Es war schwer zu sagen, warum sich Kalganoff so aufregte, jedenfalls tat er es aufrichtig. Mitja teilte sein Interesse von ganzem Herzen.

»Nun, wenn man ihn aber gleichfalls durchgeprügelt hat!« rief er lachend.

»Nicht gerade, daß ich durchgeprügelt worden wäre, sondern nur so . . .«, versuchte Maximoff einzuwenden.

»Wieso nur so? Da heißt es doch entweder oder?«

»Ktura godsina, Pane?« (Wieviel Uhr ist es?) fragte mit gelangweilter Miene der Pan mit der Pfeife den Pan auf dem Stuhl.

Der zuckte mit den Achseln; sie besaßen beide keine Uhr.

»Was soll das wieder heißen?« fuhr Gruschenka sofort auf. »Lassen Sie doch wenigstens andere reden! Wenn Sie sich langweilen, so sollen sich die anderen wahrscheinlich mitlangweilen!« Sie schien absichtlich Streit mit ihnen zu suchen.

Es war zum erstenmal, daß dies Mitja flüchtig auffiel. Doch nun antwortete der Pan mit sichtlicher Gereiztheit:

»Pani, iech habbe niechts gesackt dagegen, keine Wort.«

»Ach, schon gut, du aber erzähl' weiter«, rief Gruschenka Maximoff zu. »Warum seid ihr denn alle verstummt?«

»Hierbei ist nichts zu erzählen, denn es sind doch nur Dummheiten«, griff eilfertig Maximoff auf, — sichtlich sehr zum Erzählen bereit, doch anstandshalber etwas geziert — »und Gogol hat doch alles nur allegorisch gemeint, und so sind auch alle Familiennamen allegorisch. Nósdreff hieß doch gar nicht Nósdreff, sondern Nóssoff, und Kuwschínnikoff ist ganz unkenntlich, denn er hieß Schkwornjéff. Nur Fenárdi hieß tatsächlich Fenárdi, bloß war er kein Italiener, sondern ein Russe, Petróff hieß er, und Mamsell Fenardi war sehr nett, die Beinchen in Trikot, reizende B-Beinchen, und das Röckchen war so kurz und ganz mit Pailletten benäht, und sie drehte sich auf der Fußspitze, nur dauerte das nicht vier Stunden, sondern nur vier Minuten und sie bestrickte alle.«

»Aber weswegen gab es denn die Prügel, warum wurdest du denn verprügelt?« rief ihm lachend Kalganoff zu.

»Wegen Piron«, antwortete Maximoff.

»Wegen Piron? Wer ist denn das?« fragte Mitja in seliger Stimmung.

»Das ist ein bekannter französischer Schriftsteller, Piron. Wir zechten alle, . . . es war eine große Gesellschaft, wir tranken Wein. Zur Jahrmarktszeit. Sie hatten mich dazu eingeladen, und ich begann zuerst mit Epigrammen: „Bist du es, Boileau? Welch lächerlich Gewand!" Boileau aber antwortet, er begebe sich auf einen Maskenball, das heißt, er geht in die Badestube, hihi, und da bezogen sie es auf sich. Ich aber sagte schnell ein anderes, das allen Gebildeten gut bekannt ist, ein etwas scharfes:

> „Phaon bin ich und Du bist Sappho,
> Die Dichterin, die hehre,
> Doch fandst Du leider noch immer nicht
> Den geraden Weg zum Meere."

Sie ärgerten sich darüber noch mehr und fingen an, mich deswegen auf höchst unanständige Weise zu beschimpfen, ich aber wollte es wieder gutmachen und erzählte zu meinem Pech, um meine Aktien zu verbessern, eine sehr gebildete Anekdote von Piron, wie man ihn in die Académie Française nicht hat aufnehmen wollen, und wie er daraufhin für seinen Grabstein ein Epitaphium geschrieben hat:

> „Ci-gît Piron qui ne fut rien,
> Pas même académicien.“

Und da packten sie mich denn und verprügelten mich.«

»Aber wofür denn, weswegen?«

»Wegen meiner Bildung. Als ob es wenig Gründe gäbe, warum die Menschen einen verprügeln können«, schloß Maximoff bescheiden und lehrhaft zugleich.

»Ach, genug davon, wie dumm das ist, ich will nichts mehr davon hören. Ich dachte, es wäre was Lustiges«, sagte plötzlich Gruschenka mißgestimmt. Mitja erschrak und hörte sofort auf zu lachen. Der lange Pan erhob sich vom Stuhl und begann, die Hände auf dem Rücken, mit der hochmütigen Miene eines Menschen, der sich in solcher Gesellschaft langweilt, durch das Zimmer auf und ab zu spazieren.

»Der stampft aber!« bemerkte Gruschenka mit einem verächtlichen Blick auf den Langen.

Mitja wurde unruhig, und zudem bemerkte er noch, daß der Pan auf dem Sofa gerade ihn gereizt anblickte.

»Pane«, rief Mitja ihm zu, »trinken wir, Pane! Und auch der andere Pan soll trinken: Trinken wir, Panowe!«

Er stellte schnell drei Gläser zusammen und schenkte ein.

»Auf Polens Wohl, Panowe, ich trinke aufs Wohl Ihres Polen, meine Herren, auf das Polenland!« rief Mitja laut.

»Bardso mi to milo, Pane« (das ist mir sehr angenehm, mein Herr), »wirr trinken mit Sie«, sagte würdevoll und doch wohlgeneigt der Pan auf dem Sofa und nahm sein Glas.

»Und auch der andere Pan, wie heißt der Kerl? — Heda, durchlauchtigster Edelmann, nimm dein Glas!« rief Mitja, sich umdrehend.

»Pan Wrubléwskij«, sagte der Pan auf dem Sofa.

Der Pan Wrubléwskij trat, auf seinen langen Beinen schaukelnd, an den Tisch und nahm stehend das Glas.

»Auf Polen, Panowe, Hurra!« rief Mitja mit erhobenem Glase.

Alle drei tranken die Gläser aus. Mitja ergriff die Flasche und füllte von neuem die drei Gläser.

»Jetzt auf Rußlands Wohl, Panowe, und damit trinken wir Brüderschaft!«

»Schenk auch uns ein«, sagte Gruschenka, »auf Rußlands Wohl will auch ich trinken.«

»Ich gleichfalls«, sagte Kalganoff.

»Und auch ich würde gern ... auf Rußland, unser Russéjuschka, unser Mütterchen«, sagte Maximoff kichernd.

»Alle, alle!« rief Mitja begeistert. »Heda, Wirt, noch Flaschen her!«

Es wurden von den sechs mitgebrachten noch drei hereingebracht. Mitja schenkte sofort ein.

»Auf Rußlands Wohl, Hurra!« rief er stolz.

Alle tranken, außer den beiden Polen, und Gruschenka leerte ihr Glas auf einen Zug. Von den Polen jedoch berührte keiner das Glas.

»Was soll denn das bedeuten, Panowe?« schrie Mitja. »Also so seid ihr?«

Da nahm Pan Wrublewskij sein Glas und sagte mit lautschallender Stimme:

»Auf Rußland in den Grenzen von sipzehnhundertzweiundsipzick!«

»Oto bardso penkne!« (So ist es gut!) rief sofort der andere Pan, und beide leerten ihre Gläser bis auf den letzten Tropfen.

»Dummes Pack!« kam es plötzlich überzeugt aus Mitja heraus.

»Pa—ne!!« schrien sofort drohend die beiden Polen, wie Hähne auf Mitja losfahrend. Besonders brauste Pan Wrubleswkij auf.

»Darf man denn niecht libben seine Land?« schrie er drohend.

»Schweigt! Keinen Streit! Daß ihr mir hier keinen Streit beginnt, verstanden!« rief Gruschenka gebieterisch dazwischen, und sie stampfte mit dem Fuß auf.

Ihr Gesicht hatte sich gerötet, ihre Augen glühten. Das kam von dem soeben geleerten Glase. Mitja erschrak maßlos.

»Panowe, Verzeihung! Es war meine Schuld, ich werde nicht mehr... Wrubleswkij, Pan Wrublewskij, ich werde nicht mehr...«

»Aber so schweig doch du wenigstens, und setz dich endlich!« fuhr ihn Gruschenka geärgert und heftig an.

Alle setzten sich, alle verstummten, alle blickten einander an.

»Meine Herren, ich trage die Schuld an allem!« begann Mitja, der von Gruschenkas Worten nichts verstanden hatte, von neuem. »Warum nur sitzen wir so? Was könnten wir beginnen... damit es wieder lustig wird, wieder lustig?«

»Ja, es ist wahr: es ist nichts weniger als lustig«, meinte Kalganoff träge mit brummig vorgeschobenen Lippen.

»Wie wäre es, wenn wir ein bißchen Bank spielten wie vorhin?...« fragte Maximoff kichernd.

»Bank? Famos!« griff Mitja sofort auf. »Wenn nur die Panowe...«

»Pusno, Pane!« sagte gleichsam widerstrebend der Pan auf dem Sofa.

»Ja, eetwas pusno«, meinte auch Pan Wrublewskij.

»Pusno? Was heißt das nun wieder?« fragte Gruschenka.

»Das heißen spät, Pani, später Stunde«, erläuterte der Pan auf dem Sofa.

»Ach! Immer ist Ihnen alles zu spät, immer ist Ihnen nichts recht!« Gruschenka war wütend. »Selbst sitzen Sie da wie die verkörperte Langeweile, und da sollen sich wohl die anderen Ihnen zur Gesellschaft gleichfalls langweilen! Bevor du kamst, Mitja, saßen sie dort ebenso langweilig und stumpfsinnig und ärgerten sich über mich...«

»Meine Göttin!« unterbrach sie der Pan auf dem Sofa, »was Göttin sackt, soll sein. Iech sehen serr gutt Ihr Ärger und so iech bien traurig. Pane, iech bien bereit«, sagte er darauf zu Mitja.

»Schön, fang an, Pane«, rief Mitja, der aus seiner Tasche das Geld herauszog und zwei Hundertrubelscheine vor sich auf den Tisch legte.

»Ich möchte viel an dich verspielen, Pan. Nimm die Karten, leg die Bank auf. Du hältst die Bank!«

»Karten müssen sein von Wirt, Pane«, sagte nachdrücklich und ernst der kleine Pan.

»Das sein iemer beste Manier«, meinte auch Pan Wrublewskij.

»Vom Wirt? Ah so, ich verstehe, gut, meinetwegen auch vom Wirt. — Ein Spiel Karten, Trifon Borissytsch!« rief Mitja dem Wirt zu.

Trifon Borissytsch brachte ein neues Spiel, das noch nicht entsiegelt war, und meldete Mitja, daß die Mädchen sich schon versammelt hätten, die Juden mit den Zimbeln gleichfalls bald kommen würden, der Wagen aber aus der Stadt mit den übrigen Sachen noch nicht zu sehen sei. Mitja sprang sofort auf und eilte ins andere Zimmer, um dort Anordnungen zu treffen. Es waren aber erst drei Mädchen gekommen, und auch die Marja war noch nicht erschienen. Überhaupt wußte er nicht, warum er eigentlich aufgestanden und hinausgelaufen war: er befahl nur, die Süßigkeiten aus der Kiste hervorzuholen und sie unter die Mädchen zu verteilen.

»Und Andrei Branntwein, eine ganze Flasche Branntwein dem Andrei«, befahl er eilig, »ich habe ihn gekränkt.«

Da berührte ihn jemand an der Schulter: es war Maximoff, der ihm nachgelaufen war.

»Könnten Sie mir nicht fünf Rubel geben«, bat er flüsternd, »ich würde gern auch ein Sch-Spielchen riskieren, hihi!«

»Schön, vorzüglich! Nehmen Sie zehn, — hier!«

Mitja zog wieder alle Scheine aus der Tasche und suchte zehn Rubel hervor.

»Und wenn du das verlierst, so komm wieder, komm wieder ...«

»Gut, ich danke«, flüsterte Maximoff freudig und lief zurück in den Saal.

Auch Mitja kehrte sofort zurück und entschuldigte sich, daß er auf sich hatte warten lassen. Die Polen hatten sich schon zurechtgesetzt und entsiegelten das neue Spiel. Sie blickten bereits viel freundlicher drein, fast konnte man sagen: wohlwollend. Der Pan auf dem Sofa hatte eine neue Pfeife angezündet und schickte sich an, die Karten zu mischen. Auf seinem Gesicht drückte sich sogar eine gewisse Feierlichkeit aus.

»Auf die Plätze, Panowe!« kommandierte Pan Wrublewskij.

»Nein, ich werde nicht mehr spielen«, erklärte Kalganoff, »ich habe schon vorhin fünfzig Rubel an sie verspielt.«

»Der Pan war unglicklich, der Pan kann sein widder glicklich«, bemerkte, halb zu ihm gewandt, der Pan auf dem Sofa.

»Wie hoch spielen wir? à discrétion?« fragte Mitja eifrig.

»Serr woll, Pane, vielleicht hundert, zweihundert, wieviel Pan will setzen.«

»Eine Million!« rief Mitja auflachend.

»Pan Hauptmann haben gehert von Pan Podwyssótzkij?«

»Von welchem Podwyssótzkij?«

»In Warschau wird gehalten Bank à discrétion von wer will. Kommt heran Pan Podwyssotzkij, sieht er tausend Gulden und sackt: ‚va banque‘. Banquier sackt zu ihm: ‚Pane Podwyssotzkij, setzen du Gold oder setzen du auf Gónor (Ehre)?‘ — ‚Auf Gónor, Pane‘, sackt Podwyssotzkij. — ‚Serr gutt so, Pane.‘ — Der Banquier mischen taille, Podwyssotzkij nimmt tausend Gulden. ‚Wart, Pane‘, sackt der Banquier, nimmt Kasten heraus und gipt ein Millionn, ‚nimm, Pane, das ist dein Recknung!‘ Bank war Millionn. — ‚Das ick nickt wußte‘, sackt Podwyssotzkij. — ‚Pane Podwyssotzkij‘, sackt Banquier, ‚du hast setzen auf Gónor, und wir setzen auf Gónor!‘ — Podwyssotzkij nahm Millionn.«

»Das ist nicht wahr«, sagte Kalganoff.

»Pane Kalganoff, in addeliger Kompani wird nickt so gesprochen.«

»Das glaube ich, daß ein polnischer Spieler dir so eine Million hergeben wird!« rief Mitja, aber er besann sich sofort: »Verzeih, Pane, bin schuldig, bin schuldig, ja, er gibt sie heraus, selbstverständlich gibt er sie heraus, eine Million, auf Gónor, auf polnische Ehre! Sieh, wie gut ich po polski spreche, ha—ha! Hier, ich setze zehn Rubel auf den Buben.«

»Und ich setze ein Rubelchen aufs Dämchen, auf das nette kleine Coeur-Dämchen, auf die kleine Panénotschka, hihi!« kicherte Maximoff, schob seine Karte vor, beugte sich dann plötzlich stark nach vorn und bekreuzte sich heimlich und schnell unter dem Tisch. Mitja gewann. Auch das »Rubelchen« gewann.

»Eine Ecke umgebogen!« rief Mitja.

»Und ich wieder ein Rubelchen, ein Simplum nach dem anderen, ganz bisselchen«, murmelte Maximoff, selig über das gewonnene »Rubelchen«.

»Geschlagen!« rief Mitja. »Verdoppele auf die Sieben!« Er verlor wieder.

»Hören Sie auf«, sagte plötzlich Kalganoff.

»Verdoppele, verdoppele!« rief Mitja, doch alles, was er verdoppelnd setzte, verlor er. Die »Rubelchen« dagegen gewannen.

»Verdoppele!« rief Mitja jähzornig.

»Habben zweihundert Rubel verspielt, Pane. Wollen Sie noch zweihundert setzen?« erkundigte sich der Pan auf dem Sofa.

»Wie, schon zweihundert verspielt? Dann also noch zweihundert! Die ganzen zweihundert als Doublé!« Und Mitja zog sein Geld aus der Tasche und warf zwei Hundertrubelscheine auf die Dame, als plötzlich Kalganoff sie mit der Hand bedeckte.

»Genug!« rief er mit seiner hellen Stimme.

»Was fällt Ihnen ein?« Mitja blickte ihn fragend an.

»Genug, ich will es nicht! Sie werden nicht mehr spielen.«

»Warum nicht?«

»Darum nicht. Spucken Sie aus und gehen Sie fort. Ich lasse es nicht zu!«

Mitja blickte ihn verwundert an.

»Laß es bleiben, Mitja, er hat vielleicht ganz recht, und du hast doch schon genug verloren«, sagte Gruschenka, und ein sonderbarer Ton klang in ihrer Stimme.

Beide Polen erhoben sich sofort mit tiefgekränkter Miene.

»Scherzest du, Pane?« fragte der kleine Pan, mit strengem Blick Kalganoff messend.

»Wie Sie waggen so was macken?« schrie auch Wrublewskij Kalganoff an.

»Ruhe! Un—ter—stehen Sie sich nicht, zu schreien!« rief Gruschenka zornig. »Ach, ihr krähenden Truthähne!«

Mitja blickte alle der Reihe nach an: es war etwas im Gesicht Gruschenkas, das ihn betroffen machte ... Und plötzlich zuckte ihm wie ein Blitz etwas ganz Neues durch den Kopf, — ein ganz absonderlicher, neuer Gedanke.

»Pani Agrippina!« begann der Kleine rot vor Zorn, doch plötzlich trat Mitja an ihn heran und schlug ihn mit der Hand auf die Schulter.

»Hochwohlgeborener, auf zwei Worte.«

»Was Sie wollen, Pane?«

»Dorthin, in jenes Zimmer, in das andere Gemach, will dir zwei Worte sagen, wirst mit ihnen zufrieden sein.«

Der kleine Pan wunderte sich und blickte etwas ängstlich zu Mitja auf. Übrigens war er sofort einverstanden damit, nur stellte er die eine Bedingung, daß auch Pan Wrublewskij mit ihm käme.

»Ah, der Leibwächter, nicht wahr? Meinetwegen, auch er ist dabei nötig. Sogar unbedingt!« rief Mitja, »und jetzt vorwärts, Panowe!«

»Wohin, wohin wollt ihr?« fragte Gruschenka beunruhigt.

»Wir sind im Augenblick wieder hier«, antwortete Mitja. Eine gewisse Kühnheit, ein ganz unerwarteter verwegener

Mut leuchtete plötzlich aus seinem Gesicht. Nein, das war nicht mehr derselbe, der vor einer Stunde eingetreten war. Er führte die Polen in das Zimmer rechts, nicht in das große, in dem sich die Mädchen zum Chor versammelten und der Tisch in aller Eile gedeckt wurde, sondern in das Schlafzimmer, in dem Koffer, Truhen und zwei Betten mit je einem Berg von Kissen in Kattunbezügen standen. Hier brannte in der hinteren Ecke auf einem kleinen ungestrichenen Tisch ein einziges Licht. Der kleine Pan und Mitja setzten sich an diesem Tisch einander gegenüber, und der lange Pan Wrublewskij setzte sich neben sie, die Hände auf dem Rücken. Beide Polen blickten streng, doch mit unverhohlener Neugier drein.

»Mit was ich kann dinnen dem Pan?« stotterte der Kleine.

»Mit folgendem, Pane, ich werde nicht viel sprechen: Hier hast du Geld« — er zog seine Hundertrubelscheine heraus — »willst du dreitausend Rubel, so nimm sie und fahre, wohin du willst.«

Der Pan blickte ihn forschend mit weit offenen Augen an, als wäre sein Blick an Mitjas Gesicht angewachsen.

»Dreitausend, Pane?«

»Dreitausend, Panowe, drei! Hör mich, Pane, ich sehe, daß du ein vernünftiger Mensch bist. Nimm die Dreitausend und pack dich zum Teufel, und vergiß auch nicht, Wrublewskij mitzunehmen, hörst du? Aber sofort, noch in dieser Minute, und zwar auf ewig, hörst du, Pane, auf ewig! Durch diese Tür dort gehst du hinaus. Was hast du — einen Mantel, einen Pelz? Ich werde ihn herbringen. Sofort wird dir eine Troika angespannt und dann — do widsenja, Panowe, auf Nimmerwiedersehen. Nun?«

Mitja zweifelte nicht an der Zusage. Im Gesicht des Pans zuckte es, als wenn er einen großen Entschluß gefaßt hätte.

»Und das Geld, Pane?«

»Mit dem Gelde machen wir es so: fünfhundert Rubel sofort bar für die Fahrt und als Handgeld und die zweitausendfünfhundert morgen in der Stadt — bei meiner Ehre, ich hole sie, wenn nicht anders, unter der Erde hervor!« rief Mitja.

Die Polen tauschten einen Blick. Der Gesichtsausdruck des Kleinen veränderte sich zum Schlimmeren.

»Siebenhundert, siebenhundert, nicht fünfhundert, sofort blank und bar!« bot Mitja an, da er die Veränderung bemerkt hatte und etwas Ungünstiges ahnte. »Was hast du, Pane? Glaubst du mir nicht? Ich kann dir doch nicht sofort alle Dreitausend geben. Sonst gebe ich sie, und du kehrst womöglich morgen schon zu ihr zurück ... Und ich habe augenblicklich auch gar nicht soviel bei mir, sie liegen bei mir zu Haus in der Stadt«, stotterte Mitja angstvoll, ohne sich dessen klar bewußt zu sein, was er tat, da ihm der Mut mit jedem Wort immer mehr gesunken war. »Bei Gott, sie liegen dort, wohl aufgehoben, in einem Kuvert ...«

In einer Sekunde veränderte sich das Gesicht des kleinen Pans: ein Ausdruck unbeschreiblicher persönlicher Würde lag plötzlich darauf.

»Wohlen Sie niecht nooch eetwas?« fragte er ironisch. »Pfä! Wirklich pfä!« Und er spuckte zur Seite.

Seinem Beispiel folgte sofort Pan Wrublewskij; er spuckte gleichfalls aus.

»Du spuckst doch nur darum, Pane«, sagte Mitja wie ein Verzweifelter, der einsieht, daß alles verloren ist, »nur darum, weil du von ihr noch mehr zu bekommen hoffst! Schnapphähne seid ihr beide, das sage ich euch!«

»Ich bien beleidickt bies auf letzte Grad!« rief, rot wie ein Krebs, der kleine Pan und ging schnell wie in heftigem Unwillen, und als wolle er nichts mehr hören, hinaus aus dem Zimmer. Ihm folgte, schaukelnd auf den langen Beinen in den hohen Schaftstiefeln, Pan Wrublewskij. Nach ihnen verließ, verwirrt und verdutzt, auch Mitja das Zimmer. Er fürchtete Gruschenka, denn er sagte sich, daß der Kleine wahrscheinlich sofort alles erzählen werde. Und so war es auch. Der Pan trat in den Saal und majestätisch auf Gruschenka zu, vor der er sich theatralisch aufstellte.

»Pani Agrippina, ich bien bis auf letzte Grad beleidickt!«
begann er, doch Gruschenka schien plötzlich beim ersten polnischen Wort aus der Haut zu fahren.

»Russisch, sprich russisch, daß du mir kein einziges pol-
nisches Wort mehr zu sagen wagst!« schrie sie ihn an. »Du
hast doch früher russisch gesprochen, wie kannst du denn das
in fünf Jahren verlernt haben?«

Sie wurde bleich vor Zorn.

»Pani Agrippina...«

»Ich heiße Agraféna, Gruschenka! Sprich russisch, oder ich
will kein Wort von dir hören!«

Der Pan keuchte und schwitzte vor Gónor und fuhr rade-
brechend und aufgeblasen in russischer Sprache fort:

»Pani Agraféna, iech gekomen bien zu vergessen Altes und
es zu verzeihen, zu vergessen, was is gewesen von früher...«

»Was zu vergessen? Was zu verzeihen? Mir zu verzeihen
bist du hergekommen?« unterbrach ihn Gruschenka aufspringend.

»Wie gesagt, Pani, ich bien niecht kleinmütig, ich bien großmütig. Abber ich warr in Erstaunen, zu sehen deine Lieb-
habber. Pan Mitja hat mir gegebben in ander Ziehmer dreitausend, daß ich soll gehen weg, ich abber habb gespuckt in
Pan sein Physiognomie!«

»Was? Er hat dir für mich Geld gegeben?« schrie Gruschenka hysterisch auf. »Ist das wahr, Mitja? Wie hast du es
gewagt? Bin ich denn käuflich?«

»Pane«, schrie Mitja den Kleinen an, »sie ist rein und ist
mir heilig, und niemals bin ich ihr Liebhaber gewesen! Das
hast du gelogen...«

»Unterstehe dich nicht, mich vor ihm zu verteidigen!« rief
Gruschenka außer sich. »Nicht aus Tugend bin ich ehrlich
gewesen, und nicht etwa, weil ich Kusjmá Ssamssónoff fürchtete, nein, um vor ihm stolz sein zu können, um das Recht
zu haben, ihn Schuft zu nennen, wenn ich ihn wiedersehe!
Ist es möglich, daß er das Geld von dir nicht angenommen
hat?«

»Er nahm es ja, nahm es doch!« rief Mitja auflachend. »Nur wollte er sofort alle Dreitausend haben, und ich bot ihm nur siebenhundert als Handgeld an.«

»Aha, natürlich: er hat gehört, daß ich jetzt Geld habe, und so ist er denn zur Trauung gekommen!«

»Pani Agrippina«, schrie der Pan, »ich bien Ritter, bien Eddelmann, kein Laidack! Ich bien gekomen, um dich heiraten, sehe abber neue Pani, niecht alte von früher, sondern eine, was is eigensinig und schamlos!«

»So pack dich fort, dorthin, woher du gekommen bist! Ich werde sofort befehlen, daß man dich hinauswirft und dann fliegst du!« keuchte Gruschenka außer sich. »Ach, dumm, dumm war ich, fünf Jahre mich deswegen zu quälen! Ach, nicht seinetwegen, nicht seinetwegen, nur aus Wut auf mich habe ich mich gemartert! Und das ist ja gar nicht er! Sah er denn so aus? Das ist ja sein Vater, oder weiß Gott wer! Wo hast du denn diese Perücke her? Jener war ein Falke, du aber bist wie ein alter Enterich . . . jener lachte und sang mir Lieder vor . . . Und ich, ich! – fünf Jahre lang habe ich geweint, ich dummes, niedriges, ehrloses Geschöpf, oh . . .«

Sie fiel in ihren Lehnsessel zurück und vergrub das Gesicht in den Händen.

Da ertönte plötzlich im Nebenzimmer links der Chorgesang der endlich versammelten Dorfmädchen – es war ein lustiges Tanzlied.

»Das ist aber ein Sodom!« brüllte plötzlich Pan Wrublewskij ziemlich akzentfrei. »Wirt, schmeiß die Unverschämten hinaus!«

»Was hast du hier zu schreien? Willst du wohl das Maul halten!« wandte sich der Wirt mit ganz unerklärlicher Unhöflichkeit an Wrublewskij.

»Rindvieh!« brüllte der ihn an.

»Rindvieh? Darf ich fragen, mit was für Karten du gespielt hast? Ich gab dir mein neues Spiel, du aber hast es versteckt! Mit falschen Karten spielst du! Und für falsche Karten kann ich dich jederzeit nach Sibirien transportieren lassen, weißt du das auch, denn das ist ebensogut wie falsches Papiergeld ...«

Und zum Sofa tretend, schob er die Hand zwischen die Lehne und das Polster und zog von dort ein neues Spiel Karten hervor.

»Das sind meine Karten, sehen Sie, meine Herrschaften, ganz neu, noch unentsiegelt!« Er erhob die Hand, so daß alle das Kartenpaket sehen konnten. »Ich hab doch von der Tür aus gesehen, wie er meine Karten dorthin stopfte und seine Karten dafür herausnahm. Ein Spitzbube bist du, aber kein Pan!«

»Und ich habe gesehen, wie der andere Pan zweimal eine falsche Karte aufschlug!« rief Kalganoff dazwischen.

»Diese Schande, diese Schande!« stieß Gruschenka, vor Scham errötend, hervor. »Gott, so einer ist er geworden!«

»Ich habe es mir gedacht!« rief Mitja.

Doch kaum hatte er es ausgerufen, als Pan Wrublewskij wütend und verwirrt sich zu Gruschenka wandte und mit der Faust drohend, sie anschrie:

»Öffentliche Dirne!«

Noch aber war sein Schimpfwort nicht verhallt, da hatte Mitja ihn schon mit beiden Armen umfaßt und aufgehoben, und so trug er ihn im Augenblick hinaus in dasselbe Zimmer, wo sie soeben gesprochen hatten.

»Ich habe ihn auf den Fußboden hingesetzt!« rief er, sofort wieder eintretend, von der Tür aus, noch atemlos von der Anstrengung. »Die Kanaille läßt es sich noch einfallen, um sich zu schlagen ... aber keine Bange, der kommt von dort nicht wieder! ...« Er schloß den einen Türflügel und rief, den anderen Türflügel noch weit offen haltend, dem kleinen Pan zu:

»Hochwohlgeborener, ist es nicht gefällig, gleichfalls hier einzutreten? Pschepróscham! Wirr bitten untertänickst!«

»Väterchen Dmitrij Fjodorowitsch«, rief klagend Trifón Boríssytsch, »so nehmt ihnen doch Euer Geld ab, was Ihr verloren habt! Das ist doch ebensogut wie Euch gestohlen!

»Nein, ich will ihnen meine fünfzig Rubel nicht wieder abnehmen«, sagte Kalganoff.

»Und auch ich nicht meine Zweihundert!« rief Mitja. »Ich will nicht, um keinen Preis, mag er sie zum Trost behalten.«

»Ja, ja, so ist es recht, Mitja! Bravo, Mitja!« rief Gruschenka sofort, und ein schrecklich schadenfroher Ton klang in ihrem Beifallsruf.

Der kleine Pan begab sich purpurrot vor Wut, doch ohne ein Atom von seiner Würde zu verlieren, bereits zur Tür, als er plötzlich stehen blieb und sich zu Gruschenka zurückwandte:

»Pani«, sagte er, »wenn du wohlen komen miet miech, kom, wenn niecht — lebb woll!«

Und gewichtig, fauchend vor Wut und Aufgeblasenheit, trat er durch die Tür. Das war ein Mann von Charakter. Trotz allem, was geschehen war, hatte er doch noch nicht die Hoffnung verloren, daß sie mit ihm gehen werde, — so hoch schätzte er sich selbst ein. Mitja aber schlug krachend die Tür hinter ihm zu.

»Schließen Sie sie ein«, sagte Kalganoff.

Doch da kreischte schon das Schloß: die Pane hatten sich von innen eingeschlossen.

»Herrlich!« rief wieder boshaft und unbarmherzig Gruschenka. »Herrlich! Dorthin gehören sie!«

VIII

Rausch

Es begann fast eine Orgie, ein Fest über die ganze Erde. Gruschenka war die erste, die nach Wein rief: »Trinken will ich, betrunken will ich sein, o, ganz betrunken, so wie damals, weißt du noch, Mitja, weißt du, als wir uns hier anfreundeten!« Mitja selbst war wie im Fieber, und er »ahnte sein Glück«. Übrigens wurde er von Gruschenka immer wieder fortgeschickt: »Geh, sei lustig, sag ihnen, daß sie tanzen

701

sollen, damit sich alle freuen, auch „Haus und Ofen sollen tanzen", wie im Volkslied, alles, alles, wie damals, wie damals!«

Und Mitja stürzte fort, um alles so anzuordnen, wie sie es wünschte. Der Chor hatte sich im Nebenzimmer versammelt, denn das blaue Zimmer, in dem man saß, war zu klein dazu, da es durch einen Kattunvorhang in zwei Hälften geteilt war. In der zweiten Hälfte stand ein riesengroßes Bett mit weichen Daunenkissen und einem ganzen Berg von Kopfkissen in Kattunbezügen. Solche Betten gab es in jedem der vier Gastzimmer. Gruschenka setzte sich an die Tür, wohin Mitja ihren Lehnsessel getragen hatte: so hatte sie auch »damals« gesessen und dem Tanz zugesehen. Von den Mädchen waren wieder dieselben gekommen; keine einzige fehlte. Die jüdischen Musikanten waren mit Geigen, Zithern und Zimbeln gleichfalls angelangt, und schließlich kam auch die erwartete Fuhre mit den übrigen Vorräten und Weinen an. Mitja war sehr in Anspruch genommen. Im vorderen Zimmer hatten sich noch andere Zuschauer versammelt, Weiber und Männer, die sich, als die Mädchen zum Chorgesang aufgetrieben worden waren, gleichfalls erhoben hatten, da sie sich wohl wieder eine ähnlich märchenhafte Bewirtung, wie sie ihnen vor einem Monat zuteil geworden war, versprachen. Mitja begrüßte und umarmte die Bekannten, erinnerte sich der Gesichter, entkorkte Flaschen und schenkte allen ein, die sich ihm näherten. Der Champagner schmeckte eigentlich nur den Mädchen gut, die Männer zogen ihm Rum und Kognak vor, und besonders heißen Punsch. Auf Mitjas Befehl wurde für alle Mädchen Schokolade gekocht; drei Ssamowáre kochten die ganze Nacht Wasser für Tee und Punsch, da alle bewirtet wurden. Mit einem Wort, es begann etwas ungeheuer Sinnloses, doch Mitja schien gerade in seinem Element zu sein, und je sinnloser alles wurde, desto mehr belebte sich sein ganzes Wesen. Hätte ihn jemand von den Bauern um Geld gebeten, so würde er sofort seine ganze Barschaft hervorgezogen und nach links und rechts, ohne zu bedenken, die

Geldscheine hingegeben haben. Das war denn auch wahrscheinlich der Grund, warum Trifon Borissytsch, der, wie es schien, bereits jeden Gedanken an Schlaf in dieser Nacht aufgegeben hatte, Mitja auf keinen Augenblick verließ, sich immer in seiner Nähe zu schaffen machte, und so auf seine Art Mitjas Interessen bewachte. Er hatte nur ein einziges Glas Punsch getrunken, war also noch vollständig nüchtern, und so trat er denn, wenn er es für nötig fand, an Mitja heran und beredete ihn, hielt ihn auf, ließ es nicht zu, daß er den Bauern »wie damals« Zigarren und Rheinwein gab, und — um Gottes willen! — erst recht kein Geld, und war sehr ungehalten darüber, daß diese Dorfmädchen Liköre tranken und teure Süßigkeiten naschten. »Das ist doch nichts als die reine Verlaustheit, Dmitrij Fjodorowitsch«, sagte er unwillig. »Ich werde jeder von ihnen Fußtritte geben und befehlen, sich das noch zur Ehre anzurechnen, — derart ist das Pack!« Mitja erinnerte ihn noch einmal an Andrei und befahl, ihm Punsch zu geben. »Ich habe ihn vorhin gekränkt«, wiederholte er mit weicher und gerührter Stimme. Kalganoff wollte zuerst von Wein nichts wissen, und auch der Gesang gefiel ihm anfangs nicht, doch als er noch zwei Glas Champagner getrunken hatte, wurde auch er ungewöhnlich munter und guter Laune, schritt im Zimmer auf und ab, lachte, lobte alles und jedes, die Lieder sowohl wie die jüdische Musikkapelle. Maximoff, der selig und betrunken war, verließ ihn nicht auf einen Schritt. Gruschenka, die gleichfalls schon einen kleinen Rausch hatte, machte Mitja auf Kalganoff aufmerksam: »Wie reizend er ist, was für ein prächtiger Junge!« Und Mitja trat sofort entzückt zu Kalganoff und küßte sein junges Knabengesicht und küßte darauf auch noch seinen treuen Begleiter Maximoff. O, er ahnte vieles: zwar hatte sie ihm noch nichts gesagt, was zu Hoffnungen berechtigte, und augenscheinlich bezwang sie sich sogar absichtlich, um ihm noch nichts zu sagen; nur hin und wieder fing er ihren spähenden und heißen Blick auf. Schließlich erfaßte sie fest seine Hand und zog ihn zu sich nieder. Das war, als sie im Lehnstuhl an der Tür saß.

»Wie konntest du nur so eintreten, als du vorhin ankamst, sag? Wie konntest du so eintreten! . . . Ich erschrak so maßlos. Wie konntest du mich ihm nur abtreten? Sag, wolltest du das wirklich.«

»Ich wollte deinem Glück nicht im Wege sein«, sagte Mitja selig. Sie wußte es, auch ohne daß er es ihr sagte.

»Nun geh . . . sei lustig.« Damit schickte sie ihn wieder fort. »So sei doch nicht traurig! Ich werde dich wieder rufen.«

Und er ging abermals fort, sie aber hörte von neuem dem Gesang zu, doch ihr Blick folgte ihm unablässig, wo er auch stand oder ging, und nach einer Viertelstunde rief sie ihn wieder zu sich, und wieder eilte er selig zu ihr hin.

»So, setz dich jetzt her zu mir, erzähl mir, wie du gestern erfahren hast, daß ich hierhergefahren war. Von wem erfuhrst du es ganz zuerst?«

Und Mitja erzählte alles, erzählte zusammenhanglos, zerstreut und sehr eigentümlich, verstummte mehrmals ganz plötzlich und zog finster die Brauen zusammen.

»Was hast du, warum runzelst du die Stirn?« fragte sie.

»Nichts . . . ich habe dort einen Kranken zurückgelassen. Wenn er wieder gesund würde, wenn ich wüßte, daß er gesund wird, o, zehn Jahre meines Lebens würde ich dafür geben!«

»Nun, Gott mit ihm, wenn er krank ist. Und du wolltest dich wirklich morgen erschießen, du dummer Junge, und warum nur? Weißt du, gerade solche Unbesonnene, wie du, liebe ich«, flüsterte sie mit etwas schwerer Zunge. »So würdest du für mich alles tun. Sag? Und wolltest du dich, du Dummkopf, tatsächlich deswegen erschießen? Nein, weißt du, wart damit noch ein wenig, morgen werde ich dir vielleicht etwas Schönes sagen . . . nicht heute, nein, morgen. Du aber würdest es wohl gern schon heute hören? Nein, heute will ich nicht . . . Nun geh, geh jetzt, freue dich!«

Einmal aber rief sie ihn ganz erschrocken und besorgt zu sich.

»Was hast du? Ich sehe, daß dich etwas bedrückt. Nein,

leugne nicht, ich sehe es, ich kenne dich«, sagte sie und blickte ihn aufmerksam mit unbeweglichen offenen Augen an. »Du küßt dort wohl die Bauern ab und lachst, aber ich sehe trotzdem dieses Etwas. Nein, amüsiere dich lieber, denn ich freue mich, und so sollst du dich gleichfalls freuen ... Einen von denen, die hier sind, habe ich lieb, rat mal, wer das ist? ... Ach, sieh doch: mein Herzensjunge ist eingeschlafen, er hat wohl zu viel getrunken, der Kleine.«

Sie meinte Kalganoff. Der hatte sich, tatsächlich leicht berauscht, aufs Sofa gesetzt und war auf einen Augenblick eingeschlafen. Nur war er nicht vom Wein allein eingeschlafen, sondern er war traurig geworden, oder, wie er sich ausdrückte: es war ihm »langweilig« geworden. Die Lieder der Dorfmädchen hatten ihn zum Schluß stark herabgestimmt, da sie, in Zusammenwirkung mit den genossenen Getränken, in etwas für ihn gar zu Zügelloses und Unzüchtiges ausarteten. Und nicht minder die Tänze: zwei von den Mädels hatten sich als Bären verkleidet, und Stepanida, ein anderes Mädel, ging mit einem Stock voran und spielte den Bärenführer, der die beiden »zeigte«. »Munterer, Marja«, rief sie, »oder du kriegst Prügel, hier mit diesem Stock!« Schließlich purzelten die Bären irgendwie in ganz besonders unanständiger Weise zu Boden, was lautes Gelächter des versammelten, dichtgedrängten Publikums von Männern und Weibern hervorrief. »Nun, nun, laßt sie doch, laßt sie doch sich amüsieren«, hatte Gruschenka mit seligem Gesichtsausdruck gesagt, »haben sie einmal eine Gelegenheit, sich zu freuen, warum sollen sie es dann nicht tun? Nein, laßt sie, laßt sie, laßt sie sich ihres Lebens freuen.« Kalganoff aber hatte dreingeschaut, als hätte er sich mit irgend etwas beschmutzt. »Nichts als eine Schweinerei, diese ganzen Volksgeschichten«, hatte er gemeint und sich zum Sofa zurückgezogen. »Das sollen ihre Frühlingsspiele sein, wenn sie die Sonne die ganze Nacht über hüten!« Besonders mißfallen hatte ihm ein Liedchen mit einer munteren Tanzweise, das davon erzählte, wie der Herr ausfährt, um die Mädchen zu erproben.

> „Der Herr fuhr aus, die Mädchen zu erproben,
> Ob sie lieben oder nicht?"

Doch den Mädchen scheint es, daß man den Herrn nicht lieben könne, es hieß:

> „Der Herr, der wird mich schlagen,
> Und ich kann mich dann plagen."

Darauf fährt der Zigeuner aus, doch auch ihn konnte man nicht lieben, denn:

> „Ach, der liebt nicht mich,
> Der liebt ja nur das Stehlen,
> Und ich kann mich dann grämen."

Und so fuhren viele vorüber, selbst ein Soldat; doch der wurde mit Verachtung zurückgewiesen:

> „Der wird nur den Ranzen tragen
> und ich..."

Hier folgte ein gar zu derber Vers, der aber vollkommen offenherzig gesungen wurde und bei dem angeheiterten Publikum geradezu Furore machte. Schließlich endete es mit dem Kaufmann:

> „Da fuhr denn auch der Kaufmann aus,
> Die Mädchen zu erproben,
> Ob sie lieben oder nicht?"

Und da zeigte es sich, daß man ihn sogar sehr liebte, denn:

> „Der Kaufmann, der wird Handel treiben,
> Und ich kann dann die Herrin bleiben!"

Kalganoff war darob ganz böse geworden:

»Das ist ja ein vollkommen modernes Lied«, hatte er laut und unwillig gesagt. »Wer dichtet ihnen denn solche Lieder? Es fehlte noch, daß die Eisenbahnaktionäre und die Juden herumziehen, die Mädchen zu erproben: die würden alle besiegen!«

Und fast gekränkt hatte er darauf erklärt, er langweile sich, und hatte sich auf das Sofa gesetzt, wo er dann eingeschlafen war. Sein reizendes Gesicht war etwas bleich geworden, und der Kopf war an das Kissen der Sofalehne zurückgesunken.

»Sieh doch, wie reizend er ist«, sagte Gruschenka, als sie Mitja zu ihm geführt hatte. »Ich habe ihm vorhin das Köpfchen gestreichelt. Wie Flachs ist sein Haar, und so dicht...«

Sie beugte sich gerührt über ihn und küßte ihn auf die Stirn. Kalganoff schlug sofort die Augen auf und blickte sie an, erhob sich und fragte mit der besorgtesten Miene: »Wo ist Maximoff.«

»Hör doch, was seine erste Sorge ist!« sagte Gruschenka lachend. »So bleib doch ein Weilchen bei mir. Mitja, such ihm seinen Maximoff auf.«

Da stellte es sich heraus, daß Maximoff die Mädchen auf keinen Augenblick mehr verließ, nur hin und wieder lief er zum Tisch, um ein Gläschen Likör zu trinken, und Schokolade hatte er schon tassenweise getrunken. Sein Gesicht war rot, die Nase blaurot, und die Augen waren feucht geworden und blickten süßlich-selig drein. Er kam sofort herbeigelaufen und meldete, daß er sogleich nach einem »besonderen Motivchen« die Sabotière tanzen werde.

»Man hat mich doch, als ich noch klein war, in diesen französischen T-Tänzchen unterrichtet...«

»Nun geh, geh mit ihm, Mitja, ich werde von hier aus zusehen, wie er dort tanzt.«

»Nein, auch ich, auch ich will ihn tanzen sehen«, rief Kalgánoff, womit er in der allernaivsten Weise Gruschenkas Einladung, neben ihr zu sitzen, verschmähte. Und so begaben sich denn alle hin, um zuzusehen. Maximoff führte tatsächlich seinen Tanz aus, doch außer Mitja konnte er niemanden so recht entzücken. Der ganze Tanz bestand in Hopsern, wobei die Füße zur Seite geworfen wurden, so daß die Stiefelsohle nach oben sah, bei jedem Sprung schlug Maximoff mit der flachen Hand auf die Sohle. Kalganoff gefiel der Tanz gar nicht, Mitja aber umarmte den Tänzer vor Entzücken.

»Bravo, großartig! Nun, bist du müde, was? Willst du etwas? Ein Bonbon, wie? Oder willst du eine Zigarre?«

»Ein Zigarettchen, bitte.«

»Willst du nicht auch trinken?«

»Ich habe hier Likörchen ... Aber haben Sie nicht noch etwas Schokoladenkonfekt?«

»Auf dem Tisch steht doch eine ganze Fuhre, nimm, was du willst, du Taubenseele!«

»Nein, ich will — will eines mit Vanille ... etwas Besonderes für alte Menschen ... hi—hi!«

»Nein, mein Freund, so etwas Besonderes gibt es nicht.«

»Hören Sie!« sagte plötzlich der Alte, ganz zu Mitjas Ohr gebeugt, »dies eine Mädel, die Marjuschka, hi—hi! Könnt ich nicht, wenn's möglich wäre, ihre Bekanntschaft machen, dank Ihrer Güte ...«

»Oho, da schau an, was dir in den Sinn gekommen ist! Nein, Freund, du phantasierst ...«

»Ich tue doch niemandem was Schlechtes«, flüsterte Maximoff wehmütig.

»Nun gut, gut. Aber Freund, das geht nicht, hier wird nur gesungen und getanzt ... übrigens — hol's der Teufel! Wart ... Trink vorläufig, iß, zerstreue dich. Brauchst du Geld?«

»Später vielleicht ein wenig«, meinte Maximoff schmunzelnd.

»Gut, gut ...«

Mitja brannte der Kopf. Er ging hinaus in den Flur und trat auf die obere kleinere Galerie, die auch auf dem Hof einen Teil des ganzen Gebäudes umgab. Die frische Luft belebte ihn. Er stand in der Dunkelheit an die Wand gelehnt in einer Ecke, und plötzlich faßte er sich mit beiden Händen an den Kopf. Seine zerstreuten Gedanken sammelten sich schnell, seine Empfindungen vereinigten sich zu einer einzigen Vorstellung, und alles wurde ihm klar. Eine furchtbare, grausige Erleuchtung war's! »Wenn ich mich schon erschieße, wann soll es denn geschehen, wenn nicht jetzt?« zuckte es ihm durch den Kopf. »Einfach den Pistolenkasten herbringen und hier, gerade hier in dieser schmutzigen, dunklen Ecke mit allem ein Ende machen!« Eine ganze Minute lang war er unentschlossen. Vorhin, als er hergejagt war, hatte hinter ihm die Schande gestanden, begangener Diebstahl und dieses Blut, dieses Blut! ... Aber da war ihm leichter zumut gewesen, o, viel leichter! Damals hatte er doch mit allem abgeschlossen; er hatte sie verloren, hatte sie abgetreten, sie war für ihn verschwunden, untergegangen, — o, da war es leichter gewesen, das Todesurteil zu fällen. Wenigstens war es ihm damals unbedingt notwendig, ganz unvermeidlich erschienen, denn wozu dann noch leben? hatte er sich gefragt. Jetzt aber! War es denn jetzt dasselbe wie vorhin? Jetzt war doch schon ein Schrecknis, ein Gespenst beseitigt: der »Erste«, ihr Alleinberechtigter, dieser fatale Mensch war verschwunden. Das große Schreckgespenst war so klein geworden, so lächerlich: man hatte es im Nebenzimmer hinter Schloß und Riegel gesetzt! Eingesperrt. Und niemals wird es mehr ängstigen! Sie schämt sich seiner, und in ihren Augen hat er klar gelesen, wen sie jetzt liebt. Ach, jetzt nur leben, leben! Und da — gerade jetzt nicht leben können! O, Fluch! »Gott, erwecke den am Zaun Niedergestreckten! Laß diesen furchtbaren Kelch an mir vorübergehen! Hast du doch Wunder getan, und an ebenso großen Sündern wie ich! Aber wie, wenn der Alte lebt? O, dann werde ich die Schande der anderen Schmach schon aus der Welt schaffen, ich werde das gestohlene Geld zurückerstatten, alles zurückgeben, aus der Erde hervorkratzen ... Es wird keine Spur mehr von der Schande übrigbleiben außer in meinem Herzen, und dort wird sie bis in alle Ewigkeit brennen! Aber nein, nein, das sind ja unmögliche, kleinmütige Träume! O, Fluch!«

Und doch war es ihm, als fühle er einen hellen Hoffnungsstrahl durch das Dunkel leuchten. Er riß sich plötzlich los von der Ecke und stürzte in die Zimmer zu ihr, wieder zu ihr, seiner Königin! »Ist denn eine Stunde, eine Minute ihrer Liebe nicht das ganze Leben wert, wenn auch in Qualen der Schmach und Schande?« Diese wilde Frage machte sein Herz klopfen. »Zu ihr, zu ihr allein, sie sehen, sie hören und an nichts denken, alles andere vergessen, und wenn auch nur diese eine Nacht — eine Stunde, einen Augenblick lang!«

Kurz vor der Tür zum Flur, noch auf der Galerie, stieß er mit dem Wirt Trifon Borissytsch zusammen. Der kam ihm finster und besorgt vor und schien ihn zu suchen.

»Was ist — Borissytsch, suchst du mich?«

»Nein, nicht Euch«, sagte der Wirt etwas erschrocken, wie es Mitja schien. »Warum sollte ich Euch suchen? Aber ... wo wart Ihr denn?«

»Warum bist du plötzlich so mißgestimmt? Ärgerst du dich etwa? Wart, bald kannst du schlafen gehn ... Wie spät ist es denn eigentlich schon?«

»Es wird drei sein, vielleicht aber auch schon vier.«

»Dann machen wir ein Ende damit, dann ist es genug!«

»Aber ich bitte, es hat doch nichts zu sagen. Solange es Euch beliebt, Herr ...«

»Was hat der Kerl?« fuhr es Mitja durch den Sinn, und er trat eilig in das Zimmer, in dem die Mädchen tanzten. Doch Gruschenka war nicht da. Im hellblauen Zimmer war sie gleichfalls nicht zu sehen; nur Kalganoff allein schlummerte auf dem Sofa. Mitja blickte hinter den Vorhang — dort war sie. In der Ecke saß sie auf einer Truhe, hatte die Arme und den Kopf auf das daneben stehende Bett gestützt und weinte, war aber aus allen Kräften bemüht, ihr Schluchzen zu ersticken, damit es niemand höre. Als sie Mitja bemerkte, streckte sie ihm die Hand entgegen, und als er zu ihr stürzte, preßte sie seine Hände wie im Krampf.

»Mitja, Mitja, ich habe ihn doch geliebt!« begann sie flüsternd, »so geliebt diese ganzen fünf Jahre, die ganze, ganze Zeit. Sag', habe ich *ihn* oder habe ich nur meinen Haß geliebt? Nein, *ihn!* Ach, *ihn!* Ich lüge doch, wenn ich sage, daß ich meinen Haß und nicht ihn geliebt habe! Mitja, ich war ja damals erst siebzehn Jahre alt, und er war damals so freundlich zu mir, so lustig und sang mir Lieder vor ... Oder sollte es mir, der dummen Göre, damals nur so geschienen haben? ... Jetzt aber, o Gott! — das ist ja gar nicht er, gar nicht derselbe! Und auch das Gesicht ist ein ganz anderes, ich erkannte ihn zuerst nicht einmal. Als ich mit Timofei herfuhr, dachte ich

710

die ganze Zeit, die ganze Zeit: ‚Wie werde ich ihm entgegentreten, was werde ich ihm sagen, wie werden wir uns in die
Augen blicken können? . . .‘ Meine Seele wollte vergehen.
Und da komme ich hier an und er — ach, als hätte er mich mit
Spülicht übergossen! Redet wie ein Schulmeister, alles so pe-
dantisch, wichtig, aufgeblasen, empfängt mich so unnahbar,
daß ich ganz verblüfft war. Ich wußte kein Wort zu sagen.
Anfangs glaubte ich, daß er sich vor diesem anderen, seinem
langen Polen, schäme. Ich saß, betrachtete sie beide und
dachte: Warum verstehe ich denn plötzlich nicht mehr mit
ihm zu sprechen? Weißt du, das hat seine Frau aus ihm gemacht, dieselbe, wegen der er mich damals verließ, und die er
dann heiratete . . . Sie, sie hat ihn dort so umgemodelt. Mitja,
diese Schande, diese Schande ertrage ich nicht! Mitja, wenn
du wüßtest, wie ich mich schäme, Mitja, für mein ganzes Leben!
Verflucht seien diese ganzen fünf Jahre, verflucht.« Und sie
brach wieder in Tränen aus und schluchzte, doch Mitjas Hand
ließ sie nicht mehr los, sie hielt sich krampfhaft an ihr fest.

»Mitja, Liebling, wart, geh nicht fort, ich habe dir etwas
zu sagen«, flüsterte sie ihm plötzlich, das Gesicht zu ihm erhebend, zu, »Höre, sage du mir, wen ich liebe? Ich habe hier
von allen nur einen lieb. Wer mag nun das wohl sein? Sieh,
das sollst du mir sagen.« Auf ihrem von den Tränen geschwollenen Gesicht erschien ein Lächeln, und ihre Augen
glänzten im Halbdunkel. »Es kam vorhin ein Falke her, und
da ist mir das Herz gleich stillgestanden. ‚Du Dumme, da ist
er ja, den du liebst!‘ flüsterte mit eins auch das Herz. Du
tratest ein, und alles wurde licht durch dich. ‚Aber was fürchtet er?‘ fragte ich mich. Denn du fürchtetest dich doch, nicht
wahr, du konntest ja kaum sprechen. ‚Er kann doch nicht
diesen da fürchten‘, dachte ich, — kannst du dich denn überhaupt vor jemandem fürchten? ‚Nein, mich fürchtet er, nur
mich allein!‘ dachte ich. So hat dir, Dummköpfchen, wohl
Fenja erzählt, wie ich Aljoscha durch das Fenster zugerufen
habe, daß ich Mitjenka im ganzen ein Stündchen geliebt hätte
und nun fortführe, um einen anderen zu . . . lieben? Mitja,

ach Mitja, wie konnte ich dummes Geschöpf nur glauben, daß
ich nach dir noch einen anderen lieben könnte! Verzeihst du
mir, Mitja? Verzeihst du mir oder nicht? Liebst du mich?
Liebst du mich?«

Sie sprang auf und faßte ihn mit beiden Händen an den
Schultern. Mitja, stumm vor Entzücken, schaute ihr in die
Augen, in das Gesicht, auf ihre lächelnden Lippen, und plötz-
lich riß er sie in seine Arme und stürzte sich in den Kuß.

»Und verzeihst du mir, daß ich dich gequält habe? Ich
habe euch alle doch nur aus Haß, wegen meiner Liebe zu ihm,
so gequält. Ich habe doch den Alten absichtlich, aus Bosheit,
um den Verstand gebracht ... Weißt du noch, wie du einmal
bei mir trankst, und darauf das Glas zerschlugst? Das habe
ich nicht vergessen, und so habe ich heute gleichfalls mein
Glas zerschlagen. Ich trank auf mein ,niedriges Herz‘! Mitja,
mein Falke, warum küßt du mich nicht? Hast mich nur einmal geküßt und bist dann erstarrt, schaust nur, lauschst ...
Ach, wozu Worte und mir zuhören! Küß mich, küß mich
stärker, ja, so! Wenn man schon liebt, dann schon so! Deine
Sklavin werde ich jetzt sein, deine Sklavin hinfort, mein
Lebelang! Süß ist es, Sklavin zu sein! ... Küß mich! Schlage
mich, quäle mich, tu mir was an ... Ach, wirklich, es gehört
sich so, daß man mich piesackt ... Halt! Nicht! Warte, später,
so will ich nicht ...« Und sie stieß ihn plötzlich zurück. »Geh
weg, Mitjka, ich werde jetzt Wein trinken gehen, ich will betrunken sein, will betrunken tanzen gehen, ich will, ich will!«

Sie riß sich von ihm los und trat durch den Vorhang. Mitja
folgte ihr wie ein Trunkener. »Meinethalben, meinethalben
... was auch jetzt geschähe — für einen Augenblick gäbe ich
die ganze Welt hin«, blitzte es durch seinen Kopf. Gruschenka
leerte tatsächlich auf einen Zug ein ganzes Glas Champagner
und war mit einemmal berauscht. Sie setzte sich in den Lehnstuhl, auf ihren alten Platz, und lächelte selig. Ihre Wangen
glühten, ihre Lippen schienen zu brennen, ihre strahlenden
Augen wurden matt, ihr leidenschaftlicher Blick lockte. Selbst
Kalganoff schien etwas ins Herz zu beißen, und er trat zu ihr.

»Hast du es gespürt, wie ich dich vorhin geküßt hab', als du schliefst?« fragte sie ihn mit etwas schwerer Zunge. »Betrunken bin ich jetzt, siehst du, ... Und du nicht? Aber warum trinkt Mitja nicht? Warum trinkst du nicht, Mitja? Sieh, ich habe schon getrunken, du aber trinkst nicht ...«

»Ich bin ja schon betrunken! Auch so schon trunken ... trunken von dir, jetzt aber will ich es auch noch vom Weine werden ...«

Er stürzte noch ein Glas hinab und — es schien ihm selbst sonderbar — erst von diesem Glase wurde er betrunken, ganz plötzlich, bis dahin war er immer noch nüchtern gewesen. Das fühlte er jetzt deutlich, als er wirklich betrunken wurde. Von diesem Augenblicke an begann alles sich vor ihm wie im Fiebertraum zu drehen. Er ging, lachte, sprach mit allen und tat es doch, wie ohne zu wissen, was er tat. Nur ein einziges, unbewegliches, brennendes Gefühl trug er fortwährend mit sich herum, »ganz wie eine glühende Kohle«, sagte er später. Er trat zu ihr, setzte sich neben sie hin, blickte sie an, hörte ihr zu ... Sie aber wurde ungemein gesprächig, rief alle zu sich heran, winkte plötzlich auch ein Chormädchen zu sich, und wenn die dann zu ihr kam, küßte sie sie oder machte mit der Hand das Zeichen des Kreuzes über sie. Vielleicht fehlte nur noch etwas, und sie wäre in Tränen ausgebrochen. Am meisten schien Maximoff sie zu belustigen. Der kam immer wieder zu ihr gelaufen, um ihr die Hand »und jedes Fingerchen«, wie er sagte, zu küssen, und zum Schlusse tanzte er noch zu einem alten Liede, das er selbst sang, einen Volkstanz. Mit besonderer Liebe trug er vor:

> „Schweinchen sagt röchröch, röchröch,
> Kälbchen sagt mumuh, mumuh,
> Entlein sagt quaqua, quaqua,
> Gänslein sagt gaga, gaga.
> Hühnchen aber tappt im Hausflur auf und ab,
> Gokgokgok, gokgok sagt es immerzu,
> Ei, ja, sagt es immerzu!"

»Gib ihm etwas, Mitja«, sagte Gruschenka, »schenk ihm etwas, er ist doch arm! Ach ihr Armen, Erniedrigten! ... Weißt du, Mitja, ich werde ins Kloster gehen. Nein, im Ernst, einmal werde ich ins Kloster gehen. Aljoscha hat mir heute Worte fürs ganze Leben gesagt ... Ja ... Heute aber wollen wir noch tanzen. Morgen ins Kloster, heute aber noch getanzt. Ich will ausgelassen sein, ihr Guten, nun, und was ist denn dabei. Gott wird es verzeihen. Wenn ich Gott wäre, würde ich allen Menschen vergeben. ‚Ihr meine lieben Sünderlein‘, würde ich sagen, ‚von heute ab vergebe ich euch allen.‘ Und ich werde um Verzeihung bitten: ‚Vergebt, ihr guten Leute, einem dummen Weibe.‘ Ja, genau so. ‚Ein Tier bin ich, ja, das bin ich.‘ Beten will ich. Ich habe im ganzen nur ein Zwiebelchen gegeben. Ja, ein Scheusal wie ich will beten. Mitja, laß sie tanzen, störe sie nicht. Alle Menschen auf der Welt sind gut, alle ohne Ausnahme. Gut ist es auf der Welt. Wenn wir auch alle schlecht sind, es ist doch gut auf der Welt. Schlecht sind wir und gut, schlecht und gut ... Nein, sagt mir, ich frage euch, kommt alle her, ich frage euch, sagt mir alle folgendes: Warum bin ich so gut? Ich bin doch gut — bin sehr gut ... Nun, darum also: Warum bin ich so gut?«

So stammelte Gruschenka, indem sie immer berauschter wurde, und zu guter Letzt erklärte sie, selbst tanzen zu wollen. Sie erhob sich aus dem Lehnstuhl und schwankte.

»Mitja, laß mich nicht mehr trinken«, sagte sie, »ich werde dich darum bitten, aber du gib mir nichts mehr, hörst du. Wein gibt keine Ruhe. Alles dreht sich, auch der Ofen, alles dreht sich. Tanzen will ich. Sie sollen alle herkommen, zusehen, wie ich tanze ... wie schön und gut ich tanze!«

Und sie machte bereits Ernst mit ihrer Absicht: zog ihr kleines, weißes Batisttüchlein hervor, nahm es mit zwei Fingern der rechten Hand am Zipfelchen, um es beim Tanz zu schwenken. Es sollte der Nationaltanz werden! Mitja eilte ins vordere Zimmer, die Mädchen verstummten und bereiteten sich vor, auf den ersten Wink den Chorgesang zum Nationaltanz anzustimmen. Als Maximoff hörte, daß Gruschenka selbst tanzen wollte, ward er ganz begeistert und begann sofort — so gut es bei seinem Alter ging — den Kasatschock ihr entgegen zu tanzen, wozu er etwas atemlos sang:

>»Kleine Beinchen, weich und rosig,
>Hinten Ringelschwänzelein . . .«

Doch Gruschenka scheuchte ihn mit dem Tüchelchen weg.

»Sch! —sch! Weg da! . . . Mitja, warum kommen sie denn nicht? Alle sollen herkommen . . . zusehen. Ruf auch jene beiden, die Eingeschlossenen . . . Warum hast du sie eingeschlossen? Sag' ihnen, daß ich tanze, ich will, daß auch sie zusehen, wie ich tanze. . .«

Mitja ging mit trunkenem Schwung zur verschlossenen Tür und begann mit den Fäusten bei den Panen anzuklopfen.

»He, ihr . . . Podwyssotzkijs! Kommt heraus, sie will tanzen, läßt euch rufen!«

»Laidack!« schrie zur Antwort einer von den Panen.

»Und du bist ein Oberlaidack! Ein ganz gemeiner, kleinlicher Schuft bist du, verstanden!«

»Wenn Sie doch endlich aufhören wollten, sich über Polen lustig zu machen!« bemerkte sentenziös Kalganoff, der jetzt gleichfalls betrunken war.

»Schweig, Knabe! Wenn ich ,Schuft' zu ihm sage, so heißt das noch nicht, daß ich es zu ganz Polen sage. Ein Schuft macht noch nicht ganz Polen aus. Schweig, ein netter Junge bist du. Da —nimm ein Bonbon.«

»Ach, was sie sonderbar sind! Gar nicht wie Menschen! Warum wollen sie sich denn nicht versöhnen?« sagte Gruschenka und trat vor zum Tanz.

Der Chor fiel schmetternd ein: »Ach, mein Häuschen, ach, mein Häuschen . . .« Gruschenka warf den Kopf in den Nakken, ihre Lippen öffneten sich halb, sie lächelte, schwenkte schon das Taschentuch und plötzlich — schwankte sie und blickte sich verwundert im Kreise um.

»Bin schwach . . .«, sagte sie stammelnd mit einer geradezu müdgequälten Stimme, »verzeiht, bin zu schwach . . . ich kann nicht . . . es war meine Schuld . . .«

Sie verneigte sich vor dem Chor und machte dann nach allen vier Seiten hin eine Verbeugung.

»Meine Schuld . . . Verzeiht . . .«

»Hat sich bißchen angetrunken, die Herrin . . . bißchen angetrunken, die schöne Herrin«, ertönten unter den Zuschauern einige Stimmen.

»Haben ein Räuschchen«, erklärte kichernd Maximoff den Mädchen.

»Mitja, führ mich fort . . . nimm mich, Mitja«, sagte Gruschenka erschöpft.

Mitja eilte auf sie zu, hob sie im Nu auf die Arme und lief mit seiner kostbaren Beute hinter den Vorhang. ‚Nun, jetzt werde auch ich lieber weggehen‘, dachte Kalganoff und verließ das hellblaue Zimmer. Vorsichtig schloß er hinter sich beide Türflügel. Doch das Fest im Saale wurde tobend fortgesetzt, viel ausgelassener als vorher. Mitja legte Gruschenka auf das große Bett und küßte sie, als wolle er sich im Kuß an ihren Lippen festsaugen.

»Tu mir nichts . . .«, flüsterte sie ihm mit flehender Stimme zu, stammelnd. »Tu mir nichts, noch bin ich nicht dein . . . Ich habe gesagt, daß ich dein bin, aber du . . . rühre mich nicht an . . . schone mich . . . Nicht in deren Gegenwart, nebenan, nicht jetzt. Er ist hier. Abscheulich wär's hier . . .«

»Zu Befehl! . . . Mit keinem Gedanken . . . vor Ehrfurcht!« . . . murmelte Mitja. »Ja, abscheulich wär's hier, verächtlich!«

Und ohne sie aus den Armen zu lassen, ließ er sich neben dem Bett auf die Knie nieder.

»Ich weiß, wenn du auch ein Tier bist, du bist doch edel«, sagte Gruschenka mit schwerer Zunge. »Das muß in Ehren . . . hinfort wird es in Ehren geschehn . . . und auch wir müssen ehrenhaft sein, auch wir wollen gut sein, keine Tiere, sondern gut . . . Bring mich fort, bring mich weit fort, hörst du . . . Ich will nicht hier . . . nein, weit fort, weit . . .«

»O, ja, ja, unbedingt!« Und er preßte sie in seinen Armen. »Ich bringe dich fort, fortfliehen werden wir . . . O, mein ganzes Leben gäbe ich sofort für ein Jahr hin, wenn ich nur um dieses Blut wüßte! . . .«

»Was für ein Blut?« fragte Gruschenka verwundert.

»Nichts, nichts!« stieß Mitja knirschend hervor. »Gruscha, du willst, daß hinfort alles ehrenhaft sei, ich aber bin ein Dieb. Ich habe von Katjka Geld gestohlen . . . Die Schmach, die Schmach!«

»Von Katjka? Von dem Fräulein? Nein, du hast nicht gestohlen. Gib's ihr zurück, nimm von mir . . . Was jammerst du? Jetzt ist alles, was mein ist, — dein. Was ist uns Geld? Wir würden es ohnehin durchbringen . . Wir sind die rechten, die es halten könnten. Wir beide aber wollen lieber gehen und die Erde pflügen. Mit diesen meinen Händen will ich die Erde aufscharren. . . Arbeiten muß man, sich mühen muß man, hörst du? Aljoscha hat es gesagt. Ich werde dir nicht Geliebte sein, ich werde dir treu sein, werde deine Sklavin sein, werde für dich arbeiten. Wir werden zu dem Fräulein gehen und sie bitten, daß sie uns verzeiht, und dann werden wir fortfahren. Und du bring ihr das Geld zurück, mich aber liebe . . . Sie aber, hörst du, sie sollst du nicht lieben. Jetzt darfst du sie nicht mehr lieben. Wenn du sie noch liebst, werde ich sie umbringen . . . Werde ihr beide Augen mit einer Nadel ausstechen . . .«

»Dich liebe ich, dich allein! Ich werde dich auch in Sibirien lieben, ewig . . .«

»Warum in Sibirien? Aber warum schließlich auch nicht, meinetwegen auch nach Sibirien, wenn du willst, mir soll's recht sein . . . einerlei . . . wir werden arbeiten . . . in Sibirien ist Schnee . . . Ich liebe es, im Schlitten über Schneefelder zu fahren . . . das Pferd muß eine Glocke am Krummholz haben . . . Hörst du, eine Glocke klingt . . . Wo klingt nur die Glocke? Es fährt jemand . . . da hat sie auch schon aufgehört.«

Erschöpft schloß sie die Augen und schien einzuschlafen. Es hatte in der Tat irgendwo in der Ferne eine Glocke geklungen, und dann — hatte sie plötzlich aufgehört zu klingen. Mitja senkte seinen Kopf auf ihre Brust. Er merkte nicht, wie die Glocke zu klingen aufgehört hatte, hatte es auch nicht gemerkt, wie plötzlich der Chorgesang verstummt war und an Stelle des Geräusches und trunkenen Lärmes im ganzen Hause Totenstille eintrat. Gruschenka schlug die Augen auf.

»Was ist das? Habe ich geschlafen? Ja ... Glockenklang ... Ich schlief und mir träumte: es war, als wenn ich über Schneefelder führe ... die Glocke am Krummholz klang, und ich schlummerte mit offenen Augen. Es war, als führe ich mit meinem Geliebten, mit dir. Und weit, weit fuhren wir. Ich umarmte und küßte dich, schmiegte mich an dich, ich glaube, mich fror, und der Schnee schimmerte ... Weißt du, wenn in der Nacht der Schnee schimmert und der Mond schaut zu, und es war, als ob ich nicht auf der Erde wäre... Da erwachte ich, und der Liebste ist bei mir, wie wundervoll ...«

»Bei dir«, murmelte Mitja und küßte ihr Kleid, ihre Brust, ihre Arme.

Und plötzlich schien ihm etwas so sonderbar: es schien ihm, als ob sie gerade vor sich hinblickte, aber nicht auf ihn, nicht in sein Gesicht, sondern über seinen Kopf hinweg, aufmerksam, unbeweglich und ganz eigentümlich starr. Und plötzlich drückte sich in ihrem Gesicht Verwunderung aus, fast Schreck.

»Mitja«, flüsterte sie plötzlich, »wer blickt von dort auf uns her?«

Mitja wandte sich um und sah, daß tatsächlich jemand durch den Vorhang sie gleichsam zu beobachten schien. Ja, es schien nicht nur einer zu sein. Er sprang auf und trat auf den Beobachter zu.

»Hierher, darf ich bitten, hierher zu uns«, sagte nicht laut, doch bestimmt und fest eine unbekannte Stimme zu ihm.

Mitja trat hinter dem Vorhang hervor und blieb unbeweglich stehen. Das ganze Zimmer war voll von Menschen, doch nicht von jenen, die noch vor kurzem dagewesen waren, sondern von ganz anderen, neuangekommenen. Ein plötzlicher Frostschauer lief ihm über den Rücken, und er fuhr zusammen. Alle diese Menschen erkannte er auf den ersten Blick. Dieser große, wohlbeleibte Herr im grauen Uniformpaletot mit der Kokarde an der runden Mütze, das war der Kreispolizeichef, der ihm wohlbekannte Micháil Makárytsch Makároff. Und dieser »schwindsüchtige« gepflegte Modeherr, »immer in so blankgeputzten Stiefeln« — das war der Stellvertreter des Staatsanwalts. »Er besitzt eine Uhr im Wert von vierhundert Rubeln, er hat sie mir gezeigt«, dachte Mitja. Und dieser jugendliche Kleine mit der Brille ... Mitja hatte im Augenblick nur seinen Namen vergessen, aber er kannte auch ihn, er hatte mit ihm gesprochen: das war der Untersuchungsrichter des Gerichtshofes, der erst vor kurzer Zeit bei uns eingetroffen war. Und dieser dort — war der Polizeimeister Mawríkij Mawríkitsch, den kannte er ja ganz genau, — ein alter Bekannter! Aber diese dort mit den Blechschildchen, was wollen denn die? Und dann noch zwei Unbekannte, Bauernkerle wahrscheinlich ... Und dort an der Tür Kalganoff und Trifon Borissytsch ...

»Meine Herren ... Was soll das, meine Herren?« fing Mitja an, doch plötzlich ... rief er außer sich, als wäre er nicht mehr er selbst, laut, mit voller Stimme:

»Ich be — grei — fe!«

Der jugendliche Kleine mit der Brille drängte sich plötzlich etwas vor, und zu Mitja tretend, begann er, wenn auch ein wenig würdevoll, so doch gewissermaßen hastend:

»Wir haben an Sie ... Kurz, ich bitte Sie hierher, hierher zum Sofa ... Gewisse Umstände machen es unbedingt notwendig, daß wir Sie um gewisse Erklärungen bitten.«

»Der Alte!« schrie Mitja außer sich auf. »Der Alte und sein Blut! ... Ich begreife!«

Und wie von einem Keulenschlag getroffen, sank er, oder richtiger gesagt, fiel er auf einen Stuhl, der neben ihm stand.

»Du begreifst? Du hast es begriffen! Du Vatermörder und Ungeheuer, das Blut deines erschlagenen alten Vaters schreit hinter dir her!« brüllte plötzlich, auf Mitja zutretend, der alte Polizeichef ihn an.

Er war außer sich, war dunkelrot vor Zorn und zitterte am ganzen Körper.

»Aber das ist unmöglich, so geht das nicht!« rief der kleine junge Mann. »Micháil Makárytsch, Michail Makárytsch! So geht das nicht, das geht wirklich nicht so! ... Ich bitte Sie, mich allein sprechen zu lassen. Ich hätte nie von Ihnen erwartet, daß Sie so ...«

»Aber das ist ja Wahnsinn, meine Herren, das ist ja Wahnsinn!« schrie wieder der Alte. »Sehen Sie ihn an: in der Nacht, betrunken, mit einer liederlichen Dirne und dem Blute seines Vaters ... Wahnsinn, Wahnsinn!«

»Ich bitte Sie ernstlich, mein lieber Michail Makárytsch, diesmal Ihre Gefühle zu beherrschen«, flüsterte dem Alten schnell der elegante Stellvertreter des Staatsanwalts zu, »andernfalls wäre ich gezwungen, Maßregeln zu ergreifen.«

Aber der kleine Untersuchungsrichter unterbrach ihn; er wandte sich zu Mitja und sagte mit fester Stimme, laut und wichtig:

»Herr Leutnant Karamasoff, ich muß Ihnen mitteilen, daß Sie angeklagt sind, Ihren Vater Fjodor Pawlowitsch Karamasoff in dieser Nacht ermordet zu haben ...«

Er fügte noch etwas hinzu, auch der Stellvertreter des Staatsanwalts warf noch etwas ein, doch Mitja, der wohl ihre Worte hörte, begriff sie nicht mehr. Sein wilder Blick ging verständnislos von einem der Anwesenden zum anderen.

NEUNTES BUCH

DIE VORUNTERSUCHUNG

I

Der Anfang der Laufbahn des Beamten Perchotin

Pjotr Iljitsch Perchótin, den wir vor dem Hause der Kaufmannswitwe Morósoff verlassen hatten, klopfte unentwegt
und mit jedem Schlage stärker an das bereits verschlossene
Hoftor, bis er schließlich doch den Hausknecht aus dem Bett
geklopft hatte. Als Fenja, die sich vor Erregung und »Gedanken« noch nicht entschließen konnte, zu Bett zu gehen,
so wildes Klopfen am Hoftor hörte, verlor sie vor Schreck
fast die Besinnung. Sie war sofort überzeugt, der Ruhestörer
sei kein anderer als Dmitrij Fjodorowitsch (obgleich sie
selbst gesehen hatte, wie er mit Andrei fortgefahren war),
denn sie sagte sich, daß so »dreist« nur er allein klopfen
könne. So stürzte sie denn unverzüglich zum Hausknecht,
der sich bereits zum Hoftor begab, und bat ihn himmelhoch,
nicht zu öffnen und niemanden hereinzulassen. Der Alte
wurde nachdenklich, erkundigte sich aber doch nach dem
Namen des Klopfenden, und als er hörte, wer es war, und
daß man Fedóssja Márkowna (Fenja) in einer sehr wichtigen
Angelegenheit zu sprechen wünsche, entschloß er sich endlich,
ihm zu öffnen. Perchotin begab sich mit Fenja zur Küche,
aber da bat sie ihn »aus Ängstlichkeit«, auch den Hausknecht
eintreten zu lassen. Hierauf begann er, sie unverzüglich auszufragen, und so erfuhr er denn alsbald das Wichtigste, nämlich: daß Dmitrij Fjodorowitsch, als er fortgestürzt war, um
Gruschenka zu suchen, den Stößel ergriffen und in die Tasche
gesteckt hatte, dann jedoch ohne denselben, aber mit blutigen
Händen zurückgekehrt war. »Und das Blut tropfte noch von

seinen Händen, tropfte nur so!« rief Fenja aus, die sich in ihrer Aufregung dieses grauenhafte Bild wahrscheinlich ganz unwillkürlich schuf. Daß Mitjas Hände mit Blut besudelt waren, hatte auch Perchotin gesehen, er hatte ja selbst geholfen, sie reinzuwaschen, aber nicht darum handelte es sich jetzt, ob sie schnell oder langsam trocken geworden waren, sondern darum, wohin er, Dmitrij Fjodorowitsch, mit dem Stößel gelaufen war, d. h., woraus man mit Bestimmtheit schließen konnte, daß er gerade zu seinem Vater gelaufen sein mußte? Danach erkundigte sich Perchotin ausführlich, und obwohl er, genau genommen, nichts Bestimmtes erfuhr, so trug er doch die Überzeugung davon, daß Dmitrij Fjodorowitsch einzig und allein zum Vater gelaufen sein konnte, und daß dort folglich »etwas« geschehen sein mußte. »Als er aber zurückkam«, unterbrach Fenja erregt seinen Gedankengang, »und ich ihm alles gestanden hatte, da versuchte ich, ihn etwas auszufragen. ‚Täubchen Dmitrij Fjodorowitsch‘, sagte ich, ‚warum sind denn Ihre beiden Hände so blutig?‘ — Da antwortete er mir, daß es Menschenblut sei, und daß er einen Menschen erschlagen habe ...« Sie sagte, er habe ihr ohne weiteres alles gestanden, habe sichtlich reumütig gestanden, aber plötzlich sei er wieder wie ein Irrsinniger hinausgelaufen. »Da setzte ich mich und fing an nachzudenken«, fuhr Fenja fort, »und ich fragte mich, wohin er wohl so gelaufen sein mag. Da sagte ich mir, er wird nach Mókroje fahren und dort die Herrin totschlagen. So lief ich denn hinaus, um ihn vielleicht noch in seiner Wohnung anzutreffen und himmelhoch zu bitten, daß er sie nicht totschlägt, und da traf ich ihn unterwegs bei Plótnikoffs und sah, daß er gerade nach Mokroje abfahren wollte, seine Hände aber schon nicht mehr blutig waren.« (Die reinen Hände hatte Fenja sofort bemerkt.) Die alte Köchin Matrjóna bestätigte, so weit sie konnte, die Aussagen ihrer Enkelin. Perchotin stellte noch einige Fragen und verließ sie dann in noch größerer Erregung und Sorge, als er das Gasthaus verlassen hatte.

Man sollte meinen, daß es für ihn das Nächstliegende

gewesen wäre, zu Fjodor Pawlowitsch Karamasoff zu gehen und sich dort zu erkundigen, ob nicht etwas Besonderes geschehen sei, und dann erst, wenn sich sein Verdacht bestätigt hätte, zum Polizeichef zu gehen, wie er es sich schon fest vorgenommen hatte. Aber das war so eine Sache. Die Nacht war dunkel, das Hoftor des Karamasoffschen Hauses groß und schwer, das Klopfen nicht hörbar, und er hätte lange klopfen müssen—mit Fjodor Pawlowitsch aber war er nur sehr entfernt bekannt. Und da würde er denn das ganze Haus aufwecken: man macht ihm auf, und es zeigt sich, daß nichts geschehen war, — und der spottlustige Fjodor Pawlowisch erzählt morgen in der ganzen Stadt die Geschichte, wie Pjotr Iljitsch Perchótin, der ihm völlig unbekannt ist, um Mitternacht zu ihm gelaufen kommt und wie ein Verrückter am Hoftor klopft, um zu erfahren, ob ihn nicht jemand totgeschlagen habe! So ein Skandal! Einen Skandal aber fürchtete Perchotin mehr als alles auf der Welt. Nichtsdestoweniger war die Unruhe, die ihn mit sich fortriß, so stark, daß er sich — allerdings fluchend, mit dem Fuß aufstampfend und mit einem Schimpfwort an die eigene Adresse — unverzüglich auf den Weg machte, doch diesmal nicht zu Fjodor Pawlowitsch, sondern zu Frau Chochlakóff. Er beschloß, sie ohne alle Umschweife zu fragen, ob sie heute zu der und der Stunde Dmitrij Karamasoff dreitausend Rubel gegeben habe, und wenn sie dies verneinte, sofort zum Polizeichef zu gehen; falls sie es aber bejahte, alles bis auf den nächsten Tag aufzuschieben und zu sich nach Haus zurückzukehren. Nun sollte man mit Recht meinen, daß der Entschluß des jungen Mannes, in der Nacht, fast um elf Uhr, in das Haus einer ihm ganz unbekannten vornehmen Dame zu gehen und sie womöglich aus dem Schlaf zu wecken, und an sie eine in ihrer Art gewiß erstaunliche Frage zu stellen, vielleicht noch viel mehr Aussichten bot, einen Skandal hervorzurufen, als wenn er zu Fjodor Pawlowitsch gegangen wäre. Aber so geht es bekanntlich — besonders in solchen oder ähnlichen Fällen — nicht selten mit den Entschlüssen der korrektesten und phlegmatischsten Leute. Übrigens war Perchotin in dieser Nacht nichts weniger als phlegmatisch. Sein Leben lang erinnerte er sich später, wie seine unbezwingbare Unruhe schließlich so groß geworden war, daß sie ihm Qual verursacht und ihn eigentlich gegen seinen Willen immer weiter getrieben hatte. Es versteht sich daher von selbst, daß er sich auf dem ganzen Wege zu ihr über seine Handlung ärgerte, aber: »Ich setze es durch, was es auch koste, ich setze es doch durch!« wiederholte er zum mindestens zehnten Mal zähneknirschend vor sich hin. Und richtig — er führte auch durch, was er sich vorgenommen hatte.

Es war gerade elf Uhr, als er das Haus Frau Chochlakoffs erreichte. In den Hof wurde er ziemlich bald eingelassen, doch auf die Frage, ob die gnädige Frau schon schlafe oder noch auf sei, konnte der Hausmeister nichts Bestimmtes sagen, außer daß sie sich um diese Zeit allerdings schon zurückzuziehen pflege. »Aber der Herr kann es doch versuchen: will man empfangen, so empfängt man, will man nicht, dann nicht. Nur muß der Herr sich im Herrschaftshause anmelden.« Perchotin begab sich ins Herrschaftshaus, hier aber hatte er einen schweren Stand. Der Diener weigerte sich, ihn anzumelden, rief aber schließlich wenigstens die Zofe heraus. Perchotin bat höflich, aber in sehr bestimmtem Ton, ihn bei der gnädigen Frau anzumelden, und unbedingt noch hinzuzufügen, daß er in einer äußerst wichtigen Angelegenheit die gnädige Frau unverzüglich sprechen müsse, sich anderenfalls nie erdreistet hätte usw. Die Kammerzofe ging. Er blieb im Vorzimmer zurück und wartete. Frau Chochlakoff schlief allerdings noch nicht, hatte sich aber schon in ihr Schlafgemach zurückgezogen. Sie war seit dem Besuch Mitjas sehr angegriffen und fühlte schon im voraus, daß sie in dieser Nacht der Migräne, die in solchen Fällen stets einzutreten pflegte, nicht entgehen werde. Sie hörte verwundert den Bericht ihrer Zofe an, befahl aber doch gereizt, den Herrn abzuweisen, wenn auch der unerwartete Besuch eines »hiesigen Beamten«, wie die Zofe sagte, »zu dieser Stunde!« nicht wenig ihre Neugier reizte.

Doch Perchotin war diesmal hartnäckig wie ein Maulesel (mit dieser Bezeichnung bedachte er sich selbst während des Wartens). Als er die Absage vernommen hatte, bat er sehr bestimmt und nachdrücklich, ihn nochmals anzumelden, und zwar gerade mit den Worten: daß es eine »äußerst wichtige Angelegenheit sei, und die gnädige Frau es vielleicht später bedauern werde, wenn sie ihn jetzt nicht empfinge«. »Es war mir damals geradezu, als wenn ich einen Berg unaufhaltsam hinabsauste«, sagte er später bei der Wiedergabe jener Erlebnisse und der Schilderung seiner Empfindungen in jenen Stunden. Die Zofe betrachtete ihn nicht wenig erstaunt, ging aber doch, um ihn noch einmal anzumelden. Frau Chochlakoff war sehr betroffen durch das sonderbare Auftreten des nächtlichen Besuchers. Sie dachte nach und erkundigte sich, wie denn »dieser Mensch« aussähe, und erfuhr, daß er »sehr anständig gekleidet, jung und sehr höflich« sei. Ich muß hier noch bemerken, daß Perchotin als junger Mann tatsächlich gut aussah und das auch selbst von sich wußte. Frau Chochlakoff entschloß sich endlich, den Herrn zu empfangen. Sie war bereits im Schlafrock und in Pantöffelchen, und so nahm sie noch einen großen Schal um. Perchotin wurde in den Empfangssalon gebeten, in dem sie vor kurzem auch Mitja empfangen hatte. Er trat ein. Gleich darauf erschien sie. Sie blickte ihn streng und mit etwas erstaunt fragendem Blick an. Ohne ihn aufzufordern, Platz zu nehmen, fragte sie:

»Sie wünschen?«

»Verzeihen Sie, gnädige Frau, daß ich es gewagt habe, Sie zu so später Stunde zu belästigen. Es handelt sich um unseren gemeinsamen Bekannten Dmitrij Fjodorowitsch Karamasoff«, begann Perchotin, doch kaum hatte er diesen Namen ausgesprochen, als im Gesicht der Dame eine ungewöhnliche Veränderung vor sich ging und sie ihn heftig unterbrach:

»Wie lange, wie lange wird man mich noch mit diesem furchtbaren Menschen peinigen!« rief sie empört. »Wie wagen Sie es, mein Herr, eine Ihnen ganz unbekannte Dame in ihrem Hause zu dieser Stunde zu beunruhigen ... bei ihr zu

725

erscheinen, um von einem Menschen zu sprechen, der sie hier, in diesem selben Empfangssalon vor drei Stunden beinahe erschlagen wollte, wenigstens hier mit den Füßen gestampft hat und schließlich in einer Art und Weise hinausgelaufen ist, wie sonst niemand ein anständiges Haus verläßt! Wissen Sie auch, mein Herr, daß ich mich über Sie bei Ihren Vorgesetzten beklagen werde ... Ich bitte Sie, mich sofort zu verlassen! Ich ... ich bin Mutter, ich werde sofort ...«

»Erschlagen!? So wollte er auch Sie erschlagen?«

»Ja, hat er denn sonst jemanden schon umgebracht?« erkundigte sich Frau Chochlakoff ungestüm.

»Haben Sie die Güte, mich anzuhören, gnädige Frau, nur eine halbe Minute lang, und ich werde Ihnen in zwei Worten alles erklären«, sagte Perchotin entschlossen. »Heute um fünf Uhr nachmittags borgte Herr Karamasoff, als Kamerad, zehn Rubel von mir, und ich weiß daher bestimmt, daß er kein Geld besaß. Und heute um neun Uhr abends kam er wieder zu mir und hielt ein Geldpaket in der Hand; es waren lauter Hundertrubelscheine, im ganzen ungefähr zwei-, wenn nicht dreitausend Rubel. Seine Hände jedoch und das Gesicht waren mit Blut befleckt, und er sprach und blickte einen an, als hätte er den Verstand verloren. Auf meine Frage, woher er so viel Geld bekommen habe, antwortete er, daß er es kurz vorher von Ihnen erhalten habe, daß Sie ihm dreitausend Rubel vorgestreckt hätten, damit er nach Sibirien in die Goldgruben fahre ...«

Eine nervöse, krankhafte Erregung drückte sich im Gesicht Frau Chochlakoffs aus.

»Mein Gott! Er hat seinen alten Vater erschlagen!« rief sie erschrocken, die Hände zusammenschlagend. »Ich habe ihm nichts gegeben, nichts, nichts! O, laufen Sie, eilen Sie! ... Sprechen Sie kein Wort mehr! Retten Sie den alten Herrn, laufen Sie zu seinem Vater, o, laufen Sie! ...«

»Erlauben Sie, gnädige Frau, so haben Sie ihm also kein Geld gegeben? Wissen Sie genau, daß Sie ihm nichts gegeben haben?«

»Nichts, nichts habe ich ihm gegeben! Ich habe es ihm ab-
geschlagen, denn er versteht ja mit Geld gar nicht umzugehen! Er verließ mich wutschnaubend, und hier im Salon
stampfte er sogar mit den Füßen. Er wollte sich auf mich
stürzen, aber ich rettete mich noch rechtzeitig, indem ich dorthin in die Ecke lief ... Und ich werde Ihnen noch sagen,
wie einem Menschen, dem ich nichts mehr verheimlichen will,
daß er mich sogar beinahe angespien hat, können Sie sich
so etwas vorstellen? Aber warum stehen wir denn? Ach,
setzen Sie sich, bitte. Verzeihen Sie, ich ... Oder laufen Sie
lieber, laufen Sie, Sie müssen eilen, um den unglücklichen
alten Herrn vor diesem schrecklichen Tode zu bewahren!«
    »Wenn er ihn aber doch schon erschlagen hat?«
    »Ach, mein Gott, das ist ja wahr! Aber was sollen wir
denn jetzt tun? Was meinen Sie, was wir tun müssen?«
    Inzwischen hatten sie beide Platz genommen. Perchotin
setzte ihr in kurzen Worten, doch ziemlich deutlich den ganzen
Tatbestand auseinander, oder wenigstens das, was er miterlebt hatte, erzählte ihr auch noch von seinem Gespräch
mit Fenja, und daß Mitja den Stößel mitgenommen hatte.
Alle diese Einzelheiten regten die nervöse Dame in einer
Weise auf, wie es stärker nicht gut möglich gewesen wäre.
Sie zitterte und hielt die Hände an die Schläfen ...
    »Stellen Sie sich vor, ich habe das vorausgefühlt! Ich be-
sitze diese Fähigkeit—alles, was ich mir vorstelle, geht in Erfüllung. Und wieviel, wievielmal habe ich diesen schrecklichen
Menschen angesehen und jedesmal dabei gedacht: Dieser
Mensch wird mich erschlagen! Und so ist es jetzt auch gekommen ... Das heißt, wenn er jetzt auch nicht mich erschlagen hat, sondern seinen Vater, so ist das doch bestimmt nur
deswegen geschehen, weil die Hand Gottes ihn sichtbar von
mir abgelenkt hat. Und außerdem wird er sich geschämt haben, das zu tun, denn ich habe ihm mit diesen Händen ein
kleines Heiligenbild umgehängt, hier, auf dieser Stelle, ein
kleines Medaillon mit Reliquien von der heiligen Warwára
... Mein Gott, wie nah ich dem Tode in diesem Augenblick

war, ohne es zu ahnen! Ich trat ganz dicht an ihn heran, und er neigte den Kopf, damit ich es ihm bequemer um den Hals legen konnte! Wissen Sie, Pjotr Iljitsch — verzeihen Sie, ich glaube, Sie sagten, daß Sie so heißen — wissen Sie, ich glaube nicht an Wunder, aber dieses Heiligenbild und diese auf der Hand liegende Rettung — das erschüttert mich dermaßen, daß ich wieder an alles mögliche zu glauben anfange! Haben Sie vom Staretz Sossima gehört? ... Ach, ich weiß nicht, wovon ich wieder rede ... Aber stellen Sie sich vor, dann hat er mich — trotz dieses Heiligenbildes an seinem Halse — beinahe angespien ... Natürlich ist das kein Totschlag, aber immerhin ... und jetzt ist er ins Dorf gefahren! Aber wohin sollen wir jetzt, was sollen wir tun, was meinen Sie?«

Perchotin erhob sich und erklärte, daß er geradeswegs zum Polizeichef gehen und ihm alles erzählen werde, der könne dann tun, was er für gut befinde.

»Ach, das ist ein prächtiger, ein ganz prächtiger Mensch, ich kenne Micháil Makárowitsch persönlich. Ja, gehen Sie unbedingt zu ihm! Wie findig Sie sind, wie gut Sie sich das ausgedacht haben. Wissen Sie, ich wäre an Ihrer Stelle bestimmt nicht darauf verfallen!«

»Aber ich bitte Sie, es ist doch ganz natürlich ... Ich bin selbst ein guter Bekannter Micháil Makárowitschs«, bemerkte Perchotin, der immer noch stand und nicht wußte, wie er sich von der liebenswürdigen Dame schneller verabschieden sollte.

»Und wissen Sie, wissen Sie«, unterbrach sie ihn, »Sie müssen mich unbedingt benachrichtigen von allem, was Sie dort sehen und erfahren ... und was schließlich an den Tag kommt ... und wie man ihn verurteilt, und wohin man ihn verschickt ... Sagen Sie, bei uns gibt es doch keine Todesstrafe? Aber kommen Sie, unbedingt, um mich von dem Ergebnis Ihres Gesprächs zu benachrichtigen, wenn auch um drei Uhr nachts, wenn nicht anders, auch um vier, oder gar um halb fünf ... Befehlen Sie, mich aufzuwecken, unbedingt, was es auch koste ... O mein Gott, ich werde ja überhaupt nicht einschlafen können! Oder sollte ich nicht selbst mit Ihnen fahren?«

»N—ein, gnädige Frau, doch wenn Sie vielleicht so freundlich wären, ein paar Zeilen zu schreiben, auf alle Fälle, daß Sie Herrn Karamasoff kein Geld gegeben haben, so wäre das vielleicht nicht überflüssig — ich meine, für alle Fälle . . .«

»Unbedingt!« Frau Chochlakoff eilte zu ihrem Schreibtisch. »Sie erschüttern mich einfach durch Ihre Umsicht in solchen Dingen, vraiment! . . . Sie sind ein hiesiger Beamter? Das freut mich, daß Sie hier angestellt sind . . .«

Und noch während sie das sprach, schrieb sie mit ihrer großen Handschrift auf einen Bogen Briefpapier diese Zeilen:

»Nie in meinem Leben habe ich dem unglücklichen Dmitrij Fjodorowitsch Karamasoff (ich sage unglücklich, denn das ist er jetzt) dreitausend Rubel geliehen, weder heute, noch sonst wann, niemals! Das beschwöre ich bei allem, was es Heiliges auf unserer Welt gibt.

Katerina Chochlakówa.«

»Hier! Da haben Sie es!« Und sie überreichte es Perchotin. »Aber jetzt gehen Sie, retten Sie! Das ist eine große Tat von Ihnen!«

Und sie machte dreimal das Zeichen des Kreuzes über ihm. Darauf begleitete sie ihn noch bis zum Vorzimmer.

»Ich bin Ihnen so dankbar! Sie werden es mir nicht glauben, wie dankbar ich Ihnen dafür bin, daß Sie ganz zuerst zu mir gekommen sind! Wie kommt es, daß wir uns früher noch nicht begegnet sind? Es wird mich sehr freuen, Sie auch fernerhin in meinem Hause zu empfangen. Wie angenehm es ist, daß Sie als Beamter gerade hier Ihre Anstellung haben . . . und so geschickt sind Sie in solchen Dingen . . . Seien Sie überzeugt, daß ich alles, was in meiner Macht steht, für Sie tun werde . . . Eine so tüchtige Kraft muß man zu schätzen wissen, und man wird es auch, man wird es auch, seien Sie überzeugt! O, ich protegiere immer die Jugend, ich habe ein Faible für Jugend! Unsere Jugend ist doch das Fundament unseres ganzen, jetzt so schwer niedergedrückten Vaterlandes, sie ist doch die ganze Hoffnung unseres Rußland . . . O, gehen Sie, gehen Sie . . .«

Perchotin eilte bereits fort, sonst hätte sie ihn vielleicht noch nicht so bald entlassen. Übrigens hatte sie auf ihn einen ganz sympathischen Eindruck gemacht, sogar einen so sympathischen, daß dieser Eindruck teilweise selbst seinen Ärger über diese fremde Angelegenheit, in die er sich dummerweise hineingezogen sah, milderte. Der Geschmack der Menschen kann bekanntlich überaus verschieden sein. »Und sie ist ja auch noch gar nicht alt«, dachte Perchotin und der Gedanke war ihm angenehm. »Man könnte sie für ihre eigene Tochter halten.«

Und was wiederum Frau Chochlakoff betrifft, so war sie geradezu bezaubert von dem jungen Mann. »Wieviel Verständnis für alles Ernste, wieviel Korrektheit, und das in einem so jungen Mann unserer Zeit, und noch dazu bei solchen Manieren und solchem Äußern! Da wird nun geredet von den heutigen jungen Leuten, sie verständen nichts! Da habt ihr ein Beispiel« usw. So kam es, daß sie das »schreckliche« Ereignis selbst ganz vergaß. Erst als sie zu Bett ging, fiel ihr wieder ein, wie nah sie dem Tode gewesen war! »Entsetzlich, entsetzlich, wenn man daran denkt!« flüsterte sie. Das hinderte aber nicht, daß sie alsbald in festen und süßen Schlaf sank. Ich hätte mich übrigens nie entschlossen, hier von so nebensächlichen Einzelheiten zu erzählen, wenn die soeben geschilderte Begegnung Perchotins mit der jugendlichen Witwe nicht das Sprungbrett zu der ganzen Laufbahn dieses umsichtigen und korrekten jungen Beamten geworden wäre. Noch jetzt erinnert man sich seiner kopfschüttelnd und mit Staunen in unserem Städtchen, und auch ich werde vielleicht noch einiges über ihn zu sagen haben, bevor ich meine lange Erzählung von den Brüdern Karamasoff abschließe.

II

Der Alarm

Unser Kreispolizeichef Micháil Makárowitsch Makároff, ein Oberstleutnant a. D., dem numehr der Titel Hofrat zustand, war Witwer und ein guter Mensch. Er war vor kaum drei Jahren in unser Städtchen versetzt worden, aber schon hatte er sich die allgemeine Sympathie erworben, und zwar vor allen Dingen dadurch, daß er es verstand, »die Gesellschaft zu versammeln«. Er hatte immer Gäste im Hause und schien ohne sie überhaupt nicht leben zu können. Irgend jemand mußte unbedingt mit ihm speisen, wenn es auch nur ein einziger Gast war — ohne Gäste setzte man sich bei ihm nie zu Tisch. Er gab natürlich auch große Diners aus sehr verschiedenen, häufig etwas wunderlichen Anlässen. Wurden auch keine ausgesuchten Delikatessen geboten, so war doch die Tafel immer reich besetzt; die Fischpasteten und Nationalspeisen wurden großartig zubereitet, und die Weine bestachen, wenn nicht durch die Qualität, so doch durch die Quantität. Das Billardzimmer war sogar sehr anständig ausgestattet, d. h. an den Wänden hingen in schwarzen Rahmen Bilder von englischen Rennpferden, was bekanntlich die obligatorische Billardzimmerdekoration in der Wohnung jedes unverheirateten Herrn ist. Jeden Abend wurde Karten gespielt, wenn auch nur an einem einzigen Tisch. Sehr oft jedoch versammelte sich bei ihm die ganze höhere Gesellschaft unserer Stadt mit Müttern und Töchtern zu Tanzabenden. Michail Makarowitsch war, wie gesagt, Witwer. Gleichwohl lebte er als »Familienvater« in seinem Hause, da er seine verwitwete Tochter mit deren beiden Töchtern, also seinen Enkelinnen, zu sich genommen hatte. Diese Enkelinnen waren erwachsene junge Damen, die ihre Erziehung schon hinter sich hatten. Beide waren von angenehmem Äußern, waren heiter und unterhaltend, und so zogen sie — obwohl alle wußten, daß sie keine »Partien« waren, da sie nichts mitbekommen sollten —

doch unsere männliche Jugend der besseren Gesellschaft in das Haus ihres Großpapas.

Was nun Michail Makarowitschs Amt anbetraf, so war es in der Beziehung nicht sonderlich gut mit seinen Kenntnissen bestellt, doch erfüllte er schließlich seine Pflicht nicht schlechter als viele andere. Wenn man aufrichtig sein soll, so war er als Mensch ziemlich ungebildet und als Beamter um die Erwerbung einer klaren Vorstellung von den Grenzen seiner Amtsgewalt wenig besorgt. Gewisse Reformen der gegenwärtigen Regierung konnte er immer noch nicht recht begreifen, oder er begriff sie mit auffallenden Irrtümern. Das geschah jedoch weniger aus Unbegabtheit als infolge einer recht ausgeprägten Sorglosigkeit und da er sich versicherte, nie die Zeit zu haben, hinter die Dinge zu kommen. »Ich bin, meine Herren, mit Leib und Seele Soldat, und daher ist mir alles Zivile etwas gegen den Strich«, äußerte er über sein Beamtentum. Selbst von den Grundsätzen der letzten großen Reform, der Aufhebung der Leibeigenschaft, hatte er sich noch immer keine feste und genaue Vorstellung zu machen vermocht; aber er vergrößerte doch von Jahr zu Jahr, und zwar unwillkürlich und durch praktische Erfahrungen, sein diesbezügliches Wissen, da er nämlich selbst Gutsbesitzer war. Perchotin wußte, daß er bei ihm bestimmt mindestens einen Gast antreffen werde — nur wußte er natürlich nicht wen. Währenddessen saßen bei Michail Makarowitsch der Staatsanwalt und unser Kreisarzt Warwinskij, ein junger Mann, der erst vor kurzem aus Petersburg zu uns gekommen war, und der seine Studien an der Petersburger Universität glänzend beendet hatte. Der Staatsanwalt jedoch, oder vielmehr der Stellvertreter des Staatsanwaltes, der aber bei uns allgemein nur der Staatsanwalt genannt wurde, Ippolít Kiríllowitsch, war ein bemerkenswerter Mann, noch nicht alt, etwa fünfunddreißig, hatte leider starke Anlagen zur Schwindsucht und war sehr mager; dafür war seine kinderlose Gattin um so korpulenter. Es hieß, er sei sehr ehrgeizig und empfindlich, doch war er bei solidem Verstande eigentlich sogar ein guter Mensch. Ich glaube, das ganze Unglück seines Charakters kam daher, daß er von sich eine höhere Meinung hatte, als seine tatsächlichen Vorzüge rechtfertigten. Das war wohl auch der Grund, warum er immer irgendwie unruhig zu sein schien. Und dazu hatte er noch einige höhere und sogar künstlerische Ansprüche, zum Beispiel, ein guter Psychologe zu sein, die menschliche Seele ganz besonders gut zu kennen und die Gabe zu besitzen, den Verbrecher und sein Verbrechen richtig zu erkennen und zu beurteilen. In bezug auf diese Fähigkeiten war er reizbar und leicht beleidigt, hielt sich sofort für im Dienst übergangen oder gar zurückgesetzt und war immer überzeugt, daß man ihn in den »höheren Sphären« nicht zu schätzen wisse, und daß er daselbst viele Feinde habe. In trüben Stunden versicherte er sogar, er werde zur Advokatur übertreten. Da kam plötzlich der Kriminalprozeß der Karamasoffs wegen des Vatermordes und rüttelte Ippolit Kiríllowitsch auf. »Das ist ein Prozeß, der in ganz Rußland bekannt werden wird«, sagte er. Doch ich greife vor.

Im Nebenzimmer saß bei den jungen Damen auch unser junger Untersuchungsrichter Nikolaí Parfjónowitsch Neljúdoff, der erst vor zwei Monaten aus Petersburg zu uns versetzt worden war. Später wunderte man sich nicht wenig darüber, daß alle diese Amtspersonen sich »gerade am Abend des Verbrechens im Hause der exekutiven Macht« versammelt hatten. Indessen hatte sich das in ganz natürlicher Weise so getroffen: Die Frau des Staatsanwalts Ippolit Kiríllowitsch litt schon den zweiten Tag an Zahnweh, und so mußte der Herr Staatsanwalt doch irgendwohin vor ihrem Gestöhn flüchten. Der Kreisarzt jedoch konnte allein schon seinem Wesen nach den Abend nicht anders verbringen als am Kartentisch. Und der Untersuchungsrichter Neljúdoff hatte es sich schon vor drei Tagen vorgenommen, an diesem Abend zu Micháil Makárowitsch zu gehen, und zwar ganz zufällig, um hinterlistig die älteste Enkelin, Olga Micháilowna, zu erschrecken, ihr nämlich plötzlich zu sagen, daß er um ihr »Geheimnis« wisse: daß heute ihr Geburtstag sei, und daß sie dies absichtlich verheimlicht habe, um nicht wieder die ganze Gesellschaft zu einem Ball einladen zu müssen. Es war zu erwarten, daß man den Abend lustig verbringen werde, da Scherze über ihr Alter, über das »Geheimnis«, das er jetzt allen erzählen konnte, ihre vermutliche Angst deswegen usw. usw. genügend Stoff zum Lachen abgeben konnten. Der liebenswürdige junge Mann war in solchen Dingen ein großer Schlingel, wie ihn unsere Damen lachend nannten, und was ihm sehr zu gefallen schien. Übrigens war er gut erzogen, aus guter Familie, hatte ein gutes Auftreten und gute Manieren, und wenn er auch ein Lebemann war, so blieb er doch ein innerlich unschuldiger und immer wohlerzogener, anständiger junger Mann. Was sein Äußeres anbelangt, so war er ziemlich klein von Wuchs und von schwächlichem, zartem Körperbau. An seinen schmalen und blassen Fingern glänzten stets ein paar große und kostbare Ringe. Wenn er seine Amtspflicht erfüllte, kam immer eine gewisse selbstbewußte Würde über ihn, als hielte er seine Bedeutung und seine Pflicht für etwas Heiliges. Besonders gut verstand er es, bei Verhören von Mördern und anderen Verbrechern aus dem Volk diese durch seine Fragen zu verblüffen, und in ihnen, wenn auch nicht gerade Hochachtung für sich, so doch etwas wie bewunderndes Erstaunen zu erwecken.

Als Perchótin beim Kreispolizeichef eintrat, blieb er ganz überrascht stehen: er sah sofort, daß man hier schon alles wußte. Man hatte die Karten im Stich gelassen, alle standen und berieten sich, und auch Neljúdoff war von den Damen herbeigeeilt und sah ungemein kampfbereit und entschlossen aus. Perchotin wurde mit der überraschenden Mitteilung empfangen, daß der alte Fjodor Pawlowitsch Karamasoff am selben Abend in seinem Hause erschlagen worden war, erschlagen und beraubt. Erfahren hatte man es vor ein paar Minuten auf folgende Weise:

Márfa Ignátjewna, die Frau des am Zaun von Mitja verletzten Grigórij, schlief, da sie die bewußte Medizin eingenommen hatte, ungewöhnlich fest in ihrem Bett und hätte wahrscheinlich bis zum Morgen geschlafen — plötzlich aber wachte sie auf: der epileptische Schrei Ssmerdjakóffs, der bewußtlos im Nebenzimmer lag, war ihr durch Mark und Bein gefahren. Dieser Schrei, mit dem gewöhnlich die epileptischen Anfälle begannen, machte auf Marfa Ignatjewna stets einen fast krankhaft erschütternden Eindruck. Sie hatte sich noch immer nicht an ihn gewöhnen können. Halb noch im Schlaf war sie aufgesprungen und in die Kammer nebenan zu Ssmerdjakoff gestürzt. Dort war es stockdunkel und zu hören war nur, wie der Kranke unheimlich röchelte und um sich schlug. Da hatte auch Marfa Ignatjewna aufgeschrien und ihren Mann rufen wollen, aber da erst war es ihr plötzlich zum Bewußtsein gekommen, daß Grigorij bei ihrem Aufspringen gleichsam gar nicht im Bett gewesen sei. Sie lief zurück, betastete das Bett, aber es war tatsächlich leer. Demnach mußte er aufgestanden und weggegangen sein, aber wohin? Sie lief hinaus auf das Treppchen und rief ängstlich seinen Namen. Natürlich erhielt sie keine Antwort, aber es schien ihr, als höre sie durch die windstille Nacht irgendwoher, wahrscheinlich aus dem Garten, ein Stöhnen. Sie horchte auf: da kam es wieder durch die Nacht, und sie hörte deutlich, daß es aus dem Garten kam. »Herrgott, das ist ja ganz wie damals die Lisawéta im Badehäuschen!« dachte sie erschrocken. Ängstlich stieg sie die Stufen hinab, und da erst gewahrte sie, daß das Gartenpförtchen offen war. »Sicher ist er dort, mein Liebster«, dachte sie, und ging zum Pförtchen. Doch dort vernahm sie plötzlich ganz deutlich, daß Grigorij sie rief: »Marfa, Marfa!« mit schwacher angstvoller Stimme, die wie ein Gestöhn klang. »Großer Gott, beschütze uns vor Unheil!« flüsterte sie zitternd und eilte dann hin, woher der Ruf kam, und fand ihren Grigorij. Nur fand sie ihn nicht am Zaun, wo er niedergefallen war, sondern ungefähr zwanzig Schritt vom Zaun entfernt. Später stellte es sich heraus, daß er, zu sich gekommen, zu kriechen begonnen hatte und so aus eigener Kraft, natürlich mit Unterbrechungen und unter erneuter Bewußtlosigkeit, sich so weit geschleppt hatte. Marfa Ignatjewna bemerkte sofort, daß sein Gesicht blutüberströmt war, und sie begann laut zu schreien. Grigorij konnte nur leise und zusammenhanglos stammeln: »Erschlagen ... hat den Vater erschlagen ... was schreist du, dummes Weib ... lauf, ruf ...« Doch Marfa Ignatjewna schrie unentwegt, so laut sie konnte. Da bemerkte sie aber, daß bei dem Herrn das Fenster offen und das Zimmer hell erleuchtet war, und sie lief, Fjodor Pawlowitsch laut zu Hilfe rufend, hin zum Fenster. Als sie aber rufend in das Zimmer sah, erblickte sie etwas Grauenvolles: der Herr lag lang ausgestreckt auf dem Fußboden, regungslos. Sein heller Schlafrock und das weiße Hemd auf der Brust war von Blut überströmt. Das Licht auf dem Tisch beleuchtete grell die roten Blutlachen und das starre Totengesicht der Leiche Fjodor Pawlowitschs. Im größten Entsetzen taumelte Marfa Ignatjewna vom Fenster zurück und stürzte, so schnell sie konnte, aus dem Garten, riß den Riegel der Pforte zurück und lief in die Nebengasse zur Nachbarin, zu Márja Kondrátjewna. Dort klopfte sie wie wahnsinnig an die Fensterladen, bis sie schließlich beide Frauen, die natürlich schon fest schliefen, aufweckte und diese erschrocken ans Fenster gelaufen kamen. Marfa Ignatjewna erzählte, so gut sie konnte, d. h. schreiend und heulend, das Hauptsächliche und rief sie zu Hilfe. Es traf sich, daß auch Fomá gerade bei ihnen übernachtete. Er wurde im Augenblick aus dem Bett gezogen, und so liefen denn alle drei zurück an den Ort des Verbrechens. Unterwegs erinnerte sich Marja Kondratjewna, am Abend, ungefähr um neun Uhr, einen lauten, durchdringenden Schrei gehört zu haben, und wie es ihr geschienen hatte, war er aus dem Karamasoffschen Garten gekommen. Das war derselbe Schrei gewesen, den Grigorij am Zaun ausgestoßen hatte, bevor er von Dmitrij Fjodorowitschs Schlage mit dem Stößel zu Boden gestürzt war — sein Schrei: »Vatermörder!«

»Ich hörte nur einen Schrei, es muß ein Mensch geschrien haben, und dann war wieder alles still«, erzählte Marja Kondrátjewna, während sie hinliefen. Im Garten hoben sie zu dritt Grigorij auf und trugen ihn mit vereinten Kräften in die Leutewohnung. Sie machten sofort Licht, und da sahen sie, daß Ssmerdjakoff noch immer um sich schlug: von den Augen war im Krampf nur das Weiße zu sehen, und Schaum stand ihm vor dem Munde. Grigorijs Kopf wurde mit Wasser und Essig gewaschen. Er kam alsbald zu sich, und seine erste Frage war: »Lebt der Herr noch, oder ist er tot?« Da liefen denn die beiden Frauen und Foma zum Herrenhause, und erst jetzt bemerkten sie, daß nicht nur das Fenster, sondern auch die Tür, die aus dem Hause in den Garten führte, weit offen war, während der Herr sich doch schon seit einer Woche an jedem Abend fest und sorgfältig einzuschließen pflegte und sogar Grigorij strengstens verboten hatte, was auch geschehen möge, an die Tür oder an das Fenster zu klopfen. Als sie nun diese offene Tür sahen, wollte niemand zu dem Herrn hineingehen, »damit man nicht am Ende noch uns für die Mörder hält«. Als sie darauf noch unentschlossen zu Grigorij zurückkehrten, befahl der sofort, unverzüglich zum Polizeichef zu laufen. So machte sich denn Marja Kondratjewna auf und lief zu Michail Makarowitsch, bei dem sie alle in nicht geringe Aufregung versetzte. Perchotin erschien vielleicht nur fünf Minuten später, so daß seine Aussagen nicht mehr vage Vermutungen waren, sondern durch das Beweismaterial, das er vorbrachte, nur noch den allgemeinen Verdacht, wer der Mörder sein könne, verstärkten. (Perchotin selbst hatte sich übrigens in der Tiefe seiner Seele bis zum letzten Augenblick noch immer gesträubt, daran zu glauben.)

Man beschloß, energisch vorzugehen. Der Gehilfe des Polizeimeisters wurde sofort beauftragt, vier Zeugen für die Haussuchung und zur Hilfeleistung aufzutreiben, und dann begab man sich zum Karamasoffschen Hause, wo man nach allen vorschriftsmäßigen Regeln, die ich hier nicht weiter erörtern will, den Tatbestand aufnahm. Der Kreisarzt, der als noch nicht lange Praktizierender noch für Ausnahmefälle interessiert war, hatte natürlich sofort gebeten, die Herren begleiten zu dürfen. Ich will hier nur noch kurz bemerken, daß sie Fjodor Pawlowitsch tot vorfanden, mit eingeschlagenem Schädel. Womit aber war der Schädel eingeschlagen worden? Am wahrscheinlichsten wohl mit derselben Waffe, mit welcher der Mörder später auch Grigorij zu Boden gestreckt hatte. Man verhörte Grigorij, dem inzwischen die nötige ärztliche Hilfe zuteil geworden war, und erfuhr von ihm, in ziemlich zusammenhängender Rede, obwohl er nur leise und mit Unterbrechungen sprechen konnte, was er gesehen hatte. Darauf begab man sich mit einer Laterne zum Zaun, begann dort zu suchen und fand sogleich den Stößel, der auf dem Gartenwege, an der sichtbarsten Stelle lag. Im Zimmer Fjodor Pawlowitschs war keinerlei verdächtige Unordnung zu bemerken, doch hinter dem »chinesischen« Schirm fand man vor dem Bett ein großes Kuvert von dickem Papier mit der Aufschrift: »Ein Geschenkchen von dreitausend Rubeln meinem Engel Gruschenka, wenn sie kommen will«, und darunter war gleichfalls von Fjodor Pawlowitsch, wahrscheinlich etwas später, noch hinzugefügt: »und Küchlein«. Auf der anderen Seite des Kuverts waren drei große Siegel von rotem Siegellack, doch das Kuvert war bereits aufgerissen und leer: das Geld war herausgenommen. Auch fand man dort noch auf dem Fußboden ein rosarotes Bändchen, mit dem das Kuvert kreuzweis umbunden gewesen war. Von den Aussagen Perchotins machte auf den Staatsanwalt und den Untersuchungsrichter besonders die eine Mitteilung großen Eindruck: daß Dmitrij Fjodorowitsch sich bestimmt am Morgen erschießen werde, daß er es beschlossen, in seiner Gegenwart die Pistole geladen, den Zettel geschrieben und in die Tasche gesteckt habe usw., und daß Mitja auf Perchotins Drohung, es jemandem anzuzeigen, lächelnd geantwortet hatte: »Wirst zu spät kommen.« Daraus ging hervor, daß man sich so schnell als möglich nach Mokroje aufmachen mußte, um den Verbrecher, noch bevor er seine Absicht verwirklichen konnte, zu verhaften. »Das ist doch klar, das liegt doch auf der Hand!« wiederholte der Staatsanwalt, der die ganze Zeit über sehr erregt war. »Das ist so echt die Art solcher Bummler: morgen er schieße ich mich, vorher aber gehe ich noch einmal durch!« Die Schilderung, wie Mitja bei Plotnikoff Wein und Eßwaren bestellt und mitgenommen hatte, brachte den Staatsanwalt nur noch mehr auf. »Erinnern Sie sich noch, meine Herren, jenes jungen Burschen, der den Kaufmann Oljssúfjeff erschlagen und tausendfünfhundert Rubel geraubt hatte, worauf er sich zunächst frisieren ließ, um sich dann unverzüglich, und gleichfalls ohne das Geld ordentlich einzustecken, zu den Dirnen zu begeben!« Einstweilen aber ging es nicht an, sich sofort nach Mokroje aufzumachen, da die Voruntersuchung im Hause Fjodor Pawlowitschs, die Verhöre und Formalitäten noch nicht beendet waren. Das nahm noch viel Zeit in Anspruch, und so schickte man vorläufig Mawríkij Mawríkjewitsch Schmerzóff, der an diesem Tage in die Stadt gekommen war, um sein Monatsgehalt in Empfang zu nehmen, nach Mókroje voraus. Er wurde beauftragt, wenn er dort angekommen sei, den »Verbrecher« ganz unauffällig, »damit er nicht den geringsten Verdacht schöpfe«, zu bewachen, bis die anderen nachgekommen wären, und inzwischen auch den Dorfschulzen, den Bauernamtmann und Zeugen aufzutreiben. Das tat denn auch Mawríkij Mawríkjewitsch. Er blieb inkognito und weihte nur Trifón Boríssytsch, bei dem er schon oft abgestiegen war, und der ihn gut kannte, zum Teil in sein Geheimnis ein. Das war kurz vorher geschehen, als Mitja dem Wirt in der Dunkelheit auf der kleinen Galerie begegnet war und in dessen Reden wie im ganzen Verhalten irgendeine Veränderung wahrgenommen hatte. So wußte weder Mitja noch sonst jemand von den Gästen, daß er bewacht wurde. Der Pistolenkasten war von Trifon Borissytsch bereits in einer kleinen Kammer wohlweislich versteckt worden. Erst um fünf Uhr morgens, also noch vor Tagesanbruch, kam die Obrigkeit, der Kreispolizeichef, der Staatsanwalt und der Untersuchungsrichter, in zwei Wagen, jeder mit einer Troika bespannt, in Mokroje an. Der Doktor war in der Stadt zurückgeblieben, da er am Morgen die Obduktion der Leiche des Erschlagenen vornehmen wollte und ihn außerdem der

Zustand des kranken Dieners Ssmerdjakoff außerordentlich interessierte.

»So heftigen und so lange andauernden Anfällen der Epilepsie, die sich im Verlaufe von ganzen achtundvierzig Stunden ununterbrochen wiederholen, begegnet man nur äußerst selten, das ist ein Fall, der der Wissenschaft gehört«, hatte er sehr angeregt seinen abfahrenden Partnern gesagt, und die hatten ihn lachend beglückwünscht zu dem Fund. Bei der Gelegenheit hatten sich der Staatsanwalt sowie der Untersuchungsrichter auch noch gemerkt, daß der Doktor in überzeugtem Ton hinzugefügt hatte, Ssmerdjakoff werde den Morgen nicht mehr erleben.

Nach dieser langen, doch, wie mir scheint, unerläßlichen Erklärung kehren wir jetzt zu dem Zeitpunkt unserer Erzählung zurück, wo sie im vorhergehenden Buch unterbrochen wurde.

III

Der Gang der Seele durch das Fegefeuer

Erstes Purgatorium

So saß Mitja da und sah mit wildem Blick die Anwesenden, die rings um ihn standen, an, ohne zu verstehen, was man zu ihm sprach. Plötzlich stand er auf, hob die Arme empor und rief laut:

»Ich bin unschuldig! An diesem Blute trage ich keine Schuld! An dem Blute meines Vaters bin ich unschuldig... Ich habe ihn erschlagen wollen, aber ich habe es nicht getan! Ich nicht!«

Doch kaum hatte er das ausgesprochen, als Gruschenka den Vorhang zur Seite riß und sich nach zwei Schritten wie gebrochen dem Polizeichef zu Füßen warf.

»Ich bin es, ich! Ich Ruchlose, ich trage die Schuld!« rief sie mit einer Stimme, einer Verzweiflung, die die Seele zerriß, das Gesicht von Tränen überströmt, die Arme zu allen ausstreckend. »Meinetwegen hat er erschlagen! Ich habe ihn so weit gebracht, ich bin es, die ihn so gemartert hat! Und auch den armen Alten, den Erschlagenen, habe ich gequält in meiner Wut und so weit gebracht! Ich bin die Schuldige, die Hauptschuld trage ich allein, ich bin die erste Schuldige!«

»Ja, du bist die Schuldige! Du bist die Hauptverbrecherin! Du rasendes, verderbtes Weib, du bist die Hauptschuldige!« schrie, mit der Faust drohend, der Polizeichef sie an.

Er wurde aber sofort und fast mit Gewalt besänftigt. Der Staatsanwalt umfaßte ihn sogar mit beiden Armen.

»Das geht denn doch nicht, Micháil Makárowitsch . . . auf diese Weise stören Sie nur die Untersuchung . . . und verderben alles . . .«, rief er ganz außer Atem.

»Vorkehrungen treffen, Vorkehrungen treffen, unbedingt Vorkehrungen treffen!« brauste auch der Untersuchungsrichter Neljúdoff maßlos nervös auf, »anders ist es ganz unmöglich, entschieden ganz unmöglich! . . .«

»Führt uns gemeinsam vors Gericht!« fuhr Gruschenka, immer noch auf den Knien, außer sich fort, »richtet uns zusammen hin, mit ihm bin ich bereit, auch in den Tod zu gehn!«

»Gruschenka! mein Leben, mein Blut, mein Heiligtum!« Mitja stürzte zu ihr nieder und preßte sie in der Umarmung wild und verzweifelt an sich. »Glauben Sie ihr nicht«, rief er, »an nichts ist sie schuldig, an keinem Blut und an nichts, nichts; nicht die geringste Schuld kann sie treffen!«

Er erinnerte sich später noch dunkel, daß ihn mehrere Männer mit Gewalt von ihr fortrissen, daß sie hinausgeführt wurde, und daß er schließlich, schon am Tisch auf einem Stuhl sitzend, wieder zur Besinnung kam. Neben und hinter ihm standen die Leute mit den Blechschildchen auf der Brust. An der anderen Seite des Tisches, ihm gegenüber auf dem Sofa, saß Neljudoff, der Untersuchungsrichter, und redete ihm immer wieder zu, aus dem Glase, das vor ihm stand, etwas Wasser zu trinken. »Das wird Sie erfrischen und beruhigen, fürchten Sie sich nicht, beunruhigen Sie sich nicht«, fügte er immer wieder äußerst höflich hinzu. Mitja aber begannen plötzlich, das vergaß er nicht, ungemein die großen Ringe des Untersuchungsrichters zu interessieren, der eine Ring mit einem Amethyst und der andere mit einem hellgelben, klaren Stein von wundervollem Feuer. Und lange noch nachher erinnerte er sich verwundert, wie diese Ringe seinen Blick unwiderstehlich während der ganzen Zeit dieser furchtbaren Stunden des Verhörs immer wieder angezogen, und wie er sich aus irgendeinem Grunde weder von ihnen hatte losreißen, noch sie, als in seiner Lage doch völlig gleichgültige Gegenstände, hatte vergessen können. Links, seitlich von Mitja, saß auf dem Platz, wo zu Anfang des Abends Maximoff gesessen hatte, der Staatsanwalt, und rechts von ihm — auf dem Platz, den Gruschenka eingenommen hatte — saß ein rotwangiger junger Mann in einem abgetragenen Rock, der einer Jägerjoppe glich. Vor ihm befand sich bereits ein Tintenfaß und Papier. Das war der Schriftführer des Untersuchungsrichters, den dieser aus der Stadt mitgenommen hatte. Der Polizeichef stand aber jetzt am Fenster, am anderen Ende des Zimmers neben Kalganoff, der sich dort auf einen Stuhl niedergelassen hatte.

»Trinken Sie doch etwas Wasser!« wiederholte sanft, vielleicht schon zum zehntenmal, der Untersuchungsrichter.

»Ich habe getrunken, meine Herren, ich habe getrunken ... aber ... nun, was, meine Herren, zermalmen Sie mich, richten Sie mich hin, entscheiden Sie über mein Geschick!« rief Mitja, der den Untersuchungsrichter mit unheimlich starrem Blick aus weit offenen Augen ansah.

»Also, Sie behaupten mit aller Bestimmtheit, am Tode Ihres Vaters Fjodor Pawlowitsch unschuldig zu sein?« fragte freundlich, doch nachdrücklich der Untersuchungsrichter.

»Ja, ich bin unschuldig! Schuld bin ich an einem anderen Blut, am Blute eines anderen alten Mannes, doch nicht am Blut meines Vaters. Und ich bereue es! Ich habe den Alten erschlagen, erschlagen und niedergestreckt ... Doch schwer ist es, dieses Blutes wegen für ein anderes Blut einstehen zu müssen, für ein furchtbares Blut, an dem ich unschuldig bin ... Es ist eine furchtbare Anklage, meine Herren ... als hätte man mich mit einem Keulenschlag auf den Kopf getroffen! Aber wer hat denn den Vater erschlagen, wer hat ihn erschlagen? Wer anders hat ihn denn erschlagen können, wenn ich es nicht war? Da muß ein Wunder geschehen sein, etwas Absurdes, etwas Unmögliches, Undenkbares! ...«

»Ja, das ist es gerade, wer anders hätte ihn erschlagen können? ...« begann der Untersuchungsrichter, doch der Staatsanwalt (wir wollen ihn der Kürze wegen so nennen, obgleich er nur der Stellvertreter des Staatsanwalts war) wechselte mit ihm einen Blick und sagte dann zu Mitja gewandt:

»Sie beunruhigen sich diesmal ganz unnötigerweise wegen des Dieners Grigórij Wassíljewitsch. Ich kann Ihnen mitteilen, daß er lebt; er ist bald darauf wieder zu sich gekommen und wird trotz der schweren Verletzung, die, nach seiner und jetzt auch nach Ihrer Aussage, *Sie* ihm zugefügt haben, wahrscheinlich am Leben bleiben, oder vielmehr bestimmt, wenigstens nach der Aussage des Arztes.«

»Er lebt? So ist er nicht erschlagen?« schrie Mitja wie wahnsinnig auf und hob die Hände empor. Sein ganzes Gesicht strahlte. »Mein Herr und mein Gott, ich danke dir für das Wunder, das du für mich, den Sünder und Missetäter, hast geschehen lassen, daß du mein Gebet erhört hast! ... Ja, ja, auf mein Gebet hin ist es geschehen! — ich habe doch die ganze Nacht gebetet!«

Und er bekreuzte sich dreimal. Er war ganz atemlos vor Freude.

»Nun, und von diesem Grigorij haben wir die so wichtigen Aussagen gegen Sie erhalten, daß ...«, wollte der Staatsanwalt fortfahren, doch Mitja sprang plötzlich vom Stuhl auf und unterbrach ihn:

»Auf einen Augenblick, meine Herren, um Gottes willen, nur auf eine Minute —, ich will nur schnell zu ihr laufen ...«

»Erlauben Sie! Das ist unmöglich! In diesem Augenblick ist das ganz ausgeschlossen!« rief mit einer Stimme, die vor Erregung ganz schrill klang, der Untersuchungsrichter, der sofort gleichfalls aufgesprungen war. Mitja wurde von den Männern mit den Blechschildchen auf der Brust ergriffen, doch setzte er sich bereits von selbst wieder auf seinen Stuhl.

»Wie schade! Ich wollte ja nur auf einen Augenblick zu ihr ... um ihr zu sagen, daß es abgewaschen ist, daß es verschwunden ist, dieses Blut, das die ganze Nacht mein Herz gequält hat, daß ich jetzt nicht mehr ein Mörder bin, wie ich glaubte! Meine Herren, sie ist doch jetzt meine Braut!« sagte er plötzlich begeistert, ganz verzückt und jubelnd, während seine seligen Blicke von dem einen zum anderen gingen. »O, ich danke Ihnen, meine Herren! Wenn Sie wüßten, was diese Mitteilung für mich ist! Sie haben mich von den Toten auferweckt! ... Dieser Greis — der hat mich doch auf den Armen getragen, mich als dreijähriges Kind im Waschtrog gebadet, als mich alle vergessen hatten, er war wie ein leiblicher Vater zu mir! ...«

»Also, Sie ...«, wollte wieder der Untersuchungsrichter beginnen.

»Gestatten Sie, meine Herren, nur noch eine Minute!« unterbrach Mitja von neuem; er stützte die Ellenbogen auf den Tisch und bedeckte das Gesicht mit den Händen. »Nur einen Augenblick, um mich etwas zu sammeln, nur einmal aufzuatmen, meine Herren. So etwas erschüttert einen unglaublich, der Mensch ist doch kein ... Trommelfell, meine Herren!«

»Würden Sie nicht etwas Wasser trinken ...«, forderte ihn wieder der Untersuchungsrichter ein wenig zerstreut auf.

Da ließ aber Mitja auch schon die Hände sinken, und lachend lehnte er sich zurück. Sein Blick war wieder munter, und der ganze Mensch schien sich in dieser einen Minute verändert zu haben. Auch sein ganzer Ton und seine ganze Haltung waren verändert: er saß wieder als Gleichgestellter

unter ihnen, wie er vielleicht gestern, als noch nichts geschehen war, mit diesen seinen früheren Bekannten irgendwo in einer Gesellschaft gesessen hätte. Übrigens muß ich
hier noch bemerken, daß er zu Anfang seines Aufenthaltes
bei uns im Hause des Polizeichefs sehr herzlich empfangen
worden war: später, besonders im letzten Monat, hatte
Mitja seine Besuche in diesem Hause fast ganz eingestellt;
und so hatte denn Micháil Makárowitsch bei Begegnungen,
z. B. auf der Straße, stets eine wichtige Miene gemacht und
seinen Gruß eigentlich nur aus Höflichkeit erwidert, was
von Mitja sehr wohl bemerkt worden war. Mit dem Staatsanwalt war er nur ganz oberflächlich bekannt, aber der Gemahlin desselben — es war eine nervöse und phantastische
Dame —, hatte er zuweilen seine Aufwartung gemacht,
wenn es auch immer nur höchst ehrerbietige und rein gesellschaftliche kurze Besuche gewesen waren. Eigentlich
hatte er selbst nicht recht gewußt, warum er zu ihr ging.
Sie hatte ihn jedesmal sehr freundlich empfangen und für
ihn stets ein Interesse gezeigt, das sich bisher noch nicht
verringert hatte. Mit dem jungen Untersuchungsrichter
Neljúdoff war er aus Mangel an Gelegenheit noch nicht in
nähere Beziehung getreten, aber er war auch mit ihm zusammengekommen und hatte sich sogar zweimal mit ihm
unterhalten — beide Male über das weibliche Geschlecht.

»Sie, Nikolai Parfjónowitsch, sind ja, wie ich sehe, ein famoser Untersuchungsrichter«, begann Mitja lachend, »aber
ich werde Ihnen jetzt selbst bei der Sache behilflich sein. O,
meine Herren, jetzt bin ich ja erlöst, — Grigorij lebt! . . .
Und tragen Sie es mir nicht nach, daß ich mich so ohne Umstände und gerade heraus an Sie wende. Zudem bin ich noch
ein wenig betrunken, das gestehe ich ganz offen ein. Ich
glaube, ich hatte die Ehre, Nikolai Parfjonowitsch . . . die
Ehre und das Vergnügen, bei meinem Verwandten Miússoff
Ihre Bekanntschaft zu machen . . . Das heißt, meine Herren,
ich erhebe ja keinen Anspruch auf völlige Gleichstellung mit
Ihnen . . . Ich begreife doch, als was ich in diesem Augen

blick hier vor Ihnen sitze. Auf mir ruht ... wenn Grigorij gegen mich ausgesagt hat ... so ruht, — nun, versteht sich, es lastet auf mir ein schrecklicher Verdacht! Entsetzlich, entsetzlich! — ich verstehe das doch vollkommen! Aber zur Sache, meine Herren, ich bin bereit, und wir werden das alles im Augenblick erledigen, denn, nicht wahr, wenn ich weiß und Ihnen sage, daß ich unschuldig bin, so kann doch alles sofort erledigt werden! Nicht wahr, meine Herren?«

Mitja sprach rasch und viel, er sprach unruhig, doch von ganzem Herzen aufrichtig — als hielte er seine Zuhörer für seine besten Freunde.

»Also: wir können somit niederschreiben, daß Sie die gegen Sie erhobene Anklage unbedingt zurückweisen?« fragte Neljudoff, der Untersuchungsrichter, eindringlich, und diktierte darauf, zum Schreiber gewandt, halblaut, was dieser zu notieren hatte.

»Niederschreiben? Sie wollen das niederschreiben? Nun, so schreiben Sie nieder, soviel Sie wollen ... ich habe nichts dagegen, Sie haben mein volles Einverständnis. Meine Herren ... Nur, sagen Sie ... Halt, nein, warten Sie, schreiben Sie so: ,Ihn trifft die Schuld an‘ ... nun, ,an Gewalttätigkeiten, schweren Verletzungen, die er dem armen Alten zugefügt hat, darin bekennt er sich schuldig.‘ Nun und dann noch für mich, in meinem Inneren, in der Tiefe des Herzens bin ich schuldig, — aber das ist nicht mehr nötig, aufzuschreiben« (er wandte sich an den Schreiber), »das sind bereits meine privaten Angelegenheiten, das geht Sie, meine Herren, nichts mehr an, diese tiefsten Herzensgeheimnisse, das heißt ... ,Was aber die Ermordung des alten Vaters betrifft‘ — schreiben Sie — ,so ist er — unschuldig!‘ Das ist Wahnsinn, das ist vollkommener Wahnsinn! ... Ich werde es Ihnen beweisen, und Sie werden sich sofort selbst überzeugen. Sie werden noch lachen, meine Herren, Sie werden noch über Ihren Verdacht lachen! ...«

»Beruhigen Sie sich, Dmitrij Fjodorowitsch«, — damit erinnerte ihn der Untersuchungsrichter an seine Auffüh-

rung und wollte offenbar durch die eigene Ruhe die Erregung des anderen besänftigen. »Bevor wir das Verhör
fortsetzen, würde ich, vorausgesetzt, daß Sie einwilligen zu
antworten, gerne nochmals von Ihnen die Bestätigung der
Tatsache vernehmen, daß Sie den verstorbenen Fjodor Pawlowitsch, wie es scheint, nicht geliebt und mit ihm fortgesetzt
Streit gehabt haben ... Wenigstens haben Sie hier vor ungefähr einer Viertelstunde, wenn ich mich nicht täusche,
selbst etwas derartiges geäußert: daß Sie sogar die Absicht
gehabt hätten, ihn zu erschlagen. ‚Ich habe ihn nicht erschlagen, aber ich habe ihn erschlagen wollen!‘ riefen Sie
aus, soviel ich mich dessen erinnere.«

»Ich soll das ausgerufen haben? Nun ja, das kann sehr
wohl sein! Meine Herren, allerdings, zum Unglück habe
ich ihn erschlagen wollen, sogar mehrmals habe ich es gewollt ... zum Unglück, ja, leider!«

»Also, Sie wollten es. Würden Sie nicht auch bereit sein,
uns zu erklären, welches die Ursachen Ihres Hasses auf
Ihren Vater waren?«

»Was ist da zu erklären, meine Herren!« sagte Mitja mit
finsterem Gesicht, zuckte mit der einen Schulter und senkte
den Blick zu Boden. »Ich habe doch meine Gefühle wahrlich
nicht verborgen, die ganze Stadt spricht ja davon, — alle
Menschen im Gasthause haben es gehört. Noch vor ein paar
Tagen habe ich es im Kloster, in der Klause des Staretz
Sossima, erklärt ... Und am Abend desselben Tages habe
ich den Vater noch verprügelt und beinahe totgeschlagen,
und dann noch geschworen, wiederzukommen und ihn
vollends umzubringen, und alles in Gegenwart von Zeugen
... O, Zeugen gibt es zu Tausenden! Ich habe doch den
ganzen Monat zu allen davon gesprochen, alle sind Zeugen!
... Die Tatsache liegt ja auf der Hand, die Tatsache spricht,
schreit, aber — die Gefühle, meine Herren, die Gefühle, um
die es sich dabei handelt, die sind etwas anderes. Sehen Sie,
meine Herren« (Mitjas Gesicht verfinsterte sich), »ich glaube,
daß Sie nicht berechtigt sind, mich nach meinen Gefühlen

zu fragen. Für Sie bin ich natürlich überführt, ich begreife das sehr gut, aber das — das geht nur mich etwas an, das ist meine Sache, meine innere, intime Angelegenheit, jedoch ... da ich auch früher schon meine Gefühle nicht verheimlicht habe ... im Gasthause zum Beispiel, und allen und jedem davon gesprochen habe, so ... so werde ich auch jetzt kein Geheimnis daraus machen ... Sehen Sie, meine Herren, ich begreife sehr gut, daß in diesem Fall schwere Verdachtsgründe gegen mich vorliegen: ich habe allen gesagt, daß ich ihn totschlagen werde, und plötzlich ist er erschlagen: wer soll es nun getan haben, wenn nicht ich? Haha! Ich entschuldige Sie, meine Herren, ich entschuldige Sie vollkommen. Bin ich doch selbst ganz betroffen, denn wer kann ihn schließlich in diesem Fall erschlagen haben, wenn nicht ich? So verhält es sich doch, nicht wahr? Wenn ich es nicht getan habe, wer dann, wer dann? Meine Herren«, rief er plötzlich unruhig, »ich will es wissen, ich verlange von Ihnen, daß Sie mir sagen, meine Herren: Wo ist er erschlagen worden? Wie erschlagen, womit und wie? Sagen Sie es mir!«

Sein fragender Blick ging zwischen dem Staatsanwalt und dem Untersuchungsrichter hin und her.

»Wir fanden ihn auf dem Fußboden seines Schlafzimmers ausgestreckt auf dem Rücken liegen. Die Schädeldecke war eingeschlagen«, sagte der Staatsanwalt.

»Grauenvoll!« Mitja fuhr plötzlich zusammen und bedeckte das Gesicht, den Arm auf den Tisch stützend, mit der rechten Hand.

»Wir fahren also fort im Verhör«, begann wieder der Untersuchungsrichter. »Also: Was war die Ursache Ihres Hasses auf Fjodor Pawlowitsch? Ich glaube, Sie haben öffentlich gesagt, daß es Eifersucht gewesen sei?«

»Nun ja, Eifersucht, und nicht nur Eifersucht allein.«

»Und Streit wegen Geld?«

»Nun ja, auch wegen Geld.«

»Und wenn ich mich nicht täusche, handelte es sich dabei

um dreitausend Rubel, die angeblich als Ihr Erbteil Ihnen nicht ausgezahlt worden sind?«

»Was für Dreitausend? Mehr, viel mehr!« rief Mitja auffahrend, »mehr als sechs, mehr als zehn vielleicht. Ich habe es allen gesagt, überall erzählt! Aber ich hatte schon beschlossen, nun, meinetwegen, mich mit Dreitausend zufrieden zu geben. Diese Dreitausend hatte ich dermaßen nötig, dermaßen ... so daß ich diese dreitausend Rubel, die er, das wußte ich, unter seinem Kopfkissen für Gruschenka bereit hielt, einfach als mein Geld betrachtete, das er von mir gestohlen hatte. Ja, meine Herren, ich hielt es für mein Eigentum, für mein gestohlenes Eigentum ...«

Der Staatsanwalt tauschte mit dem Untersuchungsrichter einen bedeutsamen Blick aus, und es gelang ihm noch, diesem einen kleinen Wink zu geben.

»Auf diesen Punkt werden wir später noch zurückkommen«, bemerkte sofort der Untersuchungsrichter, »vorläufig erlauben Sie nur, gerade das zu notieren: daß Sie das Geld in jenem Kuvert gleichsam als Ihr Eigentum angesehen haben.«

»Schreiben Sie es nur auf, meine Herren, ich begreife ja sehr gut, daß das wiederum ein Verdachtsgrund gegen mich ist. Aber ich fürchte keine Verdachtsgründe und rede selbst wider mich. Hören Sie, ich selbst! Sehen Sie, meine Herren, Sie halten mich, scheint es, für einen ganz anderen Menschen, als ich bin«, fügte er finster und traurig hinzu. »Mit Ihnen spricht ein Edelmann, ein Mensch, der wirklich anständig ist, das ist das Wichtigste — das bitte ich nicht zu vergessen —, ein Mensch, der eine Unmenge von Schändlichkeiten begangen hat, dessen Gesinnung aber immer anständig geblieben ist. Ich meine, wenn man mich als Menschen nimmt ... im tiefsten Inneren, nun, mit einem Wort ... Nein, ich verstehe mich nicht auszudrücken ... gerade das hat mich mein ganzes Leben lang gequält, daß ich mich nach dem Edlen gesehnt habe, sozusagen ein Märtyrer des Edlen gewesen bin, ein Mensch, der das Edle mit der Laterne gesucht hat, mit der Laterne des Diogenes, und doch habe ich mein ganzes Leben lang nur Schändlichkeiten begangen, wie wir es ja alle tun, meine Herren ... das heißt, nein, wie ich allein, meine Herren, nicht wie wir alle, sondern wie ich allein, ich versprach mich, wie ich allein, ich allein, meine Herren! ... Der Kopf tut mir weh«, sagte er gequält, und seine Brauen zogen sich wie im Schmerz zusammen. »Sehen Sie, meine Herren, mir gefiel sein Äußeres nicht, das Ehrlose an ihm, seine Prahlereien, und daß er alles Heilige unter die Füße trat, sein verhöhnender Spott und seine Gottlosigkeit, — scheußlich, scheußlich! Aber jetzt, da er tot ist, denke ich anders.«

»Inwiefern anders?«

»Nicht anders, aber es tut mir leid, daß ich ihn so gehaßt habe.«

»Sie wollen wohl sagen, daß Sie Reue empfinden?«

»Nein, nicht gerade Reue, schreiben Sie das nicht auf! Ich bin selbst nicht gut, meine Herren, ja, ich bin auch nicht gerade sehr schön, und darum hatte ich gar kein Recht, ihn widerlich zu finden, das ist es! Das können Sie meinetwegen aufschreiben.«

Nachdem Mitja das gesagt hatte, wurde er plötzlich auffallend traurig. Er war schon seit einiger Zeit immer finsterer geworden. Und da, gerade in diesem Augenblick, kam wieder etwas Unerwartetes dazwischen. Man hatte nämlich Gruschenka zwar aus dem Zimmer entfernt, aber nicht sehr weit fortgebracht: nur in das dritte Zimmer von dem hellblauen gerechnet, in dem das Verhör stattfand. Das war ein kleiner einfenstriger Raum, der gleich neben dem großen Zimmer lag, in dem der Chor gesungen und die Mädchen getanzt hatten. Dort saß sie inzwischen, und nur Maximoff war bei ihr. Dieser war über die Maßen erschrocken und hatte unglaubliche Angst, weswegen er sich denn auch an sie geradezu angeklammert hatte, als wäre sie seine einzige Rettung. Vor ihrer Tür stand nur ein Bauer mit einem runden Blechschildchen auf der Brust. Gruschenka weinte, doch plötzlich, als ihr Leid übergroß wurde, sprang sie auf und stürzte mit dem lauten Schrei: »Wehe mir, wehe mir!« hinaus aus dem Zimmer zu ihm, zu ihrem Mitja. Das geschah so unerwartet, daß niemand die Geistesgegenwart hatte, sie sofort aufzuhalten. Als Mitja ihren Schrei hörte, erzitterte er zuerst, dann sprang er wie außer sich auf und stürzte ihr entgegen. Aber man ließ sie wieder nicht zusammenkommen, sie konnten sich nur einen Augenblick sehen. Drei oder vier Männer hielten ihn mit aller Gewalt zurück: er riß seine Arme los, stieß, schlug, aber vergeblich. Auch sie war ergriffen worden, und er sah nur noch, wie sie mit einem Schrei die Arme ihm entgegenstreckte, als sie hinausgebracht wurde. Nachdem dieser Zwischenfall vorüber war, fand er sich, als er zur Besinnung kam, wieder auf seinem Platz gegenüber dem Untersuchungsrichter, und heftig auffahrend schrie er ihn an:

»Was haben Sie mit ihr zu schaffen? Warum quälen Sie sie? Sie ist doch unschuldig, ganz unschuldig! . . .«

Der Staatsanwalt und der Untersuchungsrichter suchten ihn zu beruhigen. So verging einige Zeit, vielleicht zehn Minuten. Da trat der Polizeichef Michail Makarowitsch eilig wieder ein und sagte laut und sichtlich erregt zum Staatsanwalt:

»Sie ist entfernt, sie ist jetzt nach unten gebracht; — gestatten Sie mir, meine Herren, nur ein Wort zu diesem Unglücklichen zu sagen? In Ihrer Gegenwart, meine Herren, in Ihrer Gegenwart!«

»Bitte«, entgegnete der Untersuchungsrichter, »in diesem Fall haben wir nichts dagegen einzuwenden.«

»Dmitrij Fjodorowitsch, höre, mein Lieber«, begann Michail Makarowitsch zu Mitja gewandt, und sein erregtes Gesicht drückte aufrichtiges, nahezu väterliches Mitleid mit dem Unglücklichen aus. »Ich habe deine Agraféna Alexándrowna nach unten begleitet und sie dort den Wirtstöchtern übergeben, und außerdem ist noch dieses alte Männchen, der Maximoff, beständig bei ihr, und ich habe ihr zugeredet, hörst du? habe ihr zugeredet und sie beruhigt, ihr erklärt, daß du dich jetzt rechtfertigen mußt, daß sie dich darum nicht stören soll, da sie dich sonst aufregen würde und du dich verwirren und falsch gegen dich aussagen könntest, verstehst du? Na, mit einem Wort, ich habe ihr zugeredet, und sie hat es begriffen. Sie ist, weißt du, ein einsichtiger Mensch, sie hat ein gutes Herz, sie wollte sogar mir altem Manne die Hand küssen, so bat sie für dich. Sie selbst hat mich zu dir geschickt, um dir sagen zu lassen, daß du ihretwegen ruhig sein sollst, aber es ist auch nötig, mein Lieber, daß ich jetzt zu ihr gehe und ihr sage, daß du ruhig bist und dich ihretwegen nicht mehr aufregst. Versteh mich recht, und so beruhige dich nun brav. Ich fühle, daß ich ihr unrecht getan habe, ich habe mich vorhin fortreißen lassen, aber sie hat ein echt christliches Herz, jawohl, meine Herren, eine fromme Seele, die nichts verbrochen hat. Also, was soll ich ihr nun sagen, Dmitrij Fjodorowitsch, wirst du nun beruhigt sein?«

Der gute Mann sprach viel Überflüssiges, aber Gruschenkas Leid, das aufrichtige Menschenleid hatte sein gütiges Herz dermaßen ergriffen, daß ihm Tränen in den Augen standen. Mitja sprang ungestüm auf.

»Verzeihen Sie, meine Herren, erlauben Sie, o, erlauben Sie!« rief er. »Michail Makarowitsch, Sie Engel, Sie Engelsseele, ich danke Ihnen für alles, was Sie für sie getan haben! Ich werde, ich werde ruhig sein, werde fröhlich sein, überbringen Sie ihr das in Ihrer großen Herzensgüte! Sagen Sie ihr, daß ich ganz heiter bin, daß ich sogar lachen werde, da ich jetzt weiß, daß ein Schutzengel wie Sie bei ihr ist. Ich werde sofort alles erledigen, und sobald ich hier frei bin, komme ich unverzüglich zu ihr, sie wird schon sehen, sie soll nur noch etwas warten! Meine Herren«, wandte er sich plötzlich an den Untersuchungsrichter und den Staatsanwalt, »jetzt werde ich Ihnen meine ganze Seele ausschütten, ich werde alles aufdecken, und wir erledigen dann im Augenblick die ganze Geschichte. Zum Schluß werden wir noch lachen, nicht wahr, das werden wir doch? Aber, meine Herren, diese Frau — ist die Königin meiner Seele! O, erlauben Sie mir, das zu sagen, wenigstens das muß ich Ihnen offenbaren... — ich sehe doch, daß ich es mit Ehrenmännern zu tun habe! — sie ist mein Licht, sie ist mein Heiligtum, und wenn Sie nur wüßten!... Haben Sie ihren Schrei gehört? ‚Mit dir auch in den Tod!‘ — Und was habe ich ihr gegeben, ich Bettler, ich, der ich nichts habe, nichts bin, wofür schenkt Sie mir diese Liebe, bin ich denn solcher Liebe wert, bin ich plumpe, schändliche Kreatur mit dem schändlichen Antlitz solcher Liebe wert, daß sie mit mir zusammen selbst in den Tod zu gehen bereit ist? Um für mich zu bitten, warf sie sich auf die Knie, sie, die Stolze, die unschuldig, ganz und gar unschuldig ist! Wie soll ich sie nun nicht vergöttern, wie soll ich nicht aufschreien, nicht ihr entgegenstürzen wie vorhin? O, meine Herren, verzeihen Sie! Aber jetzt, jetzt bin ich beruhigt!«

Er fiel auf den Stuhl zurück, und das Gesicht mit den Händen bedeckend, schluchzte er plötzlich wie im Krampf auf. Das waren jedoch bereits glückliche Tränen. Er faßte sich aber sofort. Der alte Polizeichef war sehr zufrieden, und auch die Juristen schienen es zu sein: sie fühlten, daß das Verhör jetzt eine andere Wendung nehmen werde. Mitja wurde geradezu heiter.

»So, meine Herren, jetzt gehöre ich Ihnen, ich stehe ganz zu Ihrer Verfügung. Und... wenn nur nicht alle diese nebensächlichen Kleinigkeiten wären, so würden wir sofort ins reine kommen. Dieser verdammte Kleinkram! — Ich gehöre Ihnen, meine Herren, aber, das schwöre ich Ihnen, die Hauptsache ist beiderseitiges Vertrauen, — Ihrerseits zu mir und meinerseits zu Ihnen, — anders kommen wir nie zu Ende. Ich sage es in Ihrem Interesse. Doch jetzt zur Sache, meine Herren, zur Sache! Die Hauptbedingung: wühlen Sie nicht so in meiner Seele herum, quälen Sie sie nicht mit Nebensächlichem, sondern fragen Sie nur, was zur Sache gehört, fragen Sie nach den Tatsachen, und ich

werde Sie sofort zufriedenstellen. Die Kleinigkeiten aber
zum Teufel!«

So sprudelte es aus Mitja hervor.

Das Verhör begann von neuem.

IV

Zweites Purgatorium

»Sie glauben nicht, Dmitrij Fjodorowitsch, wie sehr Sie
uns durch ihre Bereitwilligkeit ermutigen ...«, begann Neljúdoff, der Untersuchungsrichter, mit belebtem Gesicht und
augenscheinlich angenehm berührt, was man am Blick seiner
großen, hellgrauen, etwas hervorstehenden Augen sah, die
übrigens sehr kurzsichtig waren. Er hatte soeben die Brille
abgenommen. »Sie haben da eine vollkommen richtige
Bemerkung gemacht, in betreff des beiderseitigen Ver-
trauens, ohne das es bei Verhören von ähnlicher Wichtigkeit nun einmal nicht geht, das heißt in Fällen, wenn die
im Verdacht stehende Person sich zu rechtfertigen gewillt
ist, wenigstens es versuchen will und wahrscheinlich auch
kann. Seien Sie überzeugt, daß wir alles tun werden, was
an uns liegt. Sie haben auch bereits Gelegenheit gehabt, zu
sehen, wie wir die Sache führen ... Sie stimmen mir doch
bei, Ippolit Kiríllowitsch?« wandte er sich plötzlich an den
Staatsanwalt.

»O, selbstverständlich«, bestätigte der sofort, doch war
der Ton seiner Worte etwas trocken im Vergleich zur
liebenswürdigen Rede des Untersuchungsrichters.

Hier muß ich noch eine Bemerkung hinzufügen: Neljúdoff, der, wie bereits erwähnt, erst vor kurzem bei uns angekommen war, hatte gleich, schon seit dem ersten Anfang
seiner Tätigkeit in unserer Stadt, für unseren Ippolit Kirillowitsch eine außerordentliche Hochachtung empfunden
und war ihm fast von Herzen zugetan. Er war vielleicht

der einzige Mensch, der einwandlos an das ungewöhnliche psychologische und rednerische Talent unseres »zurückgesetzten« Ippolit Kirillowitsch glaubte, wie er auch überzeugt war, daß man ihn bei der Beförderung übersehen habe. Er hatte von ihm schon in Petersburg gehört. Dafür war denn wiederum Neljudoff der einzige Mensch auf der Welt, den unser »beleidigter« Staatsanwalt aufrichtig liebgewonnen hatte. Auf dem Wege nach Mókroje hatten sie sich schon über gewisse Punkte besprochen, und so erfaßte denn Neljudoffs geschliffenes Hirnlein sofort die Bedeutung jedes Winkes, jeder Bewegung im Gesicht seines älteren Amtsgenossen: es genügte ihm ein halbes Wort, ein Blick, ein Augenzwinkern.

»Meine Herren«, fuhr Mitja geschäftig auf, »überlassen Sie es ruhig mir, alles zu erklären, ich werde alles sachgemäß darstellen, nur bitte ich Sie, mich nicht mit dem Kleinzeug zu unterbrechen!«

»Das ist natürlich das Beste. Ich danke Ihnen. Doch bevor wir dazu übergehen, bitte ich Sie, vorher nur noch eine Tatsache konstatieren zu dürfen, da sie für uns von großer Wichtigkeit ist, nämlich in betreff jener zehn Rubel, die Sie gestern abend, ungefähr um fünf Uhr, von Ihrem Freunde Pjotr Iljitsch Perchótin geborgt haben, wofür Sie ihm Ihre Pistolen als Pfand gaben.«

»Ja, ich hatte sie versetzt, meine Herren, für zehn Rubel versetzt, was ist denn dabei? Und das ist alles. Als ich von der Fahrt in die Stadt zurückgekehrt war, ging ich sofort zu ihm und versetzte sie.«

»Ah, Sie waren also weggefahren? Sie hatten die Stadt verlassen?«

»Ja, ich war hinausgefahren, über vierzig Werst war ich gefahren. Wie, und Sie wußten das noch nicht, meine Herren?«

Der Staatsanwalt und der Untersuchungsrichter blickten sich flüchtig an.

»Überhaupt ... wie wäre es, wenn Sie Ihre Erzählung

mit der systematischen Wiedergabe alles dessen, was Sie gestern seit dem Morgen getan haben, beginnen würden? Erlauben Sie, daß ich Sie zum Beispiel frage: warum verließen Sie die Stadt, wann sind Sie fortgefahren und wann zurückgekehrt ... und alle diese Tatsachen ...«

»Warum haben Sie denn das nicht gleich gesagt?« fragte Mitja auflachend. »Ja, genau genommen, muß man nicht mit dem gestrigen, sondern mit dem vorgestrigen Tage beginnen, vom frühen Morgen an, dann erst werden Sie verstehen können, wie und warum ich ging und fuhr. Ich ging, meine Herren, vorgestern am Vormittag zum hiesigen Großkaufmann Ssamssónoff, um von ihm bei bester Sicherstellung dreitausend Rubel zu borgen — ich hatte mich plötzlich zu diesem Äußersten entschlossen, meine Herren.«

»Gestatten Sie, daß ich Sie auf einen Augenblick unterbreche«, hielt ihn höflich der Staatsanwalt auf, »wozu hatten Sie plötzlich diese Summe nötig, und warum gerade so viel, gerade dreitausend Rubel?«

»Ach, meine Herren, es wäre wirklich besser, es ginge ohne Nebensächlichkeiten! Wie, wann und warum, und warum genau so viel und nicht so viel, und dieses ganze Drum und Dran ... das könnte man ja nicht einmal in drei Bänden erzählen, es wäre noch ein Epilog erforderlich!«

Mitja sagte dies mit der gutmütigen, doch ungeduldigen Familiarität eines Menschen, der die ganze Wahrheit sagen will und die besten Absichten hegt.

»Meine Herren«, rief er sofort, gleichsam sich besinnend, »verzeihen Sie mir die Unhöflichkeit. Ich bitte Sie nochmals, mir zu glauben, daß ich die vollste Ehrerbietung empfinde und sehr gut die gegenwärtige Situation verstehe. Glauben Sie nicht, daß ich betrunken bin. Ich bin bereits ganz nüchtern geworden. Und schließlich, was wäre denn auch dabei, das würde ja weiter nicht stören, denn bei mir ist es doch nach dem Sprichwort so:

„Ist er nüchtern, scheint er klug, bleibt jedoch nur dumm,
Ist er trunken, scheint er dumm, wird jedoch viel klüger!“

Haha! Übrigens, ich sehe, meine Herren, daß mir vorläufig noch nicht zusteht, zu scherzen, — vorläufig, das heißt,
bis wir ins reine gekommen sind. Erlauben Sie, daß ich die
nötige Würde bewahre. Ich begreife doch, was für ein Unterschied augenblicklich zwischen uns besteht: ich sitze ja
vor Ihnen als Verbrecher, bin also alles andere, nur nicht
auf gleicher Gesellschaftsstufe mit Ihnen, und Ihre Pflicht
ist, mich jetzt zu verhören und zu beobachten. Sie werden
mir doch für die Verletzung Grigorijs nicht wie einem
braven Jungen noch obendrein das Köpfchen streicheln. Es
ist ja wahr! Man kann doch nicht alten Männern ungestraft
den Schädel einschlagen. Sie werden mich seinetwegen, nun,
sagen wir auf ein halbes Jahr, nun, auf ein Jahr ins Zuchthaus einsperren, ich weiß nicht, wie man da bei Ihnen verurteilt wird, — aber doch ohne Verlust meiner Rechte, nicht
wahr, Herr Staatsanwalt? Also, wie gesagt, meine Herren,
ich begreife vollkommen den Unterschied ... Aber Sie müssen mir auch zugeben, daß Sie mit solchen Fragen selbst Gott
den Herrn aus dem Konzept bringen könnten: wo bist du
gegangen, wie bist du gegangen, wann bist du gegangen,
warum bist du gegangen, und so weiter? Ich kann doch
dabei nur konfus werden, und Sie fassen dann alles, was ich
sage, buchstäblich als Wahrheit auf und nehmen es natürlich sofort zu Protokoll — was kommt dabei schließlich heraus? Nichts kommt dabei heraus! ... Ach, nun, hol's der
Teufel, habe ich einmal angefangen zu schwatzen, so muß
ich mich auch aussprechen, und Sie, meine Herren, verzeihen
Sie mir bitte, als Menschen höherer Bildung und Ehrenmänner, die Sie sind. Ich will mit der Bitte schließen: versuchen Sie doch, meine Herren, diese abgedroschenen Ver-
hörsvorschriften in diesem Falle einmal zu vergessen. Da
heißt es denn, zuerst mußt du etwas ganz Unwichtiges fragen: wie er aufgestanden ist, was er gegessen hat, wie er
gespuckt, und wohin er gespuckt hat, ‚und nachdem auf
diese Weise die Aufmerksamkeit des Verbrechers eingeschläfert ist‘, — ihn plötzlich mit der wichtigsten Frage ver-

blüffen: ‚Wie hast du erschlagen, wie bestohlen?' Haha! Das ist doch alles Bürogeist, der da drinsteckt, das sind doch Ihre Regeln und Formeln, dahinter versteckt sich ja Ihre ganze Schlauheit! Aber mit solchen Kniffen können Sie höchstens Bauern fangen, — nicht mich. Ich kenne doch die Sache, ich bin doch selbst Offizier gewesen und weiß daher, wie es in den Büros hergeht. Hahaha! Ärgern Sie sich nicht, meine Herren, Sie verzeihen mir doch den Ausfall gegen die Pedanten in Ihrem Fach?« rief er lachend und blickte sie mit einer fast wundernehmenden Gutmütigkeit an. »Das hat doch Mitja Karamasoff gesagt, folglich kann man es verzeihen, denn einem klugen Menschen kann man es nicht verzeihen, dem Mitja aber selbstverständlich! Haha!«

Neljudoff hörte zu und lachte gleichfalls. Der Staatsanwalt lachte zwar nicht, beobachtete jedoch Mitja mit scharfem Blick ungeheuer aufmerksam, als wollte er sich kein einziges Wort, nicht die geringste Bewegung oder Veränderung seines Gesichts entgehen lassen.

»So haben wir ja auch mit Ihnen zuerst angefangen«, meinte Neljudoff immer noch lachend, »wir haben an Sie keine einzige Frage von der Art gestellt, wie: Wann sind Sie aufgestanden, was haben Sie gegessen, und so weiter, sondern wir sind gleich auf das Wesentlichste übergegangen.«

»Ich weiß, ich weiß! Ich habe es wohl verstanden und verstehe es auch zu schätzen, und noch mehr schätze ich es, daß Sie so gütig zu mir sind, was Ihrer Gesinnung nur Ehre macht. Wir drei sind hier zusammengekommen, drei Ehrenmänner, und so mag denn auch alles auf dem gegenseitigen Vertrauen gebildeter Menschen beruhen, dreier Menschen derselben Gesellschaftsklasse, die durch ihren Adel und ihre Ehre verbunden sind. Jedenfalls erlauben Sie mir, Sie in dieser Stunde meines Lebens für meine besten Freunde zu halten, gerade in dieser Stunde, da meine Ehre so erniedrigt wird. Das verletzt Sie doch nicht, meine Herren?«

»Im Gegenteil, Dmitrij Fjodorowitsch, Sie haben das alles

so vortrefflich ausgedrückt«, stimmte ihm der Untersuchungsrichter ernst, doch wohlwollend bei.

»Und die Nebensachen, alle diese spitzfindigen Fußangeln
zum Teufel«, rief Mitja ganz Feuer und Flamme, »sonst
kommt doch nur Unsinn heraus, nicht wahr? ...«

»Ich billige vollkommen Ihren vernünftigen Vorschlag«,
unterbrach ihn plötzlich der Staatsanwalt zu ihm gewandt,
»indessen kann ich nicht von meiner Frage ablassen. Es ist
für uns von gar zu großer Wichtigkeit zu wissen, wozu Sie
diese Summe brauchten, warum gerade dreitausend Rubel?«

»Wozu ich sie brauchte? Nun, für dieses und jenes ...
nun, sagen wir, um eine Schuld zu bezahlen.«

»Eine Schuld an wen?«

»Das zu sagen, weigere ich mich, meine Herren! Sehen
Sie, ich tue es nicht etwa darum, weil ich es nicht sagen kann,
oder es nicht wage und mich fürchte, denn das ist doch nur
eine Kleinigkeit, die zu erwähnen sich nicht lohnt, sondern
ich sage es deshalb nicht, weil es sich hier um meinen Grundsatz handelt: das ist mein Privatleben, und ich erlaube niemandem, sich in dasselbe einzumischen. Das ist mein Grundsatz. Ihre Frage hat mit der Sache nichts zu tun, und alles,
was nicht zur Sache gehört, ist meine Privatangelegenheit.
Eine Schuld wollte ich abzahlen, eine Ehrenschuld, doch an
wen — das sage ich nicht!«

»Gestatten Sie, daß wir dies niederschreiben«, sagte der
Staatsanwalt.

»Bitte. Schreiben Sie es gerade so: daß ich es nicht sage,
nicht sage. Schreiben Sie, daß ich es sogar für ehrlos halte,
das zu sagen. Weiß Gott, Sie haben aber viel Zeit zum
Schreiben!«

»Gestatten Sie noch, mein Herr, Sie daran zu erinnern,
falls Sie es nicht wissen sollten«, sagte sofort mit besonderem und sehr strengem Nachdruck der Staatsanwalt, »daß
Sie das volle Recht haben, auf die Fragen, die wir Ihnen
vorlegen, die Antwort zu verweigern, und wir wiederum
kein Recht haben, die Antworten Ihnen irgendwie abzu-

nötigen, wenn Sie aus diesem oder jenem Grunde nicht antworten wollen. Das hängt ganz von Ihrer persönlichen
Erwägung ab. Doch fällt uns hierbei die Aufgabe zu, Sie in
solchem Fall auf den Schaden aufmerksam zu machen, den
Sie sich selbst dadurch zufügen, wenn Sie sich weigern, die
eine oder andere Aussage zu machen.«

»Meine Herren, ich ... ärgere mich ja nicht ... ich ...«,
stotterte Mitja etwas verwirrt durch den Nachdruck der
Bemerkung des Staatsanwalts. »Nun ja, dieser selbe Ssamssónoff, zu dem ich damals ging ...«

Ich werde natürlich nicht die ganze Erzählung dessen,
was dem Leser bereits bekannt ist, wiederholen. Dmitrij
Fjodorowitsch wollte alles ganz ausführlich erzählen und
doch in seiner Ungeduld möglichst schnell alles erledigen.
Aber je mehr er aussagte, um so mehr wurde auch aufgeschrieben, und so mußte er immer wieder unterbrochen
werden. Das mißfiel ihm sehr, und er ärgerte sich, wenn
auch vorläufig noch in gutmütiger Weise. Allerdings rief er
zuweilen: »Meine Herren, das würde selbst einen Gott aus
der Haut bringen« oder: »Meine Herren, wissen Sie auch,
daß Sie mich ganz unnütz reizen?« Er verlor aber dabei
noch nicht seine freundschaftliche, gutmütige Stimmung. So
erzählte er denn, wie Ssamssónoff ihn vor zwei Tagen »zum
Narren gehabt« hatte (das hatte er inzwischen vollkommen
erraten). Die Mitteilung vom Verkauf der Uhr für sechs
Rubel, um sich Geld zur Fahrt zu verschaffen, erweckte sofort das größte Interesse der Juristen, die davon noch nichts
gewußt hatten, und zu Mitjas maßlosem Ärger fanden sie
es für nötig, die Tatsache ausführlich aufzuschreiben, als
wiederholte Bestätigung dessen, daß er schon am Abend des
vorhergehenden Tages keine Kopeke mehr besessen hatte.
Mitjas Gesicht wurde allmählich immer düsterer. Er erzählte noch von der Fahrt zum Ljägáwyj und von der
Nacht, die er in der dunsterfüllten Stube verbracht hatte,
und kam dann auf seine Rückkehr in die Stadt zu sprechen.
Hier begann er, ohne darum gebeten zu sein, ausführlich

seine Eifersuchtsqualen wegen Gruschenka zu schildern. Man hörte ihm schweigend und aufmerksam zu und merkte sich besonders das eine: daß er schon seit längerer Zeit einen Beobachtungsposten in der Hinterstraße hatte, von wo aus er Gruschenka auflauerte, und daß Ssmerdjakoff ihm Nachrichten überbrachte. Letzteres wurde ausführlich niedergeschrieben und gut behalten. Von seiner Eifersucht aber sprach Mitja erregt und viel, und wenn er sich auch dessen schämte, daß er seine intimsten Gefühle so preisgab, so »schmachvoll« an die Öffentlichkeit preisgab, so zwang er sich doch immer wieder zur Überwindung seiner Scham, um die ganze Wahrheit zu sagen. Die teilnahmlose Strenge der Blicke des Untersuchungsrichters und besonders des Staatsanwalts, die während der ganzen Zeit seiner Erzählung auf ihn gerichtet waren, verwirrten ihn schließlich ziemlich stark. ,Dieser Milchbart, mit dem ich noch vor ein paar Tagen Dummheiten über die Weiber geschwatzt habe, und dieser schwindsüchtige Staatsanwalt sind es wahrlich nicht wert, daß ich so mein Innerstes aufdecke‘, ging es ihm durch den Sinn. ‚Oh, die Schande! Doch — „Trage dein Leid, mein Herz, ergib dich und schweige!"‘ Mit diesem Dichterausspruch überwand er seine traurigen geheimen Gedanken und nahm sich von neuem zusammen, um fortzufahren. Als er zur Erzählung seines Besuches bei Frau Chochlakoff kam, ärgerte er sich noch nachträglich über sie und wollte schon eine kleine lustige Anekdote über diese Dame erzählen, die er vor kurzem gehört hatte, aber der Untersuchungsrichter bat ihn höflich, zu »Wesentlicherem« überzugehen. Endlich, als er seine Verzweiflung schilderte, wie er aus dem Chochlakoffschen Hause hinausgelaufen war und einen Augenblick sogar daran gedacht hatte, lieber irgend jemanden zu erwürgen, um sich diese Dreitausend zu verschaffen, wurde er wieder unterbrochen, um auch das, daß er jemanden hatte »erwürgen« wollen, niederschreiben zu lassen. Mitja ließ es wortlos geschehen. Schließlich langte er bei dem Augenblick an, wo er plötzlich erfahren hatte, daß er von Gruschenka betrogen worden war, und daß sie Ssamssónoff, bald nach seiner Trennung von ihr vor der Haustür, wieder verlassen hatte, während er im Glauben gewesen war, daß sie bis Mitternacht beim Alten bleiben werde. »Wenn ich in dem Augenblick diese Fenja nicht erschlug, so geschah das nur deshalb nicht, weil ich keine Zeit dazu hatte«, entfuhr es ihm plötzlich an dieser Stelle. Und auch das wurde sorgfältig niedergeschrieben. — Mitja wartete mit düsterem Gesicht und wollte darauf zur Erzählung übergehen, wie er zu seinem Vater in den Garten gelaufen war, — als ihn plötzlich der Untersuchungsrichter unterbrach und aus seinem großen Portefeuille, das neben ihm auf dem Sofa lag, und das er jetzt aufschlug, einen messingnen Stößel hervorzog.

»Ist Ihnen dieser Gegenstand bekannt?« fragte er Mitja.

»Ach, ja!« sagte der, finster lächelnd, »selbstverständlich! Geben Sie her, zeigen Sie mir ... Äh, zum Teufel, nicht nötig!«

»Sie haben vergessen, seiner Erwähnung zu tun«, bemerkte der Untersuchungsrichter.

»Ach, Teufel! Ich hätte es wahrlich nicht verheimlicht, da seien Sie unbesorgt, ohne dieses Ding wäre es ja doch nicht gegangen, was meinen Sie? — Ich hatte es im Augenblick nur ganz vergessen.«

»Würden Sie die Güte haben, sachlich zu erklären, wie und wo Sie sich mit diesem Stößel bewaffnet haben.«

»Zu Befehl, ich werde die Güte haben, meine Herren.« Und Mitja erzählte, wie er ihn bei Fenja in der Küche ergriffen hatte und dann hinausgelaufen war.

»Was beabsichtigten Sie damit zu tun, zu welchem Zweck versahen Sie sich mit dieser Waffe?«

»Zu welchem Zweck? Zu gar keinem! Ich nahm ihn einfach mit und rannte hinaus.«

»Aber warum nahmen Sie ihn denn mit, wenn Sie nichts Bestimmtes vorhatten?«

In Mitja brauste der Unwille auf. Starr blickte er dem

»Milchbart« in die Augen und lächelte finster und boshaft. Der wahre Grund seiner Wut war aber eigentlich der, daß er sich immer mehr dessen schämte, so ausführlich und mit solchen Herzensergüssen »diesen Leuten« von seiner Eifersucht erzählt zu haben.

»Äh, ich spucke darauf!« entfuhr es ihm plötzlich.

»Sie meinten? ...«

»Nun, um mich der Hunde zu erwehren ... in der Dunkelheit ... für alle Fälle.«

»Haben Sie auch früher, wenn Sie in der Nacht hinausgingen, eine Waffe mitgenommen, wenn Sie die Dunkelheit so fürchten?«

»Ach, zum Teufel, pfui! Meine Herren, mit Ihnen kann man wirklich nicht reden!« rief Mitja über die Maßen gereizt und vor Wut hochrot im Gesicht. Plötzlich wandte er sich zu dem Schreiber und schrie ihm mit einer Stimme, die die Wut nur zu deutlich verriet, zu:

»Schreibe sofort ... sofort ... daß ich den Stößel ergriffen habe, ,um hinzulaufen und meinen Vater zu erschlagen, Fjodor Pawlowitsch ... durch einen Schlag auf den Schädel!' Nun, sind Sie jetzt zufrieden, meine Herren? Hat jetzt Ihre liebe Seele Ruh?« fragte er mit herausforderndem Blick auf den Untersuchungsrichter und den Staatsanwalt.

»Wir begreifen sehr gut, daß Sie diese Worte soeben in der Gereiztheit und im Ärger über uns und unsere Fragen gesprochen haben, — über die Fragen, die wir an Sie stellen, und die Sie für Fußangeln oder lächerliche Hintergedanken halten, die aber in Wirklichkeit von großer Wichtigkeit sind und nur zur Sache führen«, gab der Staatsanwalt trocken zur Antwort.

»Aber erbarmen Sie sich, meine Herren! Ja, ich habe einen Stößel ergriffen ... Nun, wozu nimmt man zuweilen, wenn man erregt ist, irgendeinen Gegenstand in die Hand? Ich weiß nicht, wozu. Ich nahm das Ding und lief hinaus. Und das ist alles. Man schämt sich ja der Frage ... Meine Herren, passons, oder ich schwöre Ihnen, ich sage kein Wort mehr!«

Er setzte den Ellenbogen auf die Tischkante und stützte den Kopf in die Hand. So saß er, halb abgewandt von ihnen und bemühte sich, zur Wand blickend, das in ihm aufsteigende schlechte Gefühl niederzuringen. Er wollte am liebsten sofort aufstehen und erklären, daß er kein Wort mehr sagen werde, ‚bringen Sie mich meinethalben aufs Schafott!‘

»Meine Herren«, sagte er plötzlich, nur mit Mühe sich bezwingend, »sehen Sie, ich höre Sie fragen, und es kommt mir dabei vor, wie . . . Wissen Sie, ich habe zuweilen einen Traum, sehr oft sogar . . . einen ganz besonderen Traum . . . Mir träumt, daß mich jemand verfolgt, irgend jemand, vor dem ich mich entsetzlich fürchte, er verfolgt mich in der Dunkelheit, in der Nacht, er sucht mich, und ich verstecke mich vor ihm hinter der Tür oder hinter einem Schrank, verstecke mich in ganz erniedrigender Weise, und die Hauptsache ist, er weiß genau, wo ich mich vor ihm verstecke, aber er tut absichtlich, als wisse er nicht, wo ich bin, er verstellt sich, um mich länger zu quälen, um sich an meiner Angst zu weiden . . . Und so machen auch Sie es jetzt! Genau so!«

»Also solche Träume haben Sie?« erkundigte sich der Staatsanwalt.

»Ja, solche Träume . . . Aber wollen Sie das nicht gleichfalls ins Protokoll aufnehmen?« fragte Mitja mit boshaft schiefem Lächeln.

»Nein, das wollen wir nicht niederschreiben, aber immerhin haben Sie doch interessante Träume.«

»Jetzt aber ist es kein Traum mehr! Das ist die Realität, meine Herren, die Realität des Lebens! Ich bin der Wolf, Sie sind die Jäger, nun, so hetzen Sie mich denn!«

»Sie haben ganz grundlos diesen Vergleich angestellt . . .«, wollte der Untersuchungsrichter mit außerordentlich sanfter Stimme beginnen, doch Mitja unterbrach ihn.

»Nein, nicht grundlos, meine Herren, nicht grundlos!« Er brauste wieder auf, doch hatte er durch den Ausbruch des plötzlichen Zornes sein Herz erleichtert, und so wurde er jetzt mit jedem Wort wieder ruhiger und gutmütiger. »Sie können einem Verbrecher oder Verurteilten, den Sie mit Ihren Fragen foltern, meinetwegen nicht glauben, aber an dem edelmütigsten Menschen, meine Herren, an dem edelsten Aufschwung der Seele — das sage ich dreist! — nein! an dem dürfen Sie nicht zweifeln... dazu haben Sie kein Recht... aber —

> „Trage dein Leid, mein Herz,
> Ergib dich und schweige!"

Nun, was, — soll ich fortfahren?« brach er finster ab.

»Bitte, haben Sie die Güte«, antwortete der Untersuchungsrichter.

V

Drittes Purgatorium

Mitja sprach zwar in barschem Tone, doch bemühte er sich jetzt noch mehr, nicht das geringste zu vergessen, vielmehr alles bis ins kleinste wiederzugeben. Er erzählte, wie er über den Zaun in den Garten des Vaters gesprungen war, wie er zum Fenster geschlichen, und was er dort gesehen hatte. Klar, bestimmt, als wolle er jedes Wort prägen, sprach er von seinen Gefühlen, die ihn in jenen Augenblicken im Garten erregt hatten, als er so krampfhaft erfahren wollte, ob Gruschenka beim Vater war oder nicht. Doch sonderbar, sowohl der Staatsanwalt wie der Untersuchungsrichter hörten ihm diesmal mit einer auffallenden Zurückhaltung zu, blickten ihn trocken an und stellten viel weniger Fragen. ‚Scheinen sich geärgert zu haben und gekränkt zu sein‘, dachte Mitja, ‚ach nun, hol sie der Teufel!‘ Als er erzählte, wie er sich entschlossen hatte, dem Vater das *Zeichen* zu geben, daß Gruschenka gekommen sei, um sich zu vergewissern, ob er allein sei, und wie der Alte das Fenster geöffnet hatte, da beachtete keiner von den Juristen das Wort »Zeichen«, als ob sie überhaupt nicht verstanden hätten, welche Bedeutung dieses Wort hatte, so daß es selbst Mitja auffiel. Als er dann schließlich zu dem Augenblick kam, wie er beim Anblick des beleuchteten Profils seines Vaters den Haß in sich auflodern gefühlt und den Stößel aus der Tasche gerissen hatte, da hielt er plötzlich wie absichtlich inne. Er saß und blickte zur Wand und wußte, daß die anderen mit ihren Blicken gleichsam wie gebannt an ihm hingen.

»Nun, und?« fragte der Untersuchungsrichter, »Sie rissen die Waffe heraus und ... was geschah darauf?«

»Was darauf geschah? Und darauf erschlug ich ihn — zielte genau auf den Scheitel und schlug ihm den Schädel ein ... So muß es doch gewesen sein, nach Ihrer Meinung, nicht wahr?«

Sein ganzer Zorn, der sich bereits besänftigt hatte, erhob sich im Augenblick wieder mit überwältigender Macht.

»Ja, nach unserer Meinung«, bestätigte Neljudoff, der Untersuchungsrichter, »nun, und nach Ihrer?«

Mitja senkte den Blick und schwieg lange.

»Nach meiner Meinung, meine Herren, meiner Meinung nach war es so:—« sagte er leise. »Waren es jemandes Tränen, war es ein Gebet meiner Mutter zu Gott, oder umschwebte mich ein lichter Geist in jenem Augenblick — ich weiß es nicht, aber der Teufel war niedergerungen. Ich stürzte fort vom Fenster und lief zum Zaun ... Mein Vater erschrak, denn da erst bemerkte er mich: er schrie auf und sprang zurück vom Fenster, — das weiß ich noch ganz genau. Ich aber lief durch den Garten zum Zaun ... und dort war es, wo Grigorij mich einholte und mich am Bein ergriff, als ich schon auf dem Zaun saß ...«

Mitja erhob endlich den Blick zu seinen Zuhörern. Diese betrachteten ihn, wie es schien, mit der ruhigsten Aufmerksamkeit. Da war es Mitja, als krampfe sich seine Seele vor Unwillen zusammen.

»Aber Sie, meine Herren, Sie machen sich ja jetzt nur lustig über mich!« unterbrach er sich.

»Wie kommen Sie darauf?« fragte Neljudoff.

»Weil Sie mir kein Wort davon glauben, darum! Ich begreife doch, daß das der Hauptpunkt ist, zu dem ich gekommen bin: mein Vater liegt jetzt dort mit eingeschlagenem Schädel, und ich, — nachdem ich so tragisch geschildert habe, wie ich ihn erschlagen wollte und schon den Stößel herausriß, — ich laufe plötzlich fort vom Fenster . . . Das ist doch eine Dichtung! In Versen sogar! Da kann man jedes Wort dem braven Jungen glauben! Haha! Spötter sind Sie, meine Herren!«

Und er drehte sich mit dem ganzen Körper auf dem Stuhl herum, daß der Stuhl in den Fugen krachte.

»Aber haben Sie vielleicht bemerkt«, fragte plötzlich der Staatsanwalt, als ob er Mitjas Aufregung weiter gar nicht beachte, »haben Sie nicht zufällig bemerkt, als Sie vom Fenster zum Zaun liefen: war die Tür, die am anderen Ende der Gartenfassade des Hauses liegt, offen oder geschlossen?«

»Nein, sie war nicht offen.«

»Nicht?«

»Sie war sogar verschlossen, und wer konnte sie denn öffnen? Warten Sie, — die Tür!« rief er plötzlich, gleichsam sich besinnend und fast zusammenzuckend, » — haben Sie die Tür denn etwa offen vorgefunden?«

»Ja, offen.«

»Aber wer hat sie denn öffnen können, wenn Sie es nicht selbst getan haben?« fragte Mitja höchst verwundert.

»Die Tür stand weit offen, und der Mörder Ihres Vaters ist zweifellos durch diese Tür eingedrungen, und nachdem er ihn ermordet hatte, wieder durch dieselbe Tür hinausgegangen«, sagte nun langsam und deutlich der Staatsanwalt, indem er jede Silbe gleichsam einzeln aussprach. »Das ist uns vollkommen klar. Der Mord ist ganz augenscheinlich im Zimmer verübt worden, und *nicht durch das Fenster*, was vollkommen deutlich aus der Lokalinspektion hervorgeht, aus der Lage des Körpers und aus allem. Über diesen Punkt kann kein Zweifel bestehen.«

Mitja war unglaublich betroffen.

»Aber das ist doch unmöglich, meine Herren!« rief er ganz aus der Fassung gebracht, »ich ... ich bin nicht hinein- gegangen ... ich, bestimmt, ich versichere Sie, die Tür war die ganze Zeit, während der ich im Garten war, und als ich aus dem Garten hinauslief, verschlossen. Ich stand nur unter dem Fenster, und das war alles, alles ... Ich erinnere mich dessen haarscharf bis zum letzten Augenblick. Und selbst wenn ich mich nicht genau erinnern würde, so weiß ich doch genau, daß das unmöglich ist, denn die *Zeichen* waren doch nur mir, Ssmerdjakoff und ihm, dem Toten, bekannt, und ohne diese Zeichen hätte er niemandem auf der Welt die Tür aufgemacht.«

»Zeichen? Was sind denn das für Zeichen?« fragte sofort mit gespannter, fast krankhafter Neugier der Staatsanwalt, der plötzlich seine ganze gemessene Zurückhaltung verlor. Er fragte, als wenn er sich vorsichtig heranschleichen wollte. Er witterte eine wichtige Tatsache, die ihm noch un- bekannt war, und sofort empfand er auch die größte Angst, Mitja könnte sie ihm vielleicht nicht ganz aufdecken wollen.

»Ah, und Sie wußten das nicht einmal?« fragte Mitja und zwinkerte ihm mit mokantem Lächeln höhnisch boshaft zu. »Wenn ich das nun nicht sage? Von wem soll man das dann erfahren? Von diesen Zeichen wußten doch nur der Ver- storbene, ich und Ssmerdjakoff, das sind alle, die was da- von wußten, — und noch der Himmel wußte es, aber der wird es Ihnen doch nicht sagen. Und doch — wie interessant ist dieses Pünktchen! Weiß der Teufel, was man noch alles darauf gründen könnte, haha! Beruhigen Sie sich, meine Herren, ich werde es Ihnen sagen. Sie denken sich ja sonst wieder Dummheiten aus! Überhaupt, Sie wissen gar nicht, mit wem Sie es zu tun haben! Sie, meine Herren, haben es mit einem Angeklagten zu tun, der freiwillig gegen sich selbst aussagt, der zu seinem eigenen Nachteil aussagt! Ja, das ist so, denn ich bin ein Mensch von Ehre, Sie aber — sind es nicht!«

Der Staatsanwalt schluckte wortlos alle Pillen, er zitterte nur vor Ungeduld, diese neue Tatsache zu erfahren. Mitja erzählte ausführlich von den Zeichen und setzte alles genau auseinander, was damit irgendwie in Verbindung stand. Er sagte, daß Fjodor Pawlowitsch sie sich für Ssmerdjakóff ausgedacht hatte, er erklärte ihnen, was das erste Zeichen bedeuten sollte, klopfte sogar die Zeichen auf dem Tisch vor, und auf die Frage des Untersuchungsrichters, ob denn auch er, Mitja, an das Fenster des Vaters das Zeichen »Gruschenka ist gekommen«, geklopft habe, antwortete er mit fester Stimme, daß er geradeso geklopft habe, so nämlich: tuck-tuck ... tuck-tuck-tuck, — was bedeutete: »Gruschenka ist gekommen.«

»So, jetzt denken Sie sich was Schönes zusammen!« brach Mitja kurz ab und wandte sich wieder mit unverhohlener Verachtung von ihnen ab.

»Und um diese Zeichen wußten nur Ihr verstorbener Vater, Sie und der Diener Ssmerdjakoff? Und sonst niemand?« erkundigte sich noch einmal Neljudoff.

»Ja, der Diener Ssmerdjakoff und dann noch der Himmel. Schreiben Sie auch den Himmel auf; das wird nicht überflüssig sein; und auch Ihnen wird Gott noch zustatten kommen.«

Natürlich begann wieder das Schreiben; als man damit fertig war, fragte der Staatsanwalt unvermittelt, als ob ihm ganz plötzlich ein neuer Gedanke gekommen wäre:

»Aber wenn um diese Zeichen auch Ssmerdjakoff gewußt hat und Sie auf das bestimmteste jede Schuld am Tode Ihres Vaters von sich weisen, so fragt sich doch, ob nicht *er* durch das verabredete Zeichen Ihren Vater veranlaßt hat, ihm die Tür aufzumachen und dann also ... ob nicht Ssmerdjakoff den Mord verübt hat?«

Mitja blickte mit unsäglich spöttischem, doch zu gleicher Zeit auch sprühend haßerfülltem Blick dem Staatsanwalt in die Augen. Lange und wortlos sah er ihn so an, bis schließlich der Staatsanwalt zu blinzeln begann.

»Da haben Sie wieder den Fuchs gefangen!« sagte Mitja, endlich das Schweigen brechend, »und dem schlauen Tier den Schwanz eingeklemmt, haha! Ich durchschaue Sie vortrefflich, Herr Staatsanwalt. Sie glaubten wohl, daß ich sofort aufspringen und mich an das anklammern werde, was Sie mir vorgesagt haben, daß ich sofort losschreien werde: ,Ah, richtig, Ssmerdjakoff, das ist der Mörder!' Gestehen Sie nur, daß Sie gerade etwas in der Art erwartet haben, gestehen Sie es, dann werde ich fortfahren!«

Aber der Staatsanwalt gestand nichts. Er schwieg und wartete.

»Sie haben sich verrechnet, ich werde nicht Ssmerdjakoff beschuldigen!« sagte Mitja.

»Und Sie verdächtigen ihn nicht einmal?«

»Verdächtigen Sie ihn denn?«

»Auch dieser Verdacht ist geäußert worden.«

Mitja blickte stumpf zu Boden.

»Meine Herren, Scherz beiseite«, sagte er düster. »Hören Sie mich an: Ganz zuerst, ja bereits in dem Augenblick, als ich von dort« — er wies auf den Vorhang — »hervorgestürzt war und Sie alle hier erblickte, zuckte mir schon dieser Gedanke durch den Kopf: ,Ssmerdjakoff!' dachte ich sofort. Darauf saß ich hier am Tisch und schrie, daß ich unschuldig bin an diesem Blut, und bei mir denke ich die ganze Zeit: ,Ssmerdjakoff, bestimmt Ssmerdjakoff!' Und meine Seele konnte diesen Ssmerdjakoff nicht loswerden. Schließlich jetzt ... dachte ich plötzlich gleichfalls ,Ssmerdjakoff', aber nur einen Augenblick, gleich darauf dachte ich: ,Nein, nicht Ssmerdjakoff!' Das ist keine Tat für ihn, meine Herren!«

»Haben Sie auch keinen Verdacht auf einen anderen Menschen?« fragte vorsichtig der Untersuchungsrichter.

»Ich weiß nicht, wer oder was ... ob die Hand des Himmels oder des Teufels ihn erschlagen hat, aber ... jedenfalls nicht Ssmerdjakoff!« sagte Mitja bestimmt.

»Aber warum behaupten Sie denn so überzeugt und so nachdrücklich, daß er es nicht sein könne?«

»Nach meiner Überzeugung, nach dem Eindruck, den er auf mich gemacht hat. Weil Ssmerdjakoff einer der niedrigsten Menschen und ein furchtbarer Feigling ist. O, der ist nicht nur ein Feigling, der ist die Quintessenz aller Feigheiten auf der Welt, die jetzt in Menschengestalt auf zwei Beinen geht! Er ist von einem Huhn geboren... Wenn er mit mir sprach, so zitterte er vor Angst, ich könnte ihn erschlagen, während ich ihn doch mit keinem Finger anrührte, nicht einmal die Hand erhob. Er fiel vor mir auf die Knie nieder und weinte, — er hat mir sogar einmal diese selben Stiefel geküßt, buchstäblich geküßt und mich angefleht, ihn ‚nicht zu ängstigen‘. Hören Sie, ‚nicht zu ängstigen‘ — was ist das für ein Wort? Ich habe ihn sogar beschenkt. Das ist ein kränkliches Huhn, das außerdem noch die Fallsucht hat, ein Mensch mit einem schwachen Verstande, einer, den jeder achtjährige Knabe verprügeln kann. Ist denn das überhaupt ein Mensch? Nein, Ssmerdjakoff kann es nicht gewesen sein, meine Herren. Und auch aus Geld macht er sich nichts, er wollte nicht einmal für seine Dienste etwas von mir annehmen... Und warum hätte er ihn denn erschlagen sollen? Er ist doch vielleicht sein Sohn, sein unehelicher Sohn, wissen Sie das auch?«

»Wir haben von diesem Gerücht gehört. Aber auch Sie haben doch gesagt, daß Sie Ihren Vater erschlagen wollten.«

»Ah, Sie werfen einen Stein in meinen Garten, wie man zu sagen pflegt, damit ich es nicht vergesse! Ein schmachvoller, gemeiner Stein ist es, meine Herren! Ich aber fürchte mich nicht! Ich verstehe nicht, wie Sie mir das ins Gesicht sagen können! Das ist niedrig von Ihnen, niedrig, weil ich selbst Ihnen gesagt habe, daß ich ihn nicht nur erschlagen wollte, sondern sogar erschlagen konnte, und ich habe noch freiwillig gestanden, daß ich ihn beinahe auch wirklich erschlagen hätte! Aber ich habe ihn doch nicht erschlagen! Davor hat mich mein Schutzengel bewahrt! — das ist es, was Sie noch nicht bedacht haben... Und darum ist es niedrig von Ihnen! Hören Sie, Herr Staatsanwalt: *Ich habe ihn nicht erschlagen!*«

Er atmete schwer. Noch war er während des ganzen Verhörs kein einziges Mal so erregt gewesen.

»Aber was hat er Ihnen denn gesagt, der Ssmerdjakoff?« fragte er plötzlich auffahrend, nach einem kurzen Schweigen. »Darf ich Sie danach fragen?«

»Durchaus. Sie können uns alles fragen, was den Tatbestand betrifft«, antwortete der Staatsanwalt mit kalter und strenger Miene, »und wir sind, ich wiederhole es, sogar verpflichtet, auf jede Ihrer Fragen einzugehen. Wir fanden den Diener Ssmerdjakoff, nach dem Sie sich erkundigen, bewußtlos vor, in einem sehr starken Epilepsieanfall, der sich vielleicht zum zehntenmal wiederholte. Der Arzt, der mit uns gekommen war und den Kranken untersuchte, sagte uns, er werde wahrscheinlich den Morgen nicht erleben.«

»Nun, dann hat der Teufel den Vater erschlagen!« entfuhr es Mitja plötzlich, als hätte er sich sogar bis zu diesem letzten Augenblick noch immer zweifelnd gefragt: ,Ist es nicht doch Ssmerdjakoff? Könnte es nicht doch Ssmerdjakoff getan haben?'

»Darauf werden wir noch später zurückkommen«, entschied der Untersuchungsrichter, »möchten Sie jetzt nicht Ihre Aussagen fortsetzen.«

Mitja bat, sich einen Augenblick erholen zu dürfen. Das wurde ihm höflich erlaubt. Nachdem er eine Weile still vor sich hingesonnen hatte, fuhr er fort. Es wurde ihm aber augenscheinlich schwer. Er war abgequält, beleidigt und moralisch erschüttert. Zudem begann der Staatsanwalt — jetzt bereits ganz absichtlich — ihn immerfort durch »dumme« Fragen nach den »geringfügigsten Nebensachen« zu reizen. Kaum hatte Mitja erzählt, wie er, auf dem Zaune sitzend, Grigorij mit dem Stößel auf den Kopf geschlagen hatte, da er von diesem am linken Bein festgehalten worden war, als ihn der Staatsanwalt auch schon unterbrach und ihn bat, genauer zu beschreiben, wie er auf dem Zaun gesessen habe. Mitja wunderte sich darüber.

»Herrgott, ich saß oben auf dem Zaun, rittlings, wie man auf einem Zaun sitzt: das eine Bein hier, das andere dort.«

»Und den Stößel?«

»Den Stößel hatte ich in der Hand.«

»Nicht in der Tasche? Erinnern Sie sich dessen so genau? Holten Sie weit aus zum Schlage?«

»Wahrscheinlich, aber warum fragen Sie das?«

»Würden Sie vielleicht die Güte haben, sich so auf den Stuhl zu setzen, wie Sie damals auf dem Zaun saßen, und uns das anschaulich vorzumachen, wie Sie ausholten, nach welcher Seite hin und wie Sie geschlagen haben?«

»Wollen Sie sich etwa über mich lustig machen?« fragte Mitja, und er maß den Staatsanwalt mit stolzem Blick von oben bis unten. Doch der zuckte mit keiner Wimper.

Mitja wandte sich brüsk um, setzte sich rittlings auf den Stuhl und holte mit der Hand wie zum Schlage aus.

»So habe ich geschlagen! So! Was wollen Sie jetzt noch?«

»Ich danke Ihnen. Würden Sie sich jetzt vielleicht die Mühe nehmen, uns genau zu erklären: warum Sie eigentlich nochmals hinabsprangen, zu welchem Zweck, welch eine Absicht hatten Sie, als Sie es taten?«

»Nun, Teufel ... ich sprang einfach zu dem verletzten Alten hinab ... Ich weiß nicht, wozu!«

»Während Sie so erregt waren? — und auf der Flucht?«

»Ja, ich war erregt und auf der Flucht.«

»Wollten Sie ihm helfen?«

»Was helfen! ... Ja, vielleicht auch helfen, ich weiß es nicht mehr.«

»Ohne zu wissen, was Sie taten? Das heißt, Sie waren wohl etwas ... gewissermaßen besinnungslos?«

»O, nein, durchaus nicht, ich erinnere mich des Vorganges ganz genau, bis aufs letzte. Ich sprang in den Garten zurück, um zu sehen, was ich angerichtet hatte, und ich wischte ihm das Blut mit meinem Taschentuch ab.«

»Wir haben Ihr Taschentuch gesehen. Sie hofften den Verletzten ins Leben zurückzurufen?«

»Ich weiß nicht, ob ich es noch hoffte. Ich wollte mich einfach nur überzeugen, ob er noch lebte oder nicht.«

»Aha, Sie wollten sich also überzeugen. Nun, und überzeugten Sie sich?«

»Ich bin kein Arzt, ich konnte nicht feststellen, ob er tot war oder noch lebte. Ich lief fort im Glauben, daß ich ihn erschlagen hätte — und da ist er nun wieder zu sich gekommen!«

»Vorzüglich, ich danke Ihnen«, schloß der Staatsanwalt. »Das war alles, was ich wissen wollte. Bitte, fahren Sie fort.«

Armer Mitja! Es war ihm gar nicht in den Sinn gekommen, zu sagen — obgleich er sich dessen sehr wohl erinnerte —, daß er aus Mitleid hinabgesprungen war, daß er sogar beim Anblick des vermeintlich Erschlagenen traurig vor sich hingemurmelt hatte: »Bist mir in den Weg gekommen, armer Alter, nun, so liege denn.« Daher schloß der Staatsanwalt aus seinen Aussagen, daß Mitja »in jenem Augenblick und trotz seiner Aufregung nur zu dem einen Zweck hinabgesprungen war, um sich zu überzeugen, ob der *einzige* Zeuge seines Verbrechens lebte oder tot war.« Wie groß mußte folglich die Entschlossenheit, Kaltblütigkeit und klare Besinnung dieses Menschen selbst in »solch einem Augenblick« gewesen sein usw. usw. Der Staatsanwalt war sehr zufrieden. Er hatte einen nervösen Menschen »durch Kleinigkeiten so weit gereizt, daß der sich doch noch versprochen hatte«.

Gepeinigt fuhr Mitja zu erzählen fort. Er wurde aber alsbald wieder unterbrochen; diesmal vom Untersuchungsrichter.

»Wie konnten Sie zu der Magd Fedóssja Márkowna in die Küche gehen, da Sie doch blutbefleckte Hände hatten?«

»Aber ich wußte es doch gar nicht, ich hatte es ja gar nicht bemerkt, daß ich blutig war!« sagte Mitja.

»Diese Aussage ist sehr glaubwürdig, das kommt sehr oft in solchen Fällen vor«, sagte der Staatsanwalt mit einem Blick auf den Untersuchungsrichter.

»Tatsächlich, ich hatte es überhaupt nicht bemerkt, da haben Sie ganz recht, Herr Staatsanwalt«, bestätigte Mitja nochmals.

Darauf folgte die Erzählung von seinem plötzlichen Entschluß, sich zu »beseitigen« und »die Glücklichen ungestört an sich vorübergehen zu lassen.« Doch konnte er nicht mehr, wie kurz vorher, von der »Königin seiner Seele« erzählen und sein Herz aufdecken. Es wäre ihm zu peinlich, zu qualvoll und zuwider gewesen, davon vor diesen kalten Menschen zu reden, die sich »wie Wanzen an mir festgesogen haben«. Und darum antwortete er auf die wiederholte Frage nur kurz und schroff:

»Nun, ich beschloß einfach, mich zu erschießen. Wozu sollte ich noch leben? — Diese Frage stellte sich ganz von selbst. Ihr ... Derjenige, dem ihre erste Liebe gehört hatte, ihr Beleidiger war mit seiner Liebe zurückgekehrt, um nach fünf Jahren das Vergangene wieder gutzumachen und um sie zu heiraten. Nun und da begriff ich, daß für mich alles verloren war ... Und hinter mir lag dieses Blut, das Blut Grigorijs ... Wozu da noch leben? Nun, und so ging ich denn zu Perchótin, um die versetzten Pistolen auszulösen, um sie zu laden und mir bei Sonnenaufgang eine Kugel vor den Kopf zu schießen ...«

»Und in der Nacht noch ein tolles Gelage?«

»Ja, ein tolles Gelage. Ach, zum Teufel, kommen Sie schneller zu einem Schluß, meine Herren. Erschießen wollte ich mich unbedingt ... nicht weit von hier, ungefähr um fünf Uhr morgens, und in meiner Tasche lag schon der Zettel bereit ... den hatte ich bei Perchotin geschrieben, als die Pistole geladen war. Hier ist das Ding, lesen Sie. Nicht Ihnen erzähle ich das!« fügte er plötzlich verächtlich hinzu. Er hatte das Papier aus der Westentasche hervorgezogen und auf den Tisch geworfen. Die Juristen lasen interessiert, was er am Abend vorher geschrieben hatte. Der Zettel wurde, wie es sich gehört, ins Protokoll aufgenommen.

»Und die Hände zu waschen, fiel Ihnen noch immer nicht

ein, selbst als Sie bei Herrn Perchotin eintraten? So fürchteten Sie also nicht, Verdacht zu erregen?«

»Was denn für einen Verdacht? Verdacht — oder nicht,
das war mir ganz egal ... ich hatte doch schon beschlossen,
nach Mokroje zu fahren und mich hier bei Sonnenaufgang
zu erschießen, und niemand hätte vorher was erfahren oder
mich daran hindern können. Denn wenn nicht dieser Zufall
mit dem Vater dazwischengekommen wäre, so hätten Sie
doch nicht so bald von dem Vorgefallenen erfahren, und
wären dann natürlich auch nicht hergekommen. O, das hat der
Teufel getan, der Teufel hat den Vater erschlagen, durch
den Teufel haben auch Sie es so schnell erfahren! Wie sind
Sie nur so schnell hergekommen? Das ist doch wahrlich
kaum glaublich!«

»Herr Perchotin hat uns mitgeteilt, daß Sie, als Sie bei
ihm eingetreten sind, in der Hand ... in der blutigen Hand
Ihr Geld gehalten haben ... ein ganzes Paket Hundertrubelscheine — und das hat der Knabe, der bei ihm auf-
wartet, gleichfalls gesehen.«

»Ja, so war es, ich erinnere mich dessen.«

»Jetzt gilt es, hier noch eine kleine Frage zu erledigen.
Können Sie uns vielleicht mitteilen«, begann äußerst milde
der Untersuchungsrichter, »wo Sie plötzlich soviel Geld
hergenommen haben, da doch aus dem Tatbestand und aus
der Zeitberechnung klar hervorgeht, daß Sie von Fedóssja
Márkowna direkt zu Herrn Perchótin gegangen sind, sich
also nicht vorher in Ihre Wohnung begeben haben?«

Der Staatsanwalt runzelte ein wenig die Stirn über die
so auf die Spitze getriebene Frage, aber er unterbrach nicht.

»Nein, ich bin allerdings nicht nach Haus gegangen«,
antwortete Mitja offenbar sehr ruhig, doch hielt er den
Blick zu Boden gesenkt.

»In diesem Fall erlauben Sie wohl«, fuhr Neljudoff gleich-
sam näherschleichend fort, »meine Frage zu wiederholen:
Woher nahmen Sie plötzlich eine so große Summe, wenn
Sie, nach Ihrer eigenen Aussage, noch um fünf Uhr ...«

»Wenn ich um fünf Uhr noch kein Geld hatte und für zehn Rubel die Pistolen bei Perchotin versetzte, dann Frau Chochlakoff um dreitausend Rubel anborgen wollte und von der nichts bekam, und so weiter die ganze Litanei«, unterbrach Mitja gereizt. »Ja, sehen Sie mal, meine Herren, um fünf Uhr keine zehn Rubel, und da plötzlich Tausende in den Fingern, — verdächtig, wie? Wissen Sie, meine Herren, Sie zittern ja jetzt alle beide vor Angst, ,er könnte am Ende nicht sagen, wo er das Geld hergenommen hat, und was dann?' Ja, so ist es auch, meine Herren: Ich sage es nicht, Sie haben es erraten, Sie werden es nicht erfahren«, sagte Mitja entschlossen und bestimmt.

Die Juristen schwiegen beide eine Weile.

»Sie sehen doch ein, Herr Karamasoff, daß das zu erfahren für uns von großer Wichtigkeit ist«, sagte schließlich ruhig und bescheiden der Untersuchungsrichter.

»Ich sehe dies vollkommen ein, aber ich sage es trotzdem nicht.«

Da mischte sich auch der Staatsanwalt ein und erinnerte wieder daran, daß der Angeklagte zwar nicht zu antworten brauchte, wenn er das für vorteilhafter für sich hielt usw., doch hinsichtlich des Schadens, den sich der Angeklagte durch das Verschweigen seiner Geldquelle zufüge, und besonders noch, da es sich dabei um eine Frage von solcher Wichtigkeit handelte, so ...

»Und so weiter, meine Herren, und so weiter. Genug, ich habe den Sermon schon gehört!« unterbrach Mitja wieder ungeduldig. »Ich begreife selbst sehr gut, von welcher Wichtigkeit diese Frage ist, daß es der Hauptpunkt ist, aber ich sage es trotzdem nicht!«

»Uns kann es ja schließlich gleichgültig sein, das ist nicht unsere Sache, sondern Ihre, und Sie schaden sich dadurch nur«, bemerkte der Untersuchungsrichter etwas gereizt.

»Scherz beiseite, meine Herren, sehen Sie: —« Mitja erhob den Blick und sah sie beide fest an. »Ich habe es schon gleich zu Anfang vorausgefühlt, daß wir gerade in diesem Punkt mit den Köpfen aneinanderprallen würden. Als ich meine Aussagen begann, lag alles andere noch neblig in weiter Ferne, alles wogte noch verschwommen durcheinander, und ich war sogar so naiv, daß ich mit dem Vorschlag, uns gegenseitig volles Vertrauen zu schenken, begann. Jetzt sehe ich ein, daß von Vertrauen hier überhaupt nicht die Rede sein kann, denn wir mußten doch einmal auf diesen verfluchten Punkt stoßen. Nun, und jetzt sind wir auch glücklich da angelangt! Es geht nicht, und das genügt. Übrigens, ich mache Ihnen keine Vorwürfe, Sie können mir nicht aufs Wort glauben, das begreife ich doch!«

Er verstummte. Sein Gesicht war düster.

»Aber könnten Sie nicht, ohne im geringsten Ihren Entschluß, das Hauptsächlichste zu verschweigen, aufzugeben, könnten Sie uns nicht trotzdem wenigstens einen kleinen Wink geben oder andeuten, welcher Art die Gründe sind, die Sie zu einer so gefährlichen, für Sie gefährlichen Verheimlichung eines so wichtigen Punktes bewegen?«

Ein trauriges und gleichsam nachdenkliches Lächeln erschien auf Mitjas Lippen.

»Ich bin sogar viel gütiger, als Sie von mir glauben, meine Herren. Ich werde Ihnen sagen, warum ich es nicht tun kann, und ich werde Ihnen auch den gewünschten Wink geben, obgleich Sie das eigentlich gar nicht wert sind. Hören Sie, meine Herren, ich verschweige es darum, weil darin eine Schmach für mich liegt. Jawohl, in der Antwort auf die Frage: Woher ich dieses Geld genommen habe, liegt für mich eine Schmach, mit der man selbst die Ermordung und Beraubung meines Vaters nicht vergleichen könnte — wenn ich ihn erschlagen und beraubt hätte. Das ist der Grund, warum ich es nicht sagen kann. Wegen der Schande kann ich es nicht. Wie, meine Herren, Sie wollen auch das niederschreiben?«

»Ja, das muß aufgeschrieben werden«, sagte der Untersuchungsrichter.

»Das sollten Sie lieber nicht tun, meine Herren, das von

der ‚Schmach'. Das habe ich Ihnen doch nur aus Anständigkeit gesagt, ich hätte es nicht zu sagen brauchen, ich habe es
Ihnen sozusagen geschenkt. Und Sie wollen das gleich schwarz
auf weiß niederschreiben! — Ach, nun, schreiben Sie, schreiben Sie, was Sie wollen«, brach er verächtlich und gereizt ab,
»— ich fürchte Sie nicht und ... bleibe stolz vor Ihnen!«

»Und würden Sie nicht auch sagen, welcher Art diese
Schmach wäre?« fragte wieder freundlich der Untersuchungsrichter.

Der Staatsanwalt runzelte geärgert die Stirn.

»Nein, c'est fini, geben Sie sich weiter keine Mühe. Und
wozu sich besudeln? Hab mich schon sowieso an Ihnen besudelt. Sie sind es nicht wert, weder Sie noch sonst jemand...
Genug davon, meine Herren, ich sage nichts mehr.«

Es war gar zu bestimmt gesagt. Der Untersuchungsrichter
gab es auf, weiter in ihn zu dringen, doch da sah er am Blick
des Staatsanwalts, daß dieser die Hoffnung noch nicht verloren hatte.

»Aber können Sie nicht wenigstens das eine angeben: Wie
groß war die Summe, die Sie in der Hand hielten, als Sie
bei Herrn Perchotin eintraten, wieviel Rubel waren es?«

»Nein, das will ich nicht angeben.«

»Herrn Perchotin haben Sie, glaube ich, gesagt, daß es
dreitausend seien, die Sie angeblich von Frau Chochlakoff
erhalten hätten.«

»Es ist möglich, daß ich ihm das gesagt habe. Aber genug,
meine Herren, ich sage nicht, wieviel es war.«

»Dann haben Sie wohl die Güte, zu erzählen, wie Sie
hierher nach Mokroje gefahren sind, und alles, was Sie nach
der Ankunft hier getan haben.«

»Ach Gott, fragen Sie das doch hier die Leute. Aber, übrigens, ich kann es ja meinetwegen auch selbst erzählen.«

Er erzählte trocken, flüchtig. Von seiner Liebe sprach er
kein Wort. Dafür aber erzählte er, wie er den Entschluß,
sich zu erschießen, aufgegeben hatte, »infolge der veränderten
Lage der Dinge«. Er erzählte, ohne zu begründen, ohne auf

die Einzelheiten einzugehen. Und auch die Juristen unterbrachen ihn nicht mehr; es waren das für sie augenscheinlich
Nebensachen, die sie weniger interessierten.

»Das werden wir noch alles nachprüfen, da wir darauf
beim Verhör der Zeugen zurückkommen müssen; dasselbe
wird selbstverständlich in Ihrer Gegenwart stattfinden«,
sagte der Untersuchungsrichter und schloß damit das Verhör. »Jetzt aber werden Sie vielleicht so freundlich sein, alles
hierher auf den Tisch zu legen, was Sie bei sich haben, und
vor allem das ganze Geld, welches sich augenblicklich in
Ihrem Besitz befindet.«

»Das Geld, meine Herren? Bitte, ich verstehe, daß das
notwendig ist. Es wundert mich, daß Sie nicht schon früher
Ihre Neugier zu befriedigen versucht haben. Allerdings, ich
saß ja unter Ihren Augen, wäre ja auch nicht fortgegangen.
Nun, hier ist es, mein ganzes Geld, zählen Sie mal nach,
nehmen Sie. So, — das ist alles, glaube ich.«

Er durchsuchte seine sämtlichen Taschen und zog alles hervor, was er an Geldstücken fand, selbst das Kleingeld. In
seiner Westentasche fand er noch zwei Zwanziger. Man
zählte das Geld, und es zeigte sich, daß es nur achthundert-
sechsunddreißig Rubel und vierzig Kopeken waren.

»Und das ist alles?« fragte der Untersuchungsrichter.

»Alles.«

»Sie sagten soeben, als Sie Ihre Aussagen machten, daß
Sie in der Kolonialwarenhandlung von Plótnikoff dreihundert Rubel bezahlt haben. Herrn Perchotin haben Sie zehn
Rubel gegeben, für die Fahrt zwanzig, hier haben Sie zweihundert verspielt, dann . . .«

Der Untersuchungsrichter rechnete alles zusammen, was
Mitja noch außerdem bezahlt hatte, und Mitja half ihm dabei
bereitwillig. Jeder Kopeke erinnerte man sich, und alles wurde aufgeschrieben. Darauf rechnete der Untersuchungsrichter
oberflächlich die Zahlen zusammen.

»Folglich müssen Sie mit diesen achthundert anfänglich
ungefähr tausendfünfhundert Rubel gehabt haben?«

»Folglich«, sagte Mitja trocken.

»Wie kommt es aber, daß alle behaupten, Sie hätten viel mehr gehabt?»

»Mögen sie es doch behaupten.«

»Und Sie selbst haben es doch gleichfalls behauptet.«

»Ja, auch ich habe es behauptet.«

»Das werden wir noch kontrollieren ... beim Verhör der anderen Personen. Ihres Geldes wegen beunruhigen Sie sich nicht, es wird, wie es sich gehört, aufbewahrt werden und nach Beendigung des ganzen ... zu Ihrer Verfügung stehen, wenn es sich erweist, oder vielmehr, wenn bewiesen wird, daß Sie auf dasselbe unbestreitbares Anrecht besitzen. Nun, und jetzt ...«

Der Untersuchungsrichter erhob sich und erklärte Mitja mit fester Stimme, daß er gezwungen und verpflichtet sei, eine genaue Untersuchung und Besichtigung »sowohl Ihrer Kleider als auch alles übrigen« vorzunehmen ...

»Bitte, meine Herren, ich kann alle Taschen umkehren, wenn Sie wollen.«

Und er machte sich allen Ernstes daran, seine Taschen umzukehren.

»Nein, Sie werden sich entkleiden müssen.«

»Was? Entkleiden? Pfui Teufel! Untersuchen Sie doch so! Geht es denn nicht auch so?«

»Das ist unmöglich, Dmitrij Fjodorowitsch. Sie werden Ihre Kleider ablegen müssen.«

»Wie Sie wollen«, brummte Mitja, der sich schließlich mit finsterer Miene fügte, »nur bitte nicht hier, sondern wenigstens hinter dem Vorhang. Wer wird denn die Besichtigung vollziehen?«

»Natürlich hinter dem Vorhang«, sagte der Untersuchungsrichter und nickte zum Zeichen des Einverständnisses noch mit dem Kopf. Sein junges Gesicht drückte eine ganz besondere Wichtigkeit aus.

VI

Der Staatsanwalt fängt Mitja ein

Es begann etwas, was Mitja nie erwartet hätte, und was ihn nicht wenig in Erstaunen setzte. Nie im Leben hätte er gedacht, selbst im letzten Augenblick nicht, daß jemand so mit ihm umgehen könnte, mit Dmitrij Karamasoff! Vor allem lag darin etwas Erniedrigendes für ihn: etwas so »Anmaßendes und Nichtachtendes« seiner Person. Es wäre weiter nicht schlimm gewesen, hätte er den Rock ausziehen müssen; man ersuchte ihn aber, sich noch weiter zu entkleiden. Und eigentlich ersuchte man ihn nicht einmal darum, sondern man befahl es ihm geradezu — was er nur zu gut fühlte. Aus Stolz und Verachtung unterwarf er sich wortlos. Außer dem Untersuchungsrichter und dem Staatsanwalt traten hinter den Vorhang, um der Durchsuchung beizuwohnen, auch noch einige Bauern, »natürlich zur Sicherheit«, dachte Mitja, »vielleicht aber auch zu einem anderen Zweck.«

»Was, soll ich etwa auch noch das Hemd ausziehen?« fragte er scharf; doch der Untersuchungsrichter antwortete ihm nicht; er war mit dem Staatsanwalt in die Besichtigung des Rockes, der Beinkleider, der Weste und der Mütze vertieft, und man sah es ihnen an, daß die Untersuchung sie beide ungemein interessierte. ‚Die genieren sich wahrlich nicht ein bißchen‘, dachte Mitja, ‚nicht einmal die nötige Höflichkeit beobachten sie.‘

»Ich frage Sie zum zweitenmal: Soll ich das Hemd ausziehen oder nicht?« fragte er noch schärfer und gereizter.

»Beunruhigen Sie sich nicht, wir werden es Ihnen sagen«, antwortete der Untersuchungsrichter in etwas obrigkeitlichem Ton. Wenigstens schien dies Mitja so.

Mittlerweile fand zwischen dem Untersuchungsrichter und dem Staatsanwalt eine eifrige halblaute Beratung statt. Auf dem linken Rockschoß hatten sie große Blutflecken entdeckt, die bereits ganz trocken und hart waren. Desgleichen fanden sie auch auf den Beinkleidern Blutflecke. Der Untersuchungs-richter befühlte eigenhändig in Gegenwart der Bauernzeugen den Rockkragen, die Aufschläge und alle Nähte der Klei-dungsstücke, — offenbar suchte er nach etwas, und das konnte natürlich nur Geld sein. Doch das Kränkendste für Mitja war, daß sie ihren Verdacht nicht einmal verbargen, den Ver-dacht, er hätte das Geld in seine Kleider einnähen können. ,Sie gehen ja wirklich mit mir um, als hätten sie es mit einem Dieb und nicht mit einem Offizier zu tun', dachte er ingrimmig. Und ihre Gedanken teilten sie sich geradezu ver-blüffend offen und ungeniert mit. So lenkte zum Beispiel der Schriftführer, der gleichfalls hinter den Vorhang gekommen war, eifrig zuhörte und untersuchen half, die Aufmerksam-keit des Untersuchungsrichters auf die Mütze, die danach nicht minder sorgfältig befühlt wurde. »Wissen Sie noch, wie damals der Schreiber Gridjénka hereinfiel?« fragte der Schrift-führer. »Er fuhr im Sommer hin, um das Gehalt für die Kanzleibeamten in Empfang zu nehmen, und als er zurück-kam, sagte er, er hätte in betrunkenem Zustande das ganze Geld unterwegs verloren, — und wo fand man es? Im Mützen-rand: Die Hundertrubelscheine waren zu Spiralen zusammen-gerollt und gerade hier eingenäht.« Beide Juristen erinnerten sich noch sehr gut des Falles Gridjénka, und so wurde denn beschlossen, Mitjas Mütze und Kleider zur genaueren Unter-suchung zurückzubehalten.

»Erlauben Sie!« rief plötzlich Neljúdoff, der Untersu-chungsrichter, als er den dunklen Rand an Mitjas rechter Manschette bemerkte. »Erlauben Sie, ist das etwa Blut?«

»Ja, Blut«, sagte Mitja kurz.

»Das heißt, was für ein Blut ist es? . . . und warum ist der Manschettenrand so umgebogen?«

Mitja erzählte, wie die Manschette blutig geworden war, als er Grigorij das Blut vom Gesicht abgewischt hatte, und wie er darauf beim Händewaschen bei Perchotin auf den Ge-danken gekommen war, den blutigen Rand einfach umzu-biegen, so gut es ging.

»Dann müssen wir auch Ihr Hemd nehmen, das ist sehr wichtig ... Es gehört zu den Beweisstücken.«

Mitja errötete und wurde wild.

»Soll ich denn nackt bleiben?« schrie er.

»Beunruhigen Sie sich nicht ... wir werden dem schon irgendwie abzuhelfen wissen, jetzt aber ziehen Sie bitte auch die Socken aus.«

»Sagen Sie das im Ernst?« fragte Mitja mit blitzenden Augen.

»Uns ist es nicht um Scherz zu tun!« wies ihn der Untersuchungsrichter streng zurück.

»Nun, wenn es so sein muß ... werde ich ...«, brummte Mitja, setzte sich aufs Bett und schickte sich an, seine Socken auszuziehen. Es war für ihn unerträglich: alle waren angekleidet, nur er allein war ausgekleidet und, sonderbar — entkleidet kam er sich vor ihnen fast schuldig vor, und vor allen Dingen fühlte er sich selbst mit einemmal viel niedriger als sie und gab in seinem Bewußtsein zu, daß sie nun das volle Recht hatten, ihn zu verachten. ‚Wenn alle entkleidet sind, schämt man sich weiter nicht, ist man aber ganz allein entkleidet und wird man dann noch von allen betrachtet, so ist es — eine Schmach!‘ ging es ihm immer wieder durch den Sinn. ‚Das ist ja ganz wie im Traum‘, dachte er, ‚nur im Traum habe ich zuweilen solche Schmach empfunden.‘ Doch die Socken auszuziehen, war ihm eine ganz besondere Qual, denn sie waren nicht ganz sauber, und auch die Unterbeinkleider waren es nicht, und jetzt konnten das alle sehen. Doch vor allen Dingen liebte er seine Füße nicht; er hatte die beiden großen Zehen aus irgendeinem Grunde sein Lebelang für mißgestaltet gehalten, besonders den einen häßlichen, platten und irgendwie dumm nach unten gebogenen Nagel der großen Zehe am rechten Fuß. Jetzt würden das alle sehen! Vor unerträglicher Scham wurde er noch gröber, und zwar absichtlich. Er riß sich selbst das Hemd vom Leibe.

»Wollen Sie nicht noch wo nachsuchen, wenn Sie sich nicht schämen?«

»Nein, vorläufig ist dies nicht nötig.«

«Wie, und ich soll hier so nackt bleiben?« schrie er sie wild an.

»Ja, das ist vorläufig nicht zu ändern ... Setzen Sie sich solange, bitte, hierher. Sie können sich in die Bettdecke einhüllen, wenn Sie wollen, ich ... ich werde das jetzt fortbringen.«

Alle Sachen wurden den Zeugen gezeigt, man schrieb darauf das Ergebnis der Besichtigung auf, und schließlich ging der Untersuchungsrichter fort, und die Kleidungsstücke wurden ihm nachgetragen. Ihm folgte bald nachher auch der Staatsanwalt. So blieben mit Mitja nur die Bauern zurück, die schweigsam ringsum standen und ihn nicht aus dem Auge ließen. Mitja hüllte sich in die Decke, ihn fror. Seine nackten Füße baumelten über den Bettrand, und es wollte ihm auf keine Weise gelingen, die Decke so umzunehmen, daß sie auch die Füße bedeckte. Der Untersuchungsrichter blieb auffallend lange fort, ,folternd lange'. ,Der Kerl behandelt mich ja wie ein Hundejunges', dachte Mitja knirschend. ,Dieser Lump von Staatsanwalt ist gleichfalls hinausgegangen; bestimmt aus Verachtung: es wird ihm ekelhaft geworden sein, einen Nackten anzusehen.' Mitja war immer noch im Glauben, daß man seine Kleider inzwischen besichtige und sie ihm bald zurückbringen werde. Wie groß war daher sein Unwille, als Neljúdoff plötzlich mit ganz anderen Kleidern, die ein Bauer ihm nachtrug, zurückkam.

»Da haben Sie jetzt auch Kleider«, sagte er gutgelaunt und augenscheinlich sehr zufrieden mit dem Ergebnis seines Ganges. »Herr Kalganoff opfert in diesem interessanten Fall sowohl einen Anzug wie auch ein reines Hemd für Sie. Zum Glück hatte er das alles im Koffer bei sich. Ihre Unterkleider und die Socken können Sie behalten.«

Mitja geriet außer sich, als er das hörte.

»Ich will keine fremden Kleider!« schrie er wütend, »geben Sie mir meine eigenen!«

»Das ist unmöglich!«

»Geben Sie mir meine! — Zum Teufel mit Kalganoff und seinen Kleidern, und er selbst voran!«

Man mußte ihm lange zureden. Schließlich beruhigte er sich ein wenig. Man erklärte ihm, daß seine Kleider, da sie mit Blut befleckt waren, als Beweisstücke zurückbehalten werden mußten, daß man also nicht einmal das Recht hätte, ihm seine Kleider wiederzugeben — »im Hinblick auf den möglichen Ausgang der Sache«, was Mitja denn auch zu guter Letzt halbwegs einsah. Er verstummte finster und überwand sich allmählich so weit, daß er sich ankleidete. Er bemerkte nur beim Anziehen der Kleider, daß sie teurer waren als seine alten Kleider, und erklärte, er wolle sich nicht »gnädig beschenken lassen«. Außerdem seien sie »beleidigend eng«. »Soll ich etwa eine Vogelscheuche in ihnen spielen ... zu Ihrem Ergötzen?«

Man redete ihm wieder zu, daß es durchaus nicht so schlimm sei, daß er auch hierin wieder übertreibe, daß Herr Kalganoff zwar von Wuchs ein wenig größer sei, aber, wie gesagt, eben nur ein wenig, und daß höchstens die Beinkleider vielleicht etwas zu lang wären. Der Rock aber war in den Schultern tatsächlich zu eng.

»Teufel, man kann ihn ja kaum zuknöpfen«, brummte Mitja wütend. »Haben Sie die Güte, und lassen Sie Herrn Kalganoff unverzüglich sagen, daß nicht ich ihn um seine Kleider gebeten habe ... daß ich gegen meinen Willen zur Vogelscheuche aufgeputzt werde.«

»Herr Kalganoff begreift das sehr gut und bedauert ... das heißt, nicht seine Kleider bedauert er, sondern diesen ganzen Vorfall«, sagte Neljudoff, nachlässig die Worte brummend.

»Er kann sich selbst bedauern! — Nun, wohin jetzt? Oder soll ich immer noch hier sitzen?«

Man bat ihn, wieder »dorthin« zu kommen. Mitja trat finster vor Ärger hinter dem Vorhang hervor und bemühte sich, niemanden anzusehen. In den fremden Kleidern fühlte er sich wie beschimpft, sogar vor diesen Bauern, vor dem

Dorfschulzen und diesem Trifon Borissytsch, dessen Gesicht flüchtig an der Tür auftauchte und verschwand. ‚Der wollte mich wohl in den neuen Kleidern sehen', dachte Mitja. Er setzte sich auf seinen früheren Platz. Es kam ihm alles wie ein Alpdruck, wie etwas ganz Ungereimtes vor, und er glaubte einen Augenblick, den Verstand verloren zu haben.

»Nun, was kommt jetzt? — Rutenhiebe sind wohl das einzige, was gerade noch fehlte ...«, sagte er, innerlich wutknirschend, zum Staatsanwalt.

An den Untersuchungsrichter wollte er sich überhaupt nicht mehr wenden, und er tat absichtlich, als hielte er es für unter seiner Würde, mit ihm noch zu sprechen. ‚Der Kerl hat meine Socken betrachtet, als wäre er blind, und der Schuft hat noch absichtlich befohlen, die Socken umzuwenden, um allen zu zeigen, was für unsaubere Wäsche ich habe.'

»Jetzt werden wir wohl zum Verhör der Zeugen übergehen müssen«, sagte der Untersuchungsrichter, gleichsam als Antwort auf Mitjas Frage.

»Ja«, sagte der Staatsanwalt nachdenklich, als ob er gleichfalls sich noch einiges überlegte.

»Wir haben alles getan, Dmitrij Fjodorowitsch, was wir für Sie tun konnten«, fuhr der Untersuchungsrichter fort, »nachdem wir aber bei Ihnen auf eine so bestimmte Weigerung gestoßen sind, die Herkunft der bei Ihnen vorgefundenen Summe zu erklären, so sehen wir uns in diesem Augenblick ...«

»Was ist das für ein Stein?« unterbrach ihn plötzlich Mitja, wie aus tiefen Gedanken auffahrend, und wies auf einen der großen Ringe, die die rechte Hand Neljudoffs schmückten.

»Stein?« fragte verwundert der Untersuchungsrichter.

»Ja, dieser dort ... der Ring am Mittelfinger, mit den Adern, was ist das für ein Stein?« fragte Mitja ganz absonderlich gereizt und eigensinnig wie ein kleines Kind.

»Das ist ein Rauchtopas«, sagte Neljudoff lächelnd, »wenn Sie ihn besehen wollen, so werde ich ihn abnehmen ...«

»Nein, nein, nehmen Sie ihn nicht ab!« schrie ihn Mitja,

der sich plötzlich besonnen hatte und über sich selbst in Wut geriet, wild an. »Nehmen Sie ihn nicht ab, es ist nicht nötig ... Teufel ... Meine Herren, Sie haben meine Seele besudelt! Glauben Sie wirklich, ich würde es vor Ihnen verheimlichen, wenn ich tatsächlich meinen Vater erschlagen hätte? Glauben Sie, ich würde dann lügen, Winkelzüge machen und mich verstecken? Nein, nie würde das Dmitrij Karamasoff tun, das würde er nie ertragen, und wenn ich schuldig wäre, so, das schwöre ich Ihnen, würde ich nicht bis zu Ihrer Ankunft und dem Sonnenaufgang gewartet haben, wie ich es mir vorgenommen hatte, sondern hätte mich schon früher vernichtet, ohne das Morgenrot zu erwarten! Das fühle ich. O, nicht in zwanzig Jahren Leben habe ich so viel gelernt, wie ich in dieser einen verfluchten Nacht gelernt habe! .. Und wäre ich denn so, so in dieser Nacht gewesen, in diesem Augenblick jetzt hier auf dieser Stelle vor Ihnen, — würde ich so sprechen, so mich bewegen, so Sie und die Welt ansehen, wenn ich ein Vatermörder wäre ... während sogar der aus Versehen begangene Totschlag Grigorijs mir diese ganze Nacht keine Ruhe gegeben hat, — nicht etwa aus Angst, o! nicht weil ich eine Strafe gefürchtet hätte! Aber die Schmach! Und Sie verlangen, daß ich solchen Spöttern wie Sie, die nichts sehen und nichts glauben, solchen blinden Maulwürfen und Zynikern, auch noch diese neue Schändlichkeit, die ich begangen habe, aufdecken und erzählen soll, selbst wenn mich das sofort von Ihrer Anschuldigung befreien könnte? ... Lieber als Zwangsarbeiter nach Sibirien! Wer die Tür zu meinem Vater geöffnet hat und durch diese Tür eingetreten ist, der hat ihn auch erschlagen, der hat ihn auch bestohlen! Wer das gewesen ist — ich weiß es nicht, und es quält mich, daß ich es nicht weiß, ich weiß nur eines: *Dmitrij Karamasoff ist es nicht gewesen,* das sage ich Ihnen! — Und das ist alles, was ich Ihnen sagen kann, doch genug, genug, lassen Sie mich jetzt in Ruhe ... Verschicken Sie mich, köpfen Sie mich, aber nur reizen Sie mich nicht mehr. Ich habe mein letztes Wort gesprochen. Rufen Sie Ihre Häscher.«

Mitja hatte gesprochen, als wäre er fest entschlossen, nichts mehr zu sagen. Der Staatsanwalt hatte ihn die ganze Zeit scharf beobachtet, und kaum war Mitja verstummt, da sagte er mit der kältesten und ruhigsten Miene, als handelte es sich um die gleichgültigsten Dinge:

»Gerade in bezug auf diese offene Tür, an die Sie soeben erinnerten, können wir Ihnen sehr zur rechten Zeit, nämlich gerade jetzt, eine Aussage des alten Grigorij Wassiljewitsch mitteilen, die für uns wie für Sie von großer Bedeutung ist. Der alte Diener, den Sie verletzt haben, hat uns auf unsere Fragen hin mitgeteilt, und zwar auf das bestimmteste, daß bereits in dem Augenblick, als er auf das Geräusch hin, das er, auf der Treppe stehend, im Garten zu vernehmen geglaubt hatte, zum Pförtchen gegangen und durch dieses offenstehende Pförtchen in den Garten eingetreten war — daß ihm bereits damals, noch bevor er Sie in der Dunkelheit laufen gesehen hatte, auf den ersten Blick nach links das hellerleuchtete offene Fenster und *zu gleicher Zeit* die viel näher zu ihm liegende *offene* Tür aufgefallen sei, dieselbe Tür, von der Sie behaupten, daß sie während der ganzen Zeit Ihres Aufenthaltes im Garten geschlossen gewesen sei. Ich will Ihnen nicht verheimlichen, daß Grigorij Wassiljewitsch auf das bestimmteste überzeugt ist, Sie seien aus dieser Tür herausgelaufen, obgleich er Sie natürlich nicht beim Herauslaufen gesehen hat, da Sie erst in einiger Entfernung, inmitten des Gartens zum Zaun laufend, vor ihm aufgetaucht sind . . .«

Mitja war schon in der Mitte der Rede aufgesprungen.

»Unsinn!« brüllte er plötzlich außer sich auf. »Das ist ein schändlicher Betrug! Er konnte keine offene Tür sehen, denn sie war damals geschlossen . . . Er lügt!«

»Ich halte es für meine Pflicht, Ihnen mitzuteilen, daß er diese Aussage nur infolge seiner festen Überzeugung gemacht hat. Er schwankt nicht, er besteht darauf. Wir haben ihm die Frage mehrmals aufs schärfste gestellt.«

»Ja, auch ich habe ihn mehrmals ausdrücklich danach gefragt«, bestätigte eifrig der Untersuchungsrichter.

»Das ist nicht wahr, das ist aber doch nicht wahr! Das ist
entweder eine Verleumdung oder die Halluzination eines
Verrückten«, schrie Mitja, »es hat ihm einfach so geschienen,
im Fieber von der Wunde, nach dem Blutverlust, als er erwachte ... und so phantasiert er noch jetzt!«

»Schön, aber er hat ja die offene Tür nicht nach der Verletzung am Zaun, als er später zu sich kam, sondern vorher,
als er in den Garten trat, gesehen.«

»Aber das kann nicht sein, das ist unmöglich! Das sagt
er aus Haß gegen mich, er will mich verleumden ... Er hat
das nicht sehen können ... Ich bin nicht durch die Tür gegangen ...«, beteuerte Mitja atemlos.

Da wandte sich der Staatsanwalt zum Untersuchungsrichter und sagte ihm bedeutsam:

»Zeigen Sie es.«

»Ist Ihnen dieser Gegenstand bekannt?« fragte jener, indem er ein großes Kuvert von dickem Papier in Kanzlei-
format auf den Tisch legte. Auf der anderen Seite desselben
waren noch drei rote Siegel zu sehen. Das Kuvert aber war
leer und an einer Seite aufgerissen.

Mitja starrte es mit weit aufgerissenen Augen an.

»Das ... das wird wohl das Kuvert vom Vater sein«,
murmelte er, » — dasselbe, in dem diese Dreitausend lagen ...
und wenn die Aufschrift, erlauben Sie: ,und Küchlein' ... da!
— dreitausend!« schrie er auf, »dreitausend, sehen Sie hier?»

»Natürlich sehen wir es, aber das Geld haben wir nicht
mehr im Kuvert gefunden, es war leer und lag auf dem Fußboden, gleich vor dem Bett hinter dem Schirm.«

Einige Sekunden lang stand Mitja wie vom Schlage gerührt.

»Meine Herren, das ist Ssmerdjakoff!« rief er plötzlich
laut. »Der hat ihn erschlagen, der hat ihn auch bestohlen!
Nur er allein wußte, wo das Kuvert beim Vater versteckt
war ... Er ist es gewesen, das ist jetzt klar!«

»Aber auch Sie wußten doch um das Kuvert, und daß es
unter dem Kopfkissen lag.«

»Niemals habe ich das gewußt! Ich habe es doch niemals gesehen, erst jetzt sehe ich es zum erstenmal! Ich hatte nur durch Ssmerdjakoff davon gehört... Er allein wußte, wo der Vater das Kuvert versteckt hatte, ich aber habe es überhaupt nicht gewußt...«, rief Mitja atemlos.

»Aber Sie haben es uns doch selbst vorhin gesagt, daß das Kuvert bei Ihrem verstorbenen Vater unter dem Kopfkissen gelegen habe! Sie sagten gerade unter dem Kopfkissen, folglich haben Sie doch gewußt, wo es gelegen hat!«

»So haben wir es auch niedergeschrieben!« bestätigte der Untersuchungsrichter.

»Unsinn! Blödsinn! Ich habe durchaus nicht gewußt, daß es unter dem Kopfkissen lag. Ja, vielleicht hat es dort überhaupt nicht gelegen... Ich habe es ganz aufs Geratewohl gesagt, daß es unter dem Kissen gewesen sei... Aber was sagt Ssmerdjakoff? Haben Sie ihn gefragt, wo es gelegen hat. Was sagt Ssmerdjakoff? Das ist das Wichtigste... Ich habe es mir einfach auf den Hals gelogen... Ich habe es gelogen, ganz unüberlegt habe ich es gesagt, daß es unter dem Kissen gelegen habe, und Sie glauben jetzt... Gott, Sie wissen doch, wie sich einem plötzlich etwas von der Zunge reißt, ohne zu wollen spricht man es aus, ganz von selbst sagt es sich! Gewußt aber hat es nur Ssmerdjakoff, nur Ssmerdjakoff allein und sonst niemand!... Er hat auch mir nicht gesagt, wo es lag! Aber das ist sein Werk, sein Werk! Er hat es getan, ganz zweifellos hat er es getan! Das ist mir jetzt so klar wie das Sonnenlicht!« rief Mitja außer sich, verzweifelnd bemüht zu überzeugen, sich wiederholend und sprunghaft und immer zorniger werdend. »So begreifen Sie doch endlich und verhaften Sie ihn, nur schneller, schneller! ... Er hat ihn erschlagen, nachdem ich fortgelaufen war und Grigorij bewußtlos am Boden lag, das ist doch jetzt klar... Er hat das Zeichen gegeben, und der Vater hat ihm die Tür aufgemacht... Denn nur er allein kannte die Zeichen, wie mein Vater glaubte, und ohne Zeichen hätte mein Vater nie, nie die Tür aufgemacht...«

»Sie vergessen aber wieder den einen Umstand«, bemerkte mit derselben ruhigen Zurückhaltung, doch diesmal bereits wie mit dem Anflug eines Triumphgefühls der Staatsanwalt, »daß es überflüssig war, die Zeichen zu geben, wenn die Tür schon offen stand, als Sie noch im Garten waren...«

»Die Tür, die Tür...«, murmelte Mitja und starrte wortlos den Staatsanwalt an; kraftlos sank er wieder auf den Stuhl.

Alle schwiegen.

»Ja, die Tür!... Das ist ein Phantom! Gott ist gegen mich!« rief Mitja aus, schon vollkommen gedankenleer vor sich hinstarrend.

»Nun sehen Sie«, begann wichtig der Staatsanwalt, »Sie sehen doch jetzt selbst ein, Dmitrij Fjodorowitsch: einerseits haben wir diese Aussage über die offene Tür, aus der Sie herausgelaufen sein müssen, — eine Aussage, die sowohl uns wie Sie stutzig macht; und anderseits — Ihr unbegreifliches, hartnäckiges und fast verzweifeltes Schweigen in betreff der Herkunft des Geldes, das sich plötzlich in Ihren Händen befindet, während Sie noch drei Stunden vorher nach Ihrer eigenen Aussage Ihre Pistolen versetzt haben, um wenigstens zehn Rubel zu bekommen! Nun urteilen Sie im Hinblick auf diese Tatsache selbst: An was sollen wir glauben, und an was uns halten? Und werfen Sie uns nicht vor, daß wir ‚kalte Zyniker und Spötter‘ seien, die nicht imstande sind, den edlen Ausbrüchen Ihres Herzens zu glauben... Versuchen Sie, sich in unsere Lage zu versetzen und die Dinge von unserm Standpunkt aus zu betrachten...«

Mitja befand sich in unbeschreiblicher Erregung, er war ganz bleich geworden.

»Gut!« rief er plötzlich, »ich werde Ihnen mein Geheimnis aufdecken, ich werde Ihnen sagen, woher ich das Geld genommen habe!... Ich werde meine Schmach aufdecken, um nachher weder Sie noch mich anklagen zu müssen.«

»Glauben Sie mir, Dmitrij Fjodorowitsch«, fiel sofort mit fast freudig gerührter Stimme Neljudoff ein, »daß jedes aufrichtige und volle Bekenntnis Ihrerseits, das Sie jetzt beim ersten Verhör ablegen, späterhin einen großen Einfluß auf Ihr Los und seine Wendung zum Guten haben kann und sogar ...«

Der Staatsanwalt stieß ihn unbemerkt unter dem Tisch an, und so konnte der andere noch rechtzeitig verstummen. Mitja hatte übrigens gar nicht gehört, was jener sprach.

VII

Mitjas großes Geheimnis. Er wird ausgepfiffen

»Meine Herren«, begann er immer noch in derselben Aufregung, »dieses Geld ... ich will alles eingestehen ... dieses Geld gehörte *mir*.«

Der Staatsanwalt und Untersuchungsrichter machten lange Gesichter: nicht das hatten sie erwartet.

»Wieso gehörte es Ihnen«, stotterte Neljudoff, »da Sie doch noch um fünf Uhr desselben Tages nach Ihrer eigenen Aussage ...«

»Ach, zum Teufel mit fünf Uhr desselben Tages und eigener Aussage, nicht darum handelt es sich jetzt! Dieses Geld gehörte *mir, mir*, das heißt, es war von mir gestohlen ... das heißt also, es war nicht mein Geld, sondern gestohlenes, von mir gestohlenes Geld, und zwar waren es tausendfünfhundert Rubel, die ich die ganze Zeit bei mir hatte ...«

»Aber wo hatten Sie das Geld denn hergenommen?«

»Vom Halse, meine Herren, hatte ich es genommen, hier von diesem Halse ... in ein Stück Zeug eingenäht, hing es an meinem Hals, schon lange, einen Monat lang, ja, so lange habe ich es in Schmach und Schande mit mir herumgetragen.«

»Aber von wem haben Sie es denn ... sich angeeignet?«

»Sie wollten wohl sagen: ‚gestohlen‘? Sprechen Sie das Wort nur deutlich aus. Denn für mich ist es ebensogut, als hätte ich es gestohlen. Wenn Sie aber wollen, so habe ich es mir – ‚angeeignet‘. Meiner Meinung nach hatte ich es ge-

stohlen. Und gestern abend, da stahl ich es denn auch in der
Tat.«

»Gestern abend? Aber Sie sagten doch soeben, Sie hätten
das Geld schon vor einem Monat ... erhalten!«

»Ja, aber nicht vom Vater, nicht von meinem Vater, beunruhigen Sie sich nicht, nicht von meinem Vater habe ich
es gestohlen, sondern von ihr. Lassen Sie mich alles ruhig erzählen. Unterbrechen Sie mich nicht. Das ist doch schwer ...
Sehen Sie: ungefähr vor einem Monat rief mich Katerina
Iwánowna Werchóffzeff zu sich, meine frühere Braut ...
Kennen Sie sie?«

»Wie sollten wir nicht, natürlich.«

»Ich weiß, daß Sie sie kennen. Sie ist die edelste Seele, die
edelste aller edlen, doch haßt sie mich schon lange, lange ...
und ich habe es verdient, o, und wie noch, wie verdient!«

»Katerina Iwanowna?« fragte verwundert der Untersuchungsrichter.

Auch der Staatsanwalt starrte ihn verwundert an.

»O, sprechen Sie ihren Namen nicht unnütz aus! Ich bin
ein Schuft, daß ich sie nenne. Ja, ich habe wohl gesehen, wie
sehr sie mich haßt ... schon lange, schon seit jenem ersten
Tage, seit jener ersten Begegnung dort in meiner Wohnung
... Doch genug, genug davon, Sie sind nicht würdig, davon
auch nur etwas zu wissen, und das ist auch gar nicht nötig ...
Zur Sache gehört nur, daß sie mich vor ungefähr einem Monat zu sich rief, mir dreitausend Rubel einhändigte, damit
ich sie ihrer Schwester und noch einer Verwandten nach
Moskau sende – als ob sie es nicht selbst hätte tun können!
... und ich ... das war gerade in jener Schicksalsstunde meines Lebens, als ich ... nun, mit einem Wort, als ich mich
gerade in eine andere verliebte, in *sie*, in *sie*, die jetzt dort
unten sitzt, Gruschenka ... Ich brachte sie damals hierher,
nach Mokroje, und brachte hier in zwei Tagen die Hälfte
dieser verfluchten Dreitausend durch, das heißt also tausendfünfhundert Rubel, und die andere Hälfte behielt ich zurück.
Nun, und diese anderen Tausendfünfhundert, die ich zurück-

behalten hatte, trug ich an meinem Halse, als Amulett ...
Gestern abend aber habe ich das Geld vom Halse gerissen
und habe es durchgebracht. Der Rest von achthundert Rubeln,
den Sie, Nikolai Parfjonowitsch, jetzt an sich genommen
haben, ist alles, was von den Tausendfünfhundert noch übriggeblieben ist.«

»Erlauben Sie, wie denn das? Sie haben doch damals hier
vor einem Monat dreitausend und nicht tausendfünfhundert
durchgebracht! Das wissen doch alle!«

»So, wer weiß es denn? Wer hat das Geld gezählt? Wem
habe ich es zu zählen gegeben?«

»Aber hören Sie mal, Sie haben doch selbst allen gesagt,
daß Sie runde Dreitausend durchgebracht haben!«

»Das ist wahr, daß ich es allen gesagt habe, ich habe es
sogar der ganzen Stadt gesagt, und die ganze Stadt hat es
nachgesprochen, und alle glaubten es, und auch hier in Mokroje glaubt man, es seien dreitausend gewesen. Nur habe
ich trotzdem nicht mehr als anderthalbtausend hier verpraßt
und die anderen Anderthalbtausend in das Zeugstück eingenäht. Sehen Sie, meine Herren, wie es war, woher ich dieses
Geld ...«

»Das ... das ist ganz wunderbar ...«, stotterte Neljudoff.

»Gestatten Sie zu fragen«, sagte schließlich der Staatsanwalt, »haben Sie wenigstens irgend jemandem von diesem
Umstand früher Mitteilung gemacht ... das heißt, daß Sie
die anderen Anderthalbtausend damals vor einem Monat
zurückbehalten hatten?«

»Nein, ich habe niemandem etwas davon gesagt.«

»Das ist sonderbar. Und Sie wissen genau, daß Sie es
wirklich keinem einzigen Menschen gesagt haben?«

»Keinem einzigen Menschen. Niemandem, niemandem.«

»Aber warum denn dieses Schweigen darüber? Was veranlaßte Sie, das so geheimzuhalten? Ich werde mich deutlicher
aussprechen: Sie haben uns also Ihr Geheimnis aufgedeckt,
das nach Ihren Worten so schmachvoll sein soll, obgleich
im Grunde — natürlich nur relativ gesprochen — diese

Handlung, das heißt, die Aneignung fremden Geldes, und dazu noch selbstverständlich nur eine zeitweilige Aneignung, obgleich diese Handlung — wenigstens meines Erachtens — nur eine äußerst leichtsinnige Handlung ist und längst nicht so schmachvoll — wenn man außerdem noch Ihren Charakter in Betracht zieht... Oder nennen wir sie sogar im höchsten Grade tadelnswert und so weiter, — so ist es deswegen noch nicht eine weiß Gott wie schmachvolle Tat... Sehen Sie, ich meine das so: Daß diese dreitausend Rubel Fräulein Werchóffzeff gehörten, das hatten in diesem Monat schon viele ohne Ihr Eingeständnis erraten, und auch ich habe schon früher von diesem Gerücht gehört... Micháil Makárowitsch hat es gleichfalls gehört. Kurz, dieses Gerücht war in der letzten Zeit ein bereits allbekannter Stadtklatsch. Und zudem sollen auch Sie, wenn ich mich nicht täusche, einem Herrn eingestanden haben, daß Sie dieses Geld von Fräulein Werchoffzeff erhalten hätten... Darum wundert es mich, daß Sie bis jetzt, das heißt bis zum gegenwärtigen Augenblick, aus dieser — nach Ihren Worten — zurückgelegten Summe von tausendfünfhundert Rubeln ein so großes Geheimnis gemacht haben, und daß Sie die Aufdeckung dieses Geheimnisses vorhin für eine so große Schmach hielten... Es ist unwahrscheinlich, daß das Eingeständnis *dieses* Geheimnisses Ihnen so viel Qual bereitet hätte... Sie sagten doch noch vor einer Minute, daß Sie lieber als Zuchthäusler nach Sibirien gehen als das Geheimnis aufdecken würden...«

Der Staatsanwalt verstummte. Er war in Hitze geraten und hatte seinen Ärger, wenn nicht seine Wut zu verbergen vergessen. Es hatte sich zuviel davon in ihm angesammelt, und so hatte er denn auch nicht mehr an schöne Redewendungen gedacht, sondern fast verworren gesprochen.

»Nicht in den Anderthalbtausend lag die Schmach, sondern darin, daß ich diese Anderthalbtausend von jenen Dreitausend abgeteilt hatte«, sagte Mitja mit fester Überzeugung.

»Aber wie denn«, fragte der Staatsanwalt gereizt auflachend, »was ist denn dabei so schmachvoll, daß Sie von den

Dreitausend, die Sie sich in tadelnswerter oder, wenn Sie wollen, in schmachvoller Weise aneigneten, die Hälfte nach Ihrem Ermessen abgeteilt haben? Viel wichtiger ist doch, daß Sie sich diese Dreitausend angeeignet haben, als das, was Sie mit ihnen nachher getan haben. Übrigens, warum haben Sie denn diese Hälfte abgeteilt? Wozu, zu welchem Zweck haben Sie das getan — können Sie es uns sagen?«

»O, meine Herren, in dem Zweck liegt ja doch die ganze Schmach!« rief Mitja. »Aus Berechnung habe ich die Andert- halbtausend abgeteilt, und diese Berechnung ist ja die ganze Gemeinheit . . . Und diese Gemeinheit habe ich einen ganzen Monat mit mir herumgetragen!«

»Das begreife ich nicht.«

»Dann wundere ich mich über Sie. Aber es ist wahr, ich werde mich deutlicher erklären müssen; es ist vielleicht wirk- lich nicht ganz klar. Hören Sie und passen Sie auf: Ich eigne mir dreitausend Rubel an, die mir, die meiner Ehre anver- traut waren, und ich bringe das ganze Geld in einer Nacht durch und komme am nächsten Morgen zu ihr und sage: ‚Katja, ich bin schuldig, ich habe deine Dreitausend durch- gebracht.‘ Nun, was, ist das schön? Nein, das ist nicht schön, — es ist unehrlich und schlecht, ich bin ein Tier oder ein Mensch, der sich so wenig bezwingen kann, daß er tierisch wird, nicht wahr? Aber ich bin doch deswegen noch kein Dieb? Doch kein bewußter Dieb, doch kein Dieb, der aus Berechnung stiehlt, das müssen Sie mir doch zugeben! Ich habe das Geld durchgebracht, aber ich habe es nicht ge- stohlen! Jetzt nehmen wir den zweiten, noch vorteilhafteren Fall. Geben Sie gut acht auf mich, ich könnte womöglich wieder aus dem Konzept kommen — mir ist irgendwie schwindlig im Kopf —, also der zweite Fall: ich verprasse hier nur anderthalbtausend, also die Hälfte. Am folgenden Tage gehe ich zu ihr und bringe ihr die zweite Hälfte zu- rück: ‚Katja, nimm diese Hälfte wieder zurück von mir, dem Scheusal und leichtsinnigen Schuft, und schicke sie selbst nach Moskau, denn die eine Hälfte habe ich in dieser Nacht durchgebracht, also würde ich wahrscheinlich auch mit der zweiten Hälfte dasselbe tun; nimm sie wieder an dich, um mich davor zu bewahren.‘ Nun, was wäre ich in diesem Falle? Natürlich alles mögliche, ein Tier und ein leichtsinniger Mensch, aber immerhin doch kein Dieb, denn wenn ich ein Dieb wäre, so würde ich bestimmt nicht den Rest zurückgebracht, sondern auch ihn mir angeeignet haben. So müßte sie sich doch sagen, daß ich, wenn ich den Rest so bald zurückgebracht habe, dann auch das andere Geld, das durchgebrachte, zurückbringen werde, daß ich mein Leben lang nur darauf bedacht sein werde, dafür arbeiten werde — jedenfalls aber das Geld mir verschaffen und ihr zurückgeben werde. So bin ich dann wohl ein Schuft, aber kein Dieb, kein Dieb, sagen Sie, was Sie wollen, aber kein Dieb!«

»Nun ja, zugegeben, daß da ein gewisser Unterschied ist«, sagte mit kaltem Lächeln der Staatsanwalt, »aber es ist doch sonderbar, daß Sie darin einen dermaßen verhängnisvollen Unterschied sehen.«

»Ja, ich sehe darin einen dermaßen verhängnisvollen Unterschied! Ein Schuft kann jeder sein, und ist auch, genau genommen, ein jeder. Ein Dieb aber kann nicht jeder sein, sondern nur ein Erzschuft. Ach, nun, ich verstehe nicht, mich da, wie es sich gehört, mit allen Feinheiten auszudrücken ... Ich meine, ein Dieb ist gemeiner als ein Schuft, ja, das ist meine Überzeugung. So hören Sie denn: Ich trage das Geld einen ganzen Monat mit mir herum, morgen aber kann ich mich entschließen, es abzugeben, und dann bin ich kein Schuft mehr ... und da kann ich mich nun nicht dazu entschließen, obwohl ich mir jeden Tag sage: ,Entschließe dich, entschließe dich, Schuft‘, und so kann ich mich einen ganzen Monat lang nicht entschließen! Ist das nun schön, ist das, Ihrer Meinung nach, nun etwa schön?«

»Nun ja, das ist allerdings nicht gerade schön, das begreife ich sehr wohl, aber darüber streite ich auch nicht«, sagte der Staatsanwalt, diesmal wieder zurückhaltend. »Und überhaupt wollen wir jede Erörterung über diese Feinheiten und

Unterschiede vorläufig beiseite lassen, und, wenn es Ihnen gefällig ist, zur Sache kommen. Das wäre aber, wenn Sie uns jetzt erklären wollten, was Sie noch nicht getan haben, obgleich von uns die Frage schon gestellt worden ist: Warum teilten Sie zuerst das Geld, das heißt, warum wollten Sie die eine Hälfte der ganzen Summe aufbewahren, wenn Sie die andere hier verschleuderten? Wozu, speziell zu welchem Zweck gedachten Sie diese anderen Anderthalbtausend zu verwenden? Ich bestehe ganz besonders auf dieser Frage, Dmitrij Fjodorowitsch.«

»Ach ja, in der Tat!« rief Mitja und schlug sich vor die Stirn. »Verzeihen Sie, ich erschwere Ihnen nur das Verständnis und vergesse ganz, das Hauptsächliche zu erklären, sonst hätten Sie ja auch sofort begriffen, denn in diesem Zweck, in diesem Zweck liegt ja gerade die Schmach! Sehen Sie, hier kam immer der Alte dazwischen, der Verstorbene, und belästigte immer Agrafena Alexandrowna, und ich war eifersüchtig, da ich glaubte, sie schwanke zwischen mir und ihm. Und so dachte ich denn jeden Tag: Was aber dann, wenn sie sich plötzlich entscheidet, wenn sie müde wird, mich zu quälen und mir plötzlich sagt: ,Dich liebe ich und nicht ihn, bring mich sofort ans Ende der Welt‘, und ich habe dann nur zwei Zwanziger in der Tasche, was soll ich dann tun, womit sie fortbringen? — Dann wäre ich doch verloren gewesen! Ich kannte sie doch damals noch nicht und verstand sie auch nicht, ich glaubte, daß sie nur Geld haben wollte, und daß sie mir meine Armut nicht verzeihen würde. Und da zähle ich denn tückisch die Hälfte von den Dreitausend ab und nähe sie kaltblütig mit der Nadel ein, nähe sie mit Berechnung ein, nähe sie bei völliger Nüchternheit ein, und erst darauf, nachdem ich sie eingenäht habe, fahre ich hinaus, um nun die andere Hälfte zu verprassen! Das, meine Herren, das ist eine Gemeinheit! Haben Sie es jetzt begriffen?«

Der Staatsanwalt lachte laut auf und der Untersuchungsrichter gleichfalls.

»Meiner Meinung nach ist das sogar sehr vernünftig und

moralisch, daß Sie sich gemäßigt und nicht alles durchgebracht haben«, meinte immer noch lachend der Untersuchungsrichter, »denn was ist denn schließlich dabei?«

»Das ist dabei, daß ich gestohlen habe, begreifen Sie das doch endlich? O Gott, Sie entsetzen mich durch Ihren Mangel an Verständnis! Die ganze Zeit, während der ich diese Tausendfünfhundert auf meiner Brust eingenäht trug, sagte ich mir an jedem Tage und in jeder Stunde: ‚Du bist ein Dieb, du bist ein Dieb!‘ Deswegen wütete ich doch den ganzen Monat, deswegen suchte ich doch Händel im Gasthaus, deswegen verprügelte ich doch meinen Vater, weil ich mich als Dieb fühlte! Ich konnte mich nicht einmal entschließen, Aljoscha, meinen jüngsten Bruder, von diesen Tausendfünfhundert etwas zu sagen: dermaßen fühlte ich, daß ich ein Schuft und ein Taschendieb war! Aber wissen Sie, meine Herren, daß ich trotzdem die ganze Zeit, während der ich das Geld auf meiner Brust trug, an jedem Tage und in jeder Stunde mir noch sagen konnte: ‚Nein, Dmitrij Karamasoff, du bist vielleicht doch kein Dieb.‘ Und warum nicht? — ‚Weil du morgen hingehen und Katja die Tausendfünfhundert zurückgeben kannst!‘ Und erst gestern entschloß ich mich, dieses eingenähte Geld von meinem Halse zu reißen, als ich von Fenja zu Perchótin ging, bis dahin hatte ich es nicht fertiggebracht. In demselben Augenblick erst, in dem ich das tat, wurde ich endgültig und unbestreitbar ein Dieb und ein ehrloser Mensch. Warum? Weil ich zusammen mit diesem Zeuge, in dem das Geld eingenäht war, auch meinen Vorsatz zerriß, zu Katja zu gehen und ihr zu sagen: ‚Ich bin ein leichtsinniger Schuft, aber kein Dieb!‘ Begreifen Sie es jetzt, begreifen Sie es?«

»Warum entschlossen Sie sich denn gerade gestern abend dazu?« fragte der Untersuchungsrichter.

»Warum? Lächerlich, das noch zu fragen! — Weil ich mich zum Tode verurteilt hatte, weil ich beschlossen hatte, mich um fünf Uhr morgens hier in Mókroje bei Sonnenaufgang zu erschießen. ‚Es ist doch einerlei‘, dachte ich, ‚ob ich als

Schuft oder als Ehrenmann sterbe!' Aber nein, das ist doch nicht einerlei, wie sich erwiesen hat! Werden Sie mir glauben, meine Herren, nicht das quälte mich heute nacht am meisten, daß ich den alten Diener erschlagen hatte und mir Sibirien drohte — und noch dazu wann? In demselben Augenblick, wo sie mir gesagt hat, daß sie mich liebe, als sich der Himmel wieder über mir aufgetan! O, das quälte wohl auch, aber doch nicht so ... doch nicht so, wie dieses verfluchte Bewußtsein, daß ich von meinem Halse nun *doch* dieses verfluchte Geld abgerissen und verschleudert hatte, daß ich — endgültig ein Dieb war! O, meine Herren, ich sage es Ihnen nochmals mit meinem Herzblut: Viel habe ich in dieser Nacht erkannt! Ich erkannte, daß als Schuft nicht nur zu leben unmöglich ist, sondern daß man als Schuft nicht einmal sterben kann .. Nein, meine Herren, sterben muß man ehrenhaft!«

Mitja war sehr bleich. Er sah erschöpft und gemartert aus, obschon er aufs äußerste erregt war.

»Ich fange an, Sie zu begreifen, Dmitrij Fjodorowitsch«, sagte langsam, mit weicher, fast mitleidiger Stimme der Staatsanwalt. »Aber alles das, verzeihen Sie, sind meiner Meinung nach nur Nerven ... Sind Ihre angegriffenen Nerven und weiter nichts. Warum sind Sie denn, um sich von diesen Qualen zu befreien, und anstatt sich einen ganzen Monat damit weiterzuquälen, mit den tausendfünfhundert Rubeln nicht zu jener Dame gegangen, die sie Ihnen zuerst eingehändigt hatte? um ihr das Geld zurückzugeben und dann, nachdem Sie sich mit ihr ausgesprochen hatten, ihr alles zu erklären? und um schließlich, angesichts Ihrer damaligen Lage, die Sie uns doch als so verzweifelt geschildert haben, ein anderes Arrangement zu versuchen, eines, das sich einem ganz von selbst aufdrängt ... nämlich — nach dem edelmütigen Bekenntnis aller Ihrer Fehler ... kurz, warum hätten Sie nicht die Summe, die Sie für Ihre Ausgaben nötig hatten, von ihr erbitten sollen? — eine Summe, die sie in ihrer großen Herzensgüte und angesichts Ihrer Verzweiflung Ihnen bestimmt nicht verweigert haben würde, besonders wenn Sie dafür ein Dokument ausgestellt hätten, oder sagen wir, wenn Sie jene Rechte auf Ihr Eigentum, die Sie dem Kaufmann Ssamssonoff und Frau Chochlakoff angeboten haben, auf sie übertragen hätten? Sie halten doch diese Rechte noch bis auf den heutigen Tag für so viel wert?«

Mitja schoß das Blut ins Gesicht.

»Ist es möglich, daß Sie mich wirklich für einen solchen Schuft halten? Sie haben das doch nicht im Ernst gesagt, das kann doch nicht sein!« rief er empört aus, und er blickte dem Staatsanwalt in die Augen, als könne er nicht glauben, was er von ihm gehört hatte.

»Ich versichere Sie, daß ich es im Ernst gesagt habe ... Warum glauben Sie, daß es nicht im Ernst gemeint sein könnte?« fragte der Staatsanwalt seinerseits verwundert.

»O, wie gemein das gewesen wäre! Meine Herren, wissen Sie auch, wie Sie mich quälen! Aber, es sei drum, ich werde Ihnen alles sagen, ich werde Ihnen meine ganze Gemeinheit eingestehen ... ich tue es, um gerade Sie dadurch zu beschämen, und Sie werden sich selbst wundern, bis zu welch einer Niedrigkeit die menschlichen Gefühle in Ihren Kombinationen sinken können. So hören Sie denn, daß auch ich daran gedacht habe, an genau dasselbe, was Sie soeben aussprachen, Herr Staatsanwalt! Ja, meine Herren, auch ich habe diesen Gedanken gehabt in diesem letzten Monat, so daß ich mich fast schon entschloß, zu Katja zu gehen, ja, dermaßen gemein war ich! Doch zu ihr zu gehen, ihr meine Untreue einzugestehen und auf Grund dieses Verrates, zur Ausführung dieses Verrates, für die bevorstehenden Ausgaben dieses Verrates, von ihr, ihr selbst, von Katja, das Geld zu erbitten — zu erbitten, hören Sie, zu erbitten! — und dann sie sofort zu verlassen und mit der anderen fortzufahren, mit ihrer Gegnerin, die sie haßt, und durch die sie beleidigt worden ist, und sogar wie sehr beleidigt, — Sie sind verrückt, Herr Staatsanwalt!«

»Verrückt oder nicht verrückt, aber, es ist wahr, ich bedachte im Augenblick nicht ... daß hierbei die weibliche

Eifersucht in Frage kam ... wenn wirklich von Eifersucht die Rede sein konnte, wie Sie behaupten ... das heißt, es konnte sich hierbei allerdings um etwas derartiges handeln«, meinte der Staatsanwalt lächelnd.

»Das aber wäre doch eine solche Gemeinheit gewesen!« — Mitja schlug fast rasend vor Zorn mit der Faust krachend auf den Tisch — »das hätte denn doch dermaßen gestunken, daß, daß ... ich weiß nicht, wie ich das nennen soll! Und wissen Sie auch, daß sie imstande gewesen wäre, mir dieses Geld tatsächlich zu geben, sie hätte es getan, hätte es sogar bestimmt getan, aus Rache hätte sie es gegeben, zur Stillung ihres Rachedurstes, aus Verachtung hätte sie es gegeben! Denn auch sie ist eine infernale Seele, ein Weib, das mächtigen Zornes fähig ist! Ich aber würde das Geld angenommen haben, o, ich würde es genommen haben, und dann würde ich mein ganzes Leben lang ... o Gott! Verzeihen Sie, meine Herren, ich schreie ja nur deswegen so, weil ich diesen Gedanken noch vor kurzem tatsächlich gehabt habe, vor drei Tagen noch, als ich mich mit dem Ljägáwyj herumplagte, und dann noch gestern, ja, noch gestern, den ganzen Tag gestern, ich weiß noch ganz genau, die ganze Zeit gestern bis zu jenem Vorfall ...«

»Bis zu welchem Vorfall?« griff der Untersuchungsrichter sofort auf, aber Mitja überhörte die Frage.

»Ich habe Ihnen ein furchtbares Bekenntnis abgelegt«, sagte er finster. »So schätzen Sie es doch, meine Herren. Nein, das wäre zu wenig, zu wenig, zu wenig ist es, das nur zu schätzen, — heilig halten sollen Sie es! ... Wenn Sie es aber nicht tun, wenn auch das an Ihren Seelen vorübergeht, ohne sie zu berühren, dann ... dann achten Sie mich ja überhaupt nicht, meine Herren, das sage ich Ihnen, und ich ... ich werde vergehen vor Schande, daß ich es solchen Menschen bekannt habe, wie Sie sind! O, ich werde mich erschießen! Ja, ich sehe ja schon, daß Sie mir nicht glauben, ich sehe es! ich sehe es! ... Wie, auch das wollen Sie niederschreiben?« rief er plötzlich angstvoll.

»Ja, das, was Sie soeben geäußert haben«, sagte der Untersuchungsrichter, der ihn verwundert betrachtete, »daß Sie bis zum letzten Augenblick noch daran gedacht haben, zu Fräulein Werchoffzeff zu gehen, um diese Summe von ihr zu erbitten ... Glauben Sie mir, das ist eine Aussage von großer Wichtigkeit für uns, Dmitrij Fjodorowitsch, über diesen ganzen Vorfall ... und besonders für Sie, für Sie.«

»Haben Sie Erbarmen, meine Herren!« rief Mitja, der in der Verzweiflung die Hände erhob, »schreiben Sie doch wenigstens das nicht auf, so schämen Sie sich doch wenigstens diesmal! Ich habe mein Herz vor Ihnen in zwei Hälften zerrissen, und Sie benutzen das, um mit Ihren Fingern an der Rißstelle in beiden Hälften herumzubohren ... O Gott!«

In seiner Verzweiflung senkte er den Kopf und verbarg das Gesicht in den Händen.

»Regen Sie sich doch nicht so auf, Dmitrij Fjodorowitsch«, sagte der Staatsanwalt, »es wird Ihnen alles, was niedergeschrieben ist, vorgelesen werden, und das, womit Sie nicht einverstanden sind, können Sie dann nach Ihrem Wunsch ändern. Jetzt aber will ich noch einmal meine Frage wiederholen, zum drittenmal: Haben Sie denn wirklich niemandem, keiner einzigen lebenden Seele etwas von diesem eingenähten Gelde gesagt? Ich muß Ihnen gestehen, daß es kaum möglich ist, sich das vorzustellen.«

»Niemandem, niemandem! Ich habe es Ihnen doch schon gesagt! Wenn Sie mir nicht glauben, so haben Sie ja nichts begriffen! Dann — lassen Sie mich aber auch in Ruhe!«

»Wie Sie wünschen. Aber dieser Punkt muß sich noch aufklären, und wir haben ja schließlich auch noch viel Zeit vor uns, um ihn aufzuklären. Nur bedenken Sie selbst: Wir haben vielleicht zehn, zwanzig, dreißig Zeugen, die aussagen, daß Sie, Sie selbst gesagt und sogar ausgeschrien haben, Sie hätten dreitausend und nicht anderthalbtausend verschleudert, und auch gestern, als Sie plötzlich im Besitz des vielen Geldes waren, haben Sie gleichfalls gesagt, daß Sie wiederum dreitausend Rubel mitgebracht hätten ...«

»Ach, nicht zehn, sondern hundert, Hunderte von Zeugen haben Sie, zweihundert, dreihundert Menschen haben das gehört, tausend Menschen!« rief Mitja.

»Nun sehen Sie, alle, alle sagen dasselbe. Und dieses Wort ‚alle‘ hat doch etwas zu bedeuten.«

»Nichts hat es zu bedeuten, denn ich habe nur so geschwatzt, und mir haben es die anderen einfach nachgeschwatzt.«

»Aber wozu hatten Sie denn nötig, so zu schwatzen, wie Sie sagen?«

»Das mag der Teufel wissen, wozu. Um zu prahlen, vielleicht... so... ‚Seht, wieviel Geld ich verschwendet habe!‘ ... Vielleicht auch, um dieses eingenähte Geld zu vergessen ... ja, ja, gerade das war es, deshalb!... Teufel... zum wievielten Male fragen Sie mich das? Nun, ich habe Unsinn geschwatzt, und damit Schluß, hatte einmal gesagt dreitausend, und dann wollte ich nicht mehr was anderes sagen. Weshalb schwatzt denn der Mensch zuweilen Unsinn?«

»Das ist sehr schwer zu entscheiden, Dmitrij Fjodorowitsch, weshalb der Mensch zuweilen Unsinn schwatzt«, sagte der Staatsanwalt eindringlich. »Aber sagen Sie, war dieses Amulett, wie Sie es nennen, das Sie am Halse trugen, groß?«

»Nein, nicht groß.«

»Wie groß etwa?«

»Wenn Sie einen Hunderttrubelschein einmal zusammenfalten, so haben Sie die Größe.«

»Wäre es nicht besser, Sie zeigten mir dieses zerrissene Zeug? Sie müssen es doch noch irgendwo bei sich haben.«

»Äh, Teufel... welche Dummheiten... ich weiß nicht, wo es ist.«

»Aber erlauben Sie, zunächst: Wo und wann haben Sie es denn von Ihrem Halse abgenommen? Sie sind doch, wie Sie selbst aussagen, nicht nach Hause gegangen?«

»Als ich von Fenja fortging, auf dem Wege zu Perchotin, unterwegs riß ich es ab und nahm das Geld heraus.«

»In der Dunkelheit?«

»Wozu braucht man denn dabei Licht? Ich habe das mit dem Finger in einem Augenblick getan.«

»Ohne Schere, auf der Straße?«

»Auf dem Großen Platz, glaube ich; wozu eine Schere? Es war ein altes Stück Zeug, das sofort durchriß.«

»Und wohin legten Sie es dann?«

»Dort, wo ich es durchriß, warf ich es auch fort.«

»Auf welcher Stelle?«

»Auf dem Großen Platz, habe ich Ihnen doch schon gesagt, Herrgott, auf dem Großen Platz! Der Teufel weiß, wo es gerade war. Was haben Sie nur davon?«

»Das ist sehr wichtig, Dmitrij Fjodorowitsch: es handelt sich um Sachbeweise zu Ihren Gunsten, wie können Sie das nur nicht einsehen? Wer hat Ihnen denn vor einem Monat geholfen, die Sache einzunähen?«

»Niemand hat mir geholfen, ich habe selbst genäht.«

»Können Sie denn nähen?«

»Jeder Soldat muß nähen können — was ist denn dabei zu können!«

»Wo haben Sie denn das Material hergenommen, ich meine das Zeug, in das Sie es eingenäht haben?«

»Sie wollen sich wohl über mich lustig machen?«

»Durchaus nicht, wir sind zu nichts weniger als zum Lachen aufgelegt, Dmitrij Fjodorowitsch.«

»Ich weiß nicht mehr, wo ich den Lappen hernahm, irgendwoher habe ich ihn jedenfalls genommen.«

»Wie sonderbar, daß Sie sich gerade dessen nicht entsinnen.«

»Aber bei Gott, ich weiß es nicht mehr, es ist möglich, daß ich irgend etwas von der Wäsche zerrissen habe.«

»Das ist sehr interessant: dann könnte man in Ihrer Wohnung dieses Wäschestück finden, von dem Sie das Stück abgerissen haben. Was war es denn für ein Zeug, Leinwand oder Baumwolle?«

»Der Teufel weiß, was es war. Warten Sie ... Ich ... ich glaube ... ich habe es überhaupt nicht abgerissen. Es war

Kattun ... Ich hatte es, glaube ich, in die Haube meiner Hauswirtin eingenäht.«

»In die Haube der Hauswirtin?«

»Ja, ich hatte diese Haube einmal hergenommen ...«

»Wie das — hergenommen?«

»Sehen Sie, ich habe tatsächlich, jetzt fällt es mir wieder ein, einmal diese alte Nachthaube genommen, um irgend-etwas abzuwischen, eine Schreibfeder, glaube ich, mit einem abgerissenen Läppchen. Ich nahm sie heimlich, denn es war doch ein völlig wertloses Ding, und der restliche Fetzen lag dort bei mir irgendwo, und da waren nun plötzlich diese Tausendfünfhundert, und ich wußte nicht, in was ich sie ein-nähen sollte ... Nun glaube ich, daß ich gerade diesen Lap-pen dazu hernahm. Ein altes weißes Leinenstück, oder wie man diese Stoffe da nennt, eines, das schon tausendmal ge-waschen war.«

»Und Sie erinnern sich dessen ganz genau, Sie wissen es bestimmt?«

»Ich weiß nicht, ob ganz bestimmt. Ich glaube, daß es die-selbe Haube war. Ach, nun, zum Teufel damit!«

»In dem Falle könnte sich Ihre Hauswirtin vielleicht er-innern, daß ihr diese Sache damals abhanden gekommen ist?«

»Ach wo, sie hat es überhaupt nicht bemerkt. Ein alter Fetzen, sage ich Ihnen doch, ein ganz altes Ding, das keine halbe Kopeke wert war.«

»Und woher nahmen Sie die Nadel und den Faden?«

»Ich breche ab, ich will nicht mehr. Genug darüber!« sagte Mitja, dem die Geduld riß.

»Und gleichfalls sonderbar ist, daß Sie sich so gar nicht mehr erinnern können, auf welcher Stelle des Großen Platzes Sie dieses Futteral fortgeworfen haben.«

»So lassen Sie doch heute den ganzen Platz fegen, viel-leicht finden Sie es dann«, sagte Mitja, kurz auflachend. »Ge-nug, meine Herren, genug«, sagte er mit müdgequälter Stimme. »Ich sehe es doch klar: Sie glauben mir nicht! Nichts glauben Sie mir, nicht für eine Kopeke. Aber das ist meine

Schuld und nicht Ihre, ich hätte nicht so dumm von Vertrauen reden sollen. Warum, warum habe ich mich mit der Aufdeckung meines Geheimnisses beschmutzt! Und Sie, meine Herren, Sie lachen doch nur darüber, das sehe ich ja an Ihren Augen. Sie sind es, Staatsanwalt, der mich dazu gebracht hat! Singen Sie sich jetzt einen Siegeshymnus, wenn Sie es können ... O, seid verflucht, ihr Folterknechte!«

Sein Kopf sank herab, und er vergrub das Gesicht in den Händen. Der Staatsanwalt und der Untersuchungsrichter schwiegen beide. Nach einer Minute erhob er wieder den Kopf und blickte sie wie geistesabwesend an. Sein Gesicht drückte jetzt schon vollendete, schon unabwendbare Verzweiflung aus, und er war still, gleichsam in sich selbst verstummt, während er auf dem Stuhl saß und sich seiner selbst nicht mehr bewußt war. Indessen mußte die Sache beendet werden: man mußte unverzüglich zum Verhör der Zeugen übergehen. Es war bereits acht Uhr morgens. Die Lichter hatte man schon längst ausgelöscht. Michail Makarowitsch und Kalganoff, die während der ganzen Zeit des Verhörs ein- und ausgegangen waren, verließen diesmal wieder das Zimmer. Der Staatsanwalt und der Untersuchungsrichter sahen gleichfalls sehr abgespannt aus. Der Morgen war trübe; es regnete wie aus Eimern, und der ganze Himmel war gleichmäßig grau. Mitja blickte gedankenlos nach den Fenstern.

»Darf ich einmal zum Fenster hinausschauen?« fragte er plötzlich den Untersuchungsrichter.

»O, gewiß, soviel Sie wollen«, antwortete jener.

Mitja erhob sich und trat ans Fenster. Der Regen peitschte gegen die kleinen grünlichen Fensterscheiben. Gerade vor dem Hause lag die schmutzige Fahrstraße, in deren Radspuren sich schmutziges, braungraues Regenwasser angesammelt hatte, und dort weiterhin im Regennebel sah man die dunklen, armen, unansehnlichen Bauernhütten, die, wie es schien, durch den Regen noch dunkler und noch trauriger und ärmer geworden waren. Mitja erinnerte sich des „goldlockigen

Phöbus", und wie er sich bei seinem ersten Morgenstrahl hatte erschießen wollen. ,Nun was, an einem solchen Morgen wäre es ja schließlich noch besser gewesen', dachte er mit einem bitteren Lächeln. Und plötzlich, mit einem wuchtigen Fausthieb von oben nach unten durch die Luft, wandte er sich vom Fenster zu den »Folterknechten« zurück:

»Meine Herren!« rief er, »ich sehe ja, daß ich verloren bin. Aber sie? Sagen Sie mir, meine Herren, ich flehe Sie an, sagen Sie mir, was mit ihr geschehen wird? Es ist doch nicht möglich, daß auch sie meinetwegen ins Unglück gestürzt wird? Sie ist doch unschuldig, sie war doch gestern nicht bei voller Besinnung, als sie rief, daß sie an allem die Schuld trage. An nichts, an nichts trägt sie eine Schuld! Es hat mich diese ganze Nacht gequält, als ich hier vor Ihnen saß ... Geht es nicht an, können Sie mir nicht sagen, was Sie jetzt mit ihr tun werden?«

»In der Beziehung können Sie vollkommen beruhigt sein, Dmitrij Fjodorowitsch«, sagte sofort mit sichtlicher Eilfertigkeit der Staatsanwalt, »wir haben bis jetzt keinerlei Ursache, die Dame, von der Sie reden, auch nur im geringsten sonderlich zu beunruhigen. Im weiteren Verlaufe der Sache wird sich, hoffe ich, gleichfalls erweisen ... Im Gegenteil, wir werden in der Beziehung alles tun, was in unserer Macht steht. Sie können vollkommen ohne Sorge sein.«

»Ich danke Ihnen, meine Herren, ich wußte es, wußte, daß Sie ehrenhafte und gerechte Menschen sind, trotz allem ... Sie haben mir eine Last vom Herzen genommen ... Nun, was werden wir denn jetzt machen? Ich bin bereit.«

»Ja, man wird sich beeilen müssen. Wir müssen sofort zum Verhör der Zeugen übergehen. Das muß natürlich in Ihrer Gegenwart geschehen, und darum ...«

»Sollte man nicht vorher etwas genießen, eine Tasse Tee zum Beispiel?« unterbrach ihn Neljudoff, »wir dürften sie uns doch wohl verdient haben?«

Man beschloß, falls unten der Tee bereit wäre — was man sicher annehmen konnte, da Michail Makarowitsch hinausgegangen war — vorläufig nur ein Glas zu trinken und im Verhör fortzufahren, »unbedingt fortzufahren«, das »Frühstück« jedoch noch hinauszuschieben bis zu einer freieren Stunde. Der Tee war fertig und wurde ihnen im Augenblick gebracht. Mitja dankte zuerst für den Tee, den ihm der Untersuchungsrichter freundlich anbot, dann aber bat er selbst darum und trank das Glas gierig aus. Er sah seltsam übermüdet aus. Was konnte ihm, hätte man meinen sollen, diesem Recken mit seiner bekannten Körperkraft, ein Trinkgelage und eine durchschwärmte Nacht, selbst eine wie diese, unter den stärksten seelischen Erschütterungen, ausmachen? Er selbst aber fühlte, daß er sich kaum auf dem Stuhle halten konnte, und daß von Zeit zu Zeit sich alle Gegenstände vor seinen Augen drehten. ,Es fehlt nur noch ein wenig, und ich fange an zu phantasieren', dachte er bei sich.

VIII

Die Aussagen der Zeugen

»Das Kindichen«

Es begann nun das Verhör der Zeugen. Ich werde jedoch meine Erzählung nicht mehr mit derselben Ausführlichkeit fortsetzen, wie ich es bisher getan habe. So werde ich denn auch übergehen, wie Neljudoff, der Untersuchungsrichter, einem jeden vortretenden Zeugen zuerst einschärfte, daß er nach Wahrheit und Gewissen auszusagen habe und späterhin seine Aussage unter Eid werde wiederholen müssen. Wie man schließlich von jedem Zeugen verlangte, daß er das Protokoll seiner Aussagen unterschreibe usw. usw. Ich will hier nur noch bemerken, daß der Hauptpunkt, auf den die ganze Aufmerksamkeit der Zeugen gelenkt wurde, immer diese Frage nach der Höhe der Geldsumme war: waren es zuerst dreitausend oder anderthalbtausend Rubel gewesen, die Dmitrij Fjodorowitsch hier in Mokroje vor einem Monat ausgegeben hatte, und ob es abermals drei oder nur anderthalb Tausend gewesen waren, mit denen er jetzt gekommen war. Es zeigte sich leider, daß alle Aussagen gegen Mitja waren, alle ohne Ausnahme, ja, einige von den Zeugen brachten noch neue Tatsachen vor, die Mitjas Aussage fast verblüffend widerlegten. Als erster wurde Trifón Boríssytsch Plastúnoff verhört. Er trat ohne die geringste Scheu an den Tisch, mit einer Miene, die strengen und ernsten Unwillen gegen den Angeklagten ausdrückte, was ihm zweifellos den Anschein eines wahrheitsliebenden, sich selbst achtenden Mannes verlieh. Er sprach wenig, zurückhaltend, wartete die Fragen ab, antwortete genau und wohlüberlegt. In der bestimmtesten Weise und ohne zu zweifeln sagte er aus, daß Mitja vor einem Monat unmöglich weniger als dreitausend Rubel verausgabt haben könne, »was hier gleichfalls alle Bauern bezeugen können«, da sie es außerdem noch mit eigenen Ohren von »Mitrij Fjodorowitsch« mehrmals gehört hätten. »Wieviel Geld hat er nicht den Zigeunern hingeworfen«, sagte Trifon Borissytsch unwillig. »Die haben ja allein an die tausend eingesackt, da sei einer unbesorgt!«

»Ich habe ihnen vielleicht nicht einmal fünfhundert gegeben«, bemerkte Mitja finster, »nur habe ich es damals nicht gezählt, da ich betrunken war, schade darum . . .«

Mitja saß, seitdem man die Zeugen verhörte, an der einen Seite des Tisches, mit dem Rücken zum Vorhang. Er hörte finster zu und sah traurig und müde aus, als wollte er sagen: »Ach, sagt aus, was ihr wollt, mir ist jetzt alles gleich!«

»Mehr als tausend haben diese Kanaillen geschluckt, Mitrij Fjodorowitsch«, behauptete Trifon Borissytsch überzeugt. »Ihr warft doch blindlings, und das Lumpenpack hatte man bloß aufzuheben. Das ist doch kein Menschenvolk, das sind doch nur Spitzbuben und Pferdediebe; jetzt sind sie von hier fortgejagt, sonst würden sie vielleicht selber aussagen, wieviel sie von Euch bekommen haben. Und ich habe doch selber dazumal das Geld in Euren Händen gesehen, — gezählt hab' ich es ja nicht, das stimmt, Ihr habt es mir ja nicht zu zählen gegeben, — aber so nach dem Augenmaß kann ich wohl sagen, daß es ein dicker Batzen war, viel mehr als tausendfünfhundert . . . was, tausendfünfhundert! Auch wir haben Geld gesehen und wissen, was Geld ist, können daher auch beurteilen . . .«

In bezug auf die gestrige Summe sagte Trifon Borissytsch sofort aus, daß Dmitrij Fjodorowitsch »ihm selber«, gleich nachdem er aus dem Wagen gestiegen war, gesagt habe, er habe wieder dreitausend mitgebracht.

»Wirklich, Trifon Borissytsch?« sagte Mitja, »habe ich wirklich so rund herausgesagt, daß ich dreitausend mitgebracht hätte?«

»Jawohl habt Ihr das gesagt, Mitrij Fjodorowitsch. In Andreis Gegenwart habt Ihr es sogar gesagt. Andrei ist auch jetzt noch hier, ist noch nicht fortgefahren, laßt ihn doch reinrufen. Und dort in der großen Stube rieft Ihr, als Ihr dem Chor so viel gabt, daß Ihr jetzt auch noch das sechste Tausend hierlassen wolltet, — mit den übrigen, das heißt zusammengerechnet, muß das wohl so zu verstehen sein. Stepan und Ssemjon haben's mit eigenen Ohren gehört, und auch Herr Kalganoff, der dazumal akkurat neben Euch stand, wird es vielleicht behalten haben . . .«

Die Aussage von dem sechsten Tausend machte einen ganz besonderen Eindruck auf die Juristen. Die neue Fassung gefiel: drei und drei macht zusammen sechs, das bedeutet also, daß es damals dreitausend waren und auch jetzt dreitausend, also im ganzen sechstausend, — das ist doch klar!

Man befragte unverzüglich alle, die Trifon Borissytsch als Ohrenzeugen angegeben hatte, den Stepan und den Ssemjon und Andrei, und dann auch Pjotr Fomítsch Kalgánoff. Die beiden Bauern und der Kutscher Andrei bestätigten die Aussage von Trifon Borissytsch ohne zu zögern. Außerdem wurde noch nach den Äußerungen Andreis sorgfältig alles niedergeschrieben, was der von seinem Gespräch mit Mitja zu erzählen wußte: »Wohin also werde ich, Dmitrij Fjodorowitsch, kommen; in den Himmel oder in die Hölle, und wird man mir dort in jener Welt verzeihen oder nicht?« Der »Psychologe« Ippolit Kirillowitsch hörte das mit einem feinen Lächeln an und empfahl zum Schluß auch diese Aussage — darüber, wohin Dmitrij Fjodorowitsch kommen werde — dem Tatsachenmaterial hinzuzufügen.

Kalganoff, den man hatte rufen lassen, trat mit einem mürrischen und eigensinnigen Ausdruck ein und sprach mit dem Staatsanwalt und dem Untersuchungsrichter in einer Weise, als sähe er sie zum erstenmal im Leben, während er doch mit ihnen täglich bei Bekannten zusammengetroffen war. Er begann damit, daß er »nichts davon wisse und auch nichts wissen wolle«. Doch das von dem sechsten Tausend hatte auch er gehört, und er bestätigte, daß er in dem Augenblick neben Mitja gestanden. Auf die Frage, wieviel Geld Mitja in der Hand gehabt hätte, sagte er mürrisch: »Ich weiß nicht wieviel.« Daß die Polen beim Kartenspiel betrogen hatten, bestätigte er gleichfalls. Auch erklärte er auf die wiederholten Fragen, daß nach der Einsperrung der beiden Polen Mitja in der Gunst Agrafena Alexandrownas gestiegen sei, und daß sie gesagt habe, sie liebe ihn. Über Agrafena Alexandrowna äußerte er sich nur zurückhaltend und sehr achtungsvoll, als wäre sie eine Dame der besten Gesellschaft; er erlaubte sich kein einziges Mal, sie einfach »Grúschenka« zu nennen. Trotz des unverhohlenen Widerwillens, mit dem Kalganoff antwortete, befragte ihn der Staatsanwalt unbarmherzig lange, und so erfuhr er denn erst durch ihn die Details dessen, was sozusagen den »Roman« Mitjas in dieser Nacht ausmachte. Mitja unterbrach Kalganoff kein einziges Mal. Endlich wurde der arme Junge entlassen, und er entfernte sich, ohne seinen Unmut zu verbergen.

Darauf wurden die Polen verhört. Sie waren in ihrem Zimmer zu Bett gegangen, ihre Ruhe aber hatte nicht lange gedauert, und geschlafen hatten sie eigentlich überhaupt nicht. Als die Behörden angekommen waren, hatten sie sich schnell wieder angekleidet und sorgfältig Toilette gemacht, da sie sich sagten, daß man auch sie bestimmt vernehmen werde. Sie traten würdevoll ein; man sah ihnen jedoch nur zu deutlich an, daß ihr Herz nicht auf der Höhe war. Der »Kommandierende«, d. h. der kleine Pan, war, wie sich herausstellte, ein verabschiedeter Beamter der zwölften Rangklasse, der in Sibirien als Tierarzt gedient hatte und Mussjalówitsch hieß. Pan Wrubléwskij jedoch stellte sich vor als »freipraktizierender Dentist«, was wir sonst gewöhnlich »Zahnarzt« nennen. Beide wandten sich mit ihren Antworten immer an Michail Makarowitsch, obgleich der sie nichts fragte und abseits am Fenster stand, den sie aber wegen seiner Uniform als Polizeichef für die Hauptperson hielten und nach jedem Wort »Pane Obrist« nannten. Erst nach mehreren Fragen und den wiederholten Hinweisen Michail Makárowitschs errieten sie endlich, daß sie sich mit ihren Antworten nur an Neljudoff, den Untersuchungsrichter, zu wenden hatten. Bei der Gelegenheit zeigte sich, daß sie sogar sehr richtig Russisch sprechen konnten, abgesehen von der Aussprache einzelner Wörter. Pan Mussjalówitsch begann auch von seinen Beziehungen zu Gruschenka, den früheren wie den gegenwärtigen, stolz und glühend zu erzählen, so daß Mitja sofort außer sich geriet und schrie, so einem »Schuft« erlaube er nicht, in seiner Gegenwart so zu sprechen! Worauf Pan Mussjalowitsch die Herren Richter sofort auf das Wort »Schuft« aufmerksam machte und sie bat, diese Beleidigung ins Protokoll aufzunehmen. Mitja brauste auf vor Wut.

»Ja, ein Schuft, ein Schuft ist er! Schreiben Sie es nur auf und schreiben Sie noch hinzu, daß ich trotzdem sage, daß er ein Schuft ist!« schrie er zornig.

Neljudoff ließ es wohl ins Protokoll eintragen, bewies aber bei diesem unangenehmen Zwischenfall die lobenswerteste Sachlichkeit und ein gutes Verständnis für die Leitung des Verhörs: nach einer strengen, kurzen Ermahnung Mitjas brach er selbst sofort alle weiteren Fragen, die mehr die romanhafte Seite der Sache betrafen, ab und ging zum »Wesentlichen« über. »Wesentlich« war besonders eine Aussage der Pane, die bei den Juristen ein ungewöhnliches Interesse erweckte: die Mitteilung nämlich, daß Mitja dem Pan Mussjalówitsch in jenem kleinen Zimmer dreitausend Rubel Abstandsgeld angeboten hatte mit dem Vorschlag: »siebenhundert sofort bar und die anderen zweitausenddreihundert morgen früh in der Stadt«, wobei er sein Ehrenwort gegeben hatte, daß das Geld morgen zur Stelle sein werde, da er es im Augenblick nicht bei sich hätte, das Geld aber in der Stadt liege. Mitja bemerkte zuerst in der Hitze, er habe nicht so gesagt: er werde ihnen das Geld morgen bestimmt in der Stadt geben. Doch auch Pan Wrubléwskij bestätigte die Aussage des kleinen Pans. Da gestand Mitja denn nach kurzem Nachdenken mürrisch ein, daß es wahrscheinlich so gewesen sein werde, wie die Polen sagten, daß er in jenem Augenblick erregt gewesen sei und vielleicht auch so gesagt habe. Der Staatsanwalt klammerte sich gleichsam an diese Aussage: jetzt war es für ihn klar (und so legte man es in der Folge auch aus), daß die Hälfte oder ein Teil der Dreitausend, die Mitja so plötzlich in die Hände bekommen hatte, von ihm irgendwo in der Stadt versteckt sein mußte, vielleicht auch hier in Mokroje, wodurch jener allerdings merkwürdige Punkt seine Erklärung fand, daß man bei ihm nur achthundert Rubel vorgefunden hatte, — ein Umstand, der bis jetzt, wenn auch nur ein einziger und ziemlich belangloser, so doch immerhin ein gewisser Beweis zu Mitjas Gunsten gewesen war. Und nun stürzte auch dieser einzige Beweis zu seinen Gunsten ein. Auf die Frage des Staatsanwalts: wo er denn diese zweitausenddreihundert Rubel hergenommen hätte, um sie dem Pan zu geben, wenn er doch selbst behauptete, daß er im ganzen nur noch tausendfünfhundert besessen habe, und auf was hin er das sogar mit seinem Ehrenwort habe bekräftigen können, antwortete Mitja ruhig und fest, daß er dem »Polacken« morgen nicht Geld, sondern die formelle Übertragung seiner Rechte auf das Gut Tschermaschnja habe anbieten wollen, wie er sie auch dem Kaufmann Ssamssonoff und Frau Chochlakoff angeboten habe. Der Staatsanwalt freilich lächelte über die »Naivität dieser Ausflucht«.

»Und Sie glauben, er wäre darauf eingegangen, diese
‚Rechte‘ an Stelle der baren zweitausenddreihundert Rubel
anzunehmen?«

»Selbstverständlich wäre er darauf eingegangen«, sagte
Mitja auffahrend. »Ich bitte Sie, hierbei sind doch nicht nur
zwei, sondern vier, sechs, sogar zehn Tausend herauszuschlagen! Er hätte sofort seine kleinen Winkeladvokaten beauftragt, Polacken und Juden, und hätte nicht nur dreitausend,
sondern ganz Tschermaschnja herausgeschlagen!«

Die Aussagen Pan Mussjalowitschs wurden natürlich gleichfalls ausführlichst niedergeschrieben. Damit sahen sich die
Polen entlassen. Daß sie beim Kartenspiel betrogen hatten,
wurde fast gar nicht erwähnt. Neljudoff war ihnen gar zu
dankbar und wollte sie daher nicht weiter mit Fragen belästigen, um so weniger, als das alles nur ein dummer Streit
in der Trunkenheit gewesen sein konnte. Als ob es wenig
Dummheiten in dieser Nacht gegeben hätte! ... So behielten
denn die Polen die zweihundertfünfzig Rubel trotz allem
in der Tasche.

Darauf wurde nach dem alten Maximoff geschickt. Er erschien sehr zaghaft, näherte sich mit kleinen Schritten und
sah dabei gehörig zerzaust und recht niedergeschlagen aus.
Die ganze Zeit hatte er unten bei Gruschenka mäuschenstill
gesessen und eine Miene gemacht, »als ob sofort Tränlein
aus seinen Äuglein tröpfeln würden«, wie später Michail
Makarowitsch sagte, »und dann hätte er sie natürlich hübsch
artig mit seinem blaukarierten Schnupftuch abgewischt«. Jedenfalls hatte Gruschenka ihn noch getröstet. Das alte Kerlchen
bekannte sofort dem Untersuchungsrichter, daß er schuldig
sei, da er von Dmitrij Fjodorowitsch zehn Rubel genommen
habe, »um ... ich bin doch ein ganz armer Mensch!«
und daß er bereit sei, sie ihm zurückzugeben ... Auf die
direkte Frage Neljudoffs, ob er nicht wisse, wieviel Geld
Dmitrij Fjodorowitsch in der Hand gehabt habe, als er von
ihm die zehn Rubel erhielt, antwortete Maximoff mit voller
Überzeugung: »Zwanzigtausend«.

»Haben Sie früher einmal zwanzigtausend Rubel, in einer Hand gehalten, gesehen?« fragte der Untersuchungsrichter lächelnd.

»Wie denn nicht! Ich habe es genau gesehen, nur waren es nicht zwanzigtausend, sondern sieben, als nämlich meine Frau mein Gütchen verpfändete. Sie ließ mich aber das Geld nur von weitem sehen. Es war ein dickes Päckchen, lauter Hunderter. Und auch Dmitrij Fjodorowitsch hatte nur Hundertrubelscheine . . .«

Er wurde bald entlassen. Schließlich kam die Reihe auch an Gruschenka. Die Juristen fürchteten offenbar den Eindruck, den ihr Erscheinen auf Dmitrij Fjodorowitsch machen könnte, und Neljudoff murmelte sogar ein paar Worte zu Mitja, um ihn vorzubereiten und ein wenig zu ermahnen, worauf Mitja nur stumm den Kopf senkte, womit er zu verstehen gab, daß er »keine Szene machen werde«. Michail Makarowitsch führte sie in höchsteigener Person ins Zimmer. Sie trat mit strengem, fast finsterem Gesichtsausdruck ein, äußerlich schien sie ganz ruhig zu sein. Sie setzte sich leise auf den ihr angewiesenen Stuhl, Neljudoff, dem Untersuchungsrichter, gegenüber. Sie war sehr bleich, und schien es kalt zu finden, denn sie hüllte sich fröstelnd in ihren schönen schwarzen Schal. Es waren die ersten Fieberschauer einer Erkältung — der Anfang der Grippe, an der sie nach dieser Nacht lange Zeit schwer krank zu Bett lag. Ihr strenges Aussehen, ihr gerader und ernster Blick und das ruhige Auftreten machten auf alle einen vorzüglichen Eindruck. Neljudoff war eigentlich sofort »ganz weg«. Er gestand später selbst, wenn er irgendwo von der Begebenheit erzählte, daß er erst da zum erstenmal gesehen habe, »wie schön dieses Weib« sei, denn vorher hätte er sie wohl flüchtig gesehen, aber doch immer nur für »etwas von der Art einer Kreisstadthetäre gehalten«. »Sie hat Manieren, wie eine Dame der besten Gesellschaft«, beteuerte er einmal in der Begeisterung und zufällig gerade in einer Damengesellschaft. Man hörte ihn mit dem größten Unwillen an und nannte ihn dafür hinfort einen »argen Spöt-

ter«, womit er sehr zufrieden war. Als Gruschenka ins Zimmer
trat, streifte sie Mitja nur einmal ganz flüchtig mit dem Blick,
und ihre Ruhe beruhigte dann auch ihn, der ihr zuerst erregt
entgegengesehen hatte. Nach den ersten notwendigen Fragen
und Vorbemerkungen stellte Neljudoff, zwar etwas stotternd
und betreten, aber doch mit voller Beibehaltung der größten
Höflichkeit und Ernsthaftigkeit, folgende Frage: In welchen
Beziehungen sie zu dem Leutnant a. D. Dmitrij Fjodorowitsch
Karamasoff gestanden habe, worauf sie ruhig und fest antwortete:

»Er gehörte zu meinen Bekannten, als Bekannten habe ich
ihn im letzten Monat empfangen.«

Auf die weiteren, interessiert gestellten Fragen erklärte
sie mit voller Aufrichtigkeit, daß er ihr wohl in manchen
»Stunden« gefallen, sie ihn aber nicht geliebt, sondern nur
»aus dummer Bosheit« zum besten gehabt habe, ganz wie
sie es auch mit jenem »Alten« getan hätte. Sie sagte, sie habe
gesehen, wie Mitja auf Fjodor Pawlowitsch und auf alle
Welt eifersüchtig gewesen sei, doch das hätte sie nur amüsiert.
Zu Fjodor Pawlowitsch zu gehen, daran habe sie überhaupt
nicht gedacht, da sie sich über ihn nur lustig gemacht habe.
»In diesem ganzen Monat war es mir nicht um sie zu tun;
ich erwartete einen anderen Menschen, der ankommen sollte,
um seine Schuld an mir wieder gutzumachen . . . Nur glaube
ich«, schloß sie plötzlich, »daß dieses Sie weiter nicht zu interessieren braucht, und ich Ihnen darüber nichts zu sagen
habe, denn das dürfte doch nur meine persönliche Angelegenheit sein.«

Neljudoff gehorchte sofort; er ließ sofort alle »romantischen« Punkte beiseite und ging unverzüglich zum »Ernsten«
über, das heißt also zu jener Frage der dreitausend Rubel.
Gruschenka bestätigte, daß von Mitja vor einem Monat in
Mokroje tatsächlich dreitausend Rubel verschleudert worden
seien, und wenn sie selbst auch das Geld nicht gezählt habe,
so hätte sie doch von Dmitrij Fjodorowitsch gehört, daß es
so viel gewesen sei.

»Hat er es Ihnen unter vier Augen gesagt oder in Gegenwart anderer, oder haben Sie nur gehört, wie er es anderen gesagt hat?« erkundigte sich sofort der Staatsanwalt.

Gruschenka erklärte darauf, daß er es sowohl in Gegenwart anderer, als auch zu anderen gesagt, daß sie es aber auch unter vier Augen von ihm gehört habe.

»Haben Sie es einmal von ihm unter vier Augen gehört oder mehrmals?« erkundigte sich wieder der Staatsanwalt und er erfuhr, daß sie es mehrmals gehört hatte.

Ippolit Kirillowitsch war mit dieser Aussage sehr zufrieden. Aus dem weiteren Verhör ergab sich ferner noch, daß Gruschenka gleichfalls gewußt hatte, woher dieses Geld stammte, – daß es Dmitrij Fjodorowitsch von Katerina Iwanowna gegeben worden war.

»Aber haben Sie nicht wenigstens einmal gehört, daß hier vor einem Monat nicht dreitausend, sondern weniger verschleudert worden sei, und daß Dmitrij Fjodorowitsch von den Dreitausend die ganze Hälfte für sich aufbewahrt habe?«

»Nein, davon habe ich niemals etwas gehört«, sagte Gruschenka.

Weiterhin erfuhren die Juristen von ihr noch, daß Mitja ihr im ganzen letzten Monat häufig gesagt hatte, daß er kein Geld habe. »Er hoffte aber immer, von seinem Vater welches zu erhalten«, schloß Gruschenka.

»Aber hat er nicht einmal in Ihrer Gegenwart gesagt ... oder vielleicht flüchtig irgendwie angedeutet«, fiel sofort Neljudoff ein, »daß er eventuell seinen Vater erschlagen wolle?«

»Ach, leider hat er es gesagt!« sagte Gruschenka aufseufzend.

»Einmal oder des öfteren?«

»Des öfteren hat er es gesagt, doch immer nur dann, wenn er aufgebracht oder zornig war.«

»Und haben Sie geglaubt, daß er es ausführen werde?«

»Nein, niemals habe ich das geglaubt!« antwortete sie mit fester Stimme. »Ich habe mich immer auf seinen Anstand verlassen.«

»Meine Herren, erlauben Sie mir«, rief plötzlich Mitja dazwischen, »erlauben Sie, daß ich in Ihrer Gegenwart nur ein Wort zu Agrafena Alexandrowna sage.«

»Sagen Sie es«, erlaubte Neljudoff.

»Agrafena Alexandrowna«, sagte, sich vom Stuhl erhebend, Mitja, und er blieb stehen. »Glaube Gott und mir: am Blute meines gestern erschlagenen Vaters bin ich unschuldig!«

Und nachdem er das gesagt hatte, setzte er sich wieder auf den Stuhl. Gruschenka erhob sich, wandte sich zur Ecke, in der das Heiligenbild hing, und bekreuzte sich andächtig.

»Gelobt seist du, mein Herr und Gott!« sagte sie mit ganzer Inbrunst und tief erschütterter Stimme. Und ohne sich zu setzen, wandte sie sich darauf zu Neljudoff und fuhr laut fort: »Was er soeben gesagt hat, daran glauben Sie! Ich kenne ihn: Unwahres schwatzen kann er, wenn es sich um einen Scherz oder seinen Eigensinn handelt, doch wenn es sich um eine Gewissenssache handelt, so wird er nie lügen. Dann wird er stets die Wahrheit sagen, und daran glauben Sie!«

»Hab' Dank dafür, Agrafena Alexandrowna, du hast mich wieder aufgerichtet«, sagte Mitja mit bebender Stimme.

Auf die Frage nach dem gestrigen Gelde sagte sie, daß sie nicht wüßte, wieviel es gewesen sei, dafür aber gehört habe, wie er zu anderen gesagt hatte, er sei wieder mit dreitausend angekommen. Und was die Herkunft des Geldes betrifft, so habe er ihr allein unter vier Augen gesagt, daß er es von Katerina Iwanowna »gestohlen« hätte, und sie habe ihm darauf geantwortet, daß es nicht»gestohlen« sei, und daß er ihr morgen das Geld zurückgeben müsse. Auf die wiederholte Frage des Staatsanwalts, von welchem Gelde er gesagt hätte, daß es »gestohlen« sei — von dem gestrigen oder den anderen Dreitausend vor einem Monat — erklärte sie, daß er es von jenem anderen vor einem Monat gesagt, daß wenigstens sie ihn so verstanden habe.

Endlich wurde auch Gruschenka entlassen, wobei ihr Neljudoff noch dienstbeflissen mitteilte, daß sie, falls sie es wünsche, ungehindert jeden Augenblick in die Stadt zurück-

kehren könne, und daß er, falls er seinerseits irgendwie gefällig sein könne, zum Beispiel hinsichtlich der Pferde, oder,
zum Beispiel, falls sie einen Begleiter wünsche, . . . seinerseits,
wie gesagt, mit dem größten Vergnügen . . .

»Ich danke Ihnen bestens«, unterbrach ihn Gruschenka,
mit einem leichten Verneigen des Kopfes, »ich werde mit
dem alten Herrn Maximoff, dem Gutsbesitzer, zurückkehren,
ich werde ihn in die Stadt bringen, doch vorläufig möchte ich,
wenn Sie es gestatten, hier abwarten, was mit Dmitrij Fjodorowitsch geschehen wird.«

Sie verließ das Zimmer. Mitja war ruhig und schien wieder
Mut und Kraft geschöpft zu haben, — doch schien das nur
kurze Zeit so. Es überkam ihn immer wieder eine ganz sonderbare körperliche Schwäche, und je länger die Verhandlung dauerte, desto häufiger und stärker fiel ihn diese
Schwäche an. Seine Augen fielen ihm fast zu vor Müdigkeit.
Endlich war auch das Zeugenverhör beendet. Dann schritt
man zur endgültigen Redaktion des Protokolls. Mitja erhob
sich und ging von seinem Stuhl in die Ecke zum Vorhang,
wo er sich auf eine große, mit einem Teppich bedeckte Truhe
hinlegte und sofort einschlief. Da hatte er einen sonderbaren
Traum, der eigentlich gar nicht zu Ort und Zeit paßte. Es
war ihm, als fahre er irgendwo in der Steppe, dort, wo früher
vor langer Zeit sein Regiment gestanden hatte, und es fährt
ihn in einem Bauernwagen mit zwei Pferden ein Bauer, und
es schneit und regnet. Nur ist es, als fröre ihn, als wäre
es November, und der Schnee fällt in dichten nassen Flok-
ken und taut sofort auf, sobald er die Erde berührt. Und
flink fährt ihn der Bauer, herrlich schwingt er die Peitsche,
einen blonden langen Bart hat er, aber er ist noch nicht alt,
ungefähr fünfzig Jahre, und hat einen grauen Bauernkittel
an. Und da liegt unweit ein Dorf, die Hütten sind schwarz,
ganz schwarz, und die Hälfte der Hütten ist abgebrannt, und
es starren von ihnen nur noch die verkohlten Balken in den
grauen Tag. Und vor der Einfahrt ins Dorf haben sich an der
Landstraße die Bauernweiber aufgestellt, viele Weiber, eine

ganze Reihe, und alle haben sie so magere und abgezehrte, ganz absonderlich braune Gesichter. Besonders die eine am Rande, eine skelettartige, hohe Gestalt: sie scheint vierzig Jahre alt zu sein, vielleicht ist sie auch erst zwanzig; ihr Gesicht ist lang, mager, und auf dem Arm trägt sie ein weinendes Kindchen, ihre Brüste aber müssen ganz ausgetrocknet sein, keinen Tropfen Milch mehr enthalten. Und das Kindchen weint und weint, es streckt die Ärmchen aus, nackte magere Ärmchen mit kleinen Fäustchen, die vor Kälte ganz blau sind.

»Warum weinen sie? Worüber weinen sie?« fragt Mitja, während er in seinem Wagen geschwind an ihnen vorüberfliegt.

»Das ist das Kindichen«, antwortet ihm der Bauer, der ihn fährt, »das Kindichen weint.«

Und Mitja ist ganz verdutzt darüber, daß er es so auf seine Art sagt: »das Kindichen«, und nicht das Kindchen. Und es gefällt ihm, daß der Bauer »Kindichen« gesagt hat: es ist, als ob mehr Mitleid darin läge.

»Aber warum weint es?« fragt Mitja ungeduldig weiter, als wenn er zu dumm wäre, um es zu begreifen. »Warum sind seine Ärmchen bloß, warum wird es nicht eingehüllt?«

»Das Kindichen hat's kalt, die Kleidchen sind dünn und feucht, und da wärmen sie nicht mehr.«

»Aber warum ist das so? Warum?« fragt immer drängender der dumme Mitja.

»Weil sie doch arm sind, abgebrannt, Brot haben sie kein Stückchen mehr; sie bitten für den abgebrannten Ort.«

»Nein, nein«, ruft Mitja, als verstehe er noch immer nicht, »aber so sag' mir doch: Warum stehen so die abgebrannten Mütter, warum sind sie arm, warum ist das Kindchen arm, warum ist die Steppe so nackt, warum umarmen sie sich nicht, warum küssen sie sich nicht, warum singen sie nicht fröhliche Lieder, warum sind sie so schwarz geworden von dem schwarzen Elend, warum wird das Kindichen nicht gestillt?«

Und er fühlt, daß er sinnlos und unvernünftig fragt, aber er hatte unbedingt gerade so fragen wollen, und er glaubt, daß er auch gerade so habe fragen müssen. Und er fühlt noch, daß sich in seinem Herzen eine noch nie empfundene Rührung erhebt, daß er weinen möchte, daß er für alle irgend so etwas tun möchte, damit das Kindichen nicht mehr weine, damit auch die schwarze verhärmte Mutter des Kindichens nicht mehr weine, damit von diesem Augenblick an niemand mehr eine Träne vergieße, und daß es sofort, unverzüglich geschehe, ohne Aufschub oder Verzug, ohne Rücksicht oder Bedenken, mit der ganzen ungezügelten Karamasoffschen Leidenschaft.

»Und ich bin bei dir, jetzt verlasse ich dich nie mehr, das ganze Leben lang gehe ich mit dir«, ertönen neben ihm Gruschenkas liebeatmende, inbrünstige Worte.

Und da entbrennt sein ganzes Herz und strebt zu etwas Lichtem, Lichtem, und leben will er, leben, auf einem Wege will er gehen, gehen zu dem neuen ihm winkenden Licht, nur schneller, schneller, jetzt gleich, sofort!

»Was? Wohin?« ruft er aus, schlägt die Augen auf und setzt sich auf seiner Truhe auf, als ob er aus einer Ohnmacht erwache, und lächelt verklärt.

Vor ihm stand, etwas zu ihm herabgebeugt, Neljudoff und forderte ihn auf, das Protokoll anzuhören und dann zu unterschreiben.

Mitja erriet, daß er vielleicht eine Stunde geschlafen hatte oder noch länger, aber er hörte nicht, was Neljudoff zu ihm sprach. Es machte ihn plötzlich stutzig, daß auf der Truhe ein Kopfkissen lag und er auf ihm geschlafen hatte; vorhin aber, als er todmüde hier eingeschlafen war, hatte er kein Kissen gesehen.

»Wer hat mir dieses Kissen unter den Kopf geschoben? Wer ist dieser gute Mensch gewesen?« rief er mit einem begeisterten, dankbaren Gefühl und einer gleichsam vor Tränen bebenden Stimme, als hätte man ihm weiß Gott was für eine große Wohltat erwiesen.

Er hat es nie erfahren, wer dieser gute Mensch gewesen war. Vielleicht hatte es einer von den Ortsbewohnern oder

der kleine Schreiber Neljudoffs aus Mitleid getan. Mitja aber fühlte, wie seine ganze Seele vor Tränen gleichsam erbebte. Er trat zum Tisch und sagte, daß er alles unterzeichnen werde, was sie von ihm verlangten.

»Ich habe einen guten Traum gehabt, meine Herren«, sagte er, und seine Worte klangen so sonderbar, und er sprach sie mit einem ganz neuen, freudeverklärten Gesicht.

IX

Wie Mitja abgeführt wurde

Als das Protokoll unterzeichnet war, wandte sich Nikolai Parfjonowitsch mit feierlicher Miene an den Angeklagten und verlas die »Verfügung«, — daß in dem und dem Jahre, an dem und dem Tage, an dem und dem Ort, der Untersuchungsrichter des und des Kreisgerichtshofs nach dem Verhör des und des (d. h. Mitjas), der beschuldigt ist, das und das verübt zu haben (alle Anklagen waren peinlich genau aufgezählt), und in Anbetracht dessen, daß der Angeklagte, der sich der Verbrechen, die ihm zur Last gelegt werden, nicht für schuldig bekenne, anderseits nichts zu seiner Rechtfertigung vorzubringen habe, während die Zeugen (die und die) und die Umstände (die und die) ihn vollständig überführten, er, der Untersuchungsrichter usw. usw. auf Grund der und der Paragraphen des Strafgesetzbuches usw. verfüge: um dem und dem (Mitja) die Möglichkeit zu nehmen, sich der Untersuchung und dem Gericht zu entziehen, ihn in das und das Gefängnis einzuschließen, wovon dem Angeklagten Mitteilung zu machen, die Kopie dieser Verfügung dem Vertreter des Staatsanwalts einzuhändigen sei usw. usw. Kurz, es wurde Mitja mitgeteilt, daß er von diesem Augenblick an ein Gefangener sei, und daß man ihn unverzüglich in die Stadt führen werde, um ihn dort im Gefängnis unterzubringen. Mitja, der alles aufmerksam angehört hatte, zuckte nur mit den Schultern.

»Nun was, meine Herren, ich kann Ihnen keinen Vorwurf machen, ich bin bereit ... Ich sehe es ja ein, daß Ihnen nichts anderes übrig bleibt.«

Neljudoff erklärte ihm darauf in möglichst sanfter Weise, daß ihn Mawríkij Mawríkjewitsch Schmerzóff, der Polizeioffizier unseres Städtchens, der kurz vorher in Mokroje angekommen war, sofort in die Stadt bringen werde ...

»Einen Augenblick«, unterbrach ihn plötzlich Mitja, und sich an alle Anwesenden wendend, sagte er mit überströmendem Gefühl: »Meine Herren, alle sind wir grausam, alle sind wir Unmenschen, alle Menschen machen wir weinen, alle Menschen, Mütter und Kinder, doch von allen — mag das jetzt so entschieden sein — von allen bin ich der allerniedrigste Unmensch. Mag das jetzt einmal gesagt sein! An jedem Tage meines Lebens habe ich mich vor die Brust geschlagen und mir vorgenommen, mich zu bessern, und doch habe ich jeden Tag wieder dieselben Scheußlichkeiten begangen. Jetzt begreife ich, daß für solche Menschen, wie mich, ein Schlag nötig ist, ein Schicksalsschlag, damit sie wie mit einer Wurfschlinge gefangen und von einer äußeren Kraft bezwungen werden. Niemals, niemals hätte ich mich aus eigener Kraft erhoben! Nun aber hat der Donner gegrollt, und der Blitz hat mich getroffen. Ich nehme die Qual der Anklage und meiner öffentlichen Schmach auf mich, ich will leiden, und ich will mich durch das Leid läutern! Und das wird mir jetzt vielleicht auch gelingen — was meinen Sie, meine Herren, wird es mir gelingen? Doch nun hören Sie es noch einmal, ich sage es Ihnen zum letzten Male: Am Blute meines Vaters bin ich unschuldig! Ich nehme die Strafe nicht deshalb auf mich, weil ich ihn etwa erschlagen habe, sondern dafür, daß ich ihn habe erschlagen wollen und vielleicht auch tatsächlich erschlagen hätte ... Doch immerhin, ich will mit Ihnen kämpfen, um mein Leben kämpfen, und das kündige ich Ihnen jetzt im voraus an. Ich werde mit Ihnen bis zum letzten Blutstropfen kämpfen, und dann wird Gott entscheiden! Leben Sie wohl, meine Herren, und tragen Sie es mir nicht nach, daß ich Sie während des

Verhörs angeschrien habe, o, es war mir ja noch alles so unklar ... Nach einer Minute bin ich Arrestant, doch jetzt streckt
Ihnen Dmitrij Karamasoff zum letztenmal noch als freier
Mensch seine Hand entgegen, zum letzten Abschiedshände-
druck. Ich will mich von Ihnen verabschieden, von den Menschen will ich Abschied nehmen ...«

Seine Stimme wurde unsicher, und er streckte in der Tat
seine Hand aus, doch Neljudoff, der von allen am nächsten
bei ihm stand, zog plötzlich, als ob er zusammengezuckt wäre,
seine Hände zurück und kreuzte sie auf dem Rücken. Mitja
hatte es sofort bemerkt und fuhr zusammen. Seine hinge-
haltene Hand ließ er im Augenblick herabsinken.

»Die Untersuchung ist noch nicht abgeschlossen«, stotterte
Neljudoff etwas verwirrt, »wir werden sie in der Stadt fortsetzen, und ich bin natürlich meinerseits gern bereit, Ihnen
jeden Erfolg zu wünschen ... zu Ihrer Rechtfertigung ...
Und was Sie als Persönlichkeit betrifft, Dmitrij Fjodorowitsch, so bin ich immer geneigt gewesen, Sie für einen sozusagen mehr unglücklichen als schuldigen Menschen zu
halten ... Wir sind hier alle bereit, wenn ich wagen darf, im
Namen aller zu reden, wir alle sind bereit, Sie für einen im
Grunde edlen Menschen zu halten, der sich nur leider von
einigen Leidenschaften in etwas gar zu starker Weise beherrschen läßt ...«

Die zarte kleine Gestalt Neljudoffs drückte zum Schluß
der Rede die vollendetste Würde aus. Mitja zuckte plötzlich
der Gedanke durch den Kopf, daß dieser »Jüngling« ihn gleich
unter den Arm fassen werde, um ihn scherzend in eine Ecke
zu führen und dort ihr Gespräch von neulich über die
»Mädel« wieder aufzunehmen. Doch — fliegen denn nicht
selbst einem Verbrecher, der zur Hinrichtung geführt wird,
nicht zur Sache gehörende und vielleicht gar alberne Gedanken durch den Kopf?

»Meine Herren, ich weiß, Sie sind gütig, — kann ich *sie* noch
einmal sehen, mich zum letztenmal von ihr verabschieden?«
fragte Mitja.

»O, natürlich ... nur ... in Anbetracht ... mit einem
Wort: Es geht nicht, daß ... unter vier Augen geht es nicht,
aber in Gegenwart ...«

»Schön, meinetwegen in Ihrer Gegenwart!«

Gruschenka wurde hinaufgebeten, doch es kam nur zu
einer ganz kurzen, wortkargen Abschiedsszene, die Neljudoff
wenig befriedigte. Gruschenka verneigte sich tief vor Mitja.

»Ich habe dir gesagt, daß ich dein bin und ewig dein bleiben werde. Mit dir gehe ich bis in die Ewigkeit, wohin man
dich auch verschicken sollte. Leb wohl, du, der du dich unschuldig zugrunde gerichtet hast!«

Ihre Lippen bebten, Tränen blitzten an ihren Wimpern
und rollten plötzlich herab.

»Grúscha, vergib mir meine Liebe, vergib mir, daß ich
durch meine Liebe auch dich ins Unglück stürze.«

Mitja wollte noch etwas sagen, doch jäh brach er ab und
ging hinaus. Er wurde im Augenblick von Männern umringt,
die ihn nicht aus den Augen ließen. Unten vor der Treppe, wo
er noch gestern mit Andreis Troika dröhnend vorgefahren
war, standen zwei Wagen bereit. Mawríkij Mawríkjewitsch,
ein stämmiger kleiner Mann mit einem aufgedunsenen
Gesicht, schien durch etwas sehr gereizt zu sein, wahrscheinlich durch irgendeinen Zwischenfall oder eine unvorhergesehene Unordnung; jedenfalls schrie er wütend, und
man sah ihm an, daß er sich ärgerte. So forderte er denn auch
Mitja etwas gar zu barsch auf, in den Wagen einzusteigen.
‚Früher, als ich ihn im Gasthaus freihielt, hatte der Mensch
ein ganz anderes Gesicht‘, dachte Mitja, als er einstieg. Auch
Trifon Borissytsch kam die Treppe herab. Am Hoftor drängten sich Leute: Bauern, Weiber, Kutscher, und alle starrten
Mitja an.

»Lebt wohl, ihr Gottesmenschen!« rief ihnen Mitja vom
Wagen aus zu.

»Vergib auch du uns, Väterchen«, hörte man zwei, drei
Stimmen den Gruß erwidern.

»Nun, auch du leb wohl, Trifon Borissytsch!«

Trifon Borissytsch aber wandte sich nicht einmal nach ihm um, vielleicht weil er gar zu beschäftigt war. Er schrie gleichfalls und gab verschiedene Befehle, denn der zweite Wagen, in dem zwei Gerichtsdiener Mawrikij Mawrikjewitsch und Mitja begleiten sollten, war noch nicht ganz zur Abfahrt bereit. Der Fuhrknecht, der sie fahren sollte, zog vorläufig noch langsam seinen Kittel an und redete wortreich darüber, daß nicht er, sondern Akim an der Reihe sei, zu fahren. Akim aber war nicht zur Stelle; da lief man denn, um den Akim zu suchen; der Bauer bestand aber auf dem Seinen und bat, daß man warten solle.

»Ach, Mawrikij Mawrikjewitsch, dieses Bauernpack ist doch bei uns ganz ohne jedes Schamgefühl!« rief Trifon Borissytsch kummervoll. Und zu dem Fuhrknecht: »Dir hat Akim noch vorgestern einen Fünfundzwanziger gegeben, und du hast ihn versoffen, jetzt aber reißt du wieder das Maul bis an die Ohren auf! Ich wundere mich nur tagaus, tagein über Ihre Güte, Mawríkij Mawríkjewitsch, hat doch dieses Lumpenpack so was nicht mal von weitem verdient. Ich weiß, was ich sage!«

»Aber wozu brauchen wir denn noch eine zweite Troika?« mischte sich da Mitja in die Angelegenheit ein. »Fahren wir doch ruhig in einer, Mawríkij Mawríkjewitsch. Ich werde ja nicht rebellieren, nicht von dir fortlaufen, wozu also die Bedeckung?«

»Bitte gefälligst zu begreifen, mein Herr, daß Sie nicht so zu mir zu reden haben, falls Sie es noch nicht wissen sollten! Ich verbitte mir Ihr Du und desgleichen Ihre Ratschläge, die Sie für bessere Gelegenheiten aufsparen können...«, schrie plötzlich, wild aus sich herausfahrend, Mawrikij Mawrikjewitsch Mitja an, — als freue er sich über die Gelegenheit, seine Galle an ihm auslassen zu können.

Mitja schwieg. Das Blut war ihm heiß ins Gesicht gestiegen. Nach einem Augenblick fror ihn plötzlich sehr. Der Regen hatte aufgehört, aber der trübe Himmel war ganz von Wolken bedeckt, und ein scharfer Wind blies ihm gerade ins Gesicht. ‚Sollte das etwa ein Fieberschauer sein?' dachte Mitja, der sich in den Schultern schüttelte. Endlich stieg auch Mawrikij Mawrikjewitsch ein, setzte sich gewichtig und breit hin, wobei er — als bemerke er es überhaupt nicht — Mitja gehörig an die andere Seitenlehne drückte. Freilich war er nicht bei guter Laune, und der ihm zuteil gewordene Auftrag behagte ihm sehr wenig.

»Leb wohl, Trifon Borissytsch!« rief Mitja nochmals zurück, und er fühlte selbst, daß er es nicht aus Gutmütigkeit, sondern aus Bosheit, gegen seinen Willen, gerufen hatte.

Doch Trifon Borissytsch stand stolz auf seiner Treppe, hielt die Hände auf dem Rücken und sah Mitja ohne mit der Wimper zu zucken an; er blickte streng und geärgert drein und antwortete auf Mitjas Gruß kein Wort.

»Leben Sie wohl, Dmitrij Fjodorowitsch, leben Sie wohl!« ertönte plötzlich die Stimme Kalgánoffs, der ganz unerwartet von irgendwoher aufgetaucht war.

Er eilte zum Wagen und streckte Mitja die Hand entgegen. Er war ohne Mütze herausgelaufen. Mitja gelang es noch, seine Hand zu erfassen und einmal zu drücken.

»Leb wohl, du lieber Mensch, werde dich und deine Großmut nie vergessen!« rief er ihm heiß zu.

Da zogen aber die Pferde an, und ihre Hände wurden auseinandergerissen. Die Glocken ertönten ... — so wurde Mitja abgeführt.

Kalganoff aber lief in den Flur, setzte sich dort in eine dunkle Ecke, vergrub das Gesicht in den Händen und weinte bitterlich. Lange saß er so und weinte, — er weinte, als wäre er noch ein kleiner Knabe und nicht ein zwanzigjähriger junger Mann. O, er war fast völlig von Mitjas Schuld überzeugt! »Was sind denn das für Menschen, wie müssen denn, danach zu urteilen, die Menschen überhaupt sein!« rief er innerlich in bitterer Schwermut, wenn nicht gar Verzweiflung. Er verlor allen Lebensmut: »Ich will überhaupt nicht mehr leben«, sagte er grollend, und »ist denn das Leben das wert, ist es das wert?« rief der betrübte Jüngling immer wieder aus.

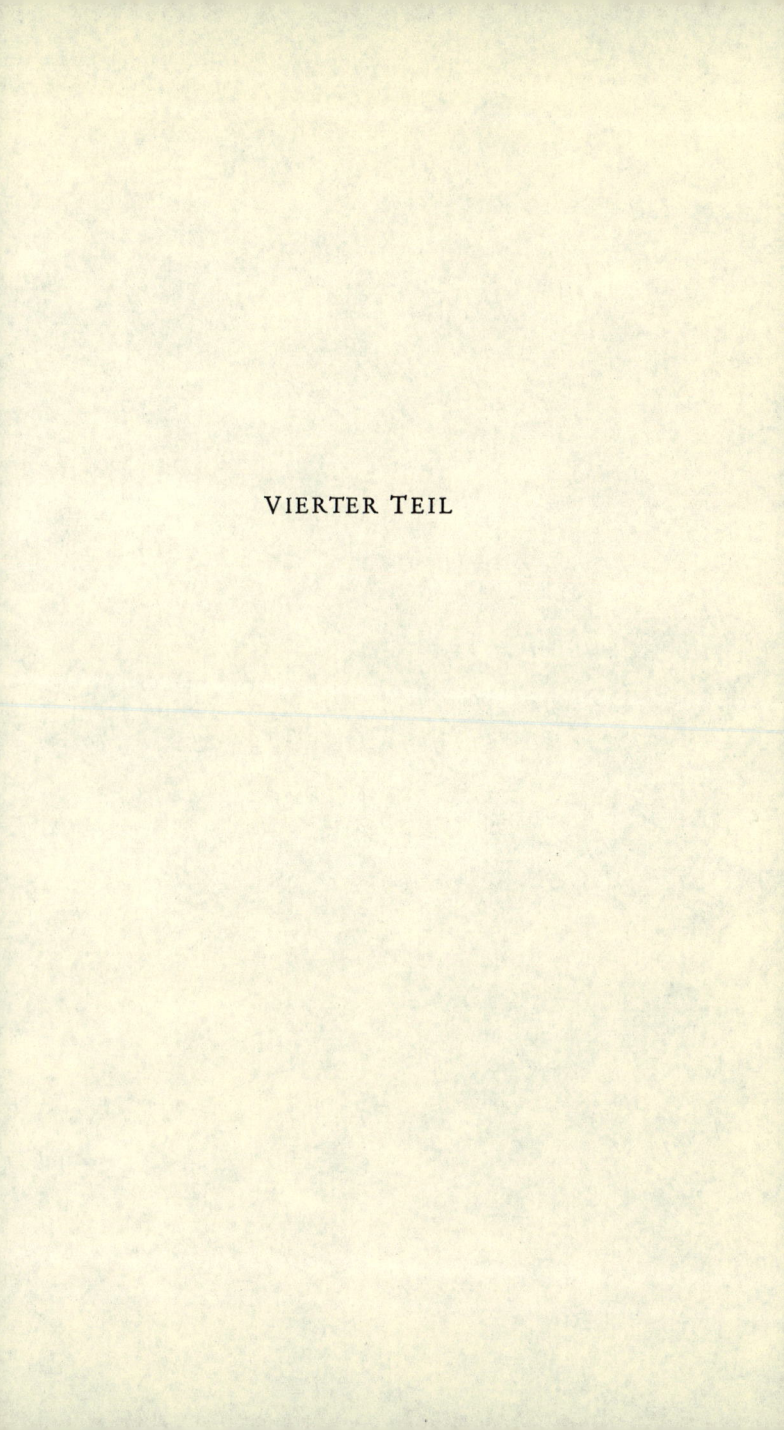

VIERTER TEIL

ZEHNTES BUCH

KNABEN

I

Kolja Krassotkin

Anfang November. Die Kälte war bei uns schon auf elf
Grad gestiegen, und nun kam noch Glatteis hinzu. Auf die
gefrorene Erde ist über Nacht ein wenig pulveriger Schnee
gefallen, und ein trockener, scharfer Wind wirbelt ihn auf und
fegt ihn durch die langweiligen Straßen des Städtchens und
besonders über den Marktplatz hin. Der Himmel ist trübe,
aber es schneit nicht mehr.

Nicht weit vom Marktplatz, in der Nähe der Plótnikoff-
schen Kolonialwarenhandlung, steht das kleine, von außen
wie von innen sehr saubere Haus der Witwe des verstorbenen Beamten Krassótkin. Der Gouvernementssekretär Krassótkin war schon vor langer Zeit gestorben, vor etwa vierzehn Jahren; seine Witwe aber, ein etwa dreißigjähriges und
noch immer sehr nettes, appetitliches Dämchen, lebte in ihrem
schmucken Häuschen »von eigenem Kapital«. Sie lebte sittsam und bescheiden und hatte einen zärtlichen, sanften, im
allgemeinen recht heiteren Charakter. Sie war bereits mit
achtzehn Jahren Witwe geworden, nachdem sie mit ihrem
Mann nur ein Jahr lang zusammen gelebt und ihm kurz vor
seinem Tode einen Sohn geboren hatte. Seit der Zeit, seit dem
Tode ihres Mannes, widmete sie sich ganz der Erziehung
dieses ihres einzigen Söhnchens Kólja, und wenn sie ihn auch
alle diese vierzehn Jahre geradezu abgöttisch liebte, so machte
sie seinetwegen doch unvergleichlich mehr Leiden durch, als
sie Freuden genoß, da sie jeden Tag um ihn zitterte und fast
verging vor Angst, er könnte sich erkälten, erkranken, sich

beim Spielen Schaden tun, auf einen Stuhl klettern und herunterfallen usw. usw. Als aber Kólja die Vorschule und späterhin unser Progymnasium zu besuchen begann, da fing sie an, alle Wissenschaften zu studieren, um ihm beim Lernen helfen und mit ihm die Aufgaben durchnehmen zu können. Sie suchte mit seinen Lehrern und deren Frauen bekannt zu werden, lud sie zum Kaffee ein, sie verwöhnte und hätschelte sogar seine Schulkameraden, damit diese ihren Kolja nicht anrührten, nicht verspotteten, oder gar — Gott behüte! — verprügelten. Sie brachte es so weit, daß die Knaben tatsächlich über das »Muttersöhnchen« zu spotten anfingen. Kolja aber verstand es, sich zu verteidigen. Er war ein mutiger Knabe und »furchtbar stark«, wie das Gerücht zu melden wußte, das sich bald in der Klasse verbreitete, war gewandt, charakterfest, kühn und unternehmungslustig. Er lernte gut, und es hieß sogar unter den Kameraden, daß er in der Arithmetik und allgemeinen Geschichte selbst dem Lehrer, Herrn Dardanéloff, ein Bein stellen könne. Wenn nun der Knabe auch etwas »von oben herab« tat und das Nasenspitzchen hoch trug, so war er doch ein guter Kamerad und gar nicht hochmütig. Die Achtung der Mitschüler nahm er übrigens als etwas Selbstverständliches hin. Die Hauptsache war, daß er Maß hielt, daß er sich bei Gelegenheit selbst zu zügeln verstand, und daß er in seinem Verhalten zu den Lehrern niemals die letzte, merkbare Grenze überschritt, über die hinaus die Streiche nicht mehr verziehen werden können, da sie dann bereits zu »Unordnung, Rebellion und Verletzung der Vorschriften« führen. Und doch war er nichts weniger als abgeneigt, bei jeder sich bietenden Gelegenheit wie der unartigste Schulbub ausgelassen zu sein, oder vielmehr nicht so sehr ausgelassen zu sein, als etwas Besonderes anzustiften, einen ganz besonders tollen Streich auszuführen, »Extrafurore« zu machen, sich einen »Schick« zu geben, kurz, sich irgendwie auffallend hervorzutun. Vor allem war er sehr ehrgeizig. Sogar seine Mama verstand er in ein untergeordnetes Verhältnis zu sich zu bringen, ja, er beherrschte sie fast despotisch. Sie hatte sich ihm widerspruchslos untergeordnet, o, schon lange war er der Herr im Hause! Nur den einen Gedanken konnte sie nicht ertragen: daß ihr Sohn sie »wenig liebe«. Es schien ihr immer, daß er »nichts für sie übrig habe«, und so kam es denn vor, daß sie, in Tränen aufgelöst, ihm wegen seiner Kälte zu ihr Vorwürfe machte. So etwas liebte der Knabe äußerst wenig, und je mehr Herzensergüsse man von ihm erwartete, um so zurückhaltender wurde er. Das geschah aber von ihm nicht absichtlich, wie es schien, sondern ganz unwillkürlich, — so war nun einmal sein Charakter. Doch die Mutter täuschte sich: er liebte seine Mama sogar sehr, nur liebte er keine »Kälberzärtlichkeiten«, wie er sich in seinem Schülerjargon ausdrückte. Sein Vater hatte viele Bücher hinterlassen, die von der Mutter in einem großen Schrank aufbewahrt wurden. Kolja machte sich bald daran, diese Bücher zu lesen. Die Mama beunruhigte das weiter nicht; sie wunderte sich vorläufig nur über ihren Jungen, wie der so ganze Stunden lang am Bücherschrank stehen und lesen konnte. Daher hatte denn Kolja in kurzer Zeit schon manches gelesen, was er in so jungen Jahren gar nicht zu wissen gebraucht hätte.

In der letzten Zeit aber hatte er ein paar Streiche gespielt, die die Mama ernstlich beunruhigten. Natürlich waren es nicht sittlich bedenkliche, bösartige Stückchen gewesen, sondern nur wahrhaft tollkühne, halsbrecherische Wagnisse. Die Mama hatte nämlich Ende Juli, in der Ferienzeit, mit ihrem Jungen eine Verwandte besucht, deren Mann auf der nächsten Eisenbahnstation, einige siebzig Werst von unserem Städtchen, angestellt war. (Das war dieselbe Eisenbahnstation, von der einen Monat darauf Iwan Fjodorowitsch Karamasoff nach Moskau reiste.) Das erste, was Kolja bei seinen Verwandten tat, war, daß er sich genau die Lokomotiven besah, sich mit der Maschine vertraut machte, alle Räder untersuchte usw., denn er sagte sich, daß er mit diesen Kenntnissen seinen Mitschülern imponieren werde. Es fanden sich noch ein paar andere Knaben ein, mit denen er sich anfreundete; die einen von ihnen wohnten daselbst auf der Station, die anderen in der Nachbarschaft, – im ganzen hatten sich sechs oder sieben Jungen im Alter zwischen dreizehn und fünfzehn Jahren zusammengetan, darunter zwei Gymnasiasten aus unserer Stadt. Diese Knaben spielten und tollten zusammen, und siehe da, am vierten oder fünften Tage des Besuchs – Frau Krassotkin und Kolja waren nur auf etwa eine Woche hingefahren – kam es unter ihnen zu einer ganz unglaublichen Wette um zwei Rubel, und zwar handelte es sich um folgendes:

Kolja, der Jüngste unter ihnen, und daher von den anderen etwas herablassend Behandelte, hatte aus knabenhaftem Ehrgeiz oder aus unverzeihlicher Tollkühnheit vorgeschlagen, nachts, wenn der Elfuhrzug käme, zwischen den Schienen liegen zu bleiben, bis der Eilzug über ihn hinweggedonnert wäre. Allerdings waren verschiedene Versuche gemacht worden, die ergeben hatten, daß man sehr wohl so zwischen den Schienen liegen und sich an den Boden drücken konnte, ohne vom Zug berührt zu werden, der dann in der größten Geschwindigkeit über einen hinwegsauste. Allein, wer brächte es fertig, liegen zu bleiben! Kolja aber behauptete steif und fest, er werde sich hinlegen und liegen bleiben. Er wurde zuerst ausgelacht, ein Prahlhans, ein Aufschneider genannt, und durch diese Neckereien nur noch mehr zu seinem Vorhaben gereizt. Das Entscheidende dabei war, daß diese Fünfzehnjährigen schon gar zu wichtig vor ihm taten und ihn zuerst als »Kleinen« überhaupt nicht in ihre »Clique« hatten aufnehmen wollen, was ihm unerträglich beleidigend erschien. Und so ward beschlossen, am Abend aufzubrechen, ungefähr eine oder zwei Werst längs dem Eisenbahndamm weiterzugehen, um dann bis elf den Zug, der dort von der Station aus bereits in Gang gekommen sein würde, zu erwarten. Der Abend kam, man versammelte sich und machte sich auf den Weg. Die Nacht brach an: es war eine mondlose, nicht nur dunkle, sondern fast pechschwarze Nacht. Kurz vor elf legte Kolja sich zwischen den Schienen hin. Die übrigen fünf, die

die Wette eingegangen waren, warteten zuerst mit beklommenem Herzen, zuletzt aber in Angst und Reue unten am Bahndamm im Gebüsch. Endlich, – ein Pfiff und fernes Rollen zeigten an, daß der Schnellzug die Station verließ. Da tauchten auch schon in der Nacht zwei feurige Augen auf, und fauchend raste das Ungetüm heran. »Lauf, Kolja! Lauf fort!« schrien fünf angsterstickte Stimmen aus dem Gebüsch. Es war aber schon zu spät: der Zug war schon da und sauste vorüber. Die Jungen stürzten den Damm hinauf zu Kolja: er lag regungslos zwischen den Schienen. Man rüttelte ihn, rief ihn an, und versuchte ihn schließlich aufzuheben. Da stand er plötzlich von selbst auf und ging schweigend den Bahndamm hinab. Unten angelangt, erklärte er, er sei absichtlich unbeweglich liegen geblieben, um ihnen Angst zu machen. Das war nicht ganz wahrheitsgetreu: er hatte tatsächlich das Bewußtsein verloren, wie er später, nach langer Zeit, seiner Mama gestand. So hatte er sich denn den Ruhm, ein »Tollkühner« zu sein, für alle Zeiten erworben. Er kehrte nur sehr bleich zur Station zurück und erkrankte am Tage darauf an einem leichten Fieber, war aber trotzdem sehr guter Laune, lustig und zufrieden. Der Streich wurde nicht gleich bekannt; erst als er wieder zurückgekehrt war und wieder in die Schule ging, verbreitete sich die tolle Geschichte, dank den beiden Gymnasiasten, die dabei gewesen waren, unter den Schülern unseres Progymnasiums, bis sie schließlich auch der Schulobrigkeit zu Ohren kam. Da aber stürzte Koljas Mama hin zu den Direktoren, um für ihren Sohn Verzeihung zu erflehen, und erreichte denn auch, daß der sehr geachtete und einflußreiche Lehrer Dardanéloff für ihren Jungen eintrat und ihn verteidigte, und daß man die Sache zu guter Letzt auf sich beruhen ließ, als wäre überhaupt nichts geschehen. Dieser Dardanéloff, ein unverheirateter und noch nicht alter Mann, war nämlich schon seit etlichen Jahren in Frau Krassotkin verliebt und hatte ihr auch schon einmal, vor etwa einem Jahr, in der ehrerbietigsten Weise und halb vergehend vor Angst und Verlegenheit einen Heiratsantrag gemacht; sie

aber hatte ihn ohne weiteres abgewiesen, da sie eine Wieder-
verheiratung als einen Verrat an ihrem Sohn empfunden
hätte. Trotzdem hatte Dardaneloff vielleicht doch das Recht,
aus gewissen Anzeichen zu schließen, daß er der hübschen
Dame nicht unsympathisch war. Der tolle Streich Koljas
schien nun das Eis gebrochen zu haben, und ihm war für seine
freundliche Verwendung eine leise Andeutung, daß er hoffen
könne, zuteil geworden, freilich nur eine sehr unbestimmte.
Da aber Dardaneloff, was Rücksichtnahme und Zartgefühl
betraf, ein wahres Phänomen war, so genügte das vollkommen, um ihn unendlich glücklich zu machen. Den Knaben
liebte er sehr, nur hielt er es für erniedrigend, sich bei ihm einzuschmeicheln, daher verhielt er sich zu ihm in der Klasse
stets streng und anspruchsvoll. Und auch Kolja achtete sehr
auf respektvollen Abstand. Er bereitete sich zu den Stunden
ausgezeichnet vor, behauptete sich in der Klasse als zweiter
Schüler, war im Umgang mit ihm etwas kühl, und die ganze
Klasse glaubte, daß er in der allgemeinen Geschichte Dardaneloff sogar schlagen könne. Und tatsächlich hatte Kolja
ihm einmal die Frage gestellt: Wer hat Troja gegründet? —
worauf der Lehrer nur »im allgemeinen« geantwortet hatte;
er hatte von den Bewegungen der Völker, von ihren Wanderungen und Niederlassungen und Übersiedlungen, von der
Tiefe der Zeiten, von den Mythen und Dichtungen gesprochen; doch auf die Frage, wer, d. h. welche Personen Troja gegründet hatten, darauf konnte er nicht antworten, und im
übrigen fand er die Frage müßig. Die Knaben waren überzeugt, daß Dardaneloff einfach nicht wisse, wer Troja gegründet habe. Kolja aber hatte in Ssmarágdoffs „Weltgeschichte", die sich gleichfalls im Bücherschrank des Vaters fand,
alles Nähere über die Gründung Trojas nachgelesen. Schließlich interessierte es alle Knaben, wer nun der eigentliche
Gründer Trojas war, Kólja Krassótkin aber deckte sein Geheimnis nicht auf, und so genoß er denn allein den Ruhm
seines Wissens.
Da kam nun dieser Eisenbahnstreich dazwischen, und Kol-

jas Verhalten zur Mutter erfuhr eine Veränderung. Als Anna Fjódorowna (so hieß Frau Krassotkin) von der »Heldentat« ihres Sohnes erfuhr, fiel sie beinahe in Ohnmacht vor Angst, obgleich doch keinerlei Gefahr mehr vorhanden war. Sie bekam die heftigsten nervösen Atembeschwerden, die mit Unterbrechungen mehrere Tage lang andauerten, so daß Kolja ernstlich erschrak und ihr sein heiliges Ehrenwort gab, nie, nie mehr ähnliche Tollheiten zu begehen. Er schwur es ihr auf den Knien vor dem Heiligenbilde, schwur es beim Andenken seines Vaters, wie es seine Mama verlangte, wobei der »männliche, erwachsene« Kolja wie ein sechsjähriger Knabe vor lauter »Gefühl« weinte, und Mutter und Sohn sich in den Armen lagen und bis zum Abend schluchzten. Am nächsten Morgen war Kolja ebenso »gefühllos« wie früher, nur wurde er von da ab schweigsamer, bescheidener, strenger und nachdenklicher. Das hinderte ihn freilich nicht, nach anderthalb Monaten wieder einen Streich auszuführen, durch den sein Name sogar unserem Friedensrichter bekannt wurde. Doch davon später. Die Mutter fuhr fort zu zittern und sich zu quälen, und Dardaneloff schöpfte, je mehr ihre Angst wuchs, desto mehr Hoffnung.

Ich muß noch bemerken, daß Kolja in dieser Hinsicht seinen Lehrer sehr gut verstand und sogar ganz durchschaute und ihn, versteht sich, wegen dieser seiner »Gefühlsduseleien« tief verachtete. Früher hatte er einmal die Unzartheit gehabt, diese Verachtung seiner Mama zu verstehen zu geben, und er hatte außerdem noch angedeutet, daß er sehr wohl wisse, welche Absichten Dardaneloff hege. Aber nach jenen nervösen Anfällen der Mutter änderte er sich auch in dieser Beziehung. Er erlaubte sich hinfort keine einzige Anspielung mehr und äußerte sich über Dardaneloff der Mutter gegenüber stets sehr achtungsvoll, was die feinfühlige Anna Fjódorowna sofort mit grenzenloser Dankbarkeit in ihrem Herzen empfand, — dafür aber selbst bei der leisesten Erwähnung Dardaneloffs, etwa im Gespräch mit einem unbefangenen Gast, wenn Kolja zugegen war, wie eine Rose erglühte. Kolja dagegen schaute dann mit krauser Stirn zum Fenster hinaus, oder er betrachtete umständlich und äußerst interessiert seine Stiefelspitzen, oder er rief barsch seinen »Pereswónn« heran, ein langhaariges, zottiges und häßliches Hundetier, das er vor einem Monat irgendwo aufgegabelt und nach Hause geschleppt hatte, nun im Hause wie ein großes Geheimnis hütete und keinem einzigen seiner Kameraden zeigte. Er tyrannisierte den armen Köter ganz entsetzlich, drillte ihn unermüdlich, bis er ihm alle möglichen Künste »eingefuchst« hatte, und brachte es schließlich so weit, daß der arme Hund jedesmal heulte, wenn er in die Schule ging, und wenn er wieder zurückkehrte, vor Freude schier verrückt wurde, winselte, sich auf den Rücken warf, alle Stückchen vormachte und wie besessen an ihm hochsprang — und das alles nicht auf Befehl, sondern aus bloßem Überschwang seiner Begeisterung und seines dankbaren Hundeherzens.

Ich habe übrigens zu erwähnen vergessen: Kolja Krassotkin war derselbe Knabe, der von Iljuscha, dem Sohn des verabschiedeten Hauptmanns Ssnegirjóff, in der Schule mit dem Federmesser in den Oberschenkel gestochen worden war, als die Schüler jenen, seines Vaters wegen, »Bastwisch« geneckt hatten.

II

Kindsköpfe

Also, an jenem frostigen und windigen Novembermorgen saß Kolja Krassotkin ganz allein zu Hause. Da es ein Sonntag war, gab es keinen Unterricht. Es hatte schon elf geschlagen, und er mußte in einer »äußerst wichtigen und unaufschiebbaren Angelegenheit ausgehen« — und da sah er sich nun gezwungen, als einziger Beschützer zu Hause zu sitzen, denn es hatte sich so gemacht, daß alle älteren Bewohner des Hauses wegen eines sehr sonderbaren und gewiß höchst seltenen Vorfalles fortgegangen waren. Im Hause der Frau Krassotkin wohnte nämlich in der zweiten, kleineren Wohnung, die nur aus zwei Zimmern bestand und von der Wohnung Frau Krassotkins durch einen Korridor getrennt war, die Frau eines Arztes mit ihren zwei kleinen Kindern zur Miete. Diese Doktorsfrau war mit Anna Fjódorowna in gleichem Alter und hatte sich herzlich mit ihr angefreundet; der Doktor aber war vor etwa einem Jahr verreist, zuerst nach Orenburg und dann nach Taschként, und hatte nun seit einem halben Jahre nichts mehr von sich hören lassen, so daß seine Frau sich blindgeweint hätte, wenn nicht die Freundschaft mit Anna Fjódorowna ihr Trost und Stütze gewesen wäre. Nun, und da mußte es denn zur Krönung aller Schicksalsschläge noch geschehen, daß Katerina, die einzige Magd der »Doktorin«, in der letzten Nacht von Sonnabend auf den Sonntag ihrer Herrin zu deren Verblüffung mitteilte, daß sie aller Wahrscheinlichkeit nach am nächsten Morgen niederkommen werde. Wie es möglich gewesen war, daß niemand früher etwas davon gemerkt hatte, blieb allen ein Rätsel. Die erschrockene, arme Frau überlegte sich die schwierige Sache und beschloß darauf, ihre Magd, solange es noch Zeit war, in eine für solche Fälle bei einer Hebamme eingerichtete Anstalt zu bringen. Da sie mit ihrer Magd sehr zufrieden war und diese um keinen Preis verlieren wollte, so führte sie ihren Vorsatz auch unverzüglich aus und blieb außerdem noch vorläufig bei ihr. Darauf, am Sonntagmorgen, wurde auch Frau Krassotkin um ihre gütige Fürsprache und Protektion gebeten, da sie im vorliegenden Fall bei gewissen Personen irgend etwas erbitten konnte. So kam es denn, daß beide Damen nicht zu Hause waren, und da auch Frau Krassotkins Magd, Agáfja, auf den Markt gegangen war, mußte Kolja zeitweilig als Beschützer und Wächter der kleinen »Knirpse« zu Hause bleiben. Diese »Knirpse« waren die beiden Gören der Frau Doktor, ein Knabe und ein Mädel. Das Haus zu bewachen, fürchtete sich Kolja nicht, und zudem war ja noch Pereswónn bei ihm, der aber auf Befehl seines Herrn im Vorzimmer unter der Bank »tot« liegen mußte, und der gerade deswegen jedesmal, wenn Kolja auf der »Runde durch die Zimmer« an ihm vorüberkam, mit bittendem Blick ihn ansah und zweimal mit der Rute kräftig auf den Fußboden schlug. Leider aber hörte er noch immer nicht den rufenden Pfiff des Herrn. Kolja warf nur einen drohenden Blick auf den armen Köter, und sofort stellte sich dieser gehorsam wieder »tot«. Dafür aber waren es die beiden Gören, die sogenannten »Knirpse«, die ihn beunruhigten. Auf den Vorfall mit Katerina blickte er selbstverständlich mit der tiefsten Verachtung herab, die verwaisten Knirpse dagegen liebte er sehr. Er hatte ihnen ein Kinderbuch zur Zerstreuung gebracht, denn Nástja, das ältere, achtjährige Mädchen, konnte schon lesen, und der jüngere Knirps, der siebenjährige Kóstja, hörte »furchtbar gern« zu, wenn Nástja ihm vorlas. Kolja Krassotkin hätte sie nun allerdings noch viel unterhaltsamer zerstreuen können, zum Beispiel mit Pferdchen- oder Soldaten- oder Versteckspielen. Das war früher auch schon mehr als einmal geschehen, so daß sich das Gerücht, Krassotkin spiele zu Hause mit den Kindern der Mieterin Pferdchen, und ahme im Springen, Galoppieren und Kopfneigen kunstvoll die Haltung der Seitenpferde der Troika nach, sogar in der Schule verbreitet hatte. Krassótkin aber war es gelungen, sich voll Stolz zu verteidigen, indem er den Mitschülern seinen Standpunkt klarlegte: mit Altersgenossen, d. h. also mit Dreizehnjährigen, wäre es seiner Meinung nach allerdings eine Schmach, »in unserem Jahrhundert« noch Pferdchen zu spielen, er aber tue es nur für die »kleinen Knirpse«, da er sie sehr gern habe, und im übrigen habe niemand das Recht, von ihm über seine Gefühle Rechenschaft zu fordern. Dafür wurde er denn auch von den beiden Kleinen geradezu vergöttert. Diesmal aber war ihm nicht nach Spielchen zu Sinn. Er war mit einer äußerst wichtigen persönlichen Angelegenheit beschäftigt: ihm stand, wie es schien, etwas fast Geheimnisvolles bevor. Inzwischen aber verging die Zeit, und Agáfja, mit der die Gören sehr gut hätten allein bleiben können, wollte immer noch nicht vom Markt zurückkehren. Er war schon mehrmals über den Flur gegangen, hatte die Tür zur Wohnung der Frau Doktor geöffnet und besorgt die Kleinen betrachtet, die auf seinen Befehl artig vor dem Kinderbuch saßen und ihm jedesmal, wenn er die Tür aufmachte, mit ganzem Munde entgegenlächelten, in der Erwartung, daß er diesmal ganz sicherlich eintreten und ihnen etwas Schönes und Lustiges vormachen werde. Kolja aber war sichtlich mit anderem beschäftigt und kam nicht herein. Da schlug es elf, und er beschloß endgültig, auf diese »verdammte Agáfja« nicht mehr länger als zehn Minuten zu warten, wenn sie aber selbst dann noch nicht gekommen wäre, einfach fortzugehen, — versteht sich, wenn ihm die Knirpse vorher aufs Wort versichert hätten, daß sie ohne ihn keine Angst bekommen, nicht unartig sein und nicht weinen würden. Mit diesem Gedanken zog er seinen kleinen wattierten Wintermantel mit dem Bisamkragen an, hing sein Büchertäschchen über die Schulter und ging, trotz der wiederholten Bitten seiner Mama, »bei dieser Kälte nicht ohne Galoschen auszugehen«, in bloßen Stiefeln und nur mit einem verächtlichen Blick auf seine Galoschen, zur Tür hinaus. Als Pereswónn ihn nach dem Mantel greifen sah, fing er sofort an, stärker mit der Rute auf den Boden zu schlagen, reckte nervös den Hals immer wieder wie suchend ihm entgegen und machte bereits etliche Ansätze zu einem klagenden Gejaul. Kolja aber beschloß, als er diese Erregung seines Köters bemerkte, den gegebenen Befehl noch nicht aufzuheben, »da man ihn an Disziplin gewöhnen muß«, und erst als er die Flurtür öffnete, pfiff er. Pereswonn fuhr auf wie toll und sprang geradezu außer sich vor Freude zu seinem jungen Tyrannen. Kolja schritt über den Flur und öffnete die Tür zu den Knirpsen. Die saßen zwar noch am Tischchen, lasen aber nicht mehr, sondern stritten sich. Diese beiden Kinder stritten häufig miteinander über verschiedene ungelöste Lebensprobleme, nur war es immer Nastja, das ältere Mädchen, die den Sieg davon trug; dafür ging Kostja jedesmal, wenn er mit ihr nicht übereinstimmen konnte, zu Kólja Krassótkin, um an ihn als die letzte Instanz zu appellieren, und wie der dann entschied, dabei blieb es denn auch, da er für beide Teile absolute Autorität war. Diesmal schien ihm der Streit der Gören etwas interessanter, und so blieb er an der Tür noch ein Weilchen stehen, um der Debatte zuzuhören. Die Kinder hatten natürlich sofort bemerkt, daß er wieder eingetreten war, und so setzten sie ihren Streit noch lebhafter fort.

»Niemals, niemals werde ich glauben, daß die Ammen die kleinen Kinder im Gemüsegarten zwischen den Kohlbeeten finden«, beteuerte Nastja eifrig. »Jetzt ist doch schon Winter, und Kohlbeete gibt es überhaupt nicht mehr, wo soll nun die Amme das Töchterchen für Katerina hernehmen?«

‚Da haben wir's!‘ dachte Kolja bei sich.

»Oder sieh, es kann doch auch so sein: die Ammen finden sie irgendwo, bringen sie aber nur denen, die verheiratet sind.«

Kostja blickte das Schwesterchen aufmerksam an, hörte tiefsinnig zu und überlegte.

»Wie dumm du bist, Nastja«, sagte er schließlich überzeugt, ohne sich aber dabei aufzuregen, »was kann denn Katerina für ein Kind haben, wenn sie keinen Mann hat?«

Nastja fuhr sofort auf:

»Ach, du verstehst mich nicht«, sagte sie gereizt, »vielleicht hat sie einen Mann gehabt, nur sitzt er jetzt im Gefängnis, und da hat sie nun ein Kind bekommen.«

»Ja, aber hat sie denn einen Mann im Gefängnis?« erkundigte sich wichtig der nüchterne Kostja.

»Oder nein«, unterbrach ihn Nastja ungestüm, indem sie ihre erste Hypothese völlig vergaß, »einen Mann hat sie nicht, da hast du recht, sie will aber gern einen Mann haben, und da hat sie angefangen zu denken, wie sie einen Mann bekommen würde, und hat immer daran gedacht, so lange daran gedacht, bis sie nun nicht einen Mann, dafür aber ein Kindchen bekommen hat.«

»Nun, das ist was anderes«, meinte Kostja bekehrt, »du hast das aber früher nicht gesagt, wie sollte ich es da wissen!«

»Hört mal, ihr Gören«, unterbrach Kolja Krassotkin eintretend die Unterhaltung, »ihr seid ja, wie ich sehe, gefährliches Gewächs.«

»Und auch Pereswonn ist mit Ihnen gekommen?« erkundigte sich selig lächelnd Kostja und bemühte sich, mit seinen kleinen Fingern wie Erwachsene zu schnippen, um auf diese Weise Pereswonn heranzulocken.

»Also hört mal, ich habe ein ernstes Wort mit euch zu reden«, hub Krassotkin gewichtig an. »Ihr könntet mir nämlich einen großen Gefallen erweisen. Agafja hat sich natürlich ein Bein gebrochen, das steht fest, sonst wüßte ich wirklich nicht, warum sie sich dermaßen verspätet. Ich aber muß in einer äußerst wichtigen Angelegenheit ausgehen, ich kann die Sache unmöglich noch weiter hinausschieben. Werdet ihr mich nun gehen lassen?«

Die Kinder blickten sich gegenseitig besorgt an, ihre lächelnden Gesichter verwandelten sich in unruhig fragende. Übrigens begriffen sie noch nicht ganz, was man von ihnen verlangte.

»Werdet ihr nicht unartig sein in meiner Abwesenheit? Nicht auf den Schrank klettern und euch die Beine brechen? Nicht Angst bekommen und losweinen, wenn ihr allein seid?«

In den Gesichtern der Kinder drückte sich furchtbare Beklemmung aus.

»Ich könnte euch dafür ein nettes Dingelchen zeigen, eine kleine messingne Kanone, aus der man mit wirklichem Pulver schießen kann.«

Die Gesichter der Kinder erhellten sich augenblicklich.

»Zei—eigen Sie uns bitte das Kanönchen«, bat ganz erstrahlend Kostja.

Kolja Krassotkin fuhr mit der Hand in seine Büchertasche, entnahm ihr eine kleine messingne Kanone und stellte sie auf den Tisch.

»Das glaub ich, zei—ei—eigen Sie! Seht, sie rollt auf Rädern« — er rollte die Kanone über den Tisch — »und auch schießen kann man aus ihr. Mit Schrot laden und schießen.«

»U—und schießt sie auch tot?«

»Alle schießt sie tot, nur muß man vorher zielen.«

Und Krassotkin erklärte ihnen, wohin man das Pulver schütten, wohin man das Schrotkorn stecken müsse; er zeigte ihnen ein kleines Loch, das sogenannte Zündloch, wo man das Pulver anzündete, und erzählte darauf, daß die Kanone nach dem Schuß zurückstoße. Die Kinder hörten mit runden Augen und fieberhaftem Interesse zu. Am meisten frappierte sie, wie es wohl kam, daß die Kanone nach dem Schuß zurückrollte.

»Aber haben Sie auch Pulver?« erkundigte sich Nastja.

»Versteht sich.«

»O, dann zeigen Sie uns, bitte, auch das Pulver«, bat Nastja gedehnt mit einschmeichelndem Kinderlächeln.

Kolja Krassotkin fuhr wieder mit der Hand in die Büchertasche und entnahm ihr eine kleine Flasche, in der tatsächlich etwas »wirkliches« Schießpulver war. In einer kleinen Papiertüte hatte er noch ein paar Schrotkörner. Er schüttete sich sogar etwas von dem Schießpulver auf die Handfläche.

»Seht, nur darf hier kein Feuer in der Nähe sein, sonst entzündet es sich und sprengt uns alle in die Luft«, warnte Kolja und erreichte damit einen noch größeren Eindruck.

Die Kinder betrachteten das Pulver geradezu mit andächtiger Furcht, die das Vergnügen natürlich noch erhöhte. Doch Kostja interessierte sich besonders für das Schrot.

»Schrot aber brennt nicht?« erkundigte er sich.

»Nein, Schrot brennt nicht.«

»Schenken Sie mir etwas Schrot«, bat er mit zärtlich-schüchterner Stimme.

»Meinetwegen, Schrot kannst du ein wenig bekommen, da nimm, nur zeige es deiner Mama nicht früher, als bis ich wieder zurückgekommen bin, sonst denkt sie, daß es Pulver sei und fällt in Ohnmacht vor Schreck oder gibt euch die Rute.«

»Mama schlägt uns niemals mit der Rute«, bemerkte sofort Nastja.

»Ich weiß, ich sagte es auch nur so. Eurer Mama aber sollt ihr niemals etwas verheimlichen, nur dieses eine Mal ... wie gesagt, nur bis ich wiederkomme. Also, kann ich nun fortgehen? Werdet ihr nicht ohne mich Angst bekommen? Werdet ihr nicht weinen, wenn ich euch allein lasse?«

»Doch, wir wer—den wo—o—ohl wei—nen«, kam es langsam und klagend aus Kostja heraus, dessen Gesicht bereits Anstalten machte, sich zum Weinen zu verziehen.

»Ja, wir werden bestimmt weinen, bestimmt!« beteuerte auch Nastja etwas ängstlich.

»Ach, Kinder, Kinder, wie gefährlich sind doch eure Jahre! ... Nun, nichts zu machen, ihr Kücken, man wird, weiß Gott wie lange, bei euch sitzen müssen. Zeit aber, Zeit habe ich keinen Augenblick zu verlieren!«

»A—ber werden Sie auch Pereswónn sich totstellen lassen?« fragte Kostja halb bittend, halb neugierig.

»Ja, was ist da zu machen, man wird Pereswonn vorführen müssen. Ici, Pereswonn!«

Und Kolja begann zu befehlen und ließ den Hund alle Stückchen vormachen, die er konnte. Pereswonn war ein zottiger, mittelgroßer Hofköter, dessen Fell in ganz absonderlichen graulila Farben schimmerte. Er war einäugig, das rechte Auge fehlte ihm, und das linke Ohr war eingeschnitten, so daß es zwei Spitzen hatte. Er winselte und sprang herum, ging auf den Hinterfüßen, saß, warf sich auf den Rücken, alle vier Pfoten in die Luft und lag in dieser Stellung regungslos, »wie tot«. Gerade während dieser letzten Kunstleistung öffnete sich die Tür, und Agáfja, Frau Krassótkins Küchenmagd, trat mit dem überladenen Marktkorb am Arm ins Zimmer. Agafja war ein vierzigjähriges, pockennarbiges Frauenzimmer. Sie blieb auf der Schwelle stehen und betrachtete den Hund. Kolja unterbrach übrigens seine Vorstellung nicht eher, wie sehnsüchtig er Agafja auch erwartet hatte, als bis Pereswonn die festgesetzte Zeit auf dem Rücken gelegen hatte: dann erst pfiff er ihm. Der Hund sprang sofort wie außer sich auf und bellte und wußte sich

nicht zu lassen vor Freude darüber, daß er seine Pflicht erfüllt hatte.

»Sieh mal einer an, was das für'n Hund is!« meinte Agafja
wohlwollend.

»Warum aber bist denn du, Vertreterin der Weiblichkeit,
so spät zurückgekommen?« fragte Kolja streng.

»Vertreterin der Weiblichkeit, — da hör doch einer man
bloß! So 'n kleiner Pilz, so 'n Naseweis!«

»Naseweis?«

»Was denn sonst? Was geht's denn deine Nase an, ob
ich zu spät oder zu früh komme. Wenn ich zu spät komme,
dann komme ich eben zu spät, dann heißt dies, daß es so
richtig ist, daß ich zu spät komme, dann habe ich eben zu spät
kommen müssen«, brummte Agafja, die sich am Ofen zu tun
machte, doch war sie weder böse noch unzufrieden, sondern
im Gegenteil, sogar sehr zufrieden, als freue es sie, das muntere junge Herrchen ein wenig verspotten zu können.

»Hör mal, leichtsinniges Frauenzimmer«, begann Krassotkin, sich von seinem Platz erhebend, »kannst du mir schwören, bei allem, was es Heiliges hier in dieser Welt gibt und
außerdem womöglich bei noch etwas, daß du während meiner
Abwesenheit die beiden Gören nicht aus dem Auge lassen
wirst? Ich muß ausgehen.«

»Warum soll ich dir denn schwören?« fragte Agafja gutgelaunt. »Ich werd schon sowieso auf die Knirpse aufpassen.«

»Nein, du mußt mir bei deiner Seele Seligkeit schwören.
Sonst gehe ich nicht fort.«

»Dann nicht. Was geht's mich an? Sitz zu Hause, wenn
du willst. Draußen ist es auch so kalt.«

»Hört mal, ihr Knirpse«, wandte sich Kolja an die Kleinen, »Agafja wird bei euch bleiben, bis ich zurückkehre oder
bis eure Mama wiederkommt, denn auch für sie wäre es Zeit.
Außerdem wird Agafja euch etwas zu essen geben. Das wirst
du doch, Agafja?«

»Schon möglich.«

»Dann also, auf Wiedersehen, ihr beide, ich verlasse euch

mit ruhigem Herzen. Du aber, Alte«, sagte er halblaut und mit männlichem Ernst, als er an Agafja vorüberging, »du wirst ihnen, hoffe ich, nicht wieder eure üblichen Weiber-dummheiten über die Katerina vorlügen, mußt doch ihr junges Alter berücksichtigen. — Ici, Pereswonn!«

»Na, Gott mit dir«, brummte Agafja, diesmal aber etwas ärgerlich. »Da sieh einer an, so 'n Wicht! Müßte selber noch was überkriegen für solche Worte.«

III
Schulbuben

Kolja hörte das nicht mehr. Endlich also konnte er gehen, Gott sei Dank! Als er hinaustrat, warf er einen spähenden Blick ringsum, ruckte einmal vor Kälte mit den Schultern, dacht: ‚Hm, scharfer Frost!' und schritt die Straße entlang bis zur nächsten Querstraße, in die er rechts einbog, um auf den Marktplatz zu gelangen. Als er am letzten Hause vor dem Platz angelangt war, blieb er an der Hofpforte stehen, zog eine kleine Pfeife aus der Tasche und pfiff aus Leibes-kräften, als wolle er ein verabredetes Zeichen geben. Er brauchte nicht lange zu warten: im Augenblick öffnete sich das Hofpförtchen, und ein rotwangiger, etwa elf-jähriger Junge schlüpfte geschwind auf die Straße. Er war gleichfalls in ein warmes, sauberes, elegantes Mäntelchen gekleidet. Das war der kleine Ssmúroff, ein Schüler der Vorbereitungsklasse (während Kolja Krassotkin schon in der Sexta saß), der Sohn eines wohlhabenden Beamten, dem die Eltern allem Anschein nach verboten hatten, mit dem »tollen« Krassotkin zu verkehren. Diesmal war er denn auch offenbar heimlich davongeschlichen. Dieser Knabe war derselbe, der, wie der Leser sich vielleicht noch erinnern wird, mit anderen Schülern vor etwa zwei Monaten mit Steinen nach Iljúscha geworfen und darauf Alexei Kara-masoff noch einiges über den ausgestoßenen Jungen jenseits des Grabens erzählt hatte.

»Ich warte jetzt schon genau eine Stunde auf dich, Krassotkin«, sagte mit strenger Miene der kleine Ssmúroff, während sie beide dem Marktplatze zuschritten.

»Ich habe mich verspätet«, antwortete Krassotkin würdevoll. »Es gibt Umstände. Wird man dich nicht durchbläuen,
wenn man erfährt, daß du mit mir gehst?«

»Ach, so hör doch auf, als ob ich noch durchgebläut würde! Kommt auch Pereswonn mit?«

»Ja, auch Pereswonn.«

»Und du wirst ihn auch dorthin mitnehmen?«

»Ja, auch dorthin.«

»Ach, wenn's doch Shútschka wäre!«

»Das ist unmöglich. Shutschka gibt es nicht mehr. Shutschka ist in der Finsternis des Unbekannten verschwunden.«

»Ach, aber ginge es nicht so . . .« — der kleine Ssmuroff
blieb unter dem Eindruck des Gedankens mitten auf der
Straße stehen — »Iljúscha sagt doch, daß Shutschka auch so
zottig und grau gewesen sei, — könnte man da nicht sagen,
daß Pereswonn jener selbe Shutschka sei, vielleicht wird er
es glauben?«

»Schüler, scheue die Lüge, das wäre Paragraph eins; selbst
dann, wenn es sich um einen guten Zweck handelt, Paragraph zwei. Vor allem aber will ich hoffen, daß du dort
nichts von meinem Besuch hast verlauten lassen.«

»Gott behüte, ich verstehe doch, worum es sich dabei handelt. Aber auch mit Pereswonn kann man ihn nicht trösten«, meinte Ssmuroff seufzend. »Weißt du, sein Vater, der
Hauptmann, der ‚Bastwisch‘, sagte uns, er werde ihm heute
ein junges Hündchen bringen, einen echten kleinen Bullenbeißer mit einem schwarzen Schnäuzchen. Er hofft, Iljuscha
damit zu trösten, nur weiß ich nicht, ob es ihm gelingen
wird.«

»Wie steht es denn mit ihm, mit Iljuscha?«

»Ach, schlecht, sehr schlecht! Ich glaube, er hat die
Schwindsucht. Er ist sonst vollkommen bei Besinnung, aber
er atmet so schwer, so beängstigend. Vor ein paar Tagen

bat er, man solle ihn im Zimmer etwas gehen lassen; man zog ihm seine Stiefelchen an, und er ging, fiel aber schon nach den ersten Schritten hin. ‚Ach', sagte er, ‚ich habe dir doch gesagt, Papa, das kommt nur von den schlechten Stiefeln, in ihnen war es auch früher unbequem zu gehen.' Er glaubte, er sei wegen der Stiefel gefallen, aber es war doch nur aus Schwäche. Er wird keine Woche mehr leben. Doktor Herzenstube kommt häufig hin. Jetzt sind sie wieder reich, haben viel Geld.«

»Diese Banditen!«

»Wer das?«

»Diese Ärzte und das ganze medizinische Pack, im allgemeinen gesprochen . . . und im einzelnen, versteht sich, noch mehr. Ich verneine die Medizin. Eine total unnütze Einrichtung. Übrigens werde ich das alles noch eingehender untersuchen. Aber was sind denn das für Sentimentalitäten, die ihr da eingeführt habt? Die ganze Klasse scheint sich ja täglich bei ihm zu versammeln?«

»Gar nicht! Es gehen bloß zehn von uns täglich hin, jeden Tag.«

»Mich wundert schließlich nur die Rolle, die Alexei Karamasoff dabei spielt: sein Bruder wird morgen oder übermorgen wegen Vatermordes verurteilt werden, er aber hat noch Zeit zu Sentimentalitäten mit kleinen Jungen.«

»Gar nicht, da ist nichts von Sentimentalitäten! Du gehst doch jetzt selbst hin, um dich mit Iljuscha zu versöhnen.«

»Versöhnen! Lächerlicher Ausdruck. Übrigens gestatte ich niemandem, meine Handlungen zu analysieren.«

»Wie sich aber Iljuscha über deinen Besuch freuen wird! Er ahnt nicht, daß du kommst. Warum wolltest du denn solange nicht zu ihm mitkommen?« fragte Ssmúroff, der von ganzem Herzen dem kranken Iljuscha nachfühlte.

»Lieber Junge, das ist meine und nicht deine Sache. Ich gehe, weil das mein eigener freier Wille ist, euch aber hat alle ohne Ausnahme Alexei Karamasoff hingeschleppt, das ist doch wohl ein Unterschied. Und überhaupt, woraus schließt du, daß ich hingehe, um mich mit ihm auszusöhnen? Was ist das für ein dummer Ausdruck.«

»Aber uns hat ja gar nicht Karamasoff hingebracht, gar nicht er! Wir fingen ganz von selbst an, hinzugehen, zuerst wohl noch zusammen mit Karamasoff. Und es ist auch nichts vorgekommen, gar keine Dummheiten. Zuerst ging nur einer, dann ein zweiter, dritter und so weiter. Der Vater war furchtbar froh darüber, daß wir kamen. Weißt du, er wird bestimmt den Verstand verlieren, wenn Iljuscha stirbt. Er weiß ja schon, daß Iljuscha sterben wird. Iljuscha hat nach dir gefragt, aber er hat weiter nichts hinzugefügt. Er fragt nur und verstummt dann gleich. Aber sein Vater wird den Verstand verlieren oder sich erhängen. Er hat sich ja auch früher schon wie ein Verrückter aufgeführt. Weißt du, er ist ein edler Mensch, das war damals nur ein Irrtum. An allem trägt nur dieser Vatermörder die Schuld, weil er ihn damals verprügelt hat — daraus ist jetzt alles entstanden.«

»Immerhin ist Karamasoff ein Rätsel für mich. Ich hätte schon lange seine Bekanntschaft machen können, aber ich liebe in gewissen Fällen, stolz zu sein. Zudem habe ich mir schon eine gewisse Ansicht über ihn gebildet, die es jetzt nur noch zu untersuchen und zu vervollständigen gilt.«

Kolja verstummte bedeutsam, und Ssmúroff schwieg gleichfalls. Ssmuroff blickte natürlich nur andächtig zu dem Älteren empor und wagte nicht einmal, daran zu denken, sich mit ihm gleichzustellen. Er war maßlos interessiert durch die Bemerkung Koljas, er gehe aus »eigenem freien Willen« hin, da sich hinter diesem Ausspruch sicherlich die Lösung jenes Rätsels verbarg, warum er nicht schon früher zu Iljuscha mitgekommen war, und warum er sich gerade heute dazu entschlossen hatte. Sie gingen über den Marktplatz, auf dem diesmal viele Fuhrwerke standen und viel angetriebenes Geflügel gackerte und schnatterte. Die Marktweiber saßen wie gewöhnlich unter ihren Zeltdächern und verkauften ihre Ware: Weißbrot, Pfefferkuchen, Garn usw. Derartige sonntäglichen Märkte werden bei uns höchst nai-

‚verweise Jahrmärkte genannt, und solcher Jahrmärkte gibt es bei uns gar viele im Jahr. Pereswonn lief in der heitersten Gemütsverfassung vor ihnen her, schwenkte unermüdlich bald nach rechts, bald nach links ab, um irgendwo irgend etwas zu beschnuppern. Traf er mit anderen Hunden zusammen, so blieb er mit ungewöhnlicher Bereitwilligkeit stehen, um sich mit ihnen nach allen Hunderegeln zu begrüßen.

»Ich liebe es, die realen Vorgänge zu beobachten«, sagte plötzlich Kolja. »Hast du schon beobachtet, wie die Hunde sich beschnuppern, wenn sie zusammentreffen? Das muß bei ihnen so ein Naturgesetz sein.«

»Ja, das ist wahr, wirklich lächerlich.«

»Das heißt, durchaus nicht lächerlich, das war eine falsche Bemerkung von dir. In der Natur gibt es nichts Lächerliches, obwohl manches dem Menschen mit seinen Vorurteilen auch lächerlich erscheinen mag. Wenn Hunde denken und kritisieren könnten, so würden sie in den sozialen Beziehungen der Menschen, ihrer Herren, ebensoviel, wenn nicht noch mehr, für sie Lächerliches finden, — sogar sehr viel mehr. Ich wiederhole das nur darum, weil ich fest überzeugt bin, daß es bei uns tatsächlich noch viel mehr Dummheiten gibt. Das ist, nebenbei bemerkt, ein Ausspruch von Rakitin, ein sehr bemerkenswerter sogar. Ich bin Sozialist, Ssmúroff.«

»Was ist das?« fragte Ssmuroff naiv.

»Das ist, wenn alle gleich sind, alle sind dann einer Meinung, es gibt keine Ehen, und die Religion und alle Gesetze sind dann so, wie es jedem beliebt, nun und so weiter alles übrige. Du bist noch nicht reif dazu, für dich ist das noch zu früh ... Aber es ist heut doch gehörig kalt!«

»Ja. Zwölf Grad. Papa sah vorhin nach dem Thermometer.«

»Hast du nicht bemerkt, Ssmuroff, daß es mitten im Winter selbst bei fünfzehn oder achtzehn Grad Kälte gar nicht so kalt ist, wie zum Beispiel jetzt, zu Anfang des Winters bei zwölf, wenn die Kälte ganz plötzlich einsetzt und noch wenig Schnee gefallen ist? Das bedeutet, daß die Menschen sich noch nicht an die Kälte gewöhnt haben. Bei den Menschen kommt alles auf Gewohnheit an. Selbst in den staatlichen und politischen Beziehungen. Gewohnheit ist bei ihnen die erste und größte Triebfeder. Sieh doch, was das für ein komischer Kauz ist!«

Kolja wies auf einen langen Bauer im Pelz, der neben seinem Fuhrwerk stand und vor Kälte die behandschuhten Hände zusammenschlug. Sein langer blonder Bart, der sein sympathisches Gesicht umrahmte, war vom Frost ganz bereift.

»Dieser Bauer hat einen ganz bereiften Bart!« sagte Kolja laut, als er an ihm vorüberging.

»Viele haben heute einen bereiften Bart«, sagte ruhig und wohlbedacht der Bauer.

»So reiz ihn doch nicht«, bat Ssmuroff leise Krassotkin.

»Macht nichts, er wird sich nicht ärgern, er ist ein braver Mann. — Leb wohl, Matwei.«

»Leb wohl.«

»Heißt du denn Matwei?«

»Jawohl. Wußtest du es nicht?«

»Nein, ich sagte es aufs Geratewohl.«

»Nun sieh mal! Bist wohl noch Schulbub?«

»Natürlich.«

»Nun was, wirst du auch gedroschen?«

»Nicht gerade, daß — aber es kommt vor.«

»Aber dann auch feste?«

»Ohne das geht's nicht.«

»Ja, ja!« Der Bauer seufzte von ganzem Herzen auf.

»Leb wohl, Matwei.«

»Leb wohl, bist 'n braver Bursch, jawohl.«

Die beiden Jungen gingen weiter.

»Das war ein guter Kerl«, sagte Kolja zu Ssmuroff. »Ich rede gern mit dem einfachen Volke. Es freut mich immer, wenn ich ihm Gerechtigkeit widerfahren lassen kann.«

»Warum aber hast du ihm vorgelogen, daß wir in der Schule gedroschen würden?« fragte Ssmuroff.

»Man mußte ihn doch beruhigen!«

»Wieso?«

»Sieh mal, Ssmuroff, ich mag nicht noch extra gefragt werden, wenn man mich beim ersten Wort nicht verstanden hat. Manches läßt sich überhaupt nicht erklären. Er glaubt, daß jeder Schüler gedroschen wird, und seiner Meinung nach muß das auch so sein: ‚Was ist denn das für ein Schüler, der nicht seine Portion Wichse kriegt?‘ denkt er bei sich. Und nun soll ich ihm plötzlich sagen, daß bei uns in der Schule nicht geschlagen werden darf! Damit würde ich ihn doch tief betrüben. Übrigens kannst du das noch nicht verstehen. Mit dem Volk zu reden, das will verstanden sein.«

»Nur mach diesmal, bitte, keine Geschichten, sonst kommt wieder so ein Skandal heraus, wie damals mit der Gans!«

»Hast du denn etwa Angst?«

»Lach nicht, Kolja, bei Gott, ich habe Angst. Mein Vater würde furchtbar böse werden. Man hat mir streng verboten, mit dir zu verkehren.«

»Beunruhige dich nicht, diesmal wird nichts geschehen. Guten Morgen, Natascha«, rief er einem der Marktweiber unter einem Schutzdach zu.

»Was bin ich für eine Natascha, Marja heiß ich!« rief die Händlerin, ein noch junges Weib, mit hoher Fistelstimme fast schreiend zur Antwort.

»Das ist gut, daß du Marja heißt, leb wohl!«

»Ach, du Galgenstrick, bist noch keine Elle hoch, nicht mal auf der Erde zu bemerken, und bist doch schon wie die anderen!«

»Habe keine Zeit, keine Zeit für dich, nächsten Sonntag kannst du es mir erzählen!« rief Kolja, heftig mit der Hand abwinkend, als hätte sie mit ihm angebändelt und nicht er mit ihr.

»Was soll ich dir denn nächsten Sonntag erzählen? Hast selber angefangen und nicht ich, du Frechling!« schrie Marja aufgebracht, »Prügel hast du verdient, wir kennen dich dummen Jungen schon von früher!«

Unter den benachbarten Händlerinnen erhob sich ein Lachen, als plötzlich aus dem Bogengang der nächsten Handlung ein aufgebrachter Bursche, dem Aussehen nach ein Kleinkrämer, hervorstürzte und Kolja wütend mit der Faust drohte. Das war kein städtischer Händler, sondern einer von den »Jahrmarktsleuten«, ein noch junger Mann in einem langschößigen blauen Bauernkittel und einer Mütze mit ledernem Schirm auf dem Kopf. Sein Gesicht war lang, blaß und pockennarbig. Er befand sich in geradezu unsinniger Erregung und konnte zuerst kaum ein Wort hervorbringen, er drohte immer nur mit der Faust.

»Ich kenne dich!« rief er endlich, »ich kenne dich!«

Kolja sah ihn scharf an. Er konnte sich nicht recht entsinnen, was er diesem Menschen angetan oder wo er ihn getroffen hatte. Das war aber schließlich nicht zu verwundern, da er ja so unzählige Händel auf der Straße gehabt hatte.

»Du kennst mich?« fragte er ironisch.

»Ich kenne dich, ich kenne dich!« wiederholte der dumme Bursche immer wieder.

»Nun, um so besser für dich. Ich habe keine Zeit, leb wohl!«

»Was, du wirst noch frech?« schrie der andere auffahrend. »Du wirst obendrein noch frech? Ich kenne dich! So ein freches Luder, wie du eins bist, gibt's ja kein zweites!«

»Das, Freund, ist jetzt nicht deine Sache, ob ich frech bin oder nicht«, sagte Kolja von oben herab, blieb stehen und blickte ihn wieder scharf an.

»Wieso denn nicht meine Sache?«

»Sehr einfach: weil sie es nicht ist.«

»So—o? Wessen denn sonst, wenn nicht meine? Wen soll's denn sonst was angehn?«

»Das, mein Freund, geht jetzt nur Trifón Nikítitsch an, aber nicht dich.«

»Was für einen Trifon Nikititsch?« fragte in dummer Verwunderung, doch immer noch sehr aufgebracht, der Bursche und starrte Kolja verständnislos an. Kolja maß ihn mit dem Blick.

»Bist du zur Himmelfahrt gegangen?« fragte er ihn plötzlich streng.

»Zu was für einer Himmelfahrt? Warum, wozu? Nein, ich bin nicht gegangen«, antwortete noch verdutzter der Bursche.

»Kennst du Ssabanéjeff?« fuhr Kolja noch strenger fort zu fragen.

»Was für einen Ssabanéjeff? Nein, ich kenne ihn nicht.«

»Ach, dann hol' dich der Teufel, wenn du selbst den nicht kennst!« brach Kolja jählings ab und ging, sogleich nach rechts abschwenkend, seines Weges, als verachte er es, mit einem solchen Tölpel noch weiter zu reden, der nicht einmal Ssabanejeff kannte.

»Warte, he, du! Bleib doch stehn! Welch einen Ssabanéjeff meinst du?« rief ihm, halb sich besinnend, der Bursche in noch größerer Erregung nach. »Was sagte er eigentlich?« fragte er plötzlich die Marktweiber, indem er sie dumm anglotzte.

Die Weiber lachten.

»Ein kluger Schlingel«, meinte eine von ihnen.

»Was für einen Ssabanejeff? Wen meinte er damit?« fragte immer noch erregt und völlig vor den Kopf gestoßen der Bursche.

»Ach, das wird wohl der Ssabanejeff sein, der bei Kusjmítscheffs einmal diente, ja, den wird er damit gemeint haben!« sagte schließlich eines der Weiber.

Der Bursche blickte sie groß an.

»Bei Kusj-mí—tscheffs?« fragte ein anderes Marktweib, »aber der hieß doch nie und nimmer Trifón? Der hieß doch Kusjmá, der Bengel aber sagte doch Trifón Nikititsch, da hast du's nun, wie soll denn das derselbige sein?«

»Ach was, das ist weder Trifon noch Ssabanejeff, das ist

857

Tschíshoff«, mischte sich ein drittes Weib ein, das bis dahin geschwiegen und ernst zugehört hatte. »Der hieß man aber Alexei Iwánowitsch. Tschíshoff mit Familiennamen und sonst Alexei Iwánowitsch.«

»Jawohl, ich weiß es auch ganz genau, das kann doch niemand anders sein als Tschíshoff«, bestätigte eifrig ein viertes Weib.

Der betölpelte Bursche blickte verständnislos bald die eine, bald die andere an.

»Warum aber hat er denn gefragt, ihr guten Leute, sagt mir doch wenigstens, warum er mich das gefragt hat!« rief er schließlich halb verzweifelt aus. »‚Kennst du Ssabanejeff?‘ Der Teufel kann nun wissen, was das für 'n Ssabanejeff ist!«

»So nimm doch Vernunft an, Mensch, und hör', was man dir sagt: Nicht Ssabanejeff meint er, sondern Tschishoff, Alexei Iwánowitsch Tschishoff, hast's nu verstanden?« rief ihm eifrig eines der Weiber zu.

»Was Teufel für'n Tschishoff? Nu, sag doch, mach doch das Maul uff, wenn du's weißt! Nu, was für einer?«

»Na, wen denn sonstig, wenn nicht den langen mit der roten Nase, der im Sommer hier auf dem Markt saß?«

»Aber, was Teufel geht mich denn dieser Tschishoff an, sagt mir doch wenigstens das, ihr guten Leute, was?«

»Ja, das weiß ich doch auch nicht, ich meine ja bloß so.«

»Wer kann denn wissen, was er dich angeht«, meinte eine andere, »das mußt du selber wissen, wenn du darüber so 'n Geschrei erhebst. Der Bub hat's doch dir gesagt, nicht uns, du dummer Mensch. Oder kennst du ihn denn wirklich selber nicht?«

»Wen?«

»Nun, den Tschishoff doch, den selbigen, sollte ich meinen!«

»Ach, der Teufel hole den Tschishoff und dich noch dazu! Durchbläuen werde ich ihn, den Hund! Er hat mich nur zum besten gehabt!«

»Was, den Tschishoff willst du durchbläuen? Da sieh dich man vor, daß du nicht selber 'ne Tracht abkriegst! Dazu bist du dumm genug!«

»Nicht den Tschishoff, doch nicht den Tschishoff, du giftiges Weibsbild, — den Frechling, diesen Bengel, werde ich durchbläuen! Der soll nur sehen, der kommt mir jetzt gerade recht! Also zum besten will er mich haben, nasführen will er mich, wart nur, ich werd dich schon durchbläuen!«

Die Weiber lachten. Kolja schritt schon längst mit siegesbewußter Miene davon. Ssmúroff ging neben ihm und blickte sich noch ein paarmal nach der schreienden Gruppe um. Er war gleichfalls lustig gestimmt, trotz seiner Furcht, Kolja könnte wieder eine »Geschichte« machen und diesmal auch ihn »verwickeln«.

»Nach was für einem Ssabanejeff fragtest du ihn?« erkundigte er sich bei Kolja, obgleich er die Antwort schon ahnte.

»Wie soll ich's denn wissen, nach welch einem? Jetzt haben sie was, worüber sie bis zum Abend schreien können. Ich versetze den Dummköpfen in allen Gesellschaftsschichten gern einen geistigen Nasenstüber. Da steht der Kerl immer noch wie ein Ochs am Berg. Merk dir eines, man sagt: ,Es gibt nichts Dümmeres als einen dummen Franzosen', aber weißt du, auch eine russische Physiognomie kann sich sehen lassen. Nun, sag doch selbst, ist es diesem Bauern dort nicht ins Gesicht geschrieben, daß er dumm ist, da, diesem Bauern, — wie?«

»Laß ihn, Kolja, gehen wir vorüber.«

»Um nichts in der Welt werde ich so vorübergehen, ich bin gerade gut dazu aufgelegt. Heda! Guten Tag, Bauer!«

Es war ein kräftiger, älterer Bauer, der langsam an ihnen vorüberging. Er hatte ein rundes, einfaches Gesicht und einen leicht ergrauten Bart. Auf den Gruß hin erhob er den gesenkten Kopf und blickte den forschen Schulbuben an. Wahrscheinlich hatte er schon etwas getrunken.

»Nun, guten Tag, wenn du nicht scherzest«, gab der Bauer langsam zur Antwort.

»Und wenn ich scherze?« fragte Kolja lachend.

»Wenn du aber scherzest, dann nur zu, Gott mit dir. Das tut nichts, das darf man. Scherzen darf man immer.«

»Verzeih, Freund, ich habe in der Tat gescherzt.«

»Nun, macht nichts, Gott wird dir verzeihen.«

»Aber verzeihst auch du mir?«

»Von ganzem Herzen, Kleinerchen. Geh mal nur vorwärts.«

»Ei, sieh mal, wie du bist! Du bist ja, weiß Gott, ein kluger Mann.«

»Klüger als du gewiß«, antwortete der Bauer mit derselben ruhigen Würde.

»Wirklich?« Kolja war ein wenig verdutzt.

»Verlaß dich drauf.«

»Übrigens kannst du recht haben.«

»Das will ich meinen.«

»Leb wohl, Bauer.«

»Leb wohl.«

»Die Bauern sind sehr verschieden«, sagte Kolja zu Ssmúroff, als sie weitergingen, nach einigem Schweigen. »Woher wußte ich nur, daß ich auf einen Klugen stoßen würde? Ich bin immer bereit, im Volke Klugheit anzuerkennen.«

Da schlug es fern von der Turmuhr der Kathedrale halb zwölf. Die Knaben beeilten sich und gingen sehr schnell und fast ohne zu sprechen. Bis zur Wohnung des Hauptmanns Ssnegirjoff war es noch ziemlich weit. Als sie etwa noch zwanzig Schritt vom Hause entfernt waren, blieb Kolja plötzlich stehen und gab Ssmuroff den Befehl, vorauszugehen und Karamasoff zu ihm herauszurufen.

»Man muß sich zuerst ein wenig beschnuppern«, fügte er nur kurz hinzu.

»Aber warum denn das?« Ssmuroff wollte ihn noch überreden, sofort mitzugehen. »Komm doch so, man wird sich furchtbar freuen. Was hat denn das für einen Sinn, hier in der Kälte Bekanntschaft zu machen?«

»Es genügt, wenn *ich* weiß, wozu es nötig ist, daß ich ihn

herausrufen lasse«, schnitt Kolja geradezu despotisch jede weitere Einwendung ab (ein Verfahren, das er besonders gern im Verkehr mit den »Kleinen« anzuwenden pflegte), und Ssmuroff lief sofort eilig ins Haus, um dem Befehl nachzukommen.

IV

Shutschka[21]

Kolja lehnte sich mit wichtiger Miene an den Zaun und erwartete Aljoschas Erscheinen. Eigentlich hatte er sich schon lange auf diesen Augenblick vorbereitet, denn im Grunde wollte er mehr als gern seine Bekanntschaft machen. Viel hatte er von ihm gehört, besonders durch die kleineren Schüler, doch hatte er sich absichtlich immer überlegen-gleichmütig gestellt, wenn man von ihm sprach, hatte sogar Aljoschas Tun »kritisiert«, was jedoch nicht hinderte, daß er aufmerksam zuhörte, wenn man von ihm erzählte. Ja, er wollte ungeheuer gern Alexei Karamasoff kennenlernen, denn in allem, was er über ihn gehört hatte, war etwas ungemein Sympathisches und Anziehendes gewesen. So war denn auch dieser Augenblick am Zaun ein sehr wichtiger: vor allen Dingen durfte man sich nicht blamieren, man mußte sich eben vollkommen selbständig zeigen, denn: ‚Sonst könnte er merken, daß ich dreizehnjährig bin, und mich für einen ebensolchen Knaben halten wie jene Kleinen. Was hat er nur an ihnen? Sollte ich ihn das nicht vielleicht fragen, wenn er kommt? Das Gemeine ist nur, daß ich noch so klein von Wuchs bin. Túsikoff, zum Beispiel, ist doch jünger als ich und trotzdem um einen halben Kopf größer. Nur mein Gesicht ist nicht so dumm. Ich bin nicht gerade schön zu nennen, ich weiß, ich habe ein scheußliches Gesicht, aber dafür ist es klug. Auch darf ich nicht gar zu freundlich sein, ich muß mich sogar unbedingt zurückhaltender zeigen, denn wenn man ihn gleich mit offenen Armen empfängt, kann er ja denken ... Pfui, das wäre aber gemein, wenn er dächte, daß ich ...'

So regte sich Kolja unnütz auf, während er wartete und sich aus allen Kräften bemühte, eine möglichst ungezwungene Haltung anzunehmen. Am meisten quälte ihn, daß er so klein von Wuchs war, ja, gar nicht so sehr das »scheußliche« Gesicht, wie gerade der kleine Wuchs quälte ihn. Zu Hause hatte er schon im vorigen Jahr mit dem Bleistift ein Zeichen an der Wand gemacht, das seine Größe an dem und dem Tage angab, und seit der Zeit ging er alle zwei Monate einmal an diese Wand, um zu messen, wieviel er inzwischen gewachsen war. Doch leider wuchs er sehr langsam, was ihn bisweilen fast zur Verzweiflung brachte. Was nun sein Gesicht anbelangt, so war es durchaus nicht »scheußlich«, sondern sogar recht nett: ein blondes, etwas blasses Knabengesicht mit Sommersprossen auf dem Näschen. Seine grauen, nicht großen, doch lebhaften Augen blickten dreist in die Welt, und oftmals wurden sie dunkel von tiefem Gefühl. Die Backenknochen waren etwas breit, die Lippen klein und ziemlich schmal, dafür aber sehr rot; die Nase war gleichfalls klein, und die Spitze guckte impertinent in die Luft: »Eine ausgesprochene Stumpfnase, das reinste Exemplar von dieser Sorte!« sagte sich Kolja, wenn er vor dem Spiegel stand und ihm jedesmal tief verstimmt wieder den Rücken kehrte. »Und ist denn das Gesicht auch wirklich klug?« fragte er sich mitunter, wenn er selbst daran zu zweifeln begann. Übrigens muß man nun nicht denken, daß die Sorge um seinen Wuchs und die Nase seine ganze Seele erfüllte. Nein, das war durchaus nicht der Fall. Wie schwer auch die Minuten vor dem Spiegel zuweilen waren, er vergaß sie doch schnell und auf lange Zeit, indem er sich mit Leib und Seele den »Ideen und dem wirklichen Leben« hingab, wie er selbst seine Tätigkeit bezeichnete.

Aljoscha erschien sehr bald und trat schnell auf Kolja zu. Dieser hatte sofort bemerkt, daß Aljoscha auffallend freudig aussah. ,Sollte er sich wirklich über mich so freuen?' dachte

Kolja, angenehm berührt. Bei der Gelegenheit mag noch erwähnt werden, daß Aljoscha sich inzwischen sehr verändert hatte. Er hatte die Kutte schon abgelegt und trug einen kurzen, tadellos gearbeiteten Rock, einen runden, weichen Filzhut und kurzgeschorenes Haar. Das alles stand ihm vortrefflich, er sah wirklich schön aus. Sein anziehendes Gesicht hatte einen heiteren Ausdruck, doch war diese Heiterkeit von einer ganz eigenartigen Stille und Ruhe. Zu Koljas Verwunderung kam Aljoscha so, wie er im Zimmer gesessen hatte, zu ihm heraus, trotz der scharfen Kälte ohne Überzieher. Augenscheinlich hatte er sich sehr beeilt.

Aljoscha streckte ihm sofort die Hand entgegen.

»Da sind Sie ja endlich! Wie wir Sie erwartet haben!«

»Ich hatte meine Gründe, die Sie sofort erfahren werden. Jedenfalls freut es mich, Ihre Bekanntschaft zu machen. Ich habe eigentlich schon lange auf die Gelegenheit gewartet . . . ich habe viel von Ihnen gehört . . .«, sagte Kolja mit leicht verhaltenem Atem.

»Wir wären ja auch so zusammengekommen; auch ich habe viel von Ihnen gehört; hierher aber sind Sie leider etwas zu spät gekommen.«

»Ja, sagen Sie doch, wie steht es hier?«

»Iljúscha geht es sehr schlecht, er wird nicht mehr lange leben.«

»Was? Wie ist das möglich? Aber da müssen Sie doch zugeben, Karamasoff, daß die Medizin nichts als Quacksalberei ist!« rief Kolja aufrichtig empört.

»Iljuscha hat oft, sehr oft nach Ihnen gefragt, sogar in der Nacht, wenn er phantasierte, hat er Ihren Namen genannt. Daraus sieht man, wie lieb Sie ihm gewesen sind . . . früher . . . vor jenem Messerstich. Außerdem gibt es noch andere Gründe, die . . . Sagen Sie, ist das Ihr Hund?«

»Ja. Mein Pereswonn.«

»Und nicht Shútschka?« Aljoscha blickte traurig und enttäuscht in Koljas Augen. »So ist denn Shutschka wirklich spurlos verschwunden?«

»Ich weiß, daß Sie alle gern Shutschka wiederfinden
wollten, ich habe es gehört«, sagte Kolja mit rätselhaftem
Lächeln. »Hören Sie, Karamasoff, ich werde Ihnen die ganze
Sache erklären, ich bin hauptsächlich nur darum gekommen, und deswegen habe ich Sie auch herausrufen lassen, um
Ihnen vorher die ganze Episode zu erzählen, ich meine, bevor
wir hineingehen«, begann Kolja lebhaft. »Sehen Sie, Karamasoff, im Frühling trat Iljuscha in die Vorbereitungsklasse
ein. Nun, man weiß doch, wie die ist: kleine, dumme Jungen. Iljuscha wurde sofort von allen geneckt. Ich beobachtete,
da ich doch zwei Klassen höher sitze, alles nur aus der Ferne.
Ich sah, es ist ein kleiner, schwächlicher Junge, aber er duckt
sich nicht, er prügelt sich mit jedem, der ihn neckt, er ist
stolz, die Augen blitzen nur so. Solche Jungen gefallen mir.
Sie aber neckten ihn noch mehr. Hauptsächlich taten sie es
darum, weil er damals ganz alte Kleider trug. Seine Höschen
kletterten an den Beinen hinauf, und die Stiefelspitzen
waren zerrissen und glichen zwei hungrigen Mäulchen. Darum neckten sie ihn und machten sich über ihn lustig. Nein,
das liebe ich nicht. Ich griff sofort ein und gab ihnen gehörig
Extrapfeffer. Ich verhaue sie doch, sie aber vergöttern mich,
wissen Sie das schon, Karamasoff?« prahlte Kolja im Mit-
teilungsrausch. »Und überhaupt habe ich Kinder ganz gern.
Mir sitzen außerdem noch zu Hause zwei Nestlinge auf dem
Halse, heute haben sie mich sogar unverzeihlich lange aufgehalten. So hörten die Jungen denn auf, Iljuscha zu necken
oder zu verprügeln, da ich ihn unter meine Protektion
genommen hatte. Ich sah sofort, daß er stolz war, sehr stolz,
das sage ich Ihnen, aber schließlich unterwarf er sich mir
ganz, geradezu sklavisch. Er erfüllte jeden Befehl, den ich
gab, gehorchte mir wie einem Gott, und war bald auf dem
besten Wege, mich zu imitieren. In den Pausen zwischen
den Stunden kam er jedesmal sofort zu mir, und wir spazier-
ten dann zusammen. Sonntags kam er gleichfalls zu mir. Bei
uns im Gymnasium lacht man darüber, wenn ein Älterer
mit einem von den Kleinen geht und sich dazu noch so

kameradschaftlich zu ihm verhält. Aber das ist ja nur ein Vorurteil. Es ist nun einmal mein Einfall, ich will es so, und damit basta, nicht wahr? Ich belehre ihn also, trage viel zu seiner Entwicklung bei, – und warum, sagen Sie doch selbst, warum soll ich das nicht tun, wenn er mir gefällt? Da haben wir doch zum Beispiel Sie, Karamasoff; Sie haben sich ja gleichfalls mit diesen Kindern angefreundet, das bedeutet doch, daß Sie auf die junge Generation einwirken wollen, daß Sie sie entwickeln wollen, kurz, daß Sie nützlich sein wollen, nicht wahr? Ich muß gestehen, dieser Zug Ihres Charakters, von dem ich viel gehört habe, hat mich am meisten interessiert. Übrigens zur Sache. Ich bemerkte also bald, daß in dem Jungen sich eine gewisse Empfindsamkeit, eine gewisse Sentimentalität entwickelte, ich aber, wissen Sie, bin ein ausgesprochener Feind aller Kälberzärtlichkeiten, und zwar schon von Geburt an. Und zudem sind das doch Widersprüche: er ist stolz, mir aber sklavisch ergeben, – sklavisch ergeben, und plötzlich blitzen die Äuglein auf, und er will nicht einmal mehr übereinstimmen mit mir, streitet, klettert womöglich an der Wand hinauf! Ich habe mitunter Ideen verfochten, er aber fängt plötzlich an, mir zu widersprechen, nur sind es, wie ich alsbald einsehe, nicht die Ideen, die er angreift, sondern er empört sich gegen mich persönlich, weil ich seine Zärtlichkeit mit Kaltblütigkeit erwidere. Nun, und um ihn jetzt zu erziehen, werde ich, je zärtlicher er zu mir wird, desto kälter zu ihm. Ich tat es absichtlich. Meiner Überzeugung nach mußte ich es gerade so machen. Mein Ziel war, seinen Charakter zu bilden, auszugleichen, einen Menschen aus ihm zu machen ... nun, und so weiter ... Sie verstehen mich natürlich auch ohne Worte. Plötzlich bemerke ich, er ist niedergeschlagen, den einen Tag, den zweiten, dritten – und diesmal nicht wegen der Zärtlichkeiten oder Nichtzärtlichkeiten, sondern aus einem anderen, gewichtigeren, höheren Grunde. Was ist denn das für eine Tragödie, denke ich. Ich dringe in ihn, bis ich schließlich die ganze Sache erfahre. Er war auf irgendeine

Weise mit dem Diener Ihres verstorbenen Vaters, der damals noch lebte, mit dem Ssmerdjakóff, zusammengekommen, und dieser hatte ihm, dem dummen kleinen Jungen, etwas ganz Blödsinniges gezeigt, das heißt vielmehr etwas wahrhaft tierisch Rohes — nämlich aus Brot, aus weichem, teigartigem Brot, eine Kugel zu kneten, eine Stecknadel hineinzustecken und diesen Brotball dann einem Hofhunde vorzuwerfen — einem von jenen verhungerten, die die Bissen gierig hinunterschlucken —, und dann zuzusehen, was der Hund macht. Und so hatten sie denn beide so eine Kugel fabriziert und diesem selben zottigen Hunde vorgeworfen, dem Shutschka, der dort auf dem Hof, wo er war, überhaupt nichts zu fressen bekam, und nur die ganze Nacht in den Wind hinausheulte. — Mögen Sie dieses dumme Gebell, Karamasoff? Ich kann es nicht ausstehen! — Nun, der verhungerte Hund hatte natürlich sofort zugeschnappt und hinuntergeschluckt, und dann hat er gleich zu heulen und zu winseln angefangen, ja, er hat sich immer winselnd im Kreise herumgedreht und dann plötzlich ist er winselnd und aufheulend fortgelaufen und — verschwunden. So hat es mir Iljuscha selbst erzählt. Er gestand es mir und weinte dabei, umklammerte mich und weinte herzbrechend. ‚Er lief und winselte, lief und winselte‘, wiederholte er immer wieder, dermaßen hatte ihn dieses Bild gepackt. Das waren also Gewissenbisse bei ihm. Ich nahm es ernst. Ich wollte ihm hauptsächlich wegen des früheren Verhaltens eine Lektion erteilen, und so habe ich denn, ich muß gestehen, etwas Komödie gespielt, mich absichtlich verstellt, als wäre ich in einer Weise empört darüber, wie ich es in Wirklichkeit vielleicht gar nicht war. ‚Du hast eine niedrige, schändliche Tat begangen‘, sagte ich zu ihm, ‚du bist ein Schurke. Ich werde natürlich nicht ausposaunen, was du getan hast, aber vorläufig breche ich jeden Verkehr mit dir ab. Ich werde mir die Sache noch überlegen und dich dann durch Ssmuroff wissen lassen‘ — durch denselben Knaben, mit dem ich heute gekommen bin, der Sie soeben herausgerufen hat, er ist mir immer ergeben gewesen –, ‚ob ich hinfort noch mit dir Umgang pflegen kann, oder ob ich dich als einen erklärten Schuft überhaupt nicht mehr kennen will.' Das ging ihm schrecklich nahe. Offen gestanden, ich fühlte schon damals, daß ich vielleicht doch zu streng war, aber was sollte ich tun – das war nun einmal mein Prinzip. Darauf, am nächsten Tage, schickte ich Ssmuroff zu ihm und ließ sagen, daß ich ‚nicht mehr mit ihm sprechen werde' – das sagt man so bei uns, wenn zwei Kameraden ihre Freundschaft brechen. Das Geheimnis bestand aber darin, daß ich ihn nur ein paar Tage lang in Acht und Bann halten und ihm dann wieder die Hand reichen wollte, wenn ich seine Reue sehen würde. Das war meine feste Absicht. Aber was glauben Sie wohl, nachdem er Ssmuroff angehört hat, schreit er ihm mit blitzenden Augen zu: ‚Sage Krassotkin, daß ich von jetzt ab allen Hunden solche Brotkugeln mit Stecknadeln vorwerfen werde, allen, allen!' – ‚Aha', dachte ich, ‚das Kerlchen rebelliert! – ein freier Geist scheint sich eingeschlichen zu haben, nun, den muß man ausräuchern!' Und ich begann ihm meine tiefe Verachtung zu zeigen; wenn wir einander begegneten, wandte ich mich von ihm ab, oder ich lächelte ironisch. Da aber kam plötzlich diese Geschichte mit dem Vater dazwischen, Sie wissen doch, mit dem „Bastwisch". Jetzt sehen Sie, wie er schon vorbereitet war – zu dieser ganzen Katastrophe mit dem Vater. Als aber die Knaben sahen, daß ich ihn verlassen hatte, da ging es wieder los mit dem Necken: ‚Bastwisch, Bastwisch!' Und da begannen denn zwischen ihnen wieder die Schlachten mit Kieselsteinen. Das tut mir jetzt schrecklich leid, denn ich glaube, damals haben sie ihn einmal furchtbar verprügelt. Eines Tages aber warf er sich auf dem Hof gegen die ganze Bande, als wir Älteren gerade nach der letzten Stunde die Schule verließen, und ich blieb etwa zehn Schritte von ihm stehen und sah ihm zu. Auf Ehrenwort, ich erinnere mich nicht mehr, ob ich damals gelächelt habe oder nicht; ich weiß nur noch, daß er mir in dem Augenblick maßlos, nein wirklich, maßlos leid tat. Noch einen Augenblick — und ich hätte mich dazwischengeworfen, um ihn zu verteidigen. Da aber erblickte er mich plötzlich; ich weiß nicht, was er in meinem Blick gesehen hat, — er riß sein Federmesser heraus, stürzte sich auf mich und stach mich in den Schenkel, hier, gerade hier am rechten Bein. Ich rührte mich nicht, ich muß gestehen, ich bin zuweilen recht tapfer, Karamasoff. Ich blickte ihn nur verächtlich an, als wollte ich mit dem Blick sagen:, Willst du mich vielleicht noch einmal stechen zum Dank für meine Freundschaft, so stehe ich zu Diensten.' Er aber stach nicht zum zweitenmal, er hielt es nicht aus, er erschrak selbst, warf das Messer fort, weinte laut auf und lief davon. Ich petzte natürlich nicht und befahl auch den anderen, zu schweigen, damit es die Lehrer nicht erführen, und selbst meiner Mutter sagte ich es erst, als alles schon zugeheilt war. Und die Narbe war ja auch ganz unbedeutend, nur so eine etwas tiefere Schramme. Darauf höre ich, daß er am selben Tage noch eine Schlacht geliefert und Sie in den Finger gebissen hat, — aber Sie begreifen doch, in welch einer Verfassung er sich damals befand! Nun, jetzt ist es nicht mehr gutzumachen. Ich war damals sehr dumm: als er darauf erkrankte, ging ich nicht hin, um ihm alles zu verzeihen, ich meine, um mich wieder in aller Freundschaft mit ihm zu versöhnen. Das ist nun die ganze Geschichte ... nur glaube ich, daß ich es dumm gemacht habe ...«

»Ach, wie schade«, unterbrach ihn Aljoscha erregt, »daß ich nicht früher von diesen Ihren Beziehungen zu ihm erfahren habe, sonst wäre ich schon längst zu Ihnen gekommen und hätte Sie gebeten, Iljuscha zu besuchen. Glauben Sie mir, er hat im Fieber fast nur von Ihnen phantasiert. Ich ahnte nicht, wie teuer Sie ihm sein müssen. Und haben Sie den Shutschka wirklich nicht gesucht und nicht gefunden? Sein Vater und die Knaben haben in der ganzen Stadt nachgefragt. Wissen Sie, er hat dreimal während der Krankheit, in Tränen aufgelöst, gesagt: ,Ich bin nur davon krank, Papa, daß ich Shutschka damals umgebracht habe, dafür bestraft mich jetzt Gott.' Von diesem Gedanken kann man ihn nicht abbringen! Wenn man ihm aber jetzt diesen Hund wiederbringen und ihm zeigen könnte, daß er nicht gestorben ist und lebt, so würde er vielleicht vor Freude noch gesund werden. Wir haben alle auf Sie gehofft.«

»Aber warum denn gerade auf mich? Warum sollte denn gerade ich Shutschka finden?« fragte Kolja mit auffallender Wißbegier. »Warum hofften Sie nicht auf einen anderen?«

»Ja, es hieß, daß Sie den Hund krampfhaft suchten, und wenn Sie ihn gefunden hätten, zu Iljuscha bringen würden. Ssmuroff ließ einmal etwas in diesem Sinne verlauten. Wir bemühen uns vor allem, ihn zu überzeugen, daß der Hund lebt, daß wir ihn irgendwo gesehen hätten. Die Knaben brachten ihm ein lebendes Häschen, er sah es aber nur einmal an, lächelte kaum und bat, es wieder aufs Feld zu bringen und freizulassen. Dies taten wir denn auch. Und soeben kehrte sein Vater zurück und brachte ihm einen ganz kleinen Bullenbeißer, — er hat ihn sich irgendwoher verschafft. Er hoffte, ihn damit zu trösten, aber es kam, glaube ich, umgekehrt heraus, denn Iljuscha wurde nur noch trauriger . . .«

»Aber sagen Sie mir noch eines, Karamasoff: dieser Vater, was ist das für ein Mensch? Ich kenne ihn, aber was ist er im Grunde Ihrer Meinung nach — ein Narr, ein Bajazzo?«

»Ach nein, aber es gibt Menschen, die tief fühlen, zu gleicher Zeit aber wie von der Welt unter die Füße getreten sind. Den Clown zu spielen, das ist bei ihnen wie eine boshafte Spöttelei über jene, denen sie aus lange erniedrigendem Bangesein die Wahrheit nicht ins Gesicht zu sagen wagen. Glauben Sie mir, Krassotkin, solches Narrenspielen ist zuweilen überaus tragisch. Für ihn gibt es jetzt außer Iljuscha nichts mehr auf der Welt. Iljuscha ist für ihn die ganze Welt. Wenn Iljuscha nun stirbt, wird er entweder geisteskrank werden oder sich das Leben nehmen. Davon bin ich so gut wie überzeugt, nachdem ich ihn jetzt wieder gesehen habe.«

»Ich verstehe Sie, Karamasoff; ich sehe, Sie kennen die Menschen«, sagte Kolja ernst und beeindruckt.

»Als ich aber vorhin den Hund bei Ihnen sah, dachte ich, daß es Shutschka sei, den Sie mitgebracht haben, und ich freute mich schon für Iljuscha.«

»Warten Sie, Karamasoff, vielleicht werden wir Shutschka noch finden . . . dieser hier ist mein Pereswonn. Ich werde ihn später ins Zimmer hineinlassen und mit ihm Iljuscha vielleicht mehr erfreuen als mit einem echten Bullenbeißer. Warten Sie, Karamasoff, Sie werden sofort etwas erfahren . . . Ach, mein Gott, da halte ich Sie, ohne mir dabei etwas zu denken, hier im Freien solange auf!« unterbrach sich Kolja plötzlich ganz erschrocken. »Sie stehen im leichten Rock bei dieser Kälte, und ich denke nicht einmal daran! Sehen Sie, sehen Sie, was für ein Egoist ich bin! O, wir sind alle riesige Egoisten, Karamasoff!«

»Beruhigen Sie sich, es ist allerdings kalt, aber ich erkälte mich nicht so leicht. Doch gehen wir jetzt. Bei der Gelegenheit: wie heißen Sie eigentlich? Ich weiß: Kolja, aber Ihres Vaters Vorname?«

»Nikolai, Nikolai Iwánow Krassótkin, oder, wie man im Kanzleistil sagt: Sohn des Iwan Krassotkin«, sagte Kolja und lachte — weiß Gott, worüber. Doch plötzlich fügte er hinzu:

»Ich hasse natürlich meinen Namen Nikolai.«

»Warum denn das?«

»Er ist so abgedroschen, so beamtenmäßig . . .«

»Und Sie sind dreizehn Jahre alt?« fragte Aljoscha.

»Das heißt, vierzehn, in zwei Wochen vierzehn, also sehr bald. Ich muß Ihnen im voraus meine größte Schwäche eingestehen, Karamasoff, dies mag das erste Bekenntnis nach der Bekanntschaft mit Ihnen sein. Ich will es nur Ihnen sagen, damit Sie sofort mein ganzes Wesen durchschauen können. Also: ich hasse es, wenn man mich nach meinem Alter fragt, es ist sogar noch mehr als nur Haß, was ich dabei empfinde . . . Und dann . . . man verleumdet mich . . .

Da heißt es zum Beispiel, ich hätte mit den Schülern der Vorbereitungsklasse Räuber gespielt! Daß ich mit ihnen gespielt habe, ist allerdings Tatsache, daß ich es aber zu meinem Vergnügen getan hätte, ist eine ausgesprochene Verleumdung. Ich habe Grund anzunehmen, daß dieses Gerücht auch bis zu Ihnen gedrungen ist, aber ich versichere Ihnen: ich habe nicht zu meinem Vergnügen gespielt, sondern um den Kleinen ein Vergnügen zu bereiten, denn ohne mich verstanden sie sich nichts auszudenken. Und nun verbreiten die Klatschbasen solchen Unsinn über mich! Unsere holde Stadt sollte eigentlich „Klatschstadt" heißen, das sage ich Ihnen!«

»Und wenn Sie auch zu Ihrem eigenen Vergnügen gespielt hätten, was wäre denn dabei?«

»Aber, ich bitte Sie, zum eigenen Vergnügen! . . . Sie werden zum Beispiel doch nicht anfangen mit kleinen Kindern Pferdchen zu spielen?«

»Sehen Sie doch die Sache von einem anderen Standpunkt an«, sagte Aljoscha belustigt: »Ins Theater zum Beispiel gehen Erwachsene, im Theater aber werden doch auch nur die Erlebnisse von Helden dargestellt, zuweilen gleichfalls mit Räubern und Krieg. Ist das nun nicht ganz dasselbe, natürlich, nur in einer etwas anderen Art? Wenn aber Knaben in der Erholungszeit Krieg spielen oder Räuber, wie Sie sagten, — das ist doch nichts anderes als entstehende Kunst, oder das in der jungen Seele entstehende Bedürfnis nach Kunst. Und manchmal werden diese Spiele viel besser komponiert als die Vorstellungen im Theater. Der Unterschied besteht bloß darin, daß man ins Theater geht, um dort andere spielen zu sehen, hier aber die Knaben selbst die Schauspieler sind. Aber das ist ja doch nur natürlich.«

»Ist das wirklich Ihre Ansicht? Ist das Ihre Überzeugung?« Kolja sah ihn groß und aufmerksam an. »Wissen Sie, Karamasoff, Sie haben einen außerordentlich interessanten Gedanken ausgesprochen! Wenn ich nach Haus komme, werde ich meinen Hirnkasten ob dieser Frage in

Bewegung setzen. Ich muß Ihnen aufrichtig gestehen, ich habe es eigentlich nicht anders erwartet, als daß man von Ihnen noch manches lernen könnte. Ja, ich bin gekommen, um von Ihnen zu lernen, Karamasoff«, sagte Kolja zum Schluß mit männlich fester, doch nichtsdestoweniger begeisterter Stimme.

»Und ich werde von Ihnen lernen«, sagte Aljoscha schlicht, indem er ihm die Hand drückte.

Kolja war sehr zufrieden mit Aljoscha. Am angenehmsten berührte ihn, daß jener sich ihm gegenüber ganz wie zu einem gleichstehenden Kameraden verhielt, »wie zu dem erwachsensten Menschen.«

»Ich werde Ihnen dort in der Stube gleich ein famoses Kunststück zeigen, Karamasoff, das wird gleichfalls eine Theatervorstellung werden«, sagte er mit etwas nervösem Lachen. »Zu dem Zweck bin ich ja eigentlich nur gekommen.«

»Gehen wir zuerst nach links zu den Hausleuten. Dort legen alle ihre Mäntel ab. Im Zimmer ist es eng und heiß.«

»O, das ist nicht nötig, ich bin doch nur auf einen Augenblick gekommen, ich werde so im Mantel eintreten. Pereswonn muß hier im Flur bleiben, und wie tot liegen. Ici, Pereswonn, kusch dich und stirb! — Sehen Sie, er stellt sich tot. Ich werde jetzt vorläufig allein eintreten und zuerst die Umgebung inspizieren, und dann im richtigen Moment pfeife ich: ,Ici, Pereswonn!' und Sie werden sehen, er wird sofort wie toll hereinsausen. Nur darf Ssmuroff nicht vergessen, rechtzeitig die Tür aufzumachen. Aber ich werde schon achtgeben, daß alles richtig klappt, lassen Sie mich nur machen . . .«

V

An Iljuschas Bettchen

In der uns bekannten Bauernstube, die der Hauptmann
Ssnegirjoff mit seiner Familie bewohnte, war die Luft in
diesem Augenblick ebenso drückend, wie das Zimmer selbst
durch die zahlreichen kleinen Gäste eng wurde. Es saßen
wieder einmal mehrere Knaben bei Iljuscha. Wenn sie auch
alle, wie Ssmuroff, bereit waren, zu leugnen, daß Aljoscha
Karamasoff sie zu Iljuscha geführt und alles zu ihrer An-
freundung getan hatte, so war dies doch einmal so. Seine
ganze Kunst bestand in diesem Falle nur darin, daß er sie
ihm alle einzeln und ohne jegliche »Kälberzärtlichkeiten«
zuführte, als geschehe es ganz unabsichtlich, womöglich ganz
zufällig. Das war für Iljuscha eine große Freude gewesen.
Als er die fast zärtliche Freundschaft dieser seiner früheren
Feinde sah, war er tief gerührt. Nur Kólja Krassótkin fehlte
noch, und das lag wie eine drückende Last auf seinem Herzen. Wenn es in seinen bitteren Erinnerungen etwas ganz
besonders Bitteres gab, so war das gerade dieser Vorfall mit
Kolja, seinem früheren einzigen Freunde und Verteidiger,
auf den er sich damals mit dem Messer gestürzt hatte. Das
hatte sich auch der kleine, gescheite Ssmuroff gesagt, der als
erster zu Iljuscha gekommen war. Kolja Krassotkin hatte
aber auf Ssmuroffs entfernte Andeutung, daß Aljoscha »in
einer gewissen Angelegenheit« vielleicht zu ihm kommen
werde, sofort schroff jeden weiteren Annäherungsversuch
abgewehrt, indem er Ssmuroff barsch auftrug, »dem Karamasoff« zu sagen, daß er selbst wisse, was er zu tun habe,
daß er niemanden um Rat bitte und im übrigen, wenn er
zu dem Kranken ginge, das dann tun werde, wenn es ihm
angemessen scheine — er hätte dazu seine »persönlichen
Gründe«. Das war vor etwa zwei Wochen gewesen. Daraufhin hatte Aljoscha es unterlassen, seine anfängliche Absicht auszuführen und zu Krassotkin zu gehen. Dafür aber

war der kleine Ssmuroff zweimal von ihm zu Kolja geschickt worden. Aber Kolja hatte beide Male in der gereiztesten und schroffsten Weise abgesagt: »Sage Karamasoff, daß ich, wenn er zu mir kommen sollte, überhaupt nicht zu Iljuscha gehen werde, und im übrigen bitte ich, mich nicht ewig mit dieser Sache zu belästigen.« Selbst Ssmuroff hatte noch am Sonnabend nicht gewußt, daß es Koljas Absicht war, an diesem Sonntag Iljuscha zu besuchen. Erst am Abend hatte Kolja ihm beim Abschied gesagt, er solle ihn am nächsten Morgen auf dem Hof erwarten, er würde mit ihm zusammen zu Ssnegirjoffs gehen, hatte aber streng verboten, irgend jemanden von seinem Kommen zu benachrichtigen. Ssmuroff gehorchte. Der Gedanke jedoch, daß er auch den verlorenen Hund mitbringen werde, war Ssmuroff auf Grund einiger von Kolja flüchtig hingeworfener Worte gekommen. Er hatte nämlich gesagt: »Esel sind sie, wenn sie den Hund nicht finden können, vorausgesetzt, daß er noch lebt.« Als aber Ssmuroff nach einiger Zeit schüchtern eine Anspielung darauf gemacht hatte, da war Krassotkin »höllisch wütend« geworden. »Ich bin doch nicht so dumm, daß ich in der ganzen Stadt einen fremden Hund suche, wenn ich meinen Pereswonn habe! Und wie kann man nur so was Dummes denken, daß ein Hund, der eine Stecknadel hinuntergeschluckt hat, am Leben bleibe! Das sind ja nur Sentimentalitäten und weiter nichts!«

Inzwischen verging die Zeit. Iljuscha hatte sein Bettchen in der Ecke unter den Heiligenbildern seit vollen zwei Monaten nicht mehr verlassen. In die Schule war er seit jenem Tag, an dem er Aljoscha in den Finger gebissen hatte, nicht mehr gegangen. Am selben Tage war er auch erkrankt, doch konnte er im ersten Monat noch allein aufstehen und etwas im Zimmer oder auch im Flur umhergehen. Schließlich aber wurde er so schwach, daß er sich ohne Hilfe seines Vaters kaum noch bewegen konnte. Der Vater zitterte um ihn, hörte sogar ganz auf zu trinken und wurde geradezu irrsinnig vor Angst bei dem Gedanken, sein Knabe könnte sterben. Wenn er ihn bei einem kurzen Gang durch die Stube unter den Armen gestützt und dann wieder ins Bettchen gelegt hatte, lief er nachher jedesmal hinaus auf den Flur, in die dunkelste Ecke, preßte dort die Stirn an die Wand und weinte ganz eigentümlich: es war ein erschütterndes, krampfhaft unterdrücktes Schluchzen, damit Iljuscha nur ja nichts höre, und ein Strom von Tränen, — die Tränen seiner ganzen ohnmächtigen Verzweiflung.

Wenn er dann ins Zimmer zurückkehrte, fing er gewöhnlich an, seinen teuren Knaben mit irgend etwas zu zerstreuen. Er erzählte ihm Märchen oder lustige Geschichten, oder er kopierte lächerliche Typen, die er gesehen hatte, oder er imitierte Tiere, indem er ihre Laute nachzuahmen versuchte. Iljuscha jedoch litt darunter, wenn sein Vater sich in dieser Weise verstellte und den Clown spielte. Er bemühte sich krampfhaft, nicht zu zeigen, daß es ihm unangenehm war, aber er sagte sich mit brennendem Weh im Herzen, daß sein Vater in der Gesellschaft erniedrigt war, und immer wieder kehrten seine Gedanken zu jenem »furchtbaren Tage« zurück. Auch Ninotschka, Iljuschas gelähmte, bescheidene, stille Schwester, liebte es nicht, wenn der Vater sich in dieser Weise erniedrigte (Warwára Nikolájewna war schon längst wieder nach Petersburg gefahren, um dort als Kursistin ihre Vorlesungen zu hören), dafür aber fand das geistesschwache Mamachen wahre Freude daran und lachte von ganzem Herzen, wenn ihr Mann sich wie ein Bajazzo gebärdete. Nur damit konnte man sie zerstreuen und trösten, sonst weinte sie fortwährend und beklagte sich launisch, daß alle sie vergäßen, daß niemand sie achte, daß alle sie beleidigten usw. usw. In den letzten Tagen aber hatte auch sie sich verändert. Sie sah häufiger in die Ecke zu Iljuscha hinüber und schien nachdenklicher zu sein. Sie wurde viel schweigsamer und ruhiger, und wenn sie weinte, so weinte sie still vor sich hin, damit es die anderen nicht hörten. Der Hauptmann bemerkte verwundert diese Veränderung; sie betrübte und erschreckte ihn zu gleicher Zeit. Die Besuche der Knaben paßten ihr zuerst gar nicht und ärgerten sie nur, allmählich aber gefielen ihr die fröhlichen Geschichten und das laute Geplapper der Kinder immer mehr, und bald freute sie sich dermaßen über jeden Besuch, daß sie womöglich geweint hätte, wenn die Knaben nicht mehr gekommen wären. Wenn sie etwas erzählten oder Spielchen spielten, so lachte sie vor Freude und patschte in die Hände. Zuweilen rief sie sogar einige von ihnen zu sich und küßte sie. Besonders liebte sie den kleinen Ssmuroff. Was nun den Hauptmann betrifft, so hatte der Besuch der Kinder, die in sein Haus kamen, um Iljuscha zu zerstreuen und zu erheitern, sein Herz gleich mit freudigem Entzücken erfüllt und sogar mit der Hoffnung, Iljuscha werde nun aufhören, sich zu grämen, und dadurch vielleicht sogar schneller gesund werden. O, er zweifelte keinen Augenblick daran — trotz seiner ganzen Angst um Iljuscha —, daß sein Knabe plötzlich wieder gesund werden würde. Er empfing die kleinen Gäste fast andächtig, tat für sie alles, was er konnte, bediente sie sogar und war bereit, sie auf seinem Rücken reiten zu lassen, was er dann auch ausführte; dieses Spiel gefiel aber Iljuscha nicht, und so wurde es sofort aufgegeben. Er kaufte für sie Konfekt, Pfefferkuchen, Nüsse, arrangierte ganze Teekränzchen für die Kleinen und strich ihnen selig Butterbrote. Geld hatte er während dieser ganzen Zeit übergenug. Jene zweihundert Rubel von Katerína Iwánowna hatte er genau so angenommen, wie es Aljoscha vorausgesagt hatte. Später war Katerina Iwanowna, nachdem sie von Iljuschas Krankheit und ihren Verhältnissen Näheres gehört hatte, selbst zu ihnen gekommen, war mit der ganzen Familie bekannt geworden und hatte sogar das schwachsinnige Mamachen bezaubert. Seit der Zeit versiegten ihre Unterstützungen nicht mehr, und der Hauptmann, der in der Angst um Iljuscha seine früheren »Ehrbegriffe« ganz vergaß, nahm das Geld gehorsam an. Doktor Herzenstube kam auf Katerina Iwanownas Ersuchen jeden zweiten Tag zu ihnen, um den Kleinen zu untersuchen, doch kam bei seinen Besuchen wenig Gescheites heraus, obgleich er ihn mit Arzneien geradezu vollstopfte. Dafür wurde von ihnen an diesem Sonntagvormittag ein anderer Arzt erwartet, und zwar ein berühmter Professor aus Moskau. Katerina Iwanowna hatte ihn für viel Geld aus Moskau kommen lassen, — aber nicht speziell für Iljuscha, sondern zu einem anderen Zweck, von dem weiterhin die Rede sein wird. Als er dann angekommen war, hatte sie ihn gebeten, auch Iljuscha zu besuchen, wovon der Hauptmann schon im voraus benachrichtigt worden war. Daß Kolja Krassotkin kommen werde, wußte er dagegen nicht und vermutete es nicht einmal, obwohl er ihn schon lange sehnsüchtig herbeiwünschte, denn er sah nur zu gut, wie sehr es Iljuscha quälte, daß gerade Kolja noch immer nicht kam. Als nun Kolja die Tür aufmachte und eintrat, standen der Hauptmann und alle Knaben dichtgedrängt an Iljuschas Bettchen und betrachteten interessiert den kleinen Bullenbeißer, den der Vater kurz vorher gebracht hatte, und der erst Sonnabend abend zur Welt gekommen, doch nichtsdestoweniger schon vor einer Woche gekauft worden war. Das sollte ein Ersatz sein für Shutschka, den von Iljuscha umgebrachten Hund. Iljuscha hatte schon vor drei Tagen gehört, daß er einen kleinen Hund bekommen werde, und zwar keinen gewöhnlichen, sondern einen echten Bullenbeißer (was natürlich sehr wichtig war). Nun lag er da und tat aus Zartgefühl, als freue er sich über das Geschenk, doch alle, der Vater wie die Knaben, sahen wohl, daß dieses neue Hündchen die Erinnerung an Shutschka vielleicht noch stärker in seinem Herzen wachrief. Das kleine Hundejunge lag neben ihm auf dem Bettchen und krabbelte unsicher auf seinen dicken Beinchen; Iljuscha lächelte müde und streichelte ihn mit seiner kleinen, bleichen, abgezehrten Hand. Das kleine Tierchen gefiel ihm sogar sehr, aber ... es war doch immer noch nicht Shutschka! Ja, wenn man Shutschka und das Kleine zusammen gehabt hätte, dann wäre das Glück vollkommen gewesen!

»Krassotkin!« rief da einer von den Knaben, der Kolja zuerst bemerkt hatte. Alle erschraken anfänglich, die Knaben traten auseinander und blieben zu beiden Seiten des Bettchens stehen, so daß Iljuscha plötzlich Kolja erblickte. Der Hauptmann stürzte ihm sofort dienstbeflissen entgegen.

»Bitte ... gefälligst ... unser werter Gast!« brachte er etwas stotternd hervor. »Iljuschachen, Herr Krassotkin ist zu dir gekommen.«

Doch Krassotkin, der ihm nur eilig die Hand reichte, bewies sofort seine gute Erziehung: er wandte sich von der Tür gleich zu der Frau des Hauses, zu der gelähmten Gattin des Hauptmanns, die in ihrem großen Lehnstuhl saß und im Augenblick äußerst ungehalten darüber war, daß die Knaben so dicht Iljuschas Bett umstanden und sie somit den Hund nicht sehen konnte. Er verbeugte sich ungemein höflich vor ihr, machte einen tadellosen Kratzfuß, wandte sich darauf zu Ninotschka und begrüßte auch sie, als Dame, in derselben Weise. Diese Höflichkeit machte auf die kranke Frau einen sehr angenehmen Eindruck.

»Da sieht man doch gleich, daß es ein gut erzogener junger Mann ist«, sagte sie mit einem Kopfneigen, indem sie die Hände ausbreitete, »denn sonst, unsere übrigen Gäste, die kommen ja einer auf dem anderen angeritten.«

»Wieso, Mamachen, wieso denn einer auf dem anderen, wie meinst du das?« fragte zwar freundlich, aber doch etwas ängstlich und betreten der Hauptmann seine Frau.

»So, sie kommen eben hereingeritten. Draußen im Flur setzt sich der eine dem anderen auf die Schultern und kommt dann so in eine wohlerzogene Familie hereingeritten, kreuzbeinig auf dem anderen. Was ist denn das für ein Gast?«

»Aber wer denn das, Mamachen, wer ist denn so hereingekommen?«

»Dieser dort ist auf jenem hereingekommen und der andere auf jenem ...«

Doch Kolja stand schon an Iljuschas Bettchen. Der Kranke

erbleichte. Er richtete sich in seinem Bettchen auf und sah Kolja unbeweglich ins Gesicht. Der hatte seinen früheren kleinen Freund schon seit zwei Monaten nicht mehr gesehen und blieb daher bei seinem Anblick ganz betroffen stehen: er hätte sich nicht vorstellen können, daß er ein so mageres und gelbes Gesichtchen, so brennende, übernatürlich große Augen, so abgemagerte Händchen sehen werde. Mit trauriger Verwunderung bemerkte er, daß Iljuscha tief und schnell atmete, und daß seine Lippen trocken waren. Er trat auf ihn zu, reichte ihm die Hand und fragte ganz verwirrt: »Nun, mein Alter . . . wie geht es dir?« Aber seine Stimme brach plötzlich ab, es fehlte ihm an Ungezwungenheit, in seinem Gesicht zuckte etwas, seine Lippen bebten. Iljuscha lächelte ihm schmerzlich zu, konnte aber kein Wort hervorbringen. Da hob Kolja plötzlich die Hand und strich Iljúscha über das Haar.

»Macht nichts!« flüsterte er leise, teils um ihn zu trösten, teils . . . er wußte selbst nicht, warum er es sagte. Einen Augenblick schwiegen sie wieder.

»Wie, du hast einen jungen Hund?« fragte Kolja plötzlich im gleichgültigsten Ton.

»Ja—a—a . . .«, antwortete Iljuscha, mit tonloser leiser Stimme, als wäre er außer Atem.

»Eine schwarze Nase hat er, das bedeutet, daß er zu den bösen, den Kettenhunden gehört«, sagte sehr ernst und gewichtig Kolja, als ob es sich nur um den Hund und die schwarze Nase handelte. In Wirklichkeit aber bekämpfte er immer noch sein Gefühl, um nicht wie ein »Kleiner« in Tränen auszubrechen; er konnte sich noch immer nicht beherrschen. »Wenn der groß wird, muß er an die Kette kommen, das weiß ich.«

»Er wird riesig groß werden!« rief einer von den Knaben aus.

»Sicher!«

»Ein Bullenbeißer, der wird so groß wie ein Kalb«, ertönten mehrere Stimmen durcheinander.

»Wie ein Kalb, wie ein richtiges Kalb!« fuhr plötzlich der Hauptmann dazwischen, »ich habe absichtlich einen so bösen ausgesucht, den allerbösesten, auch seine Eltern sind groß und böse, ungefähr so hoch vom Fußboden ... Setzen Sie sich hierher aufs Bett zu Iljuscha, oder wenn nicht dorthin, dann hier auf der Truhe. Wir bitten ergebenst, unser werter Gast ... langersehnter Gast ... Sind Sie mit Alexei Fjodorowitsch gekommen?«

Krassotkin setzte sich aufs Bettchen zu Iljuschas Füßen. Er hatte sich unterwegs zurecht gelegt, womit er das Gespräch beginnen wollte, hatte aber jetzt ganz den Faden verloren.

»Nein ... ich bin mit Pereswonn ... Ich habe jetzt einen Hund, Pereswonn. Ein slawischer Name. Er wartet dort ... wenn ich pfeife, stürzt er sofort herein. Ich habe nämlich auch einen Hund«, — er wandte sich hastig zu Iljuscha — »erinnerst du dich noch Shutschkas, Freund?« platzte er plötzlich mit der Frage heraus, die dem Kranken wie Feuer durch Mark und Bein fuhr.

Iljuschas Gesichtchen verzog sich. Gequält sah er Kolja in die Augen. Aljoscha, der an der Tür stand, runzelte die Stirn und wollte Kolja abwinken, daß er nicht von Shutschka sprechen solle, aber der bemerkte es nicht oder wollte es nicht bemerken.

»Wo ist ... Shutschka?« fragte Iljuscha mit versagender Stimme.

»Nun, Bruder, dein Shutschka ist natürlich perdu! Der ist nicht mehr zu finden.«

Iljuscha schwieg, doch sah er noch einmal Kolja lange und unverwandt an. Aljoscha erhaschte einen Blick von Kolja und winkte ihm aus allen Kräften ab, der wandte sich aber wieder zurück und gab sich den Anschein, als hätte er nichts bemerkt.

»Fortgelaufen ist er und umgekommen. Wie sollte er auch nach einem solchen Frühstück nicht umkommen«, sagte Kolja schneidend und unbarmherzig, indessen schien ihm aber doch die Stimme nicht recht zu gehorchen. »Dafür habe ich Pereswonn... Ein altslawischer Name... Ich habe ihn mitgebracht, ich werde ihn dir zeigen ...«

»Ist nicht nötig!« unterbrach ihn plötzlich Iljuscha.

»Nein, nein, du mußt ihn unbedingt sehen ... Er wird dich zerstreuen. Ich habe ihn absichtlich hergebracht... er ist ebenso langhaarig wie jener ... Erlauben Sie, gnädige Frau, meinen Hund hereinzurufen?« wandte er sich plötzlich an Frau Ssnegirjoff in großer Aufregung.

»Nicht, nicht!« rief Iljuscha mit trauriger Stimme aus. Vorwurfsvoll blickten seine Augen.

»Würden Sie vielleicht...«, der Hauptmann stürzte von der Kiste, auf der er an der Wand gesessen hatte, vor. »Sie würden vielleicht... zu einer anderen Zeit...«, stotterte er, aber Kolja, der auf seinem Plan bestand, ließ sich nicht mehr aufhalten und rief Ssmuroff zu: »Ssmuroff, öffne die Tür!« und wie der sie geöffnet hatte, pfiff er einmal kurz dem Hunde, und Pereswonn stürzte ins Zimmer.

»Hopp, Pereswonn, mach den Diener, den Diener!« schrie Kolja, erhob sich und zog den Hund, der auf den Hinterbeinen aufrecht stand, an Iljuschas Bett heran. Da ereignete sich aber etwas ganz Unerwartetes: Iljuscha zuckte zusammen und beugte sich mit dem ganzen Körper vor, beugte sich über Pereswonn und sah ihn wie erstarrt an:

»Das ist ja ... Shutschka!« rief er plötzlich mit vor Freude und Leid zitterndem Stimmchen aus.

»Und was glaubtest du denn?« rief Krassotkin mit lauter Stimme, beugte sich zum Hunde nieder, ergriff ihn und hob ihn zu Iljuscha aufs Bett.

»Sieh, Freund, sieh, dieses Auge fehlt, und hier das linke Ohr ist eingerissen, genau die Merkmale, die du mir angegeben hast. Nach diesen Merkmalen habe ich ihn denn auch gefunden. Gleich damals, so schnell wie möglich. Er gehörte ja niemandem, er war ja herrenlos!« erklärte er, sich an den Hauptmann, an seine Frau, an Aljoscha wendend, und dann fuhr er wieder zu Iljuscha fort, — »er war bei Fedótoffs auf dem Hinterhof, er hoffte wohl da was abzukriegen, die fütterten ihn aber nicht, ein Landstreicher ist er ja, einer aus dem Dorf ... So habe ich ihn aufgefunden ... Siehst du, Freund, er hat damals dein Stück nicht hinuntergeschluckt. Denn wenn er es verschluckt hätte, dann wäre er ja doch sicher krepiert, sicherlich! Er muß es folglich zur rechten Zeit noch ausgespien haben, denn er lebt ja noch. Du hast es nur nicht bemerkt, wie er es ausspie. Ausgespien hat er es, die Stecknadel wird aber seine Zunge gestochen haben, darum hat er denn auch so gewinselt. Und du dachtest, daß er es ganz hinuntergeschluckt hätte? Er wird ja schon furchtbar gewinselt haben, das glaube ich, denn bei Hunden ist die Haut im Maul sehr zart ... zarter als beim Menschen, viel zarter!« blieb Kolja eifrig bei seiner Rede, mit heißem und vor Begeisterung strahlendem Gesicht.

Iljuscha konnte kein Wort hervorbringen. Er starrte mit seinen großen und erschrocken aufgerissenen Augen, mit offenem Munde und bleich wie ein Handtuch Kolja an. Wenn der ahnungslose Krassotkin nur gewußt hätte, wie gefährlich eine solche Aufregung auf die Gesundheit des kranken Knaben wirken mußte, so hätte er sich niemals zu einem solchen Stückchen entschlossen, wie er es jetzt aufführte. Doch von allen Anwesenden im Zimmer verstand dies nur Aljoscha. Der Hauptmann dagegen verwandelte sich ganz und gar in einen kleinen Knaben.

»Also das ist Shutschka?« rief er mit seliger Stimme. »Iljuschachen, das ist ja Shutschka, dein Shutschka! Mamachen, das ist ja Shutschka!« Er begann beinahe zu weinen.

»Und ich habe das nicht erraten können!« rief Ssmuroff bekümmert. »Das ist wieder ganz Krassotkin! Ich sagte ja, er werde ihn finden, und da hat er ihn nun auch wirklich gefunden!«

»Da hat er ihn nun auch wirklich gefunden!« wiederholte ein anderer freudig.

»Feiner Kerl, Krassotkin!« rief ein dritter.

»Feiner Kerl, feiner Kerl!« riefen die Jungen jetzt alle und wollten schon in die Hände klatschen.

»Wartet, wartet!« versuchte Krassotkin sie zu überschreien, »ich werde euch erzählen, wie es geschah! Die Sache war nämlich so und nicht anders! Ich habe ihn aufgesucht, zu mir gebracht, versteckt und einfach eingeschlossen und ihn bis auf den letzten Tag niemand gezeigt. Nur Ssmuroff allein sah ihn vor zwei Wochen, aber ich versicherte ihm, daß es Pereswonn sei, und so hat er ihn nicht erkannt. In der Zwischenzeit brachte ich ihm aber alle diese Stückchen bei; seht nur, seht nur, was er alles kann! Ich habe ihn das alles gelehrt, um ihn dir, Freund, so gut abgerichtet zu bringen. Sieh nur, Freund, wie dein Shutschka jetzt ist! Habt ihr hier nicht ein Stückchen Fleisch, er wird euch gleich ein Kunststück vormachen, daß ihr vor Lachen umfallt. − Fleisch, ein Stückchen, ist hier wirklich keines zu haben?«

Der Hauptmann stürzte durch den Flur in die Stube der Wirtsleute, wo man das Essen kochte. Kolja aber beeilte sich, um nicht seine teure Zeit zu verlieren, Pereswonn den Befehl zu geben: »Stirb!« Der drehte sich plötzlich auf den Rücken um, streckte alle Viere in die Luft und lag unbeweglich. Die Jungen lachten, Iljuscha sah mit seinem traurigen Lächeln auf den Hund, doch am meisten von allen gefiel es dem »Mamachen«, daß Pereswonn gestorben war. Sie lachte von Herzen darüber und rief dem Hunde schmeichelnd zu:

»Pereswónn, Pereswónn!«

»Er wird sich nicht erheben, er wird sich nicht erheben!« rief Kolja überzeugt und stolz, »wenn auch die ganze Welt ihn rufen würde! Ich aber brauche ihn nur einmal zu rufen, und sofort wird er aufspringen! Ici, Pereswonn!«

Der Hund schnellte auf, sprang an ihm empor und kläffte vor Freude. Der Hauptmann kam mit einem gekochten Stück Rindfleisch herbeigestürzt.

»Ist es nicht zu heiß?« fragte geschäftig und vorsorglich Kolja, der das Stück an sich nahm. »Nein, es ist nicht heiß, Hunde lieben ja nichts Heißes. Sehen Sie alle... Iljuscha, sieh, so sieh doch, Freund, warum siehst du nicht? Ich habe ihn ihm gebracht, und nun will er nicht sehen!«

Das neue Kunststück bestand darin, daß dem unbeweglich dastehenden Hunde das Stück Fleisch gerade auf die Nase gelegt wurde. Das arme Tier mußte mit dem Stück Fleisch auf der Nase unbeweglich dastehen, wie sein Herr ihm befohlen hatte. Doch Pereswonn hatte nur eine kleine Minute lang auszuhalten.

»Nimm!« rief Kolja, und das Stück flog im Nu von der Schnauze ins Maul.

Das Publikum drückte natürlich begeistert seine Bewunderung aus.

»Und sind Sie wirklich, sind Sie wirklich nur darum die ganze Zeit nicht gekommen, weil Sie den Hund dressieren wollten?« rief Aljoscha unwillkürlich vorwurfsvoll aus.

»Gerade darum!« gestand Kolja gutmütig ein. »Ich wollte ihn in seinem Glanze zeigen!«

»Pereswonn! Pereswonn!« rief Iljuscha nun dem Hunde schmeichelnd zu und schnippte mit seinen abgemagerten Fingerchen, wie man es zu tun pflegt, wenn man einen Hund zu sich heranlocken will.

»Was rufst du ihn! Er soll sofort zu dir ins Bett springen. Ici, Pereswonn!« Kolja schlug mit der flachen Hand aufs Bett.

Und Pereswonn flog wie ein Pfeil aufs Bett zu Iljuscha. Dieser umarmte seinen Kopf mit beiden Armen, und Pereswonn leckte ihm sofort die Wange. Iljuscha preßte ihn an sich und versteckte sein Gesicht vor den anderen in dem langhaarigen Fell des Hundes.

»Mein Gott, mein Gott!« murmelte der Hauptmann.

Kolja setzte sich wieder auf das Bett zu Iljuscha.

»Iljuscha, ich kann dir noch etwas zeigen. Ich habe dir die kleine Kanone gebracht. Erinnerst du dich noch, wie ich dir von dieser kleinen Kanone erzählte, und du ausriefst: ,Ach, wenn ich sie doch auch sehen könnte!' Nun, jetzt habe ich sie dir gebracht.«

Kolja zog aus seiner Büchertasche die kleine Kanone hervor, die er auch schon den Knirpsen gezeigt hatte. Er beeilte sich dabei sehr, weil er selbst so glücklich war. Zu einer anderen Zeit würde er gewartet haben, bis der effektvolle Eindruck, den soeben Pereswonn gemacht hatte, etwas nachgelassen hätte, jetzt aber beeilte er sich, denn: . . . ‚Wenn sie schon das so glücklich macht, so sollen sie noch mehr Glück haben!' . . . dachte er, selbst ganz trunken vor Seligkeit.

»Dieses Ding habe ich schon lange beim Beamten Morósoff gesehen, und jetzt habe ich es ihm abgeknöpft — für dich, Freund, für dich! Das Ding stand bei ihm so da, ohne daß er sich etwas daraus machte. Er hatte es von seinem Bruder bekommen. Ich habe es gegen ein Buch aus Papas Schrank: „Der Verwandte Mohammeds oder die heilsame Narrheit", eingetauscht. Hundert Jahre alt ist das Buch, frech, in Moskau erschienen, als es noch keine Zensur gab. Morósoff ist aber ein Liebhaber solcher Sachen. Er dankte mir noch . . .«

Kolja hielt die kleine Kanone hoch, damit alle sie sehen konnten. Iljuscha richtete sich im Bett auf und betrachtete, den rechten Arm um den Hals Pereswonns geschlungen, ganz entzückt das Spielzeug. Doch der Effekt erreichte den höchsten Grad, als Kolja erklärte, daß er auch Pulver bei sich habe, und daß man sofort aus ihr schießen könne, wenn nur die Damen nichts dagegen hätten. »Mamachen« verlangte natürlich, man möge ihr das Spielzeug näher zu betrachten geben, was sofort getan wurde. Die kleine Kanone auf den blanken Rädern gefiel ihr ungeheuer, und sie rollte sie auf ihren Knien hin und her. Auf die Frage, ob sie zu schießen erlaube, gab sie sofort ihre Einwilligung, ohne übrigens zu begreifen, um was es sich handelte. Kolja zeigte das Pulver und das Schrot. Der Hauptmann übernahm, als früherer Offizier, das Laden und schüttete nur eine ganz kleine Portion Pulver in die Kanone; das Schrot bat er für ein anderes Mal aufzubewahren. Die Kanone wurde auf den Fußboden gestellt und auf eine leere Stelle der Wand gerichtet, darauf stopfte man ins Zündloch drei kleine Pulverkörner und zündete sie mit einem Streichhölzchen an. Es erfolgte ein glänzender Schuß. »Mamachen« zuckte zusammen, lachte aber

sogleich auf vor Freude. Die Knaben hatten mit stummem
Entzücken zugeschaut, doch am seligsten von allen war der
Hauptmann: Das mußte doch seinem Iljuscha Freude berei-
ten! Kolja nahm die Kanone und schenkte sie unverzüglich
Iljuscha, zusammen mit dem Pulver und Schrot.

»Das ist für dich, für dich!« wiederholte er in seiner Glückseligkeit.

»Ach, schenken Sie sie mir! Nein, schenken Sie die kleine
Kanone lieber mir!« bat Mamachen plötzlich wie ein kleines
Kind.

Ihr Gesicht drückte ängstliche Unruhe aus, in der Furcht,
daß man sie ihr nicht schenken würde. Kolja war ganz verwirrt. Der Hauptmann wurde unruhig.

»Mamachen, Mamachen«, rief er, zu ihr laufend, »die Kanone gehört dir, dir, aber wir lassen sie nur bei Iljuscha, denn
man hat sie ihm geschenkt, doch sonst wird sie dir gehören!
Iljuscha wird sie dir zum Spielen geben, sie wird euch beiden
zusammen gehören, beiden . . .«

»Nein, ich will nicht zusammen, nein, mir soll sie gehören
und nicht Iljúscha!« bestand Mamachen auf ihrem Willen
und wollte schon zu weinen anfangen.

»Mama, nimm sie! Nimm sie, Mama!« rief plötzlich Iljúscha.
»Krassotkin, darf ich sie meiner Mama schenken?« wandte
er sich mit bittender Miene zu Krassotkin, da er fürchtete,
daß jener beleidigt sein würde, wenn er dessen Geschenk anderen gab.

»Gewiß darfst du das!« willigte Krassotkin sofort ein,
nahm die Kanone aus Iljuschas Hand und überreichte sie
selbst mit der höflichsten Verbeugung dem Mamachen.

Die weinte fast vor Rührung.

»Iljuschachen, mein Liebling, da sieht man, wer sein Mamachen liebt!« sagte sie gerührt, und sie begann sofort wieder
die Kanone auf ihren Knien hin und her zu rollen.

»Mamachen, erlaube, daß ich dir die Hand küsse!« Ihr
Gemahl lief wieder zu ihr hin und führte sofort seine Absicht aus.

»Und wer noch ein lieber junger Mann ist, das ist dieser gute Junge da!« sagte Mamachen, auf Krassotkin weisend.

»Pulver werde ich dir soviel wie du nur willst bringen, Iljuscha. Wir machen jetzt selber Pulver. Borowikóff weiß die Mischung: Vierundzwanzig Teile Salpeter, zehn Teile Schwefel und sechs Teile Birkenkohle, alles zusammen gemischt und gestoßen, Wasser hinzugefügt, ein weicher Teig daraus gemacht, zwischen Leder gerieben — und dann hat man das Pulver!«

»Mir hat Ssmuroff von eurem Pulver schon erzählt, aber Papa sagt, das sei gar kein wirkliches Pulver«, antwortete Iljuscha.

»Wie denn, nicht wirkliches?« Kolja errötete. »Es brennt doch. Ich weiß übrigens nicht . . .«

»Nein, ich meinte nur so«, wandte der Hauptmann ganz schuldbewußt ein. »Es ist wahr, ich habe gesagt, daß das echte Pulver nicht so zubereitet wird, aber das will nichts sagen, man kann auch so . . .«

»Ich weiß es nicht, Sie müssen es besser wissen. Wir haben es in einem steinernen Pomadentopf angebrannt, es brannte vorzüglich, es verbrannte ganz, nur ein wenig Ruß blieb nach. Es war ja nur eine weiche Masse, wenn man die aber durchs Fell reibt . . . Übrigens, Sie wissen es besser, ich weiß es nicht . . . Aber den Bulkin hat sein Vater des Pulvers wegen verdroschen, hast du das schon gehört?« wandte er sich wieder an Iljuscha.

»Ja, ich habe davon gehört«, antwortete Iljuscha. Er hatte mit unendlichem Interesse und mit Entzücken Kolja zugehört.

»Wir hatten eine ganze Flasche Pulver hergestellt, und er hielt sie unter seinem Bett versteckt. Der Vater hatte es aber bemerkt. ‚Damit kannst du uns ja alle in die Luft sprengen!‘ hat er gesagt und ihn sofort verprügelt. Und er soll sogar die Absicht gehabt haben, sich beim Gymnasialdirektor über mich zu beklagen . . . Jetzt darf sein Sohn nicht mehr mit mir verkehren, jetzt darf niemand mehr mit mir verkehren.

Auch Ssmuroff darf es nicht, bei allen bin ich verschrien, –
man sagt, ich sein ein ,Tollkühner'.« Kolja lächelte geringschätzig. »Das kommt alles von der Eisenbahnaffäre.«

»Ach ja, auch wir haben von Ihrem tollen Streich gehört!«
mischte sich sofort der Hauptmann ein. »Wie haben Sie nur
dort liegen bleiben können? Erschraken Sie denn gar nicht,
als die Lokomotive heranfauchte? War es nicht schauerlich?«
Der Hauptmann fuchsschwänzelte unglaublich vor Kolja.

»N–nicht besonders«, äußerte sich hierzu Kolja nachlässig. »Meinen Ruf hat mir nur die Geschichte mit dieser
verdammten Gans verdorben«, sagte er zu Iljuscha, aber so
sehr er sich auch Mühe gab, gleichmütig zu erscheinen, es gelang ihm doch nicht ganz, immer beim richtigen Ton zu
bleiben.

»Ach ja, von der Gans habe ich auch gehört!« rief Iljuscha
lachend und mit strahlendem Gesichtchen. »Man hat mir
davon erzählt, aber ich habe nicht alles verstanden, – bist
du wirklich von den Richtern richtig verurteilt worden?«

»Ach, das war der witzloseste, belangloseste Scherz, aus
dem man wieder einmal einen Elefanten gemacht hat«, begann Kolja aufgeräumt. »Ich ging nämlich einmal hier über
den Marktplatz, als gerade Gänse angetrieben wurden. Ich
bleibe also stehen und betrachte sie. Da bemerke ich, daß
neben mir ein Bursche steht, Wischnjakóff – er ist jetzt Laufbursche bei Plotnikoffs – ja, daß er neben mir steht und
mich ansieht. Und plötzlich fragt er mich: ,Was guckst du
denn so auf die Gänse?' Ich blickte ihn an: eine dumme runde
Fratze, der Kerl ist etwa zwanzig Jahre alt. Ich, wissen Sie,
lehne das Volk nie ab. Ich habe es gern, mit dem Volk . . .
Jedenfalls sind wir zurückgeblieben im Vergleich zum Volk
– das ist ein Axiom. Sie belieben zu lächeln, Karamasoff?«

»Gott bewahre! Ich bin ganz Ohr!« antwortete Aljoscha
mit der offenherzigsten Miene, und der argwöhnische Kolja
beruhigte sich.

»Meine Theorie, Karamasoff, ist klar und einfach«, fuhr
er wieder aufgeräumt fort. »Ich glaube an das Volk und bin

immer bereit, ihm Gerechtigkeit widerfahren zu lassen, ohne es dabei im geringsten zu beschönigen, das ist sine qua ... Ja, richtig, ich erzählte ja von der Gans. Ich wende mich also an diesen Dummkopf und antworte ihm: ,Ich denke darüber nach, was die Gans sich jetzt wohl denken mag?' Er schaut mich blöd an. ,Was kann sich denn eine Gans denken?' fragt er. — ,Nun, sieh mal', sage ich, ,dort steht eine Fuhre mit Hafersäcken. Aus dem einen Sack fallen Haferkörner heraus, und die Gans streckt den Hals genau vor dem Rade, ganz unten, nach den Körnern aus — siehst du sie?' — ,Jawohl', sagt er. — ,Nun also', sage ich, ,wenn man nun den Wagen ein ganz klein wenig vorrückte — wird dann das Rad der Gans den Hals abschneiden oder nicht?' — ,Klar!', sagt er und grinst schon mit dem ganzen Maul, zerschmilzt einfach vor Wonne. — ,Nun, dann los, Junge!' sage ich. — ,Los!' sagt er. Wir brauchten uns nicht viel anzustrengen; er stellte sich ganz unauffällig an den Pferdekopf, ich zur Seite, um die Gans richtig hinzusteuern. Der Bauer aber gähnte gerade und sprach mit einem anderen, so daß ich schließlich nichts zu dirigieren hatte: die Gans streckte ganz von selbst den Hals wieder nach den Haferkörnern aus, genau vor dem Rade. Ich zwinkerte dem Burschen zu, er zog unmerklich ein wenig am Zaum und — kr — rack, fährt das Rad der Gans über den Hals. Natürlich: glatt erledigt. Und da mußte es der Zufall gerade so fügen, daß im selben Augenblick alle auf uns sahen. Da war denn das Geschrei groß: ,Das hat er absichtlich so gemacht!' — ,Nein, ich habe es nicht absichtlich gemacht!' sagt der Bursch. Nun, versteht sich: ,Zum Friedensrichter!' schreien sie. Auch ich wurde gepackt. — ,Auch du warst dabei', heißt es, ,du bist der Anstifter, dich kennt ja schon der ganze Markt!' Mich kennt nämlich tatsächlich der ganze Markt«, fügte Kolja selbstgefällig hinzu. »So pilgerten wir denn, alle Mann hoch, zum Friedensrichter. Auch der Leichnam unseres Opfers, die Gans, wurde mitgeschleppt. Meinem Burschen aber fiel mittlerweile das Herz in die Hosen. Er weint — weint wie ein altes Weib. Wir kamen also richtig beim Friedensrichter an. Der Geflügelhändler schreit: ‚Auf diese Weise kann man sie ja — das heißt, die Gänse — alle um einen Kopf kürzer machen!‘ ... Nun, versteht sich, zuerst das Zeugenverhör. Der Friedensrichter erledigte die Sache sofort: Für die Gans ist dem Händler ein Rubel zu zahlen, die Gans aber mag der Bursche behalten. Und daß man hinfort sich solche Scherze nicht mehr erlaube! Der Bursche aber weint immer noch wie ein altes Weib und jammert: ‚Das war nicht ich, ich bin ganz unschuldig, *er* hat mich dazu angestiftet!‘ und will die ganze Schuld auf mich abwälzen. Ich antwortete mit aller Kaltblütigkeit, daß ich ihn zu nichts angestiftet habe, daß ich nur den Grundgedanken geäußert habe, und zwar nur im Sinne einer Möglichkeit. Der Friedensrichter Nefjódoff lächelte und ärgerte sich natürlich sofort darüber, daß er gelächelt hatte. ‚Ich werde Sie‘, sagt er zu mir, ‚sofort bei Ihrem Schuldirektor anzeigen, damit es Sie weiterhin nicht mehr gelüste, ähnliche Grundgedanken zu äußern, statt hinter den Schulbüchern zu sitzen!‘ Das hat er nun nicht getan, aber die Geschichte hat sich doch allmählich verbreitet und ist dann auf die Weise auch unserer Schulobrigkeit zu Ohren gekommen — man hat dort bekanntlich sehr lange Ohren! Am meisten hat sich unser ‚Klassiker‘ Kolbássnikoff darüber empört, aber Dardanéloff ist für mich eingetreten. Darüber ist nun Kolbássnikoff wütend wie ein grüner Esel. Du, Iljuscha, du weißt doch schon, daß er geheiratet hat? Er hat von Michailoffs tausend Rubel Mitgift bekommen, die Braut aber hat einen Rüssel, sage ich dir, na, prima Qualität und in höchster Potenz! Die Quintaner haben denn auch sofort ein Epigramm verfaßt:

> „Es ging die Nachricht von Mund zu Mund:
> ‚Kolbássnikoff hat sich verlobt!‘
> Ganz Quinta ward aber sprachlos zur Stund ...“

und so weiter, — furchtbar komisch! Ich werde es dir einmal bringen. Gegen Dardanéloff aber habe ich nichts. Er ist ein Mensch mit reellen Kenntnissen. Solche Leute achte ich. Das hat nichts damit zu tun, daß er mich verteidigt hat ...«

»Aber du hast ihm doch mit der Frage, wer Troja gegründet hat, ein Bein gestellt!« bemerkte plötzlich Ssmuroff, der
in diesem Augenblick auf seinen »Freund Krassotkin« ungemein stolz war. Die Geschichte von der Gans hatte ihm
gar zu gut gefallen.

»Wirklich? So ist es also wahr?« griff sofort der Hauptmann schmeichlerisch dieses Thema auf. »Mit der Frage,
wer Troja gegründet hat? Auch ich habe schon davon gehört, wie Sie ihm damit ein Bein gestellt haben. Iljuscha hat
es mir damals erzählt...«

»Er weiß alles, Papa, er weiß am meisten von uns allen!«
fiel nun auch Iljuscha stolz und freudig ein, »er tut nur so,
als ob er so einer wäre, aber er ist doch bei uns in allen Fä-
chern der erste...«

Iljuscha schaute in grenzenlosem Glück Kolja an.

»Ach, das von Troja ist doch nur Unsinn, nur ein Scherz.
Ich halte diese Frage selbst für müßig«, meinte Kolja mit
stolzer Bescheidenheit.

Es war ihm inzwischen gelungen, in den richtigen Ton
hineinzukommen, nur war er trotzdem etwas unruhig: er
fühlte, daß er sehr aufgeregt war und von der Gans z. B.
schon aus gar zu vollem Herzen erzählt hatte. Aljoscha aber
hatte während der ganzen Erzählung geschwiegen und war
unerschütterlich ernst. Das nagte nun dem selbstgefälligen
Knaben am Herzen. ‚Oder sollte er vielleicht deswegen
schweigen‘, fragte er sich, ‚weil er mich verachtet und bei
sich denkt, daß ich von ihm gelobt werden will? In dem
Fall, wenn er es wagt, so etwas zu denken, werde ich ...‘

»Ja, ich halte diese Frage für unbedingt müßig«, sagte er
nochmals und brach stolz ab.

»Ich weiß aber, wer Troja gegründet hat«, sagte plötzlich
ganz unerwartet ein kleiner Knabe, der bis dahin noch kein
Wort gesprochen hatte, überhaupt schweigsam und sichtlich
schüchtern war. Er sah sehr nett aus und schien etwa elf Jahre
alt zu sein. Er hieß Kartáscheff.

Kolja blickte sich verwundert und wichtig nach dem Kleinen, der bei der Tür saß, um. Die Sache war nämlich die, daß die Frage, wer nun eigentlich Troja gegründet hatte, für alle Schüler zu einem interessanten Problem geworden war. Um die Namen der Gründer zu erfahren, mußte man im Ssmarágdoff nachlesen. Den aber besaß außer Kolja niemand. Nun hatte der kleine Kartáscheff, während Kolja mit anderem beschäftigt gewesen war, flugs den Ssmaragdoff, der zwischen seinen Schulbüchern gelegen hatte, aufgeschlagen und zufällig gerade die Stelle gefunden, die von der Gründung Trojas handelte. Das war schon vor verhältnismäßig ziemlich langer Zeit geschehen, aber er hatte sich immer gescheut und geschämt, den anderen Jungen zu sagen, daß er es gleichfalls wisse, und teilweise fürchtete er sich auch, da daraus leicht etwas entstehen oder Kolja ihn in Verlegenheit bringen könnte. Nun aber hatte er plötzlich nicht an sich halten können und doch gesagt, was er schon lange hatte sagen wollen.

»Na, wer denn?« fragte Kolja von oben herab, da er dem Kleinen am Gesicht ansah, daß jener es in der Tat wußte; er bereitete sich natürlich sofort auf die Folgen vor. In die allgemeine Stimmung war plötzlich ein Mißton gekommen.

»Troja gründeten Teukros, Dardanos, Illys und Tros«, sagte der Knabe laut, langsam und deutlich, und kaum hatte er es ausgesprochen, als er auch schon errötete — und zwar so errötete, daß er einem leidtat, wenn man ihn ansah. Die Augen aller Knaben waren unverwandt auf ihn gerichtet, etwa eine Minute lang, und dann plötzlich wandten sich aller Blicke von ihm auf Kolja. Der schaute immer noch mit verächtlicher Kaltblütigkeit auf den Kleinen.

»Das heißt, wie haben sie denn gegründet?« geruhte er endlich zu fragen. »Und was heißt das überhaupt, eine Stadt oder ein Reich gründen? Sind sie etwa hingekommen und haben sie dann jeder einen Ziegelstein hingelegt, wie?«

Man lachte. Der schuldbewußte Kleine wurde noch röter, purpurrot. Er schwieg und war dem Weinen nahe. Kolja aber erbarmte sich seiner nicht so schnell.

»Um über solche historischen Ereignisse, wie die Gründung einer Nation, reden zu können, muß man sich zuerst darüber klar werden, was das eigentlich heißt«, sagte er streng und jedes Wort betonend, wie zur Belehrung. »Übrigens messe ich diesen Altweibergeschichten keinerlei Bedeutung bei, und überhaupt achte ich die Weltgeschichte nicht sonderlich«, fügte er nachlässig hinzu, diesmal wieder zu allen gewandt.

»Wie, die Weltgeschichte?« erkundigte sich der Hauptmann fast entsetzt.

»Ja, die sogenannte Weltgeschichte — das ist doch nur das Studium einer ganzen Reihe menschlicher Dummheiten und weiter nichts. Achtung habe ich nur vor der Mathematik und den Naturwissenschaften«, sagte Kolja überlegen, indem er flüchtig zu Aljoscha hinüberblickte: es war ja nur dessen Meinung, die er hier fürchtete.

Aljoscha jedoch schwieg die ganze Zeit und war nach wie vor vollkommen ernst. Hätte er etwas dagegen gesagt, so wäre es dabei geblieben, er aber schwieg, und dies konnte sehr wohl aus Verachtung geschehen. Der Gedanke an diese Möglichkeit machte Kolja geradezu wild.

»Und dann überhaupt diese Einführung der klassischen Sprachen, zum Beispiel. Das ist doch der reine Blödsinn ... Sie scheinen wieder nicht mit mir übereinzustimmen, Karamasoff?«

»Nein«, sagte Aljoscha mit zurückhaltendem Lächeln.

»Die klassischen Sprachen sind, wenn Sie meine ganze Meinung darüber wissen wollen, eine polizeiliche Maßregel, und das ist der einzige Zweck, zu dem sie eingeführt sind!« Kolja geriet allmählich wieder in Hitze. »Sie sind eingeführt, weil sie langweilig sind und die Fähigkeiten abstumpfen. Es war langweilig, wie sollte man es nun noch langweiliger machen? Es war sinnlos, wie sollte man es nun noch sinnloser machen? Und da dachte man sich denn die klassischen Sprachen aus. Das ist meine Meinung über die klassischen Sprachen, und ich hoffe, daß ich sie nie ändern werde«, schloß Kolja schroff.

Seine Wangen glühten.

»Er hat recht!« sagte plötzlich mit heller und überzeugter Kinderstimme der kleine Ssmuroff, der eifrig zugehört hatte.

»Und selbst ist er der Erste in Latein!« rief plötzlich ein anderer Knabe laut.

»Ja, Papa, er sagt das so, aber selbst ist er in Latein der Erste in der Klasse!« sagte gleich darauf auch Iljuscha.

»Was ist denn dabei?« Kolja fand es für nötig, sich zu rechtfertigen, obgleich ihm das Lob nicht unangenehm war. »Ich lerne Latein, weil man es muß, weil ich meiner Mutter versprochen habe, das Gymnasium zu absolvieren. Und meiner Meinung nach muß man das, was man einmal tut, dann auch gründlich tun. Im Herzen aber verachte ich tief die Klassik und diese ganze Gemeinheit ... Sind Sie damit nicht einverstanden, Karamasoff?«

»Aber warum soll das denn eine ,Gemeinheit' sein?« fragte Aljoscha und lächelte wieder.

»Aber ich bitte Sie! Sämtliche Klassiker sind doch in alle Sprachen übersetzt, folglich brauchen wir ja nicht zur Lektüre der Klassiker Latein zu lernen — sondern ... wegen der polizeilichen Maßregel, die darin liegt, das heißt zur Gewöhnung an das ,du mußt, wenn du auch nicht weißt, warum und wozu'. Und dann vor allem zur Abstumpfung der Fähigkeiten. Wie gesagt. Und das soll nun keine Gemeinheit sein?«

»Wer hat Ihnen denn das alles eingeredet?« fragte Aljoscha verwundert.

»Erstens kann ich sehr wohl selbst darüber urteilen, ohne daß ich mir etwas einreden lasse, und zweitens, wissen Sie, hat dasselbe auch der Lehrer der klassischen Sprachen, Kolbássnikoff, in der Quinta gesagt ...«

»Der fremde Professor ist angekommen!« sagte plötzlich Nínotschka, die die ganze Zeit geschwiegen hatte.

An der Hofpforte hielt Frau Chochlakoffs Equipage. Der Hauptmann, der den berühmten Arzt schon seit dem Morgen erwartet hatte, stürzte Hals über Kopf hinaus. Das Ma-

machen richtete sich auf und nahm eine feierliche Miene an.
Aljoscha trat an Iljuschas Bettchen und begann die Kissen
rasch zu ordnen. Die Knaben verabschiedeten sich schnell,
einige von ihnen versprachen noch, am Abend wiederzukommen. Kolja rief seinen Pereswonn, und der sprang mit einem
Satz vom Bett herab.

»Ich gehe nicht fort, ich gehe nicht fort!« flüsterte Kolja
eilig Iljuscha zu. »Ich werde im Flur warten und wiederkommen, wenn der Professor gegangen ist, mit Pereswonn
wiederkommen!«

Da trat aber der Professor bereits herein — eine imposante
Erscheinung im Bärenpelz mit langem, dunklem Backenbart
und glänzendem rasierten Kinn. Nachdem er über die
Schwelle getreten war, blieb er zuerst ganz verwundert
stehen: Wahrscheinlich glaubte er, sich in der Tür versehen
zu haben.

»Was ist denn das? Wo bin ich denn hier?« brummte er
in den Bart. Er stand verständnislos an der Tür, ohne den
Pelz abzuwerfen oder seine Bisammütze, deren Schirm gleichfalls mit Bisamfell überzogen war, abzunehmen. Die vielen
Menschen, die Ärmlichkeit der Stube, die in der Ecke auf
einer Schnur hängende Wäsche verstimmten und befremde-
ten ihn sichtlich. Der Hauptmann machte einen Bückling nach
dem anderen.

»Sie sind hier, hier bei uns«, stotterte er untertänig, »hier,
jawohl, bei uns, zu denen Sie ...«

»Ssnegirjoff?« fragte der Professor laut und wichtig.
»Herr Ssnegirjoff — sind Sie das?«

»Ja, ich!«

»Ah!«

Der Professor blickte sich noch einmal angeekelt in der
Stube um und warf dann seinen Pelz ab. An seinem Halse
blitzte ein bedeutender Orden, der allen sofort in die Augen
stach. Der Hauptmann fing den Pelz auf, und der Professor
nahm die Mütze ab.

»Wo ist hier der Patient?« fragte er laut und fordernd.

VI

Frühreife

»Was meinen Sie, was wird der Professor wohl sagen?«
fragte Kolja hastig. »Aber was für eine widerliche Fratze
der Kerl hat, finden Sie nicht auch? Ich kann die Medizin mit
allem Drum und Dran nicht ausstehen!«

»Iljuscha wird sterben. Das ist, glaube ich, so gut wie
sicher«, antwortete Aljoscha niedergeschlagen.

»Die Kanaillen! Diese Mediziner taugen alle nichts! Aber
es freut mich ungemein, Karamasoff, daß ich Sie kennengelernt habe. Ich wollte schon lange Ihre Bekanntschaft machen. Schade nur, daß wir unter so traurigen Umständen
zusammengekommen sind . . .«

Kolja hätte gar zu gern etwas Glühenderes, Weitergreifen-
des gesagt, aber es war, als genierte ihn etwas. Aljoscha bemerkte dies wohl, lächelte und drückte ihm die Hand.

»Ich habe schon längst gelernt, in Ihnen ein seltenes Wesen zu verehren«, sagte Kolja verwirrt und den Faden ver-
lierend. »Ich hörte, Sie seien Mystiker und haben im Kloster
gelebt. Ich weiß, daß Sie Mystiker sind, aber . . . das hält
mich nicht ab . . . Ich denke, die Berührung mit der Wirklichkeit wird Sie schon heilen . . . Mit Naturen wie der Ihren
kann das ja nicht anders sein.«

»Wen nennen Sie einen Mystiker? Wovon heilen?« fragte
Aljoscha ein wenig verwundert.

»Nun so, ich meine Gott und das übrige.«

»Wie, glauben Sie denn etwa nicht an Gott?«

»Im Gegenteil, ich habe nichts gegen ihn. Gott ist natürlich nur eine Hypothese . . . aber . . . ich gebe ja zu, daß er
nötig ist . . . zur Ordnung . . . zur Erhaltung der Weltordnung und so weiter . . . — wenn es Gott nicht gäbe, so müßte
man ihn sich ausdenken«, fügte Kolja noch hinzu, während
ihm das Blut schon in die Wangen stieg.

Ihn hatte plötzlich der Gedanke durchzuckt, Aljoscha
könnte jetzt denken, er wolle seine Kenntnisse zeigen und sich

als »Erwachsener« aufspielen. »Das will ich aber durchaus nicht!« dachte Kolja ungehalten. Und plötzlich ärgerte er sich sehr.

»Ich muß gestehen, ich liebe es gar nicht, mich auf diese verwickelten Diskussionen einzulassen«, meinte er kurz abbrechend, »man kann doch auch ohne an Gott zu glauben die Menschheit lieben, was meinen Sie? Voltaire hat doch auch nicht an Gott geglaubt und doch die Menschheit geliebt!« (,Schon wieder, schon wieder komme ich mit meinen Kenntnissen!' dachte er bei sich.)

»Voltaire dürfte wohl an Gott geglaubt haben, nur, wenn ich nicht irre, etwas wenig, und auch die Menschheit hat er, glaube ich, nur wenig geliebt«, sagte Aljoscha leise und zurückhaltend, und doch ganz natürlich, wie wenn er mit einem gleichaltrigen oder womöglich älteren Menschen spräche.

Kolja fiel sofort diese Ungewißheit Aljoschas in seiner Meinung über Voltaire auf, und daß er es gewissermaßen ihm, dem kleinen Kolja überließ, über diese Frage zu entscheiden.

»Aber haben Sie denn Voltaire gelesen?« fragte Aljoscha.

»N—nein, nicht gerade, daß ich ihn ganz gelesen hätte . . . Ich habe nur „Candide" gelesen, in einer russischen Übertragung . . . in einer ganz alten, eigenartigen, furchtbar komischen Übersetzung . . .« (,Schon wieder, schon wieder!')

»Und haben Sie ihn auch verstanden?«

»O ja, alles . . . das heißt . . warum glauben Sie denn, daß ich ihn nicht verstanden hätte? Es kommen darin natürlich viele Schlüpfrigkeiten vor . . . Ich verstehe doch, daß es ein philosophischer Roman ist, und Voltaire ihn geschrieben hat, um eine Idee durchzuführen . . .« Kolja verwirrte sich immer mehr. »Ich bin nämlich Sozialist, Karamasoff, ein unverbesserlicher Sozialist«, sagte er plötzlich, ohne den geringsten Anlaß zu dieser Bemerkung.

»Ein Sozialist?« Aljoscha lachte auf. »Wann haben Sie denn dazu schon Zeit gefunden? Sie sind doch erst dreizehn Jahre alt, glaube ich?«

Kolja fühlte sich tief verletzt.

»Erstens: nicht dreizehn, sondern vierzehn, in zwei Wochen vierzehn«, sagte er, während ihm das Blut nur so in die Wangen schoß. »Und zweitens: ich verstehe wirklich nicht, was mein Alter damit zu tun haben soll. Es handelt sich hier doch nur darum, welches meine Überzeugungen sind und nicht, wie alt ich bin, nicht wahr?«

»Wenn Sie älter wären, würden Sie einsehen, von welcher Bedeutung das Alter bei Überzeugungen ist. Mir schien es wirklich so, als wenn es nicht Ihre eigenen Worte wären, die Sie sprachen«, antwortete Aljoscha ruhig und bescheiden, doch Kolja unterbrach ihn ungestüm.

»Ich bitte Sie! Sie verlangen Gehorsam und Mystizismus! Aber Sie müssen doch zugeben, daß der christliche Glaube nur den Reichen und Vornehmen dazu gedient hat, die unteren Klassen in der Knechtschaft zu erhalten, nicht wahr?«

»Ach, ich weiß schon, wo Sie das gelesen haben, und bestimmt hat jemand Sie schon unterrichtet!« rief Aljoscha aus.

»Ich bitte Sie, warum muß ich es denn unbedingt gelesen haben? Und es hat mich auch so gut wie niemand hierüber unterrichtet. Ich kann doch auch selbst ... Wenn Sie wollen, bin ich sogar durchaus nicht gegen Christus. Er war eine durchaus humane Persönlichkeit, und wenn er heute, in unserer Zeit, lebte, so würde er sich sofort den Revolutionären anschließen und vielleicht sogar eine hervorragende Rolle spielen ... Oder vielmehr unbedingt.«

»Wo, wo haben Sie das nun wieder aufgeschnappt? Mit welch einem Dummkopf sind Sie denn zusammengekommen?« fragte Aljoscha verwundert.

»Ich bitte Sie! Die Wahrheit kann man nicht verbergen. Ich komme allerdings wegen einer bestimmten Angelegenheit des öfteren mit Herrn Rakítin zusammen, aber ... Das hat doch schon der alte Belinskij[22] gesagt ...«

»Belinskij? Dessen erinnere ich mich nicht. Wenigstens hat er das nirgendwo geschrieben.«

»Wenn er es nicht geschrieben hat, so hat er es doch aus-

gesprochen, sagt man. Das habe ich selbst gehört von einem
... übrigens, zum Teufel...«

»Haben Sie Belinskij gelesen?«

»Sehen Sie... nein... nicht ganz, aber... die Stelle in
seiner Kritik über Puschkins „Jewgénij Onégin", wo er auf
Tatjána zu sprechen kommt — warum sie nicht mit Onégin
ging[23] —, habe ich gelesen.«

»Wie das, ,warum sie nicht mit Onégin ging'? Ja, können
Sie denn das schon... verstehen?«

»Ich bitte Sie! Sie scheinen mich ja für den kleinen Ssmúroff zu halten?« fragte Kolja gereizt, mit spöttischem Lächeln. »Übrigens glauben Sie, bitte, nicht, daß ich schon ganz
und gar Revolutionär sei! Ich bin sehr oft nicht einverstanden mit Herrn Rakitin. Wenn ich von Tatjána rede, so bin
ich noch längst nicht für die Emanzipation der Frauen. Ich
bin ganz der Meinung, daß das Weib ein untergeordnetes
Wesen ist und gehorchen muß. „Les femmes tricotent", wie
Napoleon gesagt hat«, fuhr Kolja, aus unbekanntem Grunde
kurz auflachend, fort, »und in diesem einen Punkte teile ich
vollkommen die Überzeugung dieses pseudogroßen Mannes.
Zum Beispiel finde ich auch, daß es niedrig ist, das Vaterland zu verlassen und nach Amerika zu flüchten, finde es sogar mehr als niedrig — sogar dumm. Warum nach Amerika,
wenn man auch bei uns der Menschheit viel Nutzen bringen
kann? Und gerade jetzt! Ein ganzer Berg fruchtbringender
Tätigkeit! In dem Sinne habe ich denn auch geantwortet.«

»Wie — geantwortet? Wem? Hat Sie denn schon jemand
aufgefordert, nach Amerika zu gehen?«

»Ich muß gestehen, daß man mich dazu bereden wollte,
aber ich lehnte es ab. Das ist natürlich nur unter uns gesagt,
Karamasoff, hören Sie, keinem Menschen ein Wort davon, —
ich sage es nur Ihnen. Ich habe durchaus keine Lust, der Dritten Abteilung[24] in die Finger zu geraten und an der Kettenbrücke Lektion zu hören.

„Das vergißt man nicht so leicht,
Das Haus an jener Kettenbrücke!"

Sie kennen doch das Gedicht? Doch großartig, nicht wahr? Worüber lachen Sie? Glauben Sie vielleicht, daß ich Ihnen alles nur vorgeschwindelt habe?« (,Was aber dann, wenn er erfährt, daß ich in Papas Bücherschrank nur ein einziges Heft von Alexander Herzens „Sturmglocke" gefunden, und mehr als das überhaupt nicht darin gelesen habe?' fuhr es ihm flüchtig durch den Sinn, mit leichtem Erschauern im Herzen.)

»Wieso? Ich lache gar nicht, und ich denke durchaus nicht, daß Sie mir etwas vorgeschwindelt haben. Das ist es ja, daß ich es nicht so ansehe, denn alles, was Sie sagen, ist ja leider nicht gelogen! Aber nun sagen Sie, haben Sie denn Puschkin gelesen, den „Jewgénij Onégin" ... Sie sprachen doch von Tatjána?«

»Nein, ich habe ihn noch nicht gelesen, aber ich will es bald tun. Ich bin ganz vorurteilslos, Karamasoff. Ich will die Meinung jeder Partei hören. Warum fragten Sie?«

»Nur so.«

»Sagen Sie mal, Karamasoff, Sie verachten mich jetzt wohl sehr?« fragte Kolja ganz plötzlich und reckte sich stramm vor Aljoscha empor, als wolle er sich in Positur stellen. »Haben Sie die Güte, mir ganz ohne Umschweife darauf zu antworten.«

»Ich Sie verachten?« Aljoscha blickte ihn erstaunt an. »Aber weswegen denn? Es tut mir nur leid, daß eine so prächtige Natur, wie die Ihrige, die ja noch gar nicht zu leben angefangen hat, schon von diesem ganzen rohen Unsinn verdorben worden ist.«

»Wegen meiner Natur brauchen Sie sich weiter keine Sorgen zu machen«, unterbrach ihn Kolja nicht ohne Selbstgefälligkeit, »aber ich bin sehr argwöhnisch, das ist Tatsache. Geradezu dumm argwöhnisch. Roh und unfein argwöhnisch. Sie lächelten vorhin, und da schien es mir sogleich, daß Sie ...«

»Ach, ich lächelte doch über etwas ganz anderes! Ich werde Ihnen sagen, worüber ich lächelte: ich las vor kurzem die Äußerung eines Ausländers, eines Deutschen, der in Rußland gelebt hat, über unsere jetzige lernende Jugend: ‚Zeigen Sie‘, schreibt er, ‚einem russischen Schüler die Himmelskarte mit allen Sternen darauf, von der er bis dahin keine Ahnung gehabt hat, und er wird Ihnen morgen diese Karte korrigiert zurückgeben.‘ Überhaupt keine Kenntnisse und grenzenloser Eigendünkel, das wollte der Deutsche damit vom russischen Schüler sagen.«

»Aber das ist ja herrlich! das ist ja buchstäblich so!« Kolja lachte plötzlich auf. »Das ist ja superbissimo! Bravo, Deutscher! Aber dem Tschúchna[25] ist dabei doch die gute Seite der Sache entgangen, das kommt von der Jugend, das wird sich schon einrenken, wenn es nur nötig ist, daß es sich einrenkt, dafür aber haben sie den unabhängigen Geist von Kindesbeinen an, dafür haben sie die Kühnheit der Gedanken und Überzeugungen, an Stelle ihrer spießerhaften, knechtischen Andacht vor den Autoritäten . . . Aber der Deutsche hat das doch gut gesagt! Bravo, Deutscher! Aber trotzdem muß man die Deutschen doch unterkriegen. Gut, mögen sie da in ihren Wissenschaften so stark sein, wie sie wollen, aber man muß sie doch unterkriegen . . .«

»Aber warum denn das?« fragte Aljoscha lächelnd.

»Ach, ich hab's nur so gesagt, vielleicht auch nicht. Ich bin zuweilen ein furchtbares Kind, und wenn ich mich über etwas freue, so kann ich mich nicht mehr beherrschen und schwatze womöglich den größten Unsinn zusammen. Aber hören Sie, wir reden hier beide Dummheiten, während der Doktor dort . . . warum sitzt der Kerl solange bei Iljuscha? Vielleicht untersucht er noch das ‚Mamachen‘ und die Nínotschka? Wissen Sie, diese Nínotschka hat mir sehr gefallen. Als ich beim Hinausgehen an ihr vorüber kam, raunte sie mir plötzlich zu: ‚Warum sind Sie nicht früher gekommen?‘ Und mit so einer Stimme, wissen Sie, mit so einem Schmerz! Ich glaube, sie ist ein furchtbar gutes, armes Geschöpf.«

»Ja, ja! Wenn Sie öfter kommen, werden Sie sehen, was das für ein Wesen ist. Es wird Ihnen sehr gut tun, gerade solchen Wesen zu begegnen, damit Sie noch vieles andere zu schätzen lernen, was Sie gerade durch die Bekanntschaft mit solchen Wesen erfahren können«, sagte Aljoscha eifrig. »Das wird Sie besser als alles andere ändern.«

»O, wie ich es bedauere und wie ich mich dafür strafen möchte, daß ich nicht früher gekommen bin!« sagte Kolja mit bitterem Gefühl.

»Ja, das ist sehr schade. Sie haben jetzt gesehen, was das für eine Freude für den armen Kleinen war, und wie hat er sich gequält, während er auf Sie vergeblich wartete!«

»Sprechen Sie nicht mehr davon! Sie zerreißen mir das Herz! Aber es geschieht mir jetzt ganz recht: aus Ehrgeiz bin ich nicht früher gekommen, ja, aus dummer Eitelkeit und gemeiner Herrschsucht, von der ich mich nicht und nicht befreien kann, obgleich ich mich doch schon seit einer Ewigkeit darum mühe! Das sehe ich jetzt vollkommen ein. Ich bin in vielem ein Schuft, Karamasoff!«

»Nein, Sie haben prächtige Anlagen, wenn Sie auch schon früh verdorben worden sind, und ich verstehe nur zu gut, warum Sie einen solchen Einfluß auf diesen edlen und krankhaft sensiblen Knaben haben konnten!« sagte Aljoscha warm.

»Und das sagen Sie mir!« stammelte Kolja. »Und ich, stellen Sie sich vor, ich dachte, seit ich hier bin, schon mehrmals, daß Sie mich verachten! Wenn Sie doch nur wüßten, wie teuer mir Ihre Meinung ist!«

»Sind Sie denn wirklich so argwöhnisch? In diesem Alter! Denken Sie sich, als ich Sie dort im Zimmer beobachtete, während Sie erzählten, kam mir schon derselbe Gedanke ... ich meine: daß Sie sehr argwöhnisch sein müssen.«

»So, haben Sie das schon gedacht? Was Sie doch für ein Auge haben, weiß Gott! Ich könnte wetten, daß das in dem Augenblick war, als ich von der Gans erzählte! Gerade da schien es mir, daß Sie mich deswegen tief verachteten, weil ich mich anscheinend beeilte, mich als forschen Burschen aufzuspielen. Und ich haßte Sie sogar deswegen. Und später, das war vorhin hier im Flur, als ich sagte: ‚Wenn es Gott nicht gäbe, so müßte man ihn sich ausdenken', schien es mir wieder, daß Sie mich verachteten, weil ich mich schon gar zu sehr beeilte, mein Wissen hervorzukehren, — und um so mehr noch, als ich diese Phrase in einem Buch gelesen habe. Aber ich schwöre Ihnen, ich beeilte mich damit nicht aus Ruhmsucht, sondern so, ich weiß nicht warum, aus Freude vielleicht, ja, bei Gott, es war, als wenn es aus Freude geschah ... obgleich es doch ein tiefbeschämender Zug ist, wenn ein Mensch vor lauter Freude anderen auf den Hals kriecht. Das weiß ich selbst sehr gut. Dafür bin ich aber jetzt überzeugt, daß Sie mich nicht verachten, daß diese Befürchtung nur eine Marotte von mir war. O, Karamasoff, ich bin tief unglücklich! Ich stelle mir zuweilen — weiß Gott was alles vor: daß alle über mich lachen, die ganze Welt, und dann bin ich ... dann bin ich bereit, die ganze Ordnung der Dinge zu vernichten!«

»Und quälen dabei Ihre Nächsten«, warf Aljoscha lächelnd ein.

»Und quäle meine Nächsten, ganz recht, besonders meine Mutter. Karamasoff, sagen Sie, bin ich jetzt sehr lächerlich?«

»Aber so denken Sie doch nicht immer daran, denken Sie überhaupt nicht daran! Und was heißt ‚lächerlich‘? Wie oft ist der Mensch lächerlich oder erscheint er so! Heutzutage fürchten sich fast alle begabten Menschen am meisten vor der Lächerlichkeit, und sie quälen sich deswegen und sind unglücklich. Mich wundert nur, daß Sie dasselbe schon in so jungen Jahren empfinden, obgleich ich es auch schon an anderen Ihresgleichen bemerkt habe. Jetzt leiden ja schon viele, die fast noch Kinder sind, unter derselben Angst. Das ist geradezu wie eine Geisteskrankheit. In dieser Eitelkeit hat sich der Teufel verkörpert und dergestalt in die ganze Generation eingeschlichen, niemand anders als der Teufel«, wiederholte Aljoscha, ohne aber dabei im geringsten zu lächeln, wie es Kolja, der ihn groß ansah, eigentlich erwartete. »Sie, Kolja, sind wie alle«, schloß er, »das heißt, wie sehr viele, nur soll man nicht so sein, wie alle sind, das ist es!«

»Selbst wenn alle so sind?«

»Ja, selbst wenn alle so sind. Es ist schon viel, wenn dann Sie allein nicht so sind. Im Grunde sind Sie ja auch gar nicht so wie alle: haben Sie sich doch soeben nicht geschämt, etwas Schlechtes und sogar Lächerliches von sich einzugestehen. Wer aber tut das heutzutage? Niemand. Man sieht ja nicht einmal mehr eine Notwendigkeit in der Selbstverurteilung. Werden Sie nicht so einer wie alle; und wenn Sie auch nur als einziger anders bleiben, so seien Sie trotzdem nicht so.«

»Herrlich! Ich habe mich in Ihnen nicht getäuscht. Sie sind fähig, einen zu trösten! Sie wissen ja gar nicht, wie es mich zu Ihnen gedrängt hat, Karamasoff, wie lange ich schon eine Begegnung mit Ihnen herbeigewünscht habe! Ist es wirklich wahr, daß auch Sie an mich gedacht haben? Vorhin sagten Sie, Sie hätten auch an mich gedacht?«

»Ja, ich hatte von Ihnen gehört und habe daher auch über Sie nachgedacht ... und wenn Sie auch jetzt teilweise aus Ehrgeiz fragen, so tut das nichts.«

»Wissen Sie, Karamasoff, unsere Erklärungen gleichen ja beinahe einer Liebeserklärung«, sagte Kolja mit etwas leiserer, gleichsam geschwächter und verschämter Stimme. »Ist das nicht lächerlich, was meinen Sie?«

»Durchaus nicht lächerlich, und wenn es meinethalben auch lächerlich wäre, so tut es nichts, denn es ist schön«, sagte Aljoscha mit heiterem Lächeln.

»Aber wissen Sie auch, Karamasoff, gestehen Sie es nur ein, daß auch Sie sich jetzt ein wenig vor mir schämen ... Das sehe ich an Ihren Augen.« Und Kolja lachte leise, irgendwie schlau, aber fast auch wie in einem seltsamen Glück.

»Warum soll ich mich denn schämen?«

»Warum erröten Sie denn jetzt plötzlich?«

»Ja, das haben Sie so gemacht, daß ich errötet bin!« sagte Aljoscha lachend und wurde tatsächlich über und über rot. »Nun ja, ein wenig schäme ich mich, Gott weiß warum, ich weiß es nicht ...«, stotterte er, sogar ein wenig verwirrt.

»O, wenn Sie wüßten, wie sehr ich Sie gerade jetzt liebe und schätze, und gerade deshalb, weil Sie sich ,Gott weiß

warum' vor mir schämen! Weil auch Sie ganz so sind wie ich!«
rief Kolja aus, hingerissen von Entzücken.

Seine Wangen glühten, seine Augen glänzten.

»Hören Sie, Kolja, Sie werden im Leben unter anderem
auch ein sehr unglücklicher Mensch sein«, sagte plötzlich Aljoscha aus einem unbekannten Grunde.

»Ich weiß, ich weiß«, bestätigte Kolja sofort. »Wie Sie
doch alles vorauswissen!«

»Aber alles in allem werden Sie dennoch das Leben segnen.«

»Das ist's ja! Hurra! Sie sind ja ein Prophet! O, wir werden
uns schon verstehen, Karamasoff! Wissen Sie, am meisten
entzückt mich an Ihnen, daß Sie mit mir ganz wie mit einem
Altersgenossen verkehren, wie mit einem Gleichstehenden.
Das aber sind wir nicht, nein, das sind wir nicht, Sie stehen
viel höher! Aber wir werden uns schon gut verstehen. Wissen
Sie, ich habe mir während des ganzen letzten Monats gesagt:
,Entweder werden wir sofort Freunde auf ewig werden, oder
wir werden gleich nach der ersten Begegnung als Feinde bis
zum Grabe auseinandergehen'!«

»Und als Sie sich das sagten, liebten Sie mich natürlich
schon!« lachte Aljoscha heiter.

»Ja, da liebte ich Sie schon, liebte Sie furchtbar, liebte Sie
und dachte nur an Sie! Aber wie können Sie alles so vorauswissen? . . . Ah! da kommt der Arzt. Gott, was wird er nun
sagen? Sehen Sie doch, was er für ein Gesicht macht!«

VII

Iljuscha

Der fremde Professor trat aus der Stube, bereits eingehüllt
in seinen Pelz und die Mütze schon auf dem Kopf. Er sah
geärgert und angeekelt aus, als wenn er ständig gefürchtet
hätte, sich hier an irgend etwas zu beschmutzen. Er warf einen
flüchtigen Blick über den Flur und sah darauf Aljoscha und
Kolja streng an. Aljoscha trat auf die Treppe hinaus und

winkte den Kutscher heran. Die Equipage fuhr sofort an der Hofpforte vor. Der Hauptmann folgte dem Professor eilig mit gekrümmtem Rücken und murmelte, wie es schien, Entschuldigungen. Sein Gesichtsausdruck glich dem eines zum Tode Verurteilten, aus seinem Blick sprach nichts als Schreck und Angst.

»Exzellenz ... Euer Exzellenz ... ist es denn wirklich...«, begann er zwar, konnte aber nicht weitersprechen, und in seiner hilflosen Verzweiflung erhob er nur die Hände, indes sein Blick immer noch wie in einem letzten Flehen am Arzt hing, als wenn dieser den Urteilsspruch über den armen Knaben jetzt gleich noch mit einem einzigen Wort hätte aufheben können.

»Ja, wie — ge—sagt. Ich — bin — kein — Gott«, antwortete in nachlässigem, doch gewohnheitsmäßig scharf akzentuierendem Tonfall der Professor.

»Herr Professor ... Exzellenz ... und wird es bald sein ... bald? ...«

»Seien Sie auf al—les ge—faßt.« Der Professor betonte jede Silbe. Er senkte den Blick und machte Miene, hinauszugehen.

»Exzellenz, um Christi willen!« rief der Hauptmann erschrocken und hielt ihn noch einmal zurück. »Exzellenz! ... also nichts, nichts, gar nichts kann ihn mehr retten?«

»Das hängt — nicht von — mir — ab«, erwiderte ungeduldig der Arzt, »in—dessen, hm«, sagte er plötzlich und blieb stehen; »wenn ... Sie, zum Beispiel, Ih—ren Pa—tien—ten ... so—fort und ohne zu säumen (die Worte »sofort und ohne zu säumen« stieß der Professor nicht nur streng, sondern geradezu wütend heraus, so daß der Hauptmann zusammenfuhr) nach Sy—ra—kus schicken könn—ten, so ... würde infolge der wohl—tuenden, kli—ma—ti—schen Ver—än—derung ... so könn—te es viel—leicht gesche—hen ...«

»Nach Syrakus!« stieß der Hauptmann hervor, als könne er ihn noch nicht begreifen.

»Syrakus liegt in Sizilien«, sagte plötzlich Kolja wie zur Erläuterung.

Der Professor sah ihn an.

»Nach Sizilien! Um Gottes willen, Euer Exzellenz«, sagte ganz verloren der Hauptmann, »Sie haben doch gesehen!« Er wies mit beiden Händen auf die Umgebung. »Und Mamachen, und die Familie?"

»N—ein, die Fami—lie nicht nach Sizilien, Ihre Familie muß in den Kau—kasus, a—ber erst im Frühjahr . . . Ihre Tochter muß in den Kaukasus, Ihre Gemahlin aber . . . nachdem auch sie im Kau—kasus eine Kur gegen ihren Rheumatismus durchgemacht . . . müßte dann so—fort nach Paris in die Irrenanstalt des Psychiaters Le—pelle—tier geschickt werden, ich könnte ihr ein Schrei—ben mit—geben, und da . . . könnte sie . . . vielleicht Bes—serung . . .«

»Herr Professor, aber Herr Professor! Sie sehen doch!« Der Hauptmann wies wieder in seiner Verzweiflung mit beiden Händen auf die nackten Holzwände des Flurs hin.

»Das ist — nicht — mehr — meine Sache«, sagte lächelnd der Arzt, »ich ha—be Ihnen nur sa—gen kön—nen, was die Wissen—schaft auf Ihre Fra—ge nach den letzten Hilfs—mitteln sagen kann, das üb—rige aber . . . kann ich zu meinem Bedauern . . .«

»Haben Sie keine Angst, Herr Mediziner, mein Hund wird Sie nicht beißen«, fiel ihm Kolja, da er den etwas unruhigen Blick des Professors auf Pereswonn, der auf der Schwelle stand, bemerkt hatte, mit lauter Stimme ins Wort. Eine böse Note klang in der Stimme Koljas. Er sagte mit Absicht »Mediziner« statt Doktor oder Professor, wie er später selbst eingestand, »um ihn zu beleidigen«.

»Was — soll — das?« fragte der Arzt, den Kopf erhebend, und sah Kolja erstaunt an. »Wer ist das?« wandte er sich plötzlich an Aljoscha, als ob der ihm Rechenschaft geben müsse.

»Das ist der Besitzer des Pereswonn[26], Herr Mediziner, beunruhigen Sie sich nicht wegen meiner Person«, versetzte Kolja.

»Swonn?« wiederholte der Arzt, ohne zu verstehen, was dieser Name bedeutete.[26]

»Er scheint nicht zu wissen, was er hört. Leben Sie wohl, Herr Mediziner, wir werden uns in Syrakus vielleicht wieder- sehen.«

»Wer ist dieser . . .? Wer, was?« der Arzt brauste auf vor Ärger.

«Das ist ein hiesiger Schüler, Herr Professor, ein Wildfang, beachten Sie ihn nicht«, sagte Aljoscha verstimmt. »Kolja, schweigen Sie!« rief er Krassotkin zu. »Beachten Sie ihn nicht, Herr Professor«, wiederholte er noch ungehaltener.

»Man muß ihm Ruten geben, Ruten, Ruten!« schrie der Arzt Kolja an und stampfte vor Wut mit dem Fuß auf.

»Wissen Sie, Herr Mediziner, mein Pereswonn kann auch beißen!« rief Kolja mit drohender Stimme, bleich und mit blitzenden Augen. »Ici, Pereswonn!«

»Kolja, wenn Sie jetzt noch ein Wort sagen, so werde ich mit Ihnen auf ewig brechen!« sagte Aljoscha streng.

»Herr Mediziner, es gibt nur ein Wesen auf der ganzen Welt, das Nikolai Krassotkin befehlen kann, und das ist die- ser junge Mensch da (Kolja wies auf Aljoscha): ihm gehorche ich. Leben Sie wohl!«

Kolja stürzte fort, öffnete die Stubentür und trat schnell ein. Pereswonn lief ihm sofort nach. Der Arzt stand noch wie versteinert da und starrte Aljoscha an. Darauf spuckte er aus und ging zum Wagen, indem er laut wiederholte: »Dieser, dieser, dieser . . . ich weiß nicht, was das für einer ist!«Der Hauptmann lief ihm nach, um ihm in den Wagen zu helfen. Aljoscha trat ins Zimmer. Kolja stand schon an Il- juschas Bettchen. Iljuscha hielt ihn an der Hand und rief nach seinem Vater. Bald kehrte auch der Hauptmann zurück.

»Papa, Papa, komm her . . . wir . . .«, stammelte Iljuscha, in ungewöhnlicher Erregung, doch außerstande, weiterzu- sprechen, umarmte er sie beide mit seinem mageren Ärmchen und preßte sie fest an sich, so stark, wie er es mit seiner Kraft nur konnte.

Der Hauptmann erbebte am ganzen Körper vor unter- drücktem Schluchzen, Kolja zitterten die Lippen und das Kinn.

»Papa, Papa! Wie tust du mir leid, Papa!« stammelte Iljuscha in bitterem Schmerz.

»Ijuschachen . . . Täubchen . . . der Professor sagte . . . du
wirst gesund, wir werden glücklich sein . . . der Professor . . .«,
brachte der Hauptmann mühsam hervor.

»Ach, Papa! Ich weiß doch, was der neue Doktor dir über
mich gesagt hat . . . Ich habe es doch gemerkt!« rief Iljuscha
aus und preßte sie wieder beide aus aller Kraft an sich, wobei er sein Gesicht an der Schulter des Vaters verbarg.

»Papa, weine nicht . . . wenn ich sterben werde, nimm dann
einen guten Knaben zu dir, einen anderen . . . wähle von
ihnen allen den besten aus, nenne ihn Iljuscha und liebe ihn
statt meiner . . .«

»Schweig, Alter, wirst doch gesund werden!« unterbrach
ihn gleichsam beleidigt und geradezu barsch Krassotkin.

»Aber mich, Papa, mich vergiß nicht«, fuhr Iljuscha fort,
»komm zu meinem Grabe . . . Weißt du, Papa, beerdige
mich bitte dort beim großen Stein, zu dem wir beide immer
gegangen sind, und besuche mich dann mit Krassotkin, am
Abend . . . Und Pereswonn . . . Und ich werde euch erwarten . . . Papa, Papa!«

Seine Stimme versagte, alle drei schwiegen . . . Ninotschka
weinte leise in ihrem Lehnstuhl, und plötzlich fing auch Mamachen zu weinen an, als sie die anderen weinen sah.

»Iljuschachen, Iljuschachen!« rief sie klagend. Krassotkin
befreite sich aus der Umarmung Iljuschas:

»Leb wohl, Alter, meine Mutter erwartet mich zum Mittagessen«, sagte er hastig. »Wie schade, daß ich sie nicht benachrichtigt habe! Sie wird sich sehr beunruhigen . . . Aber nach
dem Essen komme ich wieder zu dir, auf viele Stunden,
bleibe dann den ganzen Abend bei dir, und werde dir viel
erzählen, sehr viel! Pereswonn werde ich natürlich mitbringen, jetzt aber nehme ich ihn mit nach Hause, denn ohne
mich würde er zu heulen anfangen und würde dich nur stören. Also dann — auf Wiedersehen!«

Er lief hinaus auf den Flur, um sich dort auszuweinen.

In diesem Zustand fand ihn Aljoscha, als er hinaustrat.

»Kolja, Sie müssen unbedingt Wort halten und kommen, denn sonst wird er schrecklich traurig sein«, sagte Aljoscha ernst.

»Unbedingt! O, wie ich mich verfluche, daß ich nicht schon früher gekommen bin!« sagte Kolja weinend, da er sich jetzt nicht mehr schämte zu weinen.

In dem Augenblick kam der Hauptmann aus dem Zimmer gestürzt und schloß sofort hinter sich die Tür. Der Ausdruck seines Gesichtes war wie der eines Wahnsinnigen, seine Lippen bebten. Er stand wie geistesabwesend vor den beiden jungen Leuten und schüttelte seine Arme hoch in die Luft:

»Ich will keinen guten Knaben! Ich will keinen anderen Knaben!« kam es in wildem Geflüster aus ihm heraus, und er knirschte mit den Zähnen, »... „wenn ich dein vergäße, Jerusalem, so möge ich" ...«

Er konnte nicht zu Ende sprechen. Seine Stimme stockte. Kraftlos sank er vor der Holzbank in die Knie. Er preßte seinen Kopf mit beiden Fäusten und schluchzte und wimmerte fast wie ein Hund, wobei er sich aber aus aller Kraft zusammenzunehmen versuchte, damit man sein Wimmern in der Stube nicht höre. Kolja lief auf die Straße hinaus.

»Leben Sie wohl, Karamasoff! Sie kommen doch bestimmt?« rief er Aljoscha scharf und böse zu.

»Am Abend komme ich bestimmt.«

»Was sagte er da von Jerusalem? ... Was sollte das bedeuten?«

»Das war aus der Bibel: „Wenn ich dein vergäße, Jerusalem", das heißt, wenn ich vergessen sollte, was für mich das Teuerste ist, so möge mich ...«

»Ich verstehe, genug! Kommen Sie bestimmt! Ici, Pereswonn!« rief er schon ganz wütend dem Hunde zu und eilte mit schnellen Schritten nach Hause.

ELFTES BUCH

DER BRUDER IWAN FJODOROWITSCH

I

Bei Gruschenka

Aljoscha ging zum Platz der Kathedrale, in das Haus der Kaufmannswitwe Morósoff, zu Gruschenka. Die hatte nämlich am Morgen Fenja mit der dringenden Bitte zu ihm geschickt, heute noch bei ihr vorzusprechen. Aljoscha hatte Fenja ausgefragt und erfahren, daß ihre Herrin seit gestern in ganz besonderer Aufregung sei. In diesen zwei Monaten nach der Verhaftung Mitjas war Aljoscha oft in das Haus der Morosoff gegangen, sowohl aus eigenem Antriebe, als auch mit Aufträgen von Mitja. Am dritten Tage nach jenen Vorgängen in Mokroje war Gruschenka erkrankt, und darauf hatte sie beinahe fünf Wochen das Bett gehütet, und von diesen fünf Wochen war sie eine Woche lang bewußtlos gewesen. Sie hatte sich inzwischen stark verändert: ihr Gesicht war abgemagert und hatte in der Farbe noch immer einen etwas gelblichen Ton, obgleich sie schon seit vierzehn Tagen wieder ausgehen durfte. Aljoscha aber schien ihr Gesicht dadurch noch anziehender geworden zu sein. Er liebte es, wenn er bei ihr eintrat, ihrem Blick zu begegnen. Es war, als habe sich in ihrem Blick etwas Sicheres und bewußt Durchdachtes gefestigt. Er verriet eine geistige Umwandlung und eine gewisse ergebene, doch zugleich gütige und feste Entschlossenheit. Auf der Stirn zwischen den Brauen zeichnete sich ein kleines senkrechtes Fältchen ab, das ihrem lieben Antlitz den Ausdruck in sich gesammelter Nachdenklichkeit verlieh, wenn diese Besinnlichkeit auch zuweilen auf den ersten Blick etwas Schroffes, Strenges haben konnte.

Von der früheren Verspieltheit zum Beispiel war auch nicht eine Spur übriggeblieben. Auch wunderte sich Aljoscha darüber, daß trotz des ganzen Unglücks, das sie getroffen hatte — sie, die Braut eines Mannes, der im Verdacht stand, ein fürchterliches Verbrechen begangen zu haben, und der fast im selben Augenblick verhaftet worden war, in dem sie sich einander angelobt hatten —, daß sie trotz allem, was sie bereits durchgemacht und was ihr noch bevorstand, nicht ihre jugendliche Heiterkeit verlor. In ihren früher so stolzen Augen lag jetzt eine gewisse Stille, obwohl . . . obwohl in diesen Augen zuweilen ein gewisses böses Feuerlein aufflammen konnte, wenn eine frühere Sorge sie wieder einmal heimsuchte — eine Sorge, die in ihrem Herzen nicht erstorben war, sondern sich noch mächtig vergrößert hatte. Der Gegenstand dieser Sorge war immer ein und derselbe: Katerina Iwánowna. Von ihr hatte Gruschenka während der Krankheit fast ununterbrochen phantasiert. Aljoscha begriff sehr wohl, daß sie Mitjas wegen unglaublich eifersüchtig auf dessen frühere Braut war, — auch jetzt noch, obwohl Katerina Iwanowna ihn kein einziges Mal während seiner Untersuchungshaft besucht hatte, was ihr zu jeder Zeit freigestanden hätte. Alles das machte Aljoscha die Aufgabe, sie zu trösten, nur noch schwieriger: denn nur ihm allein vertraute sie alles an, und ihn allein fragte sie beständig um Rat, er aber wußte oftmals wirklich nicht, was er ihr sagen sollte.

Besorgt trat er bei ihr ein. Sie war vor einer halben Stunde von Mitja aus dem Gefängnis zurückgekehrt, und allein schon aus der schnellen Bewegung, wie sie von ihrem Lehnstuhl am Tisch aufsprang und ihm entgegeneilte, konnte er ersehen, wie ungeduldig sie ihn erwartet haben mußte. Auf dem Tisch lagen Spielkarten, die zu „Schafskopf" ausgegeben waren. Auf dem Lederdiwan an der anderen Seite des Tisches war ein Bett hergerichtet, auf dem in Schlafrock und Nachtmütze, sichtlich krank und geschwächt, doch trotzdem freundlich lächelnd, — Herr Maximoff halb liegend saß. Dieses heimatlose, alte Kerlchen war damals, vor zwei

Monaten, zusammen mit Gruschenka aus Mokroje zurückgekehrt, und seit der Zeit war er bei ihr geblieben. Als
sie durch Regen und Schlamm endlich bei ihr angekommen
waren, hatte er sich durchnäßt und eingeschüchtert auf diesen Diwan gesetzt und sie schweigend mit schüchtern bittendem Lächeln angesehen. Gruschenka, die von Leid und von
dem Fieber der beginnenden Krankheit völlig zerschlagen
war, hatte ihn in der ersten halben Stunde vor lauter Anordnungen und Sorgen ganz vergessen. Plötzlich hatte sie
sich dann seiner wieder erinnert, sich zu ihm gewandt und
ihn einmal durchdringend angesehen: da hatte er in seiner
Verwirrung nichts anderes zu tun gewußt, als ganz verloren
und mitleiderregend zu lächeln. Gruschenka hatte Fenja
gerufen und für ihn etwas zu essen bestellt. An jenem ganzen Tage war er ohne sich zu rühren, mäuschenstill auf
demselben Platz sitzen geblieben, so daß Fenja, als es dunkel
geworden war, ihre Herrin gefragt hatte:
»Wird er denn auch zur Nacht hierbleiben?«
»Ja, mach ihm auf dem Lederdiwan ein Bett zurecht«,
hatte Gruschenka gesagt.
Später erfuhr sie von ihm auf ihr Befragen, daß er »gerade jetzt« nicht wußte, wo er eigentlich bleiben sollte.
»Herr Kalganoff, mein Wohltäter, hat mir direkt gesagt,
daß er mich nicht mehr mitnehmen könne, und er hat mir
noch fünf Rubel geschenkt.«
»Nun, Gott mit dir, dann bleibe hier«, entschied Gruschenka in ihrem Kummer und lächelte ihm mitleidig zu.
Dem Alten schnitt dieses Lächeln wie ein Messer ins Herz,
und seine Lippen erzitterten vor Dankbarkeit wie von verhaltenen Tränen. Und so war denn der obdachlose Schmarotzer bei Gruschenka geblieben. Selbst während ihrer
Krankheit verließ er sie nicht. Fenja und ihre Großmutter,
Gruschenkas Köchin, schickten ihn nicht fort, sondern gaben
ihm täglich gut zu essen und machten ihm abends das Bett auf
dem Diwan zurecht. Späterhin gewöhnte sich Gruschenka
an ihn, und wenn sie von Mitja zurückkehrte (den sie sofort

täglich besuchte, sobald sie sich nur, nach der Krankheit, hinauswagen durfte), setzte sie sich immer zu Maximoff an den Tisch und begann dann, um den Kummer zu verscheuchen, mit »Maxímuschka« über alle möglichen dummen Dinge zu scherzen, nur um nicht an ihr Leid denken zu müssen. Bei der Gelegenheit stellte es sich heraus, daß »Maxímuschka« auch kleine Geschichten zu erzählen verstand, und so wurde er ihr zu guter Letzt ganz unentbehrlich. Empfing sie doch außer Aljoscha, der nicht einmal an jedem Tage kommen konnte, keinen Menschen. Ihr »Kaufmann« lag zu der Zeit schwerkrank danieder, er »ging hinüber«, wie man in der Stadt sagte, und er starb auch bald darauf, — eine Woche nach der Gerichtssitzung, die über Mitjas Schicksal entschied. Eines Tages, drei Wochen vor seinem Tode, ließ er in der Vorahnung seines nahen Endes seine Söhne mit ihren Frauen und Kindern zu sich rufen und befahl ihnen, bei ihm zu bleiben. Was aber Gruschenka betraf, so verbot er den Dienstboten aufs strengste, sie noch zu ihm zu lassen, falls sie aber käme, sollte man ihr sagen: »Er läßt sagen, Sie mögen lange in Freuden leben und ihn ganz vergessen.« Indessen schickte Gruschenka fast täglich zu ihm, um sich nach seinem Befinden zu erkundigen.

»Endlich kommt er!« rief sie, als sie Aljoscha erblickte, warf die Karten sofort hin und begrüßte ihn freudig. »Maximuschka hat mir die ganze Zeit Angst gemacht, er behauptete, du würdest heute nicht mehr kommen. Ach Gott, wenn du wüßtest, wie nötig du mir bist! Setz dich hierher an den Tisch. Nun, was soll ich bestellen? Kaffee?«

»Ja, meinetwegen«, sagte Aljoscha, sich an den Tisch setzend. »Ich bin ganz ausgehungert.«

»Das ist recht! Fenja, Fenja, schnell Kaffee!« rief Gruschenka. »Er kocht schon lange und wartet nur auf dich. Fenja, und bring auch die kleinen Pasteten, aber die ganz heißen! Nein, Aljoscha, ich muß dir doch gleich erzählen, was ich heute wegen dieser Pasteten für ein Donnerwetter über mich habe ergehen lassen müssen! Ich brachte ihm nämlich eine ganze Portion davon ins Gefängnis, er aber, was glaubst du wohl, er stieß sie zurück und aß sie nicht! Eines davon schleuderte er sogar auf den Fußboden und zertrat es mit dem Absatz zu Brei. Darauf sagte ich ihm: ‚Ich werde sie beim Wächter lassen; wenn du sie dann nicht bis zum Abend aufgegessen hast, so bedeutet das, daß du von deiner Bosheit satt geworden bist!‘ und damit ging ich. Wir haben uns doch schon wieder gezankt! Sobald ich nur hinkomme, zanken wir uns!«

Das alles sprudelte aus Gruschenka in einem Augenblick hervor. Maximoff wurde sofort ängstlich, lächelte und schlug die Augen nieder.

»Worüber habt ihr euch denn diesmal gezankt?« fragte Aljoscha.

»Ja, weißt du, das hätte ich mir nie gedacht, daß wir uns deswegen zanken könnten! Denk dir nur, er war auf den ‚Früheren‘ eifersüchtig! — ‚Warum unterstützt du ihn?‘ fragte er mich, ‚du hast also jetzt angefangen, ihn zu unterstützen!‘ Immer muß er eifersüchtig sein, nein wirklich, ohne Eifersucht geht es schon gar nicht! Ob er schläft oder ißt — eifersüchtig ist er immer. Selbst auf Kusjmá wurde er in der vorigen Woche eifersüchtig!«

»Aber er wußte doch schon lange von dem ‚Früheren‘? — daß du ihm jetzt hilfst?«

»Na selbstverständlich wußte er davon! Vom ersten Tage an hat er es gewußt! Heute aber fällt es ihm plötzlich ein, darüber zu schimpfen! Man schämt sich nur zu wiederholen, was er sagt, es ist gar zu blöd! So ein Dummkopf! Als ich fortging, kam gerade Rakítka zu ihm. Vielleicht ist es Rakitka, der ihn aufhetzt, wie? Was meinst du?« fügte sie wie zerstreut hinzu.

»Er liebt dich, das ist der ganze Grund, liebt dich sehr. Und zudem ist er jetzt sehr gereizt.«

»Wie sollte er denn nicht gereizt sein, wenn sich morgen alles entscheidet! Ich ging heute in der Absicht hin, ihm wegen morgen ein Wort von mir aus zu sagen, denn glaub mir, Aljoscha, ich kann noch gar nicht daran denken, was morgen sein wird! Du sagst, er sei gereizt, und ich soll etwa nicht gereizt sein? Und da kommt er mir jetzt mit dem Polacken! So ein Dummkopf! Es fehlte nur noch, daß er auf Maximuschka eifersüchtig wird!«

»Meine Frau war gleichfalls sehr eifersüchtig auf mich«, fügte bescheiden Maximoff sein Wörtlein ein.

»Ach Gott, auf dich!« Gruschenka mußte unwillkürlich lachen. »Weswegen sollte man denn auf dich eifersüchtig sein?«

»W—Wegen der Stubenmädchen.«

»Ach, schweig, Maxímuschka, ich bin heute nicht zum Lachen aufgelegt, mich kann heute eher die Wut packen. Auf die Pastetchen spitz dich lieber nicht, ich erlaube dir jetzt nicht, davon zu essen, sie würden dir schlecht bekommen. Und auch Likör bekommst du nicht. Da muß man nun auch noch diesen pflegen! Wirklich, ganz als ob bei mir ein Asyl wäre«, sagte sie lachend.

»Ich weiß, daß ich Ihre W—Wohltaten gar nicht verdient habe, daß ich sie gar nicht wert bin«, sagte Maximoff mit traurigem Stimmchen. »Sie sollten Ihre Wohltaten lieber anderen zuteil werden lassen, die es mehr verdient haben, die nötiger sind als ich.«

»Ach, Maxímuschka, jeder ist nötig, und woran soll man denn erkennen, wer nötiger ist? ... Wenn es doch diesen Polen überhaupt nicht geben würde! Jetzt ist es auch ihm eingefallen, krank zu werden. Ich war auch bei ihm, Aljoscha. Jetzt werde ich ihm zum Trotz Pastetchen schicken, ich hätte ihm nichts geschickt, da mir aber Mitja so ungerechte Vorwürfe gemacht hat, so schicke ich sie ihm jetzt erst recht, zum Trotz! ... Ach, da kommt Fenja mit einem Brief! ... Natürlich! Wußt ich's doch! Wieder von den Polen, wieder betteln sie um Geld!«

Es war tatsächlich ein Brief von Pan Mussjalówitsch, ein sehr langes und verschnörkeltes Schreiben, in dem er bat, ihm drei Rubel zu leihen. Dem Brief war noch ein anderer

Zettel beigelegt: es war ein Revers mit der Bescheinigung des Empfanges und der Verpflichtung, das Geld in drei Monaten zurückzugeben — von beiden Panen unterschrieben. Solche Briefe mit Reversen hatte Gruschenka von ihrem »Früheren« inzwischen eine Menge erhalten. Das hatte gleich nach ihrer Krankheit begonnen, vor etwa zwei Wochen. Sie wußte, daß beide während ihrer Krankheit gekommen waren, um sich nach ihrem Befinden zu erkundigen. Der erste Brief, den sie von ihm erhalten hatte, war sehr lang gewesen: auf einem Bogen Postpapier größten Formats geschrieben, mit einem riesengroßen Familiensiegel, im Sinn ungemein dunkel gehalten, in ungeheuer hochtrabendem Stil, so daß Gruschenka sich kaum bis zur Mitte des Briefes durchgearbeitet und ihn dann fortgeworfen hatte, ohne von diesem ganzen kunstvollen Wortbau etwas verstanden zu haben. Auch war es ihr damals nicht um die Polen zu tun gewesen. Nach diesem ersten Brief war am anderen Tage ein zweiter Brief gefolgt, mit der Bitte Pan Mussjalówitschs, ihm auf eine ganz kurze Frist zweitausend Rubel zu leihen. Gruschenka hatte auch auf diesen Brief nichts geantwortet. Darauf war eine ganze Reihe von Briefen gefolgt, täglich je einer, alle gleich würdig und gedrechselt, nur daß in ihnen die erbetene Summe, die stufenweise herabsank, schließlich bei hundert anlangte, dann bei fünfundzwanzig, fünfzehn, zehn Rubel, und eines Tages erhielt Gruschenka einen Brief, in dem sie um einen einzigen Rubel gebeten wurde — wiederum unter Zusendung eines Reverses, den beide unterschrieben hatten. Da hatten sie ihr leid getan, und sie hatte sich plötzlich in der Dämmerung entschlossen, selbst zu ihnen zu gehen.

Sie hatte beide Polen in der größten Misere vorgefunden, ohne Essen, ohne Holz, ohne Zigaretten und bei der Hauswirtin tief verschuldet. Die zweihundertfünfzig Rubel, die sie in Mokroje gewonnen hatten, waren sehr bald (und unbekannt wofür) draufgegangen. Indessen empfingen beide Pane sie zu ihrer nicht geringen Verwunderung fabelhaft aufgeblasen und selbstbewußt, mit sorgfältiger Beobachtung der Etikette und mit hochtrabenden Reden. Gruschenka hatte ihnen daraufhin nur ins Gesicht gelacht und ihrem »Früheren« zehn Rubel gegeben. Und gleich darauf war sie zu Mitja gegangen, dem sie den ganzen Vorfall lachend erzählt hatte, und dieser hatte gleichfalls darüber gelacht. Doch seit dem Tage ließen die stolzen Pane ihr keine Ruhe: täglich bombardierten sie sie mit Briefen, die alle immer dieselbe verschnörkelte Bitte um Geld enthielten, und sie schickte ihnen jedesmal ein paar Rubel. Und nun plötzlich war es Mitja eingefallen, deswegen eifersüchtig zu werden.

»Ich war so dumm, auf dem Wege zu Mitja auf einen Augenblick zu ihm zu gehen, denn er ist doch jetzt gleichfalls erkrankt, mein früherer Pan«, begann Gruschenka wieder eilig und geschäftig, »und ich erzählte es Mitja lachend, um ihn zu zerstreuen: ‚Denk nur‘, sagte ich, ‚mein Pole wollte mir wieder auf der Gitarre vorspielen und die alten Lieder singen, wahrscheinlich in der Hoffnung, das würde mich rühren und mich bestimmen, ihn zu heiraten.‘ Und da springt Mitja plötzlich wie rasend auf, und das Schimpfen hebt an ... Jetzt schicke ich aber zum Trotz den Polen die Pastetchen! Fenja, wen haben Sie da geschickt, wieder das kleine Mädchen? Hier, gib ihr diese drei Rubel, und dann kannst du noch so zehn Pastetchen in Papier einschlagen und mitschicken. Du aber, Aljoscha, du mußt unbedingt Mitja erzählen, daß ich ihnen Pastetchen geschickt habe.«

»Das werde ich bestimmt nicht tun«, sagte Aljoscha lächelnd.

»Ach, du glaubst, daß er sich quält? Das hat er doch absichtlich getan, nur um mich glauben zu machen, er sei eifersüchtig, ihm selbst aber ist es doch ganz gleichgültig«, sagte Gruschenka bitter.

»Wieso absichtlich getan?« fragte Aljoscha.

»Das kannst du wohl wieder nicht verstehen, Aljoschachen,

trotz deines ganzen Verstandes? Sieh, nicht das kränkt
mich, daß er meinetwegen, wie ich nun einmal bin, eifersüchtig ist. Es würde mich viel mehr kränken, wenn er nicht
eifersüchtig wäre. Ja, so bin ich. Nicht die Eifersucht kränkt
mich, auch ich habe ein grausames Herz, und ich bin selbst
eifersüchtig. Mich kränkt nur, daß er mich überhaupt nicht
liebt und jetzt *absichtlich* den Eifersüchtigen spielt, das ist
es! Bin ich denn etwa blind? Da fängt er jetzt plötzlich an,
mir von jener, der Kátjka, zu erzählen: dieses soll sie sein und
wiederum jenes und dann noch was, ,und sie hat sogar einen
berühmten Arzt aus Moskau hergerufen, um mich zu retten, hat auch den besten, den berühmtesten Advokaten
kommen lassen' . . . Daraus ersehe ich doch, daß er jetzt nur
sie allein liebt, wenn er sie so unverschämt in meiner Gegenwart lobt. Er weiß ja selbst ganz genau, daß er sich mir
gegenüber vergangen hat, und da will er nun die ganze
Schuld auf mich abwälzen. Dann heißt es: ,Du hast zuerst
mit dem Polacken angefangen, folglich kann ich jetzt auch
mit Katjka anfangen.' So verhält es sich damit! Jetzt will
er auf mich allein die ganze Schuld wälzen. Absichtlich hat
er diese Eifersuchtsszene gespielt. Absichtlich hat er es getan,
das sage ich dir, nur werde ich . . .«

Gruschenka sprach nicht aus, was sie werde . . . Sie beugte
den Kopf auf den Arm, der auf dem Tisch lag, und weinte
wie im Krampf.

»Dmitrij liebt Katerina Iwanowna nicht«, sagte Aljoscha
überzeugt.

»Nun, ob er sie liebt oder nicht liebt, das werde ich bald
selbst erfahren«, sagte Gruschenka, in deren Stimme diesmal
ein drohender Ton mitklang. Sie erhob wieder den Kopf,
und ihr Gesicht war fast entstellt. Es tat Aljoscha weh, zu
sehen, wie ihr sanftes, ruhig-heiteres Gesicht finster und
böse geworden war.

»Sprechen wir nicht mehr von diesen Dummheiten!«
brach sie plötzlich ab. »Habe ich dich doch nicht deswegen
herbitten lassen. Aljoscha, Täubchen, sag doch, was wird

morgen sein, morgen? Das ist ja das einzige, was mich quält! Nur mich allein quält das doch. Wenn ich euch alle ansehe, so muß ich mir immer sagen, daß niemand außer mir daran denkt, daß es niemanden von euch allen etwas angeht! Sag, denkst *du* wenigstens daran? Morgen wird doch sein Urteil gesprochen! Erzähl mir, Aljoscha, wie geht es eigentlich zu in so einer Gerichtssitzung? Wie wird man denn richten? Es ist doch der Diener, der erschlagen hat, der Diener Ssmerdjakoff! Mein Gott! Man wird ihn doch nicht statt des Dieners verurteilen? Und wird denn niemand für ihn eintreten? Und den Diener haben sie wahrscheinlich überhaupt noch nicht vernommen, was?«

»Man hat ihn sehr scharf verhört«, sagte Aljoscha nachdenklich, »aber sie scheinen alle übereingekommen zu sein, daß nicht er ihn erschlagen habe. Ssmerdjakoff ist noch immer krank. Er ist es seit jenem Tage, seit dem epileptischen Anfall ... Er ist tatsächlich krank«, sagte Aljoscha nochmals.

»Gott, geh doch wenigstens zu diesem Advokaten, Aljoscha, und erzähl ihm alles unter vier Augen. Es heißt doch, er sei für dreitausend Rubel aus Petersburg hergekommen.«

»Ja, wir drei haben es zusammen getan, Iwan, Katerina Iwanowna und ich; den Doktor aber hat sie allein für zweitausend aus Moskau verschrieben. Der Advokat Fetjukówitsch hätte wahrscheinlich mehr verlangt, da aber dieser Prozeß in ganz Rußland bekannt geworden ist, da alle Tageszeitungen und Zeitschriften davon sprechen, so hat er um des Ruhmes willen eingewilligt, herzukommen, denn es ist ein gar zu berühmter Fall geworden. Ich habe ihn gestern gesprochen.«

»Nun, und? Hast du ihm alles gesagt?« fragte sofort Gruschenka erregt.

»Er hörte mich an und sagte nichts. Das heißt, er sagte nur, er habe sich bereits eine bestimmte Meinung gebildet. Er versprach aber, meine Aussagen zu berücksichtigen.«

»Wie das, berücksichtigen? Ach, das sind ja doch nur Phrasen! Phrasen von bezahlten Spitzbuben! Sie werden ihn mir nur noch ins Verderben stürzen! Aber der Doktor, wozu hat sie denn den Doktor verschrieben?«

»Als Experten. Sie wollen beweisen, daß Dmitrij verrückt sei und in unzurechnungsfähigem Zustand erschlagen habe.« Aljoscha lächelte still vor sich hin. »Nur ist Dmitrij damit nicht einverstanden, er wird es um keinen Preis zugeben.«

»Ach, aber das ist doch wahr, wenn er ihn wirklich erschlagen hat!« rief Gruschenka lebhaft. »Er war ja damals gar nicht bei vollem Verstand, er war ja wirklich wahnsinnig, und ich, ich Scheusal, ich allein war an allem schuld! Nur ist es gar nicht wahr, daß er erschlagen hat, er hat ihn doch gar nicht erschlagen! Und alle beschuldigen ihn, alle sagen, er sei es gewesen. Sogar Fenja hat so ausgesagt, daß schließlich herauskommt, er habe es getan! Und die Aussagen der Kommis von Plotnikoffs, und jener Beamte! Und dann haben noch alle im Gasthaus gehört, wie er gedroht hat! Alle, alle sind gegen ihn, und so schwatzen sie jetzt und schnattern wie die Gänse!«

»Ja, die ungünstigen Aussagen haben sich unglaublich vermehrt«, bemerkte Aljoscha bedrückt.

»Und Grigorij noch dazu, Grigórij Wassíljewitsch! Der behauptet ja nach wie vor, die Tür sei offen gewesen, behauptet es steif und fest und ohne sich beirren zu lassen! Ich bin selbst einmal zu ihm gegangen, um mit ihm zu sprechen. Er schimpft einen womöglich noch aus!«

»Ja, Grigorijs Aussage ist vielleicht die verhängnisvollste für Dmitrij«, meinte Aljoscha.

»Und was das betrifft, daß Mitja verrückt sei, so ist er ja jetzt wirklich etwas von der Art«, sagte plötzlich Gruschenka mit einer ganz besonders besorgten und geheimnisvollen Miene. »Weißt du, Aljoscha, ich wollte eigentlich schon lange mit dir darüber reden: ich gehe jeden Tag zu ihm und muß mich immer mehr über ihn wundern. Sag du mir, was du davon hältst: was meint er damit, wovon er jetzt immer redet? Zuweilen fängt er an zu sprechen und spricht, spricht — ich weiß nicht wovon, ich denke schon, nun, das wird was sehr Kluges sein, das ist zu hoch für mich, denke ich, bin wahrscheinlich zu dumm dazu. Nur spricht er jetzt immer von einem ‚Kindichen‘, das heißt, von irgendeinem kleinen Kinde, das er immer ‚Kindichen‘ nennt ... ,Warum‘, fragte er, ‚warum ist das Kindichen arm? Für das Kindichen muß ich jetzt nach Sibirien gehn, ich habe nicht erschlagen, aber ich muß nach Sibirien gehen!‘ Was das bedeuten soll, was das für ein ‚Kindichen‘ ist, — davon habe ich keine Ahnung! Mir rollten nur die Tränen über die Wangen, als er sprach, denn er sagte das so eigenartig, er wollte wohl selbst weinen. Als er aber sah, daß ich weinte, da küßte er mich plötzlich und bekreuzte mich mit der rechten Hand. Was hat das zu bedeuten, Aljoscha, sag du mir, was ist das für ein ‚Kindichen‘?«

»Rakitin hat sich jetzt angewöhnt, ihn zu besuchen«, meinte Aljoscha lächelnd, »übrigens ... das kann nicht von Rakitin herrühren. Ich war gestern nicht bei Dmitrij, heute aber werde ich hingehen.«

»Nein, das ist nicht Ratkitka, das ist sein Bruder Iwan Fjodorowitsch, der ihn verwirrt, seitdem er zu ihm geht, das ist es, was ...« Gruschenka stockte plötzlich.

Aljoscha sah sie ganz überrascht an.

»Wie, Iwan geht zu ihm? Ist er denn jemals bei ihm gewesen? Mitja hat mir doch selbst gesagt, daß Iwan noch kein einziges Mal bei ihm gewesen sei.«

»Ach ... nun, das war wieder echt von mir! Ich habe mich verschnappt!« Gruschenka war sehr betreten und errötete heftig. »Wart, Aljoscha, schweig, mag es denn so sein, habe ich mich einmal verschnappt, so will ich lieber die ganze Wahrheit sagen: Iwán Fjódorowitsch ist bis jetzt nur zweimal bei Mitja gewesen, das erste Mal gleich nach seiner Rückkunft aus Moskau — er kam doch damals sofort wieder zurück, noch bevor ich erkrankte. Und das zweite Mal ist er vor einer Woche bei ihm gewesen. Mitja aber hat er befohlen, dir nichts davon zu sagen, und überhaupt niemandem: es sollte ein Geheimnis bleiben.«

Aljoscha saß in tiefem Nachdenken da und schien zu überlegen. Die Nachricht hatte ihn offenbar sehr überrascht.

»Iwan hat mit mir kein einziges Mal über Mitja gesprochen«, sagte er langsam, »und überhaupt hat er in diesen
zwei Monaten wenig mit mir gesprochen, und wenn ich zu
ihm ging, war er über mein Kommen stets ungehalten ...
so daß ich ihn jetzt schon seit drei Wochen nicht mehr gesprochen habe«, sagte er gleichsam vor sich hin. »Ja ...
Wenn er vor einer Woche bei Mitja gewesen ist, so — allerdings ... in dieser Woche ist auch mir eine gewisse Veränderung an Mitja aufgefallen ...«

»Nicht wahr? Nicht wahr?« griff Gruschenka sofort eifrig die Bemerkung auf. »Sie haben ein Geheimnis, sicher ein
Geheimnis! Mitja hat mir selbst gesagt, daß sie ein Geheimnis haben, und weißt du, ein solches Geheimnis, daß Mitja
sich darüber nicht mehr beruhigen kann! Früher war er
doch noch so heiter, er ist es ja auch jetzt, nur, weißt du,
wenn er so den Kopf schüttelt und auf und ab schreitet und
sich so mit der rechten Hand in die Haare fährt und die
Haare an der rechten Schläfe zupft, dann weiß ich doch, daß
er etwas auf der Seele hat, was ihn beunruhigt ... ich kenne
ihn doch! ... Sonst war er immer heiter — auch heute war
er es!«

»Du sagtest doch, er sei gereizt gewesen?«

»Ja, gewiß, das war er, aber er war dann auch wieder
heiter. Er ist eigentlich immer gereizt, plötzlich aber wird
er auf kurze Zeit ganz heiter, und dann ist er plötzlich wieder gereizt. Und weißt du, Aljoscha, ich muß mich immer
nur über ihn wundern: denk doch nur, was ihm bevorsteht,
er aber kann zuweilen über die geringsten Dummheiten
lachen, ganz als ob er ein kleines Kind wäre.«

»Und ist es wirklich wahr, daß er dir verboten hat, mir
etwas von Iwans Besuch zu sagen? Hat er sich wirklich so
ausgedrückt: ,sage ihm nichts davon'?«

»Ja, genau so: ,sage ihm nichts davon'. Dich fürchtet er ja
am meisten, Mitja meine ich. Denn hier handelt es sich um

ein Geheimnis, das hat er mir selbst gesagt ... Aljoscha, Täubchen, geh du hin und versuch herauszubekommen, was es ist? – was sie da für ein Geheimnis haben – und komm dann her und sag es mir!« wandte sich Gruschenka plötzlich flehend an Aljoscha. »Erlöse mich von der Ungewißheit, sage mir alles, damit ich wenigstens weiß, was mich erwartet! Du weißt nicht, wie das ist, sein verfluchtes Schicksal zu ahnen, und doch nichts zu wissen! Geh du zu ihm, Aljoscha, nur deswegen habe ich dich herbitten lassen!«

»Du glaubst, daß es sich dabei um dich handelt? Dann hätte er doch dir nichts von dem Geheimnis gesagt.«

»Ich weiß nicht, um was es sich dabei handelt. Vielleicht will er es mir sagen, wagt es aber nicht. Er will mich nur vorbereiten. Ein Geheimnis, sagt er, sei es; was für ein Geheimnis aber, das hat er mir nicht gesagt.«

»Aber was vermutest du denn?«

»Was soll ich vermuten! Mein Ende ist gekommen, das ist es, was ich vermute. Das haben sie alle drei mir bereitet, denn hier steckt doch Kátjka dahinter. Von ihr geht alles aus. ,Katja ist dieses und Katja ist jenes', sagt er, das bedeutet also, daß ich nicht dieses und jenes bin. Das sagt er absichtlich, das schickt er voraus – will mich vorbereiten. Verlassen will er mich, sieh, das ist sein ganzes Geheimnis! Das haben sie sich alle drei ausgedacht – Mitjka, Katjka und Iwan Fjodorowitsch. Aljoscha, ich wollte dich schon lange fragen ... vor einer Woche teilte er mir auf einmal mit, daß Iwan Fjodorowitsch in Katerina Iwanowna verliebt sei, und darum so oft zu ihr hingehe. Hat er mir die Wahrheit gesagt, oder hat er gelogen? Sage es mir auf dein Gewissen, schone mich nicht!«

»Ich werde dir die Wahrheit sagen. Iwan ist nicht in Katerina Iwanowna verliebt, so denke ich wenigstens.«

»Das habe auch ich mir damals gleich gedacht! Er belügt mich einfach wie ein Schamloser, das sehe ich jetzt vollkommen ein! Und darum spielt er auch jetzt den Eifersüchtigen, um dann später alles auf mich abwälzen zu können. Er ist

doch ein dummer Junge, er versteht ja nichts zu verheimlichen, er ist doch so aufrichtig ... Aber ich werde ihn, ich
werde ihn! ‚Du glaubst‘, sagt er mir, ‚daß ich ihn erschlagen
habe‘ — das sagt er mir, mir, das wirft er mir vor! Nun,
Gott mit ihm! Aber diese Katjka wird noch etwas von mir
zu hören bekommen vor Gericht! Ich werde ihr dort ein
paar Worte sagen ... O, dort werde ich alles sagen!«
Und wieder weinte sie verzweifelt.

»Höre, Gruschenka, in einem kann ich dich aufs bestimmteste beruhigen«, sagte Aljoscha und erhob sich. »Erstens,
daß er dich liebt, dich mehr als alles auf der Welt liebt, und
zwar dich ganz allein, das kannst du mir glauben. Ich weiß
es. Ich weiß es ganz gewiß. Und zweitens erkläre ich dir,
daß ich, was das Geheimnis betrifft, ihn nicht ausforschen
will. Wenn er es mir heute selbst mitteilt, so werde ich ihm
offen sagen, daß ich dir versprochen habe, dich davon zu
unterrichten. Und dann werde ich heute noch zu dir kommen, um dir alles zu sagen. Nur ... glaube ich ... daß hier
Katerina Iwanowna nicht im Spiel ist, ich glaube vielmehr,
daß das Geheimnis etwas ganz anderes betrifft. Davon bin
ich sogar überzeugt. Und es sieht auch gar nicht danach aus,
als ob es sich dabei um Katerina Iwanowna handeln könnte.
Wenigstens scheint es mir nicht so ... Jetzt aber leb wohl!
Auf Wiedersehen morgen!«

Er drückte ihr fest die Hand. Gruschenka weinte immer
noch. Aljoscha sah, daß sie seinen Beteuerungen wenig Glauben schenkte, aber auch das war schon eine Erleichterung
für sie, daß sie sich einmal hatte aussprechen können. Es tat
ihm leid, sie so verlassen zu müssen, aber er hatte keine
Zeit, noch länger bei ihr zu bleiben. Noch vieles wartete
seiner, das vor dem Abend erledigt werden mußte.

II

Das kranke Füßchen

Ganz zuerst mußte er zu Chochlakóffs gehen. Er beeilte
sich sehr, um nicht zu spät zu Mitja zu kommen. Frau
Chochlakoff war schon seit drei Wochen krank: der eine
Fuß war, weiß Gott wodurch, ein wenig angeschwollen.
Sie lag zwar nicht zu Bett, sondern verbrachte die Zeit in
ihrem Boudoir halb liegend auf der Couchette, stets in ein
reizendes, aber doch wohlanständiges Deshabillé gehüllt.
Aljoscha hatte bemerkt, daß sie trotz ihrer Krankheit gerade jetzt angefangen hatte, sich ganz besonders herzu-
richten: es waren ihm die vielen duftigen Spitzen, Schleif-
chen und zarten Morgengewänder aufgefallen, und er glaubte mit unschuldigem Lächeln, die Ursache dieser Veränderung zu erraten, wenn er auch sofort alle ähnlichen Gedanken als müßig verscheuchte, nicht ohne Unwillen über
sich selbst. In den letzten zwei Monaten hatte nämlich,
unter den übrigen Bekannten ihres Hauses, auch der junge
Perchotin sie öfter besucht. Aljoscha war seit vier Tagen
nicht mehr bei Chochlakoffs gewesen, und als er jetzt eintrat, wollte er geradewegs zu Lisa gehen, denn er war nur
ihretwegen gekommen. Sie hatte die Zofe schon gestern
früh zu ihm geschickt, mit der dringenden Bitte, so bald
wie möglich zu ihr zu kommen, da sie ihn in einer »sehr
wichtigen Angelegenheit« sprechen müsse, — was aus gewissen Gründen Aljoschas Interesse erregte. Doch während
nun die Zofe zu Lisa ging, um ihn anzumelden, ließ ihn
Frau Chochlakoff — die inzwischen erfahren hatte, daß er
gekommen war —, »nur auf einen Augenblick« zu sich bitten. Aljoscha überlegte, was er tun sollte, und sagte sich, es
sei besser, zuerst die Bitte der Mama zu erfüllen, da sie sonst
immer wieder zu Lisa schicken werde. Frau Chochlakoff
ruhte in einem ganz besonders schönen Gewande auf der
Couchette in ihrem Boudoir und schien erregt zu sein.

»Jahrhunderte, ganze Jahrhunderte habe ich Sie nicht mehr gesehen! Eine ganze Woche ist es her, schämen Sie sich! ach! nein, richtig, — Sie waren ja am Mittwoch noch hier, vor vier Tagen also! Sie wollen jetzt wieder zu *Lise?* Ich bin überzeugt, daß Sie auf den Fußspitzen zu ihr schleichen wollten, damit ich es nicht höre. Ach, lieber, lieber Alexei Fjodorowitsch, wenn Sie wüßten, wie sie mich jetzt beunruhigt! Doch davon später. Zwar ist das die Hauptsache, aber trotzdem lassen Sie uns erst später darüber sprechen. Lieber Alexei Fjodorowitsch, ich vertraue Ihnen meine *Lise* ganz und gar an. Nach dem Tode des Staretz Sossima — gib seiner Seele, Herr, Frieden und Ruh! (sie bekreuzte sich) — nach seinem Tode kommen Sie mir immer wie ein Einsiedler vor, so bezaubernd Ihnen auch dieser neue Anzug steht. Wo haben Sie hier nur einen so vorzüglichen Schneider aufgetrieben? Doch, nein, nein, das ist nicht die Hauptsache, davon später. Verzeihen Sie, daß ich Sie zuweilen Aljoscha nenne, ich bin doch eine alte Frau«, sagte sie mit kokettem Lächeln, »und daher ist mir vieles erlaubt, aber auch davon sprechen wir später. Ach, die Hauptsache, wenn ich nur nicht immer die Hauptsache vergäße! Bitte erinnern Sie mich daran, sobald ich mich wieder verliere, sagen Sie einfach: ‚Und die Hauptsache?‘ Ach, wie soll ich wissen, was jetzt die Hauptsache ist! Seit dem Augenblick, da *Lise* ihr Gelöbnis zurücknahm — ihr kindisches Gelöbnis, Alexei Fjodorowitsch, Sie zu heiraten —, haben Sie natürlich eingesehen, daß alles nur die törichte Phantasie eines kranken Mädchens war, das zu lange im Fahrstuhl gesessen hat. Gott sei gelobt, jetzt kann sie ja wieder gehen! Dieser neue Doktor, den Katja aus Moskau verschrieben hat — für Ihren unglücklichen Bruder, der morgen ... Ach, sagen Sie doch, was wird morgen sein? Ich sterbe schon beim bloßen Gedanken daran! Hauptsächlich aber vor Interesse ... Ach nein, ich wollte doch sagen, dieser Doktor war gestern bei uns, und hat *Lise* gesehen. Ich habe ihm fünfzig Rubel für die Visite bezahlt ... Aber das war es ja gar nicht, was ich erzählen wollte. Sehen Sie, ich bin jetzt ganz aus dem Konzept gekommen. Ich beeile mich immer so entsetzlich. Warum ich es aber tue, weiß ich wirklich nicht. Es ist furchtbar, wie ich auf einmal gar nichts mehr verstehe. Für mich hat sich jetzt alles zu einem einzigen Knäuel zusammengeballt. Ich fürchte schon, Sie werden die Geduld verlieren und plötzlich hinauslaufen, und dann habe ich Sie zum letztenmal gesehen. Ach, mein Gott! Da sitzen wir und reden, und ich habe ganz vergessen ... Kaffee, Julia, Glafíra, Kaffee!«

Aljoscha beeilte sich, für Kaffee zu danken und erklärte, er habe soeben getrunken.

»Bei wem?«

»Bei Agrafena Alexandrowna.«

»Bei ... bei dieser Person? Ach, sie allein hat ja alle zugrunde gerichtet, doch übrigens, ich weiß nicht, jetzt sagt man, sie sei heilig geworden, nur finde ich, daß sie es dann etwas spät geworden ist. Wäre sie es doch früher geworden, als es not tat, denn jetzt, was für einen Nutzen kann das jetzt noch bringen? Schweigen Sie, schweigen Sie, Alexei Fjodorowitsch, ich habe Ihnen so viel zu sagen, daß ich wahrscheinlich nichts sagen werde. Dieser schreckliche Prozeß ... Ich werde unbedingt hinfahren, ich bereite mich schon vor, man wird mich im Lehnstuhl hineintragen. Ich kann die ganze Zeit sitzen, – Sie wissen doch, daß ich als Zeugin vorgeladen bin? Wie soll ich nur reden? Ich weiß wirklich nicht, was ich sagen soll. Man muß doch einen Eid ablegen, nicht wahr?«

»Ja, aber ich glaube nicht, daß Sie so werden erscheinen können.«

»Ich kann doch sitzen! Ach, Sie bringen mich wieder aus dem Konzept! Dieser Prozeß, dieser entsetzliche Prozeß, und dann gehen alle nach Sibirien, andere heiraten wiederum, und alles vergeht so schnell, so schnell, und alles verändert sich, und schließlich ist nichts mehr da, alle sind Greise und blicken ins Grab. Nun, meinetwegen, mögen sie doch, ich bin müde. Diese Katja – cette charmante personne, sie hat alle meine Hoffnungen vernichtet! Jetzt wird sie dem einen Ihrer Brüder nach Sibirien folgen, und Ihr anderer Bruder wird dann wieder ihr folgen und in der nächsten Stadt wohnen, und alle werden sie sich gegenseitig quälen. Das bringt mich um meinen letzten Verstand. Und vor allen Dingen dieses Gerede! In allen Petersburger und Moskauer Zeitungen ist darüber millionenmal geschrieben worden. Ach ja, denken Sie sich, auch von mir ist dabei die Rede, es heißt, ich sei die ,*liebe* Freundin' Ihres Bruders gewesen! – ich will kein häßliches Wort aussprechen, nur denken Sie sich so etwas, können Sie sich das vorstellen!«

»Das ist unmöglich! Wo hat man das geschrieben?«

»Ich werde es Ihnen sofort schwarz auf weiß zeigen. Gestern erhielt ich es – gestern las ich es selbst zum erstenmal. Sehen Sie hier, in der Petersburger Zeitung „Gerüchte". Dieses Blatt wird erst seit einem Jahr herausgegeben – da abonnierte ich auf dasselbe, denn ich liebe Gerüchte sehr, und das habe ich jetzt davon: Da, sehen Sie, was das für ,Gerüchte' sind! Hier, sehen Sie hier, lesen Sie das!«

Sie reichte Aljoscha ein Zeitungsblatt, das unter ihrem Kissen gelegen hatte, und zeigte ihm die Stelle.

Sie war nicht nur verstört, sie schien plötzlich ganz gebrochen zu sein. Vielleicht hatte sich infolge dieser Zeitungsgeschichte tatsächlich alles in ihrem Kopf zu einem Knäuel zusammengeballt. Die Zeitungsente war allerdings unmißverständlich – und nicht weniger peinlich. Sie mußte die arme Dame sehr empfindlich kränken, doch zum Glück war Frau Chochlakoff an diesem Tage nicht fähig, nur an eine Sache zu denken, und so konnte sie bereits nach einer Minute die Zeitung mit allen Klatschereien vergessen und sich mit anderem beschäftigen. Aljoscha wußte, daß man in ganz Rußland über den berühmten Karamasoffschen Prozeß sprach, und er hatte in diesen zwei Monaten unter anderen richtigen Nachrichten auch ganz unglaubliche Lügengeschichten gelesen, sowohl über die Karamasoffs im allgemeinen, wie auch speziell über sich. Z. B. hatte es an einer Stelle geheißen, er,

Aljoscha, sei aus Angst nach dem Verbrechen des Bruders Einsiedler geworden und habe sich als Trappist von der Welt abgeschlossen; in einem anderen Blatt war diese Nachricht in Abrede gestellt und geschrieben worden, er habe mit seinem Staretz Sossima die Klosterkasse erbrochen und bestohlen und danach seien sie »entwischt«. Die jetzt erwähnte Nachricht in den „Gerüchten" war wie gewöhnlich betitelt: *»Aus Skotoprigónjewsk*[27] (so heißt nämlich unser Städtchen — leider! Ich habe seinen Namen lange genug verheimlicht). *Zum Prozeß Karamasoff.«* Es war nur eine kürzere Nachricht, und über Frau Chochlakoff war direkt nichts gesagt — überhaupt waren keine Namen genannt. Es wurde mitgeteilt, daß der Vatermörder, den man jetzt unter allgemeinem Aufsehen zu richten sich anschickte, Hauptmann a. D. dieses und dieses Linienregiments, in seinem faulen Leben nichts anderes getan habe — abgesehen davon, daß er schon von Natur ein Verbrecher sei und für die Leibeigenschaft eintrete —, als daß er seine Zeit mit Liebeleien verbrachte, besonders aber habe er »Damen, die sich in der Einsamkeit langweilten«, gefesselt. Nun habe sich eine von ihnen, »eine von den sich langweilenden Witwen«, die noch die Jugendliche spiele, obgleich sie eine erwachsene Tochter habe, dermaßen in ihn verliebt, daß sie ihm noch zwei Stunden vor dem Verbrechen dreitausend Rubel angeboten habe, allerdings unter der Bedingung, daß er mit ihr nach Sibirien entfliehe, um dort in den Goldgruben reich zu werden. Der Bösewicht aber, so hieß es weiter, habe vorgezogen, seinen Vater zu erschlagen und ihn genau um dreitausend Rubel zu berauben, in der Hoffnung, ungestraft zu entkommen und nicht mit den »vierzigjährigen Reizen« seiner gelangweilten Witwe nach Sibirien ziehen zu müssen. Diese in scherzhaftem Ton gehaltene Korrespondenz schloß, wie es sich gehört, mit Äußerungen edlen Unwillens über die Unsittlichkeit des Vatermordes und der Leibeigenschaft. Nachdem Aljoscha alles aufmerksam gelesen hatte, faltete er das Blatt zusammen und gab es Frau Chochlakoff zurück.

»Das bin doch ich!« rief sie sofort ganz verzweifelt aus. »Ich, ich habe ihm doch kaum eine Stunde vor dem Morde gesagt, er solle in die Goldgruben fahren, — und jetzt schreiben sie plötzlich ,vierzigjährige Reize‘! Habe ich es denn deswegen getan? Das ist absichtlich so geschrieben! Möge ihm der ewige Richter die ,vierzigjährigen Reize‘ ebenso verzeihen, wie ich ihm verzeihe, aber abgesehen davon — das ist doch ... Wissen Sie auch, wer das geschrieben hat? Das ist ja Ihr Freund Rakítin!«

»Das wäre möglich«, sagte Aljoscha, »zwar habe ich nichts davon gehört ...«

»Er ist es bestimmt, ich weiß es genau, er, er ganz allein! Ich habe ihm doch die Tür gewiesen ... Sie kennen doch schon die ganze Geschichte?«

»Ich weiß, daß Sie ihn gebeten haben, hinfort Ihr Haus nicht mehr zu betreten, weswegen aber — das habe ich ... wenigstens von Ihnen, noch nicht gehört ...«

»Aha, dann haben Sie es also von ihm gehört? Nun was, ist er sehr empört über mich?«

»Ja, aber über wen zieht er denn nicht her? Doch warum Sie ihm eigentlich verboten haben, Sie zu besuchen, das habe ich auch von ihm nicht erfahren können. Überhaupt sehe ich ihn jetzt nur sehr selten. Ich stehe mich nicht besonders mit ihm.«

»Nun, dann werde ich Ihnen alles sagen und beichten, es ist ja nichts mehr daran zu ändern ... Ich trage nämlich selbst ein wenig Schuld an der ganzen Sache. Aber nur ein wenig, ganz wenig, so daß von einer Schuld vielleicht überhaupt nicht die Rede sein kann. Sehen Sie, mein Liebling«, (auf Frau Chochlakoffs Lippen erschien plötzlich ein liebes, schelmisches und doch recht rätselhaftes Lächeln), »sehen Sie, ich vermute ... Sie verzeihen mir doch, Aljoscha, ich rede jetzt mit Ihnen wie eine Mutter ... ach nein, nein, im Gegenteil, wie mit einem Vater ... denn Mutter paßt hierbei ganz und gar nicht ... Also sagen wir, ich rede zu Ihnen, als wenn Sie der Staretz Sossima wären, und ich ihm beichtete, ja, das wäre der beste Vergleich! Ich habe Sie doch vorhin schon einen Einsiedler genannt. Nun, also dieser arme Junge, Ihr Freund Rakitin — Gott, ich kann mich wirklich kaum über ihn ärgern! Ich ärgere mich, ja, gewiß, aber im Grunde doch nicht sehr! Kurz, dieser leichtsinnige junge Mann läßt es sich plötzlich — denken Sie sich nur! — läßt es sich plötzlich, glaube ich, einfallen, sich in mich zu verlieben. Erst später, viel später bemerkte ich es, zuerst aber, also ungefähr vor einem Monat, begann er mich häufiger zu besuchen, er kam sogar fast täglich, er hatte mir auch früher schon seine Aufwartung gemacht. Ich vermutete zuerst natürlich noch nichts ... und dann kam es plötzlich wie eine Erleuchtung über mich, und ich fing an, einiges zu bemerken — zu meiner größten Verwunderung, wie Sie sich denken können. Wie Sie wissen, empfange ich seit einiger Zeit Herrn Perchótin, Pjotr Iljitsch, Sie haben ihn doch schon oft hier angetroffen. Nicht wahr, er ist doch ein ernster, würdiger Mann, trotz seiner jungen Jahre? Er kommt ungefähr in drei Tagen nur einmal — und doch könnte er weit öfter kommen. Und immer ist er elegant gekleidet. Ich liebe überhaupt sehr unsere Jugend, Aljoscha, besonders, wenn es talentvolle, wohlerzogene Menschen sind, wie zum Beispiel Sie. Er aber hat, glauben Sie mir, einen fast staatsmännischen Verstand! Und wie wundervoll er spricht. Ich werde unbedingt meinen ganzen Einfluß verwenden, um ihm die Stellung zu verschaffen, die seinen Fähigkeiten zukommt. Das ist doch ein zukünftiger Diplomat! An jenem entsetzlichen Tage hat er mich so gut wie vom Tode errettet, als er in der Nacht herkam! Nun, Ihr Freund Rakitin aber kommt immer in so greulichen Stiefeln und schiebt sie dann noch obendrein so weit auf dem Teppich vor ... mit einem Wort, er begann schon einige Andeutungen zu machen, und einmal drückte er mir beim Abschied ganz unglaublich fest die Hand. Kaum aber hatte er mir so schmerzhaft die Hand gepreßt, als mein Fuß krank wurde. Rakitin hatte auch früher schon Pjotr Iljitsch bei mir angetroffen, und glauben Sie mir, immer gingen sie wie die Kampfhähne aufeinander los, immer versuchte Rakitin, ihn irgendwie anzugreifen. Ich betrachtete sie dann nur stillschweigend und dachte mir mein Teil. Und da, eines schönen Tages saß ich allein, das heißt ich lag damals hier auf der Couchette, und plötzlich wird mir Michail Iwánowitsch Rakítin gemeldet. Er kommt und stellen Sie sich so etwas vor — er überreicht mir ein Gedicht, das er auf meinen kranken Fuß gemacht hat, er hat das ‚kranke Füßchen' in Versen besungen! Warten Sie, wie war es doch:

„Ach, wie ist doch dieses Füßchen,
Das jetzt krank sein soll, entzückend ..."

oder so ähnlich, ich kann alles eher als Verse behalten. Ich habe das Gedicht hier irgendwo, ich werde es Ihnen später zeigen. Und wissen Sie, es war darin nicht nur vom Füßchen die Rede, sondern es handelte sich um eine belehrende Idee, nur habe ich vergessen, um welch eine eigentlich. Nun, ich lobte natürlich das Gedicht, und er war offenbar sehr geschmeichelt. Da aber erscheint plötzlich Pjotr Iljitsch, und Michail Iwanowitsch wird finster wie die Nacht. Ich bemerkte sofort, daß er ihm sehr ungelegen kam, da er wahrscheinlich nach dem Gedicht noch anderes hatte sagen wollen. Und da nahm ich denn das Gedicht und zeigte es Pjotr Iljitsch, ohne zu sagen, wer es verfaßt hat. Ich bin aber überzeugt, überzeugt sage ich Ihnen, daß er sofort erriet, wer der Dichter war, obgleich er auch jetzt noch immer sagt, er hätte es nicht erraten, — aber das tut er ja absichtlich. Nun, Pjotr Iljitsch lachte sofort hell auf und dann begann er zu kritisieren: ganz erbärmliche Verschen wären das, sagte er, die kann höchstens ein Seminarist verbrochen haben, und, wissen Sie, er sagte es mit so einer Sicherheit — und so überlegen urteilte er! Da aber geriet Ihr Freund, anstatt gleichfalls zu lachen, geradezu aus Rand und Band. Gott, ich glaubte schon, sie würden handgemein werden. ‚Ich habe dieses Gedicht verfaßt', sagte er plötzlich. ‚Ich habe es nur zum Scherz geschrieben', sagt er, ‚denn im allgemeinen halte ich es für unwürdig, Gedichte zu schreiben ... Nur ist mein

Gedicht gut. Ihrem Puschkin will man für seine Gedichte über die Frauenfüßchen ein Denkmal errichten, mein Gedicht aber drückt noch eine besondere Idee aus. ‚Im übrigen‘, sagt er, ‚sind Sie ja schließlich doch nur ein Anhänger der konservativen Partei, der gegen die Aufhebung der Leibeigenschaft ist. Sie‘, sagte er, ‚wissen überhaupt nichts von Humanität, von den zeitgenössischen Gefühlen fühlen Sie überhaupt nichts, die menschliche Entwicklung hat Sie überhaupt noch nicht berührt, Sie sind nur ein höherer Beamter, der Schmiergelder nimmt!‘ Da aber unterbrach ich ihn, das war zuviel! Pjotr Iljitsch aber blieb ganz ruhig und kühl: er blickte ihn nur spöttisch an, hörte ihm gleichmütig zu und entschuldigte sich dann. ‚Ich wußte nicht, daß Sie der Verfasser sind‘, sagte er. ‚Wenn ich es gewußt hätte, so hätte ich das Gedicht gelobt und nicht getadelt ... Die Dichter‘, sagte er, ‚sind heutzutage alle sehr empfindlich ...‘ Kurz, eine Menge ähnlicher spöttischer Bemerkungen unter dem Anschein der höflichsten Entschuldigungen. Er hat mir später selbst erklärt, daß es Spötteleien waren, zuerst glaubte ich, er meine es wirklich ernst damit. Ich lag hier, wie ich auch jetzt hier liege, und dachte so bei mir: was soll ich tun, soll ich nun Michail Iwánowitsch die Tür weisen dafür, daß er in meinem Hause so meine Gäste zu beleidigen wagt? Und, glauben Sie mir, ich lag, bedeckte die Augen mit der Hand und dachte bei mir: Soll ich es tun oder soll ich es nicht tun? Und ich konnte mich nicht entscheiden, und ich quälte mich, und das Herz klopfte: Soll ich oder soll ich nicht? Die eine Stimme sagte ja, die andere nein. Kaum aber hatte die Stimme nein gesagt — da tat ich es! Und gleich darauf fiel ich in Ohnmacht. Nun, da gab es dann natürlich eine große Aufregung. Darauf erhob ich mich und sagte Michail Iwanowitsch, es täte mir leid, ihm sagen zu müssen, daß ich ihn nicht mehr in meinem Hause empfangen könne. Und das war alles. Ach, Alexei Fjodorowitsch, ich weiß ja selbst, daß es nicht gut von mir war, daß es eine erlogene Handlung war, ich ärgerte mich ja gar nicht über ihn, aber es hatte mir plötzlich geschienen —

daß es so plötzlich kam, war ja das ganze Verhängnis — es
hatte mir geschienen, daß es sich sehr schön ausnehmen würde, wenn ich es sagte ... Nur glauben Sie mir, diese Szene
war wirklich aufrichtig von mir, ich weinte sogar, und später
habe ich noch tagelang darüber geweint ... Nur weiß ich
nicht mehr, wie ich eines schönen Tages nach dem Essen plötzlich den ganzen Vorfall vergaß. Und da stellte er denn seine
Besuche ein, seit zwei Wochen habe ich ihn nicht mehr gesehen, und so habe ich mich schon gefragt: Sollte er denn
wirklich überhaupt nicht mehr kommen? Das war noch gestern. Und da erhalte ich plötzlich am Abend die „Gerüchte".
Ich las sie und schlug die Hände zusammen! Wer soll denn
das geschrieben haben, wenn nicht er. Er ist von mir nach
Haus gegangen, hat sich hingesetzt und geschrieben, abgeschickt, und nun haben wir es hier gedruckt! Das war ja doch
vor zwei Wochen! Ach, Aljoscha, es ist schrecklich, was ich
rede! Und immer gar nicht davon, wovon ich eigentlich reden
will! Es spricht sich ganz von selbst!«
»Ich habe heute leider sehr wenig Zeit, ich muß mich beeilen, um noch rechtzeitig zu meinem Bruder ins Gefängnis zu
kommen«, stotterte Aljoscha und machte gleichzeitig den Versuch, sich von der lebhaften Dame zu verabschieden, doch
wurde er sofort von ihr unterbrochen.
»Das ist es ja! Gott sei Dank, Sie haben mich daran erinnert! Hören Sie, was ist das, ein Affekt?«
»Was für ein Affekt?« fragte Aljoscha verwundert.
»Ein gerichtlicher Affekt. Das ist so ein Affekt, ich verstehe es selbst nicht zu erklären, aber jedenfalls wird einem
dann alles verziehen. Was Sie auch verbrochen hätten —
Ihnen wird sofort alles verziehen.«
»Ich verstehe nicht recht, was Sie meinen.«
»Hören Sie, hören Sie: diese Katja ... Ach, sie ist ein so
liebes, liebes Geschöpf, nur kann ich auf keine Weise herausbekommen, in wen sie nun eigentlich verliebt ist! Vor kurzem
saß sie noch bei mir, ich konnte aber nichts erraten. Um so
weniger, als sie jetzt selbst anfängt, mit mir so oberflächlich

zu reden, sie interessiert sich jetzt scheinbar nur noch für meine Gesundheit und sonst für nichts, und so hat sie jetzt auch diesen Ton angenommen. Ich habe mir schon gesagt: Nun, Gott mit ihr, mag sie doch . . . Ach ja, richtig, also der Affekt: Dieser Doktor ist jetzt angekommen . . . Wissen Sie, daß er schon angekommen ist? Ach, nun, wie sollten Sie es denn nicht wissen, der die Verrückten durchschaut, Sie haben ihn doch selbst hergerufen, das heißt, nein, nicht Sie, sondern Katja. Immer Katja! Nun, das ist einfach so: da sitzt ein ganz gesunder Mensch, der nicht ein bißchen verrückt ist, und plötzlich hat er einen Affekt. Er weiß sehr wohl, was er tut, er ist vollkommen bei Sinnen, trotzdem aber ist er im Affekt. Nun, so ist denn auch Ihr Bruder bestimmt im Affekt gewesen. Das hat man jetzt, vor kurzem, als die neuen Gerichte eingeführt wurden, sofort entdeckt. Das ist wiederum eine Wohltat der neuen Gerichte. Dieser Doktor war auch bei mir, um von mir zu erfahren, wie sich Ihr Bruder damals an jenem Abend, kurz vor dem Mord, bei mir aufgeführt habe? Wie soll er denn nicht im Affekt gewesen sein? Er kommt herein und schreit: Geben Sie mir Geld, dreitausend Rubel, sofort, — und dann läuft er hinaus und erschlägt den Vater. Ich will nicht, sagt er womöglich noch, ich will nicht erschlagen, aber da ist es schon gegen seinen Willen geschehen. Deswegen wird man ihn jetzt auch freisprechen, weil er im Affekt, sozusagen gegen seinen Willen, erschlagen hat.«

»Aber er hat ja den Vater gar nicht erschlagen«, unterbrach sie Aljoscha etwas scharf. Unruhe und Ungeduld erfaßten ihn immer mehr.

»Ich weiß, ich weiß, Grigorij hat Ihren Vater erschlagen . . .«

»Was, Grigorij? Wieso?« rief Aljoscha aufs äußerste erregt.

»Selbstverständlich, wer denn sonst? Nachdem ihn Ihr Bruder mit dem Keulenschlag zu Boden gestreckt hatte, lag er bewußtlos am Zaun, dann aber stand er auf, sah, daß die Tür offen war, ging hin und erschlug Ihren Vater.«

»Aber warum, warum?«

»Ganz einfach, weil er einen Affekt hatte. Nach dem Schlag erwachte er, bekam einen Affekt, ging hin und erschlug. Und was das betrifft, daß er diese Tat leugnet, so ist es doch sehr leicht möglich, daß er sich ihrer gar nicht mehr erinnert. Nur sehen Sie: es wäre viel besser, wenn Dmitrij Fjodorowitsch es getan hätte. Und er hat es ja auch getan, wenn ich auch behaupte, Grigorij hätte es getan. Aber es ist ja bestimmt Dmitrij Fjodorowitsch gewesen, und das ist auch viel, viel besser! Ach, nicht deswegen besser, weil der Sohn dann den Vater erschlagen hat, das meine ich nicht, Kinder müssen, im Gegenteil, ihre Eltern immer achten, — nur wäre es trotzdem besser, wenn er es getan hätte. Dann haben Sie doch gar keinen Grund mehr, zu weinen, da er doch, ohne zu wissen, was er tat, den Vater erschlagen hat oder richtiger, er wußte alles, was er tat, wußte aber nur nicht, was mit ihm selbst geschah. Nein, möge man ihn lieber auf Grund des Affekts freisprechen. Das wäre so human, und man würde endlich den Vorzug des neuen Geschworenengerichts erkennen. Denken Sie nur, ich wußte bis jetzt noch nichts davon, als ich aber gestern davon erfuhr, traf es mich dermaßen, daß ich sofort zu Ihnen schicken wollte, um Sie herzubitten. Und dann, wenn er freigesprochen ist, werde ich ihn unverzüglich zu mir zum Diner einladen — ihn und alle meine Bekannten. Dann können wir auf das Wohl des neuen Gerichts trinken. Ich glaube nicht, daß es gefährlich sein wird, und zudem kann ich ja so viel Gäste einladen, daß man ihn im äußersten Fall bändigen könnte. Und dann könnte er in einer kleinen Stadt Friedensrichter werden oder etwas Ähnliches, denn wer selbst vor Gericht gewesen ist, der kann am besten andere richten. Sagen Sie doch, bitte, wer ist denn jetzt in unserer Zeit nicht im Affekt? Wir sind es doch alle, ohne Ausnahme: Sie, ich, alle, alle, und wieviel andere Beispiele! Da sitzt zum Beispiel ein Mensch, singt eine Romanze, plötzlich gefällt ihm irgend etwas nicht, er nimmt eine Pistole und erschießt den ersten besten, und darauf wird er freigesprochen, und alle verzeihen ihm. Ich habe das vor kurzem gelesen. Und denken Sie, alle Ärzte geben ihm recht. Die Ärzte sprechen jetzt einen jeden frei, einen jeden. Aber ich bitte Sie, selbst *Lise* ist bei mir im Affekt, noch gestern habe ich ihretwegen geweint, vorgestern gleichfalls. Erst heute erriet ich, daß es bei ihr einfach ein Affekt ist. Ach, *Lise* macht mir soviel Sorgen! Ich glaube, sie ist ganz von Sinnen. Warum hat sie Sie hergerufen? Sie hat es doch getan, oder sind Sie von selbst zu ihr gekommen?«

»Ja, sie hat mich gerufen, und ich werde jetzt zu ihr gehen«, sagte Aljoscha, der sich entschlossen erhob.

»Ach, lieber, lieber Alexei Fjodorowitsch, das ist ja vielleicht gerade die Hauptsache!« rief sofort Frau Chochlakoff mit Tränen in den Augen. »Gott ist mein Zeuge, daß ich Ihnen *Lise* von ganzem Herzen anvertraue, und es hat ja auch schließlich weiter nichts zu sagen, daß sie Sie heimlich, hinter meinem Rücken, zu sich ruft. Aber Iwan Fjodorowitsch, Ihrem Bruder — verzeihen Sie, daß ich es so offen sage —, nein, dem kann ich meine Tochter nicht so leichten Herzens anvertrauen, wenn ich ihn auch nach wie vor für den ritterlichsten jungen Mann halte! Und denken Sie sich nur, jetzt ist er plötzlich bei *Lise* gewesen, und ich habe nichts davon gewußt!«

»Wie? Was? Wann?« fragte Aljoscha äußerst erstaunt. Er setzte sich nicht wieder hin, sondern hörte stehend zu.

»Ich werde Ihnen sofort alles erzählen, habe ich Sie doch vielleicht nur deswegen herrufen lassen, denn ich weiß wirklich nicht mehr, warum ich es eigentlich tat. Also hören Sie: Iwan Fjodorowitsch ist nach seiner Rückkehr aus Moskau überhaupt nur zweimal bei mir gewesen, das erstemal, um als Bekannter seine Visite zu machen, und das zweitemal, das war vor nicht langer Zeit, da hatte er erfahren, daß Katja bei mir war, und so trat er denn auf einen Augenblick ein. Ich habe natürlich keinen Anspruch darauf, daß er mich oft besucht, da ich ja weiß, wieviel Scherereien er auch ohnedies schon hat, vous comprenez — toute cette affaire et la mort terrible de votre papa. Und da erfahre ich nun plötzlich, daß er wieder hier gewesen ist, nur nicht etwa bei mir, sondern bei *Lise!* Das war vor ungefähr sechs Tagen. Er ist gekommen, hat fünf Minuten bei ihr gesessen und ist dann wieder gegangen. Ich aber erfuhr das erst nach vollen drei Tagen durch Glafira, so daß es mich sofort stutzig machte. Ich rief *Lise* unverzüglich zu mir, sie aber lachte nur: er glaubte, sagte sie, daß Sie schliefen, und sprach bei mir vor, um sich nach Ihrem Befinden zu erkundigen. So ist es natürlich auch gewesen. Nur *Lise, Lise,* o Gott, was sie mir für Sorgen macht! Stellen Sie sich vor, plötzlich hat sie in einer Nacht — das war vor ungefähr vier Tagen, gleich nachdem Sie das letztemal hier waren und fortgingen —, plötzlich hat sie in der Nacht einen Anfall! Warum habe ich nie solche Anfälle? Darauf hat sie noch am zweiten und dann noch am dritten Tage Anfälle, und dann — gestern war's — plötzlich dieser Affekt! Mit einemmal schreit sie: ‚Ich hasse Iwan Fjodorowitsch, ich verlange von Ihnen, daß Sie ihn überhaupt nicht mehr empfangen, daß Sie ihm verbieten, uns zu besuchen!‘ Ich war einfach starr. Und so plötzlich! Ich sagte ihr nur: warum soll ich denn einen so würdigen jungen Mann nicht empfangen, der außerdem über solche Kenntnisse verfügt und nun noch so viel Unglück zu ertragen hat, denn alle diese Geschichten — die sind doch Unglück, aber kein Glück, nicht wahr? Und denken Sie sich, Sie lacht mir daraufhin ganz unverhohlen ins Gesicht und lacht dazu noch so, wissen Sie, so kränkend! Nun, ich sagte mir, du kannst froh sein, daß du sie wenigstens erheitert hast, jetzt werden die Anfälle vergehen, um so mehr, als ich selbst bereits beabsichtigte, Iwan Fjodorowitsch wegen seiner sonderbaren Visiten bei meiner Tochter, ohne meine Erlaubnis, zur Rede zu stellen. Heute morgen erwachte *Lise,* ärgert sich wegen irgendeiner Kleinigkeit über Julia und schlägt sie mit der Hand ins Gesicht. Denken Sie sich — sie gibt ihr eine Ohrfeige! Das ist doch monströs! Aber hören Sie weiter. Plötzlich, nach einer Stunde, umarmt sie Julia, fällt vor ihr nieder und küßt ihr die Füße! Mir aber läßt sie sagen, daß sie überhaupt nicht mehr zu mir kommen werde, daß sie hinfort nie mehr zu mir kommen wolle. Und als ich mich selbst, so gut ich konnte, zu ihr hinbegab, da stürzte sie mir entgegen und bedeckte mich mit Küssen, und küssend drängte sie mich immer weiter zurück, so daß ich schließlich durch die Tür wieder hinaus mußte, aber sie sagte dabei kein Wort, und so war ich denn nicht klüger als zuvor. Jetzt habe ich, lieber Alexei Fjodorowitsch, meine ganze Hoffnung auf Sie gesetzt. Das Glück meines ganzen Lebens ist in Ihren Händen. Ich bitte Sie ganz offen, zu *Lise* zu gehen. Versuchen Sie, etwas von ihr zu erfahren, so wie nur Sie allein das verstehen, und dann kommen Sie her und sagen Sie es mir, mir, der Mutter, denn Sie begreifen doch, daß ich sonst sterbe, einfach sterben muß, wenn sich das noch fortsetzt! Oder ich werde aus dem Hause laufen! Ich kann das nicht mehr ertragen! Ich habe gewiß Geduld, aber ich kann sie doch auch einmal verlieren, und dann ... was wird dann sein? Entsetzlich! Ach, mein Gott, endlich, Pjotr Iljitsch!« rief plötzlich strahlend Frau Chochlakoff, als sie den eintretenden Perchotin erblickte. »Wie Sie sich aber verspätet haben! Nun, setzen Sie sich, bitte, sagen Sie, erlösen Sie mich, nun, wie steht es mit diesem Advokaten? Wohin, wohin gehen Sie, Alexei Fjodorowitsch?«

»Ich will zu *Lise* ...“

»Ach ja! richtig! Aber vergessen Sie nicht, vergessen Sie nicht, um was ich Sie gebeten habe! Hier handelt es sich doch um mein ganzes Leben!«

»Ich werde es nicht vergessen, wenn es sich nur machen läßt ... ich habe mich schon so verspätet«, stotterte Aljoscha, der eiligst verschwinden wollte.

»Nein, bestimmt, bestimmt! Nicht ,wenn es sich machen läßt‘, sonst sterbe ich!« rief ihm Frau Chochlakoff nach, doch Aljoscha schloß bereits die Tür.

III

Das Teufelchen

Als er bei Lisa eintrat, fand er sie halb liegend in dem Rollstuhl, in dem man sie früher, als sie krank war und nicht gehen konnte, gefahren hatte. Sie rührte sich nicht, um ihm entgegenzutreten, aber ihr durchdringender, gleichsam schneidend scharf gewordener Blick schien ihn durchbohren zu wollen. Ihre Augen glänzten wie im Fieber, und ihr Gesicht war bleich. Aljoscha wunderte sich darüber, daß sie sich in drei Tagen derart verändert hatte, sie schien geradezu abgemagert zu sein. Sie reichte ihm nicht die Hand. Da trat er zu ihr und berührte selbst ihre schmalen langen Fingerchen, die regungslos auf ihrem Kleide lagen, und setzte sich dann schweigend ihr gegenüber.

»Ich weiß, daß Sie keine Zeit haben, Sie wollen ins Gefängnis zu Ihrem Bruder«, sagte Lisa scharf, »Mama aber hat Sie zwei Stunden lang aufgehalten und Ihnen von mir und Julia erzählt.«

»Woher wissen Sie das?« fragte Aljoscha.

»Ich habe gehorcht. Warum sehen Sie mich so an? Ich will horchen, und ich horche, und es ist nichts Schlechtes dabei. Ich will mich durchaus nicht entschuldigen.«

»Sie scheinen durch etwas verstimmt zu sein?«

»Im Gegenteil, ich bin sehr froh. Ich habe soeben noch darüber nachgedacht, zum dreißigsten Mal, wie gut es ist, daß ich Ihnen abgesagt habe und nicht Ihre Frau werde. Sie taugen nicht zum Ehemann. Sie würden, wenn ich Sie heiratete, alles tun, was ich Ihnen sage. Wenn ich Ihnen einen Zettel gäbe, damit Sie ihn dem überbringen, in den ich mich nach Ihnen verliebt habe, so würden Sie bestimmt hingehen und ihm den Zettel abgeben, und mir womöglich noch die Antwort überbringen. Sie werden vierzig Jahre alt werden und immer noch so meine Liebesbriefe überbringen.«

Sie lachte plötzlich auf.

»In Ihnen ist heute etwas Boshaftes und zugleich doch auch Aufrichtiges«, sagte Aljoscha und lächelte ihr zu.

»Und nicht nur das, ich will mich nicht einmal vor Ihnen schämen, gerade vor Ihnen nicht. Aljoscha, sagen Sie, warum achte ich Sie nicht? Ich liebe Sie sehr, aber ich kann Sie nicht achten. Wenn ich Sie achtete, so würde ich doch nicht so ohne Scham mit Ihnen reden, das ist doch so?«

»Ja, das wäre so.«

»Aber glauben Sie auch, daß ich mich nicht vor Ihnen schäme?«

»Nein, das glaube ich nicht.«

Lisa lachte wieder nervös auf. Sie sprach schnell und sich überhastend.

»Ich habe Ihrem Bruder Dmitrij Fjodorowitsch Konfekt ins Gefängnis geschickt. Aljoscha, wissen Sie auch, wie reizend Sie sind? Ich werde Sie schrecklich lieben, und zwar deswegen, weil Sie mir so schnell erlaubt haben, Sie nicht zu lieben.«

»Warum haben Sie mich heute zu sich gerufen, *Lise*?«

»Ich wollte Ihnen nur einen meiner Wünsche mitteilen, den ich jetzt beständig habe. Ich will, daß mich jemand foltere, mich heirate und dann foltere, betrüge, mich verlasse und fortziehe. Ich will nicht glücklich sein!«

»Sie haben die Unordnung liebgewonnen?«

»Ach ja, ich will vor allem Unordnung! Ich will immer unser Haus anzünden. Ich stelle mir alles ganz genau vor: wie ich so heranschleiche und heimlich anzünde, unbedingt heimlich, das ist sogar die Hauptsache. Und alle kommen und löschen, das Haus aber brennt. Und ich weiß es, aber ich schweige. Ach, Dummheiten! Und wie langweilig das ist!«

Sie machte eine Handbewegung, als wenn es sie anekele.

»Sie leben im Überfluß«, sagte Aljoscha leise.

»Ist denn in Armut zu leben etwa besser?«

»Ja.«

»Das hat Ihnen Ihr verstorbener Staretz in den Kopf gesetzt. Es ist aber nicht wahr. Nun gut, dann bin ich reich, und alle anderen sind arm; ich werde Konfekt essen und Sahne trinken, den anderen aber nichts davon geben. Ach, sprechen Sie nicht, sagen Sie nichts« (sie winkte ihm heftig mit der Hand ab, obgleich Aljoscha nicht einmal den Mund aufgetan hatte), »Sie haben mir das alles schon früher gesagt, ich weiß es ja schon auswendig. Langweilig ist es. Wenn ich arm wäre, so würde ich jemanden umbringen, — aber auch wenn ich reich bin, werde ich jemanden umbringen — wozu so stillsitzen! Wissen Sie, ich will Korn schneiden, Roggen will ich schneiden. Ich werde Sie heiraten, und Sie werden Bauer werden, ein richtiger, echter Landbauer; dann kaufen wir uns ein kleines Pferdchen, wollen Sie? Kennen Sie Kalgánoff?«

»Ja.«

»Er geht die ganze Zeit umher und träumt. Er sagt, warum soll man in der Wirklichkeit leben, besser ist träumen. Vorträumen kann man sich das Schönste, leben aber ist langweilig. Er wird bald heiraten, er hat auch mir seine Liebe gestanden. Verstehen Sie, Kreisel zu treiben?«

»Ja, ich glaube.«

»Sehen Sie, er ist ganz wie ein Kreisel: man stellt ihn hin, wickelt das Peitschenende ums Füßchen, zieht dann die Geschichte los, und er dreht sich, dreht sich, und man peitscht, peitscht, peitscht, damit er sich immer weiter drehe. Ich werde ihn heiraten und ihn das ganze Leben lang so treiben wie Kinder ihren Kreisel. Geniert es Sie nicht, bei mir zu sitzen?«

»Nein.«

»Es ärgert Sie schrecklich, daß ich nicht von Heiligem mit Ihnen spreche. Ich will aber nicht heilig sein. Sagen Sie, was geschieht mit einem in jener Welt, was wird dort für die ärgste Sünde mit uns getan? Das müssen Sie doch ganz genau wissen.«

»Gott richtet«, sagte Aljoscha, der sie aufmerksam beobachtete.

»Das ist gut, so will ich es auch haben. Ich werde hinkommen, und sie alle werden mich dort verurteilen, und ich werde ihnen dann ins Gesicht lachen. Ich will schrecklich gern etwas anzünden, Aljoscha, am liebsten unser Haus, — Sie glauben es mir nicht?«

»Warum nicht? Es gibt sogar kleine Kinder, die noch nicht einmal zwölf Jahre alt sind und doch denselben Wunsch haben. Und schließlich zünden sie auch tatsächlich etwas an. Es ist eine Art Krankheit.«

»Das ist nicht wahr, das ist nicht wahr, mögen das Kinder tun, aber das meine ich nicht!«

»Sie halten das Böse für gut. Das ist nur eine vorübergehende Krise, an der vielleicht Ihre frühere Krankheit schuld ist.«

»Aha, Sie verachten mich also! Nein, ich will einfach nichts Gutes tun, ich will nur Böses tun, und von Krankheit ist dabei keine Spur!«

»Warum wollen Sie denn Böses tun?«

»Damit einfach nichts mehr übrigbleibe! Ach, wie schön das wäre, wenn nichts mehr übrig bliebe! Wissen Sie, Aljoscha, ich nehme mir zuweilen vor, schrecklich viel Böses zu tun und alles, was es nur Schlechtes gibt, und ich werde es lange, lange ganz heimlich tun, und dann plötzlich werden es alle erfahren. Alle werden mich umringen und mit dem Finger auf mich weisen, ich aber werde sie alle ansehen. Das ist sehr angenehm. Warum ist das so angenehm, Aljoscha?«

»So. Das Bedürfnis, etwas Gutes zu vernichten oder auch, wie Sie sagen, etwas anzuzünden. Das kommt gleichfalls vor.«

»Aber ich habe es doch nicht nur gesagt, ich werde es doch auch tun.«

»Schon möglich.«

»Ach, wie ich Sie dafür liebe, daß Sie sagen: ‚Schon möglich‘! Und Sie lügen ja dabei nicht einmal! Vielleicht aber glauben Sie, daß ich es Ihnen nur so sage, um Sie zu necken?«

»Nein, das glaube ich nicht ... übrigens ist vielleicht auch dieses Bedürfnis mit im Spiel.«

»Ein wenig, ja. Ich werde Sie nie belügen«, sagte sie plötzlich, und in ihren Augen blitzte dabei irgend so ein Feuerlein auf.

Was Aljoscha am meisten stutzig machte, das war ihr Ernst: nicht einmal ein Schatten von Spott oder Scherz war auf ihrem Gesicht zu sehen, was früher selbst in den »ernstesten« Minuten nie der Fall gewesen war.

»Es gibt Augenblicke, wo die Menschen das Verbrechen lieben«, sagte Aljoscha nachdenklich.

»Ja, ja! Sie haben meinen Gedanken ausgesprochen, ich wollte das selbst sagen! Alle lieben es, und immer lieben sie es, immer, nicht nur in ‚Augenblicken‘. Wissen Sie, es ist, als ob sich alle einmal verabredet hätten, in diesen Dingen immer zu lügen, und seit der Zeit lügen sie auch wirklich alle. Alle sagen, sie haßten das Schlechte, im geheimen aber lieben sie es doch alle!«

»Lesen Sie immer noch schlechte Bücher?«

»Ja, ich lese sie immer noch. Mama liest sie und steckt sie unters Kissen, und ich stibitze sie dann und schleppe sie zu mir.«

»Schämen Sie sich denn nicht, sich so zu verderben?« fragte Aljoscha.

»Ich will mich verderben. Hier gibt es einen kleinen Knaben, der zwischen den Schienen gelegen hat, während der Zug über ihn hinwegfuhr. Der Glückliche! Wissen Sie, Ihren Bruder wird man deswegen verurteilen, weil er den Vater erschlagen hat, bei sich aber finden das alle sehr gut, und es gefällt ihnen sehr.«

»Es gefällt ihnen, daß er den Vater erschlagen hat?«

»Ja, das gefällt ihnen, allen, allen! Alle sagen, daß das schrecklich sei, im geheimen aber gefällt es ihnen furchtbar. Ich bin die erste, der es gefällt.«

»In Ihren Worten liegt etwas Wahres«, sagte Aljoscha leise.

»Ach, was Sie für Gedanken haben!« rief Lisa ganz begeistert aus, »und dabei sind Sie doch Mönch! Sie glauben

945

nicht, wie ich Sie dafür achte, daß Sie niemals lügen. Ach, ich werde Ihnen einen lächerlichen Traum erzählen, den ich gehabt habe: mir träumt zuweilen von Teufeln; es ist, als wäre es Nacht, ich sitze allein in meinem Zimmer, auf dem Tisch brennt ein Licht. Und plötzlich sind überall Teufel, in allen Ecken und unter dem Tisch, unter den Stühlen, und sie machen sogar die Tür auf, und dort hinter der Tür ist ihrer eine ganze Schar, und sie wollen alle hereinkommen und mich ergreifen. Und schon kommen sie näher, schon fassen sie mich an — da aber bekreuze ich mich schnell, und sie weichen alle zurück, sie fürchten sich, nur gehen sie doch nicht ganz fort, sie bleiben hinter der Tür, in den Ecken, sie warten. Und plötzlich überkommt mich die Lust, laut über Gott zu spotten, und so fange ich denn an, Gott zu verspotten, und da kommen sie denn wieder in hellen Haufen auf mich zu, sie freuen sich so darüber, und da fassen sie mich auch schon wieder an — ich aber bekreuze mich schnell, und da huschen sie denn wieder alle flugs zurück. Ach, so lustig ist das, es verschlägt einem den Atem!«

»Auch ich habe zuweilen denselben Traum gehabt«, sagte plötzlich Aljoscha.

»Ist's möglich?« fragte Lisa erstaunt. »Hören Sie, Aljoscha, lachen Sie nicht, das ist sehr ernst: können denn zwei verschiedene Menschen ein und denselben Traum haben? Ist das möglich?«

»Es wird wohl möglich sein.«

»Aljoscha, ich sage Ihnen, das ist furchtbar wichtig!« Lisa war ganz unverhältnismäßig verwundert. »Nicht der Traum ist wichtig, sondern das, daß zwei verschiedene Menschen ein und denselben Traum gehabt haben. Sie sagen mir doch nie die Unwahrheit, bitte, lügen Sie auch jetzt nicht: ist das wirklich wahr? Sie lachen doch nicht über mich?«

»Es ist vollkommen wahr, was ich Ihnen gesagt habe.«

Lisa war ganz betroffen und verstummte auf eine Weile.

»Aljoscha, kommen Sie öfter zu mir!« sagte sie plötzlich geradezu flehend.

»Ich werde immer, mein ganzes Leben lang werde ich zu Ihnen kommen«, antwortete Aljoscha, und seine Stimme hatte, als er sein Versprechen gab, einen festen, ernsten Klang.

»Ich kann doch nur Ihnen allein alles sagen«, fuhr Lisa fort. »Nur mir und Ihnen sage ich alles. Von allen anderen Menschen nur Ihnen allein auf der ganzen Welt. Und Ihnen sage ich es lieber als mir. Und ich schäme mich gar nicht vor Ihnen, nicht ein bißchen. Aljoscha, warum schäme ich mich nicht vor Ihnen? Aljoscha, ist es wahr, daß die Juden zu Ostern kleine Christenkinder stehlen und dann schlachten?«

»Das weiß ich nicht.«

»Ich habe hier ein Buch, darin habe ich von einer Gerichtsverhandlung gelesen: ein Jude hatte einem vierjährigen Knaben alle Fingerchen abgeschnitten, an beiden Händchen, und dann hatte er ihn gekreuzigt, einfach mit Nägeln an die Wand angenagelt. Vor Gericht aber hat er gesagt, der Knabe sei *bald* gestorben, ungefähr nach vier Stunden. Das ist doch sehr ,bald‘ — nicht wahr? Er sagt noch, der Kleine habe gestöhnt, die ganze Zeit gestöhnt — er aber ist vor ihm gestanden und hat sich daran ergötzt. Das muß sehr schön gewesen sein.«

»Schön?«

»Ja, schön. Ich stelle mir zuweilen vor, daß ich den Kleinen so gekreuzigt hätte. Er hängt an der Wand und stöhnt, ich aber setze mich vor ihn hin und esse Ananaskompott. Ich esse sehr gern Ananaskompott. Sie auch?«

Aljoscha blickte sie schweigend an. Ihr bleiches Gesicht verzerrte sich plötzlich, und ihre Augen erglühten.

»Wissen Sie, als ich das von jenem Juden gelesen hatte, habe ich die ganze Nacht geweint und gezittert. Ich stellte mir vor, wie der Knabe schreit und stöhnt — vierjährige Kinder begreifen doch schon — ich aber kann den Gedanken an das Kompott nicht loswerden. Am Morgen stand ich auf und schickte einem gewissen Menschen einen Brief mit der Bitte, unbedingt zu mir zu kommen. Er kam, und ich erzählte ihm plötzlich von diesem Knaben und dem Ananaskompott, erzählte ihm alles, alles, und ich sagte ihm auch, daß es ‚schön‘ sei. Da lachte er und sagte, es sei tatsächlich schön. Danach stand er auf und ging fort. Er hat hier im ganzen nur fünf Minuten gesessen. Verachtete er mich, ja? Sagen Sie, sagen Sie doch, Aljoscha, verachtete er mich, oder verachtete er mich nicht?« Sie saß steif aufgerichtet in ihrem Liegestuhl, und ihre Augen glühten.

»Sagen Sie mir«, fragte Aljoscha erregt, »haben Sie ihn selbst gerufen, diesen Menschen?«

»Ja, ich selbst.«

»Sie haben ihm einen Befehl geschrieben?«

»Ja, einen Brief.«

»Nur um ihn das zu fragen, das von dem Kinde?«

»Nein, durchaus nicht deshalb, durchaus nicht. Als er aber eintrat, fragte ich ihn sofort, wie er das fände. Er antwortete, lachte, verbeugte sich und ging.«

»Dieser Mensch hat sich anständig Ihnen gegenüber benommen«, sagte Aljoscha halblaut.

»Aber er verachtet mich, macht sich über mich lustig?«

»Nein, denn er glaubt vielleicht selbst an das Ananaskompott. Er ist jetzt gleichfalls sehr krank, Lisa.«

»Ja, er glaubt daran!« Lisas Augen blitzten auf.

»Er verachtet niemanden«, fuhr Aljoscha fort. »Nur glaubt er auch niemandem. Wem er aber nicht glaubt, den versteht sich, den verachtet er auch.«

»Dann also auch mich? auch mich?«

»Auch Sie.«

»Das ist gut«, sagte Lisa wie zähneknirschend. »Als er lachte und hinausging, da empfand ich zum erstenmal, daß es schön ist, verachtet zu werden. Und auch der Knabe mit den abgeschnittenen Fingern ist schön, und auch verachtet zu sein, ist schön ...«

Sie blickte Aljoscha starr in die Augen und lachte, lachte boshaft und gleichsam fiebernd.

»Wissen Sie, Aljoscha, wissen Sie, ich wünschte ... Aljoscha, retten Sie mich!« Sie sprang plötzlich von ihrem

Liegestuhl auf, stürzte zu ihm und umklammerte ihn krampfhaft. »Retten Sie mich!« entrang es sich ihr flehend und fast
wie ein Gestöhn. »Kann ich denn auch nur einem einzigen
Menschen auf der Welt alles so sagen, wie ich es Ihnen gesagt
habe? Ich habe doch die Wahrheit, die ganze, ganze Wahrheit gesagt! Ich werde mir das Leben nehmen, mich widert
alles an! Ich will nicht leben, es ist alles ekelhaft! Alles,
alles ist mir ekelhaft! Aljoscha, warum lieben Sie mich
denn gar nicht, warum, warum lieben Sie mich nicht?« schloß
sie ganz verzweifelt.

»Nein, ich liebe!« antwortete Aljoscha schnell und warm.

»Werden Sie aber auch über mich weinen, werden Sie?«

»Ja.«

»Nicht deshalb, weil ich nicht Ihre Frau werden wollte,
sondern ganz einfach um mich weinen, ganz einfach?«

»Ja.«

»Ich danke Ihnen! Ich habe ja nur Ihre Tränen nötig. Die
anderen alle, mögen die mich meinetwegen mit den Füßen
zertrampeln, alle, alle, ohne auch nur *einen* Menschen aus-
zunehmen! Denn ich liebe niemanden. Hören Sie, nie—man
—den! Im Gegenteil, ich hasse alle! Gehen Sie, Aljoscha, Sie
müssen sich beeilen, zu Ihrem Bruder zu kommen!« Sie
hatte sich plötzlich von ihm losgerissen.

»Aber wie werden Sie denn so zurückbleiben?« fragte Aljoscha fast erschrocken.

»Gehen Sie zu Ihrem Bruder, das Gefängnis wird geschlossen, gehen Sie, hier ist Ihr Hut! Küssen Sie Mitja, gehen
Sie, aber so gehen Sie doch endlich!«

Und sie stieß Aljoscha beinahe mit Gewalt zur Tür hinaus. Der sah noch unentschlossen und besorgt aus, als er
plötzlich fühlte, wie sie ihm ein kleines, hartes Briefchen in
die Hand drückte. Unwillkürlich erhob er ein wenig die
Hand und warf einen Blick auf das versiegelte Kuvert — er
las im Nu: »An Iwan Fjodorowitsch Karamasoff.« Aljoscha
sah blitzschnell Lisa an. Ihr Gesicht nahm einen fast drohenden Ausdruck an.

»Übergeben Sie, übergeben Sie unbedingt!« befahl sie
außer sich, am ganzen Körper zitternd. »Tun Sie es heute
noch, unverzüglich! Oder ich vergifte mich! Nur deswegen
habe ich Sie zu mir gerufen!«

Und rasch schlug sie die Tür zu. Der Riegel schnappte ein.
Aljoscha steckte den Brief in die Tasche und ging geradeswegs zur Treppe, ohne vorher noch bei Frau Chochlakoff
einzutreten und sich von ihr zu verabschieden. Er hatte sie
ganz vergessen. Kaum aber hatte Aljoscha sich entfernt, als
Lisa sofort die Tür aufsperrte, ihren Finger an den Türrahmen legte, die Tür wieder zuschlug und sie mit aller Gewalt gegen ihren eingeklemmten Finger preßte. Ungefähr
nach zehn Sekunden vergrößerte sich die Spalte, sie zog die
Hand zurück und ging langsam und leise zu ihrem Liegestuhl,
setzte sich steif aufgerichtet hin und betrachtete aufmerksam
ihr blaurotes, blutunterlaufenes Fingerspitzchen und das
dunkle Blut, das sie unter dem Nagel hervorgepreßt hatte.
Ihre Lippen zitterten, und sie flüsterte leise sehr, sehr schnell
vor sich hin:

»Du Schändliche, Schändliche, Schändliche, Schändliche!«

IV

Die Hymne und das Geheimnis

Es war schon sehr spät, als Aljoscha am Gefängnistor
schellte. Es begann schon stark zu dunkeln — sind doch die
Novembertage nicht lang. Aljoscha wußte aber, daß man
ihn ohne weiteres zu Mitja einlassen werde. Vorsichtsmaß-
regeln werden bei uns, in unserem Städtchen, nicht anders
als überall beobachtet. Anfangs natürlich, als die Voruntersuchung noch nicht abgeschlossen war, da gab es noch verschiedene Schwierigkeiten zu überwinden, wenn man zu
Mitja gelangen wollte, doch mit der Zeit wurden diese Formalitäten, wenigstens für die Verwandten, bedeutend abge-
schwächt, und schließlich wurden mit einigen von den Be-

suchern sozusagen Ausnahmen gemacht. Ja, zuweilen fanden
die Zusammenkünfte in dem dazu bestimmten Zimmer so gut
wie unter vier Augen statt. Übrigens wurden diese Ausnahmen doch nur mit wenigen gemacht: nur mit Gruschenka,
Aljoscha und Rakitin. Gruschenka hatte das dem besonderen
Wohlwollen unseres alten Kreispolizeichefs Micháil Makárowitsch zu danken. Dem Alten lagen immer noch die bösen
Worte, mit denen er sie in Mokroje angeschrien hatte, auf
der Seele. Später, als er den ganzen Sachverhalt erfahren
hatte, änderte er seine Meinung über sie. Und sonderbar:
obgleich er von Mitjas Schuld fest überzeugt war, beurteilte
er ihn, seitdem er im Gefängnis saß, mit stetig zunehmender
Nachsicht und empfand schließlich sogar fast Mitleid mit
ihm. »Er war vielleicht ein herzensguter Mensch«, meinte
er, »hat sich aber durch Trunk und Unordnung selbst zugrunde gerichtet, ja, ja, wie der Schwede bei Poltawa, –
jetzt ist da nichts mehr zu machen!« Was aber Aljoscha betrifft, so hatte ihn Michail Makarowitsch, der ihn schon
lange kannte, aufrichtig ins Herz geschlossen, und Rakitin,
der Mitja bald häufiger besuchte, gehörte zu den Bekannten
seiner Enkelinnen, der »Kreischef-Fräuleins«, wie Rakitin
sie nannte, und im Hause des Gefängnisinspektors gab er
Privatstunden. Aljoscha aber war schon ein alter Freund
dieses Inspektors, der gern mit ihm über »Gottes Allwissenheit« sprach. Vor Iwan Fjodorowitsch hingegen hatte der
Inspektor nicht nur unermeßlichen Respekt, vor dem fürchtete er sich geradezu, besonders was seine Kritik betraf,
obwohl er selbst ein großer Philosoph war — versteht
sich: »soweit der eigene Verstand dazu ausreichte«. Für
Aljoscha aber empfand er eine unbezwingliche Sympathie.
Im letzten Jahre hatte sich der Alte an die apokryphen
Evangelien gemacht und war dann sonntags immer ins
Kloster gegangen, um seinem jungen Freunde seine Eindrücke und Gedanken mitzuteilen. Zuweilen hatte er mit
ihm und den Klostergeistlichen stundenlang disputiert. So
hätte denn Aljoscha, wenn ihm vom Wächter der Eintritt

verwehrt worden wäre, nur zum Inspektor zu gehen brauchen, um trotz der späten Stunde noch seinen Bruder sehen
zu können. Zudem hatten sich alle im Gefängnis, bis zum
letzten Wächter, an ihn gewöhnt, und ein jeder von ihnen
sah ihn gern. Die Wache hatte natürlich nichts dagegen,
wenn er nur die Erlaubnis von den Vorgesetzten hatte.
Mitja kam, wenn er gerufen wurde, stets aus seiner Zelle
in den unteren Stock, in den Raum, der für Besuche bestimmt war. Als Aljoscha eintreten wollte, stieß er fast mit
Rakitin zusammen, der Mitja gerade verließ. Beide sprachen laut. Mitja, der ihn zur Tür begleitete, lachte herzlich
über irgend etwas, Rakitin aber schien etwas vor sich hin
zu brummen. Es war Aljoscha besonders in der letzten Zeit
aufgefallen, daß Rakitin ihn nicht gerne sah, jedenfalls vermied, mit ihm zu sprechen, und kaum seinen Gruß erwiderte. Als Rakitin jetzt plötzlich Aljoscha erblickte, runzelte
er mit ganz besonders geschäftiger Miene die Stirn, blickte
wie suchend zur Seite und tat, als ob er ganz mit dem Zuknöpfen seines großen Paletots, den ein warmer Pelzkragen
zierte, beschäftigt wäre. Darauf machte er sich daran, seinen
Schirm zu suchen.

»Wenn ich nur nichts von meinen Sachen vergesse«,
brummte er vor sich hin — einzig um etwas zu sagen.

»Gib nur acht, daß du von fremden Sachen nichts vergißt«, witzelte Mitja und lachte über seine Bemerkung.

Rakitin war sofort beleidigt.

»Das empfiehl lieber deinen Karamasoffs, deinen Leib-
eigenschaftsverfechtern, aber nicht Rakitin!« rief er auf-
brausend vor Wut.

»Was fehlt dir? Ich habe doch nur gescherzt... Pfui
Teufel! So sind sie ja alle«, sagte er darauf zu Aljoscha,
indem er mit dem Kopf noch zur Seite auf Rakitin wies,
der sich schnell entfernte; »er hat die ganze Zeit hier gesessen, gelacht und ist fröhlich gewesen, und plötzlich braust
er so auf! Dir hat er, glaube ich, nicht einmal zugenickt.
Habt ihr euch denn ganz überworfen? Warum kommst du

heute so spät? Ich habe dich vom Morgen an nicht etwa nur
erwartet, ich habe mich geradezu nach dir gesehnt, wie, wie,
ich weiß nicht wie! Nun, macht nichts. Wir können es ja
jetzt nachholen.«

»Warum besucht er dich jetzt so oft? Hast du dich mit
ihm etwa angefreundet?« fragte Aljoscha, indem er gleichfalls mit dem Kopf auf die Tür wies, durch die Rakitin
hinausgegangen war.

»Ich mich mit diesem Michail angefreundet? Nein, mein
Lieber . . . Dieses Schwein! Er hält mich für einen . . . Schuft.
Scherz verstehen diese Leute gleichfalls nicht — das ist das
Charakteristische. Niemals wird diese Menschensorte Scherz
verstehen. Trocken sind ihre Seelen, trocken und flach und
platt, ganz wie mir damals die Gefängniswände erschienen,
als ich hergefahren wurde und zum erstenmal diese Mauern
sah. Aber er ist nicht dumm, durchaus nicht dumm. Nun,
Alexei, jetzt ist mein Kopf verloren!«

Er setzte sich auf die Bank und zog Aljoscha neben sich
nieder.

»Ja, morgen wird das Urteil gesprochen. Aber hast du
denn wirklich so alle Hoffnung verloren, Mitja?« fragte
Aljoscha schüchtern und voll Mitleid.

»Wieso, wie meinst du das?« Mitja blickte ihn seltsam
unbestimmt an. »Ah so, du sprichst vom Gericht! Na, zum
Teufel damit! Wir haben beide bis jetzt nur über Dummheiten gesprochen, immer nur von diesem Gericht, über das
Wichtigste aber habe ich geschwiegen, wenn ich mit dir
zusammen war. Ja, morgen wird man über mich zu Gericht
sitzen, nur meinte ich es jetzt nicht in der Beziehung, daß
mein Kopf verloren sei. Nicht mein Kopf ist verloren, sondern das, was im Kopf war, das ist verloren. Warum siehst
du mich so kritisch an?«

»Wovon redest du, Mitja?«

»Ideen, Ideen, das ist es! Ethik! Was versteht man eigentlich unter Ethik?«

»Ethik?« fragte Aljoscha verwundert.

»Ja, das ist wohl irgendeine Wissenschaft, aber was für eine ist es nun eigentlich?«

»Ja, es gibt eine solche Wissenschaft . . . nur . . . ich muß gestehen, ich kann es dir nicht so ganz erklären, was für eine das ist.«

»Rakitin weiß es. Der Schuft weiß ziemlich viel . . . ach nun, hol ihn der Teufel! Mönch wird er jedenfalls nicht werden. Er spitzt sich auf Petersburg. Dort, sagt er, will er Kritiken schreiben, und zwar mit einer edlen Tendenz. Nun was, meinethalben! Vielleicht wird er noch Nutzen bringen und sich eine Karriere bauen. O, was das Karrieremachen betrifft, darin sind diese Leute Meister! Zum Teufel mit der Ethik. Ich aber bin verloren, Alexei, *ich*! – begreifst du das, du Kind Gottes! Ich liebe dich mehr als alle anderen. Mein Herz bebt für dich, so ist es. Was hat es dort für einen Karl Bernard gegeben?«

»Karl Bernard?« fragte Aljoscha wiederum verwundert.

»Nein, nicht Karl, halt, wie hieß doch der Kerl? – Ach, richtig, *Claude* Bernard.[28] Was ist das nun wieder? Chemie etwa, nicht?«

»Das ist wahrscheinlich ein Gelehrter«, meinte Aljoscha, »nur muß ich wieder gestehen, daß ich dir auch von ihm nicht viel sagen kann. Ich habe nur den Namen gehört, ich weiß, daß es ein Gelehrter ist, aber was für einer, das weiß ich nicht.«

»Na, dann hol ihn der Teufel, auch ich weiß es nicht«, schimpfte Mitja. »Wahrscheinlich ist's irgendein gelehrter Spitzbube und weiter nichts – wie sie es ja alle sind. Rakitin wird sich schon durchfressen. Rakitin wird selbst durch Spalten, durch die keiner durchkommt, doch noch durchkriechen. Das ist gleichfalls so ein Bernard. Ach, diese Bernards! Weiß Gott, die haben sich was vermehrt!«

»Aber was hast du heute?« fragte Aljoscha ernst.

»Er will über mich, das heißt über meinen Prozeß, einen Artikel schreiben und sich damit in die Literatur einführen, deswegen kommt er her, – hat er mir selbst erklärt. Das soll so eine Chose mit 'ner besonderen Tendenz werden, ungefähr: ‚Er konnte unmöglich nicht morden, die Verhältnisse seiner Umgebung zwangen ihn dazu‘, oder so was Gutes. Und das geht so endlos weiter, er hat es mir selbst erklärt. Mit einem leisen Hauch von Sozialismus, sagt er, wird es sein. Ach, hol ihn der Teufel samt seinem leisen Hauch, mir soll's egal sein. Iwan kann sich nicht seiner Wohlgeneigtheit erfreuen. Rakitin haßt ihn. Für dich hat er gleichfalls nichts Gutes übrig. Nun, ich jage ihn aber nicht fort, er ist trotz alledem ein gescheiter Kerl. Überhebt sich bloß unglaublich. Ich sagte ihm vorhin, bevor du kamst: ‚Die Karamasoffs sind keine Schufte, sondern Philosophen, denn alle echten Russen sind Philosophen, du aber bist, wieviel du da auch gelernt haben magst, doch kein Philosoph, sondern ein geborener Knecht‘. Er lachte, so gehässig, weißt du. Da sagte ich ihm: de geschmackibus non est disputandum. Ist der Witz nicht gut? Na, wenigstens habe auch ich jetzt mal was Klassisches gesagt.« Mitja lachte.

»Aber sag doch, wodurch bist du denn verloren? Du sagtest es doch vorhin?« unterbrach ihn Aljoscha.

»Wodurch verloren? Hm! Im Grunde ... wenn man so das Ganze nimmt — um Gott tut es mir leid. Sieh, dadurch bin ich verloren.«

»Wie das, warum tut es dir denn leid um Ihn?«

»Nun, wart, stell dir vor: Es gibt dort in den Nerven im Kopf, das heißt dort im Gehirn, solche Nerven ... ach, nun, der Teufel hole sie! — es gibt da solche ... solche Schwänzchen, nämlich an den Nerven solche Schwänzchen, nun, und sobald sie dort nur anfangen zu zappeln oder zu zittern ... das heißt, sieh: Ich sehe zum Beispiel mit meinen Augen auf irgend etwas, sieh so, geradeaus, und sie fangen plötzlich an zu zittern, nämlich diese Schwänzchen ... sowie sie aber erzittern, erscheint in meinem Gehirn ein Bild, ist eine Vorstellung da, aber das geschieht nicht sofort, nein, es vergeht noch irgend so ein Augenblick, so eine Sekunde, und da stelle sich, heißt es, ein solches Moment ein, d. h. kein

Moment, — der Teufel hole das Moment! — sondern dann erscheine eben das Bild, das heißt der Gegenstand oder der Vorgang, oder sonst was, hol's der Teufel! — also deshalb gibt es in mir Vorstellungen und danach Gedanken . . . weil so ein Schwänzchen da ist, und gar nicht etwa darum, weil ich eine Seele habe, und weil ich da irgend so ein Ebenbild von ähnlicher Art bin, das sind ja alles nur Dummheiten. Dies, Bruder, hat mir der Michail noch gestern erklärt, und mir war genau so, als ob es mich ringsum verbrannt hätte. Großartig, Aljoscha, ist diese Wissenschaft! Ein neuer Mensch ist im Werden. Das sehe ich ja ein . . . Aber trotzdem tut es mir doch leid um Gott!«

»Nun, auch das ist gut«, sagte Aljoscha.

»Daß es mir um Gott leid tut? Die Chemie, Brüderlein, ja, ja, die Chemie! Da ist nichts zu wollen, Euer Hochwürden, Sie müssen Platz machen, die Chemie kommt! Von Gott aber will Rakitin nichts wissen, o! den kann er nicht verdauen! Gott ist bei diesen Leuten der wundeste Punkt! Aber sie suchen es zu verbergen. Sie lügen. Verstellen sich. Ich fragte ihn: ‚Nun was, wirst du das gleichfalls in deine Kritiken hineinbringen?‘ — ‚Tja, soweit man's durchläßt, deutlich wird man sich wohl nicht fassen können‘, sagte er. Lacht dabei. ‚Aber wie ist's denn jetzt?‘ fragte ich ihn, ‚was ist denn der Mensch noch nach alledem? Ohne Gott und ohne zukünftiges Leben? Das heißt dann doch, daß alles erlaubt ist, dann kann man ja alles machen?‘ — ‚Und du wußtest das noch nicht?‘ sagt er. ‚Ein kluger Mensch‘, sagt er, ‚kann alles tun, ein kluger Mensch kann auch Krebse fangen, ohne geklemmt zu werden. Nun, du aber hast erschlagen und bist hereingefallen, und jetzt kannst du im Gefängnis lebendig verfaulen!‘ Das sagt er mir ins Gesicht! Ein geborenes Schwein! Solches Pack habe ich früher hinausgeworfen . . . jetzt hört man ihm zu. Er spricht aber auch Gescheites. Auch schreibt er nicht schlecht. Riesig klug sogar. Vor einer Woche las er mir hier einen Artikel vor, ich habe daraus drei Zeilen abgeschrieben.«

Mitja zog eilig aus seiner Westentasche ein kleines Papier hervor und las: »‚Um dieses Problem zu lösen, ist es unbedingt nötig, daß man zuvor seine Persönlichkeit in Gegensatz stellt zu seiner eigenen Wirklichkeit.‘ — Verstehst du das?«

»Nein, das verstehe ich nicht«, sagte Aljoscha. Er beobachtete interessiert seinen Bruder und hörte ihm aufmerksam zu.

»Ich auch nicht. Dunkel ist es und unklar, dafür aber furchtbar gescheit. ‚Alle schreiben jetzt so‘, sagt er, ‚das Milieu hat sich bereits herausgebildet...‘ Das ist es ja, sie fürchten, daß die Kollegen den Stil nicht klug genug finden könnten. Auch Gedichte schreibt das Schwein... Denk doch nur, er hat Frau Chochlakoffs Füßchen besungen, hahaha!«

»Ich weiß, ich habe davon gehört«, sagte Aljoscha.

»Ja? Und auch das Gedicht?«

»Nein, das Gedicht habe ich nicht gelesen.«

»Ich habe es hier, wart, ich werde es dir vorlesen. Du weißt noch nicht alles, ich habe es dir nicht erzählt, das ist ja eine ganze Geschichte. Der Halunke! Denk dir, vor drei Wochen war's, da läßt er sich plötzlich einfallen, mich zu foppen: ‚Da bist du nun wegen lumpiger Dreitausend wie ein Dummkopf hereingefallen‘, sagt er, ‚ich aber werde hundertfünfzigtausend einsacken, werde hier eine kleine Witwe heiraten und mir dann in Petersburg ein großes steinernes Haus kaufen.‘ Und er erzählt mir, daß er der Chochlakoff den Hof macht, die aber, sagt er, die von Kindheit an keinen Verstand gehabt hat, hätte ihn mit vierzig Jahren vollends verloren. ‚Sie ist unglaublich gefühlvoll‘, sagt er, ‚das wird mir aber zustatten kommen. Werde sie heiraten, nach Petersburg mitnehmen und dort eine Zeitung herausgeben.‘ Und dabei wässert ihm der Mund in so gemeiner Lüsternheit, — nicht nach der Chochlakoff, sondern nach den Hundertfünfzigtausend. Und täglich kam er her und beteuerte, es ginge famos. ‚Sie ergibt sich!‘ sagt

er, strahlt vor Freude. Und da wird er plötzlich vor die
Tür gesetzt! Perchotin hat ihn aus dem Sattel gehoben!
Bravo! Ich würde diese kleine Plappergans am liebsten dafür abküssen, daß sie ihn vor die Tür gesetzt hat! Er war
gerade kurz vorher bei mir gewesen, um mir dieses Gedicht
vorzulesen. ‚Zum erstenmal besudle ich meine Hände',
sagte er, ‚schreibe Gedichte — um sie zu bezaubern, das
heißt also zu einem nützlichen Zweck. Habe ich erst der
Närrin das Kapital abgeknöpft, so kann ich später damit
großen sozialen Nutzen bringen.' Dieses Pack hat doch für
jede Gemeinheit eine ‚soziale' Rechtfertigung! ‚Und doch
habe ich', sagt er, ‚besser als dein Puschkin gedichtet, denn
ich habe es fertig gebracht, in einem albernen Gedicht einen
sozialen Schmerz auszudrücken.' Was er da von Puschkin
sagt, das verstehe ich schließlich. Es ist ja wahr: ein begabter
Mensch, der dabei nur Weiberfüßchen besungen hat! Wie
aber Rakitin auf sein Gedicht stolz war! Eine Eigenliebe
haben die Kerls! So etwas Dünkelhaftes findet man nicht
leicht. ‚Zur Heilung des kranken Füßchens meines Objekts'
— das hat er sich als Überschrift ausgedacht! Nichts zu
sagen, ein kühner Mann! Hör jetzt:

„Es war einmal ein Füßchen,
Das eines Tages erkrankte;
Die Ärzte kamen tagtäglich ins Haus,
Doch der Fuß es ihnen nicht dankte,
— Denn er wurde nicht gesund.

Doch wie dem nun auch sein mag,
Ich will deswegen nicht trauern.
Mir tut es nur leid ums Köpfchen,
Das Füßchen mag Puschkin bedauern,
— Denn es wurde nicht gesund.

Das Köpfchen fing grad an zu verstehen,
Da kam das Füßchen und störte.
Ach, mag es doch wieder gehen,
Damit das Köpfchen mich hörte!
— Denn es weiß von Ideen noch nichts ..."

Ein Schwein ist der Kerl, ein geborenes Schwein, aber er hat sich dabei doch ganz flott ausgedrückt. Und er hat sogar den Kummer über das schwache Köpfchen hineingeflochten, und seine ganze ,soziale' Sehnsucht, nach Petersburg zu kommen, liegt in diesem ,Ach!' Wie er aber wütend war, Herrgott! daß sie ihn vor die Tür gesetzt hat! Er knirschte selbst hier noch vor Wut!«

»Er hat sich auch schon gerächt«, sagte Aljoscha. »Er hat einen Bericht an die „Gerüchte" geschickt, in dem er über sie herzieht.«

Und Aljoscha erzählte ihm kurz von der Zuschrift in dem erwähnten Blatt.

»Das kann allerdings nur Rakitin getan haben!« sagte Mitja finster, nachdem er unruhig angehört hatte, was Aljoscha zu berichten wußte. »Das ist wieder echt Rakitin! Diese Korrespondenzen... ich weiß... wieviel Schändlichkeiten geschrieben worden sind... über Gruscha zum Beispiel... Und auch über sie, über Katja... Hm!«

Er erhob sich und schritt bekümmert im Zimmer auf und ab.

»Mitja, ich kann heute nicht lange bei dir bleiben«, sagte Aljoscha nach kurzem Schweigen. »Morgen ist ein unheimlich großer Tag für dich: Gottes Gericht wird sich über dir vollziehen... und du sprichst heute, anstatt davon zu reden, weiß Gott wovon... das wundert mich...«

»Nein, wundere dich nicht«, unterbrach ihn Mitja erregt. »Was soll ich denn immer wieder von diesem stinkenden Hunde reden? Haben wir denn noch immer nicht genug über den Mörder gesprochen? Ich will nichts mehr von ihm hören, von dieser Ausgeburt der Idiotin! Gott wird ihn totschlagen, das wirst du sehen, schweig!«

Aufgeregt trat er dicht an Aljoscha heran, und plötzlich küßte er ihn. Seine Augen brannten.

»Rakitin würde das nicht verstehen«, fuhr er fort, als ob ihn Begeisterung erfaßt hätte, »du aber, du wirst alles verstehen. Deswegen habe ich mich auch nach dir gesehnt.

Sieh, ich wollte dir schon lange hier zwischen diesen nackten Wänden vieles sagen, aber ich habe bis jetzt doch das Wichtigste verschwiegen: es war mir immer, wenn ich davon anfangen wollte, als wäre die Zeit dazu noch nicht gekommen. So habe ich unbewußt bis zur letzten Stunde gewartet, um vor dir meine Seele aufzutun. Aljoscha, ich habe in diesen zwei letzten Monaten einen neuen Menschen in mir entdeckt, ein neuer Mensch ist in mir auferstanden! Dieser Mensch war immer in mir verborgen, aber es wäre mir nie zum Bewußtsein gekommen, daß ich ihn in mir trug, wenn Gott nicht dieses Gewitter geschickt hätte. Unheimlich ist das Leben! Aber was liegt daran, daß ich zwanzig Jahre lang in Bergwerken Erze mit dem Hammer auspochen werde, — das schreckt mich jetzt nicht mehr. Ich fürchte etwas ganz anderes, und das ist meine einzige große Angst: ich fürchte, daß mich der soeben erst in mir auferstandene Mensch wieder verlassen könnte! Man kann auch dort in den Erzgruben unter der Erde neben sich in genau solch einem Zwangsarbeiter und Mörder ein menschliches Herz finden, und man kann ihm dort näher treten, denn auch dort kann man leben, lieben und leiden. In diesem Zwangsarbeiter kann man das erfrorene Herz wieder beleben, Jahre und Jahre kann man um ihn bemüht bleiben, und einmal wird man doch die Seele aus der dunklen Höhle zum Licht emporführen, und dann wird er bereits ein veredelter Mensch sein, ein Mensch mit dem Wissen des Leidgeprüften, und so kann man Engel auferstehen machen und Helden erwecken! Und ihrer gibt es doch viele dort unter der Erde, Hunderte, und wir alle haben schuld an ihnen! Warum träumte mir damals vom ‚Kindichen‘, warum gerade in jener Stunde? ‚Warum ist das Kindichen arm?‘ Damit ward mir in jenem Augenblick eine Prophezeiung zuteil! Für das ‚Kindichen‘ habe ich hinzugehen. Denn jeder ist für alle verantwortlich. Für alle ‚Kindichen‘, denn es gibt ja kleine und große Kinder. Alle sind solche ‚Kindichen‘. Und so gehe ich denn für alle, denn irgend jemand muß doch für alle gehen! Ich habe den Vater nicht erschlagen, aber ich muß hingehen. Ich nehme es auf mich! Das alles ist mir erst hier aufgegangen ... hier zwischen den nackten Wänden. Ihrer aber gibt es doch viele, zu Hunderten sind sie dort unter der Erde, und alle haben sie eine Haue in der Hand. O ja, ich weiß, wir werden in Ketten sein, und wir werden keinen freien Willen haben, aber dann, in unserem Leid, werden wir von neuem zur Freude auferstehen, zur Freude, ohne die es dem Menschen unmöglich ist zu leben, ebenso wie Gott ohne sie nicht sein kann, denn Gott gibt die Freude, das ist sein großes Privilegium ... Herrgott, wenn der Mensch nur auftaute im Gebet! Wie könnte ich denn dort unter der Erde dasein ohne Gott? Rakitin lügt: wenn man Gott von der Erde vertreibt, so werden wir ihm dort unter der Erde begegnen und ihn willkommen heißen! Für einen unterirdischen Zwangsarbeiter ist es unmöglich, ohne Gott auszukommen, unmöglicher als für einen Nichtzwangs-arbeiter. Und dann werden wir, wir unterirdischen Sträf-linge dort in den Schachten Sibiriens, aus den Eingeweiden der Erde eine tragische Hymne unserem Gott singen, un-ter der Erde hervor unserem Gott, bei dem die Freude ist! Ach, es lebe Gott, und es lebe Seine Freude! — Ich liebe Ihn!«

Die Worte stürzten Mitja fast atemlos über die Lippen. Er war bleich, seine Lippen zuckten, und aus seinen Augen rollten Tränen.

»Nein, das Leben ist randvoll, das Leben ist Fülle und ist überall! Leben ist auch unter der Erde!« begann er von neuem, und wieder unaufhaltsam. »Du glaubst es nicht, Alexei, wie ich jetzt leben möchte, wie ich lechze nach Leben und Erkennen, welch ein Verlangen danach sich gerade hier zwischen diesen nackten Wänden in mir erhoben hat! Ra-kitin begreift das nicht, er will nur ein Haus bauen und dann Wohnungen vermieten. Ich aber habe dich erwartet, um dir zu sagen ... Und was ist denn das Leid? Ich fürchte es nicht, und wenn es auch unermeßlich sein sollte. Jetzt fürchte ich es nicht, früher fürchtete ich es. Weißt du, ich, ich

werde morgen vielleicht gar nicht antworten vor Gericht...
Ich glaube, ich habe jetzt so viel von dieser Kraft in mir,
daß ich alles besiegen werde, alles werde ich überwinden,
alles Leid, nur um mir immer wieder sagen zu können: Ich
bin! Unter tausend Qualen — ich bin! Wenn ich mich auch
auf der Folterbank krümme — aber ich bin! Und wenn ich
auch angeschmiedet bin, so lebe ich doch, so sehe ich doch
die Sonne, oder wenn ich sie auch nicht sehe, so weiß ich
doch, daß sie da ist! Wissen aber, daß die Sonne da ist, —
das ist schon das ganze Leben. Aljoscha, du mein Cherub,
mich quälen verschiedene Philosophien, der Teufel hole sie!
Bruder Iwan ...«

»Was? was wolltest du sagen von Iwan?« fragte Aljoscha
hastig, doch Mitja hörte ihn gar nicht.

»Sieh, früher wußte ich nichts von allen diesen Zweifeln,
aber es war doch schon alles in mir. Vielleicht war das der
einzige Grund, weil diese unbewußten Ideen in mir tobten,
warum ich mich betrank und mich herumschlug und in Wut
geriet. Um sie in mir zum Schweigen zu bringen, um sie zu
beruhigen, zu ersticken, darum tobte ich. Iwan ist kein
Rakitin, er hegt in sich eine Idee. Iwan ist eine Sphinx und
schweigt, er tut nichts als schweigen. Mich aber quält Gott.
Nur Gott quält mich. Was aber dann, wenn Er nicht ist?
Was dann, wenn Rakitin recht hat, daß das nur eine künst-
liche Idee in der Menschheit ist? Denn wenn Er nicht ist,
dann ist der Mensch der Herr der Erde. Großartig! Wie
aber wird er denn tugendhaft sein ohne Gott? Das ist die
Frage! Über diese Frage komme ich nicht hinweg. Denn
wen wird er dann noch lieben, dieser Mensch ohne Gott?
Wem wird er dann noch dankbar sein, wem wird er dann
noch eine Hymne singen? Rakitin lacht darüber. Er sagt,
man könne die Menschheit auch ohne Gott lieben. Nun,
dieser Rotzbub kann schließlich vieles behaupten. Nein,
das verstehe ich nicht. Rakitin hat es leicht zu leben. ‚Du‘,
sagte er mir heute, ‚bemühe dich lieber um die Vermehrung
der bürgerlichen Rechte der Menschen oder meinetwegen

auch nur darum, daß der Preis des Rindfleisches nicht steige; damit wirst du der Menschheit einfacher und unmittelbarer Liebe beweisen als mit Philosophien.' Da wurde ich wütend. ‚Du aber', sagte ich, ‚wirst ohne Gott selbst noch den Preis des Rindfleisches erhöhen, wenn das nur in deiner Macht steht, wirst womöglich einen Rubel auf jede Kopeke aufschlagen.' Er ärgerte sich. Denn was ist Tugend? Beantworte du mir diese Frage, Alexei. Ich habe *eine* Tugend, und der Chinese hat eine andere — folglich: ein relatives Ding. Oder nicht? Oder nicht relativ? Hm, eine hinterlistige Frage! Lach nicht, wenn ich dir sage, daß ich ihretwegen zwei Nächte nicht geschlafen habe. Ich wundere mich jetzt nur noch über eines: Wie die Menschen so leben können und niemals darüber nachdenken. Wie beschäftigt sie alle sind! Iwan hat keinen Gott. Er hat eine Idee. Das ist zu hoch für mich. Aber er schweigt. Ich glaube, er ist Freimaurer. Ich habe ihn gefragt — er schweigt. Ich wollte aus seiner Quelle einen Schluck Wasser trinken — er schweigt. Nur ein einziges Mal sagte er ein Wort.«

»Was sagte er?« fragte Aljoscha gespannt.

»Ich sagte ihm: Dann ist also alles erlaubt, wenn es so ist? Er runzelte die Stirn. ‚Fjodor Pawlowitsch, unser Vater', sagte er, ‚war zwar ein Ferkel, aber er dachte doch vollkommen folgerichtig.' Sieh, was er zu sagen fertig brachte. Und das war alles, was er darauf zu erwidern geruhte. Mehr habe ich nicht von ihm gehört. Das ist denn doch sauberer als Rakitin.«

»Ja«, bestätigte Aljoscha bitter. »Wann war er bei dir?«

»Davon später, jetzt noch von etwas anderem. Über Iwan habe ich dir bis jetzt fast nichts gesagt. Ich habe es immer bis zur letzten Stunde hinausgeschoben. Wenn hier diese Sache ein Ende hat und mein Urteil gesprochen ist, dann werde ich dir etwas erzählen, alles werde ich dir dann erzählen. Hier gibt es so einen besonderen Punkt . . . Und du wirst mein Richter sein in dieser Frage. Jetzt aber beginn lieber gar nicht davon, jetzt sei still . . . Da sprichst du nun von morgen, vom Gericht, aber wirst du's mir glauben, ich weiß nichts von alledem.«

»Hast du mit dem Anwalt gesprochen?«

»Ach was, Anwalt! Ich habe ihm alles erzählt. Ein sanfttuender Spitzbube ist er, ein großstädtischer! Auch so ein Bernard! Nur glaubt er mir nicht für eine halbe zerbrochene Kopeke. Er glaubt, daß ich erschlagen habe, denk dir nur, — ich weiß schon, was er glaubt, da sei du unbesorgt. ,Warum sind Sie denn‘, fragte ich ihn, ,gekommen, mich zu verteidigen, wenn Sie mich für schuldig halten?‘ Nun, zum Henker mit der Bande. Auch einen Doktor hat man verschrieben, will mich für verrückt erklären. Das erlaube ich nicht! Katerina Iwanowna will ,ihre Pflicht und Schuldigkeit‘ bis zum Schluß erfüllen. Bißchen gewaltsam!« (Mitja lächelte bitter.) »Die Katze! Ein grausames Herz! Sie weiß, daß ich damals in Mokroje von ihr gesagt habe, sie sei ein Weib, das ,gewaltigen Zornes fähig ist‘! Das hat man ihr wiedererzählt. Ja, die Aussagen gegen mich haben sich vermehrt wie Sand am Meer! Grigorij besteht auf der offenen Tür. Grigorij ist ein ehrlicher Mensch, aber er ist ein Dummkopf. Viele Menschen sind nur darum ehrlich, weil sie dumm sind. Das ist ein Ausspruch von Rakitin. Grigorij ist mein Feind. Von manch einem kann man sagen, daß es vorteilhafter ist, ihn zum Feinde als zum Freunde zu haben. Das sage ich in bezug auf Katerina Iwanowna. Ich fürchte, o! nichts fürchte ich wie das, daß sie morgen von jener Verneigung bis zur Erde nach den Viertausendfünfhundert erzählen wird! Bis zum Schluß wird sie mir heimzahlen, bis auf den letzten Tropfen! Ich will aber ihr Opfer nicht! Beschämen werden sie mich vor Gericht! Sie wollen, daß ich vor Scham vergehe! Wie werde ich es aushalten? Geh zu ihr, Aljoscha, bitte sie, daß sie es nicht vor Gericht sagt, nur dieses eine nicht! Oder geht das nicht? Ach, Teufel, einerlei, ich werde es eben aushalten! Sie tut mir nicht leid. Sie will es ja selbst. Nicht umsonst leidet der Dieb Qualen. Ich, Alexei, ich werde meine Rede hal-

ten.« (Er lächelte wieder bitter vor sich hin.) »Nur ... nur
Gruscha, Gruscha, o Gott! Warum hat sie denn diese Qual
jetzt auf sich genommen?« rief er plötzlich mit Tränen in
den Augen. »Gruscha tötet mich, der Gedanke an sie tötet
mich, tötet mich! Sie war heute bei mir ...«

»Sie hat es mir erzählt. Du hast Sie heute sehr gekränkt.«

»Ich weiß. Hol mich der Teufel dafür, daß ich so einen
Charakter habe. Ich wurde eifersüchtig. Als sie fortging,
bereute ich es und küßte sie. Um Verzeihung bat ich nicht.«

»Warum hast du das nicht getan?« fragte Aljoscha vorwurfsvoll.

Mitja lachte plötzlich fast heiter auf.

»Gott behüte dich davor, du lieber Knabe, daß du jemals
wegen einer Schuld das geliebte Weib um Verzeihung
bittest! Besonders gilt das vom geliebten Weibe, gerade vom
geliebten Weibe, wie groß deine Schuld auch vor ihr sein
mag! Denn das Weib — das ist, Bruder — weiß der Teufel,
was das ist, aber ich kenne sie doch gründlich, das weiß
Gott! Versuche einmal, deine Schuld einzugestehen, sound-
so, es war schlecht von mir, verzeih, vergib — dann hagelt
es Vorwürfe! Unter keiner Bedingung wird sie einfach und
sofort verzeihen, sie wird dich zum Lappen erniedrigen,
wird dir alles vorzählen, selbst das, was gar nicht gewesen
ist, alles wird sie wieder herauskratzen, nichts wird sie vergessen, wird noch vieles von sich hinzufügen, und dann erst
wird sie verzeihen. Und das ist noch die Beste, die Beste
von allen! Das Letzte wird sie dir noch abschaben und
dann alles über dein armes Haupt schütten — so eine, sage
ich dir, so eine Lust am Menschenschinden steckt in ihnen,
in allen ohne Ausnahme, in diesen Engeln, ohne die zu leben
uns unmöglich ist! Sieh, mein Täubchen, ich sage es dir aufrichtig und überzeugt: Jeder anständige Mann muß sich unter dem Pantoffel eines Weibes befinden. Das ist meine
Überzeugung; das heißt, nicht Überzeugung, aber so mein
Gefühl. Der Mann muß großmütig sein, das aber besudelt
keinen. Selbst einen Helden erniedrigt das nicht, selbst einen

Cäsar nicht! Nun, aber um Verzeihung bitte du trotzdem niemals und um keinen Preis. Behalte diese Lehre: die gibt dir dein Bruder Mitja, der sich wegen der Weiber zugrunde gerichtet hat. Nein, ich werde ihr lieber, ohne um Verzeihung zu bitten, etwas recht Liebes tun. Ich bete sie an! Alexei, wenn sie vor mir steht, überkommt es mich immer wie Andacht! Nur sieht sie das nicht. Nein, es ist immer noch zu wenig Liebe für sie. Und wie sie mich quält! Mit ihrer Liebe quält sie mich. Früher! Früher quälten mich nur ihre Launen, das Infernale an ihr, jetzt aber habe ich ihre ganze Seele in meine Seele aufgenommen und bin durch sie zum Menschen geworden! Wird man uns auch trauen? Sonst sterbe ich vor Eifersucht. Jeden Tag sehe ich denn auch ein neues Gespenst ... Was hat sie dir über mich gesagt?«

Aljoscha erzählte, was Gruschenka ihm gesagt hatte. Mitja hörte aufmerksam zu, fragte vieles zweimal und war schließlich zufrieden.

»So ärgert sie sich denn nicht darüber, daß ich eifersüchtig war?« fragte er freudig. »Ein echtes Weib! — ‚Ich habe selbst ein grausames Herz.‘ Ach, wie ich diese Menschen liebe, die solche Herzen haben! Aber ich dulde nicht, daß man auf mich eifersüchtig ist, das erlaube ich nicht! Werden uns streiten. Aber lieben — lieben werde ich sie unendlich! Wird man uns auch trauen? Werden denn Zuchthäusler getraut? Das ist die Frage. Ohne sie aber kann ich nicht leben ...«

Mitja schritt finster auf und ab. Es war schon fast ganz dunkel im Zimmer. Er wurde plötzlich eigentümlich unruhig und besorgt.

»Also ein Geheimnis, sagt sie, ein Geheimnis hätten wir? Also alle drei sollen wir uns gegen sie verschworen haben, und ‚Katjka‘ soll dahinterstecken? Nein, Freund Gruschenka, das ist es nicht. Hierin hast du dich getäuscht, hast es so echt auf Frauenart getan! Aljoscha, Liebling ... ich werde dir unser Geheimnis sagen ... gleichviel was dann draus wird!«

Er blieb stehen, blickte sich nach allen Seiten um und trat dann schnell dicht an Aljoscha, der nicht weit von ihm stand, heran und flüsterte ihm mit geheimnisvoller Miene ganz leise zu, obgleich sie niemand hören konnte. Der alte Wächter schlief in der Ecke auf der Bank, und bis zu den wachestehenden Soldaten konnte kein Laut dringen.

»Ich werde dir unser ganzes Geheimnis aufdecken!« flüsterte Mitja hastig. »Ich wollte es erst später tun, wenn das Urteil schon gesprochen ist, denn wie könnte ich mich ohne deine Zustimmung zu etwas entschließen? Du bist mir alles. Wenn ich auch sage, daß Iwan höher steht als wir, so bist doch du mein Schutzgeist. Was du sagst, wird geschehen, das werde ich tun. Vielleicht aber bist gerade du der höhere Mensch und nicht Iwan. Sieh, hier handelt es sich um eine Gewissenssache, eine höhere Gewissenssache, — einen Beschluß von solcher Wichtigkeit, daß ich selbst nie damit zurechtkommen werde, und so habe ich es denn hinausgeschoben, bis du entscheidest. Und außerdem ist es jetzt noch zu früh, man muß zuerst das Urteil abwarten. Werde ich verurteilt, gut, dann entscheide du. Jetzt aber entscheide noch nicht; ich werde dir sogleich alles sagen, du wirst alles erfahren, aber du entscheide jetzt noch nicht. Höre und schweige. Ich werde dir nicht alles ausführlich erklären, — ich werde dir nur die Idee im großen ganzen aufdecken, ohne Einzelheiten, — du aber schweige. Keine Frage, keine Bewegung! Bist du damit einverstanden? Aber deine Augen, Herrgott, wohin mit denen? Ich fürchte, daß deine Augen das Urteil sprechen werden, selbst wenn du schweigst. Ich habe Angst! Aljoscha, hör jetzt: Iwan schlägt mir vor, zu *entfliehen*. Die Einzelheiten zum Teufel, die sage ich jetzt nicht, — alles ist vorgesehen, es kann ganz ohne Hindernisse gemacht werden. Schweig, entscheide noch nicht! Nach Amerika mit Gruscha! Ich kann doch ohne sie nicht mehr leben! Nun, versteh, wenn man sie nun dort, in Sibirien, nicht zu mir läßt? Werden denn Zuchthäusler getraut? Iwan sagt: Nein. Aber was werde ich denn dort ohne Gruschenka allein unter der Erde mit dem Hammer anfangen? Ich werde mir doch den Schädel mit diesem Hammer einschlagen! Nun aber andererseits — das Gewissen? Dann bin ich doch vor dem Leid geflohen! Mir ward ein Fingerzeig Gottes — ich folgte ihm nicht; mir ward ein Weg der Läuterung gezeigt — ich machte linksum kehrt. Iwan sagt, daß man in Amerika ‚bei guten Vorsätzen' mehr Nutzen bringen könne als unter der Erde. Aber wo wird dann noch unsere unterirdische Hymne zu Gott emporgesungen werden? Was ist denn Amerika, — das ist doch wieder eitle Sorge um Erwerb. Und es gibt auch viele Spitzbuben, denke ich, in Amerika. Und ich bin dann vor der Kreuzigung — davongelaufen! Ich sage das dir, Alexei, weil doch nur du allein das verstehen kannst, außer dir aber niemand. Für die anderen sind das Dummheiten, krankhafte Hirngespinste, alles das, was ich dir von der unterirdischen Hymne gesagt habe. Man wird sagen, ich sei verrückt geworden oder sei ein Esel. Aber ich bin nicht verrückt, ich bin weder das eine noch das andere. O, auch Iwan begreift die Hymne, o, er begreift das alles vorzüglich, nur antwortet er mir darauf nicht, er schweigt. Er glaubt nicht an die Hymne. Sprich nicht, sprich nicht, ich sehe doch, was deine Augen sagen. Du hast ja schon entschieden! Entscheide nicht, hab Erbarmen mit mir, ich kann nicht, ich kann nicht ohne Gruscha leben — warte, bis das Urteil gesprochen ist!«

Mitja sprach flehend, sprach wie ein Wahnsinniger. Er hielt Aljoscha mit beiden Händen an den Schultern gepackt, hielt ihn wie mit Klammern fest, und sein gleichsam entzündeter Blick hing flehend, bittend an den Augen des Bruders.

»Werden denn Zuchthäusler getraut?« wiederholte er zum drittenmal angstvoll seine Frage.

Aljoschas Herz klopfte stark, und er hörte in ungewöhnlicher Spannung zu.

»Sag mir nur eines: Besteht Iwan sehr darauf?« fragte er stockend. »Und wer hat sich das zuerst ausgedacht?«

»Er, er hat es sich ausgedacht, er besteht darauf! Zuerst kam er überhaupt nicht zu mir, und da plötzlich kam er, vor einer Woche ungefähr, und begann gleich damit. Er besteht unglaublich hartnäckig darauf. Er bittet nicht, sondern befiehlt. Er zweifelt nicht an meinem Gehorsam, obwohl ich ihm, so wie jetzt dir, mein ganzes Herz aufgedeckt und auch von der ‚Hymne‘ gesprochen habe. Er hat mir alles genau erklärt, wie er es machen wird, er hat sich peinlich genau orientiert, aber davon später. Geradezu krankhaft will er es. Die Hauptsache ist dabei natürlich das Geld: zehntausend, sagt er, gibt er für die Flucht, und zwanzigtausend für Amerika; für zehntausend, sagt er, wird uns die Flucht ohne jede Schwierigkeit gelingen.«

»Und er hat befohlen, mir nichts davon zu sagen?« fragte Aljoscha nochmals.

»Keinem Menschen ein Wort, vor allem aber dir nicht, dir unter keiner Bedingung! Er fürchtet wahrscheinlich, du würdest wie das Gewissen vor mir stehen. Sag es ihm nicht wieder, daß ich es dir mitgeteilt habe! Sag es ihm bitte nicht!«

»Du hast recht«, sagte Aljoscha, »man muß das Urteil des Gerichts abwarten und dann entscheiden. Nach dem Gericht wirst du es selbst tun; dann wirst du einen neuen Menschen in dir finden, der für dich entscheiden wird.«

»Einen neuen Menschen oder einen Bernard, und der wird dann à la Bernard entscheiden. Denn ich selbst bin, wie es scheint, ein verächtlicher Bernard!« sagte Mitja mit bitterem Lächeln.

»Aber Mitja, hast du denn gar keine Hoffnung mehr, dich morgen rechtfertigen zu können? Wie ist das nur möglich?«

Mitja hob ratlos die Schultern und schüttelte verneinend den Kopf.

»Aljoscha, Täubchen, es ist Zeit, daß du gehst!« sagte er plötzlich eilig, wie in besonderer Hast. »Der Aufseher hat schon auf dem Hof gerufen, er wird gleich herkommen. Es ist spät für uns, wir wollen doch die Ordnung nicht stören. Umarme mich rasch, küsse mich, bekreuze mich, Täubchen, segne mich, damit ich das Kreuz morgen tragen kann . . .«

Sie umarmten und küßten sich.

»Iwan aber«, sagte Mitja plötzlich, »schlägt mir wohl vor, mir zur Flucht zu verhelfen, dabei glaubt er aber selbst, daß ich den Vater erschlagen habe!«

Ein Ausdruck von traurigem Spott zuckte um seine Lippen.

»Hast du ihn gefragt, ob er es glaubt?« fragte Aljoscha.

»Nein, ich habe ihn nicht danach gefragt. Ich wollte ihn fragen, aber ich konnte es nicht, die Kraft reichte dazu nicht aus. Aber das bleibt sich ja gleich, ich sehe es doch an den Augen. Nun, leb wohl!«

Noch einmal küßten sie sich eilig, und Aljoscha verließ bereits das Zimmer, als ihn Mitja plötzlich zurückrief:

»Stell dich vor mich hin, sieh mich an.«

Und er faßte ihn wieder fest mit beiden Händen an den Schultern. Sein Gesicht wurde auf einmal ganz bleich, so daß es selbst in diesem Halbdunkel furchtbar auffiel. Sein Mund verzog sich, der Blick bohrte sich in Aljoscha hinein.

»Aljoscha, sage du mir die volle Wahrheit, sage wie Gott dem Herrn: Glaubst du, ich sei der Mörder, oder glaubst du es nicht? Du, du, ob du es glaubst oder nicht glaubst? Die Wahrheit sage! — Lüge nicht!« schrie er ihn plötzlich an wie ein Rasender.

Aljoscha war es, als schwanke er mitsamt dem Boden unter sich, und sein Herz, das spürte er deutlich, wurde gleichsam von etwas Spitzem durchstochen.

»Schon gut, was willst du . . .«, stammelte er wie geistesabwesend.

»Die Wahrheit, die Wahrheit! Lüge nicht!«

»Auch nicht eine Sekunde lang habe ich geglaubt, du seist der Mörder!« stieß Aljoscha mit schwankender Stimme fast atemlos hervor, und er erhob die rechte Hand, als rufe er Gott zum Zeugen an für seine Worte.

Wie Seligkeit breitete es sich über Mitjas ganzes Gesicht. »Ich danke dir ...«, sagte er langsam, wie mit dem tiefen Ausatmen nach einer Ohnmacht. »Jetzt machst du mich auferstehen ... Wirst du's mir glauben: bis zu diesem Augenblick habe ich mich gefürchtet, dich zu fragen, — denk nur, Liebling, dich! ... Nun, geh jetzt, geh! Gestärkt hast du mich für morgen, Gott segne dich dafür! Nun, geh ... und liebe Iwan!« rang es sich als letztes Wort aus Mitja hervor.

Mit tränenüberströmtem Gesicht trat Aljoscha hinaus. Ein solcher Grad von Argwohn bei Mitja, ein solches Maß von Mißtrauen selbst zu ihm, Aljoscha, — alles das deckte plötzlich vor seinen Augen einen so bodenlosen Abgrund von hoffnungsloser Verzweiflung und unfaßbarem Leid in der Seele seines unglücklichen Bruders auf, wie er ihn nie geahnt, nie auch nur vermutet hatte. Tiefes, unendliches Mitleid ergriff ihn und quälte ihn so, daß er schon nach einem Augenblick wie erschöpft war. In seinem durchbohrten Herzen fühlte er einen schrecklichen Schmerz. »Liebe Iwan!« klang es ihm wieder in den Ohren. Ja, ja, er ging ja schon zu Iwan. Schon seit dem Morgen wollte er zu Iwan gehen. Der quälte ihn nicht weniger als Mitja, jetzt aber, nach allem, was ihm Mitja gesagt hatte, jetzt quälte er ihn mehr denn je.

V

»Nicht du, nicht du!«

Auf dem Wege zu Iwan kam er an dem Hause vorüber, in dem Katerina Iwanowna wohnte. Die Fenster waren erleuchtet. Aljoscha blieb stehen, dachte nach und beschloß einzutreten. Er hatte Katerina Iwanowna seit einer ganzen Woche nicht mehr gesehen. Jetzt sagte er sich, er werde Iwan wahrscheinlich bei ihr antreffen, um so mehr, als es doch der Vorabend eines so entscheidenden Tages war. Als er unten geschellt hatte und in den Treppenraum trat, der durch eine chinesische Laterne nur matt erhellt wurde, bemerkte er, daß von oben ein Herr herabstieg. Als er sich ihm näherte, erkannte er in ihm seinen Bruder Iwan. So verließ denn dieser bereits Katerina Iwanowna.

»Ach, du bist es nur«, sagte Iwan Fjodorowitsch trocken.

»Nun, leb wohl. Du gehst zu ihr?«

»Ja.«

»Das würde ich dir nicht raten. Sie ist ,erregt', und du würdest sie noch mehr erregen.«

»Nein, nein!« rief plötzlich eine Stimme über ihnen. Katerina Iwanowna hatte im Augenblick die Tür aufgerissen.

»Alexei Fjodorowitsch, kommen Sie von ihm?«

»Ja, ich war bei ihm.«

»Hat er Sie zu mir geschickt, um mir etwas sagen zu lassen? Treten Sie bitte ein, Aljoscha, und auch Sie, Iwan Fjodorowitsch, kommen Sie unbedingt zurück, unbedingt! Hö—ren — Sie!«

In Katjas Stimme hatte etwas so Befehlendes geklungen, daß Iwan Fjodorowitsch nach sekundenlangem Zögern sich doch entschloß, wieder hinaufzugehen, zusammen mit Aljoscha.

»Sie hat gehorcht!« brummte er ungehalten vor sich hin. Aljoscha aber hörte es doch.

»Sie gestatten, daß ich im Mantel bleibe«, sagte er, als er in den Salon eintrat. »Ich bin nur auf einen Augenblick zurückgekehrt, ich werde mich auch nicht setzen.«

»Setzen Sie sich, Alexei Fjodorowitsch«, forderte Katerina Iwanowna auf, obschon sie selbst gleichfalls stehen blieb. Sie hatte sich in der Zwischenzeit wenig verändert, nur ihre dunklen Augen glühten und schienen zu drohen. Aljoscha erinnerte sich später, daß sie ihm an jenem Abend außergewöhnlich schön erschien.

»Was läßt er mir sagen?«

»Nur das eine«, sagte Aljoscha und blickte ihr offen ins Gesicht: »daß er Sie bittet, sich zu schonen und morgen vor Gericht nichts von . . .« (er stockte ein wenig) ». . . von dem zu sagen ... was früher zwischen Ihnen vorgefallen ist ... in der Zeit Ihrer ersten Bekanntschaft ... in jener Zeit ...«

»Ah so, Sie meinen die Verneigung ... damals ... für das Geld!« griff sie sofort auf und lachte stolz. »Wie, fürchtet er für sich oder für mich — nun? Er hat also gesagt, ich solle ‚schonen‘ — aber wen denn schonen? Ihn oder mich? Sagen Sie es doch, Alexei Fjodorowitsch.«

Aljoscha blickte sie unablässig an, bemüht, sie zu verstehen.

»Sowohl sich selbst wie auch ihn«, sagte er leise.

»So, so!« bemerkte sie eigentümlich höhnisch, und plötzlich errötete sie heiß.

»Sie kennen mich noch nicht, Alexei Fjodorowitsch«, sagte sie drohend, »— aber auch ich kenne mich noch nicht. Vielleicht werden Sie mich morgen nach dem Zeugenverhör zertrampeln wollen.«

»Sie werden ehrlich aussagen, was auszusagen ist«, erwiderte Aljoscha, »und außer dieser Ehrlichkeit ist nichts nötig.«

»Ein Weib ist häufig unehrlich«, sagte sie mit zusammengebissenen Zähnen. »Noch vor einer Stunde glaubte ich, es wäre mir schrecklich, dieses Ungeheuer zu berühren ... als wäre er ein Scheusal ... und doch, doch ist er noch ein Mensch für mich! Ja, hat er denn überhaupt erschlagen? Hat er es denn getan?« rief sie plötzlich hysterisch haltlos vor Verzweiflung, indem sie sich hastig Iwan Fjodorowitsch zuwandte.

Aljoscha begriff sofort, daß sie dieselbe Frage vielleicht noch zwei Minuten vor seinem Kommen an Iwan gestellt hatte, und nicht zum ersten, sondern vielleicht zum hundertsten Mal, und daß sie schließlich deswegen in Streit geraten waren.

»Ich war bei Ssmerdjakoff ...«, fuhr sie fort, Iwan starr ins Gesicht blickend. »Du bist es, du, der mich davon überzeugt hat, daß Mitja der Mörder sei! Nur dir allein habe ich es geglaubt!«

973

Iwan zwang sich zu einem Lächeln, das er wohl nur mit Mühe zustande brachte. Aljoscha war bei dem unerwarteten Du zusammengezuckt. Solche Beziehungen zwischen den beiden hatte er nicht ahnen können.

»Ich denke, jetzt dürfte es genug sein«, sagte Iwan kurz. »Ich gehe. Morgen werde ich vorsprechen.« Und damit verließ er sofort das Zimmer und ging hinaus.

Katerina Iwanowna ergriff krampfhaft Aljoschas Hände. Es lag etwas Befehlendes in ihren Worten, in ihren Bewegungen.

»Laufen Sie ihm nach! Holen Sie ihn ein! Verlassen Sie ihn keinen Augenblick«, flüsterte sie ihm fieberhaft erregt zu. »Er ist wahnsinnig! Wie, — Sie wissen es noch nicht, daß er wahnsinnig ist? Er hat Fieber, Nervenfieber! Der Arzt hat es mir gesagt, gehen Sie, laufen Sie ihm nach . . .«

Aljoscha verließ sie sofort und eilte seinem Bruder nach. Iwan Fjodorowitsch war kaum fünfzig Schritte gegangen. Er blieb plötzlich stehen und wandte sich heftig zurück, als er sah, daß Aljoscha ihm nachlief.

»Was willst du?« stieß er rauh hervor. »Sie hat dir befohlen, mir nachzulaufen, weil ich verrückt sei. Ich kenne das auswendig«, fügte er gereizt hinzu.

»Darin täuscht sie sich natürlich, aber in einem hat sie recht: du bist wirklich krank«, sagte Aljoscha. »Ich habe soeben dein Gesicht bei ihr gesehen: du siehst sehr krank aus, Iwan, und du bist es auch.«

Iwan ging weiter, ohne stehen zu bleiben. Aljoscha folgte ihm.

»Weißt du vielleicht, Alexei Fjodorowitsch, wie das ist, wenn man verrückt wird?« fragte nach einer Weile Iwan mit einer ganz anderen, leisen, gar nicht mehr gereizten Stimme, aus der auf einmal zutrauliche Neugier hervorklang.

»Nein, das weiß ich nicht; ich nehme an, daß es sehr verschiedene Arten von Wahnsinn gibt.«

»Kann man aber auch an sich selbst beobachten, wie man verrückt wird?«

»Ich glaube, daß man sich selbst in diesem Fall nicht mehr gut beobachten kann.« Aljoscha wunderte sich.

Iwan schwieg eine Weile.

»Wenn du mit mir sprechen willst, so habe die Güte und ändere das Thema«, sagte er plötzlich.

»Hier, um es nicht zu vergessen, ein Brief an dich«, sagte Aljoscha schüchtern, indem er den Brief Lisas aus der Tasche zog und ihn dem Bruder reichte. Sie näherten sich gerade einer Laterne. Iwan erkannte sofort die Handschrift.

»Ah, von jenem Teufelchen!« sagte er boshaft auflachend, und, ohne das Kuvert aufzubrechen, zerriß er plötzlich den ganzen Brief und warf die Stücke in den Wind. Die kleinen Fetzen flatterten und wurden verweht.

»Noch keine sechzehn Jahre, glaube ich, und schon bietet sie sich an!« sagte er verächtlich und schritt weiter.

»Wieso bietet sie sich an, wie meinst du das?« fragte Aljoscha erschrocken.

»Man weiß doch, wie verderbte Weiber sich anbieten.«

»Was fällt dir ein, Iwan, was redest du? Das ist doch ein Kind, du beleidigst ein Kind!« verteidigte Aljoscha sie heftig und bekümmert zugleich. »Sie ist krank, sogar sehr krank, sie ist vielleicht gleichfalls dem Wahnsinn nahe ... Ich konnte doch nicht den Brief dir nicht übergeben ... Im Gegenteil, ich hoffte, von dir wenigstens etwas zu erfahren ... um sie retten zu können.«

»Da ist nichts von mir zu erfahren. Wenn sie noch ein Kind ist, so bin ich nicht ihre Kindsmagd. Schweig, Alexei. Sprich nicht weiter. Ich denke überhaupt nicht mehr daran.«

Sie schwiegen wieder.

»Jetzt wird sie die ganze Nacht zur Gottesmutter beten, damit diese sie erleuchte, wie sie morgen vor Gericht aussagen soll«, begann Iwan wieder ganz plötzlich, schroff und böse.

»Du ... du sprichst von Katerina Iwanowna?«

»Ja. Ob sie als Mitjenkas Retterin oder Verderberin auftreten soll. Auf daß ihre Seele erleuchtet werde, — darum wird sie beten. Sie weiß selbst noch nicht, was sie tun soll; sie scheint noch nicht Zeit genug gehabt zu haben, um sich vorzubereiten. Auch sie hält mich für ihre Kindsmagd und will wohl, daß ich sie einlulle.«

»Katerina Iwanowna liebt dich, Bruder«, sagte Aljoscha, den ein trauriges Gefühl ergriff.

»Möglich. Nur begehre ich sie nicht.«

»Sie leidet. Warum sagst du ihr dann ... zuweilen ... solche Worte, daß sie hoffen kann?« fuhr Aljoscha mit schüchternem Vorwurf fort. »Ich weiß doch, daß du ihr Hoffnung gemacht hast ... Verzeih, daß ich so spreche«, fügte er hinzu.

»Ich kann hierbei nicht so handeln, wie es nötig wäre, einfach mit ihr brechen und es ihr ins Gesicht sagen!« widersprach Iwan gereizt. »Ich muß warten, bis das Urteil über den Mörder gesprochen ist. Wenn ich jetzt mit ihr bräche, so würde sie aus Rache morgen vor Gericht diesen Tauge-nichts seinem Schicksal überantworten, denn sie haßt ihn, und sie weiß es, daß sie ihn haßt. Hier ist doch alles Lüge, Lüge auf Lüge getürmt! Jetzt aber, das heißt, solange ich nicht mit ihr gebrochen habe, hofft sie immer noch und wird daher den Unmenschen nicht verderben, da sie weiß, wie ich ihn herausziehen will. Wenn doch endlich dieses verdammte Urteil gesprochen wäre!«

Die Worte »Mörder« und »Unmensch« berührten schmerz-haft Aljoschas Herz.

»Aber was hat denn Mitja von ihr zu fürchten?« fragte er, bemüht, zu verstehen, was Iwan meinte. »Was kann sie denn so besonders Verhängnisvolles aussagen, woraufhin er verurteilt werden könnte?«

»Das weißt du noch nicht. Sie hat ein Dokument in Hän-den, Mitja hat es selber geschrieben, das mathematisch klar beweist, daß er Fjodor Pawlowitsch, unseren Vater, er-schlagen hat.«

»Das ist unmöglich!« rief Aljoscha aus.

»Wieso unmöglich? Ich habe es selbst gelesen.«

»Ein solches Dokument kann es unmöglich geben!« wiederholte Aljoscha glühend vor Eifer. »So etwas kann es gar nicht geben, denn nicht er ist der Mörder. Nicht er hat den Vater erschlagen, nicht er!«

Iwan Fjodorowitsch blieb plötzlich stehen.

»Wer ist dann deiner Ansicht nach der Mörder?« fragte er anscheinend seltsam kalt, und es lag sogar ein gewisser hochmütiger Klang im Ton seiner Frage.

»Du weißt es selbst, wer«, antwortete Aljoscha leise und durchdrungen.

»Wer? Meinst du etwa die Fabel von dem irrsinnigen Idioten, dem Epileptiker? Meinst du Ssmerdjakoff?«

Aljoscha fühlte sich plötzlich am ganzen Körper zittern.

»Du weißt es selbst, wer«, kam es kraftlos über seine Lippen. Er rang nach Atem.

»Aber wer denn, wer?« schrie ihn Iwan wild auffahrend an. Seine ganze Beherrschtheit war plötzlich verschwunden.

»Ich weiß nur das eine«, sagte Aljoscha immer noch im selben kraftlosen, gleichsam betäubten Flüsterton: »— *nicht du* hast den Vater erschlagen.«

»‚Nicht du!‘ Was heißt das: ‚nicht du?‘« Iwan stand wie erstarrt vor seinem Bruder.

»Nicht du hast den Vater erschlagen, *nicht du, nicht du!*« wiederholte Aljoscha fest.

Sie schwiegen. Lange dauerte das Schweigen.

»Ich weiß es doch selbst, daß nicht ich es getan habe, redest du im Fieber?« sprach schließlich Iwan, und versuchte bleich, mit zuckenden Lippen, zu hohnlachen.

Er bohrte sich mit den Blicken gleichsam hinein in die Augen des Bruders. Sie standen einander wieder bei einer Straßenlaterne gegenüber.

»Nein, Iwan, du hast dir selbst mehrmals gesagt, daß du der Mörder seiest.«

»Wann habe ich es gesagt? ... Ich war in Moskau ... Wann habe ich es gesagt?« stotterte Iwan, ganz irre geworden.

»Du hast es dir mehr als einmal gesagt, wenn du in diesen schrecklichen zwei Monaten allein warst«, fuhr Aljoscha
wieder leise und deutlich fort. Er sprach aber schon, als
wenn er nicht mehr bei voller Besinnung wäre, als sage er
es schon nicht mehr aus eigenem Willen, sondern als gehorche er bereits irgendeinem fremden, unwiderstehlichen
Geheiß. »Du hast dich beschuldigt und hast dir gesagt, der
Mörder könne kein anderer sein als du. Aber nicht du hast
ihn erschlagen, da irrst du dich, nicht du bist der Mörder,
hörst du mich, *nicht du!* Mich hat Gott gesandt, dir das zu
sagen.«

Beide schwiegen. Lange dauerte dieses Schweigen. Sie
standen und blickten sich noch immer in die Augen. Beide
waren bleich. Plötzlich überlief ein Zittern Iwan, und er
packte Aljoscha krampfhaft am Arm.

»Du bist bei mir gewesen!« stieß er in wutknirschendem
Geflüster hervor. »Du bist bei mir gewesen, nachts, als er
zu mir kam ... Gestehe es ... Hast du ihn gesehen, hast
du ihn gesehen?«

»Von wem redest du ... von Mitja?« fragte Aljoscha
verständnislos.

»Ach, nicht von ihm rede ich, zum Teufel mit dem
Scheusal!« keuchte Iwan völlig unbeherrscht, »woher weißt
du denn, daß er zu mir kommt? Wie hast du das erfahren, sprich!«

»Welcher ‚er‘? Ich weiß nicht, von wem du sprichst«,
stammelte Aljoscha bereits erschrocken.

»Das ist nicht wahr, du weißt es ... wie hättest du sonst ...
es ist nicht möglich, daß du es nicht weißt ...«

Da war es aber, als ob er plötzlich an sich hielte. Er stand
und schien nachzudenken. Ein eigentümliches Hohnlächeln
zuckte um seine Lippen.

»Bruder«, sagte endlich Aljoscha, und seine Stimme bebte,
»ich habe es dir nur darum gesagt, weil du meinen Worten
glauben wirst, das weiß ich. Ich habe es dir fürs ganze Leben gesagt, dieses ‚*nicht du!*‘ Hörst du, fürs ganze Leben.

Und Gott hat meine Seele beauftragt, dir diese Worte zu sagen, selbst wenn du mich auch von nun an dein ganzes Leben lang hassen solltest . . .«

Iwan Fjodorowitsch aber schien sich bereits wieder ganz in der Gewalt zu haben.

»Alexei Fjodorowitsch«, sagte er mit kaltem Hohn und ging nun zum erstenmal vom Du auf das Sie über: »mir ist nichts so zuwider wie Propheten und Epileptiker, besonders aber wie Abgesandte Gottes, und das wissen Sie ja auch selbst sehr gut. Von diesem Augenblick an breche ich mit Ihnen, und zwar, denke ich, für immer. Ich bitte Sie, mich hier an diesem Kreuzweg unverzüglich zu verlassen. Übrigens ist das auch der Weg, der zu Ihrer Wohnung führt. Besonders hüten Sie sich, heute noch einmal zu mir zu kommen. Ich denke, wir haben uns verstanden?«

Er wandte sich von ihm ab und ging festen Schrittes weiter, ohne sich noch einmal umzusehen.

»Bruder«, rief ihm Aljoscha nach, »wenn sich heute etwas mit dir ereignet, so denke an mich und meine Worte! . . .«

Iwan Fjodorowitsch antwortete nicht. Aljoscha blieb noch an der Straßenecke bei der Laterne stehen und sah seinem Bruder nach, bis dessen Gestalt sich in der Dunkelheit verloren hatte. Darauf kehrte auch er um und bog in die Querstraße ein, um nach Hause zu gehen. Iwan Fjodorowitsch und Aljoscha wohnten jeder für sich, in verschiedenen Häusern: keiner von ihnen hatte in dem vereinsamten Hause Fjodor Pawlowitschs wohnen wollen. Aljoscha hatte sich ein möbliertes Zimmer bei einer ärmeren Familie genommen; Iwan Fjodorowitsch dagegen, der ziemlich weit von ihm wohnte, hatte eine geräumige und komfortable Wohnung gemietet, im Seitenbau eines schönen Hauses, das einer wohlhabenden Beamtenwitwe gehörte. Aber in dieser ganzen Wohnung bediente ihn nur eine alte, fast taube, von Gicht geplagte Dienstmagd, die schon um sechs Uhr abends zu Bett ging und um sechs Uhr morgens aufstand. Iwan Fjodorowitsch wurde in diesen zwei Monaten merkwürdig bescheiden in seinen Ansprüchen und blieb am liebsten ganz allein in seinen Zimmern. Ja, in dem einen Zimmer, in das er sich gewöhnlich zurückzog, räumte er sogar eigenhändig auf, und die übrigen Räume seiner Wohnung betrat er nur selten. Als er jetzt bei der Haustür angelangt war und schon den Griff der Klingel erfaßt hatte, hielt er auf einmal inne. Er fühlte, daß er immer noch am ganzen Körper bebte vor Wut. Plötzlich ließ er die Klingel fahren, spie aus, wandte sich um und ging eilig wieder fort. Er begab sich nach dem entgegengesetzten Ende der Stadt, das etwa zwei Werst von seiner Wohnung entfernt war, zu einem kleinen, vor Alter schon arg baufälligen Block-häuschen, in dem jetzt Marja Kondratjewna wohnte, die frühere Nachbarin Fjodor Pawlowitschs, die von Marfa Ignatjewna immer Suppe geholt, und der Ssmerdjakoff auf der Gitarre vorgespielt hatte. Ihr früheres Haus hatte die Mutter inzwischen verkauft, und nun lebten die beiden Frauen in dieser kleinen Hütte am Rande der Stadt. Bei ihnen wohnte seit einiger Zeit auch Ssmerdjakoff, der seit dem Tode Fjodor Pawlowitschs sehr krank war. Zu ihm ging jetzt Iwan Fjodorowitsch, hingezogen von einer plötz-lichen Erwägung, die sich nicht mehr verdrängen ließ.

VI

Das erste Wiedersehen mit Ssmerdjakoff

Es war jetzt bereits das dritte Mal, daß Iwan Fjodoro-witsch nach seiner Rückkehr aus Moskau zu Ssmerdjakoff ging, um mit ihm zu sprechen. Das erste Mal hatte er ihn am Tage seiner Ankunft gesprochen, und dann hatte er ihn, ungefähr zwei Wochen darauf, noch einmal besucht. Nach dieser zweiten Zusammenkunft aber hatte er seine Besuche bei Ssmerdjakoff eingestellt, und so war denn jetzt bereits mehr als ein Monat vergangen, seit er ihn nicht mehr gesehen, noch etwas von ihm gehört hatte. Iwan Fjodoro-

witsch war damals erst am fünften Tage nach dem Tode des
Vaters hier eingetroffen, so daß dieser inzwischen schon
beerdigt worden war. Die Beerdigung hatte am Tage vor
seiner Ankunft stattgefunden. Der Grund dieser Verspätung Iwan Fjodorowitschs lag darin, daß Aljoscha, der nicht
wußte, wohin er telegraphieren sollte, zu Katerina Iwanowna geeilt war, um von ihr seine Adresse zu erfahren. Katerina Iwanowna aber hatte sie gleichfalls nicht gewußt,
dafür aber sofort an ihre Stiefschwester nach Moskau tele-
graphiert, in der Hoffnung, Iwan Fjodorowitsch werde
bald nach seiner Ankunft zu ihrer Tante gehen. Er aber
war erst am vierten Tage zu ihnen gegangen und war dann
natürlich nach Empfang des Telegramms sofort zurückge-
fahren. Hier traf er zuerst mit Aljoscha zusammen, doch
war er, nachdem er mit ihm gesprochen hatte, sehr verwundert gewesen, daß dieser Dmitrij nicht einmal verdächtigen wollte, sondern ohne weiteres auf Ssmerdjakoff
als den Mörder hinwies — was der Überzeugung aller anderen vollständig widersprach. Und als er darauf den Kreispolizeichef und den Staatsanwalt gesprochen und die näheren Umstände der Verhaftung und alle belastenden Aussagen erfahren hatte, da hatte er sich noch mehr über Aljoschas Behauptung gewundert und sich schließlich diese
hartnäckige, »blinde« Parteinahme mit dem aufs höchste
gesteigerten brüderlichen Mitleid und seiner großen Liebe
erklärt. Iwan wußte, wie sehr Aljoscha Mitja liebte. Bei der
Gelegenheit will ich noch ein paar Worte über die Empfindungen sagen, die Iwan für seinen Bruder Dmitrij Fjodorowitsch hegte: er liebte ihn entschieden nicht, bestenfalls
empfand er zuweilen Mitleid mit ihm, aber selbst dieses
Mitleid war mit großer Verachtung untermischt, mit einer
Verachtung, die sich zuweilen bis zum Ekel steigern konnte.
Der ganze Mitja, selbst seine äußere Erscheinung, war ihm
höchst unsympathisch. Die Liebe Katerina Iwanownas zu
Mitja betrachtete Iwan mit Unmut.
    Am ersten Tag nach seiner Rückkehr hatte er auch Mitja

im Gefängnis besucht, und dieses Wiedersehen hatte in ihm die Überzeugung von Mitjas Schuld nicht etwa geschwächt, sondern ihn noch mehr in ihr bestärkt. Er hatte den Bruder in geradezu krankhafter Erregung angetroffen. Mitja war ungewöhnlich gesprächig, doch sehr zerstreut und unstet gewesen, hatte sehr schroff gesprochen, immer wieder Ssmerdjakoff beschuldigt und sich nach jedem Satz verwirrt. Am meisten hatte er von jenen dreitausend Rubeln gesprochen, die der Vater von ihm »gestohlen« habe.

»Dieses Geld im Kuvert gehörte mir, mir«, behauptete Mitja, »so wäre ich, selbst wenn ich es genommen hätte, im Recht.«

Alle Beweise, die gegen ihn sprachen, bestritt er so gut wie gar nicht, und wenn er eine Tatsache zu seinen Gunsten erklären wollte, so sprach er wiederum auffallend sprunghaft und unlogisch. Überhaupt machte er den Eindruck, als wolle er sich nicht einmal rechtfertigen, weder vor Iwan, noch vor sonst jemandem; er ärgerte sich nur, verachtete stolz die Anklagen, fluchte und brauste auf. Über die Aussage Grigorijs in betreff der offenen Tür lachte er nur verächtlich und beteuerte, »der Teufel« habe sie aufgemacht, konnte aber keinen einzigen klaren Beweis diesem Zeugnis des Dieners entgegenstellen. Ja, während dieses ersten Wiedersehens war es ihm sogar gelungen, Iwan Fjodorowitsch zu beleidigen, indem er ihm in scharfem Ton hinwarf, nicht denen stände es zu, ihn zu verdächtigen und zu verhören, die selbst behaupteten, »alles sei erlaubt«. Kurz, er war sehr unfreundlich zu ihm gewesen. — Gleich nach diesem Wiedersehen war Iwan Fjodorowitsch dann auch zu Ssmerdjakoff gegangen.

Schon auf der Rückfahrt hatte er im Eisenbahnwagen an sein letztes Gespräch mit ihm am Abend vor seiner Abreise denken müssen. Vieles hatte ihn beunruhigt, vieles war ihm verdächtig erschienen. Als er aber darauf vom Untersuchungsrichter verhört worden war, hatte er vorläufig nichts von diesem Gespräch gesagt. Er hatte das noch hinausgeschoben, um unter Umständen nach der Unterredung mit Ssmerdjakoff darauf zu sprechen zu kommen. Ssmerdjakoff befand sich bereits im Städtischen Krankenhause. Doktor Herzenstube und auch der Kreisarzt Warwinskij, den Iwan Fjodorowitsch im Krankenhaus antraf, antworteten ihm auf seine wiederholten Fragen auf das bestimmteste, daß die Echtheit der Ssmerdjakoffschen Epilepsieanfälle nicht dem geringsten Zweifel unterliege, und sie wunderten sich nur über die sonderbare Frage: »Hat er nicht am Tage der Katastrophe den Anfall simuliert?« Sie gaben ihm zu verstehen, dieser Anfall sei sogar ein ganz außergewöhnlicher gewesen, habe sich tagelang hingezogen und sich immer noch wiederholt, so daß sogar das Leben des Patienten entschieden in Gefahr gewesen sei, und daß man erst jetzt, nach den ergriffenen Maßnahmen, sagen könne, der Kranke werde am Leben bleiben, — »obgleich es sehr möglich ist«, fügte Doktor Herzenstube noch bedächtig hinzu, »daß sein Geist teilweise zerrüttet bleibt, wenn auch nicht fürs ganze Leben, so doch ziemlich lange.« Aber auf die ungeduldige Frage Iwan Fjodorowitschs: »Dann ist er also augenblicklich verrückt?« wurde ihm die Antwort zuteil, so etwas könne man im vollen Sinne des Wortes noch nicht sagen, es ließen sich aber bereits gewisse Anormalitäten konstatieren. Iwan Fjodorowitsch beschloß, sich selbst davon zu überzeugen, was das für Anormalitäten waren. Im Krankenhaus erhielt er ohne weiteres Zutritt. Ssmerdjakoff befand sich in einem Zimmer für nur zwei Personen und lag dort auf einem der üblichen Krankenhausbetten. Daselbst befand sich noch ein zweites Bett, das ein städtischer Kleinbürger einnahm, ein gelähmter, alter Mann, der von der Wassersucht ganz geschwollen war und keine zwei Tage mehr zu leben hatte. Die Unterredung konnte er nicht stören. Ssmerdjakoff griente mißtrauisch, als er Iwan Fjodorowitsch erblickte, nur in der ersten Sekunde schien er leicht zu erschrecken. Wenigstens kam es Iwan Fjodorowitsch so vor. Aber das war vielleicht nur eine Sekunde lang der Fall, denn während der ganzen übrigen Zeit überraschte ihn Ssmerdjakoff geradezu durch seine Ruhe. Schon beim ersten Blick auf ihn überzeugte sich Iwan Fjodorowitsch, daß er tatsächlich krank, sogar schwer leidend und sehr schwach war; er sprach langsam und schien nur mit Mühe die Zunge zu bewegen; er war sehr abgemagert und im Gesicht ganz gelb. Während der Unterredung, die etwa zwanzig Minuten dauerte, klagte er über Kopfschmerzen und Gliederreißen. Sein trockenes, an einen Kastraten erinnerndes Gesicht schien ganz klein geworden zu sein; die früher peinlich gebürsteten Schläfenhaare waren struppig und zerzaust, und statt des kunstvoll aufgedrehten Haarbüschels über dem Scheitel starrte nur ein einziges schmächtiges Strähnlein empor. Aber sein zugekniffenes linke Auge, das beständig zu zwinkern schien, als wolle es einen Wink geben, verriet sofort den früheren Ssmerdjakoff. »Mit einem klugen Menschen lohnt es sich zu reden«, fiel es Iwan Fjodorowitsch beim Anblick dieses Auges sofort ein. Er setzte sich am Fußende des Lagers auf einen dortstehenden Hocker. Ssmerdjakoff bewegte seinen Körper mit leidender Miene auf dem Bett, begann aber nicht als erster zu sprechen; er schwieg, und auch sonst blickte er drein, als errege der Besuch nicht sehr seine Neugier.

»Bist du imstande, mit mir zu sprechen?« fragte Iwan Fjodorowitsch, »ich werde dich nicht sehr ermüden.«

»Das bin ich sehr wohl«, sagte Ssmerdjakoff gleichsam kauend und mit müder Stimme. »Geruhtet Ihr schon vor langer Zeit anzukommen?« fügte er nach einer Weile herablassend hinzu, als wolle er einem verlegen gewordenen Besuch helfen, ins Gespräch zu kommen.

»Nein, erst heute ... um den Brei, den ihr hier angerührt habt, auszulöffeln!«

Ssmerdjakoff seufzte.

»Was seufzt du jetzt, du wußtest es doch?« warf ihm Iwan Fjodorowitsch offen ins Gesicht.

Ssmerdjakoff schwieg standhaft eine ganze Weile.

»Wie hätte man's denn nicht wissen sollen? Das war doch im voraus klar zu sehen. Wie aber konnte man ahnen, daß es auf selbige Manier kommen würde!«

»Was kommen würde? Du, mach keine Finten, das sage ich dir! Du hast doch vorausgesagt, daß du beim Hinabsteigen in den Keller einen Anfall bekommen würdest? Gerade ,in den Keller' hast du gesagt!«

»Habt Ihr das im Verhör schon ausgesagt?« fragte Ssmerdjakoff gelassen, mit scheinbar nur halbem Interesse.

Iwan Fjodorowitsch ärgerte sich plötzlich und geriet in Wut.

»Nein, noch habe ich nichts davon gesagt, aber ich werde es bestimmt tun. Du wirst mir, mein Lieber, noch vieles sofort erklären müssen, und wisse, daß ich nicht mit mir zu spielen erlaube!«

»Von wegen wessen sollte ich denn selbiges tun wollen, wenn ich doch meine ganze Hoffnung nur auf Euch, wie auf Gott den Herrn selber, gesetzt habe«, sagte Ssmerdjakoff gleichmäßig ruhig, indem er nur auf einen Augenblick die Äuglein schloß.

»Erstens«, begann Iwan Fjodorowitsch und rückte ihm näher, »ich weiß, daß man bei der Fallsucht nicht voraussagen kann, daß man dann und dann einen Anfall haben werde. Ich habe mich genau erkundigt, mach also keine Ausflüchte. Tag und Stunde kann man nie voraussagen. Wie nun konntest du mir damals Tag, Stunde und auch noch das mit dem Keller voraussagen? Wie konntest du im voraus wissen, daß du im Anfall gerade in diesen Keller hinabstürzen würdest, — wenn du später den Anfall nicht absichtlich vorgespielt haben willst?«

»In selbigen Keller hatte ich sowieso mannigfach zu gehen, sogar mehrmals am Tage«, sagte Ssmerdjakoff, indem er die Worte in die Länge zog. »Akkurat so bin ich auch vor einem Jahr von der Treppe zum Dachboden herabgeflogen. Und was das Vorhersagen angeht, so ist es ganz richtig, daß man nicht Tag und Stunde voraussagen kann, aber ein Vorgefühl kann man doch alleweil voraushaben.«

»Du aber hast ja sogar die Stunde richtig vorausgesagt!«

»Was meine selbige Krankheit anbetrifft, so wär's doch am besten, Ihr erkundigt Euch, Herr, bei den hiesigen Doktoren, ob es ein echter Anfall war oder ein unechter, dieweil ich Euch über selbige Frage nichts mehr zu sagen habe.«

»Aber der Keller? Wie hast du denn den Keller vorausgewußt?«

»Was Ihr doch alleweil an diesem Keller habt! Wie ich damals so in den Keller hinabstieg, war ich in Angst und Zweifel befangen. Wie sollte ich auch selbiges nicht sein, sintemal ich doch Eurer beraubt war und auf niemandes Schutz noch Schirm in der ganzen Welt mehr bauen konnte. Und wie ich so in selbigen Keller hinabsteige, denke ich akkurat: ,Jetzt wird er gleich kommen' — selbigen Anfall meine ich, — ,was: werde ich nun hinunterfallen oder nicht?' Und grad von selbiger Angst packte mich im Moment jene unvermeidliche Zange an den Hals, welche die Ärzte Spasmus nennen ... und da flog ich denn auch schon kopfüber. Das alles und desgleichen auch das ganze Gespräch am Vorabend mit Euch am Hoftor, wie ich Euch meine Angst mannigfach erklärte, und auch selbiges vom Keller, — das alles habe ich dem Herrn Doktor Herzenstube und dem Untersuchungsrichter Neljúdoff ganz genau erklärt, und das ist alles aufgeschrieben worden. Und was der hiesige Doktor ist, Herr Warwínskij, so hat er es den Herren erklärt, daß der Anfall auch genau so gekommen sein muß — also mit von meinem selbigen Gedanken: ,werde ich nun hinfallen oder nicht?' Und da hätte mich denn der Anfall erfaßt. So hat man es auch aufgeschrieben, daß es akkurat so hat geschehen müssen, alsomit dieweil ich so gedacht habe und von selbiger großen Angst.«

Nachdem Ssmerdjakoff langsam seine Rede zu Ende gezogen hatte, holte er, scheinbar unter der Erschöpfung schwer leidend, tief Atem.

»So hast du das schon dem Untersuchungsrichter gesagt?«
fragte Iwan Fjodorowitsch etwas verdutzt. Er hatte ihn
gerade damit schrecken wollen, daß er von ihrem Gespräch
am Vorabend Mitteilung machen werde, und nun erfuhr er
plötzlich, daß jener schon selbst alles mitgeteilt hatte.

»Was habe ich denn zu fürchten? Mögen sie doch die
ganze wahrhaftige Wahrheit aufschreiben«, sagte Ssmerdjakoff fest und ruhig.

»Und auch unser Gespräch am Hoftor hast du Wort für
Wort wiedergegeben?«

»N—nein, n—nicht gerade Wort für Wort.«

»Und daß du einen Anfall vorzuspielen verstehst, wie du
dich damals dessen vor mir rühmtest, gleichfalls nicht?«

»Nein, das habe ich alsomit gleichfalls nicht gesagt.«

»Jetzt sage du mir, warum du damals wolltest, daß ich
nach Tschermáschnja führe?«

»Dieweil ich fürchtete, daß Ihr nach Moskau fahren würdet, nach Tschermaschnja aber war es doch alleweil näher.«

»Du lügst, du selbst hast mich noch gebeten, fortzufahren: ‚Fahrt doch‘, sagtest du, ‚fahrt doch von der Sünde
fort‘!«

»Dies habe ich damals einzig und allein aus Freundschaft
sozusagen und herzlicher Ergebenheit getan, dieweil ich doch
selbiges Unglück im Hause voraussah, alsomit geschah es
denn aus Mitleid mit Euch. Nur hatte ich alleweil mit mir
selber noch mehr Mitleid. Und so sagte ich denn: ‚Fahrt
doch fort‘ von der Sünde‘ — damit Ihr hinwiederum auf
selbige Manier begreift, daß es im Hause sonst was geben
wird, und Ihr hierbliebet, um den Vater zu beschützen.«

»So hättest du es doch deutlich sagen sollen, Schafskopf!«
brauste Iwan Fjodorowitsch plötzlich auf.

»Wie wäre es denn noch deutlicher möglich gewesen? Nur
die Angst allein sprach in mir inwendig, und dann hättet
Ihr auch darüber ungehalten sein können. Ich konnte wohl,
wie sich von selbst versteht, befürchten, daß Dmitrij Fjodorowitsch einen Skandal machen werde, um sich selbiges

Geld, wenn nicht anders, so per Gewalt zu verschaffen, da sie doch jene Dreitausend für gerade so gut wie ihr eigenes Kapital hielten, aber wer könnte denn wissen, daß es mit solchem Mord und Totschlag endigen würde? Ich dachte alleweil, sie würden selbiges Geld, das beim Herrn unter der Matratze lag, in einem versiegelten Kuvert, nur wegnehmen, sie aber haben nun noch obendrein erschlagen. Wie hättet denn auch Ihr das vorauswissen können, Herr?«

»Du sagst also, daß ich es nicht vorauswissen konnte« — Iwan Fjodorowitsch überlegte, er strengte sich an, hinter den Sinn der Worte Ssmerdjakoffs zu kommen —, »wie hätte ich es denn aus deinen widersprechenden Andeutungen erraten sollen, und mich auf Grund derselben entschließen können, hierzubleiben? Was faselst du da?«

»Ihr hättet selbiges schon allein daraus erraten können, daß ich Euch riet, nach Tschermaschnja anstatt nach Moskau zu fahren.«

»Wieso hätte ich es daraus erraten können?«

»Ihr hättet es Euch sehr wohl schon allein aus selbigem Grunde sagen können, daß ich, wenn ich Euch von Moskau auf Tschermaschnja ablenken wollte, es alsomit bedeutete, daß ich Eure Gegenwart hier möglichst in der Nähe wissen wollte, sintemal Moskau weit ist, Dmitrij Fjodorowitsch dahingegen, wenn sie Euch immerhin in der Nähe wissen, nicht so sehr ermutigt sein würden. Und auch mich hättet Ihr im Fall von irgend etwas schneller verteidigen können, dieweil es von Tschermaschnja näher ist. In selbigem Gedanken habe ich Euch dann auch auf Grigórij Wassíljewitschs Krankheit aufmerksam gemacht und desgleichen auch auf meine mannigfachen Befürchtungen von wegen der Fallsucht. Und dieweil ich Euch auch von selbigen Zeichen erzählte, mittels welcher man zum alten Herrn eindringen konnte, da sie daraufhin ohne weiteres aufgemacht hätten, und daß selbige Zeichen auch Dmitrij Fjodorowitsch durch mich bekannt geworden waren, glaubte ich, daß Ihr dann selber alsomit erraten würdet, daß Dmitrij Fjodorowitsch was anstellen könnten, und Ihr dann nicht etwa nur nach Tschermaschnja, sondern überhaupt nicht verreisen würdet.«

‚Der Kerl spricht ja auffallend logisch, wenn er auch seine Worte nur so kaut‘, dachte Iwan Fjodorowitsch bei sich. ‚Von was für einer Zerrüttung der Vernunft spricht denn Herzenstube?‘

Und Iwan Fjodorowitsch brauste auf: »Überlisten willst du mich, zum Teufel!« Er ärgerte sich maßlos.

»Und ich muß hinwiederum gestehen, ich dachte, daß Ihr alles erraten hättet«, erwiderte Ssmerdjakoff mit der offenherzigsten Miene.

»Wenn ich es erraten hätte, dann wäre ich doch hiergeblieben!« rief Iwan Fjodorowitsch wieder heftig auffahrend.

»Nun ja, ich aber dachte, daß Ihr, dieweil Ihr alles erraten hättet, so schnell wie nur möglich von der Sünde hier fortreistet, einzig um alsomit nur irgendwohin von ihr wegzukommen und sich in der Angst zu retten.«

»Du glaubtest, alle seien so feige wie du?«

»Verzeiht, ich glaubte, auch Ihr wäret so, wie auch ich bin.«

»Natürlich, ich hätte es erraten sollen«, sagte Iwan erregt, »und ich erriet ja schließlich auch, daß von dir irgend etwas Verfluchtes zu erwarten war ... Nur lügst du, wieder lügst du!« rief er aufgebracht — ihm war etwas eingefallen — »weißt du noch, wie du an den Wagen herantratest und sagtest: ‚Mit einem klugen Menschen lohnt es sich zu reden‘? Also freutest du dich darüber, daß ich fortfuhr, denn sonst hättest du doch nicht meinen Entschluß gelobt!«

Ssmerdjakoff seufzte und seufzte dann noch einmal. In sein Gesicht schien plötzlich etwas Farbe gekommen zu sein.

»Wenn ich froh war«, sagte er mit etwas knappem Atem, »so war ich selbiges nur deswegen, weil Ihr eingewilligt hattet, wenigstens nicht nach Moskau, sondern nur nach Tschermaschnja zu fahren; das aber war doch immerhin näher. Nur habe ich Euch selbige Worte nicht wie ein Lob gesagt, sondern vorwürfig. Das habt Ihr nur, wie's scheint, nicht begriffen.«

»Wieso ,vorwürfig' — was willst du damit sagen?«

»Daß Ihr, wiewohl Ihr alles vorausfühltet, dennoch Euren leiblichen Vater verlassen und uns allesamt nicht beschützen wolltet, dieweil man mich doch von wegen selbiger Dreitausend immer hineinziehen konnte, sozusagen, daß ich sie gestohlen hätte.«

»Der Teufel hole dich!« fluchte wieder Iwan. »Halt! Hast du auch das von diesen Zeichen dem Untersuchungsrichter und dem Staatsanwalt mitgeteilt?«

»Alles, wie es war, habe ich mitgeteilt.«

Iwan Fjodorowitsch wunderte sich wieder über ihn.

»Wenn ich mir damals irgendwelche Gedanken machte, so geschah das einzig in bezug auf dich! Daß Dmitrij Fjodorowitsch jemanden erschlagen könnte, das wußte ich, daß er aber stehlen würde — das habe ich keinen Augenblick geglaubt... Dich aber hielt ich für — jeder Gemeinheit fähig! Du sagtest mir doch selbst, daß du einen epileptischen Anfall vortäuschen könntest — wozu sagtest du mir das?«

»Nur von wegen meiner Treuherzigkeit. Und ich habe noch nie in meinem Leben einen Anfall mit Absicht gemacht oder, wie Ihr sagt, vorgetäuscht; ich sagte selbiges nur so selbentlich, ich wollte dummerweise damit großtun. Ich hatte Euch damals schon gar zu liebgewonnen, und so sprach ich denn mit Euch in ganzer Aufrichtigkeit.«

»Mein Bruder aber beschuldigt gerade dich sowohl des Mordes wie des Diebstahls.«

»Was bleibt ihnen denn sonst übrig?« Ssmerdjakoff lächelte bitter. »Aber wer wird ihnen denn glauben nach allen Beweisen? Grigorij Wassiljewitsch hat doch mit eigenen Augen gesehen, daß die Tür offen war, was ist da jetzt noch zu wollen! Aber was, Gott mit ihnen! Sie zittern doch für die eigene Haut...«

Er verstummte und lag eine Weile ganz still. Plötzlich fügte er, als hätte er sich ein wenig bedacht, noch hinzu:

»Wenn man's so nimmt, ist ja noch eines dabei zu bedenken: Dmitrij Fjodorowitsch wollen alleweil die Schuld auf mich abwälzen — das habe ich auch schon mannigfach gehört; aber wenn Ihr schon bloß das eine selbst bedenkt, selbiges, daß ich ein Meister sei im Vorspielen eines solchen Anfalles, so sagt doch selbst, ob ich Euch dies gesagt hätte, wenn ich in Wahrheit so eine Absicht in betreff Eures Vaters gehabt hätte? Wenn man schon einmal so eine Absicht hat, wer wird dann noch so dumm sein und selber so etwas aussprechen, womit man ihn doch später mit Leichtigkeit hineinlegen kann, und das noch gegenüber dem leiblichen Sohne, erbarmt Euch! Ist denn das wahrscheinlich? Das ist doch, nach jeder Wahrscheinlichkeit, nie und nimmer möglich. Dieses Gespräch hört jetzt keine lebende Seele, außer der Vorsehung, aber wenn Ihr selbiges dem Staatsanwalt oder dem Untersuchungsrichter mitteilen wolltet, so könntet Ihr mich auf diese Manier gewaltig verteidigen. Denn was ist denn das für ein Räuber und Mörder, der noch kurz vorher so gutmütig offenherzig ist? Das wird man, denke ich, wohl ohne mannigfache Schwierigkeiten begreifen.«

»Höre mal«, sagte Iwan Fjodorowitsch, betroffen durch die letzte klare Beweisführung Ssmerdjakoffs, und indem er sich erhob, »ich verdächtige dich durchaus nicht, ich finde es sogar lächerlich, dich zu beschuldigen... im Gegenteil, ich danke dir, daß du mich beruhigt hast. Ich gehe jetzt, aber ich werde wiederkommen. Also auf Wiedersehen und werde bald gesund. Brauchst du vielleicht irgend etwas?«

»Danke ergebenst. Márfa Ignátjewna vergißt mich nicht und besorgt mir alles, wenn ich wessen bedarf, wie sie immer in ihrer Güte tut. Und gute Menschen besuchen mich alleweil.«

»Dann auf Wiedersehen. Ich werde übrigens davon, daß du die Anfälle simulieren kannst, nichts sagen... und auch

dir rate ich, darüber zu schweigen«, fügte Iwan Fjodorowitsch plötzlich aus irgendeinem Grunde noch hinzu.

»Das verstehe ich sehr gut. Und wenn Ihr das nicht
sagen wollt, so werde auch ich unser ganzes Gespräch dazumal am Hoftor nicht vermelden ...«

Iwan Fjodorowitsch verließ bei diesen Worten bereits
das Zimmer, und erst nachdem er schon ein Stück durch den
Korridor gegangen war, an die zehn Schritte, hatte er plötzlich die Empfindung, daß sich in diesen letzten Worten
Ssmerdjakoffs irgendein beleidigender Sinn verbarg. Schon
wollte er umkehren, aber da war die Empfindung schon
verflogen; er murmelte nur »Dummheiten!« vor sich hin
und verließ mit schnellen Schritten das Krankenhaus. Die
Hauptsache war, daß er sich tatsächlich beruhigt fühlte,
und zwar beruhigte ihn ausschließlich der eine Umstand,
daß er sich überzeugt hatte, nicht Ssmerdjakoff, sondern
sein Bruder Mitja sei der Schuldige, obgleich man meinen
sollte, daß diese Überzeugung das Gegenteil bewirkt haben
müßte. Warum das aber mit ihm so war, das wollte er im
Augenblick nicht weiter untersuchen, er empfand sogar
Ekel bei dem Gedanken, wieder in seinem Inneren wühlen
und über seine Gefühle nachgrübeln zu müssen. Es war ihm,
als wolle er irgend etwas schneller vergessen. In den darauf-
folgenden Tagen überzeugte er sich endgültig von der
Schuld des Bruders, nachdem er sich über alle erdrückenden
Beweise und Zeugenaussagen eingehender hatte unterrichten lassen. Es lagen allerdings Aussagen vor, die geradezu
niederschmetternd waren, so zum Beispiel die von Fenja
und deren Großmutter, — von den Aussagen Perchotins,
der Plotnikoffschen Kommis, der Zeugen aus Mokroje gar
nicht zu reden. Das Erdrückendste waren die kleinen un-
umstößlichen Tatsachen. Die Mitteilung von den geheimen
Zeichen traf die Juristen fast im selben Maße, wie Grigorijs
Aussage in betreff der offenen Tür. Marfa Ignatjewna behauptete auf Iwan Fjodorowitschs Frage, daß Ssmerdjakoff
die ganze Nacht in der Kammer hinter der dünnen Bretter-

wand, ungefähr nur drei Schritte von ihrem Bett entfernt, gelegen habe, und daß sie, wenn sie auch sonst fest geschlafen habe, doch mehrmals durch sein fortwährendes Gestöhn aufgewacht sei: »Die ganze Zeit hat er gestöhnt, die ganze Zeit!« schloß sie überzeugt. Als Iwan Fjodorowitsch Doktor Herzenstube seine Beobachtung mitteilte, nämlich, daß Ssmerdjakoff ihm durchaus nicht irgendwie schwachsinnig erscheine, sondern nur körperlich angegriffen, rief er bei dem alten Deutschen nur ein feines Lächeln hervor. »Aber wissen Sie auch, womit er sich jetzt ganz besonders beschäftigt?« fragte er Iwan Fjodorowitsch lächelnd, »Französische Vokabeln lernt er auswendig! Unter seinem Kopfkissen liegt ein Heft, in dem französische Wörter mit russischen Buchstaben geschrieben sind, hehehe!« So gab denn Iwan Fjodorowitsch schließlich alle seine Zweifel auf. An seinen Bruder Dmitrij konnte er nicht mehr ohne Abscheu denken. Nur eines blieb immerhin sonderbar, daß Aljoscha trotz allem fortfuhr, so hartnäckig darauf zu bestehen, nicht Mitja habe erschlagen, sondern »aller Wahrscheinlichkeit nach« Ssmerdjakoff. Iwan fühlte, daß er Aljoschas Meinung sehr hoch einschätze, und darum wunderte er sich jetzt noch mehr über ihn. Sonderbar war gleichfalls, daß Aljoscha nie mit ihm über Mitja ein Gespräch angeknüpft, sondern immer nur auf seine Fragen geantwortet hatte. Das war ihm sogar sehr aufgefallen. Übrigens wurde er in jener Zeit noch durch etwas ganz anderes von diesen Dingen abgelenkt: kaum zurückgekehrt, war er alsbald von neuem und unabwendbar seiner brennenden und wahnsinnigen Leidenschaft zu Katerina Iwanowna verfallen. Es ist hier nicht der Ort, von dieser neuen Leidenschaft Iwan Fjodorowitschs, die seinem ganzen späteren Leben ihren Stempel aufdrückte, zu berichten: das alles könnte zum Vorwurf einer neuen Erzählung, eines anderen Romanes dienen, den ich — ich weiß noch nicht recht — vielleicht noch einmal schreiben werde. Gleichwohl kann ich auch hier nicht ganz darüber schweigen. Vor allen Dingen muß ich bemerken, daß er, als er spät abends auf dem Heimweg von Katerina Iwanowna zu Aljoscha sagte: »Nur begehre ich sie nicht«, in diesem Augenblick furchtbar log: er begehrte sie rasend, wenn es auch wahr ist, daß es Momente gab, wo er sie dermaßen haßte, daß er sie sogar hätte umbringen können. Hier kamen viele Ursachen zusammen. Katerina Iwanowna war, nach all den erschütternden Erlebnissen mit Mitja bis ins Innerste aufgewühlt, dem wieder zu ihr zurückgekehrten Iwan Fjodorowitsch gewissermaßen wie ihrem einzigen Retter entgegengeeilt. Sie war gekränkt, verletzt, erniedrigt in ihren Gefühlen. Und da erschien nun wieder der Mensch, der sie schon einmal so geliebt hatte – o, das wußte sie nur zu gut –, und dessen Geist und Herz sie immer hoch über sich selbst gestellt hatte. Aber die strenge Gesinnung des Mädchens ließ es nicht zu, daß sie sich ganz zum Opfer hingab, ungeachtet des ganzen Karamasoffschen Ungestüms der Wünsche des Geliebten und des ganzen Zaubers, den er auf sie ausübte. Zu gleicher Zeit aber quälte sie sich unaufhörlich mit der Reue, daß sie Mitja »verraten« habe, und in erregten Augenblicken, wenn sie mit Iwan heftig stritt (und das kam häufig vor), sagte sie ihm rücksichtslos, was sie quälte. Das nun war es, was Iwan an jenem Abend im Gespräch mit Aljoscha »Lüge auf Lüge getürmt« genannt hatte. Hierbei war allerdings vieles nur Lüge, und zwar war es eben dies, was Iwan Fjodorowitsch am meisten reizte und aufbrachte... doch davon später. Kurz, er vergaß auf diese Weise Ssmerdjakoff eine Zeitlang fast ganz. Doch siehe, es waren kaum zwei Wochen nach seinem ersten Besuch bei Ssmerdjakoff vergangen, als ihn wieder alle diese sonderbaren Gedanken zu quälen begannen. Es genügt wohl, wenn ich sage, daß sich ihm immer wieder die Frage aufdrängte, die er nicht abschütteln konnte: warum er sich damals – in jener Nacht vor seiner Abreise nach Moskau – leise wie ein Dieb zur Treppe geschlichen und gehorcht hatte, was der Vater dort unten treibe? Gerade das war es, was er sich immer wieder fragte. Und warum hatte er sich später immer nur mit Ekel vor sich selbst dieses Augenblicks erinnert, warum war ihm unterwegs am Morgen so schwer ums Herz gewesen, und warum hatte er, als er bei der Einfahrt in Moskau im Morgengrauen wie aus einem Traum erwacht war, sich gesagt: »Ich bin ein Schuft!« Nun aber hatte er sich eines Tages schon eingestanden, daß er über diesen quälenden Gedanken selbst Katerina Iwanowna vergessen könnte, so unerträglich quälten sie ihn! Und gerade in dem Augenblick, als er sich das gesagt hatte, war ihm Aljoscha auf der Straße begegnet. Er hatte ihn sofort angerufen und die sonderbare Frage an ihn gestellt:

»Erinnerst du dich noch daran, wie ich damals, als Dmitrij nach Tisch plötzlich hereingestürzt war und den Vater verprügelt hatte, — wie ich dir auf dem Hof sagte, daß ich das ‚Recht zu wünschen‘ mir vorbehielte ... sag, dachtest du damals, daß ich den Tod des Vaters wünschte?«

»Ich dachte es«, hatte Aljoscha leise geantwortet.

»So war es übrigens auch, es war nicht schwer zu erraten. Aber dachtest du damals nicht auch, daß ich besonders wünschte, ‚daß das eine Geschmeiß das andere Geschmeiß verschlinge‘, das heißt, daß gerade Dmitrij den Vater erschlage, und zwar je schneller, desto besser ... und daß ich nicht einmal abgeneigt wäre, es selbst zu begünstigen?«

Aljoscha war ein wenig erbleicht und hatte stumm in die Augen des Bruders geblickt.

»So rede doch!« hatte Iwan ungeduldig ausgerufen. »Ich will um alles in der Welt wissen, was du damals dachtest! Ich will die Wahrheit, die Wahrheit!«

Er hatte schwer geatmet und schon im voraus mit einer gewissen Feindseligkeit Aljoscha angeblickt.

»Vergib mir, ich habe auch das damals gedacht«, hatte Aljoscha geflüstert und war verstummt, ohne auch nur einen »mildernden Umstand« hinzuzufügen.

»Danke!« hatte Iwan kurz hingeworfen und war, indem er Aljoscha stehen ließ, schnell weitergegangen.

Seit jenem Augenblick hatte es Aljoscha geschienen, daß
Iwan ihn nicht mehr liebe und sich absichtlich von ihm fern-
halte, so daß er selbst alsbald aufhörte, zu ihm zu gehen.
Gleich nach jener Begegnung aber war Iwan Fjodorowitsch
plötzlich kurz entschlossen vom Wege abgebogen und hatte
sich wiederum zu Ssmerdjakoff begeben.

VII

Der zweite Besuch bei Ssmerdjakoff

Ssmerdjakoff war um diese Zeit bereits aus dem Krankenhaus entlassen. Iwan Fjodorowitsch wußte, wo er wohnte:
in jenem alten, baufälligen Blockhäuschen am Rande der
Stadt, das nur aus zwei kleinen, durch einen Flur getrenn-
ten Zimmern bestand. In dem einen Zimmer hatte sich
Marja Kondratjewna mit ihrer Mutter eingerichtet, und
im anderen wohnte jetzt Ssmerdjakoff ganz allein. Unter
welchen Bedingungen er dort lebte, ob er ihnen etwas dafür zahlte, das mag Gott wissen. Später vermutete man, daß
er sich in der Eigenschaft als Marja Kondratjewnas Bräutigam
bei ihnen niedergelassen hatte und vorläufig unentgeltlich
dort wohnte. Die Mutter wie die Tochter verehrten ihn sehr
und hielten ihn, wenigstens im Vergleich zu sich selbst, für
einen höherstehenden Menschen.

Iwan Fjodorowitsch klopfte an die Tür. Als ihm aufgemacht wurde, sah er sich zuerst in einem kleinen, schmalen Flur, aus dem er auf Marja Kondratjewnas Weisung
unmittelbar in die »gute Stube« eintrat, die von Ssmerdjakoff eingenommen wurde. In dieser »guten Stube« befand
sich ein großer Kachelofen, der stark geheizt war. Himmel-
blaue Tapeten schmückten die Wände, allerdings ganz zerrissene Tapeten, und hinter ihnen und in den Rissen krabbelte eine erschreckende Menge großer wie kleiner Schaben,
so daß im Zimmer ein unaufhörliches, ganz leises Geknister
zu hören war. Eingerichtet war das Zimmer selbst für eine

Bauernstube erbärmlich: zwei Bänke an den Wänden, zwei Stühle neben dem Tisch. Der Tisch aber war, wenn auch aus einfachen Brettern gezimmert, so doch mit einer rosagemusterten Tischdecke belegt. Vor jedem der zwei kleinen Fenster stand ein Geranientopf. In der Ecke hing ein Schrein mit Heiligenbildern. Auf dem Tisch standen ein kleiner, kupferner, bereits arg verbeulter Ssamowar und ein Teebrett mit zwei Tassen. Ssmerdjakoff hatte schon seinen Tee getrunken, und der Ssamowar war erloschen ... Er selbst saß auf der einen Bank am Tisch, saß über ein Heft gebeugt und malte mit der Feder irgendwelche Buchstaben. Ein kleines Tintenfaß stand vor ihm auf dem Tisch, desgleichen ein einfacher Metalleuchter, in dem eine Stearinkerze stak. Iwan Fjodorowitsch sagte sich sofort nach dem ersten Blick auf Ssmerdjakoff, daß jener sich vollkommen erholt habe. Sein Gesicht war frischer, voller, die Locke über der Stirn war sorgfältig aufgedreht, und die Schläfenhaare waren glatt angekämmt. Er saß in einem bunten wattierten Schlafrock, der aber schon recht alt zu sein schien und ziemlich zerrissen war. Auf der Nase hatte er eine Brille, die Iwan Fjodorowitsch früher nie bei ihm gesehen hatte. Dieser eine nichtssagende Umstand verdoppelte geradezu Iwan Fjodorowitschs Gereiztheit. »Solch ein Vieh, und da hat es nun noch eine Brille auf der Nase!« dachte er wütend. Ssmerdjakoff erhob langsam den Kopf und blickte durch die Brille aufmerksam den Eintretenden an; darauf nahm er die Brille ab und erhob sich von der Bank, tat es aber nichts weniger als ehrerbietig, tat es sogar mit einer gewissen Faulheit, als wenn er nur die unumgänglichste Höflichkeit beobachten wolle, ohne die es nun einmal leider nicht geht. Iwan Fjodorowitsch erkannte dies sofort. Vor allem fiel ihm Ssmerdjakoffs Blick auf, der entschieden feindlich, jedenfalls nichts weniger als willkommenheißend und sogar hochmütig war. Er schien förmlich auszusprechen: »Warum schleppst du dich denn wieder her, wir haben doch dazumal alles erledigt, was willst du denn jetzt noch?«

Iwan Fjodorowitsch konnte sich kaum beherrschen.

»Heiß ist es hier bei dir«, sagte er, noch an der Tür stehend, und riß den Mantel auf.

»Legt ihn ab«, sagte Ssmerdjakoff, als habe er es zu erlauben.

Iwan Fjodorowitsch zog den Mantel aus und warf ihn auf die andere Bank, ergriff mit zitternden Händen einen Stuhl, rückte ihn schnell an den Tisch und setzte sich. Ssmerdjakoff war es gelungen, sich bereits früher auf seine Bank zu setzen.

»Vor allen Dingen — sind wir allein?« fragte Iwan Fjodorowitsch streng und heftig. »Kann man uns nicht im anderen Zimmer hören?«

»Niemand wird was hören. Habt ja selber gesehen, daß ein Flur zwischen ist.«

»Höre, mein Lieber: was war das für ein Blödsinn, den du damals noch kautest, als ich dich im Krankenhause verließ? — Wenn ich nicht aussagen würde, daß du ein Meister im Vortäuschen von epileptischen Anfällen seist, so würdest auch du dem Untersuchungsrichter nicht unser *ganzes* Gespräch, das wir am Vorabend beim Hoftor hatten, mitteilen? Was meintest du mit diesem ‚unser *ganzes* Gespräch‘? Drohtest du mir etwa? Was hast du damit sagen wollen? Daß ich mich mit dir verbündet hätte oder verabredet, und dich etwa jetzt fürchten könnte?«

Iwan Fjodorowitsch sprach es fast jähzornig; er gab dabei mit Absicht deutlich zu verstehen, daß er jeden Winkelzug verachtete sowie jedes vorsichtige Heranschleichen, vielmehr mit offenen Karten spielen wollte. In Ssmerdjakoffs Augen blitzte es boshaft auf, und das linke kleine Äuglein zwinkerte wieder, als wolle es prompt zur Antwort geben: »Also offene Karten willst du? — schön, soll geschehen, so offen wie du nur willst.«

»Was ich dazumal mit selbigem meinte und aussprach, war, daß Ihr sehr wohl diesen Mord voraussaht und dennoch abreistet, alsomit Euren leiblichen Vater wohlweislich opfertet und Euch selber fortbegabt, damit die Menschen nicht was Schlechtes von Euren Gefühlen dächten, vielleicht aber auch noch von manchem übrigen. — Selbiges war es, was ich dazumal versprach der Obrigkeit nicht zu sagen.«

Ssmerdjakoff sprach es zwar langsam und hatte sich augenscheinlich ganz in der Gewalt, doch in seiner Stimme lag jetzt bereits etwas Festes und Sicheres, Boshaftes und frech Herausforderndes. Geradezu unverschämt fixierte er Iwan Fjodorowitsch, so daß es diesem einen Moment vor den Augen flimmerte.

»Wie? Was? Bist du verrückt geworden oder noch bei Sinnen?«

»Vollkommen alleweil bei Sinnen.«

»Aber wie sollte ich denn das wissen, daß er ermordet werden würde!« schrie plötzlich Iwan Fjodorowitsch ihn an, indem er heftig mit der Faust auf den Tisch schlug. »Und was heißt das: ‚vielleicht aber auch noch von manchem übrigen‘? — sprich, Schurke!«

Ssmerdjakoff schwieg und fuhr fort, immer mit demselben frechen Blick Iwan Fjodorowitsch zu fixieren.

»Sprich, du stinkender Hund, von was für ‚manchem übrigen‘?« schrie dieser laut.

»Mit selbigem ‚manchem übrigen‘ meinte ich soeben, daß Ihr dazumal selber sehr den Tod Eures Vaters wünschtet.«

Iwan Fjodorowitsch sprang auf und versetzte ihm wutbebend einen Schlag mit der Faust gegen die Schulter, so daß jener an die Wand prallte. In einem Augenblick war sein ganzes Gesicht von Tränen überströmt, und er sagte: »Es ist doch eine Schande, Herr, einen schwachen Menschen zu schlagen!« worauf er die Augen mit einem baumwollenen, blaukarierten, gänzlich vollgeschnaubten Schnupftuch bedeckte und sich in stilles Weinen versenkte. Das dauerte eine gute Weile an.

»Genug jetzt! Hör auf!« befahl schließlich Iwan Fjodorowitsch barsch und setzte sich wieder auf den Stuhl. »Bring mich nicht um meine letzte Geduld!«

Ssmerdjakoff nahm endlich sein Schnupftuch von den Augen. Jeder Zug seines runzligen Gesichts drückte die soeben erlittene Kränkung aus.

»So hast du Schurke damals geglaubt, daß ich zusammen mit Dmitrij Fjodorowitsch meinen Vater erschlagen wollte?«

»Eure Gedanken konnte ich dazumal nicht wissen«, sagte Ssmerdjakoff gekränkt, »und somit hielt ich Euch auf, als Ihr durch das Pförtchen eintreten wolltet, um Euch über selbigen Punkt zu erforschen.«

»Was zu erforschen? Wie?«

»Um noch diesen selbigen Umstand zu erforschen: wollt Ihr nun, oder wollt Ihr nicht, daß Euer Vater bald erschlagen werde.«

Was Iwan Fjodorowitsch am meisten empörte, war dieser hartnäckig beibehaltene freche Ton, den Ssmerdjakoff auf einmal angenommen hatte und nicht mehr aufgeben zu wollen schien.

»Du bist es, der ihn erschlagen hat!« rief Iwan plötzlich auffahrend.

Ssmerdjakoff lächelte verächtlich.

»Daß nicht ich es getan habe, das wißt Ihr doch selber ganz genau. Und ich glaubte, daß mit einem klugen Menschen hierüber kein Wort mehr nötig ist.«

»Aber warum, sag, warum war damals in dir ein solcher Verdacht gegen mich aufgetaucht?«

»Wie ich Euch schon mannigfach gesagt habe, einzig von wegen meiner Angst. War ich doch dazumal in so einer Verfassung, daß ich in der Angst alle beargwöhnte. Aus selbigem Grunde beschloß ich dann, desgleichen auch Euch zu erforschen, dieweil wenn auch Ihr dasselbige wie Euer Bruder Dmitrij wünscht, dachte ich, so weiß ich, daß ich alsomit verloren bin, daß die Sache so gut wie geschehen ist, und ich mit eins wie eine Fliege zugrunde gehe.«

»Hör mal, vor zwei Wochen sprachst du anders.«

»Ich habe aber vor zwei Wochen im Hospital ganz genau dasselbe gemeint. Bloß glaubte ich alleweil, daß Ihr auch

1000

ohne überflüssige Wörter verstehen würdet und ein offenes Gespräch selber nicht wünschtet, wie eben ein sehr kluger Mensch.«

»Sieh mal einer an! Aber antworte, antworte, ich bestehe darauf! Wodurch, sag, wodurch habe ich damals in deiner gemeinen Seele einen so niedrigen Verdacht erwecken können?«

»Totschlagen — das hättet Ihr selber auf keine Manier getan, und Ihr hättet es auch nicht gewollt. Aber wollen, daß ihn ein anderer totschlage, — das wolltet Ihr dazumal sogar sehr.«

»Und wie ruhig, wie ruhig er es noch sagt! Aber warum hätte ich denn das wünschen sollen, zu welch einer Teufelei hätte ich das nötig gehabt?«

»Wieso denn, zu was nötig? Aber die Erbschaft?« griff Ssmerdjakoff geradezu giftig auf, und seinen Augen sah man die Rachelust an. »Dann hättet Ihr doch, wie jeder Eurer Brüder, etwa vierzigtausend Rubel auf einen Ruck bekommen, vielleicht noch viel mehr; hätte aber Fjodor Pawlowitsch selbige Dame geheiratet, so hättet Ihr mitsamt Euren Brüdern nicht einen einzigen Rubel gesehen, dieweil Agraféna Alexándrowna die ganzen Kapitalien sofort nach der Trauung auf ihren Namen hätte verschreiben lassen, sintemal sie äußerst wenig dumm sind. Und war es denn dazumal weit von der Trauung? Nur ein Härchen: selbige Dame hätten bloß gebraucht, so mit dem kleinen Fingerchen vor Fjodor Pawlowitsch zu machen, und sie wären ihr noch im selbigen Moment mit heraushängender Zunge in die Kirche nachgelaufen!«

Iwan Fjodorowitsch wurde es zur Folterqual, sich zu beherrschen.

»Gut«, sagte er endlich, »wie du siehst, bin ich nicht aufgesprungen, habe ich dich nicht verprügelt, nicht dich totgeschlagen. Sprich weiter: Also deiner Meinung nach hatte ich meinen Bruder Dmitrij dazu bestimmt, auf ihn also hätte ich gerechnet?«

»Wie solltet Ihr denn nicht auf Dmitrij Fjodorowitsch rechnen? Dieweil wenn sie den Vater erschlagen, gehen sie aller Adelsrechte verlustig, aller Titel und allen Besitzes, und werden nach Sibirien verschickt. Alsomit wäre dann auch ihr Teil nach dem Tode des Vaters Euch und Eurem Brüderchen Alexei Fjodorowitsch zugefallen, also grad zur Hälfte, alsomit hättet Ihr dann nicht nur vierzig-, sondern gleich sechzigtausend Rubel geerbt. Wie solltet Ihr nun da nicht alleweil auf Euren Bruder Dmitrij Fjodorowitsch rechnen!«

»Nun, weiß Gott, ich lasse mir viel von dir gefallen! Höre, du verächtliches Subjekt: selbst wenn ich damals auf irgend jemanden gerechnet hätte, so wäre das allenfalls auf dich gewesen, nicht aber auf Dmitrij, und ich schwöre dir, ich ahnte sogar eine Niedertracht von dir ... damals ... ich erinnere mich noch vorzüglich meines Eindrucks!«

»Selbiges habe auch ich eine Sekunde lang gedacht, nämlich, daß Ihr auf mich rechnetet«, sagte Ssmerdjakoff mit spöttischem Lächeln, »so daß Ihr durch selbiges dazumal noch mehr Unrecht tatet, denn wenn Ihr solch einen Argwohn auf mich hattet und zu gleicher Zeit doch verreistet, so war es doch alsomit geradezu, als wolltet Ihr mir sagen: Du kannst den Vater erschlagen, ich fahre fort, um dich nicht daran zu hindern.«

»Hund! Das hast du nur so aufgefaßt!«

»Und das kam alles nur durch dieses Tschermaschnja. Erbarmt Euch! Immer wieder bat Euch Euer Vater, nach Tschermaschnja zu fahren, Ihr aber weigertet Euch, das Haus auf die paar Tage zu verlassen und selbige Bitte zu erfüllen. Und plötzlich, einzig auf mein dummes Wort hin, seid Ihr einverstanden hinzufahren! Und was hattet Ihr nur dazumal für einen Grund, darauf einzugehen, nach Tschermaschnja zu fahren? Wenn Ihr also nicht nach Moskau, sondern ganz grundlos nur auf mein einziges Wort hin nach Tschermaschnja fuhrt, so hieß das doch, daß Ihr etwas von mir erwartetet.«

»Nein, ich schwöre es, nein!« schrie Iwan wutknirschend.

»Wie denn nicht? Sonst wär's doch ganz und gar nicht
angegangen, daß Ihr, als Sohn Eures Vaters, mich nicht
auf der Stelle auf selbige hiesige Polizeiwache gebracht oder
mich durchgepeitscht hättet... oder wenigstens ohne mir
ein paar Maulschellen zu langen. Ihr aber gingt noch, ganz
umgekehrt, ohne auch nur eine Spur von Wut, sofort hin und
tatet nach meinem dummen Wort, akkurat wie ich gesagt
hatte, und fuhrt auch richtig fort, was doch ganz unge-
reimt war, wenn Ihr selbigen Verdacht auf mich hattet,
und es alsomit Eure Pflicht war, hierzubleiben und das
Leben Eures Vaters hinfort zu beschützen... Wie sollte ich
da nicht selbiges denken?«

Iwan saß mit finsterer Stirn da, die Fäuste wie im Krampf
auf die Knie gestützt.

»Ja, schade, daß ich dir keine Ohrfeigen gab!« Er lächelte
bitter. »Dich auf die Polizei zu schleppen, ging leider nicht
an: es hätte mir niemand geglaubt, und ich hätte doch nichts
beweisen können. Was aber die Ohrfeigen betrifft... ach,
schade, daß ich damals nicht darauf verfallen bin! Wenn
sie auch verboten sind, so hätte ich doch mit Vergnügen
deine Fratze zu Brei geschlagen.«

Ssmerdjakoff betrachtete ihn fast mit Hochgenuß.

»Im sonstigen gewöhnlichen Leben«, hub er plötzlich in
demselben selbstzufrieden-doktrinären Ton an, in dem er
schon einmal, am Tisch Fjodor Pawlowitschs stehend, mit
Grigorij Wassiljewitsch über den Glauben gestritten und
ihn zum besten gehabt hatte, »im sonstigen gewöhnlichen
Leben sind Maulschellen heutigentags ganz und gar durchs
Gesetz verboten, und so hat alle Welt aufgehört zu schlagen; was aber die Ausnahmefälle des Lebens angeht, so
kann man alleweil sagen, daß man nicht nur bei uns, sondern in der ganzen Welt, und selbst wenn man die französische Republik nimmt, überall ganz genau so fortfährt,
alleweil zu schinden, wie zu Adams und Evas Zeiten, und
selbiges wird nie aufhören auf Erden. Ihr aber habt dazu-

mal selbst nicht einmal in so einem Ausnahmefall zu schlagen gewagt.«

»Wozu lernst du denn jetzt französische Vokabeln?« fragte Iwan, indem er mit einer Kopfbewegung auf das Heft wies.

»Warum sollte ich sie denn nicht lernen, um auf selbige Manier meine Bildung zu erhöhen, wenn ich denke, daß auch ich in jenen glücklichen Ländern Europas vielleicht mal sein werde?«

»Höre jetzt, du Schandkerl, was ich dir sage!« wandte sich plötzlich Iwan Fjodorowitsch mit funkelnden Augen und bebend vor Wut an ihn. »Ich fürchte deine Anschuldigungen nicht! Sage über mich aus, was du willst. Und wenn ich dich nicht hier auf der Stelle totgeschlagen habe, so geschah das einzig darum, weil ich dich für den Mörder halte und dich noch vor die Schranken bringen will. Ich werde dich schon entlarven!«

»Meiner Meinung nach aber tut Ihr besser, wenn Ihr schweigt. Sintemal, was könnt Ihr denn gegen mich in meiner Unschuld aussagen, und wer wird Euch was glauben? Und wenn Ihr anfangt, werdet Ihr nur das erreichen, daß auch ich dann alles sage; denn wie sollte ich mich nicht selber verteidigen?«

»Du glaubst wohl, daß ich dich jetzt fürchte?«

»Mögen auch die Richter meinen selbigen Worten, die ich Euch hier soeben gesagt habe, nicht glauben, so wird man ihnen doch um so mehr im Publikum glauben, und da werdet Ihr Euch schämen müssen.«

»Das soll wohl wieder heißen: ,Mit einem klugen Menschen lohnt es sich zu reden', — wie?« fragte Iwan Fjodorowitsch, innerlich knirschend.

»Da habt Ihr den Nagel justament auf den Kopf getroffen. Ihr werdet doch alsomit als kluger Mensch nicht Dummheiten machen.«

Iwan Fjodorowitsch erhob sich. Er fühlte, wie er am ganzen Körper vor verhaltener Wut zitterte. Er zog seinen

Mantel an und verließ, ohne Ssmerdjakoff noch ein Wort zu sagen, ohne auch nur noch einen Blick auf ihn zu werfen, eilig die Stube. Die kühle Abendluft erfrischte ihn. Es war heller Mondschein. Gedanken und Gefühle wogten in ihm, und doch hatte er die Empfindung, als hielten sie ihn wie unter einem Alpdruck gefangen. »Soll ich unverzüglich hingehen und Ssmerdjakoff anzeigen? Was aber soll ich denn sagen? Er bleibt trotz allem unschuldig. Er wird dann nur noch mich beschuldigen. Ja, in der Tat, warum wollte ich denn damals nach Tschermaschnja fahren? Warum, warum nur?« fragte sich Iwan Fjodorowitsch. »Ja, natürlich, ich erwartete etwas, und er hat recht . . .« Und wieder erinnerte er sich zum tausendsten Mal, wie er in der letzten Nacht im Vaterhaus zur Treppe geschlichen war und gelauscht hatte; doch diese Erinnerung bereitete ihm jetzt solche Folterpein, daß er stehen blieb, als wäre er von einem Speer durchbohrt worden. »Ja, ich erwartete es damals, das ist wahr! Ich wollte, ja, ja, ich wünschte, daß dieser Mord geschehe! Wie, habe ich wirklich diesen Mord gewollt? − habe ich ihn gewollt? Ssmerdjakoff muß totgeschlagen werden! . . . Wenn ich jetzt nicht wage, Ssmerdjakoff zu erschlagen, dann verlohnt es sich ja überhaupt nicht mehr zu leben! . . .«

Iwan Fjodorowitsch ging darauf, ohne bei sich zu Hause vorzusprechen, geradeswegs zu Katerina Iwanowna und erschreckte sie maßlos: er war wie trunken, war wie ein Irrsinniger. Er erzählte ihr sein ganzes Gespräch mit Ssmerdjakoff, er bemühte sich, kein Wort zu vergessen. Er konnte sich nicht beruhigen, wie sehr sie ihm auch zuredete; er ging im Zimmer umher und sprach so sonderbar, oft ganz zusammenhanglos und in abgerissenen, nicht zu Ende gesprochenen Sätzen. Endlich setzte er sich, stützte die Ellenbogen auf den Tisch und vergrub den Kopf in den Händen. Und plötzlich murmelte er einen sonderbaren Aphorismus:

»Wenn nicht Dmitrij erschlagen hat, sondern Ssmerdjakoff, so bin ich natürlich mit diesem solidarisch, denn ich habe ihn zur Ausführung seiner Absicht angeregt... ich habe die Ausführung begünstigt... Habe ich ihn dazu angeregt? — ich weiß es noch nicht. Wenn aber er erschlagen hat und nicht Dmitrij, so bin natürlich auch ich der Mörder.«

Als Katerina Iwanowna das gehört hatte, erhob sie sich schweigend von ihrem Platz, ging zu ihrem Schreibtisch, öffnete eine auf ihm stehende Schatulle und entnahm ihr einen Zettel, den sie vor Iwan Fjodorowitsch auf den Tisch legte. (Dieser Zettel war jenes Dokument, von dem Iwan Aljoscha als von einem »mathematischen Beweis« dessen, daß Dmitrij den Vater erschlagen habe, gesprochen hatte.) Das war ein Brief, den Mitja in der Trunkenheit geschrieben — an jenem Abend, als er am Kreuzweg vor dem Kloster mit Aljoscha zusammengetroffen war. Kurz vorher war es bei Katerina Iwanowna in Aljoschas Gegenwart zu jener Szene gekommen, in der Gruschenka sie so unverzeihlich beleidigt hatte. Mitja war nach der Trennung von Aljoscha zu Gruschenka geeilt; ob er sie gesehen hat, ist ungewiß. Jedenfalls aber war er sehr spät im Gasthaus „Zur Hauptstadt" erschienen, wo er sich dann gehörig angetrunken hatte. Darauf hatte er Feder und Papier verlangt und diesen für ihn verhängnisvollen Brief geschrieben. Es war ein schwärmerischer, wortreicher und zusammenhangloser Gefühlserguß, gerade so ein echtes Werk der Trunkenheit. Der Brief erinnerte etwa an die Rede eines Betrunkenen, der, nach Hause gekommen, seiner Frau oder sonst einem Hausgenossen eifrig erzählt, wie man ihn soeben beleidigt habe, was für ein Schuft sein Beleidiger, was er selbst dagegen für ein braver Kerl sei, und wie er jenem Schuft heimzahlen werde — alles das unglaublich wortreich und mit Eifer vorgetragen, mit Faustschlägen auf den Tisch und unter trunkenen Tränen. Das Papier, auf dem Mitja geschrieben hatte, war ein schmutziges Stück gewöhnlichen Schreibpapiers schlechter Qualität, auf dessen Rückseite eine Rechnung stand. Der trunkenen Beredsamkeit hatte das Schreibfeld augenscheinlich nicht genügt, denn Mitja hatte nicht nur alle Ränder und Ecken beschrieben, sondern die letzten Zeilen sogar noch quer über das bereits Geschriebene gesetzt. Der Brief lautete wie folgt:

»Verhängnisvolle Katja! Morgen werde ich mir das Geld verschaffen und Dir Deine Dreitausend zurückerstatten. Dann leb wohl, — Du großen Zornes fähiges Weib! Doch leb wohl dann auch meine Liebe! Laß uns ein Ende damit machen! Morgen werde ich mir von allen Menschen das Geld zu verschaffen suchen, bekomme ich es aber nicht von den Menschen, so — das schwöre ich Dir! — werde ich zum Vater gehn und ihm den Schädel einschlagen und es bei ihm unter dem Kissen hervorholen, wenn nur Iwan abreisen würde. Ich werde nach Sibirien ins Zuchthaus verschickt werden, aber die Dreitausend werde ich dir zurückgeben. Du aber leb wohl. Ich verneige mich vor Dir bis zur Erde, denn vor Dir stehe ich als Schuft da. Vergib mir, Katja. Nein, vergib mir lieber nicht: dann wird sowohl mir wie auch Dir leichter sein! Lieber Zuchthaus als Deine Liebe, denn ich liebe eine andere. Du aber hast sie heute nur zu gut erkannt, wie solltest Du da noch vergeben können!? Ich werde ihn totschlagen, der mich bestohlen hat! Ich gehe fort von Euch allen, gehe fort nach dem Osten, um von niemandem mehr etwas zu wissen. Auch von *ihr* nicht, denn nicht Du allein bist eine Peinigerin, auch sie ist eine. Lebe wohl!

P. S. Ich schreibe einen Fluch, und doch vergöttere ich dich! Das fühle ich in meiner Brust. Eine einzige Saite ist noch geblieben, und die klingt fort. Lieber das Herz mittendurch. Ich werde mich töten, zuerst aber diesen Hund. Ich werde ihm die Drei entreißen, und sie Dir hinwerfen. Wenn ich auch als Schuft vor Dir dastehe, so bin ich doch kein Dieb! Erwarte die Dreitausend. Bei dem Hunde unter der Matratze. Ein rosa Bändchen. Nicht ich bin ein Dieb, sondern ich werde den Dieb, der mich bestohlen hat, erschlagen. Katja, sieh nicht verachtungsvoll auf mich herab: Dmitrij ist kein Dieb, er wird nur einen Menschen erschlagen! Er hat den Vater getötet und sich selbst zugrunde gerichtet, um aufrecht stehen zu können und Deine stolze Verachtung nicht ertragen zu müssen. Und Dich nicht lieben zu müssen.

PP. S. Deine Füße küsse ich, leb wohl!

PP. SS. Katja, bete zu Gott, daß mir die Menschen das Geld geben mögen! Dann werde ich meine Hände nicht mit Blut besudeln! Gibt man es mir aber nicht – so lade ich eine Blutschuld auf mich! Töte mich!

Dein Sklave und Feind

D. Karamasoff.«

Als Iwan dieses »Dokument« gelesen hatte, erhob er sich taumelnd: er war überzeugt. So war denn der Bruder der Mörder und nicht Ssmerdjakoff. Nicht Ssmerdjakoff – das bedeutete, nicht er, Iwan. Dieser Brief erhielt in seinen Augen fast unbewußt sofort die Bedeutung eines klaren, unanfechtbaren Beweises. Jetzt gab es für ihn keinen Zweifel mehr an Mitjas Schuld. Bei der Gelegenheit mag noch gesagt sein, daß Iwan niemals der Verdacht gekommen war, Mitja hätte mit Ssmerdjakoff zusammen den Mord begangen, ganz abgesehen davon, daß die Tatsachen eine solche Annahme nicht zuließen.

Iwan war vollkommen beruhigt. Am nächsten Morgen dachte er nur noch mit Verachtung an Ssmerdjakoff und dessen höhnische Worte. Nach ein paar Tagen wunderte er sich sogar darüber, wie ihn die Beschuldigungen dieser Dienerseele so qualvoll hatten kränken können. Er beschloß, ihn zu verachten und zu vergessen. So verging ein Monat. Iwan Fjodorowitsch zog weiter bei niemandem Erkundigungen über ihn ein, nur hörte er einmal davon sprechen, daß Ssmerdjakoff sehr krank und nicht bei vollem Verstande sei. »Der wird mit Irrsinn enden«, hatte sich einmal unser junger Arzt Warwinskij über ihn geäußert, und Iwan Fjodorowitsch hatte sich diesen Ausspruch gut gemerkt. In der letzten Woche dieses Monats aber fing er selbst an, sich gesundheitlich sehr schlecht zu fühlen. Er

hatte sich schon von dem berühmten Arzt, den Katerina
Iwanowna aus Moskau verschrieben hatte und der ein paar
Tage vor der Gerichtssitzung eingetroffen war, untersuchen lassen. Und gerade in dieser Zeit hatten sich seine
Beziehungen zu Katerina Iwanowna aufs äußerste zuge-
spitzt. Sie waren wie zwei erbitterte Feinde, die sich nur
ineinander verliebt hatten. Katerina Iwanownas Rückfälle
in ihre frühere Liebe zu Mitja, die zwar gewöhnlich nur
kurz, dafür aber um so stärker waren, konnten Iwan
geradezu rasend machen. Doch eines war dabei sonderbar:
bis zu jener bereits wiedergegegebenen Szene bei Katerina
Iwanowna, nachdem Aljoscha, von Mitja kommend, mit
ihm zusammen eingetreten war, hatte er, Iwan, sie noch
kein einziges Mal während des ganzen Monats einen Zweifel
an Mitjas Schuld aussprechen hören, trotz aller ihrer
»Rückfälle« zu Mitja, die ihm so maßlos verhaßt waren.
Bemerkenswert ist ferner noch, daß Iwan, obwohl er
fühlte, wie er Mitja mit jedem Tage noch mehr haßte, zu
gleicher Zeit sich doch klar bewußt war, daß er ihn nicht
wegen dieser Rückfälle Katjas haßte, sondern *einzig und
allein deshalb, weil er den Vater erschlagen hatte!* Das fühlte
er, und das wußte er. Nichtsdestoweniger war er ungefähr
zehn Tage vor der Gerichtssitzung zu Mitja gegangen und
hatte ihm den Vorschlag gemacht, zu fliehen, — er hatte
ihm seinen ganzen Plan auseinandergesetzt. Augenscheinlich hatte er diesen Plan schon lange ausgearbeitet. Hierbei
gab es außer dem Hauptgrund, der ihn dazu bewogen hatte,
noch eine andere Ursache, aus der er dies tat: das war die
noch immer nicht verheilte Schramme an seinem Herzen,
die von dem einen kleinen Wort Ssmerdjakoffs zurückgeblieben war: ihm, Iwan, käme es zustatten, wenn man
den Bruder verurteilte, da er dann, statt vierzigtausend
Rubel, ganze sechzigtausend erben würde. Deshalb hatte
er beschlossen, volle dreißigtausend Rubel allein von seiner
Erbschaft zu geben, um dem Bruder die Flucht zu ermög-
lichen. Als er aber damals von ihm aus dem Gefängnis zu-

rückgekehrt war, hatte ihn eine traurige, düstere Erregung überfallen: er hatte plötzlich gefühlt, und er war sich des Gefühls immer bewußter geworden, daß er die Flucht nicht nur deswegen wünschte, um für sie die Dreißigtausend zu opfern, damit die Streifwunde an seinem Herzen vernarben könne, sondern noch aus einem anderen, halb unbewußten Grunde. ‚Ist es vielleicht darum, weil in der Seele ich ein ebensolcher Mörder bin?‘ hatte er sich damals gefragt. Etwas Fernes, doch Brennendes vergiftete seine Seele. Vor allem hatte in diesem ganzen Monat sein Stolz gelitten, doch davon später ...

... Als Iwan Fjodorowitsch nach seinem Gespräch mit Aljoscha an seiner Haustür angelangt war und, schon im Begriff, die Klingel zu ziehen, plötzlich sich entschlossen hatte, nochmals — zum dritten Mal — zu Ssmerdjakoff zu gehen, da hatte er unter dem Einfluß eines jäh in ihm aufwallenden Unwillens gehandelt. Es war ihm plötzlich eingefallen, wie Katerina Iwanowna soeben noch in Aljoschas Gegenwart ausgerufen hatte: »Du bist es, du, der mich davon überzeugt hat, daß Mitja der Mörder sei! Nur dir allein habe ich es geglaubt!« Als ihm diese Worte wieder einfielen, erstarrte er vor Bestürzung: nie im Leben hatte er so etwas gesagt oder gar sie zu überzeugen versucht, daß Mitja der Mörder sei, im Gegenteil, er hatte noch vor ihr als Zeugin sich selbst verdächtigt, damals, als er von Ssmerdjakoff gekommen war! Dagegen war *sie, sie* es gewesen, die ihm damals das »Dokument« vorgewiesen und die Schuld des Bruders damit bezeugt hatte! Und jetzt sagte sie plötzlich: »Ich war bei Ssmerdjakoff«! Wann war sie bei ihm gewesen? Iwan wußte nichts davon. Also war sie doch nicht so überzeugt von Mitjas Schuld! Und was hatte Ssmerdjakoff ihr sagen können? Was, was hatte er ihr gesagt? Ein gewaltiger Zorn entbrannte in seinem Herzen. Er begriff nicht, wie er ihr vor einer halben Stunde diese Worte so hatte hingehen lassen können, ohne sofort dazwischen zu fahren und die Sache richtigzustellen. Er vergaß den schon ergriffenen Klingelzug und begab sich zu Ssmerdjakoff. ‚Diesmal werde ich ihn vielleicht erschlagen‘, dachte er unterwegs.

VIII

Der dritte und letzte Besuch bei Ssmerdjakoff

Er hatte noch nicht die Hälfte des Weges zurückgelegt, als sich ein scharfer, trockener Wind erhob, wie er auch schon am Morgen dieses Tages geweht hatte, der feinen, dichten, pulverigen Schnee mitführte. Der Schnee blieb nicht auf der Erde haften, der Wind wirbelte ihn wieder auf, und bald wurde daraus ein richtiger Schneesturm. In jenem entlegenen Stadtviertel, wo Ssmerdjakoff wohnte, gab es fast gar keine Straßenlaternen. Iwan Fjodorowitsch schritt durch die Dunkelheit, ohne das Schneegestöber zu bemerken, und fand und verfolgte nur instinktiv den richtigen Weg. Der Kopf tat ihm weh, und qualvoll pochte das Blut ihm in den Schläfen. In seinen Händen zuckte es zuweilen wie im Krampf. Das war alles, was er fühlte. Kurz vor dem Häuschen Marja Kondrátjewnas erblickte er nicht weit vor sich einen einsamen Trunkenbold, ein Bäuerlein von kleinem Wuchs in armseligem, altem Kittel, das brummelnd und vor sich hinschimpfend im Zickzack einhertorkelte, plötzlich aber das Schimpfen aufgab und mit heiserer, betrunkener Stimme zu singen begann:

„Ach, mein Wanjka fuhr nach Pitjer, [29]
Auf ihn warten will ich nicht!“

Nach der zweiten Zeile brach er aber ab und begann wieder auf jemanden zu schimpfen, um darauf von neuem dasselbe Lied anzustimmen und wieder nach der zweiten Zeile abzubrechen. Noch bevor Iwan Fjodorowitsch recht an ihn dachte, empfand er bereits einen wilden Haß auf ihn, aber auf einmal kam er gleichsam zu sich und begriff den Zusammenhang. Und im Augenblick packte ihn unwiderstehlich die

Lust, das Bäuerlein mit der Faust von oben niederzuschlagen. Gerade in diesem Augenblick war er ganz nahe an ihn herangekommen, und da stieß plötzlich das stark torkelnde Bäuerlein wuchtig mit der Schulter an Iwan Fjodorowitsch. In rasender Wut stieß Iwan ihn zurück. Das Bäuerlein taumelte und plumpste wie ein Holzklotz auf die hartgefrorene Erde, stöhnte nur einmal noch benommen »Ooch!« und verstummte. Iwan trat an ihn heran. Jener lag auf dem Rücken, rührte sich nicht, bewußtlos. »Der wird erfrieren«, dachte Iwan und schritt weiter zu Ssmerdjakoff.

Noch im Flur flüsterte ihm Marja Kondrátjewna zu – sie war mit einer Kerze in der Hand herbeigelaufen, um ihm zu öffnen – Páwel Fjódorowitsch (d. h. Ssmerdjakóff) sei sehr krank, er liege zwar nicht zu Bett, aber er scheine wie nicht bei klarem Verstande zu sein, und sogar den Tee habe er wegzuräumen befohlen, habe nicht trinken wollen.

»Was, tobt er denn etwa?« fragte Iwan Fjodorowitsch grob.

»Ach, wo! Ganz mäuschenstill ist er! Nur sprechen Sie bitte nicht zu lange mit ihm«, bat Marja Kondratjewna.

Iwan Fjodorowitsch öffnete die Tür und trat in die Stube.

Geheizt war sie ebenso stark wie das vorige Mal, aber es war in ihr sonst einiges verändert worden. Die eine Bank war hinausgeschafft, und an ihrer Stelle stand ein großer alter Lederdiwan, auf dem ein Bett mit ziemlich reinen weißen Kissen aufgeschlagen war. Auf diesem Bett saß Ssmerdjakoff im selben alten Schlafrock. Der Tisch war vor den Diwan gerückt, so daß es jetzt im Zimmer sehr eng war. Auf dem Tisch lag ein dickes Buch in gelbem Einband, aber Ssmerdjakoff las nicht darin, er saß auf dem Bett und tat, wie es schien, nichts. Mit langem, stummem Blick empfing er Iwan Fjodorowitsch, und anscheinend ohne sich auch nur im geringsten über dessen Erscheinen zu wundern. Sein Gesicht hatte sich sehr verändert, war sehr hager und gelb geworden. Die Augen waren geradezu eingefallen, und die unteren Lider hatten bläuliche Schatten.

»Du scheinst ja tatsächlich krank zu sein?« sagte Iwan
Fjodorowitsch, als er eingetreten war, und blieb stehen. »Ich
werde dich nicht lange belästigen, ich bleibe im Mantel. Nur
— wo kann man sich denn hier setzen?«

Er trat an das andere Ende des Tisches, schob einen Stuhl
heran und setzte sich.

»Warum siehst du mich so an, warum schweigst du?...
Ich komme nur mit einer einzigen Frage und, ich schwöre,
ich werde nicht eher weggehen, als bis du mir geantwortet
hast. Ist eine Dame, Fräulein Werchóffzeff, bei dir gewesen?«

Ssmerdjakoff schwieg lange, betrachtete ihn nur still die
ganze Zeit, doch plötzlich winkte er mit der Hand ab und
wandte das Gesicht zur Seite.

»Was hast du?« fragte Iwan hart.

»Nichts.«

»Was heißt das?«

»Nun ja, sie ist hier gewesen, was geht das Euch an? Laßt
mich in Ruh.«

»Nein, ich werde dich nicht in Ruh lassen! Du sagst es
mir sofort, wann sie hier war!«

»Ich hab sie schon längst vergessen... mitsamt der Erinnerung«, sagte Ssmerdjakoff mit geringschätzigem Lippen-
kräuseln. Und plötzlich wandte er wieder das Gesicht Iwan
Fjodorowitsch zu und begann ihn mit einem so haßerfüllten
Blick zu betrachten, als wäre er vor lauter Haß bereits irrsinnig geworden. Es war derselbe Blick, mit dem er ihn auch
während seines zweiten Besuches, vor einem Monat, sekun-
denlang fixiert hatte.

»Wie seht Ihr denn selber aus, warum seid Ihr denn so
abgemagert?« fragte er, »seid wohl selber krank?«

»Was geht dich meine Gesundheit an, antworte darauf,
wonach du gefragt wirst!«

»Aber warum sind denn Eure Augen so gelb geworden,
das Weiße vom Augapfel ist ja ganz gelb. Quält Ihr Euch
denn so gewaltig?«

Er grinste höhnisch und brach dann in richtiges Lachen aus.

»Höre, ich habe dir gesagt, daß ich nicht ohne Antwort fortgehen werde!« rief Iwan maßlos gereizt.

»Was drängt Ihr Euch mir auf? Wozu quält Ihr mich eigentlich?« näselte plötzlich Ssmerdjakoff im Tonfall eines Leidenden.

»Ach, Teufel, was gehst du mich an! Beantworte meine Frage und ich gehe sofort.«

»Ich habe Euch nichts zu antworten.« Ssmerdjakoff senkte wieder den Blick zu Boden.

»Sei versichert, ich werde dich zwingen, zu antworten!«

»Was sorgt Ihr Euch denn alleweil!« Ssmerdjakoff blickte wieder auf und fixierte ihn von neuem, aber nun schon nicht bloß mit Verachtung, sondern geradezu mit einer Art Ekel vor ihm. »Nur weil selbiges Gericht morgen anhebt? Aber es droht Euch doch nichts, überzeugt Euch doch endlich! Geht nach Haus und legt Euch ruhig schlafen, Ihr braucht ja nichts zu befürchten.«

»Ich verstehe dich nicht ... warum sollte ich mich vor morgen fürchten?« fragte Iwan verwundert, und plötzlich war es tatsächlich so, als wehe die Kälte eines Schrecks seine Seele an. Ssmerdjakoff maß ihn mit dem Blick.

»Ihr ver—steht — nicht?« fragte er vorwurfsvoll gedehnt. »Was doch ein kluger Mensch für einen Spaß dran haben kann, so eine Komödie sich selber vorzuspielen!«

Iwan schaute ihn stumm an. Schon allein dieser ganz unerhört hochmütige Ton, den dieser, sein früherer Lakai, jetzt plötzlich ihm gegenüber anzuschlagen wagte, war völlig ungewohnt. In solchem Tone hatte er selbst das vorige Mal noch nicht zu sprechen gewagt.

»Ich sage Euch doch, Ihr habt nichts zu befürchten. Ich werde nichts gegen Euch aussagen, und es liegt auch gar keine Verdächtigung vor ... Da sieh doch einer, wie seine Hände zittern. Von wegen was gehn Euch denn die Finger so? Geht nach Haus, *nicht Ihr habt erschlagen.*«

Iwan fuhr zusammen, ihm fielen Aljoschas Worte ein.

»Ich weiß, daß nicht ich . . .«, murmelte er kaum.

»Ihr — wißt — es?« fiel sofort Ssmerdjakoff wieder gedehnt ihm ins Wort.

Iwan sprang auf und packte ihn an der Schulter.

»Sag alles, ekelhaftes Reptil! Sprich doch nur endlich alles aus!«

Ssmerdjakoff erschrak nicht im geringsten. Er hing nur in irrsinigem Haß mit seinem reglos fixierenden Blick an Iwans Augen.

»Dann also habt doch Ihr erschlagen, wenn's so ist«, zischelte er ihm plötzlich ingrimmig zu.

Iwan ließ sich wieder auf den Stuhl nieder, als hätte er sich auf etwas besonnen. Er lächelte böse.

»Du redest immer noch davon? Auch das vorige Mal sprachst du schon in dem Sinne . . .«

»Auch das vorige Mal begrifft Ihr alles, als Ihr vor mir standet, und Ihr begreift ja auch jetzt alles.«

»Ich begreife nur, daß du verrückt bist.«

»Er wird es wahrhaftig nicht überdrüssig! Wir reden doch Auge in Auge, ohne Zeugen, wozu da, sollte man meinen, einander Sand in die Augen streuen wollen und Komödie spielen? Oder wollt Ihr noch immer alles auf mich allein abwälzen, und das noch mir ins Gesicht? *Ihr* habt ihn erschlagen, *Ihr* seid der Hauptmörder, ich aber bin nur Euer Handlanger gewesen, Euer getreuer Diener, und nur auf Euren Wunsch hab ich die Sache ausgeführt.«

»Ausgeführt? Ja, hast du ihn denn erschlagen?« fragte Iwan erkaltend.

Es war, als ob in seinem Hirn etwas erschüttert werde, und er erbebte am ganzen Körper wie von leichten Frostschauern. Da erst blickte ihn auch Ssmerdjakoff verwundert an: wahrscheinlich machte ihn schließlich doch die Echtheit des Schrecks, den er an Iwan bemerkte, stutzig.

»Ja, habt Ihr denn wahrhaftig nichts davon gewußt?« flüsterte er ungläubig, indem er ihm mit schiefem Grinsen in die Augen blickte.

Iwan sah ihn immer noch unverwandt an, es war, als ob ihm die Stimme abhanden gekommen wäre.

> „Ach, mein Wanjka fuhr nach Pitjer,
> Auf ihn warten will ich nicht ... "

klang es ihm plötzlich in den Ohren.

»Weißt du was: ich fürchte, daß du ein Traum bist, daß du als Gespenst hier vor mir sitzt«, stammelte er.

»Hier ist keinerlei Gespenst, außer uns beiden, und dann ist hier noch ein gewisser Dritter. Zweifelsohne ist er jetzt hier, selbiger Dritte, zwischen uns beiden ist er jetzt.«

»Wer das? Wer ist hier noch? Welch ein Dritter?« fragte Iwan Fjodorowitsch erschrocken, indem er sich hastig umsah und mit den Augen jemanden in allen Ecken zu suchen begann.

»Dieser Dritte — ist Gott, eben diese Vorsehung selber, hier ist sie jetzt bei uns; nur sucht sie nicht, Ihr werdet sie nicht finden.«

»Du hast gelogen, daß du ihn erschlagen habest!« brüllte Iwan ihn plötzlich wütend an. »Du bist entweder irrsinnig, oder du willst mich nur foppen, wie schon das vorige Mal!«

Ssmerdjakoff beobachtete ihn immer noch ohne die geringste Furcht, beobachtete ihn gespannt und verfolgte jede Bewegung, jeden Gesichtsausdruck. Er konnte noch immer nicht von seiner Ungläubigkeit lassen, glaubte immer noch, daß Iwan »alles wisse« und sich nur verstelle, um, ihm ins Gesicht, alles auf ihn allein abzuwälzen.

»Wartet mal!« sagte er schließlich mit schwacher Stimme. Er zog langsam sein linkes Bein unter dem Tisch hervor und machte sich daran, die Hose aufzukrempeln. Der Fuß stak in einem Pantoffel und in einem langen weißen Strumpf. Ohne sich zu beeilen, nahm er das Strumpfband ab und schob dann seine Finger tief in den Strumpf hinein.

Iwan Fjodorowitsch sah ihn an — und plötzlich fuhr er wie in konvulsivischem Schreck zusammen.

»Er ist verrückt!« stieß er keuchend hervor, und aufspringend prallte er an die Wand, an die er sich wie in sinnlosem

Entsetzen kerzengerade andrückte, mit starrem Blick auf Ssmerdjakoff. Dieser jedoch ließ sich keineswegs verwirren, er fuhr ruhig fort, im Strumpf zu suchen, als bemühe er sich immer noch, mit den Fingern etwas in ihm zu erfassen und herauszuziehen. Endlich hatte er es gefaßt, und nun begann er zu ziehen. Iwan Fjodorowitsch sah, daß es irgendwelche Papiere sein mußten oder ein ganzes Paket Papiere. Ssmerdjakoff zog es hervor und legte es auf den Tisch.

»Hier!« sagte er leise.

»Was?« fragte Iwan zitternd.

»Wollt Ihr nicht selber nachsehen«, sagte wieder leise Ssmerdjakoff.

Iwan trat an den Tisch, ergriff bereits das Paket, um es aufzuwickeln, doch plötzlich zog er seine Finger zurück, als hätte er etwas Scheußliches, Furchtbares und Ekelhaftes berührt.

»Die Finger zittern Euch ja immer noch wie im Krampf«, bemerkte Ssmerdjakoff und wickelte dann selbst, ohne sich zu beeilen, das Papier auf. Im Umschlag lagen drei gebündelte Pakete regenbogenfarbener Hundertrubelscheine.

»Hier sind sie alle, die ganzen Dreitausend, Ihr braucht nicht nachzuzählen. Nehmt es«, forderte er Iwan auf, mit einem Kopfnicken auf das Geld weisend. Iwan ließ sich auf den Stuhl sinken. Er war kreidebleich.

»Du hast mich erschreckt ... mit diesem Strumpf ...«, sagte er, eigentümlich lächelnd.

»Habt Ihr es denn bis jetzt wirklich, wahrhaftig nicht gewußt?« fragte ihn Ssmerdjakoff noch einmal.

»Nein, ich habe es nicht gewußt. Ich habe immer gedacht, Dmitrij sei es. Bruder! Bruder! Ach!« Er umklammerte plötzlich seinen Kopf mit beiden Händen. »Höre ... sag’: Hast ... *du* ihn *allein* erschlagen? Ohne den Bruder oder zusammen mit ihm?«

»Im ganzen nur mit *Euch* zusammen; mit Euch zusammen habe ich ihn erschlagen. Dmitrij Fjodorowitsch aber sind ganz und gar unschuldig.«

»Gut, gut ... Von mir später. Warum zittere ich nur so? ... Ich kann kaum ein Wort herausbringen ...«

»Damals wart Ihr alleweil so mutig: ‚alles‘, sozusagen, ‚ist erlaubt‘, jetzt aber sieh doch einer, wie erschrocken Ihr seid!« brummte Ssmerdjakoff verwundert. »Wollt Ihr nicht Limonade trinken, ich werde welche bestellen. Selbige kann sehr erfrischen. Nur müßte man vorher dies hier zudecken.«

Und er wies wieder mit einer Kopfbewegung auf das Geld. Er bewegte sich bereits, um aufzustehen, Marja Kondratjewna zu rufen und bei ihr die Limonade zu bestellen, doch suchte er noch nach etwas, womit er das Geld hätte zudecken können. Da er aber nichts fand, und das Taschentuch, das er zu dem Zweck hervorzog, wieder ganz vollgeschnaubt war, so nahm er vom Tisch jenes dicke gelbe Buch, das dort lag, und bedeckte damit das Geld. Mechanisch las Iwan Fjodorowitsch den Titel: „Die Predigten unseres von Gott erleuchteten Paters Isaak Ssirin.“

»Ich will keine Limonade! Von mir später. Setz dich und sage, wie hast du das gemacht? Sage alles ...«

»Es wäre besser, wenn Ihr den Mantel ablegtet, sonst werdet Ihr ja ganz in Schweiß geraten.«

Iwan Fjodorowitsch riß seinen Mantel ab, als hätte er erst jetzt wahrgenommen, daß er ihn noch anhatte, und warf ihn, ohne sich vom Stuhl zu erheben, auf die Bank.

»Also, sprich jetzt bitte, sage alles!«

Er schien ganz still geworden zu sein. Er wartete mit dem sicheren Gefühl, daß Ssmerdjakoff jetzt *alles* sagen werde.

»Ihr meint, wie selbiges geschehen ist?« fragte Ssmerdjakoff aufseufzend. »Auf die allernatürlichste Manier wurde es gemacht, auf selbige Eure Worte hin ...«

»Von meinen Worten später«, unterbrach ihn wieder Iwan, aber schon ohne zu schreien wie noch kurz zuvor, sondern mit fester, klarer Aussprache und so, als ob er sich wieder ganz in der Hand habe. »Erzähle nur ausführlich, wie du es gemacht hast. Alles der Reihe nach. Vergiß nichts. Die Einzelheiten sind die Hauptsache. Also bitte.«

»Ihr fuhrt fort, und selbigen Tags fiel ich in den Keller...«

»War es ein Anfall, oder stelltest du dich nur so an?«

»Das versteht sich doch von selbst, daß ich mich dazumal nur so anstellte. In allem habe ich mich nur so angestellt. Ich ging selbige Treppe ruhig hinab, bis ganz nach unten und legte mich dann hin, und erst als ich lag, stieß ich selbiges Geheul aus. Und dann schlug ich um mich, bis man mich hinaustrug.«

»Erlaube mal! Hast du dich auch später, am Tage nach dem Mord, und die ganze Zeit im Krankenhaus verstellt?«

»Gewiß nicht! Gleich am anderen Morgen, alsomit noch vor dem Krankenhaus, bekam ich einen echten Anfall, und einen so starken, wie ich schon viele Jahre keinen mehr gehabt habe. Zwei Tage lang war ich ganz und gar bewußtlos.«

»Gut, gut. Fahre fort, erzähl nur weiter.«

»Man legte mich auf selbiges Bett hinter der Bretterwand. Das hatte ich schon im voraus gewußt, daß man mich wiederum dorthin bringen würde, denn Marfa Ignátjewna hat mich jedesmal, wenn ich krank war, dorthin in selbige Kammer bringen lassen, um mich bei sich ganz in der Nähe zu haben. Sie ist alleweil sehr gut zu mir gewesen, von meiner Geburt an. In der Nacht stöhnte ich, aber nur leise. Ich wartete die ganze Zeit auf Dmitrij Fjodorowitsch.«

»Wieso wartetest du auf ihn? Wußtest du denn, daß er zu dir kommen werde?«

»Warum denn zu mir? Ich erwartete, daß sie ins Haus kommen würden, denn es gab für mich überhaupt keinen Zweifel mehr, daß sie in selbiger Nacht kommen würden, dieweil sie mich krank wußten und keinerlei Nachrichten hatten. Also mußten sie über den Zaun eindringen, um etwas, was es auch sei, anzurichten.«

»Wenn er aber nicht gekommen wäre?«

»Dann wäre auch nichts geschehen. Ohne Dmitrij Fjodorowitsch hätte ich mich auch zu nichts entschlossen.«

»Gut, gut ... sprich deutlicher, beeile dich nicht, und vor allem laß nichts aus!«

»Ich erwartete, daß sie Fjodor Pawlowitsch erschlagen würden ... das stand für mich alleweil fest ... sintemal ich sie schon so vorbereitet hatte ... in den letzten Tagen ... Und die Hauptsache — selbige Zeichen waren ihnen bekannt geworden. Sie mußten alsomit bei ihrem Mißtrauen und Jähzorn, die sich doch in jenen Tagen noch gewaltig gesteigert hatten, mittels selbiger Zeichen ganz zweifelsohne in das Haus einzudringen versuchen. Das war doch klar. Und so erwartete ich sie denn ...«

»Halt mal!« unterbrach Iwan wieder. »Wenn er ihn aber nun erschlagen hätte, so hätte er doch das Geld genommen und wäre damit fortgegangen, — das hättest du dir doch sagen müssen? Was wäre dann noch für dich übriggeblieben? Ich verstehe dich nicht.«

»Aber sie hätten doch selbiges Geld nie gefunden. Das hatte doch nur ich ihnen so gesagt, daß selbiges Geld unter der Matratze stecke. Das war ja gar nicht wahr. Zuerst, seht mal, hatte es in der Schatulle gelegen, dann aber hatte ich Fjodor Pawlowitsch geraten, da sie doch von der ganzen Menschheit nur mir allein vertrauten, das Geld in die Ecke hinter die Heiligenbilder zu tun, denn dort würde es ganz gewiß niemand suchen, besonders nicht, wenn einer Eile hat. Und so lag denn selbiges Paket bei ihnen dort in der Ecke hinter den Heiligenbildern. Es einfach im Bett aufzubewahren, wäre aber doch ganz lachhaft gewesen. In der Schatulle war es doch wenigstens verschlossen. Hier aber glauben jetzt alle, es habe unter der Matratze gelegen. Man kann sich über die Dummheit der Menschen alleweil nur wundern. Also wenn nun Dmitrij Fjodorowitsch selbigen Totschlag begangen hätten, so wären sie, da sie doch nichts finden konnten, entweder, durch ein Geräusch erschreckt, hastig davongelaufen, wie das ja immer mit den Mördern so ist, oder sie wären festgenommen worden. Alsomit hätte ich dann immer noch am nächsten Tage oder noch in selbiger Nacht auf einen Stuhl steigen, zu den Heiligenbildern hinauflangen, das Geld nehmen und wegschaffen können, und alles wäre auf

Dmitrij Fjodorowitsch gefallen. Darauf konnte ich immer hoffen.«

»Aber wenn er ihn nicht totgeschlagen, sondern nur verprügelt hätte?«

»Wenn sie ihn nicht totgeschlagen hätten, so hätte ich das Geld selbstverständlich nicht zu nehmen gewagt, und alles wäre vergebens gewesen. Aber ich hatte hinwiederum auch solche Berechnungen, daß, wenn sie ihn nur bis zur Bewußtlosigkeit schlagen, ich dann in der Zwischenzeit doch das Geld fortnehme und nachher Fjodor Pawlowitsch einfach sage, daß Dmitrij Fjodorowitsch und sonstig niemand das Geld gestohlen haben.«

»Wart . . . du hast mich ganz konfus gemacht. So hat ihn also doch Dmitrij Fjodorowitsch erschlagen, und du hast dann nur das Geld genommen?«

»Nein, nicht Dmitrij Fjodorowitsch haben ihn erschlagen. Was! − ich könnte Euch ja jetzt noch sagen, daß Dmitrij Fjodorowitsch der Mörder sind . . . aber ich will jetzt nicht vor Euch lügen, denn . . . denn wenn Ihr nun wirklich und wahrhaftig, wie ich selber sehe, bis jetzt noch nichts verstanden und Euch nicht vor mir verstellt habt, um die offenbare eigene Schuld auf mich abzuwälzen, ganz unverschämt mir ins Gesicht, so seid Ihr doch ganz allein an allem schuld, denn Ihr wußtet von selbigem Mord und habt mich ihn auszuführen beauftragt, selber aber verreistet Ihr, wiewohl Ihr alles wußtet. Drum will ich denn heut abend Euch ins Gesicht beweisen, daß hier der Hauptmörder nur Ihr allein seid, ich aber am wenigsten der Mörder bin, wenn auch ich es bin, der erschlagen hat. Der wahre aber und vor dem Gesetz einzige Mörder, das *seid Ihr!*«

»Warum, warum soll *ich* der Mörder sein? O Gott!« Iwan hielt es nicht mehr aus und vergaß, daß er alles auf ihn Bezügliche bis zum Schluß der Unterhaltung hatte hinausschieben wollen. »Du meinst das immer noch wegen der Fahrt nach Tschermáschnja? Halt, sage zuerst, wozu du mein Einverständnis brauchtest, wenn du die Fahrt nach

Tschermaschnja als Einverständnis aufgefaßt hast? Wie wirst du das jetzt erklären?«

»Wenn ich erst einmal Eures Einverständnisses sicher war, so hätte ich gewußt, daß Ihr wegen der verlorenen selbigen Dreitausend auch kein Geschrei erheben würdet, wenn Ihr zurückkehrt — falls die Obrigkeit aus irgendeinem Grunde mich statt Dmitrij Fjodorowitsch verdächtigen oder auch nur für ihren Helfershelfer halten sollte —, daß Ihr mich dann vor den anderen sogar noch verteidigen würdet ... Und wenn Euch dann das rechtmäßige Erbe zugefallen wäre, so hättet Ihr mich alsomit während des ganzen folgenden Lebens immer noch belohnen können, sintemal Euer Gnaden doch nur durch mich das Erbteil zu erhalten geruht hätten, denn wenn der Herr Agraféna Alexándrowna geheiratet hätten, so hättet Ihr doch mit nichts als mit einer langen Nase abziehen können.«

»Ah! So hattest du also die Absicht, mich auch fernerhin zu quälen, das ganze Leben lang!« knirschte Iwan durch die Zähne. »Was aber dann, wenn ich nicht abgereist wäre und dich angezeigt hätte?«

»Was hättet Ihr denn dazumal anzeigen können? Daß ich Euch zugeredet hätte, nach Tschermaschnja zu fahren? Das ist doch nur dummes Geschwätz. Und dann — Ihr wärt doch nach selbigem Gespräch entweder gefahren oder geblieben. Wäret ihr geblieben, so wäre auch nichts geschehen, dieweil ich dann gewußt hätte, daß Ihr selbiges nicht wollt, und alsomit hätte ich auch nichts getan. Wenn Ihr aber verreistet, so vergewissertet Ihr mich auf selbige Weise dessen, daß Ihr vor Gericht nichts gegen mich auszusagen wagen würdet und mir selbige Dreitausend gönnt. Und Ihr hättet mir ja auch später nichts anhaben können, sintemal ich sonst vor Gericht alles gesagt hätte. Das heißt, nicht, daß ich der Dieb oder der Mörder bin — das hätte ich nie gesagt —, sondern nur, daß Ihr selber mir zum Mord und Diebstahl zugeredet hättet, ich aber bloß nicht eingewilligt hätte. Deshalb brauchte ich dazumal Euer Einverständnis, damit Ihr mich nicht mit etwas in die Enge treiben könntet, sintemal Ihr doch keinen einzigen Beweis vorführen könnt, ich hingegen wieder die Möglichkeit bekäme, Euch alleweil festlegen zu können: ich hätte somit nur aufzudecken brauchen, wie sehr Ihr den Tod des Vaters gewünscht habt, und da habt Ihr mein Wort: im Publikum hätten mir alle geglaubt, Ihr aber hättet Euch dann Euer Leben lang schämen müssen.«

»So habe ich denn, sagst du, so habe ich denn seinen Tod *gewünscht?*« fragte Iwan wiederum knirschend.

»Zweifellos habt Ihr das, und mit Eurem Einverständnis habt Ihr mir selbige Tat stillschweigend erlaubt.«

Ssmerdjakoff blickte ihn fest an. Er war sehr schwach und sprach leise und ermüdet, aber etwas Inwendiges und Geheimgehaltenes trieb ihn an, denn offenbar hatte er eine bestimmte Absicht. Iwan spürte das.

»Fahre fort«, sagte er, »erzähl weiter von jener Nacht.«

»Was ist denn da noch weiter zu erzählen ... Und da liege ich denn so und höre plötzlich, wie wenn der Herr einen Schrei ausgestoßen hätte. Grigórij Wassíljewitsch war aber schon kurz vorher aufgestanden und hinausgegangen, und da höre ich, wie Grigorij auf einmal schreit, und dann ist wieder alles still, dunkel. Und so liege ich denn, warte, das Herz klopft, kann es nicht mehr aushalten. Da stand ich denn schließlich auf und ging, – sehe, rechts ist bei ihnen das Fenster nach dem Garten weit auf, ich gehe noch ein paar Schritte weiter vor, um zu horchen, ob sie noch dort im Zimmer lebendig sind oder schon tot, und da höre ich, wie der Herr hin und her gehen und stöhnen, also noch lebendig sind. Ach, denke ich! trat ans Fenster und rief den Herrn an: Ich bin es, sozusagen. Sie aber fahren auf: ,Er war hier, er war hier, jetzt ist er fortgelaufen!' Also Dmitrij Fjodorowitsch waren dagewesen. ,Er hat Grigorij erschlagen!' – ,Wo?' frage ich flüsternd. – ,Dort, bei der Zaunecke!' zeigen sie und flüstern selber gleichfalls. – ,Wartet', sage ich. So ging ich denn zu selbiger Ecke und stieß denn auch dort beim Zaun auf den liegenden Grigorij Wassiljewitsch, der ganz blutüberströmt und bewußtlos war. So mußte es denn wahr sein, dachte ich sogleich bei mir, daß Dmitrij Fjodorowitsch gekommen waren, und in selbigem Moment beschloß ich auch, alles zu beenden, sintemal Grigorij Wassiljewitsch, wenn er auch noch lebte, doch bewußtlos war und vorläufig nichts sehen noch hören konnte. Nur eine Gefahr war dabei, daß nämlich Marfa Ignatjewna inzwischen aufwachen könnte. Das fühlte ich wohl in diesem Moment, nur hatte mich selbige Gier schon so erfaßt, daß mir sogar der Atem wegblieb. Ich ging wieder zum Fenster des Herrn und sagte: ,Sie sind hier, Agrafena Alexandrowna sind gekommen, sie lassen um Einlaß bitten'. Wie sie da am ganzen Körper zusammenfuhren, rein wie ein Kind! ,Wo hier? Wo?' fragen sie, keuchen nur noch vor Aufregung, selber aber glauben sie noch nicht ganz. — ,Dort steht sie', sage ich, ,macht nur die Tür auf!' — Da sehen sie mich an, mir gerade ins Gesicht, ich stand draußen am Fenster, mein Gesicht war beleuchtet; und sie glauben und glauben auch wieder nicht, zu öffnen aber fürchten sie sich. ,Jetzt fürchtet er sogar schon mich', denke ich bei mir. Und — ganz lachhaft war das — da fällt mir plötzlich ein, selbige Zeichen, die ,Gruschenka ist gekommen' bedeuten, an den Fensterrahmen zu klopfen, *vor ihren Augen* selbiges zu klopfen. Den Worten schienen sie nicht recht zu trauen, sobald ich aber selbige Zeichen geklopft hatte, da glaubten sie sofort und liefen eilig hin, um die Tür aufzumachen. Und sie machten auch auf. Ich wollte schon eintreten, sie aber stehen noch davor, wollen mit dem Körper mir den Eingang versperren, wollen mich nicht ganz hereinlassen. — ,Wo ist sie? Wo ist sie?' fragen sie, blicken mich an und zittern. Nun, denke ich, wenn sie schon mich fürchten — so steht es schon schlimm genug. Und da wurden mir auch die Beine ganz schwach von selbiger Angst, daß sie mich vielleicht nicht zu sich hereinlassen oder um Hilfe rufen würden, oder Marfa Ignatjewna herbeigelaufen kommt, oder sonstig was geschieht, ich weiß schon nicht mehr, ich stand wohl selber ganz bleich vor ihnen. Da flüsterte ich ihnen denn ganz leise zu: ,Aber dort selbentlich, dort unterm Fenster, wie, habt Ihr denn', fragte ich, ,sie nicht gesehen?' — ,Aber so bring sie doch her, bring sie doch her!' sagen sie. — ,Aber sie fürchten sich doch gewaltig', sage ich, ,sie haben vom Geschrei Angst bekommen, sie haben sich hinterm Gebüsch versteckt, geht', sage ich, ,ruft sie selber aus dem Fenster.' Da liefen sie denn zurück, traten ans Fenster, stellten das Licht aufs Fensterbrett: — ,Gruschenka', rufen sie, ,Gruschenka, bist du hier?' Selber rufen sie es, zum Fenster aber sich hinausbeugen wollen sie nicht, keinen Schritt wollen sie von mir fortgehen, alles von wegen selbiger Angst, dieweil sie sich vor mir gewaltig fürchteten, und darum wagten sie nicht, von mir fortzugehen. — ,Aber seht doch, da sind ja Agrafena Alexandrowna', sage ich, gehe zum Fenster und beuge mich selber ganz hinaus, ,da sind sie ja, dort hinterm Holunderbusch, sie lachen Euch noch zu, seht Ihr denn wahrhaftig nicht?' Da glaubten sie mir mit einemmal, erzitterten am ganzen Leibe — waren doch schon gar zu heftig in sie verliebt. Und sie kamen ans Fenster und beugten sich selber weit hinaus. Da ergriff ich denn selbigen eisernen Briefbeschwerer vom Schreibtisch, Ihr erinnert Euch wohl noch, das ist doch so ein Ding, von drei Pfund, holte aus und hieb ihnen von hinten gerade auf den Scheitel, mit der Ecke. Sie schrien nicht mal auf. Nur sanken sie plötzlich zusammen, ich aber hieb zum zweiten- und drittenmal. Beim dritten Mal fühlte ich, daß ich durchgeschlagen hatte. Und da fielen sie plötzlich hin auf den Rücken, das Gesicht nach oben, ganz von Blut überströmt. Ich betrachtete mich darauf selber: ich war nicht mit Blut bespritzt. Ich wischte den Briefbeschwerer ab, legte ihn wieder hin, stieg auf einen Stuhl und nahm selbiges Geldpaket, das hinter den Heiligenbildern lag, nahm das Geld aus dem Umschlag heraus, den Umschlag aber, den warf ich vor das Bett auf den Fußboden und daneben auch selbiges rosa Bändchen. Darauf ging ich in den Garten, aber mir zitterten noch immer alle Glieder. Ich ging geradeswegs zu selbigem Apfelbaum, in dessen Stamm die Höhlung ist — Ihr kennt wohl auch diese Höhlung —, ich aber hatte sie mir schon lange gemerkt; in ihr lag auch ein Lappen und Papier, die hatte ich auch schon lange vorbereitet. Ich wickelte selbige Summe in das Papier und dann in das Zeug und stopfte das Päckchen ganz tief hinein. Dort hat es über zwei Wochen gelegen, erst nach dem Krankenhaus nahm ich es heraus, selbige Summe meine ich. Nun, und darauf ging ich denn zurück und legte mich wieder in mein Bett und denke so in meiner Angst: ‚Wenn nun Grigorij Wassiljewitsch ganz totgeschlagen ist, so kann es verflucht gefährlich werden, ist er aber nicht ganz totgeschlagen und kommt er wiederum zu sich, so kommt alles wunderschön heraus, sintemal er dann bezeugen wird, daß Dmitrij Fjodorowitsch gekommen waren und alsomit sowohl erschlagen als auch das Geld geraubt haben.‘ Und da fing ich denn an, vor lauter Zweifel und Ungeduld, aufzuheulen, um Marfa Ignatjewna zu wecken. Nun, und da wachte sie denn auch auf und kam zu mir gelaufen, wie sie aber sah, daß Grigorij Wassiljewitsch nicht da war, lief sie hinaus. Darauf hörte ich denn, wie sie einmal laut aufschrie im Garten. Nun, und dann ging es die ganze Nacht so weiter, ich aber war da schon ganz und gar beruhigt.«

Ssmerdjakoff hielt inne. Iwan hatte ihm die ganze Zeit wie in totem Schweigen zugehört, ohne sich zu bewegen, ohne auch nur einmal das Auge von ihm abzuwenden. Ssmerdjakoff dagegen hatte, während er sprach, nur von Zeit zu Zeit flüchtig zu ihm hingesehen, sonst aber immer zur Seite geblickt. Als er seine Erzählung beendet hatte, war er augenscheinlich selbst sehr erregt. Er atmete schwer. Auf seinem Gesicht trat Schweiß hervor. Es war aber unmöglich zu erraten, ob er hiernach nun Reue oder überhaupt etwas empfand.

»Wart«, sagte Iwan, der noch ein wenig zu überlegen schien, »— aber die Tür? Wenn er die Tür erst für dich aufgemacht hat, wie hat dann Grigorij sie schon vor dir offen gesehen? Grigorij war doch vor dir in den Garten gegangen?«

Merkwürdig war es, daß Iwan dieses mit der ruhigsten Stimme fragte, sogar in einem ganz andern, auffallend friedlichen Ton, so daß, wenn in dem Augenblick jemand die Tür geöffnet und von der Schwelle sie gesehen hätte, dieser unbedingt geglaubt hätte, sie sprächen beide vollkommen ruhig und friedlich miteinander über irgendeinen gewöhnlichen, wenn auch vielleicht interessanten Gegenstand.

»Was Grigorij Wassiljewitsch da sagt, er hätte diese Tür offen gesehen, so hat ihm das nur so geschienen«, sagte Ssmerdjakoff mit spöttisch schiefem Grinsen. »Das ist ja doch, ich sage Euch, kein Mensch, sondern sozusagen nichts andres als ein störrischer Wallach. Ohne so etwas gesehen zu haben, es ist ihm ja nur so vorgekommen, besteht er darauf, und den wird kein Mensch mehr davon abbringen. Das ist nun schon so ein ganz besonderes Glück für uns beide, daß er sich dahinein verbissen hat, denn auf selbige Aussage hin wird man Dmitrij Fjodorowitsch zu guter Letzt doch ganz sicherlich verurteilen.«

»Höre«, unterbrach ihn Iwan Fjodorowitsch zerstreut, ganz als ob er sich von neuem zu verlieren anfange, sich aber alle Mühe gebe, seine Gedanken zusammen zu halten. »Höre ... ich wollte dich doch so vieles fragen, ich habe es aber vergessen ... Ich vergesse immer und verliere den Faden ... Ja! Sag mir wenigstens das eine: warum machtest du das Geldpaket noch im Zimmer auf, und warum ließest du das Kuvert dort liegen? Warum brachtest du es nicht so fort, wie es war ... ? Als du davon erzähltest, schien es mir, daß du diese Handlungsweise für besonders wichtig hieltest ... warum aber — das verstehe ich nicht ...«

»Selbiges habe ich aus einem, wie man sagt, ganz speziellen Grunde getan. Denn ein Mensch, der alles schon kennt, wie beispielsweise ich, der selbiges Geld schon vorher gesehen hat, der vielleicht noch selber geholfen hat, das Bändchen umzubinden, und mit eigenen Augen zugesehen hat, wie das Kuvert versiegelt und mit der Aufschrift bedacht wurde, aus welchem Grunde wird dann dieser Mensch,

wenn, sagen wir, er erschlagen hat, das Paket noch aufbrechen und bei seiner Eile das Geld noch nachzählen, wo er
doch schon sowieso ganz genau weiß, was drin ist? Nein,
wenn der Räuber beispielsweise einer wie ich gewesen wäre,
so hätte er das Paket in die Tasche geschoben, ohne selbiges
noch weiter zu untersuchen, und wäre damit verduftet. Hinwiederum hätten Dmitrij Fjodorowitsch ganz anders gehandelt: sie wußten von selbigem Geldpaket nur durch mich,
alsomit nur das, was ich ihnen gesagt hatte, selber aber hatten
sie es nie gesehen; alsomit hätten sie, wenn sie es, wie man
meint, unter der Matratze gefunden hätten, gleich hier an
Ort und Stelle aufreißen und sich vom Inhalt überzeugen
müssen, ob denn in ihm auch wahrhaftig selbige Summe
drin ist. Das Kuvert aber hätten sie dort liegen lassen, ohne
in der Eile nachzudenken und sich zu sagen, daß selbiges Stück
Papier gegen sie als Beweis dienen kann, dieweil sie doch
zu stehlen nicht gewohnt sind, denn sie haben ja in
ihrem Leben sicherlich noch nie etwas einfach gestohlen, da
sie doch ein geborener Edelmann sind. Wenn sie sich aber in
diesem Fall entschlossen hätten, das Geld zu nehmen, so
wäre selbiges für sie, also ihrer Meinung nach, doch nicht
ein Diebstahl gewesen, sondern sozusagen: ‚Bin gegangen,
um mein gestohlenes Eigentum zurückzunehmen‘, wie sie es
ja auch in der ganzen Stadt gesagt haben, daß sie gehen und
ihr Eigentum mit Gewalt zurücknehmen würden. Selbigen
Gedanken habe ich auch bei meinem Verhör dem Staatsanwalt nicht gerade klar und deutlich gesagt, aber ich habe
ihn mit anderen Bemerkungen, und als ob ich selber nichts
davon begriffe, so geschoben und gelenkt, daß er schließlich
wie von selbst darauf kommen mußte und alsomit nicht
ich es ihnen gesagt hätte, so daß der Herr Staatsanwalt
sich vor lauter Freude bloß die Lippen geleckt haben ...«

»Und das alles, das alles hast du in dieser kurzen Zeit
überlegen können?« fragte Iwan Fjodorowitsch ganz bestürzt vor Verwunderung. Wieder sah er Ssmerdjakoff erschrocken an.

»Erbarmt Euch! Kann man denn so etwas in solcher Hast überlegen! Das war doch alles schon vorher bedacht worden.«

»Nun ... dann hat dir der Teufel selber geholfen!« rief Iwan Fjodorowitsch aus. »Nein, du bist nicht dumm, du bist viel klüger, als ich dachte ...«

Er erhob sich vom Stuhl, offenbar in der Absicht, zur Beruhigung seiner Nerven ein paarmal im Zimmer auf und ab zu gehen. Er war von furchtbarem Gram erfüllt. Da jedoch der Tisch den Weg versperrte und er sich zwischen dem Tisch und der Wand fast hätte durchquetschen müssen, so sah er sich nur einmal wie zerstreut um und setzte sich dann wieder hin. Vielleicht war diese Hemmung, daß er nicht hatte gehen können, der Grund, warum er plötzlich dermaßen in Wut geriet, daß er wieder losfauchte.

»Höre, du unseliges, du verächtliches Subjekt! Begreifst du denn wirklich nicht, daß ich dich nur deswegen nicht auf der Stelle totschlage, weil ich dich für die morgige Aussage vor Gericht aufsparen muß! Gott sieht (Iwan erhob die rechte Hand), daß vielleicht auch ich schuld bin, vielleicht habe ich tatsächlich den geheimen Wunsch gehabt, daß ... der Vater sterben möge, aber ich schwöre dir, so schuldig, wie du glaubst, bin ich nicht, und vielleicht habe ich dich überhaupt nicht dazu angespornt. Nein, nein, ich weiß, das habe ich nicht getan! Aber gleichviel, ich werde mich morgen selbst anzeigen, morgen vor Gericht, ich habe es schon beschlossen! Ich werde alles sagen, alles! Wir werden beide vor die Richter treten! Und was du auch gegen mich vor ihnen aussagen solltest, was du auch gegen mich bezeugst — ich nehme alles auf mich, denn ich fürchte dich nicht! Ich werde selbst alles bestätigen! Aber auch du wirst vor dem Gericht alles gestehen müssen! Du mußt, du mußt es, wir werden zusammen gehen! So wird es sein!«

Iwan hatte das Letzte feierlich und entschlossen gesagt, und schon an seinem glänzenden Blick sah man, daß es so sein werde.

»Krank seid Ihr, das sehe ich, ganz krank. Eure Augen sind ja ganz gelb«, sagte Ssmerdjakoff, doch sagte er es ohne jeden Spott, sogar eher mitleidig.

»Beide werden wir hingehen!« wiederholte Iwan, »wenn du aber nicht mitkommst, werde ich allein alles bekennen.«

Ssmerdjakoff schwieg eine Weile, als dächte er nach.

»Nichts wird von alledem geschehen, und Ihr werdet auch nicht hingehen«, sagte er schließlich in einer Weise, als ob sein Ausspruch jeden Einwand ausschließe.

»Du verstehst mich nicht!« rief Iwan vorwurfsvoll aus.

»Ihr werdet Euch gar zu sehr schämen, alles von Euch einzugestehen. Und noch mehr als Ihr Euch schämen werdet, wird es unnütz sein, dieweil doch ich sagen werde, daß ich Euch nichts von alledem oder auch nur etwas derartiges gesagt hätte, und daß Ihr entweder irgendeine Krankheit hättet — wonach es ja auch ganz aussieht — oder aber, daß Euch das Brüderlein so leid täte, daß Ihr Euch für dasselbe opfern wolltet und daher das alles gegen mich ausgedacht hättet, sintemal Ihr mich alleweil nur für soviel wie eine Mücke gehalten habt, und nicht für einen Menschen. Und wer wird Euch denn glauben, und habt Ihr denn auch nur einen einzigen Beweis?«

»Hör mal, dieses Geld hast du mir doch jetzt gezeigt, um mich zu überzeugen?«

Ssmerdjakoff nahm das Buch der „Predigten unseres Isaak Ssirin“, das auf dem Gelde lag, und schob es beiseite.

»Dieses Geld nehmt an Euch und bringt es fort«, sagte, tief Atem schöpfend, Ssmerdjakoff.

»Selbstverständlich werde ich es mitnehmen! Aber warum gibst du es denn jetzt mir, wenn du dieses Geldes wegen erschlagen hast?« Iwan blickte ihn verwundert an.

»Jetzt brauch ich es überhaupt nicht mehr«, sagte Ssmerdjakoff mit unsicherer Stimme und winkte müde mit der Hand ab. »Ich hatte früher einmal so einen Gedanken ... daß ich mit selbiger Summe ein anderes Leben anfangen könnte in Moskau oder noch besser im Ausland ... das war

einmal so ein Plan. Hauptsächlich aber darum, weil doch
‚alles erlaubt ist'. Das habt Ihr mich dazumal ganz richtig
gelehrt, und gut habt Ihr es mir erklärt: denn wenn es keinen
unendlichen Gott gibt, so gibt es auch überhaupt keine Tugend, und dann braucht man sie ja auch gar nicht. Darin
habt Ihr vollkommen recht. Das habe auch ich eingesehen.«

»Mit eigenem Verstand?« fragte Iwan höhnisch.

»Dank Eurer Anleitung.«

»Und jetzt hast du also angefangen, an Gott zu glauben,
wenn du das Geld zurückgibst?«

»Nein, ich habe nicht zu glauben angefangen«, flüsterte
Ssmerdjakoff.

»Warum gibst du es dann zurück?«

»Schon gut ... das hat nichts auf sich!« Ssmerdjakoff
winkte wieder mit der Hand ab. »Ihr sagtet doch dazumal
selber alleweil, daß alles erlaubt sei, warum seid Ihr denn
jetzt so erschüttert, gerade Ihr, frage ich? Ihr wollt ja sogar
gegen Euch selber aussagen gehen ... Nur wird davon nichts
geschehen! Ihr werdet nichts gegen Euch aussagen!« wiederholte Ssmerdjakoff überzeugt und mit fester Stimme.

»Du wirst es sehen!« sagte Iwan.

»Das kann ja gar nicht geschehen. Klug seid Ihr sehr.
Geld liebt Ihr auch, das weiß ich. Ansehen liebt Ihr gleichfalls, denn Ihr seid sehr stolz. Die weiblichen Reize liebt Ihr
über alle Maßen, am meisten aber doch: in Ruhe wohlhabend
zu leben und vor niemandem den Hut ziehen zu müssen,
— das liebt Ihr sogar am allermeisten. Ihr werdet doch nicht
Euer Leben für alle Zeit verpfuschen wollen, solche Schande
vor Gericht auf Euch nehmen. Ihr seid am allermeisten wie
Fjodor Pawlowitsch, von allen seinen Kindern seid Ihr ihm
am ähnlichsten, ganz seine Seele habt Ihr.«

»Du bist nicht dumm«, sagte Iwan gewissermaßen verwundert; plötzlich schoß ihm das Blut ins Gesicht. »Ich
glaubte zuerst, du seiest dumm ... du hast doch jetzt im
Ernst gesprochen?« fragte er, plötzlich wie mit einem ganz
anderen Blick als bisher Ssmerdjakoff betrachtend.

»Nur aus Eurem selbigen Stolz habt Ihr geglaubt, daß ich dumm sei. Nehmt das Geld.«

Iwan nahm die drei Geldpakete und schob sie in die Tasche, ohne sie in etwas einzuwickeln.

»Morgen werde ich sie dem Gericht vorweisen«, sagte er.

»Es wird Euch dort doch niemand glauben. Als ob Ihr jetzt nicht selber Geld genug hättet, da habt Ihr eben aus dem eigenen Beutel selbige Dreitausend mitgenommen, und das wär' alles.«

Iwan stand auf.

»Ich sage es dir nochmals, daß ich dich nur deshalb nicht erschlagen habe, weil ich dich zu morgen noch brauche. Behalte das, vergiß es nicht!«

»Nun was, erschlagt mich doch. Erschlagt mich jetzt gleich«, sagte Ssmerdjakoff plötzlich sonderbar, und auch der Blick, mit dem er Iwan anschaute, war seltsam. »Ihr wagt ja auch das nicht zu tun«, fügte er bitter hinzu. »Nichts werdet Ihr mehr wagen, Ihr, der früher so mutige Mensch!«

»Auf morgen!« Iwan schritt zur Tür.

»Wartet . . . zeigt es mir noch einmal.«

Iwan zog das Geld aus der Tasche und zeigte es ihm. Ssmerdjakoff blickte es an — etwa zehn Sekunden lang.

»Nun, geht«, sagte er, wieder mit der Hand abwinkend. »Iwan Fjodorowitsch!« rief er plötzlich, ihn noch einmal aufhaltend.

»Was willst du?« Iwan wandte sich, bereits im Fortgehen begriffen, noch einmal zu ihm zurück.

»Lebt wohl!«

»Auf morgen!« rief Iwan wieder und verließ das Haus. Der Schneesturm wütete noch fort.

Das erste Stück vom Hause ging er mit festen, sicheren Schritten, doch plötzlich war ihm, als beginne er zu schwanken. ‚Das muß etwas Physisches sein', dachte er bei sich und lächelte kurz. Etwas wie eine große Freude ergoß sich jetzt in seine Seele. Er fühlte eine gleichsam unendliche Festigkeit in sich: verschwunden war die Unschlüssigkeit, das

Schwanken zwischen den Zweifeln, das ihn die ganze letzte Zeit so schrecklich gequält hatte! Der Entschluß war gefaßt, ‚und wird sich nicht mehr ändern‘, dachte er mit einem Glücksgefühl. In diesem Augenblick stolperte er über irgend etwas und wäre beinahe gefallen. Er blieb stehen und gewahrte schließlich in der matten Dunkelheit vor seinen Füßen das betrunkene Bäuerlein, das er niedergestoßen hatte. Es lag auf derselben Stelle, wo es nach dem ihm versetzten Stoß hingefallen war. Regungslos und bewußtlos lag es da. Der Schneesturm hatte ihm schon fast das ganze Gesicht zugeweht. Iwan beugte sich plötzlich zu dem Liegenden nieder, erfaßte ihn und begann ihn aufzuheben. Da erblickte er weiter rechts Licht in einem Häuschen. Er ging hin, klopfte an den Fensterladen und bat den Kleinbürger, den Besitzer des Häuschens, der schließlich herausschaute, ihm zu helfen, das Bäuerlein zur nächsten Wachtstube zu bringen, wofür er ihm sofort drei Rubel versprach. Der Kleinbürger kleidete sich an und trat heraus. Ich werde nun nicht ausführlich erzählen, wie es Iwan Fjodorowitsch gelang, sein Ziel zu erreichen, den Bauer in der Wachtstube mit der ausdrücklichen Bedingung unterzubringen, daß sofort ein Arzt zur Untersuchung herbeigerufen werde, wozu er auch hier wiederum großzügig Geld für die Auslagen und »die Mühe« gab. Ich will nur sagen, daß die Sache eine ganze Stunde in Anspruch nahm. Iwan Fjodorowitsch war aber und blieb sehr zufrieden. Seine Gedanken schweiften umher und arbeiteten in ihm. ‚Wenn mein Entschluß für morgen nicht so fest gefaßt wäre‘, dachte er bei sich, und der Gedanke beglückte ihn, ‚hätte ich mich gewiß nicht eine ganze Stunde lang mit diesem betrunkenen Bauern abgegeben; ich wäre vorübergegangen und hätte darauf gespuckt, daß er erfrieren könnte ... Übrigens, woher bin ich denn imstande, mich selbst zu beobachten?‘ dachte er sogleich mit noch größerem Wonnegefühl, ‚und die meinten doch schon, ich würde wahnsinnig!‘ Als er bei seinem Hause anlangte, blieb er unvermittelt stehen vor der plötzlichen Frage: »Oder muß ich nicht sofort, auf der Stelle zum Staatsanwalt gehen und ihm alles mitteilen?« Er entschied jedoch, indem er sich wieder dem Hause zuwandte:»Morgen alles zugleich!« murmelte er vor sich hin, und sonderbar, fast die ganze Freude, die ganze Zufriedenheit mit sich selbst waren im Augenblick verschwunden. Und als er sein Zimmer betrat, war ihm, als wenn etwas Eisiges plötzlich sein Herz berührt hätte, wie eine Erinnerung, oder richtiger, wie ein Erinnertwerden an etwas Qualvolles oder Ekelhaftes, das sich gerade in diesem Zimmer befand, und zwar gerade jetzt, aber auch schon früher dagewesen war. Er ließ sich erschöpft auf dem Sofa nieder. Die alte Dienstmagd brachte ihm den Ssamowar, er goß sich ein Glas Tee ein, rührte es aber nicht an. Die Alte entließ er bis morgen. Er stützte den Arm auf die Seitenlehne des Sofas — ihn schwindelte. Er fühlte sich krank und völlig kraftlos. Er war bereits im Begriff, in der Sofadecke einzuschlummern, doch eine innere Unruhe trieb ihn wieder auf! Er erhob sich und ging im Zimmer umher, um den Schlaf zu verscheuchen. Mitunter schien es ihm, daß er phantasiere. Es war aber nicht seine Krankheit, die ihn beschäftigte. Er setzte sich wieder hin; und da begann er, zuweilen um sich zu blicken, nicht ununterbrochen, sondern nur hin und wieder, doch je länger desto schärfer, als ob er etwas zu erspähen suche. Das tat er immer wieder. Schließlich heftete sich sein spähender Blick aufmerksam auf einen bestimmten Punkt. Ein kurzes Lächeln erschien auf seinen Lippen, und das Blut stieg ihm vor Zorn ins Gesicht bis hinauf über die Stirn. Lange saß er so auf seinem Platz, fest mit beiden Händen den Kopf stützend, doch seine Augen spähten immer noch nach jenem einen Punkt, dorthin nach dem anderen Sofa, das an der gegenüberliegenden Wand stand. Augenscheinlich mußte dort etwas sein, was ihn reizte, irgendein Gegenstand vielleicht, der ihn beunruhigte und quälte und doch anzog ...

IX

Der Teufel. Iwan Fjodorowitschs Alptraum

Ich bin kein Arzt, und doch werde ich wohl schon jetzt
dem Leser wenigstens ein paar Worte der Erklärung über
die Art der Erkrankung Iwan Fjodorowitschs sagen müssen,
wenn ich damit auch vorgreife. Er befand sich an diesem
Abend kurz vor dem Ausbruch eines sogenannten Nervenfiebers,[30] das sich schon lange in seinem überreizten Zustand
vorbereitet hatte und dem er nur infolge seiner hartnäckigen
Widerstandskraft bisher noch nicht erlegen war. Obwohl ich
fast nichts von Medizin verstehe, wage ich doch meine Vermutung auszusprechen, daß er vielleicht in der Tat durch
übermäßige Willensanspannung den Ausbruch der Krankheit
hinausgeschoben hatte, wahrscheinlich sogar in der Hoffnung,
sie durch seinen bloßen Willen ganz überwinden zu können.
Er wußte, daß er schon fieberte, empfand aber einen heftigen
Widerwillen bei dem Gedanken, gerade jetzt krank zu werden, in den bevorstehenden Schicksalsstunden seines Lebens,
wo alles darauf ankam, persönlich dazusein und sein Wort
mutig und entschlossen zu sagen und sich »vor sich selbst zu
rechtfertigen«. Übrigens war er auch schon einmal bei dem
berühmten Arzt gewesen, den Katerina Iwanowna, wovon
bereits die Rede war, infolge eines ihrer phantastischen Einfälle aus Moskau hergerufen hatte. Der Arzt hatte ihn aufmerksam angehört, untersucht und darauf gesagt, er habe
vielleicht so etwas wie eine Gehirnentzündung, und war
schließlich durchaus nicht erstaunt gewesen über ein gewisses
Geständnis, das Iwan Fjodorowitsch, seinen Widerwillen
und Ekel niederringend, ihm zu guter Letzt gemacht hatte.

»Halluzinationen sind bei Ihrem Zustand sehr leicht möglich«, hatte der Arzt gemeint, »obgleich man sie noch kontrollieren müßte ... Im übrigen sollten Sie unbedingt sofort,
ohne einen Augenblick zu verlieren, mit einer ernsten Kur
beginnen, denn sonst könnte es noch schlimm werden!« Iwan

Fjodorowitsch hatte aber den vernünftigen Rat nicht befolgt, hatte nicht das Bett gehütet, und auch sonst nichts für seine Gesundheit getan. »Noch kann ich gehen, folglich reichen noch die Kräfte, breche ich zusammen – dann mag mich kurieren, wer Lust hat«, dachte er.

So saß er denn jetzt in seinem Zimmer, wußte beinahe selbst, daß er im Fieber phantasierte, und blickte, wie ich schon vorhin sagte, angestrengt zur anderen Wand, als fixiere er dort einen Gegenstand auf dem Diwan. Dort saß plötzlich jemand! Wie und wann er hereingekommen war, das mag Gott wissen, denn als Iwan Fjodorowitsch nach der Rückkehr von Ssmerdjakoff das Zimmer betreten hatte, war niemand darin gewesen. Es war irgend ein Herr, oder besser gesagt, ein bestimmter Typ von russischem Gentleman, nicht mehr jung an Jahren, einer »qui frisait la cinquantaine«, wie die Franzosen sagen, dessen dunkles, ziemlich langes, noch dichtes Haar und keilförmig geschnittenes Bärtchen erst wenig grauuntermischt waren. Er trug einen kurzen, augenscheinlich vom besten Schneider gearbeiteten, aber schon ziemlich abgetragenen braunen Rock, ein Kleidungsstück, das ungefähr vor drei Jahren gearbeitet sein mochte und bereits ganz aus der Mode gekommen war, so daß diese Art Röcke von tonangebenden reichen Herren seit etwa zwei Jahren nicht mehr getragen wurden. Die Wäsche, die lange Krawatte in der Art einer Halsbinde, kurz, alles war so wie üblich bei allen eleganten Gentlemen, wenn man aber etwas näher hinsah, so war die Wäsche doch schon leicht angeschmutzt und die breite Halsbinde recht abgenutzt. Die karierten Hosen saßen ausgezeichnet, waren aber wiederum zu hell und irgendwie zu eng, jedenfalls trug man schon lange viel weitere, und ebenso war auch der weiße weiche Filzhut, den der Gast doch etwas gar zu saisonwidrig mitgeschleppt hatte, nicht mehr ganz zeitgemäß. Mit einem Wort, das Äußere hatte den Anschein von Wohlanständigkeit bei äußerst knappem Taschengeld. Man konnte glauben, daß der Gentleman jener Klasse von arbeitsscheuen Gutsherren angehörte, die zur Zeit der Leibeigenschaft ein faules Leben geführt hatten. Offenbar hatte er etwas mehr von der Welt gesehen und sich in guter Gesellschaft bewegt, hatte früher einmal Beziehungen gehabt und hielt sie vielleicht auch jetzt noch aufrecht, war aber allmählich durch seine Verarmung nach den flotten Jugendjahren und schließlich nach der Aufhebung der Leibeigenschaft zu einer Art von Schmarotzer der guten Gesellschaft herabgesunken, der jetzt als Logierbesuch bei alten Bekannten herumzieht, die ihn seines verträglichen, ausgeglichenen Charakters wegen bei sich aufnehmen, in Erwägung dessen, daß er immerhin ein anständiger Mensch ist, den man selbst in der besten Gesellschaft an seinen Tisch setzen kann, wenn auch, versteht sich, auf einen bescheidenen Platz. Solche Schmarotzer oder Gentlemen mit verträglichem Charakter, die zu plaudern verstehen und zu einer Kartenpartie zu brauchen sind — nur eine ausgesprochene Abneigung gegen jede Art von Aufträgen, mit denen man sie belästigen will, empfinden —, sind gewöhnlich alleinstehende Menschen, Junggesellen oder Witwer, die mitunter sogar Kinder haben, doch werden diese Kinder dann immer irgendwo fern von ihnen erzogen, gewöhnlich bei irgendwelchen Tanten, deren aber der Gentleman in höherer Gesellschaft fast nie Erwähnung tut, gleichsam als schäme er sich dieser Verwandtschaft. Seiner Kinder entwöhnt er sich mit der Zeit fast ganz, wenn er auch noch hin und wieder, etwa zu seinem Namenstag und zu Weihnachten, Gratulationsbriefe von ihnen erhält und diese zuweilen sogar beantwortet. Die Physiognomie des unerwarteten Gastes war nicht gerade gutherzig, aber wiederum sozusagen wohlanständig und, je nach den Umständen, zu jedem liebenswürdigen Ausdruck bereit. Eine Uhr hatte er nicht bei sich, dafür trug er aber eine Schildpattlorgnette an einem schwarzen Bande. Den Mittelfinger der rechten Hand schmückte ein massiver goldener Ring mit einem billigen Opal. Iwan Fjodorowitsch schwieg vor Wut und nahm sich vor, überhaupt nicht zu sprechen. Der Gast wartete und saß genau so da, wie ein Krippenreiter sitzen würde, der soeben aus dem oberen Stockwerk, wo man ihm ein Zimmer zugewiesen hat, zum Tee herabgestiegen ist, um dem Hausherrn bei Tisch Gesellschaft zu leisten, vorläufig aber noch rücksichtsvoll schweigt — da der Hausherr beschäftigt ist oder über irgend etwas mit gerunzelter Stirn nachdenkt —, jedoch unverzüglich zu jeder liebenswürdigen Unterhaltung bereit ist, sobald der Hausherr damit nur beginnen will. Plötzlich aber drückte sich in seinem Gesicht eine gewisse Besorgnis aus.

»Hör mal«, sagte er hastig zu Iwan Fjodorowitsch, »entschuldige, wenn ich störe, aber ich will dich ja nur daran erinnern: du gingst doch zu Ssmerdjakoff, um ihn über Katerina Iwanowna auszufragen, und nun bist du doch fortgegangen, ohne das Gewünschte erfahren zu haben, du hast es wohl vergessen...«

»Ach, ja, richtig!« entschlüpfte es Iwan, und die Sorge verfinsterte sein Gesicht. »Ja, ich vergaß es... Übrigens ist das jetzt gleichgültig, ich habe doch alles auf morgen verschoben«, murmelte er vor sich hin. »Du aber laß dir gesagt sein«, wandte er sich plötzlich gereizt auffahrend an den Gast, »— ich hätte mich dessen soeben ganz von selbst erinnern müssen, denn gerade das bedrückte mir das Herz! Warum mischst du dich so vorwitzig ein? So müßte ich dir ja glauben, daß du mich daran erinnert hast, und nicht, daß es mir von selbst eingefallen ist!«

»So glaub's doch nicht, wenn du's nicht willst«, schlug der Gentleman, leise auflachend, freundlich vor. »Was wäre denn das für ein Glaube, den man erzwingen wollte? Zudem helfen doch Beweise in Glaubensdingen niemals, besonders keine materiellen. Thomas glaubte nicht darum, weil er den auferstandenen Christus sah, sondern weil er schon vorher zu glauben gewünscht hatte. Da haben wir jetzt zum Beispiel die Spiritisten ... ich habe sie sehr gern ... denk nur, sie sind überzeugt, daß sie dem Glauben nützen, weil die Teufel ihnen aus jener Welt ihre Hörner zeigen. ,Das ist doch schon ein materieller Beweis dafür, daß es jene Welt gibt', heißt es. Jene Welt und materielle Beweise — oje, oje! Und schließlich, selbst wenn der Teufel bewiesen wäre, so bliebe es doch noch ungewiß, ob damit auch Gott bewiesen sei? Ich möchte mich als Mitglied in eine idealistische Gesellschaft aufnehmen lassen, werde dann dort Opposition machen. ,Ich bin ein Realist', würde ich sagen, ,aber kein Materialist', hehe!«

»Höre«, sagte Iwan Fjodorowitsch und erhob sich plötzlich von seinem Platz. »... Ich bin jetzt ganz wie ... es scheint mir, daß ich phantasiere ... selbstverständlich tue ich das ... im Fieber ... du kannst dort reden, was du willst, mir ist alles gleich! Du wirst mich heute nicht mehr so in Wut bringen, wie das vorige Mal. Nur schäme ich mich irgendeiner ... Ich werde im Zimmer umhergehen ... Zuweilen sehe ich dich nicht, und dann höre ich nicht einmal deine Stimme, ganz wie das vorige Mal, aber ich errate immer irgendwie, was du da brummst, denn *du bist ich; ich, ich rede selbst, und nicht du!* Nur weiß ich nicht, ob ich das vorige Mal schlief, oder ob ich dich im Wachen sah? Ich werde mir ein nasses Tuch auf die Stirn legen, vielleicht vergehst du dann...«

Iwan Fjodorowitsch ging in die Ecke, nahm ein Handtuch, tauchte es in kaltes Wasser und begann dann mit dem nassen Tuch um den Kopf im Zimmer auf und ab zu schreiten.

»Es gefällt mir, daß wir uns so ohne weiteres auf Du und Du gestellt haben«, begann wieder der Gast.

»Dummkopf!« Iwan lachte. »Soll ich etwa anfangen, zu dir ,Sie' zu sagen? Ich bin jetzt guter Laune, nur in der Schläfe fühle ich noch einen Schmerz ... und unter dem Scheitelbein ... Aber philosophiere bitte nicht, wie neulich. Wenn du dich von hier nicht fortpacken kannst, so schwatz wenigstens etwas Amüsantes. Kram doch deine Klatschgeschichten heraus, du bist doch ein Schmarotzer, da wärst du ja beim Klatschen in deinem Element. — Daß man so einen Alpdruck nicht loswerden kann, das ist doch wirklich ...! Aber ich fürchte dich nicht, ich werde dich überwinden! Man wird mich nicht in die Irrenanstalt bringen!«

»C'est charmant: ‚ein Schmarotzer'. Ja, ich bin in meiner Art gerade das, was ich bin! Was bin ich denn sonst auf der Erde, wenn nicht ein Schmarotzer? Übrigens — bei der Gelegenheit: ich höre dich und, offen gestanden, ich wundere mich ein wenig: bei Gott, es scheint, daß du allmählich anfängst, mich für ein Etwas, für etwas in der Tat Vorhandenes zu halten, und nicht nur für eine Ausgeburt deiner Phantasie, worauf du das letzte Mal so hartnäckig bestandest . . .«

»Keinen Augenblick akzeptiere ich dich als reale Wirklichkeit!« fuhr Iwan ihn fast jähzornig an. »Lüge bist du, meine Krankheit bist du, du bist nichts als ein Fiebergespinst! Nur weiß ich nicht, womit ich dich vernichten könnte . . . Ich sehe schon, man wird sich eine Zeitlang quälen müssen. Du bist meine Halluzination. Du bist die Verkörperung meines Ich, übrigens nur eines Teiles meines Ich . . . meiner Gedanken und Gefühle, aber nur der niedrigsten und dümmsten. Von diesem Gesichtspunkt aus könntest du mich sogar interessieren, wenn ich nur Zeit hätte, mich mit dir abzugeben. . .«

»Erlaube, erlaube, ich werde dich sofort überführen! Vorhin, bei der Straßenlaterne, als du plötzlich Aljoscha anfuhrst mit den Worten: ‚Das hast du von *ihm* erfahren! Woher weißt du, daß *er* zu mir kommt?' — damit meintest du doch mich. Folglich glaubtest du doch eine kleine Sekunde lang, glaubtest du also doch, daß ich wirklich bin«, sagte der Gentleman mit weichem Lachen.

»Ja, das war eine natürliche Schwäche . . . aber trotzdem habe ich nicht an dich glauben können. Ich weiß nicht, schlief ich das vorige Mal, oder ging ich umher? Vielleicht sah ich dich nur im Traum und war gar nicht wach?«

»Aber warum warst du denn vorhin so unfreundlich zu ihm, zu Aljoscha, meine ich? Er ist doch ein lieber Junge; ich bin vor ihm noch wegen des Staretz Sossima schuldig.«

»Schweig! Kein Wort von Aljoscha! Wie wagst du das überhaupt, du Lakai!« Iwan Fjodorowitsch lachte wieder.

»Du schimpfst und lachst dabei — das ist ein gutes Zeichen. Übrigens bist du heute viel liebenswürdiger zu mir als das vorige Mal, aber ich begreife ja auch, woher das kommt: Dieser große Entschluß . . .«

»Schweig von dem Entschluß!« schrie ihn Iwan wütend an.

»Ich verstehe, verstehe schon. C'est noble, c'est charmant. Du gehst morgen hin, um deinen Bruder zu verteidigen, und opferst dich selbst . . . C'est chevaleresque . . .«

»Schweig! — oder ich gebe dir einen Fußtritt!«

»Zum Teil wird mich das freuen, denn mein Zweck wäre dann erreicht: gibst du mir einen Fußtritt, so glaubst du folglich an meine Realität, denn einem Gespenst versetzt man doch keine Fußtritte. Aber weißt du, Scherz beiseite: mir kann's ja schließlich egal sein, schimpf nur zu, wenn du Lust hast, aber es wäre doch besser, etwas höflicher zu sein, sei es auch selbst mir gegenüber. Denn sonst: ,Dummkopf' und ,Lakai' — nun, sag doch selbst, was sind denn das für Ausdrücke?«

»Indem ich dich beschimpfe — schimpfe ich mich selbst!« sagte Iwan und lachte wieder kurz auf. »Du bist ich, ich selbst, bloß mit einer anderen Fratze. Du sprichst genau das, was ich schon bei mir denke . . . und bist überhaupt nicht imstande, mir etwas Neues zu sagen!«

»Wenn meine Worte mit deinen Gedanken übereinstimmen, so gereicht mir das natürlich nur zur Ehre«, antwortete der Gentleman zuvorkommend und doch mit persönlicher Würde.

»Bloß nimmst du immer nur meine schlechten Gedanken, und vor allem — die dummen. Dumm und gemein bist du. Furchtbar dumm bist du. Nein, ich kann dich nicht ertragen! Was soll ich tun, was soll ich tun?« murmelte Iwan wutknirschend.

»Mein Freund, ich will immerhin Gentleman sein und auch als solcher behandelt werden«, begann der Gast in einem Anfall echt schmarotzerhaften, schon im voraus nachgebenden und gutmütigen Ehrgefühls. »Ich bin arm, aber . . . das heißt, ich will nicht behaupten, daß ich sehr ehrenwert sei, aber . . . es wird doch in der Gesellschaft gewöhnlich als Axiom angenommen, daß ich ein gefallener Engel sei. Aber, bei Gott, ich kann mir noch immer nicht vorstellen, auf welche Weise ich einmal ein Engel hätte sein können. Wenn ich aber wirklich so etwas gewesen sein sollte, dann muß das doch schon so lange her sein, daß es keine Sünde mehr sein kann, wenn ich's vergessen habe. Jetzt ist es mir nur um den Ruf eines anständigen Menschen zu tun, und ich lebe wie sich's gerade ergibt, indem ich mich bemühe, angenehm zu sein. Ich liebe die Menschen aufrichtig – o, man hat mich in vielen Dingen unglaublich verleumdet! Hier, hienieden, wenn ich zeitweilig wieder einmal zu euch übersiedle, fließt mein Leben dahin, als ob es tatsächlich etwas wäre, und das ist es gerade, was mir am meisten gefällt. Denn ich leide doch gleichfalls, ganz so wie du, unter dem Phantastischen, und darum liebe ich euren irdischen Realismus. Hier bei euch ist alles fest umrissen, hier gibt es Formeln, hier gibt es Geometrie, bei uns dagegen gibt es nichts als immer nur irgendwelche unbestimmten Gleichungen! Hier gehe ich umher und träume. Ich liebe das Träumen. Und zudem werde ich hier auf Erden abergläubisch, – bitte lach nicht: gerade das gefällt mir, daß ich abergläubisch werde. Ich nehme hier alle eure Gewohnheiten an: es macht mir Spaß, in die öffentliche Badestube zu gehen – kannst du dir das vorstellen? – und ich liebe es, mit Kaufleuten und Popen Schwitzbäder zu nehmen. Mein Lieblingstraum ist, mich zu verkörpern – aber endgültig und unwiderruflich – in irgendeine dicke, zweieindrittel Zentner schwere Kaufmannsfrau und an alles zu glauben, woran sie glaubt. Mein Ideal ist: in die Kirche zu gehen und dort aus reinem Herzen vor einem Heiligenbilde eine Kerze aufstellen zu können. Bei Gott, so ist es. Dann hätten meine Leiden ein Ende. Ach, richtig, und dann habe ich noch an etwas Gefallen gefunden, das ist: mich hier bei euch zu kurieren. Im Frühling herrschten die Pocken, da ging ich denn ins Findelhaus und ließ mich gegen die Pocken impfen, – nein, wenn du wüßtest, wie zufrieden ich an jenem Tage war! Ich spendete sogar zehn Rubel für unsere malträtierten slavischen

Brüder! ... Aber du hörst mir ja gar nicht zu. Weißt du, du bist heute gar nicht wie sonst.« Der Gentleman verstummte für eine Weile. »Ich weiß, du bist gestern zu jenem Doktor gegangen ... nun, wie steht es mit deiner Gesundheit? Was hat dir der Doktor denn gesagt?«

»Dummkopf!« schnitt Iwan kurz ab.

»Dafür bist du doch so klug. Willst du wieder schimpfen? Ich habe ja nicht gerade aus Teilnahme gefragt, sondern nur so. Nun, meinetwegen, brauchst ja nicht zu antworten. Jetzt kommt wieder die schöne Jahreszeit, wo das Rheuma zu zwicken anfängt ...«

»Dummkopf«, sagte Iwan nochmals.

»Das ist wohl alles, scheint es, was du zu sagen weißt? Ich aber holte mir im vorigen Jahr solch einen Rheumatismus, daß ich noch jetzt an ihn zurückdenken muß.«

»Kann denn der Teufel auch Rheumatismus haben?«

»Warum denn nicht, wenn ich mich zuweilen verkörpere. Verkörpere ich mich, so muß ich auch alle Folgen auf mich nehmen. Satanas sum et nihil humanum a me alienum puto.«

»Wie, was? Satanas sum et nihil humanum ... das ist nicht dumm für einen Teufel!«

»Freut mich, daß ich es dir endlich recht gemacht habe.«

»Aber das hast du ja gar nicht von mir genommen!« — Iwan blieb ganz betroffen stehen. — »Das ist mir niemals in den Kopf gekommen, das habe ich nie gehört oder gedacht ... Das ist sonderbar ...«

»C'est du nouveau, n'est-ce pas? Diesmal will ich ehrlich sein und es dir erklären. Also höre: Im Traum, und besonders, wenn man Alpdrücken hat — nun, sagen wir, infolge eines verdorbenen Magens oder sonst aus einem Grunde —, sieht der Mensch zuweilen dermaßen kunstvolle Träume, so komplizierte und reale Wirklichkeit, solche Ereignisse oder sogar eine ganze Welt von Ereignissen, die mit dermaßen feinen Intrigen und unerwarteten Details verknüpft sind, angefangen von euren höchsten Offenbarungen bis zum letzten Hemdenknopf, daß, ich schwöre dir, selbst Ljeff Tolstói es nicht fertigbrächte, sich so etwas auszudenken. Und dabei sind es durchaus nicht nur Schriftsteller, die solche Träume haben, zuweilen sind es sogar die simpelsten Leute, Beamte, Feuilletonisten, Popen ... Hier gibt es noch manches Rätsel zu lösen. Ein Minister gestand mir sogar schlankweg, daß alle seine besten Ideen ihm während des Schlafens kämen. Nun, und so ist es denn auch jetzt. Wenn ich auch nur deine Halluzination bin, so rede ich doch, wie es auch unterm Alpdruck vorkommt, mitunter ganz originelles Zeug. Ich sage sogar Dinge, die dir bis jetzt noch nicht in den Kopf gekommen sind, somit sind es denn nicht deine Gedanken, die ich ausspreche, während ich doch nur dein Alp bin und sonst nichts.«

»Du lügst. Du willst mich doch nur überzeugen, daß du etwas Selbständiges bist und nicht mein Alp, und da bestätigst du nun selbst, daß du ein Traum bist!«

»Mein Freund, heute habe ich eine besondere Methode gewählt, ich werde sie dir später erklären. Wart, wo blieb ich denn eigentlich stehen, wovon sprach ich doch? Ach so! Also, ich hatte mich damals erkältet, nur war das nicht bei euch, sondern noch dort ...«

»Wo dort? Sag, wirst du noch lange bei mir bleiben, kannst du nicht fortgehen?« rief Iwan verzweifelt aus.

Er gab das Gehen auf, setzte sich wieder auf das Sofa, stützte die Ellbogen auf den Tisch und preßte die Fäuste an die Schläfen. Das nasse Handtuch hatte er sich schon vom Kopf gerissen und gereizt fortgeschleudert: es hatte offenbar nichts genützt.

»Deine Nerven sind überreizt«, bemerkte der Gentleman in ungezwungen nachlässigem, jedoch vollkommen freundschaftlichem Ton, »du ärgerst dich sogar deswegen über mich, weil ich mich habe erkälten können. Indessen geschah es auf die natürlichste Weise. Ich eilte damals gerade auf eine diplomatische Soiree bei einer höheren Petersburger Dame, die Frau Minister werden wollte. Nun, versteht sich: Frack, weiße Binde, Handschuhe, und dabei befand ich mich noch

Gott weiß wo. Kurz, um auf die Erde zu gelangen, stand mir noch bevor, den Raum zu durchfliegen ... das ist natürlich nur ein Augenblick, aber ... braucht doch selbst ein Lichtstrahl von der Sonne bis zur Erde ganze acht Minuten, und da nun, stell dir vor, im Frack und in ausgeschnittener Weste! Allerdings können Geister nicht erfrieren, aber da ich mich nun schon einmal verkörpert hatte, so ... Mit einem Wort, man ist zuweilen leichtsinnig, und ich schloß ab. Aber dort im Weltenraum, in diesem Äther oder Wasser, wenn du willst, — „und schied das Wasser unter der Feste von dem Wasser über der Feste" und so weiter — dort herrscht doch solch eine Kälte ... das heißt, was sag ich, Kälte! — das kann man doch überhaupt nicht mehr Kälte nennen — stell dir vor: hundertfünfzig Grad unter Null! Du kennst doch den bekannten Scherz der Dorfmädel: bei dreißig Grad Kälte fordern sie einen Neuling auf, mit der Zunge über ein Beil zu fahren, die friert natürlich sofort an, und der Tölpel reißt sich die ganze Haut von der Zunge. Aber das ist doch bloß bei dreißig Grad, und nun denk dir: hundertundfünfzig! Da brauchte man ja nur einen Finger ans Beil zu legen, und, ich denke, er wäre wie nie dagewesen ... wenn ein Beil nur dorthin gelangen könnte ...«

»Könnte denn ein Beil dorthin gelangen?« fragte Iwan Fjodorowitsch zerstreut und wie angeekelt.

Er spannte seine ganze Kraft an, um seinen Fiebertraum nicht für Wirklichkeit zu halten und nicht endgültig in Wahnsinn zu verfallen.

»Ein Beil?« fragte der Gast verwundert.

»Nun ja, was würde dort mit einem Beil geschehen?« bestand Iwan Fjodorowitsch eigensinnig und gereizt auf seiner Frage.

»Was mit einem Beil im Weltenraum geschehen würde? Quelle idée! Wenn es irgendwohin weiter weggeriete, so, denke ich, würde es alsbald anfangen, etwa in der Gestalt eines Trabanten, um die Erde zu kreisen, ohne selbst zu wissen warum. Die Astronomen würden den Auf- und Untergang des Beiles genau feststellen und alles Weitere berechnen. Man würde es in den Kalender eintragen, und das wäre schließlich alles.«

»Du bist dumm, ganz furchtbar dumm!« sagte Iwan widerspenstig. »Sei doch wenigstens etwas klüger, wenn du lügst, sonst werde ich nicht mehr zuhören. Du willst mich durch Realismus besiegen, willst mich überzeugen, daß du bist. Ich aber will nicht glauben, daß du bist! Und ich werde es auch nicht!«

»Aber ich lüge doch gar nicht, das ist doch alles wahr. Leider pflegt die Wahrheit fast immer wenig geistreich zu sein. Du erwartest, wie ich sehe, entschieden etwas Großes und vielleicht sogar Wundervolles von mir. Das ist sehr schade, denn ich gebe doch nur das, was ich kann . . .«

»Philosophiere nicht, Esel!«

»Wo ist denn da Philosophie, wenn meine ganze rechte Seite wie gelähmt war, und ich nur noch krächzend ach und weh stöhnen konnte! Ich ging natürlich sofort zu allen Ärzten: die Krankheit festzustellen, verstehen sie vorzüglich, den ganzen Prozeß erzählen sie dir wie an den Fingern her, schön, aber kurieren — das gibt's nicht. Da stieß ich bei der Gelegenheit auch auf so einen von den begeisterten Studenten. Der sagte mir: ,Wenn Sie auch sterben müssen, so werden Sie dafür doch nachher ganz genau wissen, an welcher Krankheit Sie gestorben sind!' Und dann noch diese ihre neue Angewohnheit, zu Spezialisten zu schicken: ,Wir stellen nur die Diagnose', heißt es, ,aber fahren Sie doch zu dem und dem Spezialisten, der wird Sie dann schon kurieren'. Der frühere Doktor, der alle Krankheiten kurierte, ist heutzutage ganz und gar verschwunden, aber ganz, sag ich dir, jetzt gibt's nur noch Spezialisten, die fortwährend in den Zeitungen annoncieren. Nehmen wir an, deine Nase ist krank. Schön, man schickt dich nach Paris; dort, heißt es, ist ein europäischer Spezialist, der nur Nasen kuriert. Du kommst nach Paris, er untersucht deine Nase: ,Ich kann Ihnen', sagt er, ,nur das rechte Nasenloch kurieren, denn die linken Nasenlöcher kuriere ich nicht, das ist nicht meine Spezialität, aber fahren Sie doch, wenn ich mit Ihnen fertig bin, nach Wien, dort wird Ihnen ein besonderer Spezialist das linke Nasenloch kurieren.' Was tun? Ich griff zu den Volksmitteln. Ein alter deutscher Doktor riet mir, mich im Dampfbade oben auf der Schwitzbank mit Honig und Salz abzureiben. Ich ging natürlich, allein schon um ein übriges Mal in die Badestube zu kommen, oder richtiger einzig und allein darum, schmierte mich vom Nacken bis zum Hacken kräftig ein, aber von Nutzen — keine Spur. In meiner Verzweiflung schrieb ich an den Grafen Mattei nach Mailand, der schickte mir ein Buch und Tropfen, — na, Gott mit ihm. Und stell dir vor: „Hoffs Malzextrakt" half schließlich! Ich kaufte ihn ganz zufällig, halb aus Versehen, trank anderthalb Glas, und weg war alles, wie mit der Hand, ich hätte sofort tanzen können. Ich beschloß sogleich, ihm meinen Dank durch die Zeitung zu übermitteln. Jawohl: das Gefühl der Dankbarkeit wollte in mir zu Wort kommen. Und nun, was glaubst du wohl, daraus entstand wiederum eine neue Geschichte: In keiner einzigen Redaktion wollte man meine ‚Danksagung' annehmen! ‚Es würde sich doch zu reaktionär ausnehmen', hieß es, ‚niemand wird daran glauben, le diable n'existe point. Lassen Sie es doch anonym drucken.' Nun, dachte ich, was ist denn das für ein Dank, wenn er anonym gesagt wird? Ich scherzte noch mit dem Büropersonal: ‚Nur an Gott zu glauben', sagte ich, ‚ist in unserem Jahrhundert rückständig, ich aber bin doch der Teufel, an mich kann man doch!' — ‚Sehr wohl', sagten sie, ‚wer glaubt denn nicht an den Teufel, aber es geht trotzdem nicht, es könnte der Tendenz schaden. Es sei denn, daß wir es als Scherz brächten?' Nun, als Scherz, was hätte denn das für einen Witz? So ist denn nichts gedruckt worden. Und wirst du's mir glauben, das liegt mir noch immer auf dem Herzen. Selbst meine besten Gefühle, wie zum Beispiel die Dankbarkeit, sind mir formell verboten, und zwar einzig und allein wegen meiner sozialen Stellung.«

»Fängst du schon wieder mit deiner Philosophie an?« Iwan knirschte.

»Gott bewahre mich davor! Aber es geht doch nicht so, man muß sich doch zuweilen auch ein bißchen beklagen dürfen. Ich bin ein verleumdeter Mensch. Da sagst du mir nun in einem fort, ich sei dumm. Daran erkennt man sogleich, daß du noch ein junger Mann bist. Mein Freund, es kommt nicht auf den Verstand allein an. Ich habe von Natur ein gutes Herz und ein heiteres Gemüt — „Ich habe ja doch auch schon etliche Vaudevilles . . .“ Du scheinst mich ja entschieden für einen altgewordenen Chlestakóff[31] zu halten, indessen ist mein Schicksal weitaus ernster. Durch irgendeine vorzeitliche Bestimmung, die ich eigentlich niemals habe verstehen können, bin ich dazu ausersehen zu ,verneinen‘, während ich doch aufrichtig gut und zum Verneinen ganz unbegabt bin. ,Nein, geh hin und verneine‘, heißt es da, ,ohne Verneinung gäbe es keine Kritik. Was aber wäre denn das für eine Zeitung, in der es keine kritische Abteilung gibt? Ohne Kritik gäbe es nichts als ,Hosianna‘. Fürs Leben aber ist ,Hosianna‘ allein zu wenig, dieses ,Hosianna‘ muß vorher unbedingt durch den Schmelzofen der Zweifel gegangen sein‘, nun, und so weiter in dem Ton. Übrigens mische ich mich in diese ganze Sache nicht hinein, denn, schließlich, was geht's mich an: nicht ich habe geschaffen, folglich trage auch nicht ich die Verantwortung. Nun also, da hat man denn den Sündenbock ausgesucht, ihn gezwungen, in der ,kritischen Abteilung‘ zu schreiben, und so gab's dann Leben. Wir durchschauen diese Komödie: ich, zum Beispiel, verlange für mich einfach und geradezu Vernichtung. ,Nein, du sollst leben‘, heißt es da, ,denn ohne dich würde es nichts geben. Wenn alles auf der Welt vernünftig wäre, so würde ja nichts geschehen. Ohne dich würde sich nichts ereignen, es ist aber nötig, daß sich was ereigne.‘ Und so verbeiße ich denn meinen Ärger und diene, damit es Geschehnisse gibt, und schaffe auf Befehl Unvernünftiges. Die Menschen nehmen diese ganze Komödie für etwas Ernsthaftes, sogar bei all ihrem unbestreitbaren

Verstand. Darin besteht denn auch ihre Tragödie. Nun, und sie leiden natürlich, aber . . . immerhin leben sie doch dafür, leben sie realiter, und nicht nur in der Phantasie; denn gerade das Leiden — das eben ist ja das Leben. Was wäre es denn ohne Leiden für ein Vergnügen; alles würde sich in ein endloses Gebet verwandeln. Zwar wäre das heilig, dafür aber auf die Dauer doch recht langweilig. Nun, und ich? Ich leide, aber ich lebe doch nicht. Ich bin das X in einer unbestimmten Gleichung. Ich bin irgendein Phantom des Lebens, das alle Enden und Anfänge verloren, und schließlich sogar selbst vergessen hat, wie es sich nennen soll. Du lachst . . . nein, du lachst nicht, du ärgerst dich schon wieder. Du ärgerst dich fortwährend, du verlangst immer nur Kluges, ich aber kann dir nur sagen, daß ich dieses ganze überirdische Leben, alle Titel und Ehren hingeben würde, nur um mich in die Seele einer zweieindrittel Zentner schweren Kaufmannsfrau verwandeln und Gott Kerzen stiften zu können.«

»Also auch du glaubst nicht mehr an Gott?« fragte Iwan mit gehässigem Lachen.

»Das heißt, wie soll ich dir das sagen, wenn du nur im Ernst . . .«

»Gibt es einen Gott oder gibt es keinen?« fuhr Iwan ihn wiederum mit wilder Verbissenheit an.

»Ah, so fragst du im Ernst? Mein Lieber, bei Gott, ich weiß es nicht. Sieh, da habe ich ein großes Wort ausgesprochen.«

»Du weißt es nicht und siehst doch Gott? Nein, du bist nicht ein Ding für sich, du bist — *ich*, du bist *ich* und sonst nichts! Schmutz bist du, nichts als meine Phantasie bist du!«

»Das heißt, wenn du willst, bin ich mit dir ganz derselben . . . Philosophie, — das wäre der richtige Ausdruck, und auch sonst hätte es damit seine Richtigkeit. „Je pense, donc je suis", das weiß ich bestimmt, was aber das übrige um mich herum betrifft, alle diese Welten, Gott, und sogar den Satan selbst, — das alles ist für mich nicht bewiesen, ob es an und für sich, sozusagen selbständig besteht, oder einzig und allein meine Emanation ist, die folgerichtige Entwicklung meines *Ich*, das zeitlich und individuell existiert... mit einem Wort: ich breche lieber kurz ab, denn es scheint, daß du sogleich aufspringen und handgreiflich werden willst.«

»Könntest du nicht lieber irgendeine Anekdote erzählen!« fragte Iwan krankhaft gequält.

»Das könnte ich durchaus. Ich habe gerade so eine Anekdote, die gut zu unserem Thema paßt, oder vielmehr keine Anekdote, sondern eher eine Legende. Da wirfst du mir nun Unglauben vor: ,du siehst und doch glaubst du nicht'. Aber, mein Freund, ich bin ja nicht allein so, dort bei uns sind doch jetzt alle ganz konfus geworden, und das nur infolge eurer Wissenschaft. Solange es bloß Atome gab, fünf Sinne, vier Elemente, nun, da hielt sich alles noch irgendwie im Leim. Atome gab es ja auch in der Alten Welt. Als man aber bei uns erfuhr, daß ihr dort bei euch das ,chemische Molekül' und das ,Protoplasma' entdeckt hattet, und weiß der Teufel was sonst noch, da fühlte man sich bei uns sozusagen wie begossen und wurde kleinlaut. Der denkbar größte Blödsinn hub an. Vor allem: Aberglauben, Klatsch! Klatsch gibt es doch bei uns ebensoviel wie bei euch, sogar noch ein wenig mehr; und zu guter Letzt die Denunziationen! Bei uns gibt es doch auch so eine Abteilung zur Kenntnisnahme gewisser ,Nachrichten'. Nun also, diese verrückte Legende, noch aus dem Mittelalter — aus unserem, nicht aus eurem —, und denk nur, selbst bei uns glaubt niemand an sie, außer den allerdicksten Kaufmannsfrauen, — das heißt wiederum unsere Kaufmannsfrauen, nicht eure. Alles, was es bei euch gibt, gibt es auch bei uns — das will ich dir mal aus purer Freundschaft aufdecken, obgleich es eines unserer Geheimnisse und euch mitzuteilen verboten ist. Also, diese Legende handelt vom Paradiese. Es war einmal, heißt es, hier bei euch auf Erden so ein Denker und Philosoph, der ,alles verneinte, Gesetze,

Gewissen, Glaube', vor allen Dingen aber — das zukünftige Leben. Er starb, glaubte unmittelbar in Finsternis, Tod und Nichtsein zu geraten, aber, siehst du wohl, da ist vor ihm — das zukünftige Leben. Er wunderte sich und ward ungehalten. ‚Das widerspricht meinen Überzeugungen', sagte er. Nun, und dafür wurde ihm dann der Prozeß gemacht, und er wurde verurteilt... das heißt, sieh mal, du mußt mich entschuldigen, ich gebe doch nur das wieder, was ich gehört habe, und es ist ja nur eine Legende... Also, man verurteilte ihn zu folgendem: in der Finsternis eine Quadrillion Kilometer zu durchwandern (bei uns rechnet man doch jetzt auch nach Kilometern), und erst wenn er diese Quadrillion Kilometer hinter sich hat, soll ihm das Paradiesestor geöffnet und alles verziehen werden...«

»Aber was habt ihr in jener Welt sonst noch für Qualen, außer dieser Quadrillion?« unterbrach ihn Iwan, plötzlich ganz eigentümlich belebt.

»Was für Qualen? Ach, frage lieber nicht danach! Früher gab es noch so dies und das, jetzt dagegen hat man sich fast nur auf die abstrakten, auf die moralischen Qualen verlegt, so — ‚Gewissensbisse' und diesen ganzen Schwindel. Das ist gleichfalls von euch übernommen, infolge der ‚Milderung' eurer Sitten. Und wer hat dabei gewonnen? Gewonnen haben nur die Gewissenlosen, denn was können ihnen Gewissensbisse anhaben, wenn in ihnen überhaupt kein Gewissen vorhanden ist? Dafür geht es jetzt den anständigen Leuten um so schlechter, die noch Gewissen und Ehre im Leibe haben... Das sind so Reformen auf unvorbereitetem Boden, die dazu noch nach fremden Einrichtungen kopiert werden, — nichts als Schaden kommt dabei heraus! Da wäre doch das frühere Feuerlein weit angebrachter... Nun also, dieser zur Quadrillion Verurteilte stand, sah und legte sich dann quer auf den Weg hin: ‚Ich will nicht gehn, aus Prinzip werde ich nicht gehn!' Nimm die Seele eines aufgeklärten russischen Atheisten und mische sie mit der

Seele des Propheten Jonas, der drei Tage und drei Nächte lang im Bauche des Walfischs schmollte, — da hast du den Charakter dieses Denkers, der sich quer über den Weg legte.«

»Auf was legte er sich denn dort hin?«

»Nun, es wird doch wahrscheinlich etwas dagewesen sein, auf was man sich hinlegen konnte. Du lachst doch nicht?«

»Bravo!« rief Iwan, immer noch in derselben lebhaften Spannung. Er hörte bereits mit auffallendem Interesse zu. »Nun, was? und liegt er auch jetzt noch da?«

»Das ist's ja, daß er nicht mehr liegt. Er lag fast tausend Jahre lang, dann stand er plötzlich auf und ging.«

»So ein Esel!« rief Iwan unwillkürlich aus und lachte nervös auf, schien aber dabei immer noch alle Sinne wie krampfhaft anzuspannen, um sich über etwas Bestimmtes klar zu werden oder zu kombinieren. »Kommt denn das nicht auf dasselbe hinaus, ob man ewig liegt oder eine Quadrillion Kilometer geht? Das wäre doch ein Marsch von ungefähr einer Billion Jahren!«

»Sogar noch viel mehr. Schade, ich habe keinen Bleistift und kein Papier bei mir, sonst könnte man es sofort ausrechnen. Aber er ist ja schon längst angelangt, und hier erst beginnt die Anekdote.«

»Wie das — angelangt? Wo hat er denn die Billion Jahre hergenommen?«

»Du denkst nun wieder bloß an unsere jetzige Erde! Aber diese Erde hat sich doch vielleicht schon billionenmal wiederholt. Nun, sie hatte sich eben ausgelebt, ist vereist, ist gesprungen, auseinandergeplatzt, zerfallen, zerstäubt, hat sich in ihre Elemente aufgelöst, dann ward wieder ‚eine Feste zwischen den Wassern‘, und so weiter, dann wieder ein Komet, wieder eine Sonne, aus der Sonne wieder eine Erde, — aber diese Entwicklung hat sich doch vielleicht schon unzähligemal wiederholt, endlos, und immer genau in ein und derselben Form, alles bis aufs Tüpfelchen genau so wie es war. Mordslangweilig, sage ich dir . . .«

»Schön, schön, aber was geschah dann, als er ankam?«
drängte Iwan weiter.

»Tja, kaum hatte sich ihm das Paradies erschlossen, kaum
war er eingetreten, — versteh: noch war er keine zwei Sekunden im Paradiese, und das nach der Uhr berechnet, nach
der Uhr, (wiewohl sich seine Uhr in seiner Tasche, meiner
Meinung nach, inzwischen auch schon in ihre Elemente
hätte auflösen müssen), — also, wie gesagt, noch war er keine
zwei Sekunden im Paradiese, als er schon ausrief, daß man
für diese zwei Sekunden nicht nur eine Quadrillion, sondern quadrillionmal Quadrillionen durchwandern könne,
auch wenn man diese womöglich noch in die quadrillion-
ste Potenz erhöbe! Mit einem Wort, er sang sein ‚Hosianna‘,
verstand aber darin nicht maßzuhalten, so daß dort einige
von etwas vornehmerer Gesinnungsart ihm in der ersten
Zeit nicht einmal die Hand reichen wollten. Der war ihnen
denn doch zu ungestüm zu den Konservativen übergegangen. Eine russische Natur. Wie gesagt: eine Legende. Als
was gekauft, als das verkauft. Das also wäre noch so ein
Beispiel, was für Auffassungen von diesen Dingen dort bei
uns in Umlauf sind.«

»Jetzt habe ich dich erwischt!« rief Iwan plötzlich mit
geradezu kindlicher Freude aus, als habe er sich endlich einer
bestimmten Sache erinnert. »Diese Anekdote von den Quadrillion Jahren, — die habe ich ja selbst erfunden! Ich war
damals siebzehn Jahre alt, ich war noch auf dem Gymnasium ... ich hatte damals diese Anekdote verfaßt und erzählte sie darauf einem Mitschüler, Koróvkin hieß er, das
war in Moskau ... Diese Anekdote ist so charakteristisch,
daß ich sie nirgendwoher hätte übernehmen können! Ich
hatte sie nur fast vergessen ... aber jetzt habe ich mich ihrer
unbewußt wieder erinnert, — sie ist mir ganz von selbst
wieder eingefallen, und nicht du hast sie mir erzählt! Wie
man sich eben zuweilen einer Sache unbewußt wieder erinnert, wie einem plötzlich tausend Dinge einfallen, selbst
wenn man zum Schafott geführt wird ... sie ist mir im

Traum wieder eingefallen. Und dieser Traum bist du! Ja, nichts als mein Traum bist du, selbständig existierst du überhaupt nicht!«

Der Gentleman lachte:

»Gerade die Heftigkeit, mit der du mich ablehnst, sagt mir, daß du trotzdem an mich glaubst.«

»Nicht im geringsten! Nicht ein Hundertstel glaube ich!«

»Aber ein Tausendstel doch. Die homöopathischen Portiönchen sind ja vielleicht gerade die stärksten. Gestehe nur, daß du, nun, sagen wir, ein Zehntausendstel doch glaubst.«

»Keinen Augenblick!« fuhr Iwan jähzornig auf. »Übrigens . . . wünschte ich, an dich glauben zu können!« fügte er plötzlich sonderbar hinzu.

»Oho! Das ist mir mal ein Eingeständnis . . . Aber ich bin gutmütig, ich werde dir auch hierbei helfen. Also höre: *Ich* habe dich erwischt, nicht du mich! Ich habe dir absichtlich deine eigene Anekdote erzählt, die du so gut wie vergessen hattest, damit du jeglichen Glauben an mich verlörest.«

»Du lügst! Der Zweck deines Erscheinens ist, mich zu überzeugen . . . daß du wirklich bist.«

»Eben. Aber das Schwanken, das Zweifeln, die Unruhe, das Ringen des Glaubens mit dem Unglauben, — das ist doch für einen gewissenhaften Menschen, wie du zum Beispiel, mitunter eine solche Qual, daß man sich lieber erhängen möchte. Gerade weil ich weiß, daß du ein Körnchen Glauben an mich hast, flößte ich dir jetzt eine gehörige Portion Unglauben ein, indem ich dir diese Anekdote erzählte. Ich lenke dich jetzt zwischen Glauben und Unglauben abwechselnd hin und her, und verfolge dabei natürlich meinen besonderen Zweck. Wie gesagt: eine neue Methode. Denn sobald du endgültig jeden Glauben an mich verloren haben wirst, wirst du sofort anfangen, mir ins Gesicht zu versichern, daß ich kein Traum sei, sondern wirklich existiere. Ich kenne dich doch. Und dann werde ich eben mein Ziel erreichen. Mein Ziel aber ist edel. Ich werde nur ein winziges Körnchen Glauben in dich werfen, und daraus wird eine Eiche erwachsen, — und noch dazu solch eine Eiche, daß du, mit diesem Baume in der Brust, dich noch zu den ‚Vätern-Einsiedlern und den lasterlosen Weibern‘ wirst gesellen wollen, denn im geheimen willst du das sehr, gar sehr! Wirst noch Heuschrecken essen und dich in die Wüste schleppen!«

»Ah! So mühst du Nichtsnutz dich um mein Seelenheil?«

»Man muß doch wenigstens irgendeinmal auch ein gutes Werk tun. Aber ärgern tust du dich, ärgern! wie ich sehe.«

»Hanswurst!... Aber sag: hast du schon einmal auch solche versucht, die sich von Heuschrecken ernähren, an die siebzehn Jahre in der Wüste beten, bis sich Moos auf ihnen ansetzt?«

»Mein Täubchen, das ist ja das einzige, was ich bisher getan habe! Den ganzen Erdball und alle Weltenräume vergißt du, sag ich dir, wenn du dich einmal an einen solchen geheftet hast! Ein solcher Brillant ist denn doch gar zu kostbar. Eine einzige solche Seele ist mitunter ein ganzes Sternbild wert! — wir haben doch unsere eigene Arithmetik. So ein Sieg ist denn auch etwas kostspielig! Stehen doch manche von ihnen in ihrer Entwicklung, bei Gott, nicht unter dir, wenn du mir das auch nicht glauben wirst. Solche Abgründe von Glauben und Unglauben können sie in ein und demselben Augenblick erfassen, daß man wahrlich manchmal meint, es hänge nur noch an einem Härchen, und der Mensch fliegt hinab — ‚kopfüber und die Beine hinterdrein‘, wie der Schauspieler Gorbúnoff sagt.«

»Nun, und? Bist mit langer Nase abgezogen?«

»Mein Freund«, bemerkte der Gast sentenziös, »mit einer langen Nase abzuziehen, ist mitunter gleichwohl besser, als ganz ohne Nase, wie noch vor kurzen ein kranker Marquis (den wahrscheinlich ein Spezialist behandelt hatte) in der Beichte seinem Beichtvater, einem Jesuiten, gestand. Ich war zugegen — ganz reizend, sag ich dir! ‚Pater‘, ruft er, ‚gebt mir meine Nase wieder!‘ und schlägt sich vor die

Brust. — ‚Mein Sohn‘, antwortet der Pater schwänzelnd, ‚alles geschieht nach den unerforschlichen Ratschlüssen der Vorsehung, und sichtbares Unglück kann zuweilen einen großen, wenn auch uns zunächst unsichtbaren Vorteil nach sich ziehen. Wenn ein strenges Geschick Sie Ihrer Nase beraubt hat, so ergibt sich daraus für Sie wenigstens der Vorteil, daß Ihnen hinfort niemand mehr wird sagen können, Sie seien mit einer langen Nase abgezogen.‘ — ‚Heiliger Vater, das ist kein Trost!‘ ruft jener verzweifelt aus, ‚ich würde im Gegenteil überglücklich sein, mein ganzes Leben lang jeden Tag mit einer langen Nase abzuziehen, wenn sie nur an der richtigen Stelle säße.‘ — ‚Mein Sohn‘, sagt der Pater seufzend, ‚man darf nicht alle Erdengüter zugleich verlangen, das wäre schon Murren wider die Vorsehung, die Sie selbst hierbei nicht vergessen hat: denn wenn Sie so zum Herrn emporschreien, wie Sie es soeben getan haben, daß Sie sogar mit Freuden bereit wären, Ihr ganzes Leben lang mit langer Nase abzuziehen, so hat die Vorsehung mittelbar auch diesen Ihren Wunsch schon im voraus erfüllt: da Sie Ihre Nase verloren haben, sind Sie doch gewissermaßen mit einer langen Nase abgezogen . . .‘«

»Pfui, wie dumm!«

»Mein Freund, ich wollte dich ja nur erheitern. Aber ich schwöre dir, das ist die echteste Jesuitenkasuistik, und du kannst mir glauben, daß ich Wort für Wort wiederhole, was ich gehört habe. Eben dieser Fall machte mir noch viel zu schaffen. Der unglückliche junge Mann kehrte nach Haus zurück und erschoß sich noch in derselben Nacht; ich wich natürlich nicht von seiner Seite und blieb bis zum letzten Augenblick bei ihm . . . Überhaupt bieten mir diese Beichtstühlchen der Jesuiten die liebste Zerstreuung in traurigen Lebensstunden. Da will ich dir doch noch einen Fall erzählen, bereits aus unserer Zeit, erst kürzlich erlebte ich ihn. Zum greisen Pater kommt so ein Blondinchen, eine Normannin, von etwa zwanzig Jahren. Ein Stück Natur, sag ich dir, die Formen wie gedrechselt, eine Schönheit —

daß ihm der Mund nur so wässert! Sie beugt sich nieder und flüstert dem Pater durch die kleine Öffnung ihre Sünde zu. ‚Was sagen Sie da, meine Tochter, sind Sie schon wieder gefallen?‘ fragt der Pater entsetzt. ‚O, Sankta Maria, was höre ich: schon mit einem anderen! Aber wie lange wird sich das noch fortsetzen, und schämen Sie sich denn gar nicht?‘ — ‚Ah, mon père‘, antwortet die Sünderin, in Reuetränen aufgelöst: ‚Ça lui fait tant de plaisir et à moi si peu de peine!‘ — Kannst du dir solch eine Antwort vorstellen! Da trat selbst ich zurück: das war ja der Schrei der Natur selber, das ist ja, wenn du willst, sogar besser als die Unschuld selbst! Ich erließ ihr denn auch sofort die Sünde und wandte mich schon zum Gehen, war aber sogleich gezwungen, wieder zurückzukehren. Wie ich höre, flüstert ihr der Pater etwas zu: er bestellt sie für den Abend zum Stelldichein, — und es war doch ein standhafter alter Mann, und in einem Augenblick war er gefallen. Die Natur, das Gesetz der Natur kassierte wieder mal den ihm zustehenden Tribut ein! Wie, biegst du schon wieder die Nase weg, ärgerst du dich schon wieder? Ich weiß wirklich nicht, womit ich es dir zu Dank machen könnte...«

»Laß mich in Ruh! Du klopfst in meinem Hirn wie ein Alpdruck, der nicht loszuwerden ist«, stöhnte Iwan wie ein Kranker in völliger Kraftlosigkeit vor seiner Vision. »Du langweilst mich, du bist unerträglich und qualvoll! Viel würde ich drum geben, wenn ich dich hinauswerfen könnte!«

»Ich rate dir nochmals, mäßige deine Ansprüche, verlange von mir nicht ‚alles Erhabene und Schöne‘, und du wirst sehen, wie freundschaftlich wir uns miteinander einleben werden«, sagte der Gentleman eindringlich. »Du ärgerst dich ja im Grunde nur deswegen über mich, weil ich dir nicht irgendwie in rotem Lichte, ‚donnernd und blitzend‘ und mit glühenden Schwingen erschienen bin, sondern mich in so bescheidener Gestalt vorgestellt habe. Du bist gekränkt, erstens in deinen ästhetischen Gefühlen und zweitens in

deinem Stolz: ‚Wie‘, denkst du, ‚wie wagt zu einem so großen Mann ein so schäbiger Teufel zu kommen?‘ Nein, in dir
steckt doch noch diese romantische Ader, die schon Belinskij
so verspottet hat. Was soll man da tun, junger Mann! Als
ich mich vorhin zu dir aufmachte, da dachte ich schon
einen Augenblick daran, mich zum Scherz als verabschiedeten Wirklichen Staatsrat vorzustellen, der im Kaukasus
gedient hat, mit dem persischen Orden des Löwen und der
Sonne am Frack. Aber, offen gestanden, mir fehlte der
Mut dazu, denn du hättest mich doch zweifellos allein schon
dafür verprügelt, daß ich gewagt habe, mir nur besagten
Ordensstern des Löwen und der Sonne an den Frack zu
heften, und nicht mindestens den Polarstern oder den
Sirius. Und immer wieder wirfst du mir vor, ich sei dumm.
Aber, du lieber Gott, ich habe ja gar nicht die Prätention,
mich an Geist mit dir zu messen. Als Mephistopheles dem
Faust erschien, da bezeugte er von sich, daß er das Böse
wolle, doch stets das Gute schaffe. Nun, das mag er halten,
wie es ihm beliebt, bei mir dagegen ist es gerade umgekehrt. Ich bin vielleicht der einzige Mensch in der ganzen
Natur, der die Wahrheit liebt und aufrichtig das Gute
will. Ich war zugegen, als das am Kreuz gestorbene Wort
zum Himmel auffuhr und mit sich die Seele des ihm zur
Rechten verschiedenen Schächers emportrug. Ich hörte das
Freudejauchzen der Cherubim, die jubelnd ‚Hosianna‘ sangen, und den Donnerschrei des Entzückens der Seraphim,
von dem der Himmel und das ganze Gebäude der Welten
erbebten. Und sieh, ich schwöre dir bei allem, was heilig ist,
ich wollte schon in den Chor einstimmen, wollte mit allen
Engeln aufjauchzen: ‚Hosianna!‘ Schon drängte es aus der
Brust, schon wollte es sich von der Zunge losreißen ... ich
bin doch, wie du weißt, sehr sensibel und künstlerisch emp-
fänglich. Aber die gesunde Vernunft — o, das ist die un-
seligste Eigenschaft meiner Natur — hielt mich auch hier
in den pflichtschuldigen Grenzen zurück, und ich verpaßte
den Augenblick! Denn was, dachte ich in derselben Sekunde,

was würde die Folge meines ‚Hosianna' sein? Es würde sofort alles auf der Welt erlöschen, und keinerlei Ereignisse würden sich mehr zutragen. Und so war ich denn einzig und allein aus Pflichtbewußtsein in meinem Dienst und infolge meiner sozialen Stellung gezwungen, das Gute in mir zu ersticken in so einem Augenblick und bei den Abscheulichkeiten zu bleiben. Die Ehre des Guten nimmt jemand ganz nur für sich allein in Anspruch, mir dagegen ist ausschließlich das Unheilstiften zugewiesen. Ich bin aber nicht neidisch auf die Ehre, als Schnorrer auf Kosten anderer zu leben, ich bin nicht ehrgeizig.[32] Warum ward von allen Geschöpfen der Welt nur ich allein den Flüchen aller anständigen Leute geweiht und sogar ihren Fußtritten, denn, wenn ich mich verkörpere, muß ich mitunter auch diese Folgen auf mich nehmen. Ich weiß ja, daß es hierbei ein Geheimnis gibt, aber dieses Geheimnis will man mir um keinen Preis aufdecken, denn es wäre möglich, daß ich dann, wenn ich erraten hätte, um was es sich handelt, auch ‚Hosianna' brülle, und darauf verschwände sofort das notwendige Minus, und auf der ganzen Welt höbe Vernünftigkeit an, damit aber hätte selbstverständlich alles ein Ende, sogar die Zeitungen und sonstigen Blätter, denn wer würde dann noch auf welche abonnieren? Ich weiß ja, daß ich mich zu guter Letzt aussöhnen, einmal auch meine Quadrillion zu Ende gehen und das Geheimnis erfahren werde. Bis dahin aber — schmolle ich, verbeiße meinen Ärger und erfülle meine Bestimmung, das ist: Tausende zu verderben, auf daß sich einer rette. Zum Beispiel, wieviel Seelen hieß es da verderben, wieviel ehrenhafte Reputationen verunglimpfen, nur um den einen gerechten Hiob zu ergattern, mit dem man mich damals, zu Olims Zeiten, so gemein beschummelt hat! Nein, solange das Geheimnis noch nicht aufgedeckt ist, gibt es für mich zwei Wahrheiten: eine, die dort bei ihnen und mir vorerst völlig unbekannt ist, und dann die andere, meine Wahrheit. Und noch weiß man nicht, welche von beiden sauberer sein wird . . . Bist du eingeschlafen?«

»Warum nicht gar!« stöhnte Iwan erbost. »Alles, was es nur Dummes in meiner Natur gibt, was ich schon längst überwunden, in meinem Geist durch- und durchgekaut und wie Aas fortgeworfen habe, — das trägst du mir wieder vor, als wäre es etwas Neues!«

»Also war's wieder nicht recht! Und ich hoffte bereits, dich schon allein mit der literarischen Fassung zu gewinnen: dieses ‚Hosianna‘ im Himmel zum Beispiel, das nahm sich doch wirklich gar nicht so uneben aus? Und jetzt zum Schluß dieser sarkastische Ton à la Heine, — wie, du findest das nicht?«

»Nein, ein solcher Lakai bin ich nie gewesen! Wie hat denn nur meine Seele einen solchen Lakaien wie dich hervorzubringen vermocht?«

»Mein Freund, ich kenne einen ganz prächtigen und liebenswertesten russischen Junker: einen jungen Denker und großen Liebhaber der Literatur und aller schönen Künste, den Autor eines vielversprechenden Poems, das „Der Großinquisitor" betitelt ist... Nur um ihn allein war's mir zu tun!«

»Ich verbiete dir, auch nur ein Wort vom „Großinquisitor" zu sagen!« unterbrach ihn Iwan zornig, jäh errötend vor Scham.

»Nun, aber wie steht's denn mit der „Geologischen Umwälzung"? Erinnerst du dich noch? Das ist mir mal ein Poemchen, das muß ich sagen!«

»Schweig! — oder ich schlage dich tot!«

»Wen, mich willst du totschlagen? Nein, erlaub schon, daß ich mich ausspreche. Deswegen bin ich ja überhaupt gekommen, um mir dieses Vergnügen zu leisten. O, ich liebe über alles diese feurigen Schwärmereien meiner stolzen, jungen, vor Lebensdurst bebenden Freunde! ‚Da gibt es nun diese sogenannten neuen Menschen‘, so dachtest du noch im vorigen Frühjahr, noch bevor du dich dann hierher aufmachtest; ‚sie haben die Absicht, alles zu zerstören und wieder mit der Menschenfresserei des Uranfangs zu beginnen. Die Schafsköpfe, warum haben sie mich nicht um Rat gefragt! Meiner Ansicht nach ist es gar nicht nötig, zuerst mit dem mühsamen Niederreißen anzufangen, das ist ja ganz überflüssig! Man brauchte doch einzig und allein die Gottesidee in der Menschheit zu zerstören, und alles würde nach Wunsch gehen! Das ist es, nur das ist es, womit man beginnen muß! O, diese Blinden, die überhaupt nichts begreifen! Hat sich die Menschheit erst einmal durchweg von Gott losgesagt (und ich glaube daran, daß auch diese Periode, als Parallele zu den geologischen Perioden, einmal eintreten wird), so wird auch die ganze frühere Weltanschauung und vor allem die ganze frühere Sittlichkeit schon von selbst fallen, auch ohne Menschenfresserei, und dem anhebenden Neuen überall Platz machen. Die Menschen werden sich zusammentun, um vom Leben alles zu nehmen, was es nur herzugeben vermag, jedoch unbedingt zum Zweck des Glücks und der Freude einzig und allein hier in dieser Welt. Der Mensch wird sich erhöhen durch den Geist göttlichen, titanischen Stolzes, und dann wird der Mensch-Gott auftreten. Indem der Mensch zu jeder Stunde durch seine Willenskraft und die Wissenschaft die Natur bereits ohne Grenzen besiegt, wird er eben dadurch zu jeder Stunde einen solchen Hochgenuß empfinden, daß ihm dieser alle früheren Hoffnungen auf himmlische Wonnen ersetzen wird. Ein jeder wird wissen, daß er vollkommen sterblich ist, ohne Auferstehung, und wird den Tod empfangen stolz und ruhig wie ein Gott. Schon aus Stolz wird er einsehen, warum er nicht dawider zu murren braucht, daß das Leben nur ein Augenblick ist, und er wird seinen Bruder lieben bereits ohne die Verheißung einer Belohnung dafür. Die Liebe wird sich nur mit der Dauer des Lebensaugenblicks begnügen, aber allein schon das Bewußtsein ihrer Kürze wird ihr Feuer um ebensoviel verstärken, um wieviel sie vordem durch die Hoffnung auf jenseitige und unendliche Liebe verdünnt und verflacht wurde...' nun, und so weiter, und so weiter in dieser Art. Ganz allerliebst!«

Iwan saß da, hielt sich mit beiden Händen die Ohren zu und blickte zu Boden, doch allmählich begann er, am ganzen Körper zu zittern. Die Stimme sprach weiter:

»Die Frage besteht jetzt also nur darin, dachte mein junger Denker: ob es möglich ist, daß eine solche Periode jemals anbricht, oder ob das ausgeschlossen ist? Wenn sie anbräche, so wäre alles gelöst, und die Menschheit würde sich endgültig einrichten. Da dies aber, in Anbetracht der in der Menschheit eingewurzelten Dummheit, vielleicht auch in tausend Jahren nicht ganz durchzuführen sein wird, so steht es jedem, der schon jetzt die Wahrheit erkennt, auch jetzt bereits frei, sich völlig nach eigenem Gutdünken einzurichten, also nach neuen Grundsätzen. In diesem Sinne ist ihm ,alles erlaubt'. Und damit noch nicht genug, denn: selbst wenn diese Periode niemals anbrechen sollte, so ist es doch, da es ja Gott und Unsterblichkeit sowieso nicht gibt, diesem neuen Menschen vollkommen erlaubt, Menschgott zu werden, wenn auch nur er allein auf der ganzen Welt es wird. Und der kann sich dann in diesem neuen Rang selbstverständlich leichten Herzens über jede sittliche Schranke des früheren Knechtmenschen hinwegsetzen, wenn es nötig sein sollte. Für einen Gott gibt es kein Gesetz! Wohin Gott sich stellt — dort ist der Platz schon Gottes. Wohin ich mich stellen werde, dort wird sofort der erste Platz sein ... ,Alles ist erlaubt' und damit — basta! Das alles ist ja sehr nett; nur fragt es sich, sollte man meinen, wozu er, wenn er schon beschwindeln will, noch die Sanktion der Wahrheit braucht? Aber so ist unser heutiger Russe: ohne Sanktion kann er sich nicht einmal zu Betrügereien entschließen, dermaßen hat er die Wahrheit liebgewonnen ...«

Der Gast ließ sich offenbar immer mehr durch seine Beredsamkeit fortreißen, jedenfalls sprach er schon lauter, immer lauter und begann sogar, spöttisch zum Hausherrn hinüberzublicken; aber er sollte seine Rede nicht zu Ende bringen: Iwan ergriff plötzlich das Teeglas vom Tisch und schleuderte es auf den Redner.

»Ah, mais c'est bête enfin!« rief jener aus, indem er vom Diwan aufsprang und sofort die Teespritzer von seinem Rock mit den Fingern abzuschnippen begann. »Da ist ihm Luthers Tintenfaß eingefallen! Selbst hält er mich für einen Traum und wirft dabei mit Teegläsern nach mir! Das ist ja Weiberart! Also habe ich richtig vermutet, daß du dich nur so anstelltest, als hieltest du dir die Ohren zu, in Wirklichkeit aber zuhörtest...«

Ein starkes und beharrliches Klopfen an den Fensterrahmen wurde plötzlich von draußen her hörbar. Iwan Fjodorowitsch sprang auf.

»Hörst du, mach lieber auf«, rief ihm der Gast zu, »das ist dein Bruder, Aljoscha, mit der überraschendsten und wichtigsten Nachricht, dafür bürge ich dir!«

»Schweig, Betrüger, ich wußte schon vor dir, daß es Aljoscha ist, ich habe ihn vorausgefühlt und... selbstverständlich kommt er nicht umsonst... ich weiß, daß er mit einer ‚Nachricht‘ kommt!« raunzte Iwan ihn empört an.

»So mach doch auf, mach auf! Draußen tobt der Schneesturm, er aber ist doch dein Bruder! Monsieur, sait-il le temps qu'il fait? C'est à ne pas mettre un chien dehors...«

Das Klopfen dauerte an. Iwan wollte schon zum Fenster stürzen, doch plötzlich war ihm, als wären seine Füße und Arme gefesselt. Er strengte sich aus allen Kräften an, wie um seine Fesseln zu zerreißen, aber vergeblich. Das Klopfen an den Fensterrahmen wurde immer stärker und dröhnender. Endlich rissen die Fesseln, ganz plötzlich, und Iwan Fjodorowitsch sprang auf. Er blickte wild um sich. Die beiden Kerzen waren fast schon ganz heruntergebrannt, das Glas, mit dem er soeben nach seinem Gast geworfen hatte, stand vor ihm auf dem Tisch, und auf dem Diwan an der gegenüberliegenden Wand saß — niemand. Das Klopfen an den Fensterrahmen dauerte zwar noch fort, aber es war doch lange nicht so laut, wie es ihm kurz vorher im Traum geschienen hatte. Im Gegenteil, es wurde sogar sehr vorsichtig geklopft.

»Das war kein Traum! Nein, ich schwöre, das war kein Traum! — das war doch soeben alles wirklich!« rief Iwan Fjodorowitsch aus. Darauf schritt er zum Fenster und riß es auf.

»Aljoscha, ich habe dir doch verboten, zu mir zu kommen!« rief er dem Bruder wütend zu. »Sage in zwei Worten: was willst du? In zwei Worten, verstanden?«

»Vor einer Stunde hat Ssmerdjakóff sich erhängt«, antwortete Aljoscha von draußen.

»Geh zur Haustür, ich werde dir sofort aufmachen«, sagte Iwan und ging, um Aljoscha hereinzulassen.

X

»Das hat er gesagt!«

Als Aljoscha eingetreten war, teilte er Iwan Fjodorowitsch mit, daß vor etwas mehr als einer Stunde Márja Kondrátjewna atemlos bei ihm erschienen sei, mit der Nachricht, Ssmerdjakoff habe sich das Leben genommen. »Ich ging hinein«, habe sie gesagt, »um den Ssamowár abzuräumen, er aber hängt an der Wand am Nagel!« Auf Aljoschas Frage, ob sie es schon der Polizei gemeldet habe, habe sie geantwortet: »Nein, noch nicht, niemandem, ich lief sofort weg, ganz zuerst hierher zu Ihnen, zu Ihnen ganz zuerst, und ich lief so schnell ich konnte!« Sie sei ganz verstört gewesen, erzählte Aljoscha, und habe gezittert wie ein Espenblatt. Als Aljoscha mit ihr zusammen hingeeilt war, in die Hütte am Rande der Stadt, da hatte Ssmerdjakoff immer noch an der Wand gehangen. Auf dem Tisch habe ein Zettel gelegen, auf dem geschrieben stand: »Ich vernichte mein Leben aus eigenem Willen und Belieben, um niemanden zu beschuldigen.« Aljoscha hatte den Zettel genau so zurückgelassen, wie er ihn gefunden hatte, und war geradeswegs zum Polizeichef gegangen, um ihn vom Vorgefallenen in Kenntnis zu setzen, — »und von ihm kam ich sofort zu dir«, schloß Aljoscha, der aufmerksam Iwan ins Gesicht blickte. Und die ganze Zeit, während der er erzählt hatte, hatte er keinen Blick von ihm abgewandt, als hätte ihn etwas, vielleicht ein gewisser Ausdruck im Gesicht des Bruders, betroffen gemacht.

»Bruder«, rief Aljoscha plötzlich ganz erschrocken aus, »du bist bestimmt sehr krank! Du stehst da und siehst aus, als verstündest du überhaupt nicht, was ich sage.«

»Das ist gut, daß du gekommen bist«, sagte Iwan, wie in Gedanken versunken, und als hätte er Aljoschas Ausruf gar nicht gehört. »Aber ich wußte ja, daß er sich erhängt hat.«

»Durch wen?«

»Ich weiß nicht, durch wen. Aber ich wußte es. Wußte ich es? Ja, er hat es mir gesagt. Soeben noch sagte er es mir ...«

Iwan stand mitten im Zimmer, und sein Blick haftete am Boden: er sprach immer noch wie in Gedanken versunken.

»Wer das?« fragte Aljoscha und sah sich unwillkürlich um.

»Er ist entwischt.«

Iwan erhob den Kopf und lächelte still.

»Er erschrak vor dir ... vor dir, du Taube! Du bist ein ,reiner Cherub'. Dmitrij nennt dich einen Cherub. Cherub ... der Donnerschrei des Entzückens der Seraphim! Was ist ein Seraph? Vielleicht ein ganzes Sternbild. Vielleicht aber ist dieses ganze Sternbild nichts weiter als irgendein chemisches Molekül ... Gibt es ein Sternbild des Löwen und der Sonne, weißt du das vielleicht?«

»Bruder, setz dich!« sagte Aljoscha angstvoll. »Um Gottes willen, setz dich auf den Diwan. Du redest irre, leg dich hierher aufs Kissen, sieh so. Soll ich dir nicht ein feuchtes Handtuch um den Kopf legen? Vielleicht würde dir davon besser werden?«

»Gib es her, es muß hier auf dem Stuhl liegen, ich warf es vorhin fort.«

»Hier ist es nicht. Aber bleib nur liegen, ich weiß schon,

wo es hängt, da ist es«, sagte Aljoscha, der in der anderen Ecke des Zimmers auf dem Waschtisch ein reines, noch zusammengefaltetes, noch nicht benutztes Handtuch fand.

Iwan sah das Handtuch sonderbar an; seine Besinnung schien im Augenblick zurückzukehren.

»Wart!« Er richtete sich auf. »Ich habe doch vorhin, vor etwa einer Stunde, dieses selbe Handtuch von dort, von demselben Waschtisch genommen, ins Wasser getaucht und mir um den Kopf gelegt, und dann habe ich es hierher auf den Stuhl geworfen ... wie kann es jetzt trocken sein? Ein anderes war nicht da.«

»Du hast dieses Handtuch um den Kopf gelegt?« fragte Aljoscha.

»Ja, ich ging im Zimmer auf und ab, vor einer Stunde ... Warum sind die Kerzen so niedergebrannt? Wie spät ist es?«

»Es wird bald zwölf sein.«

»Nein, nein, nein!« schrie Iwan plötzlich auf, »das war kein Traum! Er war da, er saß dort, dort auf jenem Diwan! Als du ans Fenster klopftest, warf ich ihm das Glas an den Kopf ... dieses hier ... Wart einmal ... ich habe auch früher schon geschlafen und ... aber dieser Traum war kein Traum! Auch früher kam es vor ... Weißt du, Aljoscha, ich habe jetzt Träume ... aber es sind keine Träume, sondern ich sehe sie mit offenen Augen, ich bin dabei wach: ich gehe, spreche und sehe ... und doch schlafe ich. Aber er saß hier, er war hier, hier auf diesem Diwan ... Er ist furchtbar dumm, Aljoscha, furchtbar dumm!« Iwan brach plötzlich in Lachen aus und begann wieder auf und ab zu gehen.

»Wer ist dumm? Von wem redest du, Bruder?« fragte Aljoscha bange.

»Vom Teufel! Er hat es sich jetzt angewöhnt, mich zu besuchen. Zweimal ist er schon bei mir gewesen, genau genommen sogar fast dreimal. Er will mich damit necken, weil ich mich, wie er glaubt, darüber ärgere, daß er nur ein einfacher Teufel ist und nicht der Satan mit glühenden

Schwingen, von Donner und Blitz umgeben. Aber er ist nicht der Satan selbst, das lügt er. Er ist ein Usurpator. Er ist nur ein schäbiger, kleiner Teufel. Er geht sogar in die Badestube. Kleide ihn aus, und du wirst bestimmt einen langen Schwanz an ihm finden, einen glatten, langen, wie an einer dänischen Dogge, eine Elle lang, schwarzbraun... Aljoscha, du bist durchfroren, du warst draußen im Schneesturm, willst du Tee? Wie? Ist er schon kalt? Wenn du willst, lasse ich sofort den Ssamowar aufstellen. C'est à ne pas mettre un chien dehors...«

Aljoscha trat eilig zum Waschtisch, tauchte das Handtuch ins Wasser, beredete Iwan, sich wieder zu setzen, und band ihm darauf das Handtuch um den Kopf. Er selbst setzte sich neben ihn.

»Was sagtest du mir vorhin von Lisa?« begann Iwan wieder. (Er wurde sehr gesprächig.) »Mir gefällt Lisa. Ich sagte dir etwas Häßliches über sie. Das war aber gelogen, sie gefällt mir... Ich fürchte für Katja, für die fürchte ich morgen am meisten. Wegen der Zukunft. Sie wird mich morgen aufgeben und mit den Füßen zertrampeln. Sie glaubt, daß ich aus Eifersucht Mitja verderben will, also ihretwegen! Ja, das glaubt sie! Darum nun erst recht nicht! Morgen kommt das Kreuz, aber nicht der Galgen. Nein, ich werde mich nicht erhängen. Weißt du auch, Aljoscha, daß ich mir niemals das Leben werde nehmen können? Etwa aus Gemeinheit, wie? Ich bin kein Feigling. Nein, aber vor lauter Lebensdurst! Woher nur wußte ich, daß Ssmerdjakóff sich erhängt hat? Ja richtig, *er* hat es mir ja gesagt.«

»Und du bist fest überzeugt, daß hier jemand gesessen hat?« fragte Aljoscha.

»Dort auf jenem Diwan, in der Ecke. Du hättest ihn sofort verscheucht. Und du hast es ja auch getan: als du erschienst, verschwand er. Ich liebe dein Gesicht, Aljoscha. Wußtest du, daß ich dein Gesicht liebe? Er aber — das bin ich, glaub mir, Aljoscha, ich selbst. Alles Niedrige, alles Gemeine und Verächtliche meines Ich! Ja, ich bin ein

‚Romantiker', das hat er mir angemerkt... wenn es auch eine Verleumdung ist. Er ist unglaublich dumm, aber gerade damit fängt er einen. Er ist schlau, tierisch schlau, er wußte, womit er mich rasend machen kann. Er neckte mich die ganze Zeit damit, daß ich an ihn, wie er behauptet, glaube, und damit zwang er mich, ihn anzuhören. Wie einen dummen Jungen hat er mich überlistet. Übrigens hat er mir auch viel Wahres über mich gesagt. Ich selbst hätte mir das alles nie eingestanden. Weißt du, Aljoscha, weißt du«, fügte Iwan plötzlich furchtbar ernst und dabei auffallend vertraulich hinzu, »ich wünschte, daß er wirklich *er* wäre und nicht ich!«

»Er hat dich müdgequält«, sagte Aljoscha, der den Bruder voll Mitleid ansah.

»Geneckt hat er mich! Und weißt du, geschickt hat er es getan, unglaublich geschickt. ‚Das Gewissen! Was ist das Gewissen? Ich mache es selbst! Warum aber quäle ich mich dann? Aus Gewohnheit! Aus universaler menschlicher Gewohnheit, die den Menschen seit mehr als siebentausend Jahren im Blut sitzt. So laßt uns doch endlich uns davon entwöhnen und seien wir Götter!' — Das hat *er* gesagt, das hat *er* gesagt!«

»Und nicht du? Nicht du?« rief Aljoscha unwillkürlich aus und blickte dem Bruder klar in die Augen. »Nun, dann laß ihn doch laufen, vergiß ihn, versuch, ihn ganz zu vergessen! Mag er alles mit sich fortnehmen, was du jetzt verfluchst, mag er dann nie mehr wiederkommen!«

»Ja, aber er ist böse. Verspottet hat er mich, Aljoscha. Frechheiten hat er sich mir gegenüber erlaubt!« sagte Iwan, gleichsam zuckend unter dem Schmerz der Kränkung. »Aber er hat mich verleumdet, in vielem hat er mich verleumdet. Mir ins Gesicht log er über mich, — über mich, mir ins Gesicht! ‚O, du gehst jetzt hin und wirst eine Heldentat der Tugend vollführen, du wirst erklären, daß *du* den Vater erschlagen habest, daß der Lakai auf *dein* Geheiß den Vater erschlagen habe'...«

»Bruder«, unterbrach ihn Aljoscha, »besinne dich: nicht du hast ihn erschlagen. Das ist nicht wahr, was du sagst!«

»Das sagt er, er, und er weiß, was er sagt! ‚Da gehst du nun hin und wirst eine Heldentat der Tugend vollbringen, glaubst aber dabei gar nicht an die Tugend — das ist es, was dich erbost und quält, deswegen bist du auch so rachsüchtig.‘ — Das hat *er* mir über mich gesagt, und er weiß, was er sagt . . .«

»Das sagst du, aber nicht er!« rief Aljoscha bekümmert aus. »Und du sprichst im Fieber, du phantasierst, du quälst dich!«

»Nein, er weiß, was er sagt. Aus Stolz, sagt er, aus Stolz wirst du hingehen, du wirst dich hinstellen und sagen: ‚*Ich* bin es, der ihn erschlagen hat! Warum zuckt ihr zurück vor Entsetzen? Ihr lügt! Ich verachte eure Meinung, verachte euer Entsetzen!‘ — Das sagte er von mir, und plötzlich fügt er hinzu: ‚Aber weißt du, im geheimen willst du, daß sie dich dafür loben: Er ist zwar ein Verbrecher, ein Mörder, aber was für hochherzige Gefühle er doch hat, er wollte seinen Bruder retten, und da ging er hin und bekannte sich als den Schuldigen!‘ Aber dies, Aljoscha, dies ist eine so gemeine Lüge, sag ich dir!« schrie Iwan plötzlich aus sich heraus, und seine Augen glühten drohend. »Ich will nicht, daß diese Knechte mich loben! Das hat er gelogen, Aljoscha, das hat er gelogen, das schwöre ich dir! Deswegen warf ich ihm dieses Glas in die Fratze, und es zerschellte an seiner Schnauze . . .«

»Wánja, beruhige dich, höre auf!« suchte Aljoscha ihn zu beschwichtigen.

»Nein, er versteht es, einen zu quälen, grausam ist er!« fuhr Iwan fort, ohne auf Aljoscha zu hören. »Ich habe es immer geahnt, warum er kommt. ‚Nun gut‘, sagt er, ‚du gehst aus Stolz, aber es war doch immer noch die Hoffnung vorhanden, daß jener überführt, als Zwangsarbeiter verschickt und Mitja freigesprochen werden würde, und daß man dich nur *moralisch* verurteilt (hörst du, Aljoscha, bei diesem Wort lachte er!), — die anderen aber werden dich trotzdem loben. Nun aber ist Ssmerdjakoff gestorben, hat sich erhängt, wer wird jetzt noch von den Richtern dir allein aufs Wort hin glauben? Aber du gehst doch, du gehst ja hin, du wirst ja sowieso hingehen, du hast doch beschlossen hinzugehen! Aber sag doch, warum und wozu gehst du denn nach alledem eigentlich noch hin?' Furchtbar ist das, Aljoscha, solche Fragen kann ich nicht ertragen, Aljoscha! Wer wagt es, mir solche Fragen vorzulegen?«

»Bruder«, unterbrach ihn Aljoscha, fast vergehend vor Angst, doch immer noch in der Hoffnung, Iwan zur Vernunft bringen zu können, »wie konnte er dir von Ssmerdjakoffs Selbstmord Mitteilung machen, wenn noch niemand etwas davon wußte? Und es war ja doch noch viel zu wenig Zeit vergangen, als daß es jemand schon hätte wissen können ...«

»Er hat aber davon gesprochen«, behauptete Iwan kurz, ohne auch nur einen Zweifel aufkommen zu lassen. »Wenn du willst, hat er überhaupt nur davon gesprochen. ‚Ich würde nichts sagen, wenn du an die Tugend glaubtest', sagte er, ‚wenn du dir sagtest: so mag man mir nicht glauben, ich gehe aus Überzeugung, aus Prinzip. Aber du bist doch ein Ferkel, wie Fjodor Pawlowitsch, was ist dir die Tugend? Wozu also schleppst du dich hin, wenn dein Opfer zu nichts nütze ist? Ganz einfach, weil du selbst nicht weißt, warum und wozu! O, viel würdest du darum geben, wenn du wüßtest, wozu du gehst! Und du glaubst, du hättest dich schon entschlossen? Du hast dich also noch nicht entschlossen? Ich sage dir: Du wirst die ganze Nacht sitzen und dich fragen: soll ich oder soll ich nicht? Aber du wirst trotzdem gehen, und du weißt, daß du gehen wirst, weißt selbst, daß — zu was du dich auch entschließen solltest — die Entscheidung nicht mehr von dir abhängt. Du wirst gehen, weil du nicht wagen wirst, nicht zu gehen. Warum du es nicht wagen wirst — das errate nun selbst, da hast du jetzt ein Rätsel!' Er stand auf und ging. Du kamst, er aber ging fort. Aljoscha, er nannte mich einen Feigling! Le mot de l'énigme —: daß ich ein Feigling bin! ‚Denn wahrlich, anders sind jene Adler geartet, die sich über die Erde erheben und emporschwingen können!' Das fügte er noch hinzu, das hat er noch hinzugefügt! Und Ssmerdjakoff hat dasselbe gesagt! . . . Man muß ihn totschlagen! Katja verachtet mich, das sehe ich schon seit einem ganzen Monat, und auch Lisa wird anfangen, mich zu verachten! ‚Du gehst, damit man dich lobe', — das ist eine viehische Lüge! Und du verachtest mich gleichfalls, Aljoscha. Jetzt hasse ich dich wieder! Und auch das Scheusal hasse ich, auch das Scheusal hasse ich! Ich mag das Scheusal nicht retten, mag es dort in Sibirien unter der Erde verfaulen! Er singt eine Hymne! O, morgen werde ich hingehen, werde mich vor sie hinstellen und ihnen allen ins Gesicht speien!«

Außer sich sprang er auf, riß sich das Handtuch herunter und begann von neuem auf und ab zu gehen. Aljoscha fielen seine Worte ein, die er kurz vorher gesagt hatte: »Ich habe jetzt Träume, aber . . . ich bin ja dabei wach: ich gehe, spreche und sehe . . . und doch schlafe ich.« Genau so geschah es auch jetzt: er ging, sah und sprach, als schlafe er mit offenen Augen. Aljoscha verließ ihn nicht. Ihm kam wohl der Gedanke, zum Arzt zu laufen und diesen herzurufen, aber er wagte nicht, den Bruder allein zu lassen; es war niemand da, dem er ihn hätte anvertrauen können. Iwan schien allmählich die Besinnung zu verlieren. Er sprach ununterbrochen weiter, aber seine Rede war schon ganz zusammenhanglos. Zuletzt konnte er die Worte nur mit Mühe und nur noch undeutlich aussprechen, und plötzlich schwankte er stark. Aljoscha vermochte ihn noch zur rechten Zeit zu stützen. Iwan ließ sich zum Bett führen, Aljoscha entkleidete ihn, so gut es ging, und deckte ihn zu. Darauf saß er noch etwa zwei Stunden lang am Bett und wachte. Der Kranke schlief fest, regungslos, und atmete leise und gleichmäßig. Da nahm Aljoscha ein Kissen und legte sich in den Kleidern auf den Diwan hin. Vor dem

Einschlafen betete er noch für Mitja und für Iwan. Jetzt wurde ihm auch Iwans Krankheit klar: »Die Qualen eines stolzen Entschlusses, ein tiefes Gewissen!« Gott, an Den er nicht glaubte, und Dessen Wahrheit hatten das Herz bewältigt, das sich noch immer nicht hatte ergeben wollen. »Ja«, ging es Aljoscha durch den Sinn, als sein Kopf schon auf dem Kissen lag, »da Ssmerdjakoff jetzt tot ist, wird niemand mehr dieser Aussage Iwans glauben; aber er wird hingehen und so aussagen!« Aljoscha lächelte still: »Gott wird siegen!« dachte er. »Entweder wird er im Licht der Wahrheit auferstehen oder... im Haß untergehen, und sich dabei an sich selbst und an allen dafür rächen, daß er dem gedient hat, woran er ja gar nicht glaubt«, fügte Aljoscha bitter und schmerzlich hinzu und betete nochmals für Iwan.

ZWÖLFTES BUCH

DER JUSTIZIRRTUM

I

Der verhängnisvolle Tag

Am Tage nach den soeben von mir berichteten Ereignissen
wurde um zehn Uhr morgens die Sitzung unseres Bezirks-
gerichts eröffnet, und die Gerichtsverhandlung gegen
Dmitrij Karamasoff nahm ihren Anfang.

Ich muß nun vorausschicken, und zwar mit allem Nachdruck, daß es weit über meine Kräfte ginge, alles, was sich
dort vor Gericht ereignete, ausführlich oder auch nur in
der richtigen Reihenfolge wiederzugeben. Ich glaube: wenn
alles erzählt und, wie es sich gehört, erläutert werden sollte,
müßte ein ganzes Buch, und sogar ein sehr umfangreiches,
geschrieben werden. Möge man es mir daher nicht verübeln,
wenn ich nur das wiedergebe, was auf mich persönlich einen
Eindruck gemacht hat, und woran ich mich besonders gut
erinnere. Vielleicht habe ich Nebensächliches für Haupt-
sächliches gehalten und die wesentlichsten Punkte ganz
übersehen ... Übrigens, wie ich sehe, täte ich besser, mich
nicht weiter zu entschuldigen, sondern einfach mit der Erzählung zu beginnen. Ich werde so erzählen, wie ich es verstehe, und die Leser werden selbst einsehen, daß ich nur
das mir Mögliche tun kann.

Zunächst aber möchte ich noch etwas erwähnen, was mich
an diesem Tage ganz besonders überraschte, und zwar nicht
nur mich allein, sondern, wie sich später herausstellte, alle.
Und das war folgendes: jedermann wußte, daß dieser Fall
schon gar zu viele zu interessieren begann, daß man vor
Ungeduld brannte, wann der Prozeß zur Verhandlung

kommen werde, daß man in unserer Gesellschaft schon seit zwei Monaten viel darüber redete, vermutete, stritt und phantasierte. Man wußte auch, daß dieser Fall in ganz Rußland bekannt geworden war; aber trotzdem sah doch niemand voraus, daß er bis zu einem solchen Grade bereits brennender Erregung alle und jeden erschüttern werde, und dies nicht nur bei uns, sondern allüberall, wie sich nachher zeigte. Zu dieser Gerichtsverhandlung waren nicht nur aus unserer Gouvernementsstadt, sondern auch aus anderen Städten Rußlands und schließlich selbst aus Moskau und aus Petersburg viele hergekommen, am meisten natürlich Juristen, aber es waren auch einige hohe Persönlichkeiten und sogar Damen unter ihnen. Alle Eintrittskarten waren vergriffen. Für die höchststehenden, die vornehmen und angesehenen Gäste waren besondere Plätze, gleich hinter dem Tisch, an dem die Richter saßen, eingerichtet worden; dort sah man nun eine ganze Reihe Lehnstühle, in denen jetzt Würdenträger der Sitzung beiwohnten, was bei uns früher nie zugelassen worden war. Damen waren auffallend zahlreich zugegen, sowohl Damen aus unserer Stadt als fremde, – ich glaube, sie machten nicht viel weniger als die Hälfte des gesamten Publikums aus. Allein der von allen Seiten zugereisten Juristen gab es so viele, daß man nicht wußte, wo man sie unterbringen sollte, da die Eintrittskarten schon vor langer Zeit erbeten, geradezu erfleht und restlos verteilt worden waren. Ich habe selbst gesehen, wie man am Ende des Saales, hinter der Estrade, in aller Eile eine besondere Einfriedung herrichtete, in die dann alle diese fremden Juristen hineingelassen wurden, und die hielten sich noch für glücklich, daß sie wenigstens stehend zuhören konnten. Die Stühle waren dort, um Platz zu gewinnen, alle hinausgeschafft worden. So stand denn diese dichtgedrängte Schar buchstäblich Schulter an Schulter während der ganzen Gerichtsverhandlung. Einige von den Damen, hauptsächlich von den fremden, erschienen auf dem Chor des Saales in eleganter Toilette, aber die Mehrzahl von ihnen hatte über dem Interesse für die Sache selbst den Putz vergessen. In ihren Gesichtern las man fieberhafte, fast krankhaft gesteigerte Neugier. Hier muß ich noch einer charakteristischen Besonderheit dieser im Saal versammelten Gesellschaft Erwähnung tun: Sie bestand darin, daß fast alle Damen — was sich auch später durch vielfache Beobachtungen bestätigt hat — oder wenigstens die übergroße Mehrzahl von ihnen für Mitja und seine Freisprechung Partei nahm. Vielleicht geschah das hauptsächlich darum, weil sich von ihm die Vorstellung, er sei ein Eroberer aller Frauenherzen, weit verbreitet hatte. Man wußte, daß zwei Frauen, zwei Gegnerinnen, erscheinen würden. Für die eine von ihnen, Katerina Iwanowna, interessierte man sich allgemein und ganz besonders. Man erzählte sich ungeheuer viel Außergewöhnliches über sie, hauptsächlich kursierten über ihre leidenschaftliche Liebe zu Mitja, trotz seines Verbrechens, wahrhaft erstaunliche Geschichten, und nicht weniger sprach man von ihrem Stolz (sie hatte in unserer Stadt fast bei niemandem Besuch gemacht) und ihren »aristokratischen Verbindungen«. Man behauptete sogar, sie beabsichtige, die Regierung um die Erlaubnis zu bitten, dem Verbrecher ins Zuchthaus folgen zu dürfen, um sich mit ihm in Sibirien dort irgendwo in den Erzgruben unter der Erde trauen zu lassen. Mit nicht geringerer Spannung wurde das Erscheinen Gruschenkas vor Gericht erwartet; war sie doch die »Rivalin« Katerina Iwanownas. Mit geradezu hysterischer Neugier sah man der Begegnung der beiden entgegen — des stolzen aristokratischen Mädchens und der »Hetäre«. Übrigens war Gruschenka unseren Damen bekannter als Katerina Iwanowna. Man hatte sie, die »Verderberin Fjodor Pawlowitschs und seines unglücklichen Sohnes«, auch früher schon gesehen, und alle ohne Ausnahme wunderten sich darüber, wie Vater und Sohn sich in eine »so gewöhnliche, nicht einmal besonders hübsche russische Kleinbürgerin« dermaßen hatten verlieben können. Kurz, es war nicht wenig geredet worden. Ich weiß sogar, daß es in unserer

Stadt Mitjas wegen zu mehreren ernsten Zwistigkeiten zwischen Eheleuten gekommen war: viele Damen hatten sich wegen ihrer eigenwilligen Auffassung dieser ganzen Angelegenheit mit ihren Männern aufs tragischste überworfen, und daher ist es ja schließlich nur zu begreiflich, daß die Männer dieser Damen — und es waren ihrer nicht wenige —, als sie nun im Gerichtssaal erschienen, gegen den Angeklagten nicht nur voreingenommen waren, sondern ihn in ihrer Erbitterung sogar aufrichtig haßten. Überhaupt kann man sagen: im Gegensatz zum weiblichen Element war das ganze männliche gegen Mitja gestimmt. Man sah ernste, mürrisch-finstere Gesichter, viele waren sogar unverhohlen wütend, und das war noch obendrein die Mehrzahl. Allerdings kam hinzu, daß Mitja während seines Aufenthaltes bei uns viele Herren persönlich gekränkt oder geärgert oder womöglich eifersüchtig gemacht hatte. Natürlich waren einige von den Anwesenden sogar lustig gestimmt, und die standen denn auch dem Schicksal Mitjas im Grunde völlig teilnahmslos gegenüber; dafür aber hatten sie für den »Fall an sich« um so mehr Interesse. Alle waren lebhaft gespannt auf seinen Ausgang, die Mehrzahl der Männer wünschte entschieden die Bestrafung des Verbrechers, abgesehen vielleicht von den Juristen, denen es nicht um die sittliche Seite der Sache zu tun war, sondern nur um die sozusagen modern-rechtliche. Diese Herren regte denn auch am meisten die Ankunft des berühmten Rechtsanwalts Fetjukowitsch auf. Sein Talent war weit und breit bekannt, und es geschah diesmal nicht zum erstenmal, daß er in die Provinz kam, um in einer so aufsehenerregenden Kriminalverhandlung die Verteidigung zu übernehmen. Nach seiner Verteidigung waren solche Prozesse immer in ganz Rußland berühmt geworden und lange in der Erinnerung geblieben. Auch über unseren Staatsanwalt Ippolít Kiríllowitsch und den Vorsitzenden des Gerichtshofes war viel gesprochen worden. Man erzählte sich, Ippolít Kiríllowitsch zittere vor diesem »Zweikampf« mit Fetjukówitsch, sie seien noch von

Petersburg her alte Feinde, bereits seit dem Anfang ihrer Laufbahn; unser ehrgeiziger Staatsanwalt, der sich beständig für zurückgesetzt halte und schon seit seiner Petersburger Zeit den Gekränkten spiele, weil man sein Talent nicht in gebührender Weise anzuerkennen wisse, sei über dem »Fall Karamasoff« wieder aufgelebt, in der Hoffnung, seinem welkenden Ruhm hier nun endlich neues Leben einflößen zu können, aber Fetjukowitschs Erscheinen habe ihn erschreckt und entmutigt. Ich muß hierzu bemerken, daß diese Beurteilung seines Charakters nicht ganz zutreffend war. Unser Staatsanwalt gehörte nicht zu den Charakteren, die der Mut vor der Gefahr verläßt, sondern im Gegenteil, er gehörte zu denen, deren Ehrgeiz sich mit zunehmender Gefahr vergrößert, und denen dann womöglich sogar Schwingen wachsen. Überhaupt muß ich hier bemerken, daß Ippolít Kiríllowitsch ein überaus hitziger und krankhaft empfindlicher Mensch war. In gar manche Sache hatte er seine ganze Seele hineingelegt und sie geführt, als wenn von ihrer Entscheidung sein ganzes Schicksal und all sein Hab und Gut abhinge. Unter den Juristen wurde darüber ein wenig gelächelt, denn unser Staatsanwalt hatte gerade durch diese seine Eigenschaft einen gewissen Ruf erlangt, wenn auch gerade keinen sehr großen, so doch jedenfalls einen weit größeren, als man es im Hinblick auf seine bescheidene Stellung an unserem Gerichtshof hätte voraussetzen können. Am meisten spöttelte man wohl über seine Leidenschaft für die Psychologie. Meiner Ansicht nach haben sich alle geirrt: unser Staatsanwalt war als Mensch und Charakter, wie mir wenigstens scheint, viel ernster, als viele annahmen. Dieser kränkliche Mensch hatte nun einmal nicht verstanden, sich eine Stellung zu schaffen; wahrscheinlich hatte er es gleich zu Anfang seiner Laufbahn versäumt, und dabei war es denn auch während des ganzen weiteren Lebens geblieben.

Was den Vorsitzenden betrifft, so läßt sich über ihn nicht viel mehr sagen, als daß er ein gebildeter, humaner Mensch war, der seine Aufgabe und auch die neuen Ideen kannte.

Zwar war er ziemlich ehrgeizig, doch sorgte er sich nicht sonderlich um seine Karriere. Das Hauptziel seines Lebens bestand darin, wenigstens ein Mann des Fortschritts zu sein. Außerdem erfreute er sich guter Verbindungen und besaß Vermögen. Den »Fall Karamasoff« faßte er, wie sich später zeigte, recht temperamentvoll auf, nur tat er das eigentlich mehr im allgemeinen Sinne: ihn beschäftigte die Tatsache als solche, ihre Klassifikation, die Auffassung derselben als Produkt unserer sozialen Grundlagen, als Charakteristik des russischen Elements usw. usw. Zum persönlichen Charakter der Sache, zur Tragödie, die in ihr lag, wie auch zu den beteiligten Personen, angefangen vom Angeklagten, verhielt er sich ziemlich gleichgültig und abstrakt, wie es vielleicht auch das einzig Richtige für ihn war — als Gerichtspräsident.

Der große Saal war schon lange vor dem Erscheinen des Gerichtshofes überfüllt. Dieser Gerichtssaal ist in unserer Stadt der schönste und beste von allen Sälen: er ist sehr groß, hat eine hohe Decke und gute Akustik. Rechts von den erhöhten Plätzen der Herren des Gerichtshofes standen ein Tisch und zwei Reihen Sessel für die Geschworenen; links war der Platz des Angeklagten und seines Verteidigers. Ungefähr in der Mitte des Saales stand ein Tisch, auf dem die »Sachbeweise« lagen: der blutbefleckte weißseidene Schlafrock Fjodor Pawlowitschs, der verhängnisvolle Stößel, mit dem, wie man mit Bestimmtheit annahm, der Mord vollführt worden war, Mitjas Hemd mit der blutbefleckten Manschette, sein Rock, der auf der Rückseite über der Tasche (in die Mitja damals sein blutgetränktes Taschentuch gesteckt hatte) große Blutflecke aufwies, ferner dieses Taschentuch, das vom Blut inzwischen ganz hart und gelb geworden war, die Pistole, die Mitja bei Perchótin für den Selbstmord geladen hatte und die von Trifón Boríssytsch versteckt worden war, das Kuvert, in dem die für Gruschenka bereitgehaltenen Dreitausend gelegen hatten, und das schmale rosa Bändchen, mit dem es umwunden gewesen war, und noch verschiedene andere Gegenstände, deren ich mich nicht mehr erinnere. Und

dann erst, in einiger Entfernung von diesem Tisch, begannen die Plätze fürs Publikum; noch vor diesen, also noch vor der Balustrade, standen ein paar Lehnstühle für diejenigen Zeugen, die nach ihrem Verhör noch im Saal bleiben sollten. Um zehn Uhr erschien der Gerichtshof, der aus dem Vorsitzenden, einem Beisitzer und einem Ehrenfriedensrichter bestand. Natürlich erschien zugleich auch der Staatsanwalt. Der Vorsitzende war ein wohlbeleibter, stämmiger Mann, dabei nicht einmal mittelgroß, mit einem Hämorrhoidalgesicht, etwa fünfzig Jahre alt, mit dunklem, erst leicht ergrautem Haar, das er ganz kurzgeschnitten trug, und mit einem roten Ordensbande — ich weiß nicht mehr von welchem Orden. Der Staatsanwalt erschien mir — und nicht nur mir allein, sondern allen — auffallend bleich, sein Gesicht war fast grün. Ja, er schien sogar ganz plötzlich abgemagert zu sein, vielleicht in einer einzigen Nacht, denn noch vor drei Tagen war ich ihm begegnet, und da hatte er wie gewöhnlich ausgesehen. Der Vorsitzende begann mit der Frage an den Gerichtsvollstrecker: »Sind alle Geschworenen zur Stelle?«
Ich sehe aber, daß ich so nicht fortfahren kann, schon allein deswegen nicht, weil ich vieles nicht deutlich gehört habe (manches Unklare versäumt habe, mir klarzumachen, vieles vergessen oder mir nicht genau gemerkt habe), jedoch hauptsächlich darum nicht, weil man sonst, wenn man alles genau wiedergeben wollte, wie schon vorhin gesagt, so viel darüber zu schreiben hätte, wie es mir weder Zeit noch Raum erlauben. Ich weiß von den ersten Vorgängen nur noch, daß von den Geschworenen einer- und andererseits, d. h. vom Verteidiger und vom Staatsanwalt, nur wenige abgelehnt wurden. Der Zusammensetzung der zwölf Geschworenen erinnere ich mich indes noch gut: es waren vier Beamte, zwei Kaufleute und sechs Bauern und Kleinbürger, alle aus unserer Stadt. In unserer Gesellschaft hatten viele, besonders Damen, schon lange vor der Gerichtssitzung nicht ohne einige Verwunderung gefragt: »Ist es möglich, daß man eine psychologisch so feine und komplizierte Sache irgendwelchen Beamten

und gar Bauern zur folgenschweren Entscheidung übergibt?« und »Was werden denn diese Leute davon verstehen?«[38] Es ist ja wahr, alle diese vier Beamten, die zu den Geschworenen gehörten, waren schließlich kleine Leute von niedrigem Rang, Männer mit grauem Haar — nur einer von ihnen schien etwas jünger zu sein —, die in unserer Gesellschaft kaum bekannt waren, von geringem Gehalt ihr Leben fristeten, wahrscheinlich alte Frauen hatten, die man nirgends sehen lassen kann, und dazu einen Haufen vielleicht sogar barfüßiger Kinder, — Männer, für die es viel war, wenn sie sich in ihren Mußestunden mit einem Kartenspielchen zerstreuen konnten, und die — das versteht sich natürlich von selbst — nie ein Buch lasen. Die beiden Kaufleute sahen allerdings sehr ehrbar und gesetzt, dafür aber eigentümlich schweigsam und unbeweglich aus; der eine von ihnen hatte ein glattrasiertes Gesicht und trug deutsche Kleidung, der andere hatte ein graues Bärtchen und an seinem Halse hing an einem roten Band irgendeine Medaille. Von den Kleinbürgern und Bauern läßt sich natürlich überhaupt nichts berichten. Unsere hiesigen Kleinbürger sind ja fast gleichfalls Bauern, sie ackern sogar selber. Zwei von ihnen waren gleichfalls in deutscher Kleidung erschienen und sahen vielleicht gerade darum unsauberer und unansehnlicher aus als die anderen vier in schlichten russischen Kitteln. So war es denn schließlich begreiflich, wenn man sich bei ihrem Anblick unwillkürlich fragte — wie auch ich es tat —: »Was können denn die von einer solchen Sache verstehen?« Nichtsdestoweniger mußte man zugeben, daß ihre Gesichter einen eigentümlich bedeutsamen und fast drohenden Eindruck machten. Sie sahen streng und finster aus.

Endlich kündigte der Vorsitzende laut den Gegenstand der Verhandlung an: den Prozeß wegen Ermordung des Titularrates a. D. Fjodor Pawlowitsch Karamasoff, — ich erinnere mich nicht mehr genau, wie er sich damals ausdrückte. Dem Gerichtsdiener wurde befohlen, den Angeklagten hereinzuführen, und da erschien Mitja. Alles verstummte im Saal, man hätte eine Fliege summen hören können. Ich weiß nicht, wie er auf die anderen wirkte, auf mich aber machte er einen äußerst unangenehmen Eindruck. Hauptsächlich deshalb, weil er als ausgesprochener Elegant erschien, in einem nagelneuen Anzug. Später erfuhr ich, daß er sich in Moskau bei seinem früheren Schneider, der noch sein Maß besaß, die Kleider eigens zu diesem Tage bestellt hatte; dazu trug er schwarze Glacéhandschuhe und die eleganteste Wäsche. Er trat mit seinen langen Offiziersschritten herein, mit geradeaus, bis zur Starrheit geradeaus gerichtetem Blick schritt er durch den Gang und setzte sich mit der furchtlosesten Miene auf seinen Platz. Gleich nach ihm erschien auch sein Verteidiger, der berühmte Fetjukówitsch, und es war, als woge ein unterdrücktes Getuschel einmal durch den ganzen Saal. Das war ein langer, hagerer Mensch mit langen, dünnen Beinen, ungewöhnlich langen, blassen, dünnen Fingern, glattrasiertem Gesicht, einfach zurückgestrichenem, ziemlich kurzem Haar, und mit dünnen, nur hin und wieder sich halb wie zum Spott, halb zum Lächeln krümmenden Lippen. Dem Aussehen nach mochte er etwa vierzig Jahre alt sein. Sein Gesicht wäre vielleicht sogar angenehm gewesen, wenn seine Augen, die an sich nicht groß und nicht ausdrucksvoll waren, nicht so ungewöhnlich nahe, so nahe, wie es nur selten vorkommt, beieinandergestanden hätten, so daß nur der dünne, schmale Knochen seiner länglichen, dünnen Nase sie voneinander trennte. Mit einem Wort, diese Physiognomie hatte etwas so auffallend Vogelartiges, daß sie einen geradezu frappierte. Er war in Frack und weißer Halsbinde. Ich erinnere mich noch der ersten vom Vorsitzenden an Mitja gestellten Fragen nach seinem Namen, Stand usw. Mitja antwortete schroff, aber irgendwie so unerwartet laut, daß der Vorsitzende sogar mit dem Kopf zurückzuckte und ihn fast verwundert ansah. Darauf wurden die Namen derjenigen Personen verlesen, die zur Gerichtsverhandlung vorgeladen worden waren, der Zeugen und Sachverständigen. Die Liste war lang; vier von den Zeugen waren nicht erschienen:

Miússoff, der schon in Paris weilte, seine Aussagen aber bereits in der Voruntersuchung gemacht hatte; Frau Chochlakóff und Maximoff waren krankheitshalber nicht erschienen und Ssmerdjakóff wegen plötzlichen Todes, worüber eine polizeiliche Bescheinigung vorgewiesen wurde. Diese Nachricht vom Tode Ssmerdjakóffs rief eine starke Bewegung und erregtes Geflüster hervor. Die Mehrzahl des Publikums wußte noch nichts von seinem Selbstmord. Was aber am meisten auffiel, das war – ein unerwarteter Ausfall Mitjas: kaum war die Mitteilung über Ssmerdjakoff verlesen worden, als er plötzlich von seinem Platze aus über den ganzen Saal hin laut ausrief:

»Dem Hund ein hündischer Tod!«

Ich erinnere mich noch deutlich, wie sich da sein Verteidiger zu ihm herumwarf, und wie sich der Vorsitzende ihm zuwandte mit der Drohung, zu strengen Maßregeln zu greifen, wenn sich ein ähnlicher Ausfall noch einmal wiederholen sollte. Abgerissen und mit ungeduldigem Kopfnicken sagte Mitja mehrmals halblaut zu seinem Verteidiger:

»Schon gut, schon gut, ich werde nicht mehr! Es ist mir nur so entschlüpft! Ich werde nicht mehr!« sah aber dabei keineswegs aus, als bereue er es.

Dieser kurze Zwischenfall diente natürlich nicht dazu, die Meinung der Geschworenen und des Publikums von ihm zu bessern. Der Charakter tat sich schon kund. Unter diesem Eindruck wurde vom Sekretär des Gerichtshofes der Anklageakt verlesen.

Er war ziemlich kurz, doch nichtsdestoweniger ausführlich. Es waren nur die Hauptgründe angeführt, warum er dem Gericht unterstellt worden sei usw. Ich muß gestehen, daß diese Verlesung der Anklage einen starken Eindruck auf mich machte. Der Sekretär las deutlich, klangvoll, durchdacht. So trat diese ganze Tragödie allen von neuem vor Augen, jetzt in klaren Umrissen knapp zusammengefaßt und beleuchtet von einem verhängnisvollen, unerbittlichen Licht. Gleich nach der Verlesung wandte sich der Vorsitzende zu

Mitja und fragte ihn mit lauter und eindringlicher Stimme:
»Angeklagter, bekennen Sie sich schuldig?«

Mitja erhob sich plötzlich von seinem Platz:

»Ich bekenne mich schuldig der Völlerei und Zuchtlosigkeit«, rief er mit einer unerwartet lauten Stimme, die diesmal fast zornig klang, »der Faulheit und Liederlichkeit. Gerade in dem Augenblick hatte ich mir geschworen, ein rechtschaffener Mensch zu werden, als der Schicksalsschlag mich traf! Aber am Tode des alten Mannes, meines Feindes und Vaters — bin ich unschuldig! Und auch an seiner Beraubung — nein! Da bin ich vollkommen unschuldig. Also nochmals: nein! — und ich kann auch gar nicht schuldig sein, denn: Dmitrij Karamasoff ist wohl ein Schuft, aber kein Dieb!«

Nachdem er das hervorgestoßen hatte, setzte er sich wieder auf seinen Platz, sichtbar am ganzen Körper zitternd. Der Vorsitzende wandte sich von neuem mit der kurzen, doch ernsten Ermahnung an ihn, nur auf die Fragen zu antworten und sich nicht zu leidenschaftlichen Ausrufen, die nicht zur Sache gehörten, hinreißen zu lassen. Dann befahl er, mit der gerichtlichen Verhandlung zu beginnen. Hierauf wurden sämtliche Zeugen zur Vereidigung hereingeführt. Da sah ich sie denn alle. Übrigens wurden die beiden Brüder des Angeklagten unvereidigt zur Zeugnisablegung zugelassen. Nach der Ermahnung des Geistlichen und des Vorsitzenden wurden die Zeugen wieder hinausgeführt und erhielten dort ihre Plätze zugewiesen, nach Möglichkeit getrennt voneinander. Darauf begann man sie einzeln wieder hereinzurufen!

II

Die gefährlichen Zeugen

Ich weiß nicht, ob die Zeugen des Staatsanwalts und die des Verteidigers vom Vorsitzenden in zwei Gruppen eingeteilt worden waren und in einer gewissen, vorher bestimmten Reihenfolge aufgerufen wurden. Es muß wohl so gewesen sein, denn die ersten Zeugen, die man verhörte, waren die des Staatsanwalts. Ich wiederhole nochmals, daß ich nicht beabsichtige, das ganze Verhör Wort für Wort wiederzugeben. Zudem würde eine solche Wiedergabe ganz unnötig sein, da in der Anklage-, wie in der Verteidigungsrede des Staatsanwalts und des Verteidigers das ganze Ergebnis aller abgegebenen Zeugnisse unter greller und charakterisierender Beleuchtung gleichsam in einen Punkt zusammengefaßt wurden. Diese beiden bemerkenswerten Reden habe ich wenigstens teilweise wortwörtlich nachgeschrieben, um sie dann an gegebener Stelle anführen zu können, sowie auch eine ganz außergewöhnliche und unerwartete Episode der Verhandlung, die sich kurz vor den Plädoyers abspielte und auf den furchtbaren und verhängnisvollen Urteilsspruch zweifellos einen großen Einfluß hatte. Ich bemerke nur noch, daß es schon von den ersten Augenblicken der Gerichtsverhandlung an allen auffiel, wie groß im vorliegenden Prozeß die Wucht der Anklagen war, im Vergleich zu den Entlastungsbeweisen, über die der Verteidiger verfügte. Das begriffen alle, als die Verhandlung in diesem unheimlichen Saal begann, als die Tatsachen sich zu gruppieren anfingen, und allmählich der ganze Schrecken dieser blutigen Tat immer deutlicher vor unser Auge trat. Vielleicht wurde es sogar schon nach den ersten Augenblicken allen klar, daß die Sache ja ganz unbestreitbar war, daß sie überhaupt keine Zweifel mehr aufkommen ließ, daß im Grunde genommen irgendwelche Plädoyers gar nicht mehr nötig waren, daß diese nur der Form wegen gehalten werden mußten, der Angeklagte jedoch »schuldig, unwiderruflich schuldig« sei. Ich glaube sogar, daß auch alle Damen, die doch ausnahmslos die Freisprechung dieses interessanten Angeklagten wünschten, zu gleicher Zeit von seiner Schuld vollkommen überzeugt waren. Ja, vielleicht wären sie sogar enttäuscht gewesen, wenn seine Schuld nicht so bestätigt worden wäre, denn der Effekt der Freisprechung des Verbrechers hätte dann nicht so groß sein können. Daß man ihn aber freisprechen werde, davon waren sie sonderbarerweise bis zum letzten Augenblick fest überzeugt. »Schuldig ist er zwar, aber man wird ihn aus Humanität freisprechen, auf Grund der neuen Ideen und neuen Gefühle, die jetzt überall im Schwange sind« usw. usw. Darum waren sie auch mit solcher Ungeduld in der Erwartung dieser Freisprechung herbeigeeilt. Die Männer wiederum interessierte am meisten der Kampf des Staatsanwalts mit dem berühmten Rechtanwalt. Alle fragten sich verwundert: »Was wird denn selbst ein solches Talent wie Fetjukowitsch aus einer so verlorenen Sache, aus einem so ausgeblasenen Ei noch machen können?« Und man verfolgte mit gespanntester Aufmerksamkeit jeden seiner Schachzüge. Fetjukowitsch jedoch blieb allen bis zum Schluß — bis zu seiner Rede — ein Rätsel. Erfahrenere Leute vermuteten denn auch alsbald, daß er etwas aufzustellen beabsichtigte, daß er nach einem System vorging und ein Ziel vor sich hatte, doch was für eines das war — das war fast unmöglich zu erraten. Vor allem fielen seine Sicherheit und sein Selbstvertrauen auf. Außerdem merkte man mit Genugtuung, daß er, trotz seines kurzen Aufenthaltes in unserer Stadt — er war erst vor drei Tagen hier eingetroffen —, sich mit der Sache doch schon gründlich bekannt gemacht und sie »bis in alle Feinheiten« studiert hatte. Mit wahrer Wonne erzählte man sich später, wie er alle Zeugen des Staatsanwalts »hineingelegt« hatte, um sie nach Möglichkeit zu kompromittieren, und wie er ihren hohen Moralansprüchen Fallen gestellt, um auf diese Weise auch den Wert ihrer Aussagen zu untergraben. Übrigens vermuteten viele, daß er damit sozusagen nur spielte, um juristisch zu glänzen, und damit keiner der Advokatenkniffe unbenutzt bliebe; war man doch überzeugt, daß alle diese Kniffe ihm trotzdem keinen großen oder gar ausschlaggebenden Nutzen bringen konnten, und daß er das wohl selbst am besten wisse; also habe er sicher irgendeine eigene Idee im Hinterhalt bereit, eine Waffe, die er erst im richtigen Augenblick hervorziehen werde; vorderhand aber treibe er nur Mutwillen, da er ja seiner Sache sowieso

sicher sei. Als man zum Beispiel den ehemaligen Kammerdiener Fjodor Pawlowitschs, Grigórij Wassíljewitsch, verhörte, und dieser die belastendste Aussage in betreff der
offenen Tür machte, da begann der Verteidiger, als an ihn
die Reihe kam, den Zeugen zu verhören, dem Alten mit
Fragen wie mit Krallen auf den Leib zu rücken. Ich muß
dazu bemerken, daß Grigorij Wassiljewitsch, der sich weder
durch die Hoheit des Gerichts, noch durch die Anwesenheit
des zahlreichen ihm zuhörenden Publikums einschüchtern
ließ, mit ruhiger, fast hoheitsvoller Miene dastand. Seine
Aussagen machte er mit einer Sicherheit, als spräche er mit
seiner Márfa Ignátjewna unter vier Augen, allenfalls nur
ein wenig ehrerbietiger. Ihn aus dem Konzept zu bringen,
war unmöglich. Zuerst fragte ihn der Staatsanwalt über
alle Einzelheiten der Familie Karamasoff aus, wobei das
Bild der Familie deutlich und grell hervortrat. Man hörte
und sah, daß der Zeuge aufrichtig, treuherzig und unparteiisch war. Bei aller Ehrerbietung, die er für seinen ermordeten Herrn bewahrte, erklärte er doch, daß der Herr dem
Sohne gegenüber nicht recht gehandelt und für die Erziehung
der Kinder nicht pflichtgemäß gesorgt habe. »Den kleinen
Jungen hätten, wenn ich nicht dagewesen wäre, die Läuse
gefressen«, fügte er noch hinzu, als er seinen Bericht über
Mitjas Kinderjahre beendet hatte. »Auch hat der Vater
den Sohn am Erbe seiner leiblichen Mutter geschädigt.« Auf
die Frage des Staatsanwalts, worauf er seine Aussage — daß
der Vater seinen Sohn übervorteilt oder »geschädigt« habe —
begründe, konnte Grigorij Wassiljewitsch zur Verwunderung
aller gar keine Belege angeben, nur bestand er nichtsdestoweniger fest darauf, daß die Abrechnung mit dem Sohne
eine »unrichtige« gewesen sei und der Vater diesem noch
einige Tausend hätte auszahlen müssen. Ich bemerke hier zur
Sache, daß diese Frage — ob Fjodor Pawlowitsch Mitja
wirklich nicht alles ausgezahlt hatte — vom Staatsanwalt mit
besonderer Beharrlichkeit auch an alle anderen Zeugen, die
er nur danach fragen konnte, gestellt wurde, Aljoscha und

Iwan Fjodorowitsch nicht ausgenommen. Allein von keinem dieser Zeugen konnte er eine genaue Aussage erhalten; alle bejahten die Tatsache, aber keiner von ihnen konnte irgendeinen Beweis vorbringen. Die Schilderung der Szene nach Tisch, als Dmitrij Fjodorowitsch den Vater verprügelt und ihm gedroht hatte, wiederzukommen und ihn dann einfach totzuschlagen, machte einen recht finsteren Eindruck auf das Publikum im Saal, um so mehr, als der alte Diener sie ruhig und ohne überflüssige Worte in seiner eigenartigen Ausdrucksweise erzählte, so daß ihre Wiedergabe geradezu schön und packend war. Über die Kränkung durch Mitja, der ihn ins Gesicht geschlagen und zu Boden geworfen hatte, bemerkte er nur, daß er sie ihm nicht nachtrage und schon längst verziehen habe. Auf die Frage nach dem verstorbenen Ssmerdjakoff sagte er aus, indem er sich bekreuzte, der Bursche sei zwar nicht ungeschickt gewesen, aber dumm und von der Krankheit »bedrückt«, vor allem jedoch ungläubig, und diesen Unglauben hätten ihm Fjodor Pawlowitsch und dessen zweiter Sohn beigebracht. Aber die Ehrlichkeit Ssmerdjakoffs bestätigte er fast mit Eifer und erzählte sofort, wie Ssmerdjakoff seinerzeit das verlorene Geld des Herrn gefunden und es nicht eingesteckt, sondern dem Herrn übergeben, und wie der Herr ihm dafür ein Goldstück geschenkt und ihm seitdem in allem vertraut habe. In betreff der offenen Tür der Gartenfront blieb er mit seiner ganzen Hartnäckigkeit unwiderruflich bei seiner Aussage. Übrigens fragte man ihn so viel, daß ich mich nicht aller Aussagen erinnern kann. Endlich kam die Reihe an den Verteidiger. Der fragte ihn zuerst über das Geldpaket aus, in dem sich »angeblich« dreitausend Rubel für eine »bestimmte Person« befunden haben sollten. »Haben Sie dieses Paket selbst gesehen, Sie, der Sie als langjähriger Kammerdiener Ihrem Herrn so nahe standen?« Grigorij antwortete, daß er es nicht gesehen und von diesem Geld auch nichts gehört habe, »bis zu der Zeit, wo jetzt alle davon zu sprechen angefangen haben«. Diese Frage nach dem Geldpaket stellte

Fetjukowitsch an alle, an die er sie als Zeugen nur stellen konnte, und zwar mit eben solcher Hartnäckigkeit, wie der Staatsanwalt seine Frage nach der Erbschaftsangelegenheit wiederholte, aber von allen erhielt er nur die eine Antwort, daß niemand das Paket gesehen, ein jeder jedoch seit zwei Monaten viel von ihm gehört habe. Die Hartnäckigkeit des Verteidigers in dieser Frage fiel von Anfang an auf.

»Gestatten Sie, daß ich mich jetzt mit der Frage an Sie wende,« sagte plötzlich und ganz unerwartet Fetjukowitsch, »woraus dieser Balsam bestand, oder der sogenannte Kräuteraufguß, mit dem Sie an jenem Abend vor dem Schlafengehen Ihr schmerzendes Kreuz eingerieben haben, in der Hoffnung, sich damit zu kurieren?«

Grigorij sah stumpfsinnig den Fragenden an und brummte nach einigem Schweigen:

»Salbei war drin.«

»Nur Salbei? Erinnern Sie sich nicht noch irgendeiner Zutat?«

»Wegerich war auch drin.«

»Und auch Pfeffer vielleicht?« fragte Fetjukowitsch interessiert.

»Auch Pfeffer war dabei.«

»Und so weiter. Und das alles mit Branntwein angesetzt?«

»Mit Spiritus.«

Im Saal gluckste hier und da ein unterdrücktes Lachen.

»Noch dazu mit Spiritus! Nun, was will man mehr! Und nachdem man damit Ihren Rücken eingerieben hatte, tranken Sie den Rest der Flasche mit einem gewissen heilbringenden Gebet, das nur Ihrer Frau bekannt ist, aus, nicht wahr?«

»Ich habe es ausgetrunken.«

»Wieviel haben Sie denn ungefähr ausgetrunken? Ungefähr wieviel? Ein Schnapsgläschen voll oder gar zwei?«

»Ein Wasserglas voll wird es gewesen sein.«

»Sogar ein Wasserglas voll? So, so! Vielleicht waren es auch anderthalb Gläschen?«

Grigorij schwieg. Es war, als beginne er etwas zu begreifen.

»Anderthalb Glas reinen Spiritus, — das ist ja gar nicht so
wenig, was meinen Sie? Da kann man ja selbst die Tore
des Paradieses offen sehen, geschweige denn eine Tür, die in
einen Garten führt!«

Grigorij schwieg immer noch. Wieder hörte man unterdrücktes Lachen im Saal. Der Vorsitzende schien unruhig
zu werden.

»Sind Sie sicher,« bedrängte Fetjukowitsch immer mehr
den schweigenden Zeugen, »daß Sie in dieser Minute, als Sie
die Tür zum Garten offen sahen, wach waren? Oder schliefen Sie vielleicht?«

»Ich stand auf den Beinen.«

»Das ist noch kein Beweis dafür, daß Sie nicht geschlafen haben.« (Leises Gelächter im Saal.) »Hätten Sie zum
Beispiel in diesem Augenblick sagen können, wenn jemand Sie
gefragt hätte, nun, zum Beispiel, in welchem Jahr wir
leben?«

»Das weiß ich nicht.«

»Im wievielten Jahr nach Christi Geburt leben wir denn
jetzt, wissen Sie das wirklich nicht?«

Grigorij stand da mit ratlosem Ausdruck im Gesicht und
sah seinen Peiniger starr an. Sonderbar, er schien wirklich
nicht zu wissen, in welchem Jahr er lebte.

»Vielleicht wissen Sie aber, wieviel Finger Sie an den
Händen haben?«

»Ich bin ein untergeordneter Mensch«, sagte Grigorij
plötzlich laut und deutlich — »wenn es der Obrigkeit beliebt, mich zu verhöhnen, so muß ich es dulden.«

Fetjukowitsch war ein wenig verblüfft. Der Vorsitzende
mischte sich sofort ein und erinnerte den Verteidiger mit ein
paar ernsten Bemerkungen daran, daß er sachlichere Fragen
zu stellen habe. Fetjukowitsch hörte ihn höflich an, verbeugte sich dann würdevoll und erklärte, mit seinen Fragen
zu Ende zu sein. Indessen blieb im Publikum wie auch bei

den Geschworenen doch ein kleiner Zweifel an den Aussagen eines Menschen zurück, bei dem die Möglichkeit nicht ausgeschlossen zu sein schien, daß er in einem gewissen Zustand während einer Kur die Paradiestore offen sah, und der außerdem nicht zu sagen wußte, in welchem Jahr nach Christi Geburt er lebte; so hatte der Verteidiger immerhin sein Ziel erreicht. Doch bevor Grigorij entlassen wurde, ereignete sich noch ein kleiner Zwischenfall. Der Vorsitzende wandte sich an den Angeklagten mit der Frage, ob er zu den gemachten Aussagen etwas zu bemerken habe?

»Ausgenommen die Behauptung von der Tür, hat er in allem die Wahrheit gesprochen«, sagte Mitja mit lauter Stimme. »Ich danke ihm, daß er mich vor Läusen bewahrt hat, und daß er mir die Schläge verziehen hat, dafür danke ich ihm gleichfalls. Der Alte ist sein Leben lang ehrlich und dem Vater treu ergeben gewesen wie siebenhundert Pudel.«

»Angeklagter, wählen Sie Ihre Worte besser!« sagte streng, zu ihm gewandt, der Vorsitzende.

»Ich bin kein Pudel«, brummte Grigorij.

»Nun, dann bin ich ein Pudel, ich!« rief Mitja sofort. »Wenn das beleidigend ist, so nehme ich es auf mich und bitte ihn um Verzeihung: ich war ein Tier und bin brutal zu ihm gewesen! Auch zu dem Äsop bin ich brutal gewesen!«

»Zu welchem Äsop?« fragte wieder streng der Vorsitzende.

»Nun, dann Pierrot ... zum Vater, zu Fjodor Pawlowitsch ...«

Der Vorsitzende schärfte Mitja nochmals und in bereits bedeutend strengerem Ton ein, daß er in der Wahl seiner Ausdrücke vorsichtiger sein müsse.

»Sie schaden sich dadurch nur selbst in der Meinung Ihrer Richter!«

Ebenso geschickt verfuhr der Verteidiger beim Verhör des Zeugen Rakítin. Ich muß bemerken, daß Rakitin einer der wichtigsten Zeugen war, und daß der Staatsanwalt ihn offenbar ganz besonders schätzte. Es erwies sich, daß Rakitin alles wußte, geradezu erstaunlich viel wußte; überall war er gewesen, alles hatte er gesehen, mit allen gesprochen. Die Lebensgeschichte Fjodor Pawlowitschs und aller Karamasoffs kannte er genau. Und dann: von dem Paket mit den dreitausend Rubeln hatte er schon von Mitja selbst gehört. Darauf wußte er ausführlich von den Ausschreitungen Mitjas im Gasthaus „Zur Hauptstadt" zu berichten, alle ihn kompromittierenden Worte und Gesten gab er wieder, wie z. B. die Geschichte mit dem »Bastwisch«, dem Hauptmann Ssnegirjóff. Nur über den wichtigsten Punkt, ob Fjodor Pawlowitsch bei der Abrechnung über das Gut Mitja noch etwas schuldig geblieben war, konnte auch er nichts aussagen, und so beschränkte er sich auf allgemeine Bemerkungen verächtlichen Charakters, z. B.: »Wie wollen Sie das feststellen, wer von diesen unvernünftigen Karamasoffs, die sich nicht einmal selbst verstehen und bezeichnen können, dem anderen etwas schuldig geblieben ist?« Die ganze Tragödie des vorliegenden Verbrechens stellte er dar als Produkt veralteter Sitten des Leibeigenschaftsregimes und des in Unordnung untergehenden Rußland, das schwer unter dem Mangel geeigneter Einrichtungen zu leiden habe. Kurz, er konnte einmal seine Ansichten aussprechen, und das war für ihn die Hauptsache. Bei diesem Prozeß spielte Herr Rakitin zum erstenmal gewissermaßen eine Rolle und begann bemerkt zu werden; der Staatsanwalt wußte, daß der Zeuge einen Artikel über das vorliegende Verbrechen für eine Zeitschrift verfaßte, und er zitierte in seiner Rede (wie wir weiter unten sehen werden) sogar einige Gedanken aus diesem Artikel — folglich mußte er ihn schon gelesen haben. Das Bild, das Rakitin von den Karamasoffs entwarf, war sehr düster und unterstützte verhängnisvoll »die Anklage«. Überhaupt bestach die Auslegung Rakitins das Publikum durch die Unabhängigkeit seiner Gedanken und den außergewöhnlichen Adel seiner Gesinnung. Man hörte sogar zwei-, dreimal kurzen Applaus, und zwar, als er von der Leibeigenschaft und dem unter der Unordnung leidenden

Rußland sprach. Aber Rakitin machte als junger Mann doch einen kleinen Fehler, der vom Verteidiger denn auch sofort ausgenutzt wurde. Als er auf gewisse Fragen, die Gruschenka betrafen, antwortete, da erlaubte er sich, wahrscheinlich hingerissen von seinem Erfolg, dessen er sich freilich nur zu bewußt war, sowie von der Höhe der Standpunkte, zu denen er sich aufgeschwungen hatte, — da erlaubte er sich über Agraféna Alexándrowna eine etwas verächtliche Ausdrucksweise, wie z. B. »Konkubine des Kaufmanns Ssamssónoff«. Viel hätte er später darum gegeben, dieses Wörtchen rückgängig machen zu können, denn an ihm wurde er sofort von Fetjukowitsch gepackt. Das konnte natürlich nur geschehen, weil Rakitin es nicht für möglich gehalten hatte, daß Fetjukowitsch sich in der kurzen Zeit mit dieser Sache so bis in die intimsten Einzelheiten hatte bekannt machen können.

»Gestatten Sie, daß ich mich erkundige«, begann der Verteidiger mit dem liebenswürdigsten und höflichsten Lächeln, als die Reihe an ihn kam, »Sie sind wohl derselbe Herr Rakitin, der die Broschüre „Das Leben des in Gott entschlafenen Staretz Sossima" geschrieben hat, die von der Eparchialobrigkeit veröffentlicht worden ist, eine Broschüre voll tiefer und frommer Gedanken, mit einer vorzüglichen und ehrfürchtigen Widmung an Se. Eminenz, die ich vor kurzem noch mit so großem Vergnügen gelesen habe?«

»Ich habe sie nicht für den Druck geschrieben ... man hat sie später drucken lassen«, murmelte Rakitin verwirrt, wie plötzlich aus dem Sattel geworfen, fast als schäme er sich.

»O, das ist ja wunderbar! Ein Denker wie Sie kann natürlich und muß sogar sich denkbar weitherzig zu jeder gesellschaftlichen Erscheinung verhalten. Dank der Protektion Seiner Eminenz hat Ihre so überaus nützliche Broschüre Absatz gefunden und wohl auch relativen Nutzen gebracht... Doch ich wollte Sie hauptsächlich fragen — Sie sagten soeben, daß Sie mit Fräulein Sswétloff so gut bekannt gewesen wären ...«

(Bei dieser Gelegenheit hörte ich zum erstenmal Gruschenkas Familiennamen.)

»Ich kann nicht für alle meine Bekanntschaften einstehen . . . Ich bin ein junger Mann . . . und wer kann denn für jeden einstehen, den er kennenlernt!« brauste Rakitin auf, feuerrot im Gesicht.

»Ich verstehe, o, ich verstehe nur zu gut!« rief Fetjukowitsch aus, als sei er selbst ganz verlegen geworden und als wolle er sich schleunigst entschuldigen. »Sie konnten ja wie jeder andere in Versuchung kommen, sich für eine junge und schöne Frau, die bei sich die Blüte der hiesigen Jugend empfängt, zu interessieren. Doch . . . ich wollte mich ja nur erkundigen, ob Ihnen − wie zum Beispiel uns − bekannt ist, daß Fräulein Sswétloff, als sie vor zwei Monaten unbedingt die Bekanntschaft des jüngsten Karamasoff, Alexei Fjodorowitsch, zu machen wünschte, Ihnen fünfundzwanzig Rubel versprochen hat, falls Sie ihn in seiner Mönchskutte zu ihr führen würden? Und das haben Sie dann auch am Abend jenes Tages getan, der mit der tragischen Katastrophe, die der gegenwärtigen Verhandlung zugrunde liegt, endete. Sie haben Alexei Karamasoff zu Fräulein Sswetloff geführt und − damals die fünfundzwanzig Rubel Belohnung von ihr empfangen. Ich möchte nun von Ihnen hören, ob es sich tatsächlich so verhält?«

»Das war nur ein Scherz . . . Ich sehe nicht ein, wie dieser Scherz Sie interessieren kann . . . Ich habe sie nur im Scherz genommen . . . um sie ihr später wiederzugeben . . .«

»Also, Sie haben sie doch genommen. Und Sie haben sie bis jetzt auch noch nicht wiedergegeben . . . oder sollten Sie sie ihr schon zurückerstattet haben?«

»Das sind doch Lappalien . . .«, murmelte Rakitin, »auf solche Fragen kann ich entschieden nicht antworten . . . Selbstverständlich werde ich sie ihr zurückerstatten . . .«

Der Vorsitzende wollte wieder eingreifen, aber der Verteidiger erklärte sofort, daß er weiter keine Fragen an Herrn Rakitin zu stellen habe. Herr Rakitin trat einigermaßen

»beschmutzt« von der Szene ab. Jedenfalls war der Eindruck seiner fortschrittlich-edlen Rede verdorben und Fetjukowitsch, der ihn mit seinen Blicken begleitete, schien dem Publikum sagen zu wollen: »Seht, das sind nun eure so hochedlen Ankläger!« Ich erinnere mich noch, daß auch dieser Vorfall nicht ohne eine kleine Episode von seiten Mitjas verlief: wütend über den Ton, in dem Rakitin sich über Gruschenka geäußert hatte, rief er plötzlich von seinem Platz aus: »Bernard!« Und als der Vorsitzende sich nach dem Verhör Rakitins an den Angeklagten wandte, ob er seinerseits etwas zu bemerken habe, da sagte Mitja so laut, daß es schallte:

»Er hat mich noch in der Untersuchungshaft angepumpt! Er ist ein verächtlicher Bernard und Streber, und glaubt gar nicht an Gott! Mit seiner ehrfürchtigen Broschüre hat er Seine Eminenz nur beschwindelt!«

Mitja wurde wegen seiner unhöflichen Ausdrücke natürlich wieder ein Verweis zuteil; damit aber war Rakitin denn auch abgetan. Auch mit einem anderen Zeugen, mit dem Hauptmann Ssnegirjóff, hatte der Staatsanwalt kein Glück, dieses Mal aber aus einem ganz anderen Grunde. Der Zeuge erschien in ganz unordentlicher und schmutziger Kleidung, in schmutzigen Stiefeln, und trotz aller Vorsicht und Umsicht der vorhergegangenen »Expertise« erwies er sich plötzlich als richtig beschwipst. Auf die Fragen nach den Beleidigungen, die ihm von Mitja zugefügt worden waren, weigerte er sich zu antworten.

»Gott mit ihm! Iljúschachen hat mich gebeten, nichts zu sagen. Gott wird es mir dort anrechnen . . .«

»Wer hat Sie darum gebeten? Von wem reden Sie?«

»Von Iljúschachen, von meinem Söhnchen: ‚Papachen, Papachen, wie hat er dich nur so erniedrigt!‘ Das sagte er mir damals am großen Stein. Jetzt liegt er im Sterben . . .«

Der Hauptmann schluchzte plötzlich auf und stürzte dem Vorsitzenden zu Füßen. Man führte ihn so schnell wie möglich hinaus. Das Publikum lachte. Der vom Staatsanwalt gewünschte Eindruck kam also nicht zustande.

Der Verteidiger fuhr in seiner Taktik fort und setzte uns immer mehr durch seine Kenntnis der kleinsten Einzelheiten in Erstaunen. So machten zum Beispiel die Aussagen Trifón Boríssytschs einen starken Eindruck und waren für Mitja natürlich außerordentlich ungünstig. Er rechnete fast an den Fingern nach, daß Mitja bei seiner ersten Fahrt nach Mókroje, fast einen Monat vor der Katastrophe, mindestens dreitausend Rubel verpraßt haben müsse, »oder nur eine Kleinigkeit weniger«. »Wieviel hat er nicht allein schon den Zigeunern hingeschmissen! Und *unseren* verlausten Bauernkerlen hat er nicht etwa halbe Rubel zugeworfen, sondern nicht weniger als Fünfundzwanzigrubelscheine geschenkt, weniger gab er nicht! Und um wieviel sie ihn damals einfach bestohlen haben! Wer aber stiehlt, der läßt seine Hand nicht da, wie soll man also den Dieb ertappen, wenn der Herr noch dazu freiwillig so viel verschleudert hat! Denn unsere Bauern sind doch nur Räuber und Schurken, nicht einmal ihre Seele bewahren sie. Und den Mädels, unseren Dorfmädels, wieviel ist an die gegangen! Seit der Zeit sind sie alle bei uns reich geworden, während es früher nur Armut gab!« Kurz, er zählte jede Einzelheit auf und vergaß nichts auf die Rechnung zu setzen. Auf diese Weise wurde die Annahme, Mitja habe nur Tausendfünfhundert verausgabt und die andere Hälfte zurückbehalten, einfach unglaubwürdig gemacht. »Ich habe sie selbst gesehen, die Geldscheine, in seinen Händen habe ich sie gesehen, wie eine Kopeke, so deutlich mit meinen eigenen Augen, wie sollte unsereiner denn das nicht beurteilen können!« rief Trifon Borissytsch beinahe entrüstet aus, da er mit aller Gewalt der »Obrigkeit« gefällig sein wollte. Als aber nun das Fragen auf den Verteidiger überging, machte der überhaupt nicht den Versuch, diese Aussagen umzustoßen, sondern ging auf etwas ganz anderes über, nämlich darauf, daß der Kutscher Timoféi und der Bauer Akím nach der ersten Prasserei in Mókroje, vor drei Monaten, einen Hundertrubelschein im Flur auf dem Fußboden gefunden hatten, den Mitja in trunkenem Zustande verloren haben mußte. Sie hatten den Geldschein Trifon Borissytsch übergeben, und der hatte jedem von ihnen einen Rubel geschenkt. »Nun«, fragte Fetjukowitsch, »haben Sie diese hundert Rubel Herrn Karamasoff zurückerstattet?« Trifon Borissytsch redete hin und her, aber nach dem Verhör der beiden Bauern bestätigte er schließlich, daß er die gefundenen hundert Rubel in Empfang genommen, fügte jedoch nun auf einmal hinzu, daß er damals Dmitrij Fjodorowitsch alles »heilig« zurückgegeben habe, und beteuerte zugleich bei seiner Ehre, daß der Herr sehr betrunken gewesen sei und sich daher wohl kaum dessen erinnern könne. Da er aber bis zur Aussage der Zeugen die hundert Rubel verleugnet hatte, so begegnete seine Versicherung, sie dem betrunkenen Mitja zurückgegeben zu haben, natürlich großem Zweifel. Auf diese Weise mußte wieder einer der gefährlichsten Zeugen, die der Staatsanwalt aufgestellt hatte, in seinem Ruf beeinträchtigt abtreten. Dasselbe ereignete sich auch mit den Polen. Sie traten stolz und majestätisch auf, sagten laut, daß sie erstens beide der »Krone gedient«, und daß »Pan Mitja« ihnen Dreitausend angeboten habe, um ihre Ehre zu kaufen, und daß sie selbst sehr viel Geld in seinen Händen gesehen hätten. Pan Mussjalówitsch streute viele polnische Wörter in seine Phrasen ein, und als er bemerkte, daß ihn das in den Augen des Vorsitzenden gewissermaßen hob, da wurde er noch aufgeblasener und drückte sich schließlich fast nur noch polnisch aus. Fetjukowitsch fing auch sie in seinen Netzen. Wie sehr auch der nochmals herbeigerufene Trifón Boríssytsch Winkelzüge machte, so mußte er doch bekennen, daß das Spiel Karten von Pan Wrubléwskij vertauscht worden war, und daß Pan Mussjalowitsch Volte geschlagen hatte. Das bestätigte zudem Kalgánoff, der jetzt an die Reihe kam, und beide Pane mußten beschämt und unter dem Gelächter des Publikums abziehen.

Ebenso erging es dann fast allen anderen von den gefährlichen Zeugen. Jeden von ihnen verstand Fetjukowitsch moralisch zu kompromittieren. Die Liebhaber des Spiels,

Juristen wie Laien, waren entzückt, obschon noch im unklaren, zu welch einem großen, entscheidenden Gegenschlag dies alles dienen sollte, denn, ich wiederhole es, alle fühlten die Unwiderlegbarkeit der Anklage, die immer tragischer und dunkler emporwuchs. Doch aus der Ruhe und Überlegenheit des »großen Magiers« ersahen sie, daß er seiner Sache sicher war, und sie warteten: ein solcher Mann werde doch nicht umsonst aus Petersburg herkommen, dachten sie, das ist nicht so einer, der unverrichteter Dinge zurückkehrt!

III

Das ärztliche Gutachten und das eine Pfund Nüsse

Auch das ärztliche Gutachten half nicht sonderlich der Sache des Angeklagten. Aber Fetjukowitsch schien darauf auch nicht sehr gerechnet zu haben, wie sich in der Folge zeigte. Ursprünglich war es nur deshalb aufgenommen worden, weil Katerina Iwanowna darauf bestanden und zu dem Zweck einen berühmten Arzt aus Moskau verschrieben hatte. Jedenfalls konnte die Verteidigung dadurch nichts verlieren, dagegen vielleicht doch etwas gewinnen. Im übrigen wirkte das Gutachten bei der Meinungsverschiedenheit der Ärzte sogar ein wenig erheiternd. Als Gutachter erschienen: der berühmte Arzt aus Moskau, unser Doktor Herzenstube und schließlich noch unser junger Arzt Warwínskij. Die beiden letzteren waren — auf Ersuchen des Staatsanwalts — auch als Zeugen vorgeladen. Der erste, der in der Eigenschaft eines Gutachters vernommen wurde, war Doktor Herzenstube. Das war ein greiser, schon kahlköpfiger alter Herr von siebzig Jahren, ein Mann von mittlerem Wuchs und kräftigem Körperbau. Bei uns in der Stadt wurde er von allen sehr geachtet und geschätzt. Er war ein gewissenhafter Arzt, ein prächtiger und gottesfürchtiger Mensch, irgendein Herrnhuter oder „Mährischer Bruder", ich weiß es nicht mehr genau. Er lebte schon seit langer Zeit bei uns und hielt sich außerordentlich würdig. Er war gut und menschenfreundlich, behandelte arme Kranke und die Bauern unentgeltlich, ging selbst in ihre Hütten und Höhlen und hinterließ ihnen noch Geld für die Medizin, war aber bei alledem eigensinnig wie ein Maulesel. Ihn von etwas abzubringen, was er sich einmal in den Kopf gesetzt hatte, war unmöglich. Indessen war jetzt allen in der Stadt bekannt geworden, daß der hergerufene Arzt während seines zwei- bis dreitägigen Aufenthalts sich einige recht beleidigende Bemerkungen über die ärztliche Befähigung Doktor Herzenstubes erlaubt hatte. Das war nämlich so gekommen: manche Einwohner unserer Stadt hatten sich über die seltene Gelegenheit gefreut und waren, ohne auf das Geld zu achten (der berühmte Arzt nahm mindestens fünfundzwanzig Rubel für die Konsultation), zu ihm gegangen, um seinen ärztlichen Rat einzuholen. Diese Kranken waren aber vorher von Herzenstube behandelt worden, und der berühmte Arzt hatte nun dessen Kenntnisse außerordentlich absprechend kritisiert. Zu guter Letzt hatte er jeden Kranken, der bei ihm erschienen war, gefragt: »Wer hat denn an Ihnen hier herumgepfuscht, etwa wieder Herzenstube? He?« — was Doktor Herzenstube natürlich alsbald zu Ohren gekommen war. Und nun erschienen alle drei Ärzte, einer nach dem anderen, zum Verhör. Doktor Herzenstube erklärte natürlich rund heraus, daß man die geistige Abnormität des Angeklagten aus allem ersehen könne. Nachdem er seine Erwägungen auseinandergesetzt hatte, die ich hier übergehe, fügte er hinzu, daß man diese Abnormität nicht nur aus den früheren Handlungen des Angeklagten feststellen könne, sondern sogar jetzt, in diesem Augenblick; und als man ihn bat zu erklären, woraus er das in diesem Augenblick ersehe, da wies der alte Doktor mit der ganzen Geradheit seiner Einfalt darauf hin, daß der Angeklagte beim Eintritt in den Saal ein durchaus ungewöhnliches und den Umständen gar nicht angemessenes Verhalten gezeigt habe. »Er schritt wie ein Soldat, die Augen waren starr geradeaus gerichtet, während es doch viel natürlicher gewesen wäre, wenn er nach links geblickt hätte, wo im Publikum so viele Damen sitzen, denn er ist doch ein großer Liebhaber des schönen Geschlechts und hätte daher daran denken müssen, was die Damen jetzt sagen würden«, schloß der Alte seine Rede in seiner merkwürdigen Ausdrucksweise. Ich muß hinzufügen, daß er viel und gern Russisch sprach, obgleich bei ihm jeder Satz nach deutscher Art gebaut war, was ihn jedoch nicht im geringsten genierte, denn er hatte die kleine Schwäche, sein Russisch einfach für mustergültig zu halten, »für besser sogar, als das der Russen selbst«, und mit besonderer Vorliebe zitierte er russische Sprichwörter, wobei er jedesmal hinzufügte, daß die russischen Sprichwörter die besten und zutreffendsten der ganzen Welt seien. Ich bemerke noch, daß er im Gespräch aus Zerstreutheit oft die gebräuchlichsten Ausdrücke nicht finden konnte, die er sonst vorzüglich kannte, die ihm aber plötzlich nicht einfallen wollten. Dasselbe passierte ihm übrigens auch, wenn er Deutsch sprach, und er griff dann immer mit der Hand in die Luft, gerade vor seinem Gesicht, als wolle er das verlorene Wörtchen erhaschen, und dann konnte ihn keiner dazu bringen, in seiner Rede eher fortzufahren, als bis er das ihm entfallene Wort gefunden hatte. Seine Bemerkung, daß der Angeklagte in normalem Zustand auf die Damen hätte blicken müssen, rief im Publikum ein heiteres Geflüster hervor. Alle unsere Damen hatten den Alten sehr gern, und sie wußten auch, daß er, der fromm und keusch war, nur deswegen nicht geheiratet hatte, weil er als lebenslänglicher Junggeselle die Frauen für entschieden höhere Wesen hielt. Darum erschien diese unerwartete Bemerkung gerade von ihm allen sehr sonderbar.

Der berühmte Moskauer Arzt erklärte seinerseits schneidend und bestimmt, daß er den geistigen Zustand des Angeklagten für unnormal halte — »und das sogar im höchsten Grade«. Er sprach viel und klug über »Affekt« und »Manie« und wies darauf hin, daß, nach allen Angaben zu schließen, der Angeklagte sich schon einige Tage vor der Katastrophe zweifellos in krankhaftem Affekt befunden habe, und wenn er die Tat vollführt haben sollte, so sei das, wenn auch nicht unbewußt, so doch unfreiwillig geschehen, da er keine Kraft mehr gehabt habe, gegen seine krankhaften sinnlichen Triebe, die ihn beherrschten, anzukämpfen. Und außer dem Affekt konstatierte der Doktor auch noch Manie, die seiner Meinung nach darauf hinwies, daß er schon auf dem Wege zu vollkommenem Wahnsinn sei. Ich gebe die Aussagen des Doktors mit meinen Worten wieder; er drückte sich in seiner fachmännischen Sprache sehr gelehrt aus. »Alle seine Handlungen stehen in offenem Widerspruch zur Logik und zur gesunden Vernunft«, fuhr er fort. »Ich will von alledem nichts sagen, was ich nicht gesehen habe, das heißt, vom Verbrechen selbst und von dieser ganzen Katastrophe, doch vor drei Tagen fiel mir im Gespräch mit ihm sein sonderbarer, unbeweglicher Blick auf, sein unerwartetes Lachen, wenn es gar nicht am Platz war, seine unverständliche Gereiztheit, seltsame Worte, wie: ‚Bernard‘, ‚Ethik‘ und andere, die gar nicht angebracht waren.« Vor allem aber sah der Doktor darin eine Manie, daß der Angeklagte ganz besonders gereizt sei, »wenn man von den dreitausend Rubeln spricht, um die er sich betrogen glaubt, während er von allen seinen anderen Fehlschlägen und erlittenen Kränkungen ganz harmlos sprechen kann«. Zudem sei er nach den eingezogenen Erkundigungen auch früher schon jedesmal, wenn von diesen Dreitausend gesprochen wurde, außer sich geraten, während doch alle von ihm bezeugten, daß er uneigennützig und selbstlos sei. »Was aber die Ansicht meines gelehrten Kollegen betrifft«, flocht der Doktor zum Abschluß seiner Rede noch ironisch ein, »daß der Angeklagte, als er in den Saal trat, unbedingt zu den Damen und nicht geradeaus hätte blicken müssen, so sage ich nur, daß, abgesehen von der Scherzhaftigkeit dieser Ansicht, diese außerdem noch absolut falsch ist: denn, obgleich ich darin vollkommen mit ihm übereinstimme, daß der Angeklagte, als er hier in diesen Saal eintrat, in dem über sein Geschick entschieden wird, nicht starr geradeaus hätte sehen müssen, was ein Zeichen seines unnormalen Zustandes in jenem Augenblick war, so behaupte ich doch zu gleicher Zeit, daß er nicht nach links zu den Damen, sondern nach rechts hätte sehen sollen, zu seinem Verteidiger, auf dessen Hilfe er jetzt seine ganze Hoffnung setzt, und von dessen Verteidigung sein ganzes Schicksal abhängt.« Diese seine Meinung sprach der Doktor sehr bestimmt und nachdrücklich aus. So wirkten denn die Behauptungen der gelehrten Gutachter durch ihren Widerspruch ein wenig komisch, besonders noch nach der unerwarteten Folgerung des Arztes Warwínskij, der als dritter seine Aussage machte. Seiner Meinung nach befand sich der Angeklagte jetzt wie früher in ganz normalem Zustand, und wenn er auch vor seiner Verhaftung außerordentlich nervös und erregt gewesen sein mochte, so könne das doch auf die nächstliegenden Ursachen zurückgeführt werden, wie z. B. Eifersucht, Zorn, die fortwährende Trunkenheit usw. Dieser nervöse Zustand brauche indes absolut keinen besonderen »Affekt« zu bekunden, von dem soeben die Rede war. Und was das anbelangt, ob der Angeklagte nach links oder nach rechts hätte sehen müssen, als er in den Saal trat, so mußte nach seiner »bescheidenen Meinung« der Angeklagte unbedingt geradeaus sehen, wie er es auch getan, denn geradeaus vor ihm saßen ja der Vorsitzende und die Gerichtspersonen, von denen jetzt sein ganzes Geschick abhing, so daß er, »indem er geradeaus sah, damit bewiesen hat, wie normal der Zustand seines Geistes in diesem Augenblick war«, schloß der junge Arzt ziemlich temperamentvoll seine »bescheidene« Aussage.

»Bravo, Doktor!« rief Mitja von seinem Platz aus, »genau so war es!«

Mitja wurde natürlich wieder zum Schweigen gebracht, aber die Meinung des jungen Arztes hatte die ausschlaggebende Wirkung auf das Gericht und auch auf das Publikum, denn, wie sich nachher zeigte, waren alle mit ihm gleicher Ansicht. Übrigens sagte Doktor Herzenstube, der auch als Zeuge vernommen wurde, ganz unerwartet und ganz plötzlich noch etwas zugunsten Mitjas aus. Als alter Einwohner unserer Stadt, der schon lange die Familie Karamasoff kannte, machte er sehr interessante Aussagen zur Entlastung Mitjas und darauf fügte er, als wäre ihm plötzlich wieder etwas eingefallen, hinzu:

»Gleichwohl hätte dem armen jungen Manne ein besseres Geschick zuteil werden können, denn er hatte ein gutes Herz in seiner Kindheit, und auch nachher, ich weiß es. Ein russisches Sprichwort lautet: „Wenn jemand Verstand hat, so ist es gut, wenn aber noch ein Verstand zu ihm zu Besuch kommt, so ist es noch besser, denn dann werden es zwei sein und nicht nur einer" . . .«

»‚Ein Verstand ist gut, aber zwei sind besser‘«, unterbrach ihn ungeduldig der Staatsanwalt, der die Gewohnheit des guten Alten kannte, langsam, gedehnt und umständlich zu reden, ohne sich darüber aufzuregen, daß er andere warten ließ, da er selbst sehr von seinem schwerfälligen, kartoffeligen, fröhlich-selbstzufriedenen deutschen Witz eingenommen war. Der gute Alte witzelte gern.

»O, ja, ja, das habe ich ja auch gesagt«, fuhr der Alte beharrlich fort, »‚ein Verstand ist gut, aber zwei sind besser‘, dasselbe Sprichwort habe ich ja auch gesagt. Aber zu ihm ist niemand mit noch einem Verstand gekommen und den seinen hat er selbst . . . hinausgelassen . . . Wie sagt man das? Dieses Wort — wohin er seinen Verstand . . . ich habe es vergessen«, stotterte er und griff wieder vor seinem Gesicht mit der Hand danach, »ja . . . so: promenieren!«

»Spazieren?«

»Nun, ja, spazieren, das habe ich ja auch gesagt. Sein Verstand ist ihm spazierengegangen und dabei in ein so tiefes Loch gefallen, daß er sich vollständig verloren hat. Nichtsdestoweniger war er ein dankbarer und gefühlvoller

Jüngling. Ich erinnere mich seiner sehr wohl, wie er noch ganz klein war, von seinem Vater auf den Hinterhof hinausgeworfen, und wie er da ohne Stiefelchen umherlief, und in Höschen nur noch an einem Knopf ...«

Eine gefühlvolle und innige Note klang in der Stimme des guten Alten. Fetjukowitsch horchte auf, als hoffe er, sich an etwas anklammern zu können.

»Ja, ja, auch ich war damals noch ein junger Mann ... Ich ... nun ja, ich war damals fünfundvierzig Jahre alt, ich war vor kurzem hier angekommen, und mir tat der Kleine leid, und ich fragte mich: Soll ich ihm nicht ein Pfund ... nun, ja, ein Pfund ... Ich habe vergessen, wie man sie nennt ... Pfund von dem, was die Kinder sehr lieben, wie nennt man sie, — ach nun, wie ist doch das Wort ...« (er griff wieder mit der Hand danach), »sie wachsen an Bäumen, man sammelt sie und schenkt sie allen Kindern ...«

»Äpfel?«

»O nein, nein! Ein Pfund ... Äpfel kauft man zu zehn Stück, nicht pfundweise ... nein, sie sind alle klein, und man bekommt viele auf ein Pfund, man legt sie in den Mund und — krach! ...«

»Nüsse?«

»Nun ja, Nüsse, das hab ich ja auch gesagt«, bestätigte der Doktor gelassen, als habe er das Wort nie im Leben gesucht, »und ich brachte ihm ein Pfund Nüsse, denn dem Bübchen hatte noch niemals jemand ein Pfund Nüsse gebracht, und ich erhob den Finger und sagte: ,Paß auf, Knabe!' und deutsch: ,Gott der Vater!' Er lachte und sprach mir nach: ,Gott der Vater.' — ,Gott der Sohn.' Er lachte noch mehr und stammelte: ,Gott der Sohn.' — ,Gott der Heilige Geist.' Er lachte wieder und wiederholte so gut er konnte: ,Gott der Hei-Heilige Geist.' Ich ging fort, und nach drei Tagen, wie ich an ihm vorübergehe, ruft er mir zu: ,Onkel! Gott der Vater, Gott der Sohn ...' — doch den Heiligen Geist hatte er vergessen, ich sprach es ihm wieder

vor, und er sprach es brav nach, und er tat mir wieder sehr
leid. Dann brachte man ihn von hier fort, und ich sah ihn
nicht mehr. Seitdem vergingen dreiundzwanzig Jahre.
Eines Morgens sitze ich in meinem Kabinett, schon mit
weißem Haar, und plötzlich tritt ein blühender, junger
Mann bei mir ein, den ich niemals wiedererkannt hätte,
doch er hob den Finger und sagte lächelnd auf Deutsch:
‚Gott der Vater, Gott der Sohn und Gott der Heilige Geist!
Ich bin soeben angekommen und habe Sie aufgesucht, um
Ihnen für das Pfund Nüsse zu danken, denn bis dahin hatte
mir noch niemand etwas geschenkt, nur Sie allein haben es
getan!‘ Ich dachte dann an meine eigene glückliche Jugend
im Elternhause und an diesen armen, kleinen Knaben ohne
Stiefelchen auf dem Hof, und mein Herz drehte sich in mir
um, und ich sagte zu ihm: ‚Du guter junger Mann, du hast
dieses Pfund Nüsse nicht vergessen, das ich dir in deiner
Kindheit geschenkt habe.‘ Und ich umarmte und segnete
ihn. Und ich weinte. Er lachte, oder eigentlich weinte er
gleichfalls, denn der Russe lacht sehr oft da, wo man weinen
muß. Aber er weinte ja auch, ich habe es gesehen. Jetzt
aber, wie traurig! ...«

»Und auch jetzt weine ich, Deutscher, auch jetzt weine
ich, du Mann Gottes!« rief ihm plötzlich Mitja von seinem
Platz aus zu.

Wie dem auch sein mochte, aber diese kleine Geschichte
machte auf das Publikum einen gewissen freundlichen
Eindruck. Doch der Haupteindruck zugunsten Mitjas
waren die Aussagen Katerina Iwanownas, die ich sofort
wiedergeben werde. Und überhaupt, als die Reihe an die
Entlastungszeugen kam, das heißt, an die vom Verteidiger
gestellten Zeugen, da schien das Glück Mitja zu lächeln,
und was ganz besonders zu beachten ist: dies kam selbst dem
Verteidiger ganz unerwartet. Aber noch vor Katerina
Iwanowna wurde Aljoscha vernommen, der sich plötzlich
einer Tatsache erinnerte, die wirklich ein wichtiges Zeugnis
gegen den Hauptpunkt der Anklage sein konnte.

IV

Das Glück lächelt Mitja

Das geschah sogar für Aljoscha selbst ganz unerwartet. Er wurde unvereidigt vernommen, und ich erinnere mich, daß man sich allerseits, von den ersten Worten des Verhörs an, außerordentlich zartfühlend und sympathisch zu ihm verhielt. Da sah man deutlich, welch eines guten Rufes er sich erfreute! Aljoscha drückte sich bescheiden und zurückhaltend aus, aber alle seine Aussagen verrieten doch deutlich sein heißes Mitgefühl und seine Liebe, die er für den unglücklichen Bruder empfand. In Beantwortung einer ihm vorgelegten Frage zeichnete er den Charakter seines Bruders als den eines vielleicht unbändigen und von Leidenschaften beherrschten Menschen, der andererseits wiederum edel, stolz und großmütig sei, und der zu jedem Opfer bereit wäre, wenn man es von ihm verlangen würde. Er gab übrigens zu, daß der Bruder in den letzten Tagen aus Leidenschaft zu Gruschenka und als Gegner des Vaters in einer unerträglichen Lage gewesen sei. Mit Unwillen aber wies er die Annahme zurück, der Bruder habe am Vater einen Raubmord verübt, obgleich er zugeben mußte, daß diese Dreitausend bei Mitja zu einer fixen Idee geworden waren, daß er sie durch Betrug des Vaters von seinem Erbe entwendet glaubte: während Mitja sonst nicht im mindesten eigennützig war, so habe er von diesen Dreitausend doch nicht reden können, ohne dabei in Wut zu geraten. Über die Gegnerschaft zweier »Persönlichkeiten«, wie sich der Staatsanwalt ausdrückte — damit meinte er Grúschenka und Kátja —, antwortete er ausweichend, und auf einige Fragen verweigerte er jede Antwort.

»Hat Ihr Bruder Ihnen gesagt, daß er seinen Vater zu erschlagen beabsichtige?« fragte ihn der Staatsanwalt. »Sie brauchen darauf nicht zu antworten, wenn Sie das für richtiger halten«, fügte er hinzu.

»Direkt hat er es mir nicht gesagt«, antwortete Aljoscha.
»Wie denn? Etwa indirekt?«

»Er sprach einmal von seinem persönlichen Haß gegen den
Vater, und daß er fürchte ... in einem Augenblick ... daß
er in einem Augenblick äußersten Widerwillens ... ihn
vielleicht sogar erschlagen könnte.«

»Und als Sie das hörten, glaubten Sie ihm?«

»Ich fürchte mich zu sagen, daß ich ihm glaubte. Ich war
aber immer fest überzeugt, daß ein höheres Gefühl ihn in
dem verhängnisvollen Augenblick davor bewahren werde,
wie es ja auch in der Tat geschehen ist, denn *nicht er* hat
meinen Vater erschlagen«, schloß Aljoscha mit fester, durch
den ganzen Saal schallender Stimme.

Der Staatsanwalt fuhr zusammen wie ein Streitroß, das
ein Trompetensignal hört.

»Seien Sie überzeugt, daß ich an die vollkommene Aufrichtigkeit Ihrer Überzeugung glaube, ohne dieselbe zu der
Liebe, die Sie für Ihren unglücklichen Bruder empfinden,
in Beziehung zu setzen. Die eigenartige Anschauung, die Sie
von dieser ganzen Tragödie, die sich in Ihrer Familie abgespielt hat, haben, ist uns schon aus dem ersten Verhör
bekannt. Ich will Ihnen nicht verheimlichen, daß sie im
höchsten Grade persönlich ist und allen übrigen Zeugenaussagen widerspricht. Darum halte ich es auch für nötig, Sie
mit allem Nachdruck zu fragen, was Ihre Gedanken darauf gebracht hat, und wodurch Sie eigentlich von der Unschuld Ihres Bruders überzeugt worden sind, und warum
Sie an die Schuld der anderen Person glauben, auf die Sie
schon früher hingewiesen haben?«

»Beim ersten Verhör habe ich nur auf die Fragen geantwortet«, sagte Aljoscha ruhig und leise, »ich habe nicht ohne
weiteres Anklage gegen Ssmerdjakoff erhoben.«

»Aber Sie haben doch auf ihn hingewiesen.«

»Ich habe dies auf Grund der Aussage meines Bruders
Dmitrij getan. Man erzählte mir noch vor meinem Verhör,
was sich bei der Verhaftung meines Bruders zugetragen

hatte, und daß er auf Ssmerdjakoff gewiesen hätte. Ich glaube unerschütterlich daran, daß mein Bruder unschuldig ist. Und wenn nicht er den Vater erschlagen hat, so hat . . .«

»So hat es Ssmerdjakoff getan? . . . Warum aber gerade Ssmerdjakoff? Und warum sind Sie denn so von der Unschuld Ihres Bruders überzeugt?«

»Ich kann nicht anders, als meinem Bruder glauben. Ich weiß, daß er mich nicht belügen wird. Ich habe es an seinem Gesicht gesehen, daß er mich nicht belügt.«

»Nur am Gesicht? Ist das Ihr einziger Beweis?«

»Weitere Beweise habe ich nicht.«

»Und bei der Beschuldigung Ssmerdjakoffs haben Sie auch nicht den geringsten Beweis, außer den Worten Ihres Bruders und seinem Gesichtsausdruck?«

»Nein, ich habe keinen anderen Beweis.«

Damit brach der Staatsanwalt seine Fragen an ihn ab. Die Aussagen Aljoschas waren für das Publikum eine große Enttäuschung. Über Ssmerdjakóff hatte man bei uns schon vor der Gerichtssitzung viel gesprochen, der eine hatte dieses gehört, der andere jenes. Und von Aljoscha hatte man gesagt, daß er sogar ganz außergewöhnliche Beweise gesammelt habe zugunsten des Bruders und für die Schuld des Dieners, und nun plötzlich — nichts, gar keine Beweise hatte er, außer irgendwelchen sittlichen Überzeugungen, die ja schließlich so verständlich waren, bei dem leiblichen Bruder des Angeklagten.

Darauf begann Fetjukowitsch, Fragen zu stellen. Auf die Frage, wann der Angeklagte ihm, Aljoscha, von seinem Haß gegen den Vater gesprochen und davon, daß er ihn töten könnte, und ob er das kurz vor der Katastrophe getan, etwa beim letzten Zusammentreffen usw. . . . zuckte Aljoscha, während er antwortete, plötzlich zusammen, als erinnere er sich erst in diesem Augenblick einer bestimmten Sache, die er erst jetzt begriff.

»Ich erinnere mich jetzt eines Umstandes, den ich ganz vergessen hatte... damals war er mir unklar, jetzt aber...«

Und Aljoscha erzählte, hingerissen von einem Gedanken, der ihm, wie man ihm anmerkte, soeben zum erstenmal gekommen war, wie Mitja beim letzten Zusammentreffen, am Abend, auf dem Wege zum Kloster, dort bei der einsamen Weide, sich auf die Brust geschlagen, »hoch oben auf die Brust«, und dabei einigemal wiederholt hatte, daß er noch die Möglichkeit habe, seine Ehre wieder herzustellen, daß er die Mittel dazu hier auf seiner Brust hätte, »sieh hier, hier auf meiner Brust« . . . »Ich glaubte damals«, fuhr Aljoscha fort, »daß er, indem er auf seine Brust schlug, von seinem Herzen spreche, davon, daß er aus seinem Herzen die Kraft schöpfen werde, die große Schande, die er nicht einmal mir zu sagen wagte, von sich abzuwälzen. Ich muß gestehen, ich dachte damals, er spreche vom Vater, und daß er vor der Schande zurückschrecke, zum Vater zu gehen und ihm irgend etwas anzutun, während er, als er damals auf seine Brust schlug, wahrscheinlich auf irgend etwas hinweisen wollte. Ich erinnere mich jetzt, daß mir damals der Gedanke durch den Kopf fuhr, daß das Herz ja gar nicht dort, an der Stelle, sondern doch viel niedriger liege; er aber schlug sich ganz hoch auf die Brust, fast unter dem Halse und wies immer wieder auf diese eine Stelle hin. Mein Gedanke erschien mir dumm, mein Bruder aber hat damals wahrscheinlich gerade auf das eingenähte Geld, auf diese tausendfünfhundert Rubel an seinem Halse hingewiesen! . . .«

»So war es!« rief plötzlich Mitja von seinem Platz aus dazwischen. »So war es, Aljoscha, genau so, ich klopfte damals auf das Geldsäckchen, das ich auf der Brust trug!«

Fetjukowitsch stürzte sofort zu ihm und beschwor ihn, sich zu beruhigen, und dann klammerte er sich unverzüglich mit seinen Fragen an Aljoscha. Aljoscha war selbst aufs äußerste erregt und sprach lebhaft seine Überzeugung aus, daß die »Hälfte der verlorenen Ehre« aller Wahrscheinlichkeit nach darin bestanden habe, daß er diese tausendfünfhundert Rubel immer noch bei sich trug, statt sie Katerina

Iwanowna, als die Hälfte seiner Schuld, zurückzugeben, daß
er sich aber doch nicht entschließen konnte, es zu tun, und
daß er das Geld für etwas anderes verwenden werde, eben
zur Entführung Gruschenkas, wenn diese bereit wäre ...

»So muß er es gemeint haben, gerade so«, rief Aljoscha in
großer Erregung aus. »Mein Bruder sagte mir damals, die
Hälfte, die Hälfte der Ehrlosigkeit (er rief mehrmals aus:
‚Die Hälfte‘), die hätte er sofort von sich abwälzen können,
doch wußte er im voraus, daß er nicht die Kraft haben
werde, es zu tun!«

»Und Sie wissen bestimmt, Sie erinnern sich ganz deutlich dessen, daß er sich gerade an *der* Stelle auf die Brust geschlagen hat?« fragte ihn Fetjukowitsch gespannt.

»Ja, klar und deutlich, denn ich dachte bei mir in dem
Augenblick: warum schlägt er sich denn so hoch auf die
Brust, das Herz liegt doch viel niedriger. Und gleich darauf
erschien mir mein Gedanke dumm ... ich erinnere mich
ganz genau daran, daß er mir dumm erschien ... das
blitzte mir nur so durch den Kopf. Und nur deshalb ist mir
soeben auch alles wieder eingefallen. Aber wie habe ich das
nur vergessen können! Er wies ja nur deswegen auf diese
Stelle hin, weil er damit sagen wollte, daß er die Möglichkeit hatte, tausendfünfhundert Rubel, die Hälfte der
Schuld zurückzugeben! Bei der Verhaftung in Mokroje aber
hat er ausgerufen — ich weiß es, man hat es mir erzählt —,
daß er es für die schmachvollste Tat seines ganzen Lebens
halte, daß er diese Hälfte (gerade die Hälfte) der Schuld
Katerina Iwánowna nicht zurückgegeben hat, um in ihren
Augen kein Dieb zu sein, daß er sich nicht dazu hat entschließen können und lieber in ihren Augen ein Dieb geblieben ist! Und wie hat er sich gequält, wie hat er sich
dieser Schuld wegen gequält!« rief Aljoscha traurig aus.

Natürlich mischte sich der Staatsanwalt sofort in die
Sache ein. Er bat Aljoscha, noch einmal zu beschreiben,
wie sich das alles zugetragen hatte, und bestand auf der
Frage: ob der Angeklagte, als er sich auf die Brust schlug,

damit auf irgend etwas habe hinweisen wollen, oder ob er sich einfach mit der Faust auf die Brust geschlagen habe?

»Nicht nur mit der Faust!« rief Aljoscha erregt aus, »sondern mit den Fingern hat er auf diese Stelle hingewiesen, ganz hoch ... Wie habe ich das nur bis zu diesem Augenblick so ganz vergessen können!«

Der Vorsitzende wandte sich an Mitja mit der Frage, was er in betreff dieser Aussage zu bemerken wünsche. Mitja bestätigte, daß alles sich so verhalten habe, daß er auf die Tausendfünfhundert hingewiesen, die er auf der Brust trug, und daß es die größte Schande für ihn gewesen sei, »eine Schande, von der ich mich nicht lossagen kann, die schmählichste Handlung meines ganzen Lebens: es lag in meiner Macht, das Geld zurückzugeben, und ich habe es doch nicht getan! Ich zog es vor, in ihren Augen ein Dieb zu sein. Die größte Schmach aber bestand darin, daß ich im voraus wußte, was geschehen werde: daß ich das Geld nicht zurückgeben würde! Du hast recht, Aljoscha! Ich danke dir, Aljoscha!«

Damit war das Verhör Aljoschas beendet. Wichtig war gerade der Umstand, daß sich endlich doch ein Anhalt gefunden hatte, oder wenigstens ein ganz geringer Beweis, oder auch nur ein Schatten von einem Beweis, der immerhin andeutete, daß es ein Säckchen mit den Tausendfünfhundert tatsächlich gegeben haben konnte und der Angeklagte bei der Voruntersuchung in Mokroje nicht gelogen hatte, als er aussagte, »diese anderthalb Tausend gehörten mir«. Aljoscha war froh; ganz rot im Gesicht nahm er den ihm zugewiesenen Platz ein. Er wunderte sich noch lange für sich: »Wie habe ich das nur vergessen können, wie habe ich's nur vergessen können! Und wie ist es mir erst jetzt plötzlich wieder eingefallen!«

Darauf begann das Verhör Katerina Iwanownas. Kaum war sie erschienen, als im Saal etwas Ungewöhnliches vor sich ging. Die Damen griffen zu ihren Lorgnons und Operngläsern, die Herren bewegten sich, einige erhoben sich sogar von ihren Plätzen, um besser sehen zu können. Alle behaupteten später, Mitja sei bei ihrem Eintritt plötzlich »kreidebleich« geworden. Sie war ganz in Schwarz gekleidet, bescheiden und fast schüchtern näherte sie sich dem ihr zugewiesenen Platz. Ihrem Gesicht konnte man die Aufregung nicht ansehen, aber in ihrem dunklen, abweisenden Blick drückte sich Entschlossenheit aus. Später behaupteten viele, sie sei wirklich überaus schön gewesen. Sie sprach leise, aber so deutlich, daß es im ganzen Saal zu verstehen war. Sie drückte sich vollkommen ruhig aus, oder wenigstens gab sie sich den Anschein der größten Ruhe. Der Vorsitzende stellte seine Fragen sehr vorsichtig und auffallend ehrerbietig an sie, als fürchte er, »gewisse Saiten« zu berühren, als ehre er ihr großes Unglück. Aber Katerina Iwanowna erklärte selbst auf eine der ersten an sie gestellten Fragen mit fester Stimme, daß sie nach offizieller Verlobung die Braut des Angeklagten gewesen sei — »bis zu der Zeit, da er mich verließ«, fügte sie leise hinzu. Als man sie nach den Dreitausend fragte, die sie Mitja übergeben hatte, damit er das Geld durch die Post an ihre Verwandten absende, antwortete sie entschlossen: »Ich habe ihm das Geld nicht gegeben, damit er es gleich auf die Post bringe: ich ahnte damals, daß er Geld brauchte ... gerade zu der Zeit ... Ich gab ihm diese Dreitausend, damit er sie irgendwann im Laufe des Monats, wann er wolle, absende ... Er hat sich ganz unnötigerweise wegen dieser Schuld so gequält ...«

Ich werde hier nicht alle Fragen und Antworten genau wiedergeben, sondern nur den wesentlichen Sinn ihrer Aussagen.

»Ich war fest überzeugt, daß er die Dreitausend sofort absenden werde, sowie er das Geld von seinem Vater erhielt«, fuhr sie fort, als Antwort auf die Fragen. »Ich war stets überzeugt von seiner Uneigennützigkeit, wie von seiner Ehrenhaftigkeit ... seiner hohen Ehrenhaftigkeit ... in Geldsachen. Er hatte vom Vater noch dreitausend Rubel

zu erhalten, er hat mir mehrfach davon gesprochen. Ich
wußte, daß er mit seinem Vater entzweit war, und ich
bin auch jetzt noch der festen Überzeugung, daß er von
seinem Vater übervorteilt worden ist. Ich erinnere mich
nicht, je eine Drohung gegen den Vater von ihm vernommen zu haben. In meiner Gegenwart hat er wenigstens nie
etwas Ähnliches geäußert. Wenn er damals zu mir gekommen wäre, so hätte ich ihn sofort wegen dieser unseligen
Dreitausend beruhigt, aber er kam nicht mehr zu mir ...
und ich ... war in einer solchen Lage, daß ich ihn nicht
selbst zu mir rufen konnte ... Und ich hatte auch gar kein
Recht, ihn wegen der Rückerstattung zu drängen«, fügte
sie plötzlich hinzu, und in ihrer Stimme lag eine hörbare
Entschlossenheit. »Er selbst hat mir einmal eine viel größere Gefälligkeit in einer Geldsache erwiesen, und ich habe
damals den Betrag, der viel größer als Dreitausend war,
angenommen, ohne zu wissen, ob es mir jemals möglich
sein werde, ihm meine Schuld zurückzuzahlen ...«
Im Klang ihrer Stimme lag fühlbar etwas gleichsam
Herausforderndes.

»Das war wohl nicht jetzt, sondern schon zu Beginn
Ihrer Bekanntschaft?« griff Fetjukowitsch vorsichtig auf,
da er sofort etwas für Mitja Günstiges witterte.

(Hier muß ich bemerken, daß er, obgleich er zum Teil
auch von Katerina Iwanowna aus Petersburg berufen worden war, doch nichts von diesem ihrem Erlebnis und den
ihr von Mitja in jener Garnisonsstadt gegebenen fünftausend Rubeln wußte, und ebensowenig etwas von dem
»Fußfall«. Sie hatte ihm nichts davon gesagt. Und ich
glaube, man kann fast mit Sicherheit annehmen, daß sie
selbst bis zur letzten Minute nicht wußte, ob sie von dieser
»Begegnung« vor Gericht erzählen werde oder nicht, und
daß sie es dann nur auf eine plötzliche Eingebung hin doch
tat.)

Nein, niemals werde ich diese Augenblicke vergessen
können! Sie begann zu erzählen, sie erzählte *alles*, diese

ganze Episode, wie auch Mitja sie Aljoscha gebeichtet hatte, auch von der »Verneigung bis zur Erde«! Und auch davon, was sie dazu veranlaßt hatte, auch von ihrem Vater sprach sie und von ihrem Erscheinen bei Mitja, aber mit keinem Wort und mit keiner Bemerkung wies sie darauf hin, daß Mitja ihrer Schwester gesagt hatte: »Schicken Sie Katerina Iwanowna zu mir, ich werde ihr dann das Geld geben.« Großmütig verschwieg sie das, und sie schämte sich nicht, es so darzustellen, als sei sie damals aus eigenem Antrieb zu diesem jungen Offizier gelaufen, in der Hoffnung, daß . . . daß sie das Geld von ihm erhalten werde. Das war geradezu erschütternd. Mir wurde kalt und heiß und ich zitterte, als ich es hörte, und der ganze Saal lag in Totenstille, jedes Wort wurde aufgefangen. Das war etwas Beispielloses. Von einem so selbstbewußten, alles verachtenden, stolzen Mädchen, wie sie es war, hätte man kaum eine so rückhaltlos aufrichtige Aussage, ein solches Opfer und eine solche Selbsthinrichtung erwarten können. Und wozu das, für wen? Um einen Mann, der sie verraten und beleidigt hatte, zu retten, oder irgend etwas, wenn auch nur etwas zu seiner Rettung beizutragen, um wenigstens einen guten Eindruck von ihm zu vermitteln! Und in der Tat: das Bild des Offiziers, der seine letzten fünftausend Rubel hingibt — alles, was ihm fürs ganze Leben noch verblieben ist — und sich ehrerbietig vor dem unschuldigen jungen Mädchen verneigt, erschien überaus sympathisch und anziehend vor uns allen, aber . . . mein Herz zog sich schmerzhaft zusammen! Ich fühlte, was daraus entstehen werde (und was ja auch entstanden ist) — welch ein Klatsch! Welch eine Verleumdung! Mit boshaftem Lächeln sprach man alsbald in der ganzen Stadt, daß die Erzählung vielleicht nicht ganz wahrheitsgetreu gewesen sei, besonders an der Stelle nicht, wo der Offizier das junge Mädchen angeblich »mit einer tiefen ehrerbietigen Verbeugung« entließ. Man machte Anspielungen darauf, daß da wohl etwas »ausgelassen« worden war. »Und selbst wenn dabei auch nichts ausgelassen, wenn es auch in Wahrheit alles so gewesen ist«, sagten unsere angesehensten Damen, »so bleibt es doch immer noch zweifelhaft, ob es von einem jungen Mädchen gerade vornehm war, so zu handeln, selbst wenn es dadurch den Vater rettete?« Hatte nun Katerina Iwanowna bei ihrem Verstande, ihrem nahezu krankhaft bohrenden Scharfsinn wirklich nicht vorausgesehen und gefühlt, daß man so sprechen werde? Natürlich hatte sie das vorausgesehen, und dennoch hatte sie sich entschlossen, alles zu sagen! Selbstverständlich kamen diese schmutzigen Zweifel an der Wahrheit der Erzählung erst später auf. Im Augenblick aber waren alle nur erschüttert. Die Herren des Gerichtshofes hörten Katerina Iwanowna mit einem fast ehrfürchtigen, fast verschämten Schweigen zu. Der Staatsanwalt erlaubte sich keine einzige weitere Frage über dieses Thema. Fetjukowitsch verneigte sich tief vor ihr. Oh, er triumphierte beinahe. Viel war gewonnen: ein Mensch, der in edler Aufwallung seine letzten fünftausend Rubel hingibt, und ein Mensch, der seinen Vater in der Nacht erschlägt, um ihm dreitausend Rubel zu stehlen — waren einigermaßen unvereinbar in einer Person. Wenigstens konnte er jetzt den Raub leugnen. Die »Sache« stand jetzt in einem ganz neuen Licht. Etwas wie Sympathie für Mitja hatte sich verbreitet. Mitja selbst aber — so erzählte man sich später —, hatte sich ein- oder zweimal von seinem Platz erhoben, war dann wieder auf die Bank zurückgefallen und hatte das Gesicht in den Händen vergraben. Als sie geendet hatte, das weiß ich noch, da rief er plötzlich, ihr beide Hände entgegenstreckend, mit schluchzender Stimme aus:

»Katja, warum vernichtest du mich?«

Und er schluchzte laut auf, beherrschte sich aber sofort wieder und rief mit fester Stimme:

»Jetzt bin ich verurteilt!«

Darauf blieb er wie erstarrt sitzen, verschränkte die Arme über der Brust und biß die Zähne zusammen. Katerina Iwanowna blieb im Saal und setzte sich auf einen Stuhl,

den man ihr anwies. Sie war bleich und saß mit niedergeschlagenen Augen da. Diejenigen, die in ihrer Nähe saßen,
erzählten später, sie habe lange noch wie im Fieber gezittert. Nach ihr erschien Gruschenka zum Verhör.

Ich nähere mich nunmehr der Katastrophe, die sich ganz
plötzlich entladen sollte, und durch die Mitja vielleicht in
der Tat erst richtig preisgegeben wurde. Denn ich bin
überzeugt, und alle Juristen haben es nachher gleichfalls
ausgesprochen, daß man, wenn dieser Zwischenfall sich
nicht ereignet hätte, wenigstens mildernde Umstände zugunsten des Angeklagten angenommen hätte. Doch davon
später. Zuvor noch zwei Worte über Gruschenka.

Auch sie erschien ganz in Schwarz, und um die Schultern
trug sie ihren schönen schwarzen Schal. In ihrer leichten,
unhörbaren, etwas wiegenden Gangart, wie sie manchmal
volleren Frauen eigen ist, näherte sie sich der Balustrade.
Sie sah weder nach links noch nach rechts, sondern blickte
unverwandt auf den Vorsitzenden. Meiner Meinung nach
war sie sehr schön in diesem Augenblick und durchaus
nicht zu blaß, wie die Damen später behaupteten. Man
sagte auch, sie habe ein seltsam strenges, ja, böses Gesicht
gemacht. Ich denke, sie war gereizt und litt darunter, allen
diesen verächtlich neugierigen Blicken unseres skandal-
süchtigen Publikums ausgesetzt zu sein. Sie hatte einen
stolzen Charakter, der keine Verachtung ertrug, einen von
jenen, die, wenn sie Verachtung argwöhnen, sofort in
Zorn aufflammen und eine Gegenwehr suchen. Natürlich
war auch viel Schüchternheit dabei und innere Scham
wegen dieser Schüchternheit, so daß es schließlich kein
Wunder war, wenn ihre Aussagen ungleich, bald zornig,
verächtlich und zuweilen sogar wie absichtlich grob wirkten,
bald wieder von Herzen kommende Worte, aufrichtige
Selbstverurteilung und Selbstbeschuldigung durchklangen.
Manchmal sprach sie so, als wenn sie sich in einen Abgrund
stürzen wollte, als dächte sie: »Einerlei, was dabei herauskommt, aber ich sage es doch!« ... In Bezug auf Ihre Be-

kanntschaft mit Fjodor Pawlowitsch bemerkte sie nur kurz abweisend: »Das waren doch nur Dummheiten, was kann ich denn dafür, daß er sich mir aufdrängte?« Eine Minute später aber sagte sie: »Ich bin an allem schuld, ich lachte über den einen und den anderen, über den Alten, wie auch über − diesen ... und ich habe sie bis dahin gebracht. Meinetwegen ist alles geschehen!« Als man auf Ssamssonoff zu sprechen kam, sagte sie barsch und herausfordernd: »Das geht niemanden etwas an! Er war mein Wohltäter, er nahm mich auf, als meine Verwandten mich barfüßig aus dem Hause jagten!« Der Vorsitzende machte sie − übrigens sehr höflich − darauf aufmerksam, daß sie nur auf die Fragen zu antworten habe, ohne sich in unnützen Ausführlichkeiten zu ergehen. Gruschenka errötete, und ihre Augen blitzten auf.

Das Geldpaket hatte sie nicht gesehen, sondern nur durch den »Mörder« gehört, daß Fjodor Pawlowitsch ein Paket mit dreitausend Rubeln bei sich liegen habe. »Aber das waren ja alles nur Dummheiten, ich habe darüber nur gelacht und wäre nie zu ihm gegangen.«

»Wen meinten Sie soeben mit dem ‚Mörder‘?« erkundigte sich sofort der Staatsanwalt.

»Ich meinte den Diener, den Ssmerdjakoff meinte ich, der seinen Herrn erschlagen und gestern sich erhängt hat.«

Natürlich fragte man sie sofort, welche Gründe sie zu einer so entschiedenen Anschuldigung habe, aber auch sie konnte keinen einzigen stichhaltigen Grund anführen.

»Das hat Dmitrij Fjodorowitsch mir selbst gesagt, und ihm können Sie glauben. Aber zugrunde gerichtet hat ihn doch nur sie, sein Störenfried, das ist es, an allem ist nur sie allein schuld!« sagte Gruschenka, zitternd vor Haß und Eifersucht und mit gereizter Stimme.

Man erkundigte sich sofort, auf wen sie denn jetzt wieder anspielte.

»Auf das Fräulein dort, auf diese Katerina Iwanowna, auf wen denn sonst! Sie hat mich damals zu sich eingeladen,

hat mich mit Schokolade bewirtet, um sich bei mir einzuschmeicheln. Wirkliches Schamgefühl hat sie zu wenig, das
ist es ...«

Da aber wies der Vorsitzende sie streng zurecht mit der
Bitte, sich in ihren Ausdrücken zu mäßigen. Ihr eifersüch-
tiges Herz brannte jedoch schon gar zu heiß, sie würde es
selbst dann gesagt haben, wenn dieser Ausfall sie mit Tod
und Verderben bedroht hätte.

»Bei der Verhaftung des Angeklagten in Mókroje«, begann sofort der Staatsanwalt, »haben Sie, als Sie ins Zimmer
stürzten, ausgerufen: ‚Ich bin an allem schuld, ich gehe mit
ihm zusammen auch in den Tod!‘ Folglich waren Sie in
diesem Augenblick überzeugt, daß er den Vater erschlagen
hatte?«

»Ich erinnere mich nicht mehr genau, was ich damals
ausgerufen habe«, antwortete Gruschenka. »Alle schrien
dort, er habe den Vater erschlagen, und ich begriff nur, daß
ich daran schuld war, daß er ihn nur meinetwegen erschlagen haben konnte. Als er mir aber darauf sagte, daß
er unschuldig sei, da glaubte ich ihm sofort, glaube es auch
jetzt noch und werde es immer glauben: dieser Mensch
kann gar nicht lügen.«

Fetjukowitsch fragte sie, wie ich mich erinnere, unter
anderem auch über Rakítin aus und die fünfundzwanzig
Rubel, die sie ihm versprochen hatte, wenn er Alexei Fjodorowitsch Karamasoff zu ihr brächte.

»Was ist denn dabei wunderlich, daß er Geld dafür
nahm!« höhnte Gruschenka böse mit deutlicher Verachtung.
»Er ist doch immer zu mir gekommen, um mich anzu-
betteln, manchmal hat er mir an die dreißig Rubel im
Monat abgeluchst, und eigentlich nur für Überflüssiges,
denn zu essen und trinken hatte er ja auch ohne mich.«

»Aus welchem Grunde waren Sie denn so freigebig zu
Herrn Rakitin?« griff Fetjukowitsch auf, ohne darauf zu
achten, daß der Vorsitzende wieder eine heftige Bewegung
machte.

»Er ist doch mein Vetter. Seine Mutter und meine Mutter waren leibliche Schwestern. Er hat mich nur immer angefleht, es hier niemandem zu sagen, er schämt sich doch meiner so sehr!«

Dieses neue Faktum kam allen ganz unerwartet, niemand hatte etwas davon gewußt, weder im Kloster, noch in der Stadt, sogar Mitja nicht ausgenommen. Man erzählte sich später, Rakitin sei auf seinem Stuhl feuerrot geworden vor Scham. Gruschenka hatte noch vor ihrem Eintritt in den Saal irgendwie erfahren, daß Rakitin gegen Mitja ausgesagt hatte, und war deshalb wütend auf ihn. Die ganze Rede des Herrn Rakitin und ihre edle Gesinnung, alle seine Ausfälle gegen die Leibeigenheit und die staatliche Unordnung Rußlands – alles wurde jetzt wertlos in der öffentlichen Meinung! Fetjukowitsch war sehr zufrieden: wieder hatte Gott ein Almosen in die Mütze geworfen! Übrigens fragte man Gruschenka nicht allzulange, und sie konnte ja auch nichts Neues mitteilen. Im Publikum hinterließ sie einen sehr unangenehmen Eindruck. Hunderte verächtlicher Blicke waren auf sie gerichtet, als sie sich nach beendetem Verhör ziemlich weit von Katerina Iwanowna niedersetzte. Mitja hatte die ganze Zeit, während der sie verhört wurde, geschwiegen, wie versteint, und zu Boden geblickt.

Da erschien als Zeuge Iwan Fjodorowitsch.

V

Die überraschende Katastrophe

Er war schon vor Aljoscha aufgerufen worden. Der Gerichtsdiener hatte aber dem Vorsitzenden gemeldet, daß der Zeuge infolge plötzlichen Unwohlseins nicht sofort erscheinen könne, sobald er sich aber besser fühle, bereit sein werde, seine Aussagen zu machen. Zufällig war das gerade so gut wie von niemandem gehört worden, erst später erfuhren wir es. Sein Erscheinen wurde im ersten Augenblick fast gar nicht bemerkt. Die Hauptzeugen, besonders die beiden Gegnerinnen, waren schon verhört worden, die Neugier war vorläufig befriedigt. Im Publikum verspürte man sogar eine leichte Ermüdung. Nur einige Zeugen sollten noch vernommen werden, die aller Wahrscheinlichkeit nach nichts Besonderes mehr aussagen konnten, da doch alles schon ausgesagt worden war. Die Zeit aber rückte vor. Iwan Fjodorowitsch näherte sich ganz absonderlich langsam, ohne jemanden anzusehen, den Kopf gesenkt, als dächte er stirnrunzelnd über etwas nach. Gekleidet war er tadellos, doch sein Gesicht machte, wenigstens auf mich, einen kranken Eindruck: es war etwas gleichsam von der Erde Berührtes in diesem Gesicht, etwas vom Gesicht eines sterbenden Menschen. Seine Augen waren trübe. Da blieb er stehen, erhob seinen Blick und ließ ihn langsam über den ganzen Saal gleiten. Ich sah, wie Aljoscha plötzlich von seinem Stuhl aufsprang und angstvoll ein »Ach!« hervorstieß. Ich erinnere mich dessen wohl. Aber auch dies haben nur wenige bemerkt.

Der Vorsitzende erinnerte ihn, wie üblich, zuerst daran, daß er ein unvereidigter Zeuge sei, daß er nach Belieben aussagen oder schweigen könne, aber natürlich müßten alle Aussagen nach bestem Gewissen usw. usw. Iwan Fjodorowitsch hörte ihm zu und sah ihn mit seinem umflorten Blick schweigend an. Plötzlich aber begann sich sein Gesicht wie zögernd zu verändern, auf seinen Lippen erschien ein Lächeln, und als der Vorsitzende vor Verwunderung zu sprechen aufhörte, da lachte er auch schon laut auf.

»Nun, und was noch?« fragte er laut.

Alles verstummte im Saal, man schien gleichsam aufzuhorchen und verhielt den Atem.

Der Vorsitzende wurde unruhig.

»Sie ... fühlen sich vielleicht noch nicht ganz gesund?« fragte er unsicher und suchte mit den Augen den Gerichtsdiener.

»Seien Sie unbesorgt, Exzellenz, ich bin gesund genug

und kann Ihnen etwas sehr Interessantes mitteilen«, antwortete ihm Iwan Fjodorowitsch plötzlich ganz ruhig und ehrerbietig.

»Sie haben eine besondere Mitteilung zu machen?« fragte der Vorsitzende immer noch etwas mißtrauisch.

Iwan Fjodorowitsch sah wieder zu Boden, zögerte einige Sekunden lang, erhob aber dann den Kopf und sagte gleichsam stockend:

»Nein . . . ich habe nichts . . . Ich habe nichts Besonderes . . .«

Darauf wurden ihm Fragen vorgelegt. Er antwortete ersichtlich ungern, gezwungen, kurz, sogar mit offenbarem Widerwillen, der sich bei ihm mit jedem Wort noch zu steigern schien — obgleich er übrigens noch ganz verständig antwortete. Auf viele Fragen erklärte er, von den Dingen nicht unterrichtet zu sein. Auch von den Abrechnungen des Vaters mit Dmitrij Fjodorowitsch wußte er nichts. »Ich habe mich nicht damit befaßt«, sagte er kurz. Drohungen des Angeklagten gegen den Vater hatte er gehört. Vom Geldpaket hatte er durch Ssmerdjakoff erfahren . . .

»Alles ein und dasselbe«, unterbrach er sich plötzlich, ersichtlich ganz erschöpft, »ich kann dem Gericht nichts Besonderes mitteilen.«

»Ich sehe, daß Sie sich nicht wohl fühlen, und begreife Ihre Gefühle . . .«, bemerkte der Vorsitzende, und er wollte sich schon an die Parteien wenden, an den Staatsanwalt und den Verteidiger, mit der Aufforderung, wenn sie es für nötig hielten, an ihn Fragen zu stellen usw., als plötzlich Iwan Fjodorowitsch mit erschöpfter Stimme sich an ihn wandte:

»Exzellenz, entlassen Sie mich, bitte, ich fühle mich sehr krank.«

Und mit diesen Worten, ohne die Erlaubnis abzuwarten, wandte er sich plötzlich um und wollte schon aus dem Saal gehen. Kaum aber hatte er einige Schritte gemacht, da blieb er stehen, als hätte er sich plötzlich bedacht, lächelte still und kehrte auf denselben Platz zurück, wo er soeben noch gestanden hatte.

»Ich bin, ... Exzellenz, wie jenes Bauernmädchen ... das da singt ... Sie kennen es sicher ... wie war es doch? ... „Wenn ich will — s'pringe ich, wenn ich will — s'pring' ich nicht!" Man lockt sie mit dem Frauenkleide oder mit dem Brautrock, damit sie hineinspringe und man sie binde und zur Trauung führe, sie aber sagt lispelnd: „Wenn ich will — s'pringe ich, wenn ich will — s'pring' ich nicht" ... Das ist so ein Lied bei einem unserer Volksstämme ...«

»Was wollen Sie damit sagen?« fragte der Vorsitzende streng.

»Sehen Sie hier ...«, Iwan Fjodorowitsch zog plötzlich ein Geldpaket hervor, »hier ist das Geld ... dasselbe, das in dem Kuvert dort gelegen hat« (er wies auf den Tisch mit den Sachbeweisen), »und um dessentwillen man den Vater erschlagen hat. Wohin soll ich es tun? Bitte«, sagte er zum Gerichtsdiener, »übergeben Sie es.«
Der Gerichtsdiener nahm das Paket in Empfang und übergab es dem Vorsitzenden.

»Auf welche Weise sind Sie in den Besitz dieses Geldes gelangt ... wenn das wirklich dasselbe Geld ist?« fragte ihn der Vorsitzende verwundert.

»Ich habe es von Ssmerdjakoff, von dem Mörder, erhalten, gestern ... Ich war bei ihm, gestern, kurz bevor er sich erhängt hat. *Er* hat den Vater erschlagen, und nicht mein Bruder. Er hat ihn erschlagen, ich aber habe ihn zu töten gelehrt ... Wer wünscht denn nicht den Tod des Vaters? ...«

»Sind Sie bei Verstand oder — ?« platzte unwillkürlich der Vorsitzende heraus.

»Das ist es ja, daß ich bei Verstand bin ... bei gemeinem Verstand, bei ebensolchem, wie auch Sie und wie alle diese ... Fr-ratzen!« sagte Iwan, sich plötzlich an das ganze Publikum wendend. »Man hat einen Vater erschlagen, und plötzlich tun sie alle, als habe es sie erschreckt!« rief er knirschend vor Wut und in grimmiger Verachtung aus. »Der Freund verstellt sich vor dem Freunde! Die Lügner! Alle wünschen den Tod des Vaters. Das eine Geschmeiß verschlingt das andere Geschmeiß . . . Gäbe es keinen Vatermord — so würden sie alle sofort verärgert und wütend auseinandergehen . . . Schauspiele! „Brot und Schauspiele!" Übrigens, auch ich bin gut! . . . Haben Sie Wasser? . . . Geben Sie mir zu trinken, um Christi willen!« Er faßte sich plötzlich an den Kopf.

Der Gerichtsdiener näherte sich ihm sofort. Aljoscha sprang auf und rief angstvoll: »Er ist krank, glauben Sie ihm nicht, er phantasiert im Fieber!« Katerina Iwanowna erhob sich hastig und starrte, gelähmt von Entsetzen, Iwan Fjodorowitsch an. Auch Mitja war aufgesprungen, sah und hörte mit wildem, bangem Lächeln, was der Bruder stammelte.

»Beruhigen Sie sich, ich bin nicht wahnsinnig, ich bin nur der Mörder!« begann Iwan wiederum. »Von einem Mörder kann man keine schönen Reden verlangen . . .«, fügte er plötzlich sinnlos hinzu und lachte höhnisch.

Der Staatsanwalt beugte sich ersichtlich aufgeregt zum Vorsitzenden. Die Mitglieder des Gerichtshofes flüsterten geschäftig untereinander. Fetjukowitsch spitzte die Ohren, ihm entging nichts. Der Saal erstarb vor Spannung. Der Vorsitzende schien sich plötzlich zu besinnen.

»Zeuge, Ihre Worte sind unverständlich, und hier an diesem Ort unmöglich. Beruhigen Sie sich, wenn Sie können, und erzählen Sie dann . . . wenn Sie wirklich etwas zu erzählen haben. Womit können Sie dieses Eingeständnis bezeugen . . . wenn Sie nicht nur im Fieber phantasieren?«

»Das ist es ja, daß ich keine Zeugen habe. Der Hund Ssmerdjakoff wird aus dem Jenseits keine Beweise schicken . . . im Paket. Sie wollen immer nur Pakete haben, und das eine sollte doch genügen. Nein, ich habe keine Zeugen . . . Außer dem einen vielleicht . . .«, setzte er mit einem nachdenklichen Lächeln hinzu.

»Wer ist Ihr Zeuge?«

»Mit einem Schwanz, Exzellenz, das aber würde hier formwidrig sein! Le diable n'existe point! Schenken Sie ihm keine Beachtung, er ist ja nur ein ganz schäbiger kleiner Teufel«, fuhr Iwan gleichsam zutraulich fort und hörte plötzlich auf zu lachen. »Sicherlich hat er sich hier irgendwo versteckt, sehen Sie dort unter dem Tisch mit den Sachbeweisen! Wo sollte er denn sonst sitzen, wenn nicht dort? Sehen Sie, hören Sie mich an: Ich sagte ihm: ich will nicht schweigen, er aber redet von der geologischen Umwälzung ... Dummheiten! Nun, befreien Sie doch das Ungeheuer! ... Er stimmt eine Hymne an, und das tut er, weil ihm leicht ist! ... Was geht es mich an, ob die betrunkene Kanaille grölt „Ach, mein Wanjka fuhr nach Pitjer", ich aber würde für zwei Sekunden Freude eine Quadrillion Quadrillionen hingeben! Sie kennen mich ja nicht! O, wie ist das alles dumm bei Ihnen! So nehmen Sie mich doch jetzt statt seiner! Zu irgend etwas bin ich doch hergekommen ... Warum, warum ist überhaupt alles, was es nur gibt, so dumm? ...«

Und er begann wieder langsam und wie in Gedanken versunken den Saal zu betrachten. Aber jetzt war alles schon in heller Aufregung. Aljoscha, der bereits aufgesprungen war, wollte zu ihm stürzen, allein der Gerichtsdiener kam ihm zuvor und ergriff Iwan Fjodorowitsch am Arm.

»Was soll denn das bedeuten?« schrie ihn dieser an und blickte dem Gerichtsdiener starr ins Gesicht, — und plötzlich packte er ihn an den Schultern und schleuderte ihn wütend zu Boden.

Da eilte schon die Polizeiwache herbei und ergriff ihn, er begann plötzlich zu toben und zu brüllen. Und die ganze Zeit, während der man ihn bändigte und forttrug, brüllte und schrie er zusammenhanglose Worte.

Es erhob sich ein allgemeiner Tumult. Ich erinnere mich nicht mehr genau aller weiteren Vorgänge, ich war selbst zu aufgeregt, um alles zu verfolgen. Ich weiß nur, daß, als alle sich einigermaßen beruhigt und begriffen hatten, um was es sich handelte, der Gerichtsdiener gleichwohl einen Verweis erhielt; er versicherte jedoch dem Gerichtshof aufs bestimmteste, der Zeuge sei die ganze Zeit über gesund gewesen, der Arzt habe ihn untersucht, als ihm vor einer Stunde schlecht geworden war; vor seinem Eintritt in den Saal habe er aber ganz vernünftig und zusammenhängend gesprochen, so daß etwas Derartiges vorauszusehen unmöglich gewesen sei; und außerdem, fügte er noch hinzu, habe der Zeuge selbst darauf bestanden, seine Aussage zu machen. Doch kaum fing man an, sich zu beruhigen und zu besinnen, als sich schon eine neue Szene abspielte: Katerina Iwanowna bekam einen hysterischen Anfall. Sie weinte und schluchzte laut, wollte aber nicht fortgehen. Sie bat und flehte, man solle sie nicht hinausführen, und plötzlich rief sie dem Vorsitzenden zu:

»Ich habe noch eine Aussage zu machen, sofort ... sofort! ... Hier ist das Papier, der Brief ... nehmen Sie ihn, lesen Sie ihn, schnell, schnell! Das ist ein Brief jenes Ungeheuers dort, jenes, jenes!« und sie wies auf Mitja. »Er ist es, der den Vater erschlagen hat, Sie werden es sofort sehen, und er schreibt mir, wie er den Vater erschlagen werde! Der andere aber ist krank, schwer krank und im Delirium! Ich sehe es schon seit drei Tagen, daß er im Fieber deliriert!«

So rief sie außer sich. Der Gerichtsdiener nahm ihr das Papier ab, das er dem Vorsitzenden übergab, sie aber fiel auf ihren Stuhl zurück und bedeckte das Gesicht mit den Händen. Sie schluchzte aufzuckend und zitterte am ganzen Körper, bemühte sich aber krampfhaft, jeden Laut zu unterdrücken, wahrscheinlich aus Furcht, daß man sie sonst aus dem Saal weisen werde. Das Papier, das sie übergeben hatte, war derselbe Brief, den Mitja im Gasthaus „Zur Hauptstadt" geschrieben, und den Iwan Fjodorowitsch den »mathematischen« Beweis der Schuld Mitjas genannt hatte. Und wehe, dieser Brief wurde denn auch als mathematisch klarer Beweis anerkannt! Wenn dieser Brief nicht gewesen wäre, so wäre Mitja vielleicht gar nicht zugrunde gegangen, oder wenigstens nicht auf so furchtbare Weise! Ich wiederhole, es war schwer, alle Einzelheiten zu verfolgen. In meiner Erinnerung ist das Folgende auch jetzt noch ein großes Durcheinander. Wahrscheinlich hat der Vorsitzende das neue Dokument sogleich dem Gericht übergeben, dem Staatsanwalt, dem Verteidiger und den Geschworenen. Ich erinnere mich nur noch, wie man die Zeugin zu befragen anfing. Auf die Frage, ob sie sich beruhigt habe, die der Vorsitzende sehr höflich und geradezu mitfühlend an sie stellte, rief Katerina Iwanowna eifrig aus:

»Ich bin bereit, ich bin bereit! Ich bin durchaus imstande, Ihnen zu antworten«, versicherte sie, augenscheinlich in großer Angst, daß man sie aus irgendeinem Grunde nicht anhören werde.

Man bat sie, ausführlich zu erklären, was das für ein Brief sei, und unter welchen Umständen sie ihn erhalten habe.

»Ich habe ihn kurz vor seinem Verbrechen erhalten, geschrieben hat er ihn zwei Tage vorher, im Gasthaus ... Sehen Sie die Rückseite, er ist auf irgendeine Rechnung geschrieben!« rief sie in atemloser Hast sich überstürzend. »Er begann mich damals zu hassen, weil er selbst sich niedrig benommen hatte und diesem verworfenen Geschöpf nachlief ... und dann noch, weil er mir diese Dreitausend schuldete ... O, diese Dreitausend kränkten ihn, weil er sich ihretwegen so erniedrigt hatte! Mit diesen Dreitausend verhielt es sich so — ich bitte Sie, ich flehe Sie an, mich anzuhören! Drei Wochen vor der Ermordung seines Vaters kam er eines Vormittags zu mir. Ich wußte, daß er kein Geld mehr hatte und daß er Geld brauchte, und ich wußte auch wozu — gerade, gerade dazu, um dieses Geschöpf zu verführen und mit ihr entfliehen zu können. Ich wußte damals schon, daß er mir untreu geworden war und mich verlassen wollte, und ich, ich selbst, bot ihm nun das Geld dazu an, unter dem Vorwand, daß er es meiner Schwester

nach Moskau sende, — und als ich es ihm übergab, sah ich
ihm ins Gesicht und sagte ihm, er möge es absenden, wann
er, wann er wolle, ‚meinethalben erst in einem Monat‘.
Wie, sollte er wirklich nicht verstanden haben, daß ich ihm
gerade ins Gesicht sagte: ‚Du hast Geld nötig, um mit
deiner Kreatur an mir zum Verräter zu werden, so nimm
hier das Geld dazu, ich, ich selbst gebe es dir, nimm es,
wenn du so ehrlos bist, daß du es nehmen kannst!‘ Ich
wollte ihn überführen, und was glauben Sie? Er nahm es,
er nahm das Geld und ging davon! Und noch in derselben
Nacht hat er es mit diesem Geschöpf verschleudert, dort,
in einer Nacht... Aber er fühlte es, fühlte es nur zu gut,
daß ich alles wußte, ich versichere Sie, er fühlte auch, daß
ich ihn mit dem Gelde nur auf die Probe stellen wollte:
wird er wirklich so ehrlos sein, es von mir anzunehmen
oder wird er es nicht tun? Ich sah ihm in die Augen, und er
sah mir in die Augen, und er begriff alles, begriff alles, und
er nahm es, nahm es dennoch, und trug mein Geld davon!«

»Du hast recht, Katja!« rief plötzlich Mitja laut. »Ich sah
dir in die Augen und begriff, daß du mich ehrlos machen
wolltest, und nahm trotzdem dein Geld! Verachtet den
Schuft, verachtet ihn alle, ich habe es verdient!«

»Angeklagter«, schrie der Vorsitzende ganz aufgebracht,
»noch ein Wort — und ich gebe den Befehl, Sie hinauszuführen!«

»Dieses Geld quälte ihn aber«, fuhr Katja in krampf-
hafter Eile fort, »er wollte es mir wiedergeben, er wollte
es unbedingt, das ist wahr, aber er brauchte doch das Geld
für dieses Geschöpf! Und da hat er denn seinen Vater erschlagen, das Geld aber hat er mir doch nicht wiedergegeben,
sondern ist zu ihr in jenes Dorf gefahren, wo man ihn
dann festnahm. Dort hat er auch dieses Geld verpraßt, das
er dem von ihm ermordeten Vater gestohlen hatte. Und zwei
Tage vor der Ermordung des Vaters hat er mir diesen
Brief geschrieben, er hat ihn in der Betrunkenheit geschrieben, das habe ich sofort begriffen, hat ihn aus Wut geschrie-

ben, denn er wußte, er wußte ganz bestimmt, daß ich diesen Brief niemandem zeigen werde, selbst wenn er den Mord ausführen würde. Denn sonst hätte er ihn doch nicht geschrieben! Er wußte doch, daß ich mich niemals an ihm rächen, noch ihn zugrunderichten würde. Aber lesen Sie ihn, lesen Sie ihn aufmerksam, bitte möglichst aufmerksam, und Sie werden sehen, daß er in diesem Brief alles schon im voraus beschrieben hat: wie er den Vater erschlagen wird, und wo das Geld bei ihm liegt! Sehen sie, bitte, lassen Sie nichts aus, dort steht ein Satz: ‚Ich werde ihn erschlagen, wenn nur Iwan abreisen würde.‘ Folglich hat er schon im voraus alles bedacht, wie er ihn umbringen könnte!« Schadenfroh und heimtückisch soufflierte Katerina Iwanowna gleichsam dem Gericht die Bedeutung dieses Satzes. O, man sah es, daß sie sich in diesen verhängnisvollen Brief mit allem Spürsinn hineingelesen und jeden Haarstrich in ihm studiert hatte. »Wäre er nicht betrunken gewesen, so hätte er mir das nicht geschrieben, so aber hat er alles, lesen Sie nur, schon im voraus angegeben, genau so, wie er es später ausgeführt hat, das ganze Programm!«

So keuchte sie außer sich und natürlich verachtete sie bereits alle Folgen, die sich für sie selbst daraus ergeben mußten, obgleich sie dieselben vielleicht schon einen ganzen Monat vorausgesehen hatte, denn schon lange hatte sie, bebend vor Zorn, darüber nachgedacht, ob sie diesen Brief nicht vor Gericht vorlesen sollte? Und jetzt sauste sie wie von einem Berge hinab. Der Brief wurde dann laut verlesen, vom Sekretär, glaube ich, und machte einen niederschmetternden Eindruck. Man wandte sich an Mitja mit der Frage, ob er diesen Brief anerkenne, als von ihm geschriebenen Brief anerkenne?

»Es ist mein Brief, mein Brief!« rief Mitja aus. »Wenn ich nicht betrunken gewesen wäre, so hätte ich ihn nicht geschrieben! ... Aus vielen Gründen haben wir einander gehaßt, Katja, aber ich schwöre dir, ich schwöre, ich habe dich auch hassend geliebt, du aber mich — nicht!«

Er fiel auf seinen Platz zurück und rang in Verzweiflung die Hände. Der Staatsanwalt und der Verteidiger begannen ein Kreuzverhör, hauptsächlich über die Frage, was sie dazu bewogen hatte, dieses Dokument zu verheimlichen und erst in einem ganz anderen Sinn und Ton auszusagen?

»Ja, ja, ich habe alles gelogen, ich habe gegen meine Ehre und mein Gewissen gelogen, aber vorhin wollte ich ihn retten, gerade darum wollte ich das, weil er mich so haßte und so verachtete!« rief Katja wie von Sinnen. »O, er hat mich furchtbar verachtet, er hat mich immer verachtet, und wissen Sie, wissen Sie, — er hat mich von dem Augenblick an verachtet, wo ich ihm damals für das Geld zu Füßen fiel! Das habe ich wohl bemerkt . . . Ich habe es damals sofort gefühlt, doch wollte ich es immer nicht glauben. Wie oft habe ich in seinen Augen gelesen: ,Immerhin bist du damals selbst zu mir gekommen.' O, er hat es nie begriffen, nie hat er begriffen, warum ich damals zu ihm gelaufen bin, er ist nur fähig, mich einer Niedrigkeit zu verdächtigen! Er beurteilt alle nach sich, er denkt, alle seien so wie er«, knirschte Katja wie rasend, jetzt schon vollkommen außer sich. »Heiraten aber wollte er mich nur deshalb, weil mir die Erbschaft zufiel, deshalb, nur deshalb! Ich habe immer den Verdacht gehabt, daß er es nur deshalb wollte! O, dieses Tier! Er war überzeugt, daß ich dieser Schande wegen, weil ich damals zu ihm lief, ewig vor ihm zittern würde, und daß er mich deshalb ewig verachten und über mich herrschen könnte — das war es, warum er mich heiraten wollte! So war es, so war es! Ich versuchte, ihn mit meiner Liebe zu besiegen, mit einer endlosen, grenzenlosen Liebe, sogar seinen Verrat an mir wollte ich ertragen, aber er begriff das alles nicht, nichts begriff er davon! Ja, kann er denn überhaupt etwas begreifen! Das ist doch ein Ungeheuer, ein Auswurf der Menschheit! Diesen Brief brachte man mir am folgenden Tage erst gegen Abend, und noch am Morgen, am Morgen desselben Tages wollte ich ihm alles verzeihen, alles, sogar seinen Treubruch!«

Der Vorsitzende und der Staatsanwalt versuchten sie natürlich zu beruhigen. Ich bin überzeugt, es war ihnen selbst peinlich, ihre Aufregung so auszunutzen und diesen Bekenntnissen zuzuhören. Ich weiß noch, wie sie zu ihr sagten: »Wir verstehen Sie durchaus, glauben Sie uns, wir fühlen Ihnen nach, wie schwer es Ihnen sein muß«, usw. usw., aber nichtsdestoweniger wurden noch weitere Aussagen einem Weibe entlockt, das in einem hysterischen Anfall von Sinnen war. Sie erzählte zuletzt mit außerordentlicher Klarheit — die sich ja in solchen überspannten Augenblicken so oft, wenn auch nur vorübergehend, plötzlich einstellt —, daß Iwan Fjodorowitsch in diesen zwei Monaten fast den Verstand darüber verloren habe, wie er »dieses Ungeheuer, diesen Mörder«, seinen Bruder, retten könnte.

»Er quälte sich maßlos«, rief sie aus, »er wollte dessen Schuld geringer erscheinen lassen, indem er mir gestand, er habe seinen Vater auch nicht geliebt und vielleicht sogar seinen Tod gewünscht. O, das ist ein tiefes, ein tiefes Gewissen! Mit diesem Gewissen hat er sich zu Tode gequält! Er hat mir alles aufgedeckt, alles! Täglich kam er zu mir und sprach mit mir darüber, wie mit seinem einzigen Freund. Ich habe die Ehre, sein einziger Freund zu sein!« rief sie plötzlich aus, als wolle sie alle herausfordern, und ihre Augen blitzten. »Er ist zweimal bei Ssmerdjakoff gewesen. Eines Tages aber kam er zu mir und sagte: ‚Wenn nicht der Bruder, sondern Ssmerdjakoff den Vater erschlagen hat‘ (denn man hat doch die Fabel verbreitet, Ssmerdjakoff sei der Mörder), ‚so bin auch ich vielleicht schuldig, denn Ssmerdjakoff wußte, daß ich den Vater nicht liebte, und kann sich daher vielleicht gedacht haben, auch ich wünschte den Tod des Vaters.‘ Da nahm ich diesen Brief und zeigte ihn ihm, und er überzeugte sich, daß sein Bruder den Vater erschlagen hatte, und das zermalmte ihn geradezu! Er konnte es nicht ertragen, daß sein leiblicher Bruder — ein Vatermörder sei! Schon vor einer Woche bemerkte ich, daß er davon krank geworden war. In den letzten Tagen redete er manchmal irre, wenn er bei mir war. Ich sah, wie sein Geist sich allmählich zu trüben begann. Er ging umher und phantasierte, das hat man ihm sogar auf der Straße angesehen. Der Moskauer Arzt hat ihn vor drei Tagen auf meine Bitte hin untersucht und mir darauf gesagt, er gehe einem gefährlichen Nervenfieber entgegen, — und das alles durch ihn, durch dieses Scheusal! Gestern aber hat er erfahren, daß Ssmerdjakoff gestorben ist — und das hat ihn so erschüttert, daß er wahnsinnig geworden ist ... und alles wegen dieses Scheusals, alles nur um das Scheusal zu retten!«

O, versteht sich, so reden und solche Geständnisse ablegen, das kann man allenfalls einmal im Leben, vielleicht kurz vor dem Tode, zum Beispiel, wenn man das Schafott schon bestiegen hat. Aber Katjas Verhalten entsprach ganz ihrem Charakter und es war ihr eigenster Augenblick. Das war dieselbe ungestüme Katja, die damals zu dem jungen Wüstling gestürzt war, um ihren Vater zu retten, dieselbe Katja, die soeben noch vor dem ganzen Publikum stolz und keusch sich und ihre Mädchenehre zum Opfer dargebracht und von der edelmütigen Handlungsweise Mitjas erzählt hatte, nur um das Schicksal, das ihn erwartete, wenigstens um ein Geringes zu erleichtern. Und ebenso brachte sie sich auch jetzt selbst zum Opfer, diesmal aber für einen andern, und vielleicht fühlte sie und wurde sich erst jetzt in diesem Augenblick zum erstenmal bewußt, wie teuer ihr dieser andere Mensch war! Sie opferte sich aus Angst um ihn, weil sie sich plötzlich einbildete, in der Aufregung und vor Schreck, er habe sich zugrunde gerichtet mit der Aussage, er sei der Mörder und nicht der Bruder, — sie opferte sich, um ihn zu retten, seinen Namen, seinen Ruf! Indessen hatte aber schon eine andere schreckliche Frage sie durchzuckt: war nun ihre neue Aussage über Mitja erlogen — alles das über ihre früheren Beziehungen zu ihm? Nein, nein, sie hatte ihn nicht etwa absichtlich verleumdet, als sie ausrief, Mitja verachte sie, eben wegen ihrer Verneigung bis zur Erde! Sie glaubte selbst daran, sie war tief überzeugt, vielleicht schon von dem Augenblick ihrer Verneigung an, daß der treuherzige Mitja, der sie damals vergötterte, im Inneren über sie lache und sie verachte. Und nur aus Stolz hatte sie sich damals selbst an ihn gebunden, mit einer hysterischen und wunden Liebe, aus verletztem Stolz, und diese Liebe war eigentlich keine Liebe, sondern glich eher einer Rache. O, vielleicht hätte sich diese wunde Liebe auch in eine richtige Liebe verwandelt, vielleicht wünschte Katja selbst nichts anderes als das, nun aber hatte Mitja sie mit seinem Treubruch bis in die Tiefe der Seele verwundet, und diese Seele verzieh nicht. Der Augenblick der Rache kam so unerwartet, daß alles, was sich solange schon und so schmerzhaft in dem beleidigten Weibe angesammelt hatte, jetzt mit einem Mal und ebenso unerwartet hervorbrach. Sie gab Mitja preis, aber zugleich gab sie auch sich selbst preis! Und, versteht sich, kaum war es ihr gelungen, sich endlich auszusprechen, als die Spannung auch schon wich, ganz plötzlich, gleichsam zerriß, und die Scham sie überwältigte. Wieder bekam sie einen Anfall: sie fiel hin, schluchzte und schrie. Man trug sie hinaus. In dem Augenblick aber, als man sie hinaustrug, stürzte Gruschenka mit einem Aufschrei zu Mitja, so unerwartet und so schnell, daß niemand sie noch zurückhalten konnte.

»Mitja!« schrie sie, »Mitja, sieh, jetzt hat dich deine Schlange zugrundegerichtet! Jetzt hat sie euch allen ihr wahres Gesicht gezeigt!« schrie sie zitternd vor Wut dem Gerichtshof zu.

Auf einen Wink des Vorsitzenden ergriff man sie, um sie aus dem Saal hinauszuführen. Das ließ sie sich aber nicht gefallen, sie schlug um sich, suchte sich loszureißen, um zu Mitja zurückzukehren. Mitja sprang mit einem Schrei auf und wollte gleichfalls zu ihr hin. Er wurde überwältigt.

Ich denke, unsere Zuschauer, besonders die Damen, müssen zufrieden gewesen sein: das Schauspiel war reichhaltig und aufregend genug. Darauf, erinnere ich mich, trat der Moskauer Arzt vor. Ich glaube, der Vorsitzende hatte schon gleich nach dem Zwischenfall den Gerichtsdiener zu ihm hinausgeschickt, damit er Iwan Fjodorowitsch Hilfe leiste. Der Arzt meldete nun dem Gericht, daß Iwan Karamasoff an einem Nervenfieber gefährlich erkrankt sei und man ihn unverzüglich fortschaffen müsse. Auf die Fragen des Staatsanwalts und des Verteidigers sagte er aus, der Patient sei vor drei Tagen selbst zu ihm gekommen und er habe ihm damals den nahe bevorstehenden Ausbruch eines Nervenfiebers vorausgesagt, aber der Patient habe nichts für sich tun wollen. »Er war schon damals nicht mehr ganz bei klarem Verstande und gestand mir selbst, daß er Halluzinationen habe, verschiedenen Personen, die schon gestorben seien, auf der Straße begegne, und daß jeden Abend der Satan zu ihm zu Gast komme«, schloß der Doktor. Nach diesem Bericht entfernte sich der berühmte Arzt. Der Brief, den Katerina Iwanowna vorgezeigt hatte, kam zu den übrigen Sachbeweisen. Nach einer kurzen Beratung beschloß der Gerichtshof, die gerichtliche Verhandlung fortzuführen, die beiden unerwarteten Aussagen aber, die von Katerina Iwanowna und von Iwan Fjodorowitsch, zu Protokoll zu nehmen.

Den weiteren Verlauf der Gerichtsverhandlung werde ich nun nicht mehr beschreiben, denn die Aussagen der übrigen Zeugen waren nur Wiederholungen oder Bestätigungen der vorangegangenen, abgesehen von ihrer individuellen Färbung. Alles Wichtige aber ist ja, ich wiederhole es, in der Rede des Staatsanwalts, die ich jetzt sofort wiedergeben werde, übersichtlich zusammengefaßt. Alle waren durch die letzte Katastrophe erregt und wie elektrisiert und warteten mit brennender Ungeduld auf die Lösung, auf die Auseinandersetzung der Parteien und auf das Urteil. Fetjukowitsch war durch die Aussage Katerina Iwanownas sichtlich erschüttert. Um so mehr triumphierte der Staatsanwalt. Als die Gerichtsverhandlung beendet war, wurde eine Unterbrechung der Sitzung angesagt, und die dauerte fast eine Stunde. Schließlich eröffnete der Vorsitzende die Plädoyers. Es war, glaube ich, gerade acht Uhr abends, als unser Staatsanwalt Ippolít Kiríllowitsch seine Anklagerede begann.

VI

Die Rede des Staatsanwalts. Die Charakteristik

Als Ippolít Kiríllowitsch seine Rede begann, zitterte er vor Nervosität am ganzen Körper. Kalter, krankhafter Schweiß trat auf seiner Stirn und an den Schläfen hervor, und er fühlte, wie ihn Frostschauer und Hitze abwechselnd überkamen. So erzählte er später selbst. Er hielt diese Rede für sein Chef-d'œuvre, für das Meisterwerk seines ganzen Lebens, für sein Schwanenlied. Und richtig, neun Monate darauf starb er an einer bösartigen Schwindsucht, so daß er sich demnach in der Tat mit dem singend sterbenden Schwan hätte vergleichen dürfen, wenn er sein Ende vorausgefühlt hätte. In diese Rede legte er sein ganzes Herz und alles, was er an Verstand besaß, und bewies damit ganz unerwarteterweise, daß sich in ihm sowohl staatsbürgerliches Empfinden als auch die sogenannten »verfluchten Fragen« verborgen hatten, wenigstens insoweit unser armer Ippolit Kirillowitsch sie in sich hatte aufnehmen können. Die Hauptsache, wodurch seine Worte wirkten, war, daß man ihre Aufrichtigkeit spürte: er glaubte wirklich an die Schuld des Angeklagten; nicht auf Bestellung, nicht nur von Amts wegen klagte er ihn an, und indem er zur »Sühne« aufrief, bebte er tatsächlich vor Verlangen, »die Gesellschaft zu retten«. Selbst unser Damenpublikum, das doch schließlich Ippolit Kirillowitsch feindlich gesinnt war, gab gleichwohl zu, einen außergewöhnlichen Eindruck davongetragen zu haben. Er begann mit einer schrillen, gleichsam fortwährend abreißenden Stimme, sie festigte sich aber sehr bald und klang dann über den ganzen Saal hin, und so blieb sie bis zum Schluß der

Rede. Als er aber seine Rede beendet hatte, war er einer Ohnmacht nahe.

»Meine Herren Geschworenen«, begann der Ankläger, »die Kunde von der Tat, die hier dem Gericht vorliegt, hat in ganz Rußland Aufsehen erregt. Aber fast darf es uns wundern, daß sie noch Aufsehen zu erregen und Entsetzen hervorzurufen vermag! Dazu bei uns, gerade bei uns? Wir sind doch schon so gewöhnt an Derartiges! Aber gerade darin liegt unser Entsetzen, daß solche finsteren Taten für uns fast aufgehört haben, furchtbar zu sein! Das ist der Grund, warum man sich entsetzen muß: daß wir uns an solche Taten schon gewöhnt haben, — und nicht wegen eines einzelnen Verbrechens des einen oder anderen Individuums! Wo liegen nun die Gründe, die Ursachen unserer Gleichgültigkeit, unseres nur lauen Verhaltens zu solchen Taten, zu solchen Kennzeichen der Zeit, die uns eine wahrlich nicht beneidenswerte Zukunft ankünden? Liegen sie etwa in unserem Zynismus oder in der frühzeitigen Erschöpfung des Geistes und der Phantasie unserer noch so jungen, aber schon so vorzeitig morbid gewordenen Gesellschaft? Oder liegen sie in unseren bis ins Fundament erschütterten sittlichen Grundsätzen, oder schließlich darin, daß wir diese Grundsätze vielleicht überhaupt nicht haben? Ich will darüber nicht entscheiden, nichtsdestoweniger sind diese Fragen qualvoll, und jeder Staatsbürger müßte nicht nur, sondern ist sogar verpflichtet, an ihnen zu leiden. Unsere Presse ist ja allerdings noch etwas zaghaft, aber sie hat doch schon der Gesellschaft gewisse Dienste geleistet, denn niemals hätten wir ohne sie eine einigermaßen zutreffende Kenntnis erlangt von jenen Schrecken des zügellosen Willens und der sittlichen Gesunkenheit, über die sie ununterbrochen in ihren Spalten allen berichtet, — nicht nur den Wenigen, die die Säle des neuen öffentlichen Gerichts besuchen, das uns von der gegenwärtigen Regierung geschenkt worden ist. Und was lesen wir jetzt fast täglich? O, von Dingen, vor denen selbst diese uns jetzt vorliegende Tat verblaßt und fast zu etwas ganz

Gewöhnlichem wird. Doch das Wichtigste dabei ist, daß die Mehrzahl unserer russischen, unserer nationalen Kriminalsachen gerade von etwas ganz Allgemeinem Zeugnis ablegt, von einem gewissen allgemeinen Übel, das sich mit uns bereits verwachsen zu haben scheint, und von dem uns zu heilen sehr schwer ist, da es eben als allgemeines Übel auftritt. Da haben wir einen jungen glänzenden Offizier aus der höheren Gesellschaft, der kaum erst sein Leben und seine Laufbahn begonnen hat. Und dieser Aristokrat geht hin und ermordet heimlich, gemein, ohne die geringsten Gewissensskrupel, einen kleinen Beamten, der in gewisser Beziehung sein Wohltäter gewesen ist, ermordet auch dessen Dienstmagd, um sein Schulddokument und mit diesem zusammen noch das übrige bißchen Geld des kleinen Beamten zu rauben! ‚Das Sümmchen ist doch immerhin nicht zu verachten, es wird mir bei meinen noblen Vergnügungen schon zustatten kommen oder zu meiner ferneren Laufbahn.‘ Und nachdem er sie beide ermordet hat, schiebt er jeder Leiche noch ein Kissen unter den Kopf und macht sich dann davon. Da haben wir einen jungen Helden, der mit Ehrenzeichen für Tapferkeit behangen ist und räuberisch auf der Landstraße die Mutter seines Vorgesetzten und Wohltäters ermordet. Während er seine Helfershelfer zur Mitwirkung überredet, gesteht er noch selbst, diese Frau liebe ihn ‚wie einen leiblichen Sohn‘ und werde daher, wenn sie mit ihm reise, allen seinen Ratschlägen folgen ‚und keine Sicherheitsvorkehrungen treffen‘. Mag das ein Ungeheuer sein, aber ich wage heute, in unserer Zeit, nicht mehr zu sagen, jener sei nur eine Ausnahme, ein vereinzeltes Ungeheuer. Ein anderer mordet zwar nicht, denkt und fühlt aber genau so wie jener und ist in seiner Seele ebenso ehrlos. Im Stillen, wenn er mit seinem Gewissen allein ist, hat er sich vielleicht auch schon gefragt: ‚Ja, was ist denn eigentlich Ehre, und ist es nicht bloß ein Vorurteil, daß man Blut nicht vergießen soll?‘ Vielleicht wird man mich niederschreien und sagen, ich sei ein krankhaft empfindlicher, ein hysterischer Mensch, ich verleumdete ungeheuerlich, ich phantasierte, ich übertriebe. Mögen sie, mögen sie . . . mein Gott, ich wäre der erste, der sich darüber freute, wenn es so wäre! O, glauben Sie mir meinetwegen nicht, halten Sie mich für einen Kranken, aber behalten Sie nur meine Worte, denn selbst wenn nur ein Zehntel, nur ein Zwanzigstel meiner Worte wahr ist, — so ist es auch dann noch furchtbar! Sehen Sie doch nur, meine Damen und Herren, sehen Sie doch nur, wie die heranwachsende Jugend sich bei uns erschießt — ohne die geringste ‚Furcht vor etwas *nach* dem Tode‘, ohne das geringste Anzeichen eines Vorhandenseins solcher Hamlet-fragen, als wäre dieses Kapitel über unseren Geist und über alles, was uns nach dem Grabe erwartet, schon längst aus ihrer Natur getilgt, als wäre es schon längst begraben und mit Sand zugeschüttet. Und nehmen Sie jetzt unsere Sitten-verderbnis, unsere Wollüstlinge. Fjodor Pawlowitsch, das unglückliche Opfer des vorliegenden Prozesses, ist ja im Vergleich mit manchen von ihnen fast ein unschuldiges Kind-lein, wir aber kannten ihn doch alle, er — ‚lebte doch unter uns‘! . . . Ja, mit der Psychologie des russischen Verbrechens werden sich einmal vielleicht die hervorragendsten Geister be-schäftigen, sowohl unsere als die europäischen, denn wahrlich, das Thema ist es wert. Aber diese Studien werden erst später einmal gemacht werden, dereinst, wenn die Muße dazu vor-handen und die ganze tragische Abgeschmacktheit des gegen-wärtigen Augenblicks in einen entfernteren Hintergrund zurückgetreten ist, so daß man sie klarer und leidenschafts-loser wird betrachten können, als zum Beispiel Leute wie ich dies jetzt schon zu tun vermögen. Jetzt jedoch sind wir ent-weder entsetzt oder wir tun, als seien wir entsetzt, im Grunde aber *ergötzen* wir uns mit Hochgenuß am Schauspiel, wie eben Liebhaber starker, exzentrischer Empfindungen, die in unseren zynisch-faulen Müßiggang etwas Bewegung bringen; oder schließlich, wir scheuchen die Gespenster wie kleine Kinder mit den Händen von uns fort und pressen den Kopf ins Kissen, bis die furchtbare Erscheinung vergeht, um sie darauf sofort in Heiterkeit und Spielen zu vergessen. Aber irgend einmal müssen doch auch wir unser Leben nüchtern und denkend beginnen, auch wir müssen einmal einen Blick auf uns, als auf eine Gesellschaft, werfen, auch wir müssen doch einmal über unser gesellschaftliches Leben nachdenken, wir müssen uns doch etwas unter ihm denken oder wenigstens mit dem Nachdenken beginnen. Unser großer Schriftsteller[34] der vergangenen Epoche vergleicht am Schlusse seines größten Werkes ganz Rußland mit einer Troika, die zu einem unbekannten Ziele jagt, und ruft aus: „Ach, Troika, Vogel Troika, wer hat dich erdacht!" — und in stolzer Begeisterung fügt er noch hinzu, daß vor der jagenden Troika alle Völker ehrerbietig ausweichen werden. Schön, mag das so sein, mögen sie ausweichen, ehrerbietig oder nicht, doch meinem sündigen Blick will scheinen, daß der geniale Künstler diesen Schluß entweder in einem Anfall kindlich unschuldiger Schönträumerei geschrieben hat oder einfach aus Furcht vor der damaligen Zensur. Denn wenn man in seine Troika nur seine Helden einspannen wollte, seine Ssobakéwitsche, Nósdreffs und Tschítschikoffs, so würde man mit solchen Rossen wohl kaum ein vernünftiges Ziel erreichen, wen immer man als Lenker in den Schlitten setzen wollte! Und das sind noch Durchbrenner von damals, die an unsere jetzigen gar nicht heranreichen. Jetzt ist man viel geschickter . . .«

Hier wurde die Rede Ippolit Kirillowitschs durch Applaus unterbrochen. Der Liberalismus in der Auslegung der Troika hatte gefallen. Es wurde jedoch nur hier und da vereinzelt ein paarmal in die Hände geklatscht, so daß selbst der Vorsitzende es nicht für nötig hielt, sich mit der Drohung, den Saal räumen zu lassen, an das Publikum zu wenden, und sich nur mit einem strengen Blick auf die Beifallklatscher begnügte. Doch für Ippolit Kirillowitsch war es eine Ermunterung: bisher hatte man ihm noch niemals applaudiert! So viele Jahre hatte man ihn nicht hören wollen, und nun war plötzlich die Möglichkeit da, zu ganz Rußland zu sprechen!

»In der Tat«, fuhr er fort, »was ist nun an dieser Familie

Karamasoff, die plötzlich eine so traurige Berühmtheit er- langt hat, sogar in ganz Rußland, das Bedeutsame? Viel- leicht übertreibe ich, aber es will mir scheinen, daß in dem Bilde dieser kleinen Familie einige allgemeine Grundelemente unserer gegenwärtigen intelligenten Gesellschaft gleichsam flüchtig festgehalten sind, — o, nicht alle Elemente, und selbst die flüchtig darin auftauchenden erscheinen nur in mikroskopischer Gestalt, ‚wie die Sonne in einem Tropfen der Gewässer', aber es spiegelt sich doch etwas darin wider, etwas wird darin doch offenbar! Nehmen wir zunächst die- sen unglücklichen, zügellosen und verderbten Alten, diesen ‚Familienvater', der ein so trauriges Ende gefunden hat. Von Geburt ist er ein Adliger; seine Laufbahn beginnt er als mittelloser junger Mann, der sich bei gastfreundlichen Bekann- ten so durchschlägt. Darauf erwischt er durch eine zufällige, unerwartete Heirat ein gewisses Vermögen, nämlich die Mit- gift seiner Frau, und entpuppt sich als geriebener Geschäfts- mann, ist aber dabei doch nur ein schmeichlerischer Possen- reißer mit einem Keim geistiger Fähigkeiten, die übrigens nicht schwach waren.Vor allem aber wird er ein Wucherer. Mit den Jahren, das heißt mit dem Anwachsen des Kapitals, wird er mutiger und stolzer. Die Unterwürfigkeit und das Sicheinschmeichelnwollen verschwinden, es bleibt nur ein spöttischer, boshafter Zyniker und Wollüstling in ihm übrig. Die geistige Seite ist vollkommen ausgestrichen, die Lebens- gier aber ist ungeheuerlich geworden. Das ganze Leben be- schränkt sich für ihn darauf, daß er nichts anderes mehr darin sieht und sucht als Lüstlingsgenüsse, und das predigt er auch seinen Kindern. Von irgendwelchen geistigen Vater- pflichten sehen wir nichts. Er lacht über sie, läßt seine kleinen Kinder auf dem Hinterhof aufwachsen und ist froh, wenn man kommt und sie ihm fortnimmt. Er vergißt sie voll- ständig. Alle sittlichen Grundsätze des Alten laufen auf den einen Grundsatz hinaus: après moi le déluge. Er ist der Typ alles dessen, was dem Begriff, den wir von einem Staats- bürger haben, entgegengesetzt ist, ist die ausgesprochenste

Isolierung, die krasseste und sogar feindlichste Absonderung von der Gesellschaft: ‚Mag meinetwegen die ganze Welt in Flammen aufgehen, wenn nur ich es gut habe.' Und er hat es gut, er ist vollkommen zufrieden, er will noch mit Vergnügen so weiterleben, zwanzig Jahre, dreißig Jahre! Er betrügt seinen leiblichen Sohn um dessen Geld, um das Erbteil seiner Mutter, und mit diesem Geld, das er dem Sohn nicht auszahlt, will er ihm, seinem leiblichen Sohn, die Geliebte abspenstig machen! Nein, ich will die Verteidigung des Angeklagten nicht dem hochtalentierten Herrn Verteidiger abtreten! Auch ich will die Wahrheit sagen, auch ich begreife, wie groß der Zorn gewesen sein muß, den der Vater im Herzen seines Sohnes angehäuft hatte. Doch genug, genug von diesem Vater, er hat seine Strafe erhalten. Vergessen wir nur nicht, daß das ein Vater war, und zwar einer von den jetzigen Vätern. Oder betrüge ich vielleicht die Gesellschaft, wenn ich sage, daß er einer von — sogar vielen jetzigen Vätern war? Leider nicht! Denn viele von diesen modernen Vätern drücken sich nur nicht so zynisch aus, wie es jener tat, denn sie sind wohlerzogener, gebildeter, im geheimsten Innern aber huldigen sie fast alle — ‚derselben Philosophie'. Doch schön, mag ich ein Pessimist sein, meinetwegen. Wir sind doch schon übereingekommen, daß Sie mir dies verzeihen werden. Wir können also im voraus ausmachen: Sie werden mir nicht glauben, und ich werde reden ... Doch abgesehen davon, erlauben Sie mir, daß ich mich ausspreche, vielleicht werden Sie einige meiner Worte doch behalten. Da haben wir nun die Kinder dieses Alten, dieses Familienvaters: der eine ist vor uns auf der Anklagebank, von ihm wird später die Rede sein; der anderen will ich nur flüchtig Erwähnung tun. Von diesen beiden anderen ist der ältere einer der heutigen jungen Männer mit glänzender Bildung und einem recht starken Verstand, der aber an nichts mehr glaubt, der schon vieles, gar zu vieles über Bord geworfen und aus dem Leben ausgestrichen hat, ganz genau so, wie es sein Vater getan. Wir alle haben ihn gehört, unsere Gesellschaft hat ihn freundlich aufgenommen. Seine Meinungen hat er nicht verheimlicht, im Gegenteil, sogar ganz im Gegenteil, weswegen ich denn auch jetzt wage, ein wenig aufrichtig über ihn zu sprechen — doch natürlich nicht über ihn als Privatperson, sondern nur über ihn als Familienglied der Karamasoff. Gestern endete hier, an der Peripherie der Stadt, durch Selbstmord ein kränklicher Idiot, der gewesene Diener und vielleicht der illegitime Sohn Fjodor Pawlowitschs: Ssmerdjakóff. Er hat mir in der Voruntersuchung unter hysterischen Tränen erzählt, wie dieser junge Karamasoff, Iwán Fjódorowitsch, ihn durch seine geistige Zügellosigkeit entsetzt habe: ‚Alles ist ihrer Meinung nach erlaubt‘, sagte der Arme zitternd, ‚alles, was es in der Welt nur gibt, und nichts darf hinfort mehr verboten sein, — das haben sie mir die ganze Zeit über gesagt und erklärt.‘ Es scheint, daß der Idiot über dieser Theorie endgültig den Verstand verloren hat, obgleich natürlich auch seine Fallsucht und diese ganze schreckliche Katastrophe, die über das Haus hereingebrochen ist, das ihrige zu seiner Geisteszerrüttung beigetragen haben werden. Trotzdem hat dieser Idiot eine äußerst, äußerst interessante Bemerkung gemacht, die auch einem klügeren Beobachter, als er sein konnte, Ehre gemacht hätte, und eigentlich habe ich nur wegen dieser Bemerkung seiner erwähnt. ‚Wenn es einen unter den Söhnen gibt‘, sagte er mir wörtlich, ‚der am meisten Fjodor Pawlowitsch dem Charakter nach gleicht, so sind das gerade sie, Iwan Fjodorowitsch.‘ Mit dieser Bemerkung breche ich die begonnene Charakteristik ab, da mir eine Fortsetzung derselben nach dem Gesagten nicht taktvoll erschiene. O, ich will keine weiteren Schlüsse ziehen und seinem jungen Leben nur Unheil kündend krächzen wie ein Rabe. Wir alle haben heute hier in diesem Saal gesehen, daß noch die unmittelbare Kraft der Wahrheit in seinem jungen Herzen lebt, daß das Gefühl der Familienbande noch nicht durch Unglauben erstickt ist, oder durch den sittlichen Zynismus, den er mehr durch Erbschaft erlangt haben mag als durch eigene Gedankenmarter. Und nun der andere Sohn.

O, das ist noch ein Jüngling, ein gottesfürchtiger und demütiger, der, im Gegensatz zur finsteren, zerstörenden Weltanschauung seines Bruders, sozusagen in den ‚Grundlagen
des Volkes' Fuß zu fassen sucht, oder in dem, was bei uns
mit diesem eigentümlichen Ausdruck in gewissen theoretischen Winkeln unserer denkenden Schicht so genannt wird.
Er, ja, sehen Sie mal, er hatte sich ans Kloster gehängt: viel
fehlte nicht, und er hätte das Gelübde abgelegt, wäre Mönch
geworden. In ihm hat sich, wie mir scheinen will, gleichsam
unbewußt schon früh jene zaghafte Verzweiflung ausgedrückt, in der sich heutzutage so viele in unserer Gesellschaft
— da sie sich vor deren Zynismus und Verderbnis fürchten
und das ganze Übel irrtümlicherweise der europäischen Aufklärung zuschreiben — an den ‚Heimatboden', wie sie sagen,
anschmiegen, das heißt in die mütterlichen Arme des Heimatbodens flüchten. Sie sind wie Kinder, die von Gespenstern
geschreckt werden, und die es dann an der verdorrten Brust
der geschwächten Mutter nur noch danach verlangt, ruhig
einschlafen zu können und womöglich das ganze Leben zu
verschlafen, nur um nicht mehr die sie schreckenden Erscheinungen zu sehen. Meinerseits wünsche ich dem guten und begabten Jüngling das Beste, wünsche ihm vor allem, daß seine
jugendliche Seelenschönheit und sein Zug zum volklich Ursprünglichen sich in der Folge nicht, wie es so oft geschieht,
auf sittlichem Gebiete in einen finsteren Mystizismus und
auf staatsbürgerlichem in einen stumpfen Chauvinismus verwandeln mögen, — zwei Eigenschaften, die die Nation vielleicht mit noch größerem Unheil bedrohen, als es selbst die
frühe Zersetzung durch eine falsch verstandene und ohne
die Mühe eigenen Schaffens erworbene europäische Aufklärung ist, an der sein älterer Bruder krankt.«

Für den »Chauvinismus« und »Mystizismus« wurde wieder einmal in die Hände geklatscht. Ippolit Kirillowitsch
hatte sich natürlich hinreißen lassen. Im Grunde hatte das alles
wenig mit der Sache zu tun, ganz abgesehen davon, daß es
ziemlich unklar war. Allein, der arme schwindsüchtige und

verbitterte Mensch wollte sie doch gar zu gern wenigstens einmal im Leben aussprechen. Später meinte man bei uns, er habe sich bei der Charakterisierung Iwan Fjodorowitschs von einem sogar unfeinen Gefühl leiten lassen, da jener ihn ein paarmal in der Gesellschaft bei gelegentlichen Wortgefechten besiegt hatte, und Ippolit Kirillowitsch in Erinnerung dessen die Gelegenheit benutzt habe, um sich dafür zu rächen. Ich weiß nicht, ob man mit dieser Annahme recht hatte. Jedenfalls war dies erst die Einleitung seiner Rede. Späterhin sprach er sachlicher.

»Und nun ist da der dritte Sohn dieses zeitgenössischen Familienvaters«, fuhr Ippolit Kirillowitsch fort, »er sitzt vor uns auf der Anklagebank. Vor uns liegen seine Taten, sein Leben und sein Charakter: die Zeit kam, und alles rollte sich auf, alles wurde offenbar. Im Gegensatz zum ‚Europäismus‘ und dem ‚Volklichen‘ seiner Brüder, stellt er gleichsam das unmittelbare Rußland dar, — o, nicht das ganze, nicht das ganze, Gott bewahre uns davor, daß es das ganze sei! Und doch — hier ist es, unser Rußland, hier fühlt und hört man unser Mütterchen. O, wir sind ja so unmittelbar, wir sind zugleich gut und böse, in erstaunlicher Mischung, wir sind Verehrer Schillers und der Aufklärung, und zu gleicher Zeit toben wir in Gasthäusern umher und reißen unseren trunkenen Zechkumpanen die Bärte aus. O, wir pflegen auch sonst gut und edel zu sein, aber nur dann, wenn es uns selbst gut geht. Im Gegenteil, wir können uns sogar leidenschaftlich — gerade leidenschaftlich — für die edelsten Ideale begeistern, doch nur unter der Bedingung, daß sie sich ohne unser Dazutun erreichen lassen, daß sie von selbst vor uns auf den Tisch fallen, meinetwegen direkt vom Himmel herab, und die Hauptsache: daß es umsonst, umsonst geschehe, daß wir nichts dafür zu bezahlen brauchen. Zu zahlen lieben wir ganz und gar nicht, dafür aber lieben wir sehr, zu bekommen, — in jeder Beziehung. O, gebt, gebt uns alle möglichen Lebensgüter — unbedingt alle möglichen, unter dem tun wir es nicht — und vor allem, setzt unserem Temperament nichts in den Weg, in keiner Beziehung, dann werden wir beweisen, daß auch wir gut und edel sein können! Wir sind nicht habsüchtig, o nein, aber einstweilen, gebt uns nur Geld, mehr, mehr, so viel Geld wie möglich, und ihr werdet sehen, wie großmütig, mit welch einer Verachtung für das verächtliche Metall, wir es in einer einzigen Nacht, während eines zügellosen Gelages, um uns werfen werden. Gibt man uns aber kein Geld, so werden wir zeigen, wie wir es uns zu verschaffen wissen, wenn wir dies nur wollen! Doch davon wird noch später die Rede sein; ich will die Reihenfolge nicht unterbrechen. Ganz zuerst sehen wir einen armen, verlassenen Knaben, auf dem Hinterhof, ,ohne Stiefelchen', wie sich vorhin unser verehrter Mitbürger, leider ausländischer Herkunft, ausdrückte. Ich sage nochmals: ich trete niemandem die Verteidigung des Angeklagten ab! Ich bin der Ankläger, ich will auch der Verteidiger sein. Ja, auch wir sind Menschen, auch wir verstehen nachzuempfinden, wie tief und schmerzlich sich ihm die ersten Kindheitseindrücke im Vaterhause einprägen mußten, und wir verstehen nur zu gut, wie diese dann auf seinen Charakter eingewirkt haben. Dann sehen wir den Knaben schon als Jüngling, als jungen Mann, als Offizier. Für wilde Streiche und für die Herausforderung zum Duell wird er in eine der fernen Grenzstädte unseres gesegneten Rußland geschickt. Dort dient er, dort lebt er wüst drauflos, und, versteht sich, — ein großes Schiff braucht auch ein großes Fahrwasser. Wir brauchen Mittel, zuerst und vor allem Mittel, und da kommt es denn nach langem Hin und Her zwischen ihm und dem Vater zur Abmachung, daß ihm noch die letzten sechstausend Rubel von der Erbschaft ausgezahlt werden sollen, dann aber nichts mehr. Er erhält das Geld. Beachten Sie wohl: er stellt ein Dokument aus, und es liegt außerdem noch ein Brief von ihm vor, in dem er auf den Rest fast verzichtet und mit diesen Sechstausend die Streitigkeiten mit dem Vater wegen der Erbschaft abbricht. Darauf kommt es zu jener Begegnung zwischen ihm und dem jungen Mädchen, dessen edlen Charakter wir alle kennen. O, ich unterfange mich nicht, die Einzelheiten zu wiederholen, wir haben sie ja soeben gehört: hierbei handelt es sich um Ehre, um Selbstaufopferung, und ich übergehe das weitere. Die Gestalt des jungen Mannes, der zwar leichtsinnig und verderbt ist, der sich aber trotzdem vor dem wahren Edelmut, vor der höheren Idee beugt, trat außerordentlich sympathisch vor unser geistiges Auge. Doch gleich darauf wurde uns in diesem Saale ganz unerwartet die andere Seite gezeigt. Wiederum wage ich nicht, mich auf Vermutungen oder Untersuchungen einzulassen, warum das geschah. Dieselbe Dame, die ihn uns zuerst so sympathisch geschildert hatte, sagt uns unter Tränen lange unterdrückten Unwillens, daß er, gerade er der erste war, der sie wegen ihrer unvorsichtigen, doch immerhin hochherzigen, immerhin großmütigen Handlung verachtete. Bei ihm, bei dem Verlobten dieses Mädchens, erscheint früher als bei allen anderen jenes spöttische Lächeln, daß sie nur von ihm allein nicht ertragen konnte. Und als sie schon wußte, daß er ihr untreu geworden war, im Herzen ihr schon die Treue gebrochen hatte, als sie schon wußte, daß sie alles von ihm werde hinnehmen müssen, selbst seinen Treubruch — bietet sie ihm absichtlich dreitausend Rubel an und gibt ihm dabei deutlich, nur zu deutlich zu verstehen, daß sie ihm das Geld zur Ausführung des Treubruchs anbietet! ,Wirst du es annehmen, wirst du so zynisch sein?' fragt sie stumm mit ihrem kritischen, prüfenden Blick. Er sieht sie an, begreift ihren Gedanken vollkommen — er hat doch selbst hier vor allen Anwesenden gestanden, daß er alles begriffen habe — und eignet sich ohne Bedenken diese Dreitausend an und verpraßt sie in zwei Tagen mit seiner neuen Geliebten! Wem soll man jetzt glauben? Der ersten Legende — dem Ausbruch hohen Edelmuts, der ihn die letzten Mittel, die ihm noch zum Leben übriggeblieben sind, fortgeben und vor der Tugend sich verneigen läßt, oder der so widerlichen Kehrseite der Medaille? Gewöhnlich pflegt es im Leben so zu sein, daß man bei zwei Gegensätzen die Wahrheit in der Mitte suchen muß. Im vorliegenden Fall ist es aber nicht so. Am wahrscheinlichsten ist, daß er das erstemal aufrichtig edelmütig und das zweitemal aufrichtig niedrig gehandelt hat. Warum? Weil wir eben breite Naturen sind, Karamasoffsche Naturen — darauf gehe ich ja hinaus — Naturen, sage ich, die fähig sind, alle möglichen Widersprüche in sich zu vereinigen und zu gleicher Zeit beide Abgründe zu erfassen, den Abgrund über uns, den Abgrund der höchsten Ideale, und den Abgrund unter uns, den Abgrund der schändlichsten Gesunkenheit. Erinnern Sie sich, meine Herren, des glänzenden Gedankens, den vorhin ein junger Beobachter aussprach, Herr Rakitin, der tief und eingehend das Wesen der ganzen Familie Karamasoff erfaßt hat: ‚Für diese zügellosen, haltlosen Naturen ist die Empfindung der Niedrigkeit ihrer Gesunkenheit ein ebenso großes Bedürfnis, wie die Empfindung des höchsten Edelmuts.' — Und das ist wahr: gerade dieser widernatürlichen Mischung bedürfen sie jederzeit, zu jeder Stunde. Zwei Abgründe, zwei Abgründe in ein und demselben Augenblick, meine Damen und Herren, ohne diese Gleichzeitigkeit sind wir unglücklich und unbefriedigt, ist unser Leben nicht ausgefüllt. Wir sind breite Naturen, breit wie unser Mütterchen Rußland, wir umfangen alles, wir leben uns mit allem ein! ... Übrigens, meine Herren Geschworenen, wir sind jetzt auf diese Dreitausend zu sprechen gekommen, und so will ich bei dieser Gelegenheit etwas vorgreifen. Können Sie glauben, meine Herren Geschworenen, daß er bei seinem Charakter, damals, als er das Geld erhalten hatte, und dazu noch in dieser Weise, für diese Schande, diese Schmach, diese tiefste Erniedrigung, — können Sie glauben, daß er am selben Tag fähig gewesen sei, wie er sagt, die Hälfte des Geldes in ein Säckchen einzunähen und darauf die Charakterfestigkeit zu haben, dieses Geld einen ganzen Monat lang am Halse zu tragen, trotz aller Versuchungen und trotz seiner fatalen Geldverlegenheit? Weder bei wüsten Gelagen im Gasthause, noch selbst in den Stunden, als er die Stadt verlassen mußte, um sich von Gott weiß wem dieses so dringend benötigte Geld zu verschaffen — um die Geliebte endlich vor den Versuchungen seines Rivalen, seines alten Vaters, in Sicherheit zu bringen —, selbst in diesen Augenblicken will er nicht gewagt haben, das eingenähte Geld anzurühren! Meine Herren, ist das glaubwürdig — bei diesem Charakter? Meiner Meinung nach hätte er schon allein aus dem einen Grunde, um die Geliebte vor den Versuchungen des Alten zu beschützen, sein eingenähtes Geld herausnehmen und selbst in der Stadt bleiben müssen, um sie unausgesetzt bewachen zu können, und um dann, wenn sie ihm sagte: ‚Ich bin dein‘, unverzüglich mit ihr irgendwohin fortziehen zu können, fort aus diesen verhängnisvollen Verhältnissen. Doch nein, er rührt seinen Talisman nicht an. Und aus welchem Grunde will er dies nicht getan haben? Der erste Grund war, daß er, wenn sie ihm gesagt hätte: ‚Ich bin dein, bring mich fort, wohin du willst‘, daß er dann kein Geld zum Fortbringen gehabt hätte. Doch dieser erste Grund trat, nach den Worten des Angeklagten, weit zurück vor dem zweiten. ‚Solange‘, sagte er, ‚solange ich dieses Geld noch an meinem Halse trage — bin ich ein Schuft, aber kein Dieb, denn ich kann dann jederzeit zu meiner von mir beleidigten Braut gehen, kann die Hälfte der betrügerisch angeeigneten Summe zurückgeben und immer noch sagen: ‚Sieh, ich habe die Hälfte der Dreitausend durchgebracht und damit bewiesen, daß ich ein schwacher und unsittlicher Mensch bin, und, wenn du willst, sogar ein Schuft‘ (ich bediene mich der Worte des Angeklagten selbst), ‚aber wenn ich auch ein Schuft bin, so bin ich doch noch kein Dieb, denn wenn ich ein Dieb wäre, so würde ich dies übriggebliebene Geld, die Hälfte des Ganzen, nicht zurückgebracht, sondern mir gleichfalls, wie die erste Hälfte, angeeignet haben.‘ Wahrlich — eine sonderbare Erklärung der Tatsache! Dieser Wildeste aller Wilden, dieser Leidenschaftsmensch, der so schwach ist, daß er der Versuchung, die dreitausend Rubel zu nehmen, trotz aller für ihn darin liegenden Schmach, nicht hat widerstehen können, — dieser selbe Mensch findet plötzlich so viel stoische Festigkeit in sich,

daß er dieses notwendige Geld einen ganzen Monat unange-
tastet mit sich herumträgt! Stimmt das mit dem geschilderten
Charakter auch nur ein wenig überein? Nein, und ich erlaube
mir darzustellen, wie der wirkliche Dmítrij Karamásoff in
solchem Falle vorgegangen wäre, selbst wenn er sich wirklich zum Einnähen der Hälfte entschlossen hätte. Schon bei
der ersten Versuchung — sagen wir, um der Liebgewonnenen,
mit der er bereits die erste Hälfte verpraßt hat, irgendeine
Freude zu bereiten —, also schon bei der ersten Versuchung
hätte er zunächst, nehmen wir an, nur hundert Rubel von
dem eingenähten Gelde abgeteilt, denn: ‚Wozu muß ich genau
die Hälfte zurückbringen, warum genau tausendfünfhundert?
Tausendvierhundert werden doch ganz dasselbe tun, denn,
nicht wahr, dann kann ich doch immer noch sagen: ich bin
vielleicht ein Schuft, aber ich bin kein Dieb, da ich doch
immerhin tausendvierhundert Rubel zurückgebracht habe,
ein Dieb dagegen alles behalten und nichts zurückbringen
würde!‘ Darauf wird er nach einiger Zeit wieder das Säckchen
auftrennen und einen zweiten Hundertrubelschein herausnehmen, darauf einen dritten, darauf einen vierten und so
weiter, bis er spätestens zu Ende des Monats den vorletzten
Schein dem Säckchen entnommen hat, denn, nicht wahr,
selbst wenn ich nur noch hundert Rubel zurückbringe, kommt
es doch immer noch auf dasselbe hinaus: ‚Ein Schuft bin ich
zwar, aber ich bin doch kein Dieb, denn wenn ich auch zwei-
tausendneunhundert Rubel durchgebracht habe, so bringe ich
doch wenigstens das letzte Hundert zurück, ein Dieb aber
würde das nicht tun.‘ Und schließlich, wenn er auch dieses
vorletzte Hundert durchgebracht hätte, würde er das letzte
betrachtet und sich gesagt haben: ‚Weiß Gott, es lohnt sich ja
wahrlich nicht, diesen lumpigen Hundertrubelschein noch
zurückzubringen! Ach was! — gehen wir auch damit noch
mal durch!‘ So würde der wirkliche Dmitrij Karamasoff gehandelt haben, derjenige, den wir kennen! Die Fabel jedoch
von dem Säckchen mit dem eingenähten Gelde — steht in
solchem Widerspruch zu der Wirklichkeit, wie man ihn

größer sich nicht gut denken kann. Alles könnte man sich schließlich noch vorstellen, das aber nicht. Doch davon wird noch später die Rede sein.«

Darauf führte Ippolit Kirillowitsch der Reihe nach alles an, was der gerichtlichen Untersuchung über die Vermögensstreitigkeiten zwischen Vater und Sohn bekannt geworden war, und nachdem er nochmals darauf hingewiesen hatte, daß man aus den vorhandenen Daten unmöglich ersehen könne, wer in dieser Angelegenheit den anderen übervorteilt habe, kam Ippolit Kirillowitsch bei Erwähnung der bei Mitja zur »fixen Idee« gewordenen Dreitausend auch auf die ärztlichen Gutachten zu sprechen.

VII

Der Überblick

»Die Gutachten der Ärzte haben sich bemüht, uns zu beweisen, daß der Angeklagte nicht bei vollem Verstande und von einer fixen Idee besessen gewesen sei. Ich behaupte aber, daß er durchaus bei vollem Verstande war, und gerade das halte ich für das Schlimme in diesem Falle, denn wäre er nicht bei vollem Verstand gewesen, so würde er vielleicht viel klüger gehandelt haben. Was jedoch die Aussage betrifft, er sei von einer fixen Idee besessen gewesen, so würde ich mich damit in einem Punkt einverstanden erklären, nämlich in dem, auf den auch die Gutachten hinweisen, — in der Auffassung, die der Angeklagte von diesen Dreitausend hatte, die der Vater ihm angeblich noch schuldete. Nichtsdestoweniger kann man vielleicht einen unvergleichlich näherliegenden Gesichtspunkt finden, als es der ist, den Angeklagten als zum Irrsinn neigend sich vorzustellen, wenn man sich die andauernde Aufgebrachtheit des Angeklagten dieses Geldes wegen erklären will. Meinerseits stimme ich vollkommen überein mit der Meinung des jungen Arztes, der sich dahin äußerte, daß der Angeklagte sich voller und normaler Ver standeskraft erfreue und immer erfreut habe, im übrigen aber nur gereizt und erbittert gewesen sei. Und das ist das Wichtigste: nicht die Dreitausend, nicht diese Summe an sich war der Gegenstand, der Grund der heftigen und andauernden Erbitterung des Angeklagten gegen seinen Vater, hier gab es noch eine andere, eine besondere Ursache, die seinen Zorn erregte. Das war — die Eifersucht!«

Ippolit Kirillowitsch versuchte nun umständlich und eingehend, das ganze Bild der verhängnisvollen Leidenschaft des Angeklagten zu Gruschenka aufzurollen. Er begann mit jenem Augenblick, wo der Angeklagte sich zu der »jungen Person« begab, »um sie durchzuprügeln« — dies seien seine eigenen Worte, fügte Ippolit Kirillowitsch zur Erklärung hinzu; »statt sie aber durchzuprügeln, ließ er sich zu ihren Füßen nieder, — das ist der Beginn dieser Liebe. Fast um die gleiche Zeit hat auch der Alte, der Vater des Angeklagten, sein Auge auf dieselbe Person geworfen. Das ist nun freilich ein etwas sonderbares Zusammentreffen, denn beide Herzen entbrennen zu gleicher Zeit, während beide diese Person auch früher schon gesehen und gekannt haben, plötzlich aber entbrennen sie in der unbändigsten, sozusagen *Karamasoffschen* Leidenschaft. Und andererseits haben wir ihre eigene Aussage: ,Ich habe doch über beide nur gelacht!' Ja, sie wollte sich sowohl über den einen als über den anderen nur lustig machen. Früher hatte sie so etwas nicht gewollt, plötzlich aber fällt ihr diese Idee ein, — und es endet damit, daß beide besiegt ihr zu Füßen fallen. Der Alte, der das Geld wie einen Gott verehrte, setzte sofort dreitausend Rubel aus, um sie zu verleiten, ihn in seinem Hause zu besuchen, ist aber bald so weit, daß er sich glücklich schätzen würde, ihr seinen Namen und sein ganzes Vermögen zu Füßen zu legen, wenn sie nur einwilligte, seine rechtmäßige Gattin zu werden. Hierfür haben wir sichere Aussagen. Was nun den Angeklagten betrifft, so liegt ja seine Tragödie auf der Hand, wir sehen sie vor uns. Ja, so wirkte das ,Spiel' der jungen Person. Dem unglücklichen jungen Mann wurde von seiner Zauberin nicht einmal Hoffnung gemacht, denn Hoffnung, wirkliche Hoffnung ward ihm erst im letzten, allerletzten Augenblick zuteil, als er, vor seiner Peinigerin auf den Knien liegend, seine schon mit dem Blute des Vaters und Nebenbuhlers befleckten Hände zu ihr emporstreckte: genau in dieser Stellung wurde er verhaftet. ‚Ich, ich trage die Schuld! . . . richtet uns zusammen hin! . . . Ich habe ihn soweit gebracht! . . . Die Hauptschuld trage ich allein!‘ rief diese Frau in aufrichtiger Reue und Verzweiflung aus, als er verhaftet wurde. Der talentvolle junge Mann, der unseren Prozeß zu beschreiben vorhat — derselbe Herr Rakitin, den ich heute schon einmal zitiert habe —, schildert in wenigen knappen, doch aufschlußreichen Worten den Charakter der Heldin dieser Liebestragödie folgendermaßen: ‚Früh erlebte Enttäuschungen, der frühzeitige Betrug und Fall, der Treubruch des Verführers und Verlobten, der sie verließ, dann die Armut, die Ausstoßung aus ihrer achtbaren Familie, und schließlich die Protektion eines alten Mannes, den sie übrigens auch jetzt noch für ihren Wohltäter hält, — so ist es gekommen, daß das junge Herz, das vielleicht ursprünglich viel Gutes in sich barg, gar zu bald Zorn und Verachtung kennen lernte.‘ So bildete sich auch ihr Charakter danach aus: sie fing an zu berechnen, ein Kapital zusammenzusparen, sie wurde spöttisch und rachsüchtig der Gesellschaft gegenüber. Nach dieser Charakteristik wird es begreiflich, daß sie sich in boshaftem Spiel über den einen wie über den anderen nur lustig machte und sie zum besten hatte. Und in diesem Monat hoffnungsloser Liebe, sittlichen Sinkens, des Verrats an seiner Braut, der Aneignung fremden Geldes, das seiner Ehre anvertraut war, — in diesem Monat wird der Angeklagte außerdem noch unablässig gepeinigt, bis zur Raserei, bis zum völligen ‚Außer-sich-sein‘ gequält, von der ewigen Eifersucht! Und den Anlaß zu dieser Eifersucht gibt wer? — Der eigene Vater! Und das Wichtigste: dieser Vater lockt den Gegenstand der Liebe seines Sohnes mit denselben dreitausend Rubeln an, die der Sohn für sein erbliches Eigentum mütterlicherseits hält, das der Vater ihm von Rechts wegen noch auszuzahlen hätte. Ja, ich gebe zu, daß so etwas schwer zu ertragen sein muß! Da konnte sich bei ihm allerdings eine Art ,Manie' entwickeln. Denn nicht um das Geld allein handelte es sich, sondern darum, daß mit eben diesem Gelde in so ekelhaftem Zynismus sein Glück vereitelt oder hintertrieben wurde!«

Hierauf ging Ippolit Kirillowitsch, an der Hand von Belegen, zu der Darlegung über, wie in dem Angeklagten der Gedanke an den Vatermord entstanden und allmählich gereift sein mußte.

»Anfangs schreien wir nur in den Gasthäusern, daß uns Unrecht geschieht — und das tun wir den ganzen Monat. Oh, wir lieben es, unter Menschen zu leben und diesen Menschen unverzüglich alles mitzuteilen, selbst unsere teuflischsten und gefährlichsten Gedanken, wir teilen eben gern mit anderen, und wir verlangen — aus unbekannten Gründen —, daß diese Menschen uns auf der Stelle ihre vollste Sympathie entgegenbringen, auf unsere Sorgen und Aufregungen sofort eingehen, uns in allem beistimmen, und unserem Temperament nichts entgegensetzen. Sonst werden wir wütend und stellen das ganze Gasthaus auf den Kopf.« (Es folgte die Erzählung der Szene mit dem Hauptmann Ssnegirjóff.) »Fast alle, die den Angeklagten im letzten Monat gesehen und gehört haben, sagen, sie hätten schließlich gefühlt, daß es in diesem Fall nicht nur beim Schreien und Drohen bleiben würde, und daß bei einem solchen Temperament und einer solchen Wut das Wort sich sehr leicht in Tat umsetzen könnte.« (Hierauf sprach Ippolit Kirillowitsch von der Familienversammlung im Kloster, dem Gespräch Mitjas mit Aljoscha im Nachbargarten und der Bitte an den Bruder, zum Vater zu gehen, und schließlich von der schmachvollen Szene im Vaterhause, als der Angeklagte den bei Tisch sitzenden Vater geradezu überfiel.) »Es fällt mir natürlich nicht ein zu behaupten«, fuhr Ippolit Kirillowitsch fort, »daß der Angeklagte schon vor dieser Szene wohlüberlegt beschlossen habe, den Vater einfach durch Mord beiseite zu schaffen. Ich sage nur, daß dieser Gedanke dem Angeklagten nichtsdestoweniger schon mehr als einmal gekommen war, und er ihn ins Auge gefaßt hatte — zur Bestätigung dessen haben wir Tatsachen, Zeugen und das eigene Eingeständnis des Angeklagten. Aber ich muß gestehen, meine Herren Geschworenen«, schaltete Ippolit Kirillowitsch hier ein, »daß ich noch bis heute nicht sicher war, ob man den Angeklagten beschuldigen könne, das sich ihm, ich möchte sagen, von selbst aufdrängende Verbrechen sich vorher schon bewußt überlegt und vorgenommen zu haben. Ich war nur fest überzeugt, daß seine Gedanken sich mehr als einmal mit dieser bevorstehenden, unvermeidlichen Katastrophe, die er doch kommen sah, beschäftigt hatten, daß er den Mord vielleicht nur in Betracht gezogen, nur als Möglichkeit, ohne dabei den Tag und das Nähere der Ausführung festzusetzen oder sich zu überlegen. Ja, der Meinung war ich, — aber nur bis heute, bis von Fräulein Werchóffzeff dieses neue Dokument dem Gericht unterbreitet wurde. Meine Herren Geschworenen, Sie haben ja selbst ihren Ausruf gehört: das sei das ,Programm' der Ausführung des Mordes! — mit diesem Wort bezeichnete sie den ,betrunkenen' Brief des unglücklichen Angeklagten. In der Tat, dieser Brief beweist, daß die Tat nach einem ,Programm' und vor allem mit *Vorbedacht* geschehen ist. Er ist zwei Tage vor dem Verbrechen geschrieben worden, — und so haben wir jetzt den unantastbaren Beweis dafür, daß der Angeklagte achtundvierzig Stunden vor der Ausführung seines ungeheuerlichen Vorsatzes schwört, daß er, wenn er am nächsten Tage das Geld sich nicht anderswoher verschaffen könne, den Vater erschlagen werde, um von ihm das Geld zu nehmen, das unter den Kissen in einem Kuvert liegt, ,wenn nur Iwan abreisen würde!' Hören Sie es wohl: ,Wenn nur Iwan abreisen würde!' Folglich ist schon alles überlegt, sind alle Umstände erwogen, und — alles ist dann so geschehen, wie er es geschrieben hat! Da ist doch jeder Zweifel an der Vorbedachtheit ausgeschlossen, das Verbrechen ist mit der Absicht, das Geld zu rauben, begangen worden, das steht doch schwarz auf weiß geschrieben und unterschrieben! Der Angeklagte leugnet es nicht, daß er den Brief geschrieben hat. Man wird vielleicht sagen: Er hat ihn sicherlich in betrunkenem Zustand geschrieben! Aber was will das besagen, das macht den Brief sogar noch um so wichtiger: Er hat in trunkenem Zustande geschrieben, was er in nüchternem sich vorgenommen hat; wäre es nicht im nüchternen Zustand ausgedacht worden, so hätte er es auch in der Betrunkenheit nicht geschrieben. Man wird vielleicht auch noch einwenden: Warum aber hat er dann seine Absicht nicht verheimlicht, warum hat er sie überall ausgeschrien? Wer sich zu so etwas mit *Vorbedacht* entschließt, der schweigt darüber und verbirgt die Absicht. Das ist wahr, aber er schrie ja nur damals, als er noch keine Pläne und *bestimmten* Absichten hatte, und nur der Wunsch vorhanden war und die Absicht erst heranreifte. Später spricht er schon weniger davon. An jenem Abend, an dem dieser Brief geschrieben wurde, nachdem er sich im Gasthaus „Zur Hauptstadt" angetrunken hatte, ist er ganz gegen seine Gewohnheit schweigsam gewesen, hat nicht Billard gespielt, hat dort ganz allein und absichtlich zurückgezogen gesessen, fast mit niemandem gesprochen und nur einen hiesigen Kommis von seinem Platz vertrieben, aber das hat er fast unbewußt getan, wahrscheinlich nur aus Gewohnheit an Händeln, ohne die er, wenn er ins Gasthaus eintrat, nun einmal nicht auskommen konnte. In der Tat, erst an jenem Abend hat er vielleicht den Entschluß gefaßt, und so mag er sich denn wahrscheinlich unter anderem auch gesagt haben, daß er schon gar zu offenherzig in der ganzen Stadt gesprochen, gar zu unvorsichtig über seinen Vater Verfängliches geäußert habe, daß seine eigenen Worte sehr wohl den Täter vermuten ließen, wenn er jetzt die Absicht wirklich ausführte. Aber was tun? Die Worte waren schon gesprochen, diese Tatsache konnte man nicht mehr ungeschehen machen. Und dann — hat schon früher der krumme Weg herausgeführt, so wird er es auch jetzt tun!

Wir verließen uns auf unseren guten Stern, meine Herren! Ich muß übrigens zugeben, daß er viel getan hat, um diese Lösung zu vermeiden, daß er sich sehr angestrengt hat, sich das Geld auf eine andere Weise zu verschaffen. ‚Morgen werde ich jeden Menschen um dreitausend Rubel angehen', schreibt er in seiner eigenartigen Sprache, ‚geben aber die Menschen sie mir nicht, so fließt Blut'. In der Betrunkenheit ist es geschrieben, in nüchternem Zustande ist es dann wie nach einem Merkblatt ausgeführt worden.«

Ippolit Kirillowitsch begann nun mit der ausführlichen Aufzählung aller vergeblichen Versuche Mitjas, sich das Geld zu verschaffen, um das Verbrechen umgehen zu können. Er schilderte seinen Gang zu Ssamssónoff, die Fahrt zu Ljägáwyj — alles nach dem Protokoll. »Müde, verspottet, hungrig kehrte er endlich zurück«, fuhr der Staatsanwalt fort, »nachdem er auch noch seine Uhr verkauft hatte (während er dabei tausendfünfhundert Rubel bei sich gehabt haben will! — angeblich, o, angeblich!), gequält von Eifersucht wegen des in der Stadt zurückgebliebenen geliebten Weibes, also noch mit der Angst im Herzen, daß sie in seiner Abwesenheit vielleicht doch zu Fjodor Pawlowitsch gehen könne oder vielleicht schon gegangen sei, — in diesem Zustand kommt er in die Stadt zurück. Doch Gott sei Dank! Sie ist nicht bei Fjodor Pawlowitsch gewesen. Er begleitet sie zum Kaufmann Ssamssonoff. (Merkwürdig ist, daß wir auf Ssamssonoff nicht eifersüchtig sind, was in diesem Fall eine äußerst charakteristische psychische Eigentümlichkeit zu sein scheint!) Darauf eilt er auf den Beobachtungsposten im Nachbargarten. Dort erfährt er, daß Ssmerdjakoff einen epileptischen Anfall gehabt hat und daß auch Grigorij krank ist. Das Feld ist also frei, und die ‚Zeichen' kennt er — welche Versuchung! Nichtsdestoweniger sträubt er sich noch gegen das Verbrechen: er begibt sich zu einer hochgeachteten Dame, die sich augenblicklich vorübergehend hier aufhält, zu Frau Chochlakóff. Diese Dame, die ihn schon seit längerer Zeit beobachtet und bemitleidet hat, gibt ihm einen äußerst vernünftigen Rat: dieses ganze wüste Leben, diese monströse Liebe und das Herumtreiben in den Gasthäusern aufzugeben und nach Sibirien in die Goldgruben abzureisen: ‚Dort ist das Arbeitsfeld für Ihre tobenden Kräfte, die Sie hier so unnütz vergeuden, dorthin gehören Sie mit Ihrem romantischen, abenteuerlustigen Charakter!‘ sagt sie ihm.« Ippolit Kirillowitsch gab dann noch den Ausgang des Gespräches mit Frau Chochlakoff wieder und kam schließlich auf jenen schrecklichen Augenblick zu sprechen, wo der Angeklagte auf dem großen Platz erfährt, daß Agraféna Alexándrowna nur kurze Zeit bei Herrn Ssamssonoff geblieben sei. Er beschrieb, wie der Unglückliche, bei seinen gereizten Nerven und seiner Eifersucht, nach dieser Nachricht — die ihm den Betrug der Geliebten so gut wie bestätigte — außer sich geraten sein mußte. Ferner lenkte er noch die Aufmerksamkeit auf einen verhängnisvollen Zufall: »Hätte das Zimmermädchen Fenja ihm gesagt, daß ihre Herrin in Mókroje bei dem ‚Früheren‘ und ‚Unbestrittenen‘ war — so wäre das Unglück nicht geschehen. Sie aber wußte vor Schreck und vor Angst nichts anderes zu sagen, als nur zu beteuern und ihn einer Tatsache zu versichern, über die er besser Bescheid wußte, so daß für ihn die Lüge, und folglich auch der Betrug, vollkommen bestätigt schienen. Und wenn er dieses Mädchen dafür nicht auf der Stelle erschlagen hat, so hat sie das nur dem Umstand zu danken, daß er sofort besinnungslos Hals über Kopf fortstürzte — der Geliebten nach! Jetzt ist hier aber noch eine sehr auffallende Tatsache zu beachten: wie außer sich er auch war, er verfiel dabei doch noch darauf, den Messingstößel mitzunehmen. Warum nahm er gerade den Stößel, warum suchte er nicht irgendeinen anderen Gegenstand, warum nicht eine Waffe? Ich glaube, wenn wir uns einen ganzen Monat mit einer gewissen Absicht getragen, und uns alle Eventualitäten vorgestellt, alles erwogen und uns auf alles vorbereitet haben, so ist es sehr erklärlich, warum wir uns selbst in solcher Erregung zu helfen wissen und einen Stößel sofort als Waffe erkennen, denn daß man auch mit so etwas einen Menschen erschlagen kann, das haben wir ja schon einen ganzen Monat bedacht. Darum hat er denn auch im Augenblick, ohne nachzudenken, trotz seiner Erregung, den Wert dieses Stößels sofort erkannt. So kann ich denn wohl sagen, daß der Angeklagte den Stößel *nicht* unbewußt, nicht ohne eine gewisse Absicht ergriffen hat. Und da ist er nun im väterlichen Garten... Zeugen sind nicht zu befürchten, tiefe Nacht, Finsternis — und Eifersucht! Der Argwohn, daß sie hier ist, bei ihm, bei seinem Rivalen, in seinen Armen, und in diesem Augenblick mit jenem zusammen über ihn selbst womöglich noch lacht — raubt ihm den Atem. Und nicht nur der Argwohn — wo kann jetzt noch von Argwohn die Rede sein! Der Betrug liegt doch auf der Hand, jeder Zweifel ist doch ausgeschlossen: Sie ist bei ihm, dort in jenem Zimmer, aus dessen Fenster der Lichtschein in den Garten fällt, sie liegt dort — bei ihm — hinter dem Bettschirm. Und da schleicht sich der Unglückliche zum Fenster, blickt ehrerbietig durch die Scheiben hinein und schickt sich sittsam drein, weil nun einmal nichts mehr daran zu ändern ist, geht vielmehr vernünftig fort, um sich vom Unheil zu entfernen, und damit nicht noch etwas Gefährliches und Unsittliches geschehe! — Davon will man uns überzeugen, uns, die wir doch den Charakter des Angeklagten kennen, die wir doch begreifen, in welch einer Gemütsverfassung er sich befand, und vor allen Dingen, nachdem wir wissen, daß ihm Zeichen bekannt waren, mittels welcher er ohne weiteres die Tür sich aufmachen lassen und ins Haus eintreten konnte!« Hier, anläßlich der »Zeichen«, verließ Ippolit Kirillowitsch vorübergehend die Anklage und kam auf Ssmerdjakoff zu sprechen, um die Verdächtigung Ssmerdjakoffs ein für allemal auszuschalten. Er sprach sehr ausführlich darüber, und man begriff sofort, daß er trotz seiner ganzen Verachtung, die er dieser Verdächtigung gegenüber zur Schau trug, dieselbe doch für sehr wichtig hielt.

VIII

Die Abhandlung über Ssmerdjakoff

»Zunächst möchte ich fragen: wie ist dieser Verdacht überhaupt aufgekommen?« begann Ippolit Kirillowitsch. »Der
erste, der gesagt hat, Ssmerdjakóff sei der Mörder, war
kein anderer als der Angeklagte selbst, der die Verdächtigung
im Augenblick seiner Verhaftung hinausgeschrien hat, einstweilen aber, bis zur gegenwärtigen Stunde, noch keinen einzigen Beweis für sie oder auch nur eine mehr oder weniger
wahrscheinliche Begründung seines Verdachtes hat angeben
können. Außerdem wird dieser Verdacht nur noch von drei
anderen Personen geteilt: von den beiden Brüdern des Angeklagten und von Agraféna Alexándrowna Sswétlowa.
Und von diesen drei hat Iwan Fjodorowitsch Karamasoff
seinen diesbezüglichen Verdacht erst heute in offenbar
krankem Zustand geäußert und zweifellos in einem Augenblick geistiger Unzurechnungsfähigkeit, vermutlich in hohem
Fieber. Nun wissen wir aber aufs bestimmteste, daß er während dieser letzten zwei Monate durchaus der entgegengesetzten Ansicht gewesen ist, und das hat er schon allein dadurch
bewiesen, daß er uns in dieser Beziehung nicht einmal zu
widersprechen versuchte. Doch darauf werden wir noch besonders zu sprechen kommen. Der jüngste Bruder des Angeklagten hat uns vorhin selbst gesagt, daß er keinerlei
Beweise zur Bekräftigung seiner Beschuldigung Ssmerdjakoffs
habe, sondern lediglich nach den Worten des Angeklagten,
‚und dem Ausdruck seines Gesichts‘ zu dieser Ansicht gekommen sei. Ja, diese erdrückende Aussage ist sogar zweimal von
seinem Bruder gemacht worden. Und die Aussage der Verlobten des Angeklagten ist vielleicht noch erdrückender: ‚Was
der Angeklagte Ihnen sagt, daran glauben Sie!‘ denn das
sei kein Mensch, der lügen könne. Und das sind alle vorhandenen Aussagen gegen Ssmerdjakoff, die zudem noch
von drei Personen gemacht werden, die nur zu sehr um

das Schicksal des Angeklagten besorgt sind. Trotzdem ist die Verdächtigung Ssmerdjakoffs sehr verbreitet, und sie ist es sogar jetzt noch. Wie ist es möglich, daran zu glauben? Wie stellt man sich das vor?«

Ippolit Kirillowitsch hielt es für nötig, zuerst den Charakter Ssmerdjakoffs, »der sich wahrscheinlich in einem Anfall krankhafter Angst oder in völligem Irrsinn das Leben genommen hat«, zu skizzieren. Er schilderte ihn als schwachsinnigen Menschen, mit Ansätzen zu einer vagen Halbbildung, den philosophische Ideen, die für seinen Verstand zu hoch waren, gänzlich verwirrt hätten — »desgleichen auch gewisse moderne Auffassungen von Pflicht und Schuldigkeit, die ihm überflüssigerweise beigebracht worden waren — praktisch durch das Leben seines verstorbenen Herrn und vielleicht sogar Vaters, an dem von Schuld- und Pflichtgefühlen nichts zu bemerken war, und theoretisch durch verschiedene eigenartige philosophische Gespräche mit dem älteren Sohn aus der zweiten Ehe seines Herrn, mit Iwan Fjodorowitsch, dem diese Art Zerstreuung offenbar Vergnügen bereitet hat, — vielleicht um die Langeweile zu vertreiben, oder aber aus dem Bedürfnis, andere zu verspotten, und dem sich keine bessere Gelegenheit zur Befriedigung seiner Spottlust geboten zu haben scheint. Ssmerdjakoff hat mir ausführlich seinen Seelenzustand in den letzten Tagen vor der Katastrophe geschildert«, bemerkte Ippolit Kirillowitsch beiläufig, »wir besitzen überdies noch die Aussagen des Angeklagten selbst, seines Bruders und sogar des Dieners Grigórij, also dreier Menschen, die ihn sehr gut gekannt haben. Hinzu kommt, daß Ssmerdjakoff, der mit der Fallsucht belastet war, ‚furchtsam wie ein Huhn‘ gewesen sein soll. ‚Er fiel vor mir nieder und küßte meine Stiefel‘, sagte uns der Angeklagte beim ersten Verhör, als er noch nicht vermutete, daß eine solche Aussage für ihn selbst nachteilig sein würde, — ‚das ist ein krankes Huhn, das die Fallsucht hat‘, lautete sein zweiter Ausspruch über den Diener, in seiner charakteristischen

Ausdrucksweise. Und diesen Menschen erwählt nun der Angeklagte — wie er selbst ausgesagt hat — zu seinem Vertrauten und schüchtert ihn dermaßen ein, daß jener zu guter Letzt einwilligt, für ihn zu spionieren und ihm alles zu hinterbringen. In dieser Eigenschaft eines Hausspions verrät er seinen Herrn und macht dem Angeklagten sowohl von dem Vorhandensein des Geldpakets, wie von den verabredeten Zeichen nähere Mitteilung, — wie hätte er das auch verheimlichen können! ‚Sie wollten mich erschlagen, das sah ich dazumal ganz genau, und sie hätten mich auch erschlagen‘, sagte er beim Verhör, und er zitterte sogar vor uns am ganzen Körper, obgleich doch sein Quälgeist schon verhaftet war und ihm folglich nichts mehr antun konnte. ‚Sie verdächtigten mich alleweil, daß ich was verheimlichte, und so bin ich denn von wegen meiner gewaltigen Angst vor ihnen immer von selbst zu ihnen geeilt, um ihnen jedes Geheimnis aufzudecken und sie alsomit von meiner Unschuld zu überzeugen, damit sie mich noch lebend zur Buße entließen.‘ Das sind seine eigenen Worte, ich habe sie aufgeschrieben und behalten. ‚Und wenn sie mich anschrien, wie selbiges oft vorkam, so fiel ich hinwiederum zitternd auf die Knie vor ihnen‘, sagte er. Da nun Ssmerdjakoff von Natur ein selten ehrlicher Mensch war und daher seines Herrn volles Vertrauen genoß, so kann man annehmen, daß der unglückliche Mensch sich nicht wenig wegen seines Verrats an seinem Herrn, den er als seinen Wohltäter liebte, gequält hat. Epileptiker, die schwer unter ihrer Krankheit zu leiden haben, sollen, nach den Aussagen der bedeutendsten Psychiater, immer geneigt sein zu fortwährender und natürlich krankhafter Selbstanklage. Sie quälen sich wegen einer ‚Schuld‘ in irgend etwas und vor irgend jemandem, sie quälen sich mit Gewissensbissen, häufig ohne jede Veranlassung, sie übertreiben alles und denken sich sogar ganze Verbrechen aus, die sie begangen hätten.Und solch ein Geschöpf wird nun in der Tat schuldig, wird es aus lauter Angst nach allen Einschüchterungen, und hintergeht seinen Herrn. Außerdem ahnte

Ssmerdjakoff, daß aus den Szenen, die sich vor seinen Augen abspielten, nichts Gutes hervorgehen werde. Als der zweite Sohn Fjodor Pawlowitschs, Iwan Fjodorowitsch, kurz vor der Katastrophe nach Moskau abreiste, hat Ssmerdjakoff ihn flehentlich gebeten, nicht zu verreisen, hat aber in seiner Ängstlichkeit nicht gewagt, ihm alle seine Befürchtungen klar und kategorisch mitzuteilen. Er hat sich mit Anspielungen begnügt, doch diese Anspielungen sind nicht verstanden worden. Ich muß hierzu noch bemerken, daß er in Iwan Fjodorowitsch gewissermaßen seinen Verteidiger erblickte, gleichsam eine Garantie dafür, daß, solange derselbe im Hause blieb, kein Unglück geschehen werde. Erinnern Sie sich nun des einen Ausspruchs im ‚betrunkenen‘ Brief Dmitrij Karamasoffs: ‚Ich werde ihn totschlagen, wenn nur Iwan abreisen würde.‘ Folglich schien die Anwesenheit Iwan Fjodorowitschs allen gleichsam eine Garantie für die Ruhe und Ordnung im Hause zu bieten. Da aber fährt dieser fort nach Moskau, und Ssmerdjakoff fällt — noch war keine Stunde nach dessen Abreise vergangen — in einem epileptischen Anfall in den Keller. Das aber ist durchaus erklärlich. Hier muß noch erwähnt werden, daß Ssmerdjakoff, besonders in den letzten Tagen vor der Katastrophe, als er infolge seiner Furcht und Verzweiflung sowieso schon niedergedrückt war, die Möglichkeit eines baldigen Anfalls sehr stark empfunden hat, da ein solcher sich meistens in Augenblicken seelischer Anspannung oder Erschütterung einzustellen pflegt. Tag und Stunde dieser Anfälle kann man natürlich nicht im voraus wissen, dafür aber kann jeder Epileptiker sehr wohl fühlen, ob er zu einem Anfall disponiert ist. Das wird auch von den Ärzten bestätigt. Und nun, kaum hat Iwan Fjodorowitsch das Vaterhaus und die Stadt verlassen, als Ssmerdjakoff, bedrückt von seiner ‚Verwaistheit‘ und Schutzlosigkeit, in einer häuslichen Angelegenheit in den Keller geht, und während er die Treppe hinabsteigt, bei sich denkt: ‚Werde ich nun einen Anfall bekommen oder nicht, was

aber dann, wenn ich ihn jetzt gleich bekomme?' Und gerade infolge dieser Stimmung, dieses Zweifels und dieser
angstvollen Frage, packt ihn denn auch der Kehlkrampf,
der dem Anfall stets vorangeht, und im selben Augenblick stürzt er die Treppe hinab und schlägt auf den Boden
des Kellers hin. Und nun will man gerade in diesem natürlichen Zusammentreffen eine Verdachtsmöglichkeit sehen,
einen Hinweis darauf, daß er sich *absichtlich* krank gestellt
habe! Nehmen wir an, er hat es absichtlich getan, so erhebt sich doch sofort die Frage: warum und wozu denn
eigentlich? Aus welcher Berechnung, zu welchem Zweck?
Von der medizinischen Wissenschaft will ich lieber nicht
reden. Die Wissenschaft, kann man sagen, *lügt,* die Wissenschaft täuscht sich und andere, die Ärzte haben es nicht verstanden, Echtheit und Verstellung zu unterscheiden, —
schön, schön, aber antworten Sie mir einstweilen auf die
eine Frage: wozu hätte er sich verstellen sollen? Etwa um
— nachdem er den Mord geplant hat — durch einen Anfall
schon vorher die allgemeine Aufmerksamkeit im Hause
auf sich zu lenken? Sehen Sie, meine Herren Geschworenen, im Hause Fjodor Pawlowitschs waren in der Mord-
nacht im ganzen nur fünf Menschen: erstens Fjodor Pawlowitsch — aber er hat sich doch nicht selbst erschlagen,
das ist ja nur zu klar; zweitens, sein Diener Grigorij, aber
der ist ja selbst beinahe erschlagen worden; drittens, die
Frau Grigorijs, die Dienerin Márfa Ignátjewna, — diese sich
als Mörderin ihres Herrn vorzustellen, wäre geradezu eine
Schande. So bleiben folglich nur noch zwei übrig, die in
Frage kommen: der Angeklagte und Ssmerdjakóff. Da
aber der Angeklagte versichert, nicht er habe erschlagen,
so muß es folglich Ssmerdjakoff getan haben, eine andere
Lösung der Frage gibt es nicht, denn ein anderer Mörder
läßt sich nicht auftreiben. Wie man auch suchen wollte,
es ist kein anderer da, auf den auch nur der leiseste Verdacht fallen könnte. Daraus, daraus also ist diese ,schlaue'
und erdrückende Beschuldigung des unglücklichen Idioten,

der gestern seinem Leben ein Ende gemacht hat, entstanden, daraus also, beachten Sie das wohl, meine Herren
Geschworenen, nur daraus! Nur aus dem einen, dem einzigen Grunde, weil man keinen anderen finden kann! Gäbe
es nur einen Schatten von einem Verdacht auf irgendeinen
anderen, einen sechsten, so würde — davon bin ich überzeugt — selbst der Angeklagte sich schämen, einen Verdacht
gegen Ssmerdjakoff auch nur auszusprechen, denn Ssmerdjakoff dieses Mordes zu beschuldigen, ist einfach absurd!

Meine Herren Geschworenen, lassen wir einmal die
Psychologie beiseite, lassen wir auch die medizinische Wissenschaft und selbst die Logik beiseite, wenden wir uns nur
den Tatsachen zu, einzig und allein den Tatsachen, und
sehen wir einmal zu, was uns diese Tatsachen sagen.
Also: Ssmerdjakoff ist der Mörder, und es fragt sich nur,
wie er den Mord begangen hat: allein oder zusammen mit
dem Angeklagten? Untersuchen wir zunächst den ersten
Fall, daß Ssmerdjakoff allein den Mord ausgeführt hat.
Wenn er ihn erschlug, so tat er das doch selbstverständlich
aus einem bestimmten Grunde, zu einem besonderen Zweck,
um einen gewissen Vorteil zu erreichen. Da nun aber bei
ihm kein Schatten von ähnlichen Motiven, wie sie der Angeklagte hatte, mitsprechen konnte, als da sind, Eifersucht,
Haß usw. usw., hätte Ssmerdjakoff zweifellos nur des
Geldes wegen erschlagen können, um sich diese dreitausend
Rubel anzueignen, von denen er wußte, daß der Herr sie
ins Kuvert und das Kuvert unter die Kissen getan hatte,
da er in dem betreffenden Augenblick zugegen gewesen
war. Und nun, nachdem er den Mordplan entworfen hat,
teilt er unaufgefordert einem anderen Menschen — der
zudem noch im höchsten Grade bei der ganzen Sache interessiert ist, nämlich dem Angeklagten — alles Nähere
über das Geld und die Zeichen mit: wo das Geld liegt, was
auf dem Geldpaket geschrieben steht, womit es zugebunden
ist, und teilt ihm vor allen Dingen, vor allen Dingen die
‚Zeichen‘ mit, mittels deren man ins Haus zum Herrn ein-

dringen kann. Wie nun, tat er es speziell, um sich zu verraten? Oder um sich einen Konkurrenten zu schaffen, den es vielleicht gleichfalls gelüsten könnte, hinzugehen und das Geld *sich* anzueignen? Aber, wird man einwenden, er hat es ihm doch nur aus Furcht mitgeteilt. Wie denn das? Ein Mensch, der sich nicht gescheut hat, eine so tierische Tat auszudenken und später auch auszuführen, — teilt solche Nachrichten mit, die in der ganzen Welt nur ihm allein bekannt sind, und die, wenn *er* sie nicht verrät, kein einziger Mensch in der ganzen Welt je erraten würde? Nein, wie feig der Mensch auch gewesen sein mag, wenn er selbst einen Mord geplant hätte, so hätte er doch niemals etwas auch nur entfernt Verdächtiges gesagt, am wenigsten natürlich etwas von den Zeichen und dem Geldpaket, oder gar, daß er wüßte, wo es liegt! Das hieße doch, sich im voraus ausliefern. Er hätte sich vielleicht absichtlich etwas anderes ausgedacht, hätte etwas anderes vorgelogen, wenn von ihm nun einmal unbedingt Auskunft verlangt worden wäre — *das* aber hätte er unter allen Umständen verschwiegen. Im Gegenteil — ich wiederhole es —, wenn er wenigstens von dem Gelde geschwiegen, dann aber gemordet und das Geld sich angeeignet hätte, so hätte natürlich niemand ihn beschuldigen können, wenigstens nicht des Raubmordes, da außer ihm doch niemand das Geld gesehen hatte und niemand außer ihm auch nur wußte, daß es in dieser Weise bereitgehalten wurde. Und selbst wenn man ihn beschuldigt hätte, so wäre er doch immerhin nicht des Raubmordes angeklagt worden, man hätte selbstverständlich geglaubt, er habe es aus irgendeinem anderen, unbekannten Beweggrunde getan. Da nun aber niemand an ihm vorher etwas von solchen eventuellen Beweggründen bemerkt hat, dafür aber alle wußten, daß sein Herr ihn liebte und ihm volles Vertrauen schenkte, so wäre der Verdacht auf jeden anderen eher als auf ihn gefallen, ganz zuerst aber auf denjenigen, bei dem man diese Beweggründe sogar sehr voraussetzen konnte, der sogar selbst überall herumgeschrien hat, daß er diese Motive habe, der sie nicht verheimlicht, sondern allen und jedem aufgedeckt hat. Mit einem Wort, man hätte den Sohn des Erschlagenen verdächtigt, Dmitrij Fjodorowitsch. Ssmerdjakoff wäre der Mörder und Dieb gewesen, den Sohn aber hätte man angeklagt, — ich denke, das wäre für den Mörder Ssmerdjakoff denn doch ganz vorteilhaft gewesen? Nun, und diesem Sohne Dmitrij Fjodorowitsch teilt Ssmerdjakoff, der den Mord plant, alles Nähere über das Geld und die Zeichen mit, — wie logisch, wie klar das ist!!

Es kommt der Tag, an dem Ssmerdjakoff seinen Plan ausführen will, und er bekommt einen epileptischen Anfall, das heißt, er täuscht einen Anfall vor. Warum, wozu tut er das? Nun, versteht sich, erstens damit der Diener Grigorij, der eine Kur vorzunehmen gedenkt, sein Vorhaben aufschiebe und das Haus bewache. Zweitens natürlich zu dem Zweck, damit der Herr, der dann wüßte, daß er nicht bewacht werde, und aus Angst, der gefürchtete Sohn könnte kommen, sein Mißtrauen und seine Vorsicht verdoppele. Und schließlich — und das ist natürlich der Hauptgrund — damit man ihn, Ssmerdjakoff, unverzüglich aus seiner Stube neben der Küche, wo er sonst ganz allein schlief, und wohin ein besonderer Eingang führte, in die andere Hälfte, ganz ans andere Ende des Dienstbotenhauses bringe, in Grigorijs und Marfas Wohnung, und ihn dort bei ihnen in der Schlafkammer unterbringe, drei Schritt von ihrem Bett, wie das immer geschehen ist, wenn er einen Anfall hatte, sowohl auf Fjodor Pawlowitschs Anordnung wie auf Márfa Ignátjewnas Wunsch. Und dann höchstwahrscheinlich deswegen, damit er dort hinter der Bretterwand in möglichst natürlicher Weise den Kranken spielen, stöhnen, das heißt also sie die ganze Nacht immer wieder aufwecken könne — wie es nach Grigorijs und Marfas Aussagen auch geschehen ist. Und alles das, alles das nur zu dem einen Zweck: um bequemer plötzlich aufstehen und dann den Herrn erschlagen zu können!

Aber, wird man vielleicht einwenden, er hat sich gerade deswegen krank gestellt, damit man ihn, den Kranken, nicht verdächtige, dem Angeklagten aber hat er alles Nähere über das Geld und die Zeichen gesagt, um diesen zu verlocken, hinzugehen und den Mord auszuführen, um dann, sehen Sie mal, wenn jener schon gemordet hat — und mit dem Gelde fortgegangen ist, höchstwahrscheinlich nach einigem Spektakel und Gepolter, das womöglich noch Zeugen herbeirufen könnte —, um dann aufzustehen, hinzugehen und — ja, was nun noch zu machen? Ganz einfach, um eben noch einmal den Herrn totzuschlagen und das schon fortgetragene Geld nochmals fortzutragen. Meine Herren, Sie lachen? Ich muß gestehen, daß ich mich schäme, solche Voraussetzungen machen zu müssen, indessen ist es gerade das, was der Angeklagte behauptet: ‚Nach mir‘ — das heißt, als er aus dem Hause schon hinausgegangen war, Grigorij niedergeschlagen und viel Lärm gemacht hatte — ‚ist er hingegangen und hat den Mord wie den Raub ausgeführt!‘ Hierauf läßt sich natürlich vieles erwidern. Schon allein die eine Frage, auf die ich weiter nicht eingehen will, wie Ssmerdjakoff gleichsam an den Fingern hätte voraus berechnen und somit vorauswissen können, daß der gereizte und zum Äußersten gebrachte Sohn einzig und allein zu dem Zweck in den Garten kommen würde, um ehrfürchtig durch das Fenster ins Zimmer zu blicken, und (obgleich er die Zeichen kennt!) sehr sittsam sich wieder zurückzuziehen, und um ihm, dem Diener Ssmerdjakoff, seine Beute zu überlassen! Meine Herren Geschworenen, ich stelle jetzt nachdrücklich die Frage: Wann war der Augenblick, in dem Ssmerdjakoff das Verbrechen beging? Geben Sie mir diesen Augenblick an, denn ohne diese Angabe kann man ihn nicht beschuldigen.

Vielleicht aber war der Anfall echt? Der Kranke wachte plötzlich auf, hörte einen Schrei, ging hinaus — nun, und was weiter? Er sah sich um und sagte sich: Ach was, ich werde mal hingehen und den Herrn erschlagen! Woher aber konnte er wissen, was inzwischen geschehen war, er hatte doch bis dahin bewußtlos im Bett gelegen? Ich glaube, meine Herren, daß es auch für Phantasien eine Grenze gibt.

,Ja, aber', werden scharfsinnige Leute sagen, ,wenn nun beide im Einverständnis waren, wenn beide den Mord gemeinsam begangen und das Geld geteilt haben, nun, was dann?'

Ja, das ist allerdings eine wichtige Frage, und — die Hauptsache! — wir haben sofort schwerwiegende Verdachtsgründe, die darauf hinzuweisen scheinen. Der eine erschlägt und nimmt alle Mühen auf sich, der andere aber, der Helfershelfer, liegt auf der Seite und spielt einen epileptischen Anfall vor — um vorher in allen Argwohn zu erwecken, Argwohn im Herrn und Argwohn in Grigorij. Es wäre ungemein interessant zu erfahren, aus welchen Gründen beide Spießgesellen sich einen so verrückten Plan hätten ausdenken sollen. Doch vielleicht war es durchaus keine aktive Mitwirkung von seiten Ssmerdjakoffs, sondern sozusagen nur eine passive, duldende: vielleicht hatte der eingeschüchterte Ssmerdjakoff nur eingewilligt, nichts zu tun, um den Mord zu verhindern. Und so hat er sich denn, in der Voraussicht, daß man ihn schon allein deswegen bestrafen würde, daß er nicht angegeben, nicht geschrien, sich dem Morde nicht widersetzt hat, von Dmitrij Karamasoff im voraus die Erlaubnis ausbedungen, während dieser ganzen Zeit anscheinend in einem epileptischen Anfall liegen zu dürfen: ,Du morde dann, soviel du willst, ich bleibe aus dem Spiel.' In diesem Fall hätte aber Dmitrij Karamasoff sich doch sagen müssen, daß ein solcher Anfall Ssmerdjakoffs im Hause eine gewisse Unruhe, Unsicherheit und folglich größere Vorsicht veranlassen werde, und so wäre er denn selbstverständlich auf eine derartige Abmachung nicht eingegangen. Doch nehmen wir selbst an, daß er darauf eingegangen sei. Dann aber käme es doch wieder darauf hinaus, daß Dmitrij Karamasoff der Mörder, der direkte Mörder und Anstifter ist, Ssmerdjakoff dagegen nur ein passiver Teilnehmer und selbst nicht einmal das, sondern nur ein Hehler, der den Mord aus Angst und wider Willen zugelassen hat. Diesen Unterschied hätte doch das Gericht ohne weiteres eingesehen. Was aber sehen wir? Kaum ist der Angeklagte verhaftet, so wälzt er schon die *ganze* Schuld auf Ssmerdjakoff, auf ihn *allein*. Nicht der Teilhaberschaft mit sich beschuldigt er ihn, sondern ihn allein beschuldigt er: ‚Er hat es allein getan, er hat gemordet und geraubt, seiner Hände Tat ist es!‘ Was sind das nun für Spießgesellen, von denen der eine sofort den anderen hineinlegen will? So etwas ist doch noch nie dagewesen! Und dabei nicht zu vergessen, was für ein Risiko das für Karamasoff gewesen wäre: er ist der Hauptmörder, jener aber nicht, jener ist nur der Hehler, der während der Tat hinter der Bretterwand krank im Bett gelegen hat. Und nun will der Mörder alles auf den Hehler abwälzen! Da müßte er sich doch sagen, daß der andere sich ärgern und schon allein um der Selbsterhaltung willen gar bald die ganze Wahrheit aufdecken könnte. ‚Wir haben es zusammen getan, nur habe nicht ich erschlagen, sondern er, ich habe nur aus Angst den Mord zugelassen.‘ Ssmerdjakoff hätte sich dann doch sagen müssen, daß das Gericht den Unterschied zwischen dieser und jener Schuld sehr wohl einsehen und folglich auch einen Unterschied in der Strafe machen werde; daß man ihn zwar gleichfalls verurteilen werde, aber immerhin zu einer unvergleichlich geringeren Strafe als den Hauptmörder, der alles auf ihn allein abwälzen will. In diesem Fall hätte also Ssmerdjakoff unwillkürlich seine geringere Schuld eingestanden und folglich auch den Haupttäter angegeben. Das aber ist nicht geschehen. Ssmerdjakoff hat nicht die leiseste Andeutung gemacht, die auf eine derartige Abmachung schließen ließe, ungeachtet dessen, daß der Mörder immer wieder hartnäckig ihn allein beschuldigt und auf ihn als den einzigen Mörder hingewiesen hat. Ja, Ssmerdjakoff hat beim Verhör selbst angegeben, daß er, Ssmerdjakoff, *er selbst* dem

Angeklagten von dem Gelde und den Zeichen Mitteilung gemacht hat, und jener ohne ihn nichts von alledem erfahren hätte. Wäre er nun wirklich sein Helfershelfer und schuldig gewesen, hätte er dann gleichfalls so offen erklärt, daß er so etwas dem Angeklagten mitgeteilt habe? Im Gegenteil, er hätte vieles zu verschweigen und die Tatsachen zu entstellen gesucht. Er aber hat nichts entstellt, nichts verheimlicht. So kann nur ein Unschuldiger handeln, der nicht zu fürchten braucht, daß man ihn der Teilhaberschaft beschuldigen könnte. Nun hat er sich gestern, wohl in einem Augenblick krankhafter Melancholie, wahrscheinlich infolge seiner starken Anfälle und dieser ganzen Katastrophe — nun hat er sich gestern nacht erhängt. Das einzige, was er hinterlassen hat, ist ein Zettel mit den kurzen Worten in seinem eigenartigen Stil: ‚Ich vernichte mein Leben aus eigenem Willen und Belieben, um niemanden zu beschuldigen.‘ Nun, was hätte es in dem Augenblick ausgemacht, noch hinzuzufügen: der Mörder bin ich und nicht Karamasoff? Er aber hat das nicht hinzugefügt. Ist es nun glaubwürdig, daß sein Gewissen, das in der einen Sache sprach, in der anderen stumm blieb?

Und weiter: plötzlich wird hierher in diesen Saal Geld gebracht, eine Summe von genau dreitausend Rubeln. ‚Das sind dieselben Dreitausend, die in jenem Kuvert, das dort auf dem Tisch bei den Sachbeweisen liegt, bei Fjodor Pawlowitsch geraubt worden sind, ich habe sie gestern von Ssmerdjakoff erhalten.‘ Sie, meine Herren Geschworenen, Sie erinnern sich wohl noch des betrübenden Bildes von vorhin. Ich werde die Einzelheiten hier nicht wieder auffrischen, ich erlaube mir nur ein paar Einwendungen gegen seine Behauptung zu machen, nur ein paar unbedeutende — denn diese würden, eben weil sie unbedeutend sind, nicht einem jeden einfallen, und außerdem vergessen sie sich leicht. Nehmen wir zunächst einmal an: Ssmerdjakoff hat gestern, von Gewissensbissen gequält, das Geld herausgegeben und sich darauf erhängt. (Denn ohne Gewissensbisse hätte er das Geld nicht herausgegeben.) Selbstverständlich hat er erst gestern abend Iwan Karamasoff zum erstenmal seine Schuld eingestanden, wie dieser ja auch vorhin selbst erklärte. Warum hätte er anderenfalls bis jetzt darüber geschwiegen? Also Ssmerdjakoff hat eingestanden — warum aber hat er denn auf dem hinterlassenen Zettel uns nicht die ganze Wahrheit enthüllt, da er doch wußte, daß am nächsten Tage der unschuldig Angeklagte vielleicht verurteilt werden würde? Dieses Geld allein ist doch noch kein Beweis. Mir und noch zwei anderen Personen hier in diesem Saal ist zum Beispiel ganz zufällig vor einer Woche eine gewisse Tatsache bekannt geworden, nämlich, daß Iwan Fjodorowitsch Karamasoff zwei fünfprozentige Papiere, jedes von fünftausend Rubel, zusammen folglich zehntausend Rubel, in die Gouvernementsstadt geschickt hat, um sie dort einwechseln zu lassen. Ich führe das nur an, um damit zu sagen, daß ein jeder sich Geld zu einem bestimmten Tage verschaffen kann, und daß man, wenn man genau dreitausend Rubel herbringt, damit noch nicht ausschlaggebend beweist, daß dieses Geld dasselbe Geld ist, das einmal in dem und dem Kasten oder Kuvert gelegen hat. Und dann, wie denn das — Iwan Karamasoff bleibt, nachdem er eine so wichtige Nachricht von dem wirklichen Mörder erhalten hat, ruhig zu Haus? Warum hat er es in dem Falle nicht unverzüglich mitgeteilt? Warum hat er alles bis auf den nächsten Tag hinausgeschoben? Ich glaube mich berechtigt, meine Vermutung über diese Frage auszusprechen: schon vor einer Woche hat er ihmNahestehenden und auch dem Doktor gestanden, daß er Visionen habe, daß er Gestorbenen zu begegnen glaube, — kurz, am Vorabend des Ausbruchs der Krankheit, wahrscheinlich des Wahnsinns, erfährt er plötzlich den Tod Ssmerdjakoffs, und er denkt sich sofort folgendes: ‚Der Mann ist jetzt tot, da kann man die Schuld auf ihn schieben, und auf diese Weise werde ich den Bruder retten. Geld aber habe ich selbst genug: ich werde davon Dreitausend nehmen und sagen, Ssmerdjakoff habe sie mir vor dem Tod übergeben.' Sie werden sagen, es sei unehrenhaft, auch nur gegen einen Toten falsch auszusagen, es sei unehrenhaft zu lügen, und wenn es auch zur Rettung des Bruders geschehe, und sei folglich von Iwan Fjodorowitsch nicht anzunehmen. Schön. Wie aber, wenn er unbewußt gelogen hat, wenn er selbst glaubt, daß es so gewesen sei, nachdem die Nachricht vom Selbstmorde des Dieners Ssmerdjakoff seinen Verstand endgültig zerstört hat? Sie haben ja die Szene vorhin gesehen, Sie haben gesehen, in welchem Zustand dieser Mensch sich befand. Wohl stand er aufrecht da und sprach, wo aber war sein Verstand? Und gleich nach dieser Aussage des Irreredenden folgte die Vorweisung des Dokuments, des Briefes, den der Angeklagte an Fräulein Werchoffzeff zwei Tage vor dem Morde geschrieben hat, mit einem so ausführlichen Programm des Verbrechens. Wozu suchen wir nun noch nach einem anderen Programm und anderen Verfassern? Die Tat ist ja Wort für Wort nach *diesem* Programm geschehen, und zwar hat sie kein anderer ausgeführt als einzig und allein der Verfasser desselben. Ja, meine Herren Geschworenen, ,es ist geschehen, wie es dort geschrieben steht'! Nein, er ist nicht ehrerbietig und ängstlich von dem Fenster fortgelaufen, und dazu noch in der festen Überzeugung, daß die Geliebte dort bei jenem ist! Nein, das widerspricht jeder Wahrscheinlichkeit, das ist absurd. Er ist eingedrungen und hat der Sache ein Ende gemacht. Wahrscheinlich hat er ihn in der Gereiztheit erschlagen, in auflodernder Wut, sobald er den Gegenstand seines Hasses, seinen Nebenbuhler, erblickte. Und nachdem er ihn erschlagen hatte, was vielleicht mit einem einzigen Hieb seiner Hand, seiner mit dem Stößel bewaffneten Hand geschehen sein kann, und nachdem er sich dann durch eine genaue Untersuchung überzeugt hatte, daß sie nicht im Hause war, hat er natürlich nicht vergessen, die Hand unter die Kissen zu schieben und das Geld hervorzuziehen, dessen Umschlag jetzt hier unter den Sachbeweisen auf dem Tisch liegt. Ich sage das nur, um Sie auf einen, meiner Ansicht nach, äußerst charakteristischen Umstand aufmerksam zu machen. Wäre der Täter ein geübter Mörder gewesen oder einer, der nur um des Geldes willen erschlagen hätte, — würde der dann das Kuvert so auf dem Fußboden liegen gelassen haben, so unbesonnen, so auffallend ein paar Schritte von der Leiche, wo es später gefunden wurde? Wenn nun Ssmerdjakoff der Mörder um des Geldes willen gewesen wäre, — so hätte er doch das ganze Paket mitgenommen und fortgebracht und sich nicht zuerst noch die Mühe gegeben, das Paket neben der Leiche seines Opfers zu entsiegeln, da er ja genau wußte, daß gerade in diesem Kuvert das Geld war — hatte doch Fjodor Pawlowitsch in seiner Gegenwart das Geld hineingeschoben und das Kuvert versiegelt. Hätte er aber das Paket mit dem Kuvert fortgebracht, so würde doch jetzt niemand sagen können, ob ein Raub stattgefunden habe oder nicht? Ich frage Sie, meine Herren Geschworenen, hätte Ssmerdjakoff das Kuvert auf dem Fußboden liegen lassen? Nein, so konnte nur ein Mörder handeln, der übermäßig aufgeregt war und daher nicht mehr überlegte, ein Mörder, der kein Dieb war, der bis dahin niemals gestohlen hatte, und der auch dieses Geld nicht wie ein Dieb ,stiehlt‘, sondern wie einer, der *sein Eigentum, das von ihm gestohlen worden ist, dem Dieb wieder abnimmt,* — denn das war die Auffassung, die Dmitrij Karamasoff von diesen Dreitausend hatte, und die bei ihm zur ,fixen Idee‘ geworden war. Und nun, nachdem er das Paket gefunden hat, das er früher nie gesehen, reißt er sofort den Umschlag auf, um sich zu vergewissern, sich zu überzeugen, ob auch wirklich das Geld darin ist, und dann läuft er, mit dem Gelde in der Tasche, aus dem Hause, ohne auch nur daran zu denken, daß er das Kuvert dort liegen gelassen hat, das verhängnisvollste Beweisstück gegen sich. Und das nur deshalb, weil Karamasoff — und nicht Ssmerdjakoff — nicht mehr nachdenken, nicht mehr überlegen konnte! Wie sollte er das auch? Er läuft fort, er hört den Schrei des ihm nachlaufenden Dieners, der Diener erfaßt ihn, hält ihn fest und — fällt nieder, getroffen von dem messingnen Stößel. Der Angeklagte springt vom Zaun ‚aus Mitleid‘ zu ihm hinab. Stellen Sie sich das vor, meine Herren, er versichert uns plötzlich, daß er damals aus Mitleid hinabgesprungen sei, um nachzusehen, ob er ihm nicht helfen könne. Nun frage ich Sie, war der Augenblick etwa danach beschaffen, daß ein solches Mitleid wahrscheinlich ist? Nein, er sprang nur zu dem Zweck hinab: um sich zu überzeugen, ob der einzige Zeuge seines Verbrechens tot war oder noch lebte. Jedes andere Gefühl, jeder andere Beweggrund wäre unnatürlich! Und beachten Sie es wohl: er müht sich ernstlich um Grigorij, er wischt ihm das Blut ab, und nachdem er sich überzeugt zu haben glaubt, daß er tot ist, läuft er, ganz mit Blut besudelt, wie irrsinnig wieder in das Haus des geliebten Weibes. Wie, hat er denn nicht daran gedacht, daß er mit Blut befleckt war und man ihn sofort verhaften könnte? Aber der Angeklagte versichert uns selbst, daß er das Blut überhaupt nicht bemerkt oder wenigstens nicht weiter beachtet habe. Und das ist sehr glaubwürdig, das ist sogar sehr möglich, denn so pflegt es ja meistens in solchen Augenblicken mit Verbrechern zu sein. In dem einen — höllische Berechnung, im anderen — überhaupt keine Überlegungskraft. Er aber dachte in jenem Augenblick nur an eines: wo war sie? Das mußte er so schnell wie möglich erfahren, und so läuft er denn wieder in ihre Wohnung und erfährt dort die unerwartetste, niederschmetternde Nachricht: sie ist nach Mokroje zu ihrem ‚Früheren‘, zum ‚Unbestrittenen‘ gefahren!«

IX

Psychologie mit Hochdruck. Die daherjagende Troika.
Das Finale der Rede des Staatsanwalts

Ippolit Kirillowitsch hatte augenscheinlich eine streng
historische Methode der Darlegung gewählt, wie das ja
schließlich alle nervösen Redner zu tun pflegen, die wohl absichtlich einen streng abgezirkelten Rahmen suchen, um sich
nicht zu früh hinreißen zu lassen. Als Ippolit Kirillowitsch
nun auf den »Früheren und Unbestrittenen« zu sprechen
kam, was er sehr ausführlich tat, sprach er bei dieser Gelegenheit noch einige in ihrer Art recht interessante Gedanken aus. »Karamasoff«, fuhr der Staatsanwalt fort,
»der auf jeden bis zur Raserei eifersüchtig war, läßt sich
plötzlich und mit einem Schlage gleichsam fallen und verschwinden vor dem ‚Früheren‘ und ‚Unbestrittenen‘. Und
das ist um so sonderbarer, als er früher dieser neuen Gefahr, die ihm in der Gestalt des unerwarteten Rivalen
drohte, fast überhaupt keine Beachtung geschenkt hatte.
Er hatte immer geglaubt, daß es bis dahin noch weit sei,
Karamasoff aber lebt immer nur im gegenwärtigen Augenblick. Wahrscheinlich hielt er ihn sogar für eine Fiktion.
Als er aber mit seinem kranken Herzen in einem Nu
begriffen hatte, daß dieses Weib vielleicht gerade deswegen
diesen neuen Rivalen verheimlicht, deswegen auch ihn
noch vor ein paar Stunden betrogen hatte, weil dieser neu-
aufgetauchte Gegner nichts weniger als Phantasie und
Fiktion, sondern für sie alles war, alles, ihre ganze Lebens-
hoffnung, — als er das im Augenblick begriffen hatte, ward
er still. Meine Herren Geschworenen, diesen in der Seele
des Angeklagten plötzlich hervortretenden Zug kann ich
nicht mit Stillschweigen übergehen, zumal er ihm anscheinend gar nie zuzutrauen wäre; aber da macht er sich
plötzlich geltend in dem unabweisbaren Bedürfnis nach
Wahrheit, in der Achtung vor der Frau, in der Aner-

kennung der Rechte ihres Herzens. Und das wann? In dem Augenblick, da er um ihretwillen seine Hände mit dem Blut seines Vaters befleckt hat! Es ist wahr, daß auch das vergossene Blut in diesem Augenblick schon nach Rache schrie, denn er, der seine Seele und sein ganzes Erdenleben in jenem Augenblick bereits ins Unglück gestürzt hatte, er mußte sich doch auch sogleich unwillkürlich fragen, was er *jetzt* noch für sie bedeuten könne — für dieses Wesen, das er mehr als seine Seele liebte —, im Vergleich zu jenem Früheren, der reuevoll zu diesem, einmal von ihm zugrundegerichteten Weibe, mit neuer Liebe, ehrenhaften Anträgen und dem Gelöbnis, ein neues und nun glückliches Leben zu beginnen, zurückgekehrt war. Er aber, der Unglückliche, was konnte er ihr *jetzt* noch geben, was ihr noch antragen? Karamasoff begriff alles auf der Stelle, er begriff, daß sein Verbrechen ihm alle Wege versperrt hatte, und daß er jetzt ein so gut wie schon verurteilter Verbrecher war, nicht aber ein Mensch, der noch ein Leben vor sich hat! Dieser Gedanke erdrückte und vernichtete ihn im Augenblick. Und so bleibt er auch sofort bei einem verzweifelten Plane stehen, der ihm, Karamasoff, bei seinem Charakter nicht anders denn als einziger und fataler Ausweg aus seiner schrecklichen Lage erscheinen kann. Dieser Ausweg ist: der Selbstmord. Er läuft nach seinen Pistolen, die er beim Beamten Perchótin als Pfand hinterlegt hat, und zu gleicher Zeit reißt er unterwegs, im Laufen, sein ganzes Geld, um dessentwillen er seine Hände in Blut getaucht hat, aus der Tasche heraus. O, Geld braucht er jetzt mehr als alles andere: Karamasoff stirbt, Karamasoff erschießt sich, und das soll man behalten! Nicht umsonst sind wir ein Dichter, nicht umsonst haben wir unser Leben gelebt, als wäre es ein Licht, das man an beiden Enden zugleich brennen lassen kann. ,Zu ihr, zu ihr — und dort, o! dort werde ich ein Fest geben, ein Fest über die ganze Erde hin, wie es noch keines gegeben hat, damit man es behalte und sich noch lange davon erzähle! Mitten im Freudentaumel, bei irrsinnigen Zigeunerliedern und -tänzen, will ich auf ihr Wohl den Becher erheben, will ich das Wohl des vergötterten Weibes ausbringen, einen Glückwunsch zu ihrem neuen Glück, und dann — dann falle ich vor ihr nieder und zerschmettere mir zu ihren Füßen den Schädel und richte mich hin für mein Leben! Dann wird sie zuweilen an Mitja Karamasoff denken, dann wird sie sehen, wie Mitja sie geliebt hat, und es wird ihr leid tun um Mitja!' Hierbei ist Karamasoffsche Zügellosigkeit und Gefühlstrunkenheit, — und dann noch *etwas anderes,* meine Herren Geschworenen, noch etwas, das in der Seele schreit, das unermüdlich im Geiste pocht und das sein Herz tödlich vergiftet. Dieses *Etwas,* das ist das Gewissen, meine Herren Geschworenen, das ist das Gericht des Gewissens, ist des Gewissens unablässiges Nagen! Aber die Pistole wird alles sühnen, die Pistole ist der einzige Ausweg, einen anderen gibt es nicht! Nachher aber... ich weiß es nicht, ob Karamasoff in jenem Augenblick auch an dieses ,Etwas nach dem Tode' gedacht hat, und ob Karamasoff überhaupt hamletisch darüber nachzudenken vermag? Nein, meine Herren Geschworenen, die dort haben Hamlets, wir aber vorerst noch Karamasoffs!«

Hierauf rollte Ippolit Kirillowitsch bis in alle Einzelheiten das Bild der von Mitja getroffenen Anstalten auf, die Szene bei Perchotin, dann bei Plotnikoff und das Gespräch unterwegs mit Andrei. Ippolit Kirillowitsch führte eine Menge Worte, Aussprüche, Gesten an, die alle von Zeugen bestätigt worden waren — und das so vervollständigte Bild beeindruckte unsagbar die Vorstellung der Zuhörer. Am stärksten wirkte die Gesamtheit der Tatsachen. Die Schuld dieses fast besinnungslos hastenden, sich überhaupt nicht mehr in acht nehmenden Menschen trat so deutlich hervor, daß jeder Zweifel vollkommen ausgeschlossen schien. »Wozu sollte er sich auch noch in acht nehmen«, fragte Ippolit Kirillowitsch, »zwei- oder dreimal hat er ja seine Schuld beinahe schon ganz eingestanden, hat sie jedenfalls angedeutet, nur ohne dabei die Sätze zu Ende zu sprechen.« (Hier folgten die Aussagen der Zeugen.) »Und dem Andrei, der ihn nach Mokroje fuhr, hat er unterwegs sogar zugerufen: ‚Weißt du auch, daß du einen Mörder fährst?‘ Ganz aussprechen konnte er sich aber doch nicht: zuerst mußte man noch nach Mokroje kommen, und dort erst konnte das Gedicht beendet werden. Was aber erwartet dort den Unglücklichen? Fast vom ersten Augenblick an sieht er und begreift er schließlich vollkommen, daß sein ‚unbestrittener‘ Nebenbuhler durchaus nicht mehr so fest im Sattel sitzt, und daß man von ihm einen Glückwunsch zu dem neuen Glück überhaupt nicht wünscht. Aber Sie kennen ja die Tatsachen aus der gerichtlichen Untersuchung. Der Triumph Karamasoffs über seinen Rivalen wird immer augenscheinlicher, wird unbestreitbar, und da — o, da beginnt in seiner Seele eine ganz neue Phase seiner Qual, und zwar die schrecklichste, die seine Seele je durchlebt hat und jemals durchleben wird! Man kann in diesem Falle wahrlich sagen, meine Herren Geschworenen«, rief Ippolit Kirillowitsch aus, »daß die beschimpfte Natur und das verbrecherische Herz — vollständigere Rache geübt haben, als jedes andere irdische Gericht sie üben könnte! Und nicht nur das: das Gericht und die irdische Strafe erleichtern sogar die Strafe der Natur, sie sind für die Seele des Verbrechers eine Linderung, sie sind ihr unentbehrlich: sie sind die einzige Rettung vor der Verzweiflung. Ich kann mir das Entsetzen und die seelischen Leiden Karamasoffs nicht einmal vorstellen, die er durchlebt hat, als er sehen und begreifen mußte, daß sie ihn liebt, daß sie seinetwegen ihren ‚Früheren und Unbestrittenen‘ zurückweist, daß sie ihn, ihn, ‚Mitja‘, zu sich ruft, und mit ihm ein neues Leben beginnen will, daß sie ihm das ganze Erdenglück zeigt — und zwar wann? In einer Stunde, da für ihn schon alles beendet und nichts mehr möglich ist! Bei der Gelegenheit will ich hier eine für uns sehr wichtige

Bemerkung zur Erklärung des wahren Wesens der damaligen Lage des Angeklagten machen. Dieses Weib, diese Geliebte war bis zu diesem letzten Zusammensein, bis zu diesem Augenblick der Verhaftung ein für ihn unerreichbares Glück gewesen, ein leidenschaftlich begehrtes und ersehntes, doch unerreichbares Wesen. Aber warum, warum erschießt er sich nicht sofort, warum schiebt er die Ausführung seiner Absicht hinaus, warum vergißt er sogar, wo seine Pistole liegt? Weil ihn sein leidenschaftlicher Liebesdurst und die Hoffnung, ihn schon dort, dort schon stillen zu können, noch zurückhalten. Im Trubel des Festes sieht er nur seine Geliebte, die gleichfalls mit ihm trinkt, die ihm schöner und begehrenswerter denn je erscheint, — er geht keinen Schritt von ihr fort, er kann sich nicht sattsehen an ihr, er vergeht vor ihr. Dieser leidenschaftliche Durst konnte für Sekunden nicht nur die Angst vor der Verhaftung, sondern selbst die Gewissensbisse verscheuchen! Aber nur für Sekunden, o, nur für Sekunden! Ich stelle mir den damaligen Seelenzustand des Verbrechers in der zweifellos sklavischen Unterordnung unter drei Elemente vor. Erstens: sein trunkener Zustand, das Toben und der Lärm, das Gestampfe des Tanzes, der Gesang der Lieder, und sie, sie, die vom Weine gerötet ist, die gleichfalls singt und tanzt, die trunken ist und ihm zulächelt! Zweitens: der fernher ermutigende Gedanke, daß die Schicksalentscheidung ja noch sehr weit vor ihm liegt, oder wenigstens nicht gerade ganz nahe ist — höchstens am anderen Tage, erst am nächsten Vormittag könnte man kommen und ihn festnehmen. Folglich bleiben einem immer noch ein paar Stunden bis dahin, das aber ist viel, unglaublich viel! In ein paar Stunden kann man sich vieles ausdenken. Ich nehme an, daß es ihm ebenso erging, wie es einem Verbrecher ergeht, der zum Schafott oder zum Galgen geführt wird: noch hat er eine lange, lange Straße zu durchfahren, und das noch dazu im Schritt, an den Tausenden des gaffenden Volkes vorüber, darauf wird man in eine andere Straße einbiegen, und erst am Ende dieser anderen Straße liegt der furchtbare Platz! Ich glaube, dem auf dem Schinderkarren sitzenden Verurteilten muß zu Anfang seiner Fahrt zum Richtplatz unbedingt scheinen, daß noch ein unendlich langes Leben vor ihm liegt. Aber siehe da, die Häuser gehen zurück, der Karren zieht an ihnen vorüber, — aber das hat noch nichts zu sagen, bis zur Wegbiegung ist es ja noch so weit, er blickt immer noch ganz munter nach rechts und nach links und auf das teilnahmlos neugierige Volk, das mit den Blicken starr an ihm hängt, und es kommt ihm vor, als sei er immer noch ebenso ein Mensch wie diese anderen. Da aber kommt schon die Biegung in die andere Straße. O! das hat auch noch nichts, nichts zu sagen, es liegt noch eine ganze Straße vor einem. Und wieviel Häuser auch schon hinter ihm liegen mögen, er wird immer noch denken: ,Es sind ja immer noch viele Häuser vor mir.' Und so geht es weiter bis zum Schluß, bis zum Platz. So verhielt es sich, denke ich, auch mit Karamasoff. ,Noch hat man dort zu nichts Zeit gehabt, und Mokroje ist immerhin nicht so nah, noch wird man sich etwas ausdenken können, o, noch habe ich Zeit genug, um mir einen Verteidigungsplan auszudenken, um zu überlegen, wie ich mich da herausziehen soll, jetzt aber, jetzt — o, wie wunderschön sie jetzt ist!' Dunkel und unheimlich ist es in seiner Seele, aber es gelingt ihm doch noch, die Hälfte von seinem Geld irgendwo zu verstecken, — anders kann ich mir nicht erklären, wo die übrigen Tausendfünfhundert von den Dreitausend, die er bei dem Vater aus dem Kuvert genommen hat, geblieben sind. Er ist ja nicht zum erstenmal in Mokroje, er hat dort einmal schon zwei Tage lang gepraßt. Das alte große hölzerne Haus ist ihm gut bekannt, er kennt alle Galerien, alle Scheunen und Schuppen. Ich bin nämlich überzeugt, daß die eine Hälfte des Geldes damals irgendwo untergebracht worden ist, und zwar gerade in diesem Hause, kurz vor der Verhaftung, und wahrscheinlich in einer Spalte, in einer Ritze, unter irgendeinem verfaulten Balken, in einer Ecke vielleicht oder gar unter dem Dach. Wozu, fragen Sie? Wie, wozu? Die Katastrophe kann jeden Augenblick hereinbrechen, sofort! Wir haben es uns zwar noch nicht überlegt, wie wir ihr entgegentreten sollen, und wir haben ja auch noch keine Zeit dazu, und es hämmert in unserem Kopf, und zu ihr, zu *ihr* zieht es uns! Nun, das Geld aber, — Geld kann man in jeder Lage brauchen. Ein Mensch mit Geld ist überall ein Mensch. Vielleicht erscheint Ihnen eine solche Überlegungskraft in einem solchen Augenblick unnatürlich? Aber er selbst beteuert doch, daß er vor einem Monat in einer ebenso aufregenden und schicksalschweren Stunde von Dreitausend die Hälfte abgezählt und in ein Stück Zeug eingenäht habe, und wenn das auch nicht wahr ist, was wir sogleich beweisen werden, so ist diese Idee doch Karamasoff vertraut, und folglich hat er sie irgendeinmal schon erwogen. Und als er später dem Untersuchungsrichter versicherte, daß er einen Monat zuvor Anderthalbtausend in das Säckchen (das niemals existiert hat) eingenäht habe, da hat er sich diese Geschichte vom Säckchen vielleicht erst im selben Augenblick ausgedacht, und vielleicht gerade darum, weil ihm zwei Stunden vorher bei der Abteilung der Hälfte des Geldes dieser Gedanke gekommen war, er aber infolge einer glücklichen Eingebung dann doch vorgezogen hatte, das Geld dort irgendwo im Hause zu verstecken, wenigstens bis zum Morgen, als es bei sich zu behalten. Zwei Abgründe, meine Herren Geschworenen! Sie erinnern sich doch noch, daß Karamasoff beide Abgründe zu erfassen vermag, und beide Extreme zu gleicher Zeit! Wir haben in jenem Hause überall nach dem Gelde gesucht, aber wir haben nichts gefunden. Vielleicht ist das Geld auch jetzt noch dort, vielleicht ist es schon am Tage nach der Verhaftung verschwunden und befindet sich noch jetzt irgendwie im Besitze des Angeklagten. Jedenfalls ist er neben ihr verhaftet worden, vor ihr kniend: sie lag auf dem Bett, er hatte seine Arme zu ihr emporgestreckt und hatte in jenem Augenblick dermaßen alles andere vergessen, daß er nicht einmal die Ankunft der Obrigkeit und ihren Eintritt ins Zimmer vernahm. Er hatte noch nichts zur Antwort vorbereitet. Sowohl er selbst wie sein Verstand wurden überrumpelt.

Und da steht er nun vor seinen Richtern, die über sein Leben zu entscheiden haben. Meine Herren Geschworenen, es gibt Situationen, wo uns bei unserer Pflicht fast Grauen packt vor Mitleid mit dem Menschen. Furchtbar ist uns zumut vor dem Menschen und furchtbar für ihn! Das sind die Augenblicke, wenn einen jenes tierische Entsetzen ansieht, — wenn der Verbrecher schon begreift, daß alles für ihn verloren ist, aber trotzdem noch kämpft, trotzdem noch mit seinem Richter bis zur letzten Verzweiflung ringen will. Das sind die Momente, in denen sich alle Instinkte der Selbsterhaltung plötzlich in ihm erheben, und er in seiner Lebensangst uns mit durchbohrendem, flehend bittendem und leidendem Blick ansieht, wenn er unseren Blick zu erhaschen versucht, wenn er uns, unser Gesicht, unsere Gedanken erforschen, erraten will, wenn er wartet, von welcher Seite wir ihn wohl anfassen werden, und er in seinem erschütterten Gehirn tausend Pläne gebiert, — und doch scheut er sich, zu sprechen, aus Furcht, sich zu ... versprechen! Diese für die Seele des Menschen erniedrigendsten Augenblicke, dieser Gang der Seele durch alle Höllenqualen, dieser Gang durch die Purgatorien, dieser tierische Trieb der Selbstrettung — sind furchtbar anzusehen! Sie erschüttern zuweilen selbst den Richter und rufen in ihm tiefes Mitleid hervor. All dieses Entsetzen haben wir damals gesehen. Ganz zuerst war er wie betäubt, und im Schreck entschlüpften ihm ein paar Worte, die ihn stark kompromittieren: ,Das Blut! Ich hab's verdient!' waren seine ersten Worte. Doch er bezwang sich schnell. Was er sagen, was er antworten sollte — alles das wußte er noch nicht, er hatte noch nichts vorbereitet, außer der einen ganz allgemeinen Ableugnung: ,Am Tode meines Vaters bin ich unschuldig!' Das ist vorläufig sein Zaun, dort aber, hinter dem Zaun, werden wir vielleicht noch etwas arrangieren können: irgendeine Barrikade vielleicht! Er beeilt sich, indem er unseren Fragen zuvorkommen will, seinen ersten kompromittierenden Ausrufen einen anderen Sinn unterzuschieben. Er erklärt, nur an dem Tode Grigorijs schuldig zu sein. ‚An diesem Blute trage ich die Schuld, wer aber hat den Vater erschlagen, meine Herren, wer hat ihn erschlagen? Wer hat das denn tun können, *wenn nicht ich?*' Hören Sie, danach fragt er *uns, uns,* die mit eben dieser Frage zu ihm gekommen sind! Beachten Sie es, meine Herren, dieses kleine vorauseilende Wort: ‚wenn nicht ich‘, diese tierische Schlauheit in der Naivität, diese Karamasoffsche Ungeduld! Nicht ich habe erschlagen, so etwas darf niemand auch nur zu denken wagen. ‚Ich wollte ihn erschlagen, meine Herren, ich wollte ihn erschlagen‘, gesteht er schnell ein — o, er beeilt sich ungeheuer —, ‚aber trotzdem bin ich unschuldig, nicht ich habe ihn erschlagen!‘ Er gibt uns also zu, daß er habe erschlagen wollen: Jetzt seht ihr sozusagen selbst, wie aufrichtig ich bin, nun, dafür aber glaubt mir jetzt schneller das andere, daß nicht ich erschlagen habe. O, in solchen Fällen kann der Verbrecher zuweilen unglaublich leichtsinnig und leichtgläubig sein. Und nun plötzlich wird an ihn, ganz wie zufällig, treuherzig die Frage gestellt: ‚Aber sollte dann nicht vielleicht Ssmerdjakoff der Mörder sein?‘ Und es geschah, was wir erwartet hatten: es ärgerte ihn maßlos, daß man ihm zuvorkam und so plötzlich damit überraschte, während er noch nicht Zeit gehabt hatte, sich vorzubereiten, den Augenblick zu wählen und zu benutzen, wann es am glaubwürdigsten und für ihn folglich am vorteilhaftesten sein werde, mit Ssmerdjakoff herauszurücken. Seiner Natur gemäß warf er sich sofort aufs ärgste Gegenteil, und er fing an, uns aus allen Kräften zu versichern, daß Ssmerdjakoff nicht habe erschlagen können, daß er zu so etwas überhaupt nicht fähig sei. Glauben Sie aber seiner scheinbaren Überzeugung nicht, sie ist nur seine Schlauheit:

er gibt die Idee, Ssmerdjakoff auszuspielen, noch längst nicht auf. Im Gegenteil, er wird ihn schon noch ausspielen — denn wen sollte er sonst beschuldigen? — Nur wird er es bei einer anderen Gelegenheit tun, da jetzt die Sache vorläufig verspielt ist. Vielleicht wird er ihn erst am nächsten Tage anbringen, oder vielleicht auch erst nach einer Anzahl von Tagen, bei einer günstigen Gelegenheit, bei der er uns dann selbst plötzlich zuschreien kann: ‚Sie wissen doch noch, ich selbst habe ja mehr als Sie die Täterschaft Ssmerdjakoffs abgeleugnet und ihn verteidigt, jetzt aber habe auch ich mich überzeugt, daß er den Mord verübt hat, nur er allein, und wie sollte er es denn nicht getan haben!' Vorläufig aber ergeht er sich in finsterer und gereizter Verneinung, die Ungeduld und der Zorn flüstern ihm die ungeschickteste und unwahrscheinlichste Schilderung ein, wie er in das Fenster des Vaters hineingeblickt habe und ehrerbietig wieder fortgegangen sei. Das Wichtigste ist, daß er die ganze Sachlage noch nicht kennt, daß er noch nicht weiß, was der wieder zu sich gekommene Grigorij ausgesagt hat. Wir gehen zur Besichtigung und Durchsuchung über. Die Durchsuchung erzürnt, aber ermutigt ihn auch wieder: das ganze Geld hat man doch nicht gefunden, sondern nur tausendfünfhundert Rubel. Und selbstverständlich kommt ihm erst in diesem Augenblick zornigen Schweigens zum erstenmal im Leben die Idee von dem *früher* eingenähten Gelde. Zweifellos fühlt er selbst die ganze Unwahrscheinlichkeit seiner Erfindung und quält sich, quält sich entsetzlich, indem er nachdenkt, wie er sie wahrscheinlicher machen könnte, ob sich die Sache nicht so erklären ließe, daß ein ganz glaubhafter Roman daraus entstehe? In solchen Fällen ist aber die erste Bedingung, daß man den Verbrecher überrumpelt, daß man ihn ganz unverhofft fängt, damit er seine vielversprechenden geheimen Pläne in der ganzen, sie bloßstellenden Offenherzigkeit darlegt, damit ihre Widersprüche und Unwahrscheinlichkeiten noch auffallender hervortreten. Zum Sprechen kann man den Verbrecher nur durch eines zwingen: durch die plötzliche und anscheinend unbeabsichtigte Mitteilung irgendeiner neuen Tatsache, irgendeines besonderen Umstandes, dessen Bedeutung erdrückend ist, den er aber bis dahin noch gar nicht geahnt und auch überhaupt nicht vorausgesetzt hat. Eine solche Tatsache hatten wir schon in Bereitschaft, schon lange in Bereitschaft: Das war die Aussage des Dieners Grigorij in betreff der offenen Tür, durch die der Angeklagte aus dem Hause hinausgelaufen ist. Diese Tür hatte er ganz vergessen, und daß Grigorij sie gesehen haben könnte, daran hatte er nicht einmal gedacht. Der Effekt war denn auch danach: Er sprang plötzlich auf und schrie: ‚Ssmerdjakoff ist es, Ssmerdjakoff hat es getan!‘ und sofort kommt er mit seinem geheimen Entwurf heraus, und er gibt ihn in der allerunwahrscheinlichsten Form zum besten, denn Ssmerdjakoff hätte den Alten doch nur dann erschlagen können, nachdem der Angeklagte Grigorij niedergeschlagen hatte und fortgelaufen war. Als wir ihm aber nun mitteilten, daß Grigorij die offene Tür zuvor gesehen, und beim Hinaustreten aus seinem Schlafzimmer Ssmerdjakoff hinter der Bretterwand stöhnen gehört habe — da war Kamarasoff wie zerschmettert. Mein Kollege, unser ehrenwerter, scharfsinniger Nikolai Parfjónowitsch Neljúdoff, hat mir später eingestanden, daß er ihn in jenem Augenblick bis zu Tränen bemitleidet habe. Und in diesem Augenblick nun entschließt er sich, um die Sache wieder gutzumachen: erzählt uns von dem berühmten Säckchen, in das er das Geld eingenäht und das er am Halse auf der Brust getragen haben will —: ‚So mag es denn sein, so hören Sie denn auch das!‘ Meine Herren Geschworenen, ich habe Ihnen schon gesagt, warum ich diese Erfindung von dem vor einem Monat eingenähten Gelde nicht nur für eine Anekdote, sondern für die allerunwahrscheinlichste Dichtung halte, die man sich im gegebenen Fall nur denken kann. Ja, selbst wenn man einen Wettbewerb veranstalten wollte, in diesem Fall etwas noch Unwahrscheinlicheres sich auszudenken, so würde man gewiß nichts finden, was jene Erklärung in der Beziehung noch übertrumpfte. In einem solchen Fall kann man den triumphierenden Romandichter vor allem mittels der Details schlagen, mittels jener selben Einzelheiten, an denen die Wirklichkeit stets so reich ist, die aber von diesen unglücklichen und unfreiwilligen Dichtern, eben als völlig bedeutungslose und unnötige Kleinigkeiten, überhaupt nicht beachtet werden. O, in einem solchen Augenblick ist es ihnen nicht um die kleinen Einzelheiten zu tun! Ihr Verstand schafft ein grandioses Ganzes, — und da wagt man es, ihnen mit solchem Kleinzeug zu kommen! Aber gerade das ist ja die Falle, mit der man sie fängt. Man stellt dem Angeklagten kurz folgende Frage: ‚Nun, aber wo haben Sie denn das Material zum Säckchen hergenommen, wer hat denn den Sack genäht?‘ — ‚Ich habe ihn selbst genäht.‘ — ‚Und wo haben Sie das Zeug dazu hergenommen?‘ Dadurch fühlt sich der Angeklagte bereits gekränkt, er glaubt, daß man sich mit diesem Zeuge über ihn lustig machen wolle, und zwar glaubt er das im Ernst, im Ernst, sage ich Ihnen! Aber so sind sie ja alle! — ‚Ich habe von einem meiner Hemden ein Stück abgerissen.‘ — ‚Vortrefflich. Dann werden wir morgen unter Ihrer Wäsche ein Hemd finden, von dem ein Stück abgerissen ist.‘ Und bedenken Sie doch nur, meine Herren Geschworenen, wenn wir nun dieses Hemd gefunden hätten (und wie hätte es sich denn inzwischen verlieren können, wir hätten es doch sicherlich in einem Koffer oder in der Kommode gefunden, wenn ein solches Hemd mit einer abgerissenen Ecke nur jemals auch tatsächlich existiert hätte), — das wäre gewiß ein Faktum, ein greifbares Faktum zugunsten des Angeklagten gewesen, ein, wenn auch schwacher, Beweis für die Wahrheit seiner Aussage! Er aber scheint darauf überhaupt nicht zu verfallen. — ‚Ich erinnere mich nicht mehr, vielleicht riß ich das Zeug auch nicht vom Hemd ab... ich glaube, ich nähte das Geld in die Haube der Hauswirtin ein.‘ — ‚In was für eine Haube?‘ — ‚Ich hatte sie ihr einmal fortge-

nommen, sie trieb sich da irgendwo umher, ein alter Kattun-
lappen.' — ‚Und Sie erinnern sich dessen genau?' — ‚Nein,
genau erinnere ich mich dessen nicht . . .' Und dabei ärgert
er sich über alle Maßen. Indessen, fragt man sich, wie kann
er denn das so schnell vergessen haben? Gerade diese kleinen Nebensächlichkeiten prägen sich dem Menschen von
allen Eindrücken, die er in gleich schrecklichen Lebensstunden empfängt, am schärfsten ein, und gerade ihrer erinnert er sich später am deutlichsten. Der Verbrecher, der
zum Richtplatz geführt wird, der vergißt zuweilen alles,
ein irgendwo flüchtig bemerktes grünes Dach aber, oder
eine Dohle auf einem Kreuz — die behält er. Als der Angeklagte dieses Zeugsäckchen für das Geld zusammennähte,
da wollte er doch nicht von den übrigen Hausbewohnern
überrascht werden. Er verbarg sich vor ihnen. So müßte er
sich auch noch erinnern, wie er, mit der Nadel in der Hand,
die Erniedrigung, die Angst empfunden hat, es könne jemand zu ihm hereinkommen, und wie er beim ersten Geräusch aufgesprungen ist, um sich hinter dem Vorhang zu
verstecken . . . Doch wozu rede ich so ausführlich von diesen
Nebensachen, dem sogenannten Kleinkram?« unterbrach
sich plötzlich Ippolit Kirillowitsch. »Ich tue es ja nur darum,
weil der Angeklagte nach wie vor aufs hartnäckigste auf
dieser abgeschmackten Erfindung besteht, selbst heute noch!
Während dieser ganzen zwei Monate hat der Angeklagte
nichts mehr zu erklären vermocht, seit jener Schicksalsnacht
hat er zu seinen früheren phantastischen Aussagen, die er in
derselben Nacht gemacht hat, nichts mehr hinzugefügt. ‚Alles
das sind, sozusagen, nur kleinliche Nebensachen, glauben Sie
mir lieber auf mein Ehrenwort!' O, wie gern würden wir
glauben, wie würden wir uns freuen, wenn wir daran glauben
könnten, und wäre es auch nur auf das Ehrenwort hin! Sind
wir denn etwa Schakale, die nach Menschenblut dürsten?
Geben Sie uns, beweisen Sie uns nur eine Tatsache zugunsten
des Angeklagten, und wir werden uns darüber freuen, —
nur selbstverständlich eine greifbare, reale, nicht nur eine

Folgerung nach dem Gesichtsausdruck des Angeklagten, die noch dazu dessen leiblicher Bruder macht, oder so eine Behauptung, daß er, als er sich mit der Hand auf die Brust schlug, damit unbedingt auf das Geldsäckchen habe weisen wollen, und das noch dazu in der Dunkelheit. Wir werden uns von Herzen darüber freuen, ich werde der erste sein, der die Anklage zurückzieht, ich werde mich beeilen, meine Anklage zurückzuziehen. Jetzt jedoch fordert die Gerechtigkeit, daß sie befriedigt werde, und ich bestehe darauf, daß es geschehe, denn wir können kein Wort von dem Gesagten zurücknehmen.«

Ippolit Kirillowitsch ging darauf zum Schluß über. Er war wie im Fieber, er schrie nach Sühne für das vergossene Blut, für das Blut des Vaters, den der Sohn erschlagen habe »in der niedrigen Absicht, ihn zu berauben«. Er wies unerbittlich auf das tragische und verhängnisvolle Zusammentreffen der Tatsachen hin. »Und was Sie auch von dem Verteidiger des Angeklagten, dessen Talent weit bekannt ist, hören mögen« (Ippolit Kirillowitsch konnte sich diese Bemerkung doch nicht verbeißen), »ja, wie beredte und rührende Worte hier auch ertönen mögen, die es auf Ihre Sentimentalität abgesehen haben, so bleiben Sie doch dessen eingedenk, daß Sie sich hier im Tempel unserer Gerechtigkeit befinden. Bleiben Sie eingedenk, daß Sie die Wächter unserer Rechtsbegriffe sind, die Schützer unseres heiligen Rußland, seiner sittlichen Grundlagen, seiner Familie und alles Heiligen in ihm! Ja, in diesem Augenblick vertreten Sie ganz Rußland, und Ihr Urteil wird nicht nur hier in diesem Saal erschallen, nein, über ganz Rußland hin wird es erklingen, und ganz Rußland wird Ihre Worte vernehmen, als das Urteil seiner Verteidiger und Richter, und es wird durch Ihren Urteilsspruch entweder ermutigt oder niedergebeugt werden. Peinigen Sie unser Rußland nicht, meine Herren Geschworenen, enttäuschen Sie nicht seine Erwartungen! Die Troika unseres Schicksals jagt dahin — vielleicht schnurstracks ins Verderben. Aber längst schon streckt man in ganz

Rußland die Hände aus zur Bändigung der rasenden Troika, und ruft man uns auf, diesem tollen, rücksichtslosen Dahinjagen Einhalt zu tun. Und wenn die anderen Völker vor dem blindlings daherjagenden Dreigespann bisher noch zur Seite getreten sind, so haben sie das vielleicht durchaus nicht aus Ehrerbietung getan, wie es den großen Dichter dünkte, sondern einfach aus Entsetzen, – das sollte man sich merken. Aus Entsetzen, vielleicht aber auch aus Ekel vor ihm. Und es ist noch ein Glück, daß sie ausweichen; was aber dann, wenn sie aufhören auszuweichen, sich vielmehr plötzlich wie eine feste Mauer vor der jagenden Erscheinung erheben und selbst der wahnsinnigen, wilden Jagd unserer Zügellosigkeit Einhalt tun, um sowohl sich selbst als die ganze Aufklärung und Zivilisation zu retten! Diese alarmierenden Stimmen aus Europa haben wir schon vernommen. Schon beginnen sie zu ertönen. Verlocken Sie sie nicht zur Tat, fordern Sie sie nicht heraus, indem Sie die Ermordung eines Vaters durch den leiblichen Sohn gutheißen ...!«

Kurz, Ippolit Kirillowitsch hatte sich zwar sehr hinreißen lassen, aber er schloß doch pathetisch, – und in der Tat, der Eindruck, den seine Rede hinterließ, war ein außergewöhnlicher. Er selbst aber ging, kaum daß er sie beendet hatte, eiligst hinaus und, wie gesagt, im anderen Zimmer soll er beinahe in Ohnmacht gefallen sein. Das Publikum klatschte nicht Beifall, aber die ernsten Leute waren zufrieden. Nur die Damen waren es weniger, aber schließlich hatte auch ihnen seine Beredsamkeit gefallen, um so mehr, als sie an dem Endergebnis noch immer nicht zweifelten und von Fetjukowitsch alles erwarteten: »Zum Schluß wird er das Wort ergreifen und dann selbstverständlich alle besiegen!«

Zunächst wandten sich die Blicke Mitja zu; während der ganzen Rede des Staatsanwalts hatte er stumm dagesessen, die Hände fest ineinandergepreßt, die Zähne zusammengebissen, den Blick zu Boden gesenkt. Nur ein paarmal hatte er den Kopf ein wenig erhoben und aufgehorcht. Besonders als von Gruschenka die Rede war. Als der Staatsanwalt Rakitins Ausspruch über sie wiedergegeben hatte, war auf Mitjas Lippen ein verächtliches Lächeln erschienen, und er hatte ziemlich hörbar gesagt: »Die Bernards!« Als aber Ippolit Kirillowitsch darauf zu sprechen kam, wie er ihn in Mokroje ausgefragt und gequält hatte, da hatte Mitja plötzlich den Kopf erhoben und mit höchster Aufmerksamkeit zugehört. An einer Stelle der Rede hatte es fast geschienen, als ob er sofort aufspringen und etwas dazwischen schreien wolle, doch hatte er sich bezwungen und nur einmal verächtlich mit der Achsel gezuckt. Über diesen Schlußteil der Anklagerede, besonders über die Leistung des Staatsanwalts beim ersten Verhör in Mokroje, wurde später viel in unserer Gesellschaft gesprochen und bei der Gelegenheit auch über Ippolit Kirillowitsch gelacht: »Der gute Mann konnte sich doch nicht beherrschen«, hieß es da, »und mußte natürlich prahlen mit seinem Talent.«

Die Sitzung wurde unterbrochen, aber nur auf eine sehr kurze Zeit, auf fünfzehn, höchstens zwanzig Minuten. Im Publikum unterhielt man sich währenddessen, und es wurden verschiedene Meinungen geäußert. Einige von ihnen habe ich behalten.

»Eine ernste Rede!« bemerkte mit gerunzelter Stirn ein Herr in einer Gruppe neben mir.

»An Psychologie hat er schon ein bißchen viel aufgestapelt«, meinte eine andere Stimme.

»Aber es ist doch alles wahr, was er gesagt hat, unantastbar wahr!«

»Ja, darin ist er Meister.«

»Er hat die Bilanz gezogen.«

»Auch für uns, auch für uns hat er die Bilanz gezogen!« ließ sich eine dritte Stimme vernehmen. »Erinnern Sie sich noch, wie er zu Anfang der Rede sagte, alle seien so wie Fjodor Pawlowitsch!«

»Und zum Schluß sagte er es noch einmal. Nur braucht es deshalb noch nicht wahr zu sein.«

»Und stellenweise war er auch etwas unklar.«

»Er geriet schon ein bißchen ins Übertreiben.«

»Aber es war doch ungerecht, wenn man's genau nimmt, es war doch ungerecht.«

»Ach nein, es war doch sehr geschickt, das muß man schon sagen, er hat's immerhin gepackt. Lange genug hat der Mann gewartet, jetzt hat er endlich mal die Gelegenheit gehabt, sich auszusprechen, hehe!«

»Was wird nun der Verteidiger sagen?«

In einer anderen Gruppe:

»Aber den Petersburger konnte er doch nicht ungeschoren lassen. Nur war die Bemerkung ganz überflüssig: ‚Die es auf Ihre Sentimentalität abgesehen haben‘, wissen Sie noch, kurz vor dem Schluß?«

»Ja, das war etwas ungeschickt.«

»Etwas übereilt.«

»Ein nervöser Mensch.«

»Ja, ja, wir haben gut lachen, wie aber mag dem Angeklagten zumute sein?«

»Das ist schon wahr, wie mag es in Mitjenka aussehen!«

»Was meinen Sie, was wird der Verteidiger sagen?«

In einer dritten Gruppe:

»Wer ist eigentlich diese Dame, die mit der Lorgnette, die dicke, die am Ende der Reihe sitzt?«

»Eine Generalin, eine geschiedene Frau, ich kenne sie.«

»Na ja, da geht's natürlich nicht mehr ohne Lorgnette.«

»Altes Gerümpel.«

»Das finde ich nicht, scheint sogar ganz pikant zu sein.«

»Neben ihr, zwei Plätze weiter, sitzt eine Blondine, die gefällt mir besser.«

»Aber das haben sie doch geschickt gemacht, wie sie ihn in Mokroje überrumpelt haben, nicht?«

»Ja, das läßt sich nicht leugnen. Darum hat er es auch hier wieder erzählt. Und wie oft hat er es schon bei seinen Bekannten zum besten gegeben!«

»Und auch jetzt mußte es wieder herhalten. Nichts als Eigenliebe!«

»Ein gekränkter Mensch, hehe!«

»Und dabei empfindlich. Aber es war doch viel Rhetorik dabei, lange Sätze.«

»Und dann will er uns schrecken, das nicht zu vergessen, will uns Angst machen! Zum Beispiel, was er da von der Troika sagte, Sie wissen doch noch? ,Die dort haben Hamlets, wir aber vorerst noch Karamasoffs!' Das war geschickt gedreht.«

»Damit hat er den Liberalismus beweihräuchert. Er fürchtet ihn.«

»Und auch den Advokaten fürchtet er.«

»Ja, weiß Gott, was Fetjukowitsch sagen wird!«

»Nun, was er auch sagen mag, unsere Bäuerlein wird er doch nicht umwerfen.«

»Sie glauben?«

In einer vierten Gruppe:

»Was er da von der Troika sagte, war gut, — bevor er auf die anderen Völker zu sprechen kam.«

»Ja, und er hat recht! Erinnerst du dich, wie er sagte, die anderen Völker würden nicht so lange warten!«

»Wieso?«

»Aber im englischen Parlament hat sich doch schon in der vorigen Woche ein Mitglied erhoben, um das Ministerium wegen der Nihilisten zu interpellieren: ob es nicht an der Zeit sei, in die Vorgänge innerhalb der barbarischen Nation einzugreifen und uns Bildung beizubringen. Darauf hat Ippolit angespielt. Ich weiß es bestimmt, daß er das gemeint hat. Noch in der vorigen Woche sprach er davon.«

»Hach, diese Heuchler! Damit hat's noch gute Weile!«

»Wieso Heuchler? Und wieso noch gute Weile?«

»Aber wenn wir ihnen Kronstadt vor der Nase zusperren und ihnen kein Korn geben, — wo wollen sie es dann hernehmen?«

»Aber aus Amerika! Jetzt beziehen sie es doch aus Amerika!«

»Ach, Unsinn!«

Da ertönte die Glocke, und alles stürzte zu seinen Plätzen. Fetjukowitsch bestieg die Tribüne.

X

Die Rede des Verteidigers. Ein Stab hat zwei Enden

Alles verstummte, als die ersten Worte des berühmten Redners erklangen. Der ganze Saal sog sich mit den Blicken gleichsam an ihm fest. Er begann ohne Umschweife, einfach und überzeugt, ohne die geringste Anmaßung, ohne jeden Ansatz zu Schönrednerei, zu pathetischen Tönen oder gefühlvollen Worten. Er sprach wie ein Mensch, der im intimen Kreise Gleichgesinnter das Wort ergriffen hat. Sein Organ war schön, laut und sympathisch, und es war, als läge bereits in der Stimme selbst etwas Aufrichtiges und Treuherziges. Aber schon nach den ersten Sätzen fühlten alle, daß der Redner sich ganz plötzlich auch zu wahrem Pathos emporschwingen und »mit ungeahnter Kraft an die Herzen zu pochen vermöge«. Er sprach vielleicht weniger korrekt als Ippolit Kirillowitsch, dafür aber nicht in so langen Sätzen und mehr geradezu. Nur eines wollte den Damen nicht gefallen: er krümmte immer so absonderlich den Rücken, namentlich zu Beginn seiner Rede; nicht gerade so, als wolle er sich grüßend verbeugen, sondern als strebe er gleichsam seinen Hörern entgegen, als wolle er auf sie zufliegen. Jedenfalls bog er dabei merkwürdigerweise immer nur die obere Hälfte seines langen Rückens nach vorn, ganz als wäre in der Mitte dieses langen, schmalen Rückens ein Gelenk angebracht, das ihm ermöglichte, seine Wirbelsäule nahezu unter einem rechten Winkel nach vorn zu biegen. Zu Beginn seiner Rede sprach er wie ohne einen bestimmten Plan, gewissermaßen alles auseinanderwerfend, indem er Einzelheiten bald hier, bald da herausgriff, aber zu guter Letzt entstand daraus doch etwas Ganzes. Seine Rede hätte man in zwei Hälften einteilen können: die erste Hälfte war die

Kritik, die Widerlegung der Anklage, zuweilen boshaft und sarkastisch. In der zweiten Hälfte dagegen änderte er plötzlich seinen Ton und sogar sein ganzes Verfahren: da erhob er sich zu jenem Pathos, von dem ich schon sprach, so daß der Saal, der darauf nur gewartet zu haben schien, wie vor Begeisterung erschauerte. — Er schritt sofort zur Sache selbst und begann mit der Bemerkung, daß das Feld seiner Tätigkeit eigentlich in Petersburg sei; doch geschehe es deshalb nicht zum ersten Mal, daß er dem Ruf in eine andere Stadt folge, um einen Angeklagten zu verteidigen; er tue dies jedoch immer nur dann, wenn er entweder von der Unschuld des Betreffenden überzeugt sei oder diese voraussfühle, d. h. als sehr wahrscheinlich annehmen zu dürfen glaube. »Dasselbe war auch diesmal der Fall. Schon aus den ersten Zeitungsnachrichten las ich etwas heraus, was mir sehr zugunsten des Angeklagten auffiel. Mit einem Wort, mich interessierte zuerst vor allen Dingen eine bestimmte juristische Tatsache, die sich in der Gerichtspraxis allerdings häufig wiederholt, doch noch niemals, wie mir scheint, mit so charakteristischen Besonderheiten zutage getreten ist, wie gerade im vorliegenden Fall. Diese Tatsache müßte ich eigentlich erst zu Ende meiner Rede aufdecken, wenn ich alles Gesagte zusammenfasse, ich aber werde den betreffenden Gedanken schon zu Anfang meiner Rede aussprechen, denn es ist nun einmal meine Schwäche, den Gegenstand mit geradem Griff anzufassen, ohne ihn zuerst mit Winkelzügen zu umkreisen, ohne Effekthascherei und ohne die großen Eindrücke für den Schluß aufzusparen. Das ist vielleicht unklug von mir, doch dafür ist es offenherzig. Dieser mein Hauptgedanke nun, diese meine Formel geht dahin: Es gibt eine erdrückende Menge von Beweisen, die alle gegen den Angeklagten zeugen, und zu gleicher Zeit gibt es keinen einzigen Beweis, der der Kritik wirklich standhält, sobald man ihn einzeln, an und für sich, betrachtet. Als ich die Nachrichten und Gerüchte über diesen Mord in den Zeitungen weiter verfolgte, fand ich mich immer mehr in meiner Ansicht bestärkt. Und da erhielt ich plötzlich von den Verwandten des Angeklagten den Antrag, seine Verteidigung zu übernehmen. Ich reiste daraufhin unverzüglich hierher und überzeugte mich endgültig von der Richtigkeit meiner Annahme. Ja, und so habe ich denn, um diese gefahrvolle Verkettung von Tatsachen zu zerstören und das Unbewiesene und Phantastische jeder einzelnen anklagenden Tatsache klarzulegen, in diesem Prozeß die Verteidigung übernommen.«

Mit dieser Erklärung begann der Verteidiger, und plötzlich fuhr er mit erhobener Stimme fort:

»Meine Herren Geschworenen, ich bin als Fremder hergekommen. Ich habe alle Eindrücke unvoreingenommen empfangen. Der Angeklagte, ungestüm und unbeherrscht von Charakter, hatte mich noch nicht beleidigt, wie er vielleicht Hunderte hier in der Stadt beleidigt hat, weswegen denn viele im voraus gegen ihn gestimmt sein mögen. Gewiß sehe auch ich ein, daß das sittliche Gefühl der hiesigen Gesellschaft mit Recht erregt ist: der Angeklagte ist, wie gesagt, ein ungestümer, unbeherrschter Mensch. Indessen hat ihn die hiesige Gesellschaft bereitwillig empfangen, und selbst im Hause des verehrten Anklägers hat er freundliche Aufnahme gefunden.« (Nota bene: hier ertönte leises Lachen, allerdings nur von ein paar Personen, die es außerdem noch schnell unterdrückten, aber alle hatten es gehört. Man wußte in der ganzen Stadt, daß Ippolit Kirillowitsch Mitja nur gegen seinen Willen in seinem Hause empfangen hatte, und zwar nur aus dem einen Grunde, weil seine Frau ihn interessant fand. Seine Frau war eine äußerst tugendhafte, wohltätige und achtbare Dame; nur war sie im Grunde ihres Wesens phantastisch, war das, was man eigenwillig nennt; und in gewissen Fällen, vornehmlich in Kleinigkeiten, widersetzte sie sich gern ihrem Gemahl; übrigens war Mitja nur sehr selten bei ihnen gewesen.) »Nichtsdestoweniger wage ich anzunehmen«, fuhr der Verteidiger fort, »daß selbst bei einem so unabhängigen Geist und gerecht urteilenden Charakter, wie sie mein verehrter Widersacher besitzt, sich ein gewisses nicht zu überbietendes Vorurteil gegen meinen unglücklichen Klienten herausgebildet hat. Und das ist ja auch nur zu natürlich. Der Unglückliche hat es nur zu sehr verdient, daß man gegen ihn ein ungünstiges Vorurteil faßte. Das beleidigte sittliche und erst recht das ästhetische Gefühl pflegt mitunter unerbittlich zu sein. Gewiß haben wir in der hochtalentvollen Anklagerede eine strenge Analyse des Charakters und der Taten des Angeklagten vernommen; es äußerte sich darin ein streng kritisches Verhalten zur Sache, und vor allem wurden psychologische Tiefen vor uns aufgetan, um uns das Wesen der Sache zu erklären, in die einzudringen schon bei dem geringsten absichtlich und böswillig voreingenommenen Verhalten zur Person des Angeklagten für den Ankläger unmöglich gewesen wäre! Aber es gibt Dinge, die in ähnlichen Fällen sogar schlimmer, sogar verderblicher sind, als selbst eine absichtlich vorgefaßte Gehässigkeit im Verhalten zur Sache. Das geschieht, wenn uns zum Beispiel ein gewisses, sagen wir, künstlerisches Spiel verlockt, oder das Bedürfnis nach künstlerischem Schaffen, sozusagen das Bedürfnis, einen Fall zu einem ganzen Roman auszuspinnen, besonders wenn Gott uns noch mit reichen psychologischen Gaben ausgestattet hat. Schon in Petersburg, als ich mich anschickte, hierher zu fahren, machte man mich darauf aufmerksam — was ich freilich schon wußte —, daß ich hier als Widersacher einen tiefen und feinen Psychologen antreffen würde, der sich schon des längeren durch seine Fähigkeiten einen besonderen Ruf in unserer noch jungen juristischen Welt erworben hat. Nur ist die Psychologie, meine Herren, zwar ein tiefes Ding, doch gleicht sie nicht wenig — einem Stabe mit zwei Enden.« (Leises Gelächter im Publikum.) »Sie werden mir gewiß meinen trivialen Vergleich verzeihen. Ich rechne mich selbst nicht zu den Meistern der Redekunst. Allein, ich will ein Beispiel anführen — das erste beste, das mir aus der Anklagerede einfällt: Der Angeklagte klettert nachts, auf der Flucht aus dem Garten, über den

Zaun und streckt mit einem Schlage — er hatte einen kleinen Stößel in der Hand — den alten Diener, der ihn am Bein festhält, zu Boden. Darauf springt er sofort in den Garten zurück und müht sich während voller fünf Minuten um den Verletzten, weil er feststellen will, ob er ihn erschlagen hat oder ob der Alte noch lebt. Nun will der Ankläger um keinen Preis an die Wahrheit der Aussage des Angeklagten glauben, er sei aus *Mitleid* zum alten Grigorij hinabgesprungen. ‚Nein,‘ meint er, ‚in solch einem Augenblick kann man nicht so zartfühlend sein, das ist ganz ausgeschlossen, das wäre gar zu unnatürlich: er ist nur zu dem einen Zweck wieder hinabgesprungen, um sich zu überzeugen, ob der einzige Zeuge seiner Tat tot ist oder noch lebt. Folglich haben wir hier den besten Beweis dafür, daß er das Verbrechen verübt hat, da er aus keinem einzigen anderen Grund, Drang oder Gefühl in den Garten zurückspringen konnte.‘ Das ist Psychologie. Doch nehmen wir jetzt dieselbe Psychologie, und wenden wir sie gleichfalls an, nur mit dem Unterschied, daß wir sie am anderen Ende anfassen, und wie wir sehen werden, ergibt sich dann sofort etwas nicht weniger Wahrscheinliches. Der Mörder springt also aus Vorsicht hinab, um sich zu überzeugen, ob der Zeuge tot ist oder lebt. Indessen hat er soeben erst im Zimmer seines von ihm erschlagenen Vaters, wie der Herr Ankläger selbst bezeugt, einen anderen ungeheuer wichtigen Zeugen hinterlassen, nämlich das zerrissene Kuvert, auf dem geschrieben steht, daß es einmal dreitausend Rubel enthalten hat. ‚Hätte er dieses Kuvert mitgenommen, so würde jetzt niemand auf der ganzen Welt wissen, daß dieses Geldpaket vorhanden gewesen ist, — und folglich auch niemand, daß ein *Raubmord* stattgefunden hat.‘ Ich zitiere den Ausspruch des Anklägers. Also ganz hat die Überlegungskraft nicht ausgereicht, wie wir sehen: der Mensch hat den Kopf verloren, hat Angst bekommen und ist fortgelaufen, und hat sogar ein solches Beweisstück gegen sich auf dem Fußboden liegengelassen! Nachdem er aber zwei

Minuten später noch einen zweiten Menschen erschlagen hat, stellt sich bei ihm sofort wie auf Wunsch die herzloseste und berechnendste Überlegungskraft und Vorsicht ein. Doch gut, gesetzt, es sei so gewesen, — gerade das soll ja die feinste Psychologie sein, die nachweist, daß man unter Umständen blutdürstig und scharfsichtig wie ein kaukasischer Adler ist, im nächsten Augenblick dagegen blind und ängstlich wie ein armseliger Maulwurf. Aber wenn ich nun schon einmal so blutdürstig und herzlos berechnend bin, daß ich nach dem Totschlag nur zu dem Zweck herabspringe, um nachzusehen, ob der Zeuge meines Verbrechens tot ist oder noch lebt, so fragt sich doch, denke ich, wozu ich mich mit diesem neuen, meinem zweiten Opfer ganze fünf Minuten lang abmühen soll, wobei ich nur riskiere, mir noch andere Zeugen auf den Hals zu ziehen? Wozu soll ich dann mit meinem Taschentuch dem Alten das Blut vom Gesicht abwischen, wenn nicht ausdrücklich zu dem einen Zweck, damit dieses Taschentuch später ein schweres Beweisstück gegen mich werden kann? Nein, wenn ich schon so berechnend und hartherzig bin, sollte es dann nicht besser sein, den niedergeschlagenen Diener mit demselben Stößel noch einmal und noch einmal auf den Kopf zu schlagen, ihn endgültig zu erschlagen, um auf diese Weise, indem ich den einzigen Zeugen töte, das Herz von jeder Sorge zu befreien? Und schließlich, ich springe hinab, um zu sehen, ob der gefährliche Zeuge lebt oder tot ist, und hinterlasse bei der Gelegenheit sofort einen anderen Zeugen, nämlich diesen selben Stößel, den ich in Gegenwart zweier Frauen ergriffen habe, die alle beide jederzeit diesen Gegenstand wiedererkennen und aussagen können, daß *ich* ihn aus ihrer Küche mitgenommen habe, und folglich *ich* auch der Mörder sein dürfte. Und nicht etwa, daß ich ihn dort im Garten vergessen oder in der Zerstreutheit aus der Hand habe fallen lassen! Nein, ich habe meine Waffe ausdrücklich fortgeworfen, denn man hat sie etwa fünfzehn Schritte von der Stelle, wo Grigorij hingefallen war, aufgefunden. Jetzt fragt es sich doch, weshalb hat der Angeklagte das getan? Und dafür gibt es nur eine Erklärung: nur deshalb, weil es ihm bitter leid tat, einen Menschen erschlagen zu haben, einen alten Diener. Jawohl: deshalb, und nur deshalb hat er im Ärger mit einer Verwünschung den Stößel fortgeschleudert, da er eben die Waffe war, mit der er den Menschen getötet hatte. Anders kann es überhaupt nicht gewesen sein. Warum hätte er ihn sonst mit solcher Wut so weit fortschleudern sollen, und nicht etwa ins Gebüsch, sondern zur Rasenfläche hin, wo er dann noch auf die sichtbarste Stelle, nämlich auf den Kiesweg, gefallen ist! Wenn er aber Schmerz und Leid darüber empfinden konnte, daß er einen Menschen erschlagen hatte, nun, so empfand er diesen Schmerz und dieses Leid eben nur deshalb, weil er den Vater nicht erschlagen hatte. Hätte er vorher schon den Vater erschlagen, so wäre er nicht aus Mitleid zu dem anderen Verletzten hinabgesprungen; dann hätte er bereits ganz andere Gefühle gehabt, dann wäre es ihm nicht mehr um andere zu tun gewesen und um Mitleid mit ihnen, sondern um sich selbst und um die eigene Rettung. Und so ist es auch gewesen. Anderenfalls hätte er, wie gesagt, Grigorijs Schädel endgültig eingeschlagen und hätte sich nicht volle fünf Minuten um ihn bemüht. Mitleid und das Verlangen, ihm zu helfen, konnten nur darum in seinem Herzen zu Wort kommen, weil sein Gewissen noch rein war. Das ist auch Psychologie. Aber wir kommen mit ihr zu einem etwas anderen Ergebnis. Ich habe absichtlich, meine Herren Geschworenen, die Psychologie zu Hilfe genommen, um an diesem Beispiel anschaulich zu beweisen, daß man mit ihr jeden beliebigen Schluß ziehen kann. Es kommt dabei nur darauf an, in wessen Händen sie sich befindet. Ja, die Psychologie kann selbst die ernstesten Männer verleiten, Romane zu dichten, mag es auch ganz unfreiwillig geschehen. Ich rede nur von der überflüssigen Psychologie, meine Herren, von einem gewissen Mißbrauch, der mit ihr zuweilen getrieben wird.«

Hier hörte man wieder von ein paar Seiten leises beifälliges Lachen, das natürlich an die Adresse des Staatsanwalts ging. Ich werde nicht die ganze Rede des Verteidigers wiedergeben, sondern nur einige Stellen, die von den
Hauptpunkten handelten.

XI

Das Geld war garnicht vorhanden
Eine Beraubung hat garnicht stattgefunden

Es gab in der Rede des Verteidigers einen Punkt, der alle
überraschte, und das war: die vollständige Ableugnung
der Existenz dieser verhängnisvollen dreitausend Rubel
und die Schlußfolgerung daraus, daß mithin die Möglichkeit einer Beraubung ausgeschlossen sei.

»Meine Herren Geschworenen«, hub der Verteidiger
wieder an, »im vorliegenden Fall setzt jeden unvoreinge-
nommenen Menschen sofort eine charakteristische Besonderheit in Erstaunen, nämlich: die Anklage auf Beraubung
und gleichzeitig die Unmöglichkeit, nachzuweisen, was
nun eigentlich geraubt worden ist. Geld, sagt man, sei geraubt, dreitausend Rubel. Aber haben diese denn je in
Wirklichkeit existiert? Das weiß niemand. Überlegen Sie
doch nur: erstens, woher wissen wir, daß es dreitausend
waren, und wer hat sie gesehen? Einzig und allein der Diener Ssmerdjakoff hat sie wirklich gesehen und ausgesagt,
daß sie in einem Kuvert mit einer Aufschrift lagen. Und
nur er allein hat schon vor der Katastrophe dem Angeklagten sowie dessen Bruder Iwan Fjodorowitsch davon Mitteilung gemacht. Auch Fräulein Sswétlowa war davon unterrichtet. Indessen haben diese drei Personen das Geld nicht
gesehen, gesehen hat es wiederum nur Ssmerdjakoff. Da
aber stellt sich doch von selbst die Frage: wenn es wahr
ist, daß diese Dreitausend existiert haben und Ssmerdjakoff
sie gesehen hat, wann hat er sie dann zum letztenmal ge-

sehen? Wie, wenn der alte Herr sie von dort — sie sollen ja unter der Matratze gelegen haben — fortgenommen und sie wieder in die Schatulle zurückgelegt hat, ohne es ihm zu sagen? Beachten Sie wohl, nach den Worten Ssmerdjakoffs lag das Geld im Bett, sogar unter dem Keilkissen der Matratze; der Angeklagte hätte es also von dort hervorziehen müssen. Indessen war das Bett ganz unberührt, was ausdrücklich im Protokoll bemerkt worden ist. Wie ist es nun überhaupt möglich, daß der Angeklagte das Bett gar nicht durchwühlt und dazu noch mit seinen blutigen Händen die frische, feine Bettwäsche, die an diesem Abend eigens aufgelegt worden war, nicht beschmutzt hat? Darauf sagt man uns sofort: aber das Kuvert lag doch auf dem Boden! Gerade von diesem Kuvert verlohnt es sich eingehender zu reden. Vorhin war ich nicht wenig erstaunt: als der hochtalentvolle Ankläger von diesem Kuvert sprach, erklärte er plötzlich selbst — beachten Sie dies wohl, meine Herren —, erklärte er selbst in seiner Rede an der Stelle, wo er darauf hinwies, daß es eine Abgeschmacktheit sei, Ssmerdjakoff des Mordes auch nur zu verdächtigen: ‚Wenn dieses Kuvert nicht dagewesen, nicht als Beweisstück liegengeblieben wäre, wenn der Mörder es mitgenommen hätte, so hätte auf der ganzen Welt niemand je erfahren, daß ein solches Geldpaket existiert hat, und daß das Geld von dem Angeklagten geraubt worden ist.‘ Also nur dieses zerrissene Stück Papier mit der Aufschrift hat — nach dem Bekenntnis des Anklägers selbst — die Beschuldigung des Angeklagten, einen Raub verübt zu haben, veranlaßt, ‚denn sonst hätte niemand gewußt, daß eine Beraubung stattgefunden, und daß dieses Geld wirklich existiert hat‘. Genügt es denn wirklich, dieses Stück Papier auf dem Fußboden, ist denn das wirklich ein Beweis, daß in ihm Geld gelegen hat, und daß dieses Geld wiederum gestohlen worden ist? ‚Aber Ssmerdjakoff hat doch in diesem Kuvert das Geld gesehen‘, wird uns gesagt. Wann aber, *wann* hat er es zum letztenmal gesehen, das ist es, was ich frage? Ich habe mit Ssmerdjakoff darüber gesprochen, und er hat mir gesagt, er habe es zwei Tage vor der Katastrophe noch gesehen. Warum aber kann ich zum Beispiel nicht annehmen, daß dem alten Fjodor Pawlowitsch eingefallen ist, als er ganz allein in seinem Hause eingeschlossen war, in ungeduldiger, erregter Erwartung der Ersehnten, — daß ihm da plötzlich eingefallen ist, vielleicht auch um sich die Zeit zu vertreiben, das Paket zu öffnen und das Geld herauszunehmen? ,Ach, zum Teufel mit dem albernen Kuvert und seiner Aufschrift', hat er vielleicht bei sich gesagt, ,so wird sie mir ja überhaupt nicht glauben, daß wirklich Geld darin ist, wenn ich ihr aber dreißig Regenbogen in der Hand zeige, das wird stärker ziehen, da wird ihr der Mund wässern.' — Und er zerreißt die Schnur, nimmt das Geld heraus und wirft das Kuvert, wie es dem Hausherrn und Besitzer des Geldpaketes niemand verbieten kann, einfach auf den Fußboden, unbekümmert um jedes Beweisstück. Meine Herren Geschworenen, was ist wohl möglicher als eine solche Auslegung des Tatbestandes? Warum sollte das unmöglich sein? Wenn sich also nur irgend etwas Ähnliches annehmen läßt, so fällt die Beschuldigung der Beraubung ganz von selbst weg: wenn kein Geld existiert hat, so hat auch kein Raub stattgefunden. Wenn das Kuvert auf dem Fußboden ein Beweis dafür sein soll, daß das Geld sich darin befunden hat, warum kann ich dann nicht das Gegenteil behaupten, nämlich, daß das Kuvert deshalb auf dem Fußboden lag, weil sich kein Geld mehr darin befand, weil dasselbe vom Besitzer schon früher herausgenommen worden war? — ,Aber wo ist in dem Fall das Geld geblieben, wenn Fjodor Pawlowitsch es aus dem Paket genommen haben soll? Bei der Haussuchung hat man keines gefunden!' Zunächst hat man in seiner Schatulle einen Teil des Geldes gefunden, und dann hat er ja schon am Morgen oder tags zuvor anders darüber verfügen können, hat es ausgeben, fortsenden, einwechseln oder schließlich seinen Plan von Grund auf ändern können, ohne Ssmerdjakoff zuvor Bericht zu erstatten. Wenn aber schon eine Möglichkeit zu einer solchen Annahme vorhanden ist, wie kann man dann noch so hartnäckig und bestimmt den Angeklagten beschuldigen, den Mord um des Raubes willen ausgeführt zu haben, und daß die Beraubung wirklich stattgefunden habe? Auf diese Weise betreten wir tatsächlich das Gebiet der Romane. Wenn man behauptet, daß die und die Sache geraubt worden ist, dann muß man unwiderlegbar beweisen können, daß diese Sache wirklich existiert hat. Hier aber hat sie nicht einmal jemand gesehen. Unlängst ist in Petersburg ein junger Mensch von achtzehn Jahren, ein halber Knabe, ein kleiner Hausierer, mitten am hellichten Tage mit einem Beil bewaffnet in eine Wechselstube eingedrungen und hat mit unglaublicher, in solchen Fällen allerdings typischer Dreistigkeit den Besitzer der Wechselbude erschlagen und tausendfünfhundert Rubel, die in der Kasse lagen, entwendet, also geraubt. Innerhalb fünf Stunden war er schon verhaftet. Außer fünfzehn Rubeln, die er inzwischen ausgegeben hatte, erhielt man die ganzen Tausendfünfhundert wieder. Außerdem konnte ein Kommis, der erst nach dem Morde in die Wechselstube zurückgekehrt war, der Polizei nicht nur die Höhe der Summe angeben, sondern noch dazu die Geldarten, das heißt aus wieviel Regenbogen, wieviel blauen und roten Kreditbilletts, wieviel Goldgeld und so weiter sie bestanden hatte, und richtig fand man bei dem verhafteten Mörder genau das angegebene Geld wieder. Hinzu kam das volle und aufrichtige Geständnis des Mörders, daß er getötet und dieses Geld aus der Kasse herausgenommen habe. Sehen Sie, meine Herren Geschworenen, das nenne ich Beweise! Denn hierbei sehe ich das Geld, halte es gleichsam selbst in der Hand und kann ganz einfach nicht behaupten, daß es kein Geld gegeben habe. Verhält es sich in diesem Fall ebenso? Dabei handelt es sich hier um Leben und Tod, um das Schicksal eines Menschen. ‚Wie‘, sagt man, ‚er hat doch die ganze Nacht gepraßt, hat mit vollen Händen Geld ausgestreut, er gesteht ja selbst, daß er tausendfünfhundert Rubel gehabt habe, — woher kann er sie genommen haben?' Aber gerade dadurch, daß nur anderthalbtausend festgestellt werden konnten, die andere Hälfte der Summe aber unauffindbar, unnachweisbar bleibt, wird doch bewiesen, daß dieses Geld durchaus ein ganz anderes sein kann und gar nicht aus jenem Kuvert stammt. Nach der Berechnung der Zeit (und zwar nach der genauesten) ist von der Voruntersuchung erwiesen und bewiesen worden, daß der Angeklagte von den Mägden gleich zu dem Beamten Perchotin gelaufen ist, sich also nicht vorher noch in seine Wohnung begeben hat, ja, daß er nirgendwohin gegangen und die ganze Zeit mit Menschen zusammengewesen ist, folglich also auch nicht von den Dreitausend die Hälfte irgendwo in der Stadt versteckt haben kann. Das ist auch der Grund, warum der Ankläger auf der Annahme besteht, das Geld sei irgendwo im Dorfe Mokroje, in einem Winkel der Herberge versteckt. Warum nicht gar, wie in Romanen, in den Kellern eines verwunschenen Schlosses, meine Herren! Ist diese Voraussetzung nicht phantastisch, nicht romanhaft? Und, beachten Sie wohl, sobald nur diese eine Annahme, daß jene Hälfte des Geldes in Mokroje versteckt sein könnte, unmöglich wird, so — fliegt die ganze Beschuldigung der Beraubung in die Luft, denn wo können diese Anderthalbtausend sonst geblieben sein? Durch welches Wunder können sie verschwunden sein, wenn es unantastbar feststeht, daß der Angeklagte nirgendwohin gegangen ist? Und auf Grund solcher Märchen sind wir bereit, ein Menschenleben zu vernichten! Nun sagt man: ‚Immerhin kann er nicht beweisen, woher er die anderthalbtausend Rubel so plötzlich genommen hat; außerdem haben alle gewußt, daß er vor dieser Nacht kein Geld mehr besaß.' Ich frage dagegen: wer hat das gewußt? Der Angeklagte hat doch klar und bestimmt ausgesagt, woher er das Geld genommen hat, und wenn Sie wollen, meine Herren Geschworenen, wenn Sie wollen, — so kann es nichts Wahrscheinlicheres geben als diese Aussage, und außerdem nichts, was mit dem Charakter und der Seele des Angeklagten besser übereinstimmte. Der Anklage gefällt aber ihr eigener Roman gar zu sehr: ein willensschwacher Mensch, der imstande ist, dreitausend Rubel, die ihm so beschämend von der Braut angeboten werden, anzunehmen, der ist ganz gewiß nicht imstande, die Hälfte davon in ein Säckchen einzunähen! Ja, und selbst, wenn er sie eingenäht hätte, so hätte er doch alle zwei Tage etwas davon herausgenommen und auf diese Weise auch die ganze andere Hälfte in einem Monat verbraucht! Erinnern Sie sich bitte, diese Behauptung wurde in einem Ton aufgestellt, der jeden Widerspruch ausschloß. Wie aber, wenn sich das gar nicht so zugetragen hat, wie aber, wenn Sie einen Roman und in diesem einen ganz anderen Menschen geschaffen haben? Das ist es ja, daß Sie einen ganz anderen Menschen aus ihm machen! Man wird vielleicht antworten: ,Es sind doch Zeugen vorhanden, die gesehen haben, daß er im Dorfe Mokroje die ganzen Dreitausend, die er von Fräulein Werchoffzeff erhalten hatte, verschleudert hat, schon einen Monat vor der Katastrophe, auf einmal, wie eine einzige Kopeke, folglich kann er also nichts zurückbehalten haben.' Aber wer sind denn diese Zeugen? Was man diesen Zeugen aufs Wort alles glauben kann, haben wir ja schon beim Verhör gesehen! Außerdem erscheint ein Stück Brot in der fremden Hand immer größer als in der eigenen. Schließlich hat keiner von den Zeugen das Geld gezählt, sondern nur nach dem Augenmaß geschätzt. Hat doch der Zeuge Maximoff ausgesagt, daß sich in den Händen des Angeklagten zwanzigtausend Rubel befunden hätten. Ja, meine Herren Geschworenen, da die Psychologie ihre zwei Enden hat, so gestatten Sie mir, sie einmal am anderen Ende anzufassen, und dann wollen wir sehen, was dabei herauskommt.

Also ... Einen Monat vor der Katastrophe wurden dem Angeklagten von Fräulein Werchoffzeff zur Absendung durch die Post dreitausend Rubel anvertraut. Es fragt sich aber, ob ihm dieselben wirklich in so beschämender und erniedrigender Weise übergeben worden sind, wie das vorhin

dargestellt wurde? Bei der ersten Aussage des Fräulein Werchoffzeff über diesen Gegenstand schien es durchaus nicht
so, durchaus nicht so; in der zweiten Aussage hörten wir
nur den Aufschrei der Rache und Wut und eines lange
unterdrückten Hasses. Schon der Umstand, daß die Zeugin
das erstemal unrichtig ausgesagt hat, gibt uns die Berechtigung anzunehmen, daß die zweite Aussage gleichfalls unrichtig ist. Der Ankläger ,wagt es nicht' — das sind seine
eigenen Worte — an diesen Roman zu rühren. Schön! Auch
ich will nicht daran rühren, aber ich erlaube mir zu bemerken, daß, wenn die reine und sittlich hochstehende Persönlichkeit, die das sehr geehrte Fräulein Werchoffzeff unstreitig
ist, — wenn eine solche Persönlichkeit, sage ich, sich erlaubt,
plötzlich vor Gericht ihre erste Aussage zu widerrufen, und
zwar mit der Absicht, den Angeklagten zu vernichten, so
ist doch klar, daß diese Aussage nicht kaltblütig und leiden-
schaftslos gemacht worden ist. Wird man uns nun nicht das
Recht zugestehen, daraus zu folgern, daß eine rachedurstige
Frau vieles übertreiben kann? Daß sie gerade den Schimpf
und die Schande vergrößert hat, die mit dem Geldangebot
verbunden waren? Ich bin, im Gegenteil, überzeugt, das Geld
ist so angeboten worden, daß er es annehmen konnte, besonders da unser Angeklagter ein leichtsinniger Mensch
ist. Er rechnete dabei natürlich auf das Geld, das er noch
von seinem Vater zu erhalten hatte, auf die Dreitausend,
die jener ihm schuldete. Das war leichtsinnig, gewiß, aber
gerade infolge dieses Leichtsinns war er fest überzeugt, daß
der Vater die Dreitausend ihm geben werde und müsse, daß
er, wenn er sie erhalten habe, das von Fräulein Werchoffzeff
ihm anvertraute Geld immer noch ersetzen und nach Moskau abschicken könne. Aber der Ankläger will es unter
keiner Bedingung zulassen, daß er am selben Tage noch
von dem erhaltenen Gelde die Hälfte habe in ein Säckchen
einnähen können: ,Ein solcher Charakter kann so etwas
nicht tun.' Und doch haben Sie selbst ausgerufen, Karamasoff sei eine breit angelegte Natur, haben Sie ausgerufen,

Karamasoff seien beide Extreme vertraut! Ja, eben weil Karamasoff eine Natur mit zwei Seiten, mit zwei Abgründen ist, kann er selbst in der unbändigsten Genußsucht plötzlich innehalten, wenn ihn etwas von der anderen Seite erschüttert. Diese andere Seite ist aber nun die Liebe, — eben diese ganz neue, wie Pulver in Brand geratene Liebe, und dazu braucht man Geld, dringend, o, viel dringender, als bloß zu einem Fest ihr zu Ehren! Denn sowie sie ihm sagt: ‚Dein bin ich, ich mag Fjodor Pawlowitsch nicht', würde er sie natürlich sofort ergreifen und entführen, — aber zum Entführen gehört Geld! Das ist wichtiger als alle Zecherei! Und das sollte ein Karamasoff nicht gewußt haben? Gerade diese Sorge machte ihn ja fast krank. Was ist nun verständlicher, als daß er die Hälfte des Geldes für diesen einen Fall sofort in Sicherheit brachte? Inzwischen vergeht die Zeit, und der Vater zahlt ihm die Dreitausend nicht aus, ja, er erfährt sogar, daß gerade mit diesem Gelde die Geliebte ihm abspenstig gemacht werden soll. ‚Wenn Fjodor Pawlowitsch das Geld nicht auszahlt', denkt er, ‚so werde ich vor Katerina Iwanowna als Dieb dastehen.' Und da kommt ihm denn der Gedanke, diese Anderthalbtausend, die er auf der Brust trägt, Fräulein Werchoffzeff zurückzugeben und zu sagen: ‚Ich bin ein Schuft, aber kein Dieb!' Folglich hatte er einen doppelten Grund, dieses Geld wie seinen Augapfel aufzubewahren, und nicht etwa jeden Tag das Säckchen aufzutrennen und einen Hundertrubelschein nach dem anderen herauszunehmen und zu verbrauchen. Warum wollen Sie dem Angeklagten Ehrgefühl absprechen? Nein, Ehrgefühl hat er, wenn auch, zugegeben, kein einwandfreies, wenn auch ein oft absonderliches, aber er hat es, hat es bis zur Leidenschaft, und das hat er bewiesen. Aber die Sache wird nun kompliziert, die Qualen der Eifersucht erreichen den höchsten Grad, und diese beiden Fragen werden immer quälender und quälender im fiebernden Hirn des Angeklagten: ‚Soll ich es Katerina Iwanowna zurückgeben? Womit bringe ich dann Gruschenka fort?' Wenn er sich in diesem Monat so unsinnig benahm, trank, in Gasthäusern tobte, so geschah das doch nur, weil ihm so bitter zumut war, daß er es nicht mehr ertragen konnte. Diese zwei Fragen spitzten sich mit der Zeit dermaßen zu, daß er am Verzweifeln war. Schließlich schickte er seinen jüngsten Bruder zum Vater, um jenen noch zum letztenmal um die Dreitausend zu bitten, doch konnte er die Antwort nicht abwarten, er geriet außer sich, stürzte selbst hin und verprügelte den Alten in Gegenwart von Zeugen. Nach diesem Vorfall freilich kann er nicht mehr darauf rechnen, daß der Vater sie ihm geben werde. Am Abend desselben Tages schlägt er sich auf die Brust, auf die Stelle, wo das Geldsäckchen sich befindet, und schwört dem Bruder, daß er noch eine Möglichkeit habe, nicht zum Schuft zu werden, doch fühle er schon voraus, daß er ein Schuft werden werde, daß er die Möglichkeit nicht benutzen werde, weil die Widerstandskraft seines Charakters dazu nicht ausreiche. Warum aber, warum glaubt der Ankläger nicht der Aussage Alexei Karamasoffs, die so rein, so aufrichtig, so ehrlich und unvorbereitet gemacht worden ist? Warum will er mich glauben machen, das Geld befinde sich in einem Kellerwinkel eines romantischen Schlosses? Am selben Abend nach dem Gespräch mit dem Bruder, schreibt der Angeklagte den verhängnisvollen Brief, und dieser Brief ist das hauptsächlichste, soll das großartigste Beweisstück dafür sein, daß der Angeklagte einen Raubmord verübt habe. ,Ich werde alle Leute bitten, und wenn sie mir das Geld nicht geben, so erschlage ich den Vater und nehme unter der Matratze das Paket mit dem rosa Band, wenn nur Iwan fortführe' — oder so ungefähr —: das sei das regelrechte Programm eines Raubmörders, und wie sollte es das denn nicht sein? ,Es hat sich ja alles so zugetragen, wie im Briefe geschrieben steht!' ruft der Ankläger aus. Zunächst ist der Brief in der Betrunkenheit geschrieben, und in schrecklicher Gereiztheit; zweitens, das Geldpaket beschreibt er nur nach den Mitteilungen Ssmerdjakoffs, denn er selbst hat es nicht gesehen; und drittens, ist der Brief geschrieben worden, nur *geschrieben,* ob der Mord sich aber auch so zugetragen hat, — womit will man das beweisen? Hat der Angeklagte das Geld unter dem Kissen gefunden, hat er es an sich genommen, hat es dieses Geld überhaupt gegeben? Ja, und lief denn der Angeklagte des Geldes wegen zu dem Hause seines Vaters, denken Sie doch daran, vergessen Sie doch dieses *eine* nicht! Er ist doch Hals über Kopf hingelaufen, aber nicht um zu rauben, sondern nur um zu erfahren, wo sie ist, dieses Weib, dem auch er verfallen ist! Also ist er nicht nach dem Programm, nicht nach dem Wortlaut seines Briefes hingelaufen, nicht um zu rauben, aus Berechnung zu rauben, sondern plötzlich, zufällig, in eifersüchtigem Zorn ist er hingelaufen! ‚Ja‘, sagt man, ‚aber er ist doch hingelaufen, hat totgeschlagen und wird auch das Geld genommen haben.‘ Aber, frage ich, hat er denn überhaupt erschlagen? Die Beschuldigung, daß er den Vater beraubt habe, weise ich mit Entrüstung zurück: man kann niemanden des Raubes beschuldigen, wenn man das Geraubte nicht ganz genau nachweisen kann, das ist ein Axiom! Hat er aber auch wirklich getötet, ohne zu rauben getötet? Ist das nachweisbar? Oder ist nicht auch das nur ein Roman?«

XII

Und auch ein Mord liegt nicht vor

»Meine Herren Geschworenen, es handelt sich um ein Menschenleben, da muß man vorsichtiger sein. Wie wir gehört haben, hat die Anklage selbst zugegeben, daß sie bis auf den heutigen Tag, bis zur heutigen Gerichtsverhandlung, nicht gewagt habe, den Angeklagten eines vollständig bewußten und vorsätzlichen Mordes zu beschuldigen, bis vorhin dieser verhängnisvolle ‚trunkene‘ Brief dem Gericht übergeben wurde! ‚Es ist geschehen, wie es dort geschrieben steht', sagt die Anklage. Ich aber wiederhole noch einmal: er ist ihr nachgelaufen, nur um zu erfahren, wo sie ist. Das ist doch eine unwiderlegliche Tatsache. Hätte er sie zu Hause gefunden, so wäre er bei ihr geblieben und hätte das im Brief Angedrohte nicht ausgeführt. Er ist ganz plötzlich und ohne Vorbedacht hingelaufen, und seines ‚trunkenen' Briefes hat er sich in dem Augenblick überhaupt nicht mehr erinnert. ‚Er ergriff aber den Stößel', wird die Anklage hier einwenden. Erinnern Sie sich doch nur, meine Herren, was für eine Psychologie einzig und allein aus diesem einen Stößel entwickelt worden ist, warum er diesen Stößel als Waffe angesehen, als Waffe ergriffen haben soll usw. usw. Hierbei ging mir nun ein ganz gewöhnlicher Gedanke durch den Kopf: Wie, wenn dieser Stößel nicht auf dem Küchentisch gelegen hätte, von wo der Angeklagte ihn genommen hat, sondern wenn er im Schrank gewesen wäre, — so wäre er doch dem Angeklagten nicht in die Augen gefallen, und er wäre mit leeren Händen, ohne Waffe, davongelaufen und hätte dann überhaupt niemanden erschlagen können. Wie kann denn der Stößel als Beweis dafür genügen, daß er sich vorsätzlich bewaffnet und vorsätzlich gemordet habe? Er hat in den Gasthäusern herumgeschrien, er werde den Vater erschlagen; zwei Tage vorher aber, als er diesen trunkenen Brief schrieb, sei er ruhig gewesen und habe im Gasthause nur einen Kommis um seinen Platz gebracht, ‚denn ohne Streit konnte Karamasoff doch nicht auskommen'. Darauf jedoch antworte ich, daß, wenn er sich schon einen Mord ausgedacht, wenn er sogar schon den ganzen Mordplan entworfen hätte, so würde er sich nicht mehr mit dem Kommis gestritten haben, ja, vielleicht wäre er dann überhaupt nicht in das Gasthaus gegangen, denn ein Mensch, der sich mit solchen Dingen beschäftigt, sucht Stille, Heimlichkeit, der möchte unsichtbar sein, damit man nichts von ihm sieht noch hört, ihn womöglich ganz und gar vergißt, und zwar nicht etwa aus Berechnung, sondern aus Instinkt. Meine Herren Geschworenen, die Psychologie hat zwei Enden, und auch wir können Psychologie treiben. Was alle diese trunkenen Schreiereien im Laufe des ganzen Monates anbelangt, nun, so schreien Betrunkene und Kinder immer viel, besonders wenn sie sich miteinander streiten und zanken. ‚Ich werde dich totschlagen!' sagen sie schon beim kleinsten Ärger, aber gerade sie tun es hinterher nicht. Und selbst dieser verhängnisvolle Brief, – ist er denn nicht auch nur der Schrei so eines Gereizten, der das Gasthaus in betrunkenem Zustand verläßt? Ist das nicht gleichfalls wie: ‚Ich werde euch totschlagen, allesamt!' Warum soll dem nicht so sein? Warum soll dieser verhängnisvolle Brief, warum soll er, im Gegenteil, nicht geradezu – lächerlich sein? Darum, weil man den Vater erschlagen vorgefunden hat, weil ein Zeuge den Angeklagten im Garten, bewaffnet und fortlaufend, gesehen hat und selbst von ihm niedergestreckt worden ist. Darum hat sich alles nach dem schwarz auf weiß Geschriebenen buchstäblich erfüllt, und darum ist der Brief nicht bloß lächerlich, sondern verhängnisvoll! Gott sei Dank, jetzt sind wir beim i-Punkt angelangt: ‚Er ist im Garten gewesen, folglich ist er der Mörder.' Mit diesen beiden Sätzen: ‚er ist im Garten gewesen' – ‚folglich ist er der Mörder', scheint mir alles erschöpft zu sein, die ganze Anklage. Aber wie nun, wenn er ihn nicht erschlagen hat, obgleich er dagewesen ist? O, ich gebe ja zu, daß die Verkettung der Tatsachen, das Zusammentreffen aller belastenden Aussagen einen gewissen Eindruck machen kann. Betrachten Sie aber die Tatsachen einzeln, ohne sich von ihrer Verkettung beeinflussen zu lassen. Warum, zum Beispiel, will die Anklage die Aussage des Angeklagten, daß er vom Fenster des Vaters fortgelaufen sei, unter keiner Bedingung auch nur als wahrscheinlich zulassen? Denken Sie an die Sarkasmen, in denen die Anklage sich in bezug auf die Ehrfurcht und die ‚frommen' Gefühle erging, die sich plötzlich des Mörders bemächtigt hätten. Wie aber, wenn in der Tat sich etwas Ähnliches zugetragen hat, – das heißt, wenn ihn auch nicht Ehrfurcht verscheucht haben kann, so war es vielleicht doch ein frommes Gefühl? ‚Meine Mutter muß für mich gebetet haben‘, hat der Angeklagte in der Voruntersuchung gesagt, und er sei fortgelaufen, sowie er sich überzeugt hatte, daß die Sswetlowa nicht beim Vater war. ‚Er konnte sich aber doch nicht durch das Fenster überzeugen‘, entgegnet uns die Anklage. Warum konnte er denn das nicht? Das Fenster wurde doch auf das vom Angeklagten gegebene Zeichen geöffnet. Bei der Gelegenheit kann Fjodor Pawlowitsch ein Wort entschlüpft sein, ein Ausruf hat vielleicht genügt – und das hat den Angeklagten vielleicht sofort davon überzeugt, daß die Sswetlowa nicht bei ihm war. Warum muß man durchaus voraussetzen, daß eine Sache so gewesen sei, wie wir sie uns vorstellen, oder richtiger, wie wir sie uns unbedingt vorstellen wollen? In der Wirklichkeit können tausend Dinge vorübergehend auftauchen, die selbst der feinsten Beobachtung eines Romanschriftstellers entgehen würden. ‚Ja, aber Grigorij hat die Tür offen gesehen, folglich muß der Angeklagte im Hause gewesen sein, und – folglich hat er ihn erschlagen.‘ Von dieser Tür, meine Herren Geschworenen... Sehen Sie, diese offenstehende Tür hat nur eine Person gesehen, die sich jedoch zu der Zeit selbst in einem Zustande befunden hat, der ... Aber mag auch die Tür offengestanden haben, mag der Angeklagte sie geöffnet und aus dem Gefühl der Selbstverteidigung gelogen haben, was ja so verständlich in seiner Lage wäre, mag er, gut, mag er ins Haus eingedrungen sein, – warum muß er ihn dann auch erschlagen haben? Er kann durch die Zimmer gelaufen sein, den Vater sogar zurückgestoßen, geschlagen haben, doch deswegen kann er noch immer, nachdem er sich überzeugt, daß die Sswetlowa nicht bei ihm war, ohne zu erschlagen, wieder fortgelaufen sein, froh darüber, daß sie nicht da war und er den Vater nicht zu erschlagen brauchte. Darum ist er vielleicht einige Minuten später vom Zaun zum alten Grigorij, den er im Jähzorn verletzt hatte, hinabgesprungen, – eben weil er imstande war, ein reines Gefühl, ein

Gefühl des Mitleids und des Bedauerns zu empfinden. Er, der soeben der Versuchung, den Vater zu erschlagen, entgangen war, und der nun in seinem reinen Herzen Freude darüber empfand, daß er den Vater *nicht* getötet hatte! Bis zum Entsetzen beredt beschreibt uns der Ankläger den schrecklichen Zustand des Angeklagten im Dorfe Mókroje, als die Liebe sich ihm plötzlich zuwandte und ihn zu neuem Leben aufrief, ihm aber zu lieben schon unmöglich war, weil hinter ihm die blutige Leiche des Vaters lag und diese Leiche ihm auch schon das Gericht nachsandte. Nun hat aber der Ankläger die Möglichkeit einer solchen Leidenschaft in diesem Augenblick immerhin zugelassen und sie nach seiner Psychologie folgendermaßen erklärt: ,Ein trunkener Zustand war es, noch muß der Verbrecher durch zwei Straßen fahren, bis zum Richtplatz ist es noch weit' usw. usw. Haben Sie da nicht vielleicht eine andere Person geschaffen, Herr Ankläger? Das möchte ich Sie nochmals fragen. Sollte der Angeklagte wirklich so roh und herzlos sein, daß er noch an Liebe und Winkelzüge vor Gericht denken konnte, wenn auf seinem Gewissen tatsächlich das Blut seines Vaters lag? Nein, nein und abermals nein! Anderenfalls hätte er, sobald ihm klar geworden, daß sie ihn liebte, ,ihn zu sich heranzog, ihm ein neues Glück verhieß', — o, ich schwöre es, dann hätte er ein doppeltes, dreifaches Bedürfnis empfunden, sich zu töten, und er hätte sich auch getötet, wenn, wie gesagt, die Leiche des *Vaters* hinter ihm gelegen hätte. O, nein, dann hätte er nicht vergessen, wo seine Pistolen lagen! Ich kenne den Angeklagten: die rohe, hölzerne Herzlosigkeit, die ihm die Anklage zuschreibt, ist unvereinbar mit seinem Charakter. Er hätte sich getötet, das ist sicher; er hat sich aber nicht getötet, weil ,die Mutter für ihn gebetet' und sein Herz unschuldig am Blute seines Vaters war. Er quälte sich in dieser Nacht in Mokroje nur um den verwundeten Grigorij und betete zu Gott, daß der Alte wieder zu sich komme, daß der Schlag nicht tödlich gewesen sein möge! Warum soll man nicht diese Auslegung der

Ereignisse als wahr annehmen? Welch einen sicheren Beweis
haben wir dafür, daß der Angeklagte uns belügt? Aber da
ist ja die Leiche des Vaters, und man wird uns sofort wieder
auf sie hinweisen. Gut, er ist hinausgelaufen, ohne ihn zu
erschlagen, wer aber hat dann den Alten erschlagen?

Ich wiederhole, die ganze Logik der Anklage besteht nur
in dieser Frage: wer hat erschlagen, wenn nicht er? Man
sagt, daß man niemanden an seine Stelle setzen könne.
Meine Herren Geschworenen, verhält es sich wirklich so?
Kann man denn wirklich niemanden statt seiner beschuldigen? Wir haben gehört, wie der Ankläger alle Personen,
die sich in dieser Nacht im Hause befanden, an den Fingern aufgezählt hat. Im ganzen waren es fünf Menschen.
Ich gebe ohne weiteres zu, daß drei von ihnen außerhalb
jedes Verdachtes stehen: der Erschlagene selbst, der alte
Grigorij und seine Frau. Es bleiben also nur noch der Angeklagte und Ssmerdjakoff übrig. Und siehe da, der Ankläger behauptet mit Pathos, der Angeklagte weise nur deshalb
auf Ssmerdjakoff hin, weil er doch auf niemand anderen
mehr hinweisen könne, daß aber, wenn noch irgendeine
sechste Person oder nur ein Schatten von einer sechsten
Person da wäre, der Angeklagte es sofort aufgeben würde,
Ssmerdjakoff zu beschuldigen, daß er sich sogar schämen
würde, einen so lächerlichen Verdacht auszusprechen, und
gegen den Sechsten aussagen würde. Meine Herren Geschworenen, warum kann ich nicht genau das Entgegengesetzte behaupten? Es stehen zwei Menschen vor uns: der
Angeklagte und Ssmerdjakoff, — warum kann ich nicht
sagen, daß Sie meinen Klienten nur darum beschuldigen,
weil Sie niemand anders zu beschuldigen haben? Und nur
darum haben Sie niemanden zu beschuldigen, weil Sie
voreingenommen Ssmerdjakoff von jedem Verdacht ausgeschlossen haben. Ja, es ist wahr, gegen Ssmerdjakoff sagen
nur der Angeklagte, seine beiden Brüder und Fräulein
Sswetloff aus, sonst niemand. Aber es ist doch noch ein
Etwas vorhanden, das gegen ihn spricht: das ist ein gewisses,

wenn auch unbestimmtes Gären einer Frage in der Gesellschaft, eines Verdachtes; ein Gerücht geht um, ein Gemun-
kel, man spürt das Vorhandensein einer Erwartung. Und
schließlich sprechen da noch so ein paar eigene Umstände
mit . . . Zunächst dieser epileptische Anfall gerade am Tage
der Katastrophe, ein Anfall, den der Ankläger so sehr zu
verteidigen sich bemüht hat. Dann ist da dieser plötzliche
Selbstmord Ssmerdjakoffs am Vorabend der Gerichtsverhandlung. Und ebenso unerwartet kommt nun, heute vor
Gericht, die Aussage des einen Bruders des Angeklagten, der
bis dahin an die Schuld des Bruders geglaubt hat, und der
nun plötzlich das Geld bringt und Ssmerdjakoff als den
Mörder angibt. O, auch ich bin überzeugt, wie der Gerichtshof und die Staatsanwaltschaft, daß Iwan Karamasoff
krank ist und phantasiert, daß seine Aussage tatsächlich nur
ein verzweifelter, im Fieber erdachter Versuch sein kann, den
Bruder zu retten, indem er alles auf den Toten wälzt. Nur
ist immerhin wieder Ssmerdjakoff genannt worden, und
wiederum hört man gleichsam etwas Rätselhaftes. Es ist,
als wäre hier das letzte Wort noch nicht gesprochen, meine
Herren Geschworenen, etwas noch nicht abgeschlossen.
Und vielleicht wird das noch einmal zur Sprache kommen.
Doch lassen wir das auf sich beruhen, warten wir ab. Das
Gericht entschied vorhin, die Sitzung sei fortzusetzen, und
so könnte ich denn einstweilen, in Erwartung besseren
Wissens, wenigstens einiges zum Beispiel zu der Charakteristik Ssmerdjakoffs bemerken, die der Ankläger so fein
und so talentvoll skizziert hat. Indes, trotz allen Staunens
über das Talent, vermag ich dem Wesentlichen dieser
Charakteristik nicht völlig beizustimmen. Ich bin bei
Ssmerdjakoff gewesen, ich habe ihn gesehen und mit ihm
gesprochen, und ich muß gestehen, er hat auf mich einen
ganz anderen Eindruck gemacht. Gesundheitlich war er
schwach, das ist wahr, aber was seinen Charakter und sein
Herz anbelangt — o, da war er nicht schwach, nein, in diesen
beiden Dingen war der Mann durchaus nicht so schwach,

wie die Anklage ihn schildert. Vor allem habe ich keine Schüchternheit an ihm wahrgenommen, jene Schüchternheit, die der Ankläger für so charakteristisch an ihm hält. Treuherzigkeit habe ich an ihm erst recht nicht bemerkt, im Gegenteil, ich fand nur schreckliches Mißtrauen, das sich hinter Naivität zu verbergen suchte, und einen Verstand, der fähig war, sehr vieles zu bedenken. O! die Anklage hat ihn gar zu bieder für einen Schwachsinnigen gehalten. Auf mich hat er einen ganz bestimmten Eindruck gemacht: ich bin mit der Überzeugung fortgegangen, daß dies ein entschieden heimtückisches, über die Maßen ehrgeiziges, rachsüchtiges und boshaft neidisches Geschöpf sei. Ich habe Erkundigungen über ihn eingezogen und folgendes erfahren: er hat seine Herkunft gehaßt, hat sich ihrer geschämt und geknirscht bei dem Gedanken, von der ,Stinkenden' abzustammen. Gegen den Diener Grigorij und dessen Frau, seine beiden Wohltäter von Kindheit an, hat er sich unehrerbietig verhalten. Rußland hat er verwünscht und verspottet. Er hat davon geträumt, nach Frankreich zu ziehen und sich in einen Franzosen zu verwandeln. Er hat oft davon gesprochen, daß ihm dazu die Mittel fehlten. Mir scheint, er hat niemanden geliebt außer sich selbst, und die Hochschätzung seiner eigenen Person grenzte an Wahnwitz. Unter Bildung verstand er gute Kleider, reine Vorhemden und gewichste Stiefel. Da er sich für einen unehelichen Sohn Fjodor Pawlowitschs hielt (dafür sprechen Tatsachen), hat er die ehelichen Kinder seines Herrn, beim Vergleich seiner Stellung mit der ihren, gehaßt: ,Ihnen gehört alles, mir aber nichts, sie haben alle Rechte, sind die Erben, ich aber bin nur der Koch.' Er hat mir mitgeteilt, daß er mit Fjodor Pawlowitsch zusammen das Geld ins Kuvert getan habe. Die Bestimmung dieser Summe — mit dreitausend Rubeln hätte er seine Karriere machen können — war ihm natürlich gleichfalls verhaßt. Dazu hat er noch die dreitausend Rubel in hellen regenbogenfarbenen Kreditbilletten gesehen (danach habe ich ihn absichtlich gefragt). O, zeigen Sie niemals einem neidischen und eigensüchtigen Menschen viel Geld auf einmal! Er aber hat damals zum erstenmal eine so große Summe in der Hand gehalten. Der Eindruck dieses regenbogenfarbenen Pakets konnte seine Phantasie durchaus krankhaft beeindrucken, wenn auch zunächst ohne Folgen. Der hochtalentvolle Ankläger hat uns hinsichtlich der Möglichkeit, Ssmerdjakoff des Mordes zu beschuldigen, mit außergewöhnlicher Feinheit alles Dafür- und Dagegensprechende skizziert und noch ausdrücklich gefragt: Wozu sollte er einen Epilepsieanfall simuliert haben? Aber er braucht ihn ja gar nicht simuliert zu haben, der Anfall kann doch auch ganz von selbst und natürlich gekommen sein. Doch ebenso natürlich kann der Anfall dann auch wieder vorübergegangen und kann der Kranke aufgewacht sein. Nehmen wir an, er hat sich nicht sofort erholt, aber er ist vielleicht zu sich gekommen und aufgewacht, wie das bei den Fallsüchtigen häufig vorkommt. Die Anklage fragt: In welchem Augenblick hat denn Ssmerdjakoff den Mord verübt? Diesen Augenblick festzustellen, ist außerordentlich leicht. Er ist aus tiefem Schlaf erwacht — denn er schlief doch nur: nach einem Anfall verfällt der Epileptiker immer in einen tiefen Schlaf — genau in dem Augenblick, als der alte Grigorij den fortlaufenden Angeklagten auf dem Zaun am Fuß packte und laut, weithin hörbar ‚Vatermörder!' schrie. Dieser ungewöhnliche Schrei in der Stille und Dunkelheit kann Ssmerdjakoff sehr wohl aufgeweckt haben, da sein Schlaf zu der Zeit ja gar nicht mehr so fest zu sein brauchte, er hätte schon eine Stunde vorher erwachen können. Daraufhin kann er sofort und unwillkürlich aufgestanden und unbewußt, ohne jegliche Absicht, hinausgegangen sein, um zu sehen, was dieser Schrei auf sich hatte. In seinem Kopf ist noch krankhafter Dunst, die Überlegung schlummert noch, — da ist er aber schon im Garten: er tritt an die erleuchteten Fenster heran und erfährt von seinem erschreckten Herrn, der natürlich froh ist über sein Erscheinen, was geschehen ist. Da erwacht im Nu die furchtbare Überlegung. Er erfährt noch alle Einzelheiten. Und plötzlich durchzuckt sein zerrüttetes und krankes Hirn ein Gedanke, – ein schrecklicher, aber verführerischer und bestürzend logischer Gedanke: den Herrn zu ermorden, die Dreitausend zu nehmen und später alles auf den jungen Herrn abzuwälzen! Wen würde man verdächtigen, wenn nicht den jungen Herrn, denn er ist dagewesen, das konnte man beweisen! Eine schreckliche Gier nach dem Geld, nach der Beute, kann ihn, zugleich mit der Vorstellung von der Straflosigkeit, gepackt haben. O, diese plötzlichen, unbezwingbaren Gelüste stellen sich oft bei gegebener Versuchung ein, und so plötzlich gerade bei solchen Mördern, die noch vor einer Minute nicht wußten, daß sie töten würden! Und nun: Ssmerdjakoff konnte zu seinem Herrn hineingehen und seinen Plan ausführen, aber womit, mit welcher Waffe? Mit dem ersten besten Stein, den er im Garten auflas. Aber wozu, zu welchem Zweck? Aber mit dreitausend Rubeln kann man doch Karriere machen! Bitte, ich widerspreche mir durchaus nicht: das Geld kann ja doch existiert haben. Und Ssmerdjakoff wußte sogar ganz allein, wo es zu finden war, wo es beim Herrn lag. – Aber der Umschlag des Geldes, ‚das zerrissene Kuvert auf dem Fußboden‘? Der Ankläger machte, als er von dem Paket sprach, eine außerordentlich feine Bemerkung darüber, daß nur ein des Stehlens Ungewohnter, wie zum Beispiel Karamasoff, das Kuvert auf dem Fußboden hätte liegen lassen können, Ssmerdjakoff dagegen niemals ein solches Beweisstück seines Verbrechens liegen gelassen hätte. Meine Herren Geschworenen, als ich das hörte, fühlte ich plötzlich, daß ich etwas bereits Bekanntes vernahm. Stellen Sie sich vor: genau dieselbe Bemerkung, diesen Hinweis darauf, daß nur Karamasoff mit dem Paket so hätte verfahren können, habe ich genau vor zwei Tagen von Ssmerdjakoff selbst gehört, und er hat mich damit sogar in Erstaunen gesetzt: Mir fiel nämlich sofort auf, daß er sich naiv stellte, um mir diesen Gedanken aufzubinden, damit ich selbst zu diesem Schluß komme; ja, er hat sich ordentlich bemüht, mir diesen Gedanken einzugeben. Sollte er nicht auch noch dem hochtalentierten Ankläger diesen Gedanken in derselben Weise eingeflüstert haben? Man wird sagen: ‚Aber die Alte, die Frau Grigorijs? Sie hat doch gehört, wie der Kranke neben ihr die ganze Nacht gestöhnt hat.‘ Es ist möglich, daß sie es gehört hat, aber die Einbildungskraft ist oft sehr stark. Ich habe eine Dame gekannt, die sich bitter beklagte, ein Hund auf dem Hofe habe sie die ganze Nacht durch fortwährendes Bellen gestört, und sie habe daher fast überhaupt nicht schlafen können. Dabei hatte das arme Tier, wie sich später herausstellte, überhaupt nur zwei- oder dreimal gekläfft. Aber das ist ja ganz natürlich! Der Mensch schläft, und plötzlich hört er ein Stöhnen, er erwacht und ärgert sich über die Störung, schläft aber augenblicklich wieder ein. Nach zwei Stunden hört er wieder ein Stöhnen, wieder wacht er auf, und wieder schläft er ein; schließlich wieder ein Stöhnen, und zwar wiederum nach zwei Stunden, im ganzen also nur dreimal in der Nacht. Am Morgen steht er auf und beklagt sich, er sei in der Nacht ununterbrochen gestört worden. So muß es ihm auch durchaus erscheinen! Die Zwischenzeit von zwei Stunden hat er verschlafen und erinnert sich ihrer nicht, erinnert sich nur der Minuten des Erwachens, und da scheint es ihm denn, er sei die ganze Nacht gestört worden. ‚Aber warum, warum‘, ruft die Anklage aus, ‚warum hat Ssmerdjakoff in seinem Schreiben vor dem Tode nicht alles eingestanden?‘ ‚Ist es nun glaubwürdig, daß sein Gewissen, das in der einen Sache sprach, in der anderen stumm blieb?‘ Aber erlauben Sie: Gewissen — das ist doch schon Reue, und Reue brauchte bei diesem Selbstmörder vielleicht überhaupt nicht vorhanden zu sein, sondern nur Verzweiflung. Verzweiflung aber und Reue sind zwei ganz verschiedene Dinge. Die Verzweiflung kann böse und unversöhnlich sein, und der Selbstmörder kann in dem Augenblick, als er Hand an sich legte, diejenigen sogar doppelt gehaßt haben, die er sein ganzes Leben lang beneidet hat. Meine Herren Geschworenen, nehmen Sie sich in acht vor einem Justizirrtum! Warum soll das unwahrscheinlich sein, was ich Ihnen soeben vorgelegt und geschildert habe? Finden Sie einen Fehler in meiner Auslegung, finden Sie, daß sie unmöglich, absurd ist? Wenn Sie auch nur einen Schatten einer Möglichkeit oder Wahrscheinlichkeit in meiner Annahme finden, so enthalten Sie sich der Verurteilung! Und kann denn hier nur von einem Schatten die Rede sein? Ich schwöre bei allem, was heilig ist, ich glaube an meine Auslegung, die ich Ihnen soeben auseinandergesetzt habe, an meine Erklärung des Mordes! Doch hauptsächlich, hauptsächlich regt es mich auf, und der Gedanke erbittert mich geradezu, daß aus der ganzen Menge von Tatsachen, die die Anklage gegen den Angeklagten auftürmt, nicht eine einzige Tatsache bewiesen und daher unanfechtbar ist, und daß der Unglückliche nur durch die Verkettung der Tatsachen zugrunde gehen soll. Ja, diese Verkettung der Tatsachen ist schrecklich! Dieses Blut, dieses von den Fingern tröpfelnde Blut, der blutige Ärmelrand, die schwarze Nacht, durch die der Schrei ,Vatermörder!' gellt, und der mit eingeschlagenem Schädel am Boden Liegende, darauf diese Unmenge von Hinweisen, Gesten, Ausrufen des Angeklagten — o, alles das kann stark beeinflussen! Kann das aber auch Ihre Überzeugung beeinflussen, kann das auch Ihre Überzeugung bestechen, meine Herren Geschworenen? Denken Sie daran, daß Ihnen die uneingeschränkte Macht, zu binden und zu lösen, gegeben ist. Doch je größer die Macht ist, um so furchtbarer ist ihre Anwendung! Ich werde nicht um ein Jota von dem abweichen, was ich soeben gesagt habe, aber es sei: nehmen wir an, ich stimmte auf einen Augenblick mit der Anklage überein, daß mein unglücklicher Klient seine Hände mit dem Blute des Vaters befleckt habe. Das ist nur eine Annahme, meine Herren. Ich wiederhole es, daß ich auch nicht einen Augenblick an seiner Unschuld zweifle. Aber nehmen wir einmal an, daß der Angeklagte des Vatermordes schuldig sei, nur hören Sie zu, was ich zu sagen habe, selbst wenn ich diese Annahme zulasse. Mir liegt noch etwas auf dem Herzen, was ich aussprechen möchte, denn ich fühle auch in Ihren Herzen und Gedanken einen großen Kampf ... Verzeihen Sie mir dieses Wort, meine Herren Geschworenen, von Ihren Herzen und Gedanken. Aber ich möchte bis zum Ende wahr und aufrichtig bleiben. Seien wir doch einmal alle von Herzen aufrichtig!«

An dieser Stelle wurde der Verteidiger durch ziemlich starken Applaus unterbrochen. In der Tat, diese letzten Worte sagte er in einem so aufrichtigen Ton, daß alle fühlten, er habe vielleicht tatsächlich etwas zu sagen, und gerade dieses, was er sogleich sagen werde, sei auch das Allerwichtigste. Als aber der Vorsitzende den Applaus hörte, klingelte er sofort und drohte mit erhobener Stimme, den Saal räumen zu lassen, falls Ähnliches noch einmal vorkommen sollte. Alles verstummte, Fetjukowitsch aber begann mit einer gleichsam ganz neuen, wie von tiefer Überzeugung durchdrungenen Stimme, die jetzt ganz anders klang als vorhin.

XIII

Der Ehebrecher im Geiste

»Es ist nicht nur die Verkettung der Tatsachen, was meinem Klienten den Hals bricht, meine Herren Geschworenen«, hub er an, »nein, im Grunde tut das nur eine einzige Tatsache, und das ist: der Leichnam des alten Vaters! Wäre es ein gewöhnlicher Mord, so würden Sie bei der Nichtigkeit, bei der Unbewiesenheit, bei dem Phantastischen der Argumente, jedes für sich und nicht in ihrer Verkettung betrachtet, die Anklage zurückweisen, oder Sie würden sich mindestens bedenken, das Leben eines Menschen nur auf Grund des Vorurteils, das er leider reichlich verdient hat, zugrunde zu richten! Hier aber handelt es sich nicht um einen gewöhnlichen Mord, sondern um einen *Vatermord!* Das imponiert, und gleich in einem solchen Maße, daß selbst die Nichtigkeit und Unbewiesenheit der anklagenden Tatsachen auch dem Vorurteilsfreiesten nicht mehr so nichtig und nicht mehr so unbewiesen erscheinen. Wie nun einen solchen Angeklagten freisprechen? Wie, wenn er den Mord verübt hat und ungestraft bleibt? — Das ist es, was ein jeder sich in seinem Herzen fast unwillkürlich, instinktiv fragt. Ja, es ist etwas Furchtbares, das Blut des Vaters zu vergießen, das Blut des Erzeugers, der mich geliebt, sein Leben für mich nicht geschont hat, der von meinen ersten Daseinsjahren an um mich bei jeder Kinderkrankheit gebangt, sein ganzes Leben lang nur für mein Glück gearbeitet und gelitten, nur von meinen Freuden und Erfolgen gelebt hat! Ja, einen solchen Vater zu erschlagen — das wäre unvorstellbar! Meine Herren Geschworenen, was ist ein Vater, ein wirklicher Vater, was ist das für ein großes Wort, was für eine unheimlich große Idee liegt in dieser Bezeichnung? Wir haben soeben darauf hingewiesen, was ein wahrer Vater ist, und wie er sein soll. In dem vorliegenden Fall jedoch, der uns jetzt alle so beschäftigt, und der uns quält und bis ins Herz getroffen hat, in diesem vorliegenden Fall entspricht der Vater, der verstorbene Fjodor Pawlowitsch Karamasoff, nicht im geringsten, nicht im allermindesten jenem Begriff von einem Vater, den wir im Herzen tragen. Das ist ein Unglück. Ja, in der Tat, gar mancher Vater ist das Unglück seiner Kinder. Betrachten wir dieses Unglück jetzt einmal aus der Nähe, — und wir dürfen doch, meine Herren Geschworenen, im Hinblick auf die Wichtigkeit der bevorstehenden Entscheidung, vor nichts zurückschrecken. Gerade jetzt dürfen wir weniger denn je mit den Händen gewisse Ideen zurückscheuchen wie Kinder oder ängstliche Frauen, um den treffenden Vergleich des hochtalentvollen Anklägers zu gebrauchen. Nun hat aber mein verehrter Gegner (der schon mein Gegner war, noch bevor ich mein erstes Wort gesprochen), hat mein Gegner mehr als einmal ausgerufen: ‚Nein, ich will die Verteidigung des Angeklagten keinem anderen überlassen, — ich bin der Ankläger, ich will auch der Verteidiger sein!' Das hat er, wie gesagt, ein paarmal ausgerufen, indessen hat er aber zu erwähnen vergessen, daß der Angeklagte, wenn er volle dreiundzwanzig Jahre lang eine solche Dankbarkeit für ein einziges Pfund Nüsse im Herzen bewahrt hat, das ihm der einzige Mensch geschenkt, der während seines Aufenthaltes als Kind im Elternhause freundlich zu ihm war, — daß ein solcher Mensch in diesen dreiundzwanzig Jahren auch nicht hat vergessen können, wie er auf dem Hinterhof barfüßig umhergelaufen ist, mit bloßen Beinchen und in ‚Höschen an einem Knopf', wie dies uns der menschenfreundliche Doktor Herzenstube geschildert hat. Meine Herren Geschworenen, wozu sollen wir noch näher dieses ‚Unglück' untersuchen und wiederholen, was doch alle schon wissen! Was hat mein Klient hier vorgefunden, als er nach Haus, zum Vater kam? Und warum, warum nur stellt man meinen Klienten als gefühllosen Egoisten, als Ungeheuer hin? Gewiß, er ist zügellos, wild und gewalttätig, und dafür verurteilen wir ihn auch jetzt. Wer aber ist schuld an seinem Geschick, wer ist schuld, daß er bei guten Anlagen eine so sinnlose Erziehung erhalten hat, dieser kleine verlassene Junge mit dem dankbaren, gefühlvollen Herzen? Hat ihn denn auch nur ein einziger Mensch zur Vernunft angehalten, hat ihn denn jemand unterrichtet oder auch nur geliebt in seiner Kindheit? Mein Klient ist doch nur unter Gottes Obhut aufgewachsen, also nicht anders als ein Tier in der Wildnis. Vielleicht hat er sich danach gesehnt, seinen Vater nach so langer Zeit wiederzusehen, er hat vielleicht schon tausendmal, wenn er sich seiner Kindheit wie eines Traumes entsann, die widerlichen Erinnerungen verscheucht und sich mit ganzer Seele danach gesehnt, seinen Vater rechtfertigen und umarmen zu können! Und nun, was findet er hier? Mit zynischem Spott, mit Mißtrauen und Betrügereien, wegen des strittigen Geldes, wird er empfangen. Die Gespräche und die Lebensphilosophie, die er täglich ‚beim Kognak' mit anhören muß, verursachen ihm fast Übelkeit. Und alsbald sieht er, wie dieser Vater mit seinem, des Sohnes, Geld ihm, dem Sohn, die Geliebte abspenstig machen will. Das ist mehr als ekelhaft und grausam, meine Herren Geschworenen. Und dieser selbe alte Vater beklagt sich nun bei allen über die Unehrerbietigkeit des Sohnes, sucht ihn in der ganzen Gesellschaft anzuschwärzen, mit Schmutz zu bewerfen, ihm zu schaden, wo er nur kann, er verleumdet ihn überall, und schließlich kauft er seine Wechsel auf, um ihn, seinen leiblichen Sohn, ins Gefängnis zu werfen! Meine Herren Geschworenen, diese Seelen, diese anscheinend brutalen, heftigen, zügellosen Menschen, wie mein Klient, sind oft, ja sogar meistenteils im innersten Herzen überaus zartfühlend, nur zeigen sie das nicht gern. Lachen Sie nicht, lachen Sie nicht über meine Idee! Der talentvolle Ankläger spottete vorhin erbarmungslos über meinen Klienten, indem er hervorhob, daß er Schiller liebe, das ‚Schöne und Erhabene' liebe. Ich hätte an seiner Stelle nicht darüber gespottet, als Ankläger! Denn diese Herzen — o, lassen Sie mich diese Herzen verteidigen, die so selten verstanden und so oft ungerecht beurteilt werden —, diese Herzen dürsten so oft nach Zartheit, Schönheit und Gerechtigkeit, und gerade wie im Gegensatz zu sich selbst, zu ihrem wüsten Leben, zu ihrer Grausamkeit, — sie dürsten unbewußt danach, aber sie dürsten im wahren Sinne des Wortes. Nach außen leidenschaftlich und hart, sind sie fähig, bis zur Qual etwas lieb zu gewinnen, zum Beispiel ein Weib, und unbedingt mit einer geistigen und höheren Liebe. Wiederum bitte ich Sie, lachen Sie nicht über mich: gerade das pflegt bei solchen Naturen am häufigsten vorzukommen. Nur können sie ihre Leidenschaftlichkeit, eine mitunter sehr brutale, nicht verbergen, — das ist es, was auffällt, das wird sofort bemerkt, den

inneren Menschen aber sieht man nicht. Alle ihre Leidenschaften sind, im Gegenteil, schnell gestillt, aber in der
Nähe eines edlen, schönen Wesens sucht dieser anscheinend
rohe und grausame Mensch Selbsterneuerung, sucht er die
Möglichkeit, sich zu bessern, gut zu werden, ehrlich und
edel, oder ‚schön und erhaben‘, wie sehr dieses Wort auch
verspottet werden mag! Ich habe gesagt, ich wolle den
Roman meines Klienten mit Fräulein Werchoffzeff nicht
berühren. Aber ein halbes Wort wird hierüber wohl gestattet sein: Was wir vorhin hörten, war keine Zeugen-
aussage, sondern nur der Schrei eines Weibes, das sich
rächen will, und nicht ihr, o, wahrlich nicht ihr kommt es
zu, den Vorwurf des Verrats zu erheben, denn sie selbst
hat Verrat geübt. Hätte sie nur einen Augenblick Zeit gehabt, sich zu besinnen, so hätte sie nie eine solche Aussage
abgelegt! O, glauben Sie ihr nicht, nein, mein Klient ist
kein ‚Ungeheuer‘, wie sie ihn hier nannte! Der gekreuzigte
Menschenfreund hat gesagt, als er das Kreuz auf sich nahm:
„Ich bin der gute Hirt, ein guter Hirt gibt sein Leben hin
für seine Schafe, auf daß kein einziges verloren gehe." Also
lassen Sie auch uns kein Menschenleben zugrunde richten!
Ich habe Sie gefragt, was das Wort ‚Vater‘ bedeute, und
ich habe gesagt, daß es ein großes Wort, eine uns teure Bezeichnung sei. Aber, meine Herren Geschworenen, mit
einem Wort muß man ehrlich umgehen, und ich verlange,
daß man jedem Ding seinen richtigen Namen gibt, nicht
aber, daß man Worte, die uns teuer sind, mißbraucht.
Und darum sage ich dreist: Ein Vater, wie der erschlagene
alte Karamasoff, kann nicht Vater genannt werden, er ist
dieses Namens nicht wert! Die Liebe zum Vater ist, wenn
der Vater sie nicht rechtfertigt, eine Albernheit, eine Unmöglichkeit. Liebe kann nicht aus nichts entstehen, nur
Gott allein vermag aus nichts etwas zu schaffen. „Väter,
betrübet nicht eure Kinder", schreibt der Apostel aus der
Fülle seines liebeglühenden Herzens. Nicht wegen meines
Klienten führe ich hier diese heiligen Worte an, sondern um

aller Väter willen rufe ich sie uns wieder ins Gedächtnis. Wer hat mir die Macht und das Recht gegeben, die Väter zu unterweisen? Niemand. Aber als Mensch und als Staatsbürger rufe ich auf — vivos voco! Wir weilen nicht lange hier auf Erden, wir tun viel üble Taten, wir reden viel üble Worte. Darum aber sollten wir alle den geeigneten Augenblick unseres Zusammenseins benutzen, um einander auch ein gutes Wort zu sagen. So will auch ich es tun: solange ich an diesem Platz stehe, will ich meine Stunde benutzen. Nicht umsonst ist uns diese Tribüne durch höchsten Willen geschenkt worden — von ihr aus hört uns ganz Rußland. Nicht nur zu den hier versammelten Vätern rede ich, sondern allen Vätern rufe ich zu: „Väter, betrübet nicht eure Kinder!" Ja, erfüllen wir zuerst selbst das Gebot Christi, und dann erst laßt uns auch von unseren Kindern die Erfüllung der Gebote verlangen! Anderenfalls sind wir nicht die Väter, sondern die Feinde unserer Kinder, und auch sie sind dann nicht unsere Kinder, sondern unsere Feinde, und wir selbst machen sie zu unseren Feinden! „Mit welchem Maße ihr messet, wird euch wiedergemessen werden", — das sage nicht ich, das schreibt uns das Evangelium vor: Mit dem Maße wieder zu messen, mit dem euch gemessen ward. Wie soll man nun die Kinder anklagen, wenn sie uns mit demselben Maße wiedermessen, mit dem wir messen? In Finnland kam vor kurzem ein Mädchen, eine Dienstmagd, in den Verdacht, im geheimen ein Kind geboren zu haben. Man begann sie zu beobachten, und schließlich fand man auf dem Dachboden des Hauses, in einer dunklen Ecke hinter Ziegelsteinen, ihren Koffer, von dem niemand etwas gewußt hatte. Und in diesem Koffer fand man die kleine Leiche ihres neugeborenen Kindes. Im selben Koffer fand man außerdem noch die Skelette zweier schon früher von ihr geborener und, wie sie selbst eingestanden hat, von ihr sogleich nach der Geburt umgebrachter Kinder. Meine Herren Geschworenen, ist das nun eine Mutter ihrer Kinder? Wohl hat sie sie geboren, aber ist sie ihnen denn eine Mutter gewesen? Wer von uns wird es wagen, sie mit dem heiligen Mutternamen zu bezeichnen? Seien wir mutig, meine Herren Geschworenen, seien wir sogar kühn, denn wir sind verpflichtet, es zu sein, besonders in diesem Augenblick, und uns nicht vor gewissen Worten und Ideen zu fürchten, wie die Moskauer Kaufmannsfrauen, die vor ‚Metall‘ und ‚Schwefeläther‘ Angst haben.[35] Nein, beweisen wir, daß der Fortschritt der letzten Jahre auch unsere Entwicklung berührt hat, und sagen wir gerade heraus: Der Erzeuger ist noch nicht Vater; Vater ist, wer nicht nur erzeugt, sondern den Namen Vater auch verdient hat. Oh, gewiß, es gibt auch noch eine andere Deutung, eine andere Auffassung und Auslegung des Wortes Vater, die verlangt, daß mein Vater auch dann, wenn er ein Ungeheuer ist, wenn er zum Verbrecher an seinen Kindern geworden ist, immer noch mein Vater bleibe, und zwar nur darum, weil er mich erzeugt hat. Doch diese Bedeutung ist sozusagen schon eine mystische, die ich nicht mit dem Verstande begreifen, sondern nur mit dem Glauben annehmen kann, oder richtiger gesagt, auf Treu und Glauben hinnehmen muß, gleich vielem anderen, was ich zwar nicht begreife, doch woran zu glauben die Religion mir gleichwohl befiehlt. Aber in dem Fall mag das dann außerhalb des Bereiches des wirklichen Lebens bleiben. Im Raum des wirklichen Lebens dagegen, das nicht nur seine besonderen Rechte hat, sondern selbst auch große Pflichten auferlegt, — in diesem Bereich müssen wir, sind wir verpflichtet, wenn wir human, wenn wir schließlich Christen sein wollen, nur die Überzeugungen durchzuführen, die von der Vernunft und Erfahrung gutgeheißen, die durch den Schmelzofen der Analyse hindurchgegangen sind. Mit einem Wort, wir haben vernünftig zu handeln und nicht unvernünftig, wie etwa im Schlaf und in der Benommenheit, damit wir den Menschen keinen Schaden zufügen, damit wir keinen Menschen unnütz quälen und zugrunde richten. Dann, dann erst wird es eine wirklich christliche

Handlungsweise sein, nicht nur eine mystische, sondern eine vernünftige und eine bereits wahrhaft menschenfreundliche Handlungsweise ...«

Bei diesen Worten erhob sich an vielen Stellen des Saales starker Applaus, aber Fetjukowitsch begann sogleich mit beiden Händen abzuwinken, als flehe er darum, ihn nicht zu unterbrechen und ihn ausreden zu lassen. Sogleich wurde es still. Der Redner fuhr fort:

»Glauben Sie denn, meine Herren Geschworenen, daß solche Fragen unsere Kinder unberührt lassen können, wenn sie, sagen wir, schon Jünglinge sind, oder, sagen wir, wenn sie schon angefangen haben nachzudenken? Nein, das können sie nicht, und wir wollen auch keine unmögliche Schonung von ihnen verlangen! Der Anblick eines unwürdigen Vaters, besonders im Vergleich mit anderen, würdigen Vätern seiner Altersgenossen, veranlaßt den Jüngling unwillkürlich zum Nachdenken und gibt ihm unwillkürlich qualvolle Fragen ein. Auf diese Fragen aber wird ihm immer nur mit der üblichen Formel geantwortet: ,Er hat dich erzeugt, du bist von seinem Blut, folglich hast du ihn zu lieben.' Wie soll da der Jüngling nicht ernster darüber nachdenken und sich nicht unwillkürlich fragen: ,Ja, hat er mich denn geliebt, als er mich zeugte?' und er wundert sich selbst immer mehr darüber. ,Hat er mich denn um meinetwillen erzeugt? Er kannte mich doch noch gar nicht, er hat ja von mir nicht einmal gewußt, welchen Geschlechts ich sein werde, er hat vielleicht überhaupt nicht an mich gedacht, in jenem Augenblick der Leidenschaft, die vielleicht nur vom Wein herrührte, und in dem er mir vielleicht bloß die Neigung zum Trunk vererbte. Das sind seine ganzen Wohltaten an mir ... Warum nun soll ich ihn jetzt mein ganzes Leben lang dafür lieben, daß er mich zwar erzeugt, dann aber, seit dem ersten Tag meines Lebens, überhaupt nicht geliebt hat?' Diese Fragen werden Ihnen vielleicht unfein und rücksichtslos erscheinen, doch fordern Sie von einem so jungen Geiste keine unmögliche Enthaltsamkeit, verlangen Sie nicht, daß er auch schon maßvoll denke. „Jagt man die Natur zur Tür hinaus, so fliegt sie zum Fenster wieder herein." Und vor allen Dingen, ja, vor allen Dingen fürchten wir uns nicht vor ‚Metall' und ‚Schwefeläther' und entscheiden wir über die Frage so, wie es Vernunft und Nächstenliebe verlangen, und nicht so, wie es mystische Begriffe vorschreiben. Wie aber soll man darüber entscheiden? Sagen wir so: Mag der Sohn vor seinen Vater hintreten und ihn nicht leichfertig, sondern ernst und bedacht fragen: ‚Vater, sage du mir: warum soll ich dich lieben? Vater, beweise mir, daß ich dich lieben soll!' Und wenn dieser Vater imstande und fähig ist, das zu beantworten und zu beweisen, dann ist es eine wirkliche, normale Familie, die nicht nur auf mystischem Vorurteil beruht, sondern auf vernünftigen, bewußten und streng humanen Grundlagen. Im entgegengesetzten Fall, wenn der Vater es ihm nicht beweisen kann, — so ist die Familie aufgelöst, so ist ihr Ende gekommen: er hört auf, Vater zu sein, und der Sohn gewinnt die Freiheit und das Recht, seinen Vater hinfort für einen ihm Fremden und sogar für seinen Feind zu halten. Meine Herren Geschworenen, unsere Tribüne sollte eine Schule der Wahrheit und der gesunden Auffassungen sein!«

Hier wurde der Redner durch spontanen und fast rasenden Applaus unterbrochen. Freilich applaudierte nicht der ganze, nur der halbe Saal. Es waren die Väter und Mütter, die Beifall klatschten. Von oben, wo die Damen saßen, hörte man Beifallsrufe, winkte man mit den Taschentüchern. Der Vorsitzende griff nach seiner Glocke und begann aus allen Kräften zu läuten. Das Benehmen des Publikums empörte ihn offenbar sehr. Trotzdem wagte er nicht, den Saal räumen zu lassen, wie er noch kurz vorher gedroht hatte. Selbst die ehrwürdigen, hohen Standespersonen, die hinter dem Gerichtshof auf besonderen Lehnstühlen saßen, die alten Herren mit den Sternen auf der Brust, selbst die applaudierten und gaben dem Redner ihren Beifall zu erkennen. So begnügte sich denn der Vorsitzende, als der Lärm sich gelegt hatte, mit der strengen Wiederholung derselben Androhung, den Saal räumen zu lassen, und der triumphierende und erregte Fetjukowitsch ergriff von neuem das Wort.

»Meine Herren Geschworenen, Sie erinnern sich dieser furchtbaren Nacht, von der heute schon soviel die Rede war, als der Sohn über den Zaun kletterte, der des Vaters Besitztum einschließt, und wie dieser Sohn dann endlich vor seinen Vater tritt und Auge in Auge seinem Erzeuger, seinem Feinde und Beleidiger gegenübersteht. Ich behaupte, und ich bestehe mit allem Nachdruck darauf, daß er nicht um des Geldes willen in den Garten gelaufen ist. Die Beschuldigung, er habe einen Raub ausgeführt, ist vollkommen unsinnig, ist eine Absurdität, wie ich vorhin schon auseinandergesetzt habe. Und auch nicht, um ihn zu ermorden, ist er bei seinem Vater eingebrochen. Wenn er schon früher diese Absicht gehabt hätte, so hätte er sich doch wenigstens mit einer richtigen Waffe versehen, denn diesen kleinen Stößel hat er doch nur unwillkürlich ergriffen, ohne selbst zu wissen, warum und wozu. Nehmen wir jetzt an, daß er das Zeichen an die Tür geklopft habe und ins Haus eingedrungen sei — ich habe es ja schon gesagt, daß ich keinen Augenblick an diese Fabel glaube —, aber nehmen wir jetzt einmal an, daß es so gewesen sei! Meine Herren Geschworenen, ich schwöre Ihnen bei allem, was heilig ist: Wäre es nicht sein Vater gewesen, sondern ein fremder, ihm sonst fernstehender Beleidiger, so wäre er, nachdem er alle Zimmer durchsucht und sich überzeugt hätte, daß das geliebte Weib sich nicht im Hause befand, so wär er, das behaupte ich, unverzüglich wieder hinausgelaufen, ohne dem Rivalen etwas anzutun, er hätte ihn vielleicht hart und grob angefahren, aber das wäre dann alles gewesen, denn er hätte weiter keine Zeit für ihn gehabt — er mußte doch erfahren, wo sie sich befand! Aber der Vater, der Vater —, daß es gerade der Vater war, sein von Kindheit an gehässigster Feind, sein ewiger Beleidiger, der jetzt — sein ungeheuerlicher Rivale war! Da könnte ihn denn der Haß unwillkürlich überwältigt haben, da war keine Zeit mehr zum

Überlegen; alles erhob sich in einem Augenblick! Da war ein Affekt des Wahnsinns und der Wut möglich, gleichzeitig aber auch ein Affekt der Natur, die für ihre ewigen Gesetze unhemmbar und unbewußt Rache nimmt, wie dies die Natur ständig tut. Aber der Totschläger war auch da kein Mörder — das behaupte ich, das rufe ich dreist aus —, nein, er hat nur im Unwillen und Ekel zu einem Schlag ausgeholt, ohne erschlagen zu wollen, ohne zu wissen, daß er erschlagen könnte. Hätte er nicht diesen verhängnisvollen Stößel in der Hand gehabt, so hätte er den Vater vielleicht nur verprügelt, aber nicht erschlagen. Als er fortlief, wußte er nicht, ob der von ihm niedergestreckte alte Mann wirklich tot war. Ein solcher Totschlag ist kein Mord. Und ein solcher Totschlag ist erst recht kein Vatermord. Nein, den Totschlag eines solchen Vaters kann man nicht Vatermord nennen. Ein solcher Totschlag könnte nur aus Vorurteil Vatermord genannt werden! Aber hat dieser Totschlag überhaupt so stattgefunden, ist er denn auch wirklich vom Angeklagten ausgeführt worden? Das frage ich Sie immer und immer wieder! Das frage ich alle aus der Tiefe meiner Seele unermüdlich immer wieder! Meine Herren Geschworenen, da werden wir ihn nun verurteilen, und er wird sich dann sagen: ‚Diese Menschen haben nichts getan für mein Geschick, nichts für meine Erziehung, meine Bildung, um mich zu bessern, um mich zum Menschen zu machen. Sie haben mich nicht gespeist und getränkt, im Kerker haben sie den Nackten nicht aufgesucht, und diese selben Menschen haben mich jetzt noch ins Zuchthaus geschickt. Jetzt ist meine Schuld getilgt, jetzt haben wir abgerechnet, ich habe bezahlt, jetzt bin ich weder ihnen noch sonst jemandem etwas schuldig. Sie sind böse — nun, so werde auch ich böse sein. Sie sind grausam — so werde auch ich grausam sein.‘ Sehen Sie, das wird er sich sagen. Und ich schwöre Ihnen, meine Herren Geschworenen: mit Ihrer Schuldigsprechung werden Sie seine Schuld nur erleichtern, denn damit werden Sie seinem Gewissen das Schuldbewußtsein nehmen. Er wird das von ihm vergossene Blut verfluchen, aber nicht bereuen.

Und zu gleicher Zeit vernichten Sie den Menschen in ihm, Sie nehmen ihm die Möglichkeit, noch ein Mensch zu werden, denn er würde dann sein Leben lang böse und blind bleiben. Oder wollen Sie ihn lieber schwer, grausam, mit der allerhärtesten Strafe bestrafen, die man sich nur denken kann, um dafür seine Seele aufzurichten und auf ewig zu retten? Wenn Sie das wollen, so erschüttern Sie ihn durch Ihre Barmherzigkeit! Sie werden sehen, Sie werden es hören, wie er zusammenzucken, und wie seine Seele erschrecken wird: ‚Mir diese Güte, mir soviel Liebe! habe ich denn das verdient?‘ — wird das erste sein, was er ausruft. O, ich kenne, ich kenne dieses Herz, dieses stürmische, doch so edelmütige Herz, meine Herren Geschworenen. Es wird sich vor Ihrer Tat niederbeugen, es sehnt sich nach einem großen Liebesbeweis, es wird entflammen und auferstehen, um dann nie wieder hinabzusinken. Es gibt Seelen, die in ihrer Beschränktheit die ganze Welt anklagen. Doch erschüttern Sie diese Seele mit Ihrer Barmherzigkeit, erweisen Sie ihr nur einmal im Leben Liebe, und sie wird ihre Tat verfluchen, denn es liegen so viel gute Keime in ihr. Seine Seele wird sich weiten und wird einsehen, wie barmherzig Gott ist, wie schön und gerecht die Menschen sind. Die Reue und die unermeßliche Schuld, die er von nun an abzutragen haben wird, werden ihn zuerst entsetzen und niederdrücken. Er wird dann nicht sagen: ‚Wir sind quitt‘, sondern: ‚Ich bin vor allen Menschen schuldig und bin der Unwürdigste unter ihnen.‘ Mit Tränen der Reue und brennender, quälender Ergriffenheit wird er ausrufen: ‚Die Menschen sind besser als ich, denn sie haben mich nicht verderben, sondern retten wollen.‘ Wie leicht ist es für Sie, diese Barmherzigkeit zu üben, denn bei dem Nichtvorhandensein wirklicher Beweise seiner Schuld, solcher, die auch nur einigermaßen glaubwürdig wären, wird es Ihnen denn doch zu schwer fallen, ihn schuldig zu sprechen. ‚Es ist besser, zehn Schuldige unbestraft zu entlassen, als einen Unschuldigen zu bestrafen‘ — hören Sie sie, meine Herren Geschworenen, hören Sie sie, diese erhabene Stimme aus dem vorigen Jahrhundert unserer ruhmreichen Geschichte? Wie, kommt es denn mir zu, mir geringem Menschen, Sie daran zu erinnern, daß das russische Gericht nicht nur dem Schuldigen eine Strafe auferlegen, sondern daß es den verlorenen Menschen retten will! Mag bei den anderen Völkern nach dem Buchstaben des Strafgesetzes gerichtet werden, wir aber wollen nach dem Geist und dem Sinn des Gesetzes richten, wir wollen die Rettung und die Wiedergeburt der Gefallenen! Und wenn es so ist, wenn Rußland und sein Gericht wirklich so ist, dann — vorwärts, Rußland! Und lassen wir uns nicht schrecken, o, ängstigen Sie uns nicht mit rasenden Troiken, vor denen alle Völker voll Abscheu zur Seite treten! Nicht die irrsinnig jagende Troika, sondern die majestätische russische Quadriga wird feierlich und ruhig ans Ziel gelangen. In Ihren Händen liegt das Schicksal meines Klienten, in Ihren Händen liegt auch das Schicksal unserer russischen Wahrheit und Gerechtigkeit. Sie werden sie retten, Sie werden sie verteidigen, Sie werden beweisen, daß wir Männer haben, die sie aufrechterhalten, und daß sie in guten Händen ruht!«

XIV

Die Bäuerlein stehen für sich ein

So schloß Fetjukowitsch, und der Ausbruch der Begeisterung der Zuhörer war dieses Mal unaufhaltsam wie ein Orkan. Niemand hätte ihm Einhalt tun können. Die Damen weinten, auch viele Männer waren dem Weinen nahe, und selbst zwei von den hohen Standespersonen vergossen Tränen. Der Vorsitzende ergab sich denn auch in die Lage und legte nur zögernd die Hand an die Glocke. »Einen solchen Enthusiasmus unterdrücken, das wäre ja wie Schändung eines Heiligtums gewesen!« sollen unsere Damen später gesagt haben. Auch der Redner war sichtlich und aufrichtig ergriffen. Aber siehe da, in einem solchen Augenblick erhob sich plötzlich unser Ippolit Kirillowitsch noch einmal, um zu entgegnen. Geärgert und höchst ungehalten blickte man ihn an. »Wie? Was soll das? Er wagt noch zu entgegnen?« fragten sich die Damen empört. Doch selbst wenn alle Damen der Welt, und an ihrer Spitze sogar die Frau Ippolit Kirillowitschs, sich dagegen empört hätten — es wäre unmöglich gewesen, ihn in diesem Augenblick noch aufzuhalten. Er war bleich und zitterte am ganzen Körper vor Erregung. Die ersten Worte, die er sprach, waren fast unverständlich: er rang nach Atem, sprach alles undeutlich aus, schien sogar den Faden zu verlieren. Doch das legte sich bald. Ich will aus dieser zweiten Rede des Staatsanwalts nur einige Sätze anführen.

». . . Uns wird der Vorwurf gemacht, wir erdichteten Romane. Was aber tut denn der Verteidiger, wenn man seine Rede nicht einen Roman nennen soll, sogar einen doppelten Roman? Es fehlte ja nur noch, daß er ihn in Versen vorgetragen hätte. Fjodor Pawlowitsch zerreißt, während er die Geliebte erwartet, das Kuvert und wirft es auf den Fußboden. Es wird sogar gesagt, was er bei dieser unbegreiflichen Prozedur geredet habe. Ist das keine Dichtung? Und wo ist der Beweis dafür, daß er das Geld herausgenommen hat? Und wer hat denn das gehört, was er dabei sprach? Der schwachsinnige Idiot Ssmerdjakoff wird uns als irgendein Byronscher Held geschildert, der sich an der Gesellschaft für seine illegitime Geburt rächt, — oder ist das etwa keine Dichtung im Byronschen Geschmack? Und der Sohn, der beim Vater eingedrungen ist, ihn erschlägt, und auch wieder nicht erschlägt, das ist ja weit mehr als ein Roman, mehr als eines Dichters Dichtung, das ist ja schon eine Sphinx, die Rätsel aufgibt, welche sie freilich selbst nicht lösen wird. Wenn er erschlagen hat, dann hat er erschlagen! Wer aber kann das verstehen, daß er erschlagen hat und dabei doch nicht erschlagen haben soll? Danach wird uns verkündet, daß unsere Tribüne der Richterstuhl der Wahrheit und gesunden Auffassungen sei, und siehe da, von dieser Tribüne der ‚gesunden Auffassungen' erschallt mit der Unantastbarkeit eines Axioms die Behauptung, daß den Vatermord einen Vatermord zu nennen, nichts als Vorurteil sei! Wenn aber das Verbot, den Vater zu ermorden, nur ein Vorurteil sein wird, und wenn jedes Kind seinen Vater verhören darf: ‚Vater, warum soll ich dich eigentlich lieben?‘ — was wird dann aus uns werden, wohin geraten dann die Grundfesten der Gesellschaft und was wird aus der Familie? Der Vatermord, sehen Sie mal, ist so etwas wie ‚Schwefeläther‘ in der Vorstellung der Moskauer Kaufmannsfrau. Die teuersten, heiligsten Gebote hinsichtlich der Aufgabe und zukünftigen Bedeutung des russischen Gerichts werden uns leichtfertig gefälscht dargestellt, nur um den Zweck zu erreichen: um die Rechtfertigung dessen durchzusetzen, was wir nicht rechtfertigen dürfen. ‚O, erdrücken Sie ihn mit Ihrer Barmherzigkeit‘, ruft der Verteidiger aus, — für den Verbrecher ist das wahrhaftig alles, was er braucht! Dann können wir ja morgen sehen, wie niedergedrückt er sein wird! Und ist der Verteidiger nicht noch zu bescheiden, wenn er nur die Freisprechung des Angeklagten verlangt? Warum verlangt er nicht gleich, daß man ein Stipendium auf den Namen des Vatermörders stifte, zur Verewigung des Ruhmes seiner Heldentat bei der Nachwelt und der jungen Generation? Darauf wird das Evangelium und unsere ganze Religion verbessert. Das ist, heißt es, alles nur Mystizismus, nur wir allein haben das wirkliche Christentum, das bereits durch die Analyse der Vernunft und gesunden Auffassung revidiert worden ist. Und siehe, man richtet vor uns einen Pseudochristus auf! *„Mit welchem Maß ihr messet, wird euch wiedergemessen werden"*, ruft der Verteidiger aus, und im selben Augenblick verkündet er, daß Christus gelehrt habe, mit demselben Maß wiederzumessen, mit dem uns gemessen wird, — und das alles von der Tribüne der Wahrheit und der gesunden Auffassung! Wir pflegen erst am Vorabend unserer Reden einen Blick in die Bibel zu werfen, und zwar einzig und allein zu dem Zweck, um mit der

Kenntnis eines immerhin ganz originellen Werkes zu glänzen, eines Werkes, das man schließlich auch zur Erreichung eines gewissen Eindrucks gebrauchen kann, je nach Bedarf, selbstverständlich immer je nach Bedarf! Das Gebot Christi aber ist: nicht mit demselben Maß zu messen, sondern sich davor zu hüten, so zu messen, denn also tut die böse Welt. Wir aber sollen verzeihen und auch noch die rechte Backe hinhalten, nicht aber mit demselben Maß wiedermessen, mit dem unsere Feinde messen. Ja, das hat uns unser Gott gelehrt, nicht aber, daß das Verbot für die Kinder, ihre Väter zu erschlagen, ein Vorurteil sei. Wenigstens werden wir uns nicht unterfangen, von der Tribüne der Wahrheit und gesunden Auffassungen herab das Evangelium unseres Gottes zu verbessern, den der Verteidiger bloß den ,gekreuzigten Menschenfreund' zu nennen geruht, das genügt ja auch vollkommen, seiner Meinung nach, im Gegensatz zum ganzen rechtgläubigen Rußland, das zu ihm emporruft: ,Denn wahrlich bist Du unser Gott' . . .«
Hier aber griff der Vorsitzende ein und unterbrach den Redner, der sich hinreißen ließ, indem er ihn bat, nicht zu übertreiben, die pflichtschuldigen Grenzen einzuhalten usw. usw., was die Vorsitzenden in solchen Fällen gewöhnlich sagen. Auch der Saal war unruhig geworden. Das Publikum war in Bewegung. Sogar Ausrufe des Unwillens wurden laut. Fetjukowitsch entgegnete nicht einmal, er trat nur vor, um mit gekränkter Stimme, die Hand aufs Herz gepreßt, ein paar würdevolle Worte zu sagen. Er berührte nur so obenhin und spöttisch noch einmal die »Romane« und die »Psychologie« und brachte dann noch geschickt das Zitat an: „Jupiter, du zürnest, folglich hast du Unrecht", — womit er natürlich beifälliges kurzes Auflachen hier und da im Publikum hervorrief, denn unser Ippolit Kirillowitsch glich niemandem weniger als einem Jupiter. Auf die Anschuldigung, er habe der jungen Generation gestattet, die Väter zu erschlagen, bemerkte Fetjukowitsch mit größter Würde, daß er auf so etwas

überhaupt nicht entgegnen werde. Und über den »Pseudo-christ« sowie über den Vorwurf, daß er Christus nicht des Namens »Gott« gewürdigt, sondern nur den »gekreuzigten Menschenfreund« genannt habe, »was der Rechtgläubigkeit widersprechen soll und niemals von der Tribüne der Wahrheit und der gesunden Auffassungen herab gesagt werden dürfe«, ließ Fetjukowitsch nur eine kurze Be-merkung fallen, in der er das eine »Insinuation« nannte und zu verstehen gab, daß er, als er zu uns gereist sei, wenigstens darauf gerechnet habe, die hiesige Tribüne werde gegen Beschuldigungen geschützt sein, die seiner Per-son gefährlich werden könnten, als Staatsbürger und treuer Untertan, der er sei... Doch bei diesen Worten wurde auch er vom Vorsitzenden unterbrochen, und so schloß er denn seine Rede mit einer Verbeugung, unter allgemeinem, beifälligem Gemurmel des Saales. Ippolit Kirillowitsch da-gegen war, nach der Meinung unserer Damen, »endgültig aufs Haupt geschlagen«.

Darauf wurde dem Angeklagten selbst das Wort über-lassen. Mitja erhob sich, sprach aber nur kurz. Er war furchtbar ermüdet, sowohl körperlich wie geistig. Der Aus-druck des Selbstbewußtseins und der Kraft, mit dem er am Morgen im Saal erschienen war, war fast verschwunden. Es war, als habe er an diesem Tag etwas fürs ganze Leben durchlebt, als habe dieser Tag ihn etwas sehr Wichtiges verstehen gelehrt, was er früher nie verstanden hatte. Seine Stimme war leiser, er sprach längst nicht mehr so laut wie zuvor. In seinen Worten klang aber etwas Neues mit, etwas Stillgewordenes, Besiegtes, das sich niedergebeugt und ergeben hatte.

»Was soll ich sagen, meine Herren Geschworenen? Meine Stunde hat geschlagen, ich fühle Gottes Hand über mir. Das Ende des zügellosen Menschen ist gekommen! Aber wie ich vor Gott beichte, so sage ich es auch Ihnen: Am Blute meines Vaters bin ich unschuldig! Nochmals, daran habe ich keine Schuld! Zum letztenmal wiederhole ich:

Nicht ich habe den Mord begangen! Ich bin zügellos und wild gewesen, aber ich habe das Gute geliebt. Jeden Augenblick strebte ich danach, mich zu bessern, und doch habe ich gleich einem wilden Tier dahingelebt. Ich danke dem Herrn Staatsanwalt, er hat mir vieles über mich gesagt, was ich selbst nicht gewußt habe, aber es ist nicht wahr, daß ich den Vater erschlagen habe, darin täuscht sich der Staatsanwalt. Ich danke auch dem Herrn Verteidiger, ich habe geweint bei seiner Rede, aber es ist nicht wahr, daß ich den Vater erschlagen habe, er hätte diese Annahme gar nicht aufstellen sollen! Den Ärzten aber glauben Sie nicht, ich bin bei vollem Verstande, nur meine Seele ist niedergedrückt. Wenn Sie mich verschonen, wenn Sie mich freisprechen — werde ich für Sie beten. Ich werde ein besserer Mensch werden, darauf gebe ich Ihnen mein Wort, vor Gott gebe ich es. Wenn Sie mich aber verurteilen — so zerbreche ich selbst den Degen über meinem Haupte und küsse die zerbrochenen Stücke! Aber verschont mich, ihr Menschen, beraubt mich nicht meines Gottes, ich kenne mich: ich werde wider Ihn murren! Zu schwer ist es für meine Seele, meine Herren ... laßt den Kelch an mir vorübergehn!«

Seine Stimme versagte, kaum konnte er noch die letzten Worte hervorstoßen. Er fiel fast auf seinen Platz zurück. Der Gerichtshof schritt darauf zur Aufstellung der Fragen und fragte beide Parteien nach ihren Anträgen. Ich übergehe die Einzelheiten. Endlich erhoben sich die Geschworenen, um sich zur Beratung zurückzuziehen. Der Vorsitzende war schon sehr müde und sagte ihnen daher nur ein schwaches Geleitwort: »Seien Sie unparteiisch, lassen Sie sich nicht von den schönen Worten der Verteidigung beeinflussen, wägen Sie gerecht, seien Sie dessen eingedenk, daß eine große Verantwortung auf Ihnen ruht« usw. usw. Die Geschworenen entfernten sich, die Sitzung war unterbrochen. Man konnte aufstehen, umhergehen, die Eindrücke austauschen, am Büfett sich stärken. Es war bereits sehr spät, schon nach Mitternacht, kurz vor eins, aber niemand ging fort. Man war so gespannt und angeregt, daß man an Schlaf nicht einmal denken wollte. Alle erwarteten bangen Herzens das Urteil, obschon bei vielen das Herz eigentlich nicht mitsprach. Die Damen wurden nur von hysterischer Ungeduld gepeinigt, ihre Herzen aber waren ruhig: »O, unfehlbar wird er freigesprochen werden!« meinten sie und bereiteten sich schon auf den effektvollen Augenblick der allgemeinen Begeisterung vor. Ich muß gestehen, daß auch unter dem männlichen Publikum überaus viele von der unfehlbaren Freisprechung überzeugt waren. Die einen freuten sich, die anderen wiederum machten mürrische Gesichter, und die dritten ließen sogar ganz niedergeschlagen die Nase hängen: nein, die wünschten wahrlich keine Freisprechung! Selbst Fetjukowitsch soll von seinem Erfolg fest überzeugt gewesen sein. Er war umringt, man beglückwünschte ihn, man machte ihm den Hof.

»Es gibt«, soll er gesagt haben, wie man später erzählte, »es gibt gewisse unsichtbare Fäden, die den Verteidiger mit den Geschworenen verbinden. Sie knüpfen sich, und man spürt sie schon während der Rede. Ich habe sie auch diesmal gespürt. Der Sieg ist unser, seien Sie unbesorgt!«

»Was meinen Sie, was unsere Bäuerlein jetzt sagen werden?« fragte ein mürrisch dreinschauender, dicker, pockennarbiger Herr, ein Gutsbesitzer, dessen Güter in der Nähe der Stadt lagen, indem er sich zu einer Gruppe Herren gesellte, die sich unterhielten.

»Aber es sind ja nicht nur Bauern allein. Vier von ihnen sind doch Beamte.«

»Jawohl, nichts weniger als Beamte«, sagte hinzutretend ein Mitglied des Landschaftsamtes.

»Kennen Sie den Nasárjeff, den Próchor Iwánowitsch, jenen Kaufmann mit der Medaille, den einen von den Geschworenen?«

»Was ist denn mit ihm?«

»Ein enorm kluger Kopf!«

»Aber er tut ja nichts als schweigen.«

»Das tut er, aber das ist ja um so besser. Der braucht sich nicht von diesem Petersburger belehren zu lassen, der könnte selbst ganz Petersburg belehren, — zwölf Stück Kinder, bedenken Sie nur das allein!«

»Aber ich bitte Sie, wäre denn das überhaupt möglich, daß sie ihn nicht freisprächen?« fragte lebhaft einer von unseren jungen Beamten in einer anderen Gruppe.

»Sicherlich wird er freigesprochen werden!« ließ sich da eine andere überzeugte Stimme vernehmen.

»Eine Schande, eine Schmach wäre es, wenn sie ihn nicht freisprächen!« fuhr der junge Beamte sich ereifernd fort. »Mag er ihn doch erschlagen haben, aber zwischen Vater und Vater ist eben ein Unterschied! Und dann, er war doch so aufgebracht, so außer sich... Er hat ja vielleicht tatsächlich mit dem Stößel nur einmal so geschwenkt, und da ist jener schon tot zusammengebrochen. Ich verstehe nicht, wozu sie da noch den Diener an den Haaren herbeizogen! Das ist doch eine lächerliche Verdächtigung! Ich hätte es an Stelle des Verteidigers auch einfach so gesagt: Er hat zwar erschlagen, ist aber unschuldig, und damit hol euch der Teufel!«

»Das hat er ja auch genau genommen gesagt, nur hat er das ,Hol euch der Teufel' nicht laut hinzugefügt.«

»Nein, Michail Ssemjónytsch, beinahe hat er es ja hinzugefügt...«, fiel eine dritte hohe Stimme ein.

»Aber erlauben Sie, meine Herren, man hat doch vorige Ostern die Schauspielerin freigesprochen, die der Ehefrau ihres Geliebten die Kehle abgeschnitten hatte!«

»Aber nicht ganz, nicht tödlich!«

»Das bleibt sich gleich, sie hatte jedenfalls schon angefangen zu schneiden!«

»Und was er da von den Kindern sagte? Großartig!«

»Ja, das war großartig!«

»Ja, das hat er gut gemacht.«

»Und das von der Mystik, der Mystik, wie finden Sie das?«

»Ach, lassen Sie doch die Mystik Mystik sein«, unterbrach ihn ein anderer, »versuchen Sie mal lieber, sich in die Lage unseres Ippolit zu versetzen! Stellen Sie sich bloß mal das Leben vor, das ihn von heute ab erwartet! Morgen wird ihm ja seine Frau wegen Mítjenka die Augen auskratzen!«

»Ist sie hier?«

»Was hier! Wäre sie hier, so hätte sie sie ihm schon ausgekratzt! Nein, mein Lieber, die sitzt zu Hause und hat glücklich Zahnweh. Hehehe!«

»Hahaha!«

In einer anderen Gruppe:

»Der Mítjenka wird ja, wie's scheint, wahrhaftig freigesprochen werden.«

»Und die Folge davon wird sein, daß er morgen unsere ganze ‚Hauptstadt‘ auf den Kopf stellt und dann wieder mal zehn Tage lang durchgeht.«

»Tja, weiß der Teufel noch eins!« meinte der andere kopfschüttelnd.

»Ja, Teufel hin und Teufel her, ohne Teufel ging's nicht mehr, — ‚wo soll er denn sein, wenn er nicht hier ist?‘«

»Meine Herren, zugegeben: Redekunst! Aber man darf doch faktisch nicht den Vätern die Schädel mit Pfundgewichten einschlagen! Wo kämen wir da hin?«

»Die Quadriga, der Triumphwagen, wissen Sie noch?«

»Ja, der machte aus einem Bauernwagen und einer Troika davor eine Staatskarosse mit dem Viergespann!«

»Und morgen aus einer Quadriga eine Troika, — ‚je nach Bedarf, immer je nach Bedarf‘.«

»Ja, heutzutage sind die Gewandten obenauf. Meine Herren, gibt es noch Wahrheit bei uns in Rußland, oder gibt es sie überhaupt nicht mehr?«

Da ertönte die Glocke. Die Geschworenen hatten sich genau eine Stunde beraten, nicht mehr und nicht weniger. Tiefes Schweigen trat ein, kaum, daß das Publikum sich gesetzt hatte. Ich sehe die Szene noch vor mir, wie die

Geschworenen wieder den Saal betraten. Endlich! Die einzelnen Fragen übergehe ich, und ich habe sie auch vergessen. Sie wurden punktweise vorgelegt. Ich erinnere mich nur noch der Antwort auf die erste und wichtigste Frage des Vorsitzenden: »Ist der Angeklagte schuldig des vorsätzlichen Raubmordes?« (den übrigen Text habe ich vergessen). Der ganze Saal erstarb. Und der Obmann der Geschworenen, eben jener Beamte, der jünger war als die anderen, antwortete laut und deutlich, bei Totenstille im ganzen Saal:

»Ja, er ist schuldig!«

Und darauf folgte Punkt für Punkt dieselbe Antwort: Schuldig, ja, schuldig, und zwar ohne die geringste Milderung! Das hatte niemand erwartet! Selbst die Strengsten waren überzeugt gewesen, daß man doch wenigstens mildernde Umstände in Betracht ziehen werde. Die Totenstille des Saales dauerte noch immer an, buchstäblich, als wären alle erstarrt — sowohl die, die Verurteilung, wie die, die Freispruch gewünscht hatten. Aber das währte nur etliche Augenblicke. Dann erhob sich ein furchtbares Durcheinander. Unter dem männlichen Publikum schienen viele sehr zufrieden zu sein. Einige rieben sich sogar die Hände, ohne ihre Freude zu verbergen. Die Unzufriedenen dagegen waren wie niedergedonnert, sie flüsterten untereinander, zuckten die Achseln, und schienen immer noch nicht recht zur Besinnung kommen zu können. Aber, o Gott, was geschah mit unseren Damen! Ich glaubte schon, es würde einen Aufstand geben. Zunächst trauten sie ihren Ohren nicht. Dann aber hörte man von allen Seiten empörte Ausrufe: »Was soll denn das bedeuten? Was soll denn das heißen?« Sie sprangen von ihren Plätzen auf. Wahrscheinlich glaubten sie, man könne alles sofort noch umändern und alles anders machen. In diesem Augenblick erhob sich plötzlich Mitja und schrie, die Arme vorstreckend, noch einmal laut über den ganzen Saal hin, mit einer Stimme, die das Herz zerriß:

»Ich schwöre bei Gott und seinem Jüngsten Gericht: am Blute meines Vaters bin ich unschuldig! Katja, ich verzeihe dir! Brüder, Freunde, habt Erbarmen mit der andren! . . .«

Er sprach nicht zu Ende: Er schluchzte mit lauter Stimme auf, mit einer Stimme, die an ihm ganz neu, ganz unerwartet, die weiß Gott woher kam, mit einer Stimme, bei der einen das Grauen packte. Und da hörten wir plötzlich von oben, aus der entferntesten Ecke der Galerie, einen gellenden Schrei: Gruschenka hatte ihn ausgestoßen. Sie hatte irgendwen angefleht, sie wieder in den Saal zu lassen, schon vor den Plädoyers. Mitja wurde abgeführt. Die Verlesung des Urteils wurde auf den nächsten Tag verschoben. Der ganze Saal erhob sich in erregtem Gedränge, aber ich eilte schon hinaus und hörte nicht mehr zu. Nur ein paar Ausrufe habe ich behalten, die ich noch auf der Treppe auffing.

»Der kann jetzt in Sibirien seine zwanzig Jahre angeschmiedet Bergwerke riechen!«

»Mindestens!«

»Ja, die Bäuerlein haben sich zu verteidigen gewußt!«

»Und haben unseren Mítjenka erledigt!«

EPILOG

I

Pläne zu Mitjas Rettung

Am fünften Tage nach Mítjas Verurteilung kam Aljoscha schon am frühen Morgen, bereits gegen neun Uhr, zu
Katerina Iwánowna, um in einer für sie beide sehr wichtigen Angelegenheit eine endgültige Vereinbarung zu
treffen, und außerdem war er noch beauftragt, eine Bitte
an sie zu übermitteln. Sie saß und sprach mit ihm in demselben Salon, in dem sie einmal Gruschenka empfangen
hatte; im anstoßenden Zimmer aber lag Iwan Fjodorowitsch
noch immer bewußtlos und in Fieberphantasien. Katerina
Iwanowna hatte sofort nach jener Szene vor Gericht an-
geordnet, den erkrankten Iwan Fjodorowitsch, der das
Bewußtsein verloren hatte, in ihre Wohnung zu bringen.
Sie hatte sich von vornherein über jedes spätere und unvermeidliche Gerede der Gesellschaft und deren strenge
Verurteilung ihrer Anordnung hinweggesetzt. Die eine
von ihren beiden Tanten war denn auch unverzüglich
nach Moskau zurückgereist, die andere dagegen war bei
ihr geblieben. Doch selbst wenn beide Tanten abgereist
wären, hätte Katerina Iwanowna ihren Entschluß nicht
aufgegeben, sie hätte trotzdem den Kranken gepflegt und
Tag und Nacht an seinem Lager gesessen. Behandelt wurde
er von Warwínskij und Herzenstube; der Moskauer Arzt
war schon zurückgereist, hatte sich aber geweigert, seine Ansicht über den möglichen Ausgang der Krankheit zu äußern.
Die beiden anderen Ärzte sprachen Katerina Iwanowna
und Aljoscha zwar immer Mut zu, aber man sah ihnen an,
daß sie selbst noch keine feste Hoffnung hatten. Aljoscha
besuchte den kranken Bruder zweimal am Tage. Dieses
Mal aber war er in einer besonderen, sehr heiklen Angelegenheit gekommen. Er fühlte schon, daß es ihm äußerst

schwer fallen werde, davon zu sprechen, und doch mußte er sich beeilen; er hatte an diesem Vormittag noch etwas Unaufschiebbares vor. Und nun sprachen sie schon seit einer Viertelstunde von nebensächlichen Dingen. Katerina Iwanowna war bleich, sehr ermüdet, zu gleicher Zeit aber von krankhafter Lebhaftigkeit: sie ahnte wohl schon, warum Aljoscha jetzt zu ihr gekommen war.

»Wegen seiner Einwilligung machen Sie sich keine Sorgen«, sagte sie in sehr bestimmtem Ton. »Ob so oder so, er wird schon einsehen, daß es nur diesen Ausweg gibt: er muß entfliehen! Dieser Unglückliche, dieser Held der Ehre und des Gewissens, — ich meine nicht Dmitrij Fjodorowitsch, sondern den hier, der sich für den Bruder geopfert hat« (Katjas Augen flammten), »der hat mir schon längst den ganzen Fluchtplan mitgeteilt. Sie wissen doch, daß er bereits Verbindungen angeknüpft hat ... Ich habe Ihnen schon einiges gesagt ... Sehen Sie, das wird aller Wahrscheinlichkeit nach auf der dritten Etappe geschehen, wenn die Abteilung der Verschickten nach Sibirien übergeführt wird. O, bis dahin ist es noch weit. Iwan Fjodorowitsch ist ja schon einmal zum Kommandanten der dritten Etappe gefahren. Nur weiß man jetzt noch nicht, wer der Führer der Transportabteilung sein wird, und das kann man leider nie im voraus erfahren. Vielleicht werde ich Ihnen schon morgen den ganzen Plan ausführlich erklären können. Iwan Fjodorowitsch hat ihn mir am Vorabend des Gerichtstages für den Fall hinterlassen, daß dort irgend etwas ... Das war an jenem Abend, als wir uns gestritten hatten und Sie zu mir kamen: Sie trafen ihn auf der Treppe, und als ich sie kommen hörte, veranlaßte ich ihn, nochmals heraufzukommen — erinnern Sie sich noch? Wissen Sie, worüber wir damals in Streit geraten waren?«

»Nein, ich weiß es nicht«, sagte Aljoscha.

»Natürlich hat er es Ihnen damals nicht gesagt, das konnte ich mir denken. Es war gerade wegen dieses Fluchtplanes. Er hatte mir schon drei Tage vorher, am Donnerstag, das Wichtigste mitgeteilt — und gleich damals war es zwischen uns zum Streit gekommen, und so hatten wir uns während dieser ganzen drei Tage gestritten. Das geschah aber nur deshalb, weil ich damals an jenem Donnerstag, als er mir sagte, daß Dmitrij Fjodorowitsch, falls er verurteilt werden sollte, ins Ausland entfliehen würde, aber nicht allein, sondern zusammen mit jenem Geschöpf, weil ich mich da plötzlich so ärgerte, böse wurde, — ich werde Ihnen nicht sagen, warum... Ich weiß selbst nicht, warum... oder vielmehr — natürlich weiß ich es: dieses Geschöpfes wegen ärgerte ich mich damals, und zwar gerade deswegen, weil auch sie, dieses Geschöpf, zusammen mit Dmitrij, ins Ausland fliehen sollte!« Katerina Iwanownas Lippen bebten vor Zorn. »Als aber Iwan Fjodorowitsch merkte, daß ich mich dieses Geschöpfes wegen ärgerte, glaubte er sofort, es wäre Eifersucht, und folglich liebte ich Dmitrij noch immer. So kam es denn damals zum ersten Streit. Ich wollte keine Erklärungen geben, und um Verzeihung bitten konnte ich nicht; es schmerzte mich, daß ein solcher Mensch mich der früheren Liebe zu diesem... verdächtigen konnte... Und das noch, nachdem ich ihm schon längst gesagt hatte, daß ich nicht Dmitrij liebe, sondern ihn, ihn ganz allein! Nur aus Wut über dieses Geschöpf bin ich damals auf ihn böse geworden! Nach drei Tagen — das war an eben jenem Abend, als Sie zu mir kamen —, brachte er mir ein versiegeltes Kuvert, das ich sofort entsiegeln sollte, sobald ihm etwas zustieße. O, er hat seine Krankheit schon lange vorausgefühlt! Er teilte mir mit, daß in dem Kuvert der ganze Fluchtplan ausführlich, bis in alle Details, mit allen Eventualitäten enthalten sei, und daß, im Falle er sterben oder ernstlich erkranken sollte, ich dann allein Mitja retten müsse. Zugleich übergab er mir das Geld, an zehntausend Rubel, — dasselbe, von dem der Staatsanwalt gesagt haben soll, er wisse, daß man Wertpapiere habe einwechseln lassen. Es erschütterte mich unsagbar, daß Iwan Fjodorowitsch, der doch meinetwegen immer noch eifersüchtig war und nach wie vor fest glaubte, ich liebte Mítja, — daß er trotzdem nicht den Gedanken aufgab, den Bruder zu retten, und mir, gerade mir dessen Rettung anvertraute! O, das war ein Opfer! Nein, eine solche Aufopferung werden Sie nie ganz verstehen, Alexei Fjodorowitsch! Ich wäre ihm vor Verehrung zu Füßen gefallen, wenn mir nicht plötzlich der Gedanke gekommen wäre, er könne das für Freude halten, Freude darüber, daß Mitja gerettet werden sollte — o, bestimmt hätte er das geglaubt! Da war ich denn schon über die bloße Möglichkeit einer so falschen Voraussetzung derart empört, daß ich wieder in Wut geriet, und ihm, statt ihm die Füße zu küssen, eine neue Szene machte! Wenn Sie wüßten, wie unglücklich ich bin! Das ist mein Charakter — mein schrecklicher, unseliger Charakter! O, Sie werden sehen: ich werde es noch soweit bringen, ja, ich werde es bestimmt soweit bringen, daß auch er mich um einer anderen willen, mit der es sich leichter leben läßt, ebenso verlassen wird, wie Dmitrij ... Das aber, nein, das werde ich nicht überleben, dann werde ich mich selbst umbringen! ... Als Sie damals mit ihm eintraten, wissen Sie noch, als Sie zu mir kamen und ich ihm befahl, noch einmal zurückzukommen, — da, als er mit Ihnen eintrat, da ergriff mich ein solcher Zorn wegen seines haßerfüllten, verächtlichen Blickes, mit dem er mich ansah, daß ich — Sie wissen doch noch? — Ihnen plötzlich zurief, *er, er allein* habe mich davon überzeugt, daß sein Bruder Dmitrij der Mörder sei! Ich log absichtlich, um ihn bis ins Herz zu kränken, denn er hat mir nie, niemals gesagt, sein Bruder sei — der Mörder. Im Gegenteil, ich selbst habe ihn davon zu überzeugen versucht! O, an allem, an allem ist nur meine Raserei schuld! Ich, ich allein habe diese verfluchte Szene vor Gericht heraufbeschworen! Er wollte mir beweisen, daß er edel sei, und wenn ich auch seinen Bruder liebte, er diesen doch nicht aus Rache und Eifersucht verderben werde. Und da ist er denn auch vor dem Gericht erschienen, um so auszusagen ... O, ich bin die Ursache des ganzen Unglücks, ich allein bin an allem schuld!«

Noch niemals hatte sie vor Aljoscha solche Eingeständnisse gemacht. Er fühlte, daß ihre Qualen in diesem Augenblick so überwältigend geworden waren, daß selbst ihr stolzes Herz unter Schmerzen seinen Stolz brach und sich, vom Leid besiegt, vor ihm in den Staub warf. Aljoscha kannte auch noch eine andere furchtbare Ursache ihrer Qualen, wie sehr sie diese auch in den fünf Tagen nach der Verurteilung Mitjas vor ihm zu verbergen gesucht hatte. Aber es wäre für ihn gar zu schmerzhaft gewesen, wenn sie sich entschlossen hätte, sich soweit zu demütigen, sich so zu geißeln vor ihm, jetzt, sogleich, und selbst von ihrer größten Qual zu sprechen. Sie litt unerträglich unter dem Bewußtsein, Mitja vor Gericht »überantwortet« zu haben, und Aljoscha fühlte, daß das Gewissen sie dazu antrieb, ihre Schuld gerade ihm, Aljoscha, einzugestehen, womöglich unter Tränen und Schreien und in Krämpfen, in denen sie sich das Haar gerauft und mit dem Kopf auf den Boden geschlagen hätte. Er fürchtete aber diesen Ausbruch und wollte gerade jetzt die Leidende schonen. Um so schwieriger wurde nun der Auftrag, mit dem man ihn zu ihr geschickt hatte. Er brachte das Gespräch wieder auf Mitja.

»Nein, nein, seinetwegen brauchen Sie sich keine Sorgen zu machen!« unterbrach ihn Katja eigensinnig und schroff. »Das dauert bei ihm nur eine Minute an, ich kenne ihn, ich kenne dieses Herz nur zu gut! Seien Sie überzeugt, daß er einwilligen wird zu fliehen. Die Hauptsache ist ja, er braucht sich nicht sofort zu entschließen. Bis dahin hat er ja noch Zeit, sich zu entscheiden. Iwan Fjodorowitsch wird inzwischen wieder gesund werden und selbst alles in die Hand nehmen, so daß ich damit nichts mehr zu schaffen haben werde. Also beunruhigen Sie sich nicht, er wird schon einwilligen. Er ist ja auch jetzt schon einverstanden, — kann er denn auf dieses Geschöpf verzichten? Sie aber wird nicht zu ihm in die Erzgruben zugelassen werden — wie sollte er da nicht entfliehen wollen! Hauptsächlich fürchtet er aber Sie, Aljoscha. Er fürchtet, daß Sie vom moralischen Standpunkt aus seine Flucht nicht billigen werden, aber ich denke, Sie müssen sie ihm schon großmütig *erlauben*, wenn nun einmal Ihre Sanktion hierzu so unentbehrlich ist«, fügte Katja ironisch hinzu.

Sie schwieg eine Weile; dann lächelte sie spöttisch.

»Jetzt redet er da«, begann sie wiederum, »von irgendwelchen Hymnen, von einem Kreuz, das er auf sich nehmen müsse, von einer Schuld; ich erinnere mich, Iwan Fjodorowitsch hat mir damals viel davon erzählt . . . und wenn Sie wüßten, wie er davon sprach!« rief Katja plötzlich mit unbezwingbar durchbrechendem Gefühl aus. »Wenn Sie wüßten, wie er diesen Unglücklichen in dem Augenblick liebte, als er mir von ihm erzählte, und wie er ihn vielleicht im selben Augenblick haßte! Ich aber, o, ich hatte für seine Worte und seine Qual damals nur ein stolzes Spottlächeln übrig! O, gemeines Geschöpf! Damit meine ich mich: ich, ich bin dieses gemeine Geschöpf! Ich bin auch schuld an seiner Krankheit! Jener aber, der Verurteilte – ist denn der etwa bereit zum Leiden?« unterbrach sich Katja plötzlich gereizt. »Und kann denn so einer überhaupt leiden? Solche wie er leiden ja nie!«

Ein gewisses Gefühl bereits des Hasses und der Verachtung bis zum Ekel klang aus diesen Worten. Und doch war sie es gewesen, die ihn ausgeliefert hatte.

,Vielleicht kommt dies daher', dachte Aljoscha bei sich, ,weil sie sich vor ihm schuldig fühlt, daß sie ihn deshalb in manchen Augenblicken sogar haßt.' Er hätte gewünscht, daß es nur »in manchen Augenblicken« gewesen wäre. In ihren letzten Worten hatte eine Herausforderung gelegen, das fühlte er, aber er ging nicht darauf ein.

»Ich habe Sie heute zu mir gebeten, nur um Ihnen das Versprechen abzunehmen, daß Sie ihm zur Flucht zureden werden. Oder ist es Ihrer Meinung nach doch zu ehrlos, zu entfliehen, nicht heldenmütig, oder sonst so was . . . unchristlich etwa?« fragte Katja ihn noch herausfordernder.

»Nein, das nicht ... Ich werde ihm alles sagen ...«, murmelte Aljoscha vor sich hin. Plötzlich aber blickte er entschlossen auf und sah ihr in die Augen. »Er läßt Sie bitten, heute zu ihm zu kommen!« kam er ganz unerwartet mit seinem Auftrag heraus.

Katja zuckte zusammen und fuhr unwillkürlich zurück. »Mich ... ist denn das möglich?« stammelte sie erbleichend.

»Es *ist* möglich, und es muß sogar geschehen!« begann Aljoscha eifrig, da er unbedingt darauf bestehen wollte. »Er bedarf Ihrer sehr, gerade jetzt! Ich hätte gewiß nicht davon angefangen, um Sie nicht vorzeitig zu quälen, wenn es nicht eben so unbedingt nötig wäre. Er ist krank, er ist wie ein Wahnsinniger, er will immer nur Sie sehen. Er bittet Sie nicht, hinzukommen und sich mit ihm auszusöhnen, sondern nur — nur, er will Sie eben noch einmal sehen! Sie können auf der Türschwelle stehenbleiben — sagt er. Seit jenem Tage hat sich vieles in ihm gewandelt. Jetzt begreift er, wie unermeßlich groß seine Schuld vor Ihnen ist. Nicht um Ihre Vergebung bittet er Sie, — ,Mir kann man nicht vergeben', sagt er selbst, er bittet Sie nur, sich noch einmal auf seiner Schwelle zu zeigen ...«

»Sie haben mich so plötzlich ...«, stammelte Katja, »—ich habe alle diese Tage geahnt, daß Sie damit kommen würden ... Ich habe gewußt, daß er mich rufen werde! ... Aber — es ist unmöglich!«

»Mag es unmöglich sein, aber tun Sie es dennoch! Bedenken Sie doch nur, daß er jetzt zum erstenmal begreift, wie sehr er Sie gekränkt hat, zum erstenmal im Leben begreift er es! Bisher hat er es noch nie so im ganzen Umfang begriffen und so tief gefühlt. Er sagt: ,Wenn sie sich weigert zu kommen, so werde ich mein ganzes Leben lang unglücklich sein.' Hören Sie: Ein Sträfling, der zu zwanzig Jahren verurteilt ist, glaubt noch, glücklich sein zu können, — ist das nicht zum Erbarmen? Bedenken Sie: Sie werden einen schuldlos Zugrundegerichteten besuchen«, sagte Aljoscha plötzlich herausfordernd. »Seine Hände sind rein, an ihnen klebt kein Blut! Um seines unermeßlichen zukünftigen Leidens willen besuchen Sie ihn jetzt! Kommen Sie . . . zum Geleit in die Finsternis . . . Zeigen Sie sich nur einmal auf der Schwelle, das ist ja alles . . . Das müssen Sie doch, das *müssen* Sie tun!« schloß Aljoscha, unerbittlich die Worte »das müssen Sie« betonend.

»Ich muß . . . aber ich . . . kann nicht! . . .«, rang sich Katja gleichsam stöhnend die Worte ab. »Er wird mich ansehen . . . Ich kann nicht!«

»Ihre Blicke müssen sich noch einmal treffen. Wie werden Sie denn Ihr Leben weiterleben können, wenn Sie sich jetzt nicht entschließen?«

»Lieber das ganze Leben lang Qual!«

»Nein, Sie *müssen* kommen, Sie *müssen* es tun!« sagte Aljoscha wieder unerbittlich.

»Aber warum denn heute, warum jetzt . . . Ich kann den Kranken nicht allein lassen . . .«

»Auf diese kurze Zeit können Sie das schon, es handelt sich hierbei nur um wenige Minuten. Wenn Sie nicht kommen, wird er noch vor Anbruch der Nacht gleichfalls an einem Nervenfieber erkranken. Ich will Sie doch nicht belügen. O, so haben Sie doch Erbarmen!«

»Haben Sie doch mit *mir* Erbarmen!« sagte Katja bitter und brach in Weinen aus.

»Also, Sie werden kommen!« sagte Aljoscha überzeugt, als er die Tränen sah. »Ich werde vorausgehen und ihm sagen, daß Sie sogleich kommen werden . . .«

»Nein, um alles in der Welt, sagen Sie ihm nichts!« unterbrach ihn Katja erschrocken. »Ich werde kommen, aber sagen Sie es ihm nicht vorher, denn . . . Ich werde kommen, aber ich weiß noch nicht, vielleicht werde ich auch . . . gar nicht . . . eintreten . . . Ich weiß noch nicht . . .«

Ihre Stimme versagte. Sie atmete schwer. Aljoscha erhob sich, um fortzugehen.

»Aber wenn ich dort ... jemandem begegne?« fragte sie plötzlich leise, wobei sie wiederum erbleichte.

»Darum ist es unbedingt nötig, daß Sie sofort kommen, damit Sie dort niemanden antreffen. Es wird niemand bei ihm sein, Sie können es mir glauben. Wir werden Sie also erwarten!« sagte er mit allem Nachdruck und verließ das Zimmer.

II

Für einen Augenblick ward die Lüge Wahrheit

Er eilte ins Krankenhaus, wo Mitja jetzt lag. Am zweiten Tage nach seiner Verurteilung war Mitja an einem nervösen Fieber erkrankt und aus dem Gefängnis in unser Städtisches Krankenhaus überführt worden, in die Abteilung für Gefangene. Aber der Arzt Warwinskij hatte auf Aljoschas und vieler anderer (Frau Chochlakoffs, Lisas usw.) Bitte den Kranken nicht bei den Gefangenen, sondern in einem abgesonderten Raum untergebracht, und zwar in demselben kleinen Zimmer, in dem auch Ssmerdjakoff gelegen hatte. Allerdings stand ja am Ende des Korridors ein wachhabender Soldat, und auch das Fenster war dort vergittert; so wagte denn Warwinskij schließlich nicht viel mit seiner nicht gerade statthaften Nachsicht. Der junge Mann hatte aber ein gutes, mitfühlendes Herz und konnte es nachempfinden, wie schwer es einem Menschen wie Mitja sein mußte, so plötzlich unter Mörder und Räuber versetzt zu werden. Er begriff, daß man sich an diese Gesellschaft erst gewöhnen mußte. Der Besuch von Verwandten war sowohl vom Arzt als vom Inspektor und sogar von unserem Polizeichef erlaubt worden — natürlich nur unter der Hand. Aber in diesen Tagen hatten Mitja nur Aljoscha und Gruschenka besucht. Zweimal hatte auch Rakitin unbedingt zu ihm gewollt, doch Mitja hatte Warwinskij ausdrücklich gebeten, diesen nicht zu ihm zu lassen.

Als Aljoscha eintrat, saß Mitja in Hospitalkleidern auf seiner feldbettartigen Schlafstelle. Er schien noch Fieber zu haben, und sein Kopf war mit einem Handtuch umwunden, das man mit Wasser und Essig angefeuchtet hatte. Mit einem unbestimmten Blick sah er den eintretenden Aljoscha an, aber zunächst war in seinem Blick gleichwohl ein flüchtiger Schreck aufgeblitzt.

Mitja war seit seiner Verurteilung auffallend nachdenklich geworden. Zuweilen schwieg er halbe Stunden lang, und es war, als überdenke er etwas mühsam und qualvoll, so daß er den Anwesenden ganz vergaß. Verließ ihn aber die Nachdenklichkeit und begann er zu sprechen, was gewöhnlich ganz unerwartet geschah, so sprach er sicherlich nicht davon, wovon er eigentlich sprechen wollte. Zuweilen sah er den Bruder mit gequältem Blick an, und Aljoscha fühlte dann mit jeder Fiber, wie schwer er litt. Wenn Gruschenka bei ihm war, schien es ihm leichter zu sein, als wenn Aljoscha allein bei ihm saß. Und wenn er mit ihr auch kaum etwas sprach, so verklärte sich doch sein ganzes Gesicht vor Freude, sobald sie nur eintrat. Aljoscha setzte sich schweigend neben ihn auf das Bett. Diesmal hatte er Aljoscha mit Bangen erwartet, aber nun wagte er es doch nicht, ihn zu fragen. Es schien ihm undenkbar, daß Katja einwilligen könnte, zu ihm zu kommen, und doch fühlte er gleichzeitig, daß, wenn sie nicht kam, sich erst recht ein ganz unmöglicher Zustand einstellen würde. Aljoscha begriff seine Gefühle.

»Trifon Borissytsch, sagt man, reißt jetzt sein ganzes Haus auseinander«, begann Mitja auf einmal geschäftig. »Alle Dielenbretter hebt er auf, alle Bekleidungsbretter reißt er ab, auch die ganze vordere sogenannte ‚Galderie‘ ist schon hin. Er sucht immer noch den Schatz, diese tausendfünfhundert Rubel, von denen der Staatsanwalt behauptet, ich hätte sie dort versteckt. Kaum daß er zurückgekehrt war, soll er sofort angefangen haben zu suchen. Geschieht ihm ganz recht, dem Spitzbuben! Das hat mir hier der Wachtposten gestern erzählt; er stammt aus Mókroje.«

»Höre, Mitja«, sagte Aljoscha, »sie wird kommen, nur weiß ich nicht wann. Vielleicht kommt sie heute, vielleicht erst in den nächsten Tagen, das weiß ich nicht, aber kommen wird sie bestimmt, das weiß ich gewiß.«

Mitja fuhr zusammen, wollte schon etwas sagen — sagte dann aber doch nichts. Diese Nachricht erschütterte ihn. Man sah ihm an, daß es ihn qualvoll danach verlangte, die Einzelheiten des Gesprächs zu erfahren, daß er sich aber wiederum nicht zu fragen getraute, sich vor einer Antwort vielmehr bis zur Pein fürchtete: etwas Hartherziges oder Verächtliches von Katja hätte ihn in diesem Augenblick wie ein Hieb mit einem Messer getroffen.

»Und höre, was sie unter anderem noch gesagt hat: ich solle dein Gewissen wegen der Flucht unbedingt beruhigen. Und wenn Iwan bis dahin noch nicht gesund sein sollte, so wird sie selbst die ganze Sache in die Hand nehmen.«

»Das hast du mir schon gesagt«, bemerkte Mitja in Gedanken versunken.

»Und du hast es schon Gruscha weitererzählt«, bemerkte Aljoscha.

»Ja«, gestand Mitja. »Heute wird sie nicht am Vormittag kommen«, sagte er, indem er schüchtern den Bruder anblickte. »Sie wird mich erst am Abend besuchen. Als ich ihr gestern nur andeutend sagte, Katja werde die Sache machen, verstummte sie, ihre Lippen preßten sich zusammen. Sie murmelte nur: ‚Mag sie!' Sie begriff, daß es wichtig ist. Ich wagte nicht weiter zu fragen. Sie sieht jetzt wohl endlich ein, denke ich, daß jene nicht mich liebt, sondern Iwan.«

»Meinst du?« entfuhr es Aljoscha unwillkürlich.

»Du hast recht, vielleicht auch nicht. Nur wird sie heute vormittag nicht kommen, ich habe ihr einen Auftrag gegeben ... Weißt du, Iwan wird uns alle überragen. Er muß leben, nicht wir. Er wird gesund werden.«

»Stell dir vor, Katja zittert natürlich um ihn, und doch zweifelt sie kaum daran, daß er genesen werde«, sagte Aljoscha.

»Dann ist sie wohl überzeugt, daß er sterben wird. Nur aus Angst glaubt sie, er werde genesen.«

»Aber Iwan ist doch von kräftiger Konstitution. Und ich hoffe gleichfalls sehr, daß er genesen wird«, bemerkte Aljoscha erregt.

»Ja, er wird genesen. Sie aber ist überzeugt, daß er sterben werde. Viel Kummer hat sie ...«

Schweigen trat ein. Irgend etwas sehr Wichtiges schien Mitja zu quälen.

»Aljoscha, ich liebe Gruscha wahnsinnig«, sagte er plötzlich mit unsicherer, tränenerfüllter Stimme.

»*Dort* wird man sie aber nicht zu dir lassen ...« Aljoscha griff sofort das Thema auf.

»Und was ich dir noch sagen wollte, Alexei«, fuhr Mitja mit einer plötzlich seltsam klangvollen Stimme fort, »wenn man mich schlagen sollte, unterwegs oder *dort,* so werde ich das nicht dulden, nein, dann erschlage ich, und dann wird man mich erschießen. Und das soll ich zwanzig Jahre lang ertragen! Hier fängt man schon an, Du zu mir zu sagen. Alle Wachtposten duzen mich. Ich habe heute die ganze Nacht wach im Bett gelegen und mich gewissenhaft geprüft: Nein, ich bin nicht bereit! Ich kann es nicht auf mich nehmen, meine Kräfte reichen nicht aus! Ich wollte dort eine Hymne singen, aber da kann ich nun nicht einmal das Du der Wachtposten verwinden! Für Gruscha würde ich alles ertragen, alles ... übrigens Schläge ausgenommen ... Aber man wird sie ja dort nicht zu mir lassen ...«

Aljoscha lächelte still.

»Hör' mich, Bruder«, sagte er, »ich will dir ein für allemal meine Gedanken über deine Flucht sagen. Du weißt, daß ich dir nichts vorlügen werde. Also höre: Du bist nicht bereit für Sibirien, und dieses Kreuz ist auch nicht für dich geschaffen. Und ich will dir noch etwas sagen: Du, der du nicht bereit bist, brauchst auch gar nicht ein solches Märtyrerkreuz auf dich zu nehmen. Wenn du den Vater erschlagen hättest, würde es mir leid tun, wenn du dein Kreuz nicht tragen wolltest. Aber du bist unschuldig, und darum wäre ein solches Kreuz gar zu viel für dich. Du wolltest durch die Qual einen neuen Menschen in dir auferstehen machen; ich aber glaube, wenn du nur fortwährend, dein ganzes Leben lang, wohin du auch entfliehen oder wo du hernach auch leben solltest, — wenn du dein Leben lang nur an diesen anderen Menschen in dir denkst, so wird auch das schon genügen. Wenn du diese letzten und äußersten Qualen nicht auf dich nimmst, so wird dies nur dazu dienen, daß du das Bewußtsein einer noch größeren Schuld mit dir nimmst, und dieses Schuldbewußtsein, das nie aufhört und dich stets geleitet, wird dir in Zukunft zu deiner Wiedergeburt vielleicht noch eher verhelfen, als wenn du wirklich nach Sibirien gingest. Denn dort würdest du das ganze Leben nicht ertragen und würdest nur wider Gott murren und vielleicht zu guter Letzt doch noch sagen: ‚Ich habe voll bezahlt.' Der Anwalt hat darin ganz recht gehabt. Nicht alle können so große Bürden tragen, für manche sind sie unmöglich ... Da habe ich dir nun meine Gedanken gesagt. Wenn es für dich wichtig ist zu wissen, wie ich darüber denke. Sieh, wenn für deine Flucht andere, Gott weiß wie, büßen müßten, Offiziere, Soldaten, so würde ich dir ‚nicht erlauben', zu entfliehen«, sagte Aljoscha lächelnd. »Aber man sagt und versichert sogar (der Etappenkommandant hat es Iwan ausdrücklich gesagt), daß, wenn man die Sache zu machen verstehe, auf niemanden eine besondere Strafe falle: man könne mit Lappalien davonkommen. Zwar ist das Bestechen ein unehrliches Verfahren auch unter diesen Umständen, aber ich will darüber nicht richten oder auch nur urteilen, — und zwar schon deshalb nicht, weil ich selbst, wenn Iwan und Katja mich beauftragten, alles Nötige für deine Flucht zu tun, es auf mich nehmen würde, hinzugehen und zu bestechen. Das muß ich dir der Wahrheit gemäß gestehen. Wie gesagt, schon deshalb kann ich hier kein Richter sein, was du auch tun magst. Ich will dir nur sagen, damit du dies ein für alle Mal weißt, daß ich dich nie verurteilen werde. Und nun sag doch selbst, wie könnte ich in dieser Sache dein Richter sein? So, jetzt habe ich, glaub ich, alles gesagt.«

»Dafür aber werde ich mich verurteilen!« rief Mitja aus. »Natürlich werde ich entfliehen, unbedingt, das war auch ohne dich eine beschlossene Sache. Wie könnte denn Mitjka Karamasoff nicht entfliehen? Trotzdem verurteile ich mich selbst dafür, und ich werde dort für meine Sünde um Vergebung beten in Ewigkeit! So sprechen sonst wohl Jesuiten, nicht wahr? . . . So wie wir beide jetzt reden, nicht?«

»Ja, genau so«, und Aljoscha lächelte still.

»Darum liebe ich dich auch so, Alexei, weil du immer die volle Wahrheit sagst und nichts verheimlichst!« rief Mitja froh aus. »Sieh mal, jetzt habe ich meinen Aljoschka auf dem Jesuitenwege ertappt! Abküssen müßte man dich dafür, rundum, weißt du das auch? Nun, so höre denn noch das übrige. Ich will dir auch die andere Hälfte meiner Seele aufdecken. Höre jetzt, was ich mir ausgedacht habe, und worüber ich mir klar geworden bin: Wenn ich nun entfliehe, mit Geld und mit einem Paß versehen, und, sagen wir, meinetwegen sogar nach Amerika, so ermutigt und beruhigt mich doch nur der Gedanke, daß ich nicht in die Freude, nicht ins Glück entfliehe, sondern wirklich nur in ein anderes Zuchthaus, in eine andere Verbannung, die vielleicht nicht leichter sein wird als die in Sibirien! Nein, nicht leichter, Alexei, das kannst du mir glauben, sie wird mir wahrlich nicht leichter sein! Der Teufel hole dieses Amerika, ich hasse es schon jetzt! Ich weiß, Gruscha wird dort bei mir sein, aber sieh sie doch nur einmal an: ist sie denn etwa eine Amerikanerin? Russin ist sie, bis ins Knochenmark Russin! Sie wird sich nach der Muttererde zurücksehnen, und ich werde in jeder Stunde, in jeder Minute zusehen müssen, wie sie sich meinetwegen sehnt und grämt, wie sie für mich das Kreuz trägt! Wofür hat sie das verdient? Was hat sie verbrochen? Und wie werde denn ich dort, im amerikanischen Leben, diese dortigen Knechte ertragen, wenn sie vielleicht auch alle besser sind als ich? Ich hasse dieses Amerika schon jetzt! Und wenn sie auch alle bis auf den letzten weiß Gott was für unerreichte Maschinisten sind, oder sonst was — der Teufel hole sie samt und sonders, meine Leute sind es nicht, meiner Seele nicht verwandt! Ich liebe Rußland, Alexei, den russischen Gott liebe ich, wenn ich auch selbst ein Schuft bin! Dort werde ich ja umkommen!« rief er aus, und seine Augen blitzten, während seine Stimme vor verhaltenen Tränen nicht gehorchen wollte.

»Jetzt höre, Alexei, was ich bei mir beschlossen habe!« begann er wieder, indem er seine Erregung niederzwang. »Sobald wir beide dort angekommen sind, Gruscha und ich, fangen wir sofort an zu pflügen, zu arbeiten, unter wilden Bären, in der Einsamkeit, irgendwo weiter weg. Man wird doch auch bei ihnen einen Ort finden können, denke ich, der etwas weiter weg liegt! Dort soll es ja auch noch Rothäute geben, sagt man, dort irgendwo ganz am Rande des Horizonts. Nun also, und zu denen werden wir dann hinziehen, zu den letzten Mohikanern. Und da machen wir uns denn sofort an die Grammatik, ich und Gruscha. Arbeit und Grammatik, und das so, sagen wir, drei Jahre lang. Und nach diesen drei Jahren werden wir besser Englisch sprechen als die echtesten eingeborenen Amerikaner. Und sobald wir die Sprache intus haben — dann, ade Amerika! Wir kommen unverzüglich wieder her, nach Rußland, und zwar als amerikanische Bürger. Aber hab keine Angst, hierher in dieses Städtchen kommen wir natürlich nicht. Wir werden uns irgendwo weiter weg von hier verbergen, vielleicht im Norden oder vielleicht auch im Süden. Bis dahin werde ich mich schon genügend verändert haben, sie gleichfalls. Dort in Amerika kann mir ein Doktor noch irgend so eine Warze künstlich anbringen — wozu sind sie denn Mechaniker? Und kann er's nicht, so steche ich mir ein Auge aus, lasse mir den Bart meterlang wachsen, einen grauen, selbstverständlich — vor Heimweh nach Rußland werde ich ja bald ergrauen. Dann wird man mich bestimmt nicht wiedererkennen, was meinst du? Wenn man mich aber erkennen und von neuem verschicken sollte, dann meinetwegen, dann will es das Schicksal so! Hier jedoch werden wir genau so wie in Amerika in der Einöde Ackerbau treiben und ich werde bis zum Schluß den Amerikaner spielen. Dafür werden wir dann im Vaterlande sterben können! Sieh, das ist mein Plan, und der ist unabänderlich. Billigst du ihn?«

»Ja, ich billige ihn«, sagte Aljoscha, da er ihm nicht widersprechen wollte.

Mitja schwieg eine Weile, dann sagte er plötzlich:

»Aber wie geschickt sie doch alles bei der Verhandlung gedreht haben! Wie sie es zu entstellen verstanden!«

»Und wenn sie auch nichts entstellt hätten, sie hätten dich doch verurteilt«, sagte Aljoscha mit einem Seufzer.

»Ja, das hiesige Publikum war meiner schon gar zu überdrüssig. Nun, Gott mit ihnen! Aber es ist doch schwer!« Mitja stöhnte gequält.

Sie schwiegen wieder eine Weile.

»Aljoscha, töte mich lieber gleich!« rief er plötzlich aus. »Sag, wird sie bald kommen oder überhaupt nicht, — sprich! Was hat sie gesagt? Wie hat sie es gesagt?«

»Sie sagte, sie werde kommen, nur weiß ich nicht, ob es gerade heute sein wird. Auch ihr fällt es doch schwer!« Aljoscha blickte besorgt den Bruder an.

»Das weiß ich, weiß ich, wie sollte es ihr denn nicht schwer fallen! Ich verliere darüber den Verstand. Gruschenka sieht mich immer so an. Sie begreift. Gott, mein Gott, besänftige mich, sag mir, was will ich denn? Ich will, daß Katja komme! Aber begreife ich denn auch, was ich ihr damit zumute? Karamasoffsche Zuchtlosigkeit, die ruchlose! Nein, ich bin unfähig zum Leiden! Ein Schuft bin ich, und damit ist alles gesagt!«

»Da ist sie!« rief Aljoscha aus.

In diesem Augenblick war Katja auf der Türschwelle erschienen. Sie stand und rührte sich nicht, während ihr Blick wie verloren auf Mitja lag. Der sprang jäh auf, seinem Gesicht sah man den Schreck an, er wurde ganz bleich. Sofort aber erzitterte ein schüchternes, bittendes Lächeln auf seinen Lippen, und plötzlich konnte er nicht anders — er streckte beide Arme nach ihr aus. Als sie das sah, stürzte sie ungestüm auf ihn zu. Sie ergriff seine Hände und drückte ihn fast gewaltsam auf seinen Platz zurück und setzte sich neben ihn; sie hielt immer noch seine Hände fest und drückte sie wie im Krampf. Mehrmals wollten sie beide etwas sagen, doch hielten sie wieder inne, und ihre Blicke hingen aneinander, schweigend, verzehrend, während auf ihren Lippen ein sonderbares Lächeln flackerte.

»Kannst du mir verzeihen?« brachte Mitja schließlich stammelnd hervor, und sich zu Aljoscha umwendend, rief er ihm mit vor Freude ganz verändertem Gesicht zu:

»Hast du gehört, was ich frage, hast du gehört?«

»Darum hab ich dich ja so geliebt, weil du von Herzen großmütig bist!« entrang es sich Katja mit einem Mal. »Aber du bedarfst ja gar nicht meiner Verzeihung, wohl aber ich der deinen... doch ob du verzeihst oder nicht, du wirst doch mein Leben lang als offene Wunde in meinem Herzen zurückbleiben, und ich ebenso in deinem — und so muß es auch sein...«

Sie hielt inne, um Atem zu schöpfen.

»Wozu bin ich hergekommen?« begann sie von neuem, sich überstürzend, wie außer sich. »Um deine Knie zu umfassen, deine Hände zu drücken, sieh so, bis zum Schmerz, wie ich sie dir in Moskau gedrückt habe, weißt du noch? — um dir wieder zu sagen, daß du mein Gott bist, meine Freude, um dir zu sagen, daß ich dich unsinnig liebe!« kam es halblaut wie unter Qualen über ihre bebenden Lippen. Und plötzlich beugte sie sich vor und küßte gierig seine Hand. Tränen stürzten aus ihren Augen.

Aljoscha stand ratlos und ganz verwirrt da; er hatte durchaus nicht das erwartet, was er jetzt sah.

»Die Liebe ist vergangen, Mitja!« fuhr Katja fort, »aber

teuer bis zum Schmerz ist mir das, was vergangen ist. Das sage ich dir jetzt, damit du es weißt und ewig behältst. Jetzt aber, in diesem Augenblick, mag es nur einmal sein, wie's hätte sein können«, sagte sie mit einem traurigen Lächeln, indem sie ihm zugleich fast freudig in die Augen blickte.

»Du liebst jetzt eine andere, und auch ich liebe einen anderen, und doch werde ich dich ewig lieben, und du ebenso mich — wußtest du das schon? Hörst du, liebe mich, liebe mich dein ganzes Leben lang!« rief sie mit einem fast drohenden Beben in der Stimme.

»Ich werde dich lieben und ... weißt du, Katja«, — Mitja atmete schwer bei jedem Wort —, »weißt du, vor fünf Tagen, an jenem Abend, da *liebte* ich dich ... Als du hinfielst und man dich forttrug, da *liebte* ich dich ... Mein ganzes Leben lang werde ich dich lieben! Ja, so wird es sein, so wird es ewig sein ...«

In der Weise sprachen sie miteinander, wie von Sinnen, wie im Rausch, und vielleicht sagten sie sogar Unwahres, aber in diesem Augenblick war alles wahr, und sie glaubten schrankenlos sich selbst.

»Katja«, rief plötzlich Mitja, »glaubst du, daß ich ihn erschlagen habe? Ich weiß, daß du jetzt nicht daran glaubst, aber damals ... als du aussagtest ... Glaubtest du, sag, glaubtest du es damals wirklich?«

»Auch damals glaubte ich es nicht! Niemals habe ich es geglaubt! Ich haßte dich nur, und da redete ich es mir ein, gerade für diesen einen Augenblick ... Als ich die Aussage machte, redete ich es mir ein, und da glaubte ich denn ... Aber kaum hatte ich meine Aussage beendet, da hörte ich sofort auf zu glauben ... Das sollst du wissen! ... Ich vergaß, daß ich gekommen bin, um zu büßen!« fügte sie plötzlich mit einem ganz anderen Ausdruck hinzu, der mit dem Liebesgestammel von vorhin, von soeben nichts mehr gemein hatte.

»Schwer hast du es, Weib!« kam es da Mitja plötzlich wie unaufhaltsam über die Lippen.

»Laß mich«, flüsterte sie, »ich werde wiederkommen, jetzt ist es zu schwer! . . .«

Sie erhob sich von ihrem Platz, aber da stieß sie einen Schrei aus und wankte zurück: — ins Zimmer trat ganz unvermutet mit ihrem leisen Gang Gruschenka. Niemand hatte sie erwartet. Katja wandte sich sofort eilig zur Tür — als sie aber an Gruschenka vorübergehen wollte, blieb sie jäh stehen, erbleichte unheimlich und sagte leise, kaum hörbar, mit verhaltenem Atem:

»Vergeben Sie mir!«

Die andere blickte sie eine Zeitlang unbeweglich an und antwortete erst nach einer Weile mit haßerfüllter, gleichsam von Haß vergifteter Stimme:

»Böse sind wir, Mutter, beide! Beide sind wir böse! Wie könnten wir vergeben, du sowohl wie ich? Rette ihn, und ich werde dich mein Leben lang anbeten.«

»Wie, und vergeben willst du ihr nicht?« rief Mitja außer sich in bitterem Vorwurf Gruschenka zu.

»Sei ruhig, ich werde ihn dir retten!« flüsterte Katja schnell und eilte aus dem Zimmer.

»Und du konntest ihr nicht vergeben, nachdem sie dich um Vergebung gebeten?« rief Mitja wieder bitter aus.

»Mitja, wage es nicht, ihr Vorwürfe zu machen! Dazu hast du kein Recht!« rief Aljoscha heftig seinem Bruder zu.

»Ihre stolzen Lippen haben es gesagt, nicht ihr Herz«, sagte Gruschenka mit einer Art Ekel. »Rettet sie dich, so werde ich ihr alles vergeben . . .«

Sie verstummte, als habe sie in ihrer Seele etwas niederzuringen.

Sie konnte noch nicht recht zur Besinnung kommen. Wie sich später herausstellte, war sie ganz zufällig gekommen, ohne den geringsten Argwohn und ohne zu ahnen, daß sie dort antreffen könnte, was sie antraf.

»Aljoscha, lauf ihr sofort nach!« wandte sich Mitja ungestüm an den Bruder. »Sag ihr . . . ich weiß nicht was . . . nur laß sie nicht so fortgehen!«

»Ich werde noch vor dem Abend zu dir kommen!« rief Aljoscha ihm schnell zu und lief Katja nach.

Er holte sie erst auf der Straße ein, als sie den Hospitalgarten bereits verlassen hatte. Sie ging sehr schnell, sie beeilte sich sichtlich. Kaum aber hatte Aljoscha sie eingeholt, als sie sich sofort zu ihm wandte und hastig hervorstieß:

»Nein, vor dieser kann ich nicht Buße tun! Ich habe sie um Vergebung gebeten, weil ich bis zum äußersten büßen wollte. Sie hat mir nicht vergeben ... Ich liebe sie dafür!« fügte Katja mit entstellter Stimme hinzu, und ihre Augen brannten vor Haß.

»Mein Bruder glaubte, daß sie heute erst am Abend kommen werde, er hat sie durchaus nicht erwartet«, brachte Aljoscha verwirrt hervor, »er war sogar überzeugt, daß sie nicht kommen werde ...«

»Zweifellos war er überzeugt. Aber lassen wir das«, schnitt sie ihm kurz das Wort ab. »Hören Sie, ich kann jetzt nicht mit Ihnen dorthin zur Beerdigung gehen. Ich habe Blumen für den kleinen Sarg hingeschickt. Geld haben sie noch, glaube ich. Sobald sie weiteres brauchen, werde ich wieder welches schicken. Sagen Sie ihnen, daß ich auch in Zukunft für sie sorgen werde, sie können auf meine Hilfe rechnen. Jetzt aber verlassen Sie mich, verlassen Sie mich, ich bitte Sie! Sie werden sich verspäten, es wird schon zur Spätmesse geläutet ... Lassen Sie mich allein, bitte, tun Sie mir den Gefallen!«

III

Iljuschas Beerdigung. Die Rede bei dem großen Stein

Er verspätete sich in der Tat. Man hatte schon lange auf ihn gewartet und sich fast schon entschlossen, den kleinen, mit Blumen geschmückten Sarg ohne ihn in die Kirche zu tragen. Es war der Sarg Iljúschas, des armen Knaben. Er war am zweiten Tage nach der Verurteilung Mitjas gestorben.

Schon an der Hofpforte wurde Aljoscha von den Knaben, Iljuschas Kameraden, empfangen. Sie hatten ihn mit Ungeduld erwartet und freuten sich, daß er jetzt endlich kam. Ihrer zwölf hatten sich versammelt, und alle waren mit ihren Ränzlein oder über die Schulter gehängten Büchertaschen gekommen. »Papa wird weinen, bleibt bei Papa!« hatte Iljuschachen sterbend zu ihnen gesagt, und die Knaben erfüllten gern seine Bitte. Ihr Anführer war Kolja Krassotkin.

»Wie bin ich froh, daß Sie kommen, Karamasoff!« rief er aus und streckte Aljoscha die Hand entgegen. »Hier ist es furchtbar! Es wird einem wahrhaftig schwer, das mitanzusehen. Ssnegirjóff ist nicht betrunken, wir wissen, daß er heute bestimmt nichts getrunken hat, aber trotzdem ist er wie betrunken ... Ich kann schon etwas aushalten, aber das ist doch zu entsetzlich! Karamasoff, wenn ich Sie nicht aufhalte, erlauben Sie mir noch eine Frage, bevor Sie hineingehen?«

»Was denn, Kolja?« fragte Aljoscha und blieb stehen.

»Ist Ihr Bruder schuldig, oder ist er unschuldig? Hat er den Vater erschlagen, oder hat es der Diener getan? Was Sie sagen, daran werden wir glauben. Ich habe vier Nächte wegen dieser Frage nicht schlafen können.«

»Der Diener hat ihn erschlagen, mein Bruder aber ist unschuldig«, antwortete Aljoscha.

»Das habe ich auch gesagt!« rief plötzlich der kleine Ssmuroff dazwischen.

»So fällt er als unschuldiges Opfer für die Wahrheit?« rief Kolja. »Aber wenn er auch zugrunde geht, so ist er doch glücklich! Ich bin bereit, ihn zu beneiden!«

»Was fällt Ihnen ein, wie ist das möglich, und warum?« wunderte sich Aljoscha überrascht.

»O, wenn doch auch ich mich einmal für die Wahrheit opfern könnte!« sagte Kolja enthusiastisch.

»Aber doch nicht in einer solchen Sache, doch nicht so schandbeladen, doch nicht so grauenvoll!« rief Aljoscha aus.

»Natürlich ... ich möchte für die ganze Menschheit sterben; was aber die Schande anbelangt, so ist mir alles gleich:

mögen unsere Namen vergehen! Ich verehre Ihren Bruder!«

»Ich auch!« rief plötzlich laut und unerwartet aus der Schar derselbe Knabe, der einmal erklärt hatte, er wisse, wer Troja gegründet hat, und auch diesmal wurde er, genau so wie damals, bis über die Ohren rot. Aljoscha trat ins Zimmer. In einem hellblauen, mit weißen Rüschen geschmückten Sarge lag, die Hände gefaltet und die Augen geschlossen, Iljuscha. Die Züge seines abgezehrten Gesichtchens hatten sich gar nicht verändert und, sonderbar — die Leiche verbreitete fast gar keinen Geruch. Der Ausdruck seines Gesichtchens war ernst und nachdenklich. Besonders schön waren die Hände, die auf der Brust gekreuzt lagen. Wie aus Marmor gemeißelt sahen sie aus. In die Hände hatte man Blumen gelegt, und der ganze Sarg war von innen und von außen mit Blumen geschmückt, die Lisa Chochlakoff schon am frühen Morgen geschickt hatte. Auch von Katerina Iwanowna waren Blumen geschickt worden, und als Aljoscha die Tür aufmachte, da bedeckte der Hauptmann mit zitternden Händen gerade von neuem seinen geliebten Knaben mit Blumen. Er beachtete die Eintretenden kaum, schien überhaupt niemanden beachten zu wollen; nicht einmal sein »Mamachen«, seine schwachsinnige, weinende Frau, die immer wieder versuchte, sich auf ihren kranken Füßen aufzurichten, um ihren toten Knaben besser sehen zu können. Nínotschka hatten die Kinder mitsamt ihrem Stuhl aufgehoben und neben dem Sarge niedergesetzt. Dort saß sie nun, preßte den Kopf an den Sarg und weinte still. Das Gesicht Ssnegirjoffs war sehr belebt, zu gleicher Zeit aber wie zerstreut und wie erbittert. In seinen Gesten und Worten war etwas geradezu Halbverrücktes. »Väterchen, liebes Väterchen!« murmelte er immer wieder, auf Iljuscha starrend. Als Iljuscha noch lebte, hatte er die Gewohnheit gehabt, wenn er liebkosend zu ihm sprach, »Väterchen, liebes Väterchen!« zu sagen.

»Papachen, gib auch mir Blumen, nimm aus seinen Händchen dort die weiße und gib sie mir!« bat schluchzend das schwachsinnige Mamachen. Gefiel ihr nun die kleine weiße

Rose so sehr, die in Iljuschas Händen lag, oder wollte sie die Rose aus seinem Sarge zum Andenken aufbewahren, jedenfalls wurde sie unruhig und streckte die Hände immer wieder nach der Blume aus.

»Niemandem gebe ich etwas, nichts gebe ich!« rief hartherzig Ssnegirjoff. »Das sind seine Blumen, aber nicht deine. Alles gehört ihm, du bekommst nichts.«

»Papa, geben Sie Mama die Blume!« sagte plötzlich Ninotschka, indem sie ihr verweintes Gesicht erhob.

»Nichts gebe ich ihr, nichts! Sie hat ihn gar nicht geliebt. Sie hat ihm damals die kleine Kanone weggenommen, er aber hat sie ihr geschenkt«, sagte mit schluchzender Stimme der Hauptmann, den die Erinnerung, wie Iljuscha seiner Mama die Kanone abgetreten hatte, überwältigte. Die arme Irrsinnige weinte leise und bedeckte mit den Händen das Gesicht. Als die Knaben schließlich einsahen, daß der Vater den Sarg nicht forttragen lassen werde, während es doch schon höchste Zeit war aufzubrechen, drängten sie sich in dichtem Haufen an den Sarg heran und schickten sich an, ihn aufzuheben.

»Ich will ihn nicht auf dem Friedhof beerdigt haben!« fuhr Ssnegirjoff sofort heftig auf, »beim Stein will ich ihn beerdigen, bei unserem großen Stein! So hat es Iljuscha gewollt! Ich lasse ihn nicht forttragen!«

Er hatte auch schon früher, während der letzten drei Tage, davon gesprochen, daß er ihn »beim großen Stein« beerdigen wolle, doch Aljoscha, Krassotkin, die Hauswirtin, deren Schwester und alle Knaben waren dagegen gewesen.

»Da höre nur einer, was er sich ausgedacht hat, ihn beim heidnischen Stein zu beerdigen, ganz als wäre er ein Selbstmörder!« sagte streng die alte Hauswirtin. »Die Friedhoferde ist geweiht. Dort wird man für ihn beten. Aus der Kirche hört man den Gesang, und der Diakon liest so laut und verständlich, daß jedes Wort bis zu seinem Grabe zu hören sein wird, ganz als ob er es an seinem Grabe lesen würde.«

Der Hauptmann wandte sich schließlich wortlos ab. Das hieß soviel wie: »Bringt ihn, wohin ihr wollt!« Die Kinder hoben den Sarg auf. Als sie an der Mutter vorüberkamen, senkten sie ihn ein wenig, damit sie von Iljuscha Abschied nehmen könne. Als sie aber das liebe Gesichtchen, auf das sie in diesen drei Tagen immer nur von weitem hinübergeblickt hatte, jetzt so nah vor sich erblickte, erzitterte sie am ganzen Körper, und ihr grauer Kopf begann krampfhaft zu zucken.

»Mama, bekreuze ihn, segne ihn, küsse ihn!« rief ihr Ninotschka weinend zu. Die Mama aber zuckte nur immer mit dem Kopf, sprachlos wie ein Automat, während ihr Gesicht von brennendem Schmerz verzerrt wurde, und plötzlich fing sie an, sich mit der Faust vor die Brust zu schlagen. Man trug den Sarg weiter. Ninotschka drückte zum letztenmal ihre Lippen auf die Lippen des verstorbenen Bruders, als man ihn an ihr vorübertrug. Aljoscha wandte sich, als er aus dem Hause trat, an die Hauswirtin mit der Bitte, nach den Zurückgebliebenen zu sehen, diese aber ließ ihn kaum ausreden: »Wir wissen schon, werden bei ihnen bleiben, sind doch auch Christen!« Die Alte weinte, als sie das sagte.

Bis zur Kirche war es nicht weit, im ganzen vielleicht dreihundert Schritte, nicht mehr. Der Tag war klar und still, es fror aber nur wenig. Die Glocken erklangen noch immer. Zerstreut und geschäftig lief Ssnegirjoff in seinem alten, kurzen Sommermäntelchen hinter dem Sarge her, mit entblößtem Kopf, den alten Schlapphut in der Hand. Er war von einer gedankenlosen Geschäftigkeit: plötzlich streckte er die Hand aus, um den Sarg am Kopfende zu stützen, und störte dadurch nur die Tragenden, dann lief er wieder an die Seite und versuchte dort behilflich zu sein; fiel eine Blume auf den Schnee, so stürzte er herbei, um sie aufzuheben, ganz als ob von dem Verlust dieser Blume weiß Gott was abhinge.

»Aber die Brotrinde, die Brotrinde haben wir vergessen!« rief er plötzlich außer sich vor Schreck. Die Knaben erinnerten ihn daran, daß er die Brotrinde in seine Tasche gesteckt hatte. Er riß sie sofort aus der Tasche hervor, und nachdem er sich davon überzeugt hatte, daß sie da war, beruhigte er sich.

»Iljúschachen hat's gewünscht, Iljuschachen«, erklärte er sofort Aljoscha, »er lag wach in der Nacht, ich saß bei ihm, und plötzlich sagte er mir: ‚Papa, wenn man mein Grab zugeschüttet hat, so wirf Brotkrümchen darauf, damit die kleinen Sperlinge herbeifliegen; ich werde dann hören, wie sie herbeigeflogen kommen, und werde froh sein, daß ich nicht ganz allein bin.'«

»Das ist sehr schön«, sagte Aljoscha, »man muß des öfteren Brotkrümel hinstreuen.«

»Jeden Tag, jeden Tag!« beteuerte der Hauptmann wie neu belebt.

Sie langten schließlich in der Kirche an, und der Sarg wurde inmitten der Vierung hingestellt. Die Knaben blieben um ihn herum stehen, und so standen sie, ernst und manierlich, während des ganzen Gottesdienstes. Es war eine alte, ärmliche Kirche, viele Heiligenbilder waren ohne Einfassung, aber gerade in solchen Kirchen läßt es sich besser beten. Nach der Messe schien Ssnegirjoff sich etwas zu beruhigen, obgleich ihn auch jetzt noch von Zeit zu Zeit die gleiche planlose Geschäftigkeit erfaßte: bald trat er an den Sarg, um das Leichentuch oder das Stirnband in Ordnung zu bringen, bald wieder, wenn ein Licht herunterfiel, lief er hin, um es aufzustellen, und machte sich schrecklich lange damit zu schaffen. Plötzlich beruhigte er sich wieder und stand unbeweglich mit stumpfsinnig-besorgtem und verständnislosem Gesichtsausdruck da. Als der Apostelabschnitt verlesen wurde, flüsterte er plötzlich Aljoscha ins Ohr, daß dies »nicht so« verlesen werden müßte, sprach indessen seine Gedanken darüber nicht aus. Nach dem Cherublied schickte er sich an, mitzusingen, brach aber sogleich wieder ab und warf sich auf die Knie, beugte seine Stirn auf den steinernen Fußboden der Kirche und verharrte in dieser Stellung. Man schritt zum Totenamt, die Lichter wurden verteilt. Wieder schien der unsinnig gewordene Vater geschäftig werden zu wollen, aber der rührende, ergreifende Grabgesang erschütterte und erweckte seine Seele. Er schien plötzlich in sich zusammenzusinken: er schluchzte auf, zuerst nur stoßweise mit unterdrückter Stimme, schließlich aber weinte er laut. Als man sich von dem Toten zu verabschieden begann und sich anschickte, den Sarg zu schließen, umfing er ihn mit beiden Armen, als wolle er Iljuschachen vor etwas beschützen, und immer wieder küßte er seinen toten Knaben. Man redete ihm zu, und es gelang auch fast schon, den Vater vom Sarge loszureißen, als er plötzlich seinen Arm ausstreckte und aus dem Sarge noch einige Blumen erraffte. Darauf stierte er sie an, und eine neue Idee schien ihn zu ergreifen, so daß er auf einen Augenblick alles andere vergaß. Er verfiel immer mehr in Nachdenken und hatte dann auch nichts weiter dagegen einzuwenden, als der Sarg aufgehoben wurde, um zum Grabe getragen zu werden. Es war ein teures Grab, ganz nahe bei der Kirche gelegen. Katerina Iwanowna hatte es bezahlt. Nach der üblichen Zeremonie senkten die Totengräber den Sarg in die Gruft hinab. Ssnegirjoff beugte sich mit seinen Blumen in den Händen über dem offenen Grabe so weit vor, daß die Knaben sich erschrocken an seinen Mantel hängten und ihn zurückzogen. Er aber schien nicht mehr zu begreifen, was vorging. Als man das Grab zuschüttete, wies er geschäftig auf die hinabstürzende Erde, und begann sogar zu sprechen, nur war es unmöglich zu verstehen, was er meinte, und er verstummte dann auch bald von selbst. Man erinnerte ihn daran, nunmehr die Brotkrumen auszustreuen, und er begann sofort und in großer Aufregung ganze Stücke auf das Grab zu werfen. »Vöglein, fliegt herbei, hier, Spätzlein, fliegt herbei!« murmelte er geschäftig. Einer der Knaben machte die Bemerkung, daß die Blumen, die er in den Händen hielt, ihm nur hinderlich seien, und daß er sie ihm zu halten geben solle. Er aber gab sie nicht, erschrak nur heftig, denn er glaubte und fürchtete, jemand wolle sie ihm wegnehmen. Nachdem er sich das Grab angesehen und man ihm noch gesagt hatte, daß er jetzt alles getan, kehrte er sich ganz unerwartet und beruhigt um und beeilte sich, nach Haus zu kommen. Seine Schritte wurden bald so eilig, daß er fast schon lief. Die Knaben und Aljoscha folgten ihm. »Für Mamachen die Blumen, für Mamachen die Blumen! Man hat Mamachen gekränkt«, murmelte er vor sich hin. Einer der Knaben rief ihm zu, er möge doch seinen Hut aufsetzen, es sei doch kalt. Sowie er das hörte, warf er den Hut zornig auf den Schnee und sagte immer wieder vor sich hin: »Ich will keinen Hut, ich will keinen Hut!« Der kleine Ssmúroff hob ihn auf und trug ihn hinter ihm her. Alle Knaben weinten, am heftigsten Kolja und der kleine Trojaknabe, und wenn auch Ssmuroff, den Hut des Hauptmanns in der Hand, herzbrechend schluchzte, so fand er doch Zeit, ein Ziegelstückchen, das sich rot vom Schnee abhob, aufzuheben und nach einem rasch vorbeischwirrenden Spatzenschwarm zu werfen ... Natürlich traf er nicht, und so lief er weinend weiter. Ssnegirjoff jedoch blieb plötzlich mitten auf dem Wege stehen, stand einen Augenblick, als wäre er über etwas sehr betroffen, kehrte dann um und lief zur Kirche zurück, zum Grabe. Die Knaben holten ihn aber bald ein und klammerten sich von allen Seiten an ihn. Kraftlos und wie verwundet fiel er in den Schnee, schlug um sich, schluchzte und schrie: »Väterchen, Iljúschachen, liebes Väterchen!« Aljoscha und Kolja hoben ihn auf und sprachen auf ihn ein, indem sie ihn zu beruhigen suchten.

»Herr Hauptmann, genug der Verzweiflung, ein tapferer Mensch ist verpflichtet, alles männlich zu ertragen«, meinte Kolja schluckend.

»Sie werden die Blumen zerdrücken«, sagte Aljoscha, »und Mamachen wartet auf sie, sie sitzt dort und weint, weil Sie ihr Iljuschachens Blumen nicht gegeben haben. Dort steht auch noch sein Bett ...«

»Ja, ja, zu Mamachen!« Ssnegirjoff besann sich sofort, »Man wird das Bettchen wegräumen, wegräumen!« wiederholte er ganz erschrocken, als ob man wirklich schon das

Bettchen weggeräumt haben könnte. Und er sprang auf und lief wieder weiter, nach Hause.

Es war nicht mehr weit bis dahin, und so liefen sie alle mit. Ssnegirjoff riß eilig die Tür auf und stürzte zu seiner Frau, zu der er kurz vorher noch so hartherzig gewesen war.

»Liebes Mamachen, Iljúschachen schickt dir die Blumen, du hast doch kranke Füße!« rief er ihr schon von der Tür aus zu und hielt ihr den Büschel Blüten hin, die halberfroren und soeben im Schnee fast zertreten worden waren.

In demselben Augenblick erblickte er aber in der Ecke vor Iljuschas Bettchen dessen Stiefel, beide nebeneinander, wie sie soeben von der Hauswirtin beim Aufräumen aufgestellt worden waren; es waren alte, rötlich gewordene, ganz abgetragene und geflickte Stiefelchen. Als er sie bemerkte, erhob er die Hände, stürzte auf sie zu, fiel vor ihnen auf die Knie nieder, ergriff einen Stiefel und preßte ihn an seine Lippen und küßte, küßte ihn gierig:

»Väterchen, Iljuschachen, liebes Väterchen, wo sind deine Füßchen, wo?«

»Wohin hast du ihn gebracht? Wohin hast du ihn gebracht?« heulte nun auch die Irrsinnige mit herzzerreißender Stimme.

Da brach auch Ninotschka in Tränen aus. Kolja lief aus dem Zimmer, ihm folgten die anderen Knaben. Auch Aljoscha ging hinaus und folgte ihnen.

»Mögen sie sich ausweinen«, sagte er zu Kolja, »da kann man nicht mehr trösten. Warten wir ein wenig und gehen wir dann wieder hinein.«

»Ja, man kann nicht trösten, das ist schrecklich!« bestätigte Kolja. »Wissen Sie, Karamasoff«, er senkte ein wenig seine Stimme, damit ihn niemand höre, »mir ist sehr traurig zumute, und wenn man ihn nur auferwecken könnte, würde ich alles auf der Welt hingeben!«

»Ach, auch ich täte es gern!« sagte Aljoscha.

»Was meinen Sie, Karamasoff, sollen wir nicht heute abend wieder herkommen? Sonst wird er sich ja betrinken.«

»Sehr möglich, daß er sich betrinken wird. Aber wir wollen nur zu zweit kommen, um mit der Mutter und Ninotschka ein bis zwei Stunden zu verbringen, denn wenn wir wieder alle auf einmal kämen, so würden sie nur an die Beerdigung erinnert werden«, sagte Aljoscha.

»Bei ihnen deckt jetzt die Wirtin den Tisch, wahrscheinlich zum Totenmahl, der Pope wird wohl bald kommen ... Sollen wir wirklich wieder zurückgehen, Karamasoff, oder lieber nicht?«

»Nein, unbedingt«, antwortete Aljoscha.

»Wie sonderbar das ist, Karamasoff, ein solcher Kummer und dann plötzlich Pfannkuchen, wie unnatürlich das alles in unserer Religion ist!«

»Es wird auch Lachs geben«, bemerkte plötzlich der kleine Trojaknabe.

»Ich bitte Sie im Ernst, Kartáscheff, sich nicht immer mit Ihren dummen Reden einzumischen, besonders wenn man gar nicht mit Ihnen spricht und überhaupt nicht wissen will, ob Sie auf der Welt sind oder nicht«, fiel ihm Kolja gereizt ins Wort.

Der Knabe errötete wieder bis über die Ohren, doch zu antworten wagte er nicht. Inzwischen hatten sie alle still den Fußweg eingeschlagen, und plötzlich rief Ssmuroff aus:

»Da ist ja der große Stein, bei dem Iljuscha beerdigt sein wollte!«

Alle blieben sie schweigend beim großen Stein stehen. In Aljoscha tauchte die Erinnerung daran auf, wie Ssnegirjoff ihm von Iljuscha erzählt hatte, wie dieser ihn weinend umarmt und dabei ausgerufen: »Papachen, Papachen, wie hat er dich nur so erniedrigt!« Es war ihm, als wenn in seiner Seele etwas erzitterte. Mit ernster und bedeutsamer Miene ließ er seinen Blick über alle diese lieben, hellen Gesichter der Schuljungen und Kameraden Iljuschas gleiten, und plötzlich wandte er sich an sie:

»Meine Freunde, ich möchte euch hier, gerade an diesem Stein, ein paar Worte sagen.«

Die Knaben umringten ihn sofort und sahen ihn mit aufmerksamen, erwartungsvollen Blicken an.

»Meine Freunde, wir werden uns bald trennen. Ich werde nur noch kurze Zeit bei meinen beiden Brüdern bleiben, von denen der eine verschickt wird und der andere todkrank ist. Ich werde bald diese Stadt verlassen, und vielleicht auf sehr lange Zeit. So werden wir uns denn trennen, meine Freunde. Darum laßt uns hier an diesem Stein, den Iljuscha so lieb hatte, das Versprechen ablegen: erstens Iljuscha und zweitens uns gegenseitig nie zu vergessen. Was auch mit uns im Leben geschehen möge, und wenn wir uns auch zwanzig Jahre lang nicht sehen sollten, so wollen wir doch nicht vergessen, wie wir den armen Knaben beerdigt haben, auf den wir früher mit Steinen warfen, — erinnert ihr euch noch, bei der Brücke damals? — und wie wir ihn darauf alle so liebgewannen. Er war ein herrlicher Knabe, ein tapferer Knabe, er hatte Gefühl für die Ehre des Vaters und litt unter der bitteren Kränkung des Vaters, gegen die er aufstand. Und so wollen wir ihn, meine Freunde, unser ganzes Leben lang nicht vergessen. Und sollten wir uns auch mit den wichtigsten Dingen beschäftigen, sollten wir auch zu den höchsten Ehren gelangen oder in das größte Unglück geraten, — gleichviel, vergeßt es nie, wie uns hier alle das eine schöne Gefühl verband, das uns in der Liebe zu diesem armen Knaben besser gemacht hat, als wir es vielleicht von Natur sind. Meine Lieblinge ihr, meine Täubchen — erlaubt mir, daß ich euch so nenne, denn ihr alle scheint mir diesen hübschen blaugrauen Tierchen mit den munteren Äuglein so ähnlich zu sein, wenn ich eure guten, lieben Gesichtchen sehe — meine lieben Kinder, vielleicht werdet ihr nicht begreifen, was ich euch sage, denn ich rede oft sehr unverständlich, ihr werdet euch aber des Gesagten vielleicht doch einmal erinnern und meinen Worten dann beistimmen. Denn wißt, es gibt nichts, das höher, stärker, gesünder und nützlicher für das Leben wäre als eine gute Erinnerung aus der Kindheit, aus dem Elternhause. Man wird euch vieles über eure

Erziehung sagen, aber wißt, irgendeine herrliche, heilige Erinnerung, die man aus der Kindheit aufbewahrt, ist vielleicht die allerbeste Erziehung. Wenn der Mensch viele solcher Erinnerungen ins Leben mitnimmt, so ist er fürs ganze Leben gerettet. Und selbst wenn nur eine einzige gute Erinnerung in unserem Herzen verbleibt, so kann auch diese einmal zu unserer Rettung dienen. Vielleicht werden wir später im Leben schlecht werden, vielleicht werden wir nicht die Kraft haben, eine schlechte Handlung zu vermeiden, wir werden vielleicht sogar über die Tränen der Menschen lachen, über Menschen, die dasselbe sagen, was Kolja vorhin ausrief: ,Ich möchte mich für alle Menschen opfern', — ja, auch über solche Menschen werden wir vielleicht in unserer Bosheit spotten. Aber wenn wir auch noch so schlecht werden sollten, wovor Gott uns bewahren möge, so werden wir, wenn wir uns dessen erinnern, wie wir Iljuscha beerdigt, wie wir ihn in den letzten Tagen geliebt und wie wir soeben freundschaftlich hier an diesem Stein gesprochen haben, so wird doch selbst der Schlechteste und Spottlustigste von uns, wenn er zu einem solchen werden sollte, immerhin nicht innerlich darüber zu lachen wagen, daß er in diesem Augenblick gut und schön gewesen ist. Und nicht nur das: vielleicht wird schon diese Erinnerung ihn zurückhalten, Böses zu tun, und er wird sich besinnen und sagen: ,Ja, damals war ich gut, tapfer und ehrenhaft.' Möge er bei sich lächeln, das tut nichts, der Mensch lacht oft über Gutes und Edles; das geschieht ja nur aus Leichtsinn; aber ich versichere euch, meine Freunde, in demselben Augenblick, da er spottet, wird er sich schon in seinem Herzen sagen: ,Nein, es ist schlecht von mir, daß ich spotte, denn darüber darf man nicht spotten!'«

»Genau so wird es sein, Karamasoff, ich verstehe Sie, Karamasoff!« rief ihm Kolja mit blitzenden Augen zu.

Die Knaben waren alle erregt und wollten auch etwas sagen, aber sie beherrschten sich und sahen nur aufmerksam und ergriffen den Redner an.

»Das sage ich nur in der Furcht, daß wir schlecht werden könnten«, fuhr Aljoscha fort, »aber warum sollten wir denn schlecht werden, meine Freunde? Vor allem wollen wir doch gut sein, alsdann ehrlich und dann — niemals einander vergessen. Das wiederhole ich immer wieder. Ich gebe euch mein Wort, meine Freunde, daß ich niemals auch nur einen von euch vergessen werde: kein einziges Gesicht, das ich jetzt vor mir sehe, werde ich je vergessen, und wenn auch Jahre und Jahre darüber vergehen. Vorhin sagte Kolja zu Kartascheff, er wolle nichts davon wissen, ob dieser auf der Welt sei oder nicht. Ja, kann ich denn vergessen, daß Kartascheff auf der Welt ist, und daß er jetzt schon nicht mehr so errötet wie damals, als er Troja entdeckte, und mich mit seinen prächtigen, guten, frohen Äuglein anschaut? Meine Freunde, meine lieben Freunde, seien wir alle großmütig und tapfer wie Iljuschachen, klug, tapfer und großmütig wie Kolja (der aber noch viel klüger sein wird, wenn er herangewachsen ist), und ebenso verschämt, aber verständig und lieb wie Kartascheff! Doch warum rede ich nur von diesen beiden! Alle, meine Freunde, alle seid ihr mir lieb von nun an, alle schließe ich in mein Herz ein, und bitte euch, auch mich in euer Herz einzuschließen! Wer aber verbindet uns alle in diesem Gefühl, an das wir von jetzt ab unser ganzes Leben lang denken werden, wer, wenn nicht Iljuscha, der gute Knabe, der liebe Knabe, der uns für alle Ewigkeit teure Knabe! So laßt uns denn seiner ewig gedenken und die lautere Erinnerung an ihn in unserem Herzen bewahren, von jetzt an und in Ewigkeit.«

»Ja, ja, in Ewigkeit!« riefen die Knaben mit ihren hellen Stimmen und ihren gerührten Gesichtern.

»Wir wollen sein Gesicht nicht vergessen, seine Kleider, seine alten zerrissenen Stiefelchen, sein Grab und seinen unglücklichen, sündigen Vater, und wie er allein gegen die ganze Klasse mutig für diesen Vater eingetreten ist!«

»Wir werden ihn nicht vergessen, nicht vergessen!« riefen wieder die Knaben, »er war tapfer! er war gut!«

»Ach, wie habe ich ihn geliebt!« rief Kolja aus.

»Ach, meine Kindlein, ach, meine lieben Freunde, habt keine Angst vor dem Leben! Wie schön ist das Leben, wenn man etwas Gutes und Richtiges tut!«

»Ja, ja!« stimmten die Knaben entzückt bei.

»Karamasoff, wir lieben Sie!« rief eine Stimme, die, wie es schien, nicht mehr an sich halten konnte; wahrscheinlich war es der kleine Kartascheff.

»Wir lieben Sie, wir alle lieben Sie!« riefen nun auch die anderen aus. Bei vielen blitzten Tränlein in den Augen.

Da brach Kolja begeistert in den Hochruf aus:

»Es lebe Karamasoff!«

»Und ,ewiges Gedenken‘ dem toten Knaben!« fügte Aljoscha mit Gefühl wiederum hinzu.

»,Ewiges Gedenken!‘« fielen die Knabenstimmen ein.

»Karamasoff!« rief plötzlich Kolja. »Ist es wahr, was die Religion sagt, daß wir von den Toten auferstehen und uns alle wiedersehen werden, alle, auch Iljuschachen?«

»Bestimmt werden wir auferstehen, bestimmt werden wir uns wiedersehen, und freudig werden wir uns gegenseitig alles erzählen, was wir erlebt haben«, antwortete halb lachend, halb begeistert Aljoscha.

»Ach, wie wird das schön sein!« entfuhr es Kolja ganz unwillkürlich.

»Jetzt aber machen wir Schluß mit dem Reden und gehen wir zu seinem Totenmahl. Laßt euch nicht dadurch verwirren, daß wir Pfannkuchen essen werden. Das ist ein uralter und geheiligter Brauch unserer Väter, und auch er hat sein Gutes«, sagte Aljoscha heiter. »Und nun kommt! Seht, jetzt gehen wir alle Hand in Hand!«

»Und so laßt uns ewig gehen, das ganze Leben Hand in Hand! Es lebe Karamasoff!« rief Kolja noch einmal begeistert aus, und noch einmal stimmten alle Knaben in seinen Ruf ein.

ANHANG

NAMENVERZEICHNIS

Fjódor Páwlowitsch Karamásoff

Dmítrij Fjódorowitsch Karamásoff (genannt
   Mitja, liebevoll Mítjenka, burschikos-
   vulgär Mítjka)
Iwán Fjódorowitsch Karamásoff (genannt   } seine Söhne
   Wánja, Wánjetschka, Wánjka)
Alexéi Fjódorowitsch Karamásoff (genannt
   Aljóscha, Ljóschetschka, Aljóschka)

Adelaïda Iwánowna,
   geb. Miússoff   Fjódor Pawlowitschs erste Frau;
Ssófja Iwánowna,   seine zweite Frau
   geb. ...

Pjotr Alexándrowitsch Miússoff – Vormund des Sohnes
   Dmítrij
Petrúscha Kalgánoff – ein Verwandter Miússoffs

Generalin Wórochoff – Ziehmutter der Ssófja Iwánowna
Jelím Petrówitsch Polénoff – ihr Erbe, Vormund der Söhne
   Iwán und Alexéi

Katerína Iwánowna Werschóffzeff (genannt Kátja, Kátenjka,
   Kátjka)
Frau Chochlakóff (Katerína Óssipowna)
Lisa – ihre Tochter (meist französisch Lise genannt)
Agraféna Alexándrowna Sswetlóff («die Sswetlówa», genannt
   Grúscha, Grúschenka)
Rakítin, Michaíl Iwánowitsch (genannt Míscha, Rakítka,
   freundschaftlich Rakítuschka)
Kusjmá Kusjmítsch Ssamssónoff – Grúschenkas Beschützer

Pjotr Íljitsch Perchótin – ein junger wohlhabender Beamter
Nikolái Íljitsch Ssnegirjóff – ehemaliger Stabskapitän (Hauptmann a. D.)
Arína Petrówna – seine kranke Frau, »Mamachen« genannt
Warwára Nikolájewna (genannt Wárja) ⎫
Nína, Nikolájewna (zärtlich Nínotschka) ⎬ Ssnegirjóffs Kinder
Iljúscha (Iljúschachen) ⎭
Dardanéloff und Kalbássnikoff – Iljúschas Schullehrer
Kólja Krassótkin, Ssmúroff und Kartáscheff –
Iljúschas Schulkameraden

Grigórij Wassíljewitsch Kutúsoff – Fjódor Páwlowitschs Kammerdiener
Márfa Ignátjewna – seine Frau
Páwel Fjódorowitsch Ssmerdjakóff – Koch, Sohn der Lisawéta Ssmerdjáschtschaja (die Stinkende oder Übelriechende)
Márja Kondrátjewna . . . – eine ehemalige Zofe in der Nachbarschaft

Julia und Glafíra – Frau Chochlakóffs Zofen
Fénja (Fedóssja Márkowna) ⎫
Matrjóna ⎬ Grúschenkas Dienstboten

Maxímoff – ehemaliger Gutsbesitzer (Maxímuschka)
Der Pope Iljínskij – «Väterchen» (übliche Anrede der Popen)
Górstkin oder Ljägáwyj – ein Waldaufkäufer
Trifón Boríssytsch Plastúnoff – Besitzer eines Gasthofes im Dorf Mókroje
Mítrij, Timoféi, Andreí, Akím – Postkutscher
Plótnikoff – Kolonialwarenhändler

Stáretz Sossíma (S'táretz) ⎫
Pater Païssij (Païssij) ⎬ Priestermönche
Pater Jóssiff ⎭
Porfírij – Novize
Pater Ferapónt

Michaíl Makárowitsch Makároff – Kreispolizeichef
Mawríkij Mawríkjewitsch Schmerzóff – Polizeioffizier
Nikolaí Parfjónowitsch Neljúdoff – Untersuchungsrichter

Ippolít Kiríllowitsch ... – Staatsanwalt
... ... Fetjukowitsch – Rechtsanwalt

Ortsnamen: die Stadt Skotoprigónjewsk, das Gut Tschermáschnja, die Dörfer Mókroje, Iljinskoje, Ssuchoí Possjólok,
die Station Wolówje

Die Namen selbst wichtiger Personen werden von Dostojewski
mitunter nicht vollständig angegeben. So wird der Staatsanwalt
nur mit seinem Tauf- und Vatersnamen genannt, Fetjukowitsch
nur mit dem Familiennamen bezeichnet.

Die übliche Schreibweise ukrainischer Namen mit Ch für H ist
hier beibehalten worden, da die erste Silbe im Namen Chochlakóff
kurz und stimmhaft ist wie im deutschen Namen Huch.

ANMERKUNGEN

1 *S. 16:* Seminaristen: Schüler der Priesterseminare.

2 *S. 16:* Mitja: Kurzform von Dmitrij (Demetrius). Vgl. Namenverzeichnis.

3 *S. 23:* Klikuscha: die Rufende, Schreiende; Mehrzahl: Klikuschi.

4 *S. 30:* Aljoscha: Koseform von Alexei (Alexios).

5 *S. 30:* Staretz: in der russisch-orthodoxen Kirche der Beichtvater (Mönch) und geistliche Erzieher junger Mönche. Vgl. Kap. V.

6 *S. 45:* »wunderbar erschienene«: dem Volksglauben nach nicht von Menschen gemalte Heiligenbilder.

7 *S. 64:* Die »Kirchenspaltung« innerhalb der griechisch-katholischen Kirche Rußlands im Jahr 1666, d. h. die Absonderung der Altgläubigen (Raskolniki) von der Staatskirche, wurde durch die Kirchenreform im griechisch-ökumenischen Geist des Patriarchen Nikon, der zugleich den Primat der Kirche über den Staat forderte, hervorgerufen.

8 *S. 66:* Isprawnik: Chef der Landpolizei eines Gouvernementskreises.

9 *S. 76:* Epitrachelion: Bestandteil des griechisch-katholischen Priesterornats; stolaartiges, mit Kreuzen besticktes Band, das um den Hals getragen wird und fast bis zu den Knien reicht.

10 *S. 139:* Kwaß: säuerliches Getränk aus Roggenbrot, Mehl, Malz u. ä.; russisches Nationalgetränk.

11 *S. 147:* Gebrüder Jelissejeff: damals die beste und teuerste Weinhandlung in St. Petersburg.

12 *S. 158:* Geißler: weitverbreitete Sekte, deren Anhänger nach außen den Ritus der griechisch-katholischen Kirche befolgen, in ihren geheimen Versammlungen jedoch die Kirche, die Sakramente und den Klerus ablehnen. Ihrer Lehre zufolge könne jeder durch gottgefällige Werke selbst Christus werden. Singend und sich geißelnd umtanzen sie ein Wasserfaß, bis sie bewußtlos umfallen und zu weissagen beginnen.

13 *S. 174:* »Ham im Offiziersrock«: Ham, einer der drei Söhne Noahs, verspottet seinen schlafenden Vater. Als Strafe dafür muß sein Geschlecht den Nachkommen seiner Brüder Sem und Japhet als Knechte dienen. Im russischen Sprachgebrauch bedeutet ein »Ham« soviel wie ein moralisch minderwertiger, unfeiner Mensch.

14 *S. 176:* Dimitrij zitiert Schillers Gedicht »An die Freude« in der Übersetzung des Dichters Fjodor I. Tjutscheff (1803–1873). Da das russische Wort für Wollust (ssladostrastije = wörtlich Süßgier, Süßsucht, Süßleidenschaft) wesentlich anders klingt und wirkt, hat Tjutscheff Schillers »Wollust ward dem Wurm gegeben« frei mit »Und die Süßgier den Insekten« übersetzt; dementsprechend bezieht sich Dmitrij auf das böse Insekt in seinem Blut und dessen »Süßgier«. – Die vorher zitierten Strophen aus Schillers »Eleusischem Fest« sind ebenfalls von Tjutscheff übersetzt.

15 *S. 271:* Charakteristisches Merkmal des nordrussischen Dialekts (sog.

Okanje). Daß Pater Ferapont Dialekt spricht, zeigt seine bäuerliche Herkunft.

16 *S. 322:* Das an einen Namen angehängte S ist ein Kürzel für »ssudarj« = gnädiger Herr und ist typisches Kennzeichen der Lakaiensprache. Auf russisch heißt diese Sprechweise »sslowo-jerr-ss« = Wort-Schlußbuchstabe jerr-S (sudari). Daher Snegirjoffs Äußerung, er sollte sich jetzt eher Sslowojerrssoff nennen, also etwa »Gnädiger-Herr-Sager«.

17 *S. 358:* In Alexander S. Gribojedoffs (1795–1829) klassischer Komödie »Verstand schafft Leiden« steht Famusoff, der Vater von Sophie, die ihren Bewerber Tschatzkij zurückweist, zum Schluß ähnlich da wie Frau Chochlakoff, die sich plötzlich überflüssig vorkommt.

18 *S. 402:* Die Zeit des Tatarenjochs: 1224–1480.

19 *S. 550:* Beim Hinaustragen der Leiche eines Mönchs oder eines Einsiedlermönchs strengster Regel aus der Zelle in die Kirche und nach dem Trauergottesdienst auf den Friedhof wird der Lobgesang »Welch eine zeitliche Süße« angestimmt; dagegen wird der Kanon »Helfer und Beschützer« gesungen, wenn der Verstorbene ein Priestermönch strengster Observanz war.

20 *S. 687:* Tschitschikoff, der Gaunerheld in Gogols Roman »Tote Seelen« (1842), kauft von Gutsbesitzern verstorbene Leibeigene, deren Papiere noch nicht eingezogen sind – was nur alle zehn Jahre einmal bei der Revision der Bauernlisten geschah –, um in St. Petersburg die billig erstandenen »toten Seelen« teuer als lebende zu verkaufen.

21 *S. 860:* Shutschka: Der Name Shutschka ist abgeleitet von frz. joujou = Spielzeug; in der hier im Text verwendeten Transkription wird sh wie frz. j ausgesprochen.

22 *S. 898:* Der Literaturkritiker Wissarion G. Belinskij (1811–1848) benutzte seine literarischen Besprechungen selbst unter den Argusaugen der Zensoren und der Geheimpolizei Nikolaus' I. zu sozialpolitischer Agitation für den Fortschritt im Sinne der französischen Sozialisten, für den Realismus in der Kunst u. a. m. Gewisse Ansichten Belinskijs wurden von Dostojewski immer wieder angegriffen, so auch hier andeutungsweise im Gespräch Aljoschas mit dem frühreifen Schuljungen Kolja Krassotkin.

23 *S. 899:* In Alexander S. Puschkins (1799–1837) Versroman »Eugen Onegin« verliebt sich die junge, in der Provinz aufgewachsene Tatjana Larina in den Großstadtdandy und Byronianer Onegin, der sich vorübergehend in der Nachbarschaft auf dem Landgut seines Erbonkels aufhält. Sie schreibt ihm einen Liebesbrief, den er in einer offenen Aussprache mit kühler, wenn auch ritterlicher Ablehnung beantwortet. Nach jahrelangen Auslandsreisen kehrt Eugen nach St. Petersburg zurück und sieht Tatjana als Gattin des Fürsten K., als große Gesellschaftsdame, wieder. Jetzt verliebt er sich in sie, erhält jedoch eine Absage von ihr, obwohl sie ihm gesteht, daß sie ihn immer noch liebt. Die Frage, ob Tatjana sich richtig verhalten habe, was Dostojewski entschieden bejahte, oder etwa nur »alt-

modisch«, wie die junge Generation meinte, die mit Belinskij für die sogenannte Frauenemanzipation eintrat, war in Rußland ein stets heiß disku-
tierter Gesprächsstoff.

24 *S. 899:* Die »Dritte Abteilung der Kanzlei Seiner Majestät« war die
zaristische Staats- oder Geheimpolizei, deren Zentrale sich in St. Petersburg in einem Palais am Moikakanal, unweit der Kettenbrücke, befand.

25 *S. 901:* Tschuchna: verächtliche Bezeichnung der Finnen und der eingeborenen Bevölkerung der Ostseeprovinzen, mit denen Kolja in diesem
Fall nicht nur die Ostseedeutschen, sondern die Deutschen in ihrer Gesamtheit zu identifizieren scheint.

26 *S. 907:* Pereswonn (eigentlich: Geläut, Läuten mit allen Glocken) ist
abgeleitet von swonn = Ton, Laut, Klang. Der Arzt kann in dieser Situation mit dem Begriff »Geläut« (pereswonn) nichts anfangen und wiederholt mechanisch die letzte Silbe. Das darauf folgende Wortspiel ist nicht
übersetzbar; dem Sinne nach: Er hört's wohl läuten, kapiert's aber
nicht.

27 *S. 930:* Skotoprigonjewsk: scherzhafte Orstbezeichnung, zu übersetzen
zen etwa mit »Viehsammelsen« oder »Rindspferchening«. Den Aussagen
von Dostojewskis Frau Anna Grigorjewna und seiner Tochter Ljubow zufolge ist in der Kleinstadt des vorliegenden Romans das stille, verträumte
Staraja Russa an der Pereretiza, südlich des Ilmensees, zu erkennen, wo
Dostojewski vier Sommer und den Winter 1874/75 verbracht hat. Auch
das Haus der Karamasoff erinnere an die von ihm dort bewohnte Villa
Gribbe mit großem Garten und alten Bäumen am Ufer des Flusses. Alt-
Russa ist ein Salinenbad.

28 *S. 954:* Die Figuren des französischen Romanschriftstellers Charles
(Karl) de Bernard (1804–1850) wurden, ebenso wie die von George Sand,
in Rußland häufig kopiert, vor allem von den schriftstellernden Damen.
Dieser romantisch-pathetische Einfluß ist von Dostojewski hier in Katerina Iwanowna kritisiert worden mit dem Ziel, ihn lächerlich zu machen.
Die Untersuchungen des französischen Physiologen Claude Bernard
(1813–1878) über die Beeinflussung der Verdauung, der Atmung und des
Blutkreislaufs durch das Nervensystem machten seinerzeit viel von sich
reden.

29 *S. 1011:* Pitjer: volkstümlich für St. Petersburg.

30 *S. 1035:* Die medizinisch richtige Bezeichnung für Iwans Erkrankung
am damals so genannten Nervenfieber (russ.: Weißes Fieber) ist umstrit-
ten. Von größerer Bedeutung ist die Frage, ob die Zensur das IX. Kapitel
ohne diese Tarnung als Fiebertraum eines Schwerkranken durchgelassen
hätte. Wie sehr Dostojewski fürchtete, daß schon die Redaktion des konservativen »Russischen Boten« es ablehnen oder zumindest etliches darin
beanstanden könnte, geht u. a. aus seinem Begleitbrief zu diesem Teil des
Manuskripts hervor. Vorbeugend schreibt er, daß das IX. Kapitel doch
nichts Zensurwidriges enthalte, »außer vielleicht die zwei Wörtchen ›das

hysterische Gekreisch der Cherubim«. Nur wenn es gar nicht anders ginge, möge man sie in »Freudengeschrei« abändern – was auch geschah. Und er wiederholt: »Es scheint mir ganz undenkbar, daß irgend etwas von dem, was mein Teufel da babbelt, zensurwidrig sein könnte! Die beiden Erzählungen aus den Beichtstühlchen sind zwar leichtfertig, aber, wie ich glaube, keineswegs schmutzig. Schwätzt nicht Mephisto mitunter das gleiche in den beiden Teilen des ›Faust‹?« (Deutsch in: F. M. Dostojewski, Die Urgestalt der Brüder Karamasoff, Piper, München 1928, S. 601–603.)

31 *S. 1048:* In Gogols Komödie »Der Revisor« (1836) befindet sich Chlestakoff, ein mittelloser junger Windbeutel aus St. Petersburg, auf der Durchreise in einer Kleinstadt, wo er für den erwarteten, angeblich inkognito reisenden Revisor gehalten wird. Er spielt diese Rolle zunächst ängstlich und wider Willen, bald jedoch mit Bravour und vollem Erfolg: Er borgt sich von allen Beamten größere Summen, worauf er sich aus dem Staub macht und – der richtige Revisor eintrifft.

Mit der Bemerkung, er habe ja doch auch schon etliche Vaudevilles verfaßt, will Chlestakoff der Frau und der Tochter des Bürgermeisters zu verstehen geben, daß er nebenbei auch Dichter sei.

32 *S. 1059:* Wörtlich lautet der Satz: »Aber ich bin nicht neidisch auf die Ehre, ein Scharomyschka-Dasein zu führen, ich bin (ja) nicht ehrgeizig.« Ein Scharomyschka (von frz. cher ami) zecht grundsätzlich auf Kosten anderer; er geht in ein Restaurant mit und drückt sich vor dem Bezahlen; er läßt sich mit einer gewissen Selbstverständlichkeit ständig oder gelegentlich bewirten, leutselig auch von ärmeren Verwandten oder Bekannten, und denkt nicht im Traum daran, sich zu revanchieren, selbst wenn er vielleicht vermögend ist, eine gutbezahlte Stellung hat oder es bisweilen sogar versprochen hat. Dieses nur hier gebrauchte Wort (Scharomyschka) bezeichnet einen ganz bestimmten, geistig indifferenten und menschlich dickfelligen Typ des Schmarotzers.

Einen völlig anderen Schmarotzertyp kennzeichnet die von Dostojewski im vorliegenden Roman besonders häufig gebrauchte, in Rußland überaus populäre »Standesbezeichnung« Prishiwaletz oder Prishiwalschtschik (pri = mit, an, bei), etwa »Mitlebender« (jemand, der aus Gnade oder Mitleid bei irgendwem wohnen darf und mit durchgefüttert wird). »Prishiwalschtschik« hat im Russischen daher nicht den negativen Beigeschmack, den »Schmarotzer« im Deutschen hat. Faktisch besteht aber kaum ein Unterschied zwischen einem Prishiwalschtschik und einem Schmarotzer, weshalb hier auch durchweg die Übersetzung »Schmarotzer« gewählt wurde. Als Vertreter des polulären Typs des »Gesellschafters« oder Dauergasts akzeptiert Iwans Teufel daher die russische Bezeichnung für diese Art Schmarotzer geradezu mit Vergnügen (»C'est charmant: ›ein Schmarotzer‹ [prishiwalschtschik]...«, S. 1040); hingegen empfindet er seinerseits den »großen Herrn« Mephistos, seinen Gott, als einen Scharomyschka, als bürgerlich schofel und »unnobel«, und will deshalb nichts mit ihm zu tun haben.

Auf Fjodor Pawlowitsch trifft keine der beiden Bezeichnungen zu. Für einen Scharomyschka ist er zu klug und zu scharfsichtig (er macht sich selbst nichts vor), zu sensibel und zu couragiert; außerdem entschädigt er ja seine Gastgeber für die Mahlzeit mit seinen Possen und Späßen und seiner sprühenden Unterhaltung, so daß er als »amüsantester und überlegenster Spötter dieser ... Übergangsepoche« jungen Menschen sogar imponieren konnte; für einen »müßig Mitlebenden« ist er zu vital.

Ein echter Prishiwalschtschik ist der alte Maximoff, der aus Not, aus »Untüchtigkeit« im Kampf ums Dasein, aus Gutmütigkeit und Unfähigkeit zur Selbstbehauptung gegenüber stärkeren Egoisten zu so einem Dauergast wird. Menschen wie er kamen oftmals auch in Klöstern unter, wie der Staretz bezeugt.

33 *S. 1080:* Nach der reaktionären Regierungszeit (seit 1825) Nikolaus' I. (1796–1855) folgte unter seinem Sohn Alexander II. (1818–1881, reg. seit 1855) die Ära der großen Reformen mit der Aufhebung der bäuerlichen Leibeigenschaft (1861) und der Modernisierung des Heeres-, Finanz-, Verwaltungs- und Schulwesens (1862–66); im Rahmen der Justizreform wurde das öffentliche Gerichtsverfahren mit Geschworenen eingeführt und der Presse größere Freiheit zugestanden.

34 *S. 1137:* Nikolai W. Gogol (1809–1852) spricht in den »Toten Seelen« mit kosakischem Schwung vom dahinjagenden Dreigespann, aber die geschilderten Gutsbesitzer Nosdreff und Ssobakewitsch u. a. m. sind höchst unerfreuliche Typen, ganz zu schweigen von Tschitschikoff, dem Spekulanten der beginnenden kommerziellen Zeit.

35 *S. 1225:* Alexander N. Ostrowskij (1823–1886), der in seinen Werken bevorzugt die in patriarchalischem Dünkel erstarrten, bildungsfeindlichen und engherzigen Kaufmannskreise karikierte, schildert einmal eine Kaufmannsfrau, der die Fremdwörter »Metall« und »Schwefeläther« größten Respekt einflößen, weil sie dahinter anbetungswürdige übernatürliche Kräfte vermutet.

Zu kleineren sprachlichen Unübersetzbarkeiten ist zu bemerken, daß das russische podletz = Schuft ebenso verschiedene Bedeutungsnuancen haben kann wie das deutsche Wort Schuft. Wenn Mitja von sich sagt, er sei zwar ein Schuft, aber kein Dieb, so meint er damit eben etwas ganz anderes, als wenn er Gruschenkas Verführer als Schuft bezeichnet.

Der Übergang im Gespräch unter Bekannten vom Sie zum Du und umgekehrt, aber auch unter Geschwistern und Eheleuten vom Du zum Sie ist im Russischen als Ausdruck momentaner Stimmungsänderung durchaus üblich und daher nicht verletzend.

Der »Ehebrecher im Geiste« wäre im Deutschen besser mit »Gedankensünder« wiederzugeben, nur ist die russische Formel, nach den Worten Christi zu den Sittenrichtern, dem Anlaß nähergeblieben und trifft hier im Fall Fetjukowitsch wörtlich zu.

Zu den Anführungszeichen

Damit der Leser in diesem großenteils in Gesprächsform gestalteten Werk eindeutig unterscheiden und sich klar zurechtfinden kann, wurden die Anführungszeichen durchgehend auf folgende Weise gesetzt:

Alle Gespräche und Aussprüche aus Gesprächen außerhalb dieser wurden mit »und« angeführt und ausgeführt.

Die Wiedergabe von Äußerungen anderer innerhalb von Gesprächen wurden mit ‚und' gekennzeichnet.

Zitate und Verse, Titel von Büchern, Schauspielen, Dichtungen, Namen von Gasthäusern und Stadtteilen, Redensarten und ähnliches sind innerhalb und außerhalb von Gesprächen mit „und" angeführt und ausgeführt worden.

E. K. R.

NACHWORT

>>Alles im Fieberzustand
und alles wie in einer eigenen Synthese<<
F. M. Dostojewski[1]

>>Nach den ›Karamasows‹ (und beim Lesen derselben) habe ich
immer wieder mit Grauen um mich geblickt und mich gewundert, daß alles noch beim Alten war ... In ihnen ist so viel
Prophetisches, Feuriges, Apokalyptisches, daß es unmöglich
erscheint, da zu verharren, wo wir gestern waren, alte Gefühle
zu hegen und an etwas anderes zu denken als an den Tag des
Jüngsten Gerichts.<<[2] Dies schrieb der Maler Iwan Kramskoi
kurz nach Erscheinen von Dostojewskis letztem Roman. Sigmund Freud bezeichnete die *Brüder Karamasow* 1927 als den
>>großartigsten Roman, der je geschrieben wurde<<, die >>Epi-
sode des Großinquisitors<< als >>eine der Höchstleistungen der
Weltliteratur, kaum zu überschätzen<<[3]. Enthusiastisch äußerte sich auch der russische Literaturwissenschaftler Nikolai
Trubezkoi: >>Man darf sagen, daß in den *Brüdern Karamasow*
alle Elemente des psychologisch-ideologischen polyphonen
Romans die Vollendung erreicht haben. Nirgends ist die Fabel
so spannend, die psychologische Analyse so überzeugend, sind
die philosophischen Gedanken so tief und die handelnden Personen so lebendig wie in diesem letzten Roman. Die Gestalten
und Motive aller früheren Werke Dostojewskis tauchen hier
wieder auf, in einer neuen Beleuchtung, in einer neuen großar-
tigen Synthese.<<[4]

*

Mit der Niederschrift des Romans begann Dostojewski wenige
Monate nach dem Tod seines jüngsten Sohnes Aljoscha und
dem anschließenden Besuch der Einsiedelei Optina Pustyn,
Ende Sommer 1878; er beendete sie zwei Monate vor seinem
eigenen Tod, im November 1880. Die Entstehungsgeschichte

der *Brüder Karamasow* (soweit sie aus den erhalten gebliebenen Entwürfen rekonstruierbar ist) umfaßt freilich einen größeren Zeitraum: Sie reicht bis ins Jahr 1876 zurück. Die Genese einzelner Themen und Motive läßt sich noch weiter zurückverfolgen. So stand für den angeblichen Vatermörder Dmitri ein ehemaliger Mithäftling Dostojewskis in Omsk Pate, der Unterleutnant a. D. Iljinski, der, wegen Vatermordes verurteilt, zehn Jahre unschuldig im Zuchthaus verbrachte, bis man den wirklichen Täter fand. Dostojewski berichtete über Iljinski in den *Aufzeichnungen aus dem Totenhaus* (1. Kapitel) und entwarf 1874 den Plan zu einem Drama à la Iljinski, in welchem der jüngere von zwei Brüdern, der den älteren heimlich um seine Braut beneidet, seinen Mord am Vater so geschickt kaschiert, daß die Schuld auf den mit dem Vater wegen einer Erbschaftsangelegenheit zerstrittenen älteren fällt, der zu zwanzig Jahren Zuchthaus verurteilt wird. Nach Ablauf der Frist bekennt der jüngere seine Schuld und begibt sich auf den verdienten Leidensweg, nicht ohne dem älteren seine Familie anzuvertrauen ...

Neben dem Problem des Vatermords und des Justizirrtums beschäftigte Dostojewski, wie aus einem Brief an Christina Altschewskaja vom 9. April 1876 hervorgeht, »die junge Generation und zugleich die moderne russische Familie, die – ich ahne das – beileibe nicht mehr das ist, was sie noch vor zwanzig Jahren war«[5]. Der »zufälligen Familie« hatte Dostojewski seinen Roman *Der Jüngling* gewidmet. Jetzt interessierte ihn die Familie im Umbruch: »Unser Leben ist zweifellos in Auflösung begriffen und somit auch die Familie. Doch ist es notgedrungen so, daß sich das Leben neu organisiert, auf neuen Grundlagen. Wer aber bemerkt es, wer weist darauf hin? Wer ist imstande, auch nur ansatzweise die Gesetze dieses Zerfalls und dieser Neuorganisation zu bestimmen, auszudrücken?« Die Sätze stehen in dem als Zeitschrift erschienenen *Tagebuch eines Schriftstellers* (Januar 1877), das Dostojewski als eigentliches »schöpferisches Laboratorium« für die *Brüder Karamasow* diente.

Vor allem Tatsachenmaterial zum Thema Familie und Kind ist über das *Tagebuch eines Schriftstellers* in den Roman eingegangen, so etwa die Affäre Kroneberg – der Prozeß gegen den Bankier Kroneberg wegen unmenschlicher Züchtigung seiner siebenjährigen Tochter (Februar 1876) –, die Iwan Karamasow im Kapitel »Empörung« zusammen mit andern Kindsmißhandlungen rekapituliert. Weitere Themen, die Dostojewski im *Tagebuch eines Schriftstellers* wie später im Roman – »Pro und Contra« – behandelt, betreffen die russische Rechtsprechung und die orthodoxe Kirche, Katholizismus und Sozialismus, die allgemeine Vereinzelung als Charakteristikum der gegenwärtigen Gesellschaft und Rußlands Verhältnis zum Westen. (»Pro und Contra« übrigens figuriert im *Tagebuch* wie im Roman als Kapitelüberschrift.) Materialien zum Großinquisitor-Poem finden sich in den Skizzen zum *Tagebuch* des Jahres 1876: »Der Großinquisitor und Paul. Der Großinquisitor mit Christus. In Barcelona fing man den Teufel« und andere. Auch die im *Tagebuch eines Schriftstellers* erschienenen Erzählungen *Die Sanfte* und *Der Traum eines lächerlichen Menschen* werden in den *Brüdern Karamasow* partiell wieder aufgegriffen.

Ende 1877 stellt Dostojewski im Hinblick auf eine »künstlerische Arbeit« – gemeint sind die *Brüder Karamasow* – das Erscheinen der Zeitschrift vorübergehend ein und notiert fast gleichzeitig sein »Memento für das ganze Leben«: »1. Den russischen Candide schreiben. 2. Ein Buch über Jesus Christus schreiben. 3. Meine Erinnerungen schreiben. 4. Ein Poem ›Die Totenfeier‹ schreiben.« Vor allem der Plan eines russischen Candide und eines Buches über Jesus Christus ist in den *Brüdern Karamasow* teilweise realisiert worden. »Wenn das Buch über Christus in dem berühmten Poem Iwan Karamasows enthalten ist«, schreibt Leonid Grossman, »so ist der russische Candide in dem Vorwort zu ihm in der ›Empörung‹ seines Verfassers verwirklicht. Hier handelt es sich zweifellos um eine Skizze jenes Martyrologiums der russischen Wirklichkeit, das in dem schöpferischen Laboratorium Dostojewskis den Namen des russischen Candide trug.«[6]

Das andere »Memento«, das sich unmittelbar auf die *Brüder Karamasow* bezog, entstand im April 1878 und lautete: »Möchte erfahren, ob es möglich ist, auf den Schwellen unter einem Zug zu liegen, während dieser in voller Fahrt hinwegbraust. – Nachfragen: kann die Frau eines zu Zwangsarbeit *Verurteilten* sogleich eine Ehe mit einem andern eingehen? – Hat der Idiot das Recht, eine so große Menge angenommener Kinder zu halten, eine eigene Schule zu haben usw.? – Nachfrage über Kinderarbeit in den Fabriken. – Über die Gymnasien, das Leben in den Gymnasien. – Darüber Recherchen anstellen, ob ein Jüngling, Adliger oder Gutsbesitzer, sich für mehrere Jahre als Novize ins Kloster zurückziehen darf ...?«[7] Außer in Punkt zwei, der sich auf Dmitri bezieht, kreist dieser »Vorentwurf« um die junge Generation. Punkt eins weist hin auf die Mutprobe Kolja Krasotkins (Vierter Teil, Zehntes Buch, Kapitel 1). Punkt drei bezieht sich ebenfalls auf den letzten Teil des Romans, wobei der »Idiot« – die Figur aus dem gleichnamigen Roman – mit der Gestalt des kinderliebenden jüngsten Karamasow-Bruders und »Novizen« Aljoscha (vgl. Punkt vier) verschmolzen wird. Das »Memento« zeigt deutlich, daß Dostojewski den Plan eines »Romans über Kinder«, mit dem er sich seit 1874 trug, in das Karamasow-Projekt integriert hat. An den Pädagogen Wladimir Michailow schrieb er fast gleichzeitig, am 16. März 1878: »Ich habe einen großen Roman im Sinn und werde ihn bald beginnen; darin sollen unter anderem Kinder eine große Rolle spielen, und zwar gerade solche, die in zartem Alter stehen, etwa zwischen sieben und fünfzehn. Viele Kinder werden auf den Plan treten. Ich studiere sie, habe sie mein Leben lang studiert und liebe sie sehr, habe selbst Kinder ... Schreiben Sie mir also über Kinder, was Sie selbst nur wissen ...«[8] Die Kinder beherrschen nicht nur das zehnte Buch und den Epilog des Romans, sie bilden (als unschuldig Leidende) den Ausgangspunkt für Iwans Revolte gegen die Schöpfung, eine der philosophisch brisantesten und brillantesten Stellen der *Brüder Karamasow*.

Die Art, wie Dostojewski das Kinderthema recherchierte, ist

typisch für seine Arbeitsweise an diesem letzten Roman: Anschauung, Lektüre (Jean-Jacques Rousseau, Friedrich Fröbel, Johann Heinrich Pestalozzi), Verfolgung der Tagespresse, Befragung von Fachleuten bildeten die Grundlage für den künstlerischen Prozeß. Für das zwölfte Buch, »Der Justizirrtum«, studierte Dostojewski zahlreiche Prozeßakten und konsultierte den bekannten Juristen Anatoli Koni. Seine Kenntnisse über das russische Klosterleben holte er sich beim Besuch der Einsiedelei Optina Pustyn, deren Mönch Amwrossi zu einem der Prototypen des Starez Sossima wurde, ferner durch Briefwechsel und Lektüre. Das sechste Buch, »Ein russischer Mönch«, ist inspiriert von den Schriften des Starzen Tichon von Sadonsk und den damals populären Pilgeraufzeichnungen des Athosmönchs Parfeni. Die Figur des Sossima dürfte ein literarisches Vorbild in Bischof Myriel aus Victor Hugos *Les Misérables* gehabt haben.

Zu den literarischen Quellen der *Brüder Karamasow* gehören unbestritten Voltaire *(Candide)*, Schiller (*Die Räuber, Don Carlos,* die Ode *An die Freude* in Fjodor Tjutschews Übersetzung, das Gedicht *Resignation*), Goethe *(Faust)*, Shakespeare *(Othello, Hamlet)*, George Sand (*Mauprat*) Victor Hugo (*Les Misérables*), Puschkin (*Der geizige Ritter, Der steinerne Gast*), Nikolai Nekrassow, ferner die Bibel, die Schriften östlicher Kirchenväter, mittelalterliche Mysterienspiele, Volkslegenden und vieles mehr.

Dostojewski schöpfte aber auch aus eigenen Werken. Das Kinderthema beschäftigte ihn seit den *Armen Leuten,* das Thema der Familie besonders im *Jüngling.* Iwan Karamasow erinnert mit seiner Theorie des »Alles ist erlaubt« an Raskolnikow, den Helden von *Schuld und Sühne;* Aljoscha trägt Züge des Fürsten Myschkin *(Der Idiot).* Sowohl Aljoscha wie Sossima – der an den Pilger Makar aus dem *Jüngling* gemahnt – spiegeln Dostojewskis Bemühen wider, einen »vollkommen schönen Menschen« zu schaffen. Auch einzelnen Motiven begegnet man schon in früheren Werken: Die Versuchungen Christi – ein Motiv in Iwans Poem vom Großinquisitor – werden von Lebedew im *Idioten*, von Schatow in den *Dämonen* angeführt; Iwans Alptraum erinnert an Stawrogins Bericht über die Heimsuchung des Teufels (in der Zeitschriftenfassung der *Dämonen*). Die eigentlich synthetische Leistung der *Brüder Karamasow* aber liegt in der souveränen künstlerischen Verarbeitung des vielfältigen Tatsachen- und Quellenmaterials im Hinblick auf den ideellen und thematischen Gehalt des Romans.

*

Die Fabel basiert auf einem Vatermord (nach Freud »das Haupt- und Urverbrechen der Menschheit wie des einzelnen«). Dostojewski verleiht ihr die spannenden Züge eines Kriminalromans, beschränkt sich jedoch nicht – wie in *Schuld und Sühne* – auf den äußeren Geschehensablauf, sondern entwirft ein sozial-psychologisch-ideologisches Drama, dessen Zentrum, die Karamasow-Familie, »als ein Mikrokosmos erscheint, in dem sich die wichtigsten Widersprüche des Menschseins reflektieren« (Maximilian Braun)[9].

Schon der Titel deutet auf den polyphonen Charakter des Romans hin. Es ist von drei Brüdern die Rede – die Dreizahl bestimmt auch den Aufbau des Werks –, deren Werdegang und Verhältnis zum Vater in der breit angelegten Exposition unter dem Titel »Die Geschichte einer Familie« ebenso skizziert wird wie der dominante Vater selbst. Dostojewski führt dabei gleich zu Beginn das zentrale handlungsvorantreibende Motiv des Gelds ein: Das Geld und die Suche beziehungsweise Nichtsuche danach charakterisiert die Figuren.

Dmitri, achtundzwanzig, Offizier und Lebemensch, verkörpert mit seinem »schroff veränderlichen und regellosen Gemüt« die »coincidentia oppositorum« der breiten Karamasowschen Natur. Stolz und Niedertracht, Eifersucht und Großmut beherrschen ihn gleichzeitig. Was ihn, den Sohn aus erster Ehe, der bei diversen Pflegeeltern aufwuchs, seit seiner Volljährigkeit immer wieder zum Vater führt, ist das Geld. Der

Vater hält ihn nicht nur kurz, sondern »beutet ihn planvoll aus«. Dmitri aber besteht zum Zeitpunkt des Handlungsbeginns auf dreitausend Rubeln, die der Vater ihm aus der Erbschaft der vermögenden Mutter schulde. Es ist die finanzielle Ohnmacht Dmitris, die sein Verhältnis zum Vater, das wegen Gruschenka eines der Rivalität ist, schließlich in Haß umschlagen läßt. (Typisch für das ganze Buch ist, daß sich aus materiellen Beziehungen emotionale entwickeln, daß der Dingcharakter des Gelds transzendiert wird.) Dmitri erscheint zum Mörder prädestiniert, und die »dreitausend Rubel« spielen eine verhängnisvolle Rolle: Das Gericht sieht in ihnen ein Indiz für Dmitris Raubmord, während das Geld in Wirklichkeit nicht vom Vater, sondern von Katerina Iwanowna stammt . . .

Iwan, vierundzwanzig, der ältere Sohn aus Fjodor Karamasows zweiter Ehe, ein brillanter Kopf, ein Repräsentant des »euklidischen Verstands«, dessen Karamasowsches Erbe sich, anders als bei Dmitri, nicht in pathetischem Masochismus, sondern in geistiger Ambivalenz äußert, ist von der Aura des Rätselhaften umgeben. Auch sein Verhältnis zum Vater wird durch die Geldfrage umrissen: Iwan, der bei Pflegeeltern aufwuchs und von einer Generalin etwas Geld geerbt hatte, mußte sich in den ersten zwei Jahren auf der Universität seinen Lebensunterhalt und das Studium selbst verdienen. Anders als Dmitri aber machte er »damals nicht einmal den Versuch, sich mit seinem Vater brieflich über eine Unterstützung zu verständigen – vielleicht aus persönlichem Stolz, aus Verachtung für ihn, vielleicht aber auch aus kühler, gesunder Einsicht, da er sich wohl sagen konnte, daß von diesem Papachen eine Unterstützung nicht zu erwarten sei«. Gerade weil Iwan vom Vater kein Geld will, bleibt sein Besuch bei Fjodor Karamasow, mit dem die Handlung einsetzt, für den Vater wie für den Leser rätselhaft.

Iwans Bruder, der dritte Karamasow-Sohn Aljoscha, ist zwanzig Jahre alt und wird als strahlender, liebenswerter Mensch geschildert. Obwohl er sich den Karamasows zugehörig fühlt, verbindet ihn nicht nur seine religiöse Neigung mit seiner verstorbenen Mutter, einer klassischen »Sanften«. »Charakteristisch, und sogar im höchsten Grad kennzeichnend«, berichtet der Chronist, »war diese Eigenschaft an ihm, daß er sich niemals darum bekümmerte, auf wessen Kosten er lebte. Darin war er das vollständige Gegenteil seines älteren Bruders Iwan Fjodorowitsch, der ... es von Kindheit an immer bitter empfunden hatte, daß er auf Kosten eines Wohltäters lebte. ... Ja, und überhaupt kann man sagen, daß er den Wert des Geldes gar nicht kannte (natürlich nicht im wörtlichen Sinn). Wenn man ihm Taschengeld gab, um das er niemals selbst bat, so wußte er wochenlang nicht, was er damit anfangen sollte, oder er gab es sofort und ohne zu überlegen aus.« Aljoscha lebt beim Starzen Sossima in einem Kloster in der Nähe des Handlungsorts, der Provinzstadt Skotoprigonjewsk. Das äußere Motiv, das ihn zum Vater führt, ist der Wunsch, das Grab seiner Mutter aufzusuchen. Dostojewski läßt aber durchblicken, daß die Begegnung der drei Brüder in ihrem Vaterhaus eine schicksalhafte ist.

Über den Vater, Fjodor Karamasow, heißt es, er sei »erst drei Jahre vor der Ankunft Aljoschas endgültig in unser Städtchen zurückgekehrt«. Zuvor habe er in Odessa »die besondere Kunst entwickelt, aus allem Geld herauszuschlagen und so sein Kapital beträchtlich zu vergrößern ... Es war klar, daß er mindestens hunderttausend Rubel an barem Kapital besitzen mußte«. (Diese Vermutung bestätigt sich nach seinem Tod.) Fjodor Karamasow wird gleich auf der ersten Seite des Romans als »Typ eines nichtsnutzigen und ausschweifenden Menschen« geschildert, »der zu gleicher Zeit ganz auffallend unvernünftig ist, – jedoch zu jener besonderen Art von Unvernünftigen gehört, die ihre Geldgeschäfte immer vorzüglich abzuwickeln verstehen«. Er ist »boshaft und sentimental«, lasterhaft und zugleich ein trivialer Spießer und Possenreißer. Nicht umsonst erscheint der Lüstling mit der »Physiognomie eines alten römischen Patriziers aus der Verfallzeit« als Inbegriff des Karamasowtums, als Ahnherr jener »breiten Karamasowschen Naturen«, die fähig sind, »alle möglichen Widersprüche in sich zu vereinigen und zu gleicher Zeit beide Abgründe zu erfassen, den Abgrund über uns, den Abgrund der höchsten Ideale, und den Abgrund unter uns, den Abgrund der schändlichsten Gesunkenheit«.

Von »schändlicher Gesunkenheit« zeugt die Heirat von Adelaida Iwanowna (der Mutter Dmitris) nur ihrer Mitgift wegen, zeugt die Unterdrückung der völlig unbemittelten Sofja Iwanowna (der Mutter Iwans und Aljoschas), zeugt schließlich die Vergewaltigung der geistesschwachen Lisa Smerdjastschaja, die neun Monate danach in Karamasows Garten einen Jungen zur Welt bringt – den späteren Diener und Vatermörder Smerdjakow. (Auch wenn es an expliziten Hinweisen des Chronisten fehlt, so läßt der Roman doch keinen Zweifel darüber bestehen, daß Smerdjakow Karamasows illegitimer Sohn und sein Mörder ist.) Fjodor Karamasows Macht – eine Macht der Skrupellosigkeit und des Geldes – wird scheinbar nur von Smerdjakow als natürlich anerkannt: Er befindet sich in der Lakaienrolle.

Der Epileptiker Smerdjakow – der »Stinkende« – gehört zu den unspektakulären und zugleich undurchschaubaren Figuren des Romans. Er wird erst auf Seite 202 eingeführt – »ein noch ziemlich junger Mann, der etwas über vierundzwanzig Jahre zählen mochte ... sehr menschenscheu und schweigsam ... dem Charakter nach ... eher hochmütig und anmaßend ... beschaulich ... und ein vorzüglicher Koch« –, von seinem subtilen Intrigenspiel aber erfährt man bereits auf Seite 112, als Dmitri seine Verspätung im Kloster damit begründet, daß Smerdjakow ihm eine falsche Zeit angegeben habe. Smerdjakow ist klug, aber feige; er ist ein »geistiger Zerrspiegel« von Iwan, im Gegensatz zu Iwan aber eine Lakaiennatur und völlig amoralisch. Psychologisch gesehen sprechen weit mehr Gründe gegen als für Smerdjakows Täterschaft. Auch sein Selbstmord vor der entscheidenden Gerichtssitzung bedeutet einen Überraschungseffekt. (Freilich wird er erst so zu einer Judasfigur.)

Generell läßt sich sagen, daß kein Held Dostojewskis in ein

psychologisches Schema paßt und auf voraussehbare Weise handelt. Die Unbestimmtheit und Zweideutigkeit (oder gar Vieldeutigkeit) der Charaktere aber überträgt sich in das Geschehen selbst, »das so die Eigenschaft der objektivierten Zweideutigkeit erhält«[10].

Ein typisch ambivalenter Charakter ist Katerina Iwanowna, neben Gruschenka die wichtigste Frauenfigur des Romans. Nachdem Dmitri die Ehre ihres Vaters in einem Augenblick exaltierter und zugleich berechnender Großmut durch 4500 Rubel gerettet hat, »will sie ihr Leben und Schicksal aus Dankbarkeit vergewaltigen« und bietet sich dem Wohltäter als Braut an. Die Machtverhältnisse – wie immer bei Dostojewski durch Geld symbolisiert – kehren sich jedoch um; Katerina erbt, und Dmitri wird plötzlich zum doppelten Schuldner: Nicht nur, daß er Gruschenka liebt, er veruntreut überdies dreitausend Rubel, die ihm Katerina anvertraut hat. (Der Justizirrtum besteht darin, daß man dieses Geld für das Geld seines Vaters hält.) Katerinas Reaktion ist überspannt, paradox: Sie kann dem »Geschöpf« (Dmitri) zwar nicht verzeihen, will ihn aber »gleichwohl nicht aufgeben«. Hinter ihrem Rettungswahn verbergen sich ein herrscherischer Instinkt und ein pathetischer Masochismus, wie Iwan, der sie liebt und dem sie sich stolz verweigert, diagnostiziert: »Ihr Leben, Katerina Iwanowna, wird von nun an in qualvoller Beobachtung und Zergliederung Ihrer eigenen Gefühle, Ihrer eigenen Heldentat und des eigenen Kummers bestehen.« Iwans Diagnose findet sich im fünften Kapitel des vierten Buchs, das mit »Ausbrüche«, russisch »nadryvy«, betitelt ist – ein Schlüsselbegriff der Dostojewskischen Charakterologie und Poetik, der durch E. K. Rahsins Übersetzung »wunde Stellen« nicht adäquat wiedergegeben ist. Der Schluß des Romans bestätigt seinen Befund: Katerina spielt den Richtern den »mathematischen Beweis« für Dmitris Schuld in die Hände, um ihn dann melodramatisch um Verzeihung zu bitten. In ihrem krampfhaften, egoistischen Stolz verrät sich das »Institutsfräulein«. Es fehlt ihr sowohl die Dämonie als auch die tragische Größe der Nastassja Filippowna (aus dem Roman *Der Idiot*).

Überspanntheit charakterisiert auch andere Frauengestalten. Katerinas Gegenspielerin, das »infernale Weib« Gruschenka, ist kapriziös, tyrannisiert ihre Opfer (Fjodor und Dmitri), erscheint berechnend und unversehens hilflos wie ein Kind. Ihre sinnliche Schönheit – Dostojewski beschreibt eindringlich ihren weißen Teint, ihre üppigen aschblonden Haare, die »zobelbraunen, feingezeichneten Augenbrauen«, die »katzenhafte Unhörbarkeit ihrer Schritte« – kontrastiert mit dem kindlichen Ausdruck des Gesichts, der seinerseits einen »unmöglichen Widerspruch« zur »fast süßlichen Manieriertheit« ihrer Stimme bildet. Ihre Überlegenheit über die Rivalin spielt sie schon bei der ersten Begegnung (Drittes Buch, Kapitel 10) aus. In einer irrationalen Anwandlung (nadryv) stößt sie die Hand Katerinas, die sie gerade küssen wollte, zurück: »›Aber wissen Sie was, Sie Engel‹, sagte sie plötzlich mit der zärtlichsten, süßesten Stimme, ›wissen Sie was: ich werde Ihr Händchen jetzt einfach ... *nicht* küssen*!‹ Und sie lachte ein kleines, heiteres Lachen.« Das Paradoxe des Handelns äußert sich einmal als Bosheit, dann wieder als Selbstbestrafung: Gruschenkas Liebe zu Dmitri flammt im selben Augenblick auf, wo sie sinnlos erscheint – im Augenblick seiner Festnahme. Später schwört sie ihm Treue und verspricht, ihm nach Sibirien zu folgen.

Fast diabolisch mutet der Eigensinn der jugendlichen Lisa Chochlakow alias Lise an – einer der interessantesten und maliziösesten Frauengestalten Dostojewskis. Die urspünglich gelähmte, dann geheilte Lisa – reizbar, unartig, nervös, hysterisch – entpuppt sich in einem Gespäch mit Aljoscha, den sie insgeheim liebt, als ein wahres »Teufelchen« (so die Kapitelüberschrift): Sie verspürt die unbändige Lust, nur Böses zu tun, Gott zu verspotten und sich selbst zu verderben. Lisas sadomasochistische Phantasien – von Gerichtsprotokollen angeregt, wie sie zu ganz anderen Zwecken auch Iwan Karamasow studiert – wirken unheimlich-komisch: »Ich stelle mir zuweilen vor, daß ich den kleinen Knaben gekreuzigt hätte. Er hängt an der Wand und stöhnt, ich aber setze mich vor ihn hin und esse Ananaskompott.«

Nur scheinbar paradox ist die Tatsache, daß Lisa wenig später gesteht, sie würde sich am liebsten das Leben nehmen (»mich widert alles an, es ist alles ekelhaft«). Als Aljoscha geht, legt sie zum Beweis die Finger in den Türrahmen und schlägt die Tür zu.

Lisas Mutter, die »kleingläubige Dame« Chochlakow, vertritt einen schwärmerischen Opportunismus. Ihr Interesse für Religion (oder was sie dafür hält) wechselt abrupt mit Wohltätigkeitsphantasien und Retterallüren. Die Liebe zur Menschheit im allgemeinen hindert sie jedoch an der Liebe zum einzelnen. Statt Dmitri aus seiner finanziellen Bedrängnis zu helfen, prophezeit sie ihm eine glückliche Zukunft in den Goldgruben. Im Roman wird sie indirekt durch den Exseminaristen Rakitin karikiert.

Außerhalb dieser exaltierten Frauengestalten stehen die Gottesnärrin Lisa Smerdjastschaja, die Dostojewski ungemein eindrucksvoll als winziges animalisches Wesen mit krausem Wollhaar schildert, und Sofja Iwanowna, die Mutter Iwans und Aljoschas, eine Variation der Sanften aus der gleichnamigen Erzählung von 1876. Beide Figuren gehören zur Vorgeschichte.

Überspanntheit kennzeichnet unter den Männergestalten vor allem Dmitri, der im Schnittpunkt verschiedener Ereignisketten steht. Zwischen dem »Ideal der Madonna« und dem »Ideal Sodoms« hin und her gerissen, ergibt er sich nach der Devise »kopfüber in den Abgrund« jedem Gedanken, jedem plötzlichen Entschluß bis zur Leidenschaft, schreckt jedoch vor der letzten Konsequenz zurück. Zweimal will er, der das Leben über alles liebt und Schillers Ode *An die Freude* zitiert, sich umbringen, beide Male tut er es nicht. Im Urteilsspruch sieht er die Strafe für sein durchlebtes Leben, ist aber nicht bereit, den Weg nach Sibirien zu gehen, und plant die Flucht nach Amerika.

Iwans Überspanntheit manifestiert sich im geistigen Bereich: sein »Pro und Contra« führt zur Bewußtseinsspaltung, zum Wahnsinn.

Das Musterbeispiel einer überspannten Reaktion liefert im vierten Buch der Hauptmann Snegirjow, Iljuschas Vater, den Dmitri beleidigt hat. Als Aljoscha ihm im Auftrag Katerina Iwanownas zweihundert Rubel zur Wiedergutmachung anbietet, nimmt er die Scheine, preßt sie jedoch plötzlich in rasender Wut zusammen, schleudert sie auf den Boden und beginnt »mit dem Stiefelabsatz auf das Geld zu stampfen«: »Sagen Sie denen, die Sie gesandt haben, daß der Bastwisch seine Ehre nicht verkauft!« Derselbe Hauptmann, der gegen eine vermeintliche Erniedrigung aufbegehrt, wird das Geld später dankbar annehmen, als er seine Ehre und Unabhängigkeit dadurch nicht gefährdet sieht.

*

In keinem andern Roman Dostojewskis ist die Psychologie der Helden so stark in einen metaphysischen Kontext gebettet. Der Triebmensch Dmitri spricht nicht nur von sich, wenn er gegenüber Aljoscha die »Schönheit« als fatale Bedrohung bezeichnet: »Hier ringen Gott und der Teufel, und der Kampfplatz ist – des Menschen Herz.«

Einbrüche des Irrationalen findet man selbst beim Zyniker Fjodor Karamasow; bezeichnend ist allerdings, daß er die Frage nach der Existenz Gottes zwar stellt, die Voltairesche Formel »Wenn es Gott nicht gäbe, müßte man ihn sich ausdenken« jedoch als Teufelsbeweis, als Diabolodizee, mißbraucht. (Im Sinne einer Theodizee zitieren den Ausspruch später Iwan und der »Kindinquisitor« Kolja Krasotkin.) Alle Hauptfiguren des Romans erleben ekstatische Augenblicke. In diesem Heraustreten aus sich selbst – in Leidenschaft, Zorn, Eifersucht, Liebe, mystischer Hingabe – entziehen sie sich der Logik des Rationalen und betreten eine metaphysische Dimension, mag diese auch – wie bei Iwan – der Wahnsinn sein.

Iwan ist zusammen mit Aljoscha und Sossima der Träger der ideologischen Handlung, die mit der von Dmitri dominierten Erzählhandlung in einem komplexen Spannungsverhältnis

steht. Ausgerechnet der Nihilist mit dem »euklidischen Verstand« stellt sich die Frage nach der Existenz Gottes und nach
den sittlichen Grundlagen der Welt. Ihm auch legt Dostojewski
die Legende vom Großinquisitor in den Mund – nach seinen
eigenen Worten das beste Stück Prosa, das er je geschrieben
habe, und der »Kulminationspunkt« des Romans.

Schon in den *Dämonen* zeigte Dostojewski an der Figur des
Selbstmörders Kirillow, wie eng für ihn das Problem des Glaubens mit jenem von Atheismus und Nihilismus verknüpft ist.
Atheismus und Glaube sind für ihn komplementäre Erschei-
nungsformen ein und derselben Sehnsucht nach der Transzen-
dierung des eigenen Ich, nach einer höheren Sinngebung des
Lebens. Iwans Zweifel, die er im Kapitel »Empörung« gegenüber Aljoscha äußert, sind besonderer Art. Sie betreffen nicht
die Existenz Gottes, die er stillschweigend voraussetzt, sondern
die Schöpfung dieses Gottes: »Nicht Gott akzeptiere ich nicht
. . ., sondern die von ihm geschaffene Welt akzeptiere ich nicht
und kann ich nicht akzeptieren.« Iwan beschränkt seine Begründung auf ein einziges Argument: auf das Leiden unschuldiger Kinder, wobei er eine Reihe von schrecklichen Kindsmißhandlungen aufzählt, die Dostojewski der Tagespresse sowie
Gerichtsberichten entnommen und teilweise im *Tagebuch
eines Schriftstellers* diskutiert hatte. Was soll es, Gut und Böse
zu erkennen, fragt Iwan, wenn diese Erkenntnis so teuer bezahlt werden muß, »ist doch die ganze Erkenntniswelt nicht
diese Kindertränen zum ›lieben Gottchen‹ wert«. Und selbst
die Wahrheit ist »doch nicht einmal ein einziges Tränlein jenes
gequälten Kindchens wert, das sich mit dem Fäustchen an die
kleine Brust schlug und zu seinem ›lieben Gottchen‹ betete«.
Iwan verlangt Gerechtigkeit, deshalb verwirft er das Heil. Und
da er sich überdies weigert, allein erlöst zu werden, lautet sein
rebellisches Fazit: »Nicht Gott ist es, den ich ablehne . . ., ich
gebe ihm nur die Eintrittskarte ergebenst zurück.« (In Schillers
Gedicht *Resignation* heißt es: »Empfange meinen Vollmacht-
brief zum Glücke! / Ich bring ihn unerbrochen dir zurücke, /
Ich weiß nichts von Glückseligkeit.«)

Iwan ist ein Verstandesmensch, er redet und denkt in den Kategorien der »negativen Philosophie« (Reinhard Lauth) – die ihn schließlich zur nihilistischen Devise »Alles ist erlaubt« führt –, dennoch gewinnt er auf diesem Weg tiefere Einsichten, als sie der naiv Glaubende in der Regel besitzt. Vor allem sein »Großinquisitor«-Poem enthält Erkenntnisse über Glück und Freiheit, Autorität und Geheimnis, Glaube und Wunder, die bis heute an Tiefsinn und Aktualität nichts eingebüßt haben.

Der Inhalt der Legende ist in Kürze der folgende: Im 16. Jahrhundert, im spanischen Sevilla, als vor den Augen des greisen Großinquisitors fast hundert Ketzer öffentlich verbrannt worden sind, erscheint Jesus. Das Volk fühlt sich unwiderstehlich zu ihm hingezogen, er segnet es und heilt einen Blinden. Er auferweckt auch ein siebenjähriges Mädchen, das im offenen Sarg vorbeigetragen wird. Der Großinquisitor sieht es und befiehlt der Wache, Jesus zu ergreifen. Im Dunkel des Gefängnisverlieses kommt es zu jener furchtbaren Anklage des Großinquisitors, die Jesus schweigend anhört. Der Großinquisitor wirft Jesus vor, daß dieser seinen Jüngern die Freiheit des Glaubens gelassen habe, statt sie durch »das Wunder, das Mysterium und die Autorität« zur Nachfolge zu zwingen. Diesen »idealistischen« Glauben aber könnten nur die wenigen Starken aufbringen; die große Masse des Volkes sei durch diese Freiheit überfordert. Dem Ausspruch Jesu »Der Mensch lebt nicht vom Brot allein« hält der Großinquisitor die Parole entgegen: »Sättige sie zuerst, dann kannst du von ihnen Tugenden verlangen.« Der Großinquisitor vertritt gerade das, womit der »furchtbare und kluge Geist« Jesus in der Wüste versuchte: »Wir haben deine Tat verbessert und haben sie auf dem Wunder, dem Mysterium und der Autorität aufgebaut. Unser Werk ist jetzt noch am Anfang . . ., doch wir werden unser Ziel erreichen und Cäsaren werden und dann werden wir an das universale Glück der Menschheit denken . . .« Als wäre die Kirche die Wohltäterin der Menschheit, fragt der Großinquisitor beschwörend: »Haben wir die Menschheit denn nicht geliebt, als wir demütig ihre Ohnmacht einsahen, liebreich ihre Bürde erleichterten und ihrer kraftarmen Natur sogar zu sündigen erlaubten, allerdings nur mit unserer Genehmigung? Willst du uns stören? ... Es wird Tausende von Millionen glücklicher Kinder geben und nur hunderttausend Leidtragende, die den Fluch der Erkenntnis von Gut und Böse auf sich genommen haben.« Der Großinquisitor schließt mit der Drohung, daß er Jesus als Ketzer verbrennen lassen werde. Doch als dieser ihn wortlos auf den Mund küßt, entläßt er ihn mit den Worten »Geh und komm nie wieder« in die dunklen Gassen der Stadt.

Iwans Affinität zum Großinquisitor besteht darin, daß auch er Christi Liebe zu den Menschen für ein »auf Erden unmögliches Wunder« hält, das nur ein Gott, nicht aber ein gewöhnlicher Sterblicher erwidern kann, doch liefert er (liefert Dostojewski) keine eigentliche Interpretation der Legende. Aus seinem nachfolgenden Gespräch mit Aljoscha geht hervor, daß der Großinquisitor – ein Gegen-Christus, der seine Herrschaft im Namen Christi, als Repräsentant der Kirche ausübt – gar nicht an Gott glaubt, und zwar aus Liebe zur Menschheit. Die Unsinnigkeit einer solchen von Christus gestifteten Kirche ist für Iwan lediglich der Beweis für die Unsinnigkeit der Schöpfung, weshalb die Legende vom Großinquisitor aus Iwans Sicht keine Verurteilung der Kirche und ihres greisen Repräsentanten darstellt. Iwans Auffassung stimmt mit derjenigen des Autors offensichtlich nicht überein, denn aus der Sicht Dostojewskis, der durch den Starez Sossima eine christliche Liebesreligion russischer Prägung verkündet, ist das »Großinquisitor«-Poem eine Abrechnung mit dem römischen Katholizismus als einer Religion der Macht und des Gesetzes. Die implizite Kritik des Autors wird von Aljoscha geäußert: »... das sind die Schlimmsten des Katholizismus, Inquisitoren, Jesuiten ... Sie sind einfach die römische Armee für das künftige irdische Universalreich, mit dem Imperator, dem römischen Hohepriester an der Spitze. Das ist ihr Ideal, aber ohne alle Geheimnisse und erhabene Wehmut. Die allereinfachste Gier nach Macht, nach schmutzigen irdischen Gütern, Unterdrückung ... Sie glauben vielleicht auch nicht an Gott. Dein leidender Inquisitor ist eine bloße Phantasie.« Bedenkt man allerdings, daß Dostojewski im *Idioten* wie im *Tagebuch eines Schriftstellers* den Katholizismus für die Aufklärung und den westeuropäischen Sozialismus verantwortlich gemacht hat, so wäre der Rationalist Iwan selber ein Opfer jenes Katholizismus, den er als Beweis für die verfehlte Schöpfung anführt, seine Argumentation mithin entkräftet. – Die tiefe Gefährdung Iwans – der im übrigen auch andere (Smerdjakow, Lisa Chochlakow) durch seine Ideen infiziert und somit am Mord mitschuldig ist – nimmt zum Schluß handfeste Formen an: »Die Revolte der Vernunft endet mit ihm im Wahnsinn« (Albert Camus).

Als Iwans geistiger Widerpart erscheint Aljoscha mit seinem schlichten Glauben, seiner russischen »Bodenständigkeit«. (In einem Moment der Ekstase küßt er die Erde.) Hinter Aljoscha aber steht der Starez Sossima, dem das ganze sechste Buch des Romans gewidmet ist. So wie Iwan als Verfasser des »Großinquisitor«-Poems figuriert, figuriert Aljoscha als Herausgeber der biographischen Aufzeichnungen des Starez. Diese enthalten nicht nur die charakteristischen Elemente einer Heiligenvita (Bekehrung vom weltlichen zum mönchischen Leben), sondern berichten – im Kapitel »Der geheimnisvolle Gast« – auch vom Schicksal eines unerkannten Mörders, der aufgrund der Ermahnung Sossimas seine Schuld bekennt. Sossima zitiert Johannes 12,24: »Wenn das Weizenkorn nicht in die Erde fällt und nicht stirbt, so bleibt es allein, stirbt es aber, so bringt es viele Frucht.« Dieser Bibelvers, verstanden im Sinne des Selbstopfers, bildet zugleich das Motto des ganzen Romans! In der Tat enthält diese Binnengeschichte, die entfernt an das Iljinski-Drama erinnert, in nuce das zentrale Problem der *Brüder Karamasow*, wie es von Sossima stellvertretend formuliert wird: »Ja, Freund, es ist doch wahrhaftig so, wenn du dich nur aufrichtig für alles und für alle verantwortlich machst, so wirst du auch sogleich einsehen, daß ... gerade du für alle und alles schuldig bist.« (Leicht erkennt man hier die moralische Gegenposition zum »Alles ist erlaubt«.)

Sossima verkündet eine franziskanische Religion der Liebe, der Brüderlichkeit, der Verzeihung, frei von kirchlichen Dogmen und Askesevorschriften. Im Rahmen der offiziellen Orthodoxie wirkt sie, wie die Kritik des Schriftstellers Konstantin Leontjew bestätigt hat, ketzerisch. Dennoch sieht Dostojewski gerade im Mönch Sossima die Verkörperung russischer Gläubigkeit, die Gewähr für seinen utopischen Messianismus, wonach »das Licht aus dem Osten kommt«. Sossima dient dem Autor als Sprachrohr, wenn er das russische Volk als »Gottträgervolk« preist. (Zu Beginn des Romans ist es der Sossima nahestehende Pater Paissi, der den Ultramontanismus Roms verurteilt und verkündet, »von Osten her« werde sich diese Erde »aufhellen«.) Auch Sossimas Plädoyer für die Abschaffung aller Bedürfnisse enthält einen deutlich Dostojewskischen Seitenhieb gegen das bürgerliche Europa, das der Vereinsamung und dem geistigen Selbstmord anheimzufallen drohe.

Trotz Dostojewskis gegenteiliger Absicht erscheint die christlich-russische Liebeslehre des Starez Sossima weit weniger »effektvoll« als Iwans humanistische Rebellion (Dostojewski korrespondierte über dieses Problem mit dem Oberprokuror des Heiligen Synods Konstantin Pobedonoszew); desgleichen wirkt die Figur des Aljoscha blasser als die der übrigen Karamasows. Doch hat Dostojewski in einer zweiten Nebenhandlung – die erste betrifft Sossima und das russische Kloster – dem Karamasowtum die Kinder als Zukunft Rußlands entgegengestellt. In diesem Zusammenhang gewinnt auch die Figur des Aljoscha an Profil.

Die Kinder bilden sowohl ein Thema als auch ein rekurrentes Motiv des Romans. Bereits im zweiten Kapitel des zweiten Buchs findet sich die erschütternde Szene, wo eine junge Mutter beim Starez Sossima ihr verstorbenes Söhnchen beklagt. Für Sossima ist die Liebe zu den Kindern die Grundlage christlicher Gesinnung – er verurteilt scharf die Quälerei der Kinder, auch die kindliche Fabrikarbeit –, für Iwan Karamasow stellt das Leiden unschuldiger Kinder das Hauptargument für die verfehlte Schöpfung dar – eine frappante Übereinstimmung mit unterschiedlichen Implikationen! Dmitri hat in der Nacht seiner Festnahme den »Traum vom Kindchen«, der einen Prozeß der Katharsis in ihm auslöst: Mitten in der Steppe begegnet er einem hungernden Kind und wird von unermeßlichem Mitleid und Schuldgefühl erfüllt (»wir alle sind an allen schuldig, an allen Kinderchen«).

Den Kindern am nächsten steht Aljoscha; wie sein Prototyp Fürst Myschkin liebt er die Kinder und zieht sie an. Die äußere Motivation für seinen Verkehr mit den »Knaben« – so der Titel des zehnten Buchs – ist die Wiedergutmachung einer Schuld, die sein Bruder Dmitri am Hauptmann Snegirjow, dem Vater des kleinen Iljuscha, begangen hat. Doch geht es auch um eine Wiedergutmachung im tieferen Sinne: Aljoscha versucht die Schuld der Karamasows zu sühnen, indem er die Generation der Nachkommen dazu anhält, sich auf den Wert der Familie zu besinnen. Der Epilog der *Brüder Karamasow* schließt denn auch mit Aljoschas Gedenkrede für Iljuscha, die einem Vermächtnis gleicht: »Meine lieben Kinder ..., wißt, es gibt nichts, das höher, stärker, gesünder und nützlicher für das Leben wäre als eine gute Erinnerung aus der Kindheit, aus dem Elternhause ... Wenn der Mensch viele solcher Erinnerungen ins Leben mitnimmt, so ist er fürs ganze Leben gerettet ...« Durch einen Hurraruf stimmen die Knaben Aljoscha und seinem Glauben an das Gute und die Unsterblichkeit bei. (Die Grundzüge von Aljoschas Rede – Liebe zur Familie, »Vieleinheit«, Unsterblichkeit – lassen vermuten, daß Dostojewski hier auf die Lehre des Philosophen Nikolai Fjodorow von der »fleischlichen Auferstehung der Ahnen« anspielt.) Der positive Schluß rückt nicht nur die Figur des Aljoscha in ein neues Licht, sondern verlegt den Akzent von der aktuellen Sozialkritik, wie sie Dostojewski im zwölften und letzten Buch (»Der Justizirrtum«) am Beispiel des russischen Geschworenengerichts übt, in den Bereich der religiösen Hoffnung.

Obwohl den Kindern in den *Brüdern Karamasow* eine große Bedeutung zukommt, werden sie doch nicht idealisiert. Dostojewskis letzter Roman ist in der Personendarstellung individualistischer und realistischer als die vorangegangenen Werke (was sich besonders schön an den Frauengestalten nachweisen läßt). So unterliegen auch die Kinder – es handelt sich um Schulbuben zwischen elf und dreizehn Jahren – dem »Pro und Contra«, den Widersprüchen des Menschseins.

Mit dem frühreifen Kolja Krasotkin schuf Dostojewski die Figur eines jugendlichen Pseudoatheisten, wie er sie bereits 1874 für sein »Buch über Kinder« geplant hatte. Kolja zitiert (wie Iwan und Fjodor Karamasow) Voltaires berühmten Ausspruch: »Gott ist natürlich nur eine Hypothese ... aber ... ich gebe ja zu, daß er nötig ist ... zur Ordnung ... zur Erhaltung der Weltordnung und so weiter – wenn es Gott nicht gäbe, so müßte man ihn sich ausdenken.« Fast im selben Atemzug bezeichnet er sich gegenüber Aljoscha als »unverbesserlichen Sozialisten« und als einen Feind der Frauenemanzipation. Kolja ist, wie Aljoscha richtig erkennt, verdorben – einen unheilvollen Einfluß übt auf ihn der entlaufene Priesterseminarist Rakitin, ein Vulgärmaterialist Tschernyschewskischer Prägung aus –, außerdem ist er eitel und herrschsüchtig. Durch seine »Mutprobe« (siehe das zweite »Memento«) und allerhand Streiche sichert er sich die Position eines Anführers. Seine Macht aber mißbraucht er auf grausame Weise gegenüber Iljuscha, dem Sohn des Hauptmanns Snegirjow. Dieser glaubt, durch einen dummen Trick, den ihm der notorische Tierquäler Smerdjakow beigebracht hat, einen Hund getötet zu haben, und grämt sich sehr. Kolja macht ihm schwere Vorwürfe, verheimlicht aber, daß er »Shutschka« gefunden und bei sich versteckt hat. Erst kurz vor dem Tod des tuberkulösen Jungen lüftet er triumphierend das Geheimnis. Die Machtspiele unter den »Gören« sind von bitterbösem Ernst; da wird nicht nur mit Steinen geworfen, mit Federmessern gestochen, da werden seelische Erniedrigungen und Qualen zugefügt, aus Berechnung, aus Überspanntheit. So erzeugt in Kolja die wahnhafte Vorstellung, verlacht zu werden, den Wunsch, »die ganze Ordnung der Dinge zu vernichten« und seine Nächsten zu quälen. Der Tod des kleinen Iljuscha allerdings hat auf ihn

wie auf die übrigen Knaben eine versöhnende, solidarisierende
Wirkung.

*

Die *Brüder Karamasow* sind zweifellos das komplexeste Werk
Dostojewskis – sowohl in thematischer, ideeller als auch in
kompositorischer und erzähltechnischer Hinsicht. Die Er-
zählstruktur des Romans zerfällt in zahlreiche Motive teils dy-
namischen (handlungsvorantreibenden), teils statischen Charakters. Das Geld erscheint in verschiedensten Variationen; es
gehört wesentlich zur Fabel (die »dreitausend Rubel«), aber
auch zur Psychovgie und Theologie des Romans. (Zu Recht hat
Manès Sperber einmal bemerkt, »die fieberhafte Suche nach
Geld« wirke in diesem Roman »viel glaubhafter als die leidenschaftliche Liebe«[11].) Der Bretterzaun als statisches Motiv
markiert einen signifikanten Ort und steht metaphorisch für
Schwelle, Grenzüberschreitung, Wandlung. (Lisa Smerdjastschaja springt hochschwanger über den Bretterzaun des Karamasowschen Gartens, bringt Smerdjakow zur Welt und stirbt;
Dmitri springt in der verhängnisvollen Nacht über denselben
Zaun und schlägt dort den Diener Grigori nieder; das entscheidende Gespräch zwischen Aljoscha und Kolja Krasotkin findet
an einem Zaun statt.)
    Wesentliche Motive sind auch in den Binnengeschichten
enthalten, so das Motiv des uneingestandenen Mords in Sossimas Erzählung über den »geheimnisvollen Gast«. (Robert Belknap zählt insgesamt zwölf verschiedene Berichte über den
Mord auf.) Die diversen Motive sind – wie in einem Musik-
stück – syntagmatisch und paradigmatisch verbunden. Das erste Kapitel des Epilogs rekapituliert nicht weniger als vierzehn
Motive beziehungsweise Ereignisse des Romans.
    Zu Dostojewskis polyphoner Romantechnik, wie sie in den
Brüdern Karamasow ungemein ingeniös verwirklicht erscheint, gehört auch das »Spiegel-« oder »Verdoppelungsver-
fahren«. Gewisse Episoden oder Gedankengänge werden durch

Entsprechungen erhellt; die meisten Personen haben ihren (profanierenden, dekuvrierenden) Doppelgänger. »Man kann geradezu sagen«, schreibt Michail Bachtin, »daß Dostojewski bestrebt ist, aus jedem Antagonismus in einem einzigen Menschen zwei Menschen zu machen, um diesen Antagonismus zu dramatisieren, um ihn extentiv zu entwickeln.«[12] So ist Kolja eine Replik auf Iwan und dessen Großinquisitor – als erklärter Atheist und Sozialist operiert er mit der Autorität und dem »Wunder« (die »Herbeizauberung« des Hundes Shutschka); Smerdjakow ist ein Zerrspiegel Iwans, Rakitin eine Karikatur desselben. Sossimas Bruder Markel (Sechstes Buch, Kapitel 2 a) erscheint als Spiegelbild Aljoschas. Aljoschas Vision der »Hochzeit zu Kana in Galiläa« wird durch Iwans Teufelsvision kontrapunktiert. Gruschenkas Erzählung »Das Zwiebelchen« repliziert auf eine andere Volkslegende, nämlich das von Iwan vorgetragene »Klosterpoem« »Der Gang der Gottesmutter durch die Qualen«. Das Großinquisitor-Thema wird bereits im fünften Kapitel des zweiten Buchs angeschlagen; Argumente in dieser Richtung vertreten Smerdjakow (Drittes Buch, Kapitel 7) und Pater Paissi (Viertes Buch, Kapitel 1).

Neben solchen Doppelstrukturen, die Dostojewskis Poetik des »Pro und Contra« unterstreichen, spielt im Roman auch die »Dreiheit« eine wesentliche Rolle. Dostojewski hat drei Brüder geschaffen (man kann darin eine Anspielung auf das Volksmärchen, aber auch auf Wladimir Solowjows Lehre von den drei Hypostasen menschlichen Seins – Geist, Intellekt, Seele – sehen); jeder der drei Brüder hat eine Vision beziehungsweise Epiphanie, die sein Schicksal besiegelt (Dmitri in Mokroje, Aljoscha nach dem Tod des Starez, Iwan in seinem »Alptraum«). Iwans drei Gespräche mit Smerdjakow finden eine Parallele in Dmitris drei »Purgatorien«. Im dritten Buch, »Die Lüstlinge«, läßt der Autor Dmitri in drei »Beichten eines heißen Herzens« (Kapitel 3–5) sein bisheriges Leben erzählen; im vierten Buch wird von drei »Ausbrüchen« berichtet (Kapitel 5–7). Von den fatalen dreitausend Rubeln war schon die Rede.

Auch die Komposition der *Brüder Karamasow* weist auf die

Dreizahl hin: Der Roman besteht aus vier Teilen und einem Epilog, wobei jeder Teil drei Bücher (mit Titelüberschrift und fortlaufender Numerierung) enthält und jedes Buch seinerseits in betitelte Kapitel zerfällt. Jedes Buch ist von Dostojewski als in sich geschlossene Einheit konzipiert (zum Beispiel »Ein russischer Mönch«, »Aljoscha«, »Mitja«, »Die Knaben«).

Der zeitliche Aufbau des Romans ist ganz von der Dreizahl bestimmt: Die Handlung spielt sich an drei Tagen Ende August ab und wird, nach einem Intervall von zwei Monaten, an einem Sonntag im November während zwei Tagen fortgesetzt und nach fünftägiger Unterbrechung an einem Tag beschlossen (Epilog). Das Schema »drei plus zwei plus eins« verrät eine dynamische Beschleunigung der Zeit.

Die Handlung wird aber keineswegs in einer logisch-chronologischen Abfolge präsentiert. Die Kausalitäten sind oft vertauscht, oder es fehlt, vor allem in den Binnengeschichten, jegliche Motivation. Der Erzähler greift häufig vor – so wird der zentrale Konflikt schon früh angedeutet –, retardiert aber auch, um die Handlung dann wieder überraschend voranzutreiben. Die Klimax des Romans wird gewissermaßen in Spiralen, dialektisch erreicht. W. E. Wetlowskaja spricht von einer »regressiven Auflösung« in den *Brüdern Karamasow*. Wie in einem Detektivroman wird der Leser fast bis zum Schluß irregeleitet und erst dann mit der Wahrheit konfrontiert, daß nicht Dmitri der Mörder ist. Auch manche keineswegs nebensächlichen Details erfährt man erst spät, so den Namen des Handlungsorts Skotoprigonjewsk (S. 930) oder den Familiennamen Gruschenkas, Swetlow (S. 1092).

Im Sinne der Polyphonie operiert Dostojewski mit einem Chronisten und einem allwissenden Erzähler. Der Chronist, mit den lokalen Verhältnissen vertraut, manipuliert Zeit und Raum; er schreibt um 1879 und geht von da ins Jahr 1866 zurück (oder noch weiter, um die Vorgeschichte der Figuren zu erzählen); Anfang und Schluß des Romans werden von ihm in der Ichform rapportiert, er taucht aber auch zwischendurch immer wieder auf. Der allwissende Erzähler dagegen kennt keinen zeitlichen Fixpunkt, erscheint extrem mobil; er kennt die Gedanken der Personen und steht auch hinter den ausgedehnten »Monologen« (etwa Iwans Poem); diskret verbirgt er sich in den dialogischen Passagen und meldet sich subtil zu Wort durch die häufig verwendete erlebte Rede. Im Vorwort, das manche Interpreten fälschlicherweise als die Stimme des Autors deuten, um daraus die Theorie abzuleiten, bei den *Brüdern Karamasow* handle es sich um einen expositionellen, im Hinblick auf eine Fortsetzung konzipierten Roman (Dilogie), macht sich vielmehr Ironie bemerkbar. Die vielfach gebrochene Erzählweise des Romans, die die Identifizierung des Autors mit einem seiner Helden gänzlich ausschließt, wird ironisch vom »Autor« Iwan dubliert, der bei der Wiedergabe seines Poems seine Erzählerposition immer wieder verläßt, um das Ganze als Fiktion zu entlarven.

Ein ironischer, ja komischer Effekt entsteht im Roman dadurch, daß Dostojewski die Narration über weite Strecken einem Chronisten anvertraut, der nicht ganz auf der Höhe des Geschehens ist, der die »Wahrheit« gelegentlich sogar kompromittiert. Extrem subjektiv, penibel, geschwätzig, bekennt er allzuoft seine Unzulänglichkeit, ja Inkompetenz. Seine Berichterstattung ist in einem mündlichen Erzählstil, in der Tonart eines »Gesprächs mit dem Leser« gehalten; nicht selten finden sich Ausrutscher zum saloppen Slang, während es von Pleonasmen und Selbstberichtigungen wie »das heißt«, »besser gesagt«, »übrigens«, »nebenbei bemerkt« geradezu wimmelt. Es kommt so zu einer eigenartigen Diskrepanz zwischen der Erzählweise und dem Erzählten – ein Kunstgriff, den Dostojewski auch durch die unliterarischen, teilweise sogar trivialen Kapitelüberschriften realisiert. Die Dissonanz zwischen Komik und Tragik in den *Brüdern Karamasow* möchte man mit Wolf Schmid als eine Form von Humor bezeichnen.

Der Roman ist reich an Parodien, Travestien, an grotesken und karnevalesken Elementen. Fjodor Karamasow und Madame Chochlakow, in deren Mund fast alles zur Travestie gerät, werden ihrerseits von andern Romanfiguren oder vom

Chronisten/Erzähler karikiert. Pjotr Mjusow erscheint als
Parodie des russischen Liberalen, Rakitin als die eines Vulgär-
materialisten. Der närrische Hauptmann Snegirjow trägt buf-
foneske Züge, wobei Dostojewski durch Aljoscha erklärt, daß
»solches Narrenspielen zuweilen überaus tragisch« sei (Zehntes Buch, Kapitel 4). Karnevalistisch und dabei hochdramatisch
sind die Gelage im Kloster und in Mokroje. (Karnevalistische
Elemente finden sich in den meisten Skandalszenen.) Iwans
Teufel ist die schäbige Karikatur des mächtigen Satans: »Man
konnte glauben, daß der Gentleman jener Klasse von arbeitsscheuen Gutsherren angehörte, die zur Zeit der Leibeigenschaft ein faules Leben geführt hatten.« Ist der Teufel aber so
banal, so wird Iwans Rebellion gegen die Schöpfung Gottes iro-
nisiert. (Thomas Mann läßt im 25. Kapitel seines *Doktor Faus-
tus* Adrian Leverkühn – wie Iwan Karamasow – mit einem
frechen und geschwätzigen Geist aus dem Jenseits sprechen.)
Das zwölfte Buch des Romans, »Der Justizirrtum«, führt die
»Psychologie des Verbrechens« ad absurdum. Es ist gleichsam
die Travestie der prozessualen Analyse des Bewußtseins, die
Dostojewski sonst in Monologen, Träumen, Beichten und Re-
chenschaftsberichten vorführt«[13], sowie eine handfeste Parodie auf das russische Geschworenengericht nach den Gerichts-
formen von 1864. Satirische Töne finden sich auch in der Darstellung des Klosterlebens, das von Intrigen, von Ignoranz und
Aberglauben erfüllt ist. Selbst Sossima als leuchtende Ausnahme wird bis zu einem gewissen Grade der Lächerlichkeit
preisgegeben (der rasche Verwesungsgeruch der Leiche), so wie
Dostojewski in der Biographie des »Pater Seraphicus« »die tri-
vialsten Dinge berührt, um dem künstlerischen Realismus
nicht untreu zu werden . . ., ist doch das Leben voll Komik und
nur in seinem innern Sinn majestätisch« (Brief an Pobedonoszew vom 24. August 1879)[14].

Eine parodistisch-satirische Funktion erfüllt in den *Brüdern
Karamasow* auch die Namengebung. Skotoprigonjewsk – etwa
»Sammelort für zusammengetriebenes Vieh« – nennt Dosto-
jewski den Handlungsschauplatz, dem das Städtchen Staraja

Russa, wo der Autor mehrere Sommer verbrachte, als Vorbild gedient haben soll. Die durchsichtige Namensymbolik, die den Ort an der Grenze von Sein und Nichtsein ansiedelt, erinnert an Nikolai Gogol, ebenso wie im Falle von Chochlakow – abgeleitet vom Wort »chochol«, Federschopf – und Fetjukowitsch, dessen Stamm, »fetjuk«, Gogol in seinen *Toten Seelen* als Schimpfwort erwähnt. Bei Dostojewski hat es wohl die Bedeutung von »Schwächling, Weichling« – als ironischer Kontrast zur eitlen Selbstüberschätzung des Advokaten.

Weitere sprechende Namen sind Karamasow – eine Zusammensetzung aus dem turksprachlichen »kara« (schwarz) und dem russischen Verb »mazat'« (schmieren), möglicherweise auch eine Anspielung auf Dmitri Karakosow, der 1866 (!) ein mißglücktes Attentat auf Alexander II. verübt hat –, Smerdjakow (»der Stinkende«), Kalganow (vom Slangwort »kalgan«, Schwachkopf), Perchotin (von »perchota«, Kratzen im Halse), Snegirjow (von »snegir'«, Gimpel), Herzenstube (der Name des Arztes), aber auch Swetlow (von »svetlyj«, hell), der Name Gruschenkas, und Werchowzew (hoheitsvoll/hochtrabend), der Name Katerina Iwanownas – eine aufschlußreiche Charakterisierung der beiden Rivalinnen.

Die komischen Elemente des Romans unterstreichen kontrastiv den Ernst, ja die Tragik der Handlung. Auch in dieser Beziehung erweist sich Dostojewski als ein Meister der Polyphonie.

*

Es liegt wohl in der Logik der Sache, daß Dostojewskis komplexestes Werk die widersprüchlichsten Deutungen erfahren hat. Ein Blick auf die Rezeption der *Brüder Karamasow* in Deutschland mag die außergewöhnliche Bandbreite der Lesarten und Reaktionen aufzeigen.

Die *Brüder Karamasow* wurden nach ihrem (trotz heftigen Kontroversen) sensationellen Erfolg in Rußland bereits 1884 ins Deutsche übersetzt; es war dies die erste Übertragung in eine Fremdsprache. Rezipiert wurden damals in Deutschland vor allem *Schuld und Sühne* und das sozialkritische Frühwerk. Zur eigentlichen Entdeckung der *Brüder Karamasow* kommt es später, im ersten und besonders im zweiten Jahrzehnt des 20. Jahrhunderts, als auch die Übersetzungen bedeutender Dostojewski-Studien von Dmitri Mereschkowski, A. L. Wolynski, Wassili Rosanow und anderen erscheinen. Die Verfasser dieser Werke sehen in Dostojewski vor allem den Metaphysiker, Mystiker, den großen Ethiker und gläubigen Christen; die *Brüder Karamasow* nehmen in ihrer Interpretation eine zentrale Rolle ein. Für Dostojewskis letzten Roman interessieren sich Franz Werfel und Franz Kafka (der in seinem Tagebuch des Jahres 1914 eine subtile Eintragung über den alten Karamasow gemacht hat). Mehrfach wurde auf den Zusammenhang zwischen Kafkas Erzählung *In der Strafkolonie* und der Legende vom Großinquisitor hingewiesen.

In den Krisenjahren nach dem ersten Weltkrieg, die zu einer eigentlichen Dostojewski-»Inflation« führten, wird Dostojewski unter Berufung auf die Romangestalten des Aljoscha und Starez Sossima als Liebesapostel und Verkünder einer besseren Welt gefeiert. Bezeichnend sind diesbezüglich die Worte von Stefan Zweig (in *Drei Gestalten*, 1923): »Die *Brüder Karamasow* sind der Mythos vom neuen Menschen und seiner Geburt aus dem Schoße der russischen Seele«, sowie die optimistischen Reflexionen von Oswald Spengler (in *Untergang des Abendlandes*, Bd. 2, 1922): »Dostojewski lebt schon in der Wirklichkeit einer unmittelbar bevorstehenden religiösen Schöpfung. Sein Aljoscha ist dem Verständnis aller literarischen Kritik, auch der russischen, entzogen; sein Christus, den er immer wieder schreiben wollte, wäre ein echtes Evangelium geworden wie jene des Urchristentums, die gänzlich außerhalb aller antiken und jüdischen Literaturformen stehen ... Das Christentum Tolstois war ein Mißverständnis. Er sprach von Christus und meinte Marx. Dem Christentum Dostojewskis gehört das nächste Jahrtausend.«[15] Demgegenüber hat Hermann Hesse (in *Blick ins Chaos*, 1920) die *Brüder Karamasow* als ein Buch des Zerfalls und der Krise gedeutet, als den Ausdruck eines »uralten asiatisch-okkulten Ideals«, das bereits beginne, »den Geist Europas aufzufressen«.

Die expressionistische wie auch die in den zwanziger Jahren sich konstituierende psychoanalytische Kritik – zu der Sigmund Freuds berühmter Aufsatz über *Dostojewski und die Vatertötung* (1927) gehört – sehen in Dostojewski vor allem den genialen Psychologen, der das breite Spektrum zwischen Verbrechertum und Heiligkeit auslotet. Wolynskis 1920 in deutscher Sprache erschienenes Buch *Das Reich der Karamasoff*, das eine profunde psychologische Deutung der *Brüder Karamasow* liefert, hat dabei zweifellos eine wichtige Rolle gespielt.

Neben die psychologische Kritik tritt eine philosophisch-anthropologisch-religiöse, die sich über Jahrzehnte behauptet. Dostojewskis Werk, namentlich sein letzter Roman, wird zwischen 1930 und 1960 fast ausschließlich unter diesen Aspekten – und nicht selten von Theologen – untersucht. (Man denke an die Arbeiten von Fritz Lieb, Romano Guardini, Theodor Steinbüchel, Gisbert Kranz, Fjodor Stepun, Antanas Maceinas, Martin Doerne, Reinhard Lauth und andere.) Eine künstlerisch-formanalytische Interpretation des Werks, wie sie Julius Meier-Graefe bereits 1926 in seinem Buch *Dostojewski, der Dichter* versucht hat (das über die *Brüder Karamasow* vermerkt, sie erschöpften Dostojewski »so vollständig, daß man alles Vorhergehende als Versuche und Skizzen, um sich Material zurecht zu legen, ansehen könnte«), erfolgte erst verhältnismäßig spät. Indes muß jede ideologische Deutung einseitig bleiben, wenn sie ein so eminent komplexes Buch wie die *Brüder Karamasow* nicht primär als ein Kunstwerk mit einer eigenen Poetik begreift. Und doch erscheint durchaus verständlich, daß das Interesse für Dostojewski nur zu einem kleinen Teil ein philologisches war und noch ist. Sein Werk bietet sich für Vereinnahmungen und Interpretationen aller Art in idealer Weise an, da es einerseits an die »ewigen Fragen der Menschheit«

rührt, andererseits durch seine polyphone Struktur offen und aktualisierbar ist. Viktor Schklowski nannte Dostojewski wegen seiner Aktualität »unseren älteren Zeitgenossen«, und André Gide bekannte 1923 in seinem Dostojewski-Buch, Dostojewski diene ihm hier nicht selten als bloßer Vorwand, um seine eigenen Gedanken auszudrücken.

Fast unübersehbar ist der Einfluß, den Dostojewski in ideeller und ästhetischer Hinsicht auf Autoren des 20. Jahrhunderts ausgeübt hat. Zu nennen wären Franz Kafka und Thomas Mann, Miroslav Krleža und Michail Bulgakow (dessen Roman *Der Meister und Margarita* sich strukturell an die *Brüder Karamasow* anlehnt), William Faulkner und Thomas Wolfe, Albert Camus und die Vertreter des Nouveau roman, die Dostojewski zu ihrem Vorläufer, ja zum »Ahnherrn« des modernen Romans überhaupt machten. Camus etwa stützte sein Konzept vom »absurden Menschen« (in *Der Mythos von Sisyphos*) wesentlich auf Gedankengänge aus den *Dämonen* und den *Brüdern Karamasow* ab. »Mit Iwan Karamasow«, so schrieb er in *Der Mensch in der Revolte*, »beginnt in Wahrheit die Geschichte des zeitgenössischen Nihilismus.« Diese Genealogie bestätigt auch der Philosoph Émile Cioran; und für André Malraux ist der Neinsager Iwan »ein ganz heutiger Mensch, ein heutiger Intellektueller«.

Was aber an Raskolnikow, an Kirillow und besonders an Iwan Karamasow so modern wirkt – man mag es Zweifel, Widerspruchsgeist, unerbittliche Wahrheitssuche nennen –, kennzeichnet den Autor selbst. »Was mir bei dem Genie Dostojewskis eine unglaubliche Bedeutung zu gewinnen scheint«, bemerkte Malraux in einer Debatte, die unter dem vielsagenden Titel »Wir und Dostojewski« zusammen mit Stellungnahmen von Heinrich Böll, Siegfried Lenz und Hans Erich Nossack 1972 veröffentlicht wurde, »ist die Tatsache, daß er der einzige Mann des Glaubens gewesen sein dürfte, für den Glauben und Wahrheit sich nicht unbedingt decken und eins werden müssen.«[16] Camus war es, der in den *Brüdern Karamasow* eben diesen Antagonismus ausgemacht hat: »Hier ist ein Werk, in dem wir in einem Helldunkel, das durchdringender ist als das Tageslicht, den Kampf des Menschen gegen seine Hoffnungen begreifen können. Am Ende angelangt, entscheidet der Künstler sich gegen seine Gestalten. Dieser Widerspruch erlaubt uns also, eine neue Nuance einzuführen: es handelt sich hier nicht um ein absurdes Werk, sondern um ein Werk, das das Problem des Absurden stellt. «[17]

Juli 1985   *Ilma Rakusa*

1   Aus den Entwürfen zu den *Brüdern Karamasow*. Zit. in: F. M. Dostojewski, *Die Urgestalt der Brüder Karamasoff*, München: R. Piper Verlag 1928, S. 549.
2   Ivan N. Kramskoj, *Pis'ma. Stat'i. V dvuch tomach* [Briefe, Aufsätze in zwei Bänden], Bd. 2, Moskau 1966, S. 60–61.
3   Sigmund Freud, »Dostojewski und die Vatertötung«. In: S. F., *Studienausgabe*, Bd. X, Frankfurt a. M.: S. Fischer Verlag 1969, S. 271.
4   Nikolai S. Trubetzkoy, *Dostoevskij als Künstler*, London / Den Haag / Paris: Mouton 1964, S. 178.
5   F. M. Dostojewski, *Gesammelte Briefe 1833–1881*, München: R. Piper Verlag 1966, S. 442.
6   Leonid Grossman, *Žizn' i trudy F. M. Dostoevskogo. Biografija v datach i dokumentach* [Leben und Werk F. M. Dostojewskis. Biographie in Daten und Dokumenten], Moskau / Leningrad 1935, S. 268.
7   Zit. in: A. S. Dolinin, *Poslednie romany Dostoevskogo* [Die letzten Romane Dostojewskis], Moskau / Leningrad 1963, S. 233.
8   In: F. M. Dostojewski, *Die Urgestalt der Brüder Karamasoff*, a. a. O., S. 551.
9   Maximilian Braun, *Dostojewskij. Das Gesamtwerk als Vielfalt und Einheit*, Göttingen: Vandenhoeck & Ruprecht 1976, S. 238.
10 Diskussionsbeitrag von Heinrich Lausberg in: Johannes Holthusen, *Prinzipien der Komposition und des Erzählens bei Dostojevskij*, Köln / Opladen: Westdeutscher Verlag 1969, S. 41.
11 *Wir und Dostojewskij*. Eine Debatte mit Heinrich Böll, Siegfried Lenz, André Malraux, Hans Erich Nossack, geführt von Manès Sperber, Hamburg: Hoffmann und Campe Verlag 1972, S. 47.
12 Michail Bachtin, *Problemy poètiki Dostoevskogo* [Probleme der Poetik Dostojewskis], Moskau ²1963, S. 39.

13   J. Holthusen, a. a. O., S. 25.
14   In: F. M. Dostojewski, *Die Urgestalt der Brüder Karamasoff*, a. a. O.,
     S. 574.
15   Oswald Spengler, *Der Untergang des Abendlandes*, Bd. 2, München:
     Deutscher Taschenbuch Verlag 1972, S. 793, 794.
16   *Wir und Dostojewskij*, a. a. O., S. 103.
17   Albert Camus, *Der Mythos von Sisyphos. Ein Versuch über das Ab-
     surde*, Hamburg: Rowohlt 1960, S. 92–93.

AUSWAHLBIBLIOGRAPHIE

Belknap, Robert L.: *The Structure of the Brothers Karamazov,* Den Haag/Paris: Mouton 1967.

Bojadžiev, Emil: »Zu einigen geschichtsphilosophischen Aspekten der Ideenrepräsentation. Ivan Karamazov«. In: *Festschrift Heinz Wissemann,* Frankfurt a.M./ Bern/Las Vegas: H. Lang 1977, S. 37–49.

Catteau, Jacques: *La Création littéraire chez Dostoïevski,* Paris: Institut d'études slaves 1978.

Čyževskyj, D.: »Schiller und ›Die Brüder Karamazov‹«. In: *Zeitschrift für Slavische Philologie* 6, 1929, S. 1–42.

Danow, David K.: *Structural Principles of The Brothers Karamazov,* Ph. D. dissertation, Brown University 1977.

Dolinin, A. S.: *Poslednie romany Dostoevskogo. Kak sozdavalis' »Podrostok« i »Brat'ja Karamazovy«* [Die letzten Romane Dostojewskis], Moskau/Leningrad 1963.

Doerne, Martin: *Gott und Mensch in Dostojewskijs Werk,* Göttingen: Vandenhoeck & Ruprecht ²1962.

Dostoevskij, F. M.: »Brat'ja Karamazovy. Rukopisnye redakcii. Primečanija« [Die Brüder Karamasow. Entwürfe. Anmerkungen]. In: F. M. D., *Polnoe sobranie sočinenij,* Bd. 15, Leningrad 1976, S. 199–619.

Dostoevsky, Fyodor: *The Notebooks for The Brothers Karamazov.* Edited and translated by Edward Wasiolek, Chicago/ London: The University of Chicago Press 1971.

Dostojewski, F. M.: *Die Urgestalt der Brüder Karamasoff. Dostojewskis Quellen, Entwürfe und Fragmente.* Erläutert von W. Komarowitsch, München: R. Piper 1928.

Eng, Jan van der/Mejer, Jan M.: *The Brothers Karamazov by F. M. Dostoevskij,* Den Haag: Mouton 1971.

Fasting, Sigurd: »The Hierarchy of ›Truths‹ in the Structure of the ›Brothers Karamazov‹: On the Problem of Polyphony in Dostoevskij's Novels«. In: *Forum International* III (Fall), S. 99–110.

Gerigk, Horst-Jürgen: »Die zweifache Pointe der ›Brüder Karamazov‹. Eine Deutung mit Rücksicht auf Kants ›Metaphysik der Sitten‹. In: *Euphorion* 69, 1975, S. 333–349.

Gribanov, A.: »Zametki ob ispol 'zovanii istočnikov v 'Brat 'jach Karamazovych‹« [Bemerkungen zur Verwendung der

Quellen in den ›Brüdern Karamasow‹]. In: *Wiener Slawistischer Almanach* 12, 1983, S. 229–241.

Grübel, Rainer: »Die Geburt des Textes aus dem Tod der Texte. Strukturen und Funktionen der Intertextualität in Dostoevskijs Roman ›Die Brüder Karamazov‹ im Lichte seines Mottos«. In: *Dialog der Texte. Hamburger Kolloquium zur Intertextualität* [= Wiener Slawistischer Almanach, Sonderband 11], Wien 1983, S. 205–271.

Hesse, Hermann: »Die Brüder Karamasoff oder der Untergang Europas«. In: H. H., *Blick ins Chaos. Drei Aufsätze*, Bern: Seldwyla 1920, S. 1–20.

Jackson, Robert L.: »Early Shakespeare and Late Dostoevsky: the Two Ivans«. In: *Dostoevskij und die Literatur*. Hrsg. von Hans Rothe, Köln/Wien: Böhlau 1983, S. 21–29.

Jovanović, M.: »Brat'ja Karamazovy – roman-mif. Predvaritel'nye zametki« [Die Brüder Karamasow – ein Romanmythos. Vorläufige Bemerkungen]. In: *Wiener Slawistischer Almanach* 14, 1984, S. 77–86.

Kantor, V.: »*Brat'ja Karamazovy*« F. Dostoevskogo [Dostojewskis »Brüder Karamasow«], Moskau 1983.

Linnér, Sven: *Starets Zosima in The Brothers Karamazov. A Study in the Mimesis of Virtue*, Stockholm: Almqvist & Wiksell International 1975.

Maceina, Antanas: *Der Großinquisitor. Geschichtsphilosophische Deutung der Legende Dostojewskijs*. (Mit einem Nachwort von Wladimir Szyklarski: Messianismus und Apokalyptik bei Dostojewskij und Solowjew), Heidelberg: F. H. Kerle 1952.

Matlaw, Ralph E.: *The Brothers Karamazov. Novelistic Technique*, Den Haag: Mouton 1957.

Oates, Joyce Carol: »The Double Vision of the ›Brothers Karamazov‹«. In: *Journal of Aesthetics and Art Criticism* 27, S. 203–213.

Perlina, Nina M.: *Quotations as an Element of the Poetics of the Brothers Karamazov*, Ph. D. dissertation, Brown University 1977.

Rosanow, Wassilij: *Dostojewski und seine Legende vom Großinquisitor. Zur Analyse der Dostojewskischen Weltanschauung*, Berlin: Razum 1924.

Schmid, Wolf: »Edinstvo raznonapravlennych vpechatlenij-

vosprijatija. Rasskazyvanie i rasskazyvaemoe v 'Brat'jach Karamazovykh‹« [Die Einheit verschiedengerichteter Rezeptionswahrnehmungen. Erzählung und Erzähltes in den ›Brüdern Karamasow‹]. In: *Dostoevsky Studies* 2, 1981, S. 51–59.

Stewart, Marilyn G.: *The Festive Irony of Carnival: Comic Affirmation in ›Don Quixote‹, ›The Brothers Karamazov‹ and ›The Reivers‹*, Ph. D. dissertation, Dallas University.

Terras, Victor: *A Karamazov Companion. Commentary on the Genesis, Language, and Style of Dostoevsky's Novel*, Madison: University of Wisconsin Press 1981. [Das Buch enthält eine umfangreiche Bibliographie, S. 447–456.]

Troncale, Joseph C.: *Dostoevskij's Use of Scripture in the Brothers Karamazov*, Ph. D. dissertation, Northwestern University.

Vetlovskaja, V. E.: *Poètika romana 'Brat'ja Karamazovy'* [Die Poetik des Romans ›Die Brüder Karamasow‹], Leningrad 1977.

Wefers, Hans: »Der literarische Erzähler als Faktor textueller Kommunikation und Konstruktion. Zum Verfahren des Textaufbaus und der Textgestaltung durch explizite Äußerungen des Erzählers in H. Bölls ›Die verlorene Ehre der Katharina Blum‹ und F. M. Dostoevskijs ›Die Brüder Karamazov‹«. In: *Wiener Slawistischer Almanach* 3, 1979, S. 75–92.

Wolynski, A. L.: *Das Reich der Karamasoff*, München: R. Piper 1920.

Zundelovič, J. O.: »Obraz mira Dostoevskogo v ego social'no-filosofskom romane 'Brat'ja Karamazovy‹« [Dostojewskis Weltanschauung in seinem sozial-philosophischen Roman ›Die Brüder Karamasow‹]. In: J. O. Z., *Romany Dostoevskogo*, Taschkent 1963, S. 180–242.

I. R.

BIOGRAPHISCHE DATEN

1821 Fjodor Michailowitsch Dostojewski als Sohn des Militärarztes und Sozialmediziners Michail Andrejewitsch Dostojewski (* 1789) in Moskau geboren (30. Oktober alten Stils, 11. November neuen Stils); Mutter: Maria Fjodorowna, geb. Netschajewa (* 1800); älterer Bruder: Michail Michailowitsch Dostojewski (* 1820).

1837 Tod der Mutter. F. M. und M. M. Dostojewski übersiedeln nach St. Petersburg, um sich auf das Bauingenieurstudium vorzubereiten; Jugendfreundschaft mit den Literaten Dmitri Grigorowitsch und Iwan Schidlowski.

1838 Neben seinen technischen Studien an der Ingenieurschule der Militärakademie in St. Petersburg widmet sich Dostojewski während mehrerer Jahre ausgedehnten Lektüren (Homer, Shakespeare, Racine, Corneille, Pascal, Schiller, Hoffmann, Hugo, Balzac, George Sand u. a.).

1839 Ermordung des Vaters durch leibeigene Bauern auf seinem Landgut.

1843 Studienabschluß und Brevetierung als Offizier; Übersetzung von Honoré de Balzacs *Eugénie Grandet*.

1844 Dostojewski nimmt seinen Abschied, um freier Schriftsteller zu werden; Beginn der Arbeit am Roman *Arme Leute*; Übersetzungen und Übersetzungsprojekte (Sand, Sue).

1845 Bekanntschaft mit Iwan Turgenjew, Nikolai Nekrassow und dem Literaturkritiker Wissarion Belinski.

1846 *Arme Leute, Der Doppelgänger*. Bekanntschaft mit Michail Petraschewski und Alexander Herzen, Beginn der Freundschaft mit Apollon Maikow.

1847 *Roman in neun Briefen*. Dostojewski wird Mitglied des revolutionären Petraschewski-Kreises, liest Fourier, Cabet, Helvétius, Saint-Simon, schreibt und veröffentlicht *Die Wirtin*.

1848 Mehrere Erzählungen sowie der Kurzroman *Helle*

Nächte im Druck. Enger Kontakt mit Petraschewski und Nikolai Speschnjow.

1849 Dostojewski wegen angeblich staatsfeindlicher Aktivitäten im Petraschewski-Kreis (Vorlesung eines »kriminellen Schreibens« von Belinski) aufgrund einer Denunziation verhaftet, zum Tode verurteilt, schließlich durch Zar Nikolaus I. begnadigt zu vier Jahren Verbannung (mit Zwangsarbeit) und anschließender Militärdienstpflicht als »gemeiner Soldat«. Deportation nach Tobolsk (24. Dezember).

1850 Ab 23. Januar (bis Mitte Februar 1854) Festungshaft in Omsk; private Aufzeichnungen im *Sibirischen Heft*; Dostojewskis epileptische Erkrankung erstmals ärztlich diagnostiziert und offiziell registriert.

1856 Dostojewski arbeitet in Semipalatinsk, wohin er Anfang 1854 als Soldat des 7. Grenzbataillons abkommandiert wurde, an den *Aufzeichnungen aus einem Totenhaus*; dank obrigkeitlicher und privater Protektion sowie aufgrund einiger von ihm verfaßter patriotischer Verse wird Dostojewski zum Offizier befördert (1856).

1857 Heirat mit Maria Dmitrijewna Issajewa (6. Februar); schwere epileptische Krisen. Aus gesundheitlichen Gründen beantragt Dostojewski seine Entlassung aus der Armee und eine Aufenthaltsbewilligung für Moskau.

1859 Dostojewski wird als Unteroffizier aus der Armee entlassen; er kehrt über Twer nach St. Petersburg zurück und steht von nun an bis zu seinem Lebensende fast permanent unter geheimpolizeilicher Aufsicht; *Onkelchens Traum, Das Gut Stepantschikowo und seine Bewohner* erscheinen im Druck.

1860 Werkausgabe in zwei Bänden; die *Aufzeichnungen aus einem Totenhaus* beginnen zu erscheinen (1860–62).

1861 Erste Lieferung der von F. M. und M. M. Dostojewski gemeinsam redigierten Zeitschrift »Die Zeit«; hier beginnt der Roman *Die Erniedrigten und Beleidigten* im

Druck zu erscheinen; Bekanntschaft mit Alexander Ostrowski, Iwan Gontscharow, Michail Saltykow-Schtschedrin und Apollon Grigorjew. Bekanntschaft mit Apollinaria (Polina) Suslowa, einer Mitarbeiterin der »Zeit« und typischen Vertreterin der Frauenemanzipation der sechziger Jahre.

1862 Erste Auslandsreise: Berlin, Dresden, Köln, Paris, von dort aus Besuch der Weltausstellung in London, Zusammentreffen mit Alexander Herzen, zurück nach Paris, dann nach Genf (Treffen mit Nikolai Strachow), von dort nach Italien (Florenz) und über Wien zurück nach Rußland (Juni–September).

1863 In der »Zeit« erscheinen die *Winteraufzeichnungen über Sommereindrücke*, ein sarkastischer Reisebericht, der allerdings nicht Westeuropa, sondern den westeuropäischen Spießer – den »Kapitalisten« ebenso wie den »Sozialisten« – zum Gegenstand hat. »Die Zeit« wird wegen eines »antipatriotischen« Beitrags von Strachow verboten. Ab August (bis Ende Oktober) zweite Auslandsreise, teilweise in Begleitung Apollinaria Suslowas: Frankreich, Deutschland, Italien; Beginn von Dostojewskis Spielleidenschaft (Baden-Baden, Bad Homburg).

1864 Erstes Heft der von F. M. und M. M. Dostojewski neu gegründeten Zeitschrift »Die Epoche« ausgeliefert (enthält u. a. den 1. Teil der *Aufzeichnungen aus dem Untergrund*, deren 2. Teil in Heft IV erscheint). In Moskau stirbt Dostojewskis erste Frau (14. April); in kurzer Folge verliert Dostojewski auch seinen Bruder Michail (10. Juli) sowie seinen Mitarbeiter und Freund Apollon Grigorjew (22. Juli).

1865 Aus finanziellen Gründen muß Dostojewski auf die weitere Herausgabe der »Epoche« verzichten; dreibändige Werkausgabe bei Stellowski (1866 abgeschlossen); erste Entwürfe zu *Schuld und Sühne*. Zwei Heiratsanträge Dostojewskis (an Apollinaria Suslowa und die Nihilistin

Anna Korwin-Krukowskaja) werden abgewiesen. Dritte Auslandsreise (Juli–Oktober): Wiesbaden (wo sich Dostojewski beim Roulettspiel ruiniert), Rückkehr über Kopenhagen.

1866 *Schuld und Sühne.* Dostojewski diktiert einer jungen Stenographistin, Anna Grigorjewna Snitkina, in sechsundzwanzig Tagen den Kurzroman *Der Spieler* (Oktober).

1867 Heirat mit Anna Snitkina (Dostojewskaja) am 15. Februar; wegen hoher Verschuldung fluchtartige Abreise ins Ausland (14. April). Dresden, Bad Homburg, Baden-Baden. Besuch bei Turgenjew (endet mit Zerwürfnis). Basel (Ende August), wo Hans Holbeins Gemälde »Der tote Christus« im Kunstmuseum einen großen Eindruck bei ihm hinterläßt. Am 25. August Ankunft in Genf. Anfang Oktober erste Entwürfe zum Roman *Der Idiot;* vom 18. Dezember bis 5. Januar (1868) Niederschrift der Kapitel I–VII.

1868 Beginn der Drucklegung des Romans *Der Idiot* in Michail Katkows konservativer Zeitschrift »Der russische Bote« (Januar). Reger Briefwechsel mit Maikow; Invektiven gegen die westlichen Sozialisten und gegen die ganze »neue, progressive, liberale« Richtung innerhalb der russischen Intelligenz (Saltykow-Schtschedrin, Turgenjew, Nikolai Tschernyschewski). Geburt und Tod der Tochter Sofija (Sonja) in Genf (22. Februar–12. Mai). Anfang April dritter und letzter Ausflug nach Saxonles-Bains, wo Dostojewski im Spielkasino alles verspielt. Anfang Juni Übersiedlung von Genf nach Vevey. Weiterarbeit am Roman *Der Idiot.* Im September Ausreise nach Italien (Mailand, dann Florenz).

1869 *Der Idiot* abgeschlossen (Januar) und erschienen (Februar). Abreise der Dostojewskis aus Italien (über Prag nach Dresden); in Dresden Geburt der Tochter Ljubow (14. September). Entwurf eines fünfteiligen Romanzyklus (»Das Leben eines großen Sünders«).

1870 *Der ewige Gatte;* Entwürfe zu dem Roman *Die Dämonen* und »Das Leben eines großen Sünders«.

1871 Vor seiner Rückkehr nach Rußland verbrennt Dostojewski aus Furcht vor Zollkalamitäten mehrere seiner Manuskripte, darunter jenes zum Roman *Der Idiot* (Juli). Ankunft der Dostojewskis in St. Petersburg (8. Juli) und Geburt des Sohnes Fjodor (16. Juli). *Die Dämonen* (Teile I–II) als Vorabdruck im »Russischen Boten«.

1872 Kontaktnahme mit konservativen Regierungskreisen. Arbeit an Teil III der *Dämonen* in Staraja Russa. Bekanntschaft mit Nikolai Lesskow.

1873 *Die Dämonen* als Einzelausgabe in drei Bänden; Dostojewski nimmt seine Tätigkeit als Redakteur des konservativen »Staatsbürgers« auf; erste Lieferungen des *Tagebuchs eines Schriftstellers* (als Beiträge zum »Staatsbürger«).

1874 Dostojewski gibt seine Stellung als Redakteur beim »Staatsbürger« auf, um sich wieder vermehrt seinen eigenen literarischen Projekten widmen zu können. Aufenthalt in Staraja Russa (Mai), Reise nach Bad Ems (Juni). Kurzbesuch in Genf (August), um das Grab Sonjas zu sehen.

1875 *Der Jüngling* (Publikationsbeginn). Kuraufenthalt in Bad Ems (Mai–Juli). Staraja Russa. *Der Jüngling* abgeschlossen. Geburt des zweiten Söhnes, Aljoscha (10. August).

1876 Das *Tagebuch eines Schriftstellers* erscheint fortan im Selbstverlag; es wird zum »schöpferischen Laboratorium« für neue Romanprojekte, vor allem für die *Brüder Karamasow.* In der Juniausgabe Nekrolog auf George Sand. Kur in Bad Ems (Juli). Im November erscheint die Erzählung *Die Sanfte,* als Reaktion auf den Selbstmord von Alexander Herzens Tochter Lisa.

1877 Fortsetzung des *Tagebuchs eines Schriftstellers;* zunehmendes politisches und soziales Engagement (Panslawismus, Orientfrage, Orthodoxie, Rechtsprechung).

1878 Die Zeitschrift *Tagebuch eines Schriftstellers* vorübergehend eingestellt. Im April erster Vorentwurf zu den
Brüdern Karamasow (»Memento«). Am 16. Mai Tod
des Sohnes Aljoscha. Im Juni fährt Dostojewski mit dem
Philosophen Wladimir Solowjow in das Kloster Optina
Pustyn, wo er ihm den Plan der *Brüder Karamasow* darlegt. Der Mönch Amwrossi von Optina Pustyn inspiriert Dostojewski zur Figur des Starez Sossima. Ende
Oktober sind die ersten beiden »Bücher« der *Brüder Karamasow* abschließend vorbereitet. Dezember: Fertig-
stellung des Plans und Niederschrift im Umfang von ungefähr zehn Druckbogen.
1879 Fortsetzung der Arbeit an den *Brüdern Karamasow*.
Kur in Bad Ems (Juli / September). Sukzessive Drucklegung der *Brüder Karamasow* im »Russischen Boten«.
Vortragstätigkeit, Lesungen. Am 30. Dezember literarische Matinee in St. Petersburg, wo Dostojewski mit großem Erfolg das »Poem vom Großinquisitor« vorliest.
1880 Rede zur Puschkin-Feier (8. Juni); Sonderheft des *Tagebuchs eines Schriftstellers* (Puschkin-Rede mit Einleitung, Ergänzungen und gegenkritischen Erwiderun-
gen). Abschluß der *Brüder Karamasow* (November). Im
Dezember zweibändige Einzelausgabe mit dem Impres-
sum »1881«. Dostojewski schickt ein Exemplar an Konstantin Pobedonoszew und an den Thronfolger. Empfang beim Thronfolger (16. Dezember).
1881 Vorbereitung des *Tagebuchs eines Schriftstellers* für das
laufende Jahr. Am 25. / 26. Januar Blutsturz infolge
eines Lungenemphysems. Dostojewski stirbt am 28. Januar. Öffentliche Trauerfeier unter Teilnahme von
50 000 bis 60 000 Trauergästen (31. Januar): Grabreden
von Alexander Palm, Maikow, Solowjow (1. Februar).

I. R.

Im Nachwort und in den biographischen Daten wurde bei den
russischen Namen die heute übliche Schreibweise verwendet.

INHALT

DRITTER TEIL

Siebentes Buch: Aljoscha

Elftes Buch: Der Bruder Iwan Fjodorowitsch

Zwölftes Buch: Der Justizirrtum

EPILOG

Anhang

Fjodor M. Dostojewski

Aufzeichnungen aus einem Totenhaus und drei Erzählungen
Übertragen von E. K. Rahsin.
4. Aufl., 12. Tsd. 1976. 863 Seiten. Leinen und Leder
(Auch in der Serie Piper 688 lieferbar)

Gesammelte Briefe 1833–1881
Übersetzt, herausgegeben, kommentiert und mit einem Nachwort versehen von
Friedrich Hitzer. 1986. 410 Seiten. Serie Piper 466

Die Brüder Karamasoff
Roman in vier Teilen mit einem Epilog. Übertragen von E. K. Rahsin.
21., im Anhang veränderte Aufl., 134. Tsd. 1985. 1331 Seiten. Serie Piper 402

Die Dämonen
Roman. Übertragen von E. K. Rahsin. 15. Aufl., 93. Tsd. 1985.
1031 Seiten. Leinen (Auch in der Serie Piper 403 lieferbar)

Der Doppelgänger
Frühe Romane und Erzählungen. Übertragen von E. K. Rahsin.
3. Aufl., 9. Tsd. 1976. 918 Seiten. Leinen und Leder

Der Idiot
Roman. Übertragen von E. K. Rahsin.
Mit einem Nachwort und einer Zeittafel von Ilma Rakusa.
16., im Anhang veränderte Aufl., 106. Tsd. 1983. 983 Seiten. Leinen
(Auch in der Serie Piper 400 lieferbar)

Der Jüngling
Roman. Übertragen von E. K. Rahsin.
1986. 919 Seiten. Leinen
(Auch in der Serie Piper 404 lieferbar)

Onkelchens Traum
Drei Romane. Übertragen von E. K. Rahsin. 2. Aufl., 7. Tsd. 1970.
1002 Seiten. Leinen
(Auch in der Serie Piper 405 lieferbar)

PIPER

Fjodor M. Dostojewski

Rodion Raskolnikoff
Schuld und Sühne. Roman. Übertragen von E. K. Rahsin.
11. Aufl., 71. Tsd. 1975. 763 Seiten. Leinen
(Auch in der Serie Piper 401 lieferbar)

Sämtliche Erzählungen
Übertragen von E. K. Rahsin. 6. Aufl., 49. Tsd. 1984. 528 Seiten. Geb.
(Auch in der Serie Piper 338 lieferbar)

Sämtliche Werke in zehn Bänden
Übertragen von E. K. Rahsin. 1980. 9223 Seiten.
(Leinen und Leder in Kassette)

Der Spieler
Späte Romane und Novellen. Übertragen von E. K. Rahsin.
3. Aufl., 12. Tsd. 1974. 783 Seiten. Leinen

Der Spieler
Aus den Aufzeichnungen eines jungen Mannes.
Roman. Übertragen von E. K. Rahsin.
1986. 218 Seiten. Serie Piper 507

Tagebuch eines Schriftstellers
Übertragen von E. K. Rahsin. 3. Aufl., 9. Tsd. 1977. 666 Seiten. Leinen

Anna Grigorjewna Dostojewski
Erinnerungen
Das Leben Dostojewskis in den Aufzeichnungen seiner Frau.
Herausgegeben von René Fülöp-Miller und Friedrich Eckstein.
Aus dem Russischen übersetzt von Dmitri Umanski.
3. Aufl., 21. Tsd. 1980. 426 Seiten; 26 Fotos. Leinen

PIPER

Russische Literatur

Iwan Bunin
Grammatik der Liebe

Erzählungen
Auswahl und Nachwort von Horst Bienek.
Aus dem Russischen von Georg Schwarz und Ilona Koenig.
1986. 259 Seiten mit Zeittafel. Serie Piper 432

Der Band enthält neun Erzählungen, die alle um die zentralen Themen
in Bunins Werk kreisen: Liebe, Tod, Einsamkeit, Verfall. Es ist das alte
Rußland, das er heraufbeschwört, dessen Zusammenbruch er vorausahnt.
»Ein Pope, der angestrengt und voller Trauer seiner eigenen Klasse
die Totenmesse liest«, wie Gorki ihn charakterisierte. Bunin beschreibt die
Zeit, die stärker ist als alle Menschengewalt, die verändert und zerstört,
beschreibt die Zwanghaftigkeit eines Systems, in dem die Armen die
noch Ärmeren ausbeuten. Bunin, der erste russische Nobelpreisträger,
wurde von André Gide als der »wohl größte russische Schriftsteller
dieses Jahrhunderts« bezeichnet.

Iwan Bunin
Dunkle Alleen

Erzählungen
Auswahl und Nachwort von Horst Bienek.
Aus dem Russischen von Ilona Koenig. 141 Seiten. Serie Piper 677

Die große, mit Puschkin beginnende Tradition realistischer russischer
Erzählkunst wurde von Bunin zu einem späten Höhepunkt geführt.
Nicht nur die Einflüsse der französischen Realisten machen sich
in seinem Werk bemerkbar, sondern auch die Tschechows, Gontscharows,
Turgenjews und Tolstois. Die lyrische Wirkung wird bei ihm nicht durch
eine lyrische Sprache erzeugt, sondern allein durch die Poesie der
Gegenstände. Das Thema der meisten der acht Erzählungen dieser
Auswahl ist die Liebe – Liebe, die zum Mord führt, Liebe, die an
einen Unwürdigen verschwendet wird, Liebe, die der Zeit, der Vergänglichkeit
unterworfen ist. Bis auf eine sind alle Geschichten lange nach Bunins
Emigration nach Paris im Jahre 1920 entstanden, doch sie beschwören
noch das alte Rußland aus der Zeit vor der Revolution.

PIPER

Russische Literatur

Wassilij Aksjonow
Defizitposten Faßleergut
Novelle mit Übertreibungen und Traumgesichten.
Aus dem Russischen von Thomas Reschke.
2. Aufl., 7. Tsd. 1985. 98 Seiten. Serie Piper 115

Faßleergut soll per Lastwagen ins Depot der nächsten Kreisstadt befördert werden.
Wie einst Gogols berühmte Troika rast der Wagen in wildem Zick-zack
tage- und nächtelang über Land, während Fahrer und Fahrgäste gammeln
und träumen – es ist eine Fahrt ins Unbekannte, ins Land der Verheißung,
wo der »gute Mensch« ihrer Träume auf sie wartet.

»Dieses ebenso übermütige wie hintersinnige Prosastück ist eine rare
Ausnahmeerscheinung innerhalb der zeitgenössischen Sowjetliteratur.«

Süddeutsche Zeitung

Wenedikt Jerofejew
Die Reise nach Petuschki
Ein Poem
Aus dem Russischen von Natascha Spitz.
Titel der Originalausgabe: »Moskwa – Petuschki«.
176 Seiten. Serie Piper 671.

Der Ich-Erzähler und Trunkenbold Wenedikt Jerofejew besteigt mit einem
Köfferchen voll Schnaps den Vorortzug von Moskau nach Petuschki, wo er
jedoch nie ankommen wird. Die Reise gerät zur reinen Sauftour:
Wenedikt trinkt, die Mitreisenden trinken. Das Delirium des Helden ist für
den Autor das Mittel, die moralischen und geistigen Werte des realen Sozialismus
zu demonstrieren. In seinem scharfen Witz und seiner Komik steht dieser
Roman, in dem das Lachen Ausdruck der Verzweiflung ist, in der sowjetischen
Gegenwartsliteratur einzigartig da.

»Russisch! Literarisch! Ungewöhnlich komisch! Kaufen! Lesen! Lachen!«

Robert Gernhardt

PIPER

Russische Literatur

Jurij Trifonow
Der Tausch

Aus dem Russischen von Alexander Kaempfe und
Helen von Ssachno.
1986. 87 Seiten. Serie Piper 79

Trifonows Erzählung liegt ein Nichts an Handlung zugrunde: der
Tausch einer Wohnung, womit in psychologisch ungemein präziser Form
die Analyse einer Ehe beginnt, die sich als Lebenslüge entpuppt.
Der Prozeß dieser Entlarvung geht lautlos vor sich – es gibt keine
dramatischen Höhepunkte, keine Scheidung, so daß auch die Katastrophe
unsichtbar bleibt. Schicksal heißt hier: Alltag, Wiederholung, Zustand
gegenseitiger Vortäuschungen – vor dem Wohnungstausch noch mit
gnädig geschlossenen Augen, danach im vollen Besitz der inneren Sehkraft.
Damit aber wird eine Allgemeingültigkeit erreicht, die Trifonows Erzählung
den Rang des Meisterhaften verleiht. Selten ist die gegenseitige emotionale
Abnutzung präziser geschildert worden.

PIPER

Jewgenia Ginsburg

Marschroute eines Lebens

Aus dem Russischen von Swetlana Geier. 1986.
383 Seiten. Serie Piper 462

»»Die Marschroute‹ – das ist der Anfang eines neuen Kapitels unseres
gesellschaftlichen Denkens und unserer Literatur«, schrieb Lew Kopelew
über dieses erschütternde Dokument, den ersten Bericht, in dem
eine russische Frau – »ein weiblicher Hiob« (Heinrich Böll) – Zeugnis über
ihren Leidensweg während der Stalinzeit ablegt. Jewgenia Ginsburg
schildert die zwei Jahre dauernde Tortur des Parteiverfahrens, den
Ausschluß aus der Partei, die Verurteilung zu zehn Jahren Haft (insgesamt
wird sie 18 Jahre im Gefängnis und im Lager verbringen). Nach langer
Einzelhaft wird sie 1940 in die Eiswüste von Kolyma verschickt.
Hier schließt »Gratwanderung« an.

Gratwanderung

Aus dem Russischen von Nena Schawina.
Vorwort von Heinrich Böll. Nachwort von Lew Kopelew und
Raissa Orlowa. 5. Aufl., 30. Tsd. 1986.
512 Seiten. Serie Piper 293

»Ich tauche auf aus einer Lektüre, die mich für Tage in einen weit
entfernten Archipel entführt hat, in den Archipel Gulag von Kolyma, am
Ochotskischen Meer im nordöstlichen Sibirien gelegen, eine Strafkolonie,
furchtbarer noch als sie ein Kafka beschreiben konnte, in der zeitweilig
mehrere hunderttausend politische Häftlinge gelebt, geschuftet, gelitten
haben und Zehntausende umgekommen sind, hauptsächlich bei der Arbeit
in Goldbergwerken. Tauche auf aus dem Kreis der Hölle, der hier in Prosa
und in seiner ganzen Furchtbarkeit beschworen wird, begleitet von den
Bildern des Schreckens, aber auch angerührt von den Gesten der
Menschlichkeit, des Trostes, des Überlebens. Das ist kein Buch, das man
einfach liest, sondern ein Stück Geschichte, in die man hineingezogen wird.‹
Horst Bienek, Die Z«

Alexander Solschenizyn

Das Rote Rad
Erster Knoten
August vierzehn

Roman. Aus dem Russischen von Swetlana Geier.
1987. 1049 Seiten. Leinen

Die hier vorliegende endgültige Fassung von »August vierzehn« ist
grundlegend überarbeitet und gegenüber der 1972 erschienenen Ausgabe um
rund 500 Seiten erweitert. »August vierzehn« ist der »Erste Knoten« des auf
acht Bände angelegten Romanzyklus »Das Rote Rad«, in dem die russische
Revolution und ihre Vorgeschichte zu einer umfassenden, bewegenden
literarischen Darstellung gelangen.

Das Rote Rad
Zweiter Knoten
November sechzehn

Roman. Aus dem Russischen von Heddy Pross-Weerth.
1986. 1199 Seiten. Leinen

»Mit ›November sechzehn‹ schafft Solschenizyn eine wahrhaftige
Enzyklopädie des russischen Lebens vor der Revolution, ein tiefgründiges
Porträt, in dem sich Weltgeschichte und Liebesgeschichten begegnen. Er läßt
vor unseren Augen das Rußland von 1916 wiedererstehen, eine Gesellschaft,
die durch verantwortungslose Demagogie zerrüttet wird, ein Volk, schon halb
verblutet durch einen Krieg, der um der schönen Augen der Alliierten willen
geführt wird, und dennoch durch seine Arbeitsliebe noch tief mit der
Wirklichkeit verwurzelt...«   Georges Nivat, L'Express

»Ist das wirklich ein Roman? Ja, ein Werk, das gigantisch und stürmisch ist
wie unsere Epoche. Es enthält eine wunderbare Liebesgeschichte, einen
Roman im Roman. Vielleicht hat Solschenizyn sie geschrieben, um seinen
Kritikern zu beweisen, daß er auch das kann, vielleicht weil er sie schon
lange in sich trug, vielleicht um zu zeigen, daß Schönheit und Zärtlichkeit
auch dann bestehen können, wenn die ganze Welt dem Irrsinn verfallen
scheint.«   Georges Suffert, Le Point